Das Buch

Hinterpommern, August 1918. Auf Poenichen wird ein Kind geboren. Freiherr von Quindt läßt die Fahne aufziehen, obwohl es nur ein Mädchen ist, von dem das Vaterland seiner Ansicht nach weniger wissen will. Maximiliane wächst als Erbin von Poenichen heran. Mit achtzehn heiratet sie Victor Quint, einen entfernten bürgerlichen Verwandten, einen Nationalsozialisten, der von Berlin aus sein Parteibuch schützend über Poenichen hält. Er nimmt es mit seiner Erzeugerpflicht ernst: ein Kind, ein zweites, ein drittes – und am Ende nichts mehr zu vererben. 1945 muß Maximiliane Poenichen verlassen; ihr Mann fällt in den letzten Tagen des Zweiten Weltkrieges. Sie wird eine Kriegerwitwe, eine von Millionen Flüchtlingen und Vertriebenen aus dem deutschen Osten, die nie wieder seßhaft wird, und schlägt sich mit ihren fünf Kindern durch.
Als ihre Kinder erwachsen sind, sagt sie: »Lauft!« Um sie zu besuchen, muß sie den Globus zur Orientierung nehmen, die Quints der Nachkriegsgeneration haben sich über den Erdkreis verstreut; sie erweisen sich als Aussteiger, Umsteiger, auch als Aufsteiger. So unterschiedlich sie auch sind, eines haben sie gemeinsam: sie suchen nach neuen Lebensformen. Poenichen ist nur noch eine Metapher für Heimat, jenes Land jenseits von Oder und Neiße.

Die Autorin

Christine Brückner, 1921 in einem waldeckischen Pfarrhaus geboren, 1996 in Kassel gestorben, schrieb neben Romanen, mit denen sie höchste Auflagen erzielte, auch Erzählungen, Essays, Schauspiele, Jugend- und Bilderbücher.

Christine Brückners Gesamtwerk ist im Ullstein Verlag erschienen.

Christine Brückner

Jauche und Levkojen
Nirgendwo ist Poenichen
Die Quints

Die Poenichen-Trilogie

Ullstein

Besuchen Sie uns im Internet:
www.ullstein-taschenbuch.de

Umwelthinweis:
Dieses Buch wurde auf chlor- und säurefreiem Papier gedruckt.

Ullstein Verlag
Ullstein ist ein Verlag des Verlagshauses Ullstein Heyne List GmbH & Co. KG.
1. Auflage März 2003

Umschlaggestaltung: Thomas Jarzina, Köln
Titelabbildung: akg-images / Archiv für Kunst und Geschichte, Berlin
Druck und Bindearbeiten: Elsnerdruck, Berlin
Printed in Germany
ISBN 3-548-25619-8

Inhalt

Jauche und Levkojen

›Durch mein offenstehendes Fenster strömt der hier, und auch wo anders, ständige Mischgeruch von Jauche und Levkojen ein, erstrer prävalirend, und giebt ein Bild aller Dinge. Das Leben ist nicht blos ein Levkojengarten.‹

Theodor Fontane am 18. Juli 1887
aus Seebad Rüdersdorf an seine Frau.

1

›Ich möchte was darum geben, genau zu wissen, für wen eigentlich die Taten getan worden sind, von denen man öffentlich sagt, sie wären für das Vaterland getan worden.‹

Lichtenberg

Vor wenigen Minuten wurde auf Poenichen ein Kind geboren. Es kniff die Augen fest zu, als wäre ihm das Licht der Morgensonne zu grell, und war nicht einmal durch leichte Schläge auf das Hinterteil zum Schreien zu bringen. Aber: Es bewegte sich, atmete, lebte. Die Hebamme hatte die Länge: 42 Zentimeter, mit Hilfe der Küchenwaage auch das Gewicht: 2450 Gramm, festgestellt und zusammen mit dem Datum, dem 8. August 1918, und der Uhrzeit: 7 Uhr 30, auf dem Formular eingetragen, und nun lag das Kind gewindelt und mit blauem Jäckchen und Mützchen bekleidet in den blaugestickten Kissen der Quindtschen Familienwiege und schlief.

Die Mutter des Kindes, Vera von Quindt geborene von Jadow, für zwei Wochen eine Wöchnerin und dann nie wieder, hatte darauf bestanden, daß ihr Kind – zum Zeitpunkt dieser Abmachung allerdings nicht einmal gezeugt – in der Charité zur Welt kommen sollte, wo ein junger unterschenkelamputierter Arzt in der Entbindungsstation arbeitete, einer ihrer Bewunderer, aber als Ehemann nicht geeignet: bürgerlich und ohne Aussicht auf eine baldige Niederlassung in einer guten Wohngegend des Berliner Westens. Aus begreiflichen Gründen war von ihm nicht die Rede gewesen, als diese Abmachung getroffen wurde. Die Erinnerung an den Steckrübenwinter und eine erneute Herabsetzung der Lebensmittelrationen hatten die junge Berlinerin ein pommersches Rittergut mit anderen Augen sehen lassen. Sie war 24 Jahre alt, dunkelhaarig, hübsch, aber unvermögend, und ihre Tänzer waren an der Somme und Marne gefallen, ›reihenweise‹, wie ihre Mutter zu sagen pflegte. Vera von Jadow hatte unter diesen Umständen und einer Reihe von Bedingungen dem zwanzigjährigen Leutnant Achim von Quindt, einziger Erbe von Poenichen, ihr Jawort gegeben. Die Hochzeit war zwar standesgemäß im ›Adlon‹, aber auch kriegsgemäß gefeiert worden. Der Brautvater fehlte, da er als Armeepostdirektor unabkömmlich war; es fehlte an Brautführern, die Brautjungfern folgten dem Brautpaar paarweise, sie trugen, ebenso wie die Braut, ihre Rote-Kreuz-Tracht; der Bräutigam in Feldgrau, die ganze Hochzeit feldgrau. Die Eltern des Bräutigams waren für fünf Tage nach Berlin gekommen. Freiherr von Quindt, noch nicht volle fünfzig Jahre alt, hieß vom Tag der Hochzeit seines Sohnes an ›der alte Quindt‹. Er trug die Uniform seines Regiments, in der er noch immer eine gute, wenn auch etwas untersetzte Figur machte, im Rang eines Rittmeisters.

Als sein Sohn und Erbe 1915 Soldat geworden war, hatte er dafür gesorgt, daß dieser zu jenem Regiment kam, bei dem seit jeher die Quindts gestanden hatten: Kürassiere, schwere Reiterei. Er selbst war unmittelbar darauf um seinen Abschied eingekommen, der ihm bewilligt wurde, zumal er sich bei den Kämpfen in Masuren einen Rheumatismus zugezogen hatte, der sich als lebenslängliches Übel herausstellen wird.

In seiner Tischrede, die er diesmal gleich nach der falschen, aber klaren Ochsenschwanzsuppe hielt, sagte er unter anderem: »Die Quindts sind rar geworden, mehr als einen Soldaten können sie dem Vaterland nicht stellen.« Sein Sohn Achim sei die letzte Kriegsanleihe, die er gezeichnet habe, die beiden ersten noch in Goldmark, auch das sei ihm schwer genug gefallen. Er seinerseits habe sich um die Ostfront gekümmert – er erinnerte an dieser Stelle an die Schlacht von Tannenberg, an der er teilgenommen hatte, und brachte einen Toast auf den Generalfeldmarschall von Hindenburg aus, was er bei keiner Rede versäumte – und sagte, daß sein Sohn sich nun um die Westfront kümmern werde, die von Poenichen allerdings weit entfernt sei. Seine Frau warf ihm einen Blick zu, der besagte: Mach ein Ende davon, Quindt!

»Ich tue alles, was du willst, Sophie Charlotte, sogar, was du nicht willst! Ich komme jetzt sowieso zum Schluß. Liebe neue Schwiegertochter! Du stammst aus Berlin, und ihr Berliner, ihr habt so eine Art, über die pommerschen Landjunker zu denken, darum will ich dir und den übrigen Berlinern dieser Tischrunde jetzt sagen, was ein Bismarck einmal gesagt hat: ›Ein echter Landjunker ist so ziemlich das Beste, was Preußen‹ – ob er nun Brandenburg oder Hinterpommern gemeint hat, sei dahingestellt – ›hervorgebracht hat!‹« Während Quindt den Applaus abwartete, zog er ein Couvert aus der Tasche, nahm einen Brief heraus und entfaltete ihn. »Mit dem heutigen Tage geht ein Brief Bismarcks in deinen Besitz über, lieber Achim, dessen Inhalt du kennst und den auch deine Mutter kennt; zur Genüge, würde sie sagen, wenn sie nicht aus Königsberg stammte. Ich lese! ›Mein lieber Quindt!‹ – gemeint ist damit mein Vater – ›Es ist hierzulande nicht immer leicht, ein Patriot zu sein. Der eine denkt an Pommern, und es fällt ihm leichter, der andere an Preußen, und wieder andere denken allgemein Deutsches Reich, und ein jeder fühlt sich als ein Patriot. Auf Poenichen drückt einen das Patriotische weniger. Wer landwirtschaftet, liebt das Land, das er bewirtschaftet, und das genügt ihm.‹ – Du, liebe Schwiegertochter, wirst dich damit vertraut machen müssen, daß auf Poenichen gelandwirtschaftet wird! Um den Brief noch zu Ende zu lesen. ›Meine Frau bittet die Ihrige um das Rezept für die Poenicher Wildpastete. Küchengeheimnisse! Ganz der Ihrige.‹ Gezeichnet mit dem Bismarckschen ›Bk‹. Diesen Brief werde ich bis zu deiner Heimkehr für dich aufbewahren!« Er wandte sich wieder an seine Schwiegertochter: »Du heiratest einen sehr jungen Mann, aber wer alt genug ist, im Krieg sein Leben für das Vaterland, ich sage ausdrücklich nicht ›Kaiser und Vaterland‹, einzusetzen, der ist auch alt genug, Leben zu zeugen!«

Seine Frau versuchte ihn daran zu hindern, noch deutlicher zu werden, aber Quindt winkte ab. »Ich weiß, was ich sage, und alle hier am Tisch wissen, was ich meine!« Er hob sein Glas und trank der Braut zu, richtete dann den Blick auf seine Frau und sagte: »Die angeheirateten Quindts waren nie die schlechtesten. Sie wurden aus freien Stücken, was ihre Männer unfreiwillig wurden, Quindts auf Poenichen. Auf die Damen! Mein Großvater wurde in den Napoleonischen Kriegen gezeugt und ist in der Schlacht von Vionville gefallen, im III. preußischen Korps. Mein Vater hat mich im 66er Krieg gezeugt ...«

Falls die Braut noch im unklaren über ihre Aufgabe gewesen sein sollte, so wußte sie am Ende dieser Tischrede Bescheid.

Der junge Quindt kehrte nach viertägiger Hotel-Ehe zu seinem Regiment an die Westfront zurück, und die alten Quindts nahmen seine junge Frau mit nach Poenichen. Schnellzug Berlin–Stettin–Stargard, dann Lokalbahn und schließlich Riepe, der die drei mit dem geschlossenen Coupé – nach dem Innenpolster ›Der Karierte‹ genannt – an der Bahnstation abholte. Die junge Frau führte nicht mehr als eine Reihe von Schließkörben und Reisetaschen mit sich. Fürs erste blieb ihre Aussteuer in Berlin, Möbel, Wäsche, Porzellan und Silber für die spätere Berliner Stadtwohnung. Sie würde fürs erste zwei der Gästezimmer im Herrenhaus bewohnen, die sogenannten ›grünen Zimmer‹. Fürs erste, das hieß: bis der junge Baron heimkehrte, bis der Krieg zu Ende war.

Als die Pferde in die kahle Lindenallee einbogen, dämmerte es bereits. Vera sagte, als sie das Herrenhaus am Ende der Allee auftauchen sah: »Das sieht ja direkt antik aus! War denn mal einer von euch Quindts in Griechenland?« Der alte Quindt bestätigte es. »Ja, aber nicht lange genug. Pommersche Antike.«

Wo dieses Poenichen liegt?

Wenn Sie sich die Mühe machen wollen, schlagen Sie im Atlas die Deutschlandkarte auf. Je nach Erscheinungsjahr finden Sie das Gebiet von Hinterpommern rot oder schwarz überdruckt mit ›z. Z. poln. Besatzungsgebiet‹ oder ›unter poln. Verwaltung‹, die Ortsnamen ausschließlich in deutscher Sprache oder die polnischen Namen in Klammern unter den deutschen oder auch nur polnisch. Daraus sollten Sie kein Politikum machen; im Augenblick steht zwar schon fest, daß der Erste Weltkrieg im günstigsten Falle noch durch einen ehrenvollen Waffenstillstand beendet werden kann, aber: Noch ist Pommern nicht verloren!

Suchen Sie Dramburg, immerhin eine Kreisstadt (poln. Drawsko), an der Drage gelegen, die Einwohnerzahl unter zehntausend. Etwa 30 Kilometer südwestlich von Dramburg liegt Arnswalde (poln. Choszczno), kaum größer als Dramburg, ebenfalls eine Kreisstadt; südöstlich in etwa derselben Entfernung dann Deutsch Krone (poln. Wałcz), nicht mehr Hinterpommern, sondern bereits Westpreußen, Teil des ehemaligen Königreiches Polen, gleichfalls eine Kreisstadt. Wenn Sie nun diese drei Städtchen durch drei Geraden miteinander verbinden, entsteht ein leidlich rechtwinkliges Dreieck. Wenn Sie die geometrische Mitte dieses Städte-Dreiecks ausmachen, stoßen Sie auf Poenichen. Gut Poenichen und gleichnamiges Dorf Poenichen, 187 Seelen, davon 22 zur Zeit im Krieg. Die beiden Seen, von einem einfallslosen Vorfahren ›großer Poenichen‹ und ›Blaupfuhl‹ genannt, nördlich davon die Poenicher Heide. Ein Areal von reichlich zehntausend Morgen. ›Pommersche Streubüchse‹ von den einen, ›Pommersche Seenplatte‹ von den anderen genannt, beides zutreffend; seit fast dreihundert Jahren im Besitz der Quindts.

Die Geburt des Kindes war, wie bei allen diesen Fronturlauberkindern, nahezu auf den Tag genau festgelegt. Man starrte der jungen Baronin vom ersten Tage an ungeniert auf den Bauch, sobald sie das Haus verließ. Wenn sie ausreiten wollte, sagte Riepe: »Die Frau Baronin sollten aber vorsichtig sein und nur einen leichten Trab einschlagen.« Daraufhin warf sie ihm einen ihrer hellen, zornigen Blicke zu und gab dem Pferd die Sporen.

Zum zweiten Frühstück kochte ihr Anna Riepe eine große Tasse Bouillon. »Das wird der Frau Baronin in ihrem Zustand guttun!« Jede Suppe kostete einer Taube das Leben. Der Taubenschlag leerte sich zusehends. Es wurde Frühling, dann Frühsommer: Im Schafstall blökten die neugeborenen Lämmer, auf dem Dorfanger führten die Gänse ihre Gösseln aus, auf dem Gutshof suhlten sich neben der dampfenden Dungstätte die Sauen in der Sonne, an ihren Zitzen hingen schmatzend die Ferkel in Zweierreihen, auf der Koppel standen die Fohlen am Euter der Stuten, und auf dem Rondell vorm Haus lag Dinah, die Hündin, und säugte ihre fünf Jungen. Vera kam sich in ihrem Zustand wie ein Muttertier vor. Sie verbrachte den größten Teil des Tages in einem Schaukelstuhl, den sie sich in die Vorhalle hatte bringen lassen. Im

Schatten der Kübelpalmen blätterte sie in der ›Berliner Illustrirten‹, die ihre Mutter von Zeit zu Zeit schickte. Sie las in den Briefen der Freundinnen von Bahnhofsdienst, Truppenbetreuung und Lazarettzügen. Hin und wieder kam auch ein Kartengruß von der Front, nicht an sie persönlich adressiert, sondern an die Quindts auf Poenichen. Knappe Mitteilungen, kurze Fragen. Im Vergleich zu dem eintönigen Leben in Pommern erschien ihr das Leben in Berlin abwechslungsreich und verlockend. Mit der Taubenbrühe in der Hand, verblaßte die Erinnerung an die Steckrübengerichte; den warmen Kachelofen im Rücken, vergaß sie die schlechtgeheizten Zimmer der Charlottenburger Etage; von Riepe und seiner Frau sowie zwei Hausmädchen bedient, verlor der Rote-Kreuz-Dienst seine Anstrengungen. Sie neigte, wie die meisten Frauen, dazu, das zu entbehren, was sie nicht besaß, anstatt zu genießen, was sie hatte. Sie träumte von staubfreien Reitwegen im Grunewald, flankiert von jungen Leutnants.

Sie stieß sich mit dem Absatz ihrer kleinen Stiefel ab und schaukelte ohne Unterlaß. Bis der alte Quindt schließlich sagte: »Na, der Junge wird wohl seekrank werden, falls er sich nicht jetzt bereits entschließt, zur Marine zu gehen.«

Frauen mußten sein, er ließ es ihnen gegenüber auch nicht an Höflichkeit fehlen; Kinder mußten ebenfalls sein, aber er machte sich weder viel aus Kindern noch aus Frauen, im Gegensatz zu seiner Frau übrigens auch nichts aus Tieren. Er trug sich seit Jahren mit dem Gedanken, aus Poenichen ein Waldgut zu machen. Er hielt es mit den Bäumen. »Bäume haben immer recht«, sagte er zuweilen. Vorerst wurden allerdings die Wälder abgeholzt wegen des erhöhten Holzbedarfs im Kriege. Von Aufforstung konnte keine Rede sein, es fehlte an Arbeitskräften. Er gedachte, aus den Kahlschlägen ›Wälder des Friedens‹ zu machen, keine Holzfabriken mit rasch wachsenden, minderwertigen Nadelhölzern, sondern Mischwald mit gutem Unterholz. Deutscher Wald! Sein Nationalismus und sein Patriotismus sprachen sich am deutlichsten aus, wenn es um den Wald ging, um Grund und Boden. Dann wurde der sonst eher nüchterne, der Ironie nicht abgeneigte Quindt feierlich. In einer seiner Reden vor dem preußischen Landtag soll er einmal gesagt haben: »Wir Deutschen, und zumal wir Preußen, müssen endlich lernen, daß auch ein Kornfeld ein Feld der Ehre ist! Dafür muß man allerdings sein Leben lang arbeiten und nicht sein Leben lassen!« Dieser Satz brachte ihm 1914, bald nach Kriegsausbruch, begreiflicherweise nur Beifall von der falschen, der sozialdemokratischen Seite ein. Da er in Uniform erschienen war, trug er ihm allerdings auch keine Rüge von allerhöchster Stelle ein. Er zog trotzdem die Konsequenz und bat, seinen Abgeordnetenposten verlassen zu dürfen.

Jener Satz wird nach dem Krieg häufiger zitiert und von einem Journalisten als eine ›Quindt-Essenz‹ bezeichnet werden. Man hätte leicht eine ganze Sammlung solcher ›Quindt-Essenzen‹ anlegen können, aber daran war wohl nie jemand interessiert. Diese ›Felder der Ehre‹ waren der Anlaß, daß man Quindt auffordern wird, wenn auch zunächst nur für den Landtag, wieder zu kandidieren. Davon später. Zurück in die Vorhalle, wo die Schwiegertochter heftig schaukelt.

Von vornherein stand fest, daß dieses Kind, das auf Poenichen nicht nur von Mutter und Großeltern erwartet wurde, ein Junge werden würde. In jedem Krieg werden, einem geheimnisvollen Naturgesetz zufolge, mehr Jungen als Mädchen geboren. Außerdem sagt man in Pommern: ›Je jünger der Vater, desto sicherer ein Junge.‹

Nach den großen Frühjahrsoffensiven des Jahres 1918 war die Charité von Verwundeten überfüllt. Veras Mutter schrieb, daß die Zustände in Berlin immer schlimmer würden. ›Ka-ta-stro-phal‹, schrieb sie. Man traue sich kaum noch auf die Straße. Sie riet ihrer Tochter dringend davon ab, in ihrem Zustand die beschwerliche Bahnreise nach Berlin anzutreten. Daraufhin ordnete Vera an, daß sie das Kind im größten Stettiner Krankenhaus zur Welt bringen wolle. Alles wurde bis in die Einzelheiten neu besprochen. Riepe würde sie im ›Karierten‹ bis Stargard bringen, und der alte Quindt würde sie persönlich begleiten, damit es ihr nicht an männlichem Schutz fehlte, falls es bis dahin auch in Stettin zu Unruhen käme.

Dr. Wittkow, seit zwei Jahrzehnten Hausarzt mit Familienanschluß auf Poenichen, stattete der Schwangeren in jeder Woche einen Besuch ab. Er durfte ihren Puls fühlen, bekam ihre Zunge zu sehen, aber das war auch alles. Auf seine Frage, ob das Kind sich bewege, antwortete Vera: »Sie bringen es sowieso nicht auf die Welt, dann kann es Ihnen auch egal sein, ob es sich bewegt.«

Sehr liebenswürdig war sie in ihrem Zustand nicht, aber man übte Nachsicht, schließlich trug sie den Quindtschen Erben aus.

Ab Mitte Juli ließ sich dann Frau Schmaltz, die Hebamme, in immer kürzeren Abständen im Herrenhaus sehen; vorerst allerdings nur im Souterrain, wo sie die Figur der jungen Baronin auf ihre Gebärtauglichkeit ausführlich mit Anna Riepe besprach. »In Stettin kriegt man die Kinder nicht anders als in Poenichen«, sagte sie, als sie den letzten Schluck Holundersaft trank, dem Anna Riepe mit einem Schuß Klaren auf die Sprünge half.

Als die Wehen fünf Tage vor dem errechneten Zeitpunkt einsetzten, war man völlig sicher: Nur ein Junge konnte es so eilig haben, auf die Welt zu kommen. Weder von Charité noch von Stettin und nicht einmal mehr vom Krankenhaus in Dramburg war die Rede. Riepe spannte an, um schleunigst Dr. Wittkow zu holen, und seine Frau schickte Dorchen ins Dorf, um auf alle Fälle die Hebamme Schmaltz zu rufen. Die Baronin saß währenddessen beunruhigt am Bett ihrer Schwiegertochter und versuchte vergeblich, sich an die einzige Geburt, bei der sie zugegen gewesen war, die ihres Sohnes, zu erinnern. Der alte Quindt, der auf dem Korridor vor den grünen Zimmern auf und ab ging, erinnerte sich notgedrungen ebenfalls an die Geburt seines Sohnes, was er im allgemeinen vermied. Im Souterrain ließ Anna Riepe das Herdfeuer in Gang bringen und Wasserkessel aufsetzen, dann traf auch schon Dorchen mit der hochatmenden und unternehmungsfreudigen Hebamme Schmaltz ein. Die Baronin überließ ihr den Platz am Bett der Gebärenden und setzte sich mit ihrem Mann in die Vorhalle. Der Morgen zog auf, er graute nicht, sondern kam rötlich, versprach wieder einen heißen Sommertag. Nach einer weiteren Stunde wurde die Sonne hinter dem Akazienwäldchen sichtbar. Auf dem Gutshof wurde die Lokomobile in Betrieb gesetzt: Man war beim Dreschen. Riepe kehrte allein zurück, kündigte aber die baldige Ankunft Dr. Wittkows an, der erklärt habe, daß es bei einer Erstgebärenden noch eine

Weile dauern würde. So kam es, daß die Hebamme Schmaltz die Entbindung vornahm. Wie bei jedem anderen Kind im Umkreis von Poenichen.

›Der kleine Baron ist da!‹ Das wußte man in Minutenschnelle in den Ställen, in den Leutehäusern und auf dem Dreschplatz.

Die Freude an dem männlichen Erben währte allerdings nicht länger als zwei Stunden, dann fuhr Dr. Wittkow mit seinem Einspänner vor. Oben am Fenster erschien der Kopf der Hebamme Schmaltz. Sie winkte ihm triumphierend mit dem Formular zu. Wieder war es ihr gelungen, ihm einen Säugling abspenstig zu machen. Sie unterschied zwischen ihren und seinen Kindern und behielt die Unterscheidung bei, bis aus den Säuglingen Konfirmanden und dann Brautleute geworden waren.

Dr. Wittkow fühlte den Puls der Wöchnerin, bekam ihre Zunge zu sehen, sagte: »Sehr schön, sehr schön! Nun schlafen Sie sich erst mal aus, Frau Baronin! Sie haben die erste Schlacht auf Poenichen geschlagen. Kurze Attacke, alle Achtung!« Er bediente sich gern militärischer Ausdrücke, wenn er schon nicht an der Front stehen durfte. Er wandte seine Aufmerksamkeit dem schlafenden Säugling zu, begutachtete den strammgewickelten Nabel des Kindes und stellte bei dieser Gelegenheit fest, daß das Kind weiblichen Geschlechts war. Die Hebamme wurde rot bis unter die grauen Haare. »Kind is schließlich Kind!« sagte sie, aber es ist sicher, daß sie dem Arzt diese Entdeckung nie verzeihen wird. Dr. Wittkow setzte nachträglich ›weiblich‹ auf dem Formular ein, ging in die Vorhalle und erklärte: »Der Junge ist ein Mädchen!«

Gegen zehn Uhr ordnete der alte Quindt an, daß geflaggt würde, und Riepe holte die Fahnen aus dem Hundezwinger. »Dann gratulier ich auch, Herr Baron, wenn es auch nur ein Mädchen geworden is. Der junge Herr Baron is ja noch jung, und wenn der Krieg um is, dann können ja noch viele Kinder kommen.«

»Kann sein, Riepe, kann aber auch nicht sein. Aber: kann auch sein. Obwohl bei den Quindts – ich denke manchmal, mit denen is es vorbei, ebenso wie es mit dem Kaiserreich vorbei is, und was mit Preußen wird, wenn den Alliierten der

Durchbruch gelingt – dann is kein Halten mehr, und bis wir das in Poenichen erfahren ... Was Neues vom Willem?«

»Nee, das nich, Herr Baron, seit zwei Monaten nich.«

»Wenn man einen Leutnant zum Sohn hat, und der hat auch noch einen Schwiegervater bei der Feldpost, dann hört man öfter mal was. Das dürfte alles nich sein, Riepe. Diese Unterschiede, mein ich, Sohn is schließlich Sohn!«

»Aber zwischen dem jungen Herrn Baron und meinem Willem, da is ein großer Unterschied!«

»So? Meinst du? Du redest wie ein Konservativer!«

»Und der Herr Baron reden manchmal wie 'n Sozi!«

»Dann is es ja gut, Riepe, jeder tut einen Schritt, und am Ende is das sogar auch noch christlich. Aber christlich meinen es die Roten nich, und so meinen es die Schwarzen auch nich. Wir beide, wir kämen schon miteinander aus. Wir sind nun beide fünfzig, wir leben beide unser Leben lang auf Poenichen. Mehr als satt essen können wir uns beide nich. Du kriegst im November Schwarzsauer, und ich kriege Gänsebrust. Aber ich esse lieber Schwarzsauer, und das weiß deine Anna und macht es mir, und ob sie dir nich mal eine Gänsebrust gibt, das weiß ich nich, und das will ich auch nich wissen. Man muß nich alles wissen wollen. Wir haben beide nur den einen Jungen, und ob wir den behalten, wissen wir auch noch nich, und Rheuma haben wir auch beide. Mir verpaßt Wittkow eine Spritze, und dich reibt deine Anna ein. Fürs Einreiben ist deine Anna besser, meine Frau hält es mehr mit den Hunden. Es gleicht sich eben alles wieder aus. Und nun zieh endlich die Fahne auf, Riepe. Neues Leben auf Poenichen!«

»Welche wollen wir denn nehmen, Herr Baron? Die schwarz-weiß-rote oder die schwarz-weiße?«

»Nimm die Quindtsche, die stimmt auf alle Fälle. Von einem Mädchen will das Vaterland weniger wissen. Ob nun männlich oder weiblich – aufs Blut kommt's an.«

Am Fahnenmast weht die Fahne der Quindts im leichten Ostwind. Von Stunde zu Stunde wird es heißer. August. Hinterpommern. Vom Gutshof hört man das gleichförmige Summen der Dreschmaschine. Der alte Quindt hat die Fahrt über die

Felder, die er sonst in den frühen Vormittagsstunden unternimmt, des freudigen Ereignisses wegen auf den Nachmittag verschoben. Er hat auf dem Dreschplatz mit Herrn Glinicke, seinem Inspektor, gesprochen. Er ist der erste Quindt, der die Verwaltung des Gutes selbst, ohne Administrator, besorgt.

Und nun geht er ins Haus, um seinem Sohn zu schreiben. Er tut es im sogenannten ›Büro‹, dem Herrenzimmer. Seine Frau schreibt zur gleichen Zeit ebenfalls an ihren Sohn; sie sitzt im ›Separaten‹, das nach Norden geht und kühler ist als die übrigen Räume. Und auch die Wöchnerin hat sich von Dorchen Tinte und Papier bringen lassen.

Der letzte Satz des alten Quindt kann so nicht stehenbleiben: ›Aufs Blut kommt's an.‹ Meint er das ironisch? Schwingt nicht immer ein wenig Ironie mit, wenn er von ›den Quindts‹ spricht? Wenn von dem ›Erben‹, dem ›Stammhalter‹ die Rede ist? Was weiß er überhaupt von den Vorfällen in Zoppot? Was ahnt er?

2

›Es ist sicher eine schöne Sache, aus gutem Haus zu sein.
Aber das Verdienst gebührt den Vorfahren.‹ Plutarch

Hätte Joachim Quindt nicht schon in jungen Jahren Poenichen übernehmen müssen – sein Vater war 1891 bei einem Jagdunfall ums Leben gekommen –, hätte er noch einige Jahrzehnte seinen Neigungen leben können: ein Philologe aus Liebhaberei. Vielleicht wäre sogar ein Schriftsteller aus ihm geworden, ein Reiseschriftsteller nach Art, wenn auch nicht vom Rang eines Alexander von Humboldt. Später, als Gutsbesitzer, kam er selten zum Schreiben, aber er las noch immer viel, was für einen pommerschen Landjunker ungewöhnlich war. Wenn er auszufahren wünschte, sagte er zu Riepe: ›Dann soll er die Fanfare blasen lassen!‹ Der Kutscher verstand ihn, dazu brauchte er nicht den ›Prinzen von Homburg‹ zu kennen, es genügte, daß er seinen Herrn kannte.

Die junge Sophie Charlotte, eine geborene Malo aus Königsberg, besaß zunächst eine gewisse Ähnlichkeit mit der jungen Effi Briest, die sich später verloren hat. Das Aufschlußreichste über ihre Ehe mit Joachim Quindt findet sich in dem Roman ›Effi Briest‹, richtiger: in den Anstreichungen und Randbemerkungen. Zu welchem Zeitpunkt sie angebracht wurden, ist schwer festzustellen. Der Roman erschien 1895. Es ist zu vermuten, daß der Stettiner Buchhändler ihn schon bald darauf, zusammen mit anderen Neuerscheinungen, nach Poenichen geschickt hat. Das wäre dann bald nach der Geburt des einzigen Sohnes gewesen, in jedem Falle aber nach Sophie Charlottes Aufenthalt in Zoppot. In den Jahren zuvor war sie nach Bad Pyrmont und Bad Schwalbach gereist, immer mit der Auflage, daß die Ehe nicht kinderlos bleiben dürfe. Im Sommer 1896 weigerte sie sich, in eines dieser Frauenbäder zu reisen, und fuhr statt dessen nach Zoppot. Ihr Mann verbrachte jene Wochen auf der Krim, vor der Ernte, also muß es sich um Mai und Juni gehandelt haben. In jedem Jahr unternahm er mit seinem Vetter Max eine große Auslandsreise. Zum vereinbarten Zeitpunkt kehrte Sophie Charlotte zurück, und in den ersten Märztagen des folgenden Jahres kam sie mit einem gesunden Knaben nieder. In Zoppot wurde erreicht, was in Bad Schwalbach und Bad Pyrmont nicht erreicht worden war. Wurden da Gebete erhört? Brunnen getrunken? In späteren Jahren fuhr sie weder nach Zoppot noch nach Pyrmont. Wiederholbar war Zoppot nicht, dieser eine Sohn und nichts weiter.

Zoppot, heute Sopot, zwischen Danzig und Gdingen gelegen, damals preußisch, elegant, beliebt, ein Seebad, wo man sich gern und wiederholt in den Sommermonaten traf. Waldige Berghügel und dann die Küste, von der alle, die sie kennen, heute noch schwärmen.

Die damals dreiundzwanzigjährige Sophie Charlotte, seit vier Jahren kinderlos verheiratet, lernte bei einer Reunion oder auf der Strandpromenade, beim Kurkonzert – man kann da nur Vermutungen anstellen –, einen jungen polnischen Offizier kennen, wie es hieß, ein Nachkomme jenes Jósef Wybicki, der in der polnischen Legion gegen Napoleon gekämpft und die Hymne ›Noch ist Polen nicht verloren‹, den sogenannten Dombrowski-Marsch, gedichtet hatte. Sophie Charlotte sprach später gelegentlich von ›dem guten Bier aus Putzig‹. Bei jedem Glas Bier zog sie es zum Vergleich heran: ›Besser als das Bier aus Putzig‹ oder ›nicht so frisch wie damals das Bier aus Putzig‹. Irgend etwas mußte sie schließlich von jenem Zoppoter Sommer erzählen. Sie war eine leidenschaftlich verschwiegene Frau. Wenn sie den Dombrowski-Marsch hörte, erinnerte sie sich an ihren polnischen Leutnant, aber das kam in den folgenden fünfzig Lebensjahren allenfalls drei- oder viermal vor. Man verstand sich auf Poenichen darauf, eine Aussprache zu umgehen, was bei der Geräumigkeit des Hauses und der Ausdehnung der Ländereien nicht schwer war.

Zoppot also. Ein internationaler Badeort schon damals, in dem der deutsche Kaiser gern weilte, vermutlich auch in jenem Sommer 1896; später dann Hitler, Gomulka, Castro, jeder zu seiner Zeit.

Abende in Zoppot! Da genügt ein Stichwort, und schon ist die Weltanschauung vergessen. Nahebei die Westernplatte, wo der erste Schuß des Zweiten Weltkrieges fiel. Historischer Boden. Der junge polnische Leutnant und die noch jüngere pommersche Baronin, auf der Strandpromenade, im Strandcafé. Man trank in Gesellschaft eine Limonade oder jenes gute Bier aus Putzig. ›Krug um Krug das frische Bier aus Putzig.‹ Das Paar wird seine Spaziergänge bis in die Dünen ausgedehnt haben; vielleicht ist es auch ausgeritten, es reitet sich gut am Saum der Ostsee, und es gibt ausreichend Bäume, an denen man die Pferde für längere Zeit anbinden kann.

Alles Weitere läßt sich dann bei Fontane nachlesen, obwohl einiges im dunkeln bleiben wird und bleiben muß. Es steht nicht einmal fest, ob die beiden Quindts das Geheimnis, das über der Geburt ihres Sohnes lag, miteinander teilten, oder ob es jeder für sich besaß, hütete und später vergaß.

Folgende Stellen des Romans ›Effi Briest‹ tragen am Rand einen Strich, ein Ausrufungszeichen oder eine Anmerkung. Schon bei dem ersten angestrichenen Satz wird man stutzig: *›Ich bin nicht so sehr für das, was man eine Musterehe nennt‹*, sagt Effi zu ihrer Mutter. Kann das Quindt angestrichen haben, oder sollten die Anstreichungen von Sophie

Charlotte stammen? Die Handschriften des Ehepaares zeigen Ähnlichkeiten. Da beide fast zur gleichen Zeit die Schulen besucht haben, derselben Gesellschaftsschicht angehören, ist das kein Wunder, zumal Sophie Charlotte nicht nur im Äußeren, in ihrer Art zu gehen, sondern auch in der Handschrift männliche Züge zeigt.

Stammen diese Anmerkungen von ihrer Hand, dann wäre das in hohem Maße leichtsinnig gewesen. Daß ihr Mann die literarischen Neuerscheinungen zu lesen pflegte, spätestens im Winter, mußte sie wissen. Oder wollte sie ihn auf diese mittelbare Weise zum Mitwisser machen?

Denkbar wäre auch folgendes: Sophie Charlotte bekommt den Roman bereits in Zoppot zu lesen. Das müßte dann allerdings eines der allerersten Exemplare gewesen sein. Ihre Affäre mit dem jungen polnischen Leutnant (er kam übrigens aus Kongreß-Polen, dem Rest-Königreich, nach der letzten Teilung Polens Rußland untergeordnet) währte zehn Tage, keinen Tag länger. Wenn man an jedem Abend eine Stunde liest, braucht man für die Lektüre ebenfalls zehn Tage. Tagsüber der Leutnant, abends Effi Briest. Als am letzten Tag der junge Pole ihr ein Billett überreicht und feurig verspricht, daß er ihr immer und ewig schreiben werde, weist sie dieses Versprechen mit Entsetzen zurück: Kein Wort, mein Freund – und: Adieu! Möglich wäre das, wenn auch nicht sehr wahrscheinlich.

Die nächste Stelle: ›*Für die stündliche kleine Zerstreuung und Anregung, für alles, was die Langeweile bekämpft, diese Todfeindin –.*‹ Später besaß Sophie Charlotte ihre Hunde, aber damals, als sie so jung nach Poenichen kam, immerhin aus Königsberg, war sie ohne Freundinnen, ohne den Rückhalt der Schwestern, hatte nur diesen Freiherrn mit seinen politischen und literarischen Interessen, der ohne sie auf Reisen ging und sie in Frauenbäder schickte. Gewisse Ähnlichkeiten mit dem Landrat von Innstetten aus ›Effi Briest‹ mögen tatsächlich vorhanden gewesen sein.

›*Ich habe dich eigentlich nur aus Ehrgeiz geheiratet.*‹ Kein Strich, statt dessen ein Fragezeichen. Von seiner Hand? Von ihrer Hand? ›*Sie sind hier so streng und selbstgerecht. Ich glaube, das ist pommersch.*‹ Zwei Ausrufungszeichen! ›*Aber hüte dich vor dem Aparten oder was man so das Aparte nennt, das bezahlt man am Ende mit seinem Glück.‹* Noch ist im Roman zu diesem Zeitpunkt nichts passiert, aber alles liegt schon in der Luft. Was ist überhaupt ›passiert‹? Die Tochter war ja bereits geboren, und an der Vaterschaft des Barons von Innstetten kann nicht gezweifelt werden. Kessin ist nicht Poenichen, auch wenn beides in Pommern liegt – Kessin übrigens an der Küste –, und Sophie Charlotte mußte erst nach Zoppot reisen. Der Landrat war anwesend, Quindt hingegen befand sich auf der Krim. Und dann bestand in unserem Falle ja auch der ausdrückliche Wunsch nach einem Erben und Namensträger.

›Es ist so schwer, was man tun und lassen soll.‹ Nicht angestrichen, sondern unterstrichen. *›Wir müssen verführerisch sein, sonst sind wir gar nichts.‹* Hat das die junge Sophie Charlotte wirklich unterstrichen, bestätigt, gedacht? Sie ist im Jahre 1918 längst keine verführerische Frau mehr, das Verführerische hat sie abgelegt, vielleicht schon damals in den Dünen. Als sie dann wiederkam, paßte sie besser nach Poenichen, war ruhiger, brachte das Kind zur Welt, sorgte dafür, daß immer ein zuverlässiges Kinderfräulein im Haus war; mit zehn Jahren wurde der Knabe dann nach Potsdam ins Internat geschickt, und sie selbst widmete sich der Hundezucht. Da Quindt ein Morgenmensch war, sie aber ein Abendmensch, war der Vorwand gegeben, daß man getrennt liegende Schlafzimmer bezog.

›Ohne Leichtsinn ist das ganze Leben keinen Schuß Pulver wert‹, sagt Major Crampas, Effis Liebhaber, und war dann sechs Jahre später doch einen Schuß Pulver wert, wieder in den Dünen. Ein paar Seiten später sagt Innstetten über Crampas, daß er ihn nicht für schlecht halte, *›. . . eher im Gegenteil, jedenfalls hat er gute Seiten. Aber er ist so 'n halber Pole, kein rechter Verlaß, eigentlich in nichts, am wenigsten mit Frauen.‹* Ein halber Pole! Und dieser Leutnant in Zoppot ein ganzer Pole! Im Hintergrund die ganze polnische Legion. Noch ist Polen nicht verloren! Patriotismus kam ins Spiel. Dabei hatte einer der Quindtschen Vorfahren unter einem polnischen König gekämpft, aber das lag geraume Zeit zurück.

Innstetten wird nach Berlin versetzt, macht Karriere. Man verläßt Pommern, den Schauplatz des Fehltritts, alles scheint gut auszugehen. Doch dann passiert diese Geschichte mit der kleinen Annie, die hingefallen ist und die verbunden werden muß; der Nähkasten wird aufgebrochen, weil die Mutter in Bad Ems zur Kur (!) weilt. Die verräterischen Briefe werden gefunden. Der Roman wird zum Drama!

Aber wann hätte auf Poenichen ein Drama stattgefunden?

Hat vielleicht Sophie Charlotte den Roman erst Jahre später gelesen? Hat Quindt ihn ihr mit Vorbedacht hingelegt? Hat sie das Buch bis zu dieser Stelle in der Hoffnung gelesen, daß die Sache für Effi gut ausgehen würde? Ist sie zu ihrem Sekretär geeilt, hat die Schubladen aufgerissen, nach den verräterischen Billetts gesucht, sie gefunden, und im selben Augenblick betrat Quindt das Zimmer? Was für Konsequenzen hätte ein Quindt gezogen? Wäre er auf Satisfaktion bedacht gewesen? Oder hätte er gesagt: ›Störe ich?‹, wäre aus dem Zimmer gegangen, und seine Frau hätte, noch bevor sie vom tödlichen Ausgang des Duells wußte, die Briefe im Kaminfeuer verbrannt? Sie hätte dann beruhigt über die verbannte Effi weiterlesen können, die in jungen Jahren an gebrochenem Herzen starb.

Oder: Sie liest hastig die kurzen, in französischer Sprache abgefaßten Briefe. Unterm letzten Billett steht: ›A Dieu!‹ Kein Name, keine Adresse. Sie wirft die Briefe ins Feuer, zieht den Knaben, der damals dreijährig gewesen sein könnte, zwischen die Knie und forscht nach. Er ist ein Malo! Erst zwanzig Jahre später, genau am 11. November 1918, als das Enkelkind getauft wird, taucht der Pole aus der Versenkung auf, aber auch dann nur die Frage: Woher hat das Kind diese Augen?

So könnte es sich zugetragen haben. Dann würden an dieser Stelle die Anstreichungen aufhören; sie gehen aber weiter, und darum bleibt offen, ob sie von der Hand Quindts oder seiner Frau stammen. ›*Man braucht nicht glücklich zu sein, am allerwenigsten hat man Anspruch darauf, und den, der einem das Glück genommen hat, den braucht man nicht notwendig aus der Welt zu schaffen. Man kann ihn, wenn man weltabgewandt weiterexistieren will, auch laufenlassen.*‹

Dann folgt das tragische Duell. ›*Überall zur Seite standen dichte Büschel von Strandhafer, um diesen herum aber Immortellen und ein paar blutrote Nelken. Innstetten bückte sich und steckte sich eine der Nelken ins Knopfloch. »Die Immortellen nachher.«*‹ Wer hat auf Poenichen die Immortellen anpflanzen lassen? Auf dem leichten Sandboden gediehen sie natürlich gut. Quindt selbst? Zum Zeichen, daß er Bescheid wußte? Tatsächlich wachsen in den Dünen bei Zoppot ebenfalls Immortellen, aber Quindt ist nie dort gewesen. Und seine Frau hat sich nie um die Parkanlagen gekümmert.

›*Ich mußte die Briefe verbrennen, und die Welt durfte nie davon erfahren ... Es gibt so viele Leben, die keine sind, und so viele Ehen, die keine sind ...*‹ Gedanken Innstettens auf dem Rückweg vom Duell. Unterstrichen! Nie war im Quindtschen Falle von einem Duell die Rede gewesen, dabei galt Quindt als vortrefflicher Schütze. Auf wen hätte er schießen sollen? Wie hätte er den Namen des Liebhabers erfahren können? Von Sophie Charlotte, von der man weiß, daß sie leidenschaftlich verschwiegen war? Er selbst hat sie wiederholt so bezeichnet. Er hatte sich einen Erben und Namensträger gewünscht, schließlich ging es um Poenichen.

Dann nur noch wenig Anstreichungen. Eine Stelle aus dem Briefwechsel zweier befreundeter Damen: ›*Es ist doch unglaublich – erst selber Zettel und Briefe schreiben und dann auch noch die des anderen aufbewahren! Wozu gibt es Öfen und Kamine? Solange wenigstens, wie dieser Duellunsinn noch existiert, darf dergleichen nicht vorkommen; einem kommenden Geschlechte kann diese Briefschreibepassion (weil dann gefahrlos geworden) vielleicht freigegeben werden. Aber soweit sind wir noch lange nicht.*‹ Vielleicht sind diese Sätze wirklich vielen Frauen eine Lehre geworden? Vielleicht haben sie Ehen gerettet? Man weiß wenig über die Wirkung von Büchern. Hat sich die Prophezeiung jener Dame erfüllt? Keine Duelle mehr, aber auch keine Öfen und Kamine. Und keine Briefe mehr.

Ein einziger Satz ist mit Rotstift angestrichen worden, vermutlich viele Jahre später. Vielleicht vom altgewordenen Quindt, lange nach der Geburt des Enkelkindes. ›*Das Glück, wenn mir recht ist, liegt in zweierlei: darin, daß man ganz da steht, wo man hingehört, und zum zweiten und besten in einem behaglichen Abwickeln des ganz Alltäglichen, also darin, daß man ausgeschlafen hat und daß einen die neuen Stiefel nicht drücken. Wenn einem die 720 Minuten eines zwölfstündigen Tages ohne besonderen Ärger vergehen, so läßt sich von einem glücklichen Tage sprechen.‹* Bezeichnend für den alten Fontane! Aber auch für den alten Quindt. Zu Riepe sagte er wohl einmal: ›Hauptsache, man schläft, und die Verdauung ist in Ordnung. Davon hängt das ganze Wohlbefinden ab.‹ Beides war bei ihm nicht recht in Ordnung, daher die große Bedeutung, die er ihm beimaß.

Eine weitere Eintragung scheint besonders aufschlußreich zu sein. Zwischen dem alten Briest und seiner Frau findet eine Unterredung über das Glück statt. Briest sagt: *›Nun, ich meine, was ich meine, und du weißt auch was. Ist sie glücklich? Oder ist da doch irgendwas im Wege? Von Anfang an war mir's so, als ob sie ihn mehr schätze als liebe. Und das ist in meinen Augen ein schlimm Ding. Liebe hält auch nicht immer vor, aber Schätzung gewiß nicht. Eigentlich ärgern sich die Weiber, wenn sie wen schätzen müssen; erst ärgern sie und dann langweilen sie sich, und zuletzt lachen sie.‹* Hier steht nun ein deutliches ›Nein!‹ am Rand des Buches. Demnach war Sophie Charlotte in diesem Punkt anderer Ansicht. Und sie hat recht! Hier irrt Fontane, zumindest der alte Briest. In unserem Falle wuchs die Achtung zwischen den Eheleuten zugleich mit der Distanz, in der sie miteinander lebten. Sehr viel später, wenn das Enkelkind herangewachsen sein wird, verringert sich die Entfernung, sie kommen einander näher, und bei ihrem tragischen Ende sind sie sich so nahe, wie zwei Menschen einander nur kommen können.

Das alles mußte gesagt beziehungsweise vermutet werden, damit man gewisse Anspielungen verstehen kann. Wie sonst wäre die eigentümliche Betonung zu erklären, mit der Quindt äußerte: ›Ja, die Quindts!‹ – ›Das Quindtsche Blut!‹

Auch bei den später mit Nachdruck und Genauigkeit betriebenen Ahnenforschungen eines gewissen Viktor Quint (ohne d) aus der schlesischen Linie taucht der polnische Großvater der Heldin nicht auf. Bei den Genealogen spielt die väterliche Linie eine ungleich größere Rolle als die mütterliche, obwohl die Vaterschaft, im Gegensatz zur Mutterschaft, oft als zumindest ungewiß bezeichnet werden muß.

Und nun kein Wort weiter über die Zoppoter Dünen! Von jener Affäre hing aber alles Weitere ab, auch der Säugling, der soeben geboren worden war. Dieses Kind wird, ebenso wie sein Vater, auf Poenichen heranwachsen und erzogen werden wie alle Quindts. Obwohl der Vater des Kindes weder mit seinem biologischen noch mit seinem Namens-Vater die geringste Ähnlichkeit besaß, hieß es bei diesem Kind immer wieder: Es kommt ganz auf den alten Quindt heraus! Ein lebender Beweis für die prägende Kraft der Umwelt. Im Verlauf dieses Buches wird allerdings auch ein Gegenbeweis geliefert werden: Es kommt ganz auf die Erbmasse an.

Aber ›das ist ein zu weites Feld‹, sagt der alte Briest.

3

›Seht ihr drei Rosse vor dem Wagen
und diesen jungen Postillion?
Von weitem höret man ihn klagen
und seines Glöckleins dumpfen Ton.‹
Russische Volksweise

Inzwischen wurden die drei Briefe an den jungen Vater fertiggestellt. »Lieber Achim«, schrieb der alte Quindt, »die Schmaltz hatte uns für zwei Stunden einen männlichen Erben verschafft, dann kam Wittkow und stellte fest, daß es ein Mädchen war. Man hätte einer Hebamme mehr Erfahrung zugetraut, aber sie ist eben schon lange Witwe. Der Wunsch wird wohl der Vater des Gedankens bzw. des Kindes gewesen sein. Ich habe mir, während oben die Geburt vor sich ging, das Buch mit den Bismarckbriefen hervorgeholt und nach jenem Brief gesucht, in dem er seinem Schwiegervater die Geburt seines ersten Kindes mitteilt. Im Bismarckschen Falle teilt der Vater des Kindes die Angelegenheit dem Vater der Kindesmutter mit, was das Natürliche ist. Im Kriege ist alles unnatürlich, da macht der Großvater dem Vater solche Mitteilungen. Er schreibt: ›Ich bin recht froh, daß das erste eine Tochter ist.‹ (Und was für einen Bismarck recht war, muß auch für einen Quindt recht sein!) ›Aber wenn es auch eine Katze gewesen wäre, so hätte ich doch Gott auf meinen Knien gedankt in dem Augenblick etc. etc. Es ist doch eine arge verzweifelte Sache –‹ Soweit Bk. In unserem Falle wäre Deiner Mutter allerdings ein Hund lieber gewesen als eine Katze. Die schöne Dinah hat fünf Welpen geworfen, vor vier Wochen etwa, und Cylla ist bereits wieder gedeckt. Deine Mutter wird die Quindtschen Schweißhunde noch weltberühmt machen, so wie mein Großvater die Quindtschen Traber. Absatzschwierigkeiten hat sie nicht. Wie bei allen Erzeugnissen auf Poenichen ist die Nachfrage größer als das Angebot. Letztere Bemerkung betrifft das Korn, seit vorgestern wird gedroschen. Das Wetter scheint noch eine Weile zu halten. Um noch einmal auf das Kind zu sprechen zu kommen: Soweit ich es beurteilen kann, ist es ein wenig klein geraten, aber ich habe lange nicht so ein Neugeborenes gesehen. Dich habe ich erst gesehen, als Du vier Wochen alt warst. Aber das ist eine andere Geschichte. Wir werden die Geburt in der ›Kreuz-Zeitung‹ bekanntgeben, sobald feststeht, wie das Kind heißen soll. Mit der Taufe wollen wir warten bis zu Deiner Heimkehr. Die ›Voss'sche‹ kommt nur noch unregelmäßig und mit Verspätung nach P., aber für schlechte Nachrichten ist es immer noch früh genug. Um die Front ist mir nicht bange. Aber um die Heimat. An Ausdrücke wie ›Materialschlacht‹ werde ich mich nie gewöhnen. Die Politiker versagen. Ohne einen Bismarck scheint es bei uns zulande nicht zu gehen, die Deutschen brauchen eine eiserne Faust. Es wollen zu viele regieren. Ich mische mich da nicht mehr ein, obwohl mir das Politische noch manchmal in den Adern rumort. Wir hier müssen für die Ernte sorgen. Die Leute haben Hunger, ob wir den Krieg gewinnen oder verlieren. Ich denke eben wie ein Landwirt. Eines Tages wirst Du auch so denken. Dein Q.«

Die Baronin schrieb: »Mein lieber Sohn! Nun bist Du Vater geworden, und ich habe nicht einmal gemerkt, daß aus Dir ein Mann geworden war. ›Ein Soldat ist nicht dasselbe wie ein Mann‹, sagte mein Vater immer. Schade, daß Du ihn nicht kennengelernt hast. Kinder brauchen Großväter noch nötiger als Väter. In den letzten zehn Jahren bist Du nur noch in den Schulferien oder auf Heimaturlaub hier gewesen. Vera und Dein Vater wollen Dir auch noch schreiben. Dafür, daß sie aus Berlin stammt, hat Vera ihre Sache gut gemacht. Die Schmaltz hat in der Küche erzählt, das Kind wäre mit offenen Händen auf die Welt gekommen, alle Säuglinge hätten bei der Geburt die Hände zu Fäusten geballt. So was hätte sie noch nicht gesehen. Das Kind bringt es zu nichts, hat sie zu Anna gesagt. Das muß es auch nicht, es hat ja schon alles, hat Anna geantwortet. Aber die Schmaltz kann sich ja auch irren, sie hat sich ja auch geirrt, als sie dachte, das Kind wäre ein Junge. Anna wird es sich wohl nicht nehmen lassen, uns aus dem letzten Hasen, der noch im Eiskeller liegt, eine Pastete zu machen. Du bist noch nie mit auf eine Hasenjagd gegangen. Im Schießen wirst Du jetzt mehr Übung haben. Vielleicht werde ich in Zukunft außer Schweißhunden auch Teckel züchten, Rauhhaar. Dinah hat fünf Welpen geworfen, gute Rasse. Ich habe Cylla vom selben Rüden (von den Mitzekas) decken lassen. Alle sagen, daß es nun nicht mehr lange dauern kann. Ich sitze im Separaten, wegen der Hitze. Du hast als Kind immer so unter Hitze gelitten.

So Gott will, sehen wir Dich bald wieder. Deine Mutter, Sophie Charlotte v. Q.«

Dorchen nahm der Wöchnerin Briefpapier, Tintenfaß und Schreibunterlage ab, zog ihr die stützenden Kissen weg und setzte sich neben die Wiege, in der das Neugeborene mit hochrotem Kopf schlief.

Vera klebte den Briefumschlag zu, ohne das Geschriebene noch einmal durchzusehen. Sie las es erst Wochen später noch einmal und bedauerte, den Brief nicht freundlicher abgefaßt zu haben. Zu ihrer Entschuldigung sei gesagt, daß sie sich noch schwach fühlte, als sie diesen Brief, ohne Anrede und ohne Unterschrift, schrieb.

»Da habt Ihr Euer Kind! Tut mir leid. Es ist nur ein Mädchen. Sie haben ihr eine blaue Jacke angezogen, damit man es nicht merkt. Nun ist es nicht in der Charité und auch nicht in Stettin und nicht mal in Eurem Dramburg geboren! Euer Doktor kam auch zu spät. Nur diese Frau aus dem Dorf. Sie stinkt nach Ziegen! Einmal und nicht wieder! Jede Frau sollte erst mal eine Geburt mit angesehen haben, bevor sie sich auf so was einläßt. Zwei meiner Freundinnen haben ihre Kinder ›Irene‹ genannt, Irene ist griechisch und heißt ›Friede‹. Wo liegst Du jetzt? Oder stehst Du irgendwo? Ihr liegt doch an der Somme oder steht in Potsdam. Mein Bruder soll auch verwundet sein. Ich bin den Krieg leid. An Poenichen gewöhne ich mich nie! Das Gestampfe der Lokomobile oder wie das Ding heißt macht mich noch verrückt. Versprich mir, daß wir den Winter über in Berlin leben.«

Alle drei waren keine geübten Briefeschreiber, aber die Briefe des alten Quindt besaßen doch wenigstens Originalität. Die Schriftstücke wurden einzeln couvertiert, mit Name, Dienstgrad, Truppenteil und Truppenverband versehen und dann in einem gemeinsamen Umschlag an den Armeepostdirektor Friedrich von Jadow adressiert, damit er die Sendung kraft seines Amtes bevorzugt weiterleiten und für sichere Zustellung Sorge tragen konnte; seit den Frühjahrsoffensiven war es infolge der umfangreichen Truppenverschiebungen immer wieder zu Postsperren gekommen. Riepe brachte den Brief an die Bahnstation und holte bei dieser Gelegenheit die Säuglingsschwester, Fräulein Kuhl, ab, die man über Telegraf in Stettin angefordert hatte.

Anna Riepe hatte derweil eine fast friedensmäßige Hasenpastete für die Herrschaften hergestellt und ein gestrecktes Hasenragout mit Klößen für das Hauspersonal sowie den Landsturmmann Schmidt, der die gefangenen Russen bewachte. Zu allen Feiertagen kochte sie für die Russen Borschtsch, von Mal zu Mal geriet er ihr besser, und jedesmal sangen sie zum Dank ›Näh nicht, liebes Mütterlein, am roten Sarafan‹. Ihr Mann hatte ihr den Text übersetzt, er sprach etwas Polnisch, da seine Mutter aus einem Dorf bei Posen stammte. Diesmal tat Anna Riepe ein Stück Rauchfleisch in den Kessel. Woher sie das nahm, im August 1918, obwohl seit einem halben Jahr kein Schwein und kein Rind mehr geschlachtet worden war, wußte keiner. Irgend etwas ›Extras‹ hatte die Mamsell immer noch in Vorratskammern und im Eiskeller, von dem auch die Baronin nichts wußte; nur gelegentlich erkundigte sie sich: »Kommen wir denn zurecht, Anna? Haben wir wohl auch noch etwas für die Hunde?« »Wir haben!« sagte dann Anna Riepe, und die Baronin: »Dann bin ich ja beruhigt.«

Auf dem Hof wurde bis zum Einbruch der Dämmerung gedroschen. Als die Lokomobile den letzten Dampf ausstieß, schickte der alte Quindt Riepe in die Brennerei, um Schnaps zu holen. »Zwei Krüge!«

»Aber, Herr Baron!« sagte Riepe. »Der Brenner! Der Schnaps! Jetzt, vor der Kartoffelernte! Wo die Gallonen leer sind und außerdem verplombt!«

»Sind sie nun leer oder sind sie plombiert? Meinst du, ich wüßte nicht, daß wir hier eine Schwarzbrennerei betreiben? Haben wir heute alle einen Schnaps verdient oder nicht?«

Riepe kehrte mit den gefüllten Kannen zurück, und die Männer gingen nebeneinander zum Hof. Die Lokomobile stand zum Auskühlen neben der Dungstätte, die Scheunentore waren noch geöffnet, die Luft war heiß und staubig. Die alten Männer standen beisammen, Frauen und Kinder standen beisammen, und die Russen standen beisammen. Drei Gruppen, aber die Gesichter gleichmäßig verrußt, die Augen von den herumfliegenden Kornspelzen entzündet, die Russen mit kahlgeschorenen Köpfen, die Frauen mit Kopftüchern.

»Gieß ein, Riepe!«

Riepe gießt zuerst den Männern ein. Dann sieht er sich nach dem Baron um.

»Den Frauen auch!« sagt der. »Oder gibt es bei uns Frauen, die keinen Schnaps trinken?«

Als Riepe fertig ist mit dem Einschenken, ist ein Krug noch voll. »Und was ist mit dem?« fragt er.

Quindt geht und nimmt ihm die Kanne aus der Hand, geht damit zu den Russen, gießt ihnen die Löffel voll, daß es überschwappt.

Der Landsturmmann protestiert: »Das is aber nich jerecht, Herr Baron! Mehr jearbeitet hamse nich!«

Quindt läuft rot an. »Und Sie, Schmidt? Haben Sie im Schweiße Ihres Angesichts die Russen bewacht? Ist das eine Arbeit, ein Gewehr um den Misthaufen spazierenzutragen? Ist das gerecht, wenn Sie dann Schnaps kriegen? Eure Gerechtigkeit! Bei uns geht es nicht gerecht zu! Hier bekommen nicht alle dasselbe! Wer es am nötigsten hat, bekommt am meisten. Das ist unsere Gerechtigkeit. Nostrowje!« sagt er, setzt die Kanne an, kippt und schüttet sich den Schnaps übers Kinn, schüttelt die Tropfen ab, wischt nicht mal mit dem Handrükken drüber.

»Nostrowje!« sagt er noch einmal und geht. Keiner weiß, worauf er eigentlich zornig ist.

Abends saßen die alten Quindts dann allein in der Vorhalle. Sie hatten ein Stück von der kalten Hasenpastete gegessen und dafür gesorgt, daß die Wöchnerin ebenfalls ein Stück davon bekam, außerdem ein Glas Bordeaux. Der alte Quindt hatte ihr eigenhändig eingeschenkt. Er fühle sich als ›Vater i. V.‹, sagte er. »In Stellvertretung meines Sohnes, auf dein Wohl!«

Zu dem schlafenden Säugling hatte er nichts weiter zu sagen, also sprach er über die Hasenpastete, die von Vera achtlos beiseite geschoben wurde. Es wurde über diese Pastete ungewöhnlich viel geredet. Vera schloß die Augen und gab dem alten Quindt Gelegenheit, ihr eine gute Nacht zu wünschen. An der Tür drehte er sich noch einmal um.

»Du hast deine Sache gut gemacht, will mir scheinen.« Auch darauf erfolgte keine Antwort.

Zu seiner Frau sagte er, nachdem er zurückgekehrt war, daß so eine Geburt doch was Fatales sei, aber vielleicht gewöhne man sich daran. »Vielleicht«, antwortete sie.

4

›Wat sin mut, mut sin, segt de Bur, verköft den Ossen und köft sick 'n P'rück.‹ Pommersches Sprichwort

Der Säugling hieß zunächst nur ›das Kind‹. Ein Name war nicht nötig, im Umkreis von 20 Kilometern gab es kein anderes Neugeborenes. ›Das Kind hat nicht mal geschrien!‹ – das sprach sich natürlich herum. Aber stimmte das? Sollte ausgerechnet dieses Kind nicht laut protestiert haben? War es von vornherein mit allem einverstanden? Es ist unwahrscheinlich. Jedes Kind schreit, muß schreien, um die Lungen zum Atmen frei zu bekommen und den ersten selbständigen Atemzug tun zu können. Darin unterscheidet sich der Mensch wesentlich vom Tier. Nie hat man ein Fohlen, nie ein Kätzchen nach der Geburt schreien hören. Aber die Witwe Schmaltz behauptete: ›Das Kind hat nicht mal geschrien‹, und einen weiteren Zeugen gab es nicht. Die junge Mutter sprach mit niemandem über die Einzelheiten der Geburt. Der Vorgang wird ihr unangenehm genug gewesen sein. Als ein halbes Jahr später ihre eigene Mutter zum ersten Mal nach Poenichen kam und ein volles Vierteljahr blieb, erkundigte sie sich natürlich nach den Einzelheiten, wollte von Frau zu Frau mit Vera sprechen und sagte wörtlich zu ihr: »Dein Vater stellt heute noch Forderungen an mich, du verstehst doch, was ich meine?« Vera, an die derartige Forderungen nicht gestellt wurden, deren Fragen von eben dieser Mutter immer mit ›Da spricht man nicht von‹ beantwortet worden waren, entgegnete daher gereizt: »Sprechen wir doch nicht davon, Mutter!« Also: Das Kind hat nicht geschrien.

Die Frage, ob ›die junge Frau Milch habe‹, wurde nicht nur in der Küche des Herrenhauses ausführlich erörtert, sondern auch im Dorf. Die Säuglingsschwester, Fräulein Kuhl aus Stettin, führte auf eine ruhige, aber bestimmte Weise Regie in der Wochenstube. Sie sprach von der jungen Baronin nie anders als von ›der Wöchnerin‹. Was eine Wöchnerin dürfe und was nicht; das meiste durfte sie nicht, um der Milch nicht zu schaden. Nie sagte sie ›Frau Baronin‹, nicht einmal ›Frau von Quindt‹, sie sprach in der dritten Person Einzahl von der Wöchnerin und stand unmißverständlich auf der Seite des Neugeborenen. Das Ergehen der Wöchnerin interessierte sie nur, soweit es das Ergehen des Säuglings betraf.

Vera erwies sich nicht als geborene Mutter, niemand hatte das erwartet. Sie mag erleichtert, buchstäblich: erleichtert gewesen sein, aber glücklich wirkte sie nicht. Fräulein Kuhl, die ›das Fräulein‹ genannt wurde, später dann zur Unterscheidung von ihren Nachfolgerinnen ›das erste Fräulein‹, legte ihr das Kind an die Brust. Das Kind nuckelte ein wenig, schlief aber immer wieder ein. Der Arm der Mutter wurde ebenfalls müde; das Kind schmatzte, sabberte, saugte, schlief. Der Vorgang des Stillens zog sich auf diese Weise über Stunden hin und machte Vera, die zur Gereiztheit neigte, noch gereizter. Von ›Stillen‹ konnte nicht die Rede sein. In jedem unbeobachteten Augenblick legte sie das Kind von der linken – wohin jede Mutter aus Instinkt ihr Kind legt, nämlich ans Herz – an die rechte Brust. Abwechslungen, die weder das Kind noch seine Mutter befriedigten.

Vera ließ sich das Grammophon in die Nähe des Bettes rücken, hielt das Kind mit der linken Hand, setzte mit der rechten den Tonarm auf die Platte, drehte die Kurbel, wobei das Kind zweimal ins Rutschen kam und aus dem Bett fiel. Daraufhin bediente Fräulein Kuhl das Grammophon, wechselte jedoch nie die Platte. Es handelte sich um ›Puppchen, du bist mein Augenstern‹, ein Geschenk jenes jungen Assistenzarztes aus der Charité, zu einem weit zurückliegenden Anlaß überreicht. Zwischen der Wöchnerin und der Säuglingsschwester wurde ein Kampf ausgetragen, von dem niemand im Haus etwas ahnte. Fräulein Kuhl erwies sich als die Überlegene.

Man hegt jetzt natürlich die schlimmsten Befürchtungen für die Entwicklung dieses Kindes. Mußte in ihm nicht Urangst entstehen als Folge der Geburtsangst? Aber in unserem Falle war die Trennung von Mutter und Kind bereits vor der Geburt erfolgt; übermäßig wohl kann sich das Ungeborene im Inneren seiner unruhigen und unzufriedenen Mutter nicht gefühlt haben. Die Schrecken des Fallengelassenwerdens hat es unbeschadet überstanden. Vermutlich war das ein Verdienst der Säuglingsschwester, die fest und entschieden zugriff. Das Kind fühlte sich bei ihr gehalten. Immer besaß es einen bergenden, wenn auch immer wieder einen neuen Schoß; nie wurde es im Dunkeln allein gelassen. Dank der Vorrechte, die das Kind von Geburt an genoß, wurden in den ersten entscheidenden Monaten einige Kardinalfehler vermieden. Später wird man sie fragen: Wurden Sie gestillt? Und wie lange? Nicht einmal so elementare Fragen wird sie dann beantworten können. Wie sollte sie da irgendwelche Auskünfte über die ›vorgeburtliche Gestimmtheit der Mutter‹ geben können?

Anna Riepe schickte weiterhin Täubchenbrühe in die Wochenstube, doch die junge Baronin erklärte, daß ihr vom Geruch schon übel würde. Sie verlangte nach schwarzem Kaffee und Zigaretten. Beides wurde ihr verweigert, zumal beides nicht zu beschaffen war. Sie wünschte, an Gewicht abzunehmen, noch immer wirkte ihr Gesicht aufgedunsen. Mehrmals täglich ließ sie sich den Handspiegel reichen. Sätze, die mit ›Eine Wöchnerin braucht vor allem‹ anfingen, wurden von ihr mit einem gereizten Auflachen beantwortet. Wer in diesem Haus wußte schon, was sie brauchte! Sie brauchte keine Ruhe, sondern Abwechslung: Besucher, die ihr kleines Kind bewunderten, die vor allem sie selbst bewundert hätten, die unter derart primitiven Umständen ein Kind zur Welt gebracht hatte, nur mit Hebamme, nahezu im Stall! Jemanden, der die Quindtsche Familienwiege bewunderte, mit Wappen und Krone verziert, sogar die Windeln; jemanden, der ihr Blumen schickte. Aber niemand brachte Blumen. Blumen wuchsen im Park, warum sollte man sie abschneiden? Niemand schenkte ihr Konfekt, wo sie doch gerade auf Süßigkeiten solche Lust hatte. Anna Riepe erfuhr davon und brachte ihr eigenhändig einen Teller voll roter Grütze aus Himbeeren und Johannisbeeren, sämig gekocht, dick mit Zucker bestreut, gekühlte Sahne dazu. Vera kostete nicht einmal davon, sagte nicht einmal danke.

Was der Wöchnerin fehlte, das war die Säuglingsstation der Charité, die Freundinnen, die jungen Ärzte, ein Zimmer voller Blumen, in dem sie ihre Lochstickereihemden hätte tragen können. Dort hätte sie die Rolle der jungen Baronin Quindt, deren Gatte an der Westfront kämpfte, tapfer leidend gespielt, das Lächeln noch etwas schmerzlich. In absehbarer Zeit, Ende September, Anfang Oktober, wenn es im Tiergarten und Unter den Linden besonders schön war, hätte sie das Kind dort spazierengefahren, in einem hochrädrigen Kinderwagen. Sie hätte sich fürsorglich darüber gebeugt, an den Kissen gezupft, und Mutter und Kind wären bewundert worden; eine Säuglingsschwester, am besten eine Spreewälderin mit großer Haube, die jederzeit hätte hilfreich eingreifen können, in zwei Schritt Abstand. Auf Poenichen gab es nicht einmal einen Kinderwagen! Kein Quindt war jemals in einem

Kinderwagen spazierengefahren worden. Wo denn auch? Auf den Sandwegen? Durch den ausgefahrenen Lehm der Lindenallee? Der Sinn für Bäume ging ihr ab. Die hundertjährigen Poenicher Linden hätten sich mit den Berliner Linden durchaus messen können.

Das Kind konnte unter den geschilderten Umständen nicht gedeihen. Es wurde regelmäßig morgens auf der Küchenwaage gewogen. Als es an drei aufeinanderfolgenden Tagen kein Gramm zugenommen, am vierten sogar ein wenig abgenommen hatte, ließ man Dr. Wittkow kommen. Er tastete die Brüste der jungen Mutter ab und stellte eine Milchstauung fest, eine beginnende Brustentzündung. Zu nennenswertem Fieber kam es nicht, aber Vera mußte sich feuchtkühle Brustwickel gefallen lassen. Das Kind wurde entwöhnt, bevor es sich noch gewöhnt hatte. Eine Amme war nicht zu beschaffen, im Dorf gab es keine Frau mit einem Säugling; die zeugungsfähigen Männer standen an der Front. Es wurde daher beschlossen, das Kind mit verdünnter Kuhmilch aufzuziehen. Dr. Wittkow gab der Säuglingsschwester entsprechende Anweisungen, und Fräulein Kuhl gab sie an Anna Riepe weiter; diese besprach die Milch-Frage mit der Witwe Schmaltz, die noch immer täglich in der Küche erschien, um sich nach ›ihrem Kind‹ zu erkundigen und zu frühstücken. Beide Frauen waren davon überzeugt, daß Ziegenmilch besser für das Kind sei. Dorchen lief von nun an täglich ins Dorf, den leeren Milchtopf im Henkelkorb versteckt, lief später mit dem gefüllten Topf in die Milchkammer des Gutshofs und trug ihn dann mit der angeblich frischgemolkenen Kuhmilch in die Küche, wo unter Aufsicht von Fräulein Kuhl die Ziegenmilch als Kuhmilch in die Flasche gefüllt, verdünnt und erwärmt wurde. Das Fräulein saß am Fenster des grünen Zimmers und reichte dem Kind die Flasche. Sie hielt es still, wiegte es, ließ es in Abständen aufstoßen, wischte die Blasen vom Mund, tat, was sie gelernt hatte, übte ihren Beruf aus, und weil sie keinen anderen Gesprächspartner hatte, unterhielt sie sich mit dem Kind, was, wie man inzwischen herausgefunden hat, wichtig für die Entwicklung eines Kleinkindes ist. Nach anfänglichen Umgewöhnungsschwierigkeiten nahm es stetig an Gewicht zu, wurde rundlich, bekam Grübchen. Allerdings: Das Kind erhielt nicht ausreichend Wirkstoffe und kam zuwenig an die frische Luft. Die Knochen blieben weich. Es bildete sich eine Anlage zur Hühnerbrust aus, die später bei einer Reihenuntersuchung als ›typische Ziegenmilchrachitis‹ bezeichnet werden wird. Die Frage, ob sie als Kind Ziegenmilch bekommen habe, konnte sie nicht beantworten. Die Handgelenke blieben ein wenig verdickt, ebenso die Knie, die sogar etwas vorragten, beides aber durch Fettpolsterung zumeist verborgen.

Sein erstes Lebensjahr verbrachte das Kind in der Wiege, meist schlafend, selten oder allenfalls leise weinend. Ein zufriedenes Kind. Es machte spät die ersten Geh- und Stehversuche, da es von niemandem dazu ermuntert wurde. Fräulein Kuhl neigte zur Bequemlichkeit; solange das Kind in der Wiege lag und schlief, hatte sie am wenigsten Last mit ihm. Ein Säugling braucht Ruhe, erklärte sie und wickelte ihn stramm, weil sie es für richtig hielt. ›Et hatt de Rauhe weck‹, sagte Witwe Schmaltz über das Verhalten des Kindes.

Erst als Fräulein Kuhl durch ein Fräulein Balzer abgelöst wurde, besserte sich der Gesundheitszustand des Kindes entscheidend; es wurde ein Krabbelkind. Nur mit einer Windel bekleidet, krabbelte es durch den Sommer 1919. Die zarte Wirbelsäule wurde geschont, die Gelenke gekräftigt. Es wurde der Sonne und dem Wind ausgesetzt, gelegentlich auch dem Regen, nachts schlief es bei weit geöffnetem Fenster, bis in den Herbst hinein. Fräulein Balzer blieb nur einen Sommer lang, man sprach später von ihr als dem ›Krabbel-Fräulein‹.

Vera mischte sich nicht in die Betreuung ihres Kindes ein. Die Säuglingsschwestern und Kinderpflegerinnen hatten ihren Beruf gelernt, konnten Zeugnisse vorweisen; sie würden es besser wissen. Sie scheute sich, den Säugling anzufassen, außer, er wurde ihr frisch gebadet und mit Kartoffelmehl bestäubt gereicht. Dann nahm sie ihn für wenige Minuten auf den Arm, schaukelte ihn und lieferte ihn wieder ab. Ihre Sorge, das Kind fallen zu lassen, es unter seinem Kissen zu ersticken, es beim Baden zu ertränken, wurde von den Säuglingsschwestern geteilt.

5

›Jesu, geh voran auf der Lebensbahn, und wir wollen nicht verweilen, dir getreulich nachzueilen . . .‹ Choral

Zehn Tage nachdem die drei Briefe an den Vater des Kindes abgesandt worden waren, traf eine Depesche ein. Auch diesmal an die ›Quindts auf Poenichen‹ und nicht an Vera persönlich gerichtet. Ein dreifaches »Hurra! Hurra! Hurra!« – nichts weiter. Bei den Feldpostdienststellen wird diese Depesche vermutlich Überraschung, wenn nicht Verwirrung ausgelöst haben, schließlich kam sie von der Westfront.

Quindt hatte mit seinen Befürchtungen recht behalten: Den Engländern war Anfang August mit ihren neuen Tanks der Durchbruch beiderseits der Straße von Amiens nach St.-Quentin gelungen. Der Geburtstag unserer Heldin ging als ›Schwarzer Freitag des deutschen Heeres‹ in die Geschichte des Ersten Weltkriegs ein. Später hieß es dann nur noch ›Schwarzer Freitag‹. Dr. Wittkow hielt den Säugling für schwächlich, machte unbestimmte Äußerungen über seinen Gesundheitszustand und riet zur baldigen Taufe. Der alte Quindt erklärte: »Nur weil es ohne Ihre Hilfe zur Welt gekommen ist, muß das Kind ja nun nicht gleich sterben! Mir kommt es zwar auch ein wenig klein vor, aber es hat ja vorerst auch nichts weiter zu tun als zu wachsen.«

Nachdem Vera die Wochenstube verlassen hatte, aß man im Frühstückszimmer: Suppe, Hauptgericht und Nachspeise zu ›Untern Linden, untern Linden promeniern die Mägdelein . . .‹ Das Grammophon stand neben Veras Platz in Reichweite. Für irgend etwas wollte sie sich vermutlich rächen. Ein wortloser Kampf. Am dritten Tag ordnete ihre Schwiegermutter an, daß in Zukunft auf Poenichen keine Suppe mehr gereicht würde. Eine Jahrhundertänderung, die von Anna Riepe als Kränkung aufgefaßt wurde. Sie war eine Köchin, die aus dem Nichts noch eine wohlschmeckende Suppe hätte kochen können. Tagelang sprach sie nicht mit der Baronin, die sich aber nicht mit ihrer Mamsell über den wahren Grund der Anordnung aussprechen konnte.

Das dreifache Hurra des jungen Vaters lag vor. Man entschloß sich daraufhin, das bisher namenlose Kind zu taufen. Wegen des unfreundlichen Novemberwetters sollte die Taufe im Hause vorgenommen werden.

Der alte Quindt hatte die Kirche – das Kirchdorf lag 9 Kilometer von Poenichen entfernt – seit zwei Jahrzehnten nicht mehr betreten. Er war kein religiöser Mensch, aber doch so kirchlich gesinnt, daß er seinen Pflichten als Patronatsherr nachkam, im Sinne des Kaisers: Laßt dem Volk die Religion! Er hatte für ein neues Kirchendach gesorgt, auch für ein Harmonium. Um die Weihnachtszeit machte Pfarrer Merzin alljährlich einen Besuch im Herrenhaus. Beim Abschied, wenn Quindt ihn zur Kutsche begleitete, sagte der dann regelmäßig: »Ihre Besuche kommen mich teuer zu stehen, Herr Pastor!« Dann entgegnete Pfarrer Merzin: »Sie können mir jederzeit einen Gegenbesuch machen, Herr Baron, und der wird Sie dann nicht mehr kosten als ein Scherflein für den Klingelbeutel.« Der Gegenbesuch erfolgte nicht. Die für den Patronatsherrn vorgesehene Kirchenbank blieb leer.

Anfang November ließ der alte Quindt den Pfarrer ins Haus bitten, um die Taufe mit ihm zu besprechen. Pfarrer Merzin bestand darauf, daß der kleine Erdenbürger wie alle anderen Täuflinge im Gotteshaus getauft werden müsse. »Vor Gott sind alle Kinder gleich, und nicht nur vor Gott, Herr Baron!« Gegenüber dem Patronatsherrn war das eine revolutionäre Beifügung; Quindt brachte schließlich den größten Teil der Kirchensteuer auf. Während Pfarrer Merzin noch weiter über die Gleichheit aller Kinder Gottes sprach, sprach Quindt bereits über den Zustand der Kirche, und daß man selbstverständlich das Kind trotz seines schwächlichen Gesundheitszustandes in der Kirche würde taufen lassen, wenn die Kirche beheizbar wäre. Es stellte sich heraus, daß Pfarrer Merzin genaue Vorstellungen von einer Heizanlage hatte und zufällig eine Zeichnung in der Tasche seines Überrocks bei sich trug. Man wurde sich einig. Der alte Quindt stiftete einen Ofen, und der Pfarrer erklärte sich bereit, die Taufe wegen des zarten Gesundheitszustandes des kleinen Erdenbürgers im Hause vorzunehmen. Über einen Zusammenhang zwischen Heizung und Kindtaufe sprach man dann später nicht mehr, obwohl man auf den Gedanken kommen könnte, daß dieses Kind schon sehr frühzeitig die Welt etwas wärmer gemacht habe.

Der Kreis der Taufgäste war klein. Nicht einmal die Paten waren anwesend. Die Berliner Großmutter konnte wegen des Eisenbahnerstreiks nicht kommen, überhaupt niemand von der Jadowschen Seite konnte kommen, auch nicht die andere Patin, die älteste Schwester Quindts, die sich aber brieflich bereit erklärt hatte, die Patenschaft zu übernehmen, falls man, wie sie beiläufig zu verstehen gab, das Kind auf ihren eigenen Namen, Maximiliane, taufen würde. Sie selbst war unverheiratet geblieben und lebte auf der fränkischen Stammburg der Quindts, dem Eyckel. Sie war 55 Jahre alt und bewirtschaftete ihre Ländereien ohne Inspektor. Nie sprach Quindt von ihr, ohne zu sagen: ›Hut ab!‹ Was zur Folge hatte, daß das Kind sich diese Tante mit einem übergroßen Hut vorstellen wird.

Der Tisch im Saal brauchte also nicht ausgezogen zu werden. Pfarrer Merzin und Frau, Dr. Wittkow und Frau sowie die Nachbarn von Gut Perchen, die Mitzekas. Eigentlich hießen sie von Kalck, aber irgendein Urahne pflegte sich als ›Kalck mit ck‹ vorzustellen; selbst auf den Visitenkarten stand: Von Kalck auf Perchen, genannt Mitzeka. Dieser Karl Georg von Kalck war seit drei Jahren einarmig. Er hatte den linken Arm in der Schlacht von Nowo-Georgiewsk verloren. ›85 000 gefangene Russen! Was wiegt da ein Arm‹, sagte er wiederholt nach seiner Entlassung aus dem Lazarett. Die unverheiratete Tochter Friederike war ebenfalls eingeladen, da sie kutschieren mußte, aber auch, um die beiden jungen Frauen miteinander bekannt zu machen. Die Versuche der Quindts, Vera das Einleben auf Poenichen zu erleichtern, blieben von ihr unbemerkt. Sie hatte mit diesem dicklichen Mädchen vom Lande nichts gemeinsam außer dem Alter; sie bezeichnete alle pommerschen Mädchen als ›Pommeranzen‹.

Der Saal, seit dem letzten Jagdessen vor zwei Jahren nie mehr beheizt und benutzt, war nur mäßig warm. Das Tageslicht fiel spärlich durch die hohen Glasfenster, so daß zusätzlich einige Petroleumlampen angezündet werden mußten. Kerzen hatten sich nicht beschaffen lassen, aber das Silber glänzte und das Curländer Service, von der alten Baronin mit in die Ehe gebracht, streng klassizistisch, glatte, von Perlstäben eingefaßte Bordüren mit regelmäßig geschwungenen Gehängen, ein Pinienzapfen als Deckelknauf, Feldblumensträuße als Dekor. Frau Mitzeka drehte die Teller um. »Ah, königlich-preußische Manufaktur!« sagte sie. »Auf Perchen haben wir Breslauer Stadtschloß.«

In den Kristallvasen standen violette Strohblumen, Immortellen, eher als Totenblumen anzusprechen, aber mit den Zoppoter Dünen nicht in unmittelbaren Zusammenhang zu bringen. Im Park waren die letzten Rosen längst erfroren. Die Palmen, die den Sommer über in der Vorhalle gestanden hatten, standen nun wieder im Saal, so daß die Taufhandlung unter Palmen stattfinden konnte. Das Taufbecken auf weißem Damast, zwei weiße Kerzen, die Pfarrer Merzin mitgebracht hatte, die Familienbibel der Quindts – es fehlte an nichts außer am Vater des Täuflings. Man stand im Halbkreis, Vera mit dem Kind in der Mitte. Pfarrer Merzin gab ihm ein Wort aus dem Buch Hiob mit auf den Lebensweg: ›Er vergilt dem Menschen, darnach er verdient hat, und trifft jeglichen nach seinem Tun. Gott verdammt niemand mit Unrecht, und der Allmächtige beugt das Recht nicht.‹ In seiner Ansprache wies er dann auch noch auf den Spruch hin, der in Stein gehauen über dem Kamin zu lesen war: ›Dein Gut vermehr! Dem Feinde wehr! Den Fremden bescher, gib Gott die Ehr!‹ Das gelte noch heute und möge noch lange in diesem Hause gelten! Dann taufte er das Kind im Namen des Vaters und des Sohnes und des Heiligen Geistes auf den Namen Maximiliane Irene.

Die Baronin setzte sich ans Spinett, das um mehr als einen halben Ton verstimmt war, und spielte ›Jesu, geh voran auf der Lebensbahn!‹. Nach der dritten Strophe brach sie ab, da niemand mitsang. Ein Choral des Nikolaus Ludwig Graf von Zinzendorf, weitläufig mit den Quindts verschwägert. Das Lied wurde zu allen Taufen gespielt, preußisch-pietistisch. Es hatte sich noch immer als passend erwiesen. ›Und auch in den schwersten Tagen niemals über Lasten klagen‹, das war Quindtsche Art.

Pfarrer Merzin hatte des Vaters gedacht, der fern auf den

Schlachtfeldern des Westens dafür kämpfte, daß kein feindlicher Fuß den Boden unseres geliebten Vaterlandes beträte, und die Hoffnung ausgesprochen, daß Gott der Allmächtige für seine baldige Heimkehr Sorge tragen möge, damit er sich seines erstgeborenen Kindes erfreue. Alle waren ergriffen, jeder auf seine Weise, trotzdem mußte niemand nach dem Taschentuch greifen. Seit vier Jahren trugen alle großen Ereignisse das Vorwort ›Krieg‹: Kriegstrauung, Kriegstaufe, Kriegstod.

Der Täufling folgte den Vorgängen aufmerksam mit den Augen, schlief diesmal nicht, aber weinte auch nicht, als das angewärmte Wasser auf seinen Kopf gegossen wurde. Fräulein Kuhl nahm der jungen Mutter den Täufling wieder ab und ordnete das lang herabhängende Taufkleid aus weißem Batist so an, daß das blaugestickte Quindtsche Wappen gut sichtbar wurde. Pfarrer Merzin löschte die Kerzen und deckte das Taufbecken zu. Die Aufmerksamkeit richtete sich nun auf die Tafel.

Otto Riepe erscheint mit einem Tablett; für die Herren einen Zweietagigen, für die Damen einen Hagebuttenlikör, eine der Spezialitäten aus Anna Riepes Küche. Riepes Hände in den weißen Zwirnhandschuhen zittern, als er das Tablett herumreicht. Er hat sich nie ans Servieren gewöhnt, ein gelernter Diener ist er nicht, das Nötigste hat er sich beim Militär angeeignet, als er im Kasino servieren mußte. Was ihm an Umgangsformen fehlt, macht er durch Fürsorglichkeit wett; den Damen legt er mageres Fleisch vor, den Herren das durchwachsene. Er weiß, wer den Kaffee schwarz trinkt und wer mit Zucker und Sahne. Bei diesem Taufessen beträgt er sich allerdings ungeschickter als sonst. Der alte Quindt nimmt darum jedes Gläschen eigenhändig vom Tablett und reicht es den Gästen, das erste für seine Schwiegertochter. »Wir taufen hier keine Prinzessin, Riepe, vor Gott und dem Gesetz sind alle Kinder gleich, nicht wahr, Herr Pastor?« und hebt das Glas. Der erste Trinkspruch, der auf Maximilianes Wohl ausgebracht wurde. Man muß ihn sich merken.

Der alte Quindt tat sein möglichstes, um die Taufgesellschaft ein wenig zu erheitern. Er forderte Riepe auf, die Suppenterrine herumzureichen. »›Frauen und Suppen soll man nicht warten lassen, sonst werden sie kalt‹, pflegt mein Schwager Larsson, der alte Schwede, zu sagen. Die Suppe können wir gleich haben, aber die Frauen werden hoffentlich auch nicht mehr lange auf ihre Männer warten müssen. Auf dein Spezielles, Schwiegertochter, und auch auf das Ihre, Fräulein Friederike!« Beide Frauen erröten aus unterschiedlichen Gründen.

Als die Suppenterrine geleert war, erhob Vera sich, nahm sie dem erschrockenen Riepe aus den Händen, setzte sie heftig mitten auf die Tafel, ging zur Wiege, holte den Täufling und legte ihn in die Terrine. Unmißverständlich. Dieses Kind stellte ihren Beitrag zum Fest dar; zu sagen hatte sie dazu weiter nichts. Fräulein Kuhl erhob Einspruch, aber die Baronin klatschte in die Hände. »Unsere kleine Hauptperson, warum soll sie nicht im Mittelpunkt stehen?«

»Sagen wir mal: liegen!« warf der alte Quindt ein.

Fräulein Kuhl schob dem Kind, das auch jetzt nicht schrie, ein Tuch unter, konnte aber nicht verhindern, daß das Taufkleid bräunliche Suppenflecken davontrug. Da die Terrine ungewöhnlich groß, das Kind ungewöhnlich klein war, paßte es hinein. Es blickte aufmerksam um sich, wobei die Augen nach allen Seiten kullerten. Das Gespräch mußte zwangsläufig auf die hervorstehenden Augäpfel kommen, sie forderten zu Vergleichen heraus. »Wie Jetknöpfe«, behauptete Frau Pfarrer Merzin, Dr. Wittkow fühlte sich an Weichselkirschen erinnert, seine Frau widersprach. »Eher wie Haselnüsse, aber noch etwas grüne.« »Wie Murmeln«, fand Pfarrer Merzin. ›Klickeraugen‹ nannte sie der zweite Mann des Täuflings später, ein Rheinländer.

Woher hatte das Kind diese Augen? Man blickte Vera an, deren Augen graublau waren, hell und kühl; man blickte den alten Quindt an und blickte sofort wieder weg, so wenig kamen seine Augen für einen Vergleich in Frage. Und die Baronin? Die Übermittlerin dieser Augen? Sie beteiligte sich nicht an den Vergleichen und Mutmaßungen. Es ist aber auch möglich, daß sie die Augen, die sich hier vererbt hatten, niemals aus der Nähe gesehen hat, weil sie die ihren in den entscheidenden Augenblicken geschlossen hielt.

Die Augen des Täuflings waren kugelig und groß, der Blick

aber nicht starr, was auf Basedow hätte schließen lassen, sondern lebhaft; die Augendrüsen sonderten reichlich Flüssigkeit ab, so daß der Blick feucht und blank war. Die Lider schienen ein wenig kurz geraten, die Wimpern weder übermäßig lang noch dicht. Tatsächlich klagte das Kind später, als es in dem großen dreibettigen Kinderzimmer schlafen sollte, daß es zu hell sei. ›Dann mach die Augen zu!‹ hieß es. Aber wenn das Kind gehorsam die Augen schloß, wurde es allenfalls dämmrig. Vielleicht waren die Lider bei ihr wirklich lichtdurchlässiger als bei anderen, sicher aber ist, daß Maximiliane später darauf bedacht sein wird, daß die Fenster im Zimmer ihrer eigenen Kinder dunkle Vorhänge bekamen.

»Ich als Mann muß sagen«, meinte Herr Mitzeka, »solche Augen sind für ein Mädchen ein nicht zu unterschätzendes Kapital!«

Die Baronin Quindt lenkte die Aufmerksamkeit der Gäste auf die Ahnenbilder, und Dorchen, die beim Servieren zur Hand ging, berichtete in der Küche, als sie die Rotkohlschüsseln nachfüllen ließ, daß man ›über die Augen von dem Kind‹ spräche. Anna Riepe und die Witwe Schmaltz waren sich einig: Das Kind hat Bieraugen. Mal hell und mal dunkel, mehr braun als gelb. »Was es sieht, sieht es!« fügte die Hebamme hinzu.

Im Saal sprach man über die Ahnen, die an einer der Längswände hingen, Auge in Auge mit den Landesherren an der gegenüberliegenden Wand: Wilhelm I., weißbärtig, väterlich, ein Souverän, von den Quindts hoch verehrt. Dann Kaiser Friedrich, der 99-Tage-Kaiser, von dem man sich so viel erhofft hatte. Als nächster Friedrich der Große, eine gut gelungene Kopie. Ein Bild des Fürsten Bismarck mit der Dogge zu seinen Füßen, eine Anschaffung, die von dem jetzigen Herrn auf Poenichen gemacht worden war. Als einzige Frau die Königin Luise, ebenfalls eine Kopie nach einem zeitgenössischen Ölbild. Wer augenfällig fehlte, war Wilhelm II., der derzeitige Kaiser des Deutschen Reiches. Statt dessen ein Bild Hindenburgs, in Stahl gestochen, der Sieger von Tannenberg, in der Uniform eines Generalfeldmarschalls; erst vor zwei Jahren der Galerie hinzugefügt. Auch diesmal wurde seiner in einem Toast gedacht.

An der Stirnseite des Saales befand sich der Kamin, wo inzwischen, von einem Ofenschirm vor dem Funkenflug geschützt, der Täufling wieder in seiner Wiege lag. »Servieren Sie das Kind ab, Riepe!« hatte der alte Quindt angeordnet, woraufhin Fräulein Kuhl aufgestanden war, um das Kind zu retten. An der gegenüberliegenden Schmalseite befanden sich die Fenster und dazwischen die Palmengruppe mit dem Altartisch.

Die Ahnenseite: sieben Quindts in Öl, alle in schweren Goldrahmen, alle im besten Mannesalter, die meisten in der Uniform ihres Regiments oder im Jagdanzug, mit Gewehr und Beute, Rehbock oder Fasan, in einem Falle Wildenten. Als vorletzter in der Reihe der alte Quindt selber, hoch zu Roß. Ein Quindtscher Traber vor blaßblauem pommerschen Himmel. Die falsche Beinstellung des Pferdes – rechtes Vorder- und Hinterbein waren gleichzeitig nach vorn gestellt – reizte Quindt, sobald er das Bild ansah. Das Gemälde war vor acht Jahren entstanden, als er noch keinen Bart trug. Neben ihm, als letztes, ein Kinderbildnis: Achim von Quindt, knapp zwölfjährig, in hellblauem Samt mit weißem Spitzenkragen nach Art eines jungen Lord. Der Maler weilte damals für einige Sommerwochen auf Poenichen, Quindt hatte ihn in Neapel kennengelernt. Die Gelegenheit war günstig, weshalb man das Bild des einzigen Sohnes ebenfalls in Auftrag gab. Besser als der Knabe waren dem Maler die beiden Jagdhunde geraten; das Braun des Hundefells kontrastierend zum hellblauen Samt. Frau Pfarrer Merzin, eine Dresdnerin, sprach von ›malerischer Delikatesse‹, von ›deutschem Impressionismus‹ – ›ein pommerscher Liebermann‹.

Man trank auf das Wohl des Vaters, den alle sich zwölfjährig vorstellten, mit Spitzenkragen.

Quindt forderte Riepe auf, die Kartoffeln noch einmal herumzureichen. »Apropos Delikatesse, Frau Pastor, nehmen Sie noch etwas von Pommerns Trost!«

Als Hauptgericht gab es Wildschweinbraten mit eingelegtem Gemüse, Mixed Pickles, Rotkohl und Salzkartoffeln. Herr Mitzeka schob seiner Frau den Teller zu, damit sie ihm den Braten schneide. Von den 85 000 gefangenen Russen, die einen Arm wert seien, war nicht mehr die Rede.

Eine Menükarte gab es nicht, aber Quindt ließ während des Essens die Menükarte seines eigenen Taufessens aus dem Jahre 1867 herumgehen; auf der Vorderseite die inzwischen vergilbte Fotografie des Täuflings, darunter das Quindtsche Wappen und auf der Innenseite die Speisenfolge: Schildkrötensuppe, gespickter Hecht mit Dillsoße, Rehrücken in Rahm; sieben Gänge, bis hin zum Mocca – auf Büttenpapier gedruckt. Das Besondere daran war, und deshalb zeigte er die Menükarte vor: Sein Großvater, Ende des 18. Jahrhunderts geboren, hatte mit sorgfältiger, aber schon etwas zittriger Schrift die Menüfolge vervollständigt und neben Mocca ›Confect und Käsegebäck‹ geschrieben. Diese drei Worte stellten das einzige handschriftliche Zeugnis des Urgroßvaters des Täuflings dar. Confect und Käsegebäck als Lebenszeichen. Der tiefere Sinn der Geschichte blieb den Gästen verborgen. Nur Maximiliane, der man diese Karte später schenken wird, verstand, was gemeint war. Confect erschien ihr immer als etwas Besonderes, Eigenhändiges.

Als alle Gäste ein zweites Mal Wildschweinbraten und Rotkohl genommen hatten und Fräulein Kuhl eine weitere Portion mit »Danke, es genügt« abgelehnt hatte, erhob sich der alte Quindt, um seine Rede zu halten. Mit Rücksicht auf die Küche hielt er seine Tischreden immer erst nach dem letzten warmen Gericht; alle waren befriedigt, satt und schläfrig.

Er sprach zunächst über den Namen, der zu groß erscheinen möge für ein so klein geratenes Kind. ›Maximal‹, das heiße, wenn ihn seine lateinischen Erinnerungen, die in der pommerschen Sandbüchse etwas versandet sein könnten, nicht täuschten, ›höchst‹ oder ›größt‹, und eine Maxime, das bedeute doch wohl ›oberste Regel‹ und sei von den französischen Moralisten als Grundsatz für praktische Lebensführung benutzt worden. Wenn dieses Kind nun zeit seines Lebens nach den Gesetzen der praktischen Lebensführung handeln werde, scheine ihm der Name ein gutes Omen, es hafte ihm etwas Weites und Großes an, man denke unwillkürlich an den Kaiser Maximilian, den letzten Ritter, in dessen Reich die Sonne nicht unterging.

An dieser Stelle erlaubte sich Pfarrer Merzin ein Räuspern und den Einwurf, daß es sich da doch wohl um Karl den

Fünften gehandelt haben dürfte. Quindt, der Zwischenrufe nicht schätzte, was ihm seinerzeit den Ruf eines undemokratischen Abgeordneten eingetragen hatte, entgegnete mit gewisser Schärfe: »Eine Geschichte muß gut sein, dann stimmt sie auch!«, wozu Dr. Wittkow bemerkte: »Der Abgeordnete kommt doch immer noch durch!«

»Was nun die Augen meiner Enkelin angeht«, fuhr Quindt fort, »so werden da viele am Werk gewesen sein. Goten und Wenden und Schweden, womöglich ein Pole, wer kann das wissen, wer will das wissen! Hauptsache ist das Pommersche, und das hat sich noch immer als das Stärkere erwiesen. Am Ende sind aus Goten, Wenden und Schweden, die alle einmal hier gesessen haben, gute Pommern geworden. Das Nationale hat nicht immer eine so große Rolle gespielt, sonst hätte nicht ein Quindt Woiwode in Polen werden können. Nur bei den Berlinern, da dauert es ein wenig länger, obwohl sie doch sonst so schnell sind.« Er blickte Vera an. Sie hielt seinem Blick stand.

Er wurde nun allgemeiner, kam auf die Zustände an der Front und in der Heimat zu sprechen, sagte, daß auf Poenichen nichts so heiß gelesen würde, wie es in Berlin gedruckt würde, aber auch in abgekühltem Zustand seien die Nachrichten noch schwer verdaulich. »Bei uns Deutschen ist immer alles ›zu links‹ oder ›zu rechts‹. Dieses deutsche ›zu‹, wie ich es einmal nennen will, das wird uns noch viel zu schaffen machen. Nietzsche und Krupp heißt das deutsche Verhängnis, einer von beiden wäre gegangen.« Wieder eine seiner ›Quindt-Essenzen‹, die er für allgemeinverständlich hielt, sogar für anschaulich. Seine Tischreden unterschieden sich nicht wesentlich von den Reden, die er als preußischer Abgeordneter gehalten hatte. Er gab hin und wieder seinen Zuhörern Gelegenheit, sich in einem Lachen Luft zu machen, war aber kein preußischer Filser, auch wenn er seine Intelligenz gelegentlich hinter einer Art von Bauernschläue versteckte.

Durch einen rhetorischen Rösselsprung kam er auch diesmal auf Bismarck zu sprechen. Er wies mit der Hand, in der er das Rotweinglas hielt, auf das Bismarck-Bild. Die Gäste beobachteten mit Spannung, ob der Rotwein überschwappen würde, und widmeten seinen Ausführungen nicht die nötige

Aufmerksamkeit. »Ein Mann wie Bismarck hat sich ehrfurchtsvoll vor dem verneigt, den Sie unter diesen Männern vergeblich suchen. Vermutlich wußte Bismarck nicht einmal, daß er ein Bismarck war.« Er erinnerte daran, daß er, Quindt, sich seinerzeit geweigert habe, die Hand des Kaisers zu küssen. »Ein Quindt küßt keine Hand, aber er läßt sich auch nicht die Hand küssen. Das kommt keinem zu! Die herrlichen Zeiten von Wilhelm Zwo sind vorüber. Wir wollen ihnen nicht nachtrauern, wir haben genug, worum wir trauern können. Damit Sie mich nicht verbessern müssen, Herr Pastor, habe ich mir einen Ausschnitt aus einer Rede des Kaisers notiert.« Er zieht ein Blatt aus der Rocktasche und liest vor: »›Die Augen auf! Den Kopf in die Höhe! Den Blick nach oben, das Knie gebeugt vor dem großen Alliierten, der noch nie die Deutschen verlassen hat, und wenn er sie noch so schwer geprüft und gedemütigt hat, der sie stets wieder aus dem Staub erhob. Hand aufs Herz, den Blick in die Weite gerichtet, und von Zeit zu Zeit einen Blick der Erinnerung zur Stärkung auf den alten Kaiser und seine Zeit, und ich bin fest überzeugt, daß . . .‹ und so weiter und so weiter ›unser Vaterland vorangehen wird auf der Bahn der Aufklärung, der Bahn der Erleuchtung, der Bahn des praktischen Christentums, ein Segen für die Menschheit, ein Hort des Friedens, eine Bewunderung für alle Länder.‹ Soweit der Kaiser, der bei anderer Gelegenheit vom deutschen Wesen, an dem die Welt genesen müsse, gesprochen hat, ein Wort, das man uns sicher noch oft vorhalten wird! An diesem 11. November des Jahres 1918 muß es statt dessen heißen: daß die Welt erst einmal vom deutschen Wesen genesen muß! Wir haben unseren Beitrag für die Geschichte des zwanzigsten Jahrhunderts geleistet. Der große Alliierte hat sich nicht auf unsere Seite geschlagen. Ob nun Alliierter oder Allmächtiger, Herr Pastor, er scheint immer auf der Seite der Sieger zu stehen.«

Pfarrer Merzin ist aufgesprungen. »Er möge uns allen gnädig sein, Herr Baron!«

»Ja, er und auch die Sieger!« schließt Quindt seine Rede.

Und dann sagte Riepe noch: »Amen!«

Herr Mitzeka entgegnete scharf: »Matrosenaufstand, was? Zustände wie in Kiel! Sind wir in Pommern schon so weit gekommen? Wollen Sie das durchgehen lassen, Baron Quindt?«

Der Verweis galt dann nicht Riepe, sondern Herrn Mitzeka: »Amen darf in meinem Hause jeder sagen.« Quindt blickt dabei Riepe an, das Kinn vorgeschoben, in seinem Gesicht zuckt es, dann hat er sich wieder in der Gewalt. »Reich mir die Flasche, Riepe, ich besorge das Einschenken selbst.« Alle erheben sich und trinken schweigend. Dorchen setzt den Karamelpudding auf den Tisch, Mocca wird nicht gereicht. Frau Wittkow sagt: »Diesmal also auch kein Mocca! Hoffentlich fehlt es dem Kind nicht lebenslänglich an diesen Extras!«

Dr. Wittkow ergänzt: »Wenn es sich nur immer an Wildschweinbraten satt essen kann!« Und Pfarrer Merzin sagt, daß er auf seinen Fahrten durchs Kirchspiel kaum noch ein Stück Wild zu sehen bekäme. »Die Wälder sind leer wie der See. Wir sind am Ende!«

Das war ebenfalls kein Satz, der die Stimmung hätte heben können. Dr. Wittkow kam noch einmal auf den Irrtum ›in Sachen Geschlecht des Täuflings‹ zu sprechen und äußerte die Hoffnung, daß dieses Kind auch als Frau immer seinen Mann stehen werde. Dann erhob sich die Baronin, womit das Taufessen beendet war. Die auswärtigen Gäste, meinte sie, würden gewiß vor Dunkelheit gern zu Hause sein. Sie bat Riepe, daß er anspannen ließe. Die Herren zogen sich noch auf eine Zigarrenlänge zurück. Vera zündete sich ebenfalls eine Zigarette an und schloß sich den Herren an. »Das bißchen Nikotin kann dem Kind ja nun nicht mehr schaden«, sagte sie. »Biologisch vielleicht nicht«, sagte Fräulein Mitzeka, »moralisch schon!« Und Vera darauf: »Dann ist eine Zigarre vermutlich zehnmal so unmoralisch wie eine Zigarette. Ein Gegenstand wird doch wohl nicht dadurch moralisch, daß ihn ein Mann in der Hand hält?«

Quindt gab ihr recht, da sei etwas Unlogisches dabei, und reichte ihr den Aschenbecher. Dr. Wittkow fand, daß eine verschenkte Zigarre einem Kriegsopfer gleichkäme. Revolution in München und Berlin, Arbeiter- und Soldatenräte, das waren keine Themen, die man den Damen hätte zumuten können. Daß der Kaiser abgedankt und inzwischen das Deutsche Reich verlassen, daß Scheidemann bereits die Republik ausgerufen hatte, davon wußte man auf Poenichen noch nichts. Die Waffenstillstandsverhandlungen waren abgeschlossen. Ein Weltkrieg war beendet.

6

›Mit den alten Preußen ist man nicht sehr behutsam umgegangen, und es ist überhaupt ein Wunder, daß ein paar von uns noch übriggeblieben sind.‹ Ernst Wiechert

Als die beiden Kutschen vorfuhren, stand Quindt wie immer auf der obersten Stufe der Treppe, die zur Vorhalle führte. Dorchen klappte die Trittbretter der Kutsche herunter, und Riepe half den Gästen beim Einsteigen, knöpfte die Wachstuchdecke fest. Die Karbidlampen brannten bereits, der Novembertag ging früh und neblig zu Ende. Die Mitzekas fuhren als erste, Dr. Wittkow nahm die Pfarrersleute in seiner Kutsche mit. Noch ein Peitschenschlag zum Abschied, Quindt ruft den Gästen »guten Abend« nach, und dann herrscht Ruhe. Der Täufling schläft längst wieder in seiner Wiege; Vera hat sich bereits in ihre Zimmer zurückgezogen, die Baronin ebenfalls. Auf Poenichen zieht jeder sich so bald wie möglich zurück.

»Zeig her!« ruft Quindt Riepe zu.

Riepe stammelt »aber« und »ach!« und »Herr Baron!«.

»Riepe, du warst nie ein guter Diener, aber du bist ein noch schlechterer Schauspieler!«

»Der Herr Baron hat sich aber nichts anmerken lassen!«

»Ein bißchen besser als mein Kutscher muß ich doch wohl sein, Riepe!«

Quindt streckt die Hand aus, Riepe nimmt umständlich die Depesche aus der Tasche und streicht sie glatt. Den Inhalt kennt er, seit ihm der Postvorsteher die Depesche in die Hand gedrückt und gesagt hat: »Es trifft jeden auf Poenichen! Jetzt noch, zu guter Letzt, obwohl man zu ›guter‹ Letzt ja nicht mal sagen kann.«

Der alte Quindt liest die Depesche, faltet sie zusammen und steckt sie ein. »Wann hast du das abgeholt, Riepe?«

»Heute, so gegen zehn, Herr Baron, ich dachte, das Kind sollte erst noch seine Taufe haben!«

»Die hat es ja nun auch gehabt. Immer eins nach dem anderen. So haben wir wenigstens kein Waisenkind getauft.«

»Darf ich dem Herrn Baron . . .«

»Reden wollen wir nun nicht drüber. Weiß man es in der Küche?«

»Nur die Anna!«

Quindt drehte sich um, ging ins Haus und trug Dorchen auf, seiner Frau und seiner Schwiegertochter zu bestellen, daß er sie im Büro erwarte. Eines der beiden Hausmädchen hieß immer ›Dorchen‹, welche von beiden, entschied Quindt. Die Mädchen fanden das in Ordnung. Es war ein Titel, und sie fühlten sich geehrt.

Dorchen eilte also zur Baronin. Sie trug ihr Sonntagskleid wie alle aus den Leutehäusern. Gab es hier ein Fest, wurde auch dort gefeiert, nur in bescheidenerem Umfang. Gänsebrust und Schwarzsauer. Man teilte Freud und Leid miteinander; im Herrenhaus bekam man allerdings von allem den größeren Teil ab, auch vom Leid.

Der Tod des jungen Barons erschien den Leuten denn auch schlimmer als der Tod eines eigenen Sohnes; sie hatten alle mehrere Kinder, und neue Kinder wuchsen nach. Sie kannten den jungen Baron zwar kaum, aber er war doch der künftige gnädige Herr gewesen.

Wenige Tage nach jener Depesche traf dann auch der Brief des Regimentskommandeurs ein. Er teilte den leidtragenden Eltern und der jungen Witwe mit, daß der Leutnant Achim von Quindt an der Spitze seines Zuges gefallen sei. Eine Kugel habe ihm die Brust durchschlagen. Seit Jahrhunderten fielen die Quindts alle auf die gleiche Weise: immer an der Spitze ihres Zuges, ihrer Kompanie, ihres Bataillons, immer die Kugel von vorn und jedesmal ein glatter Lungendurchschuß. Für Mütter und Witwen hatte sich das als die erträglichste Form des Heldentodes erwiesen.

Quindt ließ in der Todesanzeige, die in der ›Voss'schen‹ und in der ›Kreuz-Zeitung‹ erschien, das vorgesehene Wort ›stolzer‹ streichen, nicht ›in stolzer Trauer‹, sondern nur ›in Trauer‹. Leutnant Achim von Quindt, geboren 1897 auf Poenichen, gefallen 1918 in Frankreich. Es folgten die Namen der Trauernden, als letzte Maximiliane Irene.

Es dauerte noch einige Wochen, bis das Paket mit der persönlichen Hinterlassenschaft des Toten eintraf, die goldene Taschenuhr, die Achim zur Konfirmation erhalten hatte, die eiserne Uhrkette, die 1917 gegen die goldene eingetauscht worden war und die Aufschrift trug: ›Gold gab ich zur Wehr, Eisen nahm ich zur Ehr‹, der Siegelring mit dem Quindtschen Wappen und das Eiserne Kreuz Zweiter Klasse, das ihm nach den Kämpfen an der Lys verliehen worden war, außerdem noch Veras letzter Brief. Weiterhin lag der Sendung ein Plan des Friedhofs bei mit genauer Angabe der Grabstätte, auf der Leutnant Quindt seine vorläufig letzte Ruhe gefunden hatte. Diesen Plan nahm Quindt an sich. Er gedachte, so bald wie möglich die sterblichen Überreste seines Sohnes nach Poenichen überführen zu lassen, damit sie im Erbbegräbnis beigesetzt werden konnten.

Die Mutter des Toten legte die letzten Dinge in ein Elfenbeinkästchen, dazu das einzige Foto ihres Sohnes; es zeigte ihn als Kriegsfreiwilligen neben seinem Unterstand. Auch das Telegramm mit dem dreifachen Hurra, seine letzte Lebensäußerung, legte sie dazu. Sie fragte Vera, ob sie das Kästchen an sich nehmen wolle; als diese verneinte, stellte sie es auf den Kaminsims im Saal, wo bereits ähnliche Schatullen und Dosen standen. Als Maximiliane später anfing, nach dem Vater zu fragen – sie wird etwa fünf Jahre alt gewesen sein –, zeigte ihr die Großmutter den Inhalt des Kästchens, Stück für Stück. Sie erklärte dem Kind aber wohl zu wenig, so daß es den toten Vater in diesem Kästchen vermutete, sich davor fürchtete und sich über Jahre nicht in die Nähe des Kamins wagte.

Die Todesnachricht hatte Bestürzung ausgelöst, aber keine sichtbare Trauer. Es wurde keine Wunde gerissen. Quindt knöpfte für einige Monate ein schwarzes Trauerbändchen ins Knopfloch seines Rockes, die beiden Frauen trugen den Winter über Schwarz. Die Erbfolge war unterbrochen, aber das geschah nicht zum ersten Mal bei den Quindts. Quindt selbst war ein Mann von Anfang Fünfzig, er durfte damit rechnen, seine Ländereien noch zwanzig Jahre bewirtschaften zu können. Ein Kind wuchs heran, und aufs Blut kam es schließlich an. Später würde es zwar nicht mehr ›Die Quindts auf Poenichen‹ heißen, aber bei dem Namen Poenichen würde es bleiben. Das junge deutsche Kaiserreich, das alte Königreich Preußen: alles zerschlagen. Wie hätte da Poenichen unversehrt aus der Katastrophe hervorgehen sollen!

Pfarrer Merzin fragte an, ob sein Besuch erwünscht und ob an eine Trauerfeierlichkeit in der Kirche oder im Trauerhaus gedacht sei, doch Quindt ließ ihn wissen, er sehe keinen Anlaß für eine Feierlichkeit. Zu seiner Frau sagte er: »Wer an Gott glaubt, der hat es da leichter, der weiß wenigstens, bei wem er sich beklagen kann.« Er hatte dabei die Hand auf ihren Arm gelegt, was sonst nicht seine Art war, und sie legte für einen Augenblick ihre Hand auf die seine, und dann trennten sie sich wieder.

Quindt blieb in diesem Winter halbe Tage im Wald. Er ließ sich von Riepe im geschlossenen Coupé oder im Schlitten hinfahren und wieder abholen. Wenn Riepe steifbeinig und krumm vom Rheuma auf den Kutschersitz steigen wollte, befahl Quindt ihm, in der Kutsche Platz zu nehmen, worauf Riepe jedesmal protestierte. »Das is nich recht, Herr Baron!«

»Ich kann dir befehlen, in die Kutsche zu steigen, Riepe, aber ich kann dir nicht befehlen, dich drin wohl zu fühlen!« antwortete Quindt und stieg schwerfällig auf den Bock. Dabei zitierte er einmal ein Weihnachtslied: »Er wird ein Herr und ich ein Knecht – oder heißt es umgekehrt?«

»Es heißt: ›Er wird ein Knecht und ich ein Herr, das mag ein Wechsel sein‹, Herr Baron.«

»Na also, dann stimmt es ja!«

Dann stapfte Quindt in seinem schweren Fahrpelz allein durch den Wald. Wenn der Schnee zu hoch lag, blieb er auf Poenichen und ging in der Allee auf und ab, die Hände auf dem Rücken zusammengelegt. Er handelte die Angelegenheit mit den Bäumen, seine Frau mit ihren Hunden ab. Vera hatte weder zu Hunden noch zu Bäumen, nicht einmal zu dem kleinen schlafenden Kind eine Beziehung. Ihre Unruhe drang durch alle Wände.

7

›Friede den Hütten, Krieg den Palästen! Friede den Arbeitern aller Länder! Es lebe die brüderliche Einheit der revolutionären Arbeiter aller Länder! Es lebe der Sozialismus!‹ Lenin

Wie hätte Vera das Kind im Sinne des gefallenen Vaters erziehen sollen? Keiner auf Poenichen kannte den Sinn des Toten. Man hielt sich an das übliche Erziehungsmuster, in dem die Mutter nicht unbedingt die Hauptrolle zu spielen brauchte. Das Grammophon stand einige Zeit, mit einem schwarzen Tuch zugedeckt, in der Ecke und wurde eines Tages wieder in Betrieb genommen. ›Untern Linden, untern Linden!‹ Vera benutzte den Schlager wie einen Protestsong und führte sich auf, als sei Poenichen ein preußisches Sibirien.

Sie behandelte die Hausmädchen wie Personal, ebenso die Mamsell und sogar Riepe. Sie ließ in ihren Zimmern herumliegen, was sie gerade ausgezogen hatte, Kleider, Wäsche, Schuhe. Das war auf Poenichen nicht üblich, man goß das Waschwasser eigenhändig aus, man hinterließ keine Schmutzränder in der Waschschüssel, räumte die persönlichen Dinge eigenhändig auf. In allen Zimmern befanden sich zwar Klingelzüge, aber sie wurden nicht benutzt. Nur Vera klingelte, verlangte heißes Wasser, verlangte, daß man ihr eine Bluse bügelte, wurde ärgerlich, wenn Dorchen nicht umgehend erschien. Die Tochter eines Melkers! Nicht einmal saubere Hände! Dorchen entschuldigte sich auch nicht, wenn sie die junge gnädige Frau hatte warten lassen. Vera beschwerte sich über sie: »Dieses ungehobelte Ding!«

»Man muß sie zu nehmen wissen«, sagte Quindt, »dann ist sie ganz willig.«

»Willst du damit sagen, daß ich nicht mit Personal umgehen kann?«

»Ich wollte damit nicht mehr sagen, als was ich gesagt habe.«

»Heißt das, die Jadows – ?!«

»Lassen wir das!« Quindt versuchte, das Gespräch zu beenden. Aber Vera trumpfte auf.

»Immerhin war mein Vater im Krieg Armeepostdirektor,

und meine Großmutter mütterlicherseits war eine geborene –.«

Sobald sie ›immerhin‹ sagte, und das tat sie oft, erhob sich Quindt, machte eine kleine unbestimmte Verbeugung in ihre Richtung, ergriff seinen Stock und entfernte sich.

Die Vorhalle war von jeher der Lieblingsplatz der Quindts gewesen. Anfang Mai wurden die Palmen aus dem Saal dorthin gebracht. Die Mutter Quindts hatte sie aus Kernen gezogen, eine Erinnerung an die Deutsch-Ostafrika-Reise des Vaters. Mittlerweile hatten die Palmen eine Höhe von zwei Metern erreicht und mehrfach die leichten Fröste, die es im Mai und oft noch Anfang Juni gab, gut überstanden. Man blickte von der Vorhalle aus über den Rasenplatz mit dem Rondell, auf dem die Immortellen standen, und durch die Lindenallee bis zum Hof mit den Wirtschaftsgebäuden, Scheunen und Leutehäusern. Die Geräusche aus den Ställen, der Schmiede, der Stellmacherei vermittelten den Eindruck von Betriebsamkeit, ohne jedoch als Störung empfunden zu werden. Quindt blickte dann jedesmal auf die Uhr: Jetzt wurden die Sensen gedengelt, jetzt wurden die Schweine gefüttert.

Von hier aus sah man die Gäste kommen und gehen, hier las man die Zeitungen: nicht drinnen, nicht draußen; an der frischen Luft, aber nicht den Unbehaglichkeiten der Witterung ausgesetzt. Für einige Zeit machte Vera diesen Lieblingsplatz unbewohnbar. Aussprachen oder gar Auseinandersetzungen fanden nicht statt. Man ging statt dessen auseinander. Streit entsteht, wenn nicht genügend Raum vorhanden ist, um sich aus dem Weg zu gehen. Auf Poenichen war das nicht der Fall. Wenn man sich nach Stunden wieder traf, setzte man sich zu Tisch, reichte sich Schüsseln zu, kam mit ›bitte‹ und ›danke‹ aus. Ein Schweigen gab das andere. Die Fragen richteten sich zumeist an die Säuglingsschwester und betrafen das Befinden des Kindes. »Es schläft!« – »Der erste Zahn!« – »Es krabbelt!« Die Antworten waren befriedigend.

Vera traf den Poenicher Ton nicht. Bei den Jadows hatte es ein Mädchen für alles gegeben, das putzte, flickte, kochte, einkaufte, den Dienstbotenaufgang benutzte und dessen Geburtstag man nach zehn Jahren noch nicht kannte. Quindts älteste Schwester Maximiliane sagte nach der einzigen Begegnung, die zwischen ihr und Vera stattgefunden hat: »Ein Etagenkind!« Was konnte man da erwarten? Veras Elternhaus bestand aus einer Siebenzimmerwohnung im zweiten Stockwerk, Berlin-Charlottenburg.

Eines Morgens erschien sie im Pyjama zum Frühstück. Quindt sagte nichts dazu, aber als sie mittags noch immer den Pyjama trug, befahl er Dorchen, das Essen wieder in die Küche zu bringen, und sagte zu Vera: »Wie ich sehe, bist du noch nicht soweit. Wir werden warten.«

»Ich nahm an, ihr merkt nicht, was man hier anhat.«

Darauf Quindt: »Wir erwähnen es nur nicht.«

Noch am selben Abend schlug er ihr vor, für einige Wochen nach Berlin zu reisen. Sie brauche wohl mal wieder Berliner Luft, nicht nur aus dem Trichter, womit das Grammophon gemeint war. Er habe ihr ein Konto eingerichtet, damit sie sich frei bewegen könne.

Von dieser ersten Reise nach Berlin kehrte Vera mit kurzgeschnittenem Haar zurück, einem Bubikopf, der ihr vorzüglich stand. Sie trug noch immer Schwarz, aber nun nicht mehr aus Trauer, sondern weil man ihr in Berlin versichert hatte, daß Schwarz zu ihr paßte, schwarze Spangenschuhe, schwarze Seidenstrümpfe, Schwarz bis zur Zigarettenspitze aus Ebenholz, der Rock gerade bis zum Knie reichend.

Quindt erkundigte sich: »Du meinst nicht, daß dieser Rock etwas zu kurz geraten sein könnte?«

»Nein, das meine ich nicht.«

»Du meinst nicht?« – »Nein!«

Unter solch lapidaren Sätzen konnten verwandtschaftliche Gefühle nicht gedeihen. Trotzdem beeindruckte ihn die Schwiegertochter. ›Es steckt was in ihr‹, äußerte er mehrfach.

Um ihr eine Freude zu machen, bestellte er die ›Berliner Illustrirte‹. Donnerstags wurde sie in Berlin ausgeliefert, freitags traf sie auf Poenichen ein. Auf dem Titelblatt der ersten Nummer, die sie erhielten, waren Friedrich Ebert und Gustav Noske im Seebad Haffkrug bei Travemünde zu sehen, beide in kurzen Badehosen. »So sieht es also drunter aus«, stellte Quindt fest. »Das muß wohl das Republikanische sein, das Herzeigen, ein Bismarck hatte das nicht nötig. Wir haben noch viel zu lernen.«

Was man bisher nur in der ›Voss'schen‹ und der

›Kreuz-Zeitung‹ gelesen hatte, sah man fortan auch illustriert und fotografiert: Berlin ohne Licht; Berlin ohne Wasser; Berlin ohne Zeitungen; Straßenkämpfe und Barrikaden. Als Vera längst und für immer Poenichen verlassen hatte, behielt man das Abonnement bei.

Unter den Nachbarn hatte sich schon vor dem Krieg ein Kreis von Gutsbesitzern zum sogenannten ›Jeu‹ zusammengefunden, darunter auch die Mitzekas und Pichts und Dr. Wittkow. Dieser ›Jeu‹ lebte nun wieder auf. Quindt, der fürs Spiel nichts übrig hatte und auf diese Weise auch weder Geld verdienen noch verlieren wollte, hatte sich dort bisher nie sehen lassen. Um Vera eine Abwechslung zu bieten, schlug er ihr vor, einmal hinzufahren und sich das Ganze anzusehen, was diese auch mehrere Male tat. Während die Herren im Herrenzimmer ihr Spiel machten, spielten die Damen im Salon Rommé.

Die Jadows kamen zu Besuch, ›um sich an den pommerschen Fleischtöpfen gütlich zu tun‹; sie ließen ihre tägliche Gewichtszunahme abends im Stall auf der Dezimalwaage prüfen. »Man lebt hier ja noch wie Gott in Frankreich!« erklärten die Gäste aus Berlin.

Quindt schränkte es ein: »Sagen wir, wie Gott in Hinterpommern.« Man blieb beim ›Sie‹, nannte sich ›lieber Quindt‹ und ›lieber Jadow‹, worin mehr Reserviertheit als Herzlichkeit zum Ausdruck kam. Herr von Jadow erwies sich als ein umgänglicher Mann, solange das Gespräch nicht auf Politik kam und auf das, was er ›die gesellschaftlichen Zustände‹ nannte. Als er sich eine Woche ›die Verhältnisse auf so einem pommerschen Großgrundbesitz gründlich angesehen hatte‹, sagte er bei Tisch: »Sie mit Ihren Kutschen und Pferden, lieber Quindt, mit Ihren Petroleumlampen und Wasserpumpen! Sie leben hier wie im vorindustriellen Zeitalter! Man fährt inzwischen Auto! Man brennt elektrisches Licht!«

Seine Frau stimmte ihm zu: »Wie im Mittelalter, im finstersten Mittelalter!«

Tatsächlich dämmerte es draußen, und die Petroleumlampen brannten noch nicht. Quindt schnitt sein Fleisch und hörte zu.

Herr von Jadow nahm seiner Frau das Wort wieder ab.

»Patriarchalische Zustände, lieber Quindt, nehmen Sie mir das nicht übel. Lange wird das auch auf dem Lande nicht mehr gutgehen. Lassen Sie sich das von einem Mann gesagt sein, der sich als einen Fortschrittlichen bezeichnen darf. Der Fortschritt läßt sich nicht aufhalten! Er kommt nicht per Pferdekutsche nach Pommern, sondern per Eisenbahn, im Schnellzugtempo und per Telefon! Es weht ein anderer Wind!«

»Hier weht der Wind noch immer von Osten her, lieber Jadow, und das wird er vermutlich noch eine ganze Weile tun. Und solange ich derjenige bin, der am besten weiß, welcher Wind für dieses Land und diese Leute hier gut ist, wird es gemacht, wie ich sage. Und wenn ein anderer kommt, der es besser weiß, gut, dann werde ich abtreten!«

Die Baronin ließ die Klöße noch einmal herumreichen und erkundigte sich nach der gestrigen Gewichtszunahme der Gäste.

Um die Gewichtszunahme des Kindes mußte man sich zu dieser Zeit keine Sorge mehr machen. Es gedieh unter der Fürsorge von Fräulein Balzer gut, lag auf einer Decke unter der Blutbuche bäuchlings im Halbschatten, bis das Fräulein es wieder aufscheuchte. Dann setzte es sich brav in Bewegung, verließ die Wolldecke, krabbelte ins Gras, rupfte mit den Händen, manchmal auch mit den Lippen, im Frühling Gänseblümchen und im Herbst Buchenblätter ab und verleibte sich ein, was in seine Reichweite kam. Fräulein Balzer jagte die kleinen Hunde, die mit dem Kind spielen wollten, fort und verlangte energisch nach einem Laufstall für das Kind. Quindt lehnte ab. Er fand eine solche Anschaffung für ein einziges Kind nicht lohnend. Er setzte ihr auseinander, daß man zur Beaufsichtigung ein Kinderfräulein angeschafft habe, was jede andere Anschaffung erübrige; sie möge also bitte dafür sorgen, daß das Kind auf der Decke bleibe.

In seiner Antwort kam auch der Ärger darüber zum Ausdruck, daß der Stellmacher Fritz Schwarze Poenichen verlassen hatte, bald nachdem er aus dem Krieg zurückgekehrt war. Er halte die Zustände auf dem Hof nicht mehr aus, sollte er geäußert haben. Ein Vierteljahr später folgten ihm seine Frau und die beiden Töchter, die alle drei auf dem Hof mitgearbeitet hatten. Der Stellmacher hatte unter dem Einfluß von Willem Riepe gestanden, der zwei Monate nach Kriegsende aufgetaucht war, ›um seine Klamotten zu holen‹.

»Mich seht ihr hier so bald nicht wieder, kannst mir ja mal 'ne Gans schicken«, hatte er zu seiner Mutter gesagt. Diese schickte ihm noch einiges mehr, vor allem in den Jahren der Inflation, aber er ließ sich trotzdem nicht wieder blicken. In der Leutestube hatte er erklärt, er ließe sich nicht mehr für den Baron naßregnen. »Mit den Baronen is es jetzt zu Ende! Blutsauger sinn das alle! Der Großgrundbesitz wird aufgeteilt, aber ich will kein Stück davon, nich mal geschenkt! Geregelte Arbeitszeit will ich! Geregelte Löhne und kein Deputat!« Abends war er gewaltsam in die Brennerei eingedrungen, hatte sich einiger Flaschen Schnaps bemächtigt und sie an mehrere Männer verteilt. Außer dem Schnaps hatte er auch Flugblätter verteilt. ›Kampf den Palästen, Friede den Hütten.‹ Aber das Herrenhaus war trotz seiner fünf weißen Säulen kein Palast, und die Leutehäuser waren zwar aus Lehm gebaut, aber sie hatten Ziegeldächer. Willem Riepe kam mit seinen Flugblättern und Reden nicht an; wohl aber mit dem Schnaps. Zusammen mit fünf anderen Männern zog er grölend zum Herrenhaus und versuchte, einen Brand zu legen. Aber sehr ernst durfte man diese Brandstiftung nicht nehmen. Sein Vorhaben wurde allein schon dadurch erschwert, daß seine Eltern und Schwestern im selben ›Palast‹, wenn auch im Souterrain, wohnten.

Am nächsten Morgen hatte ihn sein Vater, damit es schneller ging, im ›Gig‹ zum Bahnhof gebracht. Mit einem Güterzug fuhr Willem Riepe dann westwärts. »Wie ein Stück Vieh«, sagte sein Vater, als er zwei Stunden später mit Quindt eines ihrer wortarmen Gespräche führte. »Als ob das hier gar nichts is!« Und: »So is es schlimmer, Herr Baron. Tot, das is was anderes, da muß man sich abfinden, aber so!«

»Die Unterschiede«, sagte Quindt, »was ich immer sage, Riepe, die Unterschiede sind es. Die sollen nun abgeschafft werden. Alle gleich reich, das geht nich, also alle gleich arm, darauf kommt es raus. Nur durch Teilen kommt keiner nach oben. Es muß auch in einem liegen.«

»Und was liegt im Willem? Ein Brandstifter liegt in ihm!«

»Ach was, Riepe, den haben andere in ihn gelegt. Und nun ist Schluß mit dem ›Herrn Baron‹! Wir haben eine Republik, sag einfach Herr Quindt zu mir, meinetwegen Herr von Quindt, weil das ›von‹ zum Namen gehört.«

Aus dem Freiherrn Joachim von Quindt war ein Joachim Freiherr von Quindt geworden. Ein anderer Stellenwert, der Adelstitel nur noch Bestandteil des Namens. Quindt war der Ansicht, daß eine Demokratisierung von oben her erfolgen mußte, bevor sie als Sozialisierung von unten gefordert wurde. Keine Bedienung mehr bei Tisch! Die Schüsseln wurden in der Küche von Anna Riepe in den Aufzug gesetzt und von Frau von Quindt eigenhändig nach oben gezogen und auf den Tisch gestellt. Dorchen, die bisher in der Küche berichtet hatte: ›Die gnädige Frau hat die Sauce gelobt‹, stellte keine Verbindung mehr zwischen oben und unten her. Diese Änderungen wurden vom Personal als Kränkung empfunden und mußten später rückgängig gemacht werden.

8

›Es gehört zu den beneidenswerten Vorrechten vornehmer Herren, sich nicht zieren zu brauchen. Sie brauchen nichts aus sich zu machen, weil sie durch Geburt, Erziehung und Mittel von vornherein etwas sind.‹ Fontane

Das Tischgespräch über den Fortschritt, der mit dem Schnellzug käme, hatte immerhin zur Folge, daß ein Auto angeschafft wurde. Keine Pullman-Limousine, was nahegelegen hätte, sondern eine Innensteuerlimousine, der Führerraum auch nicht durch eine Glaswand vom Fahrgastraum getrennt. Quindt nannte es ein ›republikanisches Kraftfahrzeug‹ und setzte sich auf den Beifahrersitz.

Wenn Frau von Quindt sich nach Dramburg oder Arnswalde fahren ließ, rief sie: »Otto! Otto!«, wenn Riepe mehr als 30 Stundenkilometer fuhr. Das Auto wurde nicht ausdrücklich Vera übereignet, stand ihr jedoch auf Wunsch zur Verfügung. Riepe brachte ihr seine mäßigen Fahrkünste bei, und sie erwies sich als begabte Fahrerin mit überraschendem technischen Verstand. Noch mehr als mit dem Pferd war sie in Zukunft mit dem Auto unterwegs.

In den Sommermonaten lud sie ihre Freundinnen aus Berlin ein; sie fanden das Leben auf dem Lande ›himmlisch‹. Das Ruderboot wurde abgedichtet, frisch gestrichen und auf den großen Poenicher See gebracht. Man unternahm Bootsfahrten und Kutschfahrten im ›Visavis‹, in dem sechs Personen und notfalls auch acht Platz hatten. Vera veranstaltete Picknicks am See, und Anna Riepe füllte die Körbe mit Wildpasteten und Fischsülzen. Gelegentlich warf man einen Blick auf das Kind, das schlief oder sich schlafend stellte. Man setzte die Wiege in Bewegung, spielte dann aber lieber mit den kleinen Hunden – bereits wieder ein neuer Wurf von Dinah –, denn das Windelpaket verdarb den Anblick. Fräulein Balzer war für einen ungestörten natürlichen Ablauf der Entwicklung. Kein stundenlanges Sitzen auf dem Topf, keine Schläge, sondern Windeln und manchmal nicht einmal diese. Fräulein Balzers Vater gehörte den Nudisten an und betrieb Freikörperkultur, ein Fanatiker, der Ehrfurcht vor der unverhüllten Natur predigte, ›ein reines Körperbewußtsein als Träger sittlicher Kräfte‹. Selbst nackt und keusch, predigte er vor seinen Anhängern in einer Laubenkolonie in Berlin-Lichterfelde. In Fräulein Balzers Zeugnis hatte als Beruf des Vaters lediglich Buchhalter gestanden.

Sie ließ das Kind ›Schubkarren laufen‹, turnte mit ihm, küßte es auf sämtliche Grübchen und ließ es auch sonst an nichts fehlen; nur über Mittag verschwand sie für zwei Stunden und ging am Blaupfuhl ihren Bedürfnissen nach reinem Körperbewußtsein nach.

Löckchen, die das Entzücken der jungen Damen hätten hervorrufen können, besaß das Kind nicht: Das Haar war weder hell noch dunkel, noch lockig. Auf die gleichmäßig gebräunte Haut achtete keiner. Nur Leute, die im Freien arbeiten mußten, besaßen eine braune Hautfarbe; noch galt Blässe als Zeichen von guter Herkunft. Sobald sich Schritte näherten, schloß das Kind die Augen, die vielleicht einen Ausruf der Bewunderung hätten hervorrufen können; es machte sich so unsichtbar wie nur möglich. Eine der jungen Damen entdeckte das Familienwappen auf der Windel. »Echter Batist! Du solltest dir daraus eine Bluse arbeiten lassen, Vera!«

Wenn sich das Gelächter entfernte, öffnete das Kind die Augen.

Die Tage wurden kürzer, abends aß man bereits bei Petroleumlicht. Veras Bruder, Franz von Jadow, war zu Besuch gekommen, ein gelernter Kriegsteilnehmer, wie sich Quindt ausdrückte.

Auch der junge Herr von Jadow erkundigte sich: »Gibt es hier noch keine Elektrizität? Kein Gas zum Kochen? Keine Dampfheizung? Nicht einmal eine Wasserleitung?«

»So ist es«, sagte Quindt. »Im Schweiße des Angesichts von Dorchen oder Frieda muß das Wasser vom Brunnen ins Haus getragen werden. Soweit es sich um das Trinkwasser handelt. Die Lampen besorgt Priska, mein früherer Kutscher, und das Feuer im Herd hält Anna Riepe, unsere Mamsell, in Gang.«

»Aber die Technik! Da brauchte man die ganzen Leute nicht!«

»Die Leute habe ich, und die Technik habe ich nicht. Und was soll aus dem alten Priska werden? Kutschieren kann er nicht mehr, auf dem Feld kann er nicht mehr arbeiten und im Stall auch nicht; aber für die Lampen kann er noch sorgen, und im Sommer kann er die Wege harken. Wenn bei Sturm die Überlandleitungen zerstört werden oder der Blitz in ein Transformatorenhaus schlägt, sitzt man im Dunkeln. Priskas Lampen brennen immer, auch bei Schneesturm. Wasserleitungen gehen kaputt, aber Dorchen und Frieda gehen so leicht nicht kaputt, wenn man sie gut behandelt. Und frischeres Wasser als das, was hier auf meinem Tisch steht, werden Sie in Ihren Berliner Wohnungen nicht haben. Und was die Heizung anlangt, auf Poenichen mußte noch keiner frieren. Dagegen habe ich mir sagen lassen, daß man in Berlin friert. Ich habe mir auch sagen lassen, daß das Gas nicht immer brennt! In meinen Wäldern gibt es ausreichend Holz, es wächst sogar jedes Jahr nach!«

»Hier im Haus mag das alles ja stimmen«, warf Herr von Jadow ein. »Aber in den Leutehäusern! Da ist es jetzt schon dunkel!«

»Die Leute schlafen jetzt sowieso, Herr von Jadow«, antwortete Quindt, »weil sie müde sind, weil sie früh aufgestanden sind und zwölf Stunden gearbeitet haben. Es friert keiner, und es hungert auch keiner. Alle bekommen ihr Deputat an Holz, Kartoffeln und an Korn; sie halten sich ihr Schwein, ihre Ziegen, ihre Gänse. Wer krank ist, wird versorgt, und wer alt ist, muß nicht aus dem Haus, für den ist immer noch Platz, für den gibt es immer noch was zu tun. Ich habe davon gelesen, daß es in den Städten nicht überall so zugeht. Und nun gute Nacht, meine Damen, mein Herr! Dorchen, bring mir meine Lampe nach oben. Dorchen ist nämlich nicht nur die Poenicher Wasserleitung, sondern auch die Lichtleitung, und wie Sie sehen, ist sie gut intakt, auch wenn man sie nicht ein- und ausschalten kann.«

Damit nahm er dem Gespräch die Schärfe. Dorchen errötete unter den Blicken des jungen Herrn von Jadow, der sie bei dieser Gelegenheit zum ersten Mal wahrnahm.

»Ein charmantes Argument gegen die Elektrizität, Herr Baron!« sagte er in seinem forschen Leutnantston, hob das Glas: »Ich erlaube mir, auf Ihr Spezielles zu trinken!«

Ihr Schwiegervater sei früher einmal preußischer Abgeordneter gewesen, sagte Vera. »Aber doch wohl ein Erzkonservativer!« ließ sich jemand vernehmen.

»Nein«, sagte die Baronin, »ein Liberaler, sogar ein fortschrittlicher Liberaler« und hob die Tafel auf. Sie mischte sich selten in ein Gespräch ein, beendete es aber, wenn sie es für nötig hielt. Kaum einer nahm wahr, daß sie diesem Haushalt vorstand. Man hatte ihr beigebracht, daß eine Hauswirtschaft lautlos in Gang gehalten werden mußte. Kein Besucher durfte merken, daß die Frau des Hauses irgend etwas zu tun hatte, das Mühelose machte den Unterschied zum Arbeiter. Klagen und Schweiß gehörten in Küche und Mägdekammer. Sophie Charlotte war ohnedies eine Ostpreußin von der schweigsamen Sorte. Außerdem mußte Quindt zu Beginn ihrer Ehe einmal gesagt haben: »Halt du dich da raus, Sophie Charlotte!« Was als Ermahnung für fünf Jahrzehnte ausgereicht hatte. Außenstehende nahmen an, daß die Baronin einzig ihren Liebhabereien nachging, der Hundezucht und im Winter der Weberei. Im letzten Kriegswinter hatte Klara Slewenka, die Frau des Schmieds, ihr das Weben beigebracht. Sie webte Schafwollteppiche, neuerdings auch dicke Westen aus Schafwolle, langärmlig und auch ärmellos. Auf Poenichen trugen zu jener Zeit alle diese friedliche, die Unterschiede verdeckende Uniform: Männer, Frauen und Kinder, mit Ausnahme des Barons, der weiterhin seine grünen Lodenjoppen trug. Stoffe waren knapp, die überhöhten Preise konnte keiner zahlen. Schafwolle war vorhanden und wuchs auf den Schafrükken ständig nach, vor allem, seit der neue Inspektor die Schafe planmäßig auf Wolle züchtete.

An den Nachmittagen sitzt die Baronin mit Dorchen und Frieda im Frühstückszimmer und webt. Eine Manufaktur: Eine zupft Wolle, die andere spinnt, die Baronin webt. Wenn Anna Riepe in der Küche fertig ist, kommt sie ebenfalls dazu. Zunächst sind die Jacken steif vom Schweiß der Schafe, später von Menschenschweiß. Vera hat es abgelehnt, in der Webstube mitzuarbeiten; sie rümpft die Nase: »Das ist ja wie in Hauptmanns ›Webern‹.«

Anna Riepe läßt zuweilen die wärmende Jacke vom Schoß gleiten, greift sich an die Kehle, streicht das ergraute feuchte Haar aus der Stirn und legt die Hände in den Schoß. Die Baronin wirft ihr einen prüfenden Blick zu und bemüht sich, die Hitzewelle, die sich in ihrem eigenen Körper sammelt, wenn nicht zu verhindern, so doch nicht sichtbar werden zu lassen. Sie trägt Einsätze aus Tüll und Spitze, um die aufsteigende Röte am Hals zu verbergen; Anna Riepe knöpft das Kleid am Hals auf, um sich Luft zu verschaffen. Die eine im Klimakterium, die andere in den Wechseljahren, aber ohne Möglichkeit, sich über die Beschwerden zu verständigen, es sei denn durch gegenseitige Rücksichtnahme und das gemeinsame Bedürfnis nach einer Tasse Melissentee.

Die Webstube war gut geheizt, es roch nach Schafen, das gleichmäßige Klappern des Webstuhls wirkte einschläfernd auf Anna Riepe, ihr Kinn sank auf die Brust: sie schnarchte, was die beiden Mädchen immer wieder zum Kichern brachte, und wenn die gnädige Frau, was häufig geschah, sich in den Kettfäden verhedderte, konnten sie sich vor Lachen kaum halten. Gegen Abend, wenn das Kinderfräulein mit dem frischgebadeten Kind in die Webstube kam, wurde dann gesungen. Das Kind wurde auf einem der Wollberge abgelegt, wo es sich wie ein Maulwurf in der Wolle eingrub, mit den kleinen Händen hineingriff und Gluckser des Wohlbehagens ausstieß. Fräulein Hämmerling machte sich daran, die Jacken mit gedrehter Kordel einzufassen.

Dann verlangt das Kind, auf Anna Riepes Schoß gehoben zu werden. Es ruft laut und vernehmlich: »Mama!«, streckt die Arme aus und läßt die Augäpfel kullern. Es wird belehrt, erst von Fräulein Hämmerling, dann von allen anderen: »Anna!« Aber das Kind beharrt auf »Mama«, bis es schließlich bereit ist, »Amma« zu sagen. Und dabei bleibt es für Jahre. Es wird auf Anna Riepes weichen Schoß gesetzt und an die warmen Brüste gedrückt. Beides konnte ihr die eigene Mutter nicht bieten, versuchte es erst gar nicht. Das Kind wurde gewiegt, und die Mädchen sangen unter Führung von Fräulein Hämmerling »Schlafe, mein Prinzchen, schlaf ein«, was von dem Kind auch bald befolgt wurde.

Im Februar wußten dann alle, warum Dorchen nicht mehr kicherte und nicht mehr mitsang: Sie war schwanger. Man schickte sie nicht weg, das war auf Poenichen nicht üblich. Quindt schrieb an den jungen Herrn von Jadow einen Brief, der aber nicht beantwortet wurde. Statt dessen schrieb dieser an seine Schwester: »Ihr könnt doch froh sein, wenn jemand für Nachwuchs in der Landwirtschaft sorgt, die laufen euch doch alle fort in die Industrie.« Ein Regimentskamerad hatte ihm eine Stellung in der Wirtschaft verschafft, aber Franz von Jadow war an den Umgang mit fremden Geldern nicht gewöhnt; einiges konnte vertuscht werden, zweimal sprang der Vater ein, unter erheblichen Opfern, schließlich blieb nur noch die Schiffskarte nach Amerika. Das bescheidene Vermögen der Jadows war damit erschöpft.

Quindt versuchte, einen Mann für Dorchen zu finden, was aber ebenfalls mißlang. Vera war die einzige, die daran Anstoß nahm, daß man Dorchen im Haus behielt. Ihre Abneigung gegen Schwangere rührte noch von ihrer eigenen Schwangerschaft her.

»Schickt sie doch endlich fort! Sie kann ihr Kind schließlich auch woanders kriegen! Ihr seid nur zu geizig! Ihr wollt nicht zahlen! Sie muß für euch arbeiten bis zum letzten Tag!«

Das ›Dorchen‹ hieß nun wieder Luise Priebe, was einer Herabsetzung gleichkam: So ergeht es einem Mädchen, das nicht auf sich hält. Nach ihrer Niederkunft ging sie dann in die Stadt; das Neugeborene wurde auf den Namen Helene getauft, von den Großeltern aufgezogen und später ›Lenchen‹ gerufen. Luise Priebe schickte regelmäßig kleine Geldsummen, aber nicht an die Eltern, sondern an den Herrn von Quindt, der sie in die Sparkasse einzahlte und jedes Jahr etwas dazutat.

Riepe fragte an, ob seine jüngste Tochter, die Martha, nicht als neues ›Dorchen‹ anfangen könnte, sie sei zwar erst fünfzehn, aber anstellig. Quindt lehnte ab. »Keine Unterwanderung, Riepe! Das Unterhaus wird zu stark!«

»Aber die Martha is nich wie der Willem«, sagte Riepe.

»Das meine ich auch nich, aber es gibt zuviel Hin und Her. Dabei bleibt es!«

Riepe sprach tagelang nicht mit seinem Herrn; beide hatten sie pommersche Dickschädel.

Im Gegensatz zu ihrer Schwiegermutter war Vera nicht zur Gutsfrau erzogen worden. Es fehlten ihr alle Voraussetzungen, aber sie hat es an Versuchen, sich nützlich zu machen, nicht fehlen lassen. Sie ist in die Küche gegangen, um sich ein Spiegelei zu braten, aber Anna Riepe hat ihr die Pfanne aus der Hand genommen und den Herd mit ihrer ganzen Breitseite verteidigt: »Damit wollen wir gar nicht erst anfangen, gnädige Frau!« Im Souterrain regierte Anna Riepe. Es blieb bei oben und unten; auch unten hatte man seine Rechte, die beachtet werden mußten. Also verbrachte Vera die meiste Zeit auf dem Pferderücken oder am Steuer des Autos, mit dem sie über die Chausseen raste, den langen schwarzen Trauerflor um den Hals, der sich im Fahrtwind blähte; ›Halbmastbeflaggung‹, wie Quindt sich ausdrückte. Die Gespannführer hatten ihre Not, die Pferde zu bändigen, die an aufheulende Motoren nicht gewöhnt waren. Die verrückte junge Gnädige war unterwegs! Gänse und Hühner konnten nicht schnell genug ausweichen. Vera drehte sich nicht einmal um, wenn sie ein Huhn totgefahren hatte: Das Huhn kam sowieso in den Topf, warum nicht schon heute.

Die Quindtschen Traber trugen die Namen der Winde:

Passat, Monsun, Schirokko und Taifun. Wenn sie ausritt, nahm sie am liebsten Mistral, eine lebhafte fünfjährige Stute. Vera sprengte, den schwarzen Trauerflor jetzt am Hut, über Gräben und Einzäunungen und kehrte meist erst nach Stunden erhitzt und erschöpft zurück. »Laß das Pferd abreiben!« sagte dann Quindt. »Am besten dich auch!« Gewöhnlich richtete sie es so ein, daß sie am großen Poenicher See vorüberkam. Dort im Inspektorhaus wohnte seit einiger Zeit ein neuer Verwalter. Wenn er sie ansah, schoß ihr unter seinen Blicken das Blut ins Gesicht. Sie war zwar nicht leidenschaftlich, eher kühl, aber sie war bald Ende Zwanzig und unbefriedigt. Ihr Mann, ebenso unerfahren wie sie, wird in den wenigen Ehenächten mehr Ungeschicklichkeit als Leidenschaft bewiesen haben. Es hätte sich in jenen Oktobertagen am Poenicher See leicht eine Lady-Chatterley-Affäre abspielen können, aber Quindt witterte die Gefahr rechtzeitig, obwohl ihm dieses Mal kein Werk der Weltliteratur einen Hinweis gab, da Lawrence seinen Roman noch nicht geschrieben hatte. Auf ihre Frage, wer der neue Mann am See sei, gab Quindt, in solchen Dingen eher belesen als erfahren, Auskunft und schlug ihr gleichzeitig vor, jetzt, wo es unweigerlich Herbst würde und die guten Monate auf Poenichen vorüber seien, mal wieder für eine Weile nach Berlin zu fahren. Pferde, Hunde und Landjunker waren wohl wirklich nicht der richtige Umgang für eine Berlinerin.

9

›Yes, we have no bananas, we have no bananas today.‹
Schlager

Anna Riepe füllte Weizenmehl und Dörrobst in Säcke, wikkelte Speckseiten in Mulltücher, verpackte geräucherte Gänsebrust und Schafwolljacken. Die Hausmädchen verstauten die Lebensmittel zwischen den Kleidern der jungen gnädigen Frau, und dann brachte Riepe sie und die Schließkörbe nach Stargard an die Bahn, wo er ihr mit Hilfe des Bahnhofsvorstehers, dem er eine Zigarre ›mit den besten Grüßen vom Herrn Baron‹ übergab, einen Sitzplatz verschaffte. Von den Kontrollen nach Hamstergut blieb sie verschont.

Zunächst wohnte sie bei ihren Eltern, in dem Zimmer mit den weißen Jungmädchenmöbeln. Ihr Vater verfaßte eine Schrift über ›Nutzen und Schwierigkeiten bei der Nachrichtenvermittlung zwischen Heimat und Front‹, stützte dabei seine Angaben auf exaktes Zahlenmaterial: 17,7 Milliarden Postsendungen aus der Heimat an die Front! Bevor er seine Abhandlung zum Abschluß bringen konnte, starb er, im Frühjahr 1920, an einer Lungenentzündung. Vera, die zu dieser Zeit gerade auf Poenichen weilte, fuhr erneut mit ihren Schließkörben nach Berlin, blieb diesmal mehrere Wochen dort, aber: zwei Witwen in einer Wohnung, von denen die ältere genau wußte, was eine Witwe tut, und vor allem, was sie nicht tut, das konnte nicht gutgehen. Vera nahm sich ein möbliertes Zimmer.

Man hörte oft wochenlang auf Poenichen nichts von ihr, bis eine Depesche den Zeitpunkt ihrer Ankunft in Stargard ankündigte. Von einem dieser Berlin-Aufenthalte brachte sie einen Fotoapparat mit, eine einfache Plattenkamera mit Bodenauszug. Sie fotografierte zunächst nur, was still stand, später dann aber auch Hunde und Pferde und schließlich ihre Tochter: ein kleines rundliches Mädchen mit einer großen weißen Schleife im Haar. »Halt still!« befahl die Mutter, wenn sie es fotografieren wollte. Das Kind blieb dann genau so stehen, wie es die Mutter hingestellt hatte, etwa vor einer der weißen Säulen der Vorhalle. Sobald die Mutter aber den Auslöser bediente, hob das Kind die Hände vors Gesicht. Das wiederholte sich mehrere Male, bis die Mutter es aufgab.

Eine dieser mißglückten Aufnahmen blieb erhalten. Das ganze Mißverhältnis wird darauf deutlich. Die Säule zehnmal so groß wie das Kind. Das alles sollte es einmal tragen und weitergeben, was für eine Belastung für ein so kleines Mädchen!

Quindt hatte es sich angewöhnt, Maximiliane am Morgen ihres Geburtstags an ebendiese Säule zu stellen, ihr ein Buch auf den Kopf zu legen und einen Strich zu ziehen. Im Laufe von zehn Jahren kam aber nicht einmal ein voller Meter zu den ersten 42 Zentimetern hinzu, und jedesmal sagte dann der Großvater: »Nun mal zu! Das geht sehr langsam!« Wenn sie sich beim Messen auf die Zehenspitzen stellte, drückte er sie mit Hilfe des Buches wieder herunter.

Zunächst waren es landläufige, laienhafte Fotografien, die Vera machte. Die belichteten Platten schickte sie nach Stargard, wo sie ein Optiker entwickelte und Abzüge herstellte. Reiten, Autofahren, Fotografieren galten auf Poenichen als nutzlose und kostspielige Liebhabereien. Dort ritt oder fuhr man nur aus, um irgendwohin zu gelangen, aber nicht, um zu fahren oder zu reiten. Die Stimmung verschlechterte sich.

Bei einem ihrer Berlin-Aufenthalte hatte Vera einen Redakteur der ›Berliner Illustrirten‹ kennengelernt, einen Herrn Spitz, dem sie ihre besten Aufnahmen zeigte. Sein Interesse galt zunächst mehr der Frau und den geräucherten Gänsebrüsten aus Pommern, aber dann erkannte er eine gewisse Begabung und verschaffte ihr eine Lehrstelle bei dem Fotografen Vogt in Steglitz, der sie ein halbes Jahr lang ausbildete. Auf Poenichen erfuhr man davon nichts. Wenn sie aus Berlin zurückkehrte, erkundigte man sich allenfalls, ob sie eine gute Fahrt gehabt habe; nach Einzelheiten fragte man nicht.

Vera entwickelte einen sicheren Blick für Bild-Folgen. Sie gehört sogar zu den Erfindern der Foto-Serien. Sie fotografierte denselben Baum zu verschiedenen Tages- und Jahreszeiten oder auch ein Fohlen, eine Stute, einen abgeklapperten Gaul, wobei sie überraschend viel Geduld bewies. Später wagte sie sich auch daran, Menschen zu fotografieren, keine gestellten Aufnahmen, sondern Schnappschüsse, objektiv und entlarvend, meist Personen, die sich unbeobachtet fühlten.

An einem Freitag Anfang Oktober saß Quindt in der Vorhalle und blätterte arglos die ›Berliner Illustrirte‹ durch. Da fällt sein Blick auf vier großformatige Fotografien unter dem Titel ›Bilder aus Hinterpommern‹. Er stutzt. Das erste Bild: ein Gutsherr im Gig, der Kutscher auf dem Tritt stehend hinter dem Herrn, beide von hinten gesehen, eine Allee und an deren Ende ein helles, schloßartiges Gebäude. Das zweite Bild: ein Mann zu Pferde, ebenfalls von hinten, die Peitsche zum Befehl erhoben, rechts und links und zwischen den Pferdebeinen eine Kolonne Kartoffelleser: der Inspektor. Drittes Bild: eine gebückte Frau, breitbeinig und in weiten Röcken, die Kartoffeln aufliest. Als letztes ein Kind, das sich mit einem viel zu schweren Kartoffelkorb abschleppt. Rechts unten: ›Aufnahmen Vera v. Q.‹. Die Abkürzung genügte. Auch was gemeint war, wurde deutlich. Kenntlich war ebenfalls jeder, Quindt und Riepe, Oberinspektor Palcke, Marie Priebe und die kleine Erika Beske.

Außer Quindt bekam auf Poenichen keiner die Illustrierte zu Gesicht, nicht einmal Herr Palcke, aber auf den Nachbargütern hatte man die ›Berliner Illustrirte‹ ebenfalls abonniert. Das Telefon klingelte in einem fort.

Quindt führte zunächst eine Unterredung mit seiner Frau.

»Was hältst du davon, Sophie Charlotte?«

»Ich halte mich da raus!«

»Du hältst dich immer raus, das ist wahr!«

Dann suchte er seine Schwiegertochter in ihren grünen Zimmern auf. Diese Unterredung dauerte länger. Vera lag auf dem Sofa und rauchte, das Grammophon spielte. ›Yes, we have no bananas, we have no bananas today.‹ Quindt hielt die Illustrierte hoch.

»Die Bilder sind gut. Sie geben die Situation wieder, wenn auch einseitig. Hinterrücks gewissermaßen. Man könnte dem Problem auch ins Gesicht sehen. Lassen wir das. Ich wünsche nicht, daß du Poenichen ein zweites Mal in die Zeitung bringst. Es wird besser sein, wenn du dir deine Motive in Berlin suchst. Da gehörst du hin, hier gehörst du nicht hin. Was mir leid tut.«

»Wirklich?« Vera drehte die Kurbel des Grammophons und setzte die Nadel neu auf. ›Yes, we have no bananas.‹ »Hat man auf Poenichen schon einmal etwas von E-man-zi-pa-tion gehört?« Sie skandierte manche Worte genau wie ihre Mutter.

»Gehört und gelesen ja!« sagte Quindt. »Aber gesehen habe ich davon noch nichts. Du hältst dich demnach für eine emanzipierte Frau. Also gut, dann mußt du entsprechend leben. Du wirst auf deine bisherige monatliche Zuwendung verzichten müssen. Ich werde dir statt dessen ein Fotoatelier einrichten, über die Höhe der Kosten werde ich mich informieren. Das Kind gehört hierher.« Er machte eine Pause. »Ich sehe, daß du nicht widersprichst. Wenn du die Aufgaben einer Mutter nicht übernehmen willst, hat deine weitere Anwesenheit auf Poenichen keinen Sinn. Im Gegensatz zu deiner Meinung tut hier jeder seine Pflicht. Wenn du es wünschst, kannst du deine Ferien hier bei uns verbringen, deine Freunde sind allerdings unerwünscht. In einigen Jahren wird das Kind groß genug sein, um dich nach jeweiliger Vereinbarung in Berlin besuchen zu können. Es wäre mir angenehm, wenn du dir für deine fotografische Tätigkeit eine Art Künstlernamen zulegen würdest. Ich sehe den Namen Quindt nicht gern in einer Illustrierten. Ob du den Namen Jadow verwenden willst, bleibt dir beziehungsweise den Jadows überlassen. Aber die Jadows gehen ja in ganz anderem Zusammenhang durch die Presse.« Das letzte war eine Anspielung auf Veras Bruder, die besser unterblieben wäre, aber daran waren vermutlich die ›Bananas‹ schuld.

Vera drückte die Zigarette aus. »Bist du fertig? Du kannst deine Ty-ran-nei auf Poenichen ausüben. Mich und meine Familie laß aus dem Spiel! Und bitte: Mach aus den Verpflichtungen mir gegenüber keine Wohltaten, sonst werde ich mir einen juristischen Beistand nehmen, der feststellen wird, wie hoch die Herstellung einer Erbin zu veranschlagen ist.«

»Ich entschuldige mich in aller Form«, sagte Quindt, ging zur Tür und drehte sich dort noch einmal um. »Behalte deine Gastrolle bei uns nicht in allzu schlechter Erinnerung!«

Mit seiner Prophezeiung: ›Es steckt was in ihr‹ behielt Quindt recht. Er hatte zwar die Einrichtung ihres Berliner Ateliers in der neuen Rentenmark zu zahlen, was bedeutete, daß er zu einem Zeitpunkt Geld aufnehmen mußte, als die Steuerschraube erheblich angezogen wurde. Trotzdem lohnte sich die Geldanlage. Vera wurde unabhängig und stellte keine weiteren Forderungen. In jedem Monat erschien unter dem Namen Vera Jadow eine große Bildserie in der ›B. I.‹, deren ständige, aber freie Mitarbeiterin sie wurde. Ihre Serien hießen ›Untern Linden um halb fünf‹ oder einfach nur ›Musik‹ – der Dirigent des Philharmonischen Orchesters, Wilhelm Furtwängler, mit gesenktem Taktstock, daneben ein Alleinunterhalter in einer Eckkneipe, als letztes ein Leierkastenmann im Hinterhof. Hier sah, das erkannte man schon bald, eine Frau Berlin und traf den Nerv ihrer Zeit. Sie fotografierte Balkone an Jugendstilhäusern, von Karyatiden getragen, Palmen und Oleander in Messingkübeln, Berliner Westen – und Balkone im Norden, auf denen Windeln getrocknet wurden.

Diese Serien machten sie bekannt, sie bekam Zugang zu Journalisten- und Künstlerkreisen, die zwanziger Jahre standen ihr gut, sie verkörperte den Berliner Garçon-Typ, hat ihn vielleicht sogar mitgeprägt. Sie trug Hosenanzüge, zumeist aus schwarzem Samt, Hemdbluse und rote Seidenkrawatte. Sie verkehrte unter Homosexuellen, ohne selbst lesbisch zu sein. Sie rauchte, trank Whisky, fuhr ein schwarzes Kabriolett, einen Roadster, was sonst nur Herrenfahrer taten, zweisitzig, die Leica griffbereit. Sie tanzte vorzüglich Charleston, verfügte über den raschen, auch scharfen Witz der Berlinerin. Obwohl sie mit ihren Bildern soziale Mißstände aufdeckte, war sie unpolitisch und nicht auf Änderung der gesellschaftlichen Verhältnisse bedacht. Sie entdeckte zwar ›die Poesie der Armut‹, war aber keine Käthe Kollwitz, allenfalls ›die rote Prinzessin‹. Irgendwo im hintersten Pommern, hieß es, sollte sie eine kleine Tochter haben, ganz legal. Während eines Empfangs im Ullsteinhaus wurde sie fotografiert und in der nächsten Nummer der ›B. I.‹ den Lesern im Bild vorgestellt. Maximiliane schnitt das Bild aus und legte es in das Kästchen auf dem Kaminsims. Früher oder später hätte eine Trennung von ihrem Kind erfolgen müssen, Vera hatte sich für ›früher‹ entschieden, bevor sie sich aneinander gewöhnen konnten.

»Der Kummer um die Kinder frißt mich noch auf«, schrieb die Großmutter aus Charlottenburg in einem Brief nach Poenichen. Der einzige Sohn in Amerika verschollen, die einzige Tochter eine sogenannte Emanzipierte. Der Brief wurde vorgelesen und besprochen. Maximiliane hörte zu, fragte aber nichts. Später kam noch einmal ein Brief: »Ich habe mich verkleinert.« Die Großmutter war in eine ebenfalls in Charlottenburg gelegene Vierzimmerwohnung gezogen. Maximiliane stellte sich die Großmutter angefressen und verkleinert vor. Wenn man sie fragte, ob sie die Großmutter besuchen möchte, verneinte sie, ohne einen Grund anzugeben. Die Großmutter bekam regelmäßig ihr pommersches Weihnachtspaket, für das sie sich im Laufe des Januars bedankte. Sie schickte dann jedesmal ein Spielzeug für ›mein einziges Enkelkind‹, einmal einen Hampelmann, einmal eine Zelluloidpuppe in der Tracht der Kaiserswerther Diakonissen und einen Kaufmannsladen mit Registrierkasse, Waage, Ladentheke und Regalen, die Nudelpakete mit Liebesperlen gefüllt. Aber Maximiliane spielte nicht mit dem Laden, er stand jahrelang aufgeräumt und zugedeckt im Kinderzimmer. Eine Kauf- und Verkaufsleidenschaft war in ihr nicht angelegt, wurde auch von niemandem gefördert. Es wurde auf Poenichen nichts eingekauft. In der Küche wurde verwendet, was in Garten, Wäldern und Seen wuchs, es gab keine Bananen und auch keine Bonbons, allenfalls selbstgekochte. Die Kleider wurden von Frau Görke genäht, die zweimal in jedem Jahr eine Woche lang im Frühstückszimmer saß und Kleider verlängerte oder veränderte.

Es hatte zwar keinen endgültigen Bruch zwischen Vera Jadow und den Quindts gegeben, aber doch eine Trennung. Diese räumliche und zeitliche Trennung bewirkte allerdings auch eine innere. Quindt blätterte die ›Berliner Illustrirte‹ an jedem Freitag mit Besorgnis durch, zu der aber kein Anlaß bestand. Vera hielt sich an die Abmachung: nie wieder ein Bild aus Hinterpommern.

10

›Wenn ein gesundes Kind geboren wird, dann schreit es und piepst nicht.‹ Rosa Luxemburg

Nachdem Quindt für die Bewirtschaftung des Hauptgutes wieder einen Oberinspektor, jenen Herrn Palcke, eingestellt hatte, der mit seiner Familie das Inspektorhaus bewohnte, und als auch das Vorwerk am See wieder bewirtschaftet wurde, verfügte er über mehr Zeit und ließ gelegentlich durchblicken, daß er nicht abgeneigt sei, wieder in die Politik zu gehen.

Als erste schickte die Deutschnationale Volkspartei eine Abordnung nach Poenichen, aber auch das Zentrum sandte zwei Herren zu ihm; in Ostelbien fehlte es an geeigneten Politikern, und konfessionell schien dieser Freiherr von Quindt zumindest nicht gebunden zu sein. Selbst die Sozialdemokraten hätten ihn gern in ihren Reihen gesehen: ein Landjunker mit parlamentarischer Erfahrung, keineswegs konservativ, der die Belange der Landwirtschaft, in der in Pommern nahezu die Hälfte der Bevölkerung arbeitete, im Reichstag hätte vertreten können. Man mußte ihn veranlassen, zunächst einmal für den Landtag zu kandidieren. Vor allem aber mußte die politische Einstellung dieses vermutlich etwas eigenwilligen Rittergutsbesitzers festgestellt werden. Quindt empfing alle, ließ sich die jeweiligen Parteiprogramme vortragen und verschaffte sich einen politischen Überblick. Er selbst erfuhr dabei eine ganze Menge, die Abgeordneten weniger.

Die Unterredungen fanden im allgemeinen im Büro statt, wo den Herren ein kleiner Imbiß serviert wurde. Man sprach zunächst über die Lage der Landwirtschaft im allgemeinen, dann über die des Großgrundbesitzes im besondern, die mißlich war, darin waren alle Parteien sich einig.

Quindt besorgte das Einschenken selbst: Branntwein aus der eigenen Brennerei, zweietagig. Man blieb auf diese Weise ungestört und hatte keine unerwünschten Zuhörer. Nur Maximiliane, die kleine Enkeltochter, saß unter dem großen Eichenschreibtisch und spielte mit ihren Puppen. Besonderer Umstände wegen gab es zu dieser Zeit keine Erzieherin; es wurde immer schwerer, auf dem Land Personal zu bekommen, die jungen Leute wanderten in die Städte ab – auch darüber bestand Einigkeit –, trotz aller offensichtlichen Vorzüge, die das Landleben doch bot.

Das Gespräch wird zur Diskussion. Die Stimmen werden lauter, auch Quindt wird lauter. Es fallen Namen und Schlagworte. Scheidemann, Friedrich Ebert, Noske. Versailler Vertrag, Reparationsleistungen, Erfüllungspolitik. Und immer wieder Ebert und Noske. Quindt bittet sich Bedenkzeit aus.

Bevor sich die Herren verabschieden, beugen sie sich zu dem Kind hinab, klopfen ihm auf den Kopf oder ziehen es an der Haarschleife: »Wie heißt du denn?« – »Wie alt bist du denn?« – »Deine Puppe ist aber viel älter als du!« – »Wie heißt denn deine Puppe?«

Maximiliane hält bereitwillig die eine Puppe hoch: »Das ist der Ebert«, hält die andere Puppe hoch: »Das ist der Noske!«

Die Herren lachen. »Prachtvoll!« – »Sehen Sie, lieber Herr von Quindt, was Sie da anrichten?! Da wächst Ihnen eine kleine Rosa Luxemburg heran. Ein ganz reizendes Kind! Ihre Enkelin, nicht wahr?« Dann erkundigt man sich nach dem Vater und erfährt, daß er gefallen sei.

»Ja, ja, der Krieg! Um so wichtiger, daß die geeigneten Männer sich in den Dienst des Volkes stellen. Das Leben geht weiter!«

Maximilianes Puppen stammten aus den siebziger Jahren des 19. Jahrhunderts, Museumsstücke; der Oberkörper aus Leder, die Partien unterhalb der Brust in einem prall mit Sägemehl gefüllten Säckchen zusammengefaßt, geschlechtslos und von Frauenkleidern verborgen. Die Lederarme gelenkig, der Kopf bemalt und mit echtem Haar bewachsen, Mittelscheitel. Ebert trug die Zöpfe doppelt um den Kopf gelegt. Maximiliane, eine rührende Puppenmutter, schmierte immer wieder die Rheumasalbe des Großvaters dick auf die Sägemehlkörper, wusch dann nach kurzer Einwirkungsdauer die Cremeschicht wieder ab und brachte die Kleidung in Ordnung. Dann lüftete sie das Bettzeug, legte Ebert und Noske in Schachteln, die sie durch Hochstellen der Deckel in Himmelbetten verwandeln konnte. Einen Puppenwagen besaß sie nicht, die Anschaffung hätte sich für ein Einzelkind nicht gelohnt. Die Puppen stammten noch aus jenen Jahren, als Quindts Schwestern mit ihnen gespielt hatten.

Eine neue Delegation erscheint, eine nationalliberale. Wieder geht es um den Versailler Vertrag. »Dieser Vertrag wurde nicht geschlossen, Herr von Quindt, sondern diktiert!«

»Und was hätten wir Deutschen unter den gleichen Umständen getan, meine Herren? Hätte der Kaiser oder ein Mann wie General Ludendorff den Mächten der Entente günstigere Bedingungen zugestanden? Ich sehe keinen Grund, das anzunehmen. Die Deutschen sind nicht besser, nur weil sie Deutsche sind!«

Die Entrüstung ist allgemein. »Das heißt denn doch die liberale Gesinnung auf die Spitze treiben!«

»Meine Herren, Sie träumen von einer Zeit vor neunzehnhundertvierzehn. Wollen Sie diese Zustände wieder erreichen? Ich war persönlich zugegen, als Januschau-Oldenburg vor dem Reichstag sagte: ›Der König von Preußen und der deutsche Kaiser muß jeden Moment imstande sein, zu einem Leutnant zu sagen: Nehmen Sie zehn Mann und schließen Sie den Reichstag!‹ Möchten Sie in einem solchen Reichstag Abgeordnete sein? Sie werden vielleicht nicht wissen, daß ich damals, als Reserveoffizier in voller Uniform, den Saal verlassen habe. Unter Protest!« Er kam auf den Reichspräsidenten Ebert zu sprechen, schließlich auch auf Noske. »Vox populi«, sagte er dann. »Man muß dem Volk aufs Maul schauen, man muß hinhören, was die Leute sagen, bevor sie morgen tun, was sie heute nur sagen!«

»Wo stehen Sie eigentlich, Herr von Quindt?«

»Solange mich die Rechten für einen Linken halten und die Linken für einen Rechten, ist mir das recht. Demokratie müssen wir lernen, meine Herren! Jeder von uns, im Einzelunterricht. Demokratie heißt unser Hauptwort! Und alles andere, national und liberal und sozial, das sind nur die Beiworte!«

Eine Woche später erschienen wieder einige Herren von der Sozialdemokratischen Partei. Der Tag war schön; man beschloß, das Gespräch unter der Blutbuche im Park zu führen. Maximiliane schloß sich der Delegation an, schleppte ihre Puppenschachteln unter den Baum und ließ sich dort nieder; lief dann noch einmal weg, kehrte mit einer Schaufel zurück und grub ein Loch zwischen den bloßliegenden Wurzeln des alten Baumes.

Das Herrenhaus lag im Nachmittagssonnenlicht und wirkte besonders antik. Einer der Herren sagte dann auch: »Ganz griechisch! Das Land der Griechen mit der Seele suchend!«

Quindt erklärte, daß einer seiner Vorfahren in Griechenland gewesen sei, aber doch wohl nicht lange genug.

»Immer schlagfertig, Herr von Quindt, immer das richtige Wort!«

Der alte Priska harkte gerade außer Hörweite die Parkwege und lieferte den Anlaß für einige Sätze über die Altersversorgung der Landarbeiter.

Die Akazien standen in voller Blüte und stießen Duftwolken aus, die der Ostwind über die Rasenflächen trieb. Die Herren aus der Stadt waren entzückt. Ein Pirol ließ sich hören, was auch auf Poenichen eine Seltenheit war, die Jagdhunde jagten ums Haus, und unter dem alten Baum spielte das Kind – die Szene hätte nicht besser angeordnet werden können. Die Fragen »Wie heißt du denn?« und »Wie alt bist du denn?« waren bereits gestellt und beantwortet. Ein gelungener Ausflug aufs Land! Man hatte als Städter ja keine Ahnung von den Schönheiten Hinterpommerns. Streubüchse! Davon konnte doch wohl keine Rede sein! Eher pommersche Schweiz! Diese Weite, die dem Auge so wohltat! Eine Kutschfahrt zum See wurde in Erwägung gezogen. Politisch hatte man nicht in allen Punkten volle Übereinstimmung erzielt, aber damit war bei einem so eigenwilligen, charakterfesten Mann wie Quindt ohnedies nicht zu rechnen gewesen. Mehrfach war bereits versichert worden, daß man politisch profilierte Männer brauche, und Quindt war bei seinem Lieblingsthema angekommen, bei der Demokratie, die erlernt werden mußte. »Und das dauert«, sagte er, »da können keine Klassen übersprungen werden. Dann geht es nicht schneller, sondern führt unweigerlich in die Diktatur.« Auch darin ist man sich durchaus einig.

»Ein Mann wie Sie, Herr von Quindt, der den Freiherrntitel bereitwillig abgelegt hat, der durch Geburt und Stand ein Konservativer sein müßte und dennoch demokratisch, ja, sozial denkt, ist für uns in dieser Stunde wichtiger als jemand, der aus eigener sozialer Not zum Sozialisten wurde. Wir dürfen also mit Ihnen rechnen?«

Quindt gibt noch keine endgültige Zusage, aber sie liegt in der Luft wie der Duft der Akazien. Man hat sich bereits erhoben, um zu gehen, als Quindt noch einmal zur Klärung seines Standpunktes ansetzt. »Was die politische Vernunft anlangt, da möchte ich sagen: ›Erst denken, dann reden, dann handeln.‹ Bei uns Deutschen besorgen die einen das Denken, die anderen das Reden, und die, die nachher das Handeln besorgen, die haben zumeist weder nachgedacht noch darüber geredet, sondern stellen das Volk vor vollendete Tatsachen!«

Die Herren spenden Beifall. »Wie wahr! Eine solche Rede

vor dem Reichstag! Was bekommt man dort oft zu hören!«

»Ein Politiker muß nicht unbedingt reden können, meine Herren, aber er muß schweigen können, wenn er nichts zu sagen hat!«

»Bravo! Von solchen ›Quindt-Essenzen‹ spricht man im ganzen Lande!«

Aber schon macht Quindt wieder eine Einschränkung. »Um sich unabhängig fühlen zu können, muß man vermögend genug sein, damit man jederzeit wieder zurücktreten kann, ohne auf wirtschaftliche Verhältnisse Rücksicht nehmen zu müssen. Noch drücken mich die Schulden nicht, aber wenn die Preise für landwirtschaftliche Produkte weiter sinken und die Preise für Kunstdünger steigen?«

»Auch aus diesem Grunde sollten Sie auf die politischen und wirtschaftlichen Ereignisse Einfluß nehmen!«

»Wissen Sie, daß ich zu den meisten Fragen mindestens zwei eigene Meinungen habe?«

Die Herren lachen und setzen sich in Bewegung. Einer von ihnen klopft im Vorbeigehen dem Kind, das immer noch friedlich unter dem Baum spielt, auf den Kopf. »Entzückend! Eine Idylle! Was spielst du denn da? Du willst doch deine hübsche Puppe nicht etwa in dem Loch vergraben?«

»Doch«, sagt Maximiliane. »Der Ebert stinkt!« Sie öffnet den Sarg noch einmal, holt die Puppe aus der Schachtel und hält sie mit ihren dreckverschmierten Händen hoch, damit der Herr sich davon überzeugen kann.

Erklärungen erübrigen sich. Quindt unterläßt sie denn auch. In jedem anderen Hause würde man einem Kind untersagt haben, seine Puppen nach bedeutenden Staatsmännern zu nennen, ebenso wie man es ihm verbieten würde, sie mit Salbe und Wasser zu behandeln. Das Kind hatte recht: Ebert stank tatsächlich, man roch es. Mit Humor war nicht zu rechnen. Die Herren greifen nach ihren Panamahüten und verabschieden sich kühl. Auf Imbiß und Kutschfahrt wird verzichtet, ebenso auf den pommerschen Junker als Mitglied der Sozialdemokratischen Partei.

Diese Geschichte vom Ende seiner politischen Laufbahn gehörte für einige Jahre zu Quindts Lieblingsgeschichten. Er pflegte sie zu vorgerückter Stunde auf Wunsch bei jedem Jagdessen zum besten zu geben.

»Lieber Quindt, erzählen Sie, wie Sie kein Politiker wurden!«

11

›Knie zusammen!‹ Adele Eberle, Erzieherin

Keine der Erzieherinnen blieb länger als ein Jahr auf Poenichen. Als Dreijährige wurde das Kind von einem Fräulein Arndt aus Stolp betreut. Quindt, der sie brieflich engagierte, hatte versäumt, sich rechtzeitig zu erkundigen, wie sie es mit der Religion halte. Sie hielt es, wie sich herausstellte, überhaupt nicht mit der Religion. Sie fühlte sich lediglich für das leibliche Wohlergehen des Kindes zuständig, und was das anging, ließ sie es an nichts fehlen. Nie wieder wurde das Kind so gründlich gewaschen, nie wieder wurden ihm morgens und abends sämtliche Nägel gesäubert und beschnitten, wobei Fräulein Arndt häufig jene Familie in Köslin erwähnte, bei der sie drei Jahre lang angestellt gewesen war: Vier Kinder, das bedeutet, jeden Morgen und jeden Abend achtzig Fuß- und Fingernägel! »Und die eigenen Nägel, mein Fräulein?« erkundigte sich Quindt.

Fräulein Arndt folgte seinem Blick und sagte: »Ich bin nur für das Kind zuständig!« Da der Umsatz an Erzieherinnen schon aus anderen Gründen groß genug war, lenkte Quindt ein: »Ich mache einen Vorschlag: An geraden Tagen die Nägel des Kindes, an ungeraden die eigenen.« In der Folge griff er kaum noch ein. Keiner griff ein. Auf Poenichen tat jeder, was er für richtig hielt, auch wenn es oft das Falsche war.

Bis zum dritten Lebensjahr trug das Kind ständig ein Stück Seidenstoff mit sich herum, ein Knäuel, an dem es vorm Einschlafen lutschte, vielleicht ein Taschentuch der Mutter, kenntlich war es nicht mehr. Fräulein Arndt hatte dem Kind diesen Fetisch sofort mit allen Anzeichen des Ekels weggenommen. Als sie Poenichen bereits verlassen hatte, stellte sich heraus, daß das Kind seine Fingernägel abbiß, ja sogar, was nur selten vorkommt, die Fußnägel. Handelte es sich um eine Folgeerscheinung? Äußerte sich darin seine Abneigung gegen die Erzieherin? Wollte es vermeiden, daß ihm die Nägel geschnitten wurden? Inzwischen haben die Kinderpsychologen das Nägelkauen als eine Form abgeleiteter Aggression erkannt. Aus dieser oralen Entwicklungsphase blieben einige Schäden zurück, die aber eher ästhetischer Art waren. Maximiliane wird eine Frau werden, die zeitlebens ihre Nägel abbeißt.

Da auf Poenichen immer nur von ›dem Kind‹ gesprochen wurde, nannte es sich selber ungewöhnlich lange ›Kind‹, sprach noch mit fünf Jahren in der dritten Person Einzahl von sich, entdeckte also sein Ich sehr spät.

Dem Fräulein Arndt ist es aber zu verdanken, daß dem Kind eine Angewohnheit, ja Ungezogenheit, rasch wieder abgewöhnt wurde, nämlich, sich grundlos zu entkleiden. Meist geschah das in der Vorhalle: Unvermutet entledigte sich das Kind seines Kleidchens, seiner Schuhe und Strümpfe, legte die Kleidungsstücke sorgsam zusammen und machte sich nackt auf den Weg, wurde zurückgeholt und wieder angekleidet. Vielleicht war der Einfluß des Krabbel-Fräuleins mit den nudistischen Neigungen größer gewesen, als man vermutet hatte. Im Gegensatz zu ihrer Vorgängerin brachte Fräulein Arndt dem Kind Schamgefühl bei, zumindest vorübergehend.

In jenem Jahr mußten sich die Großeltern persönlich um die geistliche Weiterentwicklung des Kindes kümmern. Abends um sieben erschien Fräulein Arndt und sagte: »Das Kind ist versorgt!«

Quindt blickte dann auf die Standuhr. »Ist es mal wieder soweit?«, erhob sich und begab sich ins Separate und sagte: »Sophie Charlotte, wir müssen das Kind abbeten.« Zwanzig Jahre zuvor hatten sie in der gleichen Haltung neben derselben Wiege gestanden, ebenso befangen wie jetzt; damals der einzige Sohn, jetzt die einzige Enkeltochter.

»Nun mal zu!« befiehlt der Großvater.

Das Kind faltet die Hände, schließt die Augen, wofür ihm die Großeltern dankbar sind, und betet: »Lieber Gott, Himmel komm, Amen!«

»Im wesentlichen scheint es zu stimmen«, entschied Quindt. Ein Gebet konnte man das kaum nennen, allenfalls ein Gebetchen. Das Samenkorn Frömmigkeit, das in dieses Kind gelegt wurde, war nur klein. Bevor die Großeltern noch das Zimmer verlassen hatten, schlief es bereits, zusammengerollt wie ein Hund. Sobald es dem Kind langweilig wurde, rollte es sich im Bett, auf einem Sessel oder in der Kutschenecke zusammen und schlief ein. Die Fähigkeit, überall und zu jeder Zeit schlafen zu können, blieb ihm erhalten und erwies sich als wohltätige Gabe. Was andere mühsam, etwa durch autogenes Training, erlernen müssen, wurde ihm in die Wiege gelegt.

Als Quindt die nächste Erzieherin suchte, ließ er die Stellenvermittlerin in Stettin wissen, daß nicht nur die leibliche, sondern auch die geistliche Betreuung der Vierjährigen übernommen werden müsse. Diese Bedingung wurde mehr als erfüllt. Der Vater von Fräulein Hollatz war Ernster Bibelforscher. Während des Krieges und vor allem in den ersten Nachkriegsjahren fand die Sekte der Bibelforscher viele Anhänger, zumal sie nicht nur die Kirche, sondern auch den Staat heftig angriff. Fräulein Hollatz wurde, während sie auf Poenichen weilte, regelmäßig durch ihren Vater mit dem ›Wachtturm‹ beliefert; sie trug das Blatt ins Dorf, wo man es von Haus zu Haus weiterreichte. Sie verkündete dem Kind, daß die letzte Weltzeit angebrochen sei, und fütterte es mit biblischen Geschichten. Ungehorsam wurde von ihr nicht mit Schelte oder gar Schlägen bestraft, sondern mit dem Hinweis auf das Wort: ›Die Gehorsamen werden auf Erden im goldenen Zeitalter ein vollkommenes Leben haben.‹

Quindt bereitete seine Kandidatur für den Landtag vor und hatte die Verwaltung des Gutes weitgehend seinem Oberinspektor überlassen, der ihm jeden Morgen von 9 bis 10 Uhr ausführlich Bericht erstattete. Von den Versammlungen, die Fräulein Hollatz einmal wöchentlich im Haus des Schreiners Jäckel abhielt, hatte Herr Palcke nichts wahrgenommen, und bis Quindt davon erfuhr, war bereits viel Schaden angerichtet. Unvermutet tauchte er bei einer solchen Versammlung auf. Fräulein Hollatz las gerade vom goldenen Zeitalter vor. Quindt ließ sie den Satz nicht zu Ende bringen, sondern erklärte, daß von goldenen Zeiten auf Poenichen nicht die Rede sein könnte und daß man sich auf Prophezeiungen lieber nicht verlassen sollte; die Notzeiten seien noch lange nicht zu Ende. An goldene Zeiten glaubte er grundsätzlich nicht, dann schon eher an eisernen Fleiß. Wie es die Anwesenden mit der himmlischen Herrlichkeit hielten, das ginge ihn nichts an, aber hier, auf Poenichen, sollten sie das Bibelforschen lieber dem Pastor überlassen, der habe das studiert und würde dafür bezahlt.

Er nahm Fräulein Hollatz gleich mit. »Ihr Zug geht morgen um zehn, Herr Riepe wird Sie zum Bahnhof bringen. Ich zahle ein Vierteljahr, das ist mir die Chose wert.« Fräulein Hollatz verkündigte ihm das baldige Weltende, doch Quindt sagte, daß er den Weltkrieg überlebt und die Inflation überstanden hätte, vermutlich würde er also auch das Weltende überstehen.

Später hieß Fräulein Hollatz ›das Fräulein mit der Bibel‹; alle Erzieherinnen trugen statt eines Namens ein Kennzeichen.

Da die Erzieherinnen von einem Tag zum anderen Poenichen verließen, entstanden immer wieder Unterbrechungen in der Erziehung des Kindes; Zeiten, in denen es sich selbst und Frau Riepe überlassen blieb, der ›Amma‹, die dem Kind Leckerbissen zusteckte, selbstgekochte Karamelbonbons, Zärtlichkeitsersatz. In den fräuleinlosen Monaten nahm das Kind regelmäßig an Gewicht zu. Was sollte man ihm sonst Gutes tun, dem armen Kind; über Jahre hieß es bei den Gutsleuten ›das arme Kind‹ oder ›dat arme Minsch‹. Anna Riepe gab ihm Kochtöpfe und Holzlöffel zum Spielen. Sie durfte in den großen Töpfen, die auf dem großen Herd standen, rühren. Sie warf mutwillig Tassen auf den Steinboden, weil es so lustig schepperte, bekam dafür von Frau Riepe Schläge und wurde gleich darauf von ihr getröstet. Sie durfte Johannisbeeren zupfen, Erbsen auspalen und wurde dafür gelobt. Sie bekam ein Messer, durfte Rhabarberstangen in Stücke schneiden und schnitt sich dabei in den Finger. Sie lernte frühzeitig die Küchenmaße: eine Handvoll Zucker, eine Prise Salz, ein Schuß Essig.

Wenn die Küchenarbeit getan ist, zieht Frau Riepe einen

Stuhl vor den Herd, legt noch ein paar Scheite nach, stemmt die Füße auf die Herdklappe und nimmt das Kind auf den Schoß.

»Erzähl vom Pißputt, Amma!«

Das Kind bekommt, was es sich wünscht. Frau Riepe ist nicht auf die Erweiterung des kindlichen Gesichtskreises bedacht. Also erzählt sie immer wieder ›Von dem Fischer un syner Fru‹. Bevor sie noch sagen kann: »Na, wat will se denn, säd de Butt«, ruft das Kind schon: »Manntje, Manntje, Timpe te, Buttje, Buttje in de See, myne Fru, de Ilsebill, will nich so, as ick wol will!«

Märchenerzählen mit verteilten Rollen. Draußen wird es dunkel, Herr Riepe kommt, reibt sich die Hände über der warmen Herdplatte, wärmt sich den Rücken und setzt sich dazu. Frau Riepe nimmt einen Herdring ab, dann ist es wieder hell genug, das Kind kuschelt sich in ihren weichen Schoß und wartet auf das nächste Stichwort. Eine Fischerhütte, ein Haus, ein Schloß, ein Himmelreich für Ilsebill! Und am Ende: ›Se sitt al weder in 'n Pißputt!‹ Das Kind jubelt vor Entzükken. Milch wird heiß gemacht, Weißbrot eingebrockt, Zucker darüber gestreut: für Herrn Riepe eine große Schüssel Eingebrocktes, für Maximiliane das braune Kümpchen.

Der Park, das Haus, die Räume, die Flure, die Treppen, selbst das Bett, in dem Maximiliane mittlerweile schläft, alles erweist sich als zu groß für so ein kleines Mädchen. Sie baut sich Nester und Höhlen, sie legt Verstecke an, nimmt die Puppen mit. Sie kriecht zwischen Schränke, die im Halbdunkel der langen Gänge stehen, hockt da und rührt sich nicht. Sie spielt Verstecken im Park. Aber niemand findet das Kind, weil niemand mit ihm Verstecken spielt. Erst nach Einbruch der Dunkelheit heißt es: ›Wo ist denn das Kind?‹ – ›Sicher hat es sich wieder irgendwo versteckt.‹ An der Suche beteiligen sich dann außer der gerade zuständigen Erzieherin die Hausmädchen und Frau Riepe, oft auch der Großvater. Sie gehen mit Lampen durch den Park und rufen laut den Namen des Kindes. Wenn man es endlich entdeckt hat, schweigt es, antwortet nicht auf die Fragen: ›Hast du uns nicht gehört?‹ – ›Warum meldest du dich nicht?‹

Fräulein Eberle hat angeordnet, daß der Opa mit ›Großvater‹ anzureden ist und Onkel Riepe mit ›Herr Riepe‹. Das Kind fügt sich, indem es die Anreden vermeidet, aber bei ›Amma‹ bleibt es. Auch das Kind wird von nun an beim rechten Namen genannt, Maximiliane. »Maximiliane ist bokkig!« eröffnet Fräulein Eberle dem Großvater. Dieser sagt, was er immer sagt, wenn ihm Erziehungsschwierigkeiten vorgetragen werden: »Das verwächst sich auch wieder.« Womit er in der Regel recht behält. Fräulein Eberle setzt ihm auseinander, daß in diesem Alter die außerhäusliche Erziehung eines Kindes beginnen müsse, Maximiliane lebe in einer Erwachsenenwelt, das Haus habe völlig unkindliche Maße. Damit hat sie recht, aber Quindt hat mit seinen Einwänden ebenso recht: »Sollen wir uns wegen dieses Kindes alle auf Kinderstühle setzen und Brei löffeln?« fragt er. Fräulein Eberle beharrt auf ihren Grundsätzen: »Stellen Sie sich einmal vor, Herr von Quindt, Sie müßten in Ihren Sessel klettern! Oder, was noch schwieriger ist, auf das Klosett!«

»Das wünsche ich mir nicht vorzustellen, und ich wünsche auch nicht, daß Sie sich das vorstellen, mein Fräulein! Das Kind wächst ja auch noch!« Er sieht Maximiliane an, die neben ihm steht, breitbeinig, die Hände auf dem Rücken gefaltet, und fügt hinzu: »Allerdings langsam!«

»Das Kind gehört in einen Kindergarten!« sagt Fräulein Eberle und erklärt Herrn von Quindt eingehend die Vorzüge einer Erziehung im Kindergarten, worunter sich Maximiliane einen Garten vorstellt, in dem Kinder an Stöcke gebunden werden wie Stangenbohnen.

»Ich sehe mich außerstande, auf Poenichen einen Kindergarten einzurichten, mein Fräulein!« sagt Quindt. »Schicken Sie das Kind für ein paar Stunden ins Dorf, da wird sich ja jemand finden lassen, mit dem es spielen kann.«

Maximiliane wird ins Dorf geschickt, kehrt aber bald zurück. »Willst du nicht mit den netten Kindern im Dorf spielen? Sind sie dir nicht fein genug?« fragt Fräulein Eberle.

»Die wollen ja überhaupt nicht spielen!«

Also nimmt Fräulein Eberle Maximiliane bei der Hand, sagt: »Das werden wir ja sehen!« und begleitet sie ins Dorf. Vor den Häusern sitzen ein paar alte Frauen auf den Bänken, zwei Jungen hüten auf dem Dorfanger die Gänse, sonst ist niemand zu sehen.

»Kommt einmal her, ihr Jungen!« ruft Fräulein Eberle. »Ihr dürft mit der kleinen Maximiliane spielen!«

Keiner antwortet.

»Wollt ihr denn nicht lieber spielen als Gänse hüten, Kinder?«

»Nein!«

Fräulein Eberle spricht mit den alten Frauen.

»Dat is nich Bruuk!«

»Aber die kleine Maximiliane hätte gern ein paar Spielgefährten!«

»De Arbeet geiht vöör!«

»Herr von Quindt ist damit einverstanden!«

»Bi us im Dörp –«

Schließlich übernimmt Herr Riepe die Vermittlung. Walter Beske, der Sohn des Kolonialwarenhändlers, Klaus, der älteste Sohn des Landarbeiters Klukas, und Lenchen Priebe werden abkommandiert, Klaus und Walter etwas älter, Lenchen fast zwei Jahre jünger als Maximiliane, ihre weitläufige Cousine übrigens, aber von ihrer Abstammung ist nie die Rede.

»Wi spill för Geld!«

Fräulein Eberle hält sich in der Nähe. »Was wollt ihr spielen, Kinder?«

Klaus Klukas bestimmt: »Wi spill Voader un Mudder. Wo is dien Mudder?« fragt er Maximiliane.

»In Berlin!« sagt sie.

»Un dien Voader?«

»Der ist tot!«

»Dann spill wi: dien Voader is daut. De Walter is dien Voader, und ick schött him daut.«

»Kinder!« sagt Fräulein Eberle. »Wollt ihr nicht lieber etwas anderes spielen? Es gibt so viele schöne Reigenspiele. Kennt ihr ›Dornröschen war ein schönes Kind‹?«

»Nein!«

Fräulein Eberle verteilt die Rollen. Sie selber übernimmt die Rolle der bösen Fee mit der vergifteten Spindel. Sie löst ihre Brosche: »Dies ist die Spindel! Lenchen, du spielst das Dornröschen!«

»Dat dau ick nich«, sagt Lenchen und heult.

»Maximiliane, dann spielst du es und stellst dich in die Mitte. Walter spielt den Küchenjungen und Klaus den Königssohn.«

Die Kinder stehen mit erhobenen und verschränkten Armen auf dem Rasen und bilden eine Dornenhecke; Dornröschen hockt in der Mitte und schläft, alle singen, so laut sie nur können, ›Dornröschen, schlafe hundert Jahr, hundert Jahr . . .‹

Prinz Klaus bricht sich einen Weg durch die Dornenhecke. Bevor die böse Fee noch eingreifen kann, schlingt ihm Dornröschen bereits die Arme um den Hals und küßt ihn mitten auf den Mund. Die Ohrfeige, die der Küchenjunge bekommen sollte, bezieht Dornröschen von ihrem Prinzen, nachdem er den ersten Schrecken überwunden hat.

Fräulein Eberle ist empört. »Was fällt euch ein?«

Zur Hochzeit kommt es nicht. Die Kinder ziehen ab. Fräulein Eberle ruft ihnen nach: »Kommt aber morgen wieder!«

Klaus Klukas dreht sich um: »Küssen laß ick mich nich, ock nich för Geld!«

Wieder wird Herr Riepe eingeschaltet.

Beim nächsten Versuch bleiben die Kinder aus erzieherischen Gründen sich selbst überlassen, barfuß, aber mit frischgekämmten Scheiteln stehen sie unten an der Treppe. Maximiliane zieht ebenfalls Schuhe und Strümpfe aus. Walter Beske und Klaus Klukas holen einen kleinen Leiterwagen aus der Remise. Sie spielen ›Pferd und Wagen‹. Lenchen Priebe wird als Bremse hinter den Wagen gestellt, Maximiliane klettert hinein und nimmt Platz. Walter Beske reißt einen Lindenschößling aus und macht daraus für sie eine Peitsche. Die Jungen nehmen die Deichsel zwischen sich. »Wi siet de Peer! Un nu geit dat laus!«

Maximiliane schwingt die Peitsche, die Jungen laufen im Trab die Allee hinunter. Maximiliane ruft: »Hüüh!« und »Brr!«

Quindt liest gerade seine Zeitung in der Vorhalle, Fräulein Eberle beobachtet die spielenden Kinder. »Nun sehen Sie sich das bitte einmal an, Herr von Quindt!« sagt sie. »Immer spielt sie die Prinzessin, wenn man nicht jedesmal eingreift.«

»Die anderen Kinder werden sie wohl dazu machen«, antwortet Quindt. »Das sitzt fest drin. Wir spielen alle unsere Rollen, mein Fräulein. Die einen ziehen den Wagen, und die anderen versuchen zu bremsen. Einer sitzt drin und läßt sich ziehen. Hauptsache, der Wagen läuft!«

»Sie sehen es wohl doch zu philosophisch, Herr von Quindt, und zu wenig pädagogisch. Das wird sich eines Tages ändern. Sie werden sich wundern!«

»Ach, mein Fräulein! Wundern? So leicht wundere ich mich nicht. Dann werden andere im Wagen sitzen und andere werden ziehen, und dann werden Sie sich wundern.«

Inzwischen ist Lenchen hingefallen, liegt im Staub und brüllt. Maximiliane schreit noch immer ›hü‹ und ›hott‹, die Pferde wechseln die Gangart und gehen in Galopp über. Maximiliane fällt aus dem Wagen und liegt ebenfalls im Dreck, nicht weit von Lenchen entfernt.

»Kieck moal dei Maxe!« ruft Klaus Klukas.

Von nun an steht Maximiliane jeden Mittag auf der Treppe und wartet, daß die Kinder kommen. Wenn sie ausbleiben, verläßt sie den Park in Richtung Dorf, und unmittelbar darauf verläßt auch Fräulein Eberle den Park, allerdings in Richtung Poenicher See, Inspektorhaus. Von ihrem bei Arras gefallenen Verlobten ist nicht mehr die Rede.

Maximiliane zieht Schuhe und Strümpfe aus, bindet die weiße Haarschleife auf, streift Gummizwillen über die Zöpfe, die an den Ohren abstehen. Sie versteckt das Herrenkind unterm letzten Rhododendronbusch, dann läuft sie die staubige Dorfstraße hinunter, schaut bei Klukas, Jäckels, Griesemanns, beim Schmied, bei Lehrer Finke und der Witwe Schmaltz hinters Haus und in die Küche, bis sie andere Kinder findet. Sie suchen Brennesseln für die jungen Gänse, fangen Enten ein, die sich verlaufen haben, sammeln Kamillenblüten zum Trocknen oder Hagebutten. Sie treiben die Gänse auf die Stoppelfelder und schlagen mit Stöcken in die Haselnußsträucher.

Es dauert keine vier Wochen, da spricht sie Platt und pfeift auf zwei Fingern. Am Ende des Sommers ist ihr Haar zwar noch immer nicht flachsblond wie bei den anderen Kindern, aber ihre Arme und Beine sind ebenso braungebrannt und zerkratzt. Mit ihren Schuhen und Strümpfen legt sie am Parktor das Hochdeutsch wieder an und kehrt ins Herrenhaus zurück. Wenn der Großvater in der Kutsche durchs Dorf fährt, läuft sie durch Morast und Gänseherden auf ihn zu und springt aufs Trittbrett: »Ick will vel Kinner, Grautvoader!«

»Später!« sagt er.

Zu weiteren Liebesbeweisen gegenüber Klaus Klukas kommt es nicht, aber sie hält sich in seiner Nähe. Wenn die Sonne hoch steht und die alten Frauen den Platz vorm Haus verlassen haben und in der kühlen Küche sitzen, ziehen sich die Kinder in ihr Haselnest zurück. Niemand kann hineinsehen, nicht einmal die Sonne. Dann spielen sie Doktor. Der Vorschlag stammt von Maximiliane. Klaus Klukas spielt den Doktor, Maximiliane die Krankenschwester und Walter Beske den Pförtner, der aufpassen muß, daß niemand den Operationssaal betritt. Lenchen Priebe spielt die Patientin, die gründlich untersucht werden muß, immer an denselben Stellen. Sie wird auf den Rücken gelegt, dann auf den Bauch, das Röckchen hochgeschlagen. Eine Hose trägt sie nicht. Als Instrument dient die langstielige Rispe eines Spitzwegerichs. Lenchen liegt still, kneift die Augen zu und kichert. Maximiliane schlägt einen Rollenwechsel vor, aber Klaus Klukas lehnt ab. »Dat dau ick nich!« Walter Beske wäre bereit, den männlichen Patienten zu spielen, aber daran liegt Maximiliane nichts. Zur Abwechslung spielen sie manchmal ›Kinder kriegen‹, wobei man Lenchen einen Ball unters Kleid schiebt. Doch Kinderkriegen geht zu schnell und wird rasch langweilig. Auch das Doktorspielen wird wieder eingestellt. Es hinterläßt bei Maximiliane keine Schäden. Sie vergißt es völlig.

Den Winter über machte Fräulein Eberle mit Maximiliane Beschäftigungsspiele. Spielgerät, wie es Froebel für dieses Alter empfahl, gab es nicht und wurde nicht angeschafft. Das vorhandene Spielzeug, darunter drei fünfzigjährige Steckenpferde und einige Bleisoldaten, kamen nicht in Frage, also ging Fräulein Eberle in die Stellmacherei und holte dort Klötze und Rundhölzer zum Häuserbauen. Außerdem ließ sie das Kind malen. Maximiliane malte als erstes und immer wieder in die Mitte des Blattes eine große Sonne. »Nun mal deine

Großeltern!« ordnete Fräulein Eberle an, und Maximiliane malte eine Sonne und rechts daneben auf zwei Riesenbeinen einen Kopf, von dem die Arme herabhingen, und dann, so weit wie nur möglich entfernt, auf die linke Seite eine gleichgroße Figur, allerdings mit drei Beinen, offensichtlich der Großvater mit dem Stock.

»Du solltest keine Sonne malen, Maximiliane!« tadelt Fräulein Eberle.

»Ohne Sonne kann man den Großvater und die Großmutter doch gar nicht sehen!«

Die Logik des Kindes wurde von Fräulein Eberle nicht begriffen. »Nun mal das Haus!«

Doch wieder malt Maximiliane zuerst eine Sonne und dann ein Haus, das eher einem Pißputt als einem Herrenhaus glich, mit einer Tür und fünf Fenstern und einem Weg, der unmittelbar auf die Tür zulief.

»Das Haus hat ja nur Löcher!« bemängelt Fräulein Eberle. »Du mußt Fenster und Türen einsetzen!«

»Aber die Fenster und die Tür stehen doch alle auf!«

Im Herbst hatte Fräulein Eberle Binsen vom Poenicher See mitgebracht und auch Eicheln und Kastanien. Sie schnürte mit Maximiliane Eicheln zu Ketten, schnitzte kleine Körbe aus Kastanien und flocht Stühle und Tische aus Binsen. Alle diese Erzeugnisse machte Maximiliane dem Großvater zum Geschenk, und er stellte sie in den Bücherschrank. Je ein Heidekränzchen und ein Kastanienkörbchen packte die Großmutter in die Weihnachtspakete, die alljährlich nach Berlin gingen, für Vera und für die Charlottenburger Großmutter.

Als nächste Erzieherin stellte Herr von Quindt ein Fräulein Eschholtz ein, die ihre westpreußische Heimat verloren hatte und für das Stadtleben, wie sie schrieb, nicht geschaffen war. Sie habe Schweres durchmachen müssen und würde sich glücklich schätzen, wenn sie und ihr kleines Kind eine Heimat auf Poenichen finden würden. Nach kurzer Beratung kamen die Großeltern zu dem Entschluß, daß es für Maximilianes Entwicklung gut sein könnte, wenn sie nicht länger als Einzelkind aufwachsen müßte. Außerdem würde das uneheliche Kind Fräulein Eschholtz vor weiteren Torheiten schützen. Das kleine Kind war gleichaltrig mit Maximiliane, hieß Peter und wurde Peterchen genannt. Für den Rest ihres Lebens behielt Maximiliane eine Abneigung gegen diesen Namen. Sobald sie mit dem Jungen spielen sollte, rannte sie davon und versteckte sich. Zu ihrer Überraschung suchte Peterchen nicht nach ihr, sondern ging seiner Wege, jagte die Hunde, warf mit Steinen nach Schweinen, Hühnern und Enten. Die Abneigung war gegenseitig.

Fräulein Eschholtz badete die Kinder zusammen in einer Wanne; ein Vorgang, der den Großeltern unbekannt blieb, den sie vermutlich auch nicht gebilligt hätten, der aber zum Erziehungsplan gehörte: Aufklärung am lebenden Modell. Fräulein Eschholtz erwartete die ihr geläufigen Kinderfragen, aber sie erfolgten nicht. Maximiliane betrachtete den Jungen nur eingehend und eher unwillig. Dafür fragte dieser um so mehr. Fräulein Eschholtz sprach von einer Gebär-Mutter, was völlig falsche Vorstellungen in Maximiliane hervorrief, und zeigte auf ihren Bauch: »Darin wachsen die Kinder«, sagte sie. »Und wie kommen sie da wieder raus?« fragte der Junge.

»Weißt du es, Maximiliane?«

»Aus dem Nabel«, sagte diese unfreundlich und stieg aus der Wanne.

Das uneheliche Kind schützte Fräulein Eschholtz dann doch nicht vor weiteren Torheiten; auch sie verließ Poenichen vorzeitig.

Gelegentlich kam es noch zu Ausbrüchen von Liebesüberschwang, wobei Maximiliane ein Bein des Großvaters umklammerte und ihren Kopf mit aller Kraft gegen seinen Bauch drückte. Einmal erschien sie sogar während eines Gewitters an seinem Bett. Sie hatte sich im Dunkeln durch ihr Zimmer getastet, dann drei lange Gänge entlang, an Schrankungetümen vorbei und an Riesenkommoden, die der Blitz vor ihr auftürmte, an dem großen Spiegel vorbei, irrte sich zweimal in der Tür, bis sie endlich den Großvater gefunden hatte.

»Kann ich zu dir ins Bett, Großvater?«

Seit Jahrzehnten hatte er sein Bett mit niemandem geteilt und davor auch nur selten, und nun stand dieses vor Angst zitternde Kind vor ihm. Was soll er tun? Er hebt die Bettdecke und rückt beiseite, obwohl dieses Kind doch gerade seine Nähe sucht. Maximiliane macht es sich bequem, schiebt ihre kalten Füße an die wärmste Stelle des Großvaters und schläft ein. Sobald sich das Gewitter verzogen hat, weckt Quindt das Kind und schickt es in sein Zimmer zurück. Immerhin zieht er sich den Morgenrock über und begleitet Maximiliane durch die nächtlichen Flure bis zu ihrem Bett und deckt sie sogar zu. Aber dann sagt er: »Das wollen wir uns aber nicht angewöhnen! Hast du mich verstanden?« Bei späteren Gewittern holt sie sich beim ersten Donnergrollen ihre Puppen ins Bett, nimmt sie fest in den Arm und tröstet sie: »Ihr braucht überhaupt keine Angst zu haben, ich halte euch ganz fest! Wir ziehen uns einfach die Decke über den Kopf!«

Fräulein Eberle erklärte beim Frühstück, daß sie keine Nachtschwester sei. Sie schloß ihre Zimmertür ab; allerdings nicht immer von innen.

Nachdem sie die Wiege verwachsen hatte, schlief Maximiliane im sogenannten Kinderschlafzimmer, in dem bereits ihr Großvater als Kind, zusammen mit seinen beiden Schwestern, geschlafen hatte. Noch immer mit drei Betten, zwei Meter Abstand von Bett zu Bett, eine Jugendherberge. Im Laufe der Nacht wechselte sie mehrfach das Bett. Wenn es ihr zu warm wurde, ging sie schlaftrunken in das nächste, kühle Bett. Sie liebte kalte Betten. Das wird später von vielen ausgenutzt werden. Ihre Körpertemperatur lag von klein auf hoch.

Nun hätte Quindt aus den Erfahrungen mit den jungen, zumeist auch recht hübschen Erzieherinnen lernen und eine ältere einstellen können. Er tat das auch, aber: Was für ein Mißerfolg! Fräulein Gering entpuppte sich als Vegetarierin und Anhängerin der Kneippschen Wassergüsse. Als man sich am ersten Abend nach ihrer Ankunft, wie immer gegen acht Uhr, zu Tisch setzte, sagte sie: »Spätes Essen füllt die Särge!« Sie dehnte ihren Erziehungsauftrag auf das ganze Haus aus.

Die jungen Erzieherinnen waren um so liebevoller mit dem Kind umgegangen, je verliebter sie selbst waren. Wenn sie von ihren heimlichen Ausflügen zurückkehrten, machten sie alles Versäumte an dem Kind wieder gut, schlossen es in die Arme, spielten mit ihm: Dieses Kind war die Ursache ihres Glücks, niemals wären sie sonst nach Pommern gekommen, nie hätten sie einen solchen Sommer erlebt! Und nun dieses

Fräulein Gering mit seiner Rohkost. Sie kaute ihren Salat und wies die Quindts nachdrücklich auf die Schäden hin, die sie davontragen würden, wenn sie weiterhin Fleisch, Fett und Süßspeisen äßen.

»Gerade in den Wechseljahren, Frau von Quindt, hilft Rohkost! Der Körper muß entschlackt werden!« Anschließend sprach sie dann von Fettleibigkeit, was weder auf Herrn noch auf Frau von Quindt zutraf, allenfalls im Vergleich zu ihrer, Fräulein Gerings, Magerkeit.

»Fleischlose Kost ist für Ihren Rheumatismus die einzige Rettung, Herr von Quindt! Man sieht doch, daß Sie unter Verstopfung, der sogenannten Obstipation, leiden!«

»Wir sind nicht gewohnt, bei Tisch über Krankheiten zu sprechen, mein Fräulein!« sagte Quindt.

»Das sollten Sie aber!« beharrte Fräulein Gering. »Die moderne Ernährungswissenschaft . . .«

Quindt unterbrach sie: »Würden Sie die Wahl der Tischgespräche bitte uns überlassen, Fräulein Gering?« In seiner Verärgerung betonte er die zweite Silbe des Wortes. »Ihnen obliegt die Erziehung des Kindes, nicht die der Großeltern.« Von da an sprach er von ihr als dem ›obstipaten Fräulein‹.

Fräulein Gering stellte eigenmächtig in den Badezimmern Kübel auf und füllte sie mit kaltem Wasser. Morgens lief sie mit Maximiliane barfuß durchs Gras, immer rund um das Rondell, begleitet von den bellenden Hunden. Sie war die einzige Erzieherin, die nicht darauf bestand, daß Maximiliane Schuhe trug, da das Barfußlaufen den Fuß kräftige.

Abends setzte sie sich unaufgefordert mit ins Herrenzimmer und las den Quindts Abschnitte aus ›So sollt ihr leben‹ von Pfarrer Kneipp vor; Anna Riepe verabreichte sie Kneippsche Abführpillen und veranlaßte sie, morgens für alle, auch die Herrschaft, Malzkaffee statt Bohnenkaffee zu kochen. Anna Riepe geriet völlig unter ihren Einfluß – übrigens auch Fräulein Mitzeka, die in der Folge Vegetarierin aus Überzeugung wurde. Die Fleischportionen, die auf den Tisch kamen, wurden von Tag zu Tag kleiner, das Gemüse wurde kaum noch gedünstet, damit die Nährstoffe nicht totgekocht würden.

Eines Tages erschien Quindt persönlich in der Küche, was seit Jahren nicht vorgekommen war, und erklärte, daß er vor nunmehr 30 Jahren, wenn er sich recht erinnere, Frau Riepe als Köchin angestellt habe, und das Wort Köchin käme von Kochen und sei eine Berufsbezeichnung. Wenn er rohes Zeug essen wolle, könnte er gleich in den Stall gehen.

Er nutzte seinen Zorn aus, ging wieder nach oben und kündigte der Erzieherin. Fräulein Gering bewies, daß sie wirklich um das Wohl der Quindts besorgt war: Sie hinterließ das Buch ›Kinderpflege in gesunden und kranken Tagen‹. Auf die erste Seite hatte sie geschrieben: ›Nur in einem gesunden Körper wohnt ein gesunder Geist‹, auf gut Lateinisch: ›Mens sana in corpore sano‹. Von ihr hat Maximiliane die ersten und einzigen lateinischen Lektionen empfangen.

Durch den ständigen Wechsel der Bezugspersonen hat Maximiliane malen, singen, flöten, lesen, handarbeiten und gutes Benehmen gelernt, je nachdem, worauf die jeweilige Erzieherin den Schwerpunkt legte. Die Bildung geriet dabei weniger gründlich als vielseitig. Der Wechsel hat sich jedoch eher vorteilhaft auf die Entwicklung des Kindes ausgewirkt. Er vollzog sich in der Regel am Ende eines Sommers.

Wenn Quindt später von ›der Zeit der Fräuleins‹ sprach, was er gern tat – sehr viel Gesprächsstoff gab es auf Poenichen nicht –, gerieten ihm die Erzieherinnen sämtlich zu Karikaturen. Das Fräulein mit der Bibel! Dieses obstipate Fräulein! Und dann das Krabbel-Fräulein, das sich im Blaupfuhl ertränken wollte!

Im Herbst 1929 traf eine Vermählungsanzeige auf Poenichen ein. Vera hatte einen Dr. Daniel Grün geheiratet. Zwei Tage später konnte man das Ereignis auch im Bild sehen: ein Empfang im Ullsteinhaus für die Bildreporterin Vera Jadow. Quindt äußerte zu seiner Frau: »Es sollte mich wundern, wenn es sich bei diesem Doktor Grün nicht um einen Juden handelt.«

Wie sollte man das Kind von dem Vorgefallenen unterrichten? Am besten, sie las die Anzeige selbst. Maximiliane, elfjährig damals, zog sich damit in die grünen Zimmer der Mutter zurück, las heraus, was herauszulesen war, und erkundigte sich, als sie dem Großvater gute Nacht sagte: »Ist das jetzt mein Vater, dieser Grün? Heiße ich jetzt auch Grün?«

»Nein, du bleibst eine Quindt.«

Maximiliane war beruhigt und legte die Anzeige in das ›Kästchen‹ mit den Reliquien ihres Vaters, das noch immer auf dem Kaminsims im Saal stand.

Die Quindts entschlossen sich, Vera eine der beiden Silberstiftzeichnungen Caspar David Friedrichs als Hochzeitsgeschenk zu schicken. Was sollte man ihr sonst schenken? Sie interessierte sich, wenn man sich recht erinnerte, für Kunst. Aber eigentlich erinnerte sich keiner so recht. ›Landschaft in Pommern‹, ein wenig langweilig, aber so sah es nun einmal aus für den, der keinen Blick für Pommern hatte. Ein Abschiedsgeschenk, man würde nun wohl nichts mehr voneinander hören.

Die grünen Zimmer blieben unverändert, aber auch unverschlossen. Maximiliane hielt sich häufig darin auf, öffnete die Schränke und nahm die altmodischen Kleider der Mutter heraus, Hüte und Schuhe, die sie zurückgelassen hatte. Sie zog sie an und betrachtete sich im Spiegel. Mit elf Jahren war ihre Taille bereits dicker als die der Mutter mit fünfundzwanzig, nur das Umstandskleid paßte ihr.

Maximiliane stopfte sich ein Kissen vor den Bauch und stand lange vorm Spiegel.

12

›Wer eine Schlacht verloren hat, sollte schweigsam werden, und wir alle haben mehr verloren als eine Schlacht.‹

Ernst Wiechert

Vor der Inflation des Geldes hatte sich bereits eine andere Entwertung vollzogen: eine Inflation des Heldentums. Die heimgekehrten, geschlagenen Kriegsteilnehmer erwiesen sich als sehr viel weniger heldisch und bewunderungswürdig als die nicht heimgekehrten, statt dessen siegreich auf den Schlachtfeldern der Ehre gebliebenen. Vera hatte sie einmal ›die verlorenen Kriegsteilnehmer‹ genannt.

Einen dieser entwerteten Offiziere hatte Quindt bald nach

Kriegsende kennengelernt, als er sich nach einem Inspektor für das Vorwerk umsah.

»Der zweite Inspektorposten ist seit langem nicht mehr besetzt«, sagte Quindt zu dem Mann. »Das Haus steht seit Jahren leer, es liegt an einem See. Zum Vorwerk gehören die Schäferei und die Fischmeisterei. Probieren Sie's! Der Umgang mit Schafen und Fischen ist was für Sonderlinge. Hauptsache, Sie werden mit der Einsamkeit fertig. Alles andere läßt sich lernen. Haben Sie Familie, eine Frau oder so was? Wie war eigentlich Ihr Name?«

»Nennen Sie mich einfach ›Fischer‹«, antwortete der Mann, »oder ›Schäfer‹, aber ›Fischer‹ wäre mir lieber.«

Er schien ein wenig verrückt zu sein, aber das waren damals viele, verrückt im Sinne des Wortes, nicht mehr an ihrem Platze.

Dieser Mann, der da vor ihm saß, blauäugig und hochstirnig, setzte Quindt auseinander, daß man noch einmal neu anfangen müsse. »Das Jahr Null. Der Bäcker heißt wieder Bäkker, weil er das Brot backt. Einen Herrn Kaiser gibt es sowenig wie einen Kaiser, das Ende aller Kaiserreiche ist gekommen. Und was die Frau angeht, die bezieht meine Pension. Sie weiß nichts! Sie hat keine Ahnung!« Mehr war darüber nicht zu sagen. Er war offensichtlich kriegsmüde, menschenmüde, brauchte Stille und: Fruchtbarkeit nach all dem Sterben, Vermehrung statt Verminderung. Fische, die laichten; Mutterschafe, die Lämmer warfen.

Es gab viele solcher Existenzen zu dieser Zeit, nicht allen bot sich die Möglichkeit zur Flucht nach innen. Nicht alle konnten ihre Angst und Ohnmacht zu einer Tugend des einfachen Lebens machen, sich bescheiden, zu den wahren Kräften der Natur zurückkehren, sich besinnen. Nicht alle begegneten einem Quindt.

Später wurde kein solches Grundsatzgespräch mehr zwischen den beiden Männern geführt. Sie sprachen dann nur noch über die Wetter- und manchmal auch über die Weltlage, aber über nichts Persönliches. Es erwies sich, daß der Mann Blaskorken hieß, Christian Blaskorken. Wenn er mit Quindt redete, ließ er das ›von‹ weg, sagte einfach ›Herr Quindt‹, aber mit der gebotenen Achtung.

Zwei Wochen nach jener ersten Unterredung, die im Wartesaal des Stettiner Hauptbahnhofs stattgefunden hatte, holte Herr Riepe den neuen Inspektor an der Bahnstation ab. Drei Offizierskisten, auf denen ›Leutnant Blaskorken‹ stand, mehr brachte er nicht mit, nur noch ein Jagdhorn, eine alte französische Trompe de Chasse im Lederfutteral. Der Inspektor richtete sich in dem Haus am Poenicher See ein Zimmer ein, das übrige Haus blieb weiterhin unbewohnt. Das Nötigste an Einrichtungsgegenständen holte man vom Dachboden des Herrenhauses. Quindt händigte ihm ein Buch über die Fischhaltung in Süßwasserseen aus und ein weiteres über die Bedeutung des Schafes für die Fleischerzeugung, dazu den jährlich erscheinenden Schäfertaschenkalender.

Seit das Vorwerk nicht mehr besetzt war, hatte jeder, dem der Weg nicht zu weit war, im Poenicher See gefischt. »Sehen Sie zu, daß es ohne Streit abgeht«, sagte Quindt. »Hier herrscht zur Zeit so etwas wie Gewohnheitsunrecht. Aber auf Poenichen nimmt keiner dem anderen etwas weg, sobald einer da ist, der sich nichts wegnehmen läßt.«

Neben dem Wohnhaus befand sich ein Schuppen für Fischereigerät, Fischkörbe, Kescher, Ruten, Angeln, Netze, alles in schlechtem Zustand. Nachdem der Schafstall repariert war, wurden die Schafe, die bisher auf dem Hauptgut eingestallt waren, in die neue alte Schäferei getrieben, zwanzig Schafe zunächst und ein Bock zur Zucht, Hampshire, kurzwollig, bedürfnislos, aber gut im Fleisch. Der neue Inspektor lernte, in der rechten Hand den Schafskopf, in der linken das Lehrbuch, das Alter eines Schafes an den Zähnen abzulesen, verschaffte sich Kenntnisse über Schafwäsche und Schafschur, über das Aufschlagen eines Sommerpferchs, das freie Abweiden des Ödlands, die Vorzüge der Sommerlammung und die Gefahren der Lämmerlähme. Blieben einzig das Lämmertöten und das Fischetöten. Es hieß bald darauf im Dorf und auf dem Gutshof, der neue Inspektor schösse die Lämmer, statt sie zu schlachten, schösse sogar nach den Fischen und steche sie nicht ab. Aber das kann auch ein Gerücht gewesen sein. Es bildeten sich Legenden um ›den Mann am See‹, erst recht, als er anfing, auf seinem Jagdhorn zu blasen, was abends über die Felder herüberklang.

Inspektor Blaskorken verfügte über Pferd und Wagen, damit er Fische und Lammfleisch zum Verkauf in die Stadt bringen konnte. Zweimal wöchentlich erschien er im Herrenhaus und belieferte die Küche mit Fisch: Barsch, Schleie, Zander und Hecht. »Hei hätt ne rauhge Hand«, hieß es im Dorf. Er war ein guter Fischer, auch ein guter Hirte. Im Laufe weniger Jahre vergrößerte sich die Schafherde wieder; Blaskorken belieferte sogar die Nachbargüter mit Muttertieren. Ohne Frage, ein brauchbarer Mann für das Vorwerk. Zu beanstanden wäre lediglich die Sache mit den Erzieherinnen gewesen. Aber wer wollte entscheiden, ob die jungen Damen aus der Stadt es ohne den helläugigen Inspektor länger als vier Wochen in Hinterpommern ausgehalten hätten? Der zugesicherte Familienanschluß der Erzieherinnen beschränkte sich auf gemeinsame Mahlzeiten, Benutzung der Bibliothek und gelegentliche Teilnahme an einem Jagdessen.

Quindt hätte natürlich mit seinem Inspektor reden können, aber Gespräche von Mann zu Mann lagen ihm nicht, das Thema ›Frauen‹ noch weniger. Erzieherinnen waren außerdem leichter zu beschaffen als ein brauchbarer Inspektor; Schäden im Schafstall ließen sich schwerer beheben als die in der Kinderstube, wo vieles sich auch wieder verwächst. Es gab Kriegswitwen und hinterbliebene Bräute mehr als genug. Nach Ansicht Quindts, die der allgemeinen Ansicht entsprach, hatte eine Frau selber auf sich aufzupassen; Sache des Mannes war es, sie daran zu hindern. »Hei geiht auck wedder«, sagte man im Dorf. Solange der Inspektor die Mädchen in Ruhe ließ, mischte sich keiner ein.

Nur Pfarrer Merzin fühlte sich aufgerufen. Er machte sich eines Tages auf den Weg zum Poenicher See. Im Haus fand er den Inspektor nicht, wohl aber am Ufer, wo er an einer verschilften Bucht seit Stunden auf einen Hecht saß. Blaskorken gab dem Pfarrer zu verstehen, daß äußerste Stille geboten sei, winkte ihm aber zu, neben ihm Platz zu nehmen. Er ließ den Blinker spielen, aber der Hecht schien satt und faul zu sein, nichts rührte sich.

Nun ließ sich über die fragliche Angelegenheit an sich schon schwer reden, Flüstern vertrug sie überhaupt nicht. Andererseits wollte Pfarrer Merzin sein Anliegen weder aufgeben noch verschieben, also sagte er hinter vorgehaltener Hand, daß er vollstes Verständnis habe, als Mann, wenn er einmal so sagen dürfe, schließlich stände er, Blaskorken, in voller Manneskraft, müsse ohne den Schutz vor Anfechtungen leben, die ein geregeltes Eheleben biete, und die jungen Damen seien ebenfalls allein und ebenfalls jung, und es sei nicht gut, daß der Mensch allein sei, schon in der Bibel sei dem Mann ein Weib beigegeben, als Pfarrer der Gemeinde fühle er sich jedoch für das Seelenheil aller und auch für Fragen der Sitte und Moral zuständig.

Christian Blaskorken wandte ihm für einen Augenblick die Aufmerksamkeit seiner blauen Augen zu, hob dabei fragend die Brauen: »Seelenheil? Habe ich da richtig verstanden?«

»Jawohl«, flüsterte Pfarrer Merzin. »Auch den Seelen geschieht ein Leid. Wir verstehen uns doch?«

Erneutes Hochziehen der Augenbrauen. »Leid?« Von Leid könne nicht die Rede sein, der Herr Pastor möge sich bei Fräulein Warnett – um diese handelte es sich zur Zeit – gern erkundigen.

Pfarrer Merzin räumte ein, daß Herr Blaskorken gewiß leichtes Spiel bei den Frauen habe, aber es müsse doch nicht gleich zum Äußersten kommen. Er wiederholte flüsternd: »Zum Äußersten!«

In diesem Augenblick verschwindet der Blinker mit einem Ruck in der Tiefe. Blaskorken dreht behutsam und mit leichter Hand die Spindel auf. Pfarrer Merzin, der selbst schon manchen Hecht gefangen hat, greift erregt zum Kescher und verliert sein Thema aus den Augen. Zu zweit haben sie in den nächsten Minuten alle Hände voll zu tun, bis sie den Hecht im Kescher und den Kescher am Ufer haben. Das Töten übernimmt Pfarrer Merzin.

Als es geschafft ist, unterhalten sich die Männer noch eine Weile über die Schwierigkeiten beim Fangen eines Hechtes und teilen sich ihre Erfahrungen und Abenteuer mit. Dann verabschiedet sich der Pfarrer und wendet sich, mit dem zwei Kilo schweren Hecht, zum Gehen, ohne noch einmal auf die Angelegenheit zu sprechen zu kommen, sagt lediglich noch: »Aber das Jagdhorn, lieber Herr Blaskorken! Wenn Sie doch wenigstens nicht das Jagdhorn blasen möchten!« Natürlich sei nichts dagegen einzuwenden, wenn er bei den Quindtschen Jagden die Signale blase. Er wisse es von anderen Gutsbesitzern im Umkreis, daß man Baron Quindt um seinen Jagdhornbläser beneide. »Keiner weit und breit bläst so sauber das Ta-ti-ta-ti wie Sie! Ein Quintensprung, wenn ich mich nicht täusche. Aber doch alles zu seiner Zeit! Auch die Signale! Selbst meine Frau, übrigens eine Dresdnerin und musikalisch wie alle Sächsinnen, scheint davon unruhig zu werden und tritt jedesmal ans Fenster!«

Inspektor Blaskorken erwiderte, daß ihm die Jagdsignale zur Verständigung dienten und daß er im Inspektorhaus keinen Telefonanschluß besitze.

Der Zweikilohecht blieb das einzige Ergebnis dieser Unterredung, ein weiterer Versuch von seiten des Pfarrers fand nicht statt.

Man mußte keine zwanzigjährige Erzieherin sein, die es von Stettin oder gar von Berlin nach Hinterpommern verschlagen hatte: Wenn in der Dämmerung der Ton des Jagdhorns, das ›Vogesen-Echo‹ oder das ›Große Halali‹ vom See her über die Felder strich, ging das auch ruhigeren Naturen ins Blut, auch der kleinen Maximiliane, die schließlich noch ein Kind war, ein halbes Kind zumindest. Noch Jahrzehnte später, in Frankreich, wenn sie von irgendwoher jenes Vogesen-Echo hört, erfaßt sie eine unbestimmte, heftige Sehnsucht: Aufbruch zur Jagd!

Natürlich wurden dabei auch die Hunde unruhig, Dinah vor allem. Im Dorf hieß es dann: ›Hei hätt all wedder sine Amuren.‹ Im Herrenhaus saß man zu dieser Stunde meist um den ovalen Abendbrottisch. Quindt warf einen prüfenden Blick auf die Erzieherin, die denn auch jedesmal errötete. An der Art des Signals und der Heftigkeit des Errötens konnte Quindt den Stand der Dinge ungefähr erkennen.

Zwischen dem Park und dem großen Poenicher See lag auf halber Strecke der Blaupfuhl, von Schilf und Binsen fast verborgen. Er spiegelte die Bläue des Himmels und das Weiß der Sommerwolken wider, auf den nahen Erhebungen wuchsen Wacholder und niedrige Birken in kleinen Gruppen, landschaftlich zwar sehr schön, aber landwirtschaftlich kaum zu nutzen. Blaskorken pflegte während des Sommers seinen

Schäferkarren in der Nähe des Blaupfuhls aufzuschlagen, er wusch und scherte dort die Schafe. Am Ende des Sommers schlug er den Schafpferch ab und fuhr den Karren zur Schäferei. Das Ödland am Blaupfuhl war abgeweidet, Zeit für das große Halali, das Ende der Jagd.

Fräulein Balzer, das Krabbel-Fräulein genannt, von deren Freikörperkultur man nichts ahnte, pflegte am Blaupfuhl ihre Sonnen- und Luftbäder zu nehmen. Eines Abends im September war ihr Platz am Abendbrottisch leer geblieben. Die Lampen brannten bereits. »Das Fräulein wird sich wohl wieder mit deinem Inspektor getroffen haben«, sagte Frau von Quindt.

»Wenn er die Schafe erst wieder im Stall hat, hat das ein Ende«, antwortete Quindt. Es hatte dann sogar ein schnelles Ende. Das große Halali war bereits vor zwei Tagen erklungen, aber erst an diesem Abend ging Fräulein Balzer ins Wasser. Sie wird es ihrem Liebhaber angedroht, und er wird nicht einmal versucht haben, sie daran zu hindern. Er wußte, was sie allenfalls unbewußt hoffte: daß die Eiszeit an jener Stelle, an der sich der Blaupfuhl befand, eine Vertiefung von höchstens einem halben Meter hinterlassen hatte.

Fräulein Balzer schlich sich, durchnäßt, im Schutz der Dunkelheit ins Haus. Aber ihre Rückkehr blieb nicht unbemerkt, da die Hunde anschlugen. Herr von Quindt erschien, bevor sie noch, die Schuhe in der Hand, die Treppe hätte erreichen können. Er betrachtete sie von oben bis unten und sagte abschließend: »Herr Riepe wird Sie morgen zum Zehn-Uhr-Zug bringen, mein Fräulein.«

Dieser Zehn-Uhr-Zug beendete fahrplanmäßig viele der Schwierigkeiten, die sich im Laufe der Jahre auf Poenichen ergaben. Einen Kündigungsschutz für werdende Mütter gab es noch nicht, und Quindt fühlte sich höchstens für die Mädchen, die aus dem Dorf stammten, zuständig, nicht aber für die Erzieherinnen. In jener Zeit verließ sich kein Mann in Sachen Empfängnisverhütung auf die vorsorglichen Maßnahmen der Frau. Der Inspektor wird wohl auch immer, damit keine falschen Erwartungen aufkommen konnten, von einer ›gewissen Frau Blaskorken‹ gesprochen haben, die schließlich noch existierte und seine Pension verzehrte. Trotzdem wird natürlich jede Erzieherin geglaubt haben, sie sei die Ausnahme. Das liegt in der Natur der Liebe beziehungsweise der Frau.

Bei den folgenden Erzieherinnen wurde nicht mehr solange gewartet, bis das große Halali erklang und das Fräulein tropfend vom Blaupfuhl zurückkehrte. Herr von Quindt erwähnte rechtzeitig bei Tisch, daß man sich durch die Bläue des Sees nicht über seine Untiefe täuschen lassen dürfe.

Der Inspektor hatte sich nicht nur durch seine Tüchtigkeit als Schäfer und Fischer unentbehrlich gemacht; es gab noch einen weiteren Grund, weswegen Quindt sich nicht von ihm trennen mochte. Blaskorken war ein Schachspieler.

Die Zuneigung war übrigens beiderseitig, vielleicht sogar im Sinne eines verkappten Vater-Sohn-Verhältnisses. Einmal wöchentlich spielten die beiden Männer miteinander Schach, über Jahre. Im Sommer ritt Quindt gegen Abend zum See, manchmal ließ er auch anspannen, kutschierte dann aber selbst. Blaskorken hatte auf der Landzunge, die sich ein Stück in den See hinausschob, Bohlen und Planken auf den Sand gelegt und einen Sitzplatz hergerichtet; bei Dunkelheit stellte er Laternen auf. Beide Männer waren bedächtige Spieler. Ein Spiel zog sich über Stunden hin, wurde aber am selben Abend zu Ende gespielt, meist schweigend. Nur bei den ersten Spielen hatte man sich noch über die Art der Eröffnung oder des Endspiels verständigt, später fiel auch diese Unterhaltung fort. Blaskorken war bei der Eröffnung der Bessere, Quindt beim Endspiel, auch daran änderte sich im Laufe der Jahre nichts.

Man spielte mit Schachfiguren aus geschnitztem und bemaltem Elfenbein. Der König zeigte deutliche Ähnlichkeit mit Friedrich dem Großen, auch Springer und Läufer trugen individuelle Züge, offensichtlich die von Hofbeamten aus Potsdam, die Bauern im Dreispitz, eher höfisch als bäurisch. Quindt fand die Figuren das eine Mal ›erstaunlich‹, das andere Mal ›skandalös‹, fragte aber nie, wie er, Blaskorken, in den Besitz gekommen sei, auch nicht, woher er das englische Teeservice hatte oder die alte, vermutlich wertvolle ›Trompe de Chasse‹. Im Winter spielte man im Büro des Herrenhauses, auf einem Spieltisch in ›pommerscher Antike‹; Intarsien und sechs leidlich dorische Säulen aus Birnbaumholz.

Maximiliane stand, sechsjährig, siebenjährig, acht- und neunjährig, die Hände auf dem Rücken, wortlos in der Nähe und beobachtete die Spieler. Sie stellte keine Fragen, und keiner der beiden Männer erklärte ihr die Bedeutung der einzelnen Figuren. Wenn Quindt sie, als sie ein paar Jahre älter geworden war, an Sommerabenden mit zum See nahm, badete sie, während die Männer spielten, schwamm so leise, daß es nicht störte, ein Glucksen nur und Plätschern, nicht lauter als das Springen der Fische. Anschließend stellte sie sich im Bademantel ihres Vaters neben den Tisch und sah dem Spiel zu. Sie wußte längst über ein Dame-Bauern-Spiel Bescheid, ebenso über ein König-Läufer-Gambit, kannte sogar die sizilianische Partie. Als ihr Großvater mit einem Hexenschuß zu Bett lag, Maximiliane war inzwischen elf Jahre alt, trug sie den Spieltisch in sein Schlafzimmer, um mit ihm zu spielen. Der Großvater sah sie überrascht an. »Kannst du das denn?«

»Ich kann es ja mal versuchen!« Nie sagte sie: ›Ich kann es‹, noch weniger: ›Ich kann es besser.‹ Ihr Leben lang wird sie sagen: ›Ich kann es ja mal versuchen‹, das verschaffte ihr Sympathien.

Es konnte nicht ausbleiben, daß auch Maximiliane sich in Inspektor Blaskorken verliebte, er war weit und breit der einzige, der für ihr Liebesverlangen in Frage kam. Sie fuhr eines Mittags mit dem Rad zum See, versteckte sich im Schilf und wartete, bis Blaskorken sein Boot losmachte, um Netze auszulegen. Dann schwamm sie hinter seinem Boot her, aber er beachtete das Kind nicht weiter.

Natürlich hatte sie bemerkt, daß ihre Hauslehrerinnen nachts ausblieben, und sie ahnte, wo sie sich aufhielten. In jenem Sommer handelte es sich um ein Fräulein Warnett aus Königsberg, die Löns-Lieder mit Maximiliane sang. ›Es stehen drei Birken auf der Heide . . .‹ und ›Jeder Brambusch leuchtet wie Gold. Alle Heidlerchen dudeln vor Fröhlichkeit . . .‹ Nie hat Maximiliane später einen blühenden Ginsterbusch gesehen, ohne dieses Lied zu summen, das für sie nicht nur Hermann Löns, sondern auch Fräulein Warnett aus Königsberg unvergeßlich gemacht hat.

›Im Schummern, im Schummern, da steh' ich vor der

Tür.‹ Eines Abends folgte das Kind seiner Lehrerin unbemerkt bis an das Haus des Inspektors, dessen Fenster erleuchtet war; keine Vorhänge, aber auch kein Mensch weit und breit. Maximiliane holte einen der Stühle, die auf der Landzunge standen, stellte ihn unter das Fenster und stieg hinauf. Was sie auch gesehen haben mag, einen Schaden fürs Leben trug sie nicht davon. Aber natürlich hat sie sich geschämt, und geweint hat sie auch. Nur geheilt war sie nicht. Sie verlor jedoch auch nicht den Kopf, sondern brachte den Stuhl an seinen Platz zurück, setzte sich aufs Fahrrad und fuhr nach Hause.

Wenige Tage nach diesem Vorfall setzt sie sich wieder am hellen Mittag aufs Rad und fährt zum See, barfuß wie meist und in einem Kleid mit großem Ausschnitt, sie hat in diesem Sommer zum ersten Mal etwas zu zeigen. Sie legt sich bäuchlings auf den Bootssteg, unmittelbar ins Blickfeld des Inspektors, der vorm Haus sitzt und eine Aalreuse ausbessert. Wenige Minuten später steht er auf, räumt das Gerät beiseite und verschwindet im Haus. Maximilianes Gruß hat er nur flüchtig erwidert. Es ist Juni, das Korn blüht, man riecht es bis zum See. Im Schilf blühen die ersten Wasserlilien, ganz in der Nähe ruft eine Rohrdommel. Aus dem Schornstein steigt Rauch auf: Der Inspektor kocht sein Essen. Maximiliane erhebt sich und begibt sich ins Schilf, dorthin, wo es am dünnsten ist und man vom Inspektorhaus aus Einblick hat. Sie veranstaltet eine Entkleidungsszene, dreht sich, bückt sich, blickt sich bei jedem Kleidungsstück, das sie ablegt, scheu um und läßt sich dann nackt ins Wasser gleiten, stößt kleine ängstliche Gluckser aus und läßt sich, als das nichts nutzt, untergehen, fuchtelt mit den Armen, taucht unter, kommt nochmals hoch, schluckt Wasser und ruft schließlich laut um Hilfe.

Blaskorken eilt aus dem Haus, er kann das Mädchen schließlich nicht vor seinen Augen ertrinken lassen, springt vom Bootssteg aus ins Wasser, packt sie und trägt sie an Land. Fast ohnmächtig vor Aufregung, Angst, Schüchternheit und verschlucktem Wasser hängt sie in seinen Armen. Blaskorken stellt sie vor sich auf den Bootssteg und versetzt ihr zwei kräftige Ohrfeigen. »Tu das nicht wieder!« Als Antwort schlingt sie ihm die Arme um den Hals. Sie kann sich kaum auf den Beinen halten und sieht ihn aus ihren wasser- und tränenfeuchten Kirschaugen flehend an. Was sollte er mit diesem Kind machen? Er gibt ihr noch einen kräftigen Schlag auf das Hinterteil, dann befreit er sich von ihr und läßt sie nackt und naß im Sonnenlicht stehen. Er zieht sich ins Haus zurück und legt vorsorglich den Riegel vor, stellt sich aber dann ans Fenster und sieht ihr in aller Ruhe zu. Maximiliane rafft ihre Kleider zusammen, verschwindet hinter dem nächsten Erlenbusch und zieht sich eilig an. Dann nimmt sie ihr Rad und fährt, laut klingelnd, davon.

Als sie das nächste Mal mit dem Großvater, der sie jetzt öfter kutschieren läßt, zum See fährt, lacht sie dem Inspektor vom Kutschbock aus zu, und der lacht zurück. Dabei blitzt in seinen Augen etwas auf, das Quindt dann doch noch zu einem Gespräch von Mann zu Mann veranlaßt, was er in Sachen Fräuleins bisher vermieden hat. Es wäre aber auch in diesem Falle nicht nötig gewesen. Blaskorken kennt das Strafgesetzbuch, ›hinreichend‹, wie er sagt. Quindt fragt nicht weiter. Längst befürchtet er, daß sein Inspektor einen Grund hatte, in Hinterpommern unterzutauchen.

13

›Unter der veränderlichen Hülle seiner Jahre, seiner Verhältnisse, selbst seiner Kenntnisse und Ansichten, steckt, wie ein Krebs in seiner Schale, der identische und eigentliche Mensch, ganz unveränderlich und immer derselbe.‹ Schopenhauer

Maximiliane wünschte, reiten zu lernen. Der Wunsch war begreiflich, es fehlte auch nicht an Pferden, aber es erwies sich, daß ihre Beine zu kurz geraten waren. Für andere Kinder wäre ein Pony angeschafft worden, aber auf Poenichen wäre es eine Anschaffung gewesen, die sich für ein Einzelkind nicht lohnte; nie hieß es, daß ein Trakehner oder ein Quindtscher Traber zu hoch gebaut sein könnte, immer nur: ›Deine Beine sind zu kurz!‹ Für ein Einzelkind lohnte sich weder die Anschaffung eines Sandkastens noch einer Schaukel, eines Rollers oder von Bilderbüchern.

Als in ihrem Beisein – Pfarrer Merzin war gerade zu Gast – die Rede einmal auf ihre Zukunft kam, äußerte Quindt: »Man wird sich beizeiten nach einem geeigneten Mann für sie umsehen müssen, der einmal Poenichen übernehmen kann.« Ungefragt sagte Maximiliane: »Meinst du denn wirklich, daß sich die Anschaffung eines Mannes für ein Einzelkind lohnt?« Quindt nahm diese Bemerkung in seine Anekdotensammlung auf und gab sie anläßlich der Konfirmationsfeier, später bei der Verlobung sowie bei der Hochzeitsfeier zum besten. Ein Witz, für den sein Schwiegerenkel keinerlei Verständnis aufbringen wird.

Kein Pony also und natürlich auch kein neues Fahrrad, das Wort des Großvaters war unumstößlich. Eine Beschneidung des kindlichen Willens. Eine Beschränkung der Persönlichkeitsentfaltung.

Es gab zwar keine Eltern, die Erziehungsfehler machen konnten, aber einen Großvater. Und statt eines Vaterkomplexes entwickelte sich ein Großvaterkomplex. Ein doppeltes Über-Ich! Kaum drei Jahre alt, hatte Maximiliane ihn bereits nachgeahmt, sich breitbeinig hingestellt, die Hände auf dem Rücken zusammengelegt. Bei Tisch benutzte sie die Serviette wie er, der sich umständlich die Speisereste aus dem Bart wischte. ›Diese Ähnlichkeit!‹ und ›ganz der Großvater!‹ sagte jeder, der zu Besuch kam.

Die Weichen waren vom Tage der Geburt an gestellt. Maximiliane war und ist und wird sein: die Erbin von Poenichen. Das entsprach völlig ihren Wünschen. Sie wollte nie etwas anderes sein. Lag diese Übereinstimmung an den Einflüssen der Umwelt? An der Projektion der Wünsche Quindts auf die Enkelin? An der Erbmasse? Aber diese bleibt ein unbekannter Faktor. Von den Jadows wußte man ohnedies wenig, von dem polnischen Leutnant noch weniger.

Maximilianes Urvertrauen heißt Poenichen und Quindt, ist namentlich zu fassen.

Sie fuhr also nach wie vor mit dem alten klapprigen Fahrrad, mit dem schon der ›junge Herr Baron‹ gefahren war. Der Sattel war auch hier zu hoch für ihre zu kurz geratenen Beine, also trat sie die Pedale im Stehen, radelte die Dorfstraße hinunter, die inzwischen gepflastert worden war, aber immer noch gejätet werden mußte, fuhr über die Bohlendämme oder durch die Rinnen der Sandwege.

Am liebsten folgte sie in einigem Abstand dem Großvater, wenn er über die Felder ritt oder zu den Schonungen fuhr. Sie bewies dabei Ausdauer. Das gefiel dem Großvater: Das Kind wußte, was es wollte; und nach seinen Erfahrungen wußten die meisten Menschen nur, was sie nicht wollten.

Eines Tages sagt er: »Komm mit!«, läßt sie in die Kutsche einsteigen und fährt mit ihr in die Felder, steigt irgendwo aus und geht zu Fuß mit ihr weiter. Er lernt alle Freuden des Lehrers kennen, zeigt ihr die Fährte der Hasen, die Krähenfüße im Schnee, die Losung der Füchse. Er erklärt ihr den Unterschied zwischen Winter- und Sommerroggen, sagt, daß der Haubentaucher Haubentaucher heißt, gibt Vögeln und Bäumen ihre Namen. Jeder Gang über die Felder ein Schöpfungstag. Naturkundeunterricht und Geschichtsunterricht, beides auf die Erdzeitalter ausgedehnt, aber alles auf Hinterpommern bezogen.

»Alles meins!« sagt Maximiliane, als sie auf dem 40 Meter hohen Innicher Berg stehen und sich umblicken. »Gehört Riepe mir auch?« fragt sie. Der Großvater zögert nur einen Augenblick. Er hält es für richtiger, mit einem klaren ›Ja‹ oder ›Nein‹ zu antworten, als Einschränkungen zu machen. Also sagt er: »Ja.«

»Warum?«

Quindt berichtet von Goten und Slawen und Schwedeneinfällen, von Kolonisation und Christianisierung, Rittern und Leibeigenen.

»Ich hätte also auch in so 'nem Pißputt geboren werden können?« erkundigt sich Maximiliane.

»Wo?« fragt Quindt.

»So wie Lenchen Priebe, in einem Leutehaus.«

Wieder ein eindeutiges ›Ja‹ als Antwort.

»Du bist für alle verantwortlich, Großvater?«

»Ja.«

»Das ist aber schwer für dich.«

»Ja.«

Anschließend nimmt er sie mit zu einem Krankenbesuch bei seinem Landarbeiter Klukas. »Nun mal zu!« sagt er. »Das wird auch wieder. Ein ordentliches Stück Fleisch in die Suppe, ich sage Anna Riepe Bescheid. Jeden Tag einen Klaren und dann raus aus dem Bett! Nicht gleich aufs Feld, erst mal auf die Bank vorm Haus und dann so sachte anfangen!« Seine Ratschläge glichen zwar alle einander, aber sie taten ihre Wirkung, fast so gut wie die Rezepte von Dr. Wittkow.

Sechs Jahre nach Beendigung des ›größten und letzten aller Kriege‹ – Quindt hatte diese Bezeichnung aus der Friedensbotschaft Wilsons übernommen – konnte Quindt den lang gehegten Plan aufgreifen und 1000 Morgen Wald aufforsten lassen, einen ›Wald des Friedens‹, wie er ihn nannte, Schwarzkiefern, unterpflanzt mit Buchen, einen Wald, dessen Lebensdauer er auf das Jahr ›2050 nach Christus‹ ansetzte. »Dann wird er geschlagen werden müssen. Wer etwas schaffen will, das Bestand hat, über die eigene Lebenszeit hinaus, der muß Bäume pflanzen, nicht Kinder zeugen.« Er bringt Maximiliane bei, das Alter der Bäume an den Astquirlen abzulesen. »Jedes Jahr ein Quirl. Alle zehn Jahre wird man die Bäume ästen müssen.« Noch muß er sich zu seinen Bäumen hinunterbeugen, noch ist selbst Maximiliane größer als sie.

Der ›Wald des Friedens‹ befindet sich noch im Zustand der Schonung und ist in seiner gesamten Ausdehnung mit Maschendraht eingezäunt, um ihn vor Wildschaden zu schützen.

Als Maximiliane zehn Jahre alt ist, haben die Bäume sie eingeholt. Wenn sie Poenichen verlassen muß, wird der Wald des Friedens gerade 20 Jahre alt sein, und die Bäume werden eine Höhe von zehn Metern erreicht haben. Man wird dann zwar von einem Wald sprechen können, aber von Frieden nicht.

Wenn man zu diesem neuaufgeforsteten Waldstück gelangen will, kommt man an der Pferdekoppel vorbei. Dort weiden die Quindtschen Traber, für die leichten pommerschen Sandböden ein wenig zu schwer, aber der Versuch von Quindts Vater, sie mit Trakehnern zu kreuzen, hatte keine besseren Ergebnisse erzielt, die ›Quindtschen Traber‹ wurden nur noch für den Eigenbedarf aufgezogen.

Großvater und Enkelin werden Zeuge, wie ein Hengst eine rossige Stute bespringt. Quindt bleibt stehen, zeigt mit dem Stock auf die Szene und fragt: »Weißt du darüber hinreichend

Bescheid?« Maximiliane antwortet nicht, macht ihr andächtiges Gesicht, sagt nach geraumer Weile: »Das ist aber schön!« und atmet schwer. Natürlich ist der Großvater überrascht, er hatte mit Verlegenheit gerechnet. »So kann man es auch ansehen«, sagt er und fügt hinzu: »Darauf beruht die ganze Schöpfungsgeschichte.« Die Stute galoppiert laut wiehernd davon, der Hengst in entgegengesetzter Richtung. Quindt will weitergehen und sagt: »Das wär's.« Aber Maximiliane hält ihn fest. »Warte!« Die Pferde kehren zurück, reiben die Köpfe aneinander und lecken sich gegenseitig die Nüstern.

Mehr wurde dem Kind an unmittelbarer Aufklärung nicht zuteil, falls man die Vererbungslehre, die sie als Schulfach später bekam, nicht als Aufklärungsunterricht dazurechnen will.

Elf Monate später nahm Quindt Maximiliane mit in die Pferdeställe. »Komm«, sagte er, »ich habe dir was zu zeigen.« Er machte vor einer der Pferdeboxen halt.

»Gleich isses soweit, Herr Baron!« sagte Griesemann, der erste Gespannführer.

»Ist das die Stute, die der Hengst voriges Jahr eingedeckt hat?« fragt Maximiliane.

»Gedeckt«, verbessert Quindt, »nicht eingedeckt.«

»Darf ich helfen?« fragt Maximiliane, und wieder geht ihr Atem schneller. Der Fohlenkopf kommt zum Vorschein, und Maximiliane springt in die Box, hockt sich ins Stroh und nimmt das nasse Fohlen in Empfang, reibt es ab, wobei Griesemann sie unterweist. Später spricht sie immer nur von ›meinem Fohlen‹, ›meinem Pferd‹ und benimmt sich nicht anders als die Hebamme Schmaltz. Sie bestimmte, daß ihr Pferd ›Falada‹ heißen sollte. Der Großvater belehrte sie, daß nur eine Stute so heißen könne.

»Woher weißt du das?« fragt Maximiliane.

»Daß es sich um keine Stute handelt?«

»Das sehe ich doch selber! Den Namen meine ich!«

»Falada hat eine weibliche Endung.«

»Das macht doch nichts«, erklärte sie. »Frau Friedrich führt ebenfalls einen Männernamen.« Also erhielt ihr Pferd, obwohl männlichen Geschlechts, den Namen Falada. Als es nach einem Jahr kastriert werden sollte, brach Maximiliane in

Tränen aus. Falada sollte springen dürfen! Ihr Pferd sollte Fohlen bekommen!

Gelegentlich nahm Quindt Maximiliane abends mit auf die Pirsch. Sie lernte, lautlos zu gehen und in der Dunkelheit zu sehen. ›Ein Naturkind‹, wie es später von ihr heißt. ›Sie ist und bleibt ein Naturkind.‹ Das kommt dort, wo man es sagen wird, einem Wunderkind gleich.

Eines Abends sitzen Großvater und Enkelin zusammen auf dem Hochsitz nahe beim Großen Poenicher See; Riepe wartet in einiger Entfernung mit Pferd und Wagen. Quindt raucht Pfeife, um die Mücken abzuwehren. Der zunehmende Mond steigt über die Kiefern und erhellt die Lichtung. Im Schilf läuten die Unken. Bei jedem neuen Geräusch zeigt Quindt in die jeweilige Richtung, gesprochen wird nicht. Man wartet auf einen kapitalen Hirsch, den Quindt bereits seit Wochen beobachtet. Zum ersten Mal soll Maximiliane, falls es dazu kommt, bei einem Abschuß zugegen sein. Der Hirsch tritt auf, Quindt tauscht die Pfeife gegen das Gewehr, alles geschieht lautlos, nur die Schnaken surren. Das Licht ist gut. Der Hirsch wendet den Kopf mit dem prachtvollen Geweih. Quindt hat den Finger bereits am Abzug, aber als er den Hahn abzieht, schiebt Maximiliane mit einer unerwarteten und unbeabsichtigten Bewegung das Gewehr beiseite. Der Schuß löst sich, schlägt seitab in einen Baumstamm ein und löst mehrfaches Echo aus. Der Großvater erhebt sich, stellt das Gewehr beiseite, holt aus, um seiner Enkelin die erste und einzige, aber kapitale Ohrfeige zu versetzen. Der Raum ist knapp, er tritt zurück und ins Leere. Kein kapitaler Hirsch und keine kapitale Ohrfeige, statt dessen ein Oberschenkelhalsbruch.

Es hat nicht viel gefehlt, dann wäre auch dieser Quindt einem Jagdunfall zum Opfer gefallen. Auf seinem Krankenlager sagt er zu jedem Besucher – und natürlich kamen sämtliche Nachbarn angefahren, Dr. Wittkow kam täglich und Pfarrer Merzin einmal wöchentlich –: »Ich gedenke der erste Quindt zu sein, der eines natürlichen Todes stirbt. Nicht bei der Jagd und nicht im Krieg, sondern ganz friedlich. Aber noch nicht jetzt, Herr Pfarrer, mit den himmlischen Jagdgründen hat es noch eine Weile Zeit.«

Er hatte sich dagegen gewehrt, daß man ihn ins Krankenhaus brachte, folglich wurde der Bruch nicht fachgerecht behandelt. Das rechte Bein blieb verkürzt. Quindt sagte auch diesmal: »Das wird auch wieder.« Aber es wurde nicht wieder. Da niemand ihn darauf aufmerksam machte, wußte er aber nicht, daß er das Bein nachzog. Er beschuldigte seine Enkelin nie, und diese fühlte sich auch nicht schuldig. Sie erkannte vermutlich nicht einmal einen Zusammenhang zwischen ihrem Schlag gegen den Gewehrlauf und dem Sturz des Großvaters. Künftig begleitete er die Treibjagden im Wagen, schoß wohl auch einmal einen Rehbock vom Wagen aus.

Im Anschluß an den Unfall brachte er Maximiliane das Schießen bei, erteilte ihr regelrechten Schießunterricht, Kleinkaliber, Schrotflinte, Pistole. Sie lernte, auf die Scheibe zu schießen und auf Wildtauben. Sie schoß rasch und sicher. Zwei Jahre später zwang er sie, die Hündin Dinah zu erschießen, die alt und fast erblindet war. »Man muß lernen, das zu töten, was man liebt. Ziele richtig! Quäle das Tier nicht!« Maximiliane benötigte trotzdem drei Schüsse. »Derjenige muß ein Tier töten, der es am meisten liebt«, sagte Quindt noch einmal. »Der hat auch am meisten Mitleid. Der Hirsch damals, der wurde sowieso abgeschossen, er stand auf der Liste; wenn nicht von mir, dann von Herrn Palcke. Der Schaden, den die Hirsche im Wald anrichten, ist zu groß. Man muß immer das Ganze im Auge behalten.«

Nacheinander hatte sich Maximiliane Haus, Park, Dorf und die 10 000 Morgen Land, die den Quindts gehörten, erobert: Jahresringe. So weit ihre Füße reichten, nichts als Poenichen und niemals jemand, der sie nicht kannte. »Du bist doch die kleine Quindt?« Und im nächsten Atemzug: »Das arme Kind – hat keinen Vater und keine Mutter mehr.« Aber sie hatte eine Heimat, sie wuchs furchtlos auf, hatte diesen Großvater. Die Baronin allerdings blieb weiterhin mehr an ihren Hunden als an dem Kind interessiert. Inzwischen züchtete sie außer Jagdhunden auch Rauhhaarteckel, telefonierte und korrespondierte mit Züchtern und Käufern und unternahm weite Fahrten zum Decken der Hündinnen, Herrn Riepe am Steuer. »Otto! Otto!« rief sie, sobald er zum Überholen eines der wenigen Autos auf den pommerschen Chausseen ansetzte.

Das Leben auf Poenichen ging seinen Gang, endlos die Winter, endlos die Sommer. Immer wieder blühte der Flachs, stiegen die Lerchen auf, schwangen sich rechts und links der Chausseen weiße und rosafarbene Girlanden über die ergrünten Kornfelder, wenn Ende Mai die Apfelbäume blühten. Immer wieder brach der Frühling über Pommern herein, heftig wie der Herbst, der den Sommer überrumpelt und im Sturm davonfegt. Freud und Leid wechselten auf Poenichen wie in alten Bauernsprüchen. Bei freudigen Anlässen briet Anna Riepe einen Fisch, dann brauchte man etwas Leichtes, bei traurigen Anlässen ein Stück Wild, am besten vom Wildschwein, das schwer im Magen lag und schläfrig machte. Im Oktober zog tagelang der Duft der ›guten Luise von Vranches‹ durchs Haus: Anna Riepe legte Birnen ein, süß-sauer, gewürzt mit Nelken, Ingwer und Zimt.

Der Fortschritt war übrigens immer noch nicht im Schnellzugtempo in Hinterpommern eingezogen, wie Herr von Jadow seinerzeit geweissagt hatte; viele Prophezeiungen, die nach dem Weltkrieg ausgesprochen wurden, erfüllten sich nicht. Trotzdem gab es mittlerweile Elektrizität, nicht nur im Herrenhaus, sondern auch im Dorf. Es gab Straßenbeleuchtung, aber sie wurde ausgeschaltet, sobald Bürgermeister Merck schlafen ging. In den Küchen der Leute wurden 40-Watt-Birnen und im Herrenhaus 100-Watt-Birnen gebrannt. Im Dorf verlöschte das letzte Licht spätestens um neun, im Zimmer Quindts oft erst nach zwei Uhr nachts. Er schlief schlecht und las viel. Gewitterstürme und Schneestürme knickten zuweilen die Masten, und so standen die Petroleumlampen weiterhin griffbereit. Eine Wasserleitung war gebaut worden, aber die Frauen gingen nach wie vor zum alten Brunnen, weil dort das Wasser nicht nach Kubikmetern berechnet wurde. Die Blechschüssel mit dem Waschwasser wurde immer noch in die Kandel neben der Dorfstraße ausgeschüttet, von Kanalisation war nicht einmal die Rede; immer noch befanden sich die Aborte im Stall bei Ziege und Schwein, und immer noch bestand das, was Quindt ›die Unterschiede‹ nannte. Im Herrenhaus war eine Warmluftheizung eingebaut worden, aber der große Ofen im Keller wurde mit Holzscheiten geheizt, Tag und Nacht, was der alte Priska besorgte, inzwischen noch älter geworden und außerdem verwitwet. Er verließ den Heizraum kaum noch, Anna Riepe brachte ihm in einer Schüssel sein Essen. ›Zustände wie in Polen!‹ hätte ein Mann wie Herr von Jadow wohl gesagt. Priska trug die Garderobe seines Herrn auf, die grüne Tuchjacke schlotterte ihm am Leib. Er war der einzige, der nach der Hand des Herrn Barons faßte, um sie zu küssen. Aber eine Begegnung fand allenfalls zweimal im Jahr statt.

Mit Herrn Palcke hatte Quindt einen guten Griff getan. Er hatte in der Nähe von Wronke an der Warthe selbst einen Hof von fast 500 Morgen besessen, den er hatte verlassen müssen, als Westpreußen polnisch wurde. Er war zum Polenhasser geworden; die polnischen Landarbeiter verschwanden auf sein Betreiben hin bald vom Hof. Wenn er auf Hitler zu sprechen kam, hörte Quindt nicht hin.

»Der deutsche Ostraum!« sagte Herr Palcke. »Da hilft nur einer: Adolf Hitler! Der wird dem deutschen Volke Raum verschaffen!«

Allenfalls sagte dann Quindt einmal: »Am Raum liegt's bei uns ja eigentlich nicht, Herr Palcke, wir haben eher zuviel davon.«

Die Mechanisierung der Landwirtschaft ging nur langsam voran. Die Gespannführer wurden nicht von heute auf morgen gute Treckerfahrer, Quindt mahnte zu Geduld: »Bis aus einem Wildpferd ein gutes Arbeitspferd geworden ist, das hat Jahrhunderte gedauert, ein Trecker muß angelernt werden wie ein Trakehner.«

Herr Palcke wollte den Achtstundentag einführen, scheiterte aber am Widerstand seines Herrn. »Im Juli, während der Ernte acht Stunden Arbeit? Während des Kartoffelausmachens? Dann schneit es uns noch früher rein! Und warum sollen die Leute acht Stunden lang im Januar arbeiten, wenn dikker Schnee liegt? Man muß arbeiten, wenn die Arbeit anfällt!«

»Die Leute murren, wenn sie sonntags arbeiten müssen!« sagte Herr Palcke.

»Wann auf Poenichen Sonntag ist, bestimme ich, Herr Palcke! Haben wir uns verstanden?«

Herr Palcke verstand den Baron weniger gut, als dieser annahm, was sich erst später herausstellen wird.

Natürlich wurde dieser letzte Satz des Barons dem Pfarrer hinterbracht, der dann auch unangemeldet erschien, um mit Quindt über den Tag des Herrn zu sprechen.

»Herr Pastor!« sagte Quindt. »Wenn Gott unbedingte Ruhe am siebenten Tage gewollt hätte, hätte er dafür gesorgt, daß an diesem Tage das Gras aufhört zu wachsen und daß die Kühe sonntags keine Milch geben und daß es sonntags keine Gewitter gibt.«

»Am Sonntag muß sich der Mensch auf das Leben nach dem Tode vorbereiten, Herr von Quindt!«

»Mir geht es nicht um das Leben nach dem Tode, sondern um das Leben vor dem Tode, und da braucht der Mensch mehr als einen Sarg, da braucht er ein Dach überm Kopf und eine Ziege im Stall und ein Stück Land, damit er weiß, wo er zu Hause ist!«

»Es gibt noch ein anderes Zuhause, Herr Baron!«

»Wir wollen es hoffen, Herr Pastor!«

»Wir müssen es glauben, Herr Baron!«

»Hoffen ist schon schwer genug!«

Maximiliane hatte während des Gesprächs dabeigestanden. Als der Pfarrer gegangen war, sagte Quindt zu ihr: »Mein ganzes Leben lang habe ich darüber nachdenken müssen, wie ich neues Saatgut beschaffen soll, wie die neuen Maschinen finanziert werden sollen, wie ich die Zinsen für die Kredite aufbringen soll. Neue Stallungen. Leutehäuser. Kartoffelpreise. Wie alt bist du jetzt eigentlich?«

»Zwölf Jahre«, sagte Maximiliane.

»Kinderarbeit ist angeblich verboten, da wird wohl auch Kinderheirat verboten sein. Dabei siehst du schon heiratsfähig aus. Sechzehn Jahre ist wohl das mindeste. Du mußt in die Schule!«

»Nein!«

»Das war keine Frage! Das war eine Feststellung.«

»Läßt du nicht mit dir reden, Großvater?« Schon füllen sich ihre Augen mit Tränen. »Du kannst mich doch nicht einfach wegschicken!«

»Natürlich kann ich das. Ich muß es sogar. Die Schulbehörden machen Schwierigkeiten. Arnswalde ist nicht aus der Welt.«

»Aus meiner schon!« Eine Feststellung, die sich mit Quindts eigener Überzeugung deckte. Arnswalde lag auch außerhalb seiner Welt.

»Mit Beginn des Schuljahrs gehst du nach Arnswalde!«

Von vornherein klang das wie eine Drohung, die allerdings durch ›das blaue Wunder‹ gemildert wurde, das ihr bereits von Fräulein Hollatz versprochen worden war, sobald sie zu einer regulären Schule gehen würde. Fräulein Eberle hatte gesagt: ›Du wirst dich noch umgucken, Maximiliane!‹ Fräulein Gering pflegte zu sagen: ›Komm du erst mal in die Schule, da wirst du was erleben.‹

Maximilianes Erwartungen, die sie an die Schule stellte, setzten sich aus solchen Sätzen zusammen.

14

›Ich bin ein Kaufmann aus Paris, hab lauter schöne Sachen,
verbiete dir das Ja und Nein, das Weinen und das Lachen . . .‹

Kindervers

Die Schwierigkeiten fingen bereits vor Beginn des Schuljahres an. Frau Görke, die sonst erst im Herbst für eine Woche nach Poenichen kam, erschien diesmal, außer der Reihe, in der ersten Aprilwoche, um für Maximiliane drei Schulkleider zu nähen. Die Vorstellungen von dem, was ein Schulkleid sei, gingen weit auseinander. Maximiliane wünschte Abnäher, wünschte den Ausschnitt größer, die Ärmel kürzer, den Rock länger. Aber Frau Görke erklärte: »Mit zwölf Jahren braucht ein Mädchen noch keine Abnäher.«

Frau Görke nähte auf allen Gütern im näheren Umkreis, auf Perchen bei den Mitzekas, bei den Pichts und Rassows, und früher hatte sie bei den Kreschins genäht, die jetzt in Berlin lebten, sogar Abendroben.

Es gibt Tränen. Nicht nur bei Maximiliane, auch bei Frau Görke, die nur mit Mühe zum Bleiben zu bewegen ist, das

Nadelkissen hat sie bereits wieder eingepackt. »Un dat allens wegen dem elendigen Liev!« Sie ist eine Pietistin. Wenn sie erregt ist, vergißt sie die feine Sprechweise. Mit dem ›elendigen Liev‹ meint sie nichts anderes als der Prediger Salomo: ›Alles ist eitel.‹

Quindt muß kommen und ihr gut zureden. »Wenn der Schneider das Kleid nicht passend machen kann, muß eben der Chirurg den Körper passend machen!«

Damit packt er Frau Görke bei ihrer Ehre. Ein Chirurg! Sie kann jedes Kleid passend machen, erst recht für ein zwölfjähriges Mädchen. Sie bringt Abnäher am Busen an, erklärt dazu aber mehrfach, daß es unpassend sei, wenn ein Mädchen von zwölf Jahren bereits voll entwickelt ist.

Das Ergebnis von Mühe und Tränen blieb unbefriedigend. Maximiliane sah in ihren Schulkleidern plump aus. So wie sie jetzt bei der Anprobe vor dem großen Spiegel stand, so wird sie auch in Jahrzehnten noch dastehen, wenn man sie veranlaßt, ein Kleid zu kaufen: steif in den Schultern, die vorstehenden Knie nach hinten durchgedrückt, die Arme abgespreizt. In jedem Kleidungsstück mußte sie sich erst einwohnen, was oft Jahre dauerte. Ihr Leben lang blieb sie schwer anzuziehen. Ihre Tante Maximiliane war es, die erkannte, daß das Mädchen Dirndlkleider tragen mußte. Über Jahrzehnte wird sie diesen festen runden Körper behalten, entkleidet immer erfreulicher anzusehen als bekleidet, eine Zierde für jeden Nacktbadestrand, ein Gegenstand des Neides in jeder Sauna. Aber als sie jung war, trug man keine Haut, und als dies modern wurde, war es für Maximiliane fast schon zu spät.

Bevor sie nach Arnswalde auf die höhere Töchterschule kam, hatte sie bereits ein Jahr auf dem Gut des Barons Picht am Englischunterricht teilgenommen, den eine Miß Gledhill aus Liverpool hielt. Mit dem Schulunterricht in Arnswalde begann für sie dann im wahrsten Sinne des Wortes der ›Ernst des Lebens‹.

Arnswalde, man erinnert sich, Luftlinie 30 Kilometer, aber mit der Eisenbahn nur schwer zu erreichen, und auch mit dem Auto müssen Umwege gefahren werden, etwa fünfzig Kilometer Landstraße. Mit dem Fahrrad und bei Gegenwind benötigt man einen halben Tag. Maximiliane erhält aus Anlaß der Einschulung ein Damenfahrrad, allerdings nur, um vom Haus der verwitweten Frau Schimanowski, die seit dem Tod ihres Mannes einige auswärtige Schülerinnen in Pension nimmt, zur Töchterschule zu fahren. Es wird vereinbart, daß Herr Riepe sie einmal im Monat über Sonntag nach Hause holt.

Bisher hatte Maximiliane nie ernstliche Erziehungsschwierigkeiten gemacht, hatte sich vielmehr als gehorsam und anpassungsfähig erwiesen, aber sie war natürlich wie eine Dorfprinzessin herangewachsen und immer etwas Besonderes gewesen. In Arnswalde ist das nicht mehr der Fall, dort sieht sie in lauter fremde Gesichter, die Mitschülerinnen, die Lehrerinnen, der Rektor, der Hausmeister und diese Frau Schimanowski, zu der Maximiliane gleich am ersten Abend ›Frau Schimpanski‹ sagt, nicht böswillig, sondern unwissend, was aber ein endloses Gekicher bei den fünf Pensionärinnen hervorruft. Die Witwe schickt alle hungrig zu Bett, sagt aber vorher noch zu Maximiliane: »Rück mal heraus, was eure Mamsell dir eingepackt hat! Du bist sowieso zu dick!« Bis zu den Sahnebonbons, die Anna Riepe vor der Abreise eigens gekocht hat, läßt sie sich alles aushändigen, die Gänsebrust, den Schinken und die Rosinenbrötchen. Nur die runzligen Boskopäpfel darf die neue Pensionärin behalten.

Maximiliane kennt niemanden in Arnswalde, und, was schlimmer ist, niemand kennt sie. Bisher hatte jeder gewußt, wer sie war, für die einen die Maxe, für die anderen die Maximiliane, zumindest aber immer ›die kleine Quindt‹. Nie war sie gefragt worden: ›Wem gehörst du denn?‹ Und jetzt fragt man sie ständig nach dem Namen, Vornamen, Adresse, Beruf des Vaters. »Poenichen«, gibt sie an, ohne Straßennamen und Hausnummer. »Schloß«, fügt sie schließlich hinzu, um die Angaben zu vervollständigen.

»Wieder so ein Schloßkind!« sagt Rektor Kreßmann, beinamputiert, ein Sozialdemokrat, und fragt nach dem Beruf des Vaters. Auf derartige Fragen war Maximiliane nicht vorbereitet. Sie sagt daher: »Leutnant.«

»Im Zivilberuf!«

»Abiturient.«

Sie wird zum dritten Male gefragt: »Jetziger Beruf!«

»Tot«, sagt Maximiliane.

In den ersten Tagen sieht es so aus, als ob sie nicht nur Poenichen, sondern auch ihren Namen eingebüßt hätte. »Ah, die Neue!« – »Wer setzt sich freiwillig neben die Neue?« – »Wollen wir doch mal hören, was die Neue dazu zu sagen weiß!« – »Die Neue spricht heute morgen das Gebet!« Die Neue muß sich zum Beten vor der Klasse aufs Podium stellen; Röte steigt ihr ins Gesicht, aber ein Gebet steigt nicht auf.

»Wir wollen doch nicht hoffen, daß du unkirchlich erzogen worden bist?«

Sie schweigt weiter.

»Kennst du kein einziges Gebet?«

»Kein öffentliches«, sagt Maximiliane.

»Du hast noch viel zu lernen! Geh auf deinen Platz!«

Sie muß in einer Kolonne antreten, um bei Beginn der Pause auf den Schulhof zu gehen, muß antreten, um vom Schulhof ins Schulgebäude zurückzukehren; sie muß aufstehen, um eine Antwort zu geben, und selbst wenn sie keine Antwort weiß, muß sie aufstehen. »Die Neue! Steh auf, wenn du gefragt wirst!« Immer wieder, in allen Unterrichtsstunden: ›die Neue‹. Im Handarbeitsunterricht sagt sie zu Fräulein Blum: »Sie sind genauso neu für mich, Fräulein!« Nicht einmal ›Fräulein Blum‹, sondern nur ›Fräulein‹. Was für eine ungezogene Antwort! Fräulein Blum, sowieso zu Minderwertigkeitsgefühlen neigend, weil sie kein Gewerbelehrerinnenexamen abgelegt hat, beschwert sich als erste über das aufsässige neue Mädchen beim Rektor.

Im Musikunterricht wird sie aufgefordert, nach vorn zu kommen und ein Lied zu singen. Sie singt ihr Lieblingslied: »›Im Schummern, im Schummern, da kam ich einst zu dir . . .‹« Sie schließt die Lider vor den zwanzig Augenpaaren, die sich auf sie richten, hat statt dessen das Inspektorhaus vor Augen, das erleuchtete Fenster, Blaskorken und Fräulein Warnett auf dem Bett. Sie singt weiter, ›im Schummern, im Schummern‹, öffnet die Kirschaugen wieder, Tränen hängen in den Wimpern, immer noch Blaskorken im Blick, silberne Fischschuppen auf seinen behaarten Armen. Sie versucht mit den Wimpern das Bild wegzuwischen, erkennt verschwommen den Klassenraum vor sich: Ein paar einzelne, dafür um so größere Tränen laufen über ihre Backen.

Den Musikunterricht erteilt eine männliche Lehrkraft. Die Kirschaugen tun denn auch ihre Wirkung. Herr Hute geht nach vorn, legt den Arm um die Schulter des Kindes. »Du brauchst doch nicht zu weinen! Deine Stimme ist recht gut. Am besten singst du bei der zweiten Stimme mit, große Höhe erreichst du nicht.« Maximiliane sieht mit feuchtglänzenden Augen auf. Er läßt sie los und rührt sie nie wieder an.

Natürlich stellte Maximiliane Vergleiche zwischen sich und den anderen Mädchen an, war bisher ja nie mit Gleichaltrigen und Gleichgestellten umgegangen: derselbe pommersche Schlag, düsterblond und kräftig, aber sie selbst war die Zweitkleinste, obwohl sie die Zweitälteste war. In der Turnstunde erwies sie sich als ungeschickt beim Geräteturnen. Wie ein störrischer Esel blieb sie nach dem Anlauf auf dem Sprungbrett stehen. Dabei war sie zu Hause über jeden Graben gesprungen, hatte sich mit Hilfe einer Bohnenstange über den Bach geschwungen, wo er am breitesten war; jede Wegsperrung hatte sie mit einer Flanke übersprungen, und hier scheute sie vor einem Turnpferd, einem Gerät, das sogar gepolstert war. Sie war schneller gewesen als Dinah und fast so schnell wie die dreijährige Lucky, und hier war sie die letzte beim Laufen. Kein Baum war ihr zu hoch gewesen, und hier war sie nicht imstande, die Sprossenwand zu erklimmen. Der Sinn des Turnunterrichtes ging ihr nicht auf: laufen, um zu laufen, springen, um zu springen, klettern, um zu klettern.

Im Mathematikunterricht, den Rektor Kreßmann persönlich erteilt, benimmt sie sich wie die Siebenjährige, der Fräulein Eschholtz das einfache Zusammenzählen zweier Zahlen hatte beibringen wollen. Eine bestimmte Zahl von Äpfeln konnte sie zusammenzählen, aber keine reinen Zahlen. Sie konnte eine Zahl nicht von ihrem Gegenstand lösen. Noch wußte sie nicht, daß sie später mit Buchstaben würde rechnen müssen, unter denen sie sich noch weniger vorstellen konnte.

War es möglich, daß sie den ›Getreuen Eckhart‹ nicht aufsagen konnte? Nicht einmal ›Das Mädchen und die Glocke‹? Kein einziges Gedicht der großen deutschen Klassiker?

Maximiliane steht auf dem Podium und erklärt sich bereit, Goethes ›Willkommen und Abschied‹ aufzusagen, steht dort wie zur Anprobe, schließt vorsichtshalber die Augen, denkt an Friederike von Sesenheim, den jungen Goethe, an Straßburg und setzt an: »›Es schlug mein Herz: geschwind zu Pferde! Es war getan, fast eh gedacht . . .‹«, läßt sich vom Rhythmus der Zeilen und dem des Pferdes mitreißen, fällt in Galopp, vergißt den Klassenraum, erreicht, ohne abzustürzen, die letzte Strophe. ›»Und doch, welch Glück, geliebt zu werden! Und lieben, Götter, . . .‹« Sie verpaßt das Reimwort und sagt ›Lust‹ statt ›Glück‹. Für eine reine Mädchenschule in Arnswalde fast ein Unglück.

Im Anschluß an die Unterrichtsstunde spricht Fräulein Tetzlaff mit Rektor Kreßmann über die frühreife neue Schülerin.

In ihrem Unterricht bei Miß Gledhill hatte Maximiliane eine einwandfreie Aussprache des englischen ›th‹ und ›r‹ gelernt, aber beides entsprach nicht dem Englisch, das Fräulein Wanke sprach. »Wer hat dir beigebracht, so zu sprechen!« Sie läßt Maximiliane nach vorn kommen und vor der Klasse das ›th‹ in ihrem Sinne üben, die Zunge gegen den Gaumen gepreßt. »She thinks that someone . . .«

In den Pausen machen die Mädchen aus ihrer Klasse heimlich Schreibspiele, Abzählverse für Backfische; sie zeichnen vierfach gekreuzte Linien auf ein Blatt, schreiben an jedes Ende die Anfangsbuchstaben eines Namens und zählen und streichen dann ab: ›Dieser hat mich wahrhaft lieb, dieser ist ein Herzensdieb, dieser liebt mich treu wie Gold, dieser ist 'ner anderen hold.‹ Der Name, der übrigbleibt, ist der des Zukünftigen. Maximiliane schreibt C. B. und denkt an Christian Blaskorken, schreibt K. K., denkt dabei an Klaus Klukas, der sagen würde: ›Ick sei doch nich duun‹, W. B., Walter Beske. Und ist schon am Ende. Sie wird ausgelacht. Kennst du nur drei Jungen? Auf den Gedanken, Namen zu erfinden, wie die anderen es tun, kommt sie nicht.

Immer wieder muß sie zur Strafe eine Stunde länger bleiben, zur Strafe Balladen auswendig lernen, sämtliche Strophen ›Urahne, Großmutter, Mutter und Kind‹. Nachmittags geht sie im Garten der Witwe Schimanowski den buchsbaumgesäumten Kiesweg auf und ab, 20 Schritte hin, 20 Schritte zurück, rechts Spalierobst, links Spalierobst, Schneereste auf den Gemüsebeeten, das Buch in den klammen Händen. ›Ich kann nicht singen und scherzen mehr, ich kann nicht sorgen und schaffen schwer, was tu ich noch auf der Welt? Seht ihr, wie der Blitz dort fällt?‹ Bei null Grad Kälte ein einstündiges Gewitter im Garten, dann kann sie alle sechs Strophen auswendig und hat derweil sechs runzlige Boskopäpfel gekaut.

Sie schreibt zur Strafe Gedichte ab, selbst Choräle, ›Befiehl du deine Wege‹, fünfmal mit sämtlichen Strophen. Die Schule als Strafanstalt. Ihr Vorrat an Äpfeln schwindet.

Nach drei Wochen hat sie bereits von alldem genug. Als sie gerade nach der großen Pause in Zweierreihen die Treppe hinaufgehen, sagt sie zu einer Mitschülerin, daß sie austreten müsse. Die Aborte liegen auf dem Schulhof, der Fahrradschuppen steht gleich daneben. Sie holt ihr Fahrrad und fährt davon, nimmt nicht einmal die Schulmappe mit. Am späten Nachmittag trifft sie auf Poenichen ein, wirft das Fahrrad aufs Rondell und läuft in die Küche zu Anna Riepe, die ihr Milch warm macht und Rosinenbrot hineinbrockt und sagt: »Nun iß erst mal!« Maximiliane sitzt am großen Küchentisch und löffelt das eingeweichte Brot, schluchzt und erzählt von Rektor Kreßmann, von den Lehrerinnen, von Frau Schimanowski.

Anna Riepe hört zu, die Hände auf den Leib gelegt, und sagt: »Das sind auch alles nur Menschen.« Mit diesem Satz erteilt sie eine ganze Stunde Lebenskunde. »Das kommt, weil sie nichts von dir wissen und du nichts von ihnen. Die haben alle ihre Schicksäler.«

»Meinst du, Amma? Alle? Du auch?«

»Ich auch!«

»Wegen eurem Willem?«

Anna Riepe schüttelt den Kopf. »Der arbeitet nun bei Siemens. Aber wegen dem!« Sie zeigt auf ihren dicken Leib.

»Kriegst du ein Kind?«

»Was da wächst, is nichts Lebendiges, das is tödlich. Aber red nich drüber. Es braucht es nich jeder zu wissen. Die anderen sollen ruhig denken, die Anna wird immer dicker.«

»Weiß es der Großvater?«

Anna Riepe schüttelt den Kopf. »Sonst schicken sie mich ins Krankenhaus. Ich habe es auch nur wegen der Schicksäler gesagt.«

»Was willst du nun tun, Amma?«

»Tun, als ob nix wär. Geh jetzt nach oben! Ich koch dir Sahnebonbons zum Mitnehmen.«

»Die darf ich ja nicht behalten. Alles nimmt man mir weg!«

»Dann versteck sie!«

Am nächsten Tag weckt Quindt seine Enkelin um vier Uhr früh. »Fahr zu, dann kannst du es bis acht Uhr schaffen.«

Es ist Anfang Mai, aber noch kalt und windig, und in den Schlaglöchern steht das Regenwasser. Quindt hat ihr eine Entschuldigung geschrieben. Seine Enkeltochter hätte wegen dringlicher Familienangelegenheiten kurzfristig ... Er bittet, nicht weiter in das Kind zu dringen. Ein Pferd, das zum ersten Mal im Geschirr geht, bockt zuweilen oder geht durch.

In Arnswalde ist alles wie vorher: Strafarbeiten und Nachsitzen. In ihrer Klasse tauchen die Poesiealben auf. Ein höflicher Knicks vor der Lehrerin nach dem Läuten: »Würden Sie mir bitte etwas in mein Album schreiben?« Die Poesiealben wandern von einer Schultasche in die andere, Lackbildchen werden getauscht und eingeklebt, die Seiten füllen sich. Maximiliane ist die einzige, die sich nicht beteiligt.

»Hast du etwa kein Album, Maximiliane?« fragt man sie.

»Doch«, sagt sie, »natürlich. Ich habe es nur nicht mitgebracht, es liegt zu Hause.«

Heimlich geht sie in den Schreibwarenladen Kruse und kauft sich ein Album. Ihr Taschengeld reicht nur für eines mit Leineneinband, von dem Rest erwirbt sie einen Bogen Engelsköpfchen und einen Bogen Vergißmeinnicht. Beim nächsten Besuch in Poenichen legt sie dem Großvater das Buch hin: »Schreib mir bitte was da rein!«

»Später«, sagt er, legt das Buch beiseite und nimmt sich die Wirtschaftsbücher vor.

»Bitte gleich, Großvater!«

»Es brennt doch nicht etwa?«

»Doch!«

»Was soll es denn werden, wenn es fertig ist?«

»Ein Poesiealbum!«

»Muß es sich reimen?«

»Das wäre gut.«

Quindt setzt an und schreibt den Quindtschen Kaminspruch ›Dein Gut vermehr ...‹, die rechte Behandlung von Feinden, Freunden und Gott betreffend. Er setzt seinen Freiherrntitel darunter, den er nach Belieben gebraucht und wegläßt. Dann geht Maximiliane mit dem Album zur Großmutter. »Schreib mir bitte etwas auf die nächste Seite!« Die Großmutter sitzt im Separaten und legt Patiencen. Maximiliane holt ihr das Schreibgerät und setzt es mitten auf die Napoleon-Patience.

»Macht ihr das immer noch, Kind? Ein Poesiealbum!« Etwas wie Rührung liegt in ihrer Stimme. Sie besinnt sich einen Augenblick und schreibt dann: »›Denn wir können die Kinder nach unserem Sinne nicht formen; so wie Gott sie uns gab, so muß man sie haben und lieben, so erziehen aufs beste und jeglichen lassen gewähren.‹« Darunter setzt sie: »Dieses Wort aus ›Hermann und Dorothea‹ schrieb Dir, liebe Maximiliane, Deine Großmutter Sophie Charlotte von Quindt.«

Maximiliane bedankt sich mit einem Kuß und läuft zu Anna Riepe ins Souterrain. »Schreib mir was in mein Buch, Amma!«

Anna Riepe ist dabei, die Suppe mit einem Ei abzuziehen, ein Augenblick also, der keine Störung verträgt. »Was denn, Kind?«

»Einen Spruch, Amma!«

»Sprüche, Kind, Sprüche!« Dann schreibt sie auf die dritte Seite, was sich in ihrem Leben bewährt hat: »›Sich regen bringt Segen.‹«

Oberinspektor Palcke schreibt ihr ebenfalls einen Spruch, eher eine Wetter- denn Lebensregel, in das Album. Dann eilt sie ins Dorf, zuerst zur Witwe Schmaltz. Da dauert es länger, bis Tinte und Federhalter gefunden sind. Sie einigen sich nach langem Hin und Her auf den Spruch, der blaugestickt auf dem Handtuchhalter steht: »›Eigener Herd ist Goldes wert‹, Emma Schmaltz, Hebamme auf Poenichen.«

Walter Beske trifft sie nicht an, er ist mit dem Rad zum Fußballspielen ins Nachbardorf gefahren, und Klaus Klukas erklärt: »Ick sei doch nich duun!« Die Verhandlungen kosten unnötig Zeit. »Holl di der Deuker!« sagt er schließlich.

Lenchen Priebe besitzt selber ein Poesiealbum, sie muß nur abschreiben, was auf der letzten Seite steht. »›Ich han mich hinden angewurzeld, das niemant aus dem Album purzelt. Helene Priebe.‹« Vier Rechtschreibfehler, aber wählerisch kann Maximiliane nicht sein, wenn es darum geht, möglichst schnell ein Poesiealbum zu füllen. Lenchen bekommt zum Dank eine ganze Reihe Engelsköpfchen geschenkt.

Maximiliane läuft nach Hause und kommt zu spät zum Mittagessen. Die Großmutter hebt die Augenbrauen. Als Erklärung legt Maximiliane ihr das Buch hin. »Ich habe erst sieben Seiten voll! Was soll ich bloß machen?«

Quindt zeigt auf ihren Stuhl: »Deine Suppe essen! First things first!«

»Warum hast du mir das nicht in mein Buch geschrieben, Großvater?«

»Das kann ich ja immer noch tun!«

»Du stehst doch schon drin!«

»Dann werde ich eben einen anderen Namen daruntersetzen.«

»Darf man denn das?«

»In diesem Falle muß man's sogar!«

»Aber Quindt!« mahnt seine Frau.

»Du wirst es ebenfalls tun müssen!« Er blättert in dem Album, liest die zweite Seite. »›Und jeglichen lassen gewähren.‹ Das ist so recht Sophie Charlotte von Malo aus Königsberg! So ein Buch ist aufschlußreicher, als ich dachte!«

Am Nachmittag sitzen sie zu dritt um den runden Tisch in der Bibliothek. Quindt hat die ›Geflügelten Worte‹ vor sich liegen und die Großmutter ihr eigenes Königsberger Poesiealbum. Nicht nur Verse werden ihm entnommen, sondern auch gepreßte und verblaßte Vergißmeinnichtsträußchen. Quindt läßt sich das Königsberger Album reichen, liest darin und blickt seine Frau an. »›Das wünscht Dir, liebe Pia, in ewiger Freundschaft.‹ Wieso denn Pia?« fragt er.

Die Baronin setzt ihr sparsames Lächeln auf. »So wurde ich als Mädchen genannt.«

»Davon weiß ich ja gar nichts!«

»Du weißt vieles nicht, Quindt!«

»Das unbekannte Mädchen Pia aus Königsberg!«

Er hatte ihr zwar immer die nötige Achtung erwiesen, aber doch wenig Beachtung. Jetzt betrachtet er seine Frau aufmerksam, bemerkt zum ersten Mal, daß sie mittlerweile weißhaarig geworden ist und eine Brille trägt. Ihre Augen waren nicht mehr preußisch-blau, wie Quindt sie vor Jahrzehnten einmal bezeichnet hatte, sondern ostpreußisch-blau.

»Pia! Daran werde ich mich nicht mehr gewöhnen können.«

»Warum auch, Quindt!«

»Ganz recht, warum auch.«

Quindt holt drei verschiedene Tintensorten sowie mehrere Stahlfedern, dünne und breite; die blaue Tinte wird verdünnt. Maximiliane schreibt mit verstellter Schrift: »›Lebe, wie du, wenn du stirbst, wünschen wirst, gelebt zu haben.‹ Das schreibt Dir Deine Freundin Amalie von Seekt« und klebt Lackbildchen an alle vier Ecken. »Schreib du etwas Englisches, Großvater«, sagt sie. »Was Englisches hat nicht jeder.«

Quindt schreibt: »›Early to bed and early to rise, makes a man healthy, wealthy and wise!‹ Das schreibt Dir zur steten Beherzigung Dein Benjamin Franklin.«

Die Baronin läßt Anna Riepe bitten, eine Tasse Kaffee zu kochen und den Hagebuttenlikör heraufzuschicken.

Es wird dämmrig, die drei sitzen noch immer um den Tisch. Quindt nimmt Bücher aus dem Bücherschrank und blättert darin, die Großmutter erzählt Geschichten von ihren Schulfreundinnen und löst derweil mit einem feuchten Schwamm die Lackbilder aus ihrem Album.

»Heute ist es bei uns wie bei einer richtigen Familie!« sagt Maximiliane.

»Eine Gangster-Familie!« verbessert Quindt und schreibt: »›Not kennt kein Gebot!‹«

Dann erscheint Riepe und sagt: »Nun wird es aber Zeit. Das kleine Fräulein kommt sonst zu spät, und dann gibt es wieder Ärger mit Frau Schimanowski.«

Anna setzt den offiziellen Schließkorb, der bei Frau Schimanowski abgegeben werden muß, ins Auto und steckt Sahnebonbons und Rosinenbrötchen in die Schultasche. Dank

Lenchen Priebe, die einen Fettfleck auf den Leinenband gemacht hat, sieht das Album nicht mehr ladenneu aus.

Am nächsten Tag läßt Maximiliane das Album auf ihrem Bett liegen, und dort wird es sofort von Marianne und Gisela gefunden. »Amalie von Seekt? Josephine? Was für altmodische Namen! Benjamin Franklin, wer ist denn das?«

»Das ist einer meiner Onkels«, sagt Maximiliane.

»Und was heißt das hier?«

»Das ist schwedisch. ›Lyckan kommer, Lyckan går. Lycklig den, som Lyckan får.‹ Lars Larsson aus Göteborg, das ist ein anderer Onkel von mir. ›Das Glück kommt, das Glück geht, glücklich der, der das Glück bekommt!‹«

Die Lehrerinnen schreiben ihr Sprüche der Weisheit in das Buch, die Mitschülerinnen Sprüche der Torheit, später schrieb man ihr dann noch Führerworte hinein, Worte von Hermann Göring und Baldur von Schirach.

Die Vereinbarung, daß Riepe sie alle vier Wochen samstags am Schulhof mit dem Auto abholen sollte, wurde nicht eingehalten. Nach weiteren drei Wochen erschien Maximiliane wieder mit dem Fahrrad zu Hause.

Quindt sah keine andere Möglichkeit, Maximiliane und sich das Vergnügen dieser Besuche zu rauben, als ihr den Fluchthelfer zu nehmen: ihr Fahrrad. Sie mußte lernen, was eine Folgerung war; fortan mußte sie den Schulweg in Arnswalde zu Fuß machen. Riepe brachte sie ohne ihr Fahrrad nach Arnswalde zurück. Auf Poenichen war man erleichtert: Das Kind würde sich gewöhnen.

Bis dann ein Anruf der höheren Töchterschule aus Arnswalde kam. »Kreßmann am Apparat, Rektor Kreßmann. Ich möchte mich nach dem Befinden des Herrn Quindt erkundigen.« Quindt ist selbst am Apparat, er dankt für die Nachfrage, für die er keinen Anlaß sieht.

Es stellt sich heraus, daß Maximiliane seit zehn Tagen bereits dem Unterricht ferngeblieben ist. »Eine ernste, tödliche Erkrankung des Großvaters! Mir ins Gesicht, Herr Quindt, unter Tränen! Das Mädchen schien völlig verzweifelt. Kein Grund zum Mißtrauen! Aber ich muß schon sagen, bei allem Verständnis!«

Die Witwe Schimanowski besitzt keinen Telefonanschluß. Quindt läßt sich also von Herrn Riepe mit dem Auto nach Arnswalde bringen und erfährt dort von der Pensionsinhaberin, daß seine Enkeltochter ein paar Sachen in ihren Koffer gepackt habe und zum Bahnhof gegangen sei. »Vor zehn Tagen! Ich habe keinerlei Argwohn gehegt. Bei Großeltern kann schließlich immer mal was passieren.«

Quindt läßt sich zum Schulgebäude fahren und wartet die große Pause ab. Er beobachtet, wie die Schulmädchen antreten und schweigend im Schulgebäude verschwinden, denkt sich seinen Teil und spricht im Flur mit Fräulein Wanke über Maximiliane. Ein verschlossenes Kind, das zu unbeherrschten Gefühlsausbrüchen neigt, hört er. Sie könne sich noch kein rechtes Bild von ihr machen, aber die Mädchen, die von Hauslehrerinnen erzogen worden seien, fügten sich immer schwer ein; es wäre richtiger, sie rechtzeitig zu einer regulären Schule zu schicken. Quindt erwidert, daß er nicht in die Schule gekommen sei, um hier Belehrungen entgegenzunehmen. Er läßt sich das Rektorzimmer zeigen. Aber Rektor Kreßmann hält sich gerade zum zweiten Frühstück in seiner Dienstwohnung auf. Quindt schickt Riepe mit seiner Visitenkarte ins Haus. Es handelt sich noch um eine aus seiner Abgeordnetenzeit, mit Freiherrntitel und dem Vermerk ›Mitglied des Reichstags‹, handschriftlich hat er dazugesetzt: ›bittet um Unterredung‹.

Rektor Kreßmann läßt bitten und eröffnet das Gespräch. »Bei allem Verständnis, Herr Quindt! Auch dieses Kind muß sich gewöhnen! Aber bitte, man hat viel Verständnis und viel Geduld bewiesen, man wird es auch weiter tun. Bringen Sie es uns wieder!«

»Erst müssen wir das Kind einmal haben, bevor ich es wiederbringen kann, Herr Kreßmann! Ein Kind, das sich wohl fühlt, läuft nicht mir nichts, dir nichts weg!«

Rektor Kreßmann, ebenfalls cholerisch, geht hinter seinem Schreibtisch auf und ab, die Hände auf dem Rücken, den Kopf gesenkt, wegen der Prothese das Bein nachziehend. »Meine Schülerinnen sollen sich nicht wohl fühlen, sondern wohl verhalten!«

Quindt an der anderen Schreibtischseite setzt sich ebenfalls in Bewegung, zieht ebenfalls das verkürzte Bein nach, die Hände auf dem Rücken, den Kopf gesenkt. Bei den zwangsläufig häufigen Begegnungen während der nun folgenden Auseinandersetzung werfen sie sich mißtrauische Blicke zu, beide wähnend, der andere ahme ihn nach.

»Wohlverhalten statt Wohlbefinden! Ist das das pädagogische Prinzip Ihrer Anstalt?«

»Bitte! Es steht Ihnen jederzeit frei, Ihre Enkelin abzumelden, Herr Quindt.«

»Wir hätten sie denn, Herr Eßmann!«

»Kreßmann, wenn ich bitten darf!«

»Von Quindt, wenn ich bitten darf!«

»Das Mädchen wird noch sein blaues Wunder erleben. Erst recht, wenn Sie es in ein Internat stecken!«

»Ich gedenke Maximiliane nicht in ein Internat zu stecken, Herr Kreßmann, und das blaue Wunder von Arnswalde hat sie ja bereits hinter sich.«

»Es gibt in unserem Staat so etwas wie eine gesetzliche Schulpflicht, Herr von Quindt.«

»Es gibt eine Menge Pflichten in unserem Staat, aber ein zwölfjähriges Kind hat doch wohl auch ein Recht auf etwas Glück!«

»Schulische Pflicht und häusliches Glück! Ich biete Ihnen noch einmal an, daß ich bereit bin, es ein letztes Mal mit Ihrer Enkelin zu versuchen, falls Sie dafür garantieren können...«

Quindt unterbricht ihn.

»Ich kann für nichts garantieren, Herr Kreßmann!«

»Sie scheinen sich auf die Seite des Kindes zu stellen? In Gegnerschaft zur Schule!«

»In dubio pro reo, Herr Kreßmann, im Zweifelsfalle für den Schwächeren.«

Als Rektor dieser renommierten, das dürfe er sagen, dieser renommierten Töchterschule, fährt Herr Kreßmann dann fort, habe er eine Reihe von Klagen zu hören bekommen, leider. Er sei froh über diese Gelegenheit zu einem schulischen Gespräch mit dem Erziehungsberechtigten. »Immer gleich Tränen! Bei allem Verständnis, aber das Kind ist zwölf Jahre alt, da muß man ihm das Weinen doch wohl abgewöhnt haben.«

»Muß man? Vielleicht auch das Lachen? Wollen Sie ihr beides austreiben? Dieses Kind reagiert mit Tränen und Flucht auf Ihre renommierte Anstalt!«

»Ich sage nochmals, Herr von Quindt, ein Pädagoge besitzt viel Geduld. Er wirft nicht gleich die Flinte ins Korn.«

»Das wollte ich Ihnen auch nicht geraten haben, Herr Kreßmann!«

»Wie habe ich das zu verstehen?«

Die Herren machen voreinander halt.

»Flinten haben im Korn nichts zu suchen; ich bin Landwirt!«

»Soll das ein Scherz sein?«

»Mein letzter!«

Rektor Kreßmann sagt nochmals: »Bei allem Verständnis«, aber da zieht Quindt bereits die Tür hinter sich zu.

Auf dem jetzt leeren Schulhof begegnet er dem Musiklehrer, der zunächst zögert, dann den Hut zieht und stehenbleibt, obwohl er sich nicht einmischen möchte und Musik ja nur ein Nebenfach sei, aber er als einer der wenigen männlichen Lehrkräfte, und er könne sich natürlich täuschen, aber Maximiliane blicke ihn, wie solle er sich da ausdrücken, ihn, als Mann, ein wenig unkindlich an, er sei geneigt, von frühreif zu sprechen. »Sie hat so etwas in den Augen, Herr Baron, aber eine hübsche Stimme. Ob vielleicht bereits ein Mann ...?« Herr Hute wird noch unsicherer. Vor Tagen sei ein gekentertes Boot in der Nähe des Strandbads an Land getrieben, man habe dem zunächst keine Bedeutung beigemessen, weil man Maximiliane bei dem erkrankten Großvater ... Ein Fingerzeig, eine Vermutung ...

»Die Vermutungen über den Verbleib meiner Enkelin überlassen Sie bitte mir. Es handelt sich immerhin um eine Quindt!«

Er geht zurück zum Auto und sagt Riepe, daß er noch mal zu dieser Witwe fahren möge. Unterwegs fragt er: »Sag mal, Riepe, meinst du, das Kind wäre ins Wasser gegangen?«

»Nee, Herr Baron, das nun nich! Weit weg is die nich!«

Sie lassen sich von Frau Schimanowski das Gepäck aushändigen.

»Aber die Miete, Herr Baron! In diesem Halbjahr werde

ich das Zimmer bestimmt nicht anderweitig vermieten können!«

»Es handelt sich um den dritten Teil eines Zimmers, Frau Schimanowski! Ich überweise den Betrag, den ich für angemessen halte.«

Eine der Pensionärinnen kommt gerade nach Hause, Quindt sieht sich das Mädchen gründlich an und sagt dann: »Was seid ihr für Mädchen, daß man vor euch wegläuft?«

»Man hat ein gekentertes Boot gefunden, Herr von Quindt, schon vor sieben Tagen!«

»Dann muß man es endlich umdrehen, mein Fräulein!«

»Sie hat Schulden hinterlassen! Im Schreibwarenladen Kruse und in der Konditorei Walz!«

Quindt läßt Riepe zur Konditorei Walz und zum Schreibwarenladen Kruse fahren, dann zum Bahnhof. Dort erfährt er, daß vor zehn Tagen ein abgestelltes Fahrrad gestohlen worden sei, Marke Miele, ein Herrenfahrrad. »Vermutlich von einem dicken Mädchen. Schätzungsweise elf Jahre alt.«

Auf der Rückfahrt erkundigt sich Quindt bei Riepe: »Hast du eine Ahnung?«

»Ja, Herr Baron.«

»Dann fahr hin!«

Rauch steigt aus dem Schornstein des Inspektorhauses, der Wind treibt ihn ostwärts, vom See her ertönt der Regenruf der Wachtel. Quindt steigt aus und geht aufs Haus zu. Er muß weder klopfen noch rufen. Die Haustür wird aufgerissen, Maximiliane springt die Treppe hinunter und fällt ihm um den Hals.

Damit hatte Quindt nicht gerechnet. Er schiebt sie ein Stück von sich weg, blickt sie an, kann nichts Auffälliges an ihr entdecken, weiß aber auch nicht, nach welchen Veränderungen er suchen soll.

»Ist er im Haus?«

»Nein! Er steckt doch immer bei seinen Schafen!«

»Komm mit!«

»Ich muß erst die Herdklappe zumachen und den Topf beiseite stellen. Ich koche Wrucken mit Hammelfleisch!«

»Dann tu das. Ich warte im Auto.«

Als sie neben ihm sitzt, zählt er auf. »Fünfzig Mohrenköpfe! Eine entsprechende Menge Engelsköpfe! Ein umgestürzter Kahn im Schilf! Und ein gestohlenes Herrenrad! Das kommt mir reichlich viel vor. Sieh mich mal an! Was ist mit deinen Augen los?«

Maximiliane hält den Blick gesenkt. Als sie Kopf und Augenlider hebt, glänzen die Augäpfel von Tränen, fleht der Blick.

»Du lieber Himmel!« sagt Quindt. »Siehst du die Leute immer so an? Das ist vermutlich das, was man die Waffen einer Frau nennt. Nutz sie nicht ab. Wer weiß, wozu du sie noch brauchst.«

Als Erziehungsmaxime reichte das nicht aus, das wußte er selbst. Er hatte sich nie für einen geeigneten Erzieher gehalten. Was er zu den Ereignissen in Arnswalde zu sagen hatte, hatte er bereits an Ort und Stelle gesagt; er wiederholte sich nicht gern. Hinzu kam, daß er sich freute, das Kind wieder bei sich zu haben.

Sie fuhren jetzt über den Bohlendamm und kamen an der Pferdekoppel vorbei, wo sich die Pferde unter den Kiefern zusammendrängten. Es regnete. Quindt ließ anhalten. »Hast du schon mal etwas von Selektionstheorie gehört?« – »Nein.«

»Von Darwinismus?« – »Nein.«

»Es handelt sich dabei um das Ausleseverfahren der Natur.« Er erklärte ihr die Entstehung und Veränderung der Arten durch das Bestehen und Nichtbestehen der günstigen oder ungünstigen neu entstandenen Formen unter den Bedingungen der Umwelt. »Das Pferd hat seine Art durch die Jahrtausende allein durch seine Schnelligkeit, nicht durch seine Stärke bewahrt. Es ist ein Flüchter.«

Maximiliane hatte ihm aufmerksam zugehört. »Hältst du mich für einen Flüchter?« – »Ja.«

»Zur Erhaltung der Quindtschen Art?« – »Gewissermaßen.«

Maximiliane schob ihre Hand unter seine. Riepe fuhr weiter, und Quindt entschloß sich, das Kind selbst zu unterrichten, wenigstens während des kommenden Winters.

Am selben Abend erschien Inspektor Blaskorken dann unaufgefordert im Herrenhaus. Die Baronin setzte sich dazu und legte eine Stickerei auf den Schoß.

»Nun?« Quindt eröffnete das Gespräch, ließ den Inspektor aber an der Tür stehen. »Keine Details in Gegenwart der Damen!«

Auch Maximiliane war zugegen. Sie erkundigte sich, ob sie nicht lieber das Zimmer verlassen sollte. Quindt entschied: »Du bleibst. Über das, was man getan hat, kann man auch reden. Worte sind nicht schlimmer als Taten!«

Die Baronin blickte von ihrer Stickerei auf und hob die Augenbrauen. Inspektor Blaskorken sagte, daß das Kind gekocht und das Haus in Ordnung gehalten habe, daß es beim Auslegen der Netze geholfen und sich ja überhaupt im ganzen als sehr anstellig erwiesen habe. Mehr sei dazu nicht zu sagen. Der Schäferkarren stände noch am Blaupfuhl, im Sommer pflege er, Blaskorken, immer draußen zu schlafen, ›und hüteten des Nachts ihre Herden‹. Er hoffe, daß er sich als ein guter Hirte erwiesen habe, aber seine Zeit sei nun auch um. Im Vorwerk sei alles in guter Ordnung, mit den Schafen und mit den Fischen. Eine neue Zeit schiene ihm anzubrechen, die Jahre der Schmach seien vorüber. »Der Horizont wird wieder licht über unserem deutschen Vaterland.«

Quindt betrachtete ihn aufmerksam, so, wie er ihm auch aufmerksam zugehört hatte, und sagte abschließend: »Dann bringt Riepe Sie am besten morgen früh an den Zehn-Uhr-Zug.«

Diesmal war es also der Inspektor, der im Herbst Poenichen verließ. Der Einschnitt war tiefer als beim Abschied der Erzieherinnen. Viele Jahre hatte er das Haus am See bewohnt, Freundschaft war entstanden. Aber für einen Mann, der eine neue Zeit anbrechen sah, war kein Platz auf Poenichen. Die drei Offizierskisten und das Jagdhorn wurden aufgeladen. Der Inspektor zog ab, wie er gekommen war, ein paar graue Strähnen mehr im Haar, die Stirn zwei Zentimeter höher, immer noch trug er Manchester.

Quindt erkundigte sich abends bei seiner Frau, ob sie es für nötig halte, daß man das Kind ins Gebet nähme. Sie hielt es nicht für nötig. »In diesem Alter lernt ein Mädchen auch aus den Erfahrungen, die es nicht macht.«

Diesmal kam die Quindt-Essenz aus dem Mund der Baronin.

15

›Üb immer Treu und Redlichkeit bis an dein kühles Grab
und weiche keinen Fingerbreit von Gottes Wegen ab ...‹
Glockenspiel der Potsdamer Garnisonkirche

Die Bemerkung Rektor Kreßmanns: ›Wenn Sie das Mädchen in ein Internat stecken‹, war auf fruchtbaren Boden gefallen. Bisher hatte Quindt den Gedanken an ein Internat nie erwogen, aber am Ende des Winters stand fest: Maximiliane mußte unter gleichaltrigen Mädchen erzogen werden, er selbst konnte ihr keine Erziehung, sondern lediglich Wissen vermitteln, und auch das nur eingeschränkt. Eine nahe gelegene Schule kam nach den Arnswalder Erfahrungen nicht in Betracht, weil weiterhin Fluchtgefahr bestehen würde. Quindt hatte sich einiges an Prospekten schicken lassen und hatte mit Gutsnachbarn Rücksprache gehalten, die ebenfalls Töchter auf Internate geschickt hatten. Friederike Mitzcka hatte seinerzeit eine Anstalt der Mathilde-Zimmer-Stiftung besucht, die älteste Tochter von Klein-Malchow war drei Jahre lang in Hermannswerder gewesen; beide Anstalten kamen in die nähere Wahl.

Zu dritt saßen die Quindts im Separaten zur Beratung. Quindt nahm sich als erstes den Prospekt der Mathilde-Zimmer-Stiftung vor, da eine Cousine zweiten Grades seiner Frau schon vor dem Kriege eine dieser Anstalten in Weimar besucht hatte. Inzwischen war sie Mutter von sieben Kindern geworden, Frau von Quindt erinnerte sich lebhaft an sie, allerdings auch daran, daß einer ihrer Söhne sich, minderjährig, wegen Spielschulden erschossen hatte. Quindt erklärte, daß man dafür weder Mathilde noch Friedrich von Zimmer verantwortlich machen könnte, und las aus einer Schrift des Anstaltsgründers vor, wie es seine Art war, verkürzt und mit Anmerkungen.

»›Alle wahre Erziehung ist Lebenserziehung, das heißt Erziehung des Menschen für das Leben und durch das Leben. Unter diesem Gesichtspunkt ist die gesamte volkserzieherische Tätigkeit zu beachten.‹ Da hat sich dieser Zimmer wohl doch ein bißchen viel vorgenommen: das ganze Volk! ›Wenn Erziehung Lebenserziehung sein soll, dann muß sie dem Leben die Gesetze ablauschen, mit denen dieses erzieht und formt. Erziehung ist Förderung des Wachstums dessen, was im Keim bereits vorgebildet ist. Darum los von der Uniformierung, vom Drill, und bewußte Pflege des Individuellen, des Persönlichen. Nicht jeder kann alles sein, was er aber sein kann, das soll er in möglichster Vollendung sein. Der Mensch ist nicht nur ein Einzelwesen, sondern zugleich Glied einer Gemeinschaft.‹ Da wird mir ein bißchen viel abgelauscht und gekeimt, aber diese Mischung aus Einzelwesen und Gemeinschaft, was meinst du dazu, Sophie Charlotte, genannt Pia aus Königsberg? Oder hältst du dich da raus? Und du, Maximiliane?«

Maximiliane saß auf der Stuhlkante, die Knie, die Hände, die Lippen zusammengepreßt, und sah wie eine Dreizehnjährige aus, die in ein Internat gesteckt werden sollte.

Quindt nahm sich den bebilderten Prospekt der evangelischen Schulgemeinde Potsdam-Hermannswerder vor. »›Langgestreckt und rings von Wasser umgeben, eingesäumt von im Winde rauschendem Schilf, liegt Hermannswerder im Flußbett der Havel. Vordem eingeengt, hat sie gerade Potsdam verlassen, um sich nun um die Insel herum zu köstlichen Seen und Buchten ausbreiten zu können.‹ Da wird der Havel doch wohl eine Absicht unterschoben! ›Wie ein einzigartiges Juwel ist das Eiland dem Kleinod des Reiches, der Stadt Potsdam, vorgelagert, und das Glockenspiel der Garnisonkirche mit seinen mahnenden Weisen tönt halbstündlich herüber . . .‹ Und so weiter, und so weiter. ›Das Bildungsziel ist die Ausbildung zur verantwortungsbewußten deutschen Hausfrau und Mutter . . . Geflügelhöfe, anerkannter Gartenlehrbetrieb, Lehrküche, Säuglings- und Kinderstation, praktische und wissenschaftliche Durchbildung . . . kommt dem Bedürfnis der Gegenwart nach verstärkter Bindung an die Scholle entgegen.‹ Scholle habe ich, für meine Person, ja lieber auf dem Teller als unter den Füßen. Aber hier, das klingt nun wieder ganz potsdam'sch! ›Doch nicht geistige und praktische Arbeit allein formen den jungen Menschen unserer Zeit, mit ihr zusammen bewirken Sport und Leibesübungen, zu denen die reichsten Möglichkeiten und geschulte Lehrkräfte vorhanden sind, die wirklich vollkommene Bildung eines gesunden und starken Geschlechts. Wahre Bildung setzt stetiges Streben nach Ganzheit und Durchdringung des Körpers durch den Geist voraus.‹ Wie sagte das Kneipp-Fräulein immer: ›Mens sana in corpore sano‹, ohne Sprüche geht es bei der Erziehung wohl nicht ab. ›Die Arbeit beginnt täglich in der Aula mit einer evangelischen Morgenfeier.‹ Das kann dem Kind zumindest nicht schaden. ›Wer einmal im Zauberreich dieser Insel gelebt hat, wird sie nie wieder vergessen, wenn auch das Leben ganz andere Wege vorschreibt. Köstliche Keime, die in der Jugend in die Seele gelegt werden, bringen die reichsten Früchte im späteren Leben!‹«

Trotz Scholle und köstlichen Keimen fiel die Entscheidung zugunsten Hermannswerders aus, die Großmutter Jadow in Charlottenburg als Rückhalt, Berlin ja überhaupt nicht aus der Welt. Außerdem lebte Vera in Berlin, ein Thema freilich, über das auch bei dieser Gelegenheit ausgiebig geschwiegen wurde, wie immer, seit sie die Ehe mit diesem Dr. Grün eingegangen war.

Vier Jahre Hermannswerder!

Die Insel erweist sich als ein ›Zauberreich‹ und als ein ›einzigartiges Juwel‹, und die mahnenden Weisen des Potsdamer Glockenspiels dringen in Maximilianes aufnahmebereite Seele: Ein Prospekt geht in Erfüllung. Wenn nichts Unvorhergesehenes dazwischenkommt, wird sie dort 1938 ihr Abitur machen, allerdings nur ein sogenanntes Pudding-Abitur, das zum Hochschulstudium nicht ausreicht, was aber auch nicht geplant ist. Englisch als einzige Fremdsprache, doch das hält man auf Poenichen zum Weltverständnis für ausreichend.

Wenn Maximiliane später Magdalene oder auch Bella, die Freundinnen, mit denen sie jahrelang das Zimmer geteilt hat, treffen wird, erwärmt sich ihr Herz. Da genügen dann Stichworte, zweistimmige kurze Ausrufe, die langes Gelächter hervorrufen. ›Unsere Hausmutter, der Alte Fritz!‹ – ›Unser Sonnwendfeuer!‹ – ›Unsere warmen Berliner beim Eislaufen!‹ – ›Unser Gemüse aus Mangoldspitzen!‹ – ›Die Eiscremetorte in unserm Café!‹ – ›Vater Lehmann, unser Fährmann!‹ – ›Unsere Lena von Ribbeck auf Ribbeck im Havelland!‹ – ›Unsere Bootsfahrten im Mondenschein!‹ – ›Unser

Laden, wo wir Negerküsse gekauft haben!‹ – ›Der Jutegraben, den wir »Judengraben« genannt haben!‹ – ein flüchtiger Schatten, noch nach Jahren. ›Wir von Borke kennen keine Forcht! – auf ostpreußisch über den hohen Busen hinweg!‹ – ›Unsere Fähnriche, die zum Fasching mit Holzpferden anritten!‹ – ›Julias Vater, der uns bei der »Grünen Woche« immer ins Kempinski einlud!‹ – ›Unser‹ als einziges besitzanzeigendes Fürwort. Welche Verführung für das Einzelkind! Ein Leben lang benutzt sie ›Hermannswerder‹ als ein Gütezeichen.

»Unsere Hausmutter, eine Diakonisse, ist zwar von adliger Herkunft, aber sie läßt sich mit einem bürgerlichen Namen anreden, dabei ist sie zutiefst von Adel!« schrieb Maximiliane in einem ihrer wöchentlichen Briefe nach Poenichen. Sie lernte, den Knicks tiefer anzusetzen, mit dem morgens die Hausmutter begrüßt werden mußte, und bekam ›guten Morgen, liebes Kind‹ zur Antwort, an jedem Morgen: Gleichmaß, Zuverlässigkeit, Freundlichkeit. Sie wohnte in einem Haus, das, wie alle Häuser, den Namen eines Baumes trug, ›Haus Birke‹. Buche, Kastanie, Eiche: ein ganzer Mischwald von Häusern, alle von Efeu umrankt, was den neugotischen Backsteingebäuden guttat. Säuglingsstation, Kindergarten, Lehrerinnenseminar, Frauenoberschule, eine Fraueninsel, wenn man von den Säuglingen männlichen Geschlechts absah.

In den Klassenräumen und in den Internatsräumen hingen Christus- und Apostelbilder an den Wänden, in Maximilianes Zimmer ›der Gang zum Abendmahl‹, Bilder, die schon bald Führerbildern und Führerworten weichen mußten. Aber man lebte auf einer Insel. Der Zeitgeist machte an der weißen Brücke halt, zumindest in den ersten Jahren nach der Machtübernahme durch die Nationalsozialisten.

Maximiliane wurde einer Ruderriege zugeteilt, sie nahm Blockflötenunterricht, wurde im Schulfach Deutsch mit den Ansichten Ludendorffs vertraut gemacht. Sie wurde gefragt: »Worüber willst du sprechen?« Und sagte wahrheitsgemäß: »Eigentlich wollte ich gar nicht sprechen.«

Solche Antworten wurden geduldet und sogar belacht. Der Anstaltsleiter, der sie konfirmierte, gab ihr einen Vers aus dem 50. Psalm mit auf den Lebensweg: ›Gott, der Herr, der Mächtige, redet und ruft der Welt vom Aufgang der Sonne bis zu ihrem Niedergang.‹ Dieser Spruch trug mit dazu bei, daß sie die Sonne als den ihr zugehörigen Stern ansah.

Zur Gartenarbeit trug sie eine grüne Leinenschürze und zum Sport eine blaue Turnhose mit weißem Trikot, und an einem Nachmittag in der Woche trug sie die Uniform des ›Bundes Deutscher Mädchen‹, schwarzer Rock und weiße Bluse. Nachts rollte sie ihre störrischen Haare auf Lockenwickler, kämmte sie morgens zu einer Außenrolle, die kurz darauf ›Olympiarolle‹ genannt wurde; sie entwickelte sich zu einem Mädchen ihrer Zeit.

Den zahlreichen Fotos nach stand ihr die Uniform gut, vor allem die kurze braune Kletterweste, die Vera ihr geschenkt hatte. Hin und wieder kam Vera vor der weißen Brücke vorgefahren, um Maximiliane abzuholen. Ihre äußere Aufmachung weckte die Aufmerksamkeit der Hausmutter. Maximiliane wurde zu ihr beordert. »Wer ist das, mein liebes Kind? Wir sehen den Umgang nicht gern. Denke an den Geist unseres Hauses! Halte dich rein.« Maximiliane verschwieg, daß es sich um ihre Mutter handelte. Bald darauf hatte der Umgang ohnehin ein Ende.

Im Winter fanden Heimabende statt, im Sommer traf man sich an der Inselspitze; Lagerfeuer und Geländespiele, Sprechchöre und Lieder, ›Siehst du im Osten das Morgenrot‹.

Maximiliane hörte Goebbelsreden über den Rundfunk und hörte Hitlerreden, sang das Deutschlandlied und das Horst-Wessel-Lied; die Muskeln ihres rechten Armes entwikkelten sich durch das angestrengte Hochhalten des rechten Armes zum liederlangen deutschen Gruß kräftiger als die des linken. Sie lernte die 25 Punkte des nationalsozialistischen Parteiprogramms auswendig und den Werdegang Hitlers vom unbekannten Meldegänger des Weltkriegs zum Führer des Deutschen Reiches. Sie erwarb das Reichssportabzeichen, wobei sie, was sich im Wasser erledigen ließ, im Wasser erledigte. Auf der Aschenbahn oder beim Springen war sie, ihrer kurzen Beine wegen, weniger leistungsfähig. Sie trug das Reichssportabzeichen wie einen Orden, der von ihrem Großvater als ›Brummer‹ bezeichnet wurde. In den ersten beiden Hermannswerder Jahren hatte er monatlich einmal in Berlin zu tun und lud dann jedesmal seine Enkelin mit jeweils zwei ihrer Freundinnen in eine Konditorei ein. Wieder in Poenichen, behauptete er, daß diese berühmte Berliner Luft, die man dort zu atmen bekäme, gewiß vorher schon dreimal ein- und ausgeatmet worden sei, fuhr aber dann doch immer wieder hin. Riepe gegenüber äußerte er gelegentlich, daß das Kind ihm fehle.

Neben den wissenschaftlichen Fächern, die vormittags gelehrt wurden, lernte Maximiliane nachmittags das Praktische: die verschiedenen Arten von Nähten beim Nähen; Gemüse nur halbgar zu kochen der Vitamine wegen. Grünkernklöße und Mangoldgemüse. Auf Poenichen wird sie weder für ›Kappnähte‹ noch für Mangoldgemüse Verwendung haben, aber sie wird die Qualität der Kappnähte, die Frau Görke herstellt, zu würdigen wissen. Sie wird das alles nie wieder vergessen, wenn auch das Leben ganz andere Wege vorschreibt. Nichts anderes hat der Prospekt versprochen. Man versucht ihr beizubringen, wie eine einfache Mehlschwitze nach einem komplizierten Rezept herzustellen sei, nicht mit ›zwei Eßlöffeln‹ Mehl, sondern mit ›50 Gramm Mehl‹, nicht ›ein Stich Butter‹, sondern 20 Gramm Pflanzenmargarine; Anna Riepe hatte sie bereits für Rezepte verdorben. Sie blieb im Kochunterricht und auch in anderen Fächern eine mittelmäßige, jedoch willige, oft begeisterte und im ganzen beliebte Schülerin.

Man bringt ihr bei, daß Gedichte und Choräle für den Menschen ebenso wichtig sind wie das tägliche Brot. Sie nährt sich in diesen Jahren vornehmlich von Gedichten und Äpfeln, letztere treffen von August bis April alle zwei Wochen im Schließkorb aus Poenichen ein, vom Klarapfel bis zum Boskop, von Anna Riepe sorgfältig in Heu verpackt. Das Apfelessen verschafft ihr kräftige weiße Zähne und rosiges Zahnfleisch. Wenn sie später Äpfel ißt, überfällt sie ein Verlangen nach Gedichten, die dann mühelos aus ihrem Gedächtnis aufsteigen: ›Der du gebietend schreitest durch Sichelklang und Saat. Sich mühen heißt dir beten, und Andacht ist die Tat!‹

Wenn es nur irgendwie anging, zog sie sich mit einem Buch zurück, entweder auf eine der Bodentreppen oder hinter die Rhododendronbüsche im Park, wo es duftete wie auf Poenichen. Sie las, was ihr unter die Hände kam, wahllos, auch die

Blut-und-Boden-Literatur. Sie war ein Kind ihrer Zeit und stillte ihren Lesehunger mit den Erzeugnissen ihrer Zeit. Auf ihr späteres Denken wird es wenig Einfluß haben, aber: Wenn sie irgendwo auf ein Gedicht stößt, streckt sie, unbewußt, die Hand nach einem Apfel aus.

Sie wird schlanker, streckt sich ein wenig, reift heran: ein junges Mädchen. Sie gewöhnt sich an Untergrundbahnen, Aufzüge, Paternoster, wird großstadtfähig, lernt, was ein junges Mädchen lernen muß. Ihre Mitschülerinnen stammen zumeist aus begüterten, nicht aus wohlhabenden Familien, nur wenige aus alten adligen Familien. Bescheidenheit als Tugend: Das entsprach der preußischen und erst recht der pommerschen Art. Sie seien genügsam, geduldig, ein wenig eigensinnig, heißt es von den Pommern. Außerdem gelten sie als nüchtern. War Maximiliane nüchtern? Bei ihrer Vorliebe für Zeltlager, Sonnwendfeuer und Fackelzüge, für Gedichte?

Der Mensch ist nicht nur ein Einzelwesen, sondern zugleich Glied einer Kette, sagte der Prospekt. Sie ging gern in Reih und Glied, liebte den Marschtritt, die Fanfaren. Voran der Trommelbube! Sie stand mit der Sammelbüchse der Volkswohlfahrt oder Winterhilfe vor den Kinoausgängen oder ging damit durch die Potsdamer Konditoreien, verteilte Abzeichen an die Spender, Kornblumen und Margeriten, vom guten Zweck überzeugt.

»Das verwächst sich auch wieder«, sagte der alte Quindt zu Riepe, als sie wieder einmal von Berlin nach Hause fuhren.

Einmal im Monat macht Maximiliane einen Besuch bei der Großmutter Jadow in Charlottenburg, sitzt eine Stunde mit ihr zwischen alten Möbeln und alten Stichen, ein älteres Mädchen aus dem Spreewald trägt den Tee auf. »Ein Mädchen darf nie untätig sein«, erklärt die Großmutter und bringt Maximiliane bei, Filetdeckchen zu stricken.

Selbst in der Tanzschule wehte ein neuer, frischer Geist. Die Zeit des Charleston war vorüber. Neue Tänze, neue Lieder. Man singt nicht mehr ›Mein Papagei frißt keine harten Eier‹. Deutscher Marsch, Deutscher Walzer und Rheinländer, aber auch noch der Tango, für den Maximilianes Beine sich wieder einmal als zu kurz erwiesen. Der langsame Foxtrott entsprach eher ihrem pommerschen Temperament. Sie war eine begehrte Tänzerin, himmelte ihrerseits die jungen Fähnriche an, trug zum Abschlußball im Potsdamer Palasthotel die erste Dauerwelle und ein weißes Kleid aus steifem Organza, mit Blütenkränzchen bestickt, beides ein Geschenk der Großmutter Jadow, die klein, weißhaarig, adlig und immer ein wenig gekränkt zwischen den Eltern der Tanzschülerinnen saß.

›Ich tanze mit dir in den Himmel hinein, in den siebenten Himmel der Liebe!‹ Natürlich verliebte sie sich auch wieder: Siegfried Schmidt, Fähnrich der Kavallerie. Unter größten Schwierigkeiten gelang es ihr ein paarmal, mit ihm im Caputher Wäldchen spazierenzugehen. Sie schrieb ihm seitenlange Gedichte ab, etwa Börries von Münchhausens ›Ballade vom Brennesselbusch‹.

›Liebe fragte Liebe: »Was ist noch nicht mein?« Sprach zur Liebe Liebe: »Alles, alles dein.«‹

Ausgerechnet dieses Blatt wurde, bevor es den Empfänger erreichte, von der Hausmutter gefunden und zurückbehalten. »Mein liebes Kind! Weißt du, was du da schreibst?«

»Ja«, sagte das liebe Kind und schlug die Augenlider auf. Der Blick der feuchten Kirschaugen war dazu angetan, die Besorgnis der Hausmutter zu verstärken.

»Du bist erst sechzehn Jahre alt, Maximiliane!«

Wo setzte eine Diakonisse die Grenze? Sie hätte auch sagen können: schon sechzehn.

Auch jetzt gibt Maximiliane noch manchmal im Unterricht Antworten, die überraschen und die anderen zum Lachen bringen, sie nimmt Worte allzu wörtlich. Das einzige Mädchen, das aus Hinterpommern kam, ›östlich der Oder‹, das genügte schon, um Heiterkeit hervorzurufen.

›Er dient dem preußischen König‹, heißt es einmal im Geschichtsunterricht, und sie fragt: »Wozu?«

Das erweckt natürlich Verwunderung und Gelächter. Wo man doch jemandem diente und nicht zu etwas diente! Die Frage wurde grammatikalisch und nicht weltanschaulich beantwortet. Der Deutsche dient mit dem Schwert, mit der Waffe in der Hand, seinem König, seinem Kaiser, seinem Führer: mit Gott für Führer und Vaterland! Die allgemeine Wehrpflicht war bereits wieder eingeführt, aber Maximiliane wußte nicht, was auf dem Koppel ihres Fähnrichs stand, trotz ›Liebe sprach zur Liebe: »Alles, alles dein.«‹

Gelegentlich, wenn sie zum Fenster hinaus träumte, mußte sie zur Aufmerksamkeit ermahnt werden. Aber was kümmerte sie das Innere Asiens? Katmandu, Nepal, die Kirgisische Steppe! Sie träumte derweil vom großen Poenicher See, aber auch von den Heckenwegen, die sie mit ihrem Siegfried ging oder zu gehen wünschte. Sie ahnte nicht, wie wichtig gerade Indien noch einmal in ihrem Leben werden wird oder auch die Heimat der Kirgisen.

Im Deutschunterricht wird Ernst Jüngers ›Wäldchen 125, eine Chronik aus den Grabenkämpfen des Weltkriegs‹, gelesen und besprochen. Pflichtlektüre. Anschließend muß ein Klassenaufsatz geschrieben und Stellung genommen werden zu den folgenden Behauptungen des Buches: ›Hier gibt der Krieg, der sonst so vieles nimmt: Er erzieht zu männlicher Gemeinschaft und stellt Werte, die halb vergessen waren, weil ihnen jede Gelegenheit zur Äußerung fehlte, wieder an den rechten Platz. Man spürt wieder Blut in den Adern, Schicksal und Zukunft, die sich zusammenballt – das wird man später merken im Land. Solche Jahre gehen nicht spurlos vorüber.‹

Sätze wie Steinwürfe, einer davon trifft Maximiliane. Sie starrt aus dem Fenster in die Eichbäume, tauscht sie aus gegen die Eichen über den Gräbern der Quindts, auf denen Findlinge liegen, einer davon für ihren Vater. Sie schreibt und streicht durch, starrt aus dem Fenster, fängt neu an und legt nach vier Stunden wie die anderen Schülerinnen ihr Aufsatzheft ans Ende der Bank, wo es eingesammelt wird. »Unser Nachbar hat im Krieg seinen rechten Arm verloren. Unser Inspektor hat im Krieg seine Heimat verloren. Ich habe im Krieg meinen Vater verloren. Poenichen hat seinen Erben verloren. Wir haben den ganzen Krieg verloren. Man merkt das in unserm Land. Die Jahre sind nicht spurlos vorbeigegangen. Ich sehe nicht, was ein Krieg einem Volk geben könnte.«

Da stand das nun, schwarz auf weiß, bei wiedererwachtem deutschem Nationalgefühl und deutschem Kampfgeist! Zu zensieren war der Aufsatz nicht, für eine Aussprache vor der Klasse war er ebenfalls nicht geeignet, schaden wollte der

Lehrer dem Mädchen auch nicht, also hielt er seinem Hund das Heft hin: »Hasso, faß!« Der Hund schnappte das Heft, entriß es den Händen, biß und zerrte, bis es restlos zerrissen war. Eine Woche später wurden die Aufsatzhefte dann zurückgegeben. Dr. Stöckel hielt das Heft hoch, ihm sei ein Mißgeschick unterlaufen, sein Hund habe sich eingehend mit dem Heft beschäftigt, noch bevor er den Aufsatz korrigiert und zensiert habe. »Die Arbeit muß als nicht geschrieben betrachtet werden. Sie legen am besten ein neues Heft an, Maximiliane!« Gelächter in der Klasse. Kein Gespräch unter vier Augen. Auch Maximiliane mußte glauben, daß es sich so verhielt, wie der Lehrer es dargestellt hatte.

Wenn man später Maximiliane von Hermannswerder erzählen hört, könnte man denken, sie hätten nur gelacht dort, alles löste sich in Heiterkeit auf. Fast alles.

Das Potsdamer Glockenspiel erklingt noch heute stündlich, allerdings vom Turm der kleinen Waldkirche St. Peter und Paul auf Nikolskoe in West-Berlin.

16

›Wer Jude ist, bestimme ich!‹ — Hermann Göring

Vera, die sich seit ihrer Rückkehr nach Berlin wieder Jadow nannte, hatte Dr. Daniel Grün auf unübliche Weise kennengelernt. Sie arbeitete zu jener Zeit an einer Foto-Serie, die später unter dem Titel ›Die Bank im Park‹ in der ›Berliner Illustrirten‹ erschien. Sie fotografierte im Tiergarten, im Tegeler Park, im Lustgarten: Frauen zwischen ihren Einkaufstaschen, Rentner, Arbeitslose, Liebespaare, solche, die am äußersten Rand der Bank Platz genommen hatten, und solche, die sich in der Mitte breitmachten. Im Lustgarten wurde sie von einem Herrn beobachtet, dessen Interesse ebenfalls zwei Männern galt, die auf einer Bank saßen. Ohne weitere Einleitung sagte er zu Vera: »Haben Sie einmal darauf geachtet, wie der eine Mann immer weiter zur Mitte rückt und der andere sich immer weiter absetzt? Gleich wird er aufstehen. Ein Duell!«

Sie waren einige Schritte nebeneinander hergegangen und hatten sich über Gestik unterhalten, Gestik des Kindes, Gestik des Erwachsenen.

»Haben Sie einmal darauf geachtet, wie jemand eine Straße überquert? Im rechten Winkel oder schräg? Oder wie ein scheuer Mensch so lange wartet, bis ein Auto sich nähert, und dann losrennt? Oder darauf, wie Frauen sich hinsetzen? Mit dem Fuß nach dem Stuhlbein angeln? Den Rock glattstreichen oder hochziehen? Oder: wie jemand zu Bett geht? Solche – meist sind es übrigens Frauen –, die sich im Bett aufrecht hinstellen, die Decke hochziehen und sich dann fallen lassen?«

Vera sah und hörte dem Herrn aufmerksam und erheitert zu, es geschah nicht oft, daß Äußerungen eines Mannes sie erheiterten.

»Ein Mensch gibt Signale! Die verschiedenen Dialekte der Körpersprache! Nehmen Sie zum Beispiel den Radius, den ein Mensch für sich beansprucht! Wie nah läßt er andere an sich herankommen? Haben Sie einmal darauf geachtet, daß es Anfasser gibt? Leute, die den anderen am Ärmel, an der Schulter, am Jackenknopf fassen? Diese fortgesetzte Verletzung der Distanzzone, an der die Massengesellschaft Schuld trägt, etwa in öffentlichen Verkehrsmitteln, bei Aufmärschen, Kundgebungen! Sucht der Mensch etwas wie Herdenwärme, weil er die Nestwärme entbehrt hat? Warum trägt er mitten im Frieden plötzlich Uniform? Warum verkleidet er sich? Sucht er Deckung?« Er umriß ihr sein Forschungsgebiet bereits bei diesem ersten Zusammentreffen.

Wenig später begegnete sie Dr. Grün wieder in Gestalt eines Rabbiners, den Gebetsriemen über der Stirn, den Gebetsschal um die Schultern gelegt. Ein Kostümfest der Berliner Akademie der Bildenden Künste. Alle Gäste waren als berühmte, zumeist expressionistische Bilder erschienen. Dr. Grün als ›Der grüne Rabbi‹ von Chagall, ein Bild, das zu jener Zeit noch im Kronprinzenpalais hing. Sein Kostüm stieß wegen seiner Echtheit auf Befremden. Er kannte unter den Anwesenden kaum jemanden, erkannte aber Vera sogleich wieder. Er tanzte mit ihr ›auf Distanz‹. Das Gesprächsthema war gegeben: Wie tanzen Menschen miteinander? Beide befanden sich ständig auf der Suche nach Motiven, wobei es dem einen um die Hintergründe, dem anderen um die Oberfläche ging. Das Motiv und: die Motive. Sie unterlagen einem Irrtum, als sie während ihres Gesprächs äußerten, sie hätten die gleiche Blickrichtung. Die Richtung stimmte zwar überein, aber Dr. Grün sah eine tiefere Schicht.

Vera war gekleidet und geschminkt wie eine der Jawlensky-Frauen, heftig, fast brutal. Mit Herrn Grün zusammen ein auffallendes Paar. Sie erfuhr im Laufe der Nacht, daß er erst vor kurzem aus Wien nach Berlin gekommen war, ein gelernter Wiener, aber ein noch ungelernter Berliner, wie er sich ausdrückte; ein Freud-Schüler. Er habe sich in Berlin eine Praxis als Psychotherapeut eingerichtet. Tiefenpsychologie. Analyse. Er zeigte ihr unter den Kostümierten eine Reihe potentieller Patienten, die vermutlich nichts von ihrer Krankheit ahnten. »Sehen Sie, wie der Mann die Füße nach innen setzt? Ein Angstsymptom. Er fürchtet ständig, es könne ihm jemand auf den Fuß treten, bildlich!«

Sie verbrachten das Fest weitgehend miteinander. Man tanzte Rumba, Pasodoble, Charleston. Vera trank viel, war in bester Stimmung, sang irgendwann, als die betreffende Melodie gespielt wurde: »Was kann der Sigismund dafür, daß er so Freud ist.« Sie wußte, daß ihr Partner Jude war, er hatte sich als solcher vorgestellt. Aber semitisch, antisemitisch, das galt ihr nichts, sie besuchte keine Kirche, Dr. Grün keine Synagoge, beide hielten sich für vorurteilsfreie, modern denkende Menschen.

In den darauffolgenden Wochen sahen sie sich häufiger. Dr. Grün war der Meinung, daß Vera, eine waschechte Berlinerin – ›indanthren‹, wie sie es nannte –, aus ihm einen Berliner machen könnte. Er versprach sich durch sie zudem eine Belebung seiner Praxis. Auch Vera wird ihre Berechnungen angestellt haben. Sie war inzwischen Mitte Dreißig. Das Alter wird bei ihrer zweiten Eheschließung ebenso eine Rolle gespielt haben wie bei der ersten. Dr. Grün war ein gutaussehender Mann – und Vera war ja ein Augen-Mensch, schaute aufs Äußere –, sah eigentlich nicht jüdisch aus, ähnelte eher einem Araber.

Die beiderseitigen Rechnungen gingen dann nicht auf. In

den ersten Monaten ihrer Ehe arbeiteten sie gelegentlich zusammen. Vera fotografierte auf seinen Wunsch hin Menschen beim Essen, wie sie schaufelten, stocherten, schlangen. Er betrachtete die Aufnahmen eingehend und machte Aufzeichnungen. Sie fotografierte Beinhaltungen, aber, wie schon beim vorigen Mal, konnte sie auch hieraus keine Serie machen, vertat dabei viel Zeit. Sie war zwar angesehen im Hause Ullstein, aber nicht unentbehrlich. Eine Unterbrechung konnte sie sich nicht leisten. Immer neue Einfälle, immer geistreich, immer gut; keiner durfte besser sein als Vera Jadow. Sie mußte im Mittelpunkt bleiben.

Und Dr. Grün mußte, als Beobachter, am Rande bleiben. Er betrieb weiter Verhaltensforschung bei Menschen und machte sich für eine geplante Veröffentlichung Aufzeichnungen. Stundenlang stand er, vom Vorhang verdeckt, am Fenster seiner Wohnung und beobachtete. Seine Spaziergänge glichen Pirschgängen. Vera fühlte sich ständig von ihm beobachtet, was ihr lästig wurde. Bei seinen Patienten interessierten ihn weniger ihre Mitteilungen als ihr Verhalten: wie sie auf der Couch lagen, ihre Handhaltung, ihre Beinhaltung, ihre Kopfhaltung. Wie hängte der Patient seinen Mantel auf, die Rückseite oder die Vorderseite zur Wand? Das alles nutzte dem Kranken wenig, war jedoch für die Forschungen von Wichtigkeit. In fast jedem von der Norm abweichenden Verhalten sah Dr. Grün als Freudianer eine Form verdrängter Sexualität.

Vorübergehend schien es, als sei Vera in der Lage, die Sexualität ihres Mannes aus der Verdrängung zu befreien, bis sie durch seine Beobachtungen und Notizen, die er selbst im Bett anzustellen nicht unterließ, ebenfalls unsicher gemacht wurde. Beide wollten keine Kinder; die Frage war bereits vor der Eheschließung besprochen worden.

Die ständige Beschäftigung mit Menschen hatte beide zu Menschenverächtern gemacht. Keine kirchliche Trauung, kein Hochzeitsessen. »Das hatte ich schon«, sagte Vera. »Auch ein Kind hatte ich schon.« Als Dr. Grün sich erkundigte, ob sie Wert darauf lege, seinen Vater in Lodz kennenzulernen, sagte sie: »Einen Schwiegervater hatte ich ebenfalls schon.«

Sie kauften ein schöngelegenes Haus in Steglitz, nahe beim

Teltowkanal, Vera behielt aber ihr Atelier und Labor in Tempelhof bei. Sie behielt auch ihre Freunde bei. Ihr Mann lebte weiterhin in jener Distanzzone, die ihm sein Beruf verschaffte; ein Psychoanalytiker, gleichzeitig anziehend und abstoßend.

Einmal im Monat gab Vera einen ›jour fixe‹. Am Anfang kamen fünfzig und mehr Gäste, einige, um sich satt zu essen, einige, weil es als ›chic‹ galt, von ihr eingeladen zu werden, einige wegen des echten ›Bourbon‹, den Vera bevorzugte, einige wegen ihrer Jazzplatten. Aber noch vor der Machtübernahme Hitlers blieb eine Reihe der ständigen Gäste aus. Jetzt war er es, Dr. Grün, der beobachtet wurde. Sah er nicht doch sehr jüdisch aus? Mußten sich seine Patientinnen wirklich auf eine Couch legen? Einige sollten länger als zwei Stunden bei ihm geblieben sein. Seine Praxis wurde nicht größer, sondern kleiner. Vier Patienten blieben ihm am Ende noch; zwei davon behandelte er unentgeltlich. Er verbrachte die Nachmittage häufig im Kino, stellte dort seine Beobachtungen an, sowohl beim Publikum wie bei den Personen auf der Leinwand, bei wiederholtem Ansehen desselben Filmes. Auch das erregte Mißtrauen. Als dann später an den Kinokassen das Schild ›Juden unerwünscht‹ hing, blieb ihm auch dieses Beobachtungsfeld verschlossen.

Als Maximiliane nach Hermannswerder kam, äußerte Dr. Grün den Wunsch, ›dieses Produkt einer Berlinerin und eines pommerschen Landjunkers‹ kennenzulernen. Maximiliane wurde eingeladen. Sie kam, und Dr. Grün stellte der Reihe nach seine Tests an, ließ sie eine Faust machen, was sie arglos tat: den Daumen steil nach oben gerichtet – sie befand sich noch in der phallischen Phase; verfolgte, wie sie den Kuchen mit der Gabel abstach, ein wenig drehte und zum Mund führte. Er ließ sich die Hände zeigen. Diese Hände mit den abgekauten Nägeln. Dr. Grün war sehr befriedigt von ihrem Besuch. »Komm bald einmal wieder!«

Aber Maximiliane fand in der Folge immer Gründe, weitere Besuche abzusagen.

Vera holte, wenn es ihre Zeit erlaubte, Maximiliane mit dem Auto an der weißen Brücke ab und fuhr mit ihr an den Wannsee, lud sie zum Eis ein oder kaufte ihr Kleider.

Wenn sie unterwegs Bekannte traf, sagte sie: »Das ist Maximiliane, ein kleines Freifräulein aus Hinterpommern«, nie: Das ist meine Tochter. Als Maximiliane ihr berichtete, daß sie in den Bund Deutscher Mädel aufgenommen sei, kaufte Vera ihr eine Uniform. »Behalt sie doch gleich an! Sie steht dir sehr gut!« schlug sie vor.

»Aber ich bin doch nicht im Dienst, Vera!«

»Das macht nichts!«

Einige Male konnte Vera es einrichten, Maximiliane vom BDM-Dienst abzuholen, mit ihr im offenen Wagen zum Druckhaus Tempelhof zu fahren und sie anschließend mit nach Hause zu nehmen. »Mein Mann ist in seinem Zimmer. Wir setzen uns auf den Balkon. Ich mache uns Eisschokolade.« Zusammenhänge, die Maximiliane nicht durchschaute. Sie wurde längere Zeit von ihrer Mutter wie ein Parteiabzeichen benutzt. Daß Dr. Grün Jude war, wußte sie zunächst nicht; als sie es dann wußte, versuchte sie es zu verdrängen.

Eines Mittags wurde Maximiliane zur Hausmutter gerufen. »Mein liebes Kind! Setz dich!« Sie entfaltete eine Zeitung, legte sie vor Maximiliane auf den Tisch, ging ans Fenster und ließ dem Mädchen Zeit, das Bild zu betrachten. Dann fragte sie: »Kennst du diese Frau?«

»Nein«, sagte Maximiliane. Und kein Hahn schrie.

»Es handelt sich nicht um jene Frau, die dich hin und wieder mit dem Auto abgeholt hat?«

»Nein!«

Maximiliane saß regungslos, Knie zusammen, Ellenbogen angepreßt, und starrte das halbseitige Bild an. Acht uniformierte Männer und in der Mitte eine Frau, die ein Schild um den Hals trug, auf dem stand: ›Ich bin am Ort das größte Schwein. Ich lasse mich mit Juden ein.‹ Neben der Frau stand ein dicklicher Mann, nicht mehr jung, den Hut in der Hand, die Krawatte verrutscht, ebenfalls mit einem Schild um den Hals: ›Ich nehm als Judenjunge immer nur deutsche Mädchen auf mein Zimmer.‹

»Du bleibst bei deinem Nein, Maximiliane? Wir wollen dir doch helfen.«

Maximiliane verneint wieder, ohne zu überlegen, aber mit hochrotem Gesicht und zitternder Stimme.

»Gut, dann geh auf dein Zimmer!«

Nachmittags, in der Freistunde, entfernt sich Maximiliane unerlaubt, geht, um keinen Verdacht zu erregen, schlendernd zur Brücke, am Torwächterhaus vorbei, sieht den Torwächter, der die Zeitung liest, fängt an zu laufen, erreicht den Omnibus, fährt mit dem Vorortzug nach Berlin, dann mit der Straßenbahn und zum Teltowkanal. Alle Leute lesen die Zeitung, alle Leute starren sie an. Nach eineinhalb Stunden steht sie atemlos vor der Gartentür und klingelt.

Als keiner öffnet, geht sie wieder weg. Der Rückweg dauert drei Stunden. Es ist längst dunkel und die Abendbrotzeit vorbei. Wieder ruft man sie zur Hausmutter.

»Wo warst du?«

Schweigen.

»Sie hatten keine Erlaubnis, Maximiliane von Quindt!« Die Hausmutter sagt zum ersten Mal ›Sie‹. Maximiliane gibt keine Antwort.

»Dann gehen Sie auf Ihr Zimmer!«

An der Tür dreht Maximiliane sich um und fragt, ob sie die Zeitung haben dürfe.

Die Hausmutter händigt sie ihr aus.

»Aber versteck sie gut!« Ein tiefer Atemzug und dann: »Mein liebes Kind.« Am liebsten hätte sie wohl das Mädchen in die Arme geschlossen, aber das war auf Hermannswerder nicht üblich.

Maximiliane marschiert weiterhin durch Potsdams Straßen und singt ›Siehst du im Osten das Morgenrot‹, tanzt mit dem Fähnrich und singt: ›Ich tanze mit dir in den Himmel hinein‹, und bei den Abendandachten singt sie, was man in jenen Jahren in den Gemeinden der ›Bekennenden Kirche‹ sang: ›Hinunter ist der Sonnen Schein, die finstre Nacht bricht stark herein‹, alles mit derselben Inbrunst. Sie ist siebzehn Jahre alt.

Einen Tag nachdem jenes Bild durch die Zeitung gegangen war, traf Quindt vor dem Haus am Teltowkanal ein. Er betrachtete es und schätzte Kosten und Erbauungsjahr, betrachtete die Kiefern, errechnete ein Alter von vierzig bis fünfzig Jahren. Hohe Fenster, blankes Messing, Wohlstand. Aber das Schild neben der Klingel am Gartentor mit Dreck verschmiert und kaum zu entziffern: ›Dr. med. Daniel Grün, Sprechstunden nach Vereinbarung‹. Quindt klingelte mehrfach, meinte zu sehen, daß sich im ersten Stock ein Vorhang bewegte. Er nahm eine seiner Visitenkarten aus der Brieftasche, immer noch mit dem ›M. d. R.‹ hinter dem Namen, schrieb darauf, daß er im Café an der Ecke auf sie warten werde, und begab sich dorthin.

Eine halbe Stunde verging, dann traf Vera ein; verändert, aber wie immer elegant, auffällig, hochmütig.

Quindt erhob sich, schob ihr einen Stuhl hin. Keine Begrüßung. Das Unnötige ließen sie weg.

»Und nun?«

Vera hob die Schultern, schob dann eine Zigarette in die lange Ebenholzspitze, dieselbe, die sie bereits auf Poenichen benutzt hatte. Bevor Quindt nach seinen Streichhölzern suchen konnte, hatte sie bereits ihr Feuerzeug benutzt. Sie winkte ab.

»Er ist bereits fort?« – »Ja.«

»Seit wann?«

Vera antwortete nicht.

»Wohin?«

Sie antwortete wieder nicht.

»Du hast recht. Was man nicht weiß, braucht man nicht zu verschweigen. Liebst du ihn?«

»Was hat das noch mit Liebe zu tun? Ich bin eine Jadow, falls du weißt, was ich damit meine. Vermutlich hätten wir uns irgendwann getrennt. Aber unter diesen Umständen ist das unmöglich. Sieh mich an! Passe ich noch in dieses Land? Eine deutsche Frau raucht nicht. Eine deutsche Frau schenkt dem Führer Kinder. Wer nicht blond ist, macht sich bereits verdächtig. Es genügt, einer Frau ähnlich zu sehen, die ein Verhältnis mit einem Juden hat.«

»Soll das heißen . . .?«

»Ich bin es nicht. Diese Frau auf dem Zeitungsfoto muß jemand sein, der mir ähnlich sieht. Aber ich könnte es sein, verstehst du?«

»Das ist nicht schwer zu verstehen. Hast du Ersparnisse?«

»Sehe ich aus wie jemand, der spart? Ich lebe nicht auf Vorrat. Ich hatte ein paar gute Jahre.«

»Und er?«

»Zuletzt kam kaum noch jemand in seine Praxis. Ein deutscher Volksgenosse ist seelisch nicht krank.«

»Du willst also auch fort?«

»Ja. Ich weiß nur noch nicht, ob ich in den Kanal . . .«, sie zeigte auf den Teltowkanal, »oder über den Kanal soll. Mit der Kamera und einem Handkoffer.«

»Hast du mal an Poenichen gedacht? Du könntest dort eine Weile untertauchen. Dieser Zustand kann ja nicht dauern.«

»Poenichen? Das hatte ich schon! Niemand schwimmt zweimal –. Wie heißt das?«

»Im selben Fluß. Meinst du das?«

»Ja.«

Die Serviererin stellte die Teegläser auf den Tisch. Die beiden unterbrachen ihr Gespräch.

»Es wird einige Tage dauern, bis ich Geld flüssigmachen kann. Du weißt wohl noch: Die Quindts sind zwar begütert, aber nicht reich.«

»Warum willst du das tun? Du bist zu nichts verpflichtet. Du läßt es dich etwas kosten. Erst hast du mich aus Poenichen entfernt, das war auch nicht gerade billig. Jetzt willst du mich sogar aus Deutschland entfernen.«

»So sieht es aus, Vera.«

»So sieht es aus, Freiherr von Quindt auf Poenichen.«

»Und das Kind? Hat es sich sehen lassen?«

»Ja, als es fast dunkel war.«

»Und?«

»Ich habe es nicht ins Haus gelassen. Zufrieden?«

»Wir halten sie am besten raus . . .«, er unterbrach sich, ». . . wie meine Frau zu sagen pflegt. Was ist mit deiner Mutter?«

»Ich habe einen Bürgerlichen geheiratet. Die erste Jadow, die unter ihrem Stand geheiratet hat. Erst einen Freiherrn und dann einen Juden! Wir haben uns seit Jahren nicht mehr gesehen. Ich taugte nicht zur Mutter, und ich tauge auch nicht zur Ehe. Es dauert zu lange, bis man über sich selbst Bescheid weiß. Ich sehe alles nur noch durch die Linse meiner Kamera, durchs Objektiv. Das verändert die Optik. Ich lebe wie eine Einäugige.«

»Auf meine unbeholfene Art habe ich dich immer geschätzt.«

»Ich dich auch.«

Der Anflug eines Lächelns. Dann drückt Vera die Zigarette aus, die sie eben erst angezündet hat.

»Du hast alles geordnet?«

»Mein Auto steht bereits vor dem Verlag, der Zündschlüssel steckt. Irgendwem wird es wohl gefallen. Die Wohnungsschlüssel bekommt die Aufwartefrau, wie sonst auch, wenn ich auf Reisen gegangen bin. Ich habe einen Auftrag für eine Serie über die Holländerin. Ich werde von dieser Reise nicht zurückkehren. So einfach ist das. Man wundert sich, daß nicht mehr Leute auf Reisen gehen, wo es so einfach ist.«

»Hier hast du eine Adresse. Lern sie auswendig. Am besten, man redet nicht mehr und man schreibt nicht mehr. Ein Land, in dem man nicht mehr redet, nur noch schreit. Gib Nachricht, wenn du irgendwo angekommen bist!«

»Sprich leise!« Vera steht auf, Quindt erhebt sich ebenfalls. »Unter welchem Namen wirst du reisen?«

»Grün. Ganz einfach, Vera Grün. Auf den Namen Quindt wird kein Schatten fallen und keiner auf den Namen Jadow. Meinen Presseausweis schicke ich an die Redaktion zurück.«

»Du bist bitter, Vera. Könntest du es nicht als Möglichkeit zu einem Neubeginn ansehen? In Freiheit!«

»Ich bin eine Frau von Vierzig!«

»Wenn man auf die Siebzig zugeht, erscheint einem das jung. Die Pommern sind keine Auswanderer. Nichts als Sand. Und trotzdem klebt man dran fest.«

»Maximiliane wird bald heiraten, dann hast du es –« Sie unterbrach sich. »Ich kann mich nicht für die Zukunft Poenichens interessieren!« Sie zieht den Schleier über die Kappe, zeigt auf den Tee, den sie nicht getrunken hat. »Erledigst du das?«

»Acht Tage, schätze ich, daß es dauern kann. Frag in Amsterdam bei der Mejer en Van Hoogstraten-Bank nach. Und: Danke für das Kind, Vera!«

»Dann wären wir also quitt.«

Sie reicht ihm nicht die Hand. Kein Blick zurück. Quindt setzt sich noch einmal hin und raucht seine Zigarre zu Ende, winkt dann der Serviererin. Diese kommt und zeigt in Richtung Tür: »Wissen Sie überhaupt, wer das war?«

»Ja, mein Fräulein, ich weiß, wer das war.«

»Vor so einer kann man doch nur ausspucken!«

Quindt sieht sie an und sagt: »Vor so einer kann man doch nur ausspucken!« und beschließt, so rasch wie möglich nach Poenichen zurückzukehren und so selten wie möglich nach Berlin zu fahren.

Als Vera nach Hause zurückgekehrt war, klingelte es wenige Minuten später: ein Herr in Zivil, der sich ihr nicht vorstellte und der offenbar ihr Fortgehen ebenso wie ihre Rückkehr beobachtet hatte. Man bedaure im Reichsministerium für Volksaufklärung und Propaganda den Vorfall. Eine Denunziation. Übereifer eines Voreiligen. Ein Racheakt vermutlich. Jemand wie sie habe vermutlich Feinde. Die Veröffentlichung des Fotos habe sich allerdings nicht rückgängig machen lassen. Höheren Orts wisse man sehr wohl, daß sie Arierin sei. Die Nachforschungen, die man habe anstellen lassen, hätten ergeben, daß sie die Witwe eines verdienten Frontoffiziers gewesen sei. Den Namen des Juden Grün habe sie zudem nie geführt. Die Scheidung sei nach den neuen Gesetzen zum Schutz des deutschen Blutes und der deutschen Ehre eine reine Formsache. Der Jude Grün habe, soweit man höheren Orts unterrichtet sei, bereits das Weite gesucht. Vermutlich Wien. Oder Galizien.

Vera hörte schweigend zu.

Sie standen noch immer in der Diele, in der es dämmrig war.

Man wisse höheren Orts selbstverständlich, daß sie eine der besten deutschen Fotoreporter sei. Man würde bei der ›Berliner Illustrirten‹ in Zukunft auch nicht auf sie verzichten müssen, vorausgesetzt, daß sie nun auch ihrerseits Entgegenkommen zeige. Eine Serie über die neue deutsche Frau zum Beispiel. Allerdings würden ihre Aufnahmen in Zukunft einer Kontrolle unterzogen werden müssen.

Als der Mann schwieg, hob Vera den rechten Arm zum deutschen Gruß, und mit der linken Hand öffnete sie gleichzeitig die Haustür. Sie sagte nicht, daß es sich um eine Verwechslung gehandelt habe.

Einen Tag später saß sie bereits im Zug, Richtung holländische Grenze, mit Kamera und Handkoffer. Unmittelbar nach dem Grenzübergang legte sie das Zeitungsbild in ihren Reisepaß, als Legitimation eines politischen Flüchtlings gedacht, aber weniger wert, als sie vermutete. Fortan war sie die Frau eines Juden, und mittellose Juden waren nirgendwo gefragt.

Quindt benutzte seinen Aufenthalt in Berlin auch noch dazu, Nachforschungen nach dem Verbleib des Willem Riepe anzustellen. Anschließend begab er sich zu seiner Bank. Zwei Stunden dauerte die Unterredung. Er mußte Poenichen bis an die Grenze des Tragbaren beleihen. Vermutlich würde es nicht ohne Landverkauf abgehen. Da er das Geld kurzfristig benötigte, war der Zinssatz übermäßig hoch. Eine Überweisung von Bank zu Bank war wegen der Devisensperre nicht möglich, er mußte einen Mittelsmann suchen, der das Geld nach Holland schmuggelte, auch das war kostspielig.

Eine Zusammenkunft mit Maximiliane versagte er sich.

Auf dem Weg zum Stettiner Bahnhof kommt ihm ein Zug braununiformierter Männer entgegen, singend und mit Fahne. Die Fußgänger bleiben auf dem Bürgersteig stehen, grüßen die Fahne mit erhobenem Arm, einige weichen eilig in Seitenstraßen aus. Quindt sieht keine andere Möglichkeit, als in der nächstbesten Ladentür zu verschwinden. Es handelte sich um ein Geschäft für Trikotagen und Mieder. Man erkennt in ihm einen wohlhabenden Mann vom Lande, legt ihm Korseletts vor, fleischfarbene und extravagant schwarze. Er entscheidet sich für ein fleischfarbenes.

Als Riepe ihn am Bahnhof abholt, ist er müde und erschöpft.

»Was für Zeiten, Riepe!«

Riepe stimmt ihm zu: »Ja, Herr Baron, was für Zeiten!« Dann fragt er:

»Und was is mit dem Willem?«

»Ja, Riepe, was soll sein«, sagt Quindt. »Oranienburg, heißt es. Und für wie lange, weiß keiner. Er hat das Zettelverteilen nicht lassen können. Seine Frau darf ihm jede Woche was bringen, wenn sie was hat.«

»Wenn er bloß in Poenichen geblieben wäre!«

»Alle können wir uns ja nicht im Sand vergraben, Riepe. Ich sehe heute manches anders. Ich habe bisher gedacht, das verwächst sich auch wieder. Wir haben auf Poenichen ja nur Priebe, und mit dem werden wir schließlich fertig.«

»Und Inspektor Palcke, Herr Baron! Und den Meier! Und auch noch andere.«

»Ja, Riepe. Sie haben ›Deutschland erwache!‹ gesungen, und nun sind die Falschen aufgewacht, und die Richtigen schlafen.«

Keine Woche vergeht, und Oberinspektor Palcke erscheint, ungebeten, im Büro.

»Nur mal eine Frage, Herr von Quindt!«

Aus der Frage wird eine Auseinandersetzung und aus der Auseinandersetzung die Kündigung.

Bisher hatte Quindt seinen Oberinspektor nicht ernst genug genommen. Gegenüber seiner Frau und leider auch gegenüber einigen Nachbarn hatte er gelegentlich von seinem ›Überinspektor‹ gesprochen, weil Herr Palcke sich in Dinge einmischte, die ihn nichts angingen. Wiederholt hatte er ›Einsicht in die Bücher‹ verlangt, die von Herrn Meier, dem Brenner, geführt wurden.

»Wofür die neue Hypothek?« fragt Herr Palcke. »Wie gedenken Sie volkswirtschaftlich das aufgenommene Geld anzulegen?«

Quindt lehnt jede Auskunft ab. Herr Palcke droht nachzuforschen und droht – da er mit Priebe nicht wirkungsvoll drohen kann – mit dem Kreisleiter.

»Und dann gibt es ja auch noch eine Gauleitung in Stettin!«

Quindt schlägt vor, die Angelegenheit unmittelbar dem Führer vorzutragen.

Beide werden schärfer als nötig.

»Die Zeit des Großgrundbesitzes ist vorüber!« sagt Herr Palcke.

Quindt entgegnet, daß er das von den Kommunisten auch schon zu hören bekommen habe, allerdings liege das ein paar Jahre zurück. Zunächst mal sei die Zeit seines Oberinspektors vorüber. Er brauche auf Poenichen einen Landwirt, und er habe ihn, Palcke, eingestellt, weil er ein guter Landwirt sei, wovon er immer noch überzeugt wäre. Aber er brauche keinen Politiker, weder einen guten noch einen schlechten!

Die Kündigungsfrist mußte eingehalten werden. Man konnte Herrn Palcke nicht durch Riepe an den Zehn-Uhr-Zug bringen lassen, wie es Quindts Bedürfnis entsprochen hätte.

Herr Palcke nutzte die Zeit, die ihm verblieb, um gegen den Baron von Quindt zu schüren; er machte böses Blut bei den Hofleuten und hetzte außerdem die Leute im Dorf auf. ›Deutsches Land!‹ – ›Gesundes deutsches Bauerntum.‹ – ›Blut und Boden.‹ Die Schlagworte wurden ihm mit den Zeitungen ins Haus geliefert.

Quindt ließ zunächst seine Briefe durch Riepe nach Stargard bringen und dort in den Zugbriefkasten einwerfen, aber auch das schien ihm bald nicht mehr sicher genug; er hörte auf, Briefe zu schreiben.

Bisher hatte Quindt regelmäßig zum 1. Mai einen Rheumaanfall bekommen, der ihn daran hinderte, in der Leutestube ›Brüder aus Zechen und Gruben‹ zu singen; diesmal bekam er einen seiner schweren rheumatischen Anfälle bereits im März, rechtzeitig zur Reichstagswahl. Er liegt zu Bett und sieht sich außerstande, zur Wahlurne ins Gasthaus Reumecke zu gehen. Am Wahlsonntag erscheinen um elf Uhr vier Männer im Herrenhaus, mit Braunhemden und Hakenkreuzarmbinden, freiwillige Wahlhelfer, darunter zwei Leute vom Hof. Sie poltern in ihren Stiefeln die Treppe hinauf, die bisher keiner von ihnen betreten hat; sie waren nie weiter gekommen als bis in die Vorhalle. Die Hunde, weder an Stiefel noch an Uniformen gewöhnt, schlugen an und wurden von niemandem beruhigt.

»Wir werden Ihnen helfen!« sagt Herr Griesemann, und es klingt nach Drohung.

»Ich bin ein alter kranker Mann«, erwidert Quindt.

»Der Ortsgruppenleiter wünscht eine hundertprozentige Wahlbeteiligung!«

»Dann bleibt mir demnach gar keine Wahl? Wie ich sehe, tragen die Herren Uniform! Ich bitte Sie, auf dem Korridor zu warten und mir Riepe zu schicken.«

Quindt läßt sich von Riepe den Uniformrock bringen, räumt eigenhändig die Mottenkugeln aus den Taschen, sagt grimmig: »Jetzt wollen wir denen mal das vorführen, Riepe!« und läßt sich den ›Kasten‹ bringen. »Meine Frau weiß schon, was ich meine!«

Er stellt den ›Kasten‹ auf die Bettdecke, nimmt alle Orden der Quindts heraus und legt sie der Reihe nach an: den Verdienstorden der preußischen Krone, das Militärverdienstkreuz 1. Klasse, den roten Adlerorden 2. Klasse aus dem Besitz seines Großvaters, posthum nach der Schlacht von Vionville verliehen, das allgemeine preußische Ehrenzeichen, das Eiserne Kreuz 1. Klasse, das ihm Hindenburg nach der Schlacht von Tannenberg persönlich angeheftet hatte, und den Hohenzollernschen Hausorden, den sein Vater eingebracht hatte – bis auf den Pour le mérite und den Kronenorden: die preußischen Orden nahezu vollständig an der Brust. Die Einkleidung dauert eine halbe Stunde. Seine Frau erscheint.

»Treib es nicht auf die Spitze, Quindt!«

Quindt ist ein schwerer Mann. Der Starrsinn verdoppelt sein Gewicht, zu viert müssen sie ihn in einen Korbsessel heben, ihn die Treppe hinuntertragen, durch die Vorhalle, die Treppenstufen hinunter, und ihn dann in den ›Karierten‹ setzen. Er bittet die Parteigenossen, neben ihm im Wagen Platz zu nehmen. »Du gehst zu Fuß, Sophie Charlotte!« Er läßt sich zweispännig zum Wahllokal fahren.

»Bei so viel Entgegenkommen von seiten der Partei kann man ja wohl nur zustimmen!« sagt er zu Ortsgruppenleiter Priebe, der neben der Wahlurne steht. Dieser nimmt vor der Rittmeisteruniform des Barons Haltung an, hebt den Arm zum deutschen Gruß: »Heil Hitler, Herr von Quindt!«

Quindt versucht ebenfalls, den rheumatischen Arm hochzuheben, was ihm nicht gelingt. Er bittet einen der Wahlhelfer, ihm dabei behilflich zu sein. »Heil«, sagt er, »Heil Hitler!«

Als Quindt seiner Wahlpflicht genügt hat, schiebt er die uniformierten Männer beiseite, verläßt grimmig das Wahllokal, schickt Riepe mit der Kutsche voraus und geht zu Fuß die Dorfstraße entlang, durch den Park und verschwindet im Herrenhaus.

Das Wahlergebnis zeigte dann auch, daß von den 92 wahlberechtigten Poenichern 92 ihre Stimme den Nationalsozialisten gegeben hatten.

Mit den freien Wahlen hatte es in Pommern ohnedies immer seine Haken gehabt. Als Quindt noch selbst kandidierte, hatte sein Inspektor neben der Wahlurne gestanden, und er, Quindt, hatte eigenhändig einen Klaren an die Wähler ausgeschenkt, wo er seiner Sache nicht ganz sicher war, hatte er sogar mit einem zweiten Klaren nachgeholfen.

Herr Palcke mußte gehen, aber auch Anna Riepe mußte fort. Sie hatte sich im letzten Winter immer häufiger einen Stuhl an den Herd gezogen, aber geklagt hatte sie eigentlich nie. Sie war abgemagert, nur der Leib schien aufgetrieben. Frau von Quindt hatte mehrfach gefragt, ob Dr. Wittkow nach dem Rechten sehen sollte, aber Anna Riepe hatte dann jedesmal erklärt: »An mich kommt keiner ran. Das ist nichts. Das sind die Jahre.« Schließlich nahm sie kaum noch etwas zu sich außer Quark und Kamillentee.

»Davon kann man doch nich arbeiten, Anna! Davon kann man doch nich leben!« sagte Riepe.

»Man muß ja auch nicht, Otto«, entgegnete sie.

Acht Tage hatte sie dann noch gelegen. Dr. Wittkow wurde gerufen, er verschrieb Opiumtropfen gegen die Schmerzen.

Als Maximiliane in den nächsten Ferien nach Hause kam, war Anna Riepe schon begraben. Am Platz ihrer Amma stand bereits eine neue Mamsell.

Und auf dem Hof landwirtschaftete der ehemalige Verwalter von Gut Perchen, ein Herr Kalinski. Auch die Mitzekas hatten ihre Sorgen. Der alte Mitzeka kümmerte sich nicht mehr um den Betrieb, sein Sohn mußte ohne Verwalter auskommen, sie hatten Land verkaufen müssen. »Den seh ich auch noch am weißen Stock abziehen!« sagte Quindt. In den vergangenen Jahren hatten mehrere seiner Nachbarn ihre Güter aufgeben müssen. Er selbst machte mit Herrn Kalinski einen guten Tausch: Er verstand etwas von pommerschen Böden, er kannte den Menschenschlag, hatte sich vom Melker zum Schweizer und schließlich zum Inspektor hochgearbeitet, und was die Politik anging, sagte er gewöhnlich: ›Da vertraue ich ganz auf unseren Führer.‹

Damit erübrigte sich für die Zukunft jedes weitere politische Gespräch.

Maximiliane kam in Uniform angereist.
»Fällt dir etwas auf, Großvater?«
Ihm fiel nichts auf.
»Siehst du denn nicht? Ich bin Scharführerin geworden! Und in einem Jahr bin ich bestimmt schon Gruppenführerin!«
Quindt äußerte sich nicht; es konnte nicht schaden, wenn sie ab und zu in ihrer Uniform nach Poenichen kam.
Beiläufig sagte er, als sie nach langer Zeit wieder zu dritt beim Abendbrot saßen: »Ich habe übrigens Nachricht von Vera. Sie befindet sich in Sicherheit. Ihr Haus am Teltowkanal wurde amtlich versiegelt.«
Maximiliane senkte den Blick. Wo diese Sicherheit lag, ob in Holland, England, in den Vereinigten Staaten, sagte er nicht, und sie fragte nicht danach.

17

›Welches Ziel der Mensch auch erreicht hat, er verdankt es seiner Schöpferkraft und seiner Brutalität.‹ Hitler

Im Anschluß an die Olympischen Spiele, die im Sommer 1936 in Berlin stattfanden, sollte auf ›dem Eyckel‹, der Stammburg der Quindts, in der Fränkischen Schweiz gelegen, ein Sippentag stattfinden. Der Gedanke ging von Quindts ältester Schwester aus, jener Maximiliane Hedwig von Quindt, die seinerzeit die Patenschaft über Maximiliane in Abwesenheit übernommen hatte und die, unverheiratet, Burg Eyckel bewohnte und bewirtschaftete. Die Burg, zu der nur noch wenig Ländereien gehörten, vererbte sich seit mehreren Generationen auf unnatürliche Weise. Sie wurde von einem unverheirateten Quindt-Fräulein an das nächste unverheiratete Quindt-Fräulein weitergegeben. Der zumindest in einigen Zweigen der Sippe unterentwickelte Geschlechtssinn, der sich bei ein paar weiblichen Vertreterinnen bis zur Fortpflanzungsfeindlichkeit steigerte, kam darin ebenso zum Ausdruck wie die Emanzipationsbestrebungen der Frauen. Als seinerzeit im August 1918 auf Poenichen eine Tochter geboren wurde und man mit weiteren Nachkommen rechnen konnte, erhoffte sich auch das alte Freifräulein auf dem Eyckel ihre künftige Erbin.

Die Organisation des Sippentages hatte ein junger Quint aus Breslau übernommen, der sich für Ahnenforschung im allgemeinen, für die Quindtsche im besonderen interessierte. Die Unterbringung sollte in den noch bewohnbaren Teilen der Burg erfolgen, zum Teil auf Matratzenlagern; die Jugend in Zelten. Man rechnete mit mehr als hundert Teilnehmern. Die vornehmsten Vertreter der Quindt-Sippe, wie etwa Ferdinand von Quindt, ehemaliger Senatspräsident beim Reichsgericht, wiesen es von sich, an dem Treffen teilzunehmen, nachdem sie erfahren hatten, daß vornehmlich bürgerliche Vertreter, wörtlich: ›die heruntergekommenen Quindts‹, erscheinen würden. Sie vermuteten, daß das Ganze zu einer Art Volksfest ausarten könnte.

Über Berlin wehten noch die Fahnen der Nationen, vornehmlich aber die zweierlei Fahnen der siegreichen deutschen Nation. Die Schilder ›Juden unerwünscht‹ waren vorübergehend mit Rücksicht auf die ausländischen Gäste von Geschäften und Kinos verschwunden. Die Welt zeigte sich beeindruckt von dem neuen Deutschland.

Ein Widerschein olympischen Glanzes legte sich auch auf den Sippentag der Quindts. Sowohl die schwedischen als auch die elsässischen Verwandten hatten bei der Schlußkundgebung in Berlin den Führer gesehen. ›Mit eigenen Augen!‹

Maximiliane, das Einzelkind, befand sich plötzlich inmitten einer Großfamilie. Schon auf dem Bahnsteig wurde sie von unbekannten Quints abgeholt und umarmt. Onkel, Vettern und Neffen küßten sie einzig mit der Begründung, Onkel Max oder Vetter Ingo zu sein. Sie war abwechselnd verwirrt, glücklich und befangen, war noch nie so weit gereist, hatte noch keine Berge gesehen, kannte keine Marktplätze mit Fachwerkhäusern und plätschernden Brunnen, keine Felsen, Grotten und Flußtäler, nicht Frauenschuh und Silberdistel! Und immer dieser Ingo Brandes neben ihr, der ihr alles erklären wollte, der über alles seine Witze machte, ein Oberprimaner aus Bamberg, der behauptete, sein Vater sei nur ein angeheirateter Quint. Auch an romantische Burgen war sie nicht gewöhnt, an Ziehbrunnen und Ziehbrücken. Vom hölzernen

Umlauf des Bergfrieds konnte man drei weitere Burgen sehen. Im Burghof hatte man Tische und Bänke aufgeschlagen, in der Gulaschkanone brodelte Erbswurst- oder Gulaschsuppe, und im alten Verlies lagen mehrere Fässer Bier, eine Stiftung der Brauerei Brandes aus Bamberg.

Tante Maximiliane hatte, wie ihr pommerscher Bruder, eine Vorliebe für Treppen. Immer stand sie erhöht, meist unterm Portal, von wo sie das Ganze überblicken und regieren konnte, eine Gestalt, wie von Leibl gemalt, altdeutsch und handgewebt, die ergrauten Zöpfe um den Kopf gelegt. Maximiliane stand sprachlos vor ihr, knickste zu spät und zu tief und starrte ehrfurchtsvoll auf den Kopf der Ahnfrau, noch immer das ›Hut ab!‹ des Großvaters im Sinn.

»Du willst eine Quindt sein?« fragte die Tante.

»Ja!« antwortete Maximiliane errötend, genau das wollte sie sein.

»Wo hast du die Augen her?« Eine Frage, die Maximiliane nur mit Niederschlagen der Lider beantworten konnte.

»Die Quindtsche Nase hast du jedenfalls nicht!« Auch das stimmte, schien ihr aber eher ein Vorteil für ein junges Mädchen zu sein.

»Du solltest Dirndl tragen, einen Mittelscheitel und einen Haarknoten!«

Das klang nach Geboten, wurde später auch von Maximiliane befolgt und bestimmte über mehrere Jahre ihr Aussehen.

Andere Gäste mußten begrüßt werden, Maximiliane trat beiseite. Sie hatte sich darauf gefreut, in einem der Zelte schlafen zu dürfen, die im kleinen Burggarten aufgeschlagen wurden, aber die Tante hatte bereits bestimmt, daß Maximiliane in der Kammer neben der ihrigen schlafen sollte, eine Entscheidung, die mit Maximilianes Augen, der Erbfolge und diesem Ingo Brandes zu tun hatte. Im übrigen wurde sie für den Küchendienst eingeteilt, strich Marmeladen- und Schmalzbrote, die auf Zinntellern herumgereicht wurden.

Alle Arten von Quindts trafen ein, solche mit ›dt‹ am Ende des Namens oder solche mit ›t‹ und solche mit ›ten‹. Quindts aus Ostpreußen, Quints aus der Lausitz, aus Hessen, dem Elsaß. Gutsbesitzer, Oberlehrer, Landwirte. Ein 80jähriger August von Quinten aus Lübeck: Sinnbild der Lebenserwartung aller Quindts, und ein Vierjähriger aus Straßburg, Namensträger, hübsch, blond, gesund, weltgewandt: Inbegriff für den Fortbestand eines alten Geschlechts. Arme und reiche Verwandte, wohlhabende oder begüterte, blonde und dunkelhaarige, sogar zwei rothaarige darunter; evangelische und katholische. Ein großes Kennenlernen und Wiedererkennen, Austausch von Todes- und Geburtsnachrichten. Wer nicht mitkommen konnte, wurde als Fotografie aus der Tasche gezogen. Man war eines Namens und für drei Tage auch eines Sinnes. Man wusch sich unter Gelächter in Zubern und am Brunnen. ›Szenen wie aus den Meistersingern‹ las man in einer Nürnberger Zeitung. Die adligen Quindts, darunter viele verarmte, wurden in Schlafkammern untergebracht, die bürgerlichen, darunter eine Reihe von höheren Beamten, wohlhabenden Kaufleuten mit ihren Gattinnen, auf Matratzenlagern; einige reisten daraufhin am nächsten Morgen ab. Die anderen erklärten sich mit allem einverstanden, nachdem Max von Quindt, Großonkel Maximilianes aus Ostpreußen, nachdrücklich gesagt hatte: »Teilnehmen heißt zustimmen!« Er war auf dem Seeweg gekommen; niemals wäre er mit der Eisenbahn durch den polnischen Korridor gefahren, durch deutsche Lande in einem verschlossenen Zugabteil!

Der Begrüßungsabend fand bei Fackelschein im Burghof statt. Als zusätzliche Beleuchtung stieg später der Mond überm Burgfried auf. Adolf von Quindt, Militärschriftsteller aus Friedberg in Hessen, hielt die Begrüßungsansprache. »Eine Familie, die ihre Geschichte über 600 Jahre zurückverfolgen kann, hat allen Grund, mit Vertrauen in die Zukunft zu schauen! Nicht Ansprüche und Rechte, sondern Hingabe und Bereitschaft sichern die Freiheit und Zukunft des Menschen! Als Ordensritter haben einst Quindts den Osten erobert, besiedelt und verteidigt. Quindts in Ostpreußen, Quindts in Pommern! Aus dem Baltikum wurden sie 1917 vertrieben, aber nicht für alle Zeiten!«

Er sprach aus aller Herzen, bekam Beifall nach jedem Satz. Nacheinander begrüßte er namentlich die Anwesenden, die sich daraufhin erhoben. »Die Quindts aus Poenichen in Hinterpommern!« Maximiliane erhob sich und stand allein da, ein Grund mehr, sie besonders herzlich zu begrüßen. Sie wurde aufgefordert, auf die Bank zu steigen, damit man sie von allen Plätzen aus sehen konnte, wodurch bei denen, die weiter entfernt saßen, der Eindruck entstand, sie sei ein auffällig großes Mädchen. Der Vierjährige wurde auf den Tisch gehoben. »Je suis Maurice de Strassbourg, le plus petit Quinte!« sagte er und warf Kußhändchen nach allen Seiten. Dann kam jener Viktor Quint aus Breslau an die Reihe, der den Sippentag so vortrefflich vorbereitet hatte. Im Schein der Fackel, die er hochhielt, stand ein junger Mann in der Uniform eines Arbeitsdienstführers und wehrte Dank und Beifall in aller Bescheidenheit ab.

»Lars Larsson aus Uppsala mit seiner Frau Louisa, eine Schwester unseres verehrten Burgfräuleins, wenn ich Sie in dieser hochgestimmten Stunde einmal so nennen darf.« Die Larssons erhoben sich mitsamt ihren vier Enkeln und riefen »hej« und »hejsan«.

»Man sage nicht, die Frauen seien nur eine ›geborene Quindt‹ oder nur eine ›angeheiratete Quint‹, wie ich das hier schon mehrfach gehört habe«, sagte der Redner. »Quindt-Töchter verschwinden, Quint-Frauen tauchen auf. Frauen heiraten ein und heiraten aus: das Adernetz der Familie! Durch sie erfolgt eine ständige Auffrischung des Quindtschen, ja, ich darf hier sagen, des Blutes schlechthin. Die Männer geben den Namen, die Frauen füllen ihn mit Blut!«

Man hob den Becher mit Bier oder Apfelsaft zu Ehren der Frauen, und der Redner fuhr fort: »In seinem großen Appell an die deutsche Jugend im Berliner Lustgarten am 1. Mai nach der Machtübernahme sagte der Führer: ›Weil wir es wollen, deshalb muß es uns gelingen!‹ Das ist Geist vom Geist eines Immanuel Kant! ›Wir leben in einer Zeit größter geschichtlicher Umwälzungen, wie sie vielleicht nur jedes halbe Jahrtausend über ein Volk hereinbrechen. Glücklich die Jugend, die nicht nur Zeuge, sondern Mitgestalter und Mitträger dieses gewaltigen geschichtlichen Geschehens sein kann.‹ Mit diesen Worten Adolf Hitlers heiße ich alle jungen Quindts willkommen als die Blüten des weitverzweigten Stammes der Quindt!«

Nach dieser Begrüßungsrede saß man noch eine Weile zusammen, trank und erzählte einander. Der Mond stieg höher, in den Wiesen zirpten die Grillen, schließlich stimmten die Lausitzer Quints ein Volkslied ihrer Heimat an, andere fielen ein, sangen ihrerseits Lieder ihrer Heimat, und die Bewohner der Küstenländer, die Lübecker, die Holsteiner und Mecklenburger, und auch Maximiliane endeten dann mit jenem Lied, dessen Text von Fritz Reuter stammt: »Ick weit einen Eikbom, de steht an de See, de Nurdström de brust in sin Knäst, stolz reckt hei de mächtige Kron' in de Höh, so is das all dusend Jahr west. Kein Minschenhand de hett em plant't, hei reckt sich von Pommern bet Niederland.«

Müdigkeit breitete sich aus. Die Bretterbänke drückten. Die meisten Quindts hatten eine lange Reise hinter sich. Ein Abendlied sollte zum Abschluß gemeinsam gesungen werden. Die Schweden aus Uppsala baten sich ›Der Mond ist aufgegangen‹ aus. Der abnehmende Mond stand überm Burgfried und war nur halb zu sehen, und aus dem Tal der Pegnitz stieg der weiße Nebel wunderbar auf – aber an den vorderen Tischen hatte man zur gleichen Zeit anders entschieden. Der große Augenblick verlangte ein größeres Lied. Matthias Claudius wurde von Hoffmann von Fallersleben überstimmt. »Deutschland, Deutschland über alles!« Und da man es so gewohnt war, sang man auch noch das Horst-Wessel-Lied: ›Die Reihen fest geschlossen.‹ Einige dachten dabei wohl an die Reihen der Quindts, deren Fahne neben der schwarzweißroten und der Hakenkreuzfahne vom Burgfried herunterhing.

Am nächsten Morgen fand in der Burgkapelle ein Festgottesdienst statt. Auch er konnte von einem Quint bestritten werden, einem Diakon Johannes Quint aus der Niederlausitz. Sein dreizehnjähriger Sohn blies auf der mitgebrachten Posaune ›Jesu, geh voran auf der Lebensbahn‹.

Posaunenklänge übten auf Maximiliane dieselbe Wirkung aus wie Hornsignale; obwohl man ihr die Unterschiede zwischen den Blechinstrumenten oft genug erklärt hatte, vermochte sie sie nicht zu unterscheiden. Ein Schauer lief über ihren Körper. Ingo Brandes hatte sich neben sie gestellt, näher als nötig, Schuh an Schuh und Ellenbogen an Ellenbogen. Diakon Quint stellte seine Ansprache unter ein Wort aus dem Johannes-Evangelium: ›Das ist mein Gebot, daß ihr euch untereinander liebet, gleich wie ich euch liebe.‹ Ingo Brandes nahm es als Aufforderung, noch näher zu rücken. In seinem Gebet sprach der Diakon zum Schluß die Bitte aus, daß Gott den Führer des deutschen Volkes erleuchten möge, und dann sang man gemeinsam ›Herz und Herz vereint zusammen, sucht in Gottes Herzen Ruh‹, ebenfalls von jenem Graf Zinzendorf gedichtet, der mit den Quindts verschwägert gewesen sein sollte. Ingo Brandes sang: »Quint und Quint vereint zusammen«, Maximiliane war ergriffen und erheitert und bereits verliebt.

Anschließend wurde im ›Steinernen Saal‹ die Ausstellung ›600 Jahre Quindt‹ eröffnet, ebenfalls ein Werk jenes Viktor Quint aus Breslau. Den wichtigsten Teil der Ausstellung beanspruchten die Ahnen- und Enkeltafeln. Dann gab es die verschiedenen Ausführungen des Quindtschen Wappens zu sehen; Fotografien und Exlibris, Holzschnitte, Hinterglasbilder. So verschiedenartig die Wappen im einzelnen auch waren, alle zeigten im unteren Feld fünf Blätter beziehungsweise fünf aufgeblühte Rosen, ›fünf‹ gleich ›quintus‹. Im oberen Feld dann ein Vogel, in einem Falle sogar fünf Vögel, als Stieglitz oder als Wiedehopf gedeutet, bei den pommerschen Quindts eher Gänse, im Gänsemarsch von rechts nach links, drei an der Zahl. Auch das Taufkleid der pommerschen Quindts gehörte zu bewunderten Ausstellungsstücken. Onkel Max aus Königsberg zeigte auf das Wappen in Brusthöhe. »Was für ein reizender Platz für ein Wappen!«

Viktor Quint hält nun eine kleine erläuternde Rede.

Auf diesen jungen Arbeitsdienstführer aus Breslau muß näher eingegangen werden, da er eine große Rolle in Maximilianes Leben spielen wird. Sein Vater, Gymnasiallehrer für Geschichte und Erdkunde, war verwundet und verbittert aus dem Krieg heimgekehrt und bald darauf an seiner Kriegsverletzung gestorben. Er hatte seine Frau mit fünf Kindern und einer kleinen Beamtenpension zurückgelassen. Viktor, als Zweitältester, hatte eine schwere Kindheit erlebt. Hinzu kam, daß der schlesischen Linie der Quints seit Jahrzehnten ein Makel anhaftete, nicht wegen des fehlenden Adelstitels, sondern weil im Jahre 1910 Gerhart Hauptmanns Roman ›Der Narr in Christo Emanuel Quint‹ erschienen war, die Geschichte eines religiösen Schwärmers, der auf den Märkten in Schlesien Buße predigte, Wunder tat, verspottet wurde, vagabundierte, immer nahe am Wahnsinn, unehelicher Sohn eines Pfarrers, der später in der Kirche seines Vaters ›Ich bin Christus!‹ schrie, Bilder und Altargerät zertrümmerte, des Mordes an einer Gärtnerstochter verdächtigt wurde und schließlich in einem Schneesturm am Gotthard umkam. Viktors Großvater, Leopold Quint, ein Getreidehändler, hatte einen Prozeß gegen Gerhart Hauptmann wegen Diffamierung des Namens einer alten deutschen Familie geführt, ihn jedoch in allen Instanzen verloren. Auf Viktor Quint hatte sich der Haß des Großvaters vererbt, der sich auf Frömmigkeit, Vagabundieren, Unehelichkeit, aber auch auf Schneestürme erstreckte. Seine Lebensjahre waren bisher Notjahre gewesen: Weltkrieg, Inflation, die Jahre der Notverordnungen, der Arbeitslosigkeit. Da an Studium nicht zu denken war, meldete er sich zum freiwilligen Arbeitsdienst, wo er es bereits im Gau Mittelschlesien bis zum Obertruppführer gebracht hatte. Er war ehrgeizig und entschlossen, Großes zu erreichen.

In seiner Ansprache sagt er einiges über die Germanisierung des Ostraumes, kommt auf den Ahnen- und Ariernachweis zu sprechen und sagt, daß über seine arische Abstammung kein Quindt sich Sorgen zu machen brauche, da genüge ein Blick auf die Geschlechtertafeln, aber auch auf die hier Anwesenden.

Ingo Brandes fragt, ob er einmal kurz unterbrechen dürfe, bei ihm sei der Eindruck entstanden, als ob es in den Familien der Quindts mehr Vorfahren gäbe als in anderen, gewöhnlicheren Familien. Als habe der einzelne mehr Großväter und mehr Urgroßväter.

Alle außer dem Redner lachen.

Dieser fährt fort, hält zur Erläuterung einen Stammbaum hoch, der besonders kunstvoll in Gestalt einer Eiche angelegt ist. Der Urahne als Stamm, Kinder, Enkel und Urenkel in der Verästelung und Verzweigung bis hin zu Blättern und Eicheln. Viktor Quint liest die letzte Eintragung in einer Eichel vor: »Achim von Quindt, geboren 1898 in Poenichen, Hinterpommern. 1917 Eheschließung mit Vera geborene von Jadow. Vielleicht weilt einer aus dieser Familie unter uns?«

Maximiliane rührt sich nicht.

»Gefallen im Weltkrieg«, sagt das Burgfräulein.

»Demnach ist diese Linie ausgestorben«, sagt Viktor Quint, »bedauerlich, daß der Stammbaum nicht auf den jüngsten Stand gebracht wurde.«

Ingo Brandes schiebt Maximiliane vor, flüstert: »Los! Pommersche Eichel!«

Maximiliane tritt vor. »Maximiliane Irene von Quindt, geboren am 8. August 1918 auf Poenichen.«

Viktor Quint sieht sie an und sieht alles. Ihm gehen die Augen auf.

Wunderbar sind die Wege der Liebe, und nun erst die Umwege! Viktor Quint verliebt sich auf den ersten Blick in den herrlichen Stammbaum der pommerschen Quindts, durch Jahrhunderte ansässig im deutschen Osten, eine aussterbende Linie, eine einzige Tochter im heiratsfähigen Alter! Er war gewiß nicht zu diesem Sippentag aufgebrochen, um sich eine begüterte Quindt-Erbin zu suchen. Aber in Maximiliane verkörperten sich ihm plötzlich alle Zukunftspläne: eine erbgesunde Familie, blonder, kräftiger Frauentyp, nordisch, vielleicht ein wenig zu klein, aber dafür war er selbst um so größer. Über die Farbe der Augen war er sich nicht im klaren. Waren sie blau oder braun? Maximiliane hielt unter seinem prüfenden Blick natürlich die Lider gesenkt. Sein Wunsch, sie möge blauäugig sein, war so stark, daß er sich selbst und schließlich auch andere von Maximilianes Blauäugigkeit überzeugte. Er glaubte außerdem, das Landleben zu lieben, spürte das Großräumige des Ostens in sich. Blutsverwandtschaft bestand nicht, aber Namensverwandtschaft. Er sah auch das vor sich: Viktor Quint – Poenichen. Alles in diesem ersten Augenblick.

Maximiliane ahnt nicht, was in dem Arbeitsdienstführer vorgeht, der an ihrem Stammbaum so interessiert ist, und erklärt ihm auf seine Fragen bereitwillig die Verwandtschaft zu dem Burgfräulein und zu den Larssons aus Uppsala.

»Und Ihre Mutter?« erkundigt er sich. »Sie wird doch nicht ebenfalls verstorben sein?«

»Nein«, antwortet Maximiliane und errötet schon wieder. »Sie hat sich ein zweites Mal verheiratet. Sie lebt im Ausland.«

Viktor Quint wird stutzig, sagt dann aber nur »aha« und ist klug genug, nicht weiter nach dieser Mutter zu fragen. Sie war arischer Abstammung, das mußte genügen. »Haben Sie kein Foto von Ihrem Gut? Es muß dort herrlich sein!«

Maximiliane zeigt ihm die mitgebrachte Radierung des Herrenhauses.

Viktor Quint zeigt sich von den fünf weißen Säulen beeindruckt.

»Dort sollte man das nächste Treffen veranstalten!«

Am Nachmittag unternimmt man einen Ausflug in die nähere Umgebung. Unterwegs wird gesungen, es wird überhaupt viel gesungen, zu sagen hat man sich weniger, als man in den ersten Stunden vermutet hatte.

»Wohlauf, die Luft geht frisch und rein . . . ins Land der Franken fahren.«

Die Luft war allerdings eher schwül, und es zogen bereits Wolken auf. Maximiliane empfand die Landschaft als zu eng und zu klein, die Felder wie Handtücher, nirgendwo konnte ihr Blick schweifen, immer stieß er auf Felsen und Bergkuppen. Aber: Das Korn stand hoch in Ähren, und goldner war es nie! Auf den flachen, abgeweideten Bergkuppen wuchsen niedrige Wacholderbüsche, verkrüppelte Birken, und am Weg weidete eine Schafherde, nicht einmal der Schäferkarren fehlte! Ingo Brandes hält sich in ihrer Nähe, fängt Heuhupfer für sie, pflückt eine Kornblume und eine Mohnblüte – beides blüht reichlich im Haferfeld, an dem sie vorbeiziehen –, hält sie prüfend an ihr Haar, entscheidet, daß eine Kornblume besser passe, steckt die Blume hinein und sagt: »Willst, feines Mädchen, du mit mir gehn?«

Was hätte hier für eine Liebesgeschichte beginnen können! Was für Briefe hätte Ingo ihr geschrieben, verziert mit getrockneten Blüten, und über Jahre. Wenn Maximiliane nur hätte warten können. Wenn nicht Poenichen gewesen wäre! Und jener Viktor Quint aus Breslau.

Das Ziel, eine Tropfsteinhöhle, ist erreicht, keine der großen, nennenswerten, aber einer der Teilnehmer, ein Realschullehrer aus Mergentheim, hat doch allerlei erdgeschichtlich Bedeutungsvolles darüber mitzuteilen. Man fröstelt im kühlen Erdinnern. Ingo will gerade Maximiliane in einen Seitengang ziehen, um ihr einen Stalaktiten zu zeigen, der noch älter ist als die Quints, aber da fängt der kleine Maurice aus Straßburg, der sich vor der Dunkelheit fürchtet, an zu weinen, und Maximiliane wendet sich ihm zu, hebt ihn hoch und trägt ihn ins Freie. Ein Bild, das sich Viktor Quint unauslöschlich einprägt: der blonde Knabe auf dem Arm der jungen Frau am Eingang der Höhle. Mutterschaft und Geborgenheit. Eigene Entbehrung und künftige Geborgenheit: Dieses Mädchen würde eine großartige Mutter werden.

Auf dem Rückweg ist dann aber doch Ingo Brandes wieder an ihrer Seite. Er entwickelt ihr einen Plan. Um Mitternacht, wenn der Mond aufgeht und wenn es in der Burg still geworden ist, wird er unter ihrem Fenster rufen. ›Schuhuhuhu‹, wie der Rauhfußkauz, der um diese Jahreszeit hier ruft. »Schuhuhuhu!« Der Boden unter dem Fenster sei weich, das Fenster zwar klein, aber groß genug, um hindurchzusteigen, er hat sich das alles bereits am Vormittag angesehen. Zwei Meter würde sie springen müssen. »Und dann baden wir bei Mondschein in der Pegnitz!«

Ihr Einwand, daß sie keinen Badeanzug mitgebracht habe, stößt bei ihm auf Gelächter.

Zunächst mußte noch zu Abend gegessen werden, was hieß, daß dreihundert Brote gestrichen werden mußten. Dann folgte noch ein bunter Abend, den Max von Quindt aus Königsberg zum größten Teil bestritt. Die rednerische Begabung und vor allem das rednerische Bedürfnis müsse bei den Quindts erblich sein, sagte er unter dem Lachen der Zuhörer. Das Thema seiner Rede lautete: ›Von Quintus zum Quintillion.‹ »Quintus, der Fünfte unter den Lehnsherren, die latinisierte Form des Namens, Quintillion, die eins mit dreißig Nullen, in der Inflation als Zahlungseinheit nach der Billion vorgesehen, eine Zeit, an die sich die Älteren unter uns mit Schrecken erinnern.«

Dann sprach er von der Quinte in der Musik. In den achtziger Jahren habe es unter den Königsberger Quindts ein ›Quintett‹ gegeben. Zehn Jahre habe man sich redlich geplagt, die Saiten zu streichen, dann sei das Quintett an der sprichwörtlichen Unmusikalität der Familie eingegangen. Anders die Zeitschrift, die sein Großvater ins Leben gerufen habe, ›Von Quinte zu Quinte‹. Leider sei aber auch sie im Weltkrieg eingegangen wie so vieles. An den jungen Quinten liege es jetzt, sie wieder ins Leben zu rufen. Derselbe Quindt habe 1880 den ›Quintenzirkel‹ gegründet, der heute noch bestehe, die Königsberger träfen an jedem Fünften des Monats zusammen, den Vorsitz führe zur Zeit sein ältester Sohn, Erwin mit Namen und Major im Range.

Schließlich kam er auf ›die Quintessenz‹ zu sprechen, nach Aristoteles ›das eigentliche Wesen einer Sache‹, der Äther als fünftes Element. »Leider ist der berühmte Hersteller von Quindt-Essenzen nicht anwesend. Mein lieber Vetter Joachim von Quindt aus Poenichen, seinerzeit Mitglied des Deutschen Reichstags, der im Krieg den Mut gehabt hat, von ›Feldern des Friedens‹ zu sprechen. Aber er hat uns seine reizende und einzige Erbin geschickt!« Wieder wenden sich Maximiliane alle Blicke zu.

»Die Quindts haben sich in den Jahrhunderten«, fuhr der Redner fort, »nicht nur fortgepflanzt, sondern auch hinaufgepflanzt, ein Ausdruck, der von keinem Geringeren als Nietzsche stammt. Die Zahl der Quindts blieb begrenzt, mehr Qualität als Quantität. Ganze Landesteile ohne Quindts!« Die Rede wurde wiederholt von Lachen unterbrochen. Zum Schluß wurde der Redner nachdenklich. »Was für ein seltsamer Umschlagplatz ist doch eine Familie! Im Augenblick der Zeugung trifft Vergangenes und Zukünftiges auf reale und zugleich irreale Weise zusammen. Treffpunkt von Tradition und Fortschritt, Biologie und Geschichte, Natur und Geist! Das Leben des einzelnen hat seine natürliche Begrenzung: den Tod. Aber die Familie kennt das natürliche Gesetz des Sterbens nicht. Als Familienmitglied ist der einzelne ein Verbindungsstück und daher unsterblich! Faust, zweiter Teil: ›Ein jeder ist an seinem Platz unsterblich. Man ist zufrieden und gesund!‹ Genauso fühlen wir uns hier auf dem Eyckel: zufrieden und gesund!« Er wartet den Beifall ab, der dem Burgfräulein gilt.

»Ich darf in dieser hochgestimmten Stunde eine Vision heraufbeschwören: Ein Quindt-Mann zeugt mit einer Quint-Frau einen Quindt-Sohn, der wiederum mit einer Quint-Frau einen Quindt-Sohn zeugt. Eine Quindt-Welt, Frauen, Männer, Kinder, Pfarrer, Ärzte, Bauern und Bierbrauer.« Er zeigt dabei jeweils auf den betreffenden Quindt. »Wir sind auf dem besten Wege! Wenn die Zeugung ...«

Das Burgfräulein stößt mit ihrem Stock auf den Boden. »Genug gezeugt, Quindt aus Königsberg!«

Womit sie diktatorisch seine Rede endgültig beendet.

Inzwischen ist es dunkel geworden. Im Westen wetterleuchtet es. Man wirft besorgte Blicke zum Himmel, aber an Aufbruch und Schlafengehen ist noch nicht zu denken. Der Sohn des Diakons muß noch auf der Posaune blasen, die holsteinschen Quinten müssen noch ein plattdeutsches Lied singen und die Larsson-Enkel einen schwedischen Volkstanz vorführen. Maximiliane hilft noch beim Aufräumen. Die Fackeln werden gelöscht, Pechgeruch zieht durch den Burghof. Sie stößt im Dunkeln mit Ingo zusammen, der leise ›Schuhuhuhu‹ ruft. Immer noch Stimmen, Gelächter und Türklappen, immer noch Wetterleuchten.

Maximiliane geht in ihre Kammer, öffnet das Fenster und blickt hinunter. Sie stellt die Schuhe griffbereit und legt sich in ihrem Kleid aufs Bett. Es wird allmählich stiller. Nur noch der Nachtgesang der Grillen, das Klopfen ihres Herzens. Ein Fenster schlägt, Schritte auf den Dielen über ihrer Kammer. Sie fiebert vor Aufregung. Was sie aber nicht daran hindert einzuschlafen.

Sie verschläft den Käuzchenruf, verschläft das Bad bei Mondschein in der Pegnitz, selbst das zweistündige Gewitter gegen Morgen. Ihre schwedischen Kusinen müssen sie zum Frühstück wachrütteln und verwundern sich, daß die pommersche Kusine im Kleid schläft.

Beim Frühstück, das man stehend im ›Steinernen Saal‹ einnehmen mußte, da Bänke und Tische noch regennaß waren, sprachen dann alle von dem Gewitter und den Blitzen, die ganz in der Nähe eingeschlagen hatten. Auch von dem Käuzchen sprach man, das nahe der Burg gerufen habe. ›Ein böses Vorzeichen?‹ Ingo Brandes fängt den Blick Maximilianes auf, die tief errötet.

Viktor Quint hat im Verlauf dieses Sippentages das Burgfräulein davon überzeugen können, daß der Eyckel hochgeeignet für eine Jugendherberge sei; der ganze jetzt unbewohnbare Teil der Burg könne und müsse ausgebaut werden, um deutscher Jugend eine Vorstellung von deutscher ritterlicher Vergangenheit zu übermitteln.

Zu Maximiliane sagt er beim Abschied: »Ich werde kommen und mir dieses Poenichen ansehen!«

Das klang fast wie eine Drohung.

18

›Ich habe schon einmal an einem Ort gesagt, daß sich die Menschen so verbessern ließen wie die Pferde in England. Die Produkte unseres Geistes haben wir offenbar durch Einführung griechischer und englischer Hengste verbessert, und jetzt will man wieder deutsche Pferde.‹ Lichtenberg

Bereits im Oktober traf auf Poenichen der Brief eines gewissen Viktor Quint ohne ›d‹ ein. Er fragte an, ob er sich erlauben dürfe, zwecks sippengeschichtlicher Nachforschungen zu einem kurzen Besuch nach Poenichen zu kommen; höflich, bestimmt und mit Angabe des Zuges. Maximiliane weilte gerade in Poenichen, sie hatte Herbstferien.

»Wer ist das?« erkundigte sich Quindt. »Obertruppführer im Reichsarbeitsdienst. Kannst du dich an ihn erinnern?«

Natürlich erinnerte sie sich, aber mehr als zwei Sätze wußte sie trotzdem nicht über ihn zu sagen. Doch zwei weitere Sätze hatte Quindts Schwester Maximiliane bereits geschrieben, als sie ihn vom Ausbau des Eyckels zur Jugendherberge in Kenntnis setzte. Ein junger Quint aus Breslau besorge die Verhandlungen für sie. Wörtlich schrieb sie: »Da scheint ein verdorrter Zweig der schlesischen Quints kräftig auszuschlagen. Es sollte mich wundern, wenn nicht Großes aus ihm wird.«

»Dann soll dieser vielversprechende Quint ohne d mal kommen!« entschied Quindt.

Riepe holte ihn mit dem Auto am Bahnhof ab, und Quindt empfing ihn auf der Treppe der Vorhalle.

Viktor Quint ist einer jener Männer, denen Breecheshosen gut stehen, ebenso die Stiefel. Im übrigen trägt er Zivil:

Trenchcoat und Reisemütze. Er springt aus dem Wagen, springt die drei Stufen hoch, nimmt Haltung an und wünscht: »Heil Hitler!« Der Freiherr von Quindt hebt mit der linken Hand den rechten Arm ein wenig hoch, was dem Gruß etwas Mühsames und Beschämendes gibt. »Ja! Heil Hitler!«

Viktor Quint sagt dann auch: »Bemühen Sie sich nicht! Eine Kriegsverletzung? Wie ich gehört habe, Tannenberg?«

»Tannenberg ja, Verletzung nein. Pommersches Rheuma.« Er reicht dem jungen Mann die linke Hand, heißt ihn willkommen und wird in diesem Augenblick zum Linkshänder, was ihm bald lästig wird und was er auch nicht durchhält.

In der Bibliothek brennt ein Kaminfeuer. Die Damen erwarten die Herren bereits zum Tee. Maximiliane trägt eines der beiden Dirndlkleider, die Frau Görke inzwischen genäht hat, vergißmeinnichtblauer Rock, veilchenblaues Mieder, weiße Stickereischürze. Grübchen in der Halskuhle, Grübchen an den Ellenbogen, eines am Kinn. Für einen Nackenknoten ist das Haar noch zu kurz, aber zu einer Art Mozartzopf reicht es, mit Mittelscheitel, wie es Tante Maximiliane angeraten hatte.

Maximiliane hat den Teetisch eigenhändig gedeckt und dabei gezeigt, was ein junges Mädchen in Hermannswerder lernt: vor jedem Gedeck ein Sträußchen blauer Herbstastern sorgfältig angeordnet, die Servietten schön gefaltet und das Teeservice aus der Königsberger Manufaktur. Die neue Mamsell hat einen Königskuchen gebacken. Quindt bricht sich ein Stück davon ab, linkshändig, und sagt: »Relikte aus alten Zeiten, so ein Königskuchen. Bis die überholten Staatsformen aus den Kochbüchern verschwinden, das dauert! Die vorige Mamsell, Anna Riepe, die Frau meines Kutschers, der Sie abgeholt hat, die backte uns eine Prinz-Friedrich-Torte, eher noch besser als dieser Königskuchen. Wo bleibt da die Rangfolge? Oder nehmen Sie einen Mann wie Bismarck! Da nennt man nun einen bescheidenen Salzhering nach ihm! Eines Tages wird man einen Kuchen, einen Fisch, wer weiß was, nach unserem derzeitigen . . .«

»Entschuldige, wenn ich dich unterbreche«, sagt die Baronin, »aber unser Gast hat keinen Tee mehr. Maximiliane, würdest du bitte eingießen!«

»Was ich sagen wollte, war . . .«, fährt Quindt fort.

»Warst du nicht fertig mit diesem Thema, Quindt?«

Es entsteht eine Pause, in der Quindt nicht sagt, daß man später vielleicht ›Eingebrocktes‹ nach diesem Adolf Hitler nennen wird.

Der Gast ergreift das Wort – für Plaudereien am Teetisch ist er weniger begabt –, kommt auf Wesentlicheres zu sprechen, auf den deutschen Bauern, der endlich wieder zu Ehren käme und wieder auf den Platz aufrücke, der ihm gebühre. »›Denn wäre nicht der Bauer, dann hätten wir kein Brot!‹ So ein Satz wird endlich wieder ins Bewußtsein unserer Volksgenossen gebracht!«

»Gilt das nun auch für den Großgrundbesitz?« erkundigt sich Quindt. »In Pommern hat man ja mehr mit Kartoffeln zu tun als mit Brot.«

Es stellt sich heraus, daß der Gast ›Brot‹ sinnbildlich versteht. Tägliches Brot! Er kommt auf die politische Realität zu sprechen. Quindt läßt ihn ausreden und sagt dann: »Junger Freund! Lassen Sie sich das von einem alten Parlamentarier gesagt sein. Politische Realität gibt es nicht! Politik ist zu 50 Prozent Rhetorik, reine Rhetorik! Zu 30 Prozent Spekulation und zu 20 Prozent Utopie.« Über die prozentuale Aufteilung ist Quindt bereit, mit sich reden zu lassen.

Der junge Quint erklärt diese Denkweise für reaktionär. »Sie mag vielleicht«, sagt er, »für die Weimarer Republik und ihren zersetzenden Geist gestimmt haben. Man lebt in Hinterpommern wohl doch ein wenig – wenn nun auch nicht gerade hinter dem Mond, aber die nationalsozialistische Bewegung . . .«

»Versandet hier! Wenn es einfach so eine Bewegung wäre, lieber Quint ohne d! Aber, um im Bild zu bleiben, aus dieser Bewegung ist in den paar Jahren ein recht kräftiger Wind geworden. Unser Ortsgruppenführer Priebe zum Beispiel, mein Melker, oder der Kreisleiter Kaiser, so was haben wir hier auch, die blasen ganz schön mit. An nationalsozialistischer Bewegung fehlt es uns eigentlich nicht, eher . . .«

Die Baronin bittet Maximiliane noch einmal, Tee einzugießen.

Quindt genießt das Gespräch einschließlich der taktvollen

Unterbrechungen seiner Frau. Es fehlt ihm auf Poenichen oft an Gesprächsgegnern. Er braucht niemanden, der seine Meinung teilt, die kennt er hinreichend selber, aber er braucht auch keinen wie den Melker Priebe, der sich duckt, wenn der Herr Baron durch die Ställe geht, und der auftrumpft, wenn er seine Armbinde mit dem Hakenkreuz trägt.

Am Ende der Teestunde weiß der alte Quindt ganz gut über den jungen Quint Bescheid, der inzwischen auch auf den Zweck seines Besuchs zu sprechen gekommen war, besser: auf das Mittel zum Zweck.

Man erhebt sich, die Baronin klingelt dem Hausmädchen und läßt den Tisch abräumen. Man begibt sich zu den Ahnenbildern im großen Saal. Im Schein der Glühbirnen – die Kerzen des Kronleuchters sind vor Jahren ausgetauscht worden – kommen die Ahnen besser zur Geltung als im Tageslicht. Aber zuerst ein respektvoller Blick auf die Herrscher. Der Gast erkennt sie, nennt sie beim Namen: »Friedrich der Große! Kaiser Wilhelm der Erste! Bismarck! Der ehemalige Reichspräsident Hindenburg!«

Quindt verbessert ihn: »Er hängt dort als Sieger von Tannenberg und nicht als Reichspräsident!«

»Und dort –?« Ein fragender Blick.

»Sie meinen den letzten freien Platz? Ja, das muß man nun sorgfältig überlegen.«

»Da gibt es doch wohl nichts zu überlegen!«

Frau Quindt stößt ihren Mann an.

»Doch, doch!« sagt Quindt. »Ich frage mich, ob Hitler besser in Kupfer, in Stahl oder in Öl herauskommt. Oder würden Sie zu einer Fotografie raten, fürs erste? Für den Übergang? Man sieht da jetzt manchmal so ein Bild, wo Kinder dem Führer Margeritensträuße zureichen, halten Sie das für typisch?«

Die Baronin drückt ihre Hand gegen die schmerzende Galle.

»Quindt, würdest du mich in mein Zimmer bringen? Ich muß mich ein wenig hinlegen. Entschuldigen Sie, Herr Quint! Die Vorfahren wird meine Enkelin Ihnen vorstellen können!«

Quindt verläßt mit seiner Frau den Raum. Die beiden jungen Leute bleiben allein.

»Müssen Sie ständig mit diesen alten Leuten zusammenleben?« fragt Viktor Quint. Maximiliane hat die Großeltern nie als ›alte Leute‹ angesehen. »Ich bin nur in den Ferien hier, und dann halte ich mich meist draußen auf. Da weiß ich besser Bescheid. Soll ich Ihnen morgen das Gut zeigen? Unseren See? Unser Moor? Unsere Heide?«

Viktor Quint läßt sich so rasch nicht ablenken. Die Forschung nach den Ahnen bleibt vordringlich. Er macht sich ein paar Notizen, sitzt dann bis zum Abendessen in seinem Gästezimmer und sieht die Urkunden durch, die Herr von Quindt hat bringen lassen. Er vervollständigt seine Aufzeichnungen, notiert sich Fragen, die er stellen will, wobei ihm klar wird, daß er mit den pommerschen Quindts nicht in eineinhalb Tagen fertig werden kann. Das bringt er beim Abendessen bereits zur Sprache.

»Kommen Sie doch über Weihnachten noch mal! Dann bin ich auch wieder da!« sagt Maximiliane und errötet.

»Wenn Sie das für möglich halten, gnädiges Fräulein? Gnädige Frau? Herr von Quindt?« Jeweils eine knappe Verbeugung in entsprechender Blickrichtung.

»Und Ihre Familie?« fragt die Baronin. »Werden Sie nicht erwartet? In Breslau? Es war doch Breslau?«

»Ja, Breslau! Aber ich bin meiner Familie entwachsen. Mich drängt es hinaus!« Er trage sich mit dem Gedanken, eine eigene Familie zu gründen, sagt er, dann noch ein paar Sätze über seine Herkunft, die Kindheit und Jugend, das Schicksal der Mutter, die harten Jahre der Weimarer Republik.

Seine Schilderungen bleiben nicht ohne Wirkung. Vor allem nicht auf Maximiliane. »Fünf Kinder?« fragt sie. »Auch Schwestern?«

»Ja, drei Schwestern.«

Ihre Galle hat sich zwar beruhigt, aber vorsichtshalber trinkt die Baronin Kamillentee. Quindt hantiert ungeschickt mit der linken Hand und bemerkt dazu, sein Nachbar Mitzeka auf Gut Perchen habe im letzten aller Kriege einen Arm verloren. »In der Schlacht von Nowo-Georgiewsk. In den ersten Jahren hat er noch gesagt: ›Was wiegt ein Arm gegen 85 000 Russen.‹ Seine Frau ist quasi seine linke Hand gewesen, inzwischen hat er auch die verloren. Der Sohn wird das Gut nicht halten können. Er wird wohl den weißen Stock nehmen müssen wie mehrere unserer Nachbarn.«

»Weißer Stock?« fragt Viktor Quint. »Was bedeutet das?«

»Die weißen Stöcke stehen hier neben jeder Haustür parat«, erläutert Quindt. »Darauf stützen sich die Junker, wenn sie wegen Verschuldung ihr Gut verlassen müssen.«

»Das ist eine Lieblingsvorstellung der pommerschen Rittergutsbesitzer«, sagt die Baronin. »Aber dieses Thema wird den jungen Ahnenforscher nicht interessieren, sein Interesse gilt der Vergangenheit, nicht der Zukunft!«

Der junge Ahnenforscher widerspricht. »Im Gegenteil!« sagt er. »Der deutsche Osten! Der Korridor, eine Schmach und Schande! Ostpreußen vom Reich getrennt. Altes Ordensland!«

Die Baronin hebt die Tafel auf, man setzt sich noch ein Stündchen zusammen in die Bibliothek. Maximiliane hockt vorm Kamin, legt Kiefernscheite nach und bringt das Feuer wieder in Gang. Quindt bietet einen ›Zweietagigen‹ an. »Pommerscher Landwein! Eigenbau!« Aber der Gast trinkt keinen Alkohol. Er braucht einen klaren Kopf. Zu klar dürfe ein Kopf auch nicht immer sein, widerspricht Quindt.

»Wie meinen Sie das?« fragt der Gast, doch die Baronin unterbricht schon wieder das Gespräch. Quindt muß es immer neu anfachen, was ihn ermüdet.

»Spielen Sie vielleicht Schach?« erkundigt er sich.

»Nein! Dazu fehlt es mir an Zeit.«

»Natürlich«, sagt Quindt, »Sie haben Großes vor. Ich habe bereits davon gehört. Ich selbst verfüge über mehr Zeit. Aus dem öffentlichen Leben habe ich mich frühzeitig zurückgezogen. Das Landwirtschaften überlasse ich weitgehend meinem Inspektor Kalinski, ein guter, besonnener Mann. Morgens über die Felder, meist im Wagen, nachmittags durch die Ställe. Nur die Austeilung des Deputats und die Lohnzahlungen nehme ich persönlich vor, überhaupt die Geldgeschäfte, die besorge ich selbst. Kennen Sie den ›Stechlin‹? Fontane! Der Roman spielt zwar im Brandenburgischen, aber der Stechlin, so heißt der See, erinnert mich immer an unseren Poenicher See, und auch der Held selber, darin erkenne ich mich wieder, er war auch ›von schwachen Mitteln‹. Nur daß er seinen Hirschfeld gehabt hat, zum Beleihen! Die Hirschfelds gehen ja nun, aber die Schulden bleiben. Nun, umgekehrt wäre es vielleicht auch nicht besser.«

Wieder entsteht eine Pause. Quindt zündet sich mit Hilfe eines Fidibus, die Maximiliane in großen Vorräten herstellt, seine Zigarre an. Viktor Quindt bedauert, daß sein Dienst ihm keine Zeit zur Lektüre lasse. Als Arbeitsdienstführer sei er mit der Heranbildung einer neuen Jugend beschäftigt. »Mit einem Achtstundentag läßt sich das nicht erreichen, Ordnung, Zucht, Ideale!«

»Läßt sich das überhaupt durch Vorbild und Drill erreichen? Ist das nicht eine Frage der Biologie?«

Quindt liefert eine neues Stichwort.

Viktor Quint beginnt, vom Blut, dem nordischen und dem minderwertigen, zu reden, von der neuen Herrenrasse, dem erbgesunden Menschen. »Das Minderwertige muß ausgemerzt werden! Unbarmherzig!« Jeder seiner Sätze ist so kurz und bedeutungsvoll, daß man ihn mit einem Ausrufungszeichen abschließen muß.

Da sich die biologischen Ziele des jungen Quint und die Adolf Hitlers in den zur Verfügung stehenden zwölf Jahren nicht haben verwirklichen lassen, braucht man nicht näher darauf einzugehen. Viktor konnte sich bei seinen Darlegungen auf jenen Vortrag stützen, den er bereits beim Sippentag auf dem Eyckel gehalten hatte.

Maximiliane, die bisher nur mit halbem Ohr zugehört hatte und mit der Herstellung weiterer Fidibusse beschäftigt war, wurde erst wieder aufmerksam, als der Gast auf seine persönliche Zukunft zu sprechen kam. Der Reichsarbeitsdienst, so wichtig er für die Menschenformung sei, könne ihm als Berufsziel nicht genügen. Er habe einen Ruf an das Reichssippenamt in Berlin erhalten. »Schiffbauerdamm! Eine neue Dienststelle! Ein neuer Aufgabenbereich! Unmittelbar dem Reichsführer SS unterstellt! Neuland!« Am 1. Januar werde er dort seine Tätigkeit aufnehmen, dienstlich sei es also zu ermöglichen, daß er die eben erst begonnenen Studien über die pommerschen Quindts fortsetzen könne. »Wenn also die Aufforderung des gnädigen Fräuleins –?«

Quindt blickt seine Frau an, die unmißverständlich die Hand auf die schmerzende Galle drückt. »Was meinst du, Sophie Charlotte? Oder hältst du dich da raus?«

»Müssen wir das heute abend schon entscheiden? Unser Gast wird müde von der Reise sein.«

»Das kann ich mir nicht denken, Sophie Charlotte! Wie sagte Napoleon: ›Fünf Stunden Schlaf für einen älteren Mann, sechs Stunden für einen jungen Mann, sieben für eine Frau und acht Stunden für Dummköpfe!‹ Was den Schlaf angeht, muß ich entweder ein sehr alter oder ein sehr kluger Mann sein.«

Viktor Quint, der hinter den Worten des Barons bereits an diesem Abend immer Anzüglichkeiten witterte, erhob sich, obwohl er, wie er versicherte, für seine Person Müdigkeit nicht kenne, aber er wolle sich gern noch einige Stunden in seine Arbeit vertiefen. Er verbeugte sich, bedankte sich und wünschte eine angenehme Nachtruhe.

Der nächste Tag ist ein Sonntag. Ein Eintopfsonntag.

Es gibt Hammelfleisch mit Wruken, untergekocht, auf pommersche Art. Quindt kann sich eine Anspielung nicht verkneifen. »Wie hieß doch dieser französische König, irgend so ein Henri?« fragt er Maximiliane.

»Quatre!«.

»Richtig, quatre! Der versprach seinem Volk jeden Sonntag ein Huhn im Topf. Das waren leere Versprechungen! Und leere Töpfe! Anordnungen braucht ein Volk, keine Versprechungen! Der Führer befiehlt, und ein ganzes Volk löffelt Eintopf. Bei Hammelfleisch und Wruken teile ich den Geschmack Hitlers.«

Ihm sei das Gericht fremd, aber es schmecke ihm vorzüglich, äußert der Gast und macht eine kurze Verbeugung in Richtung Hausfrau.

Quindt kommt übergangslos vom Eintopf auf die Landwirtschaft zu sprechen. »Ich soll da ein Gebiet von mehr als 1000 Morgen Land an den Staat abtreten, Übungsgelände für die Artillerie.« Der fragliche Boden sei minderwertig, die Wegeverhältnisse zudem schlecht, und ein Ausbau wäre viel zu kostspielig. »Die Kartoffeln werden von den Wildschweinen geerntet. Ich selbst esse zwar lieber Wildschweinkeule als Kartoffeln; schade, Herr Quint, daß Sie nicht an einem anderen Sonntag gekommen sind, zu einem Stück aus der Keule, aber die Umsetzung von Kartoffeln in Wildschwein ist wohl volkswirtschaftlich nicht zu rechtfertigen. Es handelt sich weitgehend um Heideland, gleich neben dem Wald, den ich nach dem Weltkrieg habe aufforsten lassen.« Er sei selbst Offizier gewesen, Kürassier, und er wisse, daß die Wehrmacht Manövergelände brauche. »Ein Land muß für den Krieg gerüstet sein.«

Viktor Quint versichert, daß der Führer den Frieden wolle, und Quindt versichert, daß er das nicht bezweifle. »Auf den Krieg gerüstet sein heißt, ihn verhindern.«

Viktor Quint kann dem nur zustimmen.

Maximiliane beteiligt sich nicht am Gespräch, blickt aber aufmerksam von einem zum anderen.

Gleich nach Tisch wird der Dogcart vorgefahren, zweisitzig und zweispännig. Maximiliane kutschiert mit leichter Hand. Die Wege sind auch mittags noch feucht vom Tau, die Räder mahlen im Sand, die Pferde gehen im Schritt. Sie fahren über den Bohlendamm durchs Moor. Die Oktobersonne vergoldet die Birkenblätter ein weiteres Mal. Maximiliane hält an, springt übers Wagenrad und schlingt die Zügel lose um einen Birkenstamm.

»Kommen Sie!« ruft sie Viktor zu und läuft vor ihm her auf einen langgestreckten Hügel zu, bleibt, oben angelangt, stehen und zeigt über das Land. »Von hier aus sehen Sie nichts als Poenichen! Im Norden, im Osten, im Westen, im Süden: Überall ist Poenichen!«

Mit einer Hand hält sie sich an einem Birkenstamm fest, mit der freien Hand zeigt sie in die Runde, umkreist den Horizont mit der einen, den Stamm mit der anderen Hand wie einen Mast. Und dann schüttelt sie ihn.

»Ein Dukatenbaum!« sagt sie. »Es regnet Dukaten! Wir sind reich, wir Quindts auf Poenichen! Sie brauchen nur zuzufassen.«

Sie fängt ihm ein Blatt ein und reicht es ihm.

Ein Ingo Brandes wäre entzückt gewesen. Viktor Quint weiß nicht recht, was er mit dem Blatt anfangen soll. Und auch nicht, was er mit dem Mädchen anfangen soll. Immerhin ruht sein Blick, der sonst nur das Große und Ganze meint, eine Weile auf ihr. Das Oktoberlicht, durch goldenes Birkenlaub gefiltert, vergoldet auch das Mädchen. Bevor er jedoch zugreifen könnte, läuft sie zu den Pferden zurück.

»Und jetzt fahren wir an den Poenicher See!« verkündet sie.

Sie kommen zur Bootsanlegestelle. Ein Storch stochert im Sumpf nach Fröschen, Wildenten steigen aus dem Schilf auf, formieren sich in der Luft.

»Sehen Sie? Sie bilden ein großes V! Ihnen zu Ehren!« Wieder steht sie da mit offenen Händen und offenen Armen – diesmal am Seeufer –, auch das Gesicht ganz offen.

Sie zeigt ihm die Stelle, wo die besten Hechte stehen. »Können Sie angeln?« fragt sie.

»Nein, das nicht.«

»Solche Hechte!« Sie deutet mit den Armen die Länge an, übertreibt dabei um mindestens einen halben Meter, obwohl doch alles groß genug sein müßte für jemanden, der in einer Etage aufgewachsen ist. »Und solche Aale!«

»Was steht dort für ein Haus?« will Viktor Quint wissen.

»Dort hat unser Inspektor gewohnt. Er konnte im Stehen rudern! Abends blies er immer auf einer alten Trompe de Chasse!«

»Und wo ist er jetzt?«

»Er ist fort.«

»Und das Haus?«

»Steht leer.«

Im Schummern, im Schummern! Im Überschwang der Erinnerungen möchte sie ihm alles über sich erzählen, aber dann wirft sie einen Blick auf sein Gesicht und schweigt, läßt die Arme sinken.

Nach einer Weile fragt sie: »Wollen wir die toten Quindts besuchen? Sie finden die Ahnen doch viel interessanter als Ihre Zeitgenossen! Wenn ich mal tot bin, können Sie mich dort besuchen!« Sie flirtet, nach Art eines Naturkindes, wenn auch mit ›südpommerschem Temperament‹, wie der alte Quindt es nennt.

»Frieren Sie nicht?« erkundigt sich Viktor Quint.

»Nein! Ich friere nie! Fühlen Sie!« Sie legt ihre warme Hand an seinen kühlen Hals, er spürt ein leises Prickeln auf der Haut, und sie spürt es ebenfalls.

Die Quindtsche Nekropole liegt am Hang des Innicher Bergs. Einen Fahrweg gibt es nicht, man muß zu Fuß hinaufgehen. Die Pferde weiden derweil mit schleifenden Zügeln.

Zehn Eichbäume wachsen über der Grabstätte, die einzigen weit und breit, auch sie herbstlich gefärbt, etwa 150 Jahre alt, im besten Eichenalter. Keine Gräber darunter und keine Grabreihen, statt dessen Feldsteine, Findlinge aus der Eiszeit, inzwischen vermoost. Keine Blumen, nur dünnes, hohes Waldgras.

Maximiliane zeigt dem Gast jenen Stein, den man zum Gedenken an ihren Vater gesetzt hat. »Er ist in Frankreich gefallen.«

»Wo?«

»Ich weiß es nicht.« Sie zeigt auf einen kleineren Stein ohne Inschrift. »Das ist meiner! Hier werde ich einmal liegen!«

Der Wind greift ins Laub, schüttelt die Äste, wirft Eicheln ins Gras. Maximiliane hebt eine davon auf, reibt sie blank und hält sie ihm hin. »Ich bin die letzte Eichel am Stamm der Quindts!«

Viktor, der sonst unter Männern und in Kasernen lebt, ist für einen Augenblick nun doch überwältigt, von der Weite des Landes, von dieser alten Kultstätte, von diesem vergoldeten Naturkind. Er faßt Maximiliane bei den Armen, schüttelt sie, hebt sie hoch, bis sie in sein unbeherrschtes Gesicht sehen kann. Doch dann stellt er sie wieder auf die Beine, beherrscht sich, wendet sich ab. Er hat einen Plan, und an diesen Plan wird er sich halten. Sauberkeit! Nichts hochkommen lassen! Es muß einer der Augenblicke gewesen sein, in denen er den Emanuel Quint in sich gespürt hat.

Maximiliane steht da, läßt die leeren Arme hängen, läuft dann zum nächsten Eichbaum und umarmt ihn, drückt ihr von Wind und Erregung gerötetes Gesicht an die Rinde.

Sie besteigen wieder den Wagen, die Beine verschwinden unter der Decke.

»Können Sie kutschieren?« fragt Maximiliane.

»Nein! Aber ich würde es gern versuchen. Die Pferde gehen ja wie Lämmer.«

Er greift nach den Zügeln, die Maximiliane nicht gleich losläßt; ihre kleinen runden Hände verschwinden unter seinen großen kantigen Händen.

Sie gibt ihm ein paar Anweisungen. »Sie müssen leicht, aber fest zufassen! Man muß die Pferde beim Namen rufen: Passat! Mistral!«

Die Pferde halten an und wenden die Köpfe.

»Und jetzt die Zügel anheben, kurz anrucken und leicht auf den Pferderücken schlagen. Die Pferde brauchen nur einen Anstoß. Sie müssen spüren, daß Sie klüger sind!«

Viktor lacht auf. Maximiliane lacht ebenfalls und zeigt dabei ihre breiten, kräftigen Zähne. Viktor vermutet, sie lache ihn aus, und faßt kräftiger zu.

»Können Sie reiten?« erkundigt sich Maximiliane.

»Dazu fehlte es mir bisher an Gelegenheit.«

»Wie gut!« sagt sie. »Ich auch nicht. Meine Beine sind zu kurz, und für ein Einzelkind lohnte sich die Anschaffung eines kleineren Pferdes nicht. Wir haben auch einen Tennisplatz, aber niemand spielt bei uns Tennis. Spielen Sie?«

»Nein. Ich habe den Eindruck, daß man hier vor allem Schach spielen, reiten, kutschieren, Tennis spielen und angeln können muß!«

Sie lachen und fahren schweigend in leichtem Trab dahin. Zu beiden Seiten pommersche Sandbüchse, mit Hagebutten, Mehlbeeren und Schlehen herbstlich geschmückt. Im Wacholder haben Spinnen ihre Netze ausgespannt, Tautropfen glitzern, es riecht nach faulem Kartoffelkraut. Poenicher Heide, Brachland, leicht wellig, schön anzusehen im Oktoberlicht, aber natürlich keine dampfende Scholle, wie Viktor sich den deutschen Ostraum denkt und wünscht, eher als Manövergelände geeignet.

Die Pferde erreichen die Holzbrücke, die über die Drage führt. Maximiliane wirft die Decke ab, überläßt Viktor Quint die Zügel und springt übers Rad. Sie bricht ein paar Stengel Riedgras, dessen lange rotbraune Fruchtkolben sie langsam durch die Hände gleiten läßt. Dann steigt sie wieder ein, und sie fahren weiter.

»Nicht so fest anziehen!« befiehlt sie. Er strafft daraufhin erst recht die Zügel und benutzt sogar die Peitsche. Die Pferde steigen und gehen in gestreckten Galopp über. Der Wagen gerät ins Schleudern und droht umzustürzen. Mit Mühe bringt Maximiliane die Pferde zum Stehen. Viktor wischt sich den Schweiß von der Stirn und überläßt ihr die Zügel. »Man muß den Pferden zeigen, wer der Herr ist!« sagt er. Maximiliane verbessert ihn. »Nicht, wer stärker, sondern wer klüger ist.«

Sie erreichen das Dorf, fahren die gepflasterte Dorfstraße entlang, von der einige Lehmwege abzweigen und in den Feldern enden. Vor den niedrigen Häusern sitzen die alten Frauen, die Schultern in schwarze Tücher gehüllt. Die Kinder pflocken auf dem Dorfanger die Ziegen ab, mit Ruten treiben sie die Gänse zusammen. Entengeschnatter und Hundegebell. Maximiliane nickt nach rechts und nach links, ruft »guten Abend« und »geht's denn wieder?«, erklärt zwischendurch: »Das war meine Hebamme, die hat mich zur Welt gebracht!« – »Das war Slewenka, der Sohn vom alten Schmied, das dort ist Lenchen Priebe, mit der ich immer gespielt habe, dort, unterm Holunder!«

Viktor Quint ist überrascht: »Mit Dorfkindern?«

»Warum nicht? Jetzt bin ich allerdings nur in den Ferien hier.«

»Wie lange bleiben Sie noch im Internat?«

»Noch zwei Jahre. Wenn mich vorher niemand wegholt.« Dann ruft sie, als sie an Priebe, dem Ortsgruppenleiter, vorüberkommen: »Heil Hitler!« Den Kopf im Nacken, die Zügel im Schoß, noch immer eine Dorfprinzessin. Viktor Quint grüßt ebenfalls. Die Witwe Schmaltz sagt zu Klara Slewenka: »Der wird ihr die Zügel bald aus der Hand nehmen!«

In leichtem Trab geht es durchs Parktor. Am Ende der Allee leuchtet hell das Herrenhaus, der Abend fällt rasch übers Land.

»Sie leben gern in Poenichen?« fragt Viktor Quint.

Maximiliane nickt und blickt ihn aus feuchten Augen an. »In drei Tagen muß ich schon wieder fort! Vor Weihnachten darf ich nicht wieder nach Hause kommen.« Heimweh steigt in ihr auf. Wie andere Menschen von Vorfreude, so wird sie von Vortrauer überfallen. Bevor sie von Hermannswerder in die Ferien nach Hause fährt, leidet sie drei Tage lang ebenfalls daran. Alle Übergänge fallen ihr schwer. Sie liebt Hermannswerder, die Schule, die Insel, die Havelseen, Potsdam, die Heimabende, die Freundinnen, die Lehrer, aber: Poenichen liebt sie noch mehr.

Am nächsten Vormittag soll Riepe den Gast an den Zehn-Uhr-Zug bringen. Viktor Quint steht bereits, während Riepe den Koffer verstaut, mit Maximiliane neben dem Auto.

Die alten Quindts haben ihn bis zur Vorhalle begleitet und dort verabschiedet. Sie warten noch auf der Treppe und blikken nach den jungen Leuten. »Dieser junge Quint ohne d ist ein Mann mit Idealen und Grundsätzen«, sagt Quindt. »Es ist nur die Frage, ob es die richtigen sind. Aber jemand, der von einer falschen Sache überzeugt ist, ist mir lieber als einer, der von gar nichts überzeugt ist.«

Sie sehen, wie Viktor Quint seine Hand auf Maximilianes Schulter legt. Eine Hand wie ein Brett. »Hast du das gesehen?« sagt Frau von Quindt. »Er legt die Hand auf das Kind! Aber meinen tut er doch Poenichen!«

»Ja, Sophie Charlotte, tut er! Und das tue ich auch. Und das tut das Kind auch. Wir meinen alle dasselbe. Also muß die Rechnung aufgehen. Und jetzt gebe ich denen die 1000 Morgen Manövergelände und trage mit dem Geld die Hypothek ab. Judasgeld! Ein Stück Pommern für die Frau eines flüchtenden Juden!«

»Aber liebt sie ihn denn, Quindt?«

»Meinst du jetzt Vera oder Maximiliane?«

»Ich meine dieses Kind!«

»Mit achtzehn Jahren liebt ein Mädchen jeden, der ihr in die Nähe kommt. Sie ist wie ein frischgepflügter Acker, der nach Saat verlangt.«

»Quindt!« Sie hebt abwehrend die Hände.

»Pia aus Königsberg! Wer hat dich denn gefragt, ob du diesen pommerschen Krautjunker liebst? Siehst du! Und nun geht's doch ganz gut mit uns beiden. Es geht sogar immer besser. Nun mach nicht schon wieder deine ostpreußisch-blauen Augen! Damit hast du mich oft genug erschreckt!«

Inzwischen fährt das Auto durch die Allee davon. Maximiliane winkt noch immer.

»Setzen wir uns da nicht eine Laus in den Pelz, Quindt?« fragt die Baronin.

»Ja, vermutlich. Aber die Laus wird meist in Berlin sein. Und wir behalten wenigstens den Pelz.«

19

›In jeder Familie, die nicht die eigene ist, erstickt man. In der eigenen erstickt man auch, aber man merkt's nicht.‹

Elias Canetti

Am Hochzeitsmorgen hatte es eine kleine, wenn auch wortlose Verstimmung gegeben. Herr Riepe fragte an, ob die Fahne aufgezogen werden sollte, und Viktor Quint hatte feststellen müssen, daß es im Jahr 1937 noch keine Hakenkreuzfahne gab. Daraufhin wurde auf Fahnenschmuck verzichtet.

»Jesu, geh voran auf der Lebensbahn!« Diesmal sang die ganze Gemeinde den Choral mit. ›Schwerste Tage‹ waren nicht in Sicht, aber man sang die Zeile trotzdem mit Inbrunst. Keiner aus dem Dorf ließ es sich nehmen, dabeizusein, wenn ›das Kind‹, ›die kleine Quindt‹, für einige noch immer ›die Baronesse‹, heiratete, weder Ortsgruppenführer noch NS-Bauernführer. Das Korn war eingebracht, bis zur Kartoffelernte würden noch einige Wochen vergehen.

Ein schöner Spätsommermorgen! Der Altar war mit Dahliensträußen und Braut und Bräutigam mit Myrtenkranz und Myrtenstrauß geschmückt; die Braut in aller Unschuld: Kranz und Schleier standen ihr zu. Pfarrer Merzin nahm die Trauung vor. Die alten Quindts saßen im Patronatssitz, der Baron auf dem Platz, der ihm zustand und der jahrzehntelang unbesetzt geblieben war. Der Bräutigam trug einen geliehenen Frack, da ihm die Uniform für eine kirchliche Trauung unangemessen schien, aber alle wußten: Er ist bei der Partei, sogar in Berlin! Was er da tat, wußte man nicht genau, aber ›wat Hauet‹. Vier Dorfkinder streuten Buchsbaumzweige, zwei trugen den langen Quindtschen Brautschleier.

Pfarrer Merzin hat auch diesmal sein Bibelwort mit Bedacht gewählt. Eine Stelle aus dem Brief des Jakobus. Er richtet seine Ansprache nicht nur an die Brautleute und die Quindts, sondern an seine alte Gemeinde, die er nicht oft so vollzählig unter der Kanzel gesehen hat. »Meine Brüder! Der Mensch sagt: Ich glaube! Was nützt es ihm, wenn seine Taten das nicht bekräftigen? Kann ihn dann der Glaube retten? Angenommen, es gibt Brüder und Schwestern, die Kleider brauchen und nicht genug zu essen haben. Was nützt es, wenn man ihnen sagt: ›Gott segne euch, haltet euch warm und eßt euch satt‹, ohne ihnen zu geben, was sie zum Leben brauchen? So ist es auch mit dem Glauben: Wenn er keine Taten hervorbringt, ist er tot! Aber jemand könnte einwenden: Zeige mir doch einen Glauben ohne Taten. Aber ich will dir den Glauben aus meinen Taten nachweisen. Gedankenloser Mensch! Willst du nicht einsehen, daß ein Glaube ohne Taten nutzlos ist? Der Körper ist ohne den Geist tot. Auch der Glaube kann nicht ohne Taten leben.«

Am Ende seiner Predigt wendet sich Pfarrer Merzin dann unmittelbar an das Brautpaar. »Setzt statt Glaube Liebe ein. Liebe-haben in Worten nutzt nichts. Liebe-fühlen nutzt nichts! Es gilt für euch beide, Liebe zu leben, in jeder Stunde. Was ihr tut, tut ihr hinfort aus der Liebe zum anderen. In dem anderen liebt ihr Gott! Im anderen liebt ihr die Welt. Einer trage des anderen Last!« Dieser letzte war der einzige Satz, den Maximiliane hörte und bewahrte und nicht verstand. Warum sollte nicht jeder seine eigene Last tragen?

»Bis daß der Tod euch scheide!« Was er auch tun wird.

Beide sagen laut und aufrichtig: »Ja!«

Während des Ringwechsels singt die Gemeinde »So nimm denn meine Hände und führe mich«, Maximiliane singt mit, obwohl es auf Poenichen nicht Sitte ist, daß die Braut singt. »Ich mag allein nicht gehen, nicht einen Schritt, wo du wirst gehn und stehen, da nimm mich mit.« Sie meint den Mann an ihrer Seite und nicht den Herrn über sich; sie ist angefüllt mit gutem Willen, hat ihre Gebete ja schon immer meist gesungen. Wenn Viktor später von IHM und SEIN REICH wird kommen spricht und Hitler meint, wird Maximiliane Gott meinen, sie bringt alles durcheinander; sie ist klüger, als man denkt.

Diese kirchliche Hochzeitsfeier entsprach natürlich nicht den Vorstellungen des Bräutigams, dem eher ein Weihe-Akt vorgeschwebt hatte. Aber es war mit Rücksicht auf Poenichen nicht zu umgehen, außerdem wünschte er gleichzeitig, Traditionen zu bewahren. Noch war es nicht so weit, daß er selbst Traditionen schaffen konnte, aber er war dazu entschlossen, über nichts anderes dachte er während des Gottesdienstes nach.

Pfarrer Merzin spricht das ›Vaterunser‹, die Gemeinde singt die letzten Zeilen im Chor mit: »Denn Dein ist das Reich und die Kraft und die Herrlichkeit. Amen.« Und die Sonne scheint durch die Fenster des Kirchenschiffs, und die Glocke schlägt an.

Als der alte Baron rechts und der alte Pfarrer links vom Kirchenportal stehen und sie der Reihe nach den Leuten die Hand schütteln, sagt Quindt: »Sie sollten in Ihr Vaterunser eine weitere Bitte aufnehmen, Herr Pastor. ›Unseren guten Willen gib uns heute!‹«

»Wenn es ›mein Vaterunser‹ wäre, würde ich mir das überlegen, Herr Baron!«

Der Melker und Ortsgruppenleiter Priebe tritt an den Baron heran. Er schiebt seine Enkeltochter Lenchen nach vorn. »Das Mädchen ist jetzt sechzehn, Herr von Quindt! Sie sollten es als Hausmädchen anstellen. Sie kann der jungen Frau zur Hand gehen. Die beiden haben doch schon als Kinder zusammen gespielt. Sie gehört ja eigentlich auch ins Haus!«

»Das nun nicht, Herr Priebe!« antwortet Quindt. »Sie erfahren auch so, was bei uns im Haus passiert, es dauert nur etwas länger. Und die Bezichtigungen bei der Kreisleitung, die können Sie sich in Zukunft sparen!« Er zeigt dabei auf das goldene Parteiabzeichen am Frack des Bräutigams.

Die Witwe Schmaltz, gebeugt, fast achtzigjährig inzwischen, greift nach der Hand der Braut, um sie zu küssen, aber Maximiliane zieht sie erschrocken zurück. Da faßt die alte Hebamme nach dem Brautkleid ihres Kindes und küßt den Saum' Maximiliane nimmt gerührt die Hand vom Arm ihres Mannes, löst sich von ihm und küßt mitten in das runzlige Gesicht der alten Frau.

Das Hochzeitsessen findet im großen Saal statt, mit dem

Curländer Service und mit Immortellen. Das Essen hat diesmal Frau Pech gekocht, die neue Mamsell aus Arnswalde, die sparsamer wirtschaftet, als Anna Riepe es tat: klare Brühe mit Eierstich, Kalbsnierenbraten mit gedünsteten Prinzeßbohnen, als Dessert Himbeereis von den letzten Himbeeren aus dem Garten. Mit der Bemerkung »Das Kind heiratet ja nur einmal!« hatte Frau von Quindt Inspektor Kalinski dazu bewegen müssen, ein Kalb schlachten zu lassen. Alle Fragen und Wünsche der Baronin beantwortete er mit dem Hinweis auf den ›Vierjahresplan‹, den einzuhalten ihm die größten Schwierigkeiten machte.

Keine der Hermannswerder Schulfreundinnen hatte kommen können; schulfrei gab es wegen einer pommerschen Hochzeit nicht. Maximiliane war die erste, die von der Schulbank weg heiratete. Aber die Mädchen aus ihrer Klasse hatten ihr einen gereimten Brief geschickt, den sie immer wieder und unter Tränen las.

Onkel Max aus Königsberg brachte als erster einen Toast auf das junge Paar aus und erinnerte an seine prophetischen Worte beim Sippentag: »Ein Quindt zeugt mit einer Quint einen Quindt«, worüber einige der Gäste laut lachten. Er wäre wohl noch weitergegangen, wenn nicht die alte Baronin ihr Lorgnon auf ihn gerichtet hätte. Später, bei der Suppe, sagte er zu Frau Louisa Larsson, die ihm gegenübersaß und mit der er sich über das Aussehen der Braut unterhielt: »Das ist alles noch Babyspeck, liebe Louisa! Die wird noch. Diese Sorte Mädchen kenne ich, deren Zeit kommt später. Laß die mal dreißig werden! Nach dem ersten Kind wächst sie noch mal fünf Zentimeter, dafür möchte ich mich verbürgen.« Frau Larsson hört schwer, ihr Gesprächspartner muß jeden Satz zweimal wiederholen, bis alle am Tisch ihn ebenfalls verstanden haben.

In seiner Tischrede – es ist die letzte große Tischrede, die der alte Baron hält, und darum soll sie ausführlicher wiedergegeben werden – erinnert Quindt zunächst an die feldgraue Hochzeit des Jahres 1917, vor nunmehr zwanzig Jahren, der die Braut ihre Entstehung verdanke. Er erwähnt Berlin, das ›Adlon‹, die falsche, aber dennoch klare Ochsenschwanzsuppe. Über den damaligen Bräutigam, den Vater der heutigen

Braut, hat er auch diesmal nicht viel zu sagen, über die damalige Braut schweigt er ausgiebig. So bleiben ihm also wieder nur Bismarck und jener Brief aus dem Familienbesitz. »Dessen Inhalt wird den heutigen Bräutigam gewiß interessieren«, sagt er, zu diesem gewandt. »›Es ist hierzulande nicht immer leicht, ein Patriot zu sein . . .‹, heißt es in dem Brief. Dieses Bismarck-Wort wird manchem in unserer Runde vielleicht nicht mehr passend erscheinen, in einer Zeit, in der es nichts Großartigeres gibt, als ein Patriot, ein deutscher Patriot, zu sein. Vor 200 Jahren war ein Quindt noch Woiwode in Polen! Leider besteht zu den polnischen Quindts keine Verbindung mehr. Das Nationale hat Bismarck in die Politik gebracht. Dem Grund und Boden ist es ziemlich egal, wer drüber geht, Hauptsache, er wird bestellt. Bei meinem letzten Besuch in Dramburg – Sie, Pfarrer Merzin, oder wenn nicht Sie, dann doch Ihre liebe Frau, werden mir das bestätigen können – sah ich im Schaufenster des Metzgers Schacht in der Hauptstraße eine Zungenblutwurst von beträchtlichem Ausmaß liegen: Die Zunge zeigte die Form des Hakenkreuzes. Scheibenweise wird sie beziehungsweise es dort verkauft! Das Symbolische liegt auf der Hand oder besser auf der Zunge. Heute geht der Patriotismus sogar durch den Magen!«

Das Gelächter kommt zaghaft. Die Blicke gehen zu dem Bräutigam, der dann auch sogleich berichtigt: Derartige Auswüchse seien durch das Gesetz gegen nationalen Kitsch inzwischen erfolgreich bekämpft worden! Bis nach Hinterpommern seien die Anordnungen wohl noch nicht vorgedrungen.

Quindt, immer noch fest ums Kinn, jetzt bartlos, das graue Haar kurzgehalten, wieder in seinem grünen Tuchrock, auf dem der Kneifer baumelt, bleibt dabei: Er für seine Person denke bei Patriotismus vor allem an Poenichen, wie Bismarck – zu Recht übrigens! – bereits bei seinem Vater vermutet habe. »Wenn man jung ist, will man die Welt verändern. Ich meinerseits wollte das ebenfalls und bin zu diesem Zweck in den Deutschen Reichstag gegangen. Nun, ich habe die Welt nicht verändert; verändert hat sie sich ohne mein Zutun. Aus besonderen Gründen, die ich mit Rücksicht auf die Braut nicht näher ausführen will – ich sage hier nur: ›Ebert stinkt‹ –, habe ich nach dem Krieg nicht wieder kandidiert. Damals dachte ich noch, ich müsse mich um Pommern kümmern, und am Ende habe ich nichts weiter getan, als für Poenichen zu sorgen. Als ein Mann von nunmehr siebzig Jahren wünsche ich mir heute nichts anderes als: daß alles so bleibt. Weiterhin wünsche ich, daß Viktor Quint immer auch das Wohl Poenichens im Auge behalten möge, auch wenn er jetzt noch dabei ist, die Welt zu verändern. ›Im Osten da wartet das Morgenrot‹, oder wie das nun heißt. Wir wollen das Glas auf Poenichen erheben. Ob nun Quindt mit d oder ohne d, darauf kommt es nicht an, nur auf Poenichen!«

Man erhebt sich, blickt einander reihum in die Augen, was einige Zeit in Anspruch nimmt, trinkt, sieht einander wiederum in die Augen und setzt sich wieder.

Quindt kommt nun auf den Tag der Geburt zu sprechen, jenen ›Schwarzen Freitag‹ des Jahres 1918, an dem die damalige Braut ihn zum Großvater gemacht habe, zu einem sehr glücklichen Großvater, wie er gestehen müsse. Natürlich erwähnt er den Irrtum der Witwe Schmaltz, über den man herzlich und befreit lacht. »Bis dann unser lieber Dr. Wittkow erklärte: ›Der Junge ist ein Mädchen!‹ Die gute Schmaltz ist dann in die Küche gegangen und hat zur Mamsell – lange Jahre die geliebte ›Amma‹ unserer Braut – gesagt: ›Das Kind ist mit offenen Händen geboren! Ohne Fäuste!‹«

»Wenn man solche Augen hat, braucht man keine Fäuste!« warf Onkel Max ein.

»Es war anders gemeint, lieber Vetter Max!« verbessert Quindt. »›Das Kind bringt es zu nichts!‹ hat die Hebamme behauptet, und da hat unsere Anna Riepe, die viel zu früh sterben mußte, gesagt: ›Das muß es auch nicht, es hat ja schon alles!‹«

Man lacht wieder, trinkt einen weiteren Schluck, und Riepe wird aufgefordert mitzutrinken.

»Der Name Maximiliane hat sich in der Tat als zu groß erwiesen«, fährt Quindt dann fort. »Ein Meter neunundfünfzig. Ich habe mich gestern abend noch einmal überzeugt. Die geringen Wachstumsraten sind an der rechten Säule jederzeit nachzulesen. Damit muß sich der Bräutigam nun zufriedengeben, aber – und das weiß vielleicht nicht jeder bei Tisch – Friedrich der Große ist ebenfalls ein Meter neunundfünfzig groß gewesen, und das hat ihn nicht daran gehindert, der Größte in Preußen zu sein. Was für ihn gereicht hat, muß auch für meine Enkelin reichen!«

Er gedenkt noch kurz und anekdotisch der ›Fräuleins‹, der Schule in Arnswalde, sagt einige Sätze über Hermannswerder – ein Lebensrückblick, wie ihn sonst die Brautväter bei Hochzeiten anstellen. Er berichtet auch von jenem Gespräch, bei dem Maximiliane, damals noch ein Kind, bemerkt habe: ›Lohnt sich die Anschaffung eines Mannes denn für ein Einzelkind?‹ »Das, lieber Viktor Quint ohne d, mußt du nun fortan beweisen!«

Der Baron macht seine Sache launig und gibt Gelegenheit zum Trinken und Lachen. Seine Frau hat sich bereits erleichtert zurückgelehnt, das Lorgnon mußte nicht wieder in Aktion treten. Er wird jetzt zum Schluß kommen, denkt sie, und Riepe kann das Eis servieren. Dieser, ebenfalls siebzigjährig, wartet dienstfertig an der Tür; er hat sich einen Bauch stehenlassen, über den sich der Rock spannt, aber er sieht, wie Louisa Larsson behauptet, ›barönischer als der Baron‹ aus. Er serviert zum letzten Mal bei einem Festessen, trägt zum letzten Mal die weißen Strümpfe und Zwirnhandschuhe, ›nur wegen dem Kind‹.

Die Gäste genießen behaglich die Rede, die meisten zumindest. Dr. Wittkow, inzwischen verwitwet, Walter Quint, Viktors jüngerer Bruder, Onkel Max, Pfarrer Merzin und Frau, die Larssons aus Uppsala mit den kichernden Zwillingen Karin und Britta, die ungetadelt bei Tisch Jojo spielen, Inspektor Kalinski mit Frau: Alle werden namentlich erwähnt. Quindt versäumt auch nicht, dem Pastor für seine schöne Predigt zu danken, trägt allerdings noch einen eigenen Gedanken dazu bei. »Was jemand tut, ist wichtig! Was jemand sagt, ist wichtig! Aber genauso wichtig, lieber Herr Pastor, und das wissen wir beide sehr gut, und einige andere wissen es ebenfalls, ist, was jemand nicht sagt und was er nicht tut. Das zählt auch!«

Sophie Charlotte von Quindt greift nun doch zum Lorgnon. Quindt fängt ihren Blick auf, der ihm sagt, daß er die Witwe Jadow aus Charlottenburg noch nicht erwähnt habe und vor allem nicht die Witwe Quint aus Breslau, was er unverzüglich nachholt.

Wenn er es doch nicht getan hätte! Er kommt in diesem Zusammenhang auf den schlesischen Zweig der Quints zu sprechen, von denen er bisher wenig wisse, aber ein deutscher Dichter habe sich einen schlesischen Quint als Vorbild, als Romanhelden, erwählt. Er selbst kenne das Buch nicht, aber soviel er wisse, sei es ein Buch von Rang. »Emanuel Quint! Ebenfalls ohne d. Ob er in der Quintschen Stammtafel aufgeführt ist, darüber kann gewiß der Bräutigam Auskunft erteilen, ein Fachmann auf diesem Gebiet. Der Beiname ›Narr in Christo‹ . . .«

Viktor erhebt sich, stützt sich mit beiden geballten Fäusten auf die Tischplatte, stößt mehrmals darauf, daß Silber und Kristall klirren. Maximiliane legt, ohne daß er es wahrnimmt, die Hand auf seinen Arm; die gleiche Geste, mit der die alte Baronin ein Leben lang ihren Mann zu besänftigen suchte.

»Laß es nun gut sein, Quindt!« sagt sie auch jetzt leise und legt ihrem Mann die Hand auf den Arm.

Aber da hilft nun nichts mehr. Es kommt vor der Hochzeitsgesellschaft zu einer Auseinandersetzung. Viktor erklärt, zunächst noch beherrscht und leidlich sachlich, daß sein Großvater diesen Gerhart Hauptmann wegen Diffamierung verklagt habe, steigert sich dann aber immer mehr in Erregung, spricht von religiösem Schwärmertum, sagt auch etwas von ›christlichem Brimborium‹, das er an diesem Tag über sich habe ergehen lassen müssen. »In meinem Hause«, und dazu stößt er wieder mit den Fäusten auf den Tisch, »wird ein neuer Geist einziehen. An meinem Tische wird eine andere Sprache gesprochen werden!«

Und der alte Quindt, der es haßt, wenn man in seine Reden einbricht, sagt, ebenfalls zu laut und ebenfalls mit gerötetem Kopf: »Wovor uns Gott bewahren möge! Ein Narr in Christo ist immer noch besser als ein Narr in Hitler!«

Dieser Satz verschlägt allen die Sprache. Das Himbeereis wird nicht mehr serviert. Die Baronin hebt die Tafel auf.

Eine Stunde später trat das junge Paar die Hochzeitsreise an. Es ließ eine verstörte Hochzeitsgesellschaft zurück, die sich in zwei Lager spaltete, in die Quindts mit und die Quints ohne d, wobei es aber auch Überläufer gab. Die Großmutter

Jadow tat sich mit der Schwiegermutter Quint zusammen. Zwei Witwen, wie sie feststellten, sogar derselbe Witwenjahrgang. Die eine allerdings mit dreißig Jahren verwitwet, die andere mit fünfzig, die eine geschont, Alleinverzehrerin einer Beamtenpension in Charlottenburg, die andere, die fünf Kinder hatte großziehen müssen. Die eine, die über den Verbleib ihrer Kinder nichts wußte oder nichts wissen wollte. Was für ein Austausch von Unglücksfällen! Was für ein Wettstreit, welches Schicksal schwerer wog. Der Verlust oder die Aufopferung?

»Ich habe fünf Kinder großgezogen! Ich habe das Lachen verlernt!« sagte die Witwe Quint. »Meine Kinder haben mich im Stich gelassen«, sagte die Witwe Jadow. Zwei verwandte und gekränkte Seelen. Auch auf Poenichen fühlten sie sich vernachlässigt, auch hier: nur eine Witwe. Mit einer Witwe konnte man das alles machen: das kleinste, abgelegenste Zimmer! Die Witwen zogen sich zurück und ›nahmen übel‹, wie der alte Quindt es nannte.

Onkel Max aus Königsberg, einen Kopf größer als sein Vetter, nahm diesen beim Jackenknopf: »Du redest dich noch mal um Kopf und Kragen!«

»Kopf und Kragen? Die sind in diesem Reich unmodern, die trägt man nicht mehr«, antwortete Quindt, aber er war müde und niedergeschlagen. Maximiliane hatte sich nicht von ihm verabschiedet, seine Frau hatte sich zurückgezogen und würde nun wohl wieder ihre Gallenkolik bekommen, das Hausmädchen war bereits mit der Wärmflasche unterwegs. Dr. Wittkow und die Merzins waren abgefahren. Walter Quint ließ sich die Ställe zeigen, ein netter junger Mann, weniger stählern als sein Bruder. Louisa Larsson zeigte ihren Enkelinnen, wo sie als Kind gespielt hatte. Überall waren Leute unterwegs, die da nicht hingehörten! Er wünschte, in seinen Wald zu fahren, mit Riepe und im Karierten. Den hochrädrigen Dogcart konnten die beiden alten Männer nicht mehr besteigen, das Auto wurde für solche Fahrten nicht benutzt.

»Ich habe mir mit den Bäumen mehr zu sagen als mit den Menschen, Riepe. Die Antworten von den einen ärgern mich, aber die Antwort der Bäume beruhigt mich dann auch wieder.«

Als Erika Schmaltz abends ins Dorf kam, wurde sie ausgefragt: »Was hat es im Schloß gegeben?«

Sie zählt auf: »Suppe und dann Kalbsnierenbraten mit . . .«

Aber das will man gar nicht wissen. »Der Streit!«

»Wegen dem Namen«, sagt sie. »Erst haben sie immerfort von Quindt geredet und dann plötzlich vom Führer.«

»Was hat man gesagt? Ist man dagegen?«

»Eher dafür«, meint Erika, »der junge gnädige Herr aus Berlin is dafür!«

Aber das hatte man sowieso schon gewußt.

Auch aus Otto Riepe war nichts herauszubekommen. Früher hatte man auf dem Umweg über Anna Riepe schon eher einmal etwas erfahren. Seit Riepe mit seiner Tochter in der Wohnung über der Brennerei lebte, sickerte kaum noch etwas durch.

Wieder einmal hieß es im Dorf: »Die haben auch ihre Sorgen.«

20

›»Die Sderne, Gott, sehen Sie doch bloß die Sderne an!«‹
Thomas Mann

Kolberg in Pommern, Hafenstadt und Seebad an der Mündung der Persante in die Ostsee. Damals und vermutlich noch heute ein beliebtes Familienbad mit einem Mariendom und anderen historischen Baudenkmälern in Backsteingotik, für die Maximiliane und Viktor sich aber nicht interessieren. Sie wohnen im ›Alten Fritz‹, einer Pension in der Nähe des Damenwäldchens, in der sie die üblichen Schwierigkeiten einer Hochzeitsreise erleben.

Am Tag der Ankunft machten sie vor dem Abendessen noch einen ersten Spaziergang, die Dünenpromenade entlang bis zum Seesteg. Andere Kurgäste taten das ebenfalls. Ein paar Fischerboote waren noch draußen, man machte einander mit kleinen Zurufen darauf aufmerksam. »Sehen Sie mal das Schiff!« – »Guck mal der Leuchtturm!«

Ein Spätsommerabend. Die Luft ist klar, der Landwind kühl. Die Sonne nähert sich bereits dem Horizont. Maximiliane hat noch nie einen Sonnenuntergang an der See erlebt. »Laß uns das abwarten!« bittet sie. Sie stehen fast eine Viertelstunde lang am Ende des Seestegs und blicken nach Westen. Viktor wartet nicht gern, schon gar nicht auf Naturereignisse. Trotzdem schlägt er Maximiliane den Wunsch nicht ab, zündet sich eine Zigarette an, dann eine weitere. »Wir können auch gehen«, sagt Maximiliane. »Wir müssen nicht warten, wir können den Sonnenuntergang auch unterwegs sehen.« Aber einen einmal gefaßten Entschluß macht Viktor nicht rückgängig. Maximiliane blickt ins Wasser und sagt, daß seit der Eiszeit das Wasser der Drage immer in die Ostsee geströmt sei. Aber Viktor ahnt nicht, was sie damit meint.

Schließlich nähert sich die Sonne ihrem Untergang. Maximiliane schiebt ihre Hand in die Hand ihres Mannes, der ihre Erregung nicht begreift und nicht einmal in diesem Augenblick seinen Arm um sie legt.

Kann es sein, daß Maximiliane den Untergang der Sonne mit dem Untergang ihres Mädchentums gleichsetzt? Für Viktor ist es ein Sonnenuntergang wie andere auch, hundertmal gesehen, aber Maximiliane war ein Landkind und gewöhnt, daß Himmel und Land am Horizont deutlich voneinander geschieden sind. Bisher ging ihre Sonne hinter Bäumen oder Feldern, allenfalls hinter einem Hügel unter, und jetzt sackt diese fremde Sonne ins Meer ab, auf Nimmerwiedersehen. Das Uferlose macht ihr Angst. Sie braucht Begrenzungen. ›Hinunter ist der Sonnen Schein, die finstre Nacht bricht stark herein.‹ Der Choral steigt aus der Erinnerung auf, Hermannswerder, die Kapelle, der Pfarrer, die Freundinnen, alle versammeln sich um sie. Nie wieder: ›Mein liebes Kind.‹ Sie ist verheiratet und hat Angst.

Viktor nimmt ihre Tränen nicht wahr, da er sich bereits auf den Rückweg gemacht hat. »Es ist Zeit zum Abendessen. Wir müssen uns noch umkleiden!«

Es dunkelt rasch. Viktor macht zwei Schritte, wo sie drei machen muß. Er kommt vom gepflasterten Weg ab, gerät in den Sand, muß die Schuhe ausziehen und vom Sand entleeren. Auch Maximiliane zieht die Schuhe aus, behält sie aber in der

Hand, um barfuß durch den feuchten Sand zu gehen. »Du bist kein Kind mehr!« sagt Viktor, und sie zieht die Schuhe wieder an. Nie wieder wird sie in seiner Gegenwart barfuß gehen, allerdings in seiner Abwesenheit.

Maximiliane macht ihren Mann auf den Abendstern aufmerksam. Um diese Jahreszeit wird es sich vermutlich um die Venus gehandelt haben, beide konnten die Sterne nicht bei Namen nennen. »Guck mal!« sagt sie, bleibt stehen, hält ihn am Ärmel fest und zeigt zum Himmel. Der Stern ermutigt sie wieder. Sogar an Sternschnuppen fehlt es nicht, obwohl die Zeit der Perseiden bereits vorüber ist. Es fehlt nicht an Wünschen und auch nicht an gutem Willen.

In der Pension hatte es sich herumgesprochen: ein Brautpaar auf der Hochzeitsreise, die Braut eine Adelige! Man gratulierte, trank auf ihr Wohl, was alles Viktor in hohem Maße unangenehm war. Er hatte den Vorfall, der sich beim Hochzeitsessen zugetragen hatte, keineswegs vergessen.

Als Maximiliane seinerzeit zugesehen hatte, wie der Hengst die Stute besprang, hatte sie gesagt: »Das ist aber schön!« In aller Unschuld und Vorfreude. Und auch an diesem Abend ihrer Hochzeitsnacht freut sie sich auf das, was ihr bevorsteht. Mit einer mädchenhaften Beimischung von Angst. Sie hat unklare, aber erregende Vorstellungen von einer Hochzeitsnacht, hat allerdings nie an ›Nacht‹ dabei gedacht, sondern an Waldgras, an Schilf, an ein Kornfeld, an freien Himmel, die Stunde der Kornmuhme. Als Viktor im Juni zu einem kurzen Besuch auf Poenichen weilte, hatte sie diese Vorstellungen bereits verwirklichen wollen. Vergeblich. Daß sie unberührt in die Ehe ging, war einzig Viktors Verdienst. ›In rechter Ehe‹ hatte er damals zu ihr gesagt, und jetzt war es soweit.

Und er macht sich ans Werk, bringt es fertig, ihr die Unschuld zu rauben. Der Akt kommt einer Vergewaltigung gleich, trotz ihres Wunsches nach Hingabe. Ein Eroberer, der Unterwerfung, nicht Hingabe verlangt.

Der Geschlechtssinn der Quindts war, wie wir wissen, seit Generationen vernachlässigt. Maximiliane stellte erotisches Brachland dar. Erotik und Sexualität – oder besser: Sinnlichkeit – ballten sich in ihr zusammen und kamen zum Ausbruch, vielmehr hätten zum Ausbruch kommen können, mit einem anderen Partner. Bei Viktor geriet sie an einen Mann, der das Fortpflanzungsgeschäft mit Ernst betrieb. Gemeinsamer Genuß der Lust war mit ihm nicht zu erreichen. Aber beide hatten, und zumindest darin waren sie sich einig, die Fortdauer des Geschlechts der Quindt beziehungsweise Quint im Sinn; auch Maximiliane hatte sich, unbewußt, diesen Quint aus Breslau zur Zucht ausgesucht, damit es bei ›Quint auf Poenichen‹ bleiben konnte. Einer hatte dem anderen nichts vorzuwerfen, was sie in der Folge auch nie getan haben.

Viktor hielt an seinen Vorstellungen vom Vollzug der Ehe fest. »Hast du die nötigen Vorkehrungen getroffen?« Wenige Minuten später saß er dann bereits auf der Bettkante und rauchte eine Zigarette. Er entledigte sich lediglich der Hose seines Schlafanzuges. Er brauchte seine Frau nicht erst darauf hinzuweisen, daß sie nachts ein Hemd zu tragen habe, sie paßte sich seinen Vorstellungen an, schlief aber, wenn sie in Poenichen weilte, weiterhin nackt, sogar wieder in ihrem alten Kinderzimmer mit den drei Betten. Was den Zeugungsakt anging, so hielt sie für die Dauer dieser Ehe den Anteil, den der Mann daran hatte, für unerheblich. Zeugung und Geburt waren Sache der Frau, ebenso wie Aufzucht und Erziehung der Kinder. Niemand hatte je versucht, ihr den Akt biologisch zu erklären. Die Hermannswerder Diakonissen waren über dieses damals noch heikle Kapitel rasch hinweggegangen.

Viktor hielt sich an die von den beiden Ärzten Knaus und Ogino entwickelte Methode der Empfängnisverhütung. Er wandte sie allerdings anders an, als sie von den Erfindern gemeint war. Er wählte für den ehelichen Vollzug nach Möglichkeit nicht die empfängnisfreien, sondern die empfängnisversprechenden Tage aus. Die Schwächen der Knaus-Oginoschen Methode sind hinreichend bekannt; für Maximiliane stellten sie eher Vorzüge dar. Ihr Mann hätte sich sonst vielleicht auf einen einzigen Beischlaf im Jahr beschränkt, wenn er mit Sicherheit sein Ziel erreicht hätte. Trotzdem war er kein Heiliger, er trachtete lediglich danach, in der Ehe seine Ideale zu verwirklichen. Ein ganzes Volk glaubte schließlich an die Keuschheit seines Führers! Viktor hielt seine Triebhaftigkeit gegenüber seiner Frau zumeist mannhaft in Zucht.

Bereits an diesem ersten Abend in Kolberg sprach er mit ihr über ihre ›mensis‹, ein Wort, das ihr nicht geläufig war, dessen Bedeutung sie aber ahnte. Sie errötete, obwohl kein Licht im Zimmer brannte. In Hermannswerder hatten die Mädchen von den ›petites malades‹ gesprochen. Später führte Viktor über den biologischen Zyklus seiner Frau Buch und richtete seine Besuche auf Poenichen entsprechend ein. Maximiliane nannte sein Notizbuch ›das Zuchtbuch‹.

Viktor gehörte zu jenen Männern, die immer zur selben Stunde aufwachen und sofort mit beiden Beinen zugleich aus dem Bett und in den neuen Tag springen. Er bemühte sich an diesem ersten Morgen in Kolberg, beim Waschen, Rasieren und Ankleiden leise zu sein, was unnötig war, da seine Frau fest schlief. Sie lag auf dem Rücken, die Arme ausgebreitet neben dem Kopf, das Haar aufgelöst und feucht von der Anstrengung des Schlafs, aber Gesicht und Körper entspannt, der Mund leicht geöffnet, ebenso die Hände: eine Haltung, die Dr. Grün sehr interessiert haben würde, die man heute mit ›Demutsgebärde‹ bezeichnet. Sie schläft nicht mehr wie ein Hund, der sich zusammenrollt, sie hat sich gestreckt: entpuppt. Es ist ihre beste Stunde. Nie ist sie schöner anzusehen als kurz vor dem Aufwachen. Viktor hat bisher keine schlafende Frau zu sehen bekommen, was aber nicht heißen soll, daß er ohne Erfahrungen in die Ehe gegangen wäre. Er empfindet die Situation als ungehörig und ruft ihren Namen, erst leise, dann lauter: »Maximiliane!« Als sie immer noch nicht erwacht, zieht er die Vorhänge zurück und läßt das volle Morgenlicht herein. Die Sonnenstrahlen fallen auf Maximilianes Gesicht, die den Arm hebt und über die Augen legt und weiterschläft. Viktor faßt sie bei der Schulter und schüttelt sie. Jetzt erst schlägt sie die Augen auf, erkennt ihn und lächelt. Sie hält seine Hand fest, legt sie auf ihre entblößte Brust, streicht leicht über seinen Handrücken und bewirkt, daß seine Haut sich zusammenzieht und die Härchen sich aufrichten. Eine Körperreaktion, die sich seiner Kontrolle entzieht und ihm daher nicht angenehm ist.

»Du bekommst ja eine Gänsehaut, wenn ich dich anfasse!« sagt Maximiliane erfreut. Aber Viktor schätzt es nicht, wenn man über ihn lacht, und entzieht sich ihr, bringt seinen Anzug wieder in Ordnung und sagt: »Es ist heller Morgen.« Er erreicht, daß sie sich schämen muß, ebenso wie in der Nacht, als er gefragt hatte: »Was tust du eigentlich?«, und sie wahrheitsgemäß antwortete: »Ich bete.« »Du lieber Himmel!« Er hatte laut aufgelacht. Auch das wiederholte sich nie, sie betete nie wieder in seiner Gegenwart. Viktor behandelte seine Frau vom ersten Tag der Ehe an wie ein pommersches Gänschen, und sie hat sich folgerichtig wie ein pommersches Gänschen benommen.

Die vorgesehenen fünf Tage wurden beiden lang.

Viktor ging nie wieder so viel spazieren wie in Kolberg. Er gab sich dabei Mühe, Maximiliane seine politischen Ansichten und Ziele auseinanderzusetzen. Er redete in einem fort, sprach zu einer unaufmerksamen und daher widerspruchslosen Zuhörerin. Er befand sich mit einem Bein in der großen deutschen Vergangenheit, mit dem anderen in der großen Zukunft, während Maximiliane mit beiden Beinen in der Gegenwart stand, nur für die Gegenwart begabt. Ihre kleinen Sätze, die meist mit »Schau mal!« anfingen, erschienen ihm einfältig. Er sprach über die Erde, die ER verändern würde, und meinte damit den Planeten, und was tat dieses pommersche Gänschen? Bückte sich, faßte mit der bloßen Hand in den frischgeeggten Acker, an dem sie gerade entlanggingen, hielt ihm die gefüllte Hand hin und sagte: »Das ist die Erde!«

»Du machst dir bloß die Hände schmutzig!« antwortete er.

Er sieht nicht, daß die Möwen, die hinter den Gespannen nach Larven suchen, wie weiße Blumen aussehen, obwohl sie mit der Hand hinzeigt.

»Du mußt dir abgewöhnen, auf alles mit den Händen zu zeigen!«

Abends gehen sie ins Kasino zum Tanzen. Da Maximiliane sich dabei gern führen läßt, kommt es zu keinen weiteren Schwierigkeiten. Tanzend haben sie sich immer am besten verstanden, nur daß sie ihm gerade bis zur Schulter reichte, was den Anblick störte.

Auf dem Heimweg legt er sogar seinen Arm auf ihre Schulter. Sie lehnt den Kopf zurück, blickt in die Sterne, bleibt stehen, und erfüllt vom Wunsch, ihm zu gefallen, trägt sie einige Zeilen aus einem Gedicht vor: »›... Und seine Seele an die Sterne strich / Und er doch Mensch blieb, so wie du und ich.‹« Mit der Betonung auf SEINE und ER.

»Wer hat denn das verbrochen?« fragt Viktor mißtrauisch.

»Baldur von Schirach!« Immerhin der Reichsjugendführer.

Er antwortet nicht, nimmt die Hand von ihrer Schulter und geht verstimmt weiter.

Am letzten Morgen, es ist noch kaum dämmrig, springt Maximiliane aus dem Bett, reißt Vorhänge und Fenster auf und weckt ihren schlafenden Mann.

»Die Wildgänse! Die Wildgänse ziehen!« ruft sie. »Jetzt wird es Herbst!« Ein Rauschen ist zu hören, pfeifender Flügelschlag, vereinzelte unruhige Schreie.

Ein Vogelruf kann sie aufwecken, die Stimme ihres Mannes nicht.

»Zieh dir Pantoffeln an, du wirst dich erkälten!« sagt er vom Bett aus.

21

›Es is allens nur'n Övergang, säd Bräsig zu Havermann.‹
Fritz Reuter

Viktor händigte seiner Frau monatlich eine seinem Einkommen gemäße Summe aus, die Maximiliane an Martha Riepe weitergab, die als Gutssekretärin eingestellt worden war. Auf Wunsch des alten Quindt brachte er das Geld in bar. »Geld kann gar nicht bar genug sein«, behauptete dieser.

Gewisse häusliche Änderungen erwiesen sich als nötig. Viktor hatte sich kurz vor der Hochzeit sämtliche Räume des Hauses zeigen lassen. »Wer wohnt hier?« hatte er gefragt, als er mit Maximiliane an der Tür der grünen Zimmer stand.

»Meine Mutter hat hier gewohnt«, sagte sie.

»Aha.«

Wieder erfolgte keine weitere Frage. Die beiden Räume entsprachen seinen Wünschen; das kleinere würde ihm als Arbeitszimmer dienen, das größere erklärte er zum ehelichen Schlafzimmer. Bei Tisch erkundigte er sich: »Es muß in diesem Hause doch so etwas wie ein Familienbett geben, in dem sich die Geburten vollzogen haben, in dem gestorben wurde. In all den Generationen, in denen Quindts hier gelebt haben. Dieses Bett erbitte ich mir für die künftigen Familienereignisse!«

Die alte Baronin senkte den Blick, Maximiliane ebenfalls, tief errötend, und Quindt dachte lange nach. »Ein Sterbebett? Soviel ich weiß, sind die Quindts nie in ihren Betten gestorben.« Er kommt auf seinen Großvater und die Schlacht von Vionville zu sprechen, auf seinen Vater und die Entenjagd. Er selbst habe sich vorgenommen, weder auf dem Felde der Ehre noch bei der Jagd umzukommen, was die Quindts bis dato offensichtlich für einen natürlichen Tod gehalten hätten.

»In Sterbebetten gibt es, soweit ich sehe, keine Tradition, und was das Wochenbett anlangt: Meine Schwestern und ich selbst sind, soweit ich mich da erinnern kann, in jenem Bett geboren, in dem ich seit Jahrzehnten, wenn auch schlecht, schlafe. Als eheliche Vollzugsstätte hat es allerdings ...« An dieser Stelle unterbrach er sich, sagte zu seiner Frau gewandt: »Hör du da nicht hin, Sophie Charlotte!« und fuhr fort: »... in den vergangenen 50 Jahren nie gedient, und Maximilianes Eltern haben lediglich ein Hotelbett, wenn auch im ›Adlon‹, benutzt, allerdings mit schönem Erfolg.«

»Quindt! Nun laß es gut sein!« sagte seine Frau.

»Aber nein, Sophie Charlotte! Solche Dinge müssen ja besprochen werden! Ich gebe zu, es ist nicht viel gezeugt und geboren und gestorben worden auf Poenichen in diesem Jahrhundert. Es erscheint mir selbst als ein Manko, aber wenn mein eigenes Bett ausreichend Tradition aufweist, will ich es gern für den ehelichen Vollzug zur Verfügung stellen. Zum Sterben kann ich es mir ja dann ausleihen.«

Für diesen ironischen Unterton konnte Viktor Quint nicht das geringste Verständnis aufbringen und schwieg.

Es blieb fürs erste bei den grünen Zimmern. Wieder einmal hieß es ›fürs erste‹. Ausgesprochen wurde es nicht, aber diesmal bedeutete es vermutlich, bis die alten Quindts tot sein würden.

Frische Tapeten, frische Gardinen, auf Maximilianes

Wunsch aus weißem Mull mit eingestickten Tupfen, die Tapeten gelb-weiß gestreift. Im ganzen Raum kein Grün, nur im Namen: die grünen Zimmer. Bei Viktors nächstem Besuch waren die Schränke und Kommoden geleert. Er hängte seinen Jagdanzug in den Schrank, legte einige wenige Wäschestücke in die Schubladen. Was hätte er sonst mitbringen sollen? Es war ja alles vorhanden, sogar Gewehre und Schreibzeug. Man erinnert sich an Veras Einzug, die immerhin ein paar Schließkörbe mit in die Ehe gebracht hatte.

Sobald Viktor wieder in Berlin war, und das war er meist, kehrte Maximiliane mit ihrem Bettzeug ins Kinderzimmer zu den drei weißen Betten zurück, fuhr wieder barfuß Rad, lief wieder barfuß durch den Park. Sie führte zwei Leben, ein sonntägliches mit Viktor, ein alltägliches ohne ihn.

Die Baronin zieht sich mehr und mehr ins Separate zurück und überläßt Maximiliane die Pflichten einer Gutsfrau. »Frag mich, wenn du etwas nicht weißt. Aber denk nach, bevor du fragst! Später hast du auch niemanden, den du fragen kannst!« Also führt Maximiliane Unterredungen mit dem Gärtner, mit der Mamsell, mit den Hausmädchen, mit Frau Görke, wird halbverantwortlich für Wäschekammer, Waschküche, Räucherkammer, Eiskeller. Himbeeren müssen gepflückt und zu Gelee gekocht, Kartoffeln müssen eingekellert werden.

Sie erteilt Anordnungen, die bereits getroffen sind, die man seit Jahren kennt. Alles braucht nur weiterzugehen, wie es immer gegangen ist. Im November werden die Gänse geschlachtet. Die Frauen sitzen in der Scheunendiele und rupfen die noch warmen Gänse, daß die Federn fliegen, Daunen und Halbdaunen, die Fittiche zum Kaminkehren. Mittags gibt es Schwarzsauer mit Mandelklößen und Backobst für den Herrn Baron, für den jungen Herrn gespickte Gänsebrust. Auch das muß nicht angeordnet werden, der neue junge Herr sieht nicht aus wie einer, der Schwarzsauer ißt, er kommt aus der Stadt zu Besuch, wird behandelt wie Besuch und wieder zur Bahn gebracht wie Besuch.

Seine Briefe, die regelmäßig in der Mitte der Woche eintreffen, enthalten in gedrängter Form die Geschehnisse aus der Reichshauptstadt, die man bereits aus der Zeitung kennt.

Maximiliane hätte seine Briefe offen liegenlassen können, wenn sie nicht diese Nachsätze enthalten hätten, die sie auch dann zum Erröten bringen, wenn sie sich allein im Raum befindet. Vor seinen Besuchen steht dort: »Unterrichte mich bitte über Deine ›m‹, damit ich nicht zu einem ungeeigneten Zeitpunkt komme.« Nach seinen Besuchen stand in der Regel nichts als ein ›Nun?‹ als Nachwort unter den Briefen.

Bereits nach seinem dritten Besuch konnte Maximiliane ihm mündlich die erwartete Meldung machen. Fruchtbarer Boden, auf dem Samen gedieh.

In den ersten Monaten der Schwangerschaft fühlte sie sich keineswegs guter Hoffnung, sondern eher niedergeschlagen, verschlang mehr Äpfel als üblich und las dabei Rilkes ›Buch vom mönchischen Leben‹. Dr. Wittkow riet zu Abwechslung. Eine Reise nach Berlin würde Wunder tun. In Pommern versprach man sich ja immer Wunder von Berlin.

Maximiliane traf an einem Freitag am Stettiner Bahnhof ein, gegen Abend, so daß Viktor sie abholen konnte. Er stand mit Blumen auf dem Bahnsteig, ließ es an nichts fehlen. Die Pension, in der er wohnte, lag in der Nähe seiner Dienststelle, Dorotheenstraße. Maximiliane mußte zum Schlafen mit der Chaiselongue vorliebnehmen, die für Viktor zu kurz gewesen wäre. Natürlich nahm er im übrigen viel Rücksicht auf den Zustand seiner Frau. Es kam auch nicht zu Zärtlichkeiten, wenn man von dem Kuß am Stettiner Bahnhof absieht. Die Schwangerschaft seiner Frau war ihm etwas Heiliges – wie die ganze Ehe. Am ersten Abend saßen sie in einem Restaurant, Viktor sparte an nichts, aber Alkohol hätte dem Kind schaden können: Apfelsaft für Maximiliane.

Zum ersten Mal hatte er Gelegenheit, seine Frau mit anderen Frauen zu vergleichen, ein Vergleich, der zu ihren Ungunsten ausging. Maximiliane wirkte immer nur für sich, nicht unter anderen Frauen.

»Du solltest morgen zum Friseur gehen!« sagte er beiläufig, und: »Ich hoffe, du hast noch etwas anderes zum Anziehen mitgebracht! Trägst du keinen Hut?«

Er merkt nicht, daß seine Frau blaß wird, daß sie die Süßspeise nicht anrührt, merkt nur, daß sie an ihren Nägeln kaut, und das mitten im Restaurant. Er greift nach ihrer Hand und sieht sich die Fingernägel an. »Laß das in Zukunft sein!« sagt er, kein Wort mehr, aber Maximiliane erschrickt und schämt sich, nicht für das Nägelkauen, sondern für ihren Mann, wie sie sich immer nur für andere und nicht für sich selbst geschämt hat. Sie zieht die Finger ein wie Krallen und nimmt eine Gewohnheit an, die sie ihm gegenüber beibehalten wird.

Sie gehen zu Fuß zurück, an der Spree entlang. Es fängt an zu regnen. Viktor stellt fest, daß Maximiliane keinen Schirm bei sich hat. »Hast du keinen Schirm mitgebracht? Im November?« fragt er. »Nein«, antwortet sie und wischt sich die Regentropfen aus dem Gesicht. »In Poenichen geht keiner mit einem Schirm, da stülpt man sich einen Sack über den Kopf, wenn man bei Regen raus muß.«

»Natürlich«, sagt Viktor, »ihr in Poenichen.«

Am nächsten Morgen geht er wie immer ins Amt. Abends will er sie mit einigen Freunden zusammenbringen. Für den Sonntag plant er einen Kinobesuch im Ufa-Palast am Zoo, ein Film mit Zarah Leander.

Maximiliane fährt, sobald Viktor gegangen ist, nach Potsdam, hört wieder das Glockenspiel der Garnisonkirche, geht über die kleine weiße Brücke auf ›die Insel‹, durch den tropfenden Park, betritt das Schulhaus und wartet im Flur die Pause ab. Man redet sie mit ›Frau Quint‹ an.

Zur ›lieben Oberprima‹ gehört sie nicht mehr. Die Schulbank steht wie eine Barriere zwischen ihr und den ehemaligen Freundinnen, die gerade eine Mathematikarbeit über Parallelen dritten Grades geschrieben haben. Sie fragen Maximiliane nach der Hochzeit und nach ihrem Mann, und dann unterhalten sie sich angeregt miteinander über Bergengruens ›Großtyrann und das Gericht‹, der im anschließenden Deutschunterricht behandelt werden soll. »Nichts ist vielfältiger als die Liebe!« zitiert Magdalene. »Die Versuchungen der Mächtigen und die Leichtverführbarkeit der Unmächtigen!« sagt Nette.

Maximiliane steht daneben und weiß nicht, worum es geht, und sagt unvermittelt in das Gespräch hinein: »Ich bekomme ein Kind!«

Für einen Augenblick herrscht Verwunderung, Schweigen, Verlegenheit, und dann gehen die Mädchen wieder zu ihrem

Thema ›Der Großtyrann und das Gericht‹ über. Das Abitur rückt näher.

Als die Pause zu Ende ist, verabschiedet sich Maximiliane und geht. Sie sucht den kleinen Laden auf der Insel auf, um sich ›Negerküsse‹ zu kaufen wie früher, erblickt ein Glas mit eingelegten Gurken, kauft zwei Salzgurken, ißt sie gierig aus dem Papier und erreicht, als es ihr übel wird, gerade noch ein Gebüsch.

Im Kaufhaus des Westens erwirbt sie sich auf dem Rückweg eine Georgettebluse mit gesmokter Passe, die ihr nicht steht, kauft ein Paar Schuhe mit hohem Absatz, in denen sie nicht gehen kann, und einen flachen Hut mit breitem Rand, der sie noch kleiner macht. Dann kauft sie sich auch noch den ›Großtyrann‹ und kehrt in die Pension zurück. Dort wartet sie lesend auf Viktors Rückkehr.

Hinter einem Paravent befindet sich die Waschgelegenheit. Sie will dort nichts weiter tun, als sich ein wenig frisch machen. Vielleicht gefiele sie ihrem Mann besser, wenn sie sich die Augenbrauen auszupft? Sie sucht nach einer Pinzette. Statt dessen findet sie ein paar Haarklammern. In einer davon hängt noch ein kurzes blondes Haar.

Der Gedanke, einen Zettel zurückzulassen, kommt ihr nicht. Aber sie wechselt wenigstens die Schuhe, zieht den Mantel über und legt die neuen Schuhe zurück in den Karton, den sie neben dem Koffer stehenläßt, mitsamt der gesmokten Georgettebluse, dem Hut und dem ›Großtyrannen‹. Sie steckt Portemonnaie und Rückfahrkarte ein und verläßt ungesehen die Pension, Richtung Stettiner Bahnhof.

Dort wartet sie eine dreiviertel Stunde im Wartesaal dritter Klasse auf die Abfahrt des Zuges nach Stargard, wo sie noch einmal Aufenthalt hat. Zum ersten Mal wird sie an der Bahnstation nicht abgeholt, sie telefoniert auch nicht, sondern macht sich bei Nacht und Nebel zu Fuß auf den Weg, geht anderthalb Stunden, das letzte Stück durch die Allee läuft sie.

Im Herrenzimmer brennt noch Licht. Der Großvater erhebt sich aus seinem Sessel, die Großmutter hebt nur das Lorgnon und die Augenbrauen. Maximiliane schließt die Tür hinter sich, lehnt sich mit dem Rücken dagegen: das Haar aufgelöst, Schuhe und Mantelsaum beschmutzt, außer Atem.

»Frau Pech kann dir einen Kamillentee kochen!« sagt die Großmutter.

Maximiliane schüttelt den Kopf. »Ich bin ein Flüchter, Großvater!«

Und Quindt sagt: »Nehmen wir an, du hattest einen Grund.«

Kurz darauf klingelt das Telefon. Maximiliane weigert sich, an den Apparat zu gehen, obwohl Viktor behauptet, daß sie ihm eine Erklärung schuldig sei.

Dasselbe äußerte er dann nochmals in einem Brief, der zwei Tage später eintraf. »Du benimmst dich wie ein Kind! Erst diese törichten Einkäufe! Ich werde viel Geduld mit Dir haben müssen. Es mag an Deinem Umstand liegen. Du mußt lernen, für zwei zu denken!« Wegen ihres ›Umstandes‹, schrieb er, sei er bereit, ihr zu verzeihen. Er sei nicht nachtragend, komme allerdings in den nächsten Wochen besser nicht nach Poenichen.

Über die drei Haarklammern ist nie geredet worden.

22

> ›Es kommt nicht darauf an, ob die Sonne in eines Monarchen Staat nicht untergeht, wie sich Spanien ehedem rühmte, sondern was sie während ihres Laufes in diesen Staaten zu sehen bekommt.‹
> Lichtenberg

Alljährlich wiederholt sich in Pommern das Ende der Eiszeit. In Kuhlen und Mulden bleibt das Schmelzwasser zurück, weitere Seen entstehen und verschwinden nur langsam.

Frühling 1938, nicht irgendein beliebiger, wiederholbarer Frühling. Das tausendjährige Reich währte zwölf Jahre, auf jedes kommt es an. Wieder fühlen sich Erzähler und Leser überlegen. Sie wissen, wie es ausgehen wird, und die Leute auf Poenichen wissen es nicht, der alte Quindt mag manches ahnen. Deutsche Truppen marschieren in Österreich ein. Zwei Tage darauf ist der Anschluß vollzogen. Fackelzüge im ganzen, nun großdeutschen Reich. In Poenichen kommt kein Fackelzug zustande, obwohl Ortsgruppenleiter Priebe in

Dramburg Fackeln angefordert hat. Die Baronin läßt schließlich in den Dachkammern nachsehen, und es finden sich einige Lampions, es werden Kerzenstümpfe eingesetzt, und in der Dämmerung zieht ein Trupp Kinder mit den Lampions durch die Allee und die Dorfstraße. Natürlich weigern sich die Erwachsenen, Kinderlampions zu tragen, beteiligen sich also nicht, sondern stehen als Zuschauer vor ihren Häusern. Die Kinder tragen nicht einmal Uniformen, mit dem Singen hapert es auch, einige stimmen ›Maikäfer, flieg‹ an. Wer keinen Lampion hat, schwenkt doch wenigstens ein Hakenkreuzfähnchen aus Papier. Der Größe des Tages entspricht das alles nicht.

Maximiliane kümmert sich um nichts. Sie trägt ihr Kind aus, trägt es summend und singend durch diesen großen deutschen Frühling. Ihr Zustand entstellt sie nicht. Sie rundet sich zu einer vollkommenen Frau; vom fünften Monat an fühlt sie sich wohler und empfindet das Kind nicht mehr als einen Fremdkörper, sondern als ein Wesen, mit dem sich reden läßt. Die Freundinnen schicken Fotos, auf denen zu sehen ist, wie sie als Arbeitsmaiden zum Frühappell unterm Fahnenmast stehen.

Im April trifft das Hochzeitsgeschenk von Tante Maximiliane ein: eine elektrische Glucke für 100 Eintagsküken, von unten zu beheizen und von einem schwarzen eisernen Schirm bedeckt. Quindt betrachtet sich das Ungetüm. »Das sieht ihr ähnlich«, sagt er, »eine künstliche Glucke!« Zwei Tage später treffen die Küken in zwei Körben ein, mittelschwere Rhodeländer, vorerst allerdings noch federleicht, alle lebend. Der aufregendste Tag des Frühlings! Der Stellmacher Finke baut Hühnerhaus und Auslauf, versieht sie mit dichtem Maschendraht, der die Küken vor hungrigen Füchsen und Habichten schützen soll.

Von nun an betreibt Maximiliane Kleinviehhaltung. Bisher hatte man auf Poenichen zunächst Pferde, dann Hunde gezüchtet.

»Es geht mit uns bergab«, sagt Quindt und, mit einem Blick auf den Bauch seiner Enkelin: »Falls ihr euch nicht zusätzlich auf Menschenzucht verlegen wollt.«

Maximiliane hat 100 Küken durchzubringen! Um das

großdeutsche Reich kann sie sich da nicht auch noch kümmern. Die grüne Leinenschürze hält ihren runden Bauch zusammen, das Kopftuch ihr Haar, so wie sie es in Hermannswerder gelernt hat. Nachts und bei kalten Aprilregengüssen suchen die Küken Schutz unter der künstlichen Glucke. Schon sind die Hähnchen am größeren Kamm zu erkennen, angriffslustig treten sie zum Zweikampf an. Wenn ein Küken nicht rechtzeitig die Glucke erreicht, fängt Maximiliane das durchnäßte Tier ein, nimmt es zwischen die Hände, haucht es an, bis die kleinen Federn sich aufplustern, setzt sie sich zu fünft und sechst in die Schürze, wärmt sie an ihrem Leib, wie eine Glucke. Unwillkürlich denkt man an ihre Mutter Vera, die während ihrer Schwangerschaft den Anblick der säugenden, schmatzenden Lämmer, Ferkel und Welpen nicht hatte ertragen können.

Eines Nachts wird Maximiliane wach: Die Kraniche kehren zurück, fliegen so niedrig, daß sie die Wipfel der Bäume zu berühren scheinen! Sie hört den schweren Flügelschlag, der ihr das Herz schwermacht. Sie schließt das Fenster wieder und legt sich in ein anderes Bett. Nie kehrt sie in ein schlafwarmes Bett zurück. Sobald sie wach wird, wechselt sie schlaftrunken ihre Schlafstätte. Oft muß das Mädchen morgens drei Betten machen.

Unter der Blutbuche blühen die Veilchen auf, tiefblaue Teiche im grünen Rasen. Anfang Mai reist Hitler nach Rom und stattet Mussolini einen Besuch ab. Paraden und Festakte! Viktor berichtet ausführlich und brieflich über die Stabilität der Achse Berlin–Rom und erkundigt sich, wie immer am Ende des Briefes, nach dem Tag ihrer Niederkunft. Er versichert, daß er ihr in ihrer schweren Stunde beistehen wird.

Er steht ihr dann doch nicht bei, ist auch später nie, wenn es nötig wäre, anwesend. Maximiliane legt sich zu gegebener Stunde in das Ehebett. Dr. Wittkow ist diesmal pünktlich zur Stelle, die alte Frau Schmaltz humpelt ums Haus herum, wird schließlich von Frau Pech in die Küche geholt und bekommt einen Schnaps. Ihr Kind im Kindbett!

Die Geburt zieht sich hin. Maximiliane hat sich auf eine schwere Stunde eingestellt und nicht mit acht Stunden gerechnet. Schließlich steckt Quindt seinen Kopf durch die Tür:

»Nun mal zu!« sagt er. »Bei dir behalten kannst du es nicht!« Das hilft. Zehn Minuten später ist die Geburt vollzogen. Der Sohn entspricht allen Anforderungen, die man an ihn stellt. 52 Zentimeter, schlank, blond, blauäugig. Er schreit und ballt die Fäuste.

Die Wochenstube wird zum Mittelpunkt der Welt, die historischen Ereignisse, ohnehin weit entfernt, treten für längere Zeit noch mehr in den Hintergrund. Endlich der männliche Erbe, dem der alte Quindt – fidei commisum, zu treuen Händen – Poenichen überschreiben konnte. Das tat er noch am selben Tag, die ungeteilte Erbmasse an einen einzigen männlichen Nachkommen, wie es das Gesetz des Fideikommiß befahl, das auf Poenichen noch galt. Viktor Quint, der sich selbstverständlich über die Besitz- und Erbverhältnisse rechtzeitig hatte unterrichten lassen, hatte nie daran gedacht, die Güter selbst zu bewirtschaften, nicht einmal daran, auf Poenichen seinen ständigen Wohnsitz zu nehmen. In Berlin gab es Größeres zu tun. Er sah Poenichen als eine Art von Brutstätte an, Mutterboden, auf dem seine Kinder gedeihen sollten. Dr. Wittkow fuhr wieder weg, der Notar Dr. Philipp aus Dramburg, der die Kanzlei des jüdischen Notars Deutsch übernommen hatte, traf ein, und die Verwaltung des Erbes wurde bis zur Volljährigkeit des Sohnes der Mutter übertragen. Zwei Generationen übersprungen, der Name unwesentlich verändert. »Aufs Blut kommt's an!« sagt Quindt auch diesmal, aber diesmal zum Notar und ohne Hintergedanken.

Was wog dagegen die Mobilmachung in der Tschechoslowakei, Chamberlains Reise nach Berchtesgaden, Daladiers Reise nach England, Chamberlains erneute Reise nach Deutschland? Der alte Quindt sagte gelegentlich, daß ihm zuviel vom Frieden geredet würde, das sei immer ein schlechtes Zeichen. Zu viele Nichtangriffspakte. Zwischen England und Polen, zwischen Polen und der Sowjetunion, zwischen Deutschland und Frankreich. Und Poenichen nur 60 Kilometer von der polnischen Grenze entfernt!

Der Sohn wird, der Familientradition gemäß, auf den Namen Joachim getauft. Taufe und Taufessen finden im großen Saal statt. Dem Wunsch des Vaters wird entsprochen: kein Choral, keine Predigt, nur die Taufzeremonie.

An der einen Längswand des Saales war am Morgen des Tauftages auf Wunsch des Vaters ein Ölgemälde Hitlers aufgehängt worden; die linke Hand des Führers ruhte leicht auf dem Kopf eines deutschen Schäferhundes, die rechte umfaßte kraftvoll das Koppel des Uniformrocks. Das letzte in der Reihe der Herrscherbilder. Viktor hatte beim Aufhängen des Bildes geäußert, daß man sich entschließen müsse, den einen oder anderen abzuhängen, um Platz zu schaffen. »Nach Hitler wird man keinen Platz mehr benötigen«, meinte daraufhin der alte Quindt. Es traf ihn ein mißtrauischer Blick. Quindt lenkte wenn auch nicht ein, so doch ab: »Du solltest allmählich daran denken, wann du dort oben antreten willst. Ein Maler wird sich in Berlin doch leicht finden lassen. Eine Ahnentafel als Emblem, würde ich vorschlagen.« Viktor empfand das Angebot als Auszeichnung, sagte trotzdem, daß er kaum dazu kommen würde und daß es damit ja noch Zeit habe.

»Das mußt du besser wissen«, meinte Quindt.

Die beiden Männer sprachen doch wenigstens wieder miteinander! Der eine zwar mit Vorsicht, der andere mit Mißtrauen, aber sie gingen sich nicht mehr aus dem Wege.

Einen Tag lang prangte Poenichen in vollem Fahnenschmuck. Auch dafür hatte Viktor gesorgt. Er war davon überzeugt, mit der Anschaffung eines Führerbildes und einer Hakenkreuzfahne tief in das Leben auf Poenichen eingegriffen zu haben, und keiner zerstörte ihm diese Überzeugung. Quindt war zugegen, als die Fahnen aufgezogen wurden. »Zwei Fahnen und zwei Nationalhymnen! Das hat nicht einmal das britische Commonwealth. Soviel ich weiß, kommen sogar die Vereinigten Staaten von Amerika mit einer Fahne und mit einem Lied aus!«

Zwanzig Jahre früher hätte Quindt es sich nicht nehmen lassen, aus solchem Anlaß sich in seiner Taufrede über das deutsche ›zu‹ auszulassen. Zu groß, zu viel, zu hoch. Diesmal verzichtete er auf eine Rede zu Ehren des Täuflings, aber dieser wurde doch wenigstens, dem von Quindt neu eingeführten Brauch zufolge, in der Suppenterrine des Curländer Services aufgetragen; leise weinend nahm er in der Mitte der Tafel an dem Essen teil.

Viktor erklärte, daß er kein Redner sei, sondern ein Mann

der Tat. Zustimmung vom unteren Tischende, an dem der alte Quindt saß. »Bravo! Die Quindts konnten immer reden, trinken und schießen, aber sie konnten es auch lassen! Wir wollen darauf trinken, daß dieses Kind es im rechten Augenblick ebenfalls können wird. Auf das Tun und Lassen kommt es an!«

Viktor hatte sich in seinem Amt freimachen können und blieb im Anschluß an die Taufe eine ganze Woche lang auf Poenichen. Zumeist hielt er sich in seinem Arbeitszimmer auf, wo er, über die Tischplatte gebeugt, auf einem großen weißen Bogen den Stammbaum von Viktor und Maximiliane Quint, geborene von Quindt, anlegte. Ahnentafel und Enkeltafel zugleich, zwei zusammengewachsene Stämme, aufsteigend aus dem reichen Wurzelwerk der Ahnen. Auf Maximilianes Seite reichten die Wurzeln tief ins 16. Jahrhundert, eine Wurzel senkte sich sogar bis ins 13. Jahrhundert, zur Ahnfrau und Äbtissin Hedwig von Quinten. Nach oben hin ließ Viktor Platz für ein großes Geschlecht. Was für ein Augenblick für ihn, als er den ersten Zweig ansetzte und den Namen Joachim Quint eintrug! Pro Jahr ein Trieb, das war sein fester Entschluß. Über die Triebe wird im einzelnen noch zu berichten sein.

Der Entwurf geriet großzügig, Viktor zeichnete mit Geschick. Manchmal setzte sich Maximiliane neben seinen Arbeitstisch in jenen Schaukelstuhl, in dem auch ihre Mutter gern gesessen hatte. Aber sie saß still: Sie stillte ihren Sohn. Ein Bild nach Viktors Herzen! Wenn ihre Blicke sich trafen, schenkte Maximiliane das Lächeln, das dem Kind galt, dem Vater. Und dann wandte Viktor seine ungeteilte Aufmerksamkeit wieder dem schwierigen Quindtschen Wurzelwerk zu.

Nie wieder weilte Viktor so viele Tage auf Poenichen. Die Arbeit an der Geschlechtertafel wurde durch seine Abreise unterbrochen. Die Tafel blieb unvollendet auf dem Tisch liegen und wurde sorgfältig abgestaubt. Seine Besuche wurden aus den bekannten Gründen kürzer und seltener. In den späteren Jahren konnte er sich nicht mehr um die Quintschen und Quindtschen Wurzeln kümmern, wohl aber um die neuen Triebe.

Mittlerweile hatte er gelernt, was ein pommerscher Junker

beherrschen muß: Kutschieren, Reiten, Jagen, Angeln. Inspektor Kalinski war allerdings der Ansicht, daß der junge Herr aus Berlin eine harte Hand habe und die Pferde verdürbe. Er sei auch kein Jäger, sondern nur ein Schütze. Viktor Quint besaß den ruhigen Blick und die feste Hand, die ein Schütze braucht. Streifschüsse kamen bei ihm nie vor. Wenn er gelegentlich ein paar Herren aus Berlin zur Jagd mitbrachte, wurde er von ihnen bewundert. Aber in Pommern ging man nicht auf die Jagd, um Wild abzuknallen.

»Fünf von der Sorte, und unsere Wälder wären bald leer«, äußerte Inspektor Kalinski.

Wenn Viktor eine Partie Schach mit dem alten Quindt spielte, war es dasselbe: Er schlug zu und räumte das Feld ab, ›ohne Rücksicht auf Verluste‹.

Der kleine Joachim lag in der alten Quindtschen Wiege, die morgens in die Vorhalle gestellt wurde. Das erste Geräusch, das er wahrnahm, rührte von den Palmwedeln her, die sich im Wind bewegten; kein Rauschen, eher ein Rascheln. Später wird ihm dieses Geräusch zutiefst vertraut sein und Wohlbehagen in ihm auslösen, ohne daß er die Ursache davon kennen wird.

Rascheln der Palmen, Rascheln des Schilfrohrs am See. Urgeräusche.

23

›Er fragt nicht: »Dein Gemahl?«
Sie fragt nicht: »Dein Name?«
Sie haben sich ja gefunden, um einander
ein neues Geschlecht zu sein.‹

Rainer Maria Rilke

Störche stelzen rotbeinig hinter der Egge her, klappern mit den Schnäbeln und vertreiben die Krähen, die ebenfalls auf Larven aus sind. Sonst kein Geräusch, nur manchmal das Schnauben der Gäule, das sich nähert und wieder entfernt. Die Pferde gehen zu dritt im Geschirr, Sandwolken steigen hinter ihnen auf. Das Korn ist eingebracht, auf dem Hof wird gedroschen, auf den Feldern gepflügt und geeggt. Die Kartoffeln hätten dringend Regen nötig, aber es regnet nicht.

Der alte Quindt geht morgens zuerst zum Hygrometer, um die Luftfeuchtigkeit abzulesen, klopft anschließend ans Barometer, das anhaltend auf ›trocken‹ steht, blickt dann zum Himmel auf und hält nach Wolken Ausschau. Gleich darauf stellt Erika Schmaltz ihm einen Napf mit dampfender Milchsuppe auf den Tisch, salzig, mit Klieben darin, eine Armeleutesuppe, aber bekömmlich. Wenig später erscheint Maximiliane mit dem kleinen Sohn auf dem Arm und geht gleichfalls ans Barometer, klopft daran; sie allerdings Regen fürchtend. Den Himmel hat sie bereits in aller Morgenfrühe betrachtet, gleich nach Sonnenaufgang, die Stunde, in der ihr Sohn nach seiner ersten Mahlzeit verlangt und in der sie sich mit ihm, nackt wie sie ist, in der Morgenkühle auf eine der Fensterbänke des Kinderzimmers setzt. Noch nie wurden Detonationen mit solch freudigem Herzklopfen vernommen! Noch nie wurde so sehnlich auf die aufsteigenden Rauchwölkchen der Mündungsfeuer gewartet!

Maximiliane fürchtet den Regen, der alte Quindt wartet auf Regen.

Auf der Poenicher Heide finden zum ersten Mal Schießübungen der leichten Artillerie mit 10,5-Zentimeter-Geschützen statt. Die Offiziere haben dem ehemaligen Besitzer des Geländes ihre Aufwartung gemacht. Quindt hat ihnen, bevor sie requiriert wurden, fünf Reit- und Kutschpferde zur Verfügung gestellt. Man begegnete ihm mit Ehrerbietung: einer der Helden von Tannenberg! In der Vorhalle wurde ein selbstgebrannter Schnaps gereicht, ›pommerscher Landwein‹, man gab sich launig. Die Damen ließen sich entschuldigen, nur der Erbe war anwesend und schlief ungestraft unter Palmen. Keine weiteren Behelligungen, außer den Abschüssen und Einschlägen, die unüberhörbar waren, aber mittags zwei Stunden aussetzten. Schießübungen mußten sein, doch der alte Baron Quindt lehnte es ab, sich auf dem Übungsgelände sehen zu lassen. Abends hörte man den Zapfenstreich, aber weiter entfernt und nicht so sauber geblasen wie einst die Signale Blaskorkens.

Gleich nach dem Mittagessen, wenn die Großeltern sich in

ihre Zimmer zurückgezogen haben, legt Maximiliane ihr Söhnchen in einen der Kükenkörbe, legt Bücher und Windeln dazu, außerdem ein paar Äpfel, bindet den Korb mit Lederriemen an der Lenkstange des Fahrrads fest und fährt zum See. Dort lehnt sie das Rad gegen den Stamm einer Erle, macht den Korb los und stellt ihn nahe am Ufer in den Schatten des hohen Schilfrohrs, zieht dann ihr Kleid aus und legt sich auf die warmen Holzplanken des Bootsstegs, Bücher und Äpfel in Reichweite. Rilke und Binding zu unreifen Ananasrenetten. Ohne von den Buchseiten aufzublicken, klopft sie die Äpfel auf dem Holzsteg weich, bis die Schale platzt und der Saft hervorspritzt. Das Schnauben der Pferde, das Klappern der Storchenschnäbel kommt näher und entfernt sich dann wieder. Wenn sie durchglüht ist von der Sonne, steht sie auf und dehnt sich: Sonne und Mutterliebe und Gedichte! Sie rückt den Korb mit dem schlummernden Kind tiefer ins Schilf, legt die Bücher und die restlichen Äpfel dazu und geht ins Wasser.

Ein kleiner Wind hat sich aufgemacht, kräuselt die Oberfläche des Sees und biegt das Schilf tiefer über den Korb. Die Wellen klatschen gegen den Kahn, der leck und kieloben am Badesteg vertäut ist. Maximiliane schwimmt weit hinaus in den See, dreht sich im Wasser, kopfüber, kopfunter, bis ihr schwindlig wird, und läßt sich dann treiben. Ein Haubentaucher begleitet sie ein Stück, taucht unter und verschwindet wieder. Mitten im See hört sie das Schnauben der Pferde, ein vertrautes Geräusch, das ihr Wohlbehagen verstärkt.

Aber die Ackergäule sind gerade mitsamt Egge, Störchen und Krähen hinter einer Bodenhebung verschwunden und werden frühestens in einer Stunde wieder auftauchen. Das Schnauben, das sie gehört hat, rührt von einem Reitpferd am Ufer her.

Der Reiter führt gerade sein Pferd an eine seichte Stelle des Sees und läßt es trinken. Er vernimmt ein ungewohntes Geräusch. Es könnte von einem Kätzchen stammen, das ersäuft werden soll. Seine Blicke suchen die Bucht ab und entdecken einen Korb, der einige Meter vom Ufer entfernt auf dem Wasser schwimmt, sanft geschaukelt von den Wellen. Er springt vom Pferd, watet durch das Wasser, das ihm nicht einmal bis zum Stiefelrand reicht, hält den Korb fest, hebt ihn aus dem Wasser auf und betrachtet seinen Fund. Dann trägt er den Korb mit dem weinenden Findelkind ans Ufer. Die Kissen sind trocken, aber das Hemdchen fühlt sich feucht-warm an. Der junge Offizier ist ratlos. Er untersucht den weiteren Inhalt des Korbes, findet zwei Windeln, mehrere Äpfel und zwei Bücher. Harte grüne Äpfel für ein zahnloses Kleinkind? Ein Bändchen Rilke-Gedichte und Bindings ›Keuschheitslegende‹ als Lektüre. Das Kind hat inzwischen aufgehört zu weinen. Er stellt den Korb in den Sand, läßt sich daneben nieder, greift nach einem Apfel, klopft ihn, bevor er hineinbeißt, am Stiefel weich und liest ein paar Gedichtzeilen.

Ein Geräusch vom See her läßt ihn aufblicken. Er sieht, wie sich ein Kopf dem Ufer nähert, dann steigt vor seinen Augen eine junge Frau aus dem Wasser, wringt ihr langes Haar aus, streift mit den Händen die Wassertropfen von Beinen, Armen, Brust und Hüften und erblickt erst dann ihren Zuschauer, ohne Überraschung oder Schrecken. Beides überläßt sie dem Mann. Er springt auf und zeigt auf den Korb. »Ich habe diesen weinenden kleinen Moses aus dem Wasser gerettet!« sagt er stammelnd.

Maximiliane bedankt sich nicht einmal, hält es wohl für selbstverständlich, daß jemand zur Stelle ist, der ihr Kind vorm Ertrinken rettet. Statt dessen fragt sie: »Moses? Sagten Sie Moses?«

Sie wartet keine Antwort ab, da das Kind wieder zu weinen beginnt; sachkundig breitet sie eine Windel auf dem Sand aus, faltet sie zum Dreieck, wickelt das Kind aus, packt es an den Füßen, hebt es hoch und bläst die Sandkörner weg, wickelt es dann wieder ein und legt es zurück in den Korb. Als das Kind versorgt ist, nimmt sie den letzten Apfel und bringt ihn dem Pferd, das an der Böschung hartes Gras rupft. Sie klopft ihm den Hals und nennt es beim Namen. »Falada!« Das Pferd wiehert und zermalmt mit bleckenden Zähnen den Apfel, der Saft tropft auf Maximilianes Schultern, wird vom Pferd abgeleckt.

Hätte er fragen sollen: Gehört Ihnen das Kind? Gehören Sie aufs Schloß? Wo er doch die eingestickte Krone in den Windeln gesehen hatte. Hätte Maximiliane fragen sollen: Nehmen Sie an den Schießübungen teil? Wo er doch Falada ritt. Es waren keine Fragen und kein gegenseitiges Vorstellen nötig, statt dessen nur Feststellungen. »Ihre Augen sind schilfgrün.« Aber als er das sagte, war bereits geraume Zeit vergangen.

Sie liegen nebeneinander im Sand, schwimmen nebeneinander im See. Bevor sie ins Wasser gehen, bindet er den Korb des kleinen Moses an einem Pfosten des Bootsstegs fest und das Pferd am Stamm einer Erle. Sie tauchen unter und wieder auf, was nicht ohne Berührung abgeht. Am Horizont erscheinen die beiden Gespanne, bald darauf hört man das Schnauben der Gäule. Falada antwortet wiehernd. Und sonst nur Libellen, Haubentaucher und Reiher. Mittagsstille. Die Stunde der Kornmuhme, die keine Schuld hinterläßt.

Sie beugen sich über die Seiten des Buches, zeigen einander mit dem Zeigefinger einen Satz, ohne ihn laut zu lesen, wie Taubstumme. Der Finger des Mannes zeigt: ›Noch waren sie nicht wissend und glücklich. Wenn er in den unschuldigen goldenen Grund ihrer Augen sah, so tauchte er in eine unauslotbare Seligkeit hinab und wußte, daß nichts auf der Welt dem gleich sei.‹ Und Maximilianes Zeigefinger sagt: ›Ein süßer schwerer Duft ging durch die Nächte, und alles machte die Zeit schwer zu tragen für die, welche liebten.‹ Heller Mittag, aber dennoch wie für die beiden geschrieben: eine Keuschheitslegende.

Er nimmt ihren Fuß in seine Hände, benutzt ihre Zehen als Tasten und spielt darauf das Thema aus Mozarts A-Dur-Sonate, muß die Zehen des rechten Fußes noch dazunehmen, weil die Tastatur des linken nicht ausreicht, summt dazu, aber nur leise, nichts wird wirklich laut. Maximiliane fragt auch nicht: Was ist das für eine Melodie? Von wem stammt sie? Erst viele Jahre später erkennt sie bei einem Kammerkonzert die Töne wieder.

Wie alle Frauen, so wird auch sie stückweise entdeckt. Dieser Mann entdeckte ihre Füße. Auch dafür fand sich ein Vers in einem Rilke-Gedicht: ›. . . Und glaubte nicht und nannte jenes Land, das gutgelegene, das immersüße, und tastete es ab für ihre Füße.‹ Maximiliane nahm seine Offiziersmütze auf, die im Sand lag, und sagte: »Der schwarze Tschako mit dem

Totenkopf.« Falada wiehert und verlangt seinen Apfel. Bevor sie zum See aufbricht, sammelt Maximiliane nun Äpfel für drei auf.

Joachim brüllt nicht im entscheidenden Augenblick. Als Wächter seiner Mutter war er ungeeignet. Berlin war weit entfernt vom Poenicher See, Viktor kaum noch vorhanden. Sie nahm ihm nichts weg! Für Seejungfrauen und Kornmuhmen hatte er weder Verständnis noch Verwendung. Der kleine Moses im Korb auf dem Nil, die Tochter des Pharao: jüdische Geschichten – damit hätte man ihm nicht kommen dürfen. ›Mosche‹, sagte der Reiter.

Das Gewissen und Mosche schliefen fest, und der Reiter gehörte nicht zu jenen Männern, die sagen: Es ist heller Mittag! Oder: Unter freiem Himmel!

Muß man den Namen dieses Mannes kennen? Sein Alter, den Dienstgrad, den Truppenteil? Sein Lebenslauf wird nur kurz sein, wird nur noch ein Jahr dauern, bis zu den Kämpfen bei Lemberg in Polen. Er wird im Leben Maximilianes nie wieder auftauchen, er hat seine Rolle darin schon bald ausgespielt, aber er gehört, wie Blaskorken, zu Maximilianes Erinnerungsbild an den Poenicher See. Wenn Joachim sich später ›Mosche‹ nennen wird, ist es die einzige Bestätigung für diesen Sommertagstraum, der eine Woche währt, eine Woche im September 1938. Wie hätte sie ohne Träume leben sollen?

Als sie zum zweiten Mal zusammentrafen, fragte er: »Warum reitest du nicht? Warum kommst du mit einem Fahrrad?«

»Meine Beine sind zu kurz«, antwortet Maximiliane. Er sieht sie prüfend an, Beine, Knie, Oberschenkel.

»Versuch es!«

Sie setzt den Fuß in seine Hand, schwingt sich aufs Pferd, sitzt fest im Sattel und erreicht mit den Zehen sogar den Steigbügel. Sie beugt sich über den Pferdehals und spricht mit Falada.

Abends stellt sie sich an die Säule der Vorhalle.

»Miß doch mal nach, Großvater!«

Er tut es und mißt fünf Zentimeter mehr! Wieder ist eine Weissagung in Erfüllung gegangen. Jeden Morgen wäscht Maximiliane ihr Haar, spült es mit Kamille und hängt es in die Sonne zum Trocknen.

Am vierten Mittag gehen sie zum Inspektorhaus. »Das würde für uns genügen«, sagt der Mann. »Ich wäre der Fischer und du myne Fru. Ich könnte fischen und jagen für dich und Mosche. Aber: ›Ich muß reiten, reiten, reiten . . .‹«

Sobald er davongeritten ist, zieht Maximiliane mit dem Kamm den Mittelscheitel wieder gerade, der alles in Ordnung bringt. Wieder ist ihr Haar ein wenig heller und ihre Haut ein wenig dunkler geworden. Im Schatten des Schilfrohrs stillt sie ihr Kind, in der Ferne wiehert Falada, und bald darauf ertönen die ersten Detonationen der Geschütze.

Die Wolken stehen ruhig und weiß am Himmel, schön getürmte Haufenwolken, und immer noch steigen Sandwolken hinter den Gespannen auf. Dreißig Morgen pommerscher Gerstenschlag, ein Pensum von sieben Tagen für zwei Gespanne. Am letzten Mittag drängen sich die Wolken zusammen, bekommen schwefelgelbe Ränder. Der Wind verstärkt sich zum Sturm und bläst die Liebenden auseinander.

An diesem Nachmittag wird es nicht wieder hell. Das Gewitter zieht erst am Abend ab. Letztes Wetterleuchten. Maximiliane steht in der Vorhalle, und der Großvater prüft den Regenmesser.

›Und Nacht und fernes Fahren; denn der Train des ganzen Heeres zog am Park vorüber.‹ Ende des Manövers.

Im nächsten Sommer werden auf der Poenicher Heide wieder Schießübungen abgehalten werden. Andere werden daran teilhaben. Im nächsten Sommer. Maximiliane bleibt, angefüllt mit Zärtlichkeit, zurück, die dem kleinen Joachim zugute kommt, ein Brustkind. Nur noch selten umarmt sie einen Baumstamm. Sie blickt auf, wenn ein Pferd wiehert oder aus dem Radiogerät Klaviermusik ertönt.

Auch im September kann Viktor nicht nach Poenichen kommen. Er schreibt statt dessen Briefe. »SEINE Rede aus dem Sportpalast werdet Ihr im Radio gehört haben. Die Abtretung des Sudetenlandes stellt SEINE letzte unerläßliche Revisionsforderung dar!« Wenige Tage später blickt die ganze Welt nach München, wo sich Hitler, Mussolini, Daladier und Chamberlain treffen. »Es ist IHM gelungen, der Welt den Frieden zu erhalten!« schreibt Viktor.

Am 1. Oktober marschieren deutsche Truppen im Sudetenland ein.

Viktor kommt erst Mitte Oktober und hat nur Augen für seinen erstgeborenen Sohn. Er zeigt sich befriedigt über die Fortschritte, obwohl das Kind während der Besichtigung weint und beide Fäuste vor den sabbernden Mund preßt, in dem der erste Zahn gerade durchbricht. Maximiliane muß ihn beschwichtigen und wiegen. »Mosche!« sagt sie. »Mosche!«

»Was sagst du da zu meinem Sohn? Mosche? Das ist doch ein anderer Ausdruck für Moses. Ausgerechnet Moses!«

»Es ist so ein schöner Name«, sagt Maximiliane, »aber wenn du ihn nicht gern hörst, werde ich ihn nicht mehr benutzen!« Viktor wird ihn denn auch nie wieder hören, aber sie wird den Sohn weiterhin so nennen. Sie sagt: »Ich reite jetzt! Ich bin um fünf Zentimeter gewachsen.«

»Bravo!« Viktor betrachtet sie prüfend. Sein Blick bleibt auf ihren Schenkeln liegen. »Du bist hübscher geworden seit deiner Niederkunft!« Er hält es für sein Verdienst. Er wirft einen Blick zum Fenster und stellt fest, daß es dunkel genug ist. »Komm!« sagt er. »Wenn wir uns beeilen! Dieses Mädchen wird doch ausnahmsweise einmal das Kind baden können!«

Nur für einen Augenblick wehrt sie sich gegen ihn. Aber das ist genau das, was er braucht, ihren Widerstand. »Mach die Augen zu!« befiehlt er.

Gehorsam schließt sie die Augen. Und erst jetzt, als die Augen geschlossen sind und ihn nicht sehen, betrügt sie ihn mit einem anderen.

Wie immer raucht er anschließend, auf dem Bettrand sitzend, seine Zigarette, zieht den Rauch heftig ein, stößt ihn heftig aus, drückt die Zigarette nach wenigen Minuten mit dem Mittelfinger aus.

»Habt ihr, während das Manöver stattfand, die Offiziere nicht einmal zum Essen eingeladen?« fragt er plötzlich.

»Nein«, antwortet Maximiliane wahrheitsgemäß.

»Und daß der Führer eine ganze Stunde lang auf dem Manövergelände – auf eurer Poenicher Heide! – war, habt ihr überhaupt nicht wahrgenommen?«

»Nein.«

24

›Die Nation, die nur durch einen einzigen Mann gerettet werden kann und soll, verdient Peitschenschläge.‹

Johann Gottfried Seume

Noch stillte Maximiliane den Erstgeborenen; nur aus diesem Grunde war es zu keiner Empfängnis gekommen. Sie beantwortete das erwartungsvolle: ›Nun?‹ unter den Briefen ihres Mannes nicht.

In Paris war ein Mitglied der deutschen Botschaft durch einen Juden ermordet worden! Ein ausführlicher Bericht darüber stand in Viktors Brief; aber keine Zeile über die Racheakte der Kristallnacht.

»Kristall?« sagte Quindt. »Scherben! Nichts als Scherben! Bis alles in Scherben fällt!« Selbst in Dramburg und Arnswalde sollten die paar jüdischen Geschäfte, die es noch gab, geplündert worden sein. In der Wohnung des Notars Deutsch hatte man das Bettzeug aufgeschnitten und die Federn aus den Fenstern geschüttelt! Im ganzen Reich sanken die Synagogen in Schutt und Asche. Eine Woche des Grauens. Auf Poenichen wurde im Zusammenhang damit noch ausgiebiger über Vera und ihren Mann geschwiegen als bisher. Und Viktor schrieb, daß sich die Lage zuspitze.

Die Adventszeit kam. Maximiliane bügelte im Frühstückszimmer Strohhalme platt, zerschnitt sie und nähte sie zu Sternen zusammen, darunter auch sechszackige Davidsterne, wie sie es in Hermannswerder gelernt hatte. Sie sang ›Tochter Zion, freue dich‹, aber auch neue Weihnachtslieder einer neuen Zeit: ›Hohe Nacht der klaren Sterne‹; sie schmückte das Haus mit Tannen- und Kieferngrün, in das sie rote handgerollte Papierrosen steckte. Vier Adventswochen reichten natürlich nicht zum Schmücken des ganzen Hauses aus. Sie versuchte sogar, einen Rauschgoldengel herzustellen, nach Ausmaß und Aussehen eher eine Galionsfigur als ein Christkind. Mit Hilfe der alten Frau Pech band sie einen Adventskranz. Es duftete nach Tannengrün und Kerzenwachs. Und durch den Aufzugschacht drang zusätzlich noch der Geruch von

Spekulatius und Lebkuchen ins Haus und, zum ersten Mal auf Poenichen, auch der Geruch einer Liegnitzer Bombe, wortgetreu nach den handschriftlichen Angaben der schlesischen Schwiegermutter gebacken, ›auf ein Pfund Honig ein halbes Pfund Mandeln‹, zwanzig Zentimeter hoch und als Überraschung für Viktor gedacht.

Der kleine Joachim war inzwischen, gegen seinen Willen, entwöhnt worden, trank warme verdünnte Kuhmilch aus der Flasche, und sein Vater schrieb, daß sich die Lage weiter zuspitze.

Das traf vor allem auf ihn persönlich zu. Seine Freundin, immer noch dieselbe Verkäuferin aus der Krawattenabteilung des Kaufhauses des Westens, drei Jahre älter als er, stellte zum ersten Mal Bedingungen. »Wenn du Weihnachten wieder wegfährst, schreibe ich deiner Frau!« Mit Geschenken gab sie sich nicht länger zufrieden. »Wenn du diesmal zu Weihnachten nicht in Berlin bleibst, dann –!« Woraufhin Viktor einen weiteren Brief über die sich zuspitzende Lage schrieb, von der der alte Quindt diesmal noch nichts in der Zeitung gelesen hatte.

Er teilte außerdem mit, daß er erst am zweiten Weihnachtstag würde eintreffen können, mit dem gewohnten Nachmittagszug. »Es wird sowieso das beste sein, wenn ich vorher nicht zugegen bin. Du weißt, wie unangenehm mir das alles ist.« Er verzichtete aber diesmal auf den Ausdruck ›christliches Brimborium‹. »Wir werden uns gemeinsam in den Tagen meines Dortseins Gedanken darüber machen, wie wir in Zukunft ein zeitgemäßes Fest mit unseren Kindern feiern. Man wird an den germanischen Brauch der Wintersonnenwende anknüpfen können. Das Christliche liegt wie eine unechte Patina auf dem alten Volkstum, die es abzukratzen gilt.«

Maximiliane saß an der Quindtschen Wiege und blies ›Was soll das bedeuten, es taget ja schon‹ auf der Blockflöte, und die alte Baronin setzte sich sogar ans Klavier, und Maximiliane sang das Quempas-Heft leer. Das Kind in der Wiege unterm Christbaum war mit der Herstellung weiterer Milchzähnchen beschäftigt und quengelte. Ein gelungener Heiliger Abend, eine Stille Nacht, mit der alle zufrieden waren.

Am ersten Weihnachtstag wurde, wie in allen Jahren, den

Leuten des Gutshofs beschert; am zweiten sollte dann Viktor kommen.

Maximiliane fuhr selbst mit dem Auto zum Bahnhof. Sie hatte den schweren pelzgefütterten Wildledermantel der Großmutter angezogen, da das Auto nicht zu heizen war. Frau Pech hatte einen Wärmstein und eine Thermosflasche mit heißem Kaffee vorbereitet. Es lag zwar etwas Schnee, aber die Chaussee war gut befahrbar. Windig wurde es erst, als Maximiliane den Bahnhof erreicht hatte.

Der Zug hatte eine Stunde Verspätung. Maximiliane setzte sich in den ungeheizten Warteraum. Außer ihr befand sich niemand darin, keiner sonst war am zweiten Weihnachtstag in so einer entlegenen Gegend unterwegs.

Als der Zug aus Stargard endlich eintrifft, steigt Viktor als einziger Fahrgast aus.

Inzwischen ist es dunkel geworden, es schneit, und der Wind verstärkt sich zu Sturm. Schneesturm also, wie bei Emanuel Quint! Stünden nicht Bäume zu beiden Seiten, wäre die Chaussee nicht zu erkennen. Die Straßengräben sind bereits zugeweht, und die Windschutzscheibe ist von einer dünnen Eis- und Schneeschicht bedeckt.

Nach einer Strecke von zwei Kilometern erklärt Viktor: »Das hat so keinen Zweck!« und setzt sich an Stelle Maximilianes ans Steuer. Doch er hat noch weniger Erfahrungen mit einem Auto als sie und erst recht keine mit pommerschen Straßen und pommerschen Schneestürmen. Er läßt sich trotzdem nichts sagen und gibt, als das Auto in eine Schneewehe gerät, Vollgas, mit dem Erfolg, daß die Räder sich festmahlen. Maximiliane schraubt die Thermosflasche auf und reicht Viktor einen Becher dampfend heißen Kaffees. Doch er weist ihn unwillig zurück und unternimmt einen neuen Versuch, aus der Schneewehe herauszukommen. Er schlägt die Räder mit aller Gewalt nach rechts ein und gibt nochmals Gas. Doch der Wagen bewegt sich um keinen Zentimeter. »Lerge!« sagt er. Maximiliane, die nie schlesischen Dialekt gehört hat, versteht das Wort falsch, hält es für einen Fluch und merkt ihn sich. Aus ihrem Mund klingt er wie das französische ›Merde‹, und vermutlich hat Viktor es in eben jenem Sinne benutzt.

Oh, Lerge!

Maximiliane steigt aus und versucht, den Wagen anzuschieben, stemmt sich mit aller Kraft dagegen, was aber zwecklos ist. Sie schlägt vor, in dem nahen Kieferngehölz Zweige abzubrechen und hinter die Räder zu legen, aber Viktor, in seinem Zorn gegen Schnee und Sturm, Pommern und Weihnachten, befiehlt ihr, wieder einzusteigen. Er wird jetzt so lange die Hupe betätigen, bis jemand kommt und das Auto abschleppt. Aber wer soll in dieser gottverdammten Gegend am Abend des zweiten Feiertags vorbeikommen?

Maximiliane fragt: »Soll ich es noch einmal versuchen?«

Als Antwort anhaltendes Hupen.

»Wir werden zu Fuß gehen!« befiehlt Viktor.

Sie steigen aus und machen sich zu Fuß auf den Weg. Der Wind kommt von vorn. Der Schneestaub dringt in Kragen, Schuhe und Handschuhe, macht sie blind und taub. Einige Male drohen sie von der Straße abzukommen, aber Viktor, geübt in Nachtmärschen, packt seine Frau am Arm, zieht sie hinter sich her und findet jedesmal zurück auf die Straße. Mit seinen Stiefeln und seinen langen Beinen kommt er besser voran als sie im schleifenden Fahrpelz der Großmutter. Einige Male machen sie Rast im Schutz der Bäume, kommen wieder zu Atem, und dann zerrt Viktor sie weiter. Endlich sehen sie Lichter. Viktor triumphiert. »Na also!«

Sie gehen darauf zu und stellen, als sie näher kommen, fest, daß es sich um die Lichter des Bahnhofs handelt.

Maximiliane telefoniert mit dem Großvater, aber bis Griesemann mit Pferden und Schlitten eintrifft, vergehen noch einmal zwei Stunden, die Viktor und Maximiliane in der Wohnstube des Bahnhofsvorstehers Pech, eines Bruders der Poenicher Mamsell, verbringen. Seine Frau bereitet für die unerwarteten Gäste ›Türkenmilch‹. Heiße Milch mit Rum, Ingwer und geschlagenen Eiern. Am Weihnachtsbaum werden die Kerzen eigens für die Gäste angezündet, und die beiden kleinen Töchter werden hereingerufen, damit sie ›Stille Nacht, heilige Nacht‹ singen.

Als schließlich der Schlitten vorm Herrenhaus hielt, hatten die alten Quindts sich bereits zurückgezogen. Die Mamsell stellte den jungen Quints einen Krug mit heißer Türkenmilch auf den Tisch und trug den ›Karpfen auf polnische Art‹ auf, wie er – laut Kochbuch – in Schlesien zu Weihnachten gegessen wird. Sie entschuldigte sich, daß er ausgetrocknet sei, aber sie habe ihn in die Röhre geschoben, als der Zug fahrplanmäßig eintreffen mußte. Die beste Köchin der Welt, zu denen man Frau Pech nicht einmal rechnen durfte, hätte nicht verhindern können, daß der Karpfen nach vierstündiger Backzeit außen hart und innen zu weich wurde. Viktor, dem der Hunger ohnehin vergangen war, schaltete das Deckenlicht ein, drückte die Flammen der Kerzen mit der flachen Hand aus, sagte zornig zu Frau Pech »Polackenkarpfen« und zu seiner Frau: »Komm!«

Frau Pech brach in Tränen aus, und Maximiliane stand auf.

Sobald Viktor im Haus war, wechselte sie den Besitzer.

In jener Nacht wurde das zweite Kind gezeugt. Bereits bei dieser zweiten Empfängnis war Maximiliane so sicher, ›es zu spüren‹, daß sie die Fahnen hätte aufziehen lassen können. Was für ein Kind wurde da im Zorn gezeugt! Bereits im Mutterleib trat es seine eigene Mutter und versuchte schon im fünften Monat, mit dem Kopf durch die Bauchwand ins Freie zu gelangen!

Im März erschien Willem Riepe plötzlich auf dem Gut. Gemunkelt hatte man schon lange davon, aber gewußt hatte es keiner, außer dem alten Riepe und dem alten Quindt. Von Siemens, seiner alten Firma, war Willem Riepe nicht wieder eingestellt worden. Wer nahm schon einen Arbeiter, der aus Oranienburg kam?

Der alte Riepe erschien ungebeten auf Socken im Herrenhaus, die Schuhe ließ er, wie üblich, in der Vorhalle stehen.

»Tach, Riepe!« sagte Quindt. Und »Ach, Herr Baron!« sagte Riepe. Die seit einigen Jahren zwischen ihnen übliche Begrüßung.

Zunächst einmal erklärte der alte Quindt: »Nein!« Aber dann ärgerte er sich über Riepe, weil er die Bitte kein zweites Mal aussprach.

»Was hast du dir denn dabei gedacht, Riepe? Wie soll das denn gehn? Hier, wo ihn jeder kennt!«

»Eben, Herr Baron! Hier kennt ihn jeder.« Er hätte an das

Inspektorhaus gedacht, das seit Jahren leersteht und verfällt. »Schließlich ist der Willem auf dem Lande groß geworden. Alles wird er in der Stadt ja nicht verlernt haben. Er ist doch Schlosser. Er könnte die Maschinen reparieren. Ganz gesund ist er nicht mehr.«

»Und die Frau? Und die Kinder?«

»Zwei gehen schon auf Arbeit, die kommen nicht mit.«

Die Angelegenheit mußte natürlich mit Inspektor Kalinski besprochen werden, und ohne die Einwilligung von Priebe ging es auch nicht. Der alte Quindt mußte wieder einmal mit dem Parteibuch des Schwiegersohns winken, der ebenfalls unterrichtet werden mußte. Maximiliane übernahm es, ihn zu fragen, fing es aber nicht klug an. »Tu es mir zuliebe!« bat sie. »Wenn du mich liebst!« Diese Sätze kannte er zur Genüge. Trotzdem sagte er ja, man sollte sehen, daß die Partei großmütig sein konnte, wenn es darum ging, einem Gestrauchelten wieder auf die Beine zu helfen.

Im Mai zogen die Berliner Riepes in das Haus am See ein, beargwöhnt und bemitleidet. Keine Schafzucht mehr wie zu Blaskorkens Zeiten, auch das Fischereirecht war anderweitig vergeben. Willem Riepe kam morgens mit dem Fahrrad angefahren, schweißte, hämmerte und feilte in der Werkstatt, reparierte Trecker und Dreschmaschinen. Wenn jemand ihn hinter vorgehaltener Hand fragte: »Nun sag mal, Willem! In Oranienburg? Wie isset denn?«, fragte er zurück: »Kannste schweigen?« Und wenn der andere das zusicherte, sagte er: »Ich auch!«

Nur seinem Vater hatte er einiges erzählt; der hatte es dem alten Quindt weitererzählt, und der aß zwei Tage lang nichts, saß in der Bibliothek hinter geschlossenen Fensterläden.

Die beiden Kinder von Willem Riepe machten die Badebucht unbenutzbar, bauten Dämme, warfen mit Steinen nach den Fischen und zerstörten die Nester der Haubentaucher und Reiher.

Wieder fanden auf der Poenicher Heide Schießübungen statt. Die Offiziere machten ihre Aufwartung und bekamen Pferde gestellt; alle paar Wochen wiederholte sich das. Hitler erschien allerdings nicht mehr auf dem Übungsgelände, allenfalls ein Korpskommandeur. Der kleine Joachim lernte, auf eigenen Beinen zu stehen, dann auch zu laufen, aber möglichst noch am Rock der Mutter, die weder radfahren noch reiten konnte: Sie trug ihr ungebärdiges zweites Kind aus.

Wenn in der Mittagsstunde ein Reiter am Horizont auftaucht, wenn die Stuten hell und begehrlich wiehern, erinnert sie sich und wird vom gleichen Verlangen gepackt; davor schützt sie keine Schwangerschaft, im Gegenteil. Wieder muß sie Kiefernstämme umarmen und ihr Gesicht an die Baumrinde legen.

Im Hühnerhof ist die künstliche Glucke für künstliche Eintagsküken kein zweites Mal aufgestellt worden. Ein Huhn nach dem anderen hat sich zum Brüten gesetzt, zwanzig Glukken und nach und nach zwanzig Kükenvölkchen, die den Hühnerhof bevölkern, plustrig und rotbraun.

Zwischen dem Großdeutschen Reich und der Sowjetunion wird ein Nichtangriffspakt geschlossen.

»Bitte!« sagt Viktor, der gerade auf Poenichen weilt. »Eine erneute Bestätigung dafür, daß der Führer den Frieden will!«

»Ja«, sagt der alte Quindt. »Ja, der Hitler!« Er hat sich diese Art zu reden angewöhnt, man kann daraus Lob oder Verachtung hören. »Ja, das Recht!« Lobte er es oder zog er es in Frage? Oder wenn er mit solcher Betonung vom ›Dritten Reich‹ sprach. »Das klingt ja«, sagte Viktor, »als könne es danach ein viertes geben!«

»Darin stimme ich dir nun wieder bei«, antwortete Quindt, »nach dem dritten wird es schwerlich noch ein weiteres deutsches Reich geben.«

»Auch du wirst noch an IHN glauben müssen!« meinte Viktor.

»Wir werden alle dran glauben müssen, da kannst du recht haben«, sagte Quindt.

Aber im ganzen ist er doch vorsichtiger geworden, er geht auch Willem Riepe nach Möglichkeit aus dem Wege. Als es ihm einmal nicht gerät, läßt er anhalten und steigt aus. Willem Riepe setzt sein verschlossenes Gesicht auf. »Nun mal Kopf hoch, Herr Riepe!« sagt Quindt. »Mit Ihnen kann es doch nur bergauf gehen. Sie kommen von unten her, obwohl, so unten, wie Sie immer gemeint haben, ist's ja auch nicht, aber das ist eine andere Chose. Mit den Quindts geht es bergab. Wir waren auch lange genug dran, meinen Sie? Im Grunde meine ich das auch. Aber für seine Geburt kann keiner was. Sie nicht, aber ich auch nicht! Das war's!« Willem Riepe nimmt nicht einmal die Mütze ab, äußert sich mit keinem Wort zu dem, was Quindt sagt, trotzdem steigt dieser erleichtert wieder ins Auto.

Gegenüber Pfarrer Merzin, mit dem er jetzt öfter einmal zusammensitzt, erklärt er: »Was man nicht sagt, kann auch nicht mißverstanden werden.« Manchmal sprechen sie über ›das Ewige‹ oder schweigen darüber. Pfarrer Merzin hat sich eine fuchsrote Perücke zugelegt, weil er an seinem kahlen Kopf friert. Wenn ihm dann vorm Kaminfeuer warm wird, nimmt er die Perücke ab. Nachdem der kleine Joachim sie sich einmal auf den Kopf gestülpt hatte, legt Merzin sie jetzt regelmäßig auf dem Kinderkopf ab, damit sie warm bleibt, wie er sagt.

»Der Knabe erinnert mich übrigens immer ein wenig an Ihren Sohn«, äußerte er zu Quindt. »Das war auch so ein Stiller. Von unserer lieben Maximiliane hat er wenig, aber manchmal meine ich, den kleinen Achim vor mir zu sehen. Ja, der Krieg, lieber Quindt!«

Und beide fielen wieder in Schweigen über den ›letzten und größten aller Kriege‹ und über den nächsten.

In den letzten Augustnächten hörte man auf Poenichen die Truppentransporte, schwere und leichte Artillerie. ›Nacht und fernes Fahren.‹ Maximiliane stand am Fenster des Kinderzimmers und horchte, und an der anderen Seite des Hauses stand der alte Quindt und horchte. Dann war der Aufmarsch vollzogen, und die Nächte wurden wieder still.

Tante Maximiliane schrieb von »den Wogen einer großen Zeit, die auch an den Eyckel schlügen«, und Quindt antwortete ihr: »Der Eyckel hat im Laufe der Jahrhunderte schon viel ausgehalten.«

Auch er, der sonst Nachrichten nicht aus dem Radio, sondern aus der Zeitung bezog, weil seine Ohren noch nicht so abgehärtet waren wie seine Augen, saß am Vormittag des 1. Septembers vor dem Rundfunkgerät und hörte die Übertragung der Hitler-Rede aus der Kroll-Oper. »Ich habe mich daher nun entschlossen, mit Polen in der gleichen Sprache zu reden, mit der Polen nun seit Monaten mit uns spricht. Seit 5 Uhr 45 wird jetzt zurückgeschossen. Und von jetzt ab wird Bombe mit Bombe vergolten. Ich werde diesen Kampf, ganz gleich gegen wen, so lange führen, bis die Sicherheit des Reiches und bis seine Rechte gewährleistet sind. Ich will nichts anderes jetzt sein als der erste Soldat des Deutschen Reiches. Ich habe damit wieder jenen Rock angezogen, der mir einst selbst der heiligste und teuerste war. Ich werde ihn nur ausziehen nach dem Sieg, oder ich werde dieses Ende nicht erleben!«

Die Quindts saßen im Büro. Die alte Frau Pech hatte sich einen Stuhl neben die Tür gezogen, die Hausmädchen und Riepe standen in Strümpfen daneben. Noch bevor das dreifache ›Sieg Heil‹ von Berlin nach Pommern dröhnte, schaltete Quindt ab. »Morgen-Grauen!« sagte er. »Ich höre immer nur Grauen!« Er ging in die Hundekammer, holte aus dem Gewehrschrank die Schnapsflasche und goß jedem einen Dreietagigen ein.

Viktor schrieb, daß jetzt alte Rechnungen beglichen würden und daß es um die Erweiterung des Lebensraumes im Osten und um die Sicherstellung der Ernährung des deutschen Volkes gehe, er werde vorerst nicht kommen können, es sei selbstverständlich, daß er sich umgehend und freiwillig zur Verfügung stelle. Maximiliane las seinen Brief vor. »Von nun an gilt für uns alle nur eines: Führer befiehl, wir folgen!«

»Aber wohin?« sagte Quindt. »Schreibt er das auch?«

In Viktors Brief war von ›zu den Fahnen eilen‹ die Rede, nicht mehr vom ›Reichsparteitag des Friedens‹, der in Nürnberg hatte stattfinden sollen und an dem er hatte teilnehmen wollen. Aber auch von der bevorstehenden Niederkunft seiner Frau war nichts zu lesen. Kein Nachsatz stand unter dem Brief.

Großbritannien erklärte dem Deutschen Reich den Krieg, dann Frankreich. Quindt, der abends erst nach den Nachrichten ins Büro kam, erkundigte sich jedesmal: »Wer hat uns heute den Krieg erklärt?« Die Zeit der Wehrmachtberichte und Sondermeldungen hatte begonnen. ›Heil Hitler‹ und ›dreifaches Sieg Heil‹, Lebensmittelkarten, Einberufungen,

Bezugsscheine für Textilien. Und nur sechzig Kilometer Luftlinie bis zur polnischen Grenze, die sich allerdings stündlich weiter entfernte.

Unter diesen Umständen verlor Maximilianes Niederkunft an Bedeutung. Bei den ersten Anzeichen zog sie den kleinen Joachim an sich und sagte: »Mosche, jetzt holen wir dir den kleinen Bruder raus!« Sie drückte seinen Kopf an ihren Bauch. »Hörst du ihn?« Doch der kleine Joachim fürchtete sich, machte auf schwankenden Beinen kehrt und ließ sich bereitwillig der alten Frau Pech anvertrauen. Maximiliane holte sich einen Korb mit Ananasrenetten und einen Band Balladen und zog sich damit ins frischbezogene Ehebett zurück, um das Eintreffen des Arztes abzuwarten.

Dieses ungestüme Kind kam natürlich zu früh und schnell auf die Welt. Trotz Telefon und Auto traf der junge Dramburger Arzt Dr. Christ, Nachfolger von Dr. Wittkow, nicht rechtzeitig ein. Selbst für die alten Beine der Hebamme Schmaltz ging es zu schnell. Sie steckte den Kopf durch die Tür und sagte: »Leiwer Gott!«

Das Kind brach sich bereits bei seiner Geburt das Schlüsselbein.

25

›Siehst du im Osten das Morgenrot?
Ein Zeichen zur Freiheit, zur Sonne.
Wir halten zusammen, ob lebend, ob tot,
Mag kommen, was immer da wolle!‹

Lied der nationalsozialistischen Bewegung

Die letzten Kampfhandlungen fanden Anfang Oktober statt, dann hatte der Polenfeldzug ein Ende. Mehr als eine halbe Million polnischer Kriegsgefangener standen der deutschen Volkswirtschaft zur Verfügung, darunter zehn Landarbeiter für Poenichen. Wenig später traf Anja ein und wurde als Hausmädchen eingestellt, von Quindt nie anders als ›das Polenkind‹ genannt, dunkelhaarig, dunkeläugig, rasch, freundlich, hilfsbereit. Noch bevor es morgens dämmert, läuft sie auf handgestrickten Socken durchs Haus und versorgt die Kachelöfen. Wenn die Quindts dann aufstehen, sind die Räume bereits durchwärmt, eine Annehmlichkeit, die sie unmittelbar mit dem Polenkind in Verbindung bringen. Erika Schmaltz, die das Heizen der Öfen bisher besorgte – die Warmluftheizung war schon längere Zeit nicht mehr in Betrieb –, hatte dabei zwar alle Hausbewohner geweckt, aber zumeist nur Qualm und keine Wärme erzeugt. Jeden Mittag findet die Baronin jetzt eine Wärmflasche in ihrem Bett vor; sobald sie sich hingelegt hat, klopft es, und sie bekommt eine Tasse Kamillentee und ein scheues Lächeln. Wenn man Anja auf der Treppe begegnet, tritt sie beiseite und senkt den Blick. Sie kann mit Kindern umgehen, hat selbst drei kleine Geschwister. »Wo?« fragt Maximiliane. Anja hebt die Schultern. »Dein Vater?« Sie hebt wieder die Schultern. »Deine Mutter?« Sie schlägt ein Kreuz. Da sie kaum ein paar Worte miteinander reden können, lachen sie miteinander. Zusammen mit dem kleinen Joachim lernt Anja die ersten Worte Deutsch. Da sie nur das eine Kleid besitzt, das sie auf dem Leib trägt, tritt Maximiliane ihr ein Kleid und eine Jacke ab. Sie haben die gleiche Größe. Sie haben auch das gleiche Alter. Nachdem Quindt sie im Kleid seiner Enkelin gesehen und zunächst verwechselt hat, sagt er bei Tisch: »Wenn das nur Viktor nicht passiert!« Seine Frau und seine Enkelin sehen ihn fragend an.

»Ein Mann irrt sich schon mal! Wenn mich nicht alles täuscht, ist das ein sehr hübsches Polenkind. Vielleicht bin ich auch aus dem Alter heraus, in dem man das beurteilen kann. Viel habe ich nie davon verstanden. Ich weiß, Sophie Charlotte!«

»Ich habe nichts gesagt, Quindt!«

»Nein, du hast nichts gesagt!«

Sie spielen die gewohnten Rollen weiter, aber der Ton hat sich geändert, etwas wie Einverständnis schwingt mit.

Quindts Befürchtung erwies sich als unnötig und unangebracht. Viktor verschwendete keinen Blick an die polnische Arbeiterin. Sein Rassebewußtsein machte ihn gefeit gegen die Reize einer Polin. Er bat sich sogar aus, Vertraulichkeiten und Fraternisierungsversuche ihr gegenüber zu unterlassen.

»Sie ist ein armes Mädchen«, sagte Maximiliane. »Sie weiß nicht einmal, ob ihre Angehörigen noch leben. Sie hat ihre Heimat verloren!« – »Polen hat den Krieg verloren!«

Anja spürte die Gegnerschaft des jungen Herrn Quint und ging ihm aus dem Wege.

Wenn er zu Besuch auf Poenichen weilte, ritt er gleich nach dem Frühstück aus, kehrte aber meist nach kurzer Zeit zurück, ohne sich um das schweißnasse Pferd zu kümmern, warf, ohne Bitte und ohne Dank, irgendeinem Arbeiter auf dem Hof die Zügel zu. Ein Herrenmensch. Der alte Quindt wurde von seinen Leuten geachtet; daß er geliebt wurde, ist unwahrscheinlich, niemand hat sich je danach erkundigt. Der junge Herr Quint wurde zweifellos gefürchtet. Anpassen konnte oder wollte er sich so wenig wie seinerzeit Vera. Trotz seiner ›Liebe zum deutschen Osten‹ blieb er ein Fremdkörper. Er ließ sich zu unregelmäßigen Zeiten in den Ställen sehen, tauchte im Dorfgasthaus auf, so daß man sich von ihm bespitzelt fühlte. Der alte Quindt war nie im Gasthaus Reumecke erschienen und hielt sich auch bei seinen Rundgängen immer an die gewohnten Zeiten. Manchmal ließ Viktor Quint sich sogar im Souterrain sehen, ging prüfend durch Vorratskammer und Eiskeller, stellte Fragen. Wird auch nicht zuviel verbraucht? Gibt man hier als Selbstverbraucher ein Beispiel an Sparsamkeit? Er ließ eine gekränkte Mamsell und eine ängstliche Mutter Pech zurück. Auch im Büro erschien er und warf einen Blick in die Bücher, was Martha Riepe allerdings nur allzu gerne zuließ. Sie schwärmte für den jungen Herrn schon vom ersten Tage an, als er nach Poenichen gekommen war, und sie war inzwischen ein altes Mädchen geworden, Ende Dreißig, ohne Aussicht auf eine Heirat. Als Arbeitskraft war sie unersetzlich und uneigennützig, den Quindts ergeben, aber mehr noch ihrem deutschen Vaterland. Man mußte sich in ihrer Gegenwart mit kritischen Bemerkungen vorsehen.

Ein einziges Mal unternahm Viktor in diesen ersten Kriegsjahren noch den Versuch, mit dem alten Quindt eine Schachpartie zu spielen. Aber mehr noch als früher erwies er sich als ungeduldiger Spieler, machte das Spielfeld zum Schlachtfeld; innerhalb einer Viertelstunde war die Partie beendet. Quindt verzichtete auf Revanche, für immer.

Das Kind wurde auf den Namen Golo getauft. Mehrere der schlesischen Quints hießen so, Viktor zeigte seiner Frau die entsprechenden Eintragungen in seinem Ahnenpaß. Er hatte sich, die Quindtsche Tradition aufgreifend, freiwillig zur Panzertruppe, der Nachfolgerin der Kavallerie, gemeldet. Aber der Zweite Weltkrieg war kein Krieg der Freiwilligen. Außerdem galt er in seinem Amt als unabkömmlich. Er erhielt einen abschlägigen Bescheid und fürchtete von Feldzug zu Feldzug, daß der Krieg ohne ihn zu Ende gehen würde. Als Ersatz für die Soldatenuniform trug er einen Kleppermantel, der, bei hochgestelltem Kragen, ihm ein militärisches Aussehen gab. Joachim schien gegen den Gummigeruch, der ihm ständig anhaftete, einen Widerwillen zu haben, denn er fing jedesmal an zu weinen, wenn sein Vater ihn hochheben wollte.

Im Beisein seiner Frau trug Viktor seinen zweitgeborenen Sohn in den Quintschen Eichbaum ein, wiederum in Form einer Eichel. Ein großer Augenblick, das spürte auch Maximiliane. Viktor war gesprächiger als sonst und unterrichtete seine Frau eingehend über die Notwendigkeit des eben beendeten Polenfeldzugs. Leider nahm auch dieses Gespräch nicht den gewünschten Verlauf. Maximiliane stellte eine ihrer fragwürdigen Fragen.

»Warum heißt es eigentlich Kriegserklärung?« fragt sie. »Der Krieg wird doch niemandem verständlich gemacht?«

Viktor begreift ihre Gedankengänge nicht. »Es heißt nicht: jemandem etwas erklären, sondern –«

»Was ›sondern‹?« fragt Maximiliane.

»Bist du wirklich so töricht, oder stellst du dich nur so?« Er sieht sie mißtrauisch an. »Du fragst falsch!«

»Das hat man in Arnswalde und in Hermannswerder auch schon gesagt!«

»Siehst du! Du brauchst über solche Fragen nicht nachzudenken, es genügt, wenn du einfach deine Pflicht tust!«

»Und was ist meine Pflicht?« – »Spürst du das nicht in jedem Augenblick?« – Maximiliane schüttelt den Kopf.

»Immerhin setzt du Kinder in die Welt!«

»Das tut Cylla auch.«

»Muß man dir wirklich den hohen Begriff der Mutterschaft erklären?«

Maximiliane lacht auf.

»Was ist daran komisch?« fragt Viktor.

»Schon wieder eine Erklärung!« antwortet Maximiliane.

Gegen den Wunsch, daß der Neugeborene Golo heißen sollte, wurde von keinem etwas eingewendet. Nur Maximiliane hegte Befürchtungen, die sie aber nicht laut werden ließ. Fräulein Eberle hatte ihr seinerzeit die Legende der heiligen Genoveva aus erzieherischen Gründen vorgelesen, damit sie beizeiten erführe, wie es reichen Leuten ergehen konnte. Sie erinnerte sich genau an jenen Haushofmeister mit Namen Golo, der die Pfalzgräfin zu Unrecht des Ehebruchs bezichtigte, eine finstere Gestalt. Aber der Pfalzgraf schenkte ihm Glauben und verstieß die Gattin, die in einer Höhle ihr Kindchen zur Welt bringen und aufziehen mußte und es ›Schmerzensreich‹ nannte. Als während einer Jagd eine Hirschkuh den Pfalzgrafen zum Versteck seiner Gattin führte und er sich von ihrer rührenden Unschuld überzeugt hatte, ließ er den Haushofmeister Golo von vier Ochsen in Stücke reißen. Maximiliane fragte sich, ob sie ihrem Mann diese Legende erzählen sollte. Aber von Literatur hielt Viktor nichts, und sicher hatte er nie von Genoveva gehört – eine Geschichte für kleine, romantisch veranlagte Mädchen. Und so unschuldig wie Genoveva fühlte sich Maximiliane ja nicht! Seit jener Romanze am See war kaum mehr als ein Jahr vergangen. Viktor war sich der unbedingten Treue seiner Frau sicher.

Zunächst mußte das Kind getauft werden. Das kleine Festessen fand im Frühstückszimmer statt, da der Saal nicht mehr geheizt wurde. Quindt, der nicht gerne Anordnungen befolgte, die nicht von ihm stammten, hatte sofort bei Ausbruch des Krieges von sich aus Sparmaßnahmen befohlen, die über das Nötige hinausgingen. Entsprechend einfach fiel das Taufessen aus. Kein Zeremoniell und kein ›Brimborium‹.

Im Anschluß an den Taufakt spielte Maximiliane auf der Blockflöte ›Du mein liebes Riesengebirge‹, ohne auf Beifall zu stoßen. Während des Essens war dann von einer gemeinsamen Reise nach Breslau die Rede, noch immer kannte ja Maximiliane die Heimat ihres Mannes nicht, nicht einmal seine jüngere Schwester Ruth, die die Patenschaft für Golo übernommen hatte, aber nicht anwesend sein konnte, weil sie beim Roten Kreuz tätig und unabkömmlich war. Unabkömmlich zu sein verschaffte den Abwesenden großen Glanz, hinter dem der Glanz der Anwesenden verblaßte.

Die Augen des polnischen Leutnants erweisen sich in der vierten Generation als erbdominant. Golo hat sie auf seinen unruhigen Lebensweg mitbekommen. Wieviel besser wäre es, wenn einer Tochter diese Augen zur Verfügung stünden! Ihr würden sie, wie der Mutter, das Leben sehr erleichtern. Diesmal erkundigte sich keiner: Woher hat das Kind diese Augen? Ein Blick genügte. Es waren die Augen der Mutter. Und dazu noch die langen, gebogenen Wimpern seiner Großmutter Vera. Aber niemand erinnerte sich auf Poenichen an deren Wimpern.

Man konnte Golo nicht in der Terrine am Taufessen teilnehmen lassen. Seine Mutter mußte ihn auf den Schoß nehmen und ihn, so gut es ging, bändigen. Sie tauchte den Finger in die Dillsoße des unbewirtschafteten gespickten Hechts und ließ den Täufling daran lutschen, ebenso an der Karamelcreme.

Keine geistliche und keine weltliche Ansprache. So schien es zunächst. Dann aber brachte Viktor doch noch einen Toast auf den Führer und auf den Sieg aus. Der alte Quindt, der nie mehr eine Taufrede zu halten gedachte, fühlte sich daraufhin veranlaßt, etwas zu sagen, was einer, wenn auch kurzen, Taufrede gleichkam und eine Quindt-Essenz enthielt, die Maximiliane, wenn auch nicht wörtlich, im Gedächtnis bewahren wird. Entschuldigt durch Alter, Rheuma und den schlechtverheilten Oberschenkelhalsbruch, erhob er sich nicht, sondern klopfte nur an sein Glas, nahm es zur Hand und sagte: »Es lebe vor allem die Mutter dieses Kindes und sein Vater!« In diesem Augenblick erinnerte er sich an ein Wort Bismarcks aus einer Rede, die dieser vorm Deutschen Reichstag gehalten hatte, genauer: im Februar 1886, er selbst sei damals 17 Jahre alt gewesen. Diese Erinnerung wollte er den Gästen an seiner Tafel nicht vorenthalten, wie er sagte. »›Wir Deutschen fürchten Gott, sonst nichts auf der Welt!‹ Mein Vater pflegte diesen Satz zu zitieren, aber unter folgender Hinzufügung: ›Wir pommerschen Gutsbesitzer fürchten nichts außer schwere Gewitter, durchgehende Pferde, Maul- und Klauenseuche, den Kiefernspanner und den Zweifrontenkrieg, aber sonst: nichts auf der Welt!‹«

Das habe er, um der Tradition willen, sagen wollen, schloß er, trank einen Schluck, setzte das Glas ab und zeigte mit dem Zwicker auf Viktor. »Du mußt unsere pommersche Art noch lernen! Nicht den Ärger runterschlucken, sondern den gespickten Hecht!«

26

›Wer die Dauer hat, hat die Last.‹
Pommersches Sprichwort

Maximiliane befand sich in anderen Umständen. Das tat sie schon zum dritten Mal, also nichts Besonderes mehr. Ihr Mann hatte auf die diesbezügliche Nachricht auch nur mit dem Satz »Nimm diesen meinen Fortpflanzungswillen als Beweis meines unbeirrbaren Glaubens an die Zukunft unseres Reiches« geantwortet.

Sie hat auch diese Empfängnis deutlich gespürt. Eine Nacht, die sich ihr auch aus anderem Grund eingeprägt hat. Auf seinen ausdrücklichen Wunsch hin hatte sie Viktor in Berlin besucht. Am Abend war sie, im Anschluß an eine Kundgebung im Sportpalast, zusammen mit Viktor dem Führer vorgestellt worden, der ihr die Hand gereicht und seinen Blick für einen Augenblick in den ihren gebohrt hatte. Später erkundigte sich Viktor: »Nun, habe ich zuviel versprochen?« – »Nein«, hatte sie geantwortet. Sie war auch wirklich beeindruckt gewesen, hatte sich IHN allerdings größer vorgestellt; durch Körpergröße war sie schon immer zu beeindrucken gewesen. Noch in dreißig und vierzig Jahren wird es nun von ihr heißen, daß sie Adolf Hitler gesehen und daß sie ihm die Hand gegeben habe, wobei zu beachten ist, daß später sie es ist, die ihn gesehen hat und ihm die Hand gegeben hat, und nicht mehr umgekehrt.

Während der ersten Monate des Jahres 1942 befand Viktor

sich auf der Infanterieschule Döberitz bei Berlin. Anfang Januar hatte er seinen Gestellungsbefehl erhalten. Nachdem die Kämpfe an der Ostfront unerwartet hohe Verluste gefordert hatten und auch die Vereinigten Staaten in den Krieg eingetreten waren, hatte man seinem Gesuch stattgegeben, das – wie er in aller Ausführlichkeit nach Poenichen berichtete – vom Chef des Heerespersonalamtes persönlich unterstützt worden war. »Rechne vorerst nicht mit meinem Kommen. Du wirst in diesen unseren Ehejahren wahrgenommen haben, daß ich kein Schreibtischmensch bin, sondern jemand für die vorderste Linie. Ich werde meinen Mann stehen und mich bewähren. Meine mehrjährige Tätigkeit als Reichsarbeitsdienstführer wird mir ebenso zustatten kommen wie meine Arbeit als Referent im Reichssippenamt.«

Maximiliane nimmt die Kriegsereignisse hin wie Sonne und Regen, rechnet allerdings nicht mit Unwettern. Genauso reagiert sie auf Viktors Kommen oder Ausbleiben, beides ist ihr recht. Der alte Quindt wird die körperlichen Veränderungen seiner Enkelin erst spät gewahr, konstatiert dann aber um so drastischer: »Du brütest also mal wieder.«

Seit Ausbruch des Krieges kommt die Großmutter Jadow aus Charlottenburg öfter und dann gleich für mehrere Wochen nach Poenichen, um sich aufzuwärmen, satt zu essen und auszuschlafen. Daß dies alles in Pommern noch möglich ist, nimmt sie den Quindts übel, nimmt ständig irgend etwas übel, bleibt aus diesem Grund zumeist in ihrem Zimmer, nimmt dann aber die Tatsache, daß sie von niemandem aufgefordert wird, wieder zum Vorschein zu kommen, ebenfalls zum Anlaß, gekränkt zu sein. Die Lübecker Quindts melden sich gleich zu fünft an, ›um die Familienbande zu pflegen‹, die Witwe des ehemaligen Senatspräsidenten von Quindt meint, daß es im Sinne ihres verstorbenen Mannes sei, wenn sie die Beziehungen zu seiner Familie aufrechterhalte. »So verwandt waren wir ja noch nie«, äußert der alte Quindt. Die Witwe Schimanowski aus Arnswalde schreibt, daß sie recht oft an dieses liebe, unverbildete Mädchen zurückdächte und gern einmal sehen würde, wie es sich weiterentwickelt habe. Aber auch die ehemaligen Erzieherinnen und Kinderpflegerinnen erinnern sich an das Gut Poenichen in Hinterpommern und fragen an, ob sie zwecks Auffrischung lieber alter Erinnerungen einen Besuch machen dürften. Fräulein Eschholtz, der Maximiliane einen Teil ihrer sexuellen Aufklärung verdankt und deren Sohn Peter, wie sie schreibt, den Frankreichfeldzug mitgemacht hat und der jetzt Norwegen besetzt hält, traf als erste ein. Bald darauf meldete sich das Froebel-Fräulein an, deren Verlobter im Ersten Weltkrieg bei Arras gefallen war.

Alle genossen das ungestörte Leben auf dem Gut. Keine Luftschutzbunker, keine Verdunkelung und weder Sandsäcke noch Löscheimer vor den Türen, nicht einmal Sirenen! Man wärmt sich an den Kachelöfen, ißt Hühnerfrikassee, Zander oder Wildragout. Es werden nicht einmal die angebotenen Reiselebensmittelmarken abgenommen. Abends hört man gemeinsam den Wehrmachtsbericht, der, von Poenichen aus, an Wichtigkeit und Wahrscheinlichkeit verliert. Martha Riepe geht morgens zuerst in die Leutestube und bringt die Veränderungen im Frontverlauf auf der Europakarte an, die der alte Quindt dort hat aufhängen lassen. Stecknadeln mit farbigen Glasköpfen dienen als vorderste Kampfpunkte, Wollfäden stellen die Verbindung zwischen Brückenköpfen und im Wehrmachtsbericht genannten Städten her. Außerdem hängt sie den ›Völkischen Beobachter‹ dort aus, nachdem der Baron ihn gelesen und darin unterstrichen hat, was er für wichtig hält, Sätze wie ›Die Schmach von 1918 getilgt! Dank dem Führer und obersten Befehlshaber der Wehrmacht! Sein Handeln zwingt uns immer aufs neue zu schweigender und unbegrenzter Gefolgschaft‹. Das Wort ›schweigender‹ hatte er zusätzlich unterstrichen. Wenn Inspektor Kalinski ihn nach seiner Ansicht zur Lage fragte, dann sagte er: »Ja, Herr Kalinski, was soll man sagen! Der Krieg!«

Sobald Gäste im Haus waren, litt Quindt unter Schwerhörigkeit, ließ sich manche Sätze dreimal wiederholen. »Sie haben ja keine Ahnung, wie es in Berlin aussieht, Herr Baron!«

»Wie sieht es denn aus in Berlin, mein Fräulein?« erkundigt er sich höflich. Es stellt sich heraus, daß Fräulein Eschholtz sich jetzt Frau Eschholtz nennt. »Man kann hier doch wohl einen Witz erzählen?« fragt sie und berichtet, daß der Reichsmarschall Göring erklärt habe, daß er Meier heißen wolle, wenn auch nur ein einziges Flugzeug ins Reichsgebiet einfliege. »Und jetzt sagen die Berliner: Jenau wie sein Namensvetter, der Likör-Meyer, an jeder Ecke 'ne Niederlage!« Auch diese Geschichte vertrug eine dreimalige Wiederholung nicht.

Immer häufiger lassen sich die alten Quindts entschuldigen. ›Sie fühlen sich nicht so.‹ Das Polenkind bringt ihnen das Essen ins Separate. War es da ein Wunder, wenn sich Quindts Schwierigkeiten mit der Verdauung verschlimmerten? Diese ständige Verstopfung? Wo er auch seine Meinung für sich behalten mußte?

Das Kneipp-Fräulein tauchte ebenfalls auf. Zusammen mit ihrem Mann hatte sie eine Sauna in Dortmund eingerichtet, der Mann stand im Feld, und sie stand allein, und wer wollte denn schon bei den vielen Luftalarmen in die Sauna gehen, an Heizmaterial fehlte es auch. »Sie machen sich ja keine Vorstellungen, Herr von Quindt, wie es im Ruhrgebiet aussieht!«

»Nein«, sagte er, »so viele Vorstellungen kann ich mir gar nicht machen.«

Der große Kraftwagen war gleich bei Kriegsausbruch beschlagnahmt worden, der größte Teil der Pferde ebenfalls. Zugochsen wurden angeschafft, die, ohne Hufbeschlag, die sandigen Sommerwege benutzten und Pflüge, Eggen und Erntewagen zogen. Das kleine Auto durfte man behalten, allerdings mußten die Räder abgeliefert werden, so daß es aufgebockt in der Remise stand und dort allmählich verrostete. Die Kutschen wurden in Ordnung gebracht, und Riepe kletterte, wenn sein Rheuma es zuließ, auf den Kutschbock. Meist fuhr Maximiliane mit dem Karierten oder auch dem Schlitten zum Bahnhof, um die Gäste abzuholen, unter Peitschengeknall und Glockengeläut. Friedliche, satte Ferientage für die Gäste in Pommern. »Man lebt hier ja wie Gott in Frankreich! Weiß man das überhaupt zu schätzen?« Wieder verbessert der alte Quindt: »Wie Gott in Hinterpommern, mein Fräulein!«

Vieles wiederholte sich, und gerade diese Wiederholungen ermüdeten ihn.

Eines Tages tauchte, unangemeldet, eine junge Frau auf, ein kleines Mädchen an der einen und ein Köfferchen an der anderen Hand. Sie stand unschlüssig vor dem Rondell und betrachtete die 18 Fenster der Hausfront. Sie mußten zu Fuß gekommen sein, abgeholt hatte sie jedenfalls niemand. Als erste wurde Maximiliane den Besuch gewahr, vermutete, es handele sich wieder um eines ihrer ›Fräuleins‹, ging mit ausgestreckten Armen auf die beiden zu, begrüßte zuerst das kleine Mädchen, das artig knickste, dann die Mutter.

»Mein Name ist Hilde Preißing!«

Maximiliane versucht, sich einer Person dieses Namens zu erinnern, vergeblich. Sie blickt das Kind genauer an, dann die Frau, erkennt die Haarklammern und weiß Bescheid.

»Das Kind heißt Edda!«

Edda, wie die Tochter des Reichsmarschalls Göring. Ein Kind für den Führer. Weltanschaulich war gegen das Kind nichts einzuwenden.

Maximiliane entsinnt sich der Worte Viktors. ›Deutschland braucht erbgesunden Nachwuchs, damit aus einem Volk ohne Raum nicht ein Raum ohne Volk wird.‹

Sie setzt sich mit den beiden ins Frühstückszimmer, trägt Anja auf, in der Küche heiße Milch und Butterbrote zu bestellen, und versucht, ein Gespräch in Gang zu bringen.

»Der Weg vom Bahnhof zum Gut ist weit, kann die Kleine . . .«

»Edda!« sagt die Kleine.

»Kann Edda denn schon so weit laufen?«

Es stellt sich heraus, daß der Milchwagen die beiden mitgenommen hat. Das Gespräch gerät ins Stocken, im Aufzug wird der Imbiß hochgezogen. Maximiliane hat Zeit, sich Fräulein Preißing und vor allem das Kind anzusehen, das Viktor so ähnlich sieht, wie ein dreijähriges Mädchen einem dreißigjährigen Mann nur ähnlich sehen kann: das glatte dunkelblonde Haar, der schmallippige Mund, die engstehenden blauen Augen, die flache Stirn, die geraden Schultern. Das Kind wirkt ein wenig verstört und struppig, macht aber den Eindruck, als wisse es, was es wolle. Die Mutter: eine städtische Ausgabe von ihr, Maximiliane, nordisch, allerdings auch blauäugig – zumindest dem Frauentyp war Viktor treu geblieben –, eine Berlinerin mit Schick, auch noch im dritten Kriegsjahr, daneben wirkte sie selber, die gerade auf dem Weg zum Hühnerhof war, wie eine einfache Frau vom Lande, in der abgetragenen Kletterweste, die sich über dem Siebenmonatsbauch nicht mehr zuknöpfen ließ.

Fräulein Preißing wischt der kleinen Edda Hände und Mund ab, schiebt Teller und Tassen beiseite und kommt zur Sache. Sie wünscht zu heiraten!

»Weiß das Viktor?« fragt Maximiliane.

»Heiraten ist meine Sache!« erklärt Fräulein Preißing. »Mein Bräutigam will das Kind nicht! Das Kind ist uns im Wege!«

»Soll man das alles vor dem Kind besprechen?« fragt Maximiliane.

»Das ist es gewöhnt! Es weiß Bescheid«, sagt Fräulein Preißing und kommt zu den Einzelheiten. Die Arbeitszeit sei schon wieder verlängert worden, die meisten Verkäuferinnen arbeiten inzwischen in der Rüstungsindustrie. Vor zwei Monaten sei ihre Mutter auf dem Weg in den Luftschutzbunker die Treppe hinuntergestürzt und dabei ums Leben gekommen. Ihr Vater könne zwar für sich selber, aber nicht auch noch für das Kind sorgen. »Hier ist genug Platz. Hier kommt es doch auf ein Kind mehr oder weniger nicht an.«

Sie spricht wie jemand, der sich alles genau überlegt hat.

»Weiß Viktor davon, daß Sie hier sind?« fragt Maximiliane.

»Nein!«

Maximiliane denkt nach und rechnet nach: Joachim wird im Mai vier und Golo im September drei Jahre alt, und fragt dann: »Wann hat die Kleine ...«

»Edda!« sagt Edda.

»... die kleine Edda Geburtstag?«

»Am 5. März!« antwortet das Kind.

»Es ist ein Sonntagskind!« ergänzt Fräulein Preißing und holt den kleinen Koffer. »Hier ist alles drin, was es besitzt. Viel anzuziehen hat es nicht. Was es eben so auf Kleiderkarten gibt.«

Eine Puppe mit Schlafaugen und echtem Haar kommt zum Vorschein und ein gestrickter Bär. Dann ein Umschlag mit den Papieren: Geburtsurkunde, Impfschein, polizeiliche Abmeldung, Abmeldung der Bezirksstelle Pankow für Lebensmittelmarken und auch die Verzichtserklärung, vom Jugendamt bestätigt. Dazu die Lebensmittelmarken der laufenden Zuteilungsperiode, umgetauscht in Reisemarken.

Es klopft, Anja erscheint in der Tür und fragt, ob sie dem Herrn Baron den Besuch melden soll.

»Nein«, sagt Maximiliane, »aber man soll in der Küche den Karton fertigmachen!«

Fräulein Preißing blickt auf Maximilianes Leib. »Wann soll es denn bei Ihnen soweit sein?«

»In sechs Wochen«, sagt Maximiliane und steht auf. »Komm, Edda, ich bringe dich jetzt zu Joachim und Golo, mit denen kannst du spielen!«

Edda blickt fragend ihre Mutter an, erhebt sich, als diese nickt, und ergreift Maximilianes Hand. Die Übergabe hat sich damit vollzogen.

Joachim legt zunächst einmal die Hände auf den Rücken und schließt die Augen, um die Hand nicht sehen zu müssen, die Edda hinhält. Golo fragt: »Wer soll denn das sein?«

»Dieses kleine Mädchen heißt Edda und kommt aus Berlin. Sie wird bei uns bleiben. Sie ist beinah eure Schwester!«

»Du hast uns aber eine ganz kleine Schwester versprochen!«

»Die kleine Schwester bekommt ihr außerdem. Kinder kann man gar nicht genug haben. Edda ist ein Sonntagskind!« Sie sagte damit so ziemlich alles, was sie wußte.

Dann wurde Fräulein Preißing mit dem Karierten zum Abendzug gebracht. Maximiliane händigte ihr in der Vorhalle den Karton mit Schmalz, Speck und frischen Eiern aus. Die beiden Frauen trennten sich freundlich, aber die eine sagte nicht ›auf Wiedersehen‹ und die andere nicht ›danke‹.

Während Maximiliane zusammen mit Anja die Kinder zu Bett brachte, saßen die alten Quindts vorm Kamin im Herrenzimmer.

»Die Laus im Pelz, Sophie Charlotte! Erinnerst du dich? Als dieser Quint ohne d zum ersten Mal hier auftauchte, hast du gesagt: ›Setzen wir uns da nicht eine Laus in den Pelz?‹ Jetzt hat er uns wahrhaftig auch noch ein Kuckucksei in den Pelz gelegt.«

»Ausgeschlüpft ist es ja schon, Quindt.«

»Ja. Der Kuckuck ist bereits fertig.«

Der alte Quindt hat dann das Kind nie anders als ›Kuk-kuck‹ gerufen. Folglich sagten die beiden Jungen ebenfalls ›Kuckuck‹ zu ihr. Der Name Edda geriet für einige Zeit in Vergessenheit. Das Kind sagte ›Opapa‹ mit einer deutlichen Pause hinter dem O und führte den Namen ›Urma‹ für die alte Baronin ein. Der alte Quindt ließ sich die Anrede gefallen. Seine Abneigung gegen kleine Kinder und junge Hunde hatte sich mit zunehmendem Alter gelegt. Er war auch nicht mehr so empfindlich gegen den Milch- und Harngeruch, der aus der Hundekammer und aus dem Kinderzimmer drang.

Bereits am ersten Morgen sagte das kleine Mädchen zu Maximiliane ›Mutter‹, wurde von Golo verbessert: »Das ist nicht deine Mutter, das ist unsere Mutter!«

»Das weiß ich doch! Zu meiner anderen Mutter sage ich ›Mama‹.«

Da es in Pommern kälter ist als in Berlin – ›Sibirien beginnt auf dem Stettiner Bahnhof‹, behauptete die Großmutter Jadow – und da das Kind nur ein dünnes Mäntelchen besaß, aus dem es überdies herausgewachsen war, holte die Baronin eine der selbstgewebten Wolljacken aus der Truhe, krempelte die Ärmel daran hoch, drehte eine Schnur als Gürtel und machte einen Kindermantel daraus.

Der Kuckuck bezog das Büfett, das im Saal stand und die Ausmaße einer kleinen Wohnküche besaß, nicht, um sich darin zu verstecken, sondern, um darin ungestört spielen zu können. Vermutlich waren ihm die Räume auf Poenichen zu groß und zu hoch. Die Terrinen und Saucieren schob es beiseite und schaffte so Platz für sich und seine Puppen. Manchmal ging Quindt durch den Saal und rief: »Wo zum Kuckuck –«, und dann streckte das Kind seinen Kopf mit den dünnen kleinen Zöpfen hervor und rief: »Kuckuck!« Im ganzen fand es sich dankenswert schnell in der neuen Umgebung zurecht, ließ Joachim sogar mit ihrer Puppe spielen, die er abwechselnd an- und auszog. Die Bleisoldaten aus dem Besitz des Urgroßvaters, ›Lützows wilde verwegene Jagd‹, verschwanden endgültig in der Schachtel. Reiter mit blitzenden Säbeln und Helmen, Pferde und Geschütze. »Müssen alle schlafen!« sagte er und packte sie in Watte ein.

Edda hatte, da sie aus Berlin stammte, einen gehörigen Vorsprung vor ihren neuen Geschwistern; fühlte sie sich zurückgesetzt, sang sie einen Spottvers, den ihr der Großvater Preißing beigebracht hatte:

»›Ein Pommer
ist im Winter so dumm wie im Sommer.
Nur im Frühjahr,
da ist er etwas klüger.‹«

Bei der letzten Zeile rannte sie vorsichtshalber weg. Sie konnte sehr schnell laufen. Im Februar hatte man das Kind mit blasser Berliner Haut übernommen, und schon im April war das Gesicht mit Sommersprossen übersät: gesprenkelt wie ein Kuckuck.

Maximiliane hatte das neue Kind dort, wo sie es für nötig hielt, bekannt gemacht, immer mit dem Zusatz ›ein richtiges Sonntagskind‹. Sie sagte es mit so großer Überzeugungskraft, über lange Zeit, und behandelte es auch wie ein Sonntagskind, so daß es fast ein Sonntagsleben führte, soweit es die Zeitumstände zuließen. Sie wuchs in dem Bewußtsein auf, daß ihr alles geraten würde. Vielleicht hatte sie aber auch die gesunde Tatkraft ihrer Mutter geerbt und das erhöhte Selbstwertgefühl ihres Vaters.

Dieser kündigte sein Eintreffen mit den Worten an: »Diesmal werde ich Dir in Deiner schweren Stunde beistehen können. Ich habe im übrigen eine Überraschung für Dich und die Kinder.«

Da die Wehen stündlich einsetzen konnten, fuhr Maximiliane nicht selbst zum Bahnhof, um ihn abzuholen, sondern der alte Riepe; er nahm Joachim und Golo mit. Als erstes verkündete Golo dem Vater: »Wir haben eine neue Schwester!« Viktor mußte also annehmen, daß er auch zur Geburt seines dritten Kindes zu spät gekommen sei. Da er sein Zimmer in der Dorotheenstraße aufgegeben hatte, führte er zwei Koffer und eine Kiste als Gepäck mit. Der Bahnhofsvorsteher Pech mußte selbst Hand anlegen.

Unterwegs zieht der Vater einen eingewickelten Gegenstand aus der Jackentasche und reicht ihn seinem Ältesten. »Das habe ich dir mitgebracht, Joachim! Es ist der Splitter einer Bombe, die ganz in der Nähe meiner Kaserne detoniert ist!«

Aber der stille, ängstliche Joachim macht sich nichts aus Bombensplittern, dafür Golo um so mehr. Er nimmt dem Bruder den Splitter aus der Hand und ruft begeistert: »Pompe! Eine Pompe!«, was so gar nicht zu den langbewimperten Augen, dem braunen Lockenköpfchen und dem kirschroten Mund paßt. Er bedroht seinen Vater und den alten Riepe, bohrt ihnen den Splitter in Knie und Rücken, so wie er es auch zu Hause mit jedem Feuerhaken tut, den er sich als Gewehr unter den Arm klemmt, damit durch die Flure rennt, Wollen und Können dabei nie auf einen Nenner bringend, Treppen hinunter- und Treppen hinaufstürzt, mit Worten und Beinen stolpert und sein Gewehr in Hosen und Röcke bohrt, ›peng, peng!‹ ruft und alle angreift, Anja, Frau Pech, den Großvater, die Hündin Texa, nur nie seinen Bruder, den er achtet und schont.

Viktor Quint trug bei diesem Besuch zum ersten Mal Uniform, bereits die eines Fahnenjunkerunteroffiziers, dem zum weiteren raschen Aufstieg nur noch ein paar Wochen Fronteinsatz fehlten. Die von ihm brieflich angekündigte Überraschung kam aber nicht zur Wirkung, da Maximiliane ebenfalls eine Überraschung für ihn bereit hatte. Zunächst einmal erwartete sie auf der Treppe das Vorfahren der Kutsche, was Überraschung genug für ihn gewesen wäre, da er sie im Wochenbett wähnte. Aber dann hatte sie auch noch dieses kleine Mädchen an der Hand.

»Wer ist denn das?« fragte er, obwohl er doch der einzige war, der dieses Kind von seinen gelegentlichen Besuchen bei den Preißings in Pankow her kennen mußte. Edda knickste und sagte, ohne die Hand der neuen Mutter loszulassen: »Guten Tag, Onkel!«

Als er das Nähere erfuhr, machte er seiner Frau die heftigsten Vorwürfe. »Ich begreife dich wirklich nicht! Warum hast du mich über den Tatbestand im unklaren gelassen! Du hättest mich doch brieflich darauf vorbereiten müssen! In was für eine Situation bringst du mich!«

Maximiliane schweigt so lange, bis er begreift, daß er sie ebenfalls in eine peinliche Lage gebracht hat.

»Soll das Kind etwa hierbleiben?« fragt er.

»Wo sonst?« antwortet Maximiliane.

Während des Abendessens, das ohne die Kinder eingenommen wird, sitzt man zu viert am langen Tisch des Frühstückszimmers. Der Schein des Einvernehmens zwischen Quint und den Quindts wird, wie üblich, gewahrt. Alle verfänglichen Themen werden nach Möglichkeit vermieden. Aber selbst Bahnverbindungen, die infolge der Luftangriffe durcheinandergeraten, ja sogar das Wetter, das ja ebenfalls Auswirkungen auf den Luftkrieg hat, erweisen sich als verfänglich. Bei der alten Baronin zeigen sich bereits die ersten Anzeichen von Gallenbeschwerden. Sie ist die einzige, die ein Wort über Viktors Uniform verliert. »Wollen Sie es sich während Ihres Urlaubs nicht etwas bequemer machen?« Zwischen den beiden ist es beim ›Sie‹ geblieben. Er setzt ihr gereizt auseinander, daß er kein ziviler Mensch sei; in gewissem Sinne, den sie als Tochter eines hohen Offiziers und Frau eines ehemaligen Rittmeisters eigentlich verstehen müsse, gebe es keinen Urlaub vom Krieg, ein Soldat sei nie außer Dienst!

Maximiliane sitzt, der Umstände halber, quer zum Tisch, was beim Essen, aber auch beim Gespräch hinderlich ist, weil sie dabei ihrem Mann den Rücken zukehren muß. Das Thema ›Edda‹ wird, wie die meisten in der Luft liegenden Themen, nicht angeschnitten. Statt dessen hält Viktor einen ausführlichen Vortrag über die Bevölkerungspolitik im Osten.

»Die Baltendeutschen werden bereits in einer großangelegten Aktion ins Wartheland umgesiedelt! Auch die Deutschen aus den alten Siedlungsgebieten auf dem Balkan werden heimgeholt. Eine gewaltige Heim-ins-Reich-Bewegung hat ihren Anfang genommen! Bewegung kommt in das erstarrte Europa. Deutsche und Volksdeutsche! Wenige Tage noch, dann wird meine Einheit nach Rußland einrücken. Ich werde in vorderster Linie dabeisein, werde das Weiße im Auge des Feindes sehen! Den Vorsprung, den andere mir voraushaben, werde ich in Bälde einholen. Wir werden Rußland erobern! Russische Erde! Pommern hat mir einen Vorgeschmack des Ostens gegeben, des künftigen großdeutschen Lebensraumes.«

Ein paarmal hat der alte Quindt schon zu einer Entgegnung angesetzt, aber der Blick seiner Frau hat ihm Zurückhaltung auferlegt. »Quindt! Schluck es runter!« sagt sie, als kein Blick und kein Handauflegen mehr helfen wollen. Quindt legt das

Besteck hin und lehnt sich zurück, es hat sich da einiges in ihm angestaut, das nun raus muß.

»Da du gerade bei dem Thema bist: Du hast jetzt vier Quints gezeugt«, sagt er, »diesen kleinen Berliner Kuckuck kann man ja wohl dazurechnen, und das nächste ist so gut wie fertig.« Er wirft einen Blick auf die errötende Maximiliane, die mit gefalteten Händen den schweren Leib abstützt.

»Einmal angenommen«, fährt er fort, »es sei jetzt Schluß mit der Fortpflanzung, eine Annahme, die als grundlos anzusehen ist, aber schon diese vier Quints werden sich in der nächsten Generation vervierfachen, und niemand weiß, ob sie sich nicht verachtfachen. Ich habe da kürzlich eine Statistik über die Besiedlungsdichte Hinterpommerns gelesen, die ja bekanntlich dünn ist, acht Einwohner auf den Quadratkilometer, also ist absehbar, wann Hinterpommern ausschließlich von Quints besiedelt sein wird. Aber warum Hinterpommern, wenn demnächst dem Großdeutschen Reich das ganze polnische und russische und tatarische und Dschingiskhanische Reich zur Verfügung steht? Man wird einen der neuen östlichen Grenzgaue Quintland nennen können!« Der Tonfall seiner Worte war zunächst jovial gewesen, dann aber zunehmend heftiger geworden. Maximiliane beobachtete ängstlich ihren Mann und sah, wie er weiß wurde vor Zorn.

»Es erübrigt sich wohl jede Stellungnahme meinerseits«, sagte er laut, die beiden geballten Fäuste auf der Tischplatte. »Aber der Gedanke, daß meine Söhne in einer politisch vergifteten Atmosphäre aufwachsen müssen . . .«

»Sie werden satt und müssen nicht frieren!« warf der alte Quindt ein.

»Bald wird kein Deutscher mehr hungern oder frieren müssen! Die Kornkammern der Ukraine sind erobert!«

»Aber sie wurden nicht bestellt!«

»Es kommt nicht darauf an, ob ein einzelner hungert oder friert, es kommt einzig und allein auf die Idee an! Meine Söhne – deinen Reden ausgesetzt, von einer polnischen Fremdarbeiterin betreut!«

»Anja ist zur Volksdeutschen erklärt worden! Sie kommt aus dem Generalgouvernement!«

Maximilianes Versuche, Viktor zu besänftigen, schlugen

ebenso fehl wie die Versuche der alten Baronin ihrem Mann gegenüber.

»Halt du dich da raus!« fährt Viktor sie an.

Da war er also wieder, jener Satz, der vor 50 Jahren schon einmal am selben Tisch gesagt und nie vergessen worden war. Maximiliane macht die Finger zu Krallen.

Diesmal erlitt die alte Baronin die Gallenkolik schon in der Nacht nach Viktors Ankunft. Dr. Christ aus Dramburg mußte am Vormittag telefonisch herbeigerufen werden. Er war dann auch gleich zur Stelle, als es galt, Maximiliane von einer Tochter zu entbinden. Viktor hatte sich schon vor dem Frühstück ein Pferd satteln lassen, eine alte Stute, da alle anderen Pferde requiriert oder zur Frühjahrsbestellung unterwegs waren, und war in Richtung Poenicher Heide davongeritten. Immer noch war er der Ansicht, daß ein Pferd die harte Hand des Reiters spüren müsse.

Der alte Quindt saß nach einer schlaflos verbrachten Nacht bei geschlossenen Fensterläden im Herrenzimmer, die grüne Schreibtischlampe brannte auch am Mittag noch. Er saß und starrte ins Feuer. Anja lief vom Bett der Gallenkranken zum Bett der Wöchnerin, Wärmflasche und Kamillentee hierhin, die Quindtsche Wiege mit den frischbezogenen Kissen dorthin, Tücher, Kübel mit heißem Wasser und zwischendurch schnell ein paar Kiefernkloben ins Kaminfeuer des Herrenzimmers.

Die alte Frau Pech sollte sich um die drei Kinder kümmern. Golo hatte das Rundfunkgerät eingeschaltet. Eine Sondermeldung ertönte durchs Haus bis in die Kranken- und Wochenstuben. Die deutsche Kriegsmarine hatte 38 000 feindliche Bruttoregistertonnen versenkt. Anschließend wurde ›Denn wir fahren, denn wir fahren gegen Engeland‹ gesungen, von Quindt das ›Bruttoregistertonnenlied‹ genannt. Martha Riepe stellte das Radiogerät leiser und schickte Golo zu den anderen Kindern in den Saal. Dort war Frau Pech gerade dabei, die kleine Edda aus dem Büfett hervorzuholen, wo sie wieder einmal mit ihren Puppen spielte. Sie angelte mit einer Suppenkelle nach dem Fuß des Kindes, während Golo, um seiner neuen Schwester beizustehen, eine große Vorlegegabel in die Röcke der alten Frau bohrte. Diese bekam den Fuß des Mädchens zu fassen und packte gleichzeitig den ungebärdigen Jungen beim Arm. Edda wehrte sich und stieß gellende Schreie aus, Golo riß sich los, stolperte, zog im Fallen die alte Frau und auch Edda mit sich. Edda war sofort wieder auf den Beinen, Frau Pech erhob sich ebenfalls langsam wieder, nur Golo blieb liegen. Der linke Fuß hing lose im Gelenk. Als Joachim das sah, brach er in herzzerreißendes Schluchzen aus, der überraschte Golo stieß ein fürchterliches Gebrüll aus, dazwischen die gellenden Schreie Eddas.

Derweil hatte Maximiliane unter den üblichen Umständen und mit gewohnter Leichtigkeit ein gesundes Kind zur Welt gebracht, nicht das geplante dritte, sondern das vierte und nicht die erwünschte erste Tochter, sondern die zweite Tochter, bereits vor ihrer Geburt durch den ›Kuckuck‹ von ihrem Platz vertrieben.

Dr. Christ stellte bei Golo einen Knöchelbruch fest, unkompliziert wie der vorige, als er sich beim Sprung aus der Blutbuche das rechte Bein gebrochen hatte. Der Fuß muß eingerenkt und eingegipst werden. Der Arzt schlägt vor, sich in Zukunft auf Poenichen für Golo einen Sack Gips in Vorrat zu halten, packt den Jungen unter Anteilnahme seiner Geschwister, der alten Frau Pech, der Polin Anja und Martha Riepe in sein Auto und fährt davon. In der Allee kommt ihnen Viktor Quint entgegen, das hinkende Pferd am Zügel. Dr. Christ hält an, zeigt auf Golo, der mit gebrochenem Knöchel auf dem Rücksitz kauert, gibt dazu einige Erklärungen ab und versäumt darüber, dem Vater von der Geburt der Tochter Mitteilung zu machen. Er erhält sie erst aus dem Mund der strahlenden Anja, als er an die Treppe zur Vorhalle kommt. Mit raschen Schritten geht er ins obere Stockwerk, zögert vor der Tür zu den grünen Zimmern und klopft kurz an.

Seine Frau liegt frisch gekämmt, in einem frischen Nachthemd in den frischen Kissen. Die Aprilsonne fällt durch die getupften Mullgardinen auf die Wiege, Joachim und Edda stehen mit andächtigen Gesichtern zu beiden Seiten: ein Genrebild, in dem der Vater für kurze Zeit seinen Platz einnimmt.

Trotz der Verstimmung des Vorabends – die Nacht hatte er in einem der Gästezimmer verbracht – richtet er ein paar anerkennende Worte an seine Frau, die daran nicht gewöhnt ist, ihn ebenfalls erfreuen möchte und deshalb vorschlägt, daß man das Kind nach seinem Vater Viktoria nennt, zumal es in dem Augenblick einer großen deutschen Siegesmeldung geboren worden sei, 38 000 Bruttoregistertonnen seien versenkt!

Viktor zeigt sich über beides, den Namen und die Sondermeldung, erfreut und steht ihr eine Viertelstunde zur Seite, die beiden recht lang wird. Maximiliane gibt einen ihrer geheimen Gedanken preis, was nur mit ihrer Erschöpfung zu erklären ist: »Weißt du, ich denke es mir so. Irgendwo ist jemand gestorben, seine Seele hat sich befreit und findet einen neuen Platz in unserem Kind. Kannst du dir das vorstellen?«

»Beim besten Willen! Das kann ich nicht!« sagt er. »Du solltest schlafen, die Niederkunft muß dich angestrengt haben.«

Sie hätte ihm nun gern klargemacht, daß eine Geburt keine Niederkunft, sondern einen Höhepunkt bedeute, aber bevor sie damit noch anfangen konnte, erklärte er, daß er das Kind jetzt in den Quintschen Eichbaum eintragen werde. Er beugt sich zu Joachim. »Willst du mitkommen?« Das Kind erschrickt, wie immer, wenn der Vater es anredet, nickt und stottert etwas Unverständliches.

»Trag Edda auch ein, Viktor!«

»Ich bitte dich, Maximiliane!«

»Trag sie ein! Und wenn du Viktoria standesamtlich anmeldest, dann bring das mit Edda in Ordnung! Bevor du nach Rußland gehst.«

»Du brauchst jetzt Schlaf! Aber wenn es dich beruhigt!«

Edda nimmt den Vater bei der Hand und sagt: »Onkel, komm!« Nach wie vor sagt sie ›Onkel‹ zu ihm, während sie zu Maximiliane ›Mutter‹ sagt.

Maximiliane schließt die Augen und bittet Viktor, ihr nun Anja zu schicken.

»Ich begreife nicht, Maximiliane, wie du diese Polin . . .«

»Schick mir Anja!«

Zum ersten Mal kommt ihm der Gedanke, daß er kein pommersches Gänschen geheiratet habe.

Anja trägt in beiden Händen eine Kassette, die sie von der gnädigen Frau Baronin überreichen soll. Sie stellt sie auf die

Bettdecke und öffnet den Deckel. Es liegen Halsband, Armband und Ohrringe darin, wasserhelle Saphire, mit Brillanten besetzt. Anja besteht darauf, daß die gnädige Frau den Schmuck anlegt, und ist ihr dabei behilflich, holt dann den Handspiegel, nimmt das Kind aus der Wiege, legt es dazu und sagt andächtig: »Schöne Mutter!«

Nach einer Weile kehrt Viktor zurück, auch er bringt eine Kassette mit. Er hat seiner Frau zur Geburt des Kindes Bernsteinschmuck erworben, ebenfalls Kette, Armreif und Ohrringe, nicht aus dem hellen, sondern dem braungoldenen Bernstein, ostpreußisches Gold, sowohl in der Farbe als auch in der Form besser zu Maximiliane passend als die Saphire und Brillanten der Großmutter, die sie bereits trägt.

Auch Viktor hat es mit diesen Quindts nicht leicht! Immer ist er der Angeheiratete, der Besitzlose, einer, der Bernstein schenkt. Ein Quint ohne d und ohne Adelsprädikat und nur Parteiabzeichen und Parteibuch als Gegengewicht. Er überreicht sein Geschenk nicht, sondern legt es auf die Kommode, die zum Wickeln des Säuglings hergerichtet war. Dort bleibt es tagelang unbeachtet liegen, bis es Maximiliane dann entdeckt und sich bis zu Tränen darüber freut. Sie legt den Schmuck, der ja schwer und unbequem zu tragen ist, bei Tag und Nacht nicht ab. Aber Viktors erste Enttäuschung ließ sich dadurch nicht wiedergutmachen.

Maximiliane, deren Gefühle sich noch durch Anhänglichkeit äußerten, hatte auch diesmal keine Gelegenheit, sich an ihren Mann zu gewöhnen. Bis sie ein wenig Zutrauen gefaßt hatte, stand er bereits wieder auf dem Bahnsteig.

Gegen Abend hörte sie dann die Schritte des Großvaters auf dem Flur. Er hinkte hörbar. Wieder kommen die Tränen und bleiben in den Wimpern hängen, ihre Augen schwimmen. Damit hat der alte Quindt nicht gerechnet, er deutet die Tränen falsch. »Gestern abend, das wäre nicht nötig gewesen, es tut mir leid, Kind. Wenn man alt wird, sollte man die Sprache so allmählich wieder verlieren, die man als Kind allmählich erlernt hat.« Dann zeigt er mit dem Stock auf die Wiege. »Wie sieht es denn aus?«

»Wie die anderen! Setz dich doch bitte!«

»Ich werde mich an den Ofen stellen. An Betten habe ich

nie gern gesessen.« Sein Blick bleibt auf dem Halsschmuck hängen. »Sieh an! Sophie Charlotte! Er war mein Geschenk zur Geburt ihres Sohnes. Getragen hat sie den Schmuck nie. Sie hatte ja immer so was Langärmeliges, Hochgeschlossenes. Aber bei dir hat er ja nun einen schönen geräumigen Platz gefunden. Will mir scheinen.« Dann setzt er noch hinzu: »Jetzt geht es schnell.«

»Womit, Großvater?«

Er hebt die Schultern, lehnt sie gegen die Ofenwand und erreicht fast seine frühere Größe. »Mit allem.«

Schweigen. Nur das Deckenlicht brennt, der Regen klatscht gegen die Scheiben. Das Kind wimmert leise.

Maximiliane versucht es ein zweites Mal: »Ich denke mir, irgendwo stirbt jemand, seine Seele wird frei und sucht einen neuen Platz. Wessen Seele mag dieses Kind bekommen haben?«

»Dann müssen jetzt viele Seelen unterwegs sein«, sagt Quindt. »Lauter Seelen von Helden. Von Seelen habe ich nie viel verstanden. Eher von den Bäumen.«

»Weißt du, worüber ich nachgedacht habe?« fragt Maximiliane nach einer Weile.

»Du scheinst ja viel nachgedacht zu haben.«

»Wenn man alt ist, alt genug, meine ich, so wie du und Großmutter eines Tages, dann sollte man stehenbleiben und Wurzeln schlagen. Als Baum sollte man noch eine Weile weiterleben und nicht gleich unter die Erde müssen und mit einem Stein beschwert werden. Hörst du mir zu, Großvater?«

»Ja. Ich höre dir gut zu. Der Gedanke ist so übel nicht. Aber wer überbringt ihn? Unser guter Merzin ist da nicht der richtige Mann. Von Bäumen hat er nie was verstanden. Allenfalls von den Hechten. Und der neue Pfarrer Kühn? Der benutzt Gottes Wort, um damit Hasen zu erschlagen, ich werde ihm ein Gewehr schenken. Theologische Erneuerungen sind aus Pommern nicht zu erwarten. ›Aus Erde seid ihr gemacht, zu Erde sollt ihr werden‹ oder wie das heißt. Dabei wird es wohl bleiben müssen. Immerhin, so ein Stück gute pommersche Erde, das ist auch was!«

»Du wirst in deinen Enkeln weiterleben!« sagt Maximiliane nach einigem Schweigen.

»Genaugenommen sind es bereits meine Urenkel, und sie müßten Urgroßvater zu mir sagen, nicht Großvater. Da hat unmerklich ein Generationsschwund stattgefunden, dem dein Vater zum Opfer gefallen ist.«

Das Gespräch versickert wieder. Das Neugeborene wimmert lauter. Der alte Quindt sagt: »Ich schicke dir jetzt das Polenkind. Nochmals, es tut mir leid!« Er hat sich nicht oft in seinem Leben entschuldigt. Er beugt sich nieder und küßt seiner Enkeltochter die Hand. Auf diesen Augenblick haben die Tränen gelauert: Sie stürzen ihr aus den Augen. Wie viele Tränen sind auf dieses neugeborene Kind gefallen! Ein Aprilkind, unbeständig, unausgeglichen, trotz seines glorreichen Namens ein Schattenkind.

Zwei Tage nach der Entbindung wurde für Viktor das Ehebett wieder hergerichtet. Mehrmals im Laufe der Nacht, genauer dreimal, sprang die Zimmertür auf, tappten Kinderfüße durchs Zimmer, tasteten kleine Hände über Bettdecken und Gesichter; ein Kind nach dem anderen suchte Unterschlupf bei der Mutter. Als die Plätze rechts und links von ihr besetzt waren, tastete das dritte Kind sich um das breite Ehebett herum und legte sich neben den Vater. Maximiliane, die daran gewöhnt war, erwachte nicht einmal mehr davon, wohl aber der Vater, der sich unruhig und schlaflos im Bett wälzte, bis es dem betreffenden Kind zuviel wurde und es sich davonmachte, wobei es auch noch gegen Stühle und Türen stieß. Drei Nächte lang ging das so, dann erschien es Viktor besser, wenn Maximiliane wieder im Kinderzimmer schlief, samt dem Säugling, der bereits um sechs Uhr früh gestillt werden mußte. Er brauchte seine Ruhe.

Viktor erwachte auch in Poenichen, wie immer, sehr früh, verließ sein Zimmer, überquerte den Flur und öffnete leise die Tür zum Kinderzimmer. Was für ein Bild bot sich ihm! Seine Frau schlief fest, einen der Arme über die Augen gelegt, um sich vor der hereinbrechenden Morgenhelle zu schützen, an jeder Seite ein Kinderkopf: der braunlockige Golo und Edda mit ihren kleinen Zöpfen, beide tief schlafend. Das Neugeborene schlummerte in der Wiege, vor einer Stunde bereits gestillt. Und sein Ältester saß friedlich im Bett und spielte mit

Eddas Puppe. Er begrüßte den Vater, indem er einen Finger auf den Mund legte und ihm zulächelte. Viktor verweilte einige Minuten, fühlte sich dem Ziel seiner Wünsche ganz nahe, nahm das Bild tief in sich auf und nahm es mit an die Front.

Am letzten Urlaubstag, an dem er mit dem Zehn-Uhr-Zug abreisen sollte, zum ersten Mal nicht nach Berlin, sondern an die Front, erwachte Viktor noch zeitiger als sonst. Auf dem Weg zum Kinderzimmer, bereits in voller Uniform, begegnete er Anja, die gerade barfuß den Gang entlangschlich, auf dem Weg zur Treppe, die zu ihrer Kammer führte. Sie hatte nur einen alten Mantel übergehängt, den sie mit der einen Hand zuhielt, während sie in der anderen die Schuhe trug, das Haar zerzaust, die Backen noch geröteter als sonst, die Augen noch glänzender.

Viktor stellte sie zur Rede und bekam schließlich heraus, daß sie die Nacht bei Claude, dem Gärtner, zugebracht hatte, einem französischen Kriegsgefangenen. »Verzeihung, Härr Officier!« stammelte sie.

Nach dem Frühstück bittet Viktor den Baron um eine kurze Unterredung. Es stellt sich heraus, daß er diesem nichts Neues zu sagen hat. Immerhin erklärt sich der alte Quindt bereit, den beiden unauffälligeres Verhalten anzuraten.

Viktor ist empört. »Du duldest derartiges also unter deinem Dach?«

»Ach, so ein Dach, das breitet sich über vieles aus, ob ich es dulde oder nicht dulde«, antwortet Quindt. »Außerdem vermute ich, daß es die beiden im Treibhaus treiben, dort ist es warm. Aber, ehrlich gesagt, habe ich mich um die Einzelheiten des Liebesvollzugs bisher nicht gekümmert. Im Frühjahr paart sich hier alles. Claude, der Franzose, Anja, das Polenmädchen, das sind jetzt meine besten Leute. Sie sind mir untertan, wenn nicht sogar zugetan. Ich denke, daß sie bleiben werden, wenn alles gut ausgeht, ich meine: gut für uns. Sie werden dann lieber auf Poenichen eine Existenz aufbauen als im besetzten Frankreich oder im besetzten Polen. Dieser Claude kommt aus dem Médoc, ich unterhalte mich gern mit ihm. Sein Vater besitzt dort ein Weingut. Ein Weingut kann dieser Claude aus Poenichen nicht machen, aber der Tabak, den er anbaut, der ist recht beachtlich. An der Südseite des

Treibhauses. Poenicher Sandblatt, doppelt fermentiert. Soviel ich weiß, nimmt er Honig zum Fermentieren.«

Viktor unterbricht ihn: »Es lag nicht in meiner Absicht, mit dir über Tabakanbau zu reden!«

»Nun! Es wäre ein neutrales Thema gewesen«, sagt Quindt.

»Ich sehe diese Unterwanderung der Heimat durch die Kriegsgefangenen und Zwangsarbeiter mit Besorgnis und Empörung!«

Der alte Quindt verliert die Beherrschung: »Vergleichsweise vollzieht sich diese Unterwanderung friedlich. Von deutschen Truppen erobert zu werden, ist . . .«

Viktor fährt dazwischen: »Kein Wort weiter! Ich sähe mich sonst gezwungen –«

»Kein Wort weiter unter meinem Dach!« sagt Quindt schroff und erhebt sich, womit die Aussprache beendet ist.

Am Abend, als sie allein sind, sagt der alte Quindt zu seiner Frau: »Begreifst du das, Sophie Charlotte? Ich war ein Idealist, als ich jung war. Dann wurde ich ein Nationalist. Soweit ein Pommer leidenschaftlich sein kann, war ich sogar ein leidenschaftlicher Nationalist. Und jetzt muß ich feststellen, daß ich mehr und mehr zum Pazifisten werde. Ein preußischer Pazifist! Mitten im Krieg, während des siegreichen Vormarsches der deutschen Truppen an allen Fronten. Aber ich sage dir: Wir werden uns noch totsiegen!«

Die Geburt des Kindes war durch Anzeigen bekanntgegeben worden. ›Mit den Eltern freuen sich die Kinder Joachim, Edda und Golo.‹ Auf diese Weise wurde auch Eddas Ankunft mitgeteilt. Von allen Seiten trafen Glückwünsche ein. »Wie glücklich mußt Du sein, Maxi! Eben erst saßen wir noch zusammen im Schilf auf unserer Insel, und Du hast uns Gedichte vorgelesen.« – »Kinder sind der beste Beweis für eine glückliche Ehe!«

Von Ingo Brandes, Leutnant bei den Jagdfliegern, kam ebenfalls ein Glückwunsch. »Nach kurzem Heimaturlaub befinde ich mich wieder im Einsatz«, schrieb er. »Früher, wenn ich im Winter keinen Schal umband oder bei schlechtem Wetter im Main baden wollte, sagte meine Mutter immer zu mir: ›Du wirst dir noch mal den Tod holen, Junge!‹ Sie sagt es nicht mehr. Läßt mich fahren, ohne mich zur Vorsicht zu ermahnen! Das kann doch nur ein schlechtes Zeichen sein. Neun Abschüsse stehen schon auf meiner Liste. Ich wurde sogar namentlich im Wehrmachtsbericht erwähnt. Ich genieße in Bamberg hohes Ansehen, das sich auf den Bierumsatz meines Vaters auswirkt. Auf wessen Abschußliste stehe ich? An wievielter Stelle? Ich sage Dir, Maxi: Das Töten geht fast so schnell wie die Herstellung eines Menschen und ist ebenso mit Lust verbunden. Nur die Aufzucht von neuen Menschen, mit der die Tötungsbegierde gestillt werden kann, die dauert noch zu lange. Von der Herstellung verstehe ich immer noch wenig und von der Aufzucht nichts. Du um so mehr, wenn ich mir Deine Liste ansehe. Schläfst Du noch immer so tief und fest? Verschläfst Du noch immer alles? Ach, als der Rauhfußkauz schrie, als der Mond überm Tal der Pegnitz stand ...«

Wie hätte Maximiliane über solch einen Feldpostbrief nicht in Tränen ausbrechen sollen? Einige Wochen später traf ein Feldpostbrief des Majors Christian Blaskorken ein, allerdings ohne Bezug auf die Geburt des Kindes. Seit Jahren bestand keine Verbindung mehr zu ihm. Aus seinem Brief ging hervor, daß er sich nach Wiedereinführung der Wehrpflicht als Offizier hatte reaktivieren lassen, daß er jetzt als Bataillonskommandeur an der Ostfront stand und, angesichts der weiten östlichen Landschaft, mehr denn je an die Jahre in Poenichen dachte. »Nach Beendigung des Krieges«, so schloß der Brief, »wird es mein erstes sein, Poenichen einen Besuch abzustatten.« Auch über diesen Brief weinte Maximiliane. Aus Königsberg traf die Nachricht vom Tode des alten Max von Quindt ein; unter den Leidtragenden war als erster Erwin Max von Quindt angeführt, ›Generalmajor, z. Z. im Osten‹. Klaus von Quindt, der zweite Sohn, hatte es zum Oberst gebracht. Der alte Quindt studierte die Anzeige, sagte abschließend: »Die reine Beförderungsliste.«

Die Muttermilch versiegte früher als nach den ersten beiden Geburten. Die kleine Viktoria wurde nicht lange gestillt, ein Flaschenkind. Die Taufe fand erst nach der Abreise des Vaters im kleinsten Kreise statt. Maximiliane hatte unter den Papieren, die Fräulein Preißing ihr ausgehändigt hatte, vergeblich nach einem Taufschein gesucht. Sie schloß daraus, daß

Edda nicht getauft worden war. Es würde sich also um eine Doppeltaufe handeln, die besser durch den alten Pfarrer Merzin vorgenommen wurde.

Edda als die ältere wurde als erste getauft, dann der Säugling, den Martha Riepe als Patin über das Taufbecken hielt. Während des Taufakts begann Golo, der sich benachteiligt fühlte, so laut zu brüllen, daß Pfarrer Merzin ihn ebenfalls, um ihn zum Schweigen zu bringen, mit Taufwasser besprengte: ein zweifach getauftes Kind! Maximiliane konnte verhindern, daß Joachim in das Gebrüll einstimmte, indem sie seinen Kopf, auf dem die Perücke des Pfarrers saß, an sich zog und leise ›Mosche‹ sagte. Dabei wurde sie jäh von Bildern überschwemmt: Mosche in seinem Korb auf dem See, der Blick des Führers, Fräulein Preißing, das Kind an der Hand, Golo mit dem Gipsverband, Viktor im Abteilfenster. Sie schwankte. Und im selben Augenblick fühlte sie, wie sich der kleine Körper ihres Sohnes unter ihrer Hand straffte und ihr Halt gab. Ein Kind, das Belastungen brauchte.

27

Karl Valentin: ›Guten Tag, Herr Hitler.‹
Adolf Hitler: ›Ich habe schon viel von Ihnen gehört.‹
Karl Valentin: ›Ich von Ihnen auch.‹

Karl Valentin

Warum hat ein Schriftsteller nicht die Macht, den Ausbruch eines Krieges zu verhindern, damit alles so weitergehen könnte wie bisher, mit Sonne und Regen, Erntedank, Jagdgesellschaften und, in regelmäßigen Abständen, einem Taufessen. Er hat sich an den unabänderlichen Ablauf des Weltgeschehens zu halten. Den Zweiten Weltkrieg mit seinen Folgen vor Augen, fragt man sich, wie Maximiliane ihn durchstehen soll. Immerhin besitzt sie eine gute Gesundheit, dazu die angeborene Fähigkeit, in nahezu allen Lebenslagen schlafen zu können, und außerdem noch die anerzogene Anpassungsfähigkeit. Damit muß sie nun durchkommen. Daß sie ständig Kinder zur Welt bringt und damit die bevorstehenden Schwierigkeiten auch noch selbst vergrößert, beweist ein weiteres Mal die Machtlosigkeit des Autors.

Schon hört man, sogar in Pommern, Sätze wie: ›Man muß den Krieg genießen, man weiß nicht, was der Frieden bringt.‹ Auf den Streichholzschachteln steht: ›Feind hört mit‹, über die Hauswände schleicht drohend der schwarze ›Kohlenklau‹. Ein Volk spart. Ein Volk hat sich auf Kriegsdauer eingerichtet. Der Osten wird zum Luftschutzkeller des Reichs. Immer noch keine Luftalarme in Hinterpommern, immer noch keine feindlichen Flugzeuge über dem Land. Auf Poenichen hört man am Sonntagmorgen die Bachkantate aus Leipzig; wer will, kann im Büro am Sonntagnachmittag auch ›das Wunschkonzert‹ hören. ›Glocken der Heimat, tragt ihr mir Grüße zu . . .‹ Martha Riepe bewacht das Rundfunkgerät und strickt Socken, Ohr-, Puls- und Kniewärmer.

»Was stricken Sie da nur immer?« erkundigt sich Frau von Quindt.

»Was Warmes für unsere Soldaten an der Front!«

»Ach ja!« sagt Frau von Quindt.

Man rückt zusammen, um Feuerung und Licht zu sparen und um Wehrmachtberichte und Sondermeldungen zu hören. Die Unterschiede, von denen Quindt früher oft gesprochen hat, verschwinden mehr und mehr. Anjas Deutschkenntnisse bessern sich. Daß die Kinder gleichzeitig ein paar Worte Polnisch lernen, läßt sich nicht vermeiden.

Die Glocke der Kirche war bereits ›eingezogen‹, wie Quindt es nannte. Jetzt sollte auch das Kriegerdenkmal zum Einschmelzen weggeschafft werden, ebenfalls das Eisengitter, das Kirche und Friedhof umgab. Herr von Quindt, als Patronatsherr, mußte dazu seine formale Einwilligung erteilen.

Der Melker Priebe kommt in seiner Eigenschaft als Ortsgruppenleiter ins Büro, zieht die Stiefel nicht mehr aus, pflanzt sich vor seinem Herrn auf: »Wir brauchen Kanonen und keine Denkmäler, Herr Quindt!«

Er erwartet Widerspruch. Statt dessen stimmt ihm der alte Quindt zu. »Was man dann bei Kriegsende an Kanonen übrigbehält, kann man ja wieder einschmelzen und ein neues Kriegerdenkmal draus machen. Nur ein bißchen kleiner als unseres. Eisen verbraucht sich. Immer bleibt irgendwo ein Stück stecken. Aber die Wiederverarbeitung leuchtet mir ein. Im Frieden Heldendenkmäler und im Krieg dann wieder Kanonen für die Herstellung künftiger Helden und immer so weiter, immer mehr Helden für immer kleinere Denkmäler. Da sehe ich allerdings eine Schwierigkeit auf uns zukommen, Priebe!«

Priebe versteht ihn nicht und glotzt ihn an.

»Einschmelzen, Priebe! Immer einschmelzen! Weg mit den Denkmälern!« sagt Quindt.

Aber Priebe geht noch nicht, er hat noch etwas anderes auf dem Herzen. »Es ist wieder so eine Nachricht gekommen, Herr Quindt. Der Älteste vom Klukas.« Ob der Herr Baron dem Klukas seinem Vater die Nachricht überbringen wird.

»Der Klaus? Nee, Priebe, da müssen Sie nun selber hingehen. Das sind schließlich Ihre Leute. Kein Grab, was? Und jetzt nicht mal ein Denkmal für seinen Namen. Wo soll der Klukas den Kranz denn hinlegen? Nee, da gehen Sie nur mal selber hin!«

»Dat dau ich nich, Herr Baron! Dei Klukas geiht mit de Greipe up mi laut!«

»Dann wird meine Enkelin hingehen müssen, Priebe.«

Maximiliane zog ihr schwarzes Konfirmationskleid an, das Frau Görke schon zweimal umgeändert hatte, und nahm Joachim bei der Hand. Klaus Klukas, ihr Prinz, der Klaus, mit dem sie im Holundergebüsch Doktor gespielt hatte, gefallen in Rußland, bei Brjansk ...

Wie ein Todesengel geht sie künftig durchs Dorf, in drei Häuser zweimal, in eines viermal, und immer den kleinen gnädigen Herrn an der Hand, der die Augen fest zumacht, die Lippen aufeinanderpreßt und ein klein wenig zittert, wenn seine Mutter sagt, was gesagt werden muß, und sich dann strafft und stark macht, damit die Mutter sich auf ihn stützen kann. Maikäfer, flieg! Sein Vater war im Krieg. Joachim war noch sehr klein, aber er hatte ja noch viel Zeit, um in seine Aufgaben hineinzuwachsen.

»Ach, das Härrchen!« sagt die alte Frau Klukas, die Großmutter des Klaus. »So ein feines Härrchen!« Sie stammte aus Masuren und redete mehr als die anderen Frauen im Dorf.

Von den polnischen Kriegsgefangenen und Zwangsverpflichteten war nur Anja, von den französischen Kriegsgefangenen nur Claude, der Gärtner, zurückgeblieben. Als Ersatz bekam das Gut Poenichen russische Kriegsgefangene zugeteilt, dreißig Mann, die morgens mit dem Lastwagen gebracht wurden, von einem einzigen Wachmann beaufsichtigt; Fluchtgefahr bestand nicht, Rußland war weit, und noch entfernte sich die Front immer weiter nach Osten.

Wenn der Lastwagen morgens kommt, steigt der alte Riepe, den die Russen ›Väterchen‹ nennen, zu. Sie helfen ihm gutwillig beim Hochklettern. Er beaufsichtigt die Feld- und Waldarbeit, ein altes, ungeladenes Gewehr umgehängt.

»Mach kehrt!« befiehlt der alte Quindt seinem fünfzehnjährigen Kutscher Bruno, dem ältesten Enkel der Witwe Slewenka, wenn er den Gefangenentrupp von weitem sieht.

Er geht jetzt allem aus dem Wege.

Seit seine Schwiegertochter Vera vor Jahren jene Foto-Serie in der ›Berliner Illustrirten‹ veröffentlicht hat, steigt er, wenn er mit einem Landarbeiter sprechen will, schwerfällig und umständlich aus, geht nicht mehr von oben herab mit den Leuten um. An Tagen, an denen seine rheumatischen Beschwerden schlimmer als sonst sind, sagt er: »Steig ein! Setz dich mir gegenüber auf die Kutschbank!« Ganz ohne Folgen war Veras Anwesenheit auf Poenichen also doch nicht geblieben.

Quindts Verdauungsbeschwerden hatten sich in den ersten Kriegsjahren vorübergehend gebessert, ebenso wie der Rheumatismus, woran die bescheidenere, kalorienarme Kost schuld war. Nur selten kam er in die Küche, wo im Waschkessel das Essen für die Russen gekocht wurde, Pellkartoffeln aus der Miete, die faulen Kartoffeln nicht ausgelesen. Es blubberte und stank gärig. »Die sind doch nichts Besseres gewöhnt, das sind doch halbe Tiere!« erklärte die alte Frau Pech. Sie sagte, was sie im Radio hörte.

»Dann werden wir die Fütterung der Gefangenen dem Schweizer übertragen müssen, bei dem werden die Kühe ordentlich versorgt!«

Mit solchen Sätzen verärgert Quindt die alte Frau, ändert aber nichts. Sie haßt und verachtet die Russen, aber noch fürchtet sie sie nicht. Kein Borschtsch mehr wie zu Anna Riepes Zeiten, vor 25 Jahren. Trotzdem singen die Gefangenen, als hätte keine Oktoberrevolution stattgefunden: »Näh nicht, liebes Mütterlein, am roten Sarafan.« Und auch die ›Drei Rosse vor dem Wagen‹.

Maximiliane öffnet die Fenster des Kinderzimmers. »Horcht!« sagt sie. »Sie singen wieder!« Sie versucht, die Melodie auf der Blockflöte nachzuspielen. Aber kein Windhauch trägt die Töne über die Bäume des Parks zurück zu den Gefangenen; die Verbindung bleibt einseitig.

Claude versorgte die Russen mit seinem selbstgezogenen Tabak, Anja mit Zigarettenpapier; eine Dünndruckausgabe nach der anderen verschwindet aus der Bibliothek, Shakespeares Königsdramen gehen in Zigarettenrauch auf, unbemerkt, da Quindt, seines Rheumas wegen, in die unterste Reihe des Bücherschrankes nie mehr greift.

Jahrzehntelang hatte ein Stettiner Buchhändler die Neuerscheinungen regelmäßig nach Poenichen geschickt, aber nun hatte Quindt auch diese literarische Verbindung zur Außenwelt gekündigt. »Verschonen Sie mich in Zukunft mit der Blut-und-Boden-Literatur!« Er, der früher gern und weit gereist war, bis Sizilien, zur Krim und bis Lissabon, reist nicht einmal mehr nach Berlin, höchstens, wenn es unerläßlich ist, einmal bis Dramburg. Die Unbequemlichkeiten des Reisens überließ er jahrelang den anderen, Gobineau, Alexander von Humboldt, dem Seefahrer Cook; er ging mit Seume zu Fuß nach Syrakus, verbrachte lange Winternachmittage in den Uffizien, die er auf den Knien hielt, in Stahl gestochen. Als ihm auch diese Reisen zu anstrengend wurden, griff er nach Fontane, las die ›Wanderungen durch die Mark Brandenburg‹, wo ihm vieles bekannt war, wo vieles wie in Pommern war. Er teilte sogar seiner Frau den einen oder anderen Satz mit. Sie verbrachten jetzt viele Stunden gemeinsam im Herrenzimmer, das Separate wurde nicht mehr geheizt. Die alte Baronin saß untätig; die Sehkraft ihrer Augen ließ nach. Genug Patiencen gelegt. Genug Kronen gestickt. Genug Hunde gezüchtet. Texa, die letzte Rauhhaarhündin, lag ihr zu Füßen, auch bei Nacht. Quindt rauchte den Claudeschen Tabak in seiner kurzen Pfeife. Manchmal sah man die beiden nebeneinander durch die Allee gehen, 300 Meter hin, 300 Meter zurück, manchmal gingen sie auch nur ums Rondell. Einer Ehe muß man Zeit lassen.

Abends, wenn die Kinder ins Bett gebracht waren, kam Maximiliane ebenfalls ins Herrenzimmer. Sie nahm sich Bücher aus dem Schrank, setzte sich an den Schreibtisch und schrieb im Schein der grünen Lampe an Viktor, das heißt, sie schrieb ihm mit ihren großen runden Buchstaben Gedichte ab. An ihrer Handschrift hätte man damals schon ihr wahres Wesen erkennen können, das sich sonst noch nicht recht entfaltet hatte, das Großräumige, Großzügige, Platzbeanspruchende. Sie zeigte noch wenig eigenes Profil, was an Pommern liegen mochte, dessen Landschaft wenig prägt, vor allem aber am alten Quindt. In einer Familie kann immer nur ein Original gedeihen.

Zweimal in jeder Woche schickte Maximiliane ein Gedicht an Viktors Feldpostnummer; die Briefe, die dieser ebenso regelmäßig schrieb, glichen weiterhin den Wehrmachtsberichten, bei völliger Geheimhaltung der militärischen Lage und seiner Gefühle. Gedichte hin, Parolen her. Jedem Fremden hätten die Briefe des Viktor Quint in die Hände fallen können. Maximiliane las sie aufmerksam, las sie sogar vor, suchte nach irgendeinem verborgenen, vertrauterem Inhalt. Sie war verwöhnt! Sie kannte den Briefwechsel zwischen Abelard und Heloise, kannte Goethes Briefe an die Frau von Stein, die Briefe an Diotima. Was hätte sie ihm antworten sollen? Daß Joachim die Milchzähne verlor? Daß Viktoria bereits den ersten Zahn bekam? Daß Erika Schmaltz nun auch zum Kriegseinsatz eingezogen war, ebenso wie Lenchen Priebe, die eine zur Flak, die andere in eine Munitionsfabrik. Daß jemand Kleiderläuse eingeschleppt hatte? Daß alle vier Kinder Läuse gehabt hatten? Schließlich zahnte immer ein Kind, und für das Schicksal der Hausmädchen hatte Viktor sich nie interessiert; ungeeignete Mitteilungen, die sie daher unterließ.

Also suchte sie nach dem passenden Gedicht, wobei sie, instinktsicher, den Garten der deutschen Lyrik durchstreifte. Zur Erntezeit schrieb sie:

»›Kommt wohl der Weizen rein vor Feierabend?‹
›Ich denke doch, wir schaffen's, Herr Baron!‹«

Ein langes Gedicht; Börries Freiherr von Münchhausen schrieb sie darunter und dann erst ihr großes M. Viktor antwortete: »Die Arbeitsleistung der russ. Gef. reicht hoffentlich aus, die Ernte einzubringen, damit die Ernährung der Truppe und Zivilbevölkerung gewährleistet bleibt. Es wird von allen jetzt das Äußerste an Leistung und Entsagung verlangt!« Maximiliane scheute nicht die Mühe, zwei und drei Seiten lange Gedichte abzuschreiben, schrieb, was sie vor einigen Jahren dem Potsdamer Fähnrich geschrieben hatte, ohne sich jedoch dabei an ihn zu erinnern: »›Liebe fragte Liebe: Was ist noch nicht mein?‹«, wobei diesmal die Frage mit größerer Berechtigung gestellt wurde.

Kein Soldat wird je so viele Gedichte bekommen haben wie Viktor Quint. Aber wie anders hätte sie ihm mitteilen sollen, was sie bewegte? Mit eigenen Worten? Denen traute sie wenig, sie war keine mitteilsame Natur. Also schrieb sie ihm bei zunehmendem Mond Carossas Gedicht:

»›Und wie manche Nacht
bin ich aufgewacht,
lag so hell der Mond auf Bett und Schrein!
Sah ins Tal hinaus,
traumhell stand dein Haus,
tiefer träumend schlief ich wieder ein.‹«

Noch vor dem Mondwechsel traf Viktors Antwort ein, aber der Mond über der Blutbuche im Park war nicht derselbe Mond, der die Lage am Dnjepr so gefährlich machte. »Wir liegen am D.«, schrieb Viktor, »unsere Einheit hatte geringfügige Verluste, aber der Vormarsch geht unaufhaltsam weiter. Wir werden Rußlands Flüsse überschreiten, einen nach dem anderen, nichts wird uns aufhalten können! Du müßtest meinen Haufen sehen! Lauter aufeinander eingefleischte Kerle.« Als Nachsatz stand erklärend unter dem Brief, daß er nach einem erfolgreichen Spähtruppunternehmen zum Leutnant befördert worden sei.

Joachim war groß genug, daß man ihm die Briefe seines Vaters vorlesen konnte. Er stand still da, krampfte die Hände zu Fäusten, preßte die Lippen zusammen, zitterte ein wenig und verlor bei jedem Feldpostbrief für mehrere Stunden die Sprache, trug aber den letzten Brief des Vaters bis zum Eintreffen des nächsten mit sich herum und legte ihn erst dann in einen Schuhkarton, den Martha Riepe zu diesem Zweck mit blauem Samt bezogen hatte und der neben dem Kästchen auf dem Kaminsims im Saal stand.

Maximiliane holte mit den Kindern Binsen vom Ufer des Blaupfuhls, flocht kleine Körbe daraus, wie sie es bei Fräulein Eberle gelernt hatte, und schickte sie an die Front, später im Sommer dann Heidekränze; kein Gedicht ohne eine gepreßte Blume am Rand, Rapsblüten, Flachs und Immortellen. Die ausgewählten Gedichte betrafen die Jahreszeiten, die Freiheitskriege und die Liebe. »Die Krähen schrein . . .«, schreibt sie, derweil draußen die Nebelkrähen durch die Dämmerung schreien, bevor sie sich auf dem gemeinsamen Schlafplatz niederlassen, unzählige schwarzköpfige Krähen in einem einzigen Baum. Der Frost hat sie aus Rußland nach Pommern vertrieben. »Weh dem, der jetzt nicht Heimat hat!«

Viktor antwortet: »Ein großes Betätigungsfeld liegt vor uns! Bis aus diesem unterentwickelten Agrarland ein zivilisiertes Kulturland werden wird. In den Dörfern noch Ziehbrunnen! Keine Elektrizität, sondern Ölfunzeln! Die Bevölkerung schläft auf dem Ofen, ganze Familien! Es wimmelt von Ungeziefer. Wir haben es bisher vorgezogen, im Zelt zu schlafen. Aber jetzt zwingt uns die hereinbrechende Kälte, in diesen Katen zu nächtigen.«

Da Maximiliane in seinem Brief das Wort ›Zelt‹ gelesen hat, schreibt sie für ihn Münchhausens Gedicht ›Jenseits des Tales standen ihre Zelte‹ ab, das sie so oft in Hermannswerder gesungen hat, und klebt ein gelbes Ahornblatt an den Rand. Und Viktor schreibt: »Es wäre gut, wenn Du bereits jetzt anfingest, Russisch zu lernen, ein Lehrbuch wird sich beschaffen lassen. Kontakt zu den Gefangenen halte ich nicht für ratsam. Diesem Krieg wird eine lange Zeit der Besatzung folgen. Ich überlege, ob nicht mein Platz in den Ostgebieten ist. Poenichen läßt sich, bis Joachim herangewachsen ist, mit einem guten Inspektor bewirtschaften, aber hier, wo man daran gewöhnt ist, daß der Herr über alles wacht, wird Anwesenheit unerläßlich sein. Du fragst nach Heimaturlaub. Ich bin von meinem ganzen Wesen her kein Urlauber. ›Als Sieger kehre heim!‹ Du wirst Dich dieser Mahnung der Frauen Athens an ihre Männer und Söhne entsinnen. Sie gilt heute wie eh und je! Unser Ziel heißt Moskau. Wir werden das Herz Rußlands erobern. Ich vertraue darauf, daß Du meine Söhne zu mutigen, tapferen Männern erziehst, gemäß SEINER Parole: ›Zäh wie Leder, hart wie Kruppstahl, schnell wie die Windhunde.‹ Die Mädchen entsprechend ihren künftigen Aufgaben als Mütter.«

Maximiliane antwortet mit Rudolf Alexander Schröder, in Schönschrift und mit ruhiger Hand: »›Eh der Fremde dir deine Kronen raubt, Deutschland, fallen wir Haupt bei Haupt.‹«

»Regen und Schlamm«, schreibt Viktor, »können unseren Vormarsch behindern, verhindern können sie ihn nicht. Die Erde hat sich vorübergehend in Schmierseife verwandelt. Aber Frost wird einsetzen und sich, wie im vergangenen Winter, mit uns verbünden, und dann geht es weiter vorwärts, ostwärts. Sag den Kindern, daß ihr Vater Träger des Eisernen Kreuzes Zweiter Klasse wurde. Dabei soll es nicht bleiben! Ich vermisse in Deinen Briefen Nachrichten über die Heimat.«

Daraufhin teilte Maximiliane ihm mit, daß Willem Riepe durch Sonderbefehl des Führers für die Dauer des Krieges für ›wehrwürdig‹ erklärt worden sei; seine Familie wohne nun mit in der Brennerei, und das Inspektorhaus würde für Evakuierte hergerichtet; dazu ein Gedicht, diesmal von Weinheber.

Aber was sollte Viktor mit Nachrichten über diesen Riepe, den Häftling eines Konzentrationslagers, anfangen? Und was mit Gedichten? Sie waren an ihn verschwendet. Er wirft einen flüchtigen Blick auf das Blatt mit der gepreßten Blume und gibt es an seinen Melder weiter, der Sinn für so etwas hat, Rudolf Hebe, Gefreiter, Volksschullehrer aus Gera, ein scheuer, schüchterner Mann, der nie Post von einem Mädchen erhält. Viktor händigt ihm Maximilianes Briefe regelmäßig nach Postempfang aus, und der Gefreite Hebe liest sie immer wieder und bewahrt sie auf. Er wartet sehnlicher auf die Briefe als sein Leutnant, an den sie gerichtet sind, verliebt sich in die Frauenhandschrift, vergißt, daß die Gedichte nicht ihm gelten. Das große Maximilianische M übersetzt er mit Maleen. Wort für Wort treffen die Gedichte sein Herz. Da lebt, irgendwo,

eine Frau, die ihn versteht, die Stefan George liebt und Rilke.
Schneefall, Schneegestöber, Schneesturm! Und Viktor mit seinem Emanuel Quintschen Haß gegen Schneestürme, den er nun in Haß gegen den Feind umwandelt. Kältegrade bis 20 Grad unter dem Gefrierpunkt. Rechtzeitig vor Einsetzen des russischen Winters hatten ihn die Feldpostpäckchen erreicht, die Martha Riepe ihm heimlich schickte, Kopfschützer, Kniewärmer und Socken aus Schafwolle.

Maximiliane schickte handgefertigte Strohsterne, mit denen er den Erdbunker weihnachtlich schmücken sollte, immerhin auch eine Kerze und einen kleinen Hund aus Fensterkitt, den Joachim für ihn geknetet und bemalt hatte, dazu das ›Kaschubische Weihnachtslied‹. ›Krug um Krug das frische Bier aus Putzig‹, im Zusammenhang mit dem polnischen Leutnant und den Zoppoter Dünen schon einmal erwähnt. Welche Freude und Beglückung für den Gefreiten Rudolf Hebe! ›Wärst du, Kindchen, doch bei uns geboren!‹ Er trat mehr als die Hälfte der Thüringer Blutwurst, die ihm die Eltern geschickt hatten, an Leutnant Quint ab.

Bei den Abwehrkämpfen südlich Smolensk wurde Viktor Quint dann zum ersten Mal verwundet. In Poenichen hörte man am Abend desselben Tages im Wehrmachtsbericht: ›Im Abschnitt der Heeresgruppe Mitte herrscht weitgehend Ruhe!‹ Also beruhigte man sich auch im Büro. »Gott sei Dank!« sagte Martha Riepe, ohne es allerdings zu tun, und schaltete das Radiogerät ab.

Auch dieser Leutnant Quint – er teilte es in einem Brief aus dem Feldlazarett Minsk mit – hatte einen Lungendurchschuß von vorn erhalten, aber keinen von der tödlichen Art. Ein verirrtes Infanteriegeschoß hatte ihn getroffen. Ein anderes traf den Gefreiten Hebe, ihn allerdings tödlich. Seine Hinterlassenschaft, darunter die Blätter mit den Gedichten, nach Datum geordnet, wurde den Eltern in Gera zugeschickt. Sie fühlten sich in ihrem Schmerz über den Verlust des Sohnes ein wenig getröstet, im Gedanken daran, daß er jemanden gefunden hatte, der ihn liebte und ihm schrieb. Sie bewahrten die Blätter mit den gepreßten pommerschen Blumen auf, bis heute. Auf nichts kann man sich so verlassen wie auf die Wirksamkeit und Unvergänglichkeit eines Gedichts.

Es gibt immer noch keinen Kinderwagen auf Poenichen, obwohl sich die Anschaffung jetzt doch gelohnt hätte. Aber welches Kind hätte darin spazierengefahren werden sollen und von wem? Zu viele Kinder und kein ›Fräulein‹ wie früher. Statt dessen strich Martha Riepe den alten Handwagen blau an. Bei gutem Wetter, also fast täglich, da die Ansprüche, die an das Wetter gestellt wurden, nicht hoch waren, füllte Maximiliane nach dem Mittagessen den Wagen mit Kissen, Kindern, Äpfeln und Büchern. Joachim und Golo nahmen die Deichsel zwischen sich und zogen, Edda mußte schieben. Sobald der Sandweg beginnt, ziehen alle, um sie zu schonen, die Schuhe aus und kräftigen die Füße. Weit kommen sie mit ihrer Fuhre nicht, nie bis zum Poenicher See, aber doch bis in die Nähe des Blaupfuhls, jener windgeschützten Eiszeitsenke. Am Rand des Kornfeldes machen sie halt; Decken und Kissen, Puppen und Kinder werden ausgeladen. Jedes Kind erhält einen Apfel. Joachim spielt erst eine Weile damit und ißt ihn dann auf mit Stumpf und Stiel wie die Mutter, Golo ißt seinen Apfel sofort, läßt aber das Fruchtfleisch zur Hälfte am Gehäuse, den Rest für seine Mutter, und Edda drückt ihren Apfel an sich und sieht zu, daß niemand ihn ihr wegnimmt.

Wieder hockt Maximiliane in ihrem weiten blauen Rock am Rande eines Kornfeldes. Nie ist die Welt so weit wie um die Mittagsstunde während des Hochsommers in Pommern; dann atmet die Erde aus und dehnt sich. Wenn sie die Augen schließt, glaubt Maximiliane zu spüren, wie der Planet sich dreht, mehrfach an der Sonne vorüberkommt. Sie meint, die Fliehkraft der Erde zu fühlen, faßt nach den Kindern, damit sie nicht fortgeschleudert werden. Dann greift sie nach einem Buch, aber Golo schlägt es ihr aus der Hand. Er ist eifersüchtig auf Bücher, aus denen die Mutter Hexen, Königinnen und Bären herausholt. »Erzählen!« befiehlt er, und die Mutter erzählt die Märchen, an die sie sich erinnert, auch das Märchen von dem ›Fischer un syner Fru‹, das ihr die Amma am großen Herd in der Küche erzählt hat. Joachim, mit seinem verständigen Gesicht, fragt: »Was muß man sich denn wünschen, wenn man schon ein Schloß hat?«

»Ach, Mosche!« sagt die Mutter und zieht ihren Ältesten an sich.

Jeden Tag muß sie das Märchen von der Gänsemagd erzählen. ›O du Falada, da du hangest!‹ Joachim preßt die Faust vor den Mund und fürchtet sich, Golo blickt wild um sich und fuchtelt mit dem Stock, Edda plappert alles nach und zieht die Nadeln aus dem Haarknoten, derweil die Mutter singt: »›Weh, weh, Windchen, nimm Kürdchen sein Hütchen und laß 'n sich mit jagen, bis ich mich geflochten und geschnatzt und wieder aufgesatzt . . .‹«

Drei Märchenlängen, dann schlafen alle; Viktoria, hellhäutig und empfindlich im Schatten des Handwagens, Edda, trotz ihrer Sommersprossen in der prallen Sonne. Das Korn blüht, und der Samen stäubt über sie hin. Stille. Bis der Schrei des Bussards, der über ihnen kreist, die Kinder aufweckt, aber nicht ihre Mutter. Maximiliane erwacht erst, als der Bussard auf einen jungen Hasen herunterstößt und die Kinder ihn mit Geschrei vertreiben.

Nachts schliefen Mutter und Kinder nach wie vor im Kinderzimmer, fünf Betten stehen in einer Reihe, eines davon leer, auf Vorrat; Viktoria schläft noch in der Wiege. Noch immer sucht Maximiliane ein frisches kühles Bett auf, wenn ihr das eigene zu warm wird, zusätzlich gewärmt von Joachim oder Edda und doppelt warm, wenn Golo, der sich schweißnaß schläft, neben ihr liegt. Wenn nach einiger Zeit das betreffende Kind die Mutter vermißt, steht es auf, sucht sie und legt sich wieder zu ihr: Ein lautloser Bettenwechsel, keiner liegt morgens im selben Bett wie abends.

Mit der letzten Garbe, die zusammengebunden und verbrannt worden war, was die alte Frau Klukas murmelnd und springend in der Mittagsstunde besorgte – wovon weder Quindt noch Inspektor Kalinski und schon gar nicht Ortsgruppenleiter Priebe etwas wußten –, war der Korndämon für das Jahr 1943 gebannt. Bald darauf kam Viktor auf Genesungsurlaub nach Poenichen. Als seine Frau mit dem Handwagen voll Kindern wieder zum Blaupfuhl zog, ging er mit. Er setzte sich die kleine Viktoria auf die Schultern, wo sie, selig und ängstlich zugleich, thronte, schwankend und schwindlig in der ungeheuren Höhe, nur an den Füßen gehalten. Es war ein heißer Augusttag, der wärmste Tag des Jahres. Die Luft war erfüllt von Sommergeräuschen: der Dreschmaschine und des Gesangs der Grillen, der Libellen im Schilf. Die Kinder planschten im Wasser, kreischten vor Vergnügen, Edda stieß ihre hellen Schreie aus, Golo, in diesem Sommer von keinem Gipsverband behindert, schlug mit dem Stock aufs Wasser ein, und die kleine Viktoria krabbelte, noch unbeholfen, aber doch schon auf eigenen Beinen, im heißen Sand.

Die Eltern blieben also für eine Weile ungestört, was nachts nie der Fall war; wenn die Tür zu den grünen Zimmern unverschlossen war, bestürmten die Kinder das Ehebett; war sie verschlossen, fingen sie an zu brüllen. Der erste ungestörte Augenblick während des Urlaubs also, beide, der Wärme wegen, in Badeanzügen. Maximilianes Haut gleichmäßig gebräunt, das Haar ungleichmäßig aufgehellt, unter der Sonne ist sie die Schönste weit und breit. Zum ersten Mal sieht sie bei Tageslicht die rotgeränderten Narben am Körper ihres Mannes: die kleinere auf der Brust, die größere auf dem Rükken. Sie bedeckt sie mit ihren Händen, als wolle sie, nachträglich, seinen Körper schützen oder heilen. Welche Überraschung: Ihr Mann war verwundbar! Wieder tritt unter ihren streichelnden Händen der Gänsehaut-Effekt ein. Sie hat Gewalt über ihn, spürt etwas wie Magie.

Sie sehen sich an, Maximiliane zeigt auf die kleine verschwiegene Bucht, das Versteck im Schilf, das vor zwanzig Jahren bereits den Erzieherinnen und Christian Blaskorken zu demselben Zweck gedient hat: weißer, einladend warmer Sandboden.

Aber Blaskorken war weniger schreckhaft gewesen, war nicht kurz zuvor in russischen Wäldern verwundet worden. Ein Geräusch im Schilf, dann ein Vogelschrei über ihnen, und schon verscheuchten die Kinder mit ihrem Gebrüll den Bussard und auch den Vater. Sie verhinderten damit eine weitere Schwangerschaft ihrer Mutter.

Es wird also kein Kind geben, das noch nicht laufen kann, wenn Pommern geräumt werden muß.

28

›Das ist das Wunder, daß ihr mich gefunden habt, daß ihr mich gefunden habt unter so vielen Millionen. Und daß ich euch gefunden habe, das ist Deutschlands Glück.‹ Hitler

»Es geht mit dem Krieg bergab«, sagt der alte Quindt.

An allen Fronten müssen sich die deutschen Truppen zurückziehen. Bei Salerno landen amerikanische Verbände. Der Sturm der Alliierten auf die Festung Europa hat begonnen.

Martha Riepe hat den Rückzug der deutschen Truppen auf der Europakarte, die in der Leutestube hängt, verhindert. Auf Poenichen bleiben die Stecknadeln an den vordersten Stützpunkten stecken, und die Wollfäden halten weiterhin die Kampflinien aus dem November 1942 fest, an der Atlantikküste und am Schwarzen Meer; Rhodos besetzt und die Lofoten in deutscher Hand. Auch der ›Völkische Beobachter‹ wird nicht mehr ausgewechselt, die Nummer vom 20. November 1942 bleibt in der Leutestube hängen, als hätten jene Nachrichten Gültigkeit für immer.

An der Kanalküste, wo Leutnant Quint seit einiger Zeit mit seiner Einheit lag, herrschte weiterhin Ruhe.

Seine Einheit ›lag‹, er selbst jedoch ›stand‹, ›auf vorgeschobenem Posten‹, ›in Erwartung des Feindes‹. »Nicht in Furcht!« wie er nach Poenichen mitteilte. »Wenn sie es wagen sollten, uns anzugreifen, so machen wir es ihnen ungemütlich. Wir verlegen Minen am Strand, rammen Baumstämme in die Erde, legen stählerne Hindernisse an. Wenn sie Badehotels und Tanzpavillons an der Küste erwarten, so werden sie sich täuschen. Wir halten den Blick nach vorn gerichtet, zum Feind!«

Irgendwann muß er sich dann doch einmal umgedreht haben. In seinem nächsten Brief war von ›blühenden Apfelgärten‹ die Rede, von ›Weiden voller Lämmerherden‹, ›Calvados und Camembert‹. Viktor war inzwischen von einer französischen Lehrerin aus der Ortschaft Roignet, Marie Blanc, erobert worden. Sie erreichte, was Maximiliane nie erreicht hatte, er wurde für einige Wochen mehr Mann als Soldat. Ein reger Austausch von Verpflegung und Zärtlichkeiten setzte ein. Gedörrte Bergamotten und geräuchertes Fleisch vom Wildschwein aus Hinterpommern in französischen Töpfen, und der Leutnant Quint in einem französischen Bett, nicht immer leichten Herzens. Aber wo sollte er mit seinem Kampfgeist hin in dieser langen, nervenzehrenden Wartezeit?

Hitler war davon überzeugt, daß die Alliierten den Ärmelkanal an der schmalsten Stelle, also zwischen Dover und Calais, überqueren würden, und zog daher die deutschen Truppen bei Calais zusammen. An der Calvadosfront herrschte infolgedessen weitgehend Unbesorgtheit. An einem Juniabend feierten die Offiziere des Regiments, bei dem Viktor Quint stand, im Kasino des Schlößchens Roignet ein Fest, wegen des 70prozentigen Calvados und des schlechten Wetters unbekümmerter denn je. Bei solch ungünstigen Wetterbedingungen würde der Feind jedenfalls keine Offensive beginnen. Es kam in diesem Zusammenhang zu einem der häufigen strategischen Streitgespräche: ›Wo werden die Alliierten angreifen?‹ Einer der Offiziere, ein Oberleutnant, erklärte, alle Anzeichen sprächen dafür, daß der Angriff an der normannischen Steilküste, also in ihrem Frontabschnitt, stattfinden würde und nicht, wie der ›Gröfaz‹ glaube, bei Calais; Gröfaz, zusammengezogen aus ›Größter Feldherr aller Zeiten‹, Hitler also.

Leutnant Quint greift zur Pistole, ist damit so schnell bei der Hand wie sein Sohn Golo und hat ebenfalls fünf Gläser Calvados getrunken. Es gelingt dem Regimentskommandeur, ihn zu beschwichtigen; den Oberleutnant verwarnt er. Das Fest wäre verlaufen wie zahlreiche andere Feste vorher, wenn sich unter den Offizieren nicht ein Pyromane befunden hätte, ein Mann von fast krankhaftem Brandstiftungstrieb, der zum Abschluß des Abends mit der Pulverladung von Patronen und Handgranaten ein Feuerwerk auf der Schloßterrasse veranstaltete. Um das ›Feuer zu flambieren‹, wie er sagte, leerte er eine Flasche des hochprozentigen Calvados in die Flammen und warf zur Krönung des Ganzen auch noch seine gesamte Pistolenmunition hinein, ein grandioses Feuerwerk, in das fauchend der Wind fuhr und das die Fassade des verdunkelten Schlosses hell erleuchtete.

Leutnant Quint tut, was er kann, um das Spektakel zu verhindern, und kommt dabei dem Feuer zu nahe: Ein detonierendes Geschoß reißt ihm den rechten Arm auf. Mit dem Wagen des Kommandeurs wird er sofort ins Feldlazarett Douzulé gebracht, wo er als erster Verwundeter der Invasion eintrifft.

Zwei Stunden nach dem Feuerwerk von Roignet hatte auf der gesamten Länge der Calvadosfront das Unternehmen ›Overlord‹, die Invasion der Alliierten, begonnen. Im allgemeinen Durcheinander fand kein Disziplinarverfahren, geschweige denn ein Kriegsgerichtsverfahren wegen mutwilligen Abbrennens eines Feuerwerks in Feindnähe statt; hingegen wurde Leutnant Quint durch seinen Kommandeur für sein unerschrockenes Eintreten für den Führer und obersten Befehlshaber der Wehrmacht rühmend erwähnt. Da die Fleischwunde sehr groß und der Oberarmknochen gesplittert war, mußte ihm der Arm bis zur Schulter abgenommen werden.

Maximilianes Briefe und Martha Riepes Päckchen kamen mit dem Vermerk ›Neue Feldpostnummer abwarten‹ zurück. Der nächste Feldpostbrief, der auf Poenichen eintraf, trug eine weibliche Handschrift.

Martha Riepe, die die Post in Empfang nahm, riß den Umschlag besorgt im Übereifer auf und eilte damit ins Herrenzimmer, um die Nachricht von der schweren Verwundung des jungen Herrn zuerst dem Baron zu überbringen. Unterwegs wurde sie von der Baronin aufgehalten. »Martha! Martha! Rufen Sie meine Enkelin, sie wird im Garten sein, und geben Sie ihr den Brief!«

Maximiliane las dann den Brief, den eine Rote-Kreuz-Schwester geschrieben hatte, vor. Er war kurz gehalten. Kein Wort diesmal über das Weltgeschehen, aber auch kein Wort über die Umstände und Art der Verwundung, wohl aber der Satz: »Ich werde lernen, mit der linken Hand zu schreiben und mit der linken Hand zu schießen! Es wird einen Platz geben, wo ich meinem Vaterland auch mit einem Arm dienen kann.« – »Heil Hitler!« sagte Quindt.

Daraufhin sagte Martha Riepe ebenfalls, wenn auch mit anderer Betonung: »Heil Hitler!«

»Ich meine, den alten, damals allerdings noch jungen Mitzeka zu hören«, sagte Quindt, zu seiner Frau gewandt: »85 000 gefangene Russen, was wiegt da ein Arm.«

»Das ist doch kein Vergleich, Quindt!« warf diese ein.

»Nein, Sophie Charlotte, das ist kein Vergleich, und Arm ist nicht Arm, und Krieg ist nicht gleich Krieg!«

»Wir sind nicht allein, Quindt!« mahnte seine Frau.

Martha Riepe entschuldigte sich daraufhin und verließ das Zimmer.

Maximiliane las den Schlußsatz vor: »Ich bin nun Träger des Deutschen Kreuzes in Gold.«

»Den Orden wird er wohl auch mit einem Arm tragen können!« sagte Quindt erbittert.

Als Maximiliane den ersten Schrecken überwunden hatte, äußerte sie: »Vielleicht ist Viktor nun gerettet! Mit einem Arm kann er doch nicht wieder eingesetzt werden, Großvater? Vielleicht kommt er jetzt für immer nach Hause.«

»›Du leiwer Gott!‹ hätte die alte Schmaltz gesagt.«

»Ich bitte dich, Quindt!« sagte seine Frau.

»Ich bin schon wieder ruhig, Sophie Charlotte.«

Bevor sich der Ring der Alliierten um die deutschen Einheiten bei Falaise schloß, war Leutnant Quint in das Feldlazarett Luxemburg verlegt worden. Dort traf ihn die Nachricht vom Attentat auf Hitler, in dessen Hauptquartier bei Rastenburg in Ostpreußen am 20. Juli eine Bombe explodiert war, die ihm gegolten hatte. 700 Offiziere wurden daraufhin verhaftet. Kaum ein deutsches Adelsgeschlecht, das nicht mit Vätern, Söhnen oder Schwiegersöhnen der Widerstandsbewegung angehört hätte.

Zum ersten Mal schrieb Viktor eigenhändig, linkshändig also: »Ich kann nur hoffen und zum Herrgott beten, daß keiner aus dem Quindtschen Geschlecht sich des Verrates an unserm Volk schuldig gemacht hat! Es hat sich seit jenem verhängnisvollen Tag ein Graben zwischen den Quints und den von Quindts aufgetan! Wäre auch nur ein Quindt unter den Verrätern, gälte die erste Kugel ihm und die zweite mir.«

Der alte Quindt sagte nach Anhörung des Briefes: »Ich kann nur hoffen, und in diesem Falle bin ich sogar bereit zu beten, daß ein Quindt darunter gewesen sein möge!«

»Der Schwanengesang des deutschen Adels«, sagte er, Stunden später, zu seiner Frau und: »Es lohnt nun nicht mehr.«

Alle Briefe kommen seither geöffnet nach Poenichen, das Telefon wird überwacht, der Freiherr von Quindt wird zweimal verhört, zweimal wird das Haus durchsucht. Und wieder hat man es der Verwandtschaft mit Viktor Quint zu danken, einem ehemaligen Referenten im Reichssippenamt und Träger des Deutschen Kreuzes in Gold, daß man zwar beargwöhnt, aber nicht weiter behelligt wird.

Viktor Quint war in ein Heimatlazarett verlegt worden, auf seinen ausdrücklichen Wunsch hin nach Berlin. Wenn sie ihn besuchen wolle, schrieb er seiner Frau nach Poenichen, so sei ihm das recht, er selbst würde nach den jüngsten Ereignissen Poenichen nicht mehr betreten. Er rate, die Kinder, so schmerzlich es ihm auch sei, ihre Entwicklung nicht mit eigenen Augen verfolgen zu können, nicht den Luftangriffen auszusetzen, mit denen ständig zu rechnen sei. Er bat um eine Fotografie. Daraufhin wurden alle vier vor jener rechten weißen Säule aufgestellt, die auf fast allen Poenicher Fotografien zu sehen ist, und Maximiliane reiste allein, nur mit den Bildern der Kinder in der Tasche nach Berlin.

Am ersten Abend führte Viktor sie in eine Kellerbar. Ein alter Mann saß in einem alten Frack an einem alten Klavier und spielte alte Schlager. Die beiden tranken eine Flasche Wein und tanzten miteinander. Viktor hielt Maximiliane mit einem Arm so fest wie früher mit zwei Armen.

›Es geht alles vorüber, es geht alles vorbei, auf jeden Dezember folgt wieder ein Mai.‹ Die Stimmung war ausgezeichnet. Das Lied von der ›tapferen kleinen Soldatenfrau‹ wurde von den meisten Gästen und auch von Viktor und Maximiliane mitgesungen. Maximilianes Augen glänzten, sie trug ihr schönstes Kleid, dazu den Bernsteinschmuck, hatte das Haar hochgesteckt und sah überraschend erwachsen aus. Sie läßt dem Klavierspieler ein Glas Wein bringen und bittet um das Lied ›Wer die Heimat liebt, so wie du und ich, braucht die Heimat, um glücklich zu sein‹, ihr Lieblingslied. Sie stellt sich neben das Klavier und singt mit und erhält Beifall. Der Kellner, der am Radio den Luftlagebericht mithört, gibt den Gästen bekannt, daß sich feindliche Verbände im Anflug auf Berlin befinden. Bald darauf ertönen die Sirenen, Voralarm, wenige Minuten später Vollalarm. Doch es besteht kein Grund, die Bar zu verlassen, man befindet sich bereits unter der Erde, aber ein Grund, das Licht, bis auf wenige schwache rote Lampen, auszuschalten: ›Rotes Licht, wir wollen Tango tanzen‹, rascher tanzen, lauter lachen, es geht alles vorüber, wer die Heimat liebt...

Nach der Entwarnung bringt Viktor Maximiliane zu ihrem Hotel; er selber muß ins Lazarett zurückkehren.

Maximiliane schläft und verschläft den zweiten Alarm dieser Nacht. Die Sirenen wecken sie nicht auf, auch nicht das Klopfen des Portiers. Sie erwacht erst, als Glas und Fensterrahmen auf ihr Bett stürzen. Sie liegt unverletzt unter den Scherben, das Gesicht durch den Arm geschützt, liegt zuerst reglos, sieht durch die leeren Fenster ein Stück Himmel, von Leuchtkugeln erhellt, hört das Prasseln von Feuer, Schreie und Bombeneinschläge, Abschüsse der Fliegerabwehrkanonen. Geräusche, die sie bisher nicht gekannt hat. Sie springt aus dem Bett, sucht nach ihren Kleidern, zieht sich notdürftig an, verläßt das Zimmer und gelangt durch das schuttbedeckte Treppenhaus ins Freie. Auf der Straße wird sie von zwei Männern der Feuerwache angeschrien und in einen Keller gezerrt, wo sie zwischen fremden Menschen sitzt, bis die Sirenen die Stadt entwarnen. Sie macht sich zu Fuß auf den Weg und irrt, zwischen brennenden oder zusammengestürzten Häusern, durch die Straßen, Richtung Stettiner Bahnhof.

Abends kommt sie, ohne Koffer, verschmutzt und mit zerrissenem Kleid, nach Poenichen zurück.

In Roignet an der Calvadosküste wurde der Lehrerin Marie Blanc, die sich bisher versteckt gehalten hatte, öffentlich das Haar geschoren, weil sie sich während der Besatzungszeit mit einem deutschen Offizier eingelassen hatte, sie wurde gebrandmarkt und entwürdigt, durch den Ort geführt und erhielt Berufsverbot für Jahre.

29

›... eines jener Wesen, die einen dazu bringen, die Geschichte für eine Dimension zu halten, die der Mensch hätte entbehren können.‹ Emile M. Cioran

Die Wunderwaffen, die fliegenden Raketen, werden die Kriegswende bringen, den totalen Endsieg, verkündet Hitler, und Viktor gibt dessen Worte weiter nach Poenichen. Die Wunde an seinem Armstumpf ist verheilt, und er ist ins Führerhauptquartier abkommandiert worden, das sich zu diesem Zeitpunkt im Taunus befindet, von wo aus Hitler die Kampfhandlungen im Westen leitet.

Maximiliane erzählt den Kindern, daß ihr Vater jetzt Ordonnanzoffizier beim Führer sei. Auf Joachims Frage, was das sei, erklärt sie ihnen, daß ein Ordonnanzoffizier vor allem geheime Briefe befördern müsse.

»Dann ist Papa ein Briefträger wie die alte Frau Klukas?« fragt Joachim.

»So etwas Ähnliches«, antwortet seine Mutter.

»Der Westwall wird dem Feind trotzen!« steht in einem der nächsten knappen Briefe. Aber der Westwall wird durchbrochen. Der Feind setzt seinen Fuß auf deutschen Boden. »Nicht ungestraft«, wie Viktor schreibt.

Während dieser welthistorischen Ereignisse schrieb Viktors Mutter, die regelmäßig Berichte über das Ergehen ihrer Enkelkinder erwartete und bekam, aus Breslau Briefe über ›die Haltung von Kleinkindern‹, wie Quindt es nannte. »Ich begreife nicht, daß Viktoria noch immer nicht sauber ist mit mehr als zwei Jahren! Ich habe für meine Kinder keine einzige Windel benutzt. Abhalten! Von vornherein abhalten!«

Quindt, dem auch dieser Brief vorgelesen wurde, sagte: »Abhalten als Lebensdevise! Immer nur abhalten. Was hat die Frau gegen Windeln? Muß sie sie waschen?«

Das Haus hatte sich mit Evakuierten und Ausgebombten aus dem Westen gefüllt, es wurde immer schwerer, sich aus dem Wege zu gehen. Zusätzliche Koch- und Waschgelegenheiten mußten eingerichtet werden; die Kisten mit Wäsche und Silber und all dem, was den Quindts mit oder ohne d am wertvollsten war, mußten auf trockenen Böden und in leerstehenden Kammern diebstahlsicher gelagert werden; im Haus nur noch Anja als Hilfe, für Garten und Park nur noch Claude, keiner mehr, der das Obst hätte pflücken können, also mußte Maximiliane auch das noch besorgen. Während sie gleichzeitig vier Kinder beaufsichtigte, pflückte sie Erdbeeren, Stachelbeeren und Johannisbeeren; halbe Tage zwischen den Himbeersträuchern, wo die Hitze sich staute. ›Die scharwenkt mit bieden Händen!‹ hieß es anerkennend im Dorf. Wenn sie beim Pflücken das Ende der letzten Himbeerreihe erreicht hatte, waren in der ersten Reihe die nächsten Himbeeren bereits wieder reif. Joachim, das Herrchen, stand still und untätig dabei, Golo tauchte beide Arme tief in die gefüllten Eimer und beschmierte mit den Händen die kleine Viktoria, die mit langer Leine an einem der Kirschbäume angebunden war, immer im Schatten, aber trotzdem von Sonnenbrand geplagt. Nur Edda half beim Pflücken, ein fünfjähriges Hausmütterchen mit geschickten Händen, immer plappernd.

Auch in diesem, dem letzten Sommer belädt Maximiliane bisweilen den Handwagen und zieht mit ihren Kindern auf dem sandigen Weg barfuß zum Blaupfuhl, erzählt von ›Kürdchen seinem Hütchen‹ und vom ›Fischer un syner Fru‹. Mitten in die Geschichte hinein fragt Joachim eines Tages seine Mutter: »Hast du auch keinen Vater gehabt, so wie wir?«

»Aber ihr habt doch einen Vater, Mosche!« sagt sie, nimmt Viktoria vom Schoß und setzt ihren Ältesten darauf. »Vater ist im Krieg, er hat nur den Arm verloren.«

Joachim bleibt dabei: »Ich kann mich aber nicht erinnern!«

»Der Onkel ist doch dein Vater, Junge!« sagt Edda.

»Und eine Mutter hast du auch nicht gehabt?« fragt Joachim weiter.

»Ich hatte die ›Fräuleins‹. Und dann hatte ich den Großvater und die Urma.« – »Wir haben nur dich.«

»Mosche, ihr habt einen Vater! Wenn der Krieg vorbei ist, wird er zurückkehren.«

»Ist das ganz sicher? Versprichst du uns das?«

»Ganz sicher ist nur, daß die Sonne heute abend im Westen untergeht und morgen früh im Osten wieder aufgeht. Das verspreche ich euch!«

Die Augustäpfel wurden reif, die Renetten wurden reif, nichts durfte verderben, ein Volk hungerte. Morgens lud Bruno die Obstkörbe auf den Milchwagen und nahm sie mit zur Stadt. Im Backofen wurden Bergamotten zu Dörrobst getrocknet. Anja lief noch schneller mit der Schaufel voll glühender Kohle durchs Haus, heizte noch mehr Öfen, brachte Wärmflaschen und Kamillentee ans Bett der Baronin. Mit Claude war nichts mehr anzufangen, grübelnd stand er im Treibhaus herum, arbeitete kaum noch vor lauter Nachdenken. Er hatte Anja schon gefragt, ob sie mit ihm fliehen würde, sein Heimatort in Frankreich sei schon befreit. Aber Anja hatte abgelehnt, sie wollte die Kinder nicht im Stich lassen.

Eine Schreckensnachricht nach der anderen traf ein. Ingo Brandes war bei seinem 67. Feindflug abgeschossen worden. Walter Quint, Viktors jüngerer Bruder, an der Ostfront gefallen, Großmutter Quint hatte während eines Luftangriffs auf Breslau einen Herzschlag erlitten; das Jugendamt Pankow teilte mit, daß Hilde Jeschke geborene Preißing bei einem Luftangriff ums Leben gekommen sei. Riepe brachte aus Dramburg die Nachricht mit, daß der Notar Deutsch deportiert worden sei, und der Bahnhofsvorsteher Pech wollte mit eigenen Augen ganze Viehwagen, mit Deportierten beladen, gesehen haben. Tante Maximiliane schrieb, daß man den Eykkel nicht wiedererkenne. Ausgebombte, zumeist aus Nürnberg, hausten in den Räumen der Jugendherberge, »unwürdig unserer ehrwürdigen Burg«.

Es wurde Herbst, und die Felder mußten bestellt werden, wie in jedem Jahr. Griesemann, Bruno und der jüngste Sohn des Schmieds pflügten mit den Treckern, die Frauen besorgten mit den langsamen Ochsen das Eggen. Das Gänseschlachten fing später als in anderen Jahren an. Edda pflückte Brombeerblätter, die im Herd zu Tee und Tabak getrocknet wurden, Claude hatte sich um das Trocknen der Tabakblätter nicht mehr gekümmert, sie waren verschimmelt.

Abends, wenn Maximiliane die Briefe an Viktor herstellen mußte, fielen ihr die Augen vor Müdigkeit zu. Im Sommer hatte er ihr aus dem Lazarett in Luxemburg geschrieben: »Es ist keine Zeit für Gedichte, Maximiliane! Ich bedaure, Dir das schreiben zu müssen. Ich hatte gehofft, daß Du, als meine

Frau, im Verlauf dieses Krieges ein Gespür dafür bekommen würdest!« Maximiliane hatte daraufhin das Ausfindigmachen und Abschreiben von Gedichten eingestellt und dadurch viel Zeit gespart, aber ihre Briefe wurden noch kürzer, und sie schrieb auch seltener. »Die Herbstbestellung macht wegen der anhaltenden Regenfälle Schwierigkeiten. Die Zugochsen bleiben stecken, aber die Trecker auch. Die Wildschweine richten großen Schaden an, Inspektor Kalinski hat von den Gefangenen Erdlöcher graben und mit Zweigen abdecken lassen. Die Brennerei liegt jetzt ganz still, in diesem Jahr müssen alle Kartoffeln abgeliefert werden, sie lagern noch in Güterwagen am Bahnhof, die meisten faulen wegen der Nässe.«

Bei all diesen Angaben mußte Maximiliane fürchten, daß sie Viktor kränkten oder nicht interessierten. Sie strich das meiste wieder durch, so daß ihre Briefe aussahen, als wären sie durch die Zensur gegangen. Der alte Quindt, der von seinem Sessel aus ihre Bemühungen verfolgte, sagte schließlich: »Wer nichts mehr zu sagen hat, muß was tun. Schick ihm ein Päckchen! Eine geräucherte Gänsebrust wird er schon nicht mißverstehen.«

»Die schickt ihm schon Martha Riepe.«

»So. Tut sie das?«

»Hauptsache, er bekommt sie, dann ist es gleichgültig, von wem«, sagte Maximiliane.

»Objektiv ist das richtig, subjektiv –«

Die wenigen Sätze, die Quindt noch sagte, blieben fast immer unvollendet. Bald nach dem 20. Juli hatte er sich ins Herrenzimmer zurückgezogen, hatte sich dort auch sein Bett aufschlagen lassen; hinter einem Wandschirm standen eine Waschgelegenheit und der Stuhl für die Notdurft. Er wünschte den vielen Fremden im Haus nicht zu begegnen. Auch an warmen Tagen brannte im Kamin ein Feuer, die Läden durften nicht geöffnet, die Verdunkelungsrouleaus nicht hochgezogen werden. Das Licht brannte Tag und Nacht auf dem Schreibtisch. Quindt erhob sich nur gelegentlich, um einen Kloben Holz nachzulegen. Manchmal setzte sich seine Frau zu ihm, schweigend und untätig. Es war alles gesagt; was jetzt noch nicht gesagt war, mußte nun auch nicht mehr gesagt werden: Preußen, Pommern, Poenichen, die drei großen ›P‹.

Dafür hatte er gelebt, und am Ende würde nicht einmal Poenichen bleiben. Die sowjetischen Truppen hatten die ostpreußische Grenze bereits überschritten. Und diesmal würde es kein zweites Tannenberg geben. Quindt riß die Kalenderblätter nicht mehr ab, zog die Uhr nicht mehr auf, er wartete nur noch auf das Ende. Er wünschte auch Inspektor Kalinski nicht mehr zu sehen. Er ließ sich von Martha Riepe nicht mehr die Bücher vorlegen, selbst seinen Freund Riepe ließ er nicht mehr kommen. Er lehnte es ebenfalls ab, die Familie seines Neffen Erwin von Quindt zu sehen, die aus Ostpreußen geflohen war und nahezu eine Woche in den grünen Zimmern wohnte; auf die Mitteilung, daß der Generalmajor in russische Gefangenschaft geraten sei, hatte er nicht mehr als ›so‹ zu sagen.

Maximiliane stellte ihm das Essen hin, rückte den Tisch neben seinen Sessel. »Großvater! Iß etwas! Schwarzsauer, wie es die Amma immer gekocht hat!«

»Schlafen und verdauen!« sagte er. »Darauf läuft das Wohlbefinden des Menschen am Ende hinaus.« Er schob den Teller beiseite. Er konnte weder das eine noch das andere.

Bei der nächsten Mahlzeit brachte Maximiliane die Kinder mit, die ganze Kette, eines am anderen hängend, das letzte an der Mutter.

»Denk an die Kinder, Großvater!«

»Warum sollte ich das tun?« Er sah die Kinder der Reihe nach an, von Joachim bis Viktoria. »Mein Leben lang habe ich mich gesorgt, wer Poenichen einmal erben soll. Vier Erben und nichts zu vererben!« Er lachte. Keiner hatte ihn je laut lachen hören. Die Kinder fürchteten sich jetzt vor dem dunklen Zimmer und noch mehr vor dem grünen Licht. Sie wagten nicht, allein hineinzugehen, mit Ausnahme von Edda. Manchmal klinkte sie leise die Tür auf, schlich sich bis zum Sessel, setzte sich hinein, hielt die Puppe auf dem Schoß und blickte den alten Mann unverwandt mit ihren neugierigen Augen an.

»Na, du Kuckuck?« sagte er schließlich.

Nach einer Weile rutschte sie aus dem großen Sessel, setzte ihre Puppe als ihre Stellvertreterin hinein, drehte den Puppenkopf so, daß die gläsernen Schlafaugen den alten Mann anstarrten, und verließ dann vorsichtig das Zimmer. Ebenso vorsichtig holte sie sich nach einiger Zeit ihre Puppe wieder.

Am Neujahrstag erscheint der alte Pfarrer Merzin auf Poenichen. Er läßt sich nicht abweisen. Ohne vorher angeklopft zu haben, steht er plötzlich im halbdunklen Zimmer. Er wünscht Abschied zu nehmen. Er wird sich nach Dresden absetzen, wo seine Frau herstammt und wo noch Verwandte leben. »Dresden scheint der Feind schonen zu wollen.«

Das Kaminfeuer ist erloschen, der Raum erkaltet.

»Pommern ist mehrfach in die Hände seiner Feinde gefallen, Quindt!« fährt Pfarrer Merzin fort. »Viel Feind, viel Ehr! Oder wie es über Ihrem Kamin steht: ›Dem Feinde wehr.‹ Schweden. Polen. Und jetzt die Russen. Aber Pommern ist deutsch! Gott ist gerecht!«

»Des Herrgotts Gerechtigkeit, auf die beruft Hitler sich auch«, antwortet Quindt. »Er hat selber gesagt, die Vorsehung hätte ihn am 20. Juli gerettet. Sein Herrgott kann doch nicht derselbe sein, von dem Sie ein Leben lang gepredigt haben, Merzin!«

»Gott ist größer als Hitlers Vorsehung und größer als der Gott, den ich verkündigt habe. Er wird uns gnädig sein.«

»So? Wird er? Gerecht oder gnädig, Merzin, was denn nun?«

»Beides. Alles zu seiner Zeit.«

»Und was ist zu unserer Zeit? Ist Gott ein Pommer oder ein Pole oder gar ein Russe? Vielleicht ist er überhaupt ein Amerikaner, und wir wissen es nur nicht. ›Den Sieg dem Würdigsten.‹ Das meint Hitler auch. Polen war fast 150 Jahre lang geteilt. Aber Polen erwies sich als unteilbar. Die Bewohner blieben Polen, unter welcher Fahne sie auch lebten.«

»Mit Pommern wird es dasselbe sein, Quindt.«

»Ich höre nicht mehr gut. Sagen Sie das noch einmal.«

»Mit Pommern wird es dasselbe sein und auch mit unserem deutschen Vaterland. Es ist unteilbar!«

»Meinen Sie. Seit Wochen sitze ich hier und denke nach. Preußen, Pommern, Poenichen. Meine drei ›P‹. Am ersten Weltkrieg haben von unseren Poenichern 22 Männer teilgenommen, drei davon sind gefallen. Diesmal sind es schon viermal soviel. Jedesmal war ein Quindt dabei. Und jetzt fliehen die einen nach Norden, die anderen nach Westen, einige werden wohl bleiben, und ein paar werden sich nach oben absetzen.« Er weist mit dem Daumen zur Decke. »Jeder dahin, wovor er am wenigsten Angst hat. Sie, Merzin, nehmen Ihren Gott unter den Arm und gehen damit nach Dresden. Ihre Pension wird man Ihnen auch dort zahlen. Gehen Sie mit Gott, Merzin.«

Er blickt nicht hoch, reicht ihm nicht die Hand, Pfarrer Merzin vergißt, seine Perücke von Joachims Kopf zu nehmen, der vor der Tür auf ihn gewartet hat.

Am Abend desselben Tages sagte Quindt zu seiner Frau. »Der Pelz, Pia! Jetzt nehmen sie uns auch noch den Pelz. Und die Läuse bleiben übrig.«

Mitte Januar 1945 zog Hitler mit dem Führerhauptquartier in den Bunker der Reichskanzlei. In dem letzten Brief Viktors, der seine Frau erreichte, stand: »Sollte es zu einer – vorübergehenden – Evakuierung Pommerns kommen, dann tue nichts Unüberlegtes! Unser gemeinsames Lebensziel liegt im Osten! Warte meine Anweisungen ab! Du kannst Dich auch diesmal auf mich verlassen! Im entscheidenden Augenblick werde ich dasein und die Kinder in Sicherheit bringen.«

»Willst du hören, was Viktor schreibt?« fragt Maximiliane. Man mußte den alten Quindt jetzt fragen, bevor man etwas sagte.

»Laß hören!«

Nachdem Maximiliane ihm den Brief vorgelesen hatte, sagte er: »So. Er will euch in Sicherheit bringen. Wo liegt das? Ich habe mal deine Mutter in Sicherheit gebracht. Ihre Sicherheit liegt in den Vereinigten Staaten. Ein Ort in New Jersey, falls sie nicht weitergezogen ist, ich habe lange nichts mehr von ihr gehört. Merk dir ihre Adresse, aber schreib sie nicht auf!«

Seit Wochen nächtigen im Saal Evakuierte aus Ostpreußen, dann auch aus Westpreußen. Sie liegen auf Strohschütten, die Pferde der Trecks stehen in den Scheunen. Menschen und Zugtiere müssen versorgt, die Anordnungen der Quartierscheine müssen befolgt werden. Meist ziehen die Trecks nach zwei Nächten weiter, dann trifft bereits der nächste ein und bringt neue Schreckensnachrichten. Ausgebombte aus dem Westen tauschen ihre Erfahrungen mit den Evakuierten aus dem Osten; die einen wollen hin, wo die anderen herkommen; die einen versichern den anderen, daß sie keine Ahnung haben. Der jahrelang geschürte Haß gegen die Sowjetrussen wird zur Angst.

Schweine, Kälber, Schafe werden abgestochen, das Fleisch wird in Büchsen eingekocht, zum Räuchern fehlt es an Zeit. Frau Pech legt jetzt große Fleischstücke in die Suppe, die sie für die russischen Gefangenen kocht. Aber eines Tages bleibt der Lastwagen mit den Gefangenen aus. Die Gefangenenlager sollen aufgelöst, Ostarbeiter und Volksdeutsche aus dem Kriegsdienst entlassen worden sein, heißt es. Die Bauern im Dorf reparieren heimlich die Leiter- und Kastenwagen, und Ortsgruppenleiter Priebe, der mehr Angst vor seinem Kreisleiter als vor den anrückenden Russen hat, droht, jeden zu erschießen, der sich in den Westen absetzen will: Noch hat der Kreisleiter den Befehl zur Räumung nicht erteilt. Priebe treibt die Frauen von den Wagen herunter, die bereits mit Bettzeug und Futterkisten beladen sind. Bis ihm der alte Klukas mit der Mistgabel entgegentritt und ihn entwaffnet.

Im Büro saß die alte Frau Görke unbeirrt und ließ die Nähmaschine rattern: Sie nähte aus angerauhten Bettlaken bodenlange Nachthemden für die Kinder, machte aus kariertem Bettzeug, das Martha Riepe bei den Ausgebombten gegen Speck eingetauscht hatte, Hemden für die beiden Jungen und Kleider für die beiden Mädchen und auch noch blaukarierte Kleider für Maximiliane und Martha Riepe, beide Kleider nach demselben Schnitt, die Abnäher nach Gutdünken. Aus den Truhen wurden auch noch die letzten Jacken, die die Baronin vor 20 Jahren gewebt hatte, geholt und verteilt.

Eines Morgens waren die Mamsell Pech und ihre Mutter verschwunden, Richtung Bahnhof, wie es hieß, wo ihnen der Bahnhofsvorsteher Pech einen Platz in einem Militärtransportzug verschafft hätte. Ein paar Stunden später wurden Claude und Anja vermißt. Sie sollten sich einer Gruppe entlassener französischer Kriegsgefangener angeschlossen haben.

Maximiliane ging von einem Raum in den anderen, überall

sah es wüst aus. Büfetts und Schränke standen wie Bollwerke in dem Chaos, für Umzüge ungeeignet, nie von ihrem Platz verrückt. Sie gab Anordnungen, aber Martha Riepe ordnete das Gegenteil an. Die eine befahl: mitnehmen, die andere: zurücklassen. Maximiliane ließ in der Abenddämmerung von Bruno Silberzeug und Schmuck eingraben, Martha Riepe grub es in der Morgendämmerung wieder aus und packte es in Kisten.

In diesen Tagen des Aufbruchs erwies sich, daß Maximiliane keine jener großartigen Gutsfrauen aus dem Osten war, die ihre Trecks mit Tatkraft und Umsicht in den Westen führten. Sie war erfüllt von Vortrauer, nahm mit, was Augen, Ohren und Nase mitnehmen können: Geräusche, Gerüche, Bilder. Sie vollzog den Abschied einige Tage früher als die anderen.

Joachim saß verstört unter der zurückgebliebenen roten Perücke auf dem Rand seines Bettes. Golo rannte aufgeregt durch Ställe und Scheunen, kletterte auf Wagen, brachte sich in den Besitz eines Gewehrs und fuchtelte damit herum, bis der alte Riepe ihn einfing und im Herrenhaus ablieferte. Edda stopfte Wäschestücke, Puppen, Schuhe in Kissenbezüge, zog die Bündel die Treppen hinunter und belud den blauen Handwagen damit. Sie war die einzige, die an ›das Kästchen‹ dachte, in dem die Fotografien und Orden aufbewahrt wurden, mit denen die Kinder an Feiertagen hatten spielen dürfen. An den samtenen Kasten mit Viktors Feldpostbriefen dachte Martha Riepe und verstaute ihn in dem Fluchtgepäck, obwohl es sich um belastendes Material handelte: Briefe eines erklärten Nationalsozialisten. Sie schnitt die Ahnenbilder aus den schweren Rahmen und rollte sie in Teppiche, die großen Deutschen ließ sie hängen; Friedrich den Großen ebenso wie die Königin Luise und den Führer des Großdeutschen Reiches. Sie verpackte Tisch- und Bettwäsche, das Curländer Service einschließlich der Taufterrine.

Der alte Riepe und Bruno vergruben nachts hinter den Scheunen, wo die Erde nur schwach gefroren war, die Kisten mit den ausgelagerten Wertsachen der Verwandten. Auch die Jagdgewehre mußten vergraben werden, die Munition wurde auf dem Kornboden versteckt. Die Pichts, hieß es, sollten schon seit zehn Stunden mit ihrem Treck unterwegs sein, die

Mitzekas bereits seit zwei Tagen. Friederike Mitzeka sollte jede Tür, sogar Kellerräume und Vorratskammern, abgeschlossen und den schweren Schlüsselbund mitgenommen haben.

Am Nachmittag färbte sich der Himmel im Osten rot. »Die Sonne, Mama! Du hast gesagt, die Sonne geht immer im Westen unter!«

»Jetzt ist nicht immer, Mosche!«

Versprengte deutsche Soldaten, die ihre Einheit suchten, zogen durch, polnische und französische Marodeure. Schloß und Siegel der Brennerei wurden gewaltsam gesprengt, die Schnapsvorräte geleert, herumirrende Hühner eingefangen und mitgenommen. Viktoria stand allen im Wege, bis jemand sie in einen Sessel setzte oder in einer Ecke abstellte, wo sie nicht in Gefahr war, umgerannt zu werden. Auf dem Rondell wurden Führerbild und Hakenkreuzfahne verbrannt. Aber in der Leutestube blieben die Europakarte und die alte Nummer des ›Völkischen Beobachters‹ hängen. Wilhelm Riepe sollte wieder dasein, hieß es, desertiert, aber er halte sich noch versteckt und warte darauf, daß die Russen kämen.

Für den Aufbruch des Poenicher Trecks wird der Donnerstag festgesetzt. Die Genehmigung der Kreisleitung traf gerade noch rechtzeitig ein. Die alten Quindts sitzen in ihren Fahrpelzen im ungeheizten Herrenzimmer. Seit Tagen hat Quindt kein Wort mehr gesprochen. Draußen schreit das Vieh, rufen Menschen, in der Ferne hört man Geschützdonner. Das Herrenzimmer wird zum Auge des Orkans, es herrscht Stille; Mauern, Fenster und Türen schließen dicht.

»Und nun?« fragt Frau von Quindt ihren Mann.

»Erinnerst du dich an die Hochzeit deines Sohnes im Adlon?« antwortet Quindt. »Dort habe ich gesagt, daß ich der erste Quindt sein würde, der in seinem Bett eines natürlichen Todes zu sterben gedenkt. Einen natürlichen Tod scheint es für uns Quindts nicht zu geben.«

»Du willst freiwillig –?«

»Ja. Aber was wird aus dir?«

»Dasselbe, Quindt. Du wirst es tun müssen. Du weißt, ich kann nicht schießen.«

Als das geklärt ist, erhebt sich Quindt und wird für die

letzten Stunden noch einmal Herr über Poenichen. Er erscheint in der Vorhalle und trifft Anordnungen für die, die bleiben wollen, und für die, die auf die Flucht gehen. Das Vieh von den Ketten! So lange wie möglich füttern und melken! Die langsamen Ochsengespanne an die Spitze des Trecks. Die Trecker an den Schluß.

Er läßt Riepe zu sich rufen.

Zum letzten Mal sagt er: »Tach, Riepe!«

»Ach, Herr Baron!«

»Was ist? Gehst du oder bleibst du?«

»Wenn de Herr Baron geiht, geih ick, wenn de Herr Baron bliewt, bliew ick oak.«

»Es hat sich ausbaront, Riepe, und mit den Unterschieden ist es nun auch aus. Du bist ein Arbeiter und bist alt, dir werden sie nichts tun. Deine Mutter war sogar eine halbe Polin, und dein Willem ist ein Roter. ›Wer weiß, wofür's gut ist‹, hat deine Anna immer gesagt. Also bleib! Hier ist ein Umschlag. Verwahr ihn! Und dann gib ihn dem, der das Gut Poenichen weiterführen wird. Die Dränage-Pläne. Ohne die geht es nicht. Dem Land ist es egal, wer drüber geht. Und dann noch das letzte, Riepe, sorg dafür, daß wir unter die Erde kommen!«

»Dat dau ick nich!«

»Du stehst noch immer in meinen Diensten!«

»Jawohl, Herr Baron!« Er faßt nach dessen Hand, beugt sich über sie und küßt sie, auch die Hand der Baronin.

»Otto! Otto!« Wie früher, wenn er das Auto zu schnell fuhr.

Quindt läßt Inspektor Kalinski rufen, aber der weigert sich, den Wagen zu verlassen, auf dem er schon seit Stunden sitzt. Seine Furcht ist größer als sein Gehorsam. Also wird Martha Riepe den Treck leiten müssen. Quindt händigt ihr eine Reihe versiegelter Umschläge aus.

Als letztes wendet er sich Maximiliane und den Kindern zu. »Wir beide werden Poenichen nicht verlassen!« sagt er.

»Dann bleiben wir auch!« erklärt Maximiliane.

»Du warst immer ein Flüchter. Denk an die Pferde, die ihre Art durch Flucht erhalten haben. Du bleibst eine Quindt, auch ohne Poenichen.«

»Das kann man nicht, Großvater!«

»Urma! Urma!« ruft Edda und streckt die Arme aus.

»Ach, zum Kuckuck!« sagt Quindt und kehrt ins Haus zurück.

Maximiliane zieht den Kindern alle Kleidungsstücke doppelt an, Hemden, Hosen, Jacken, Strümpfe. Eingemummt stehen Joachim, Edda, Viktoria zum Verladen bereit, als man feststellt, daß Golo fehlt. Der Aufbruch drängt. Man muß vor Einbruch der Nacht die erste Station erreicht haben, schon kommt das dumpfe Gebell der Panzerkanonen und der Geschützdonner näher. Die Pferde schnauben, Rufe und Schluchzen der Zurückbleibenden und der Flüchtenden.

Maximiliane hängt die drei Kinder aneinander und läuft weg, um Golo zu suchen. Sie ruft, aber erhält keine Antwort, bis sie ihn schließlich an seinem Lieblingsplatz findet, der auch ihr Lieblingsplatz gewesen ist, hoch oben in der Blutbuche, wo er sich anklammert wie eine Katze. Er will nicht weg, fängt an zu schreien. Wenn er jetzt aus Trotz herunterspringt, wird er sich ein Bein brechen! Sie legt den Arm um den Stamm der Blutbuche, drückt ihr Gesicht an die Rinde und hört Rufen und Geschützdonner nicht mehr. Als Golo feststellt, daß keiner mehr nach ihm ruft, erfaßt ihn Angst. Er klettert vorsichtig von Ast zu Ast, hängt sich an den untersten und springt auf die Erde. Dann nimmt er seine Mutter bei der Hand. »Mama, komm!«

Der Treck setzt sich in Bewegung. Zwei Ochsengespanne, vier Pferdegespanne, zwei Trecker. 143 Personen auf acht Wagen. Vier der Männer zu Pferde, darunter Gespannführer Griesemann. Sechs Hunde laufen neben den Wagen her, vier Katzen halten sich zwischen den Bündeln versteckt; zwei Kilometer hinter dem Dorf springen sie ab und kehren zurück. Stallaternen dienen als Rücklichter. Leichter Schneefall setzt ein. Am letzten Wagen baumelt die Schiefertafel: Quindt – Poenichen.

Die alten Quindts stehen in der Vorhalle unter den erfrorenen Kübelpalmen, die man im Herbst vergessen hatte, in den Saal zu bringen: Sie warten, bis der letzte Wagen aus der Allee in die Chaussee einbiegt, dann fallen drei Schüsse, der erste gilt der Hündin Texa.

30

›Maikäfer, flieg,
mein Vater ist im Krieg,
meine Mutter ist in Pommerland,
Pommerland ist abgebrannt,
Maikäfer, flieg.‹ Kinderlied

Flucht, Enteignung, Deklassierung, Verschleppung, Ausmerzung, Verelendung: von diesen Möglichkeiten des Schreckens, die das Kriegsende bot, hat Maximiliane, als der Quindtsche Treck auf die Chaussee einbog, vermutlich noch den besten Teil erwählt: die Flucht. Eine von dreizehn Millionen Deutschen, in einem breiten Strom, der sich von Osten her über Deutschland ergießt, sich verdünnt, später versickert.

Ob Maximiliane die drei Schüsse gehört hat, ist ungewiß, umgedreht hat sie sich jedenfalls nicht. Kein Blick zurück. Umgedreht hat sich nur Joachim, das Herrchen, ein Kind, das sich immer umdrehen, immer etwas zurücklassen wird. Diesmal war es die Perücke. Er weint leise vor sich hin. Seine Mutter zieht ihn an sich. »Mosche, mein Mosche! Bald werden wir zurückkehren, dann bekommst du deine Perücke wieder.«

»Versprichst du mir das?« Er braucht Versprechungen, braucht jemanden, der ihm zu seinem Recht verhilft. Dagegen sein Bruder Golo: für ihn beginnen die besten Jahre seines Lebens, ihm muß keiner zu seinem Recht verhelfen, eher müßte man ihn daran hindern, Unrecht zu tun. Für ihn bedeutet die Flucht ein einzigartiges Abenteuer. Um Edda muß man sich ebenfalls nicht sorgen: ein Sonntagskind. Nur Viktoria wird immer und überall zu kurz kommen, obwohl jeder ihr etwas zusteckt und jeder zu ihrer Mutter sagt: ›So passen Sie doch auf das Kind auf!‹ Mehr denn je gerät sie in Gefahr, verlorenzugehen, erdrückt oder totgetreten zu werden.

Vormärsche lassen sich besser organisieren als Rückzüge. Auch die Besiedlung eines Gebietes geht planvoller vor sich als die Räumung, trotz der vorgedruckten Durchführungsbestimmungen, die wildes Quartiermachen verbieten und Rasttage nur bei Erschöpfung der Zugtiere gestatten, trotz der Marschbefehle, die von einer Treckleitstelle zur anderen führen, wo Lebensmittel und Futtermittel ausgeteilt werden, soweit vorhanden. Sobald Truppenverbände der deutschen Wehrmacht die Straßen beanspruchen, fahren die Trecks an den Straßenrand und machen halt.

Spät in der Nacht erreicht der Poenicher Treck sein Tagesziel. »Die Quindts von Poenichen sind da!« ruft man und fragt: »Und wo ist der Freiherr von Quindt?« Keine Zeit, die Antwort abzuwarten, der eigene Treck wird bereits zusammengestellt. »Vier Kinder? Werden zwei Betten genügen?« Immer noch Unterschiede. Strohlager für die Gutsleute, Betten für die Gutsherren. Martha Riepe zählt zu den Leuten.

Wie schon am ersten, kommen sie auch am zweiten Tag mit ihrem Treck nur zehn Kilometer weiter – eine größere Strecke schaffen die langsamen Zugochsen nicht –, bis zu der Ortschaft Bannin, wo sie in der Schule nächtigen. Als Maximiliane nach frischen Windeln für Viktoria sucht, entdeckt sie in einem der vollgestopften Bündel die rote Perücke von Pfarrer Merzin. Joachims Gesicht hellt sich auf. Er stülpt die Perücke wie einen Wunschhut auf und nimmt sie bei Tag und Nacht nicht mehr ab, ein Gnom, der sich unkenntlich machen will. Die Bündel, die Edda zusammengepackt hat, erweisen sich als Wundertüten, die Buntstifte kommen zum Vorschein und die Schreibtafel und die Blockflöte. Bevor sie einschlafen, zieht Maximiliane ihre vier Kinder an sich und sagt nicht mehr wie früher zu jedem einzelnen ›Gott behütet dich!‹, sondern: »Gott behütet uns!«

»Versprichst du uns das?« fragt Joachim.

»Das verspreche ich euch!«

Maximiliane läßt, ohne die Anleitungen eines psychologischen oder pädagogischen Lehrbuches, ihren Kindern zukommen, was sie als Kind am meisten entbehrt hat: Nähe, Zärtlichkeit, Zusammengehörigkeit.

Wenn der Treck stundenlang am Straßenrand stehenbleibt, auf offenem Feld, bei eisigem Ostwind, und ihnen nur der große Teppich aus dem Saal, der als Plane über den Wagen gelegt ist, ein wenig Schutz gibt, erzählt Maximiliane Geschichten oder malt Bilder auf die Schreibtafel, malt ›unser Haus mit den vielen Fenstern‹, und wieder setzt sie keine Fensterrahmen und keine Türrahmen ein, was zu dieser Zeit bereits der Wirklichkeit entspricht. Sie malt Wege, die auf das Haus zu oder von ihm fort führen. »Wohin geht es denn dort?« fragt Golo, und sie sagt: »Dort geht es nach Kolberg und dort nach Berlin.« Und Joachim fragt: »Wohin führt dieser Weg?«, und sie sagt: »Alle Wege führen nach Poenichen!« Noch immer malt sie, wie als Kind, auf jedes Bild zuerst eine Sonne, und zum Schluß malt sie auch noch in jedes Fenster des Hauses ein Kind, nicht ahnend, daß sie die Zukunft vorwegnimmt.

Alles, was Maximiliane in ihrem bisherigen Leben gelernt hatte, zu Hause oder in der Schule, Englisch, Französisch, ein paar Sätze Polnisch, ein paar Worte Russisch, Rilke-Gedichte, Hühnerzucht, Reiten, Rudern und das Rühren einer Cumberlandsauce, nutzt ihr nichts mehr. Eine Zeit war angebrochen, in der Cumberlandsaucen an Wichtigkeit verloren hatten, nicht einmal das Rezept für die berühmte Poenicher Wildpastete, bereits von Bismarck in einem Brief erwähnt, war gerettet worden, es war mitsamt der Mamsell Pech verlorengegangen, aber der Bismarck-Brief war als Beweis für jene sagenhafte Pastete erhalten geblieben. Eine Zeit für Eintopfessen und Fußmärsche und für Choräle war angebrochen. Neue Geschichten mußten ausgedacht werden, ohne Prinzessinnen und Schlösser.

Während der Treck in einem Kiefernwäldchen haltgemacht hat, um feindlichen Tieffliegern kein Ziel zu bieten, erfindet Maximiliane einen kleinen Jungen namens Mirko, der Vater und Mutter im Krieg verloren hat und nur noch seinen kleinen Hund besitzt. »Wie soll der denn heißen?« fragt sie. »Texa!« sagen die Kinder einstimmig. »Der Hund ist so klein, daß Mirko ihn auf dem Arm überallhin mitnehmen kann, und immer bellt Texa zweimal, wenn es für Mirko gefährlich wird. Überall wird geschossen, und Mirko weiß nicht, wo der Feind steht, vor ihm oder hinter ihm. Er spricht polnisch und deutsch, er lügt und er stiehlt und schlägt sich durch und findet immer jemanden, der ihm eine warme Ecke zum Schlafen und jemanden, der ihm zu essen gibt. Und immer teilt er alles mit seinem kleinen Hund.«

Joachim fürchtet sich abwechselnd vor den Flugzeugen am Himmel und vor den Flugzeugen in der Geschichte von Mirko. Viktoria kaut an ihren Fingernägeln und träumt vor sich hin. Nur Golo und Edda lernen von Mirko. »Warum macht er sich denn kein Feuer?« – »Das Feuer würde ihn verraten!« – »Warum dreht er der Gans nicht den Hals um?« – »Er besitzt keinen Topf, um die Gans zu kochen!« – »Warum schießt er denn nicht?« – »Warum baut er sich kein Floß, wenn er über den Fluß will?«

Das Ziel des Trecks heißt Mecklenburg, die Richtung Westen, aber es geht nicht schnurgerade, sondern auf großen Umwegen westwärts, mit jedem Tag langsamer. Unter den schweren Teppichen, auf denen der Schnee lastet, brechen die Wagenmaste. Die Hufe der Ochsen bluten, sie sind nicht mit Eisen beschlagen, früher gingen sie auf sandigen Sommerwegen und nicht auf vereisten Asphaltwegen. Aus den Seitenstraßen münden ständig weitere Trecks in den Flüchtlingsstrom ein. Da die Lager und Lazarette aufgelöst werden, mischen sich Gefangene und verwundete Soldaten darunter, die die Heimkehr selbständig antreten, an Krücken, mit Kopfverbänden. Tag und Nacht sind die dröhnenden Abschüsse der deutschen schweren Artillerie und ihr dumpfer Einschlag zu hören. Und das Bellen der russischen Panzerkanonen. Die Hufe der Ochsen können nicht beschlagen werden, die Tiere müssen zurückbleiben, das Gepäck muß umgeladen werden. Nur die Alten und Kranken dürfen noch auf den Wagen sitzen, alle anderen müssen nebenhergehen.

Martha Riepe hält den Poenicher Treck, so gut sie kann, zusammen, läuft in ihren schweren Männerstiefeln vom letzten zum ersten Wagen und wieder zurück und gibt Anordnungen; sie sorgt vor allem dafür, daß abends nur abgeladen wird, was unerläßlich ist. Es kommt zu einer Auseinandersetzung zwischen ihr und Maximiliane wegen des Handwagens, der an einem der Pferdefuhrwerke angekettet ist und den Maximiliane abhängen will. Martha Riepe läßt nicht zu, daß noch Ausnahmen gemacht werden. »Gemeinnutz geht vor Eigennutz!« sagt sie. – »Sie sitzen auf einem Treck, der den Quindts gehört, Martha!« antwortet Maximiliane in einem Ton, der an den alten Quindt erinnert.

Eine Volksgemeinschaft, durch Propaganda und Terror zusammengehalten, bricht auseinander.

Am nächsten Abend wurde ihr Treck auf einem kleinen Landsitz in der Nähe von Kolkwitz einquartiert, den die Besitzer bereits verlassen hatten. Maximiliane hatte sich mit den Kindern zum Übernachten in einen kleinen abgelegenen Salon zurückgezogen und verschlief in der Frühe den allgemeinen Aufbruch. Martha Riepe war mit dem Poenicher Treck ohne sie weitergefahren, ob mit, ob ohne Absicht, wer wollte es wissen. Vielleicht aus Trotz und Auflehnung – sie war schließlich die Schwester von Willem Riepe –, vielleicht auch aus unterschwelliger Eifersucht auf Maximilianes Mann und die Kinder. Als festgestellt wurde, daß die junge gnädige Frau mit den Kindern fehlte, bestand keine Möglichkeit mehr umzukehren.

Nur der hochbeladene Handwagen stand noch vor dem verlassenen Gutshaus. Viktoria, noch nicht dreijährig und schlecht zu Fuß, wird in eine Pelzjacke gesteckt und oben auf dem beladenen Handwagen festgebunden. Joachim und Golo an der Deichsel, Edda und Maximiliane schieben, wie früher, wenn sie zum Blaupfuhl zogen.

Manchmal geraten sie in einen der Flüchtlingsströme und dürfen ihren Handwagen an ein Pferdefuhrwerk binden, müssen ihn aber bald wieder losmachen, weil sie nicht Schritt halten können. Einmal nimmt ein Lastkraftwagen der Wehrmacht sie samt ihrem Wagen ein Stück Weg mit. Dann reihen sie sich wieder in die Wagenkolonnen ein.

»Wo kommt ihr denn her?« werden sie gefragt. Wenn Maximiliane antwortet, daß sie eine Quindt aus Poenichen sei, blickt sie in verständnislose Gesichter; sie hat den Wirkungsbereich ihres Namens längst verlassen.

»Wußten die Leute denn nicht, wer wir sind?« fragt Joachim. Erstaunen und Erschrecken schwinden nicht mehr aus seinem Gesicht, das täglich kleiner wird.

Da sich die Personalausweise, Quartierscheine und Lebensmittelmarken gesammelt bei der Treckführerin Martha Riepe befanden, besitzt Maximiliane keine Unterlagen, die sie berechtigen würden, irgendwo zu nächtigen oder etwas zu essen zu bekommen. Abends suchen sie Unterschlupf in verlassenen Bauernhäusern, nehmen sich, was sie benötigen. Wenn eines der Kinder etwas anbringt, was sie nicht brauchen, läßt Maximiliane es zurücktragen. In den Milchkammern stehen noch Töpfe mit Milch, in der Küche Töpfe mit Marmelade und Sirup. Sie kriechen in Betten, die noch warm sind, brauchen oft nur ein Holzscheit aufs Herdfeuer nachzulegen. Die Kinder wissen: Wo Hühner herumlaufen, gibt es Eier, und wo Hühner ihre Nester anlegen, wissen sie ebenfalls. Edda sucht in den Kammern Äpfel für die Mutter, runzlige Boskop, die für alle Zeiten nach Poenichen schmecken. Bevor sie einschläft, bindet Maximiliane die Kinder an sich fest, damit keines verlorengeht, bindet sie noch einmal an die Nabelschnur. Wenn sie im Heu schlafen müssen, legen sie ein Nest an: Maximiliane zieht die immer frierende Viktoria in die warme Kuhle ihres Leibes, eines der anderen Kinder legt sich hinter ihren Rükken, das nächste hinter dessen Rücken und so fort. Das letzte beklagt sich, daß sein Rücken von niemandem gewärmt wird, klettert über die anderen hinweg nach vorn, näher an die Mutter, dann beginnt das letzte zu jammern, erhebt sich ebenfalls, tut dasselbe, bis alle übereinander und durcheinanderkugeln, warm werden und einschlafen.

Sie überqueren im Strom der Flüchtlinge Bäche und kleine Flußläufe; noch immer haben sie die Oder nicht erreicht, und noch immer ist morgens und abends der Himmel hinter ihnen rot, ist der Geschützdonner zu hören, einmal näher, dann wieder ferner. Der Flüchtlingsstrom wird länger und breiter, immer mehr verwundete Soldaten darunter. Wenn einem von ihnen der Rockärmel lose von den Schultern baumelt, ruft Joachim: »Papa!« Manchmal kommt ihnen ein Treck entgegen, der kehrtgemacht hat und wieder nach Osten zieht. Jemand sagt: »Das sind ja selber halbe Polen.« Joachims Kopf, schwer von Gedanken und Müdigkeit schwankt unter der roten Perücke hin und her. ›Den Arm verloren‹, ›ein halber Pole‹. Solche Worte verwirren ihn. Er starrt seine Mutter an. »Welche Hälfte der Leute ist polnisch? Woran kann man das erkennen?« fragt er und: »Wo hat Papa seinen Arm verloren?«

»In der Normandie«, antwortet Maximiliane. »Das liegt in Frankreich, im Westen. Bei einem Schlößchen, das Roignet heißt.«

»Kann man den Arm dort suchen, wenn der Krieg aus ist?«

»Nein. Er liegt dort begraben.«

Darüber muß er nun wieder lange nachdenken, über diesen einzelnen Arm, der in der Normandie begraben liegt.

»Welche Hälfte von den Leuten war denn polnisch?« fragt er dann noch einmal.

»Was meinst du nur, Mosche?«

»Die Leute haben gesagt, ›das sind alles halbe Polen‹!«

»Manche Leute haben das Herz eines Polen, und andere haben den Kopf eines Polen –«, sie bricht ab. »Mosche, du mußt in die Schule gehen, ich kann dir das nicht alles erklären.«

»Versprichst du mir, daß ich in die Schule komme?«

»Ja, in Berlin!«

Dann stehen sie wieder an einem Hindernis, wieder ein Flußlauf.

»Warum fließen denn alle Flüsse nach Norden?« fragt er. »Warum müssen wir immer an die andere Seite vom Fluß?«

»Im Norden ist die Ostsee, die kennst du doch, Mosche, bei Kolberg! Und in die Ostsee fließen alle Flüsse.«

»Alle?«

»Alle, die aus Pommern kommen.«

»Warum gehen wir nicht am Flußufer entlang, dann brauchten wir uns nie zu verlaufen.«

»Wir müssen nach Berlin!«

Alle Fragen beantwortet Maximiliane mit ›Berlin‹.

Die Kinder lernen es, vorsichtig zu sein, aber auch, bei entsprechender Gelegenheit, zutraulich. Maximiliane entscheidet, was in bestimmten Situationen am günstigsten ist, ein einzelnes Kind vorzuschicken oder vier kleine Kinder auf einmal oder so einen verschüchterten Vogel wie Viktoria. Golo weiß längst, wo ein ›Heil Hitler‹ und wo ›Guten Abend‹ am Platz ist; er spricht das eine Mal Platt und radebrecht polnisch, wenn plündernde Polen ihr Versteck entdecken. Zu der Fähigkeit, wie seine Mutter im geeigneten Augenblick Tränen in die Kulleraugen fließen zu lassen, kommt seine Fähigkeit, Lachgrübchen in die Backen zu drücken; in hartnäckigen Fällen wendet er beides gleichzeitig an.

Auch die Landkarte ist im Besitz von Martha Riepe geblieben. Maximiliane muß sich am Stand der Sonne und am Stand der Sterne orientieren, beides hat sie von ihrem Großvater gelernt. Flüchtlingskolonnen kreuzen ihren Weg, sie wollen nach Norden, um die Küste zu erreichen, und sich auf Schiffen in Sicherheit bringen.

Unbeirrt zieht Maximiliane mit ihren Kindern nach Westen. Berlin. Sie ist immer nach Berlin gereist, von Pommern führen alle Reisen über Berlin. ›Du kannst Dich in Deiner schweren Stunde auf mich verlassen.‹ – ›Ich werde zur Stelle sein.‹ – ›Ich werde Dir beistehen.‹ Zum ersten Mal scheint sie Viktor beim Wort nehmen zu wollen.

Keine Rundfunkmeldungen erreichen sie, keine Zeitungen, kaum Gerüchte. Der Schnee schmilzt, in der Frühe sind die Pfützen nicht mehr von Eis bedeckt, die Sonne beginnt zu wärmen, es fängt an zu blühen, früher als in anderen Jahren. Es muß längst März sein, auf Eddas Stirn und Nase erscheinen die ersten Sommersprossen. »Kuckuck!« sagt die Mutter und zählt am Abend die Sommersprossen, tupft auf jeden braunen Punkt und singt dazu: »Weißt du, wieviel Sternlein stehen . . .« Noch ist ihr das Singen nicht vergangen.

Sie ziehen weiter, immer begleitet von Mirko und dem Hündchen Texa. »Eines Abends kommen die beiden an einen Fluß, der so breit ist, daß man nicht ans andere Ufer schwimmen kann. Der Mond steht groß und silbern am Himmel und versilbert den Fluß und die Büsche am Ufer und Mirko und sein Hündchen Texa. Mirko sucht unter dem Weidengebüsch nach einem Boot, und der Mond hilft ihm dabei. Mirko weiß: an jedem Ufer gibt es Boote, und immer sind die Ruder versteckt, damit kein Fremder mit dem Boot wegfahren kann. Aber Mirko weiß auch, wo man Ruder versteckt. Er findet ein schönes Boot, und er findet auch kräftige Ruder! Er setzt sein Hündchen Texa ins Boot, befiehlt ihm, nicht zu bellen, und will über den Fluß rudern. Aber es ist viel zu hell! Man wird das schwarze Boot auf dem silbernen Wasser entdecken und wird darauf schießen, weil man nicht sehen kann, daß nur ein kleiner Junge mit seinem Hündchen im Boot sitzt. Und was tut Mirko?! Er streckt seinen Arm weit aus und noch weiter und noch weiter bis zum Mond und pflückt ihn vom Himmel! Dann zieht er den Arm langsam zurück und steckt sich den Mond unter die Jacke. Der Himmel verdunkelt sich, und die Erde verdunkelt sich. Nur durch das Loch in Mirkos Jacke und durch die Knopflöcher fallen drei dünne Lichtstrahlen auf das Wasser und leuchten gerade so hell, daß Mirko das andere Ufer erkennen kann. Nachdem er gelandet ist, bindet er das Boot an einem Weidenbusch fest und versteckt die Ruder für den nächsten, der an das andere Ufer gelangen muß. Derweil schnuppert Texa im Sand, bis er eine warme Kuhle findet, und kläfft leise zweimal. Bevor Mirko sich zu seinem Hündchen in den Sand legt, knöpft er seine Jacke auf und läßt den Mond wieder zum Himmel emporschweben. Und dann nimmt er sein Hündchen in den Arm und schläft ein.«

Golo hat einen Kochtopf gefunden, bindet sich ihn um den Bauch und trommelt mit einem Kochlöffel darauf. Voran der Trommelbube! Maximiliane hat die Sohlen, die sich von ihren Schuhen gelöst haben, mit Bindfäden festgebunden; als diese durchgelaufen sind, verliert sie die Sohlen, geht auf Socken weiter. Zwei Stunden später bringt Golo ein Paar ›Knobelbecher‹ herbei, ein wenig zu groß für Maximiliane, aber zwei Batistwindeln, die als Fußlappen dienen, schaffen Abhilfe. Sie fragt nicht, wo er die Soldatenstiefel hergenommen hat; einem lebenden Soldaten wird er sie nicht ausgezogen haben.

Keine Bevorzugungen mehr, nicht einmal mehr Rechte, und ins Mitleid muß sie sich mit Hunderttausenden teilen, da kommt nicht viel auf den einzelnen.

Als eine Bäuerin bereit ist, ihr Milch für die Kinder zu geben, falls sie dafür den Pelz bekommt, in dem Viktoria eingewickelt ist, sagt Maximiliane: »Gott vergelt's Ihnen!« und zieht weiter.

»Warum hast du das gesagt?« fragt Joachim. »Das sagst du doch sonst nur, wenn man uns was gibt.«

»Gott vergilt nicht nur das Gute, Mosche, auch das Böse!«

»Versprichst du mir das?«

»Ja!« sagt seine Mutter.

Viktoria weint vor sich hin, wird immer durchsichtiger, trägt sich von Tag zu Tag leichter, wenn die Mutter sie vom Wagen hebt. Schwere Durchfälle lassen sie noch mehr abmagern. Maximiliane kaut Haferkörner, die sie auf einem Kornboden gefunden hat, liest die Spelzen heraus und füttert das Kind von Mund zu Mund, nach Vogelart.

Edda klagt darüber, daß ihre Fingernägel immer länger wachsen und daß sie sich damit blutig kratzt, wenn es sie juckt, und wo juckt es einen nicht, wenn man im Heu schläft und sich nicht waschen kann. Maximiliane gibt ihr den Rat, die Nägel abzukauen wie die anderen. Aber dann findet Golo bei einer Hausdurchsuchung einen Nähkasten mit einer Schere darin, und die Nägel können beschnitten werden. Bis auf die Schere muß Golo den Kasten samt Inhalt zurückbringen. »Die Schere nehmen wir mit, das andere brauchen wir nicht«, sagt Maximiliane und gibt damit die Richtschnur für sein künftiges Handeln. Aber auch ihren Grundsatz: ›Besser stehlen, als betteln!‹ macht Golo sich zu eigen. Er stiehlt wie ein Strauchdieb, verteilt das Gestohlene jedoch wie ein Fürst. Selbst Handgranaten und Pistolen, von deutschen Soldaten weggeworfen, bringt er herbei, sogar eine Panzerfaust. Mehrmals am Tag muß die Mutter ihn entwaffnen.

Eine Mutter Courage des Zweiten Weltkriegs. Aber noch findet das Schauspiel auf Deutschlands Straßen statt, noch nicht auf der Bühne. Wenn sie, zehn Jahre später, das Stück von Bert Brecht auf der Bühne sehen wird, wird sie am Schluß sagen: »Am besten war der Karren!«

Sie geraten zwischen die Fronten, weichen auf Nebenstraßen aus und finden sich plötzlich im Niemandsland wieder, wo ihnen kein Mensch mehr begegnet; wer zurückgeblieben ist, hält sich versteckt. Die Stoßkeile der schnell vorrückenden russischen Panzereinheiten sind rechts und links von ihnen auf den Hauptstraßen vorgedrungen.

Einen halben Tag lang humpelt ein deutscher Soldat an zwei Krücken neben ihnen her, den Kopf notdürftig verbunden, eine Gasmaskentrommel als einziges Gepäckstück bei sich. Als die Quints Rast machen, macht er ebenfalls Rast. Maximiliane legt ihm mit einer von Viktorias Windeln einen frischen Verband an. Der Gefreite Horstmar Seitz aus Kaiserslautern in der Pfalz wird die Windel mit der eingestickten Krone aufbewahren und die Frau und ihre Kinder im Gedächtnis behalten. »Eine Freifrau aus dem Osten hat mir eigenhändig am Straßenrand einen Verband angelegt!« Er holt Schokolade und Zigaretten aus seiner Gasmaskentrommel und verteilt sie. Maximiliane raucht, und Golo raucht ebenfalls. Warum sollte ein Fünfjähriger, der Kochtöpfe stiehlt und Toten die Stiefel auszieht, nicht rauchen. Dann verlieren sie sich, als sie weiterziehen, aus den Augen.

Edda sucht die ersten Brennesseln am Wegrand; ein Stadtkind, das weiß, daß man Spinat daraus kochen kann. Und Joachim, der Träumer, pflückt seiner Mutter die ersten Gänseblümchen. Viktoria macht die Windeln nicht mehr naß, mehr war von ihr nicht zu erwarten; welche Erleichterung für eine Mutter, die noch nie in ihrem Leben etwas eigenhändig gewaschen hatte! ›Eigenhändig‹, ein Beiwort, das sie jetzt lernt und später als eine hohe Anerkennung verwenden wird.

Ein Unteroffizier der Feldgendarmerie, der die Gegend nach deutschen Soldaten absucht, wünscht ihren Quartierschein und den Personalausweis zu sehen.

»Liebe Frau!« sagt er. »Wie wollen Sie denn durchkommen ohne Papiere? Wo wollen Sie überhaupt hin?«

»Zu meinem Mann!« antwortet Maximiliane.

»Wissen Sie denn, wo er ist?«

»Im Führerhauptquartier!«

»Ach du lieber Himmel!« sagt er und läßt sie ziehen.

Später fragt Joachim: »Warum hat der Soldat ›ach du lieber Himmel‹ gesagt?«

»Das sagt man, wenn etwas sehr schwierig ist, Mosche.«

Ende März stehen die sowjetischen Truppen und die fünf Quints an der Oder.

31

›Der Ernst hat eine feierliche Seite, eine schauerliche Seite, überhaupt sehr viele ernsthafte Seiten, aber ein elektrisches Fleckerl hat er doch immer, und da fahren bei gehöriger Reibung Funken der Heiterkeit heraus.‹ Nestroy

›Uhr. Uhr.‹

Urlaute der nach Vergeltung und Kriegsbeute dürstenden russischen Soldaten. Maximiliane streckt die nackten Armgelenke hin; die goldene Uhr trägt Joachim schon seit Tagen an seinem mageren Oberarm. Die Kinder halten ›ur-ur‹ für einen Gruß und rufen ebenfalls ›ur-ur‹, die meisten russischen Soldaten lachen darüber, aber einer fühlt sich verspottet und richtet den Gewehrlauf auf Maximiliane. »Peng, peng!« ruft Golo laut und schwenkt den leeren Stiel einer Handgranate. Der Soldat fährt herum und blickt in das lachende Kindergesicht. Joachim, in seiner Angst, hat bereits den Mantel ausgezogen und sagt: »Uhr!« Daraufhin öffnet Maximiliane das Band und reicht dem Soldaten die Uhr.

Von nun an auch keine Uhrzeit mehr, allerdings nur zwei Tage lang nicht, dann bringt Golo eine Ersatzuhr, keine goldene, aber eine, die deutlich wahrnehmbar tickt, eine Taschenuhr mit Sprungdeckel. »Ur-ur!« Er hält sie strahlend seiner Mutter hin, und sie fragt auch diesmal nicht nach dem Woher. Ein paarmal werfen russische Soldaten den Kindern Brote oder Büchsen mit Fleisch zu. Sie nehmen und sie geben, sie schießen oder helfen. Auch sie schon nahe dem Ziel: Berlin, Kriegsende. Panzer und Panjewagen und immer wieder Kolonnen deutscher Gefangener dazwischen, entwaffnet, ohne Hoheitsabzeichen und Schulterstücke. Auch jetzt wieder ruft Joachim, wenn er einen Einarmigen darunter sieht: »Papa!«

Die Oder versperrt den Flüchtlingskolonnen den Weg. Sie stauen sich zu Tausenden in den Ortschaften am östlichen Ufer des Flusses.

Die vier Kinder stehen wie eine Schlachtreihe vor ihrer jungen Mutter; zu ihrer Verteidigung nichts als ihr ohrenbetäubendes Geschrei. Maximiliane schwärzt sich nicht das Gesicht wie andere Frauen; kein Russe würde glauben, daß eine alte Frau mit vier kleinen Kindern unterwegs ist. Sie läuft auch nicht weg wie die anderen. Wenn Gefahr droht, rührt sie sich nicht vom Fleck und befiehlt: »Schreit! Schreit, so laut ihr könnt!« Und diese Kinder können sehr laut und anhaltend schreien, bauen eine Mauer aus Geschrei vor ihr auf. Aber als ein russischer Soldat den Luftschutzkeller, in dem sie schon seit zwei Tagen hausen, durchsucht, schreien die Kinder nicht, weil ihre Mutter schläft.

»Komm, Frau!« sagt der Soldat zu Maximiliane, aber diese schläft, tief und erschöpft, liegt mit entblößter Kehle, die Arme wehrlos neben dem Kopf und das Gesicht, der lichtdurchlässigen Augenlider wegen, mit einem Tuch abgedeckt. Joachim, dessen Tapferkeit, weil er ängstlich ist, so viel höher zu bewerten ist als die des unerschrockenen Golo, stellt sich vor seine Mutter und legt den Finger vor den Mund. »Mama schläft!« Der Russe versteht nicht, was das Kind sagt, stößt mit dem Gewehrkolben gegen das Knie der Frau, die an Stöße gewöhnt ist und selbst hiervon nicht wach wird.

Er hält sie für tot und geht.

Als es dann doch dazu kommt, macht Maximiliane nicht viel Aufhebens davon. Sie fügt den Kindern keinen dauernden seelischen Schaden zu. »Geht solange raus, paßt auf den Karren auf!« befiehlt sie. Mit dem Rücken zur Kellerwand, sieht sie dem russischen Soldaten entgegen, einem Asiaten mit Schlitzaugen und vorstehenden Backenknochen. Er schiebt mit der Hand ihr Kopftuch zurück und sagt: »Komm, kleine Frau!« Ein zusätzliches Eigenschaftswort nur, aber es macht die Sache ein wenig besser. Als Maximiliane keinen Ausweg mehr sieht, wird sie ruhig. Ein großes Erbarmen kommt über sie, mit dem fremden Soldaten, mit sich selbst und den Kindern, ein Erbarmen, das sich ausweitet zu Erbarmen mit der ganzen trostlosen Welt. Ihre Augen füllen sich mit Tränen, und der Soldat sagt: »Nicht weinen, kleine Frau!«, halb auf russisch, halb auf deutsch. Eine Vergewaltigung war es nicht, was da stattfand. Maximiliane fühlte sich, wie sie es später einmal ausdrückte, seit Tagen schon ›so allgemein‹. Sie umarmte ja auch Bäume. Der Unterschied zu Viktors Umarmungen war so groß nicht.

Der russische Soldat kommt noch dreimal in den Luftschutzkeller, bringt ihr und den Kindern jedesmal Brot mit, Wodka oder Zigaretten, sogar eine Filzdecke. Beim letzten Mal sitzt er neben Maximiliane auf dem Rand des eisernen Luftschutzbettes, raucht und redet; sie hört zu und prägt sich einige Worte ein. ›Kirgise‹, ›Alatau‹ und ›Balchasch-See‹. Während er spricht, betrachtet sie ihn, sein flaches Gesicht mit der erdgrauen Haut, den kahlgeschorenen Kopf. Als er mit Reden und Rauchen fertig ist, sagt sie: »Njet plakatje!«

Auch diesmal spürte sie, daß sie schwanger geworden war, aber es stand für sie fest, daß es ihr Kind werden würde wie die anderen auch. Auch sie hatte nie einen Vater besessen, auch ihre eigenen Kinder hatten den Vater kaum gesehen.

Weiterhin hielt sie den Anteil des Mannes bei der Zeugung für gering.

In einer Vollmondnacht wird sie mit ihren Kindern und dem Karren gegen das Entgelt einer goldenen Brosche von einer ortsansässigen Frau im Nachen über die Oder gesetzt.

Am folgenden Abend suchten sie in einem Pfarrhaus Unterkunft, aber es war überfüllt von Ausgebombten und Flüchtlingen. Für eine Frau mit vier kleinen Kindern war beim besten Willen kein Platz mehr. Ob sie wenigstens im Lexikon etwas nachschlagen dürfte, bat sie den Pfarrer, der ihr die Bitte erfüllt.

Maximiliane setzt die Kinder auf die Haustreppe. »Paßt auf den Karren auf! Schreit!« befiehlt sie, hockt dann fast eine halbe Stunde vor dem Bücherschrank des Pfarrers und unterrichtet sich im Lexikon aus dem Jahr 1912 über die Kirgisen, erfährt, daß sie ihre Herkunft von Dschingis-Khan ableiten, daß ihre Sprache ein reiner türkischer Dialekt sei und daß sie eine reiche lyrische und epische Volksdichtung besitzen. Der Adel sondert sich von den Untertanen ab. Sie betreiben Viehzucht und nur in wasserreichen Gegenden etwas Ackerbau. Die Wohnung besteht aus einem von außen mit Filzdecken belegten, von innen mit Grasmatten und Teppichen verkleideten Zelt mit Kuppeldach. Sie tragen als Kleidung Hemd, Hose und wollenen Rock, die Unterschenkel sind mit Filzstreifen umwickelt. Die Kopfbedeckung der Männer besteht aus einem bunten Käppchen, das sie auf dem glattrasierten Kopf tragen, zusammen mit einem spitzen Filzhut. Die Frauen schlingen zwei weiße Tücher um den Kopf, von denen das eine die Form einer hohen, spitzen Mütze erhält, während das andere, unter dem Kinn durchgeschlungen, über Schulter und Rücken fällt.

Die einzige Kopfbedeckung, die Maximiliane noch kannte, war das Kopftuch. Wer aus dem Osten kam, trug es unterm Kinn gebunden, die aus dem Westen über dem Kopf geknotet.

Die Frau wird gekauft, liest sie, und bleibt Eigentum der Sippe des Mannes. Nur Reiche haben manchmal zwei Frauen. Die Kirgisensteppe ist eine große sandige, zum Teil wellige Steppenlandschaft, in der abflußlose Seen gelegen sind, zum Beispiel der Balchasch-See. Da war er, der See, den er genannt hatte! Und da stand auch das andere Wort: Alatau, ein Gebirge. Berge bis zu einer Höhe von über 7000 Metern. Nomaden, die mit ihren Herden von Brunnen zu Brunnen ziehen, vom Ertrag der Schafe, Ziegen, Pferde, Kamele leben. Hauptnahrungsmittel ist der Joghurt, der aus Schafsmilch hergestellt wird. Eine Filzdecke dient dem Schlafenden als Unterlage, eine zweite als Zudecke, der Sattel als Kopfkissen.

Sie nimmt den Globus, der auf dem Bücherschrank steht, dreht ihn, hält ihn an, legt die Hand auf Asien. Dann sucht sie die Oder. Eine Haaresbreite auf dem Globus, größer war die Strecke nicht bemessen, die sie in zwei Monaten zurückgelegt hat, auf Pferdewagen, Lastwagen, zu Fuß. Sie stellt den Globus wieder auf den Bücherschrank und liest weiter, als läse sie Geschichten aus Tausendundeiner Nacht. Ihr Kirgise mit seinen zwei Decken unterm Arm! Schon versieht sie ihn mit einem besitzanzeigenden Fürwort. Er roch nach Schweiß und nach Schafen. Urgeruch steigt auf. Die Webstube der Großmutter, wo man sie als Kleinkind in die Schafwolle gelegt hat. Der Schafpferch am Poenicher See ersteht vor ihren Augen, Blaskorken, mit den silbernen Fischschuppen auf den Armen, das Schilfrohr und Mosche in seinem Weidenkorb, ihr Reiter, der schwarze Tschako mit dem Totenkopf. Sie schwankt für einen Augenblick unter dem Anprall der Erinnerungen.

»Ist Ihnen nicht gut?« fragt der Pfarrer besorgt, als er ihre feuchten Augen sieht. Da er keine Antwort erhält, setzt er ermunternd hinzu: »Sie werden schon durchkommen!«

Maximiliane stellt den Band des Lexikons an seinen Platz zurück und bedankt sich.

Draußen setzt sie sich zwischen die Kinder auf die Haustreppe.

»Wir werden ein Kind bekommen!« verkündet sie.

»Woher weißt du das?« fragt Joachim.

»Das habe ich in einem Lexikon gelesen. Es dauert noch eine Weile, aber wir können uns schon einmal an das Kind gewöhnen.«

»Ein Hund wäre aber besser«, wendet Golo ein. »Wie Mirkos Hündchen Texa, der kann wenigstens gleich laufen. Kaum haben wir Tora soweit, da geht das wieder los.«

»Tora kann jetzt schon recht hübsch laufen!« Maximiliane

zieht sich ihr Sorgenkind auf den Schoß, das sich den Namen ›Tora‹ selbst gegeben hat. »Außerdem brauchen wir bald nicht mehr jeden Tag weiterzuziehen.«

»Versprichst du uns das?« fragt Joachim.

»Ja, Mosche, das verspreche ich euch!«

Noch auf der Treppe des Pfarrhauses einigen sie sich, daß das Kind Mirko heißen soll. Der Polenjunge Mirko steigt, mühelos, aus dem Märchen in die Wirklichkeit um.

»Auf die Plätze!« befiehlt Maximiliane. »Wir müssen weiter.«

Als sie aufbrechen, erscheint der Pfarrer mit einem Karton, fast so groß wie die Kartons, die man in Poenichen mit auf die Reise bekam. »Wenn Sie das von uns annehmen wollen?« Das Mitleid, das immer nur für wenige reicht, hat diesmal die fünf Quints ausgesucht.

Joachim macht eine Verbeugung und sagt: »Vergelt's Gott!«

»Danke, mein Sohn!« antwortet der Pfarrer.

Einige Zeit später fragt Joachim: »Warum hat der Pastor ›mein Sohn‹ gesagt, wo er doch gar nicht mein Vater ist?«

»Er hält sich für den lieben Gott, und weil du ein Gotteskind bist, sagt er ›mein Sohn‹.«

»Sind wir alle Kinder vom lieben Gott?«

»Ja.«

Maximiliane erteilt auf der Landstraße Erdkunde-, Geschichts- und Religionsunterricht. Joachim lernt zu lesen; die zerstörten Hauswände und die Bretter der vernagelten Türen dienen ihm als Schulfibel. ›Leben alle‹, handschriftlich, mit Kreide geschrieben. ›Fritz tot, Anna bei Opa‹, buchstabiert er.

Golo lernt derweil, in Zigarettenwährung zu rechnen. Eine Zigarette kostet drei Mark, für drei Zigaretten bekommt man ein Brot; er benutzt zum Zählen noch die Finger, aber er erreicht bereits, mit Hilfe seiner Lachgrübchen und den langen Wimpern die Preise herabzusetzen.

Schwere Tage für Kinder ihres Alters! Aber: sie haben eine Mutter, die machen kann, daß die Sonne nicht untergeht; eine Überzeugung, die durch nichts wieder ins Wanken gebracht werden wird.

Sie hatten am Fuß eines kleinen Berges in der märkischen Schweiz haltgemacht, die Sonne ging unter, es wurde dämmrig, und sie hatten noch keine Unterkunft für die Nacht gefunden, Viktoria mit Durchfall, Edda mit Blasen an den Füßen, Joachim taumelnd vor Müdigkeit unter seiner roten Perücke und Golo fluchend: »Lerge!«

Maximiliane weist mit dem Arm auf die Sonne. »Ich werde euch jetzt zeigen, daß die Sonne noch nicht untergeht. Paßt auf! Aber wir müssen uns beeilen!« Und sie ziehen, so schnell sie nur können, mit dem schwankenden Karren den Berg hinauf, und wirklich: die Sonne steht noch immer am Himmel. Aber sie nähert sich hinter dem nächsten Hügel bereits dem nächsten Untergang.

»Sie geht noch immer nicht unter«, verspricht die Mutter. »Ihr werdet sehen! Wir müssen uns nur noch einmal beeilen!«

Sie nehmen auch den nächsten Hügel im Anlauf, und wieder steht die Sonne überm Horizont.

Erschöpft und erleichtert sagt Maximiliane: »Und jetzt lassen wir sie ruhig untergehen! Dort steht eine Feldscheune!«

»Noch mal!« bittet Joachim.

»Genug, Mosche! Ich kann die Sonne dreimal untergehen lassen, aber mehr nicht.«

»Das hast du nur gemacht, damit wir schneller vorankommen«, sagt Edda.

Manchmal merkte man eben doch, daß Edda eine andere Mutter hatte.

32

›Das Leben ist nie so gut und so schlimm, wie man meint.‹
Maupassant

Während der letzten Kriegstage, die der Oberleutnant Quint im Bunker der Reichskanzlei, dem letzten Führerhauptquartier, verbrachte, führte er ein knappes, linkshändig geschriebenes Tagebuch, aus dem nur wenige Stellen wiedergegeben werden sollen, da sich die Eintragungen ähneln.

›Jetzt, wo alles zusammenzustürzen droht, was in einer Leistung aufgebaut wurde, die als einmalig in der Geschichte der Menschheit bezeichnet werden muß, ist mein Platz an SEINER Seite!‹ – ›In IHM verkörpert sich das Schicksal des Reiches. SEIN Aufstieg, SEIN Untergang. Die Vorsehung hat IHN uns geschickt. Die Vorsehung nimmt IHN uns. Ein Volk, das seinen Führer nicht wert war.‹ – ›Er hat alle Akten und Dokumente verbrennen lassen. Er hat Eva Braun in einer katholischen Trauung geheiratet.‹ – ›Im Rock des Gefreiten, kämpfend an der Spitze seines Volkes, wollte er fallen und hat sich erschießen lassen. Sein Leichnam wurde zusammen mit dem der Eva Braun verbrannt.‹ – ›In der Schublade seines Nachttisches befand sich eine Bartbinde.‹

Zwei Stunden nachdem er die letzte Eintragung gemacht hatte, verließ Oberleutnant Quint den Bunker in der Wilhelmstraße. Eine Maschinenpistole unter den linken Arm geklemmt, zwei Handgranaten in den Stiefelschäften, ging er in die Richtung, aus der Gefechtslärm zu hören war, und betätigte sich auf eigene Faust am Kampf um Straßen und Häuser. Dabei wird er vom Splitter einer Panzergranate getroffen und im Keller eines Hauses, wohin er sich verblutend zurückgezogen hatte, verschüttet.

Er machte Maximiliane zur Kriegerwitwe, seine Kinder zu Kriegswaisen, später als ›Hinterbliebene‹ von den Statistiken erfaßt.

An der Elbe stoßen die amerikanischen und russischen Streitkräfte aufeinander; es findet die berühmt gewordene einmalige Umarmung zwischen Ost und West statt. Die deutsche Wehrmacht kapituliert.

Zum ersten Mal kommt Maximiliane nicht auf dem Stettiner Bahnhof an, sondern zu Fuß über Ahrensfelde und Weißensee. Die Panzersperren auf den Straßen sind bereits weggeräumt. In den Vorgärten blühen die Mandelbäume so rosa wie noch nie. Viktoria hat vor wenigen Tagen ihren Thron auf dem Karren verlassen und geht zu Fuß an der Hand der Mutter. Alle paar Stunden sagt Joachim: »Horch, Mama! Sie schießen nicht mehr!«

Die Räder des Karrens stehen schief, weit werden sie damit nicht mehr kommen. Am Stadtschild ›BERLIN‹ macht Maximiliane hält, läßt den Karren los und umarmt das Schild, als wäre es ein Baumstamm in Poenichen.

Weitere Kilometer, quer durch die zerstörte Stadt, auf Trampelpfaden, zwischen Ruinen und herumirrenden Menschen. Die Straßen werden freigeschaufelt; im Osten der Stadt auf die Breite eines Panjewagens, im Westen auf die Breite eines Jeeps. Die Luft schmeckt nach Asche und nassem Schutt. Maximiliane vermag die Himmelsrichtung an Bäumen und Sternen auszumachen, nicht aber an Hausruinen. Sie gelangt bis Pankow und ist am Ende ihrer Kraft. Sie weiß nicht, wohin sie sich wenden soll. Sollte sie Viktor suchen? Aber wo? Das Führerhauptquartier bestand längst nicht mehr. In seiner Pension? Da war er bereits vor drei Jahren ausgezogen. Sollte sie sich an die Großmutter Jadow in Charlottenburg wenden? Aber wie sollte man erfahren, ob sie noch dort war, ob sie überhaupt noch lebte? Sie hörte die Großmutter sagen: ›Das ist doch eine Zu-mu-tung!‹, sah die Filetdeckchen vor sich und schied Charlottenburg als mögliches Ziel aus. Sollte sie nach Hermannswerder gehen? Aber die Insel, hieß es, wäre von den Russen besetzt und für die Zivilbevölkerung gesperrt. Und dann fällt ihr ein anderer Name ein: Hilde Preißing, Eddas Mutter, hatte vor ihrer Heirat bei ihren Eltern in Pankow gelebt. Pankow! Sie setzt Edda vor sich auf den Wagen, faßt sie bei den Schultern. »Denk nach, Kuckuck! Wo habt ihr gewohnt? Wie hieß die Straße?«

Edda denkt nach, ihr Gesicht rötet sich vor Anstrengung, sie ballt die Fäuste wie ihr Vater, aber sie erinnert sich nicht. Maximiliane schüttelt das Kind. »Denk doch nach! Wie hat die Straße ausgesehen? Haben Bäume am Straßenrand gestanden?«

Edda schüttelt den Kopf.

»War eine Kirche in der Nähe? Habt ihr Glocken gehört?«

Wieder schüttelt Edda den Kopf. Plötzlich sagt sie: »Der Kohlen-Paule! An der Ecke war der Kohlen-Paule! Da hat der Opa immer Briketts geholt!«

»Das genügt!« sagt Maximiliane. »Wir werden ihn finden.«

Sie zieht mit den Kindern weiter, fragt immer wieder: »Kennen Sie den Kohlen-Paule?«

Eine Menschenschlange versperrt ihnen den Weg. Männer,

Kinder und alte Frauen mit Kannen in der Hand. Die Schlange reicht bis in den Hinterhof, wo es bei einem Metzger Wurstsuppe gibt, und da löst sich Edda vom Wagen, läuft, so schnell sie kann, auf die Menschenschlange zu, zieht einen Mann am Ärmel und hängt sich an seinen Arm. Dieses Sonntagskind! Entdeckt in der Menschenmenge den Großvater.

Edda winkt ihrer Mutter und läßt dabei den Mann nicht los, als fürchte sie, er könnte wieder verlorengehen.

»Paßt auf den Karren auf!« sagt Maximiliane und geht auf den Mann zu. »Herr Preißing«, sagt sie, »lieber Gott, Herr Preißing!«, legt ihm die Arme um den Hals, legt den Kopf an seine Schulter und bricht in Tränen aus.

»Na, na«, sagt er, »der liebe Gott persönlich bin ich ja nun auch nicht.« Er zeigt auf den Karren. »Und das ist also das Rittergut in Pommern?«

Maximiliane nickt. Keinen Augenblick zweifelt sie daran, daß dieser fremde Mann sie und die Kinder aufnehmen wird, und mit derselben Selbstverständlichkeit tut er es. »Dann mal los«, sagt er, »bei mir steht noch alles.«

Die nächste Unterkunft besteht aus Wohnküche, Schlafzimmer, Flur und einem Abort auf der halben Treppe für vier Mietparteien.

»Ein Pißputt«, stellt Golo fest, als er alles besichtigt hat. Bretter vor den Fenstern, aber eines der Küchenfenster bereits wieder mit Glas versehen. Kein Wasser, kein Licht, kein Gas, aber ein Herd, dessen Rohr aus der Wand ins Freie ragt, zwei Betten und ein Sofa. Joachim setzt seine Perücke ab und legt sie auf den Küchentisch. Sein Gesicht ist braungebrannt, Stirn und Kopfhaut sind weiß geblieben, ein Denker.

Als am Abend alle Kinder gewaschen sind und in den Betten liegen, erkundigt sich Joachim: »Und wo soll der Mirko schlafen?«

»Fehlt etwa noch einer?« fragt Herr Preißing.

»Ich erwarte ein Kind«, erklärt Maximiliane, »ich brüte, wie mein Großvater zu sagen pflegte.«

Herr Preißing schlägt sich zweimal gegen den Kopf. »Ich träume! Eins war mir damals schon zuviel, und jetzt kriege ich fünf wieder.«

Er bietet Maximiliane zum Schlafen das Sofa in der Küche an; er wird sich ein Lager auf dem Fußboden zurechtmachen. Aber Maximiliane erklärt ihm, daß die Kinder von klein auf daran gewöhnt seien, mit ihr zusammen zu schlafen.

»Dann möchte ich wissen, wie Sie an die Kinder gekommen sind!« sagt Herr Preißing.

Die beiden sitzen noch eine Weile zusammen in der Küche. Maximiliane berichtet von der Flucht, Herr Preißing darüber, wie er durch Fliegerangriffe erst seine Frau und dann seine Tochter verloren habe und daß deren Wohnung am Gesundbrunnen zerstört worden sei. Von seinem Schwiegersohn Jeschek habe er noch vor kurzem Nachricht erhalten, so daß man hoffen könne, er sei noch am Leben und wäre nur in Gefangenschaft geraten. Er selber sei noch kurz vor Weihnachten zum Volkssturm eingezogen worden, sei aber leidlich davongekommen, es habe ihm lediglich die Druckwelle einer detonierenden Luftmine das Trommelfell des linken Ohres zerrissen, so daß er auf diesem Ohr schlecht höre, zumal er es mit einem Wattepfropf verstopfen müsse.

»Haben Sie Geld? Haben Sie Papiere?« erkundigt er sich.

»Geld ja, Papiere nein!« sagt Maximiliane.

»Besser als umgekehrt«, entscheidet Herr Preißing. Er habe auf der Registrierstelle einen Skatbruder sitzen, der würde vermutlich bei der Beschaffung der Papiere behilflich sein, wenn er ihm klarmachte, daß sie mit ihm verwandt wäre. »Wenn es Stiefväter gibt, muß es ja wohl auch Stiefgroßväter geben. Hauptsache, der Krieg ist aus.«

Am nächsten Vormittag übersetzt Herr Preißing auf der Registrierstelle Maximilianes Angaben über den Familienstand nach Gutdünken. Adel und Großgrundbesitz läßt er weg. Zwischen zwei Sätzen sagt er jedesmal: »Mensch, Lehmann, sieh dir das an! Vier so kleine Dinger und das fünfte unterwegs!« Er berichtet, daß sie alle Papiere auf der Flucht von Hinterpommern, wo sie evakuiert gewesen sei, verloren habe, daß ihr Mann Berliner und Angestellter gewesen sei, dann Wehrmachtsangehöriger mit dem letzten Dienstgrad eines Leutnants, schwerkriegsbeschädigt, armamputiert und seit Monaten vermißt. Die Tätigkeit beim Reichssippenamt verschweigt er, das Führerhauptquartier ebenfalls.

Ein Lebenslauf wird korrigiert. Maximiliane erhält eine Registrierkarte und Lebensmittelkarten für vier Kinder und eine für werdende Mütter. Anschließend hängt sie im Schulflur eine Suchanzeige für ihren Mann auf: ›Gesucht wird Leutnant Viktor Quint, letzte Nachricht Januar 45 aus Berlin.‹ Eine Suchanzeige unter vielen anderen.

In den kommenden Wochen entsteht in der Wohnung Preißing etwas wie Alltag. Herr Preißing, gelernter Schlosser, geht in seinem abgetragenen Monteuranzug wieder auf Montage, beziehungsweise, wie er abends beim Nachhausekommen sagt, auf ›Abmontage‹. Golo, der schon nach wenigen Tagen Berliner Dialekt spricht, begibt sich auf den schwarzen Markt. Um Mitleid zu erregen, läßt er sich morgens von der Mutter einen Verband ums Knie anlegen und humpelt davon. Eines Abends bringt er 20 Paar graue gestrickte Kniewärmer nach Hause, die nicht mehr an die Front gelangt waren. Edda geht mit einem leeren Kartoffelsack weg, klettert in den Ruinen umher, sucht nach halbverkohlten Holzstücken und pflückt zwischendurch Brennesseln und Löwenzahn. Joachim, der geduldigste, steht vor den Läden an für Brot oder Magermilch oder Stachelbeeren.

Und Maximiliane, immer noch in den Stiefeln des unbekannten Soldaten, lernt, eine Stube eigenhändig auszufegen, auf dem Hof eigenhändig Holz zu sägen, den Herd zu heizen und aus dem, was die Kinder heranbringen, eine Mahlzeit zu kochen und Hausflur, Treppe und Abort zu putzen.

»Es wird Ihnen schon kein Stein aus der Krone fallen!« sagt Herr Preißing, und Maximiliane nickt. »Die sitzen fest«, sagt sie, »die fallen auch beim Bücken nicht heraus!« Wenn er sich erkundigt: »Können Sie das?«, antwortet sie: »Ich kann es mal versuchen.«

Abends sitzen sie zusammen in der Küche. Edda zieht die Kniewärmer auf, Golo wickelt das Garn zu Knäueln, und Maximiliane versucht eigenhändig, einen Pullover daraus zu stricken. Joachim malt am Küchentisch Buchstaben, reihenweise, und auch eine Reihe schiefe und krumme Hakenkreuze. Maximiliane sieht es. »Mosche, verlern es wieder!« sagt sie, und Herr Preißing setzt hinzu: »Jetzt mußt du lernen, Hammer und Sichel zu malen! Ich bring dir das mal bei.«

Er malt die halbmondförmige, spitze Klinge der Sichel.

»Was bedeutet das?« will Joachim wissen.

»Das ist ein Symbol, Mosche!« sagt Maximiliane.

»Das versteht er doch nicht!« Herr Preißing setzt an die Klinge den Stiel. »Bauern arbeiten mit einer Sichel und Arbeiter mit einem Hammer, und von jetzt an gibt es nur noch Arbeiter und Bauern.«

»Bauern haben aber eine Sense und Maschinen!«

»Da hast du recht, Junge, und die Arbeiter hatten bisher eigentlich auch Maschinen und nicht nur einen Hammer. Es muß wohl doch ein Symbol sein«, sagt er, zu Maximiliane gewandt. »Der Junge denkt zuviel!« Er hält sein Blatt hoch. »An mir ist ein Maler verlorengegangen!« sagt er und lacht, wie einer, dem das Lachen schon einmal vergangen war.

»Schießen sie nun nie mehr?« fragt Joachim.

»Nein, Mosche, jetzt wird nie mehr geschossen«, antwortet Maximiliane.

»Versprichst du mir das?«

»Das verspreche ich dir!«

Deutschland wird derweil von den Siegermächten in vier ungleiche Teile und Berlin in vier Sektoren aufgeteilt, geschichtliche Ereignisse, von denen die unmittelbar Betroffenen am wenigsten erfahren. Keine Zeitungen, keine Post, kein Telefon, die Bevölkerung richtet sich darauf ein, auch den Nachkrieg zu überleben. Maximiliane beteiligt sich nicht an der großen Aufrechnung der Schicksale. Die Frage, was schwerer wiegt, aus einem zerstörten oder aus einem unzerstörten Haus wegzugehen, ist bis heute nicht befriedigend beantwortet. Sie glaubt auch nicht an die Möglichkeit eines Lastenausgleichs. ›Einer trage des anderen Last!‹ hatte Pfarrer Merzin gepredigt. »Warum soll nicht jeder seine eigene Last tragen? Warum soll er sie dem anderen auflasten?« Eine Einstellung, die ihr das Leben sehr erleichtert.

Sie heftet weiterhin Suchanzeigen an Bretterwände und Litfaßsäulen und sucht Nachrichten über Pommern und den Verbleib der Trecks einzuholen.

An einem Sommersonntag besuchen sie die Großmutter Jadow in Charlottenburg. Ein Besuch im britischen Sektor der Stadt bedeutet eine Tagesreise, von einem Hoheitsgebiet ins andere, von einer Weltanschauung in die andere. Ein Passierschein als Legitimation, für jedes Kind ein Sirupbrot und eine Pellkartoffel, außerdem zwei Bierflaschen voll Magermilch. Frisch gewaschen und gekämmt und mit geputzten Schuhen machen sie sich auf den Weg.

Das Haus steht noch. Nicht einmal der Dachstuhl war ausgebrannt, und sämtliche Fenster waren verglast. Aus den Wänden ragten keine Ofenrohre, im Treppenhaus lag kein Schutt, und das Messingschild im dritten Stockwerk war blank geputzt: ›v. Jadow‹. Allerdings drei handgeschriebene Zettel daneben mit Namen und mit der Angabe, wie oft zu klingeln sei. Einmal für Jadow.

Die Stimme der Großmutter ist zu hören: »Wer ist da?«

»Maximiliane!«

Die Tür wird vorsichtig geöffnet. Großmutter Jadow erscheint, mit weißer Blende am Stehbündchen und mit onduliertem weißen Haar, unverändert, allenfalls ein wenig kleiner geworden.

»Tretet die Schuhe ab, Kinder!« sagt sie zur Begrüßung und: »Die Kinder müssen lernen, daß man sich die Schuhe abtreten muß!«

»Später, Großmutter«, antwortet Maximiliane, »jetzt müssen sie erst einmal Schuhe bekommen.«

Sie verteilen sich im Salon auf die Sessel und Stühle. Maximiliane blickt sich um. »Wie schön, alles wie früher zu finden, als ich dich sonntags von Hermannswerder aus besucht habe!«

»Ach, Kind, die Fremden! In jedem Zimmer fremde Leute! Es ist eine Zu-mu-tung! Die wertvollen Teppiche, die Polstermöbel. Was das für Leute sind! Sie ru-i-nie-ren alles!«

Noch bevor sie sich nach Maximilianes Großeltern und nach ihrem Mann erkundigt, fragt sie nach den Kisten. »Habt ihr meine Kisten gerettet? Mit dem Familiensilber der Jadows und der guten Bettwäsche? Meine Pelzmütze und mein Muff waren auch darin!«

Maximiliane teilt ihr mit, daß die Kisten vergraben worden seien und daß man sie nicht habe auf die Flucht mitnehmen können.

Die alte Dame ist gekränkt, wie früher, spricht kaum noch, hört kaum zu, als Maximiliane von der Flucht berichtet und sagt: »Wir sind mit dem Handwagen hier angekommen.«

Schließlich fragt sie dann doch: »Seid ihr gut untergebracht?«

»Ja, danke«, antwortet Maximiliane. »In Pankow. Bei Eddas Großvater. Erinnerst du dich, Edda stammt aus Berlin.«

»Pankow? Das ist doch keine gute Gegend!« sagt Frau von Jadow und berichtet in diesem Zusammenhang, daß sich in den besseren Wohnvierteln des Westens, Dahlem, Zehlendorf, amerikanische Offiziere einquartiert hätten. Auch Veras beziehungsweise Dr. Grüns Villa, die jahrelang von einem nationalsozialistischen Funktionär bewohnt gewesen sei, wäre von den Amerikanern beschlagnahmt.

»Kann man hier mal aufs Klo?« fragt Edda mittenhinein.

Viktoria verspürt das gleiche Bedürfnis und rutscht vom Stuhl.

»Wartet!« Die alte Dame geht zu einer Kommode, nimmt aus der oberen Schublade zwei sorgfältig beschnittene Zeitungsblätter und händigt jedem Kind ein Blatt aus. »Die blaue Wasserkanne gehört mir, benutzt sie möglichst nur einmal!«

»Ich fülle sie dir wieder, Großmutter!« sagt Maximiliane.

Während sie mit den beiden Kindern draußen ist, untersucht Golo mit Augen und Händen den Salon, öffnet Schranktüren, zieht Schubladen auf, spricht angesichts des Silberbestecks von ›verscherbeln‹ und angesichts einer Reihe von acht Paar Schuhen überwältigt: »Gehört das alles dir? Du brauchst doch nur ein Paar Schuhe!«

»Was für ein schrecklicher Junge!« sagt Frau von Jadow zu Maximiliane, als diese zurückkommt. »Kannst du ihn nicht veranlassen, sich hinzusetzen? Er ist ja der reine Kommunist! Und der Große kaut schon die ganze Zeit an seinen Nägeln! Wissen die Kinder denn überhaupt nicht, wer sie sind?«

»Nein, warum sollten sie?« sagt Maximiliane und nimmt erst gar nicht wieder Platz. »Wir müssen jetzt gehen. Ich wollte nur sehen, ob du noch am Leben bist.«

»Du siehst ja wie! In zwei Zimmern! Alle diese schrecklichen Leute, die alles ru-i-nie-ren! Wenn ihr wenigstens die Kisten gerettet hättet!«

»Es tut mir leid, Großmutter.«

»Du solltest mehr auf deine Figur achten, Maximiliane«, sagt Frau von Jadow dann noch, als sie sich verabschieden und an der Wohnungstür stehen. »Du neigst dazu, dick zu werden.«

»Später«, antwortet Maximiliane und – überwältigt von Scham, Erbarmen und Nachsicht – nimmt sie die alte Dame dann doch noch in den Arm.

Als die Haustür hinter ihnen zugefallen ist, sagt sie zu den Kindern: »Hierher brauchen wir nun nie wieder zu gehen!«

»Versprichst du uns das?« fragt Joachim.

»Das verspreche ich euch!«

Auf dem Rückweg machen sie auf einem Trümmergrundstück am Tiergarten Rast und essen ihre Pellkartoffeln. Viktoria schläft ein, Edda sucht nach Brennesseln, Golo versucht mit zwei farbigen Soldaten ins Geschäft zu kommen, und Joachim setzt sich neben seine Mutter. Er zeigt auf einen kahlen, zersplitterten Baum. »Sieht Großvaters Wald jetzt auch so aus?«

»Nein! Der ist viel zu groß, so viele Bäume kann man gar nicht zerstören.«

»Ich wollte, ich wäre ein Baum und stände mitten im Wald!« sagt er, und dann buchstabiert er an einer Anschlagtafel die Suchanzeigen: die nächste Seite seines Lesebuchs.

Ein Jeep fährt vorüber, hält für einen Augenblick an: »Hallo, Fräulein!« und fährt weiter. Ein paar zerlumpte, aus der Kriegsgefangenschaft entlassene Soldaten kommen vorüber.

Maximiliane bricht auf, sie haben einen weiten Weg vor sich. Die Splittergräben im Tiergarten sind bereits umgegraben, der Park ist in Gemüsefelder zerstückelt, die meisten Bäume bereits als Brennholz verheizt. Das Brandenburger Tor mit der Quadriga kommt in Sicht. Am südlichen Torhäuschen liegt das Dachgebälk bloß, der Blick geht in den preußisch-blauen Himmel, das griechische Vorbild ist nähergerückt, erinnert an das Herrenhaus in Poenichen.

Maximiliane hebt Viktoria hoch: »Tora, siehst du die Frau dort droben auf dem Wagen? Sie heißt genau wie du: ›Viktoria‹.«

Im zerborstenen Arm der Viktoria steckt ein Fahnenmast: der Ostwind bläht die rote Fahne mit Hammer und Sichel.

Maximiliane erinnert sich an jenen Abend in Berlin, als der stechende Blick des Führers sie getroffen hatte und als Viktoria gezeugt wurde. Sie betrachtet das Kind, als hätte sie Angst, in die Augen des Führers zu sehen, blickt in blaßblaue Augen, blaß wie die Haut und die Haare, wie das ganze Kind, das auch jetzt wieder erschrocken anfängt zu weinen und auf dem Arm getragen werden will.

Sie geht mit den Kindern in Richtung Dorotheenstraße weiter. »Hier hat Vater einmal gewohnt!«

»Wo?« fragt Joachim. Aber die Mutter kann das Haus nicht wiederfinden

»Wo ist Papa jetzt?«

»In einem Gefangenenlager.«

»Muß er im Wald arbeiten? Wie unsere Russen?«

»Ich glaube nicht, er hat doch nur einen Arm, da können sie nichts mit ihm anfangen.«

Als sie müde und verstaubt wieder in der Preißingschen Wohnung angekommen sind, zieht Golo aus einer seiner Hosentaschen eine Schachtel mit Chesterfield-Zigaretten und aus der anderen Tasche weißes Nähgarn und eine Dose mit Nähnadeln, die aus dem Nähtisch der Großmutter stammen.

»Das können wir alles sehr gut gebrauchen!« sagt seine Mutter und holt den Topf mit dem Graupeneintopf unter dem Bettzeug hervor, das sie als Kochkiste benutzt.

»Jeden Tag haben wir jetzt Eintopfsonntag! Wenn das der Führer wüßte!« sagt Herr Preißing. »Das muß man Ihnen lassen, Sie können kochen!«

Golo verlangt einen zweiten Teller Suppe. »Gib mich noch mal!«

Maximiliane verbessert ihn und bringt ihm den Unterschied von ›mir‹ und ›mich‹ bei. Später wird sie ihm den Unterschied von ›mein‹ und ›dein‹ beibringen müssen, was länger dauern wird.

»Wie Sie das machen!« sagt Herr Preißing. »Die geborene Witwe!«

Es klopft an der Korridortür. Draußen steht ein Mann, ein Heimkehrer in Wehrmachtsuniform, mit dem großen ›PW‹

auf dem Rücken, ›Prisoner of War‹, ein entlassener Kriegsgefangener. Es ist Jeschek, der Schwiegersohn von Herrn Preißing, dessen Wohnung total zerstört ist.

Maximiliane zieht sich mit den Kindern ins Schlafzimmer zurück. Sie hören aus der Küche die Stimme des Neuangekommenen. »Fremde Leute ... Gören ... Nazi-Schwein ... Hilde ... Kind angedreht ... Junker ... Kapitalisten ... Militaristen ...«

Abends sagt Maximiliane zu Herrn Preißing, sie hätte beschlossen, mit ihren Kindern weiterzuziehen.

»Wo wollen Sie denn hin?« fragt Herr Preißing.

Maximiliane macht mit dem Arm eine unbestimmte, aber großartige Bewegung: »Wenn man kein Zuhause hat, kann man überallhin!«

Joachim sitzt auf der Bettkante und macht sein sorgenvolles Gesicht. »Können wir denn nicht wieder nach Poenichen zu Opa und Urma?«

»Nein, Mosche, vorerst nicht, aber sonst können wir überallhin. Wir suchen Martha Riepe und Inspektor Kalinski und Griesemanns, alle unsere Leute, den ganzen Treck aus Poenichen. Und Falada! Und dann ziehen wir zu Tante Maximiliane, die auf einer richtigen Burg wohnt. Und dann haben wir Onkel und Tanten und Vettern in Schweden, und in Amerika habt ihr eine Großmutter. Aber zuallererst müssen wir uns jetzt einen Platz zum Brüten suchen, für den Mirko!«

»Du kannst bei deinem Opa bleiben, wenn du nicht mit uns kommen willst, Kuckuck«, sagt sie zu Edda, die dasitzt und an den Zöpfen kaut. Das Kind fängt an zu weinen, weint so durchdringend, daß alle anderen ebenfalls anfangen zu weinen. Herr Preißing erscheint. Er bringt ein paar Entschuldigungen an, schiebt alles auf den Schwiegersohn und sagt dann abschließend: »Edda bleibt natürlich hier!«

»Nein!« schreit das Kind, schlägt mit beiden Fäusten auf den Holzrahmen des Bettes und stampft in der gleichen Weise auf wie sein Vater.

»Mein Mann und ich haben das Kind adoptiert, Herr Preißing«, sagt Maximiliane.

»Dafür haben Sie keine Papiere!«

»Sie haben auch keine Papiere, Herr Preißing!«

Am nächsten Tag erfährt sie auf der Bezirksregistrierstelle, daß sich auf ihre Suchanzeige hin jemand gemeldet habe, ein Mann von der Fernsprechvermittlung der ehemaligen Reichskanzlei; er habe angegeben, daß der Oberleutnant Viktor Quint, zuletzt Ordonnanzoffizier beim Führerhauptquartier, als vermißt gelte.

33

›Sicherheit gehört zum Glück.‹ Hessische Brandversicherung

»Macht's gut!« hatte Herr Preißing gesagt; es klang nach: ›Seht zu!‹ und war endgültig. Als ›Opa Preißing mit der Watte im Ohr‹ geht er in die Familiengeschichte ein.

Der Abschied von dem Handwagen fiel schwer, wieder blieb ein Stück Poenichen zurück. Jeder hatte zwei Gepäckstücke zu tragen, auch Viktoria; Bündel und Decken und Säkke, auf denen man sitzen oder schlafen konnte.

Vorerst sitzen sie, an einem Tag im September, mitten in einer Menge von Flüchtlingen auf einem Bahnsteig des Bahnhofs Zoo und warten auf den Zug, der sie in den Westen bringen soll, bis an die Zonengrenze zumindest; in den blauweißen Kleidungsstücken, die Frau Görke auf Zuwachs genäht hatte, hocken sie beieinander, von weitem anzusehen wie ein Haufen zusammengewürfeltes Bettzeug. Neben ihnen sitzt eine Frau aus dem Warthegau auf ihrem Bündel, die ihre beiden Kinder auf der Flucht verloren hat, eines durch Erfrieren, eines durch die Ruhr. Sie sei zu alt, um noch einmal Kinder zu bekommen, wo ihr Mann sei, wisse sie nicht, vielleicht schon in Sibirien. Sie legt ihre Hand auf Maximilianes Leib und sagt: »Das wird ein Mädchen. Wenn der Bauch rund ist, werden es Mädchen, und wenn er spitz ist, werden es Jungen.«

Wieder eine Weissagung. Einige haben sich bereits erfüllt. ›Das bringt es zu nichts, das ist mit offenen Händen geboren‹, hatte die Hebamme Schmaltz nach Maximilianes Geburt in der Küche zu Anna Riepe gesagt. An ihrer Wiege hatte das

Grammophon unermüdlich ›Untern Linden, untern Linden‹ gespielt, und untern Linden standen keine Linden mehr, ›Yes, we have no bananas‹ stimmte ebenfalls. Jene Zeile aus dem Choral des Grafen Zinzendorf, der mit den Quindts verschwägert gewesen sein soll, ›Und auch in den schwersten Tagen niemals über Lasten klagen‹, was bei Maximilianes Taufe als ›Quindtsche Art‹ bezeichnet worden war, hatte seine Richtigkeit erwiesen, und die Augen des polnischen Leutnants, die Herr Mitzeka als ›ein Kapital für ein Mädchen‹ bezeichnete, hatten schon einige Male ihre Wirkung getan.

Dem Namen Maximiliane hafte etwas Großes und Weites an, hatte der alte Quindt in seiner Taufrede gemeint. Maximiliane wird nun in ihren Namen hineinwachsen: Maximiliane Quint, nicht mehr auf Poenichen, sondern aus Poenichen. Das ›blaue Wunder‹, das ihr die ›Fräuleins‹ und Rektor Kreßmann versprochen haben, steht ihr noch bevor. Sie hat gelernt, sich herauszuhalten, wie es sowohl der alte Quindt als auch Viktor Quint von einer Frau erwarteten. Aus dem Flüchter ist ein Flüchtling geworden. Jener Grundsatz ›Das verwächst sich auch wieder‹ wird sich weiterhin bewahrheiten; aber Maximiliane wird noch oft Nägel abkauen, wird weiterhin ›Im Schummern, im Schummern‹ singen, Löns-Lieder wird sie nie verwachsen. Ihr wird das Singen nicht vergehen und auch nicht das Lachen, obwohl sie eigentlich nichts zu lachen hat, und sie wird weiterhin Baumstämme umarmen, auch wenn sie vorerst die Arme voller Kinder hat. Ihre Wurzeln stecken in Pommern. Ob sie je neue Wurzeln bilden wird?

Alle Menschen sind ›gleich arm‹, weil es ›gleich reich‹ nicht gibt, ebenfalls eine jener Quindt-Essenzen, die in Erfüllung gegangen sind. Die Unterschiede sind verschwunden, zumindest für einige Zeit, bis neue, andere entstehen werden.

Um sich die Wartezeit zu vertreiben, spielen Edda und Golo ›Komm, Frau!‹. Edda schreit und läuft um die Gepäck- und Menschenbündel herum, Golo jagt hinter ihr her, zieht einem Mann den Stock weg, klemmt ihn unter den Arm, ruft »peng, peng!«, bis Edda sich ergibt und sich neben der Mutter auf eines der Bündel fallen läßt.

Der Mann bekommt den Jungen am Arm zu fassen und kann ihn entwaffnen. »Habt ihr denn gar keine Angst vor eurer Mutter?« fragt er.

»Nein!« ruft Golo.

Etwas Besseres ist bisher über Maximiliane Quint nicht zu sagen.

Nirgendwo ist Poenichen

Meinem Mann, dem Schriftsteller
Otto Heinrich Kühner,
der das Leben der Quindts
fünf Jahre lang ratend und helfend
mit mir geteilt hat.

1

››»Ja, der Friede! Was wird aus dem Loch, wenn der Käs gefressen ist?«‹

Bert Brecht

Maximiliane Quint schläft, an jeder Seite zwei ihrer Kinder. Sie ist am Ziel. Sie hat ihre Ziele nie weit gesteckt. Dieses hieß Westen. Damit die Kinder Platz neben ihr haben, hat sie die angewinkelten Arme neben den Kopf gelegt; sie ist im siebenten Monat schwanger.

Nie wieder Kranichzüge. Nie wieder Wildgänse.

Eine unter 13 Millionen, die die deutschen Ostgebiete vor den anrückenden sowjetischen Truppen verlassen haben und jetzt, im Herbst 1945, in Schüben zu drei- und viertausend von den russischen Posten jeden Abend über die Grenze in die englisch besetzte Zone durchgelassen werden. Bei Dunkelheit waren sie mit ihren Bündeln durch die Wälder gezogen, hatten sich vor allen uniformierten Männern versteckt und die ›grüne Grenze‹ überschritten, auf die sich schon bald der ›Eiserne Vorhang‹ niederlassen wird.

Maximiliane liegt auf einem Notbett im ungeheizten Maststall des Gutshofs Besenhausen. Es fehlte nicht viel, dann hätte sie ihr fünftes Kind in einem Stall zur Welt gebracht und in einen Schweinetrog gelegt.

Der alte Baron Quindt, ihr Großvater, hatte im November 1918 der Dorfkirche, deren Patronatsherr er war, aus Anlaß ihrer Geburt eine Heizung gestiftet, und schon damals wurde behauptet, daß das Neugeborene die Welt ein wenig wärmer gemacht habe. Später wird einmal der Vater ihres Schwiegersohns sagen, daß es um einige Grade wärmer in einem Raum werde, wenn sie ihn betrete. Der erste Toast, der ihr, dem Täufling, galt, hatte gelautet: ›Vor Gott und dem Gesetz sind alle Kinder gleich.‹ Der Großvater hatte ihn ausgebracht, und er hatte, weiter vorausblickend, als er ahnte – und er ahnte viel –, gesagt, daß man ihn sich werde merken müssen.

Von ihrem Vater, Achim von Quindt, ist kaum mehr überliefert als jenes telegrafierte dreifache ›Hurra, Hurra, Hurra‹, mit dem er auf die Geburt seines ersten und einzigen Kindes reagierte, bevor er in den letzten Tagen des Ersten Weltkriegs fiel. Dieses Telegramm befindet sich in dem Kästchen, das ihr ältestes Kind, Joachim, im Schlaf an sich preßt. Was man liebt, legt man neben sich, das Kind die Puppe, der Mann die Frau; Maximiliane hat ihre Kinder neben sich gelegt. Von ihrer Mutter weiß man kaum mehr als von ihrem Vater, nur, daß sie sich 1935 in Sicherheit gebracht hat, zusammen mit ihrem zweiten Mann, dem jüdischen Arzt Dr. Grün.

Fünfjährig hatte Maximiliane in breitem pommerschen Platt zu ihrem Großvater gesagt: ›Ich will vel Kinner, Grautvoader!‹ Und er hatte mit ›später‹ geantwortet. Viel später ist es darüber nicht geworden. Siebenundzwanzig Jahre alt ist sie zu diesem Zeitpunkt und Mutter von viereinhalb Kindern, drei davon mit demselben Vater, Viktor Quint, der im April als treuer Anhänger seines Führers Adolf Hitler gefallen ist, was sie aber noch nicht weiß. Joachim, der Erstgeborene, siebenjährig, von ihr ›Mosche‹ genannt, der seine Ängstlichkeit tapfer bekämpft, ein zartes und zärtliches Kind; dann Golo, furchtlos und ungebärdig, vorerst noch das hübscheste ihrer Kinder, braunlockig und mit den runden, lebhaften Augen seiner Mutter, ›Kulleraugen‹, die ein polnischer Leutnant nun schon in vierter Generation auf geheimnisvolle Weise vererbt hat. Golo hat in Ermanglung eines Gewehrs einen Stock neben sich liegen. Als nächste Edda, ein Sonntagskind, das ihren großdeutschen Namen der Tochter des ehemaligen Reichsmarschalls verdankt. Edda hat Viktor Quint zum Vater, aber nicht Maximiliane zur Mutter, ist aber von ihr akzeptiert und adoptiert worden, ein Kind der Liebe, richtiger ein Kind der Liebe zum Führer; neben ihr liegt die Puppe, die auf der Flucht einen Teil der Haare und einen Arm eingebüßt hat. Schließlich Viktoria, drei Jahre alt, trotz ihres siegreichen Namens ein schwieriges Kind, von Krankheiten und Unheil bedroht, an einer handgesäumten Batistwindel lutschend, die zum vorgesehenen Zweck endlich nicht mehr benötigt wird. Und das ›halbe‹ Kind: die Folge einer Vergewaltigung durch einen Kirgisen vom Balchasch-See.

Bis zur Flucht aus Pommern hatte Maximiliane vom Krieg kaum mehr wahrgenommen als die Abwesenheit ihres Mannes, unter der sie jedoch nicht litt. Bis sie dann im letzten Kriegswinter mit den Gutsleuten Poenichen verlassen mußte; mit Pferd und Wagen, aber auch mit Ochsen, Treckern, Kindern und Frauen, ein paar Hunden und Katzen. Die Katzen kehrten am Dorfausgang wieder um.

Ihre Großeltern, die alten Quindts, waren mit wenigen anderen zurückgeblieben. Eines Morgens hatte sie den Aufbruch des Trecks verschlafen, war allein, mit einem Handwagen und den Kindern, weiter nach Westen gezogen, bis sie von der anrückenden Front überrollt wurde.

Sie ist keine Quindt auf Poenichen mehr; sie hat mit allem anderen auch ihren Namen verloren. Man redet sie mit ›liebe Frau‹ an.

»Sie müssen doch die Geburtsurkunden Ihrer Kinder gerettet haben, liebe Frau!«

»Ich habe die Kinder gerettet«, antwortet sie.

Der Lagerpfarrer spricht ihr Trost zu. »Der Mensch lebt nicht von Brot allein, liebe Frau!«

Und sie sagt: »Aber ohne Brot überhaupt nicht, Herr Pastor!«

»Sie werden Ihre Einstellung ändern müssen, liebe Frau!«

»Später, Herr Pastor!«

Dort, wo sie herstammt, sagt man ›Pastor‹ und betont die letzte Silbe.

Hinterpommern! Früher gab dieses Wort Anlaß zur Heiterkeit, eine Gegend hinterm Mond. Jetzt erfährt sie, daß sie ›jenseits von Oder und Neiße‹ gelebt hat, und niemand lacht mehr darüber. Ein Anlaß zum Mitleid. Wo fließt die Neiße? Noch ist Maximiliane Quint wie die anderen Flüchtlinge davon überzeugt, daß sie zurückkehren wird. ›Das ist allens nur 'n Övergang‹, wie Bräsig zu sagen pflegte. Man hat sie zur Erbin von Poenichen erzogen. Eine Neunzehnjährige, die Mutter wurde, bevor sie eine Geliebte und eine Frau hätte werden können, von ihrem Mann wie ein Nährboden für seine Kinder behandelt, mit denen er den deutschen Ostraum zu bevölkern gedachte. Über Jahre werden sie und ihre Kinder als ›Kriegshinterbliebene‹ und ›Heimatvertriebene‹ in den Sammelbecken der Statistiken auftauchen.

Laute Befehle. Sie werden geweckt. Sie müssen jenen Flüchtlingen Platz machen, die in der vergangenen Nacht über die

Grenze gekommen sind. Ein Durchgangslager, dessen Namen jahrzehntelang für viele zur ersten Zuflucht wird: Friedland.

Die anderen Flüchtlinge ziehen ihre Schuhe an und suchen hastig ihre Gepäckstücke zusammen; schon hängen sie sich die Rucksäcke und Bündel um. Die Kinder rütteln an ihrer Mutter, aber wie immer fällt es schwer, sie zu wecken. Joachims Stimme dringt dann doch an ihr Ohr und an ihr Herz.

»Mama! Wir müssen weiter!«

Maximiliane knotet das Kopftuch unterm Kinn zusammen wie alle Frauen aus dem Osten; nichts unterscheidet sie mehr.

In einer Baracke werden sie entlaust, in einer anderen Baracke erhalten sie Lebensmittelmarken: 75 Gramm Fleisch und 100 Gramm Fett für die laufende Woche; für werdende und stillende Mütter ein Liter Vollmilch und 500 Gramm Nährmittel – auf dem Papier. Statt Bescheinigungen gibt es erstmals Reisemarken.

»Wir gehn auf Reise!« ruft Golo begeistert. Die Flucht scheint beendet, ebenfalls auf dem Papier. Die Heilsarmee schenkt Kakao aus. Wie immer stellt sich Maximiliane mit den Kindern als letzte an. ›Sie hat de Rauhe weg‹, hatte schon die Hebamme Schmaltz, die sie auf die Welt holte, gesagt. Trotzdem gehört sie nicht zu den letzten, die abgefertigt werden.

Bei den Amerikanern gibt es am meisten zu essen, heißt es, aber sie halten jeden Jungvolkführer für einen Nazi! Die Engländer sind genauso arm dran wie die Deutschen, aber sie behandeln die Besiegten anständig! Gerüchte. Die Flüchtlinge tun sich nach ihren Herkunftsländern zusammen: Ostpreußen, Schlesier, Sudetendeutsche, Pommern, zusammengehalten durch ihre Sprache. Die pommerschen Trecks sollen von Mecklenburg aus nach Holstein weitergezogen sein, heißt es. Also nach Holstein! Das bedeutet: englische Besatzungszone, Hunger. ›Wat sin mut, mut sin.‹ Ein Pommer tut, was man ihm sagt.

Joachim liest am Ausgang des Lagers die Aufschrift eines Schildes vor, das die Engländer zur Warnung aufgestellt haben. Er liest jetzt schon ohne zu stocken, obwohl er bisher auf keiner Schulbank gesessen, wohl aber auf den Fußböden von Schulen geschlafen hat. »›Wer nicht im Besitz einer Zuzugsgenehmigung ist, erhält keine Wohnung, keine Lebensmittelmarken, keine Fürsorgeunterstützung in Niedersachsen!‹« Er zittert. »Mama!«

Seine Mutter tröstet ihn. »Wir suchen unseren Treck! Martha Riepe hat alles gerettet, unsere Pferde und die Betten und Mäntel und Schuhe und . . .«

»Versprichst du uns das?«

»Nein, Mosche! Versprechen kann ich das nicht!«

Joachim schließt die Augen, sammelt sich, strafft sich, geht an seinen Platz und nimmt die kleine Viktoria an die Hand.

Als der Zug der Flüchtlinge das Lager verläßt, können die fünf Quints nicht Schritt halten, sie geraten in den Zustrom neuer Flüchtlinge, werden zurückgedrängt und bekommen ein weiteres Mal Kakao. Eine Welle aus Kakao ergießt sich über das hungernde Westdeutschland. Maximiliane leckt Viktoria die Kakaoreste vom Mund, die einfachste Form der Säuberung, ein Taschentuch müßte gewaschen werden. Die übrigen Kinder benutzen den Handrücken.

Die Viehwaggons, von der englischen Besatzungsmacht auf dem Bahnhof Friedland zum Weitertransport der Flüchtlinge bereitgestellt, werden gestürmt. Menschentrauben hängen an den Wagen, selbst die Dächer werden besetzt.

Wieder müssen die fünf Quints zurückbleiben. Viele Jahre später wird Maximiliane manchmal, wenn sie auf Bahnsteigen steht, nachdenklich die neuen Eisenbahnwagen betrachten, die durch Faltenbälge miteinander verbunden sind, keine Trittbretter haben, keine Außenplattform, dazu die elektrisch geladenen Oberleitungen, und wird denken: nirgendwo Platz für flüchtende Menschenmengen . . .

Sie machen sich zu Fuß auf den Weg. Zum erstenmal Richtung Norden, nachdem sie bisher immer nur nach Westen gezogen sind. Noch ist das Wetter freundlich, die Herbstregen haben noch nicht eingesetzt. Mittags wärmt sie noch die Sonne. Weit kommen sie nicht, aber sie erreichen einen Bach. Dort machen sie halt, um sich zu waschen. Seit Monaten werden die Kinder nur noch nach Bedarf und Gelegenheit gewaschen, wobei die Gelegenheiten seltener sind als der Bedarf, Äpfel und Rüben dienen als Zahnbürste.

Maximiliane steckt die Nase in Golos Haar. »Du stinkst!« sagt sie. »Wir stinken alle nach Schweiß und Läusepulver. Gib die Seife heraus, Golo!« Aber Golo hat das Stück Seife eben erst im Lager eingehandelt. Er sträubt sich, er braucht es zum weiteren Tauschen.

»Jetzt brauchen wir Seife!« bestimmt die Mutter.

›Brauchen‹ heißt das Wort, das alles regelt. ›Das brauchen wir.‹ ›Das brauchen wir nicht‹, ein Satz, der auch von Golo anerkannt wird.

Maximiliane kniet am Bachufer nieder und wäscht nacheinander die Kinder. Viktorias Gewicht ist so gering, daß die Mutter das Kind durch das Wasser ziehen kann wie ein Wäschestück, wobei Viktoria, was selten vorkommt, auflacht. Die handgesäumten, mit Krone und Quindtschem Wappen bestickten Windeln, die 1919 bereits in Gefahr waren, zu Batistblusen verarbeitet zu werden, dienen als Handtücher. »Lauft«, befiehlt die Mutter den Kindern, »damit ihr warm werdet!« Dann wäscht sie den eigenen, nun schon schwerfälligen Leib.

An der Uferböschung, vom Gebüsch halb verborgen, sitzt ein Mann im Gras, keine dreißig Meter von ihr entfernt, und sieht ihr zu. »Da sitzt jemand!« ruft Edda. Aber Maximiliane wendet nicht einmal den Kopf; sie kann sich nicht auch noch um andere kümmern und um das, was die Leute sagen oder denken könnten. Dieser Mann sagt zunächst gar nichts und denkt viel. Maximiliane geht und breitet die feuchten Windeln zum Trocknen über einen Strauch, wie es die Frauen seit Jahrtausenden tun.

Als sie damit fertig ist, erhebt sich der Mann, geht auf sie zu und streckt die Hand hin. Doch sie reicht ihm die Seife und nicht die Hand. Sie ist eine praktische Frau, keine vernünftige, wie man annehmen könnte.

Der Mann sieht sie an, nimmt dazu die Brille ab, eine Gasmaskenbrille mit Stoffband, wie sie Wolfgang Borcherts Heimkehrer Beckmann zwei oder drei Jahre später auf der Bühne tragen wird. Er sieht ihr in die Augen, bedeckt sogleich die eigenen mit der Hand, nimmt die Hand dann wieder weg, sieht noch einmal in ihre Augen, mit denen sie schon so viel erreicht hat und noch erreichen muß, und sagt: »Oh!« Dann läßt er sich ins Gras fallen, zieht die Stiefel aus, wickelt die Lappen ab und steckt die Füße in den Bach, taucht die Arme tief ins Wasser, wirft sich Hände voll Wasser ins Gesicht, wischt es nicht ab, läßt es unter die wattierte Tarnjacke rinnen.

»Blut und Boden«, sagt er, »aber mehr Blut. Den Krieg kann man nicht mit Seife abwaschen, so viel Seife gibt es gar nicht.«

Golo steht an der anderen Seite des Baches und sieht ihm zu.

»Sie müssen den Hut beim Waschen absetzen, Mann!« ruft er.
»Das ist ein Wunschhut, Junge! Den setz ich nicht ab, den hab ich mir gewünscht. Einen Hut trägt man im Frieden. Und jetzt ist Frieden. Kein Stahlhelm mehr und keine Feldmütze mehr!«

Er zieht die Füße aus dem Bach, erhebt sich, steht, barfuß, vor Maximiliane stramm und kommandiert sich selbst: »Rechts um! Links um! Rührt euch! Abteilung Halt! Im Gleichschritt marsch!« Er führt alle seine Befehle aus, bleibt dann stehen und wendet sich Maximiliane zu. »Man hat mich vor sechs Jahren in Marsch gesetzt, und jetzt muß ich irgendwo zum Halten kommen. Man hat mich entlassen. Der Krieg ist unbrauchbar geworden. Aber ich bin noch brauchbar, ich weiß nur nicht, wozu.« Er hält den leeren Brotbeutel hoch, kehrt die Hosentaschen nach außen, klopft an die hohlklingende Feldflasche. »Das habe ich in sechs Jahren eingebracht. Ein Kriegsverlierer! Aber ich habe einen Stempel. Ich bin entlassen. Ich kann einen Nachweis erbringen. Ich habe gelernt, wie man sich eingräbt. Ich habe gelernt, wie man auf Menschen schießt. Ich habe immerhin denselben Rang erreicht wie unser Führer. Gefreiter!«

Die Kinder stehen schweigend in einiger Entfernung. Golo springt, von Stein zu Stein, über den Bach, stellt sich vor den Fremden und fragt: »Wer bist du denn?«

Der Mann sieht den Jungen an und blickt in die Augen der Mutter. Dann läßt er sich auf die angehockten Beine nieder. »Ich habe nichts, ich bin nichts, ich bin der Herr Niemand!« Er streckt ein Bein vor, macht auf dem anderen ein paar Sprünge und singt dazu: »›Ach, wie gut, daß niemand weiß, daß ich . . .‹ Na, wie heiß ich –?«

Die Kinder weichen einen Schritt zurück. Viktoria fängt an zu weinen, und Joachim sagt vorsichtig: »Rumpelstilzchen.«

Der Mann springt auf, lacht, wirft seinen Hut hoch und fängt ihn auf.

»Lauft!« sagt Maximiliane. »Sucht Brombeeren!«

Sie legt sich ins Gras, schiebt eines der Bündel unter den Kopf. Der Mann läßt sich neben ihr ins Gras fallen. Die Stimmen der Kinder entfernen sich. Wasserplanschen, Vogelruf. Maximiliane schließt die Augen und begibt sich an den Blaupfuhl in Poenichen. Nach einer Weile legt der Mann seine Hand auf ihren Leib, spürt den doppelten Herzschlag.

»Ich träume«, sagt er. »Ich tue so, als ob ich träume.«

Eine Idylle, wie sie nur am Rande der Katastrophen entstehen kann. Die Stunde Null. Rückkehr ins Paradies. Maria aber war schwanger. War is over, over war. Sie sind davongekommen, und noch verlangt keiner, daß sie Trauerarbeit leisten, daß sie Vergangenheit bewältigen, eine Existenz aufbauen und neue Werte schaffen.

Sie wenden sich einander zu und blicken sich an.

Maximiliane versteht alle Worte, die er sagt, auch die, die er nicht sagt. Die Frage nach dem Woher wird mit einer Handbewegung nach Osten beantwortet, die Antwort auf die Frage nach dem Wohin umfaßt die westliche Hälfte der Erdkugel.

Es wird kühler, schon fällt Tau. Die Kinder kommen frierend herbeigelaufen, Golo und Edda mit Mohrrüben und Äpfeln. Sie haben sie in einem Garten gestohlen und werden dafür von der Mutter gelobt. Die Beute wird verteilt, die größeren Äpfel für die größeren Kinder, die kleineren für die kleineren Kinder. »Und was sollen wir morgen essen?« fragt Edda, einen Apfel in der Hand, eine Mohrrübe zwischen den Zähnen.

»Darum müssen wir uns morgen kümmern«, antwortet die Mutter, zieht aus den Bündeln die Schafwolljacken, die von der Baronin Quindt in den Notjahren nach dem Ersten Weltkrieg gewebt worden waren, und zieht sie den Kindern als Mäntel über. Die größte Jacke nimmt sie für sich, aber sie umschließt ihren dick gewordenen Bauch nicht mehr. Der Mann führt ihr vor, wie die Tarnjacke um seinen abgemagerten Körper schlottert, zieht sie aus und reicht sie ihr. Sie reicht ihm die ihrige. Beide Jacken sind noch warm vom Körper des anderen.

Maximiliane rückt die Schultern zurecht und richtet sich für lange Zeit in der Jacke ein und tarnt darunter ihr ungeborenes Kind.

»Nun gehöre ich zu euch!« sagt der Mann zu den Kindern, und zu Maximiliane gewandt: »Gibt es einen Vater für die kleinen Schafe?«

»Ja.«

»Wo?«

»Vermißt.«

»Von dir?«

»Nein«, sagt Maximiliane, ohne zu zögern. Mit sechzehn Jahren hatte sie ihre Mutter verraten.

Dieses ›nein‹ genügt ihm. Damit ist beschlossen, daß er mitkommt. Er sagt zu den Kindern: »Ihr braucht ein Haus! Ich werde euch ein Haus bauen, für jeden eines!« und zaubert Papier und Bleistift aus seinen Taschen. Er wendet sich an Joachim. »Was für ein Haus willst du haben?«

»Eines mit fünf Säulen davor!« antwortet Joachim, ohne überlegen zu müssen.

»Gut. Das bekommst du!«

Zehn Minuten benötigt er, dann besitzt jedes der vier Kinder ein Haus je nach Wunsch, Golo eine Burg mit beflaggten Zinnen und Türmen, Edda ein Mietshaus mit acht Etagen, wo alle Leute Miete zahlen müssen.

»Und ein Haus aus Glas für dieses kleine Mädchen aus Glas«, sagt der Erbauer und verteilt die Bilder. Joachim legt sein Blatt sorgsam in das Kästchen, der einzige, der sein Haus aufbewahren wird.

Währenddessen hat Maximiliane sich mühsam ihre Stiefel wieder angezogen, Knobelbecher, die Golo vor einem halben Jahr einem toten deutschen Soldaten ausgezogen hatte. Der Mann hilft ihr beim Aufstehen.

»›Wir müssen weitermarschieren‹«, sagt er, »›bis alles in Scherben fällt‹, alte Lieder, traute Weisen, wir werden die Scherben kitten!«

»Wir brauchen vor allem einen Platz zum Brüten«, sagt Maximiliane, geht zu den Hagebuttensträuchern und sammelt die noch feuchten Windeln ein.

»Du kannst dich auf mich verlassen!« ruft er hinter ihr her. Der ewige Ruf der Männer.

Wieder schließt sich den Quints ein Heimkehrer an und begibt sich in den Schutz von Frauen und Kindern, will überleben, will kein Held mehr sein. Er hebt Viktoria hoch und setzt sie sich auf die Schultern. Das Kind schließt schaudernd und selig zugleich die Augen, wie früher, als es auf den Schultern des Vaters zum Blaupfuhl ritt.

Sie brechen in neuer Marschordnung auf. Aber diese Kinder wissen bereits aus Erfahrung: Männer kommen und gehen, Verlaß ist nur auf die Mutter.

Eine Weile ziehen sie auf der Landstraße dahin. Bei jedem Fahrzeug, das in ihrer Richtung fährt, winkt der Mann mit seinem Hut, bis ein Lastkraftwagen mit Holzvergaser anhält.

»Was habe ich gesagt! Ein Wunschhut!« ruft der Mann und setzt seinen Hut wieder auf.

Sie dürfen im Laderaum des offenen Wagens mitfahren. Der Boden ist mit Schweinemist bedeckt. Es riecht vertraut wie auf Poenichen. Maximiliane sieht für Augenblicke den Gutshof vor sich, die Stallungen, das Herrenhaus, die Vorhalle mit den fünf weißen Säulen und die Großeltern, die dem Flüchtlingstreck nachblicken, hört wieder die drei Schüsse und schwankt. Der Mann meint, daß sie Halt brauche in dem schwankenden Fahrzeug, und legt den Arm um ihre Schultern. Sie sieht ihn an und lehnt sich gegen ihn.

Der Wagen gewinnt an Fahrt, Funken stieben aus dem Rohr des Holzvergasers. In einer Kurve weht ein Windstoß den Wunschhut vom Kopf des Mannes. Er läßt Maximilianes Schulter los, hämmert mit der Faust gegen das Fenster des Fahrerhauses, gestikuliert und ruft dem Fahrer zu, er wolle absteigen. Dann springt er, als das Fahrzeug anhält, ab und läuft hinter seinem Hut her. Aber der Fahrer wartet nicht, bis der Mann zurückgekehrt ist, sondern gibt Gas und fährt weiter. Maximiliane klopft ans Fenster, der Fahrer bedeutet ihr mit Handbewegungen, er könne nicht warten, es werde bald dunkel werden, und die Scheinwerfer seien nicht in Ordnung.

Die Kinder singen: »›Weh, weh, Windchen, nimm Kürdchen sein Hütchen und laß'n sich mit jagen . . .‹«

Sie werden den Mann rasch vergessen. Nur wenn die Mutter ihnen später von Rumpelstilzchen vorliest, wird Rumpelstilzchen aussehen wie dieser Heimkehrer, wird eine Gasmaskenbrille tragen und auf einem Bein am Bach entlanghüpfen, in der Nähe von Friedland, und wird seinen Hut hoch in die Luft werfen. Die Kinder siedeln die Märchen dort wieder an, wo die Brüder Grimm sie vor 150 Jahren gesammelt haben.

Maximiliane lehnt an der Rückwand des Fahrerhauses, hält sich mit einer Hand am Gitter fest, drückt mit der anderen die kleine Viktoria an sich und beobachtet, wie der Mann winkt, kleiner wird und verschwindet.

2

›Ein Geduldiger ist besser denn ein Starker.‹

Sprüche Salomos

Der Lastkraftwagen hält vor dem Bahnhofsgebäude in Göttingen. Der Fahrer hebt die kleine Viktoria aus dem Schweinekäfig, hilft der Mutter beim Aussteigen, die anderen Kinder springen allein herunter. Er tippt an den Mützenschirm, sagt: »Na dann!« und fährt davon. Er hat von seiner schicksalhaften Rolle im Leben der Maximiliane Quint nichts wahrgenommen.

Maximiliane faßt in die Innen- und Außentaschen der Jacke, sucht nach einem Hinweis auf den früheren Besitzer und findet nichts weiter als eine Tüte. Sie schüttet einen Teil des Inhalts in ihre Hand: Feuerzeugsteine, Hunderte von Feuerzeugsteinen. Golo stößt einen Freudenschrei aus. Er ist der einzige, der den Wert sofort erkennt, ein Sechsjähriger im Außendienst. Man wird von der Hinterlassenschaft des Unbekannten mehrere Wochen lang leben können.

Die Eisenbahnzüge kamen in Göttingen bereits überfüllt an und durchfuhren mit verminderter Geschwindigkeit den Bahnhof. Einige der am Bahnsteig wartenden Flüchtlinge versuchten, wenigstens ein Trittbrett zu erreichen. Für die Quints gab es kein Weiterkommen.

Im Schutz der Dunkelheit ging Maximiliane mit den Kindern über die Schienen zu einem Personenzug, der auf einem Abstellgleis stand. Eine der Waggontüren war unverschlossen. Sie stiegen ein, fanden ein Abteil mit unversehrten Fensterscheiben und mit einer Tür, die sich schließen ließ. Die Kinder kletterten in die Gepäcknetze und rollten sich zu zweien nebeneinander zusammen.

Kurz darauf unternahm ein Mann der Bahnpolizei einen Kontrollgang durch den Zug und leuchtete mit der Stablampe in jedes Abteil, riß Türen auf, schlug Türen zu.

Der Lichtstrahl seiner Lampe trifft einen Soldaten, der die Kapuze seiner Tarnjacke über den Kopf gezogen hat und die Knobelbecher gegen die Holzbank stemmt. Er rüttelt ihn an der Schulter. »Mann, raus hier, der Krieg ist aus!« Die letzten Worte gehen bereits im Kindergeschrei unter, erst einstimmig, dann vierstimmig, ohrenbetäubend. Seit sie unterwegs sind, haben diese Kinder ihre Mutter durch Geschrei geweckt und beschützt. Der Lichtstrahl richtet sich auf die Gepäcknetze, aus denen verstörte Kindergesichter auftauchen.

Der Soldat streift Kapuze und Kopftuch zurück. Ein Frauengesicht kommt zum Vorschein, von Anstrengungen gezeichnet. Als Maximiliane die müden Lider hebt, glänzen die Augäpfel von Tränen.

»Raus hier!« sagt der Hilfspolizist, wie immer, wenn er jemanden in einem abgestellten Zug entdeckt. Das dritte »Raus hier!« klingt schon nicht mehr überzeugend. »Liebe Frau! Ist das alles ein Wurf?« Der Lichtstrahl streift über die Kinderköpfe; dann schaltet er die Taschenlampe aus und zieht die Tür hinter sich zu.

»Was soll ich denn nun mit euch machen?«

Noch wirken die Parolen der nationalsozialistischen Ära zum Schutz von Mutter und Kind weiter. Für einige Jahre wird Maximiliane daraus noch ihren Nutzen ziehen. Außerdem ist das Mitteilungsbedürfnis des Polizisten größer als sein Pflichtgefühl. »Wir hatten nur eines«, sagt er. »Wir dachten, wir könnten uns nicht mehr Kinder leisten. Und nun haben wir gar keines. Bei Brazlaw. Da war ein Brückenkopf. Haben Sie mal davon gehört?«

Maximiliane schüttelt den Kopf.

»Liegt am Bug. Kein Mensch kennt das. Vielleicht bringen Sie ja ein paar von denen durch.«

»Brauchen Sie vielleicht Feuerzeugsteine?« erkundigt sich Golo aus dem Gepäcknetz. Aber er gerät an einen Nichtraucher.

»Auch nicht einen einzigen?«

»Meinetwegen, Junge, einen!«

Er schaltet die Lampe wieder an, zieht eine flache Flasche aus der Jackentasche und reicht sie der Frau. »Nehmen Sie mal 'nen Schluck, das wärmt einen auf.«

Maximiliane trinkt, reicht die Flasche an Joachim und der an Golo weiter.

»Sie ziehen ja Trinker ran, liebe Frau!«

»So rasch wird aus einem Pommern kein Trinker.«

»Pommern! Wo die Menschen überall wohnen! Ich komme aus Weende. Ich war immer beim Gleisbau. Jetzt mach ich Polizei, weil ich nicht belastet bin, und die von der früheren Polizei arbeiten jetzt im Gleisbau. Aber zum Polizisten bin ich nicht geboren. Die Leute . . .«

Doch Maximiliane hört von seinen Ansichten über die Polizei nichts mehr. Sie schläft schon wieder. Der Mann steckt die Flasche ein, sagt, daß der Zug gegen sechs Uhr in der Frühe abfahren wird, und fragt die Kinder: »Wo wollt ihr denn überhaupt hin?«

»Nach Holstein! Da ist unser Treck!« antwortet Joachim.

»Dann seht zu, daß ihr rechtzeitig hier rauskommt. Der Zug fährt in die Gegenrichtung. Nach Süden.«

Er wendet sich zum Gehen.

»Ihr Feuerstein, Mann!« ruft Golo ihm nach.

»Laß man, Junge!«

Doch Golo hat sich die Ehre der Schwarzhändler bereits zu eigen gemacht. »Geschäft ist Geschäft!« erklärt er, holt einen Feuerstein aus der Tüte und reicht ihn dem Mann. Dieser nimmt ihn und entfernt sich leise, um die schlafende Frau nicht zu wecken.

Um sechs Uhr in der Frühe setzte sich der leere Zug in Bewegung, ohne auf dem Bahnhof von Göttingen zu halten, Richtung Süden. Ein Bahnsignal entschied über das weitere Schicksal der Quints. Sie schliefen fest und merkten nichts.

Als Maximiliane feststellte, daß der Zug nach Süden und nicht nach Norden fuhr, sagte sie: »Dann fahren wir eben auf den Eyckel. Wir können überall hin.«

Das hatte sie schon einmal gesagt.

»Wann fahren wir denn endlich wieder nach Hause?« fragt Edda.

»Später!«

»Aber bei der Urma in Poenichen . . .«

»Von Poenichen wollen wir jetzt nicht sprechen!« befiehlt die Mutter.

In Friedland wird der Zug von Flüchtlingen gestürmt. Koffer und Bündel, Kartons und Kinder müssen verstaut werden. Jemand fordert Maximiliane auf, wenigstens eines ihrer Kinder auf den Schoß zu nehmen. Sie zieht Viktoria zwischen ihre

Knie. »Du leiwer Gott«, sagt die Frau neben ihr, »Sie kriegen ja noch eins!« und nimmt das Kind auf ihren Schoß. »Preußisch Eylau!« sagt sie. Maximiliane antwortet mit »Poenichen bei Dramburg«. Keiner nennt seinen Namen, statt dessen den Ort, aus dem er kommt.

Der Zug fährt weiter. Die Kinder bekommen Hunger. Viktoria klagt, ihre Füße täten ihr weh; alle vier Kinder haben schmerzende Füße, weil die Schuhe nicht mehr passen. Maximiliane holt das Märchenbuch hervor. Wieder einmal liest sie von hungernden und frierenden Märchenkindern, vom Hans im Glück und vom Sterntaler-Mädchen, und als Golo, der eine Abneigung gegen Bücher hat, das Buch zuschlägt, erzählt sie von der Burg Eyckel, vom Verlies und vom Burgfried und vom tiefen, tiefen Brunnen, vom Nachtvogel Schuhuhu und von der alten Burgfrau Maximiliane, die weit über achtzig Jahre alt sein muß. Sie schließt aufatmend auch diese Geschichte mit: »Und wenn sie nicht gestorben ist, dann lebt sie heute noch.«

Eine Frau, die im Gang auf ihrem Koffer sitzt, sagt: »Sie hätten lieber Brot mitnehmen sollen! Von Geschichten werden die Kinder nicht satt!«

Maximiliane läßt das Buch sinken, hebt den Blick. »Das Brot hätten wir längst aufgegessen. Ein Buch reicht lange!«

»Sie werden sich noch umgucken!« sagt die Stimme.

»Ich gucke mich nicht mehr um.«

»Ist das eine böse Fee?« flüstert Joachim.

»Ja.«

Sie sind von verwunschenen Prinzen und bösen Feen umgeben, es wird ihnen Gutes und Böses geweissagt, und beides erfüllt sich.

Hundert Kilometer mit der Eisenbahn, zu jener Zeit eine Tagesreise. Irgendwo müssen sie aussteigen und mit ihrem Gepäck ein langes Stück zu Fuß gehen, weil eine Eisenbahnbrücke zerstört ist. Es heißt, sie führe über die Fulda oder Werra. Was die feindlichen Bomber und die feindliche Artillerie nicht zerstört hatten, ließen blindwütende Parteileiter sprengen. Sie haben die Brücken hinter sich zerstört, ein Volk, das ›nicht wert war zu überleben‹, das ›seinen Führer nicht wert‹ war, wie dieser testamentarisch die Nachwelt wissen ließ.

Im Sackbahnhof von Kassel enden alle Züge. Kein Dach mehr über den Bahnhofshallen, die rauchgeschwärzten Mauern in

Trümmer, schwarzes Eisengestänge vorm Himmel. Die untergehende Sonne beleuchtet die Reste der Stadt, über die jetzt der Blick weit ins Land geht. Joachim, dessen Tapferkeit nur selten bis zum Abend ausreicht, greift nach dem Arm der Mutter. »Mama! Warum . . .?«

Was hat er überhaupt fragen wollen? Warum sie so lange unterwegs sind, wo doch alle Städte, durch die sie kommen, zerstört sind? Warum sie Poenichen verlassen haben, wo doch dort der Großvater und die Urma sind? Er faßt alle Fragen in einem einzigen verzweifelten ›Warum?‹ zusammen.

»Frag deinen Vater!« sagt seine Mutter und faßt in ihrer Antwort ihr eigenes Entsetzen und ihre Ratlosigkeit zusammen.

Vielleicht trägt dieser Satz schuld daran, daß Joachim sein Leben lang nach dem Vater fragen wird und sich mit der Schuld der Väter auseinandersetzen muß. Es nutzt nur wenig, daß die Mutter seinen Kopf an sich zieht und »Mosche« sagt, in der Geheimsprache, die sie nur mit ihrem Erstgeborenen führt.

Die fünf Quints werden zum nahe gelegenen Ständeplatz geschickt, wo ein Notaufnahmelager für Flüchtlinge eingerichtet worden war, Zelte für 1000 Personen, mit einer Betreuungsstelle für Mütter und Kleinkinder und einer Krankenstation, in der Rotkreuzschwestern und Helferinnen der Bahnhofsmission Dienst taten.

Die Männer hatten pünktlich bei Kriegsende mit ihrem Krieg aufgehört, die Frauen nicht. In den Jahren des Krieges hatten sie die Straßenbahnen durch die verdunkelten Städte gefahren, hatten nach den Luftangriffen die Brände gelöscht, hatten in Munitionsfabriken gearbeitet. Man hatte die ›tapferen kleinen Soldatenfrauen‹ gelobt und besungen, und jetzt klopften sie den Mörtel von den Steinen der Kriegstrümmer ab. Trümmerfrauen, für Notzeiten besonders geeignet. Sie streikten nicht im Krieg und streiken nicht im Frieden, diese großen Dulderinnen von alters her, zu denen auch Maximiliane gehörte.

Wieder gibt es für jeden einen Becher Kakao, dazu ein Stück Brot, weiß und weich wie Watte, eine Spende der amerikanischen Besatzungsmacht. Golo drückt es zusammen und fragt: »Was soll das denn sein?«

»Das ist etwas sehr Gutes«, erklärt Maximiliane, »das kommt aus Amerika!«

»Aber ich habe Hunger auf Wurst.« Im Gegensatz zu den anderen, die nur einfach Hunger haben, hat er immer Hunger auf etwas Bestimmtes. Jetzt also hat er Hunger auf Wurst.

»Ich probier's mal!« sagt er und geht mit der Tüte Feuersteine davon, zurück in das Bahnhofsgelände.

Den Quints werden zwei Luftschutzbetten zugewiesen. Eine alte Frau muß der schwangeren Maximiliane Platz machen. Die Frau hockt sich ans Fußende des Bettes und zieht die kleine Viktoria auf den Schoß. »So kleine Krabuttkes!« sagt sie, wiegt das Kind und wickelt einen Strang seiner dünnen Haare um den Finger. »Wie die Haare, so der ganze Mensch«, sagt sie und greift in Maximilianes kräftiges Haar. »Sprunghaare«, stellt sie fest. »Sie halten schon mal was aus. Sie wickelt so leicht keiner um den Finger.« – »Nein!« antwortet Maximiliane.

»Flippau!« Die alte Frau stellt sich vor. »Zwölf Kilometer hinter Pasewalk.«

»Poenichen«, sagt Maximiliane, »Kreis Dramburg.«

»Meine Kinder sind geblieben. Die wollten nich weg. Aber mein Mann hat 'nen Bruder in Stuttgart. Da wolln wir hin. Haben Sie auch jemanden im Westen?«

»Ich hoffe es!«

»Wenn sie nicht gestorben sind!« fügt Edda hinzu.

Die Frau setzt zu einem neuen Gespräch an. »Die Kinder! Die machen schon zu viel mit. Sie müssen ihnen Kartoffelwasser zum Trinken geben. Von rohen Kartoffeln. In Kartoffeln is alles drin, was ein Mensch braucht. Kartoffeln hat's für uns immer gegeben, Milch nich, die mußten wir an die Herrschaft abliefern. Sie haben wohl zu den Herrschaften gehört?«

»Ja«, antwortet Maximiliane.

»Dafür können Sie nichts«, fährt die Frau fort. »Wir hatten zwei Kühe und die Ziegen. Vier Stück. Und jedes Jahr haben wir zwei Schweine fettgemacht. Dreieinhalb Zentner schwer!«

Nach einer halben Stunde kehrt Golo zurück und hält triumphierend zwei Dosen hoch. »Fleisch«, ruft er, »lauter Fleisch! Für zehn Feuersteine!«

Maximiliane öffnet mit dem angeschweißten Schlüssel eine der Dosen, reicht sie den Kindern, öffnet die andere und reicht sie der Frau aus Flippau.

»Sie haben uns Ihr Bett abgetreten!«

Edda begehrt auf. »Und was sollen wir morgen essen?«

»Heute werden wir satt, und morgen sehen wir weiter.«
Selbst der Pfarrer in Hermannswerder, dem für einige Jahre die geistliche Erziehung Maximilianes oblag, hätte vermutlich soviel Sorglosigkeit gegenüber dem kommenden Tag für leichtfertig gehalten. Als die Dosen geleert sind, säubert Edda sie unter einem Wasserhahn und verwahrt sie in ihrem Gepäck. Dann legen sie sich schlafen. Maximiliane deckt Joachim und Viktoria mit der Filzdecke des Soldaten vom Balchasch-See zu. »Gott behütet uns!« sagt sie statt eines langen Gebetes.

»Wenn man nur schlafen könnte«, sagt die Frau aus Flippau. »Wenn nur nich immer die Gedanken wären.«

Maximiliane kann schlafen.

In der Frühe rüttelte die Frau sie an der Schulter.

»Sie setzen einen Zug ein nach Süden!«

Als die Quints aus dem Zelt heraustraten, war es noch dunkel. Sie hasteten mit den anderen zum Bahnhof. Die Halle war bereits von wartenden Menschen überfüllt, die alle mit dem angekündigten Zug fahren wollten. Die Kinder drängten sich schlaftrunken und frierend an die Mutter, die an einem Mauerrest der Halle Schutz vor den Nachdrängenden suchte. Noch war der Zug nicht eingefahren, die Sperren wurden von amerikanischen Militärpolizisten bewacht, deren weiße Helme durch die aufziehende Morgendämmerung leuchteten.

Ein Mann stieß Maximiliane an und zeigte auflachend auf die Mauer hinter ihr. Sie wandte sich um und schaute in die Augen des Führers. Für Bruchteile von Sekunden spürte sie wieder diesen Blick, der sie ein einziges Mal aus unmittelbarer Nähe getroffen hatte, kurz bevor ihr Mann sein letztes Kind zeugte: Viktoria. Sie betrachtete eingehend dieses letzte, halb abgerissene Durchhalteplakat. Hitler, den Blick fordernd auf den Beschauer gerichtet. ›Unablässig wacht der Führer und arbeitet nur für dich. Und was tust du?‹ Jemand hatte mit Kreide die Antwort daruntergeschrieben: ›Zittern‹.

»Jetzt zittern wir immer noch«, sagte der Mann.

Maximiliane wandte sich ihm zu und entgegnete: »Aber nicht mehr vor Furcht, sondern vor Kälte.«

»Egal, wovor man zittert.«

Dann war der Mann wieder in der Menge verschwunden.

Als der Zug einläuft, stürmen die Wartenden vor, drängen

und schieben; einige stürzen schreiend zu Boden. Einer der Soldaten, ein Neger, springt auf den Sockel der zerstörten Bahnsteigsperre und schreit: »Zurrück!« Keiner achtet darauf. Der Soldat reißt seine Maschinenpistole hoch. Einige werfen sich zu Boden, andere rennen weiter. Der Soldat schießt über die Köpfe hinweg und schreit wieder: »Zurrück!« Sein Versuch, Ordnung in das Chaos zu bringen, scheitert, da die Leute annehmen, er wolle ihnen den Zugang zum Zug verwehren. Golo läßt die Hand der Mutter los, springt über die Liegenden, macht unter dem Podest des Soldaten halt und ruft begeistert: »Ein Mohr! Ein kohlpechrabenschwarzer Mohr!«

Der Arm, der die Maschinenpistole hält, senkt sich, die Mündung richtet sich auf das Kind. Nie war Golo in größerer Lebensgefahr, aber sein Sinn für Gefahren ist unterentwickelt. Er lacht. Bis der farbige Soldat ebenfalls lacht, die Maschinenpistole wieder hebt und »Zurrück!« schreit.

Maximiliane rührt sich vor Entsetzen nicht vom Fleck. Joachim weint laut auf. »Sie schießen wieder!« Sie beobachten, wie Golo über einen Koffer springt, stürzt und liegen bleibt.

Wieder steht einer seiner Füße schräg, derselbe, den er unmittelbar nach Viktorias Geburt gebrochen hatte.

Und wieder fuhr ein Zug ohne die fünf Quints ab. Eine neue Mutter Courage – hat das wirklich einmal jemand von Maximiliane gesagt? In diesem Augenblick ist sie eine werdende Mutter ohne Courage.

Bisher waren die Quints Flüchtlinge unter Tausenden von Flüchtlingen, zurückreisenden Evakuierten und Displaced Persons gewesen, die Hinterlassenschaft des Krieges, ein Ameisenvolk, das durcheinandergeraten war und hin und her irrte. Jetzt aber lenkte Golos Unfall die Aufmerksamkeit auf das weinende Kind, auf seine kleinen Geschwister und auf die schwangere Mutter. Was für ein armer kleiner Junge, der da so herzerweichend schluchzte! Was für ein hübsches Kind! Braunlockig, mit Grübchen und schwarzbewimperten Kulleraugen!

Von einem amerikanischen Soldaten erhält er den ersten Kaugummi. Er schiebt ihn in den Mund und kaut lernbegierig.

Mit einem Krankenwagen werden alle fünf Quints in ein ehemaliges Lazarett gebracht, in dem man eine Unfallstation eingerichtet hat. Der Krankenpfleger, der den Unfall aufnimmt, fragt nach Name und Anschrift.

»Ich bin eine von Quindt und befinde mich auf dem Weg zu unserem Stammsitz im Fränkischen«, sagt Maximiliane im Tonfall, mit dem sie den Kindern Märchen erzählt, und erhofft sich, durch die Angabe von Herkunft und Ziel Aufmerksamkeit zu erwecken.

Der Krankenpfleger blickt nicht einmal hoch, sagt: »Na und? Jedenfalls können Sie bei uns Ihr Kind nicht bekommen. Wir müssen uns um Unfälle kümmern. Wir sind hier ein Lazarett!«

Golos Fußgelenk wird geröntgt und gerenkt. Dabei wird die alte Bruchstelle entdeckt und die Mutter auf diesen Befund angesprochen. Sie schließt einen Augenblick lang die Lider, sieht Golo, der von Poenichen nicht weggehen wollte, hoch über sich in der Blutbuche hängen, sich fest an einen Ast klammernd.

Sie legt die Arme um den Aktenschrank, drückt das Gesicht dagegen wie damals an den Baumstamm.

»Ist Ihnen nicht gut?« fragt man, schiebt ihr einen Stuhl hin.

Da man nicht weiß, wo man die Angehörigen des verunglückten Jungen für die Dauer der Behandlung unterbringen soll, dürfen die Mutter und die Geschwister im Lazarett bleiben. Nachts schlafen sie in Betten, die gerade leerstehen. Wenn es regnet, halten sie sich in den Gängen des Lazaretts auf, wo Golo, dem man inzwischen einen Gehgips angelegt hat, mit den verwundeten ehemaligen Soldaten Schwarzmarktgeschäfte betreibt. Bei schönem Wetter geht Maximiliane mit den Kindern in die Karlsaue, ein verwüstetes Gelände, wo in den Bombenkratern Wasser steht. Holzstücke, die man wie Schiffe schwimmen lassen kann, finden sich. Zum erstenmal spielen die Kinder wieder. Zweimal am Tag bekommen sie alle einen Teller Suppe.

Golos Beinbruch gehörte zu den Glücksfällen.

Bei der abschließenden Visite betrachtet der diensttuende Arzt Golos verkrümmte Zehen und sagt zu der Mutter: »Das Kind trägt offensichtlich zu kleine Schuhe!«

»Alle meine Kinder tragen zu kleine Schuhe. Wir sind seit Februar unterwegs. Kinderfüße wachsen auch auf der Flucht.«

Der Arzt blickt Maximiliane an, schaut dann auf der Karteikarte nach dem Namen.

»Ich habe in Königsberg einen von Quindt kennengelernt«, sagt er. »Wenn ich nicht irre, einen Baron Quindt. Wir saßen im

Schloßkeller, im ›Blutgericht‹. Er verschaffte uns einen ausgezeichneten weißen Chablis, dazu Muscheln in Weinsoße. Das war damals immerhin schon im dritten Kriegsjahr.«

»Onkel Max!« sagt Maximiliane. »Der Vetter meines Großvaters!«

Ihre Augen füllen sich mit Tränen.

»Ein geistreicher Herr, aber etwas resistent«, fährt der Arzt fort. »Er tat ein paar Äußerungen, die ihm hätten gefährlich werden können. Aber man wollte dem alten Mann ja nicht schaden.«

Der letzte Satz war gedehnt gesprochen und daher aufschlußreich.

»Übrigens: Sautter, Oberstabsarzt!«

Maximiliane stellt fest, daß an seinem Hals über dem weißen Kittel noch der Kragen der Wehrmachtsuniform sichtbar ist, sogar mit dem silbergestickten Spiegel.

»Sie stammen ebenfalls aus Königsberg?« fragt er.

»Nein«, antwortet Maximiliane. »Aus Pommern. Kreis Dramburg. Rittergut Poenichen.«

»Ihr Mann ist demnach Landwirt?«

»Nein«, sagt Maximiliane und blickt den Arzt bedeutungsvoll an, was dieser für vertrauensvoll hält. »Mein Mann war in der Parteiführung tätig, Reichssippenamt, unmittelbar dem Reichsführer SS unterstellt.«

»Sehr tapfer, das so offen einzugestehen! Wo war er zuletzt im Einsatz?«

»Er hatte an der Invasionsfront den rechten Arm verloren, aber er schrieb mir damals, daß er seinem Führer auch mit dem linken Arm dienen könne. Ordonnanzoffizier im Führerhauptquartier! Wilhelmstraße!«

»Es gab großartige Männer darunter«, sagt Dr. Sautter. »Und gibt es noch immer.«

Maximiliane lächelt ihm zu. »Auch Frauen!«

»Famose Frauen! Ohne sie wäre es gar nicht gegangen. Man muß jetzt zusammenhalten. Jenes ›Geselle dich zur kleinsten Schar‹ gilt wieder. Getreue gibt es noch genug, es gilt nur, sie aufzuspüren. Einer muß jetzt für den anderen einstehen.«

»Mit Kinderschuhen!« sagt Maximiliane.

»Richtig!« sagt der Arzt, blickt auf Golos Fuß, den er noch immer auf dem Schoß hält. »Davon gingen wir aus. Frauen haben diesen bewundernswert praktischen Sinn für das Nächstliegende. Gerade die Frauen aus dem Osten zeigen Haltung. Fest zur Rückkehr entschlossen. Ich schreibe Ihnen eine Adresse auf.« Er greift zum Rezeptblock, bringt ein kleines Lachen zustande.

»Schuhe für die Rückkehr! Ein unbedingt zuverlässiger Mann. Gudbrod, Marställer Platz, ehemaliger Platz der SA. Er hat ausreichend Schuhe auf Lager, offiziell ist er ausgebombt. Nicht bei Dunkelheit, das könnte auffallen. Im übrigen brauchen wir das Licht nicht zu scheuen! Über Geldmittel verfügen Sie?«

Maximiliane nickt.

»Was haben Sie für ein vorläufiges Ziel?«

»Den Stammsitz meiner Familie im Fränkischen. Seit sechshundert Jahren im Besitz der Quindts.«

Bisher hatten sich Maximilianes Kinder ruhig verhalten, aber jetzt sagt Edda: »Wenn sie nicht gestorben sind.«

Die Aufmerksamkeit des Arztes wird auf die Kinder gelenkt.

»Kinder dürfen in diesen Zeiten nicht verwildern. Sie brauchen eine starke Hand. Nachwuchs. Es gibt gute Leute unter dem Adel. Leider nicht alle, sonst wäre der 20. Juli nicht möglich gewesen.«

Maximiliane spielt ihren letzten Trumpf aus. »Mein Mann schrieb mir damals, übrigens aus dem Lazarett: ›Wenn auch nur ein Quindt unter den Verrätern ist, gilt die erste Kugel ihm und die zweite mir.‹«

Die neuen Schuhe erhielt dann Joachim. Golo bekam die abgelegten seines Bruders, der jüngere jeweils die des nächstälteren. Viktorias Schuhe blieben übrig. Edda packte sie ein. »Die brauchen wir für den Mirko.« Immer noch hieß das ungeborene Kind ›Mirko‹, wie jener polnische Junge aus den Geschichten der Mutter, der während der Flucht die Quints durch Hinter- und Vorderpommern und durch die Mark Brandenburg begleitet hatte.

Dieser Dr. Sautter, ehemaliger Oberstabsarzt, hat den Kindern nicht nur passende Schuhe verschafft, sondern der Mutter auch eine entscheidende Lebenserkenntnis. Von nun an wird sie sich, je nach Erfordernis, als die Frau eines Nationalsozialisten oder als die Tochter eines jüdischen Stiefvaters ausgeben, als Adlige oder als bürgerlich Verheiratete. ›Eine Gesinnung muß man sich leisten können‹, hatte ihr Großvater früher oft gesagt, eine seiner Quindt-Essenzen, von seiner Enkelin in die Tat umgesetzt.

Bevor es weiterging, holte Edda eine jener leeren Fleischdosen hervor, die Golo am Bahnhof gegen zehn Feuersteine eingehandelt hatte. Sie betrachtete das Etikett und fragte ihre Mutter: »Was steht denn da eigentlich drauf?«

Maximiliane nahm die Dose in die Hand und las vor: »›Only for army dogs‹. Nur für Hunde, für amerikanische Hunde.«

3

›Eine Kalorie ist die Wärmemenge, die nötig ist, um ein Gramm Wasser um ein Grad zu erwärmen.‹

Handlexikon

Dem Strom der Flüchtlinge, der sich seit dem Frühjahr über das restliche Deutschland ergoß, folgte seit Ende des Sommers der Strom der Vertriebenen. Er benutzte dasselbe Strombett und dieselben Schleusen.

Ein halbes Jahr zuvor hatte Stalin erklärt, die alten polnischen Gebiete Ostpreußen, Pommern und Schlesien müßten an Polen zurückgegeben werden. Dieser Satz machte sechshundert Jahre deutscher Geschichte null und nichtig; ein Lehrsatz für den Geschichtsunterricht, schwer zu begreifen, schwer zu lernen, aber von vielen doch bereitwillig hingenommen, um des lieben Friedens willen. Es hätte ein Sprengsatz werden können, aber er hat nicht einmal in späteren Wahlreden gezündet. Preußische Tugenden, Fügsamkeit, Vernunft, Duldensfähigkeit und Lebenswille, vereinten sich mit östlicher Wesensart. Flüchtlinge und Vertriebene suchten sich anzupassen und ihre Eigenart zu leugnen.

Etwa zur gleichen Zeit hatte der englische Ministerpräsident Churchill geäußert, daß die Vertreibung die befriedigendste und dauerhafteste Methode sei, da es auf diese Weise keine Vermischung fremder Bevölkerungen gebe, aus denen doch nur endlose Unruhen entstünden. Er sehe auch nicht, sagte er, weshalb es für die Bevölkerung Ostpreußens und der anderen abgetretenen Gebiete in Deutschland keinen Platz geben sollte, schließlich seien im Krieg sechs oder sieben Millionen Deutsche getötet worden. Eine nüchterne Berechnung, die aber stimmte. Die Deutschen aus dem Osten haben die Kriegsausfälle im Westen ersetzt, die polnischen Umsiedler aus dem zur Sowjetunion geschlagenen östlichen Teil Polens haben die abgezogenen Ostdeutschen ersetzt, Russen sind in die östlichen Teile Polens eingezogen. Die Austauschbarkeit des Menschen schien wieder einmal bewiesen. Sollte der alte Quindt recht gehabt haben, als er in der Taufrede zu Ehren seiner Enkelin Maximiliane gesagt hatte: ›Hauptsache ist das Pommersche, und das hat sich noch immer als das Stärkere erwiesen. Am Ende sind aus Goten, Slawen, Wenden und Schweden, die alle einmal hier gesessen haben, gute Pommern geworden.‹ Noch fehlt für diese Behauptung der Beweis.

›Flüchtlingsstrom‹, das klang nach Naturkatastrophe, und als solche haben ihn die Bewohner des restlichen Deutschlands empfunden und sich entsprechend dagegen zu schützen versucht. Man errichtete Dämme, um sich gegen diesen Strom zu wehren, schleuste ihn in abgelegene, wenig besiedelte Gegenden, in holsteinische Dörfer und in bayrische Kleinstädte, die von dem Strom überschwemmt wurden.

Das Bild vom Strom und von der Überschwemmung war besser gewählt, als die Urheber damals ahnten. Menschen-Dung. Wie fruchtbar dieser war, würde sich in den Jahren des Wiederaufbaus erweisen.

Aber noch fing man den Strom der Flüchtlinge in leerstehenden Baracken des ehemaligen Reichsarbeitsdienstes, in Luftschutzbunkern und stillgelegten Schulen auf, vor denen Maximiliane jedesmal entschlossen kehrtmachte, da man rasch hinein und schwer herauskam.

Wieder einmal hieß es: »Wie wollen Sie denn weiterkommen in Ihrem Zustand, liebe Frau? Mit den vielen Kindern?«

»Vier!« verbesserte Edda, die es genau nahm mit allem, die immer zählte und abzählte und nachzählte.

Der Beamte, der die Personalien der Quints für einen Registrierschein der amerikanisch besetzten Zone aufgenommen hat, greift nach Maximilianes Daumen, drückt ihn zuerst auf ein Stempelkissen, dann in die linke untere Ecke des Registrierscheins. »Als ob wir alle Verbrecher wären! Fingerabdrücke!

Vielleicht will man uns nicht fotografieren, damit später keiner weiß, wie wir ausgesehen haben.«

Er hebt den Blick und sieht Maximiliane an. Was er sieht, veranlaßt ihn zu der Frage: »Glauben Sie denn an Wunder, liebe Frau?«

Maximiliane erwidert den Blick und sagt: »Ja.«

Ihr Glaube hat ihr geholfen. Der Beamte Karl Schmidt wird zum Vollzugsbeamten eines Wunders. Er verschafft Maximiliane und ihren Kindern eine Mitfahrgelegenheit nach Nürnberg, diesmal in einem geschlossenen Lastwagen, der nicht Schweine transportiert, sondern Zuckerrüben. Für die Dauer der Fahrt ernähren sie sich davon. Für Viktorias kleine Zähne erweisen sie sich allerdings als zu hart. Wieder füttert Maximiliane ihr Sorgenkind nach Vogelart von Mund zu Mund. Edda spuckt die durchgekauten Rübenschnitzel aus und sagt: »Schweinefutter!«

»Unsere Gefangenen haben auch Rüben gegessen, wenn sie Hunger hatten«, sagt Joachim und würgt den Brei hinunter.

»Aber das waren Russen!« sagt Edda, wie sie es in Poenichen von der Mamsell gehört hat. »Halbe Tiere.«

»Das sind auch Menschen!« belehrt die Mutter sie. »Jetzt geht es uns so schlecht, wie es den russischen Gefangenen damals ging.«

Im Alleinunterricht versucht sie, ein Geschichtsbild zu korrigieren.

Der Lastwagen fährt über Landstraßen und nicht mehr auf Chausseen. Die Berge der Rhön, das Tal des Mains. Maximiliane achtet mehr auf den Nutzwert der Natur als auf ihre Schönheit. Unter den Laubbäumen sind die Buchen die wichtigsten, weil sie Bucheckern liefern: Öl. Nadelwälder bedeuten Reisig sowie Kienäpfel zum Heizen und Kochen. Umgepflügte Äcker verheißen Korn- und Kartoffelfelder, auf denen nun Menschen die Nachlese halten, nicht mehr Gänse und Wildschweine. Hamsterer sind auf den Straßen unterwegs mit leeren und gefüllten Taschen, mit Handwagen voll Holz.

Die Quints kommen zu spät, längst sind die Felder zum zweitenmal abgeerntet, die Kienäpfel aufgelesen. Es ist Anfang Dezember.

Sie fahren durch das Land, von dem Jean Paul behauptet, die Wege verliefen von einem Paradies ins andere. Aber jeder

Mensch trägt sein eigenes Paradies mit sich. Maximiliane ist aus ihrem Paradies vertrieben, und Jean Pauls Paradies ist von Menschen überfüllt.

Pommersche Schweiz, Fränkische Schweiz: was für ein Unterschied! Kleine, nach römischem Erbrecht immer wieder geteilte Felder. Jemandem, der aus dem Osten kam, eher wie Gärten erscheinend, die Berge unvermittelt aufsteigend und den Blick verstellend, die Täler eng und felsig. Maximiliane fühlt sich von den schmalbrüstigen, mehrgeschossigen Häusern der kleinen, meist unzerstörten Städte bedrängt. Sie greift sich an den Hals, knöpft die Jacke auf, um sich Luft zu schaffen.

Die letzten zweihundert Meter des Fluchtwegs werden ihr so schwer wie die ersten, als der Treck durch die kahle Lindenallee zog, an deren Ende das Herrenhaus lag. Im Osten war der Himmel gerötet vom Feuerschein der anrückenden Front. Dreht euch nicht um!

Wieder eine dünne Schneedecke überm Land.

Und jetzt stand sie am Fuße des Burgbergs, den Eyckel vor Augen. Mit siebzehn Jahren war sie zum Sippentag hier gewesen, eine pommersche Eichel am Stammbaum der Quindts. Nicht einmal ein Jahrzehnt war seither vergangen, und sie warteten zu fünft vor dem Tor.

›Man sieht der Burg nun doch an, daß die Wogen einer großen Zeit daran geschlagen haben.‹ So ähnlich hatte es die Eigentümerin Maximiliane Hedwig an ihren Bruder in Poenichen geschrieben, und dieser war der Ansicht gewesen, daß der Eykkel schon viel ausgehalten hätte. Drei Jahre lang hatten die Gebäude als Jugendherberge gedient und ›der deutschen Jugend eine Vorstellung von deutscher ritterlicher Vergangenheit vermittelt‹, wie es Viktor Quint, das tausendjährige Reich fest im Blick, geweissagt hatte. In jenem Sommer 1936, als sich die Quindts mit und ohne ›d‹, mit und ohne Adelsprädikat zu jenem Sippentag auf dem Eyckel trafen. Die Fahnen des Dritten Reiches wehten, unter denen man, stehend und mit erhobenem Arm, einstimmig, wenn auch nicht immer eines Geistes, ›Die Reihen fest geschlossen‹ sang. Die Reihen der Quindts hatten sich seither gelichtet.

Der große Saal und das Jagdzimmer, die zu Schlafsälen ausgebaut worden waren, hatten inzwischen als Auffanglager für ausgebombte und evakuierte Einwohner Nürnbergs gedient und waren mit Hilfe von Decken in Wohneinheiten aufgeteilt worden, keine größer als neun Quadratmeter. Nach und nach waren die Nürnberger in ihre Stadt zurückgekehrt und hatten den in Schüben eintreffenden Quindts aus Ostpreußen, aus der Lausitz, Mecklenburg und Schlesien Platz gemacht. Noch einmal war der Eyckel zur Fliehburg geworden. Aus dem festlichen Sippentag werden böse Sippenwochen und Monate werden, für die Alten unter ihnen sogar Jahre.

Derselbe Name, das gleiche Schicksal – wie mußte man sich einander verbunden fühlen! Aber schon wieder gab es Unterschiede. Wenn Menschen noch so eng zusammengehören, es gibt innerhalb ihres gemeinsamen Horizontes doch noch alle vier Himmelsrichtungen, sagt Nietzsche. Für die einen hatte das Kriegsende den Zusammenbruch des Großdeutschen Reiches bedeutet, für die anderen den Tag der Befreiung von der Diktatur. Schmach und Segen, für manche unter ihnen beides zugleich.

Der nationalsozialistische Geist der alten Maximiliane Hedwig von Quindt hatte sich rechtzeitig verdunkelt und hatte sie das Ende jener Neuen Zeit, an die sie geglaubt hatte, nicht mehr wahrnehmen lassen. Sie war verstummt und versteinert, vergreist und unzurechnungsfähig. Manchmal tauchte sie, einem Schloßgespenst beängstigend ähnlich, auf der Treppe auf, die in den Hof führte, eine Decke um die Schultern geworfen. Wer ihr begegnete, wich ihr aus.

Aus den Fenstern, deren Scheiben vielfach durch Bretter oder Pappe ersetzt worden waren, ragten schwarze Ofenrohre. Der Garten war in Gemüsebeete parzelliert; die letzten Kohlköpfe standen unter Bewachung ihrer Eigentümer. Die Lebensmittelrationen lagen niedriger, als es dem von alliierter Seite festgesetzten Mindestmaß von 1150 Kalorien entsprach. Für den Hausbrand wurden in diesem Winter keine Kohlen bewilligt. Kein Strauch wuchs mehr an der Burgmauer, die Bäume waren bis zu Mannshöhe entästet. Alles Brennbare war verheizt worden.

›Arbeit adelt‹ lautete eine der großen Parolen des Dritten Reiches. Auf dem Eyckel hätte es jetzt heißen können ›Adel arbeitet‹, aber diese ersten Nachkriegsjahre waren arm an Parolen. Wer den Krieg überlebt hatte, wollte nicht im Frieden verhungern oder erfrieren. Der Hunger drängte die einen zur

Nahrungssuche und die anderen zum Nachdenken; zu den letzteren gehörte Roswitha von Quindt. Maximiliane war damals auf dem Sippentag freudig umarmt und geküßt worden, von alten und von jungen Quindts. Jetzt, wo sie unförmig, mit vier kleinen Kindern und den armseligen Bündeln im Hof stand, mischte sich unter die Wiedersehensfreude die Befürchtung, daß man noch enger zusammenrücken müsse und daß der eigene Lebensraum noch mehr beschnitten würde. Eine geborene Baronesse Quindt, eine angeheiratete Quint, ihr Anspruch war doppelt gesichert, niemand machte ihn ihr streitig.

»Wartet!« sagte Roswitha von Quindt, die im Februar 45 als ostpreußischer Flüchtling für eine Woche auf Poenichen geweilt hatte. »Ich sage meiner Mutter Bescheid.«

Elisabeth von Quindt, genannt ›die Generalin‹, hatte auf dem Eyckel das Zepter in die Hand genommen, aus keiner anderen Berechtigung heraus als der, daß sie mit ihren Töchtern als erster Flüchtling, und zwar bereits im April, eingetroffen war. Eine Ostpreußin von Haltung und Gesinnung, ihr Mann, Generalleutnant, befand sich, wie sie aus sicherer Quelle wußte, in russischer Gefangenschaft. Sie strahlte Zuversicht aus. Der alte Quindt hätte allerdings wohl gesagt, die eine Hälfte sei Zuversicht und die andere Anmaßung. Sobald sie den Mund auftat, tauchte hinter ihr der ganze Deutschritterorden auf mit Schild und Schwert. Sie forderte von den Bewohnern des Eyckel auch in der jetzigen Lage, Hunger und Kälte durch Haltung zu bekämpfen. Von ihrem Besitz hatte sie so gut wie nichts retten können, aber von ihren Überzeugungen hatte sie auf der Flucht nichts verloren. Sie wußte auch im Dezember 45, was ein junger Mensch sowohl im Hinblick auf die Vergangenheit als auch im Hinblick auf die Zukunft zu tun hatte. Jetzt schritt sie die breite Treppe hinunter und ging auf Maximiliane zu, die an einer Mauer lehnte, die Kette der Kinder an der Hand. Wieder war ein Ziel erreicht. Unterkunft. Niederkunft. Die Bilder verschwammen vor ihren Augen. Warum erinnerte alles an Ingo Brandes aus Bamberg, einen Oberprimaner, der ihr beim Festgottesdienst ›Quindt und Quint vereint zusammen‹ ins Ohr sang, der ihr Kornblumen pflückte, der unter ihrem Fenster wie der Rauhfußkauz rief, als ›Mondlicht das Tal der Pegnitz überflutete‹. Wieder schwankt sie unter dem Anprall der Bilder und stützt sich auf die Schulter ihres Ältesten, der sich stark macht.

Auf die erste Frage der Generalin, die ihrem Mann galt, hätte sie beinahe, indem sie ihn mit Ingo Brandes verwechselte, geantwortet, er sei mit dem Flugzeug abgestürzt, wo er doch bei der Infanterie gewesen war. Den einen hatte sie geheiratet, den anderen geliebt, einen Jagdflieger, beim Feindflug abgestürzt. Ihr Körper rettet sich in eine Narkose der Erinnerungen.

Mit Umsicht und Zuversicht trifft die Generalin ihre Anordnungen. Die Kinder werden zunächst einmal in die Küche geschickt; eine Kammer unterm Dach wird als Wochenstube eingerichtet: Bettstelle, Tücher, Wasserschüsseln und Lampe.

An dieser Stelle erscheint es angebracht, einen Blick zurückzuwerfen in die grünen Zimmer von Poenichen, wo Vera von Quindt, geborene von Jadow, eine Berlinerin, unter ›denkbar primitiven Umständen‹, wie sie es genannt hatte, im Jahre 1918 ihre Tochter Maximiliane zur Welt brachte; die Hebamme Schmaltz zur Stelle und, wenn auch ein wenig verspätet, der Hausarzt Dr. Wittkow, dazu eine Mamsell, die Täubchenbrühe zubereitete; die alten Quindts in der Vorhalle, auf die Geburt des Erben wartend, der Erzeuger allerdings an der Front; später dann Säuglingsschwester und Kinderfräulein, Personal, Besorgnis und Verwöhnung.

Aber auch diesmal liegen die Quindtschen Batistwindeln bereit, wird ein Holzkübel mit warmem Wasser gefüllt, schiebt man der Gebärenden einen erhitzten Backstein an die kalten Füße, sitzt eine Frau am Bettrand und hält ihre Hand. »Anna«, sagt sie, »Anna Hieronimi, meine Mutter war eine Quint. Ich komme aus Gießmannsdorf, bei Bunzlau. Du kannst ruhig ›Anna‹ sagen.«

»Amma«, sagt Maximiliane und streicht sich das nasse Haar aus der Stirn, atmet tief, ihr Gesicht entspannt sich. »Amma«, wiederholt sie, wie damals, als sie zu Anna Riepe auf Poenichen ›Amma‹ sagte, weil ein Herrschaftskind zu einer Mamsell nicht ›Mamma‹ sagen durfte.

»Streng dich nicht an!« sagt Anna Hieronimi. »Laß es kommen! Kinder wollen leben. Es hat noch viel Zeit vor sich.«

Wehrlos und willenlos läßt Maximiliane die Geburt geschehen, wie sie die Vergewaltigung bei der Zeugung hat geschehen lassen. Ihre Kräfte sind geschwächt, aber der Lebenswille des Kindes ist um so stärker.

Die Frau aus Gießmannsdorf erweist sich als eine weise Frau. Sie hat selbst drei Kinder zur Welt gebracht.

Einmal steckt die Generalin den Kopf durch die Tür: »Geht alles gut voran?«

Als Anna Hieronimi das Neugeborene, ein Mädchen, schließlich im Arm hält, sagt sie: »Was für ein Wunder! Ein Gotteskind. Wir sind nicht aus Sand gemacht, und wir werden auch nicht zu Sand. Wir sind aus Blut und werden zu Blut.«

Sie tut das Nötige, und Maximiliane läßt das Nötige geschehen. Anna Hieronimi schiebt ihr das Kind gewaschen, gewikkelt und gewindelt unter die graue Decke. »Ich denke manchmal: In der Stunde, wo wir ein Kind zur Welt bringen, wird jede von uns eine Art Maria. Wo wir doch alle als Gotteskinder geboren sind. Wir haben es nur wieder vergessen.«

Maximiliane bewahrt auch diese Worte in ihrem Gedächtnis. Sie fallen in fruchtbaren, aufgewühlten Boden. Nur bei diesem Kind wird sie jenes Geheimnis der Menschwerdung gewahr, das mehr ist als ein biologischer Vorgang.

Das Licht der Welt, das hier erblickt wurde, bestand aus zwei Kerzenstummeln. Von 20 Uhr bis 24 Uhr war der elektrische Strom gesperrt, und die Gebäude lagen im Dunkel. Keine Verdunkelungsbestimmungen mehr, aber auch kein Licht. Da das warme Wasser genutzt werden mußte, wurden die anderen Kinder geholt und gewaschen. Fünf waren es nun, ihrem Namen gemäß: Quint.

Das fünfte Kind, dieses Kind eines Kirgisen, wurde auf dem Stammsitz der Quindts geboren, ein Grund mehr, ein vollwertiger Quint zu werden, allerdings ein Flüchtlingskind, obwohl es im Westen zur Welt gekommen war. Aber ein Flüchtling bringt weitere Flüchtlinge zur Welt; sie vermehren sich auf natürliche Weise.

Ein neugeborenes Kind rührt auch an die verhärtetsten Herzen und an unheilgewohnte Augen. Da war jemand noch ärmer als man selbst, noch hilfloser. Man brachte dem Kind ein paar Scheite Holz, eine Schüssel mit Haferflocken, ein wollenes Einschlagtuch, eine Flasche Petroleum. Was für eine Erstausstattung für ein kleines Mädchen! ›Armut gibt der Armut gern‹, ein Lesebuchgedicht. Keiner wollte so arm sein, daß er nichts zu verschenken hätte.

Die Generalin trat ebenfalls an das Bett der Wöchnerin; mit

leeren Händen, aber mit guten Ratschlägen. »Diese Kinder müssen von klein auf lernen, daß sie Quints sind! Das bedeutet eine besondere Verpflichtung, auch wenn sie im Augenblick ohne Besitz sind.«

Maximiliane widerspricht, wenn auch zögernd: »Sie müssen lernen, daß sie nichts Besonderes sind, Tante!«

»Du scheinst etwas vom Geist deines Großvaters in dir zu tragen!«

»Ich hoffe es, Tante!«

So mutig wie in dieser Unterredung war sie nicht immer.

›Der Mirko‹, sagen die Geschwister zu dem Neugeborenen und werden belehrt, daß es ein Mädchen sei. Also sagen sie ›Mirka‹ zu ihr, zumal das Neugeborene gar keine Ähnlichkeit mit dem richtigen Mirko hat.

Drei Tage bleibt Maximiliane liegen, dann macht sie sich auf den Weg, um die Geburt des Kindes standesamtlich anzuzeigen.

Der neue Bürgermeister, Joost, bis vor kurzem noch Klempner, leitete die Befähigung zu seinem Amt davon ab, daß er der nationalsozialistischen Partei nicht angehört hatte, so wie sein Vorgänger sie daraus abgeleitet hatte, daß er ihr angehörte. Denunzieren, denunziert werden. Der große Reinigungsprozeß war im Gange. Vom Führerbild, das an der Wand hinter dem Schreibtisch gehangen hatte, war ein weißer Fleck mit schmutzigem Rand zurückgeblieben. Der Bildersturm war lautlos und unblutig erfolgt. Aber die Alliierten konnten sich nicht allein auf die Selbstreinigung des besiegten Volkes verlassen. Nicht weit vom Eyckel, in Nürnberg, tagte seit November der Internationale Militärgerichtshof und entschied über Schuld und Unschuld, über Leben und Tod; die deutsche Nation wurde in fünf Kategorien eingeteilt: Hauptschuldige, Schuldige, Minderbelastete, Mitläufer und Unbelastete. Schwarze Schafe, weiße Schafe.

Noch hatte keine Spruchkammer entschieden, zu welcher Kategorie Maximiliane gehörte: Führerin im ›Bund Deutscher Mädel‹ und Frau eines aktiven Nationalsozialisten. Noch ist sie nichts weiter als ein Flüchtling aus dem Osten. Für Bürgermeister Joost waren das alles ›halbe Polen‹. Die Nennung des Mädchennamens, des Adelstitels und des Ritterguts verstärkten seine Abneigung. Er ahnte nicht, wie nahe er der Wahrheit kam: Maximiliane war eine Viertelpolin, und ein Angehöriger der Roten Armee war der Vater des anzumeldenden Kindes.

Zunächst einmal lehnt Bürgermeister Joost den Namen ›Mirka‹ als ortsunüblich ab und schiebt Maximiliane ein Verzeichnis der im Fränkischen gebräuchlichen Vornamen zu. Das Register stammt aus dem Jahre 1938, und Herr Joost zeigt mit dem Finger auf Namen wir Erika, Gerlinde oder Ingeborg. Die vier mitgebrachten Kinder brechen in ihr gewohntes Gebrüll aus. Maximiliane unternimmt keinen Versuch, die Kinder zur Ruhe zu bringen. Sie wartet ab, bis der Name Mirka ins Standesamtsregister eingetragen wird. Als Vater des Kindes gibt sie ihren Ehemann Viktor Quint an, Wehrmachtsangehöriger, vermißt, gebürtig aus Breslau. Wenn man es verlangt hätte, hätte sie diese Angaben auch beeidet. Zu wahrheitsgemäßen Auskünften gegenüber einer Behörde fühlte sie sich nie verpflichtet. Dem Kalender nach wäre ihr Mann als Erzeuger durchaus in Frage gekommen.

Mirka ist fortan das einzige ihrer Kinder, das über eine ordnungsgemäße, im Westen ausgestellte Geburtsurkunde verfügt; ein Jahrgang, den man später als einen ›geburtenschwachen‹ bezeichnen wird, geboren unter dem Sternzeichen des Schützen, demnach – wenn man den Astrologen glauben darf – großzügig, gerecht denkend, freigebig, beliebt, optimistisch, unabhängig, abenteuerlustig und selbstbewußt sowie ›mit stolzem, federndem Gang und der Sehnsucht nach fernen Inseln‹.

Vorerst liegt das kleine Schütze-Mädchen, ungewogen, nicht einmal gemessen,in seiner Kartoffelkiste, die man als Säuglingsbett hergerichtet hat. Es verschafft seiner Mutter Lebensmittelkarten für stillende Mütter, zusätzlich Vollmilch und Nährmittel, von Maximiliane als ›Stillmittel‹ bezeichnet, dazu fünf Karten für Kleinkinder beziehungsweise Säuglinge. Jeder Normalverbraucher mußte sie beneiden, wenn sie mit ihren Milchkannen vom Berg hinunterging ins Dorf.

4

›Die haben alle ihre Schicksäler.‹

Anna Riepe, Mamsell auf Poenichen

Das erste Weihnachtsfest im Frieden! Ausgangserlaubnis für die besiegte und befreite Bevölkerung bis um zwei Uhr dreißig in der Heiligen Nacht. Die Amerikaner stifteten aus eigenen Beständen pro Kopf der Bevölkerung ein Kilogramm Weizenmehl und 400 Gramm Zucker, braunen Zucker aus Kuba, der wie gesüßter Fleischextrakt schmeckte.

Am großen Herd in der Küche, wo man sonst aus durchgerührten weißen Bohnen Schmalz, gewürzt mit Thymian, kochte und gegärten Magerquark mit falschem, am Wegrand gepflücktem Kümmel zu ›Stolper Jungchen‹ verrührte und wo man die feuchten Brotscheiben röstete, damit sie keine Blähungen verursachten, da backten in den Vorweihnachtstagen die Frauen nachmittags gemeinsam Weihnachtsgebäck, im Kopf die alten Maße und Rezepte. Aber statt der vorgeschriebenen Eier nehmen sie jetzt Milch, statt Vollmilch Magermilch; als diese verbraucht ist, nehmen sie Wasser, anstelle von Bienenhonig Zukkerrübenkraut und statt Zucker Süßstoff. Ein Schuß Essig gibt die gleiche treibende Kraft wie Backpulver. Aus Blech hatte man Backformen in alten Mustern hergestellt, Stern und Herz, Baum und Mond, Vogel und Fisch. Alles läßt sich ersetzen. Auch der Weihnachtsfrieden war nur so etwas wie ein Ersatzfrieden.

Der Tannenbaum wird in der Küche aufgestellt. Alle, die Arme und Beine regen können, beteiligen sich an den Vorbereitungen, stellen Strohsterne her, gießen Kerzen, bestäuben Kienäpfel mit Gips. Man zerschneidet eine Hakenkreuzfahne zu schmalen Streifen, bindet Schleifen daraus und schmückt damit den Baum. In den tiefen Fensternischen stehen langbrennende Hindenburglichter, zur Beleuchtung von Bunkern und Unterständen vorgesehen.

Die geistliche Ausgestaltung der Christnacht hat der Diakon Quint aus der Lausitz übernommen. Sein Sohn Anselm, vor vier Wochen hohlwangig aus dem französischen Kriegsgefangenenlager Bad Kreuznach entlassen, bläst die Posaune, die seine Mutter im Fluchtgepäck gerettet hat. ›Dies ist die Nacht, da mir erschienen des großen Gottes Freundlichkeit . . .‹

Maximiliane schiebt die Kiste, in der ihr neugeborenes Kind liegt, näher an den Herd. ›Dies Kind, dem alle Engel dienen, bringt Licht in meine Dunkelheit.‹ Natürlich wenden sich alle Augen dem Kind in der Kiste zu.

Bevor der Diakon noch das Wort ergreifen kann und bevor auch nur die erste Zeile aus dem Zweiten Kapitel des Lukas-Evangeliums gesprochen ist, setzt ein leises, ansteckendes Weinen ein, dem die Generalin mit den Worten: »Und wenn wir auch alles verloren haben, unseren Stolz haben wir nicht verloren« ein Ende macht.

Der Diakon tut das Beste, was er tun kann – ein großer Prediger ist er nie gewesen –, er läßt weg, was er gelernt hat, spricht aus dem Herzen, schlägt die Bibel, die er in den Händen hält, nicht auf. Dies ist der Zeitpunkt für die Offenbarung.

»Ich sehe eine neue Stadt, die Hütte Gottes bei den Menschen. Er wird bei ihnen wohnen, sie werden Sein Volk sein, und Er wird mit uns sein, kein Tod wird mehr sein, kein Leid mehr, kein Schmerz mehr. Er wird kommen und abwischen unsere Tränen . . .«

Maximiliane betrachtet ihr Kind, das die Augen geöffnet hat. Sie hört nicht mehr auf die Worte; ihre Seele braucht wenig Nahrung, kommt mit wenigen Sätzen aus. Warum nicht jetzt? denkt sie. Warum erst in einer künftigen Stadt? Worauf wartet Er noch? Er wird abwischen unsere Tränen.

Die Quindts mit und ohne ›d‹ rücken näher zusammen. Frau Hieronimi besorgt das Einschenken, füllt ein heißes, rotes und süßes Getränk in die dickwandigen Jugendherbergstassen. Man singt Weihnachtslieder und singt sich dabei vieles von der Seele. Das Weihnachtsgebäck wird auf Zinntellern herumgereicht, und keiner zählt diesmal nach, wieviel sich jeder davon nimmt. Die Kinder sitzen am großen Küchentisch und benutzen Sterne und Herzen zu einem Puzzle-Spiel. Maximiliane nimmt Viktoria, die schon seit Tagen wie jedem Ereignis auch diesem entgegengefiebert hat, auf den Schoß. Im Wechselgesang singt sie mit Anna Hieronimi »›Maria durch ein Dornwald ging . . . da haben die Dornen Rosen getragen . . .‹«

Von der uralten Tante Maximiliane Hedwig, der man einen Lehnstuhl nahe an den Herd gezogen hat, kommt ein Klageton, ähnlich dem Ton, der entsteht, wenn zwei Eisschollen aneinanderstoßen.

Edda holt einen Arm voll Holzscheite aus dem Schuppen und schichtet sie in den Backofen, damit sie dort trocknen. »Was für ein umsichtiges kleines Mädchen!« – »Nichts muß man ihm auftragen, alles tut es von selber!« Man lobt es, lobt zugleich die Mutter. Maximiliane muß nicht mehr erwähnen, daß Edda ein Sonntagskind ist, um ihr zu ihrem Recht zu verhelfen. Auch der Name ›Kuckuck‹, den der alte Quindt dem kleinen Findling gegeben hat, verliert sich immer mehr.

Joachim stellt sich neben seine Mutter. Es ist zwar schon eine Weile vergangen, seit die Generalin die Quindts an ihren Stolz erinnert hat, aber der Junge braucht immer lange Zeit zum Nachdenken.

»Haben wir auch einen Stolz?« fragt er.

»Nein!« antwortet seine Mutter.

»Worauf ist Tante Elisabeth stolz?«

»Ihr Mann ist ein General. Und sie hat zwei Kinder geboren und aufgezogen.« – »Wir haben fünf Kinder!«

»Stolz ist nicht wichtig, Mosche.«

»Was ist wichtig, Mama?«

Maximiliane denkt einen Augenblick nach. »Mut ist wichtig. Und Geduld«, sagt sie dann. »Und jetzt schließ die Augen und denk an zu Hause! Was siehst du?«

Joachim strengt sich an, macht sich steif und sagt: »Die fünf Säulen. Und den Pferdeschlitten. Und Riepe auf dem Kutschbock. Und ...«

»Siehst du! Das ist wichtig, Mosche. Daß man auch noch etwas sieht, wenn man die Augen schließt.«

Und dann muß Joachim vor allen Anwesenden sein Gedicht aufsagen. Er zittert am ganzen Körper, auch die Stimme. »›Wärst du, Kindchen, im Kaschubenlande, wärst du, Kindchen, doch bei uns geboren ... Rote Schuhchen für die kleinen Füße, fest und blank mit Nägelchen beschlagen ...‹« Er bleibt nicht stecken, verspricht sich kein einziges Mal, läßt keinen Vers aus. »›Wärst du, Kindchen, doch bei uns geboren!‹« Aus dem Gedächtnis der Mutter ins Gedächtnis des Kindes übergegangen.

Auch er wird gelobt, wird in die Arme geschlossen, geküßt. »Ein richtiger kleiner Quindt!«

Ein Korb mit Äpfeln wird herumgereicht. Dann holt jeder ein paar Geschenke hervor, vom Mund Abgespartes, Selbstgeschnitztes, liebevoll und wertlos. Aber auch ein Rodelschlitten kommt zum Vorschein, vom Stellmacher des Dorfes aus Brettern zusammengenagelt und vom Schmied mit Kufen beschlagen. Golo stürzt sich darauf und läßt sich von Joachim über den Steinboden der Küche ziehen, schwingt seine Krücke, von der er sich noch immer nicht getrennt hat, wie eine Peitsche. Der alte baltische Onkel Simon August bekommt mehrere Zigarren, Frau Hieronimi erhält von Maximiliane deren ganze Monatsration an Zigaretten; sie zündet sich sogleich eine davon an und sagt mit einem Seitenblick zur Generalin: »Die deutsche Frau raucht wieder!«

Die Tanten aus Mecklenburg verteilen handtellergroße Leinendecken mit Lochstickerei, die Muster selbst entworfen. Erst am nächsten Morgen wird man gewahr werden, daß man keinen Tisch besitzt, auf den man ein Zierdeckchen legen könnte. Die Decken werden in den Schachteln verschwinden, die man unter die Betten schiebt, weil man keinen Schrank besitzt.

Frau Hieronimi überreicht den beiden alten Damen feierlich einen emaillierten Nachttopf, den sie mit Tannenzweigen und Strohsternen weihnachtlich geschmückt hat. Er erweckt Heiterkeit. Alle kennen die nächtlichen Schwierigkeiten der Damen, deren Kammer durch lange, ungeheizte Gänge und Stiegen vom nächsten Klosett entfernt liegt.

Die Generalin bringt das Gespräch wieder in die richtigen Bahnen und eröffnet den Reigen der Weihnachtsgeschichten.

»Bei uns in Königsberg«, erzählt sie, »zog am Heiligen Abend, wenn es dämmrig wurde, so gegen vier Uhr, die Stadtkapelle durch die Straßen. Bei uns in der Regentenstraße traf sie so gegen halb fünf Uhr ein. Die Kinder drängten sich am Fenster und warteten schon ungeduldig, auch das Personal stand im Salon, am anderen Fenster. Bei uns spielten sie ›O Tannenbaum‹, das Lieblingsweihnachtslied meines Mannes. Im Marschtempo! Anschließend überreichte die Köchin meinem Mann das Tablett mit dem selbstgemachten Marzipan. Die Form hatte er eigens für unsere Familie anfertigen lassen. Sie war dem Schwarzen Adlerorden nachgebildet, den sein Urgroßvater von Friedrich Wilhelm dem Dritten verliehen bekommen hatte, in Originalgröße! Er nahm dann einen der Marzipanorden und überreichte ihn mir als erster. ›Den ersten Orden für meine liebe Frau Elisabeth!‹ Und dann sagte er . . .«

»Suum quieque!« unterbrach Roswitha ihre Mutter.

»Das Schwein quiekt!« ergänzte ihre Schwester Marie-Louise, und beide brachen in Gelächter aus.

»Suum cuique!« berichtigte die Generalin mit erhobener Stimme. »›Jedem das seine!‹, wie es auf dem Orden zu lesen war! Und dann überreichte er den Kindern ihre Orden, erst der Ältesten, dann der Jüngsten und dann auch dem Personal. Genau dem Rang nach, zuerst der Köchin. Es war jedesmal wie eine Auszeichnung, und so wurde es auch von allen empfunden. Wir verbrauchten für das Marzipan mehr als zehn Pfund Mandeln.«

Die übrigen Quindts antworteten mit einem achtungsvollen »Oh!«.

»Jedenfalls feierten wir alle zusammen wie eine große Familie«, schloß die Generalin; doch ihre Tochter Roswitha ergänzte: »Und anschließend ging das Personal in die Kammern und weinte.«

Auch Maximiliane läßt ihre Gedanken zurückgehen und überlegt, ob die Kinderfräulein und die Hausmädchen nach der Bescherung auf Poenichen in ihren Kammern geweint haben mögen, und kommt zu dem Ergebnis, daß es wohl genauso gewesen war.

Als nächste beginnt Frau Hieronimi zu erzählen. Sie streicht ihr Haar eng an den Kopf und läßt die Hände auf den Ohren liegen, als müsse sie die Gedanken darin festhalten.

»Am Nachmittag, noch bevor wir in die Kirche gingen, gab es schon frische süße Mohnpielen, steif von Korinthen und dick mit Zucker und Zimt bestreut. In jedem Haus besaß man eine Weihnachtspyramide, aus Holz gedrechselt und bemalt, jede war anders; auf der unsrigen stand die Jahreszahl 1797. Vor der Kirchtür wurden die Kerzen angezündet. Dann trug jeweils ein Kind aus jeder Familie die Pyramide wie einen Lichterbaum hinein und pflanzte ihn, im Chor, in einen der Ständer; andere Kinder stiegen die Treppe zur Empore hinauf und setzten ihren Baum auf die Brüstung. Mit jedem Lichterbaum wurde es heller in der Kirche. Im vorigen Jahr haben wir noch Kerzen gehabt, die wir selbst aus Bienenwachs gegossen hatten. Mein Jüngster hat die Pyramide getragen. Er wollte es erst nicht, er war schon fünfzehn Jahre alt. Zwei Tage später haben sie ihn zur Flak geholt. Keiner hat beim Aufbruch zur Flucht an die Pyramide gedacht.«

»Solch eine Pyramide läßt sich ersetzen!« sagt die Generalin.

»Ja«, entgegnet Frau Hieronimi. »Alles läßt sich ersetzen, sogar das Bein eines fünfzehnjährigen Jungen!«

Sie bricht in unbeherrschtes Schluchzen aus.

»Jeder hat hier sein Schicksal!« sagt die Generalin ungehalten.

»Aber nicht jeder hat die Kraft mitbekommen, es zu tragen!« wirft der alte baltische Onkel ein und versucht abzulenken. Er zieht aus seinem Rock eine Flasche. »Ich habe hier ein Schlückchen zu trinken. Reiner Korn! Einen Löffel für jeden!«

Mit ruhiger Hand füllt er die Löffel, die man ihm hinstreckt.

»Feine Leute trinken nie mehr als einen, allenfalls zwei Schnäpse. Und wir sind doch alle sehr feine Leute, nicht wahr! Und etwas essen muß man dazu, ›Sakuska‹ sagte man bei uns. Und jetzt werde auch ich eine Geschichte erzählen, eine lustige. Eine Geschichte muß lustig sein. Bei uns erzählt man lustige Geschichten, die man weitererzählen kann, wenn man wieder zu Hause ist. Es war in einer stürmischen Weihnachtsnacht. Die Chausseen waren vereist, und ein Schneesturm kam auf, so einer, wo man meint, die Wölfe zu hören . . .«

Mehr hörte Maximiliane von der Geschichte nicht. Die Stichworte genügten. Sie kaute der Reihe nach die Nägel ihrer Finger ab, während jener Weihnachtstag vor ihr auftauchte, als sie mit ihrem Mann auf der Fahrt von der Bahnstation nach Poenichen in einen pommerschen Schneesturm geriet, der ihn in Zorn versetzte; dazu der mißratene ›Karpfen polnisch‹, die weinende Mamsell Pech und am Ende Viktors kategorisches ›Komm!‹, mehr ein Racheakt als ein Zeugungsakt, die Frucht davon: Golo, dieses ungestüme Kind, das sich bei der Geburt schon das Schlüsselbein brach. Sie hört die Hebamme Schmaltz ›Du leiwer Gott!‹ sagen und taucht dann mit hörbarem Aufatmen aus dem pommerschen Schneesturm wieder auf, sucht nach Golo und entdeckt ihn zwischen den Knien des baltischen Onkels, den Mund weit geöffnet, damit er nur alles schlucken kann, was er hört.

»... und am Ende wurde der Karpfen dann doch noch verspeist!«

Die Geschichte war zu Ende. Der baltische Onkel holt eine der Zigarren hervor, die man ihm geschenkt hat. Edda eilt bereits zum Herd, hält einen Kienspan ins Feuer und trägt ihn vorsichtig zu dem alten Herrn. Der zündet sich bedächtig seine Zigarre daran an.

»Ich danke euch allen für diesen schönen Weihnachtsabend!« sagt er.

Aber nur die Kinder haben ihm zugehört. Die Erwachsenen sitzen da und hängen ihren eigenen Erinnerungen nach. Jeder erzählt seine Geschichte mehr sich selbst als den anderen.

Statt eine Weihnachtsgeschichte zu erzählen, berichtet ein Herr Österreich, pensionierter Oberfinanzrat aus Breslau, der dort während des Krieges eine Quint geheiratet und aus persönlicher Liebhaberei Ahnenforschung betrieben hatte, über den Auszug des ersten Quinten, der zu Beginn des 15. Jahrhunderts als Lehnsherr des Burggrafen von Nürnberg in dessen Gefolge von hier nach dem Osten, ins Brandenburgische, gezogen war. Der Burggraf habe seine Burg an die Stadt Nürnberg verkauft, während der Eyckel glücklicherweise im Besitz eines Zweiges der Quindt, wenn auch eines unechten, geblieben sei.

»Und jetzt diese Rückkehr!« schloß er seinen Bericht, und alle hingen wieder ihren Gedanken nach.

Golo schreckt sie daraus auf. Er hat sich in den Besitz der Posaune gebracht, steigt auf einen Stuhl, setzt das Instrument an den Mund, bläst mit dicken, roten Backen nach Leibeskräften hinein, ein stämmiger Barockengel; er bringt ein paar helle Töne zustande, für die er großen Beifall erntet.

Maximiliane läßt Viktoria vom Schoß gleiten, nimmt den Säugling aus der Kiste und zieht sich mit ihm in eine der dunklen Fensternischen zurück, um ihn zu stillen. In diesem Augenblick stürzt Viktoria unvermutet zum Herd und legt die Hand auf die heiße Platte. Schreckensrufe von allen Seiten. Man betrachtet die Brandwunden, gibt Ratschläge: »Feuchte Seife!« – »Die frische Innenhaut eines Eies!« – »Mehl!« Nichts davon war zu beschaffen. Maximiliane wehrt alle Ratschläge ab, nimmt Viktoria wieder auf den Schoß, leckt die wunde Hand und nimmt sie in den Mund. Sie weiß, was dieses Kind benötigt und was es sich nur auf diese Weise verschaffen wollte: Beachtung, wo doch alle anderen Geschwister bewundert worden waren, sogar der Säugling, der auch jetzt wieder friedlich in seiner Kiste schläft, nicht einmal weint, wenn man ihn von der Brust nimmt.

Die Kinder werden müde; für jedes findet sich ein Schoß und ein Paar Arme, die es an sich ziehen.

Als alle Lieder gesungen sind, schaltet Anselm Quint sein Radiogerät ein, den amerikanischen Soldatensender American Forces Network. Bing Crosby singt gerade ›Dreaming of a white Christmas‹. Eine Botschaft aus einem fernen, reichen Land, dazu angetan, die Herzen noch mehr zu weiten. Noch einmal werden die Teller mit dem Gebäck herumgereicht und gelobt. ›Wer ist noch, welcher sorgt und sinnt? Hier in der Krippe liegt ein Kind.‹

Als um Mitternacht die Glocken im Dorf läuten, öffnet der Diakon das Fenster. Auch im Dorf hat man Weihnachten gefeiert; wie, danach fragt von den Flüchtlingen auf dem Eyckel keiner.

Wenn jene Quindts, die das erste Weihnachtsfest nach dem Krieg miteinander gefeiert haben, später davon erzählen werden, wird immer von dem Gebäck die Rede sein. ›Ohne alles mit Essig‹, werden sie sagen und dabei mageren, kalorienarmen Putenbraten essen, einen Riesling dazu trinken und von jenem ›Heißgetränk‹ des Jahres 1945 erzählen, das chemie-rot aussah und nach Süßstoff schmeckte, ähnlich wie sie 1945 von Königsberger Marzipan, Mohnpielen und ›Karpfen polnisch‹ erzählt haben. ›Habt ihr denn nur gegessen?‹ werden die Kinder sie fragen. Und keiner von ihnen wird imstande sein zu berichten, was anders war bei jenem Weihnachtsfest.

5

›Wer an Gott glaubt, der hat es leichter, der weiß wenigstens, bei wem er sich beklagen kann.‹

Der alte Quindt

Auf der Potsdamer Konferenz der Alliierten war die endgültige Festlegung der Westgrenze Polens bis zur Friedenskonferenz zurückgestellt worden. Im Sommer 1950 wird Pommern in die Woiwodschaften Stettin, jetzt Szczecin, und Köslin, jetzt Koszalin, aufgeteilt werden; aus der Kreisstadt Dramburg wird Drawsko werden.

Und was wird aus Poenichen?

Vae victis! Wehe den Besiegten!

Die drei tödlichen Schüsse, die der alte Quindt abgegeben hatte, als der Treck seiner Gutsleute auf die vereiste Chaussee einbog, waren das letzte, was man von Poenichen erfahren hatte.

Der alte Riepe hat dann, wie es ihm aufgetragen worden war, dafür gesorgt, daß sein Herr und Freund und die Frau Baronin rechtzeitig unter die Erde gekommen sind, und in einiger Entfernung ist auch Texa, die Dackelhündin, begraben worden. Ein Stück pommersche Erde, das sei nicht das schlechteste, hatte Quindt einmal im Verlauf eines kurzen, aber tiefsinnigen Gesprächs am Wochenbett seiner Enkelin geäußert, als es um das Weiterleben nach dem Tode gegangen war. Riepe hatte allerdings nicht verhindern können, daß man die frischen Grabstellen erkennen konnte; der Schneefall setzte erst einen Tag später ein. Aber die Plündernden, die sich mit dem Spaten über den Platz hermachten, entdeckten den frischen Kadaver eines Hundes und stellten das Graben ein. An einem toten Gutsbesitzer war zudem den gegnerischen Soldaten nicht gelegen, nicht einmal die aus den Lagern befreiten russischen Kriegsgefangenen und zwangsverpflichteten Polen hatten das Bedürfnis, sich an dem Toten zu rächen; statt dessen plünderten sie das Herrenhaus, durchwühlten in weitem Umkreis das Gelände nach vergrabenen Wertsachen. Noch nach Monaten wurden sie fündig, als Maximiliane immer noch geduldig, wenn auch mehr genial als genau, Planskizzen für die Verwandten anfertigte. Die Nachfragen wurden jedesmal mit dem ausgesprochenen oder unausgesprochenen Vorwurf verbunden, warum die anvertrauten Kisten nicht auf die Flucht mitgenommen worden waren.

Die paar Gutsleute, die auf Poenichen zurückgeblieben waren, hatten zum Zeichen ihrer Unterwerfung weiße Laken aus den Fenstern gehängt und sich vorsichtshalber versteckt gehalten. Nur Willem Riepe war den sowjetischen Panzern entgegengegangen und hatte die rote Fahne geschwenkt, die er zwölf Jahre lang verborgen gehalten hatte. Mag sein, daß sich in der Morgendämmerung nicht hatte ausmachen lassen, daß das schwarze Hakenkreuz auf weißem Grund fehlte: er kam nicht dazu, seine in die Haut eingebrannte Nummer aus dem Konzentrationslager Oranienburg vorzuweisen, er wurde mit einem Gewehrkolben niedergeschlagen, später aber dann als Propagandist in einem deutschen Kriegsgefangenenlager bei Minsk eingesetzt; seine Frau gehörte mit ihren beiden jüngsten Kindern zu jenen Pommern, die im Sommer 1946 ausgesiedelt wurden.

Keiner hatte bei der überstürzten Flucht daran gedacht, in der Leutestube jene Europakarte zu entfernen, auf der Martha Riepe die Hitlerschen Eroberungszüge mit Stecknadeln und Wollfäden markiert und auf dem Stand vom November 1942 belassen hatte; der ›Völkische Beobachter‹ mit der Schlagzeile der Eroberung von Orlowski, einem Vorort Stalingrads, hing ebenfalls noch am Haken. Beides fiel einem deutschsprechenden sowjetischen Offizier in die Hände und hatte zur Folge, daß nicht nur das Herrenhaus, sondern auch die Leutehäuser und Dorfkaten in Brand gesteckt wurden. An das Herrenhaus wurde dreimal Feuer gelegt, aber die Steinmauern hielten stand; die weißen Säulen wurden von den Flammen geschwärzt, die Fensterscheiben barsten. Aber das Ganze machte von ferne damals noch den Eindruck von ›pommerscher Antike‹, wie der alte Quindt den Klassizismus zu nennen pflegte.

Sieben Einwohner des Dorfes Poenichen, so hieß es, sollten noch in der Feldscheune am Blaupfuhl und im halbzerstörten Inspektorhaus am Poenicher See leben, darunter der alte Riepe, der Stellmacher Finke und die beiden alten Jäckels. In

Arnswalde sollte kein Stein auf dem anderen geblieben sein. Die Russen seien inzwischen abgezogen, polnische Bauern aus der Ukraine seien gekommen, mit Sack und Pack, ebenfalls aus ihrer Heimat vertrieben, ärmer als man selbst.

Die Nachrichten aus Pommern drangen spärlich und verzerrt in den Westen, an die Ohren derer, die glaubten, sie seien nur evakuiert und würden eines Tages in die Heimat zurückkehren. Den Vertriebenen steckte die Angst noch in den Knochen und in den Augen, mehr als den Flüchtlingen. Pommerland ist abgebrannt! Nichts Heiteres ist aus Poenichen zu berichten, außer, daß Klara Slewenka, die Frau des Schmieds, nach der ersten Vergewaltigung gesagt haben sollte: ›Dat heww wie all lang nich mehr hätt.‹ Aber auch über diesen Satz mochte wohl kaum einer lachen.

Von den 143 Personen und acht Wagen, die unter der Leitung von Martha Riepe aus Poenichen fortgezogen waren, hatten neun Personen, dazu zwei Pferde, ein Trecker und drei Wagen das Dorf Kirchbraken in Holstein erreicht. Alle übrigen Personen waren irgendwo hängengeblieben oder hatten sich vom Treck getrennt und sich in die drei Himmelsrichtungen verteilt, wo sie nach Verwandten suchten. Sieben Personen hatten die Strapazen der Flucht nicht überstanden.

Über Martha Riepe ist einiges zu sagen. Ein Kellerkind, im Souterrain des Herrenhauses geboren, als Tochter von Otto und Anna Riepe, die, Kutscher und Mamsell, ein treues Dienerleben lang auf Poenichen von allen geachtet und von Maximiliane sogar geliebt worden waren. Ihre Tochter Martha war zur Gutssekretärin aufgestiegen, eine Vertrauensstellung, aber sie hatte wohl doch etwas vom aufsässigen Blut ihres Bruders Willem in sich, der – ›Friede den Hütten, Krieg den Palästen!‹ – nach dem Ersten Weltkrieg versucht hatte, an das Herrenhaus Feuer zu legen, ein Kommunist, dem der alte Quindt Unterschlupf gewährt hatte, als er aus dem Lager Oranienburg entlassen worden war. Bereits bei seinem ersten Auftreten in Poenichen hatte Martha Riepe sich in Viktor Quint, Maximilianes späteren Mann, verliebt. Ihre Bewunderung für ihn hatte ebenso wie ihre Liebe zu Hitler den Zusammenbruch des Dritten Reiches überlebt. Und jetzt war sie auch noch zur Verwalterin des restlichen Quindtschen Besitzes geworden, vielfache, widersprüchliche Beziehungen also.

Wem gehörte, was gerettet worden war? Dem Eigentümer oder dem, der es gerettet hatte? Fragen nach den Besitzverhältnissen ließen sich rechtlich und menschlich beantworten, falls sie überhaupt gestellt wurden, und das tat Maximiliane nicht.

Als sie auf dem Eyckel eingetroffen war, hatte bereits ein Brief von Martha Riepe aus Kirchbraken vorgelegen, an sie, Maximiliane, gerichtet; statt mit einer Briefmarke mit einem Stempel versehen, der besagte, daß die Gebühr bezahlt war, sowie mit dem Vermerk, daß die Mitteilungen – ›Zutreffendes ankreuzen‹ – nicht in Englisch, Französisch oder Russisch, sondern in Deutsch, der Sprache der Besiegten, abgefaßt waren. Er enthielt die Anfrage nach ihrem, Maximilianes, Verbleib und enthielt sonst nichts weiter als die Kopfzahl der aus Poenichen stammenden Personen und Pferde sowie die genaue Anschrift.

Ein wortarmer, aber inhaltsreicher Briefwechsel setzte zwischen den beiden ungleichen Frauen ein, in dem niemals ein Wort darüber stand, wie es hatte geschehen können, daß Martha Riepe am vierten Tag der Flucht den Quindtschen Treck hatte abziehen lassen, ohne sich um Maximiliane und ihre vier kleinen Kinder zu kümmern.

Unter ihre erste Nachricht schrieb Maximiliane, ohne ein Wort der Erklärung für diesen unverständlichen Satz: »Schick die Taufterrine!« In Martha Riepe steckte noch soviel an Untertanengesinnung, daß sie die Terrine umgehend mit Schmalz füllte und in eine Kiste mit Weizenkörnern verpackte, ohne weitere Fragen zu stellen, aber mit dem Zusatz im Begleitbrief, daß der Jagdanzug des Oberleutnant Quint habe gerettet werden können, ein Satz, der die angstvolle Frage nach dessen Verbleib enthielt. Die Kiste mit der unversehrten Terrine aus dem Curländer Service – Königlich-Preußische Manufaktur – traf erst zwei Monate später ein, was einer der Gründe dafür war, daß das Kirgisenkind nicht getauft wurde. Maximiliane nahm es mit den geistlichen Amtshandlungen nicht so genau; Golo war dafür, dank der Gutmütigkeit des alten Pfarrers Merzin, in Poenichen zweimal getauft worden. Mit der Einhaltung von Konventionen konnte man bei ihr nicht mehr rechnen. Aber als ein Gotteskind hatte das Neugeborene in seiner Kiste sogar das Jesuskind vertreten. ›Er wird abwischen alle Tränen.‹ Warum hätte das Kind weinen sollen? So nahe der Mutter, nachts in deren Bauchkuhle schlafend, tagsüber in einem Wolltuch, auf den Rücken gebunden, damit die Hände freiblieben für Milchkannen und Körbe; nach seiner Geburt war dieses Kind kaum weiter von seiner Mutter entfernt als vor seiner Geburt.

Martha Riepe teilte in den nächsten Monaten den Quints an Lebensmitteln das zu, was sie für richtig hielt, bis die aus Poenichen stammenden Vorräte verbraucht waren.

Sobald ein Brief mit dem Poststempel ›Eutin‹ eintrifft, holt Joachim seine Liste sowie den Bleistift hervor und schreibt die Namen, die er hört, untereinander. Wenn die Mutter vorliest: »Die alte Klukas ist schon in Mecklenburg gestorben«, dann macht er ein Kreuz hinter den Namen.

Er benutzt das Kreuz wie ein Satzzeichen, ein Klagezeichen. Wenn seine Mutter sagt: »Inspektor Kalinski und seine Frau sollen jetzt in Friedrichshafen, französische Zone, leben«, hakt er die Namen ab.

»Die drei Schüsse haben Sie ja selbst gehört.«

Etwas mit dem Herzen lange schon wissen, und es mit eigenen Augen lesen, ist ein Unterschied.

»Nimm deine Liste, Joachim! Mach ein Kreuz für den Großvater und für die Urma!«

Joachim schaut seine Mutter aus erschrockenen Augen an.

Ein altbewährtes Mittel gegen die eigene Traurigkeit ist es, einen anderen trösten zu müssen. »Denk nach, Mosche! Willst du, daß der Großvater Zigarettenkippen aufliest, die die Amerikaner wegwerfen? Hast du vergessen, daß er so gern geraucht hat? Soll die alte Urma, die doch so leicht friert, Holz sammeln gehn im Wald?«

»Wo sind sie jetzt?« will Joachim wissen.

»Zu Hause!« Maximiliane läßt offen, ob es sich dabei um ein himmlisches oder irdisches Zuhause handelt. Ein Stück pommerscher Erde.

»Wir wollen es den Kleinen nicht sagen«, erklärt Joachim. »Sie verstehen es noch nicht.« Er faltet seinen Friedhof zusammen und legt ihn sorgfältig in das Kästchen, das er unter dem dreifach belegten Bett verwahrt. Dann stellt er sich vor seine Mutter, hebt sich auf die Zehenspitzen, die Arme fest an den Körper gepreßt, und zittert. Maximiliane hat nicht wahrgenommen, wann diesem Kind das Weinen vergangen war.

Es ist anzunehmen, daß Martha Riepe ehrlich war, als sie eine Liste jener Gegenstände aufstellte, die in Sicherheit gebracht werden konnten. Den Trecker hatte sie bei dem Bauern in Zahlung gegeben, der die Pferde unterstehen ließ. Martha Riepe konnte mit Zahlen umgehen, nicht mit Pferden; Fuhrdienste konnten weder sie noch die alte Frau Görke leisten, mit der sie das Zimmer teilte. Griesemann, der erste Gespannführer, hatte in einer Molkerei Anstellung gefunden. Das Curländer Service war vollständig erhalten geblieben, die eingerollten Gemälde der Ahnengalerie ebenfalls, aber sie schimmelten, weil der Stall, in dem das Flüchtlingsgut lagerte, feucht war. Ferner enthielt die Liste: 160 weiße Damastmundtücher, 100 mal 100 Zentimeter groß, dazu acht Tafeltücher für 24 Personen, mit den Wappen der Quindts und der Königsberger Malos; die Teppiche aus dem ›Separaten‹ und dem Herrenzimmer; den Bismarckbrief, in dem von den Schwierigkeiten, ein Patriot zu sein, die Rede war und von der berühmten Poenicher Wildpastete, deren Rezept aber samt der Mamsell Picht verlorengegangen war. Die Liste umfaßte zwei Seiten, und auf vier weiteren Seiten stand, was man nicht hatte durchbringen können, also etwa das Bettzeug, die Bettwäsche und die Kleidung.

»Wir brauchen«, schrieb Maximiliane jedesmal, und dann traf nach geraumer Zeit das Gewünschte ein, darunter die silbernen Bestecke und die silbernen Becher. Maximiliane machte sich an die schwierige Aufgabe, den Kindern den Umgang mit Messer und Gabel beizubringen, was sie für ihre Erziehung wichtig hielt. Bei Golo blieben ihre Versuche ohne Erfolg; sobald er sich unbeobachtet wähnte, trank er aus der Flasche statt aus dem Becher. Die Listen waren nur insofern unvollständig, als nicht erwähnt wurde, daß Viktors Front-Briefe erhalten geblieben waren, ebenso der von ihm angelegte Stammbaum mit dem Wurzelwerk der pommerschen Quindts und der schlesischen Quints, das sich in Viktor und Maximiliane zu einem Stamm vereinigte und die ersten Zweige in die Zukunft streckte, jedes der Kinder als eine Eichel am Zweig hängend.

Martha Riepe bevorzugte von den Kindern Edda, die mehr als die anderen ihrem Vater glich und deren Mutter sie nie zu sehen bekommen hatte; sie vermochte sich daher vorzustellen, daß dieses Kind das ihrige sei. Unermüdlich strickte sie, wie seinerzeit für den Leutnant Quint, für Edda Pullover, Röcke und Strümpfe, aus Garn, das in einer Zeit totaler Marktwirtschaft dafür vorgesehen war, die Korngarben in der eroberten Ukraine zu binden, überproduziert worden war und jetzt zu haltbaren Kleidungsstücken verstrickt werden konnte. Wenn Maximiliane Edda eines dieser neuen Kleidungsstücke anprobierte, behielt sie das Kind länger als nötig zwischen den Knien und betrachtete es eingehend, um sich an Viktor zu erinnern. Sie vergaß immer wieder, wie er ausgesehen und wie er gesprochen hatte. Edda bekam, wie ihr Vater, eine Gänsehaut, wenn man über ihren Arm hinstrich. Wenn Maximiliane von ihrem Mann träumte, trug er Uniform und besaß noch zwei Arme; aber im Gegensatz zu Christian Blaskorken und Ingo Brandes war Viktor nie ein Mann ihrer Träume gewesen.

Am Ende des ersten Winters, den die Quints auf dem Eyckel verbrachten, traf eine weitere Suchanzeige ein. Sie kam aus den Vereinigten Staaten von Amerika und war von der Charlottenburger Großmutter weitergeleitet worden.

»Wer ist Mrs. Daniel Green?« will Joachim wissen.

»Das ist eure Großmutter!« erklärt Maximiliane.

»Wie viele Großmütter haben wir denn?«

»Ihr könnt gar nicht genug Großmütter haben!«

Maximiliane erzählt den Kindern von ihrer eigenen Mutter, die eine berühmte Fotoreporterin gewesen sei und einen Arzt geheiratet habe. Sie versucht, ihnen zu erklären, warum ein Arzt, dessen Vorfahren von jüdischer Rasse gewesen waren, Deutschland habe verlassen müssen. Es stellt sich heraus, daß die Kinder an einer solchen Erklärung nicht interessiert sind; ein Paar Großeltern in Amerika sind interessant genug.

»Sind sie reich?« – »Leben sie in einem Wolkenkratzer?« – »Fahren sie einen Straßenkreuzer?«

»Pacific Drive«, liest ihre Mutter und: »San Diego – California.« Die Kinder hocken um sie herum, und sie erzählt von Amerika, von Apfelsinen und Kokosnüssen, Kakaosträuchern und Feigen. Geschichten aus dem Schlaraffenland. »Das ganze Jahr ist Sommer, und immer blühen die Rosen!«

Sie wartet die Wirkung ihrer Geschichte ab. »Und wann kann man da Schlitten fahren?« erkundigt sich Edda, die jeden Tag zum Dorf hinunterrodelt. »Das kann man in Kalifornien nicht, aber man kann im Meer baden. Es ist dort wie im Paradies, ein Land, wo Milch und Honig fließt«, sagt Maximiliane.

»Fahren wir da hin?« fragt Golo.

»Später!« antwortet die Mutter. »Jetzt müssen wir erst einmal einen Brief nach Amerika schreiben.«

In dem Brief mußte sie mitteilen, daß ihre Mutter, die nie eine Mutter hatte sein wollen, inzwischen eine fünffache Großmutter geworden war. Sie beschränkte sich, nach langem Nachdenken, auf die Angabe von Anzahl, Alter, Geschlecht und Namen der Kinder, teilte die Adresse mit und erwähnte, daß auf dem Eyckel 26 Quindts aller Art beieinander wohnten. Sie nannte die Namen der Lebenden und nicht die der Toten; Lebenszeichen wurden erwartet. »Und Du –?« schrieb sie unter den Brief, machte einen überlangen Gedankenstrich und wiederholte die Frage: »Und Du?«

Zehn Reihen ihrer großen Handschrift füllten bereits einen Bogen.

Golo, der noch nicht lesen kann, steht daneben und drängt sie: »Hast du geschrieben, daß sie Schokolade schicken soll? Und Zigaretten! Und Kaugummi!«

»Das steht alles zwischen den Zeilen«, sagt Maximiliane.

Vera, geborene Jadow, in erster, fünf Tage währender Ehe mit Maximilianes Vater verheiratet, gehörte nicht zu jenen Amerikanerinnen, die sich Opfer auferlegten, um der notleidenden Bevölkerung im Nachkriegsdeutschland zu helfen. Ihr Verhältnis zu Deutschland war anhaltend gestört; ihre Emigration hatte das Ende ihrer glänzenden Karriere als Fotoreporterin bedeutet. In den ersten Jahren hatte sie sich und ihren Mann mit dem Fotografieren von High-school-Bräuten durchgebracht; seither fotografierte sie nicht mehr. Die Bilder aus den zerstörten Städten Europas und aus den Konzentrationslagern sah sie sich nur auf ihre Bildqualität hin an. Ihr Mann, der sich jetzt nicht mehr ›Grün‹, sondern ›Green‹ nannte, hatte inzwischen eine Praxis aufgebaut und fing gerade an, sich, wie viele andere Psychiater der Wiener Schule, einen Namen zu machen. Mr. und Mrs. Daniel Green lebten, im Vergleich zu Europa, bereits im Jahre 1946 im Überfluß, und Vera schickte daher gelegentlich ein Paket aus dem Überfluß, zumeist also Überflüssiges, Dinge, von denen sie annahm, daß eine siebenundzwanzigjährige junge Frau sie benötigte, Seidenschals sowie ein Cocktailkleid, plissiert, hellgelb und mit Fransen an Ausschnitt und Saum. Aber sie legte auch ein Paar Nylonstrümpfe dazu, die in Maximilianes Soldatenstiefeln allerdings sofort zerrissen. Die Pakete wurden jedesmal unter Ausrufen der Verwunderung und Enttäuschung ausgepackt.

Im ersten Paket befand sich auch eine Dose mit Nescafé. Eine Tasse davon genügte, daß Maximiliane hellwach in ihrem überfüllten Bett lag: im Rücken den naßgeschwitzten Golo, den Säugling in der Bauchkuhle. An Schlaflosigkeit nicht gewöhnt, weiß sie mit ihrer Unruhe nicht wohin, erhebt sich und verläßt ihre Kinder, läuft in ihrem Kaffeerausch bis zum Waldrand, die wattierte Jacke überm Hemd, die bloßen Füße in den Knobelbechern. Am Waldrand umarmt sie einen Baumstamm, reibt die Wange an der rauhen Rinde, wie an der Jacke eines Mannes. Beim Heimkommen begegnet sie auf der oberen Stiege der alten Großtante Maximiliane. Statt zur Seite zu weichen wie sonst, schließt sie die alte Frau in die Arme, schüttelt sie und weckt für Sekunden den kranken Geist. Ein Augenblick des Erkennens.

»Die kleine Quindt aus Poenichen!«

»Hut ab!« sagt Maximiliane.

Die alte Frau ein wenig klarer als sonst, die junge Frau ein wenig verrückter.

Nachdem sich die amerikanischen Hilfsorganisationen zu dem Zentralverband CARE zusammengeschlossen hatten, ließ Mrs. Daniel Green monatlich ein Paket schicken und wurde auf diese Weise doch noch zur Ernährerin ihrer einzigen Tochter, nachdem sie sie als Kleinkind im Stich gelassen hatte. Wieder geht es Maximiliane besser als anderen. Zur rechten Zeit hat sie eine Mutter in Kalifornien: ein Land, in dem die Kühe Milchpulver geben und die Hühner Eipulver legen, wo man aus Erdnüssen Butter herstellt.

Amerika! Amerika!

6

›Die Menschen zünden zwar morgens gemeinsam das Feuer an, aber jeder verbringt den Tag auf seine Weise: die einen mit guten, die anderen mit bösen Taten.‹

Kirgisisches Sprichwort

Es hätte auf dem Eyckel eine Quindtsche Kommune entstehen können. Gemeinsame Not müßte dazu ebenso geeignet sein wie eine gemeinsame Überzeugung. Zum Heizen des großen Küchenherdes hätte das Holz ausgereicht, zum Heizen der vielen Kanonenöfen reichte es nicht. Statt in einem großen Topf für alle zu kochen, schoben elf Parteien ihre Tiegel und Töpfe mittags auf dem Herd hin und her; die Kostbarkeiten ließ man im geheimen brodeln, auf elektrischen Kochplatten, Heizöfchen oder Bügeleisen, was fortwährend zu Kurzschlüssen führte, da die Stromleitungen überlastet wurden. Da man auf diese Weise ständig auch die Zuteilung an Strom überschritt, mußten die Elektrozähler nachts wieder auf das erlaubte Maß gebracht werden, wozu man einen Magneten benutzte; ohne strafbare Handlungen kam man nicht durch. Man wusch nicht gemeinsam im Waschhaus, sondern jeder wusch in einer eigenen Schüssel, die er unterm Bett verwahrte. Die großen Kochkessel der ehemaligen Jugendherberge wurden als Regentonnen unter die schadhaften Dachrinnen gestellt und dienten als Wasserspeicher zum Gießen der Kleinstgärten.

Die meisten Quindts waren arbeitswillig, aber nicht alle arbeitsfähig. Arbeitsplätze waren nicht zu finden, selbst wenn man keine Ansprüche an die Angemessenheit stellte. Also sammelte man in den Wäldern Holz, sägte und spaltete es, wobei es erwärmte, noch bevor es im Ofen brannte. Ein Korb voll selbstgepflückter Heidelbeeren verschaffte nacheinander Müdigkeit, Befriedigung und Brotaufstrich.

Im abgelegten Gehrock einer Kleiderspende saß der baltische Onkel Simon August, sooft es die Witterung zuließ, auf einer sonnenwarmen Bank im Hof, streckte den schmerzenden Rücken, wenn er zu lange Holz gehackt hatte, und rauchte den selbstgebauten Tabak in der Pfeife. »So muß es sein, wenn man alt wird, dann wird der Abschied leicht«, sagte er manchmal. Trotz dieser Abschiedsgedanken trug er seinen Nachttopf im Morgengrauen in sein Gärtchen und leerte ihn sorgsam über den Tabak- und Tomatenstauden.

Eine neue Zeit brauchte neue Töne! Unter Opfern an Lebensmitteln und Tabakwaren ersetzten die Quints aus der Lausitz die Posaune des Sohnes durch eine Jazztrompete. Mit seinem alten Rundfunkgerät hörte Anselm Quint nach wie vor den amerikanischen Soldatensender; neue Klänge für das deutsche Volk, das zwölf Jahre lang abgekapselt gelebt hatte und nun Anschluß suchte an die Neue Welt. Anselm zog sich mit Rundfunkgerät und Jazztrompete unters Dach zurück, Louis Armstrong als Lehrmeister und Vorbild. Er spielte nach Gehör, ohne Noten. ›Sentimental Journey!‹ Keiner, der in jenen Monaten auf dem Eyckel gelebt hat, wird seine Übungsstücke je vergessen. Die Abneigung der Generalin gegen alles, was sie für Jazz hielt, wurde stündlich verstärkt. Aber wer beruflich übte, durfte bis Mitternacht üben, eine Existenz stand auf dem Spiel. ›Let me stay in your eyes, let me stay in your eyes‹, täglich, hundertfach. Manchmal tauchten Maximiliane und Frau Hieronimi unterm Dach auf und tanzten miteinander zu den neuen Rhythmen. Wieder lebte Maximiliane auf einem Frauenberg, wie damals auf der Fraueninsel Hermannswerder. Hatte sie Grund zu tanzen? Hatte Frau Hieronimi Grund zu tanzen, wo die Männer vermißt waren, Frau Hieronimis Sohn noch immer im Lazarett lag?

Auch Roswitha von Quindt zog sich jeden Morgen unters Dach zurück; sie lernte bereits seit einem Jahr Russisch. Eines Tages stellte sie ihre Mutter vor vollendete Tatsachen. »Ich habe eine Aushilfsstelle als Dolmetscherin beim Militärgerichtshof in Nürnberg angenommen!« Die Generalin ist entrüstet. »In unserer Familie hat noch keine Frau für Geld gearbeitet!«

»Dann wird es Zeit!« sagt ihre Tochter.

»Dein Vater befindet sich in russischer Gefangenschaft, und du willst die Sprache seiner Feinde sprechen!«

»Ihr hättet sie mich früher lernen lassen sollen. Die Grenze war nur hundert Kilometer entfernt!«

Viktors jüngere Schwester Ruth, ehemalige Rote-Kreuz-

Schwester, hatte im Dorf in einer leerstehenden alten Scheune einen Kindergarten eingerichtet, der zunächst nur von Kindern der Flüchtlinge, dann aber auch von ein paar Dorfkindern besucht wurde. Sie lehrte sie Abzählverse und Kinderreime, machte Hüpfspiele mit ihnen, sang mit ihnen. Die Dialekte mischten sich. Statt eines Gehaltes erhielt sie ein Glas Sirup, eine Tüte grüner Erbsen, bisweilen sogar ein Stück Speck. Sie verdiente sich, im Sinne des Wortes, ihren Lebensunterhalt und trug dazu bei, das Ansehen der Flüchtlinge zu heben, zumal sie nicht katholisch war.

Im Türmchen, ›nahe den Vögeln unter dem Himmel‹, lebten die ›weißen Tanten‹, unverheiratete Schwestern, Friederike und Hildegard, mit den ostpreußischen Quindts verschwägert. Sie verstanden sich auf feine Handarbeiten und sonst auf nichts. In ihrem Fluchtgepäck hatten sie Leintücher mitgebracht, an denen sie mit klammen und bald auch gichtigen Händen unermüdlich Fäden heraus- und an anderer Stelle wieder hineinzogen, sehr mühsam und sehr kunstvoll, aber sehr unnütz. Lochstickerei und Schattenstich. Frivolitäten der weißen Tanten. Der himmlische Vater ernährte auch sie. Frau Hieronimi half ihm dabei und versuchte, die feinen Deckchen auf den Markt zu bringen. Der Bedarf an zweckfreien schönen Dingen war allerdings gering.

Den besten Raum bewohnte die Witwe des inzwischen verstorbenen Ferdinand von Quindt, ehemaliger Senatspräsident, der beim Sippentag nicht zugegen gewesen war, da er sich mit den bürgerlichen Quints nicht hatte ›gemein machen wollen‹. Seine Witwe mußte sich nun doch gemein machen und froh sein, auf dem Eyckel ein Unterkommen gefunden zu haben. ›Ich muß froh sein‹, stand in jedem ihrer Klagebriefe.

Der Diakon Quint hatte in dem nahen Ort Moos-Kirchach eine Anstellung als Aushilfspfarrer gefunden. Unter Opfern an Lebensmittelmarken und amerikanischen Zigaretten, die sein Sohn beisteuerte, gelangte er in den Besitz eines Fahrrads, allerdings ohne Lampe und Klingel, aber mit Bälgen und Schläuchen und einer unversehrten Rücktrittbremse, die wegen des steilen Bergs unentbehrlich war. Er verließ jeden Morgen seine Unterkunft, kehrte abends zurück und brachte die ›Nürnberger Nachrichten‹ mit. Man entnahm ihnen die wichtigsten Meldungen, die vor allem aus ›Aufrufen‹ bestanden. Aufruf von Nährmitteln, Zucker, Kohle. Einschränkung der Stromzuteilung, Verkürzung der Ausgangssperre. Die Energien wurden den Deutschen ebenso knapp zugemessen wie die Freiheit. Todesurteile im Nürnberger Prozeß! Großbetriebe wurden dekartellisiert. Erneute Kriegsgerüchte. Völlig erkaltet war die Asche noch nicht; aber wichtiger war für den Augenblick, auf welche Marken es wieviel Gramm Fett geben würde.

Von Klaus von Quindt, dem Schwager der Generalin, kam mit der vorgeschriebenen Anzahl an Wörtern eine Karte aus russischer Gefangenschaft. Für mehrere Jahre bewährte sich der Eyckel als Postsammelstelle für alle Quindts.

Mathilde von Ansatz-Zinzenich, eine Schwägerin der Generalin, von der es hieß, daß sie nichts außer dem ›Gotha‹, dem alten Adelskalender, gerettet habe, schrieb täglich Briefe, wobei sie den ›Gotha‹ wie ein Adreßbuch benutzte; an die de Quinte in Straßburg, nach vierjähriger Unterbrechung nun wieder ›Strasbourg‹, an Adolf von Quindt in Friedberg, an Louisa Larsson geborene von Quindt in Göteborg und an die Zinzenichs in Xanten, bekam aber nur selten eine Antwort und noch seltener das erhoffte Paket. Von ihr ist der Satz übermittelt: ›Wir Reichen verstehen es einfach nicht, kein Geld zu haben.‹ Eines Tages wurde sie beobachtet, wie sie aus der Kammer des baltischen Quindt schlich und ein Stück Brot in die Falten ihres Ärmels schob. Es sprach sich herum. Der alte Simon August von Quindt wäre gern über den Vorfall hinweggegangen, schließlich war die Beschuldigte schon siebzig Jahre alt, aber die Generalin hielt einen ihrer Gerichtstage ab, wobei der Diakon Quint und eine der weißen Tanten als Beisitzer tätig sein mußten. Der alte Herr ging auf die Diebin zu, wollte ihr die Hand küssen, sprach von ›mildernden Umständen‹ – ein ehemaliger hoher Jurist, Beamter auf Lebenszeit und damals bereits wieder Pensionsempfänger –, aber die Diebin übersah die Hand und verzieh ihm nie. Ihr Mund wurde noch verkniffener; zu viel hatte sie sich im Leben bereits verkneifen müssen. Sie bekam ihren hysterischen Husten, hustete allen Quindts etwas, Nacht für Nacht, und schaffte sich dadurch Beachtung; so leicht zu erklären und doch so schwer zu ertragen, fast so schwer wie die Satzanfänge und Satzenden der Generalin. ›Wir Ostpreußen!‹ – ›Bei uns im Osten!‹ Da die eigenen Töchter sich ihrer Erziehung entzogen hatten, richtete sich ihr Bedürfnis nach

Einflußnahme auf neue Objekte. Maximiliane und ihre kleinen Kinder boten sich an.

»Du darfst nicht zulassen, daß dieser Junge« – gemeint war Golo – »noch immer aus der Flasche trinkt, Maximiliane! Du läßt die Kinder heranwachsen wie kleine Wilde! Es sind Quindts! Zeige dich dieser Aufgabe gewachsen! Wenn Name und Rang und Besitz nicht mehr gelten, wenn es zur völligen Entwertung aller Werte kommen sollte, müssen wir uns durch unsere Lebensart unterscheiden und auszeichnen! Wir aus dem Osten . . .«

Bei solchen einseitigen Unterhaltungen mit der Tante stand Maximiliane in der Regel wortlos da und kaute an den Fingernägeln, so daß die Generalin gegenüber ihrer Schwägerin einmal äußerte, diese Maximiliane scheine ein wenig einfältig zu sein, aber ›um so leichter werde sie sich wieder verheiraten‹.

Was hätte Maximiliane entgegnen sollen? Sie ließ ja tatsächlich die Kinder ungezwungen und natürlich aufwachsen, und mit dem Säugling ging sie, wie die Tante es ausdrückte, um ›wie eine Hündin mit ihren Welpen‹, packte ihn, wenn sie die Unterlage glattziehen wollte, mit den Zähnen am Jäckchen und hielt ihn daran hoch, rollte ihn dann hin und her wie einen Rollbraten, zur Entrüstung der Tante, aber zum Entzücken des Kindes.

Golo und Edda spielten zwar nicht mehr mit vorgehaltener Maschinenpistole ›Komm, Frau!‹, aber statt dessen ›Hallo, Fräulein!‹. Golo als amerikanischer Besatzungssoldat, Edda als deutsches Fräulein, dem man nur winken und Kaugummi zuwerfen mußte, und schon trippelte sie, ihr kräftiges Hinterteil schwenkend, neben Golo davon. Maximiliane wusch an den wöchentlichen Waschtagen ihre Kinder auch nicht getrennt nach Geschlechtern, sondern, der Einfachheit halber, gemeinsam und sagte als Erklärung zur Generalin, die Zeuge davon wurde und ihre Entrüstung deutlich zeigte: »Wenn ich erst die Jungen und dann die Mädchen wasche, wird darüber das Wasser kalt, und die Kinder, die draußen warten, müssen frieren.«

»Es handelt sich um Moral und nicht um das, was praktischer ist, Maximiliane!« entgegnete die Generalin.

»Wer seinen Kindern nichts bieten kann, darf ihnen doch auch nichts verbieten!« sagte Maximiliane bei anderer Gelegenheit dann doch einmal.

›Lieber Gott, mach mich fromm -‹, sie läßt beten, was man sie selbst hat beten lassen; bei fünf Kindern muß es schnell gehen, aber sie versäumt an keinem Abend und bei keinem Kind mit aller Zuversicht zu sagen: »Gott behütet dich!« Nur Golo macht aus dem Gebet ein Zwiegespräch, an dessen Ende er sagt: »Gute Nacht, lieber Gott!« und das von Gott mit »Okay, Golo!« beantwortet wird. Maximiliane ist nicht der Ansicht, daß sie die Ausdrucksweise Gottes beanstanden müßte.

Eines Tages bringt Golo einen Handwagen aus dem Dorf mit: zwei Räder haben keine Reifen, die Deichsel ist verbogen.

»Woher hast du den Wagen?« will die Mutter wissen.

»Die Wengels haben zwei! Ich habe den schlechteren genommen!« sagt Golo, eine Antwort, die Maximiliane zur Klärung der Besitzverhältnisse für ausreichend hält. Sie beschafft für eine Monatszuteilung an Tabakwaren blaue Farbe und streicht den Wagen damit an. Der Sinn für Eigentum ist ihr verlorengegangen, und in Erziehungsfragen kommt sie ohne Richtlinien aus. Einen Teil der Erziehung hat inzwischen auch, zumindest was die drei ältesten Kinder anlangt, die örtliche Grundschule, genauer: der Lehrer Fuß und die Lehrerin, Fräulein Schramm, übernommen; und Viktoria geht morgens an der Hand ihrer Tante Ruth mit in den Kindergarten, wo sie sich allerdings unglücklich fühlt; während alle anderen spielen und toben, steht sie, nägelkauend, abseits und erklärt ihrer Tante: »Mir ist langweilig.«

Die Frage nach dem vermißten Vater der Kinder, an die man bisher aus mancherlei Gründen nur selten gerührt hatte, wurde inzwischen im Kreis der Quindts immer offener besprochen, etwa in der Weise, daß man fragte, ob es besser sei, die Frau eines toten oder eines lebenden Nationalsozialisten zu sein; ob Viktor Quint sich durch Freitod der richterlichen Gewalt entzogen habe wie sein Führer, oder ob er mit diesem vom Erdboden verschwunden sei, Argentinien solle ja hohe Parteiführer und Militärs aufgenommen haben. Weder die, die ihn fürchteten, noch die, die ihn bewunderten, mochten an einen schmählichen Selbstmord Hitlers glauben.

Maximiliane schien an einer Antwort auf die Frage nach Leben oder Tod ihres Mannes wenig interessiert zu sein. An seine Abwesenheit war sie gewöhnt. Untergründig wuchs in ihr aber doch wohl das Verlangen nach kräftigeren als Kinderarmen. Nur ein einziges Mal hatte sie nachts den Ruf des Rauhfußkauzes zu hören bekommen, war aufgesprungen, als hätte sie das Schreien der wiederkehrenden Wildgänse gehört, und hatte sehnsüchtig am Fenster gestanden. Noch immer war ihr Ohr nicht gegen die Töne der Jazztrompete gefeit; sie erinnerten sie an Christian Blaskorken, dem ihre erste leidenschaftliche Liebe gegolten hatte, jenem geheimnisumwitterten Mann am See, der seine Signale auf einer alten Trompe de Chasse geblasen hatte.

Obwohl sie selber, statistisch, zu dem Überschuß von drei Millionen Frauen gehörte, konnte man mit ihr über ›das Los der Frauen‹ nicht reden. Sie sagte dann lediglich: »Die Männer sind tot, wir leben.« Sie war sich darüber im klaren, daß die Zukunft ihr drei Möglichkeiten bot: Sie konnte ganz in ihren Kindern aufgehen; sie konnte ihre Erfüllung in einem Beruf suchen oder konnte sich das Alleinsein mit schönen Dingen angenehm machen. Und bei alledem hatte sie das neunte Gebot, ›Du sollst nicht begehren deiner Nächsten Mann‹, im Auge zu behalten.

Frau Hieronimi, die Gerüchte und Nachrichten aufsog wie ein Schwamm, berichtete, daß es in Nürnberg eine Frau geben solle, eine Frau Vogel oder Vogler, die Auskünfte über vermißte Ehemänner gab, indem sie den Ehering an einem Haar über dem Bild des Betreffenden pendeln ließ. Je nachdem, in welcher Richtung das Pendel ausschlug, nach Osten oder Westen, wußte man, wo der Betreffende in Gefangenschaft war. Und wenn der Ring sich überhaupt nicht rührte, dann wußte man eben auch endlich Bescheid. Zwei Mark für die Auskunft, allerdings auch eine ganze Raucherkarte, 30 Zigaretten, die gesamte Monatsration. Westen oder Osten, lebend oder tot. Aber im Gegensatz zu Frau Hieronimi wollte Maximiliane nicht wissen, ob ihr Mann noch lebte. »Die Zeit wird es ausweisen.«

Es wurde Frühling. Er kam zwar früher, aber zögernder als im Osten, schickte viele Vorboten, die Schwalben kehrten zurück und ebenso die farbigen Besatzungssoldaten. Anselm Quint übte immer noch auf seiner Jazztrompete, hatte es aber inzwischen zu einer gewissen Fertigkeit gebracht. Edda sammelte junge Brennesseln sowie jungen Löwenzahn, und Joachim pflückte die ersten Primeln. Maximiliane ging später als im Winter zum Milchholen ins Dorf und nahm zwei Kannen mit. Die eine ließ sie füllen und schickte die Kinder damit nach Hause, mit der leeren Kanne begab sie sich auf eine Weide, wo seit

Tagen eine Stute mit ihrem Fohlen stand. Mit beiden Tieren ließ sich reden, erst recht, wenn man eine Brotrinde oder eine Mohrrübe mitbrachte. Bereitwillig gab die Stute von ihrer Milch ab, und so wurde Mirka mit Stutenmilch aufgezogen. Sie schmeckte wäßriger und süßer als Kuhmilch, war aber der Muttermilch am ähnlichsten. Die Kinder, denen man Stutenmilch zu trinken gab, würden eine zarte, bräunliche Haut bekommen, aber wilde Kinder werden, hieß es. Maximiliane legte jedesmal der Stute die Arme um den Hals, rieb ihre Stirn an der Stirn des Pferdes und atmete den vertrauten Geruch. O du Falada, da du hangest! Wenn sie mit ihrer Milchkanne zurückkehrte, sang sie, wie früher, Löns-Lieder. ›Im Schummern, im Schummern‹. Jazztöne mischten sich darunter. ›Let me stay in your eyes, let me stay in your eyes‹. Anselm Quint spielte bereits für Amerikaner, spielte nicht mehr zur Ehre Gottes in der Kirche, sondern in amerikanischen Offiziersmessen, für Nescafé, Kaugummi und Camelzigaretten. Manchmal brachte er den Kindern süßes Schmalzgebäck mit, dessen Namen sie andächtig aussprachen: »Doughnuts!« Bald trug seine Jazz-Band sogar den Namen ›Anselm Quint-Band‹.

»Mein Sohn macht Karriere!« verkündete seine Mutter voller Stolz, aber die Generalin erklärte: »In unserer Familie macht man keine Karriere, da tut man seine Pflicht!«

Eines Tages ist Maximiliane dann doch bereit, mit Frau Hieronimi nach Nürnberg zu jener ›Sybille‹ zu fahren. Die drei großen Kinder sind in der Schule, Viktoria im Kindergarten, der Säugling wird den weißen Tanten in Obhut gegeben. Die Haare frisch gewaschen, Maximiliane in ihrem einzigen Sommerkleid, immer noch jenes, das die alte Frau Görke aus blau-weiß kariertem Bettzeug genäht hatte. Frau Hieronimi im gelben, plissierten Kleid, das Maximilianes Mutter aus Amerika geschickt hatte.

Die beiden Frauen fragen sich zur Mittleren Pirkheimer Straße durch und suchen dann nach dem Haus, den Beschreibungen nach ein Eckhaus neben einem Trümmergrundstück. Die Hausnummer wissen sie nicht, den Namen ›Vogel‹ oder ›Vogler‹ darf man nur flüstern. Ein Hinterhaus, 24 Mietparteien, im Treppenhaus jede Steinstufe von wartenden Frauen besetzt; an der Wand auf halber Treppe hängt der Schlüssel zum Klosett. Kohlgeruch. Schließlich sitzt auch Maximiliane der alten Frau gegenüber. Sie streift ihren Ehering ab, reißt sich, unaufgefordert, ein Haar aus, aber diese halbe Pythia und halbe Hexe hat ihre Methode geändert: sie mischt einen Stoß Karten und hält, ohne hochzublicken, Maximiliane den Kartenstoß hin: »Dreimal zum Herzen hin abheben!« Maximiliane gehorcht. Dann blättert die Alte sieben Karten auf, legt sieben Karten darunter, murmelt die Zahlen, eins, zwei, drei, vier, fünf, sechs, sieben, wo ist meine Frau geblieben, meine Mutter, mein Sohn, mein Vater. Sie blickt auf, sagt: »Meine Karten sagen die Wahrheit!«, zählt, vom Herzbuben aus, jede siebente Karte ab und legt sie vor sich hin. Sie zeigt Maximiliane das Pik-As und sagt: »Tod und Schreck.« Dann hält sie ihr die Kreuz neun hin. »Kleines Geschenk, vielleicht kleine Erbschaft, aber klein! Hier! Ich sehe ein großes Glück, vorher aber viel schwarz, viel Tod.« Noch einmal sagt sie: »Meine Karten sagen die Wahrheit!« und läßt die Hände in den Schoß sinken, der Kopf sinkt ebenfalls. Die Stunde der Wahrheit ist beendet. Maximiliane entrichtet die zwei Mark Gebühr und legt ein Stück Speck in den Korb, der, zur Hälfte mit Tüten gefüllt, neben dem Tisch steht.

Frau Hieronimi sieht ihr angstvoll ins Gesicht, geht an ihr vorbei und wirft gleichfalls einen Blick in die Zukunft. Fünf Minuten später holt sie Maximiliane ein, die bis zur nächsten Straßenecke vorausgegangen war. »Herz sieben«, ruft sie von weitem, »zweimal hintereinander!«, schiebt den Arm unter Maximilianes, drückt ihn an sich und strahlt. Maximiliane sieht sie überrascht an. Herz sieben! Eine Liebeskarte! Anna Hieronimi ist vierzig Jahre alt!

Die beiden Frauen gehen durch die Frühlingsstraßen, binden die Kopftücher ab, der Wind weht durch ihr Haar, in den Ruinen blühen die gelben Trümmernarzissen. Ein Jeep fährt vorbei, ein amerikanischer Soldat ruft: »Hallo, Fräulein!« Eine Herz sieben hat genügt, um Anna Hieronimi zu verjüngen. Sie schiebt die schwarzen Haarsträhnen zurück, ihre Augen bekommen Glanz. Ihr Leichtsinn steckt an. Sie gehen zusammen in eine Konditorei, trinken Ersatzkaffee und essen ein Stück Torte gegen Abgabe von einer 50-Gramm-Brotmarke und einer Fünf-Gramm-Fettmarke. Dann suchen sie den schwarzen Markt auf und tauschen die mitgebrachte Schafwolle gegen einen Fahrradschlauch für Frau Hieronimis Fahrrad ein.

Auf der Rückfahrt hört Maximiliane im Zug dem Gespräch zweier Frauen zu. Die eine sagt zur anderen: »Das Mädchen hat krumme Beine wie ein Kirgise!«

Am Abend bandagiert sie Mirkas Beine, bindet die Knie mit einer Batistwindel fest zusammen, etwas Geeigneteres besitzt sie nicht. Nach einiger Zeit vergißt sie es.

Vom Frühling bis in den späten Herbst arbeitet Maximiliane bei dem Bauern Seifried auf dem Feld, eine Landarbeiterin. Bei Regen stülpt sie sich einen Sack als Kapuze über den Kopf, der auch den Rücken trocken hält. Sie hackt Rüben und verzieht Rüben, pflanzt Kartoffeln, hackt sie und erntet sie, wäscht Zuckerrüben im Bach und hilft beim Kochen des Sirups. Bei gutem Wetter liegt Mirka am Feldrain, schläft oder kriecht umher, immer in Ruf- oder Sichtweite der Mutter. Wieder arbeitet Maximiliane mit zwei Händen. Wenn man ihr eine neue Arbeit aufträgt, sagt sie: »Ich kann es ja mal versuchen.« Ihr Lohn besteht aus fünf Zentnern Winterkartoffeln und einem Eimer Sirup. Abends mischt sie den Kindern rohes Kartoffelwasser unter die Milch. Ihre Kinder sehen gesünder aus als die Dorfkinder; sogar Viktoria kräftigt sich.

Das Obst in den Gärten und an den Straßenbäumen reift und wird von Flurhütern bewacht. Drei von Maximilianes Kindern befinden sich im kletterfähigen Alter und müßten von ihr bewacht werden. Aber statt dessen klettert sie selbst auf die Bäume, drückt die Äste herunter, damit die Kinder nach den Äpfeln langen können; auch sie befindet sich im kletterfähigen Alter. Joachim, der sonst ängstlich ist, kommt glückstrahlend zu seiner Mutter gelaufen: »Ich habe mich heute freigeklettert!« Es ist einer der höchsten Birnbäume weit und breit, ein Ribbeck-auf-Ribbeck-im-Havelland-Birnbaum. Joachim und Edda laufen davon, sobald der Flurhüter Heiland in die Nähe kommt; Golo verläßt sich mehr auf seine Augen und seine Grübchen. Eines Tages hat der Flurhüter ihn erwischt, nimmt ihn beim Kragen und bringt ihn zu seiner Mutter, die an einem Hang sitzt und unter ihrem Rock das gestohlene Obst verbirgt. Er stellt sie zur Rede. Sie sieht ihn an und sagt: »Unsere Birnen in Pommern werden ebenfalls von anderen Leuten gegessen!«

»Polaken!« sagt er und nimmt Golo die paar Birnen ab.

Wenn Maximiliane Äpfel kaut, steigen unweigerlich Gedichtzeilen in ihr auf, die sie vor zehn Jahren zusammen mit Äpfeln zu sich genommen hat. Andere Apfelsorten verlangen nach anderen Gedichten. Mehr als nach Kalorien und Vitaminen verlangt sie nach Worten. Zufällig gerät ihr ein zerlesenes Exemplar des Romans ›Vom Winde verweht‹ in die Hände. Die nächsten Nächte verbringt sie auf einer Treppe sitzend, das Buch auf den Knien, die Stallaterne und ein Körbchen Äpfel neben sich, eingewickelt in die wattierte Tarnjacke, die Beine in Filzstiefeln, und liest, faßt Zuneigung zu Rhett Butler, ist ergriffen von Scarletts Schicksal, mit dem sich das ihre durchaus hätte messen können. Was für ein Krieg! Was für ein Land! Amerika, Amerika!

Ein Land, aus dem nun in regelmäßigen, aber weiten Abständen Pakete eintrafen. Butter aus Erdnüssen! Milchpulver und Eipulver in Dosen! Kokosflocken! Ein Schlaraffenland.

Aus einer Kleiderspende für Flüchtlingskinder erhalten auch die kleinen Quints Jacken und Mützen und Schuhe, so wie früher Lenchen Priebe die abgelegten Kleider Maximilianes zum Auftragen bekommen hatte. Der große Rollentausch fand statt, aus den Gebenden wurden Nehmer; die Geber so wenig fröhlich wie die Nehmer. In der ›Kemenate‹ stapelten sich die Kartons, unter den Betten war kein Platz mehr. An den Geweihen im Gang hingen die Kleidungsstücke mehrfach übereinander. Maximiliane hatte keine Erfahrung im Ordnungmachen; Ordnung, das war für sie etwas, das von Hausmädchen hergestellt wurde und das man nicht zerstören durfte. Mit Beunruhigung sah sie, wie sich Besitz anhäufte. Wer sollte das alles tragen, wenn sie eines Tages weiterzogen . . .

Aus amerikanischen Zuckersäcken mit der Aufschrift ›Oscar Miller‹ näht sie Kleidungsstücke für die Kinder. Sie breitet die aufgetrennten Säcke auf dem Fußboden aus, legt, in Ermangelung eines Schnittmusters oder Bandmaßes, die Kinder, eines nach dem anderen, auf den Stoff und schneidet nach ihren Umrissen mit der Schere zu. Die Frau des Lehrers Fuß leiht ihr eine Nähmaschine mit Handantrieb. Joachim dreht das Rad, einmal schneller, dann wieder langsamer, je nach Anweisung, und seine Mutter stellt jene Kappnähte her, die sie in Hermannswerder gelernt hat. Es entstehen Kittel von einer primitiven Originalität, aber sie enthalten, was ein Kleidungsstück braucht: Löcher für Kopf und Arme. Die Quintschen Kinder verwandeln sich in kleine Beduinen. Eine Szene, von der Maximiliane zwanzig Jahre später in der Modezeitschrift ›Madame‹ lesen wird. Für sich selbst versucht sie ebenfalls einen solchen Kittel herzustellen, scheitert aber an den Abnähern; Sackkleider wurden erst ein Jahrzehnt später modern. Einen Spiegel besitzt sie nicht, aber in Kirchbraken lebt ja noch Frau Görke! Ihr schickt sie zwei der aufgetrennten Zuckersäcke. Vier Wochen später trifft ein Paket aus Holstein ein, darin ein Kleid für Maximiliane, ›Oscar‹ in großen Buchstaben auf dem Rücken, die Vorderseite allerdings unbedruckt, die Abnäher an den richtigen Stellen. Frau Görke hatte die Maße ihrer pommerschen Kundinnen noch im Kopf. Außerdem enthielt das Paket Kleidungsstücke für alle Kinder. Aus den Resten, die beim Umschneidern von Wehrmachtsuniformen in Zivilkleidung abfielen – seit dem 1. Dezember durften keine Wehrmachtsuniformen oder Teile von Uniformen getragen werden –, hatte Frau Görke Hosen und Jacken für die kleinen Quints genäht, und weil in Holstein viele Männer bei der Marine gedient hatten, gab es neben feldgrauem Tuch auch viel blaues, und nun sahen die Quintschen Kinder wie kleine Landsknechte aus, und man lachte im Dorf über sie.

Bei den ersten wärmenden Sonnenstrahlen im März 1947 zog Maximiliane eines Tages wieder einmal mit dem Handwagen und sämtlichen Kindern in den Wald, um Holz und Kienäpfel zu sammeln. Der Bauer Wengel kam ihnen entgegen, ein Ausweichen war unmöglich. Er sah seinen Wagen, blieb stehen und fuhr Golo, der die Deichsel hielt, grob an: »Das is mein Wagen! Hergeben tunst'n!«

»Dieser schöne Kindersportwagen?« erkundigt sich Maximiliane und sieht den Bauern Wengel mit einem Blick an, der schon ihre Lehrer in Arnswalde in Verwirrung gebracht hat. Aber Herr Wengel war von anderem Schlag.

»Zigeuner! Polaken!«

Maximilianes Augen füllen sich ungewollt mit Tränen. Die Kinder blicken ihre Mutter ängstlich an, warten nur noch auf ein Zeichen, um in ihr erlerntes Gebrüll auszubrechen, aber Maximiliane nimmt die kleine Mirka aus dem Wagen und drückt sie dem Bauern in den Arm. »Halten Sie das Kind, damit ich den Wagen ausräumen kann!«

Sie hebt Viktoria heraus, die sich wehrt und hohe Schreie

ausstößt, legt die Kissen an den Wegrand, nimmt dem verblüfften Mann das Kind wieder ab, legt es auf die Kissen und drückt dem Bauern die Deichsel in die Hand.

»Nehmen Sie ihn! Die blaue Farbe schenke ich Ihnen!«

»Macht's, daß ihr damit fortkimmt!« sagt der Bauer Wengel. Mehr an Freundlichkeit war von ihm nicht zu erwarten.

7

›Über die Armut braucht man sich nicht zu schämen, es gibt weit mehr Leut', die sich über ihren Reichtum schämen sollten.‹

Nestroy

Immer häufiger greift Maximiliane sich an den Hals, öffnet die oberen Knöpfe der Bluse, verschafft sich Luft und atmet tief. Es wird ihr eng auf dem Eyckel.

»Wie lange wollen wir denn noch in diesem Pißputt bleiben?« fragt Golo. »Ich denke, wir wollen nach Amerika!«

»Später«, sagt seine Mutter.

Vorerst war man noch, wenn auch nur durch zwei eierlegende weiße Leghornhennen, an den Ort gebunden. Aus Maschendraht und Brettern hatten die Bewohner des Eyckel Verschläge an die Mauern gebaut, in denen sie Kaninchen, Tauben und Hühner hinter Verschluß hielten. Maximilianes Hühner lebten zur Untermiete im Geflügelstall des Barons von Sixt. Aus Großgrundbesitzern waren Kleintierhalter geworden. Das Bargeld wurde knapper und gleichzeitig immer weniger wert; aus der schleichenden Inflation konnte leicht wieder eine galoppierende werden wie nach dem Ersten Weltkrieg. Auch in den Notunterkünften des Eyckel entstanden Notbetriebe, in denen Sterne aus Stroh und handgeschnitzte Holzlöffel hergestellt wurden. Rückkehr ins vorindustrielle Zeitalter, Handgewebtes, Handgetöpfertes, Handgestricktes. Für das Nötige fehlte es an Material und Maschinen, folglich wurde Unnötiges verfertigt. In den Bauernhäusern im Dorf tauchten wieder Butterfässer auf und Webstühle, sogar Spinnräder, und in den Kammern der Bauern sammelten sich in den Schränken Teppiche und Lederkoffer, Wollstoffe und Schmuck. An jedem Morgen begegnete Maximiliane den Bewohnern der Städte, die zum Hamstern ins Dorf kamen; Bitt- und Bettelgänge.

Der Diakon Quint hatte erfahren, daß in Moos-Kirchach eine Frau aus Nürnberg ihren Ehering aus Not für eine Tasche voll Kartoffeln eingetauscht hatte, und ermahnte von der Kanzel den Empfänger, den Ring zurückzugeben, das heißt, ihn ungesehen in den Opferstock zu legen. Er rührte an die verschwarteten Herzen und sprach vom Sakrament der Ehe.

Auch Maximilianes Geld ging zur Neige, obwohl sie wenig verbrauchte und viel arbeitete. Sie erhielt von dem Bauern Seifried Deputat wie die Landarbeiter in Poenichen. In ihren kurzen Briefen an die Hermannswerder Freundinnen, an Isabella v. Fredell in Nienburg, an Wilma v. Reventlow in Münster oder die Offizierswitwe Marianne Stumm in Bad Schwartau, standen Sätze wie ›Ich arbeite wie ein Pferd!‹ und ›Ich lerne, mich zu bücken!‹. Daraus klang mehr Verwunderung als Klage. Und Marianne Stumm antwortete ihr, daß sie, ihrer beiden Kinder wegen, auf jedes persönliche Glück verzichte. In Pommern hatten die Landarbeiter in Kolonnen auf den Kartoffel- und Rübenschlägen gearbeitet, hier im Westen hackte einer allein die kaum drei Morgen großen Felder, von Maximiliane als ›Beete‹ bezeichnet. Die einzige Gesellschaft bei der Feldarbeit war für sie die kleine Mirka, die am Feldrand lag, später saß. Das Alleinsein tat ihr wohl. Sie las Kartoffeln mit beiden Händen zugleich auf, verzog die Rüben mit beiden Händen und blickte dabei kaum einmal hoch. Sie lebte wie eine Halbblinde, hatte keinen Blick für fränkische Schönheit, verglich, was ihr vor die Augen kam, mit Hinterpommern.

Die Bewohner des Eyckel waren im Dorf wenig beliebt, galten noch immer als etwas Besonderes, mußten daher auch besonders hungern und, in den schwer beheizbaren Räumen, besonders frieren, zumal sie das nicht hatten, was das wichtigste war: Beziehungen. Vor allem keine Beziehungen zu Handwerkern. Und immer häufiger tropfte das Regenwasser durch die schadhaften Ziegeldächer, immer mehr Behälter wurden zum Auffangen des Wassers auf den Dachboden gestellt. Die Betten mußten von den feuchten Steinmauern abgerückt werden. Die Dielen wurden rissig, die Treppen brüchig. Nicht geschenkt hätte man die Burg haben wollen, darüber war man sich einig, als Flüchtlingslager war sie gerade noch gut genug.

Nach und nach verließen die tüchtigeren und jüngeren Quindts den Eyckel. Marie-Louise, die jüngste Tochter der Generalin, ging inzwischen in Hersbruck in eine Töpferlehre und wohnte dort provisorisch im Brennraum, wo der Brennofen zeitweise für Wärme sorgte. Der Diakon Quint hatte sich mit seiner Frau provisorisch in der Sakristei eingerichtet. In allen Briefen, die Maximiliane erhielt, tauchte das Wort ›provisorisch‹ auf. Martha Riepe und Frau Görke hatten sich ›provisorisch‹ in einem Leutehaus eingerichtet, aus dem die fliegergeschädigten Hamburger ausgezogen waren. »Was soll aus den Pferden werden?« fragte Martha Riepe an. »Auch die Wagen können nicht ewig in der Scheune stehenbleiben. Ich habe einen Handstrickapparat angeschafft und stricke, die Wolle muß von den Kunden geliefert werden. Frau Görke besorgt das Zusammennähen. Sie könnten hier auch provisorisch unterkommen, aber man braucht Zuzugsgenehmigung und Wohnungsgenehmigung und Lebensmittelmarkengenehmigung.«

Auch Frau Hieronimi war weggezogen, allerdings nur bis hinunter ins Dorf, wo durch Todesfall ein Altenteil im Haus des Schreinermeisters Kroll frei geworden war. Sie hatte sich eine provisorische Schuhmacherei eingerichtet; die Holzsohlen lieferte der Schreiner Kroll nach Maß, und sie benagelte die Sohlen mit Gurten und Lederstreifen, die sie aus alten Handtaschen und Schulranzen zuschnitt, gelegentlich auch aus einem Lederriemen, der zum Öffnen und Schließen von Eisenbahnfenstern gedient hatte. Noch immer war sie ohne Nachricht von ihrem Mann, aber immer häufiger hielt ein Auto in der Nähe ihrer Behausung und blieb immer länger dort stehen. Der Besitzer, ein gewisser Herr Geiger aus Nürnberg, brachte angeblich Material und Aufträge für Schuhe. Frau Hieronimi kam ins Gerede. Maximiliane ging manchmal abends auf dem Heimweg zu ihr, saß eine Weile bei ihr und reichte ihr beim Erzählen die Stifte zu. »Warum tust du das?« fragte sie.

Frau Hieronimi klopft auf das Holz ein. »Du weißt nichts!« sagt sie. »Du bist keine Frau, du bist nur eine Mutter. Treue! Die Leute wissen gar nicht, wovon sie reden. Zu Hause und im Krieg, da habe ich das Alleinsein auch ausgehalten. Aber hier nicht, hier bin ich fremd! Ich bin über vierzig!«

»Die Liebeskarte aus Nürnberg?« erkundigt sich Maximiliane in erzwungen heiterem Ton.

»Aber keine große, sondern eine kleine«, antwortet Frau Hieronimi. »Frauen wie mich müßte man einsperren, aber so kann man uns doch nicht leben lassen, als Überschuß!« Einen Augenblick scheint sie mit der Welt zerfallen, greift dann aber wieder zum Hammer und schlägt heftig auf die Stifte ein. »›Fest und blank mit Nägelchen beschlagen!‹ Ich erinnere mich noch genau, wie du auf dem Eyckel eingetroffen bist, im Schutz deiner Kinder.«

»Du hast doch ebenfalls Kinder!« wirft Maximiliane ein.

»Der eine ist gefallen, der andere zum Krüppel geschossen.«

»Du könntest ihn aus dem Lazarett holen.«

»Ich habe ihm schon einmal das Laufen beigebracht, ich kann das nicht noch einmal tun! Und meine Tochter hat mir erst zweimal geschrieben, zu Weihnachten und zum Muttertag. Ich habe mich ebenfalls nicht um meine Eltern gekümmert. Ich bin auf und davon gegangen, mit siebzehn Jahren. Ich will weg von hier und weiß nicht, wohin. Ich mache Schuhe, damit andere laufen können! Du machst mich nervös mit deiner Ruhe, Maximiliane!«

An einem Tag Ende Mai wurde Maximiliane, als sie abends von der Feldarbeit zurückkehrte, von einer jungen Frau erwartet. Sie erkannte sie von ferne, stellte Kanne und Korb ab, setzte Mirka ins Gras und öffnete die Arme. Es war Anja, das Polenkind, das während der Kriegsjahre Haus- und Kindermädchen auf Poenichen gewesen war und mit Claude, dem Gärtner, einem französischen Kriegsgefangenen, kurz vor Kriegsende geflohen war.

Sie strahlt und nimmt zwei der Kinder gleichzeitig auf die Arme. »Wie groß sie geworden sind«, sagt sie, »wie schön!« Sie spricht ein Gemisch aus Deutsch, Französisch und Polnisch. Als erstes erkundigt sie sich nach dem ›Herrn Officier‹.

»Nïe ma?« fragt sie.

Als Maximiliane nicht antwortet, wiederholt sie die Frage auf deutsch: »Gibt nicht mehr?«

»Nein«, antwortet Maximiliane. »Gibt nicht mehr. Nïe ma.«

Anja tauscht die Kinder aus, nimmt Mirka auf den Arm.

»Ein neues Kind«, sagt sie. »Noch schöner als die anderen! ›Stary niedwieć mocno śpie‹«, singt sie ihm vor, ein polnisches Kinderlied von dem schlafenden Bären, das sie auch den anderen Kindern vorgesungen hat, als sie alle noch in Poenichen waren. Den Kehrreim singen Joachim, Golo und Edda mit: »›Jak się zbudzi, to nas zje‹ – Wenn er aufwacht, frißt er uns!«

Sie bleibt einen Abend und eine Nacht lang bei Maximiliane. Sie erzählt, wie sie mit Claude nach Frankreich gegangen war, auf das Weingut seines Vaters, daß aber die Liebe zu Polen doch stärker sei als die zu Claude und sie jetzt nach Hause zurückkehren wolle. »Polen ist frei!« sagt sie. Sie sei im Besitz der nötigen Papiere. In Marburg habe sie Lenchen Priebe aus Poenichen getroffen und von ihr die Adresse des Eyckel erfahren. »Lenchen chic! Très chic!« sagt sie. Das Kleid, das sie trage, habe sie von ihr bekommen, auch Schokolade und Zigaretten.

Am nächsten Morgen bricht sie auf und nimmt Maximilianes Sehnsucht nach dem Osten mit. »Nach Lodz«, ruft Anja, »nach Lodz!« und läuft den Berg hinunter.

Anfang Juni, als der alte baltische Onkel Simon August einen Herzinfarkt erleidet, übernimmt Maximiliane seine Pflege. »Ich bin immer noch nicht ruhig genug. Ich habe meine Kündigung erhalten, aber das Datum steht noch aus!« Als Maximiliane sich zu einer Handreichung erheben will, drückt er sie sanft auf den Stuhl nieder. »Bleib!« sagt er. »Ich brauche nichts. Alle wollen immer etwas tun. Alle laufen herum.«

Maximiliane saß auch in seiner fünfstündigen Sterbestunde bei ihm. Ab und zu kam eines der Kinder und blieb eine Weile neben der Mutter stehen. »Fürchtet euch nicht!« sagte sie. »Er geht nun dorthin, wo schon der Großvater und die Urma sind. Dort gibt es noch viel mehr Quindts als hier.« Sie war allerdings nicht sicher, ob das ein Vorzug war.

Der Eyckel wurde immer mehr zu einem Altersheim für Flüchtlinge, und die Generalin teilte weiterhin das Maß an erlaubter Traurigkeit und erlaubter Fröhlichkeit zu. Maximilianes Kinder gingen ihr aus dem Wege, Spielplätze gab es genug. Was hätte sich bei fünf Kindern an Anschaffungen gelohnt, die sich für das Einzelkind Maximiliane nicht gelohnt hatten! Da es kein Spielzeug zu kaufen gab, blieb den Kindern nur das schöpferische Spiel. Sie fertigten aus Ästen Stelzen an, und natürlich war Golo der erste, der waghalsig darauf herumstelzte. Kein Ruf zur Vorsicht erreichte ihn je. Ein alter Strick, an den waagerechten Ast eines Apfelbaums gebunden, diente als Schaukel. Edda nähte und wickelte Puppen aus Lumpen und flocht ihnen rote Zöpfe aus Wollfäden, die ihr Martha Riepe geschickt hatte. Viktoria riß den Puppen die Zöpfe wieder aus und zerriß die Puppenkleider; ein Kind, das zerstörte, aber dann über das, was es zerstört hatte, weinte, ein Kind, das absichtlich zu Boden stürzte, sich absichtlich den Finger einklemmte, nur um bedauert und getröstet zu werden. Keines der Kinder wurde so oft gewaschen und gekämmt wie dieses, und keines sah so vernachlässigt aus wie sie, ein Kind, dem jeder etwas zusteckte.

In den heißen Sommermonaten gingen die kleinen Quints barfuß in die Schule und in den Kindergarten, um die Schuhe zu schonen. Sie wurden deshalb von den Dorfkindern ausgelacht, aber Edda trumpfte auf: »Wir haben in Pommern jeder zehn Paar Schuhe und ein großes Schloß und hundert Pferde!« rief sie, und die Dorfkinder riefen dagegen: »Pommerland ist abgebrannt! Pommerland ist abgebrannt!«

Edda war ehrgeizig und lernbegierig. Kein Schulheft wurde so sauber geführt wie das ihre. Während des Unterrichts röteten sich vor Anstrengung ihre Ohren wie bei ihrem Vater. Wenn sie eine Antwort nicht sofort wußte, ballte sie vor Ärger die Hände zu Fäusten. Sie rechnete sorgsam und langsam. Golo hingegen, mit dem sie auf derselben Schulbank saß, blieb ein zerstreutes Kind, das die Schule nicht ernst nahm. Ob man ein Wort mit ›i‹ oder ›ie‹ schrieb, mit ›t‹ oder ›th‹, hielt er für unwichtig. Rechtschreibung hat er nie gelernt. Nie sah man ihn ein Buch lesen; er behielt die Abneigung gegen Bücher, die er schon als Kleinkind bewiesen hatte. Er rechnete zwar schnell, rundete aber auf oder ab; schlimmer noch, er kam oft zu spät zum Unterricht oder machte sich nach der Pause davon, wenn er seine Schwarzmarktgeschäfte betrieb, und erschien oft tagelang nicht in der Schule. »Auf diese Weise wirst du es zu nichts bringen!« sagte Fräulein Schramm, fuhr ihm dabei aber mit der Hand durch den Lockenschopf, eine Versuchung, der kaum eine Frau widerstehen konnte.

»Wo du mal landest, das möchte ich wissen!« sagte Lehrer Fuß.

Joachim tat eher zuviel als zuwenig in der Schule. Unaufgefordert suchte er nach Worten, die sich reimten, oder schrieb Wörter mit bestimmten Anfangsbuchstaben untereinander, verbrauchte zuviel Papier und zu viele Stifte. Beim Diktat hörte er nicht aufmerksam zu, schrieb, allerdings fehlerfrei, andere Wörter, ja, verbesserte den Text des Diktats. In einem Aufsatz, ›Mein Schulweg‹, schrieb er: »Im Winter ist es noch dunkel, wenn wir zur Schule gehen, dann schnarchen in den Büschen noch die Bären.« Dieser Satz wurde von Lehrer Fuß vorgelesen, die Schulkinder tobten vor Lachen. Joachim errötete, Edda sprang ihm bei: »Das stimmt auch!« Golo erklärte ebenfalls, daß man im Dunkeln die Bären hören könne.

»Ihr Quints kommt wohl her, wo es noch Bären gibt?«

Erneut stürzte eine Woge von Gelächter über Joachim nieder.

In die schulische Erziehung ihrer Kinder mischte Maximiliane sich nicht ein. Sie sagte auch in deren entscheidenden Entwicklungsjahren nie: ›Hände auf den Tisch!‹ oder ›Wascht die Hände vor dem Essen!‹ Meist gab es ohnedies keine Wasserleitung, oft nicht einmal einen Tisch; Seife und Handtücher waren zu knapp, um an erzieherische Maßnahmen verschwendet zu werden. Lange Zeit sahen die Mahlzeiten der Quints so aus, daß Maximiliane die Kinder auf den Tisch oder eine Mauer setzte und ihnen, aufgereiht wie die Vögel auf einer Stange, das Essen löffelweise zuteilte, wobei – an beidem war ihr gelegen – ein hohes Maß an Gerechtigkeit und Vereinfachung erreicht wurde.

Im ganzen verbrachten die Kinder zwei glückliche Jahre auf dem Eyckel. Dank des Kartoffelwassers, der Stutenmilch und der Pilzgerichte waren sie besser ernährt als die einheimischen Kinder. Am Ende des langen und heißen Sommers 1947, in dem die Felder verdorrten, die Lebensmittelzuteilungen noch knapper wurden und nur Tomaten oder Tabak im warmen Burggarten zu südlicher Reife gediehen, waren die Quints gesund und braungebrannt; Maximiliane war durch Feldarbeit und Hitze schlank geworden, sie trug das Haar der Einfachheit halber mit einem Band im Nacken zusammengebunden, was von der Generalin als ›zu kindlich‹ getadelt wurde, ebenso wie der Besuch der Polin ihren anhaltenden Unwillen erregt hatte.

Jetzt, wo auch Mirka laufen gelernt hat, wird sie keinen weiteren Winter mit den Kindern in dem kalten und feuchten Gemäuer der Burg bleiben, sondern nach Holstein zu den Resten des Quintschen Trecks ziehen. In diesem Sinne schreibt sie an Martha Riepe. Als erstes Anzeichen für den nahenden Aufbruch schickt sie Golo mit dem gestohlenen Handwagen ins Dorf zu dem Bauern Wengel. »Bestell ihm, daß wir den Wagen nun nicht mehr brauchen!«

Was waren das für Leute, die Handwagen stahlen und Handwagen zurückbrachten und auch noch lachten, wo sie doch nichts zu lachen hatten!

»Kommt, wir machen ein großes Feuer!« verkündet sie Ende September den Kindern. Sie verbrennt, was sich in zwei Jahren angesammelt hat, und wirft dabei wohl mehr als die paar dürftigen Gegenstände in die Flammen; sie hatte ja schon immer eine Vorliebe für Sonnwendfeuer gehabt. Edda versucht, einiges zu retten, und zieht halb verkohltes Spielzeug wieder aus dem Feuer. Was sie noch brauchen und was sich verpacken läßt, schickt Maximiliane in einigen Paketen voraus nach Kirchbraken in Holstein.

Die Rollen mit dem Bettzeug werden wieder verschnürt, woran die Kinder merken, daß der Aufbruch unmittelbar bevorsteht. Joachim sitzt ängstlich und untätig neben den Bündeln und fragt, was denn nun aus den weißen Tanten werden solle und aus der alten Tante Maximiliane.

»Zähl jetzt nicht alle Tanten auf, Mosche!« mahnt die Mutter. »Darum können wir uns nicht kümmern. Unser Leben muß weitergehen.« Ein banaler, aber dennoch richtiger Satz.

Golo läuft begeistert durch die Gänge und verkündet: »Es geht wieder los!« Edda trägt immer neue Dinge herbei, die mitgenommen werden müssen, packt ihr Bündel ein und aus, und Viktoria fiebert wie immer vor großen Ereignissen. Mirka zieht sich eigenhändig den Beduinenkittel an, aus dem Viktoria herausgewachsen ist, der ihr aber bis zu den Füßen reicht; ein selbständiges Kind, aufmerksam, schweigsam, freundlich und fremdartig. Ihre Familienzugehörigkeit wird einzig durch die ›Kulleraugen‹ bewiesen, die allerdings heller ausgefallen sind als die Augen Golos und auch als die der Mutter.

»Kommt!« sagt Maximiliane dann, »dreht euch nicht um.«

Sie besaß keinen der erforderlichen Berechtigungsscheine für den Umzug nach Holstein. Auf welchen langwierigen Wegen hätte sie diese auch erlangen sollen? Sie vertraute auf die Wirksamkeit ihrer fünf kleinen Kinder. ›Kommt!‹ war über Jahre im Umgang mit den Kindern ihr meistgebrauchtes Wort; später wird sie dann ›Lauft!‹ sagen.

Auch der zweite Versuch der Quints, nach Holstein zu gelangen, mißriet. Diesmal kamen sie nur bis Marburg an der Lahn, und diesmal lag die Ursache nicht bei Golo, sondern bei Viktoria. Es stellte sich heraus, daß deren Fieber kein Reisefieber war, sondern auf 40 Grad anstieg und von Masern herrührte. Rote Flecken tauchten auf ihrem dünnhäutigen Gesicht und am Hals auf, und damit war es für alle Vorsichtsmaßnahmen zu spät. Alle Geschwister waren bereits angesteckt. Jedes der Kinder bekam jeweils die Sorte Masern, die zu ihm paßte. Joachim eine rücksichtsvolle und daher langwierige, Edda die übliche, Golo eine heftige, aber rasch vorübergehende, Mirka eine kaum wahrnehmbare. Fünf masernkranke Kinder in einer fremden Stadt und keine Antibiotika, kein Schutz vor Ansteckung! Joachim mit anhaltender Bindehautentzündung, so daß ihm jeden Morgen die von Eiter verklebten Augen mit Kamillenwasser ausgewaschen werden mußten, Viktoria mit einem laut bellenden Husten, den man diesem schwächlichen Kind nicht zugetraut hätte, mit Erbrechen und Krämpfen – und das alles in einem Barackenlager, dem Übernachtungsheim der Christlichen Nothilfe im Schülerpark, in dem die Quints wieder einmal Zuflucht gefunden hatten. Als die Kinder in die Universitätskinderklinik eingeliefert worden waren, machte Maximiliane sich auf die Suche nach Lenchen Priebe. Sie hat diesen Masern-Ausbruch als einen Eingriff des Schicksals hingenommen. Sie blieb in Marburg hängen. Die zahlreichen Pakete, die sie vorausgeschickt hatte, reisten ohne sie nach Holstein.

Einen dritten Versuch, zu ihrem restlichen Besitz in Holstein zu gelangen, hat sie nicht unternommen. Vermutlich hätte sie sich in der holsteinischen Landschaft mit ihren Seen und Laubwäldern, baumbestandenen Chausseen und sanft geschwungenen weiten Feldern wohler gefühlt als in einer Universitätsstadt mit steilen, engen Gassen und kleinen Plätzen.

Es ist noch nachzutragen, daß nach jener Mahnpredigt des Diakons Quint im Laufe der folgenden Tage und Wochen fünf Eheringe im Opferstock lagen, woraufhin der Diakon in seiner Sonntagspredigt das Gleichnis von den fünf Eheringen erzählte, das in keiner Bibel zu finden ist.

8

›Alle Haushaltungen, deren Haushaltungsvorstand Mitglied der Nationalsozialistischen Deutschen Arbeiterpartei war, müssen zwei Wolldecken, eine Matratze und eine Glühbirne mit mehr als 40 Watt abliefern.‹

Amtliche Bekanntmachung in der ›Marburger Presse‹

Alle Schuld rächt sich auf Erden. Aber alle Güte doch auch. Der alte Quindt hatte seinerzeit schützend seine Hand über Dorchen Priebe, das sechzehnjährige Hausmädchen auf Poenichen, gehalten, nachdem der junge Franz von Jadow, ein Onkel Maximilianes, sie geschwängert hatte; er war nach seiner Entlassung aus dem Weltkriegsheer mehrfach zu Besuch nach Poenichen gekommen, hatte sich später um das Kind nicht gekümmert und war in Nordamerika verschollen. Quindt hatte das ›Dorchen‹ zwar entlassen, ihr aber eine Stellung als Dienstmädchen in Dramburg verschafft und war für ihr Kind aufgekommen. Es war auf den Namen Helene getauft worden, wurde aber ›Lenchen‹ genannt, war zwei Jahre jünger als Maximiliane und durfte, wie einige andere Dorfkinder, mit ihr spielen.

Sie war nicht wiederzuerkennen. Maximiliane ging folglich auch an ihr vorüber, obwohl sie sich auf der Suche nach ihr befand. Aber sie selbst wurde erkannt. Lenchen machte kehrt und packte sie beim Arm. »Maxe! Da staunst du, was?«

Maximiliane staunte. Vor ihr stand das Muster eines ›Deutschen Fräuleins‹, die glatten, düsterblonden pommerschen Haare gelockt und hellblond gefärbt, die Lippen ziegelrot wie die flauschige Jacke, dazu Nylonstrümpfe und hochhackige Schuhe. Aber unter dem Firnis saß noch das gutmütige Lenchen Priebe, auch jetzt bereit zu lachen und bereit zu helfen.

Lenchen Priebe hatte seit der Flucht aus Hinterpommern mehr gelernt als Maximiliane, verstand sich auf die Kunst des Durchkommens, kannte sich in Tauschgeschäften aus sowie im Umgang mit Wohnungsämtern und Bezugscheinstellen, wußte, wo nachts die Kohlenzüge so langsam fuhren, daß man aufspringen und sich die Einkaufstaschen mit Koks füllen konnte.

Sie wohnte am Rotenberg, auch heute noch eine gute Adresse, die meisten Villen für amerikanische Besatzungsoffiziere beschlagnahmt, aber das Haus, in dem Lenchen wohnte, trug das Schild ›Off limits!‹, weil es einem ›nicht betroffenen Kulturträger‹, einem Professor der Kunstgeschichte namens Heynold, gehörte, der eine bedeutende Sammlung moderner, bisher für ›entartet‹ erklärter Bilder besaß.

Lenchen nahm Maximiliane mit nach Hause. Sie bewohnte ein großes Zimmer zu ebener Erde mit einer Verbindungstür zum Salon des Hausbesitzers, dem einzigen Raum, der beheizt werden konnte.

»Nenn mich nicht Lenchen!« sagte sie, als sie die Tür hinter sich geschlossen hatte. »Sag ›Helene‹! Bei ›Lenchen‹ hört jeder gleich, woher ich stamme. Ich nenne mich jetzt auch nach meinem Vater, ›von Jadow‹.«

Sie zieht eine Schublade auf, in der sie ihre Schätze verwahrt, mehrere Dosen mit Bohnenkaffee, Kekse, Strümpfe, Chesterfield-Zigaretten.

»Sag mir, was du brauchst! Du kannst alles haben! Schließlich bist du meine Kusine!«

Zwischendurch ein ›okay‹, ein ›all right‹, dann schickt sie Maximiliane weg, weil ihr Freund kommt, sie sagt ›mein boy‹, füllt ihr aber vorher noch die Taschen mit Schokolade und Kaugummi für die Kinder.

»Ich hole dich da raus!« sagt sie beim Abschied. »Hier im Haus bestimme ich. Und wenn ich auch noch sage, daß du meine Kusine bist, eine richtige Baronin, das wirkt! Die sollen mal ruhig zusammenrücken hier, die haben im Krieg nichts verloren. Wir beide haben schließlich alles verloren!« Und meinte mit diesem ›alles‹ in gleicher Weise das Quindtsche Rittergut und die Kate des Melkers und späteren Ortsgruppenleiters Priebe, ihres Großvaters.

Maximiliane zeigt ein wenig verlegen auf die Verbindungstür. »Nehmen die Hausbesitzer denn keinen Anstoß?«

Lenchen Priebe lacht auf. »Die hören und sehen nichts! Aber essen tun sie alles! Der Professor ist ein starker Raucher, und der Frau Professor stopfe ich den Mund mit einer Dose Corned beef. Was sie über mich reden, ist mir gleichgültig. Okay? Ich hatte erst gedacht, Bob würde mich heiraten und mit rübernehmen, aber er hat nicht dran gedacht! Seine Einheit wurde versetzt. Am letzten Abend brachte er Jimmy mit, ›a friend of my friend‹. Erst habe ich geheult, aber Jimmy stammte ebenfalls aus Texas. Mein jetziger Freund heißt Abraham, richtig ›Ähbrähäm‹, wie in dem Schlager. Einer wird mich schon mit rübernehmen. Anderen Mädchen gerät es schließlich auch, und was die können, kann ich schon lange. Mit den amerikanischen Frauen scheint nicht viel los zu sein. Wenn du übrigens einen Freund brauchst, sag es nur, dann bringt Abraham einen mit, und wir machen hier eine Party.«

»Ich habe fünf Kinder!«

»Okay! Aber einen Mann hast du trotzdem nicht! Abraham ist übrigens black, nur damit du es weißt. Stell dich nicht an, wenn du ihn mal siehst! Er ist ein prima boy! Laß die Kinder erst mal, wo sie sind, die Amis haben vor allen ansteckenden Krankheiten furchtbare Angst!«

Mehr zufällig faßt sie, während sie spricht, an den Pergamentschirm der Stehlampe.

»Das sollen Häute von Menschen sein. In den Konzentrationslagern hergestellt. Hast du das gewußt? Die Amis finden so was kolossal interessant, zahlen bis zu zwei Stangen Zigaretten dafür.«

Maximiliane greift sich an den Hals. Keine weitere Reaktion, aber sie wird nie wieder einen Lampenschirm aus Pergament ohne Entsetzen ansehen können.

Zwei Tage später wurde sie von Frau Heynold zum Tee eingeladen, trank dünnen Hagebuttentee und bekam eine Tablette Süßstoff angeboten. Bevor sie noch einen Satz gesagt hatte, hob die Gastgeberin abwehrend beide Hände.

»Erzählen Sie mir bitte nichts von dieser schrecklichen Flucht! Das Elend macht mich ganz krank! Sie besaßen doch ein Rittergut im Osten, nicht wahr?«

Und Maximiliane erzählt, was zu hören gewünscht wird, Treibjagd und Schlittenpartie.

»Ihr Gatte ist vermißt?«

»Ja, seit den letzten Kriegstagen.«

»Sie haben ein krankes Töchterchen, hat mir Ihre Kusine berichtet?«

»Ja«, antwortet Maximiliane, »aber bald kann ich das Kind aus der Klinik holen.«

Lediglich Verwandten ersten Grades konnte, laut Bestimmungen des Kontrollrates, der Zuzug in Städte wie Marburg, unzerstört und überfüllt, gestattet werden. Aber Maximiliane gelang es, bis zum Resident Officer vorzudringen und in dem fehlerfreien Englisch, das sie bei Miss Gledhill gelernt hatte, ihren Wunsch nach Unterbringung im Wohnbereich Marburg vorzutragen. Ob nun der Offizier es um ihrer schönen Augen oder um ihrer nach den USA emigrierten Mutter willen tat, jedenfalls erhielten die Quints eine ›vorläufige Zuzugsgenehmigung ohne Anspruch auf Wohnraum‹.

Sie durften im Haus des Professors Heynold vorläufig unterkommen. »Ihrer Kusine zuliebe«, sagte dieser zu Maximiliane, und: »Bevor man uns wildfremde Menschen ins Haus setzt. So weiß man wenigstens, mit wem man unter einem Dach lebt.«

Man hatte vereinbart, daß sie, Maximiliane, drei Stunden pro Tag das Haus zu reinigen hatte und dafür mietfrei wohnen dürfe. Zum erstenmal im Leben wurde ihr ein Hausschlüssel ausgehändigt; in Poenichen hatten die Hunde für Sicherheit gesorgt, auf dem Eyckel war man durch offenkundige Not vor Einbruch sicher gewesen. Jetzt erhielt sie neben dem Hausschlüssel einen Zimmerschlüssel und einen Schlüssel für die Toilette, ein ganzes Schlüsselbund.

Nacheinander holte Maximiliane die Kinder aus der Klinik ab, in der Reihenfolge, in der sie gesund wurden. Als erstes die kleine Mirka. »Ein entzückendes Kind!« sagte Frau Heynold, und wie immer sagte Mirka ungefragt und ohne Zusammenhang: »Danke schön!« und machte einen tiefen Knicks. Ein Untermieterkind, wie man es sich nur wünschen konnte.

Als Maximiliane mit dem zweiten Kind eintrifft, zeigt sich die Hausbesitzerin schon weniger freundlich, und bei dem dritten sagt sie entrüstet: »Sie können uns doch nicht ein Kind nach dem anderen anbringen!«

»Ich habe die Kinder auch nicht alle auf einmal bekommen«, entgegnet Maximiliane.

Von nun an wird sie nicht mehr wie eine Baronin aus dem Osten angesehen und behandelt, sondern wie einer dieser Flüchtlinge mit ihren unverschämten Ansprüchen, die die Gutmütigkeit der Einheimischen schamlos ausnutzten. Man hatte ja auch nicht geahnt, daß sie die Frau eines ›Militaristen und Nazis‹ gewesen war. Aber alle paar Wochen war sie immerhin die Tochter einer Emigrantin und erhielt ein Care-Paket aus den Vereinigten Staaten. Und auch Maximiliane hatte ihren Renommierjuden, den Stiefvater, den sie nach Bedarf hervorholen konnte. Die Erziehung der Deutschen ging unter ungünstigen Umständen vor sich. ›Kartoffelpuffer und Apfelmus‹ hießen die nahen Lebensziele.

Alle paar Tage mußte Lenchen Priebe, alias Helene oder Helen von Jadow, die Stimmung im Haus mit Milchpulver oder Bohnenkaffee aufbessern.

Die Quints bewohnten ein Zimmer zum Berg hin, ein wenig dunkel, aber geräumig und vollständig möbliert, ›übermöbliert‹, wie Maximiliane es nannte. Plüsch und Mahagoni. Auf den zweiten Wasserring, der auf der Platte des Schreibsekretärs zu sehen war, reagierte die Hausbesitzerin bereits empfindlich.

»Ich hatte angenommen, daß Sie mit wertvollen Möbeln umzugehen wüßten und nicht nasse Gläser daraufstellen«, sagte sie in Anwesenheit der Kinder zu Maximiliane. Als sie das dritte Mal die ›Wasserringe‹ rügte, sagte Edda: »Wir könnten ja mal viereckige Gläser nehmen!«

Die Hausbesitzerin war über das dreiste Kind betroffen und anhaltend gekränkt. Maximiliane sah sich genötigt, die Kinder mit ›Paß auf!‹ und ›Laß das!‹ zu ermahnen, ›Seid still!‹. Aber sie konnte nicht auf fünf Kinder gleichzeitig aufpassen; Golo allein hätte schon zwei Aufpasser benötigt.

Maximiliane behielt nach diesen Erlebnissen am Rotenberg für ihr weiteres Leben eine Abneigung gegen polierte Möbel; jede spätere Unterkunft wird von ihr unter dem Gesichtspunkt ausgewählt werden, ob man die Möbel benutzen kann oder ob man sie ihr in Pflege gibt.

Wie vereinbart, putzt sie täglich drei Stunden lang das Haus. Sie tut es weder unwillig noch ungeschickt, bohnert, da es Bohnerwachs nicht gibt und Frau Heynold im letzten Kriegsjahr günstig an große Mengen davon gekommen war, die Treppen mit brauner Schuhcreme, andere putzen derweil ihre Schuhe mit Bohnerwachs; das Wirtschaftsgefüge war in Unordnung geraten.

Als letztes Kind holte Maximiliane die immer noch kränkelnde und leider auch noch hustende Viktoria aus der Kinderklinik. Dabei stellte sich heraus, daß das Kind keine Schuhe mehr besaß. Maximiliane nahm sich Golo vor, und der gestand, daß er die Schuhe gegen Zigaretten und die Zigaretten gegen Schmalz eingetauscht habe.

»Ich habe doch nicht gewußt, daß sie wieder gesund wird!«

Abends, wenn die Kinder schliefen, saß Maximiliane auf den gebohnerten Treppenstufen vor ihrem Zimmer und las im Schein der trüben Flurlampe; immer noch nicht Faulkner und Kafka, sondern, aus der Stadtbücherei, Cronin und Maugham. Sie verfügt nicht mehr über das reiche Angebot an Äpfeln und Gedichten wie in Poenichen; beides ist knapp, nach beidem hat sie Verlangen. Wählerisch kann sie nicht sein, aber eines Tages hält sie dann doch Gedichte von Stefan George auf dem Schoß; als sie bei dem ›Hymnus an einen jungen Führer aus dem Ersten Weltkrieg‹ angelangt ist, hat sie nicht einmal einen Fallapfel zur Hand. ›Du aber tu es nicht gleich unbedachtsamem schwarm/Der was er gestern bejauchzt heute zum kehricht bestimmt . . .‹

Eines Tages schlägt sie einen Roman der Daphne du Maurier auf: ›Rebecca‹, ebenfalls aus der Stadtbücherei entliehen, aber sie kommt über den ersten Satz nicht hinaus. ›Gestern nacht träumte mir, ich sei wieder in Manderley . . .‹ Sie schließt die Arme um die Knie, legt den Kopf darauf und klagt um Poenichen wie Iphigenie um Mykenä.

Abraham Shoe aus dem Staate Ohio findet sie in diesem Zustand und setzt sich neben sie. »What do you need?« Und er zählt ihr die Herrlichkeiten eines amerikanischen PX-Ladens auf. Maximiliane schüttelt den Kopf. Plötzlich leuchten seine Zähne in der Dunkelheit auf, er strahlt über seine Erkenntnis. »All you need is love!« und legt bereits den Arm um sie, aber da erscheint Helen auf der Bildfläche.

Das Spiel ›Wer fürchtet sich vorm schwarzen Mann‹ hatten die kleinen Quints mit Rücksicht auf Abraham in ›Wer fürchtet sich vor Frau Professor Heynold‹ umgewandelt. Maximiliane, von der Betreffenden, besser: der Betroffenen, zur Rede gestellt, verspricht, den Kindern dieses Spiel zu untersagen. Aber Edda hat bald eine neue Abwandlung des Spiels erfunden, mit einem gemilderten Verhältnis zur Bezugsperson. ›Wieviel Schritte darf ich, Frau Professor Heynold?‹

Wieder ist Frau Heynolds Mißfallen erregt. »Sie müßten Ihre Kinder zu Ehrfurcht vor den Erwachsenen anhalten!«

»Aber doch nicht zu Furcht!« antwortet diese.

»Ich möchte wissen, wer Sie erzogen hat, Frau Quint!«

»Eine ganze Reihe von Erzieherinnen!«

Die Stimmung der Hausbesitzerin mußte ein weiteres Mal durch eine große Dose Erdnußbutter aus Lenchen Priebes Besitz gebessert werden. In diesem Haus hat Maximiliane ihre Nägel bis auf den Grund abgebissen. Joachim und Viktoria ahmten es nach. Die mütterliche Prägekraft war ungewöhnlich groß.

Abends war alt und jung unterwegs, hungrig und frierend, um sich in Kirchen, Hörsälen und Vortragsräumen von neuen humanen Ideen überzeugen zu lassen. Konzerte im ›Philippinum‹, Bela Bartok und Strawinsky; um eine Eintrittskarte zu erhalten, mußte ein Brikett abgeliefert werden. Das Auditorium maximum der Universität füllt sich bis zum letzten Platz. Pflichtvorlesungen in Staatsbürgerkunde. ›Die Grundlagen deutscher Existenz in der Gegenwart.‹

Maximiliane hätte Gelegenheit gehabt, Martin Niemöller in der Universitätskirche über die ›Kollektivschuld der Deutschen‹ sprechen zu hören; Ortega y Gasset war in den drei westlichen Zonen Deutschlands unterwegs, um die Deutschen über ihre vergangene Schuld und ihre künftigen Aufgaben zu unterrichten, aber da waren die fünf Kinder, die sie nicht allein lassen konnte; an eine Kollektivschuld hat sie wohl auch, den alten Quindt oder ihre Mutter Vera vor Augen, nicht geglaubt, eher an eine Kollektivscham.

Wenn Maximiliane die Kinder dennoch einmal allein ließ, was regelmäßig einmal wöchentlich geschah, ging sie ins Kino, ohne vorher auch nur einen Blick auf den Titel des Films geworfen zu haben. Helen Priebe, die den Auftrag hatte, derweil auf die Kinder aufzupassen, nahm es damit nicht sehr genau. So konnte es nicht ausbleiben, daß an einem solchen Abend ein, wenn auch kleiner, Zimmerbrand entstand, den Golo beim Hantieren mit einem Feuerzeug verursacht hatte. Joachim hatte ihn zwar schnell mit dem Wasser eines Kochtopfs löschen können, aber die Aufregung Frau Heynolds über das Loch im Plüschbezug des Sofas war dennoch groß.

»Wohin gehen Sie denn abends immer?«

Maximiliane sieht die Fragerin an und sagt mit entwaffnender Offenheit: »Ich gehe weinen.«

Wo sonst als in dem dunklen Raum eines Kinos hätte die Mutter kleiner Kinder ungestört weinen können. Jedesmal kam sie mit tränennassem Gesicht aus dem Kino.

Die Kinder, allesamt kleine Ausbeuter, brauchten sie und ließen es sie ständig fühlen. Maximiliane war erschöpft und drohte zu erkalten, wenn sie nicht bald von irgendwoher Wärme beziehen konnte. Immerhin war aber zu diesem Zeitpunkt ein Wärmespender bereits in ihr Leben getreten.

Neben der seelischen und körperlichen Wärme ging es natürlich auch um die nackte Existenz der Quints, um die finanzielle Versorgung. Seit Anfang des Jahres erhielten die kriegshinterbliebenen Witwen und Waisen eine Einheitsrente von 27 Mark monatlich. Noch aber war nicht amtlich festgelegt, daß die Quints Kriegshinterbliebene waren. Maximiliane kannte sich im Dickicht der Gesetze und Bestimmungen, die in kurzen Abständen von den Besatzungsmächten erlassen und von deutschen Dienststellen ausgelegt wurden, nicht aus; es war ihr aber ein leichtes, jeden Beamten, der sich bis zu dem Augenblick, in dem sie vor seinem Schreibtisch Platz nahm, auszukennen wähnte, in dieses Dickicht zu führen.

»Aber –«, sagte sie, sobald der Beamte sich Klarheit über ihren Fall verschafft hatte, hob die Lider von ihren feuchtglänzenden kugligen Augen und sagte: »Aber mein Vater ist im Ersten Weltkrieg gefallen!« Oder: »Meine Mutter mußte 1935 aus politischen Gründen emigrieren.« War sie betroffen im Sinne des Gesetzes zur Befreiung vom Nationalsozialismus? Oder mußte sie im Sinne des Wiedergutmachungsgesetzes sogar entschädigt werden?

Der Fall Quint wurde zurückgestellt; der Beamte sah jedoch eine Möglichkeit, dieser jungen Frau und ihren kleinen Kindern kurzfristig zu helfen.

»Auf die Dauer geht das natürlich nicht, liebe Frau!«

Mit Dauer hatte sie auch nicht gerechnet.

Die Zeitungsnachrichten über Pläne, die die Siegermächte mit den Besiegten verfolgten, las sie nicht, der ›Morgenthauplan‹ wurde verworfen, noch ehe sie davon gehört hatte. Sie las nur die Aufrufe für Lebensmittelmarken und Sonderzuteilungen sowie jene Nachrichten, die sich mit Flüchtlingsfragen befaßten.

Joachim hatte wieder eine Liste angefertigt, dieses Mal eine, in die er neue, mit ›Flüchtling‹ beginnende Begriffe aufnahm und die er täglich vervollständigte. ›Flüchtlingsangelegenheiten‹, ›Flüchtlingselend‹, ›Flüchtlingsbehelfsheim‹. Er hatte es bereits auf vierundvierzig Wörter gebracht.

Die gegen die Flüchtlinge gerichtete Stimmung verschlechterte sich. ›Flüchtling müßte man sein!‹ hieß es. Die Flüchtlinge verfügten über mehr Zeit als die Einheimischen, sie konnten die Wälder nach Pilzen, Bucheckern und Tannenzapfen absuchen, sie erhielten mehr Bezugscheine und wurden bei der Wohnungsbeschaffung bevorzugt.

Zwar hieß der ›Adolf-Hitler-Platz‹ längst wieder ›Friedrichsplatz‹, verwitterten die Hakenkreuze an den Hauswänden, aber noch immer wiesen weiße Pfeile auf die Luftschutzräume hin. Neuerdings stand an den Hausecken der engen Altstadt ›Death is so permanent‹ und ›Be careful‹, weithin lesbar und den Fahrern der amerikanischen Straßenkreuzer zur Warnung. ›Dangerous corner!‹, die ersten englischen Worte und Sätze, die sich den kleinen Quints einprägten, vor allem Joachim, wie sich später herausstellen wird. Er besuchte inzwischen das Gymnasium Philippinum; jeden Tag ging er von 16 bis 18 Uhr zu einem kriegsblinden Jura-Studenten, um ihm vorzulesen.

Golo verwandte im Umgang mit den amerikanischen Besatzungssoldaten unbekümmert seine wenigen englischen Worte, brachte jene damit zum Lachen und kam rasch mit ihnen ins Geschäft. Nach Schulschluß holte er Viktoria ab, die zu dieser Zeit Nutznießerin der amerikanischen Kinderspeisung war und so viel Suppe essen durfte, wie sie wollte und konnte. Zwei Teller waren das Pflichtmaß, erst wenn diese leergegessen waren, bekam man auch noch den Nachtisch. Andere Kinder nahmen in diesen vier Wochen bis zu sechs Pfund an Gewicht zu, außer Viktoria, die weiterhin mangelhaft ernährt aussah. Golo nahm sie anschließend meist mit zu den ›Stadtsälen‹, in denen die Offizierskantine der Amerikaner untergebracht war. Dort stellten sie sich über den Entlüftungsschacht der Küche und schnupperten den warmen, süßen Duft von Doughnuts. Wenn es zu lange dauerte, jammerten sie vernehmbar; sobald ein schwarzes Gesicht unter der weißen Kochmütze auftauchte, verstummte ihr Jammer, und sie lächelten. Der Koch schob ein Stück warmes Schmalzgebackenes durchs Gitter, dann zogen die beiden

Hand in Hand weiter zum Bahnhof, wo sich in den Wartesälen der schwarze Markt abspielte, unter Strafe gestellt, von amerikanischer Militärpolizei und deutscher Polizei überwacht, aber nicht verhindert. Die Auffassung der Erwachsenen, daß Kinder am schlimmsten dran seien, machte Golo sich zunutze. Wenn man sie beim Kragen nahm und fragte, was sie hier trieben, sagte Viktoria weisungsgemäß mit ihrer dünnen Stimme: »Wir warten auf unseren Vater!«

»Diese armen Kinder!« Und man blickte auf das kleine bedauernswerte Mädchen mit ihrem Glasgesicht, den dünnen Haaren und dem aufgetriebenen Wasserbauch, der allerdings davon herrührte, daß Golo ihr mehrere Kaffeedosen in den Schlüpfer gesteckt hatte. In der Regel aber verbarg Golo sein Tauschgut unter einem Verband, den er sich vorher eigenhändig um den linken Arm gewickelt hatte.

Als er eines Tages den Verband nicht am Arm, sondern am Bein trägt, nimmt ein deutscher Polizist sich den Jungen vor, reißt ihm den Verband ab und reißt dabei eine frische Wunde auf, die Golo sich beim Sturz vom Fahrrad zugezogen hatte. Man nimmt die beiden Kinder mit zur Wache, wo die Wunde neu verbunden wird und wo beide zur Entschädigung einen Lutschbonbon erhalten. Zu Hause nimmt die Mutter die Wölbung in den Backen wahr, holt mit geübtem Griff die Bonbons aus den Backentaschen und schiebt sie Joachim und Edda in den Mund, die über den Schulaufgaben sitzen.

Zwei Bonbons müssen reichen für vier Kinder.

Als sich die Hauptgeschäftszeit des schwarzen Markts immer mehr in die Abend- und Nachtstunden verlagert, und als es immer mehr um Interzonenpässe und Personalausweise geht und die Zigaretten stangenweise und nicht mehr stückweise verkauft werden, verlegt Golo sich auf einen einzigen Artikel, mit dem man, wenn es gerade keine Käufer dafür gibt, notfalls auch spielen kann. Er gewinnt einen festen Kundenkreis, bläst diese ›Artikel‹ zu Hause manchmal wie Luftballons auf; sie sind nicht groß, auch nicht farbig, aber wenn man eine Schnur daran bindet, steigen sie ein wenig in die Luft.

Wäre Maximiliane Quint ein Jahr später geboren worden, wäre sie unter die sogenannte Jugendamnestie gefallen. So aber, 1918 geboren, mußte sie sich einem Spruchkammerverfahren unterziehen. Ein Fragebogen mit 100 Fragen klärte ihre Beziehungen zum Nationalsozialismus. Der Kontrollrat der Alliierten hatte fünf Kategorien festgesetzt, in die man eingestuft wurde, von den Angehörigen der Geheimen Staatspolizei bis zu den Angehörigen der Widerstandsgruppen; Strafmaßnahmen für die ersten vier Kategorien, Entschädigungen für die fünfte.

Ohne ein einziges Entlastungszeugnis machte sich Maximiliane auf den Weg zur Spruchkammerverhandlung, nahm statt dessen ihre Kinder mit, die sie in diesem Fall allerdings eher belasteten; eine Frau, die unter der nationalsozialistischen Herrschaft fünf Kinder in die Welt gesetzt hatte, machte sich von vornherein verdächtig. Sie stellte die unterschiedliche Vaterbeziehungsweise Mutterschaft nicht richtig. Sie hätte geltend machen können, daß ihre Mutter aus politischen Gründen emigriert war, daß ihr Stiefvater ein Jude und ihr Großvater, der Sachwalter ihres Erbes, ein erklärter Liberaler war, der bei ihrem Hochzeitsessen vor Zeugen von ihrem Mann als einem ›Narr in Hitler‹ gesprochen hatte. Nichts dergleichen tut sie. Statt dessen fragt der Vorsitzende: »Sie geben also zu, 1934 freiwillig in eine faschistische Organisation eingetreten zu sein?«

»Ja«, antwortet Maximiliane. »Mit fünfzehn Jahren.«

»Ihr Mann war Träger des goldenen Parteiabzeichens.«

Der Vorsitzende blickt nicht von seinen Akten auf.

Maximiliane antwortet: »Er ist 1929 aus Überzeugung in die Partei eingetreten. Es handelte sich damals um eine Partei unter anderen zugelassenen Parteien!«

Der Vorsitzende hebt den Blick und richtet ihn auf sie.

Sie erwidert ihn und fährt fort: »Ist er deshalb mehr belastet als jemand, der 1938 in Kenntnis der Pogrome und der Kriegsaufrüstung um seines beruflichen Vorteils willen in die Partei eingetreten ist?« Zum ersten und einzigen Mal bekennt sie sich zu ihrem Mann.

Sie habe zu antworten, nicht zu fragen, wird ihr bedeutet; sie verscherzt sich die Sympathie des öffentlichen Klägers durch diesen einen Satz. ›Eine Gesinnung muß man sich leisten können‹, pflegte der alte Quindt zu sagen. Seine Enkelin bewies Tapferkeit und Trotz an der falschen Stelle.

Einer der Beisitzer, ein Uhrmacher, Ernst Mann mit Namen, weist dann aber auf ihre schwierige Lage als Flüchtling und

Mutter von fünf Kindern hin. Ohne seine Fürsprache wäre sie vermutlich in die Gruppe III eingestuft worden, Minderbelastete mit Milderungsgründen. Ihm verdankte sie die Kategorie IV: ein Mitläufer. Und das entsprach genau den Tatsachen; sie hatte mitgesungen und war mitmarschiert, im Gleichschritt zuerst und schließlich mit dem Handkarren während der Flucht.

Pfarrer Merzin, der ehemalige Pfarrer von Poenichen, hätte ihr sicher gerne und mit Überzeugung eine Entlastungsbescheinigung für die Spruchkammer ausgestellt. Allerdings stellte er jedem, der ihn darum bat – ›Man hat es doch nicht anders gewußt‹, ›Sie kennen uns doch,Herr Pastor‹, ›Man hat es doch richtig machen wollen‹ –, eine solche Bescheinigung aus, oft gegen besseres Wissen und Gewissen, sogar dem ehemaligen Oberinspektor Kalinski, der Quindt viel Ärger gemacht hatte, und auch dem ehemaligen Ortsgruppenleiter Priebe.

Pfarrer Merzin hatte, achtzigjährig, eine Bleibe, kein Zuhause, bei seiner Tochter in Gießen gefunden. Er war verwitwet, seine Frau gehörte zu den Tausenden von Opfern des Luftangriffs auf Dresden. In seinem Lutherrock, den ihm ein Amtsbruder im Westen geschenkt hatte, machte er sich, so oft er konnte, auf die Reise und besuchte seine ehemaligen Gemeindemitglieder, ein treuer Hirte, der seine Schafe suchte. Seine pommersche Gemeinde war in alle Winde verstreut. Wenn er wieder jemanden aufgefunden hatte, wurde er mit »Ach, Herr Pastor!« begrüßt.

Auch bei den Quints in Marburg taucht er auf. Joachim, das einzige der Kinder, das ihn wiedererkennt, starrt auf die gestrickte Mütze, die er auf dem kahlen Kopf trägt, und stammelt: »Die Perücke! Ich habe Ihre Perücke nicht gerettet!«

»Ach, Jungchen!« sagt Pfarrer Merzin. »Ich hab ja kaum den eigenen Kopf gerettet!«

Er nimmt am Tisch Platz und legt die gefalteten Hände auf die Tischplatte. Maximiliane setzt sich ihm gegenüber, ebenfalls die Hände auf dem Tisch.

Er zählt die Kinder, nennt die Namen, die er ihnen bei der Taufe gegeben hat.

»Es ist ja noch eins dazugekommen«, stellt er erstaunt fest.

»Ja, eines ist noch dazugekommen. Es heißt Mirka«, sagt Maximiliane.

Dann schweigen sie wieder.

»Im Juni habe ich manchmal einen Hecht aus dem See geholt.« Pfarrer Merzin läßt einen seiner vielen Gedanken laut werden. »Blaskorken. Erinnerst du dich an Inspektor Blaskorken mit seinen Jagdsignalen? Mit ihm habe ich mal zusammen auf den Hecht gesessen.«

»Sind Sie hungrig?« fragt Maximiliane, öffnet, ohne die Antwort abzuwarten, eine Dose Corned beef und schneidet von einem Brotlaib eine dicke Scheibe ab. Die Kinder sehen dem alten Mann zu, wie er die Rinde vom Brot schneidet und sich kleine Stücke in den Mund schiebt.

»Wir Pommern«, sagt er beim Kauen, »haben immer miteinander gegessen, wenn wir uns besucht haben, und dabei nie viel geredet. Nur der alte Quindt, der sagte schon mal was. Sprichst du manchmal mit den Kindern über IHN?«

Inzwischen hat er weitergedacht und meint nicht mehr Quindt. Maximiliane war seinem Gedanken gefolgt. Sie schüttelt den Kopf, entschließt sich dann aber doch, einen Satz zu sagen.

»Ich spreche manchmal mit IHM über meine Kinder.«

Der alte Pfarrer blickt sie aufmerksam an, nickt dann und sagt: »Das ist auch eine Möglichkeit.«

Er hatte sie getauft, er hatte sie getraut, er hatte ihr ein paar Sprüche fürs Leben mit auf den Weg gegeben, und jetzt gibt sie ihm einen zurück.

Er erkundigt sich nach Lenchen Priebe, die an diesem Tage nicht zu Hause ist, erfährt, in Andeutungen, einiges über die gegenwärtigen Zustände. Er schüttelt den Kopf. »Da haben wir nun immer auf den Frieden gehofft! ›Allein den Betern kann es noch gelingen‹, das war so ein Spruch, man hat ihn sich heimlich zugesteckt im Krieg. Darüber habe ich auch einmal gepredigt. Daran haben ja viele geglaubt, aber es ist den Betern auch nicht gelungen. Wir Pommern waren immer schlechte Beter. ›Gehen Sie mit Gott, Merzin!‹ hat dein Großvater zu mir gesagt. Brauchst du einen Entlastungsschein für die Spruchkammer?«

»Man hat mich bereits eingestuft. Ich bin jetzt ein Mitläufer. Erst war ich nur ein Flüchtling. Mein Großvater hielt mich für einen Flüchter.«

»Mein Entlastungsschein hätte dir wohl auch nicht viel genutzt. Die Spruchkammern haben längst gemerkt, daß ich diese Scheine nur aus christlicher Barmherzigkeit ausstelle. Aber die meisten Betroffenen sind ja auch geschädigt und gestraft genug. Bei uns in Gießen – hier in Marburg wird es nicht anders gewesen sein – haben bis vor kurzem noch die Professoren, die zwölf Jahre lang Falsches lehrten, die Straßen gefegt, eine Säuberungsaktion, die gleichzeitig den Straßen wie den Straßenfegern galt.«

Inzwischen hatte er sich im Zimmer umgeblickt und festgestellt, daß es für ihn zum Schlafen keinen Platz gab.

Er reibt mit dem Taschentuch an einem Fleck auf seinem Lutherrock.

»Hast du mal was von Blaskorken gehört?«

Maximiliane schüttelt den Kopf.

»Du warst damals ja noch ein Kind.«

Er verabschiedet sich und sagt, was alle zu ihr sagen: »Du wirst es schon schaffen.«

An der Haustür, als er mit ihr allein ist, wendet er sich ihr noch einmal zu.

»Dein Großvater hat noch etwas anderes gesagt, als ich zum letzten Mal auf Poenichen war. ›Wenn ich einen Sohn hätte, Merzin‹, hat er gesagt, ›würde ich zu ihm sagen: Verlaß Poenichen nicht!‹ Vielleicht hat er recht gehabt. Vielleicht hätten wir alle bleiben müssen . . .«

Er bricht ab, Tränen treten ihm in die Augen. Maximiliane sieht ihm nach, wie er den Gartenweg hinuntergeht.

Als sie wieder ins Zimmer zurückkehrt, sieht sie zum erstenmal mit Bewußtsein, wie Golo und Viktoria mit den Luftballons spielen, und erkundigt sich nach deren Art und Herkunft.

Sie erfährt, daß es sich um Tauschartikel handle, und wird von ihrem achtjährigen Sohn darüber aufgeklärt, was Verhütungsmittel sind und wie man sich damit vor Ansteckung und Befruchtung schützen könne.

9

›Aller Anfang ist schwer, am schwersten der Anfang der Wirtschaft.‹
Johann Wolfgang Goethe

Maximiliane hatte ihre Kinder der Größe nach aufgereiht und sagte zu dem überraschten Besucher: »Das sind alles meine!« Dieser betrachtete die Kinder eingehend und stellte fest: »Besser hätte ich das auch nicht gekonnt!« Ein Satz, der bezeichnend für den Charme dieses Mannes war. Maximiliane nahm ihn, wie er gemeint war, als Lob. Sie sah blaß aus an diesem Tag; sie hatte am Vormittag in der Frauenklinik Blut gespendet, um den Gast bewirten zu können. 300 Kubikzentimeter Blut gegen 900 Gramm Fleisch-, 200 Gramm Nährmittelmarken und eine Flasche Wein.

Der Besucher zauberte aus seinen Taschen Murmeln hervor, farbig marmorierte Glaskugeln, große und kleine, hielt sie gegen das Licht und stellte fest, daß zwei der Kinder ebenfalls ›Klickeraugen‹ besaßen, wie ihre Mutter. Wenige Minuten später hockte er bereits zwischen den Kindern auf dem Fußboden und spielte Klicker mit ihnen, während Maximiliane die Heringe, die er mitgebracht hatte, ›in die Pfanne warf‹, eine Äußerung, die ihn hatte aufhorchen lassen.

Aber zu viele Tischbeine, Stuhlbeine, Kinderbeine auf 20 Quadratmeter Wohnraum, wie sollte man da spielen können!

»Du mußt hier raus!« sagte der Besucher zu Maximiliane. »Laß mich machen!«

Er besaß Beziehungen, vor allem zu Heringen, fässerweise. In der Handelskette zwischen Heringen aus Travemünde – englische Besatzungszone – zu Koffern, Aktentaschen, Glühbirnen und Küchengeräten – amerikanische Besatzungszone – saß er am Anfang der Kette, an deren anderem Ende eine Strumpfwirkerei in Zwickau – russisch besetzte Zone – Strümpfe illegal in die westlichen Zonen lieferte. Er war sich darüber im klaren, daß die Schwarzmarktzeit bald ein Ende haben würde; die Wirtschaft produzierte, unbemerkt von der Öffentlichkeit, bereits für den Tag der Währungsreform, der noch geheimgehalten wurde. Man mußte an die Zukunft denken, und das tat er; seine Beziehung zu Heringen hielt er für die solideste seiner unsoliden Beziehungen. Am Ende eines siegreichen Krieges gedeihen die Helden, nach einem verlorenen Krieg gedeihen die Kriegsgewinnler. Er beobachtete Maximiliane, die mit raschen Griffen die Heringe beim Schwanz packte und wendete, das frisch gewaschene Haar im Nacken zusammengebunden, das Gesicht von der Hitze gerötet. Ein angenehmer, hoffnungsvoller Anblick.

Leichter, als er vermutet hatte, ließ sie sich von seinen Plänen überzeugen.

»Ich kann es versuchen«, sagte sie.

Eine Stunde später war der Gedanke an eine Fischbratküche bis in die Einzelheiten ausgereift, und zwei Wochen später stand Maximiliane bereits an einem Marktstand in der Ketzerbach und briet Heringe auf dem Rost eines Öfchens, das mit Holz beheizt werden mußte; frisch gebratene grüne Heringe und sauer eingelegte Bratheringe. Beim Verkauf halfen Golo und Edda, die auf Kisten hinter dem roh gezimmerten Tisch standen. Das Angebot war nicht groß, dafür markenfrei. Mutter und Kinder nahmen einen durchdringenden Fischgeruch an. Joachim und Viktoria machten bei gutem Wetter ihre Schulaufgaben am Fischstand, und Mirka saß geduldig auf einer Kiste daneben. Die Einnahmen blieben gering, aber sie würden in absehbarer Zeit in neuer, fester Währung erfolgen, versprach der Geschäftspartner.

»Laß mich machen!«

Dann verschwand er und kümmerte sich um Nachschub.

In Mecklenburg sagt man: ›Wer ein Glas Milch trinken will, braucht nicht die ganze Kuh zu kaufen.‹ Maximiliane stammte aus Pommern, war mit solchen Volksweisheiten nicht vertraut gemacht worden und dachte wohl auch, daß dieser neue Mann ihren Kindern ein Vater werden könnte; man hatte sie nach patriarchalischen Grundsätzen erzogen. Die Kinder faßten rasch Zuneigung zu ihm, er steckte voller Späße, war freigebig mit Geschenken und sagte nie: ›Laß das!‹, hob nie die Stimme, geschweige die Hand gegen eines der Kinder. Nur Joachim zog sich in eine Zimmerecke zurück, sobald er kam.

Daß er Viktor Quint so unähnlich war, wird ihm zustatten gekommen sein. Bei der ersten sich bietenden Gelegenheit, als sie gerade beide Arme frei und kein Kind an der Hand hatte, legte er seinen Arm um sie. Er war nur einen halben Kopf größer als sie, nicht überragend wie Viktor; sie konnte sich anlehnen, was sie bisher nie gekonnt hatte.

Er sah sie an und sagte: »Was sind das für Augen! Die springen ja wie Klicker!« Er war ein Rheinländer.

In der Folge erwies Maximiliane sich als erfinderisch. Wenn es keine Möglichkeit gab, mit ihm allein zu sein, mußte man eben jene Plätze aufsuchen, an denen man sich öffentlich nahekommen konnte: Sie ging mit ihm tanzen, eine Mutter von fünf Kindern! Was für ein Nachholbedarf war da zu stillen! In wenigen Stunden wurde ihr zuteil, was sie in Jahren hatte entbehren müssen: Jazzmusik, Tanzen, Verliebtheit. Sie tauchte von einer Lust in die andere ein. Be-bop, Swing und Lambeth-walk; sie zeigte sich jazzbesessen wie ihre Mutter Vera in den zwanziger Jahren.

»Und so was wächst in Pommern heran!« sagte der neue Partner, und sie sagte: »In Südpommern!«

»Und so was hat nun fünf Kinder und keines von mir!«

Dann sagte er noch: »Diese prachtvollen Zähne! Die brauchen etwas zum Beißen!« und brachte bei seinem nächsten Besuch einen Braten mit, der für sechs Personen ausreichte.

Joachim war der erste, der merkte, was vorging. »Du hast dir die Haare doch erst gestern gewaschen, Mama!« sagte er, und Maximiliane zog ihn in die Arme. Sie gab alle empfangene Zärtlichkeit an ihre Kinder weiter.

Sie verließ sich, was den neuen Mann anging, ganz auf ihren ersten Eindruck, und der nahm für ihn ein. Seine Garderobe stammte aus den Läden der Amerikaner: engsitzende Hosen, ein Lumberjack mit Strickbündchen, Halbschuhe aus Leder, kurze Nylonsocken, die seine nackten Beine sehen ließen. Er war gut gewachsen, gut genährt und gut gelaunt, und er besaß, was so selten ist: männlichen Charme.

Später hieß es dann: ›Du hättest doch etwas merken müssen‹, aber Maximiliane hatte eben nichts bemerkt, da sie ihr Stichwort, ›Klicker-Augen‹, nicht kannte. Viel Lebenserfahrung besaß sie immer noch nicht, und ihr Instinkt versagte im Umgang mit Männern immer wieder.

Auch diesmal wurde sie zum ausführenden Organ für die Pläne eines Mannes.

»Machen wir doch Nägel mit Köpfen!« sagte er.

Er sprach eine andere Sprache als sie. Sie hörte ihm verwundert zu. Es war tatsächlich als Heiratsantrag gemeint. Er wollte ihr die Vorzüge einer Eheschließung auseinandersetzen und stellte fest, daß er dabei nicht auf Widerstand stieß. Sie hielt es für selbstverständlich, daß sie ihn nun auch heiratete. Sie hörte gar nicht zu, als er von Existenzsicherung, von Wohnungsfragen und Wahrung ihrer Ansprüche auf den Besitz im Osten sprach.

Aber man muß auch diesem Mann Gerechtigkeit widerfahren lassen: Maximiliane hat es ihm leichtgemacht. Er hat ihr vieles aus seinem unruhigen Leben erzählt. Es gab Widersprüche in seinen Geschichten, vielleicht absichtliche, vielleicht hat er ihr die Möglichkeit zu Nachfragen geben wollen. Aber sie war nicht mißtrauisch. Außerdem schlief sie meist ein, während er erzählte. Sie war ständig übermüdet, wie alle Mütter von Kleinkindern; nachts mußte sie mehrmals aufstehen, eines der Kinder auf den Topf setzen, ein anderes trösten, weil es weinend aus einem Traum aufgewacht war.

»Wie heißt du?«

Mit ähnlichen Worten ist auch Lohengrin gefragt worden, und dieser Mann sagte nach kurzem Nachdenken: »Was hältst du von Martin?«

Maximiliane sah ihn aus vertrauensvollen Augen an und sagte: »Das ist ein guter Name. Martin! Einer, der seinen Mantel zerteilt.«

Er war überrascht und meinte, daß es sehr unpraktisch sei, einen Mantel zu zerteilen, dann hätten die beiden Leute jeweils nur einen halben Mantel und müßten frieren. Er öffnete seinen Trenchcoat, zog Maximiliane mit darunter und erklärte: »Das ist die beste Art, einen Mantel zu teilen. Er wird von nun an für zwei reichen.«

Er legte sogar die Heiligenlegenden in seinem Sinne aus. Maximiliane lachte und lehnte sich gegen den warmen, kräftigen Männerkörper.

Sie hörte gern zu, wenn er redete, aber sie nahm seine Geschichten wie angenehme Geräusche hin. War seine Mutter nun eine Stinnes-Tochter, die man verstoßen hatte, weil sie schwanger wurde? War sein Vater ein französischer Besatzungssoldat im Rheinland gewesen? Hatte er in Greifswald studiert und kannte daher Pommern?

»Ich bin ein abgebrochener Jurist!«

Das sagte er mehrfach. Sicher ist, daß er sich in den einschlägigen Paragraphen des Bürgerlichen Gesetzbuches ebenso gut auskannte wie in den Bestimmungen der Militärregierungen, und zwar aller Besatzungszonen. Weitgesteckte Ziele oder Ideale besaß er nicht; er war leichtlebig und immer darauf bedacht, sich den Augenblick angenehm zu machen. Wenn er Maximiliane und die Kinder verwöhnte, geschah es aus dem selbstsüchtigen Grund, daß ihr Wohlbefinden das seine vervielfachte. Maximiliane kannte nur wenig Männer, und diese Sorte hatte es jenseits von Oder und Neiße nicht gegeben. Nichts war preußisch an ihm. Er war ein Materialist, und das gehörte zu seinen Vorzügen, er opferte niemanden seinen Idealen.

Vermutlich hat auch er sich in das ferne Land von Poenichen verliebt, das noch immer große Anziehungskraft besaß und von dem Maximiliane oft erzählte. Zehntausend Morgen Grundbesitz, keiner Geldentwertung unterworfen, ein Herrenhaus samt Inventar. Was war da an Ansprüchen geltend zu machen!

»Du brauchst jemanden, der deine Interessen wahrnimmt! Laß mich machen!«

Schon war in den Zeitungen von ›Lastenausgleich‹ die Rede; Kredite wurden vornehmlich Flüchtlingen gewährt, Beihilfen für Flüchtlinge bewilligt. Aus diesem Grunde wurde auch die Fischbratküche auf Maximilianes Namen ins Handelsregister eingetragen. In der ›Marburger Presse‹ erschien ein Bericht über ›die Frau aus dem Osten‹, Tochter eines pommerschen Landjunkers, die sich und ihre Kinder so tapfer durchbrachte, ›beispielhaft‹, hieß es; auf dem Foto konnte man Edda und Golo hinter dem Tisch stehen sehen, Joachim saß lesend daneben, Mirka lehnte untätig am Tisch, von Viktoria war nur einer der mageren Arme zu erkennen. Der Zeitungsausschnitt wurde von Joachim in seinem Kästchen archiviert.

Valentin hieß der Mann mit Nachnamen; zumindest nannte er sich so, ein lateinisch-römischer Name.

»Paßt er nicht gut zu mir?« erkundigte er sich, und wirklich, er besaß ein römisch-schönes, klassisch geschnittenes Gesicht, der Haaransatz vielleicht ein wenig zu niedrig.

»Ich muß einen Römer unter meinen Ahnen gehabt haben«, sagte er. »Im Rheinland kommt das öfter vor, als man denkt, jahrhundertelange Besatzung, das bleibt nicht ohne Folgen.«

Seine Besuche glichen Auftritten. Eines Abends nahm er ein Messer zwischen die Zähne, schlich um eine Schrankecke und sang das Lied von Mackie Messer; nicht gerade ein passendes Kinderlied. Joachim verzog sich denn auch in eine Zimmerekke, mit verängstigtem, abweisendem Gesicht, Viktoria weinte sogar, aber Golo und Edda machte die Vorführung großen Spaß. Er sang Maximiliane ins Gesicht: »›Und die minderjährige Witwe, deren Namen jeder weiß, wachte auf und war geschändet, Mackie, welches war dein Preis?‹«

Maximiliane, an Binding-Gedichte gewöhnt, allenfalls an Rilke, aber nicht an Bert Brecht, war verwundert darüber, daß es solche Lieder gab und daß man solche Stücke auf der Bühne aufführte, aber sie griff nicht ein; nie hat sie einen Unterschied zwischen dem gemacht, was Kinder hören und was sie nicht hören dürfen.

Allerdings schickte sie die Kinder ab und zu für eine Stunde nach draußen. »Geht spielen!«

Als einziger ihrer Verwandten gab sie ihrer Kusine Marie-Louise Nachricht von ihrer Absicht zu heiraten. »Ich heirate einzig aus Liebe!« Womit sie sagen wollte, daß der Mann weder vermögend noch ihres Standes sei. Marie-Louise schrieb in ihrer Antwort: »Meine Mutter würde jetzt sagen: ›In fünfhundert Jahren hat noch keine Quindt aus Liebe geheiratet!‹ Ich dagegen sage: Es wird höchste Zeit, daß wir damit anfangen.«

Es ging alles ein wenig schnell und provisorisch mit dieser Eheschließung, aber: »Andere heiraten überstürzt, nur weil ein einziges Kind unterwegs ist«, meinte Martin Valentin, »und wir haben bereits fünf.« Er sagte ›wir‹; ein Wort mit drei Buchstaben, unwiderstehlich für die meisten Frauen.

Er verstand sich sogar auf die rasche Beschaffung der Heiratspapiere.

»Wenn wir auf die amtliche Todeserklärung deines Erstgeheirateten warten wollen, werden wir alt und grau darüber, das wäre doch schade!« und fuhr sich mit beiden Händen durch sein dichtes, dunkles Haar. »Was wir brauchen, das sind zwei Zeugen, die beeiden, daß sie den Toten gesehen haben. Gefallen ist er, das weißt du. Es geschieht ihm also kein Unrecht, und uns nutzt es. Man muß sich nur auskennen. Wie soll sich denn auch eine pommersche Prinzessin im Dickicht der Gesetze auskennen? Laß mich machen!«

Maximiliane ließ ihn machen, und er erledigte alles zu beider Zufriedenheit. Das Aufgebot wurde bestellt, und gleichzeitig verschaffte Martin Valentin seiner neuen Familie eine Zuzugsgenehmigung mit Anspruch auf Wohnraum, gemäß den Richtlinien des Kontrollrates; er galt als ansässig in Marburg, da er bei Kriegsende mit Gelbsucht in einem Marburger Lazarett gelegen hatte, aus dem Kriegsgefangenenlager Cappel entlassen worden war und anschließend eine Anstellung im Marburger Verpflegungslager der amerikanischen Streitkräfte erhalten hatte. Pro Kopf sechs Quadratmeter, zusammen 36 Quadratmeter, wobei Badezimmer, Flure, Treppenhäuser und Küchen nicht angerechnet wurden, sofern sie einen Flächenraum von weniger als zehn Quadratmetern maßen. Ein Behelfsheim im Gefälle. Die Adresse war jedoch weniger angesehen.

Während des ersten Hochzeitsessens, das 1938 in Poenichen stattfand, hatte Onkel Max aus Königsberg sich über die damalige Braut geäußert: »Laß die mal dreißig werden! Das ist alles noch Babyspeck!« Als Maximiliane jetzt zum zweitenmal heiratet, ist sie fast dreißig Jahre und hat den Babyspeck verloren.

Frau Görke bekam schriftlich den Auftrag, ein zweites Hochzeitskleid zu nähen, wozu ein Bettuch handgefärbt und handbedruckt wurde. Noch immer hatte Frau Görke die Maße ihrer pommerschen Kundinnen im Kopf, rechnete allerdings jetzt bei Brust-, Taillen- und Hüftweite jeweils fünf Zentimeter ab. In diesem besonderen Falle fragte sie aber vorsorglich nach, ob wieder etwas unterwegs sei.

Die Frage konnte verneint werden. Ihre erste ›Begegnung‹ – in Maximilianes Worten ausgedrückt – war ihren immer noch mädchenhaft romantischen Vorstellungen sehr nahe gekommen. Eine Buche ließ ihre Zweige mit dem dichten Blattwerk so tief herunterhängen, daß eine Art grünes Zimmer entstand. Kein Moosboden, aber doch auch kein Wurzelwerk. Maximiliane tat einen tiefen Atemzug und sagte: »Ich bin sehr empfänglich.« Eine Äußerung, die den Mann in Heiterkeit versetzte.

»Ich habe mir schon so etwas gedacht«, sagte er, »und meine Vorkehrungen getroffen.«

»Das verhüte der Himmel!« pflegte er später regelmäßig zu sagen, wenn er sich eines Verhütungsmittels bediente; ohne ein solches wäre Maximiliane vermutlich sehr bald wieder schwanger geworden. Sie hätte ihrem neuen Mann dankbar sein müssen, daß es verhindert wurde. Er war in dieses pommersche Naturkind verliebt, daran bestand kein Zweifel, in diese Mischung aus Keuschheit und Sinnlichkeit.

Stadtinspektor Baum nahm die standesamtliche Trauung vor. Maximiliane hatte den Bernsteinschmuck angelegt, den Viktor ihr geschenkt hatte, ›Gold der Ostseeküste‹, nicht zum Gedächtnis, sondern zur Feier des Tages. Lenchen Priebe und ihr Freund Samuel Wixton aus Ohio versahen das Amt der Trauzeugen. Maximiliane sagte ein zweitesmal ›ja‹, ebenso zuversichtlich wie beim erstenmal. Eine kirchliche Trauung wurde nicht in Erwägung gezogen; auch sollten die Kinder nicht adoptiert werden und ihren Namen beibehalten. »Auch du solltest den Namen ›Quint‹ als zweiten Namen weiter führen, schon wegen des Geschäftes«, sagte der Mann, »am besten mit dem verlorengegangenen ›d‹!«

Zum Zeitpunkt der Hochzeit war er, was zwischendurch vorkam, schlecht bei Kasse. Er kaufte auf dem Markt vorm Rathaus einen Strauß Levkojen; Maximiliane füllte die Curländische Taufterrine damit und stellte sie mitten auf den Tisch: eher ein Kindergeburtstag als eine Hochzeitsfeier, der Neger Samuel Wixton und Lenchen Priebe, nun wieder ›Helen von Jadow‹, als einzige Gäste, ohne Tischreden und Speisefolgen, aber es wurde bei dieser Hochzeit, im Gegensatz zur ersten, viel gelacht.

Maximiliane machte lediglich ihrer Mutter Mitteilung von der zweiten Eheschließung. Diese Ehe war ihre Privatangelegenheit, im Unterschied zur ersten, die um des Fortbestandes der Quindts willen geschlossen worden war.

»Heute ist deine Fischbraterei noch eine Bude«, sagte der neue Ehemann am Hochzeitstag, »aber in einem halben Jahr hast du ein festes Dach überm Kopf! Laß mich machen!« Zu gegebener Zeit würde man die Pferde und Wagen, die noch immer in Holstein untergestellt waren, verkaufen und den Erlös zum weiteren Ausbau der Existenz verwenden.

Er war in der folgenden Zeit viel unterwegs; das Schwarzmarktlager mußte klein gehalten werden, damit er nicht auf Waren sitzenblieb, die sich nach der Währungsreform nicht verkaufen ließen.

›Halt du dich da raus!‹ pflegte der alte Quindt zu seiner Frau zu sagen, Viktor hatte es dann zu Maximiliane gesagt, und deren zweiter Mann gab ihr auf die Frage: »Woher kommen eigentlich die Heringe?« zur Antwort: »Aus dem Wasser vermutlich.« Aber Martin Valentin lachte zu seinen Worten und fügte hinzu: »Ich kümmere mich um das ›woher‹, und du kümmerst dich um das ›wohin‹. Du speist die Hungrigen! In der Stadt der Heiligen Elisabeth! Heringe statt Rosen!«

Er steckte seine Nase in ihr Haar und schnupperte den Heringsduft. »Und später ißt du wieder gespickten Hecht aus deinem Poenicher See.«

Maximiliane hielt sich, ihrer pommerschen Wesensart gemäß, weiterhin heraus.

Nachts schreckte ihr Mann oft beim leisesten Geräusch aus dem Schlaf, schlug um sich oder tastete mit den Händen neben sich und bekam Maximiliane zu fassen; sie wurde wach und fragte: »Was suchst du?« Er ließ sich dann in die Kissen zurückfallen und sagte: »Mein Gewehr!« oder »Meine Handgranate!« und lachte auf. Noch immer schlief er wie ein Soldat, wachsam, von Angstträumen verfolgt. Seine Hände kamen auf dem friedlichen Gelände des Frauenkörpers zur Ruhe. Solange er anwesend war, durfte keines der Kinder zur Mutter ins Bett kriechen. »Jetzt gehört eure Mutter mal mir!« verkündete der neue Vater, und die Kinder fügten sich, zumal er nicht oft zu Hause war. Nur Joachim wandte, seit es den neuen Mann gab, den Kopf ab, wenn seine Mutter ihn auf den Mund küssen wollte. Diese unternahm keinen Versuch, es zu ändern, auch später nicht; sie küßte ihn auf die Wange.

Jedesmal bevor er wieder abreiste, stellte ihr Mann mit Hilfe eines geliehenen Staubsaugers die Gasuhr zurück; bei der geringen Gaszuteilung wäre Maximiliane mit dem Kontingent nicht ausgekommen, und jede Überschreitung hätte zur Plombierung der Gasuhr geführt. Dieser Mann war unentbehrlich für die Familie. Wenn er zurückkehrte, brachte er gewöhnlich Wärme in Form von Briketts mit, während Maximiliane ihm unmittelbar von ihrer Wärme abgab.

Zwei Tage vor Einführung der Währungsreform traf ein Brief von Martha Riepe ein, mit dem Einleitungssatz: »Ein Pferd braucht mehr als das Dreifache an Bodenfläche für sein Futter als der Mensch!« Ein Vorwurf, der Maximiliane zu Unrecht traf. Jedenfalls hatte Martha Riepe Pferde und Wagen zu einem stattlichen Preis in bar verkauft. Martin Valentin schlug sich erst mehrfach gegen die Stirn, brach aber gleich darauf in sein schallendes Gelächter aus, das die Kinder ansteckte.

»Auch recht!« sagte er.

Keine Verstimmung. Es hat in dieser Ehe niemals Verstimmungen gegeben. »Dann machen wir es eben anders«, sagte er. »Wer weiß, wofür es gut ist. Man muß sich immer mit den gegebenen Tatsachen abfinden und sich anpassen, für ein Dach über deinen Heringen wird es schon noch reichen.«

Auch weiterhin fragte Maximiliane, wenn er abreiste, nicht: »Wann kommst du wieder?«, und er schrieb von unterwegs keine Karte. Er stand einfach irgendwann wieder vor der Tür, die Taschen ausgebeult von Überraschungen für die Kinder und für Maximiliane die Zusicherung, daß der Heringsfang erfolgreich war.

Am Tag der Währungsreform, im Juni 1948, legt Maximiliane vor der Geldumtauschstelle bei strömendem Regen in einer Menschenschlange eine Strecke von zweihundert Metern – was der Poenicher Lindenallee entsprach, die sie immer noch als Längenmaß benutzte – in vier Stunden zurück: Kopfgeld in Höhe von 40 Deutschen Mark, jeweils für fünf Köpfe; ihr Mann ist gerade wieder unterwegs.

Wer 100 Reichsmark besitzt, erhält dafür 10 Deutsche Mark, wer 100000 Reichsmark besitzt, erhält 10000 Mark, zunächst auf Sperrkonten. Das Verhältnis von arm zu reich ändert sich im Verhältnis 10 zu 1, aber an diesem einen Tage war eine absolute Gleichheit hergestellt.

»Paß auf, wie es jetzt losgeht!« sagt ihr Mann nach seiner Rückkehr. »Freier Markt und freie Preise! Der neue freie Mensch braucht Wohnungen, Autos, Straßen, Krankenhäuser, Kleidung. Von der Wäscheklammer bis zum Schulheft fehlt ihm alles. Jetzt beginnt der große Wiederaufbau. Man müßte einen Produktionsbetrieb haben, nicht nur eine Verkaufsstelle. Selbst wenn es, beispielsweise, Schrauben wären. Die Welt wird sich über den Aufbauwillen der Deutschen wundern!«

Die Welt hat sich dann auch gewundert. Aus den Überlebenden des Krieges wurden Verbraucher. Die Geburtsstunde des neuen Kapitalismus und Materialismus war gekommen: Restauration, Herstellung alter Verhältnisse. Ein Volk entschied sich für den Konsum. Nur Maximiliane, das Einzelkind, das nie jemanden gehabt hatte, mit dem es Kaufen und Verkaufen spielen konnte, das in ein Haus hineingeboren worden war, in dem man nichts anschaffte, weil es alles bereits gab, blieb vom Glück des Kaufens, vom ›Wirtschaftswunder‹, weitgehend ausgeschlossen. Sie ging, das nötige Geld in der Tasche, durch die Geschäfte, in denen es schon bald wieder alles oder doch vieles zu kaufen gab, besah sich die Gegenstände, faßte sie sogar an, ließ sie dann aber stehen, konnte sich weder gegen noch für einen Gegenstand entscheiden und kehrte zumeist mit leeren Händen zurück.

»Ich wollte uns einen Tisch kaufen«, sagte sie.

»Wo ist er denn?« fragten die Kinder.

»Es gab so viele«, antwortete Maximiliane.

Manchmal sagte sie auch: »Das brauchen wir nicht«, ein Satz, den sie schon auf der Flucht benutzt hatte, etwa wenn Golo etwas entwendete, was sie für unnötig hielt. Eine Auffassung, die jeder Prosperität und jeder Expansion zuwiderlief.

Hin und wieder sah sie sich auch in der Wohnung um, als prüfe sie die Einrichtungsstücke daraufhin, ob man sie mit eigener Kraft würde tragen können, und dann griffen die Kinder instinktiv nach ihrem kleinen Besitz. ›Mama hat mal wieder ihren Fluchtblick‹, werden sie später sagen. Sie schafft kein Haustier an und keine Blattpflanze; wieder einmal lohnt sich die Anschaffung nicht. Sie lebt auf Abruf.

Als die ersten Fragebogen für das ›Soforthilfegesetz zum künftigen Lastenausgleich‹ eintreffen, füllt ihr Mann sie aus; Maximilianes Schrift wäre zu groß dafür gewesen.

Während er schreibt, berichtet sie ihm auch von jenen Quindtschen Werten – sie spricht sogar von ›Schätzen‹, immer noch verfiel sie gelegentlich in diesen Märchenton –, die man neben dem Gutshaus vergraben hatte, weil man sie nicht auf die Flucht mitnehmen konnte. Aus ihren unbestimmten Berichten macht er exakte Angaben. Er selbst tritt nie als Geschädigter auf, statt dessen sagt er wohl einmal: »Ich habe ja nur profitiert! Ich bin ein Kriegsgewinnler!« Und: »Du bist das Geschäft meines Lebens!«

Sie zeigt ihm auch den vergilbten Zeitungsausschnitt, auf dem eine Frau am Pranger steht, flankiert von zwei Juden, die Schilder mit Schmähungen tragen.

»Das ist meine Mutter.«

Sie verschweigt – oder hatte es für Augenblicke verdrängt –, daß die Frau nur aussah wie ihre Mutter.

»Das Dokument ist Gold wert!« sagt er. »Du hast Anspruch auf Wiedergutmachung, laß mich machen!«

Am nächsten Tag verschwindet er wieder, küßt seine ›pommersche Prinzessin‹ und begibt sich auf Heringsfang. ›Meine pommersche Prinzessin‹, so hat er sie oft genannt und so auch behandelt; ihr erster Mann hatte sie für ein ›pommersches Gänschen‹ gehalten und dementsprechend behandelt.

Inzwischen hatte er dafür gesorgt, daß sie mit ihrer Fischbratküche in einen Laden in der Ketzerbach hatte einziehen können.

Zwei Jahre hat diese Ehe gedauert.

Dann erhielt Maximiliane eine Vorladung; ein Begleitschreiben hatte sie bereits über den Sachverhalt unterrichtet. Sie nahm ihre sämtlichen Kinder mit. Als man diese aus dem Raum weisen wollte, sagte sie: »Sie werden doch nichts sagen wollen, was meine Kinder nicht hören dürften?«

Sie beantwortet danach alle Fragen, die man ihr stellt, mit ›nein‹.

»Kinder sind aus dieser Beziehung« – das Wort ›Ehe‹ wurde vermieden – »nicht hervorgegangen?«

»Nein.«

»Fühlen Sie sich geschädigt?«

»Nein.«

»Erheben Sie Anklage gegen diesen Mann?«

»Nein.«

Auf die Frage: »Haben Sie ihn denn bei den häufigen Abwesenheiten nicht vermißt?« antwortet sie mit Erröten.

Der Beamte blättert in der Akte.

»Hier steht, daß seine Frau Eva in Lemgo, englische Zone, regelmäßig seine Wäsche gewaschen habe. Es hätte Ihnen doch auffallen müssen, daß er nie schmutzige Wäsche mitbrachte.«

»Ich bin nicht gewohnt, auf die schmutzige Wäsche eines Mannes zu achten«, sagt Maximiliane und faßt in diesem Satz die jahrhundertelange Bevorzugung ihres Standes zusammen.

»Nachforschungen haben Sie nie angestellt?«

»Nein.«

Ein einziges Mal beantwortet sie eine Frage mit einem ganzen Satz: »Die Zeit wird es ausweisen.«

Der Beamte blickt sie prüfend an, aber Maximiliane hält die Lider gesenkt, der Sinn des Satzes bleibt unklar.

Die Ehe wurde für ungültig erklärt, sie wurde Maximiliane nicht angerechnet. Diese war und blieb eine Quindt, wie der Großvater es der Elfjährigen versprochen hatte, als auf Poenichen die Nachricht von der zweiten Eheschließung ihrer Mutter eintraf.

An der Echtheit der Todeserklärung Viktor Quints, ihres ersten Mannes, hat niemand je gezweifelt.

Nachdem Maximiliane diesen Gang hinter sich gebracht hatte, stellte sie die Kinder vor sich auf und sagte: »Jetzt wollen wir ihn ganz rasch vergessen«, eine Aufforderung, der die Kinder nachkamen, sie selber nicht.

Diesen Mann hat sie vermißt, mit jeder Faser ihres Körpers. Sie hat ihn nie wiedergesehen und hat nie Einzelheiten über seine Festnahme erfahren. Bei dem Versuch, Poenichen, jetzt Peniczyn, zu erreichen, war er bis Stettin, Szczecin, polnisch besetztes Gebiet, gekommen. Bei der Leibesvisitation hatte man mehrere Pässe bei ihm gefunden, in den vier Besatzungszonen Deutschlands ausgestellt, und ihn den amerikanischen Behörden ausgeliefert. Ein Heiratsschwindler, ein Bigamist. Er hat Maximiliane weder ein Foto noch Briefe hinterlassen.

Aber sie verdankt ihm eine eigene Wohnung, fast ein eigenes Haus, ein Behelfsheim in einer Behelfsheimat. Und die Fischbratküche unter einem festen Dach, wie es dieser unheilige Martin versprochen hatte. Sie kann auf eigenen Beinen stehen und ist kein Sozialfall geworden wie viele andere Flüchtlingsfrauen mit kleinen Kindern. Außerdem hat er sie, was er wohl nicht vorausgesehen hat, zu Viktor Quints Witwe mit, freilich noch ungeklärten, Pensionsansprüchen gemacht.

Sie holte die Tarnjacke wieder hervor und trug sie während der Wintermonate.

Die Zeit der grünen Heringe war vorbei, Maximiliane briet nun Bratwürste. Edda legte die Würste auf Pappteller, gab Senf und Brötchen dazu, Golo kassierte. Ein Familienbetrieb, nur an den schulfreien Nachmittagen geöffnet.

Maximiliane nahm die Gewohnheit, einmal wöchentlich ins Kino zu gehen, wieder auf.

10

›Tun es Orchideen?‹ — Verkäufer in einem Blumenladen der Düsseldorfer Königsallee

Von der Schwiegermutter Quint aus Breslau, ebenfalls eine Kriegswitwe, allerdings eine des Ersten Weltkriegs, ist der Satz überliefert: ›Ich habe fünf Kinder aufgezogen, mir ist das Lachen vergangen.‹ Er war auch an Maximilianes Ohren gedrungen und hatte seine Wirkung getan: bei den kriegshinterbliebenen Quints wurde weiterhin gelacht.

Zumindest für drei ihrer Kinder war Maximiliane die richtige Mutter; den Anforderungen dagegen, die Joachim und Viktoria an eine Mutter stellten, wurde sie nicht gerecht, obwohl sie sich mit diesen beiden Kindern mehr Mühe gab als mit den anderen. Beide waren als Einzelkinder angelegt, allenfalls für Zweierbeziehungen geeignet. Sie hätten Aussprache und Auseinandersetzung nötig gehabt, doch Maximiliane glaubte weder an Notwendigkeit noch an Wirksamkeit von Aussprachen.

Als die elfjährige Edda in den Osterferien ein Poesie-Album vor sie hinlegt, fragt sie mit eben jenen Worten, die die alte Baronin Quindt bereits benutzt hatte, als Maximiliane ihr ein Poesie-Album hingelegt hatte: »Macht ihr das immer noch?«

Sie wird belehrt, daß es kein Poesie-Album sei, sondern ein Erinnerungs-Album.

Städte wurden zerstört, Länder gingen verloren, aber Poesie-Alben überdauerten alle Katastrophen. Ähnliches muß sie gedacht haben, während sie das Buch in der Hand hält und darin blättert. Sie betrachtet Handgemaltes und Eingeklebtes und liest die Eintragung der Freundin Cornelia Stier: ›Drei Engel mögen dich begleiten, auf deiner ganzen Lebenszeit, und die drei Engel, die ich meine, sind Liebe, Glück, Zufriedenheit.‹ Es war nicht anzunehmen, daß diese Engel ihre Pflicht tun würden, Eddas Engel waren für Tüchtigkeit und Erfolg und Gesundheit zuständig. Drei handgemalte gelbe Engel umschwebten den Spruch. Maximiliane erinnerte sich an Arnswalde und die eigenen Schulnöte.

Auch diesmal eilt es. Edda drängt. »Schreib doch endlich was rein!« Maximiliane sieht das zugelaufene Kind ihres Mannes nachdenklich an.

»Was, zum Kuckuck, soll ich denn schreiben?« fragt sie und setzt dann mit ihrer großen Schrift auf die erste Seite: »Tu, was du sagst, und denk, was du sagst!« – eine Abwandlung des Goetheschen Albumblattes ›Denken und Thun‹, das ihr aber nicht bekannt war. Ein kleiner Satz, aber ein großer Gedanke, das Ergebnis langen eigenen Nachdenkens, eine Art Quindt-Essenz, aber für eine Elfjährige nicht zu erfassen. Und als Unterschrift benutzte sie die altmodische Formel, die sie im Königsberger Poesie-Album ihrer Großmutter gelesen hatte: »Deine Mutter Maximiliane Irene von Quindt auf Poenichen.«

Edda liest die Eintragung und ist unzufrieden. Sie grollt. »Warum schreibst du nicht ›Marburg‹?« fragt sie. »Alle schreiben ›Marburg‹!«

»Wir kommen aus Poenichen, und wir gehören nach Poenichen!« antwortet Maximiliane.

Edda, die den Jähzorn ihres Vaters geerbt hat, läuft rot an: »Ich will aber nicht aus Poenichen sein! Ich will nicht immer ein Flüchtling sein! Und ich will auch nicht immer in einem Behelfsheim wohnen!«

»Das ist nur provisorisch«, sagt die Mutter, stößt sich aber selber, indem sie es ausspricht, an dem Wort ›provisorisch‹. Eine provisorische Regierung in einer provisorischen Hauptstadt. Was für ein Provisorium für ihr ehrgeiziges Kind!

»Die anderen Kinder haben Eltern mit einem richtigen Beruf!« sagt Edda. »Und keine Würstchenbude!«

»Wir haben doch, was wir brauchen, Edda!«

Aber offensichtlich brauchte Edda eben mehr. Zwischen dem, was die Mutter benötigte, und dem, was ihre Kinder benötigten, wuchsen die Unterschiede. Für Maximiliane war alles nur vorläufig. ›Es is allens nur'n Öwergang.‹ Sie kaufte keine gebundenen Bücher, sondern ›Rotations-Romane‹ im Zeitungsformat, die sie weitergab, wenn sie sie gelesen hatte. Um sich richtige Bücher anzuschaffen, mußte man seßhaft sein. Später hält sie es mit Taschenbüchern ebenso; Taschenbücher gehörten in die Tasche, nicht in einen Bücherschrank. Sie will sich nie wieder von etwas trennen müssen, nicht von Büchern, nicht von Häusern.

Maximiliane vermeidet, so gut es auf engem Raum geht, ›Laß das!‹ zu sagen, oder ›Halt dich gerade, Tora!‹, aber sie nimmt im Vorübergehen kleine Korrekturen vor, hebt Joachims Kopf hoch, der sich zu tief über die Bücher beugt, nimmt Mirkas Hand weg, wo sie nicht hingehört, schiebt Toras Schulterblätter zurück. Eher zärtliche Gesten als Erziehungsmaßnahmen. Die gröberen Korrekturen nehmen die Kinder untereinander vor, gelegentlich auch lautstark.

Wer zu Besuch in ihr Behelfsheim im Gefälle kam, sah sich in der Küche um und erkundigte sich: »Hast du denn nicht einmal eine Waage?« – »Hast du keine Eieruhr?« Und beim nächsten Mal packten die Besucher eine Waage oder eine Eieruhr aus, ungeachtet, daß Maximiliane beides weder benötigte noch benutzte. Das Haus füllte sich mit ›Gegenständen‹, von denen sich Maximiliane eingeengt fühlte; schon ließ sie bisweilen ihren Blick schweifen, als wolle sie weggehen und alles stehen- und liegenlassen. Sie atmete dann tief auf, als ringe sie nach Luft, und öffnete die oberen Blusenknöpfe, was jedesmal Eddas Mißfallen erregte.

Mit jedem Zentimeter, den die Kinder wuchsen, und mit jedem Pfund, das sie an Gewicht zunahmen, wurde es enger im Haus. Das ständige ›Rück doch!‹, ›Mach Platz!‹ hatte zur Folge, daß Maximiliane das Behelfsheim behelfsmäßig und ohne die erforderliche Genehmigung einzuholen, vergrößern ließ: Ein weiterer Raum nach hinten, und nach vorn eine Art überdachter Vorhalle, zu der eine Stufe hinaufführte, das Dach von zwei Holzpfosten getragen; sie bot Platz für eine lange Bank und einen langen Tisch, an dem alle Platz hatten. Als Muster mochte die Vorhalle des Poenicher Herrenhauses mit den fünf weißen Säulen gedient haben. Das Ergebnis erinnerte einesteils an Poenichen, machte aber gleichzeitig die Unterschiede zwischen damals und heute noch deutlicher. Die rohen Holzdielen waren durch die Poenicher Teppiche verdeckt, die man allerdings an allen Seiten hatte einschlagen müssen. Die Futterkisten, in denen die 160 Servietten aufbewahrt wurden, dienten als Sitzgelegenheiten; für Maximiliane hatten sie darüber hinaus sinnbildlichen Wert. Sichtbarer Ballast. Unnötiges.

Als der restliche Besitz der Quints auf einem Lastwagen aus Holstein eintraf und sich vorm Haus die Kisten stapelten, hatte Joachim gesagt: »Da können wir ja froh sein, daß wir noch haben, was wir noch haben!« Ein Satz, den Maximiliane sich merkte.

Da die niedrigen Wände des Behelfsheims sich nicht zum Aufhängen der großformatigen Ahnenbilder eigneten, ließ Maximiliane sie zusammengerollt in den Kisten liegen. Bis eines Tages ihre Königsberger Kusine Marie-Louise, die ihre Töpferlehre beendet hatte und seit zwei Jahren an der Düsseldorfer Akademie mit dem Geld der Mutter, aber nicht mit deren Billigung, ›Design‹ studierte, schrieb: »Du hast doch noch Ahnenbilder. Die stehen hier jetzt hoch im Kurs. Die Leute wollen zwar reich, aber nicht neureich sein. Folglich brauchen sie unsere Ahnen. Wir haben die unseren leider nicht gerettet. Ich kann Dir einen sicheren Interessenten vermitteln.«

Maximiliane antwortet, daß sie an diesem Vorschlag interessiert sei, daß die Bilder nur totes Kapital darstellten und sie andererseits das Geld gut gebrauchen könne. Marie-Louise lud sie daraufhin ein, bei nächster Gelegenheit nach Düsseldorf zu kommen. »Wohnen kannst du allerdings nicht bei mir«, schrieb sie, »ich lebe mit einem Bekannten zusammen, ein hoher Staatsbeamter. He is married.«

Als langer Nachsatz stand unter dem Brief: »Du wirst es nicht für möglich halten: meine Schwester Roswitha! Vor einigen Jahren ist sie zum katholischen Glauben übergetreten. Und nun ist sie auch noch ins Kloster gegangen! Zu den Benediktinerinnen. Irgendwas hat sie völlig durcheinandergebracht. Es muß mit den Konzentrationslager-Prozessen zusammenhängen, bei denen sie als Dolmetscherin anwesend war. Meine Mutter hält es natürlich für ein Zeichen von Feigheit und Schwäche. Roswitha hat uns mitgeteilt, daß sie fortan nach den Regeln des Heiligen Benedikt leben wolle, in dem ›ihr wohltuenden Wechsel von Gebet und Arbeit‹, wie sie es ausdrückt. Irgendein früher Quindt soll mal einen polnischen Bischof erschlagen haben. Wußtest du das?«

Maximiliane wußte es nicht; ihr Großvater hatte dieses Kapitel der Quindtschen Familiengeschichte wohl weder für rühmens- noch erwähnenswert gehalten. Sie dachte lange über ihre Kusine Roswitha nach und kam zu dem Ergebnis, daß diese Wandlung nicht nur möglich, sondern auch nötig war, in einem stellvertretenden Sinne: ein Quindt mußte es für alle anderen auf sich nehmen. Sie teilte diese Erkenntnis aber ihrer Kusine

Marie-Louise nicht mit. Vorerst kam es auch nicht zu der geplanten Reise nach Düsseldorf, da sich niemand fand, der während ihrer Abwesenheit die Fischbratküche geführt und die Kinder betreut hätte.

Der Plan zu der Düsseldorf-Reise geriet eine Weile in Vergessenheit, zumal weitere Briefe eintrafen, die ihre Aufmerksamkeit noch mehr in Anspruch nahmen. Aus Berlin kam die Nachricht, daß ihre Großmutter Jadow mit einer Harnvergiftung in das private Alterspflegeheim Dr. Merz eingewiesen worden war. Maximiliane hatte sich kaum noch um sie gekümmert, wenn man von den Lebensmittelmarken absieht, die sie ihr jahrelang geschickt hatte, mehr aus schlechtem Gewissen als aus Zuneigung. Und von der Mutter Vera kam ein Brief, in dem zum erstenmal die Möglichkeit einer Einladung nach Kalifornien erwähnt wurde. Eine Zukunftsaussicht, die keinen so sehr in Begeisterung versetzte wie Golo.

An einem warmen Junitag machte sich Maximiliane dann aber doch mit ihren Ahnenbildern auf die Reise nach Düsseldorf. Dort wurde sie zunächst von ihrer eleganten Kusine begutachtet. »So wie du angezogen bist, läuft hier kein Mensch herum. Aber bleib ruhig so, irgendwie paßt es zu dir. Sogar der Geruch nach Geräuchertem und Gebratenem, der in deinen Kleidern und Haaren steckt, wirkt irgendwie echt. Du kannst dir das leisten.«

Es handelte sich bei dem an den Quindtschen Ahnen Interessierten um einen Herrn Wasser – ›wie Wasser‹ –, Buntmetall, dessen Betrieb in Hilden lag.

Bei der Begrüßung zieht er Maximilianes Hand an den Mund; sie holt mit sanftem Zug ihre Hand samt seinem Kopf nach unten in die angemessene Höhe. Herr Wasser hebt den Blick, sieht sie fragend an, und sie nickt ihm lachend zu.

Dann sitzt man in einem Café an der Königsallee, Herr Wasser hat seine Wahl bereits getroffen und wird von Marie-Louise von Quindt zu seinem Geschmack beglückwünscht. Sie erklärt ihm, daß beide Bilder von demselben Maler stammen, und zwar von Leo Freiherr von König, 1871 in Brandenburg geboren, 1944 gestorben.

»Ein später Impressionist! Das Elternbildnis des Künstlers hängt übrigens hier in der Kunsthalle.«

»Der Maler brauchte ja nun nicht auch noch adlig zu sein, gnädige Frau!« sagt Herr Wasser launig. Die Bilder gefallen ihm. Von dem zwölfjährigen Vater Maximilianes, Achim von Quindt, im hellblauen Samtwams mit dem hellbraunen Jagdhund neben sich, spricht er bereits als von ›de Jong‹. Die falsche Beinstellung des Trabers, auf dessen Rücken Maximilianes Großvater, Joachim von Quindt, als junger Mann sitzt, bemerkt er nicht, dagegen fällt ihm auf, daß beide Bilder nicht signiert sind.

»Sind sie überhaupt echt?« fragt er.

»Sie können die Echtheit Ihrer neuerworbenen Ahnen doch auch nicht nachweisen!« antwortet Maximiliane, die sich zum erstenmal in die Verhandlung einmischt.

Herr Wasser lacht auf. Die Antwort gefällt ihm wie die ganze Frau. Geradeheraus, freimütig, gar nicht hochgestochen. In diesem Sinne, ›frisch von der Leber weg‹, fährt er dann fort: Er habe sich die Hände noch schmutzig gemacht, aber seine Frau wolle davon nichts mehr wissen. »Als Schrotthändler habe ich angefangen, aber jetzt nennen wir das ›Buntmetall‹. Mir liegt nicht viel an ›Ahnen‹, ich bin mit meinen Großvätern ganz zufrieden, aber meine Frau nicht. Sie geniert sich! Nur nicht, wenn sie das Geld ausgibt.«

Ob er die beiden Damen zum Essen einladen dürfe? fragt er dann. »In den Breidenbacher Hof? Der gute Abschluß muß doch in einem guten Restaurant gefeiert werden. Kleine Familienfestlichkeit! Ich habe heute meine Spendierhosen an!«

Als er sich dann im ›Breidenbacher Hof‹ in einen Sessel fallen läßt, sagt er: »Ich passe gerade noch rein! Im Sitzungssaal des Landtags muß man jetzt die Sessel der Herren Abgeordneten erneuern, weil sie in die alten nicht mehr reinpassen. So gut sind in der sozialen Marktwirtschaft die Diäten! Man müßte die Herren mal auf halbe Diät setzen!«

Herr Wasser breitet die Serviette über dem Schoß aus, greift zum Besteck, sagt: »Wer gern gut ißt, hat eine Freude mehr im Leben!« Man sieht ihm im neunten Nachkriegsjahr an, daß es sich um eine anhaltende Freude handelt.

Man war so lange in guter Stimmung, bis Herr Wasser sich erkundigte, wo seine neuerworbenen Ahnen denn nun eigentlich herstammten. »Blutsmäßig, meine ich.« Und er erfährt, daß es sich um Pommern handelt.

Der Nachtisch war bereits gegessen, Birne Hélène, Herr Wasser wischte sich gerade umständlich die Hände an der Serviette ab, sagte: »Ich mache mir nur noch beim Essen die Hände schmutzig!« und legte dann seine grundsätzliche Meinung zu Flüchtlingsfragen ›ganz offen‹ dar.

»Pommern! Ostgebiete! Oder-Neiße-Grenze! Vertreibung und das alles, das geht einem doch allmählich auf die Nerven! Tatsache ist doch nun mal, daß wir den Krieg verloren haben!«

»Sie doch nicht!« verbesserte Maximiliane. »Wir haben ihn verloren, samt der Heimat.«

»Ihr Flüchtlinge tut, als hättet ihr die ›Heimat‹ für euch gepachtet!« gibt Herr Wasser zurück.

»Nicht gepachtet! Besessen.« Wieder berichtigt Maximiliane ihn. Doch Herr Wasser bleibt, seinem Aussehen entsprechend, steifnackig und dickschädelig.

»Immer die Heimat auf den Lippen!«

»Meinen Sie nicht«, antwortet Maximiliane unbeirrt, »daß wir die Heimat lieber unter den Füßen hätten?«

Zum ersten Mal tritt Maximiliane derart beherzt in die Arena, zwar mit dem Charme einer Pommerin, aber auch dem Temperament ihrer Berliner Mutter und jenes geheimnisvollen polnischen Vorfahren. Und als Herr Wasser gönnerhaft sagt: »Heimat, so was trägt man doch in seinem Herzen, da braucht man doch nicht täglich drin rumzulaufen«, antwortet sie laut und herausfordernd: »Wenn nun die Rheinländer vertrieben worden wären, hätten Sie dann genauso bereitwillig auf das Rheinland verzichtet wie auf Pommern?«

Herr Wasser versucht einzulenken. »Bleiben wir doch gemütlich, gnädige Frau! Wir müssen uns doch an die Realitäten halten. Jetzt geht's uns doch schon wieder ganz gut, und mit dem Geld für Ihre Bilder kriegen Sie den Karren ja auch wieder flott. Der verkaufte Großvater! Kennen Sie das?«

Auch Marie-Louise versucht einzulenken und greift zum Glas. »Trink etwas, Maximiliane! Ändern können wir es ja doch nicht mehr!«

»Ich schlucke ja!« sagt Maximiliane. »Seht Ihr denn nicht, wie ich alles runterschlucke?« Herr Wasser bestellt eine Flasche Sekt. Er läßt sich das Trösten etwas kosten.

»Mit Ihren Augen könnte man einen Waggon voll Buntmetall zum Schmelzen bringen, gnädige Frau!«

»So jung kommen wir nicht wieder zusammen«, hatte er anschließend gesagt und die beiden Damen ins Theater eingeladen. ›Mutter Courage‹ mit Elisabeth Flickenschildt in der Titelrolle. Als sie das Schauspielhaus verließen, faßte Maximiliane ihr Urteil in dem Satz ›Am besten war der Karren‹ zusammen. Herr Wasser stimmte dem bei, er hatte sich an den Schrottkarren seines Vaters erinnert; Maximiliane an den Handkarren bei der Flucht. Er lachte ausgiebig und schlug dann einen Bummel durch die Altstadt vor. Marie-Louise übernahm die Führung, Herr Wasser die Bezahlung. Sie saßen im ›Csikós‹, aßen Gulaschsuppe und löschten den Durst mit Slibowitz. Der Besitzer, den grün-weiß-roten Schal um den Hals gelegt, kam mehrfach an ihren Tisch, machte beim zweitenmal vor den Damen eine Verbeugung und versicherte ihnen, daß sie bereits ›viel wohler‹ aussähen. Maximiliane, die an Alkohol nicht gewöhnt war, geriet in Stimmung, verlangte einen ›zweietagigen‹ Slibowitz, weil man in Pommern den Schnaps zweietagig tränke, zumindest die Männer.

Man ging noch auf einen Sprung in ›Vatis Atelier‹, dann begleitete Herr Wasser die beiden Damen zum Karlsplatz, wo Marie-Louise ihren Wagen geparkt hatte, und erbot sich, Maximiliane zu ihrem Hotel zu bringen. Auf dem Weg dorthin schob er seinen Arm unter den ihren – ›wir sind ja jetzt quasi verwandt‹ – und erzählte, als Maximiliane keinen Widerspruch erhob, daß er in seiner Ehe nicht glücklich sei; seine Frau habe den Boden unter den Füßen verloren, der Aufstieg sei ihr zu Kopf gestiegen.

Wieder einmal hört Maximiliane nicht zu, sondern hört nur die Stimme, und die erinnert sie an Martin Valentin; irgendwo in der Nähe steht außerdem ein Akazienbaum in Blüte, der Duft dringt zu ihr und tut das Seine. Man muß befürchten, daß Maximiliane, an Vergnügungsviertel nicht gewöhnt und nach langer Zeit zum erstenmal ohne den Schutz der Kinder, dem unmißverständlichen Drängen des Herrn Wasser nachgegeben hätte – auch Geld macht sinnlich –, wenn sie nicht in die Bolkerstraße eingebogen wären und ihr Blick in ein dürftig erhelltes Schaufenster gefallen wäre. Einen Augenblick stutzt sie, blickt nochmals hin. Was sie sieht, trifft sie wie ein Signal. Auf einem Tisch im Schaufenster des Antiquariats steht ein Schachspiel, und sie erkennt darin sofort jenes Schachspiel, mit dem ihr Großvater und Christian Blaskorken im Schein der Fackeln ihre Partien gespielt haben. Kein Zweifel, sie hatte das Brett und die Figuren, während die beiden Männer spielten, als Kind stundenlang betrachtet. Und alles ersteht in Bruchteilen von Sekunden vor ihren Augen: die Sommerabende am Poenicher See; Friedrich der Große in Halbfigur, mit Dreispitz, die 159 Zentimeter Lebensgröße auf 6 Zentimeter in Elfenbein verkleinert; Christian Blaskorken, der aus dem Krieg gekommen war und in Poenichen das einfache Leben gesucht und gefunden hatte: Schafe, die Lämmer warfen, Fische, die laichten, und Maximilianes ›Fräuleins‹; Schäferspiele am Rande des Parks; auf seinen blondbehaarten Armen schimmernde Fischschuppen, der Fischgeruch, die Fischbratküche. Mit zwölf Jahren hatte sie sich ›unsterblich‹ in ihn verliebt und eine Woche heimlich, aber unbeschadet, unter seinem Dach gelebt. Und als der alte Quindt die Idylle entdeckte, hatte er seinen Inspektor mit dem Zehn-Uhr-Zug weggeschickt.

Maximiliane fährt sich mit beiden Händen durchs Haar, drückt, den Erinnerungen ausgeliefert, die Stirn an die Schaufensterscheibe.

»Was ist? Ist Ihnen schlecht?« fragt Herr Wasser.

»Ja!« antwortet Maximiliane. »Gehen Sie jetzt!« und schiebt ihn mit dem Arm so entschieden beiseite, daß er gehorcht.

Ein weiteres Mal bewahrt Christian Blaskorken ihre Unschuld, in diesem zweiten Fall: ihre Tugend.

Am folgenden Morgen wartet Maximiliane bereits vor Geschäftsöffnung auf den Antiquar. Sie zeigt auf das Schachspiel und erkundigt sich, von wem er es erworben habe. An Hand der Unterlagen ist der Verkäufer rasch ermittelt, ein Herr Blaskorken aus Bonn.

Der Antiquar betrachtet die Interessentin, vermögend scheint sie nicht zu sein. »Liegt Ihnen sehr viel an dem Schachspiel? Es ist nicht ganz billig!«

»Es ist für mich von hohem Wert«, antwortet Maximiliane.

»Ein Behältnis für die Figuren gibt es leider nicht.«

»Ich weiß.«

Antiquariate sind Umschlagplätze für Schicksale, ihre Inhaber sind abgehärtet, erfragen die Geschichten, aber hören sie sich nicht an. Maximiliane zieht den Scheck des Schrotthändlers Wasser aus der Tasche. Der Antiquar ruft die Bank an und erkundigt sich vorsichtshalber, ob der Scheck gedeckt sei. Den Differenzbetrag erhält sie zurück.

Drei Stunden später sitzt sie in einem Zug, der nach Bonn fährt, den Karton mit Friedrich dem Großen und seinem Hofstaat nebst Bauern auf dem Schoß.

Fünfundzwanzig Jahre sind wie weggewischt, als er dann, in der Wohnungstür, vor ihr steht. Kein Zeichen von Überraschung in seinen hellen Augen, kein Zeichen von Erkennen. Er sieht die Frau, die ihm gegenübersteht, fragend an. Sie nennt ihre Zauber- und Schlüsselworte. Eines nach dem anderen: Poenichen! Quindt! Jagdhorn! Schachspiel!

Jetzt erst, als er das Wort ›Schachspiel‹ hört, wird Herr Blaskorken aufmerksam. Er habe sich davon trennen müssen, sagt er, aus Geldschwierigkeiten, er sei zudem kein Schachspieler; so, wie er hier lebe – er macht eine Handbewegung in das bescheiden ausgestattete Innere der Wohnung –, Kostbarkeiten, Erinnerungsstücke, das sei vorbei.

Maximilianes Kopf weigert sich zu denken, was ihre Augen sehen. Dieser Mann, der vor ihr steht, ist nicht Christian Blaskorken, er sieht nur aus wie er. Dies ist kein Mann, der im Stehen rudert, aber wieder ein Blaskorken nach einem verlorenen Krieg.

»Ich kannte Ihren Vater«, sagt sie schließlich und fügt erklärend hinzu: »Ich war damals noch ein Kind.«

Sein Sohn erteilt die nötigste Auskunft: gefallen bei Kriegsende, wo genau, das wisse er nicht, auf alle Fälle bei den Rückzugsgefechten im Osten, zuletzt sei er Bataillonskommandeur gewesen. »Ich habe ihn nicht gekannt. Er hat meine Mutter und mich im Stich gelassen. Ich habe also nicht viel an ihm verloren.«

Zu Hause packte Maximiliane den Karton aus.

»Seht euch das an!« sagt sie.

»Was sollen wir denn damit?« fragt Edda und beantwortet die Frage selbst mit einem Satz der Mutter: »Das brauchen wir doch gar nicht! Was hast du denn dafür bezahlt?«

»Viel Geld«, antwortet Maximiliane. »Und es ist mir viel wert, es ist ein Stück aus Poenichen. Ich weiß, wir haben nicht einmal ordentliche Betten, aber wir wollen ja auch nicht hierbleiben, also genügen uns Behelfsbetten. Das Schachspiel können wir überallhin mitnehmen. Damit hat euer Großvater gespielt, zusammen mit Inspektor Blaskorken, der ...«

»... im Stehen rudern konnte!« ergänzt Viktoria.

»Jetzt sind sie beide tot«, sagt Maximiliane. »Aber diese Elfenbeinfiguren ...«

Sie bricht ab, sieht Joachim an, der die Königin in der Hand hält.

»Du meinst den Symbolcharakter dieser Figuren, Mama?«

»Mosche!« sagt sie laut. »Mosche! Ich meine keine Symbole, ich rede von Poenichen!«

Aber an dem ungewohnten Wort, das ihr Sohn gebraucht hat, wird sie gewahr, welchen Sprung er in seiner Entwicklung gemacht hat, an ihr vorbei: ›Symbolcharakter‹.

Die Kinder beweisen viel Geduld mit ihrer Mutter, außer Edda, aber auch sie ist besänftigt, als sie eines Tages mit einem Auto von der Schule abgeholt wird. Als die Mutter allerdings barfuß aus dem Auto steigt, sagt sie im Tonfall ihres Vaters: »Zieh doch Schuhe an, Mama!«

Es handelte sich nicht etwa um einen Kleinstwagen, sondern um ein großes Auto für eine große Familie, das Maximiliane ohne Wissen der Kinder vom Erlös eines Brillantcolliers der Großmutter angeschafft hatte, um die Kinder zu überraschen. Sie nennt es nie anders als ›die Karre‹, in der man notfalls viel verstauen konnte; aber das Auto war doch auch geeignet, das Ansehen der Quints zu heben und ihren langsamen sozialen Aufstieg zu zeigen. Behelfsheim und Auto standen in schlechtem Größenverhältnis zueinander, daher gab es leider auch Marburger Bürger, die sagten: »Wie die Zigeuner, die haben sich von der Entschädigung auch gleich einen Mercedes angeschafft.«

In Düsseldorf-Benrath, in der Halle des Wasserschen Bungalows, hingen seither, neu in Gold gerahmt, die Bilder der Freiherrn Joachim und Achim von Quindt aus Poenichen in Pommern.

11

›Ballonfahrt heißt, sich leichter als die Luft machen. Will man also in die Höhe, dann Ballast heraus, und der Ballon steigt.‹

›Über den Ballon-Sport‹ (Prospekt)

›Nun laßt im Namen Gottes den braven Kondor fliegen – löst die Taue!‹ Es geschah, und von den tausend unsichtbaren Armen der Luft gefaßt und gedrängt, erzitterte der Riesenbau der Kugel und schwankte eine Sekunde, dann sachte aufsteigend zog er das Schiffchen los vom mütterlichen Grunde der Erde, und mit jedem Atemzuge an Schnelligkeit gewinnend, schoß er endlich pfeilschnell, senkrecht in den Morgenstrom des Lichts empor, und im Momente flogen auch auf seine Wölbung und in das Tauwerk die Flammen der Morgensonne, daß Cornelia erschrak und meinte, der ganze Ballon brenne; denn wie glühende Stäbe schnitten sich die Linien der Schnüre aus dem indigoblauen Himmel, und seine Rundung flammte wie eine riesenhafte Sonne. Die zurücktretende Erde war noch ganz schwarz und unentwirrbar, in Finsternis verrinnend.

Maximiliane las den ›Kondor‹ aus Adalbert Stifters ›Studien‹. Der Satz ›*Das Weib erträgt den Himmel nicht*‹ war am Rande von fremder Hand mit zwei kräftigen Ausrufungszeichen versehen worden; der alte Coloman sagt ihn, bricht gleich darauf den gewaltig schönen Ballonflug ab und bringt die ohnmächtige Lady zurück auf die Erde. Dieser eine Satz: ›Das Weib erträgt den Himmel nicht‹, von Stifter und dem unbekannten Leser verallgemeinert, war die Ursache dafür, daß Maximiliane ihre Kinder eines Tages aufforderte, mit ihr zu einem Ballonflugtag zu fahren.

Sie sitzen auf der Wiese, zwischen anderen Zuschauern, und sehen den Vorbereitungen in der vorgeschriebenen Entfernung von 30 Metern zu. Fünf Ballons sollen gleichzeitig starten. Die Anwesenheit von Feuerwehr und Krankenwagen läßt auf die Gefährlichkeit des Unternehmens schließen. Sandsäcke werden mit feinkörnigem Sand gefüllt und an die Innenseite des Weidenkorbs gehängt; die Ballons werden mit Gas gefüllt, bis sie prall und sonnengelb auf den Wiesen stehen, von Tauen gebändigt. Die Ventile werden noch einmal geprüft, und der Ballonkorb wird angeknebelt. Dann werden die Passagiere, die ein Flugbillett besitzen, aufgefordert, die Körbe zu besteigen.

»Du doch nicht!« sagt Viktoria, als Maximiliane sich aus den Reihen der Zuschauer löst. Doch diese zieht ihr Billett aus der Tasche, hält es hoch und sagt: »Ich kann euch nicht immer um Erlaubnis fragen!«

Zusammen mit drei weiteren Personen besteigt sie den Korb des ›Zephir‹, gibt ihr Gewicht an, 64 Kilo; im ganzen 300 Kilogramm menschlicher Ballast, der Rest ist Sand.

»Löst die Taue!« Es wird versäumt, ›im Namen Gottes‹ dazuzusetzen. Der schwere Korb hebt sich zögernd vom Boden, steigt dann stetig mehrere Meter pro Sekunde. Die Zuschauer stehen auf dem Rasen, winken, aber Maximiliane winkt nicht zurück, sucht auch nicht die Köpfe ihrer Kinder zwischen all den anderen Köpfen ausfindig zu machen. Sie sieht drei Pferde auf einer Koppel, die immer kleiner werden, hält sich am Korbrand fest, beugt sich darüber wie über ein Balkongeländer; sie hat bisher immer ebenerdig gewohnt. Ein Zug fährt über eine Brücke, man hört ihn nicht mehr. Der Schatten des Ballons zieht als dunkler Fleck über ein Kornfeld. Weder die ängstlichen noch die begeisterten Aufschreie der Mitfahrenden dringen an ihr Ohr. Sie erlebt ihre Himmelfahrt. Als der Ballon in den Schatten einer Haufenwolke gerät, kühlt das Gas ab, der Ballon verliert an Höhe. »Festhalten!« befiehlt der Ballonführer und leert einen Sandsack. Und wieder steigt der Ballon, wird von leichtem Wind westwärts getragen.

In diesem Augenblick begreift Maximiliane – wegen dieser Erfahrung wird so ausführlich von dem Ballonflug berichtet –: Man muß Ballast abwerfen, um an Höhe zu gewinnen. Sie vermag Bilder und Gleichnisse auf sich selbst anzuwenden.

Als der Ballon die 2000 Meter Höhengrenze durchstößt, werden die beiden Passagiere, die zum erstenmal mitfahren, mit Sand und Sekt getauft. Maximiliane läßt sich beides übers Gesicht rinnen; sie ist beseligt, sagt während der Dauer des Flugs kein Wort. Die Welt wird kleiner, überschaubarer, unwichtiger. Montblanc-Höhe wie der ›Kondor‹ erreicht der ›Zephir‹ nicht.

Nach zweistündiger Fahrt, in der man eine Strecke von nicht

ganz 80 Kilometern zurücklegte, wurde die Landung vorbereitet. Die Ventile wurden geöffnet, *und wie ein Riesenfalke stieß der Kondor hundert Klafter senkrecht nieder in der Luft und sank dann langsam immer mehr.*

Nach der Landung wird die Reißleine des Ballons aufgerissen, die leere Hülle sackt auf die Wiese, Helfer laufen herbei. Stimmen. Gelächter. Maximiliane läßt sich auf die Erde fallen, schwer wie nie zuvor. Sie sieht blaß und erschöpft aus, fährt dann in einem der bereitstehenden Autos zum Startplatz zurück, wo ihre Kinder auf sie warten, ungeduldig und voller Vorwürfe.

»Hundertfünfzig Mark kostet ein Flug! Wir haben uns erkundigt!« sagt Edda.

»Warst du überhaupt versichert?«

»Wir haben drei Stunden hier herumhocken müssen!«

Maximiliane sieht von einem Kind zum anderen und sagt: »Seid still! Sonst steige ich wieder auf!«

Eine Drohung, auf die die Kinder mit Gelächter antworten.

Als vier Wochen nach diesem Ballonflug, im Oktober, die Nachricht eintraf, daß die Freifrau Maximiliane Hedwig von Quindt, Maximilianes Patentante, auf der Treppe gestürzt und drei Tage später im Alter von 90 Jahren gestorben sei, beschloß Maximiliane, zur Beerdigung Mirka mitzunehmen und ihr, die keine Erinnerung an ihren Geburtsort hatte, den Eyckel zu zeigen.

Nach langer Zeit trafen sich die Quindtschen Verwandten wieder, darunter die Generalin, die, wie sie es ausdrückte, ›aus Pflichtgefühl‹ gekommen war, auch Herr Brandes, Bierbrauereibesitzer aus dem nahe gelegenen Bamberg, und seine Frau, die Eltern des im Krieg gefallenen Ingo Brandes. Anna Hieronimi war, wie Maximiliane bedauernd und die Generalin mißbilligend feststellte, nicht erschienen. Die weißen Tanten waren im letzten Winter beide verstorben, kurz nacheinander; sie hatten einen großen Karton mit handgestickten Leinendekken hinterlassen, aber noch war die Zeit für ›Frivolitäten‹ nicht reif.

Die kleine Mirka, inzwischen siebenjährig, fand die meiste Beachtung.

»Sieben Jahre ist das Kind bereits alt?«

»Wie schnell doch die Zeit vergeht!«

»Damals, zu Weihnachten fünfundvierzig! Aber reden wir nicht davon!«

Keiner erinnerte sich gern, noch waren die Erlebnisse nicht zu Anekdoten geschrumpft. Das Leben ging weiter, rascher als früher. Wer sich umblickte, verpaßte den Anschluß. Also sprach man über Mirka.

»Ein hübsches Kind, irgendwie fremdländisch, woher hat es das?«

»Von seinem Vater vermutlich.« Maximilianes Antwort kam der Wahrheit sehr nahe.

»Alle diese Kriegswaisen, die ohne Vater aufwachsen müssen!«

Keiner erinnerte sich mehr so recht daran, wie dieser Viktor Quint ausgesehen hatte.

»Aber du wirst schon durchkommen, Maximiliane! Die Kinder sind ja nun aus dem Gröbsten heraus!«

Die Trauerfeier fand in der kleinen Kapelle statt. Man mußte stehen, da das Gestühl anderweitig, zumeist als Heizmaterial, verwendet worden war. Zwitschernd und schilpend flogen Spatzen durch den kühlen Raum. Während der Trauerfeier, die der altgewordene Eckard Quint hielt, inzwischen ordiniert und Pfarrer der bayrischen Landeskirche, ließ Herr Brandes seine Augen prüfend durch den Raum schweifen; seine Frau stieß ihn mehrfach an und ermahnte ihn, aufmerksam zu sein. Pfarrer Quint gab einen Lebensabriß der Verstorbenen, faßte neun Jahrzehnte, zwei Weltkriege und zwei Inflationen, in wenigen Sätzen zusammen, erwähnte kurz jenen Familientag der Quindts, den man im Jahre 1936 hier miteinander gefeiert hatte, gedachte etwas ausführlicher jener ersten Nachkriegsjahre, in denen eine Reihe von Quints aus dem Osten hier auf dem Eyckel Zuflucht gefunden hatten und ein Kind das Licht der Welt erblickt habe.

Die Aufmerksamkeit der Trauergäste richtete sich erneut auf Mirka.

Bevor Pfarrer Quint den Choral ›Jesu, geh voran‹ singen ließ, sagte er noch einige Worte über den Textdichter Graf Zinzendorf, der mit den Quindts verschwägert gewesen sein solle, und wandelte die erste Liedzeile um: »Jesu, geh voran auf der Todesbahn.« Sein Sohn Anselm, nun nicht mehr Jazztrompeter in amerikanischen Kasinos, sondern Medizinstudent im letzten Semester, begleitete den Choral auf der Trompete.

Nach der Beisetzung wurden, in Anwesenheit des Notars, die Erbschaftsfragen erörtert. Die Verstorbene hatte bereits im Jahre 1918 ihre Patentochter Maximiliane testamentarisch als Universalerbin eingesetzt; ein anderes, später ausgefertigtes Testament war nicht vorhanden; das vorliegende wurde von niemandem angefochten. Keiner neidete der Erbin dieses fragwürdige Erbe. Noch während der Unterredungen beschloß Maximiliane, die Erbansprüche ihrer Tochter Mirka zu übertragen. In den ehemals als Jugendherberge ausgebauten Räumen befand sich noch immer ein Altersheim für Flüchtlinge, aber mit dem Ableben der letzten elf Insassen war in den nächsten Jahren zu rechnen; Neuzugänge gab es nicht.

Anschließend bittet Herr Brandes Maximiliane um eine kurze Unterredung unter vier Augen. Er habe sich das Gemäuer angesehen, sagt er, als Lagerraum für Bier sei es noch zu gebrauchen, die Kellerräume befänden sich in leidlichem Zustand. Eine Pacht könne er allerdings nicht zahlen, würde aber dafür Sorge tragen, daß sich ›weder Ratten noch Gesindel in dem alten Gemäuer einnisteten‹.

»Wenn ich Ihnen raten darf, als Verwandter und als Geschäftsmann, dann gehen Sie auf mein Angebot ein. Das Gebäude bleibt weiterhin in der Familie. Ich mache diesen Vorschlag mit Rücksicht auf meine Frau oder besser: wegen unseres einzigen Sohnes Ingo, der eine Vorliebe für den Eyckel gehabt hat. Ein Vorkaufsrecht muß ich mir allerdings ausbedingen. Aber ein anderer Käufer wird sich ohnedies schwerlich finden lassen.«

»Es ist mir recht so, Herr Brandes!« entgegnet Maximiliane. »Auf Ihre Beweggründe kommt es mir nicht an. Über das Weitere müssen Sie sich mit meiner Tochter Mirka verständigen.«

»Das hat ja wohl noch Zeit!« sagt Herr Brandes und wirft einen flüchtigen Blick auf das Kind, das auf dem linken Bein steht, den rechten Fuß aufs linke Knie gesetzt: eine Haltung, die es einnahm, wenn es sich langweilte.

Die Quindtschen Verwandten, mit dem Wiederaufbau und dem weiteren Ausbau ihrer Existenz beschäftigt, reisten eilig und erleichtert wieder ab, die Generalin aus ›Pflichtgefühl‹.

Maximiliane machte noch einige Besuche im Dorf. Als sie am

Hof des Bauern Wengel vorüberfuhr, stand er gerade vor dem Scheunentor, den Handwagen an der Hand. Sie hielt an, winkte ihm zu; er betrachtete das Auto und sagte: »Da sieht man, wo unser Geld bleibt!« Daraufhin verzichtete sie auf ein Wiedersehen mit dem Bauern Seifried, bei dem sie damals gearbeitet hatte.

Auf der Rückfahrt machte Maximiliane einen Umweg über Stuttgart, um dort Friederike von Kalck, genannt Mitzeka, zu besuchen, die in der Nähe des Schloßplatzes eine Vegetarische Gaststätte aufgemacht hatte. Der Zeitpunkt für den lange geplanten Besuch war schlecht gewählt: der Betrieb befand sich im Umbau, weitere Küchenräume und ein weiterer großer Speiseraum wurden angebaut; trotzdem lief der Betrieb behelfsmäßig weiter, da man sich einen Ausfall nicht leisten konnte.

Es fand sich dann doch eine halbe Stunde, in der sich Friederike Mitzeka, die sich nun wieder ›von Kalck auf Perchen‹ nannte, zu ihrer ehemaligen pommerschen Nachbarin setzte: inzwischen eine Fünfzigerin, hastig und hager, aber nun nicht mehr von Vater und Bruder abhängig.

»Hier habe ich die Zügel in der Hand!« sagt sie, und Maximiliane glaubt es ihr.

»Auf Perchen galt es ja schon als Vergünstigung, wenn ich mal kutschieren oder das Auto fahren durfte. Wenn Vater nicht seinen Arm im Krieg verloren hätte, hätte man mich nie auf den Kutschbock gelassen! Deiner Erzieherin, Fräulein Gering, verdanke ich dies hier! Sie hat mich zur überzeugten Vegetarierin gemacht. Zwei Seiten ist meine Speisekarte jetzt lang. ›Pommersche Kliebensuppe‹, ›Rote Grütze‹, wie man sie in Pommern kochte. Zweimal in der Woche gibt es ›Tollatschen‹, aber ohne Schweineblut! Und ›Flädle‹ und ›Spätzle‹! Man muß sich anpassen. Naturgedüngte Rohkost. Obst und Gemüse beziehe ich aus dem Remstal. Dreimal wöchentlich fahre ich selbst mit dem Lastwagen zum Einkaufen hin.«

Plötzlich steht sie auf, kehrt ebenso eilig zurück und stellt einen Karton auf den Tisch. Sie packt einen Kasten, die Vorderseite aus Glas, aus und öffnet ihn.

»Die Schlüssel von Perchen! Siebenunddreißig Stück. Jede Tür habe ich vor der Flucht eigenhändig abgeschlossen, Keller und Speicher und Schränke und Truhen. Diesen Kasten habe ich eigens anfertigen lassen. Ich werde ihn in dem neuen Speiseraum aufhängen, rechts und links Blumen. Und eines Tages fahre ich mit meinem Schlüsselbund nach Perchen!«

Sie hebt das Kinn, der lange Hals wird noch länger. Als verschafften ihr die Schlüssel alle Gewalt auf Perchen zurück.

»Das Ideelle!« fügt sie hinzu. Das Ideelle spielte in ihrem Restaurant eine große Rolle; bei den Gehältern der Angestellten, bei jedem Hirsebällchen, jedem Rote-Bete-Salat wurde eine Portion Weltanschauung mitserviert, die sie einst von Fräulein Gering bezogen hatte.

»Bist du hier denn überhaupt abkömmlich?« erkundigt sich Maximiliane.

»Im Augenblick nicht, aber das ist nur wegen des Umbaus. Sonst läuft der Betrieb auch mal ein paar Tage ohne mich.«

»Willst du nicht wieder zurück nach Perchen?«

»Ich habe das hier aufgebaut! Das kann ich doch nicht stehen- und liegenlassen! Hundertfünfzig Essen, jeden Mittag. Einen Ruhetag gibt's nicht. Was meinst du, wie schwer es ist, jetzt, wo es wieder Fleisch ohne Rationierung zu kaufen gibt, die Leute bei der Stange zu halten!«

»Bei der Porreestange?« fragt Maximiliane und lacht.

Aber Friederike von Kalck ist es viel zu ernst mit der vegetarischen Ernährung; sie setzt biologisch mit moralisch gleich.

»Du mit deiner Fischbratküche!« sagt sie in gereiztem Ton.

»Bratwürste!« verbessert Maximiliane.

»Willst du denn gar nicht weiterkommen? Eine Quindt hinter einem Bratwurststand! Was würde dein Großvater sagen?«

»Vielleicht würde er sagen, daß jetzt mal andere dran sind und nicht immer wir.«

»Bist du etwa eine Sozialistin?«

»Ich glaube nicht.«

»Aber du hast Ansichten wie eine Rosa Luxemburg!«

Sie schweigen. Friederike von Kalck betrachtet Mirka, die still und unaufmerksam dabeisitzt.

»Dieses Kind hattest du doch noch nicht in Poenichen?«

»Es ist ein nacheheliches Kind.«

»Jemand hat behauptet, du wärest wieder verheiratet.«

»Das war ein Irrtum.«

Auch diese Antwort konnte den Anspruch erheben, der Wahrheit zu entsprechen.

»Ich bin froh, daß ich keine fünf Kinder durchbringen muß.«

Maximiliane hatte auf diese Feststellung nichts zu entgegnen, konnte aber kein Anzeichen von Frohsein in dem hageren Gesicht erkennen. Die beiden Frauen saßen sich noch eine Weile schweigend gegenüber. Worüber hatte man sich denn früher unterhalten? überlegte Maximiliane. Über das Personal? Über die Ernteaussichten! ›Wir haben immer nur zusammen gegessen‹, vielleicht hatte Pfarrer Merzin mit dieser Behauptung recht gehabt?

»Hätte ich euch etwas anbieten sollen?« erkundigt sich schließlich Friederike von Kalck. »Es ist keine Essenszeit, die Küche arbeitet nicht.«

Aber die Frage kommt ohnedies zu spät. Maximiliane hat sich bereits erhoben, um sich zu verabschieden.

Die Frauen wünschen einander ›alles Gute‹; Mirka knickst und bedankt sich.

Auf dem Weg zum Parkplatz kommen Maximiliane und Mirka an dem Schaukasten einer Tanzschule vorüber. Mirka bleibt stehen und betrachtet die Fotografien. Mit dem Blick auf das Schild ›Tanzschule‹ fragt sie: »Muß man da nicht in einer Bank sitzen und schreiben? Darf man da immer tanzen?«

»Möchtest du das denn tun?« fragt Maximiliane.

Mirka nickt und wendet keinen Blick von dem Schaukasten. Dieses Kind, das immer tat, was man ihm auftrug, das sich nicht schmutzig machte, das man nie ermahnen mußte: zum erstenmal äußerte es einen selbständigen Gedanken!

Als sie weitergehen, wird Maximiliane gewahr, daß sich Mirka nicht wie bisher fortbewegt, sondern einen Fuß dicht vor den anderen setzt, sich dabei in den Hüften dreht und ihre Schritte in den spiegelnden Schaufensterscheiben beobachtet. Mitten auf dem Bürgersteig bleibt Mirka stehen, bückt sich, faßt mit der linken Hand nach der rechten Fußspitze, hebt sie mühelos in Schulterhöhe und macht ein paar kleine Sprünge vorwärts. Sie ahmt eine der Tanzposen nach, die sie vor wenigen Minuten in dem Schaukasten der Tanzschule gesehen hat.

Die Vorübergehenden beobachten belustigt und erstaunt das Kind. Der Mutter gehen erstmals die Augen für Mirka auf, und sie wird die Anzeichen künftiger Schönheit gewahr. Jeder Wirbel des schmalen, langgestreckten Rückens zeichnet sich unter dem blau-weiß karierten, verwaschenen Kleid ab, das Frau

Görke im letzten Kriegsjahr für Edda auf Zuwachs genäht hatte. Für die Ausstattung dieses Kindes hatten die legitimen und illegitimen Ahnen ihr Bestes hergegeben: die Augen des polnischen Leutnants aus Zoppot, die langen, schöngeschwungenen Wimpern der Großmutter Vera, die flachen Backenknochen und die fahle Hautfarbe des Kirgisen, die kräftigen Haare in pommerschem Blond und dazu die Schweigsamkeit der Urgroßmutter Sophie Charlotte, die vom alten Quindt – vermutlich in Zusammenhang mit den Zoppoter Geschehnissen – als eine ›leidenschaftliche Verschwiegenheit‹ bezeichnet worden war; eine Schweigsamkeit, die sich bei Mirka vorerst nur als Maulfaulheit äußert, aber später als ›geheimnisumwittert‹ gelten wird. Die Lehrerin der ersten Grundschulklasse, ein Fräulein von Kloden, hatte Maximiliane schon bald nach Mirkas Einschulung in ihre Sprechstunde kommen lassen. »Was ist los mit dem Kind?« hatte sie gefragt. »Es macht den Mund nicht auf!« Und Maximiliane hatte die Vermutung geäußert, daß das Kind, was ihr die naheliegendste Erklärung für Schweigen zu sein schien, nichts zu sagen habe.

Der Umweg über Stuttgart führte fast unmittelbar zu Mirkas künftiger Karriere. Sie wurde in der Marburger Tanzschule Gideon angemeldet und bekam bereits nach wenigen Wochen Einzelunterricht. Ihre Leistungen in der Grundschule verschlechterten sich dementsprechend. »Du hast es eben in den Beinen«, sagte Fräulein von Kloden, worauf Mirka lächelte, ihre schönen Zähne zeigte und schwieg.

Inzwischen hatte Maximiliane das Erbe an der ›Burganlage Eyckel‹ notariell auf Mirka übertragen und mit dem Brauereibesitzer Brandes aus Bamberg einen Pachtvertrag mit Vorkaufsrecht abgeschlossen. Aber es blieb nicht bei dieser einen Erbschaft. Einige weitere Verwandte gedachten im Laufe der folgenden Jahre der jungen Witwe aus Pommern, die für fünf schulpflichtige Kinder zu sorgen hatte, und bedachten sie testamentarisch. So wurde Maximiliane, die ihr großes Erbe in Poenichen verloren hatte – worüber sie sich zu diesem Zeitpunkt aber noch nicht im klaren war–, nach und nach Erbin kleiner und kleinster Nachlässe, wobei sie jedesmal sorgfältig abwog, welches ihrer Kinder für das jeweilige Erbe geeignet sein könnte.

Als Louisa Larsson, eine weitere Schwester des alten Quindt, in Uppsala gestorben war, teilte eine Enkelin, Britta Lundquist, Maximiliane mit, daß ihr ein kleiner Besitz in der Nähe von ›Omäs Strand‹ in Dalarna zugefallen sei; vier Hektar Wald, ein Anteil an einem kleinen See und drei mehr oder weniger baufällige Holzhäuser; in den letzten fünf Jahren sei niemand mehr dort gewesen. In diesem Falle fiel Maximilianes Wahl auf Joachim, aus keinem anderen Grunde als dem, daß er ›irgendwie schwedisch‹ aussähe: lang, schmal, blond und blauäugig.

Es erwies sich, daß die hohe Erbschaftssteuer von insgesamt 11000 Kronen von Maximiliane nicht aufgebracht werden konnte. Die Erbsache ruhte zunächst, die Verhandlungen zogen sich über mehrere Jahre hin, wurden dann aber doch noch, als Joachim bereits mündig war, zu einem glücklichen Ende für den Erben gebracht.

Im Herbst 1954 teilte das Amtsgericht Pankow, russisch besetzter Sektor Berlins, Maximiliane in einem eingeschriebenen Brief mit, daß ein gewisser Karl Preißing, Rentner, ihr seinen Nachlaß testamentarisch vermacht habe. Die Feststellung ihrer derzeitigen Anschrift habe mehrere Monate in Anspruch genommen, das Ableben des Erblassers sei bereits im November vergangenen Jahres erfolgt. Man forderte Maximiliane Quint auf, zur Klärung der Erbansprüche nach Berlin zu kommen.

»Ich fahre erben!« sagte Maximiliane, nahm Edda mit auf die Reise und überließ Lenchen Priebe, die gerade Urlaub hatte, den Bratwurststand. Edda mußte auf der Flucht die letzten Erinnerungen an ihre richtige Mutter, Hilde Preißing, verloren haben, auch keines der anderen Kinder schien sich daran zu erinnern, daß Edda im Alter von vier Jahren von ihrer Mutter in Poenichen abgeliefert worden war, ein ›Kuckucksei‹, wie der alte Quindt meinte. Das einzige ihrer Kinder übrigens, das immer wieder auf seine adlige Herkunft pochte.

Auf dem Amtsgericht erkundigt sich der Nachlaßbeamte, ein Herr Kuhn, als erstes nach ihrem Verwandtschaftsverhältnis zu dem verstorbenen Karl Preißing.

Maximiliane blickt Edda an und zögert: war dies der geeignete Augenblick, dem Kind zu sagen, daß Preißing ihr Großvater gewesen war und dessen einzige frühverstorbene Tochter ihre Mutter? Sie entschließt sich zu der ebenfalls wahrheitsgemäßen Angabe, daß Herr Preißing sie und ihre vier Kinder nach Kriegsende für mehrere Monate in seiner Wohnung aufgenommen habe. Sie vermeidet die Worte ›Flucht‹, ›Vertreibung‹, ›Russen‹.

»Und daraufhin vermacht er Ihnen alles, was er besaß? Seine gesamten Ersparnisse?« fragt Herr Kuhn.

Maximiliane sieht ihn mit einem Lächeln an, das sowohl den Erblasser als auch sie selbst entschuldigen soll, und sagt, daß Herr Preißing die Kinder in sein Herz geschlossen habe und daß sie ihm eine eigene Familie ersetzt hätten, nachdem seine Frau und seine Tochter gestorben seien.

»Im Grunde also wildfremde Leute!« sagt Herr Kuhn.

»Wir haben aber alle ›Opa‹ zu ihm gesagt«, stellt Edda richtig. »Opa Preißing mit dem Stöpsel im Ohr!«

Diese letzte Bemerkung erweckt das sichtbare Mißfallen des Beamten, weshalb Maximiliane sich gezwungen sieht, das Kind zu verteidigen.

»Herr Preißing war etwas schwerhörig. Im übrigen gedenke ich, das Erbe nicht anzutreten!«

Edda zeigt Anzeichen von Entrüstung, schweigt aber.

»Ich möchte es meiner Tochter Edda überschreiben lassen«, fährt Maximiliane fort, »deshalb habe ich das Kind mitgebracht.«

Edda gibt einen Freudenruf von sich.

Sie erbte ein Sparbuch mit 12504 Ostmark, die auf einem Festkonto lagen; noch war der innerdeutsche Bankverkehr nicht geregelt.

Außerdem galt es, sich mit den jetzigen Bewohnern der Preißingschen Wohnung auseinanderzusetzen; diese erklärten sich schließlich bereit, die Möbel für einen geringen Betrag, allerdings in Westgeld, zu behalten und weiter zu benutzen.

Noch reiste man nahezu ungehindert von einem Sektor in den anderen Sektor der Stadt Berlin.

Die Lektion, daß Besitz eine Last sei, war an Edda spurlos vorübergegangen. Bei den Quindts war das Bedürfnis nach Besitz in Jahrhunderten befriedigt worden, hatte sich auch durch ein Zuviel an Verantwortung abgenutzt, hatte sich auf Maximiliane jedenfalls nicht vererbt; aber bei ihren Kindern, vor allem bei Edda, tauchte es wieder auf.

Als drei Monate später die Großmutter Jadow in dem Charlottenburger Altenpflegeheim starb und Viktoria zur Beisetzung mitfahren sollte, schloß Edda daraus, daß diese die Großmutter beerben würde. Sie ließ der Mutter gegenüber ihrem Zorn freien Lauf.

»Das ist nicht gerecht! Oma Jadow hat eine große Wohnung gehabt und Schmuck und was noch alles, und ich habe nur bekommen, was Opa Preißing hatte!«

»Niemand hat gesagt, daß es gerecht wäre, Edda!« antwortete Maximiliane. »Es war auch nicht gerecht, daß Großmutter Jadow mehr als dreißig Jahre lang eine hohe Pension bezogen hat und Opa Preißing nur eine kleine Rente. Es geht nicht gerecht zu auf der Welt. Trotzdem versuche ich, es möglichst gerecht zu machen. Siehst du nicht, daß Tora mehr benötigt als du? Sie schafft es nicht allein.«

Es ist unwahrscheinlich, daß Edda das Lob in den Worten der Mutter gehört hat.

In einem Wandschrank der Großmutter Jadow fanden sich Tüten mit Bratlingspulver aus dem Jahre 1947, getrocknete rote Rüben und Trockenkartoffeln aus der Zeit der Berliner Luftbrücke. Als sie starb, wog sie kaum noch vierzig Kilo; sie hatte von Monat zu Monat weniger gegessen und die Lebensmittel aufgespart, aus Angst zu verhungern. Da ihre Tochter Vera Berlin nie wiederzusehen wünschte und sich nie um sie gekümmert hatte, hatte sie das gesamte Erbe auf Maximiliane übertragen. Es reichte aus, Viktorias lange währendes Studium zu finanzieren.

Maximiliane fuhr am Tag der Beisetzung morgens mit der S-Bahn nach Pankow; sie hatte die Trauerkleidung bereits angelegt. Sie ging zur Sparkasse und hob vom Konto ihrer Tochter Edda den höchstmöglichen Betrag ab, suchte dann eine Blumenhandlung auf und bestellte einen Kranz, auf den sie geraume Zeit warten mußte. Tannenzweige, mit ein paar Chrysanthemen besteckt. Es gelang ihr, die Geldscheine in einem Hauseingang unbemerkt zwischen Zweige und Blumen zu schieben.

In tiefer Trauer, den Kranz auf dem Schoß, saß sie wenig später wieder in der S-Bahn. Am Bahnhof Friedrichstraße wurden die Taschen der Reisenden einer Kontrolle unterzogen. Die Volkspolizistin, die für jenen Waggon zuständig war, in dem Maximiliane saß, respektierte deren Trauer und wünschte keinen Blick in ihre Handtasche oder ihr Portemonnaie zu tun.

Die Trauerfeier hatte bereits begonnen, als sie auf dem Friedhof eintraf. Aber sie war zugegen, als der Sarg hinabgelassen wurde, sie konnte sich um die verstörte Viktoria kümmern, den wenigen Trauergästen, die erschienen waren, danken und ihren Kranz zu den paar anderen schon vorhandenen Kränzen legen.

Viktoria jammerte. »Laß uns doch hier weggehen!«

»Gleich!« sagte Maximiliane und wartete, bis sie ungesehen die Geldscheine aus dem Kranz hervorziehen konnte. In der Wechselstube am Bahnhof Zoo tauschte sie dann das Ostgeld gegen Westgeld, im Verhältnis 4 : 1.

Der Plan zu dieser Art von Geldtransport stammte von Lenchen Priebe.

Im letzten der Nachlaßfälle erbte Maximiliane dann einen in Straßburg stehenden eichenen Ausziehtisch, aber nur als Miterbin.

Es fehlte jetzt nur noch ein geeignetes Erbe für Golo.

12

›Kinder und Uhren dürfen nicht ständig aufgezogen werden; man muß sie auch gehen lassen.‹

Jean Paul

Nicht weit von Marburg entfernt, bei Allendorf, befand sich während des Krieges eine in Wäldern verborgene Munitionsfabrik. Bei Kriegsende waren die großen Munitionsbunker von amerikanischen Pionieren gesprengt worden; anschließend diente der abgelegene Platz den Amerikanern als Sammelstelle für erbeutete Munition, die von Deutschen entschärft und gesprengt werden mußte. Auf dunklen Wegen gelangte von dort, der hochwertigen messingnen Kartuschen und Patronenhülsen wegen, zentnerweise Munition als Schrott auf den schwarzen Markt. Der illegale Handel war ebenso gefahrvoll wie einträglich.

Alle paar Wochen wurden die Eltern heranwachsender Kinder in der ›Marburger Presse‹ unter genauer Ortsangabe darauf hingewiesen, daß sich zwischen Cölbe und Allendorf noch immer Munition befände und eine Gefahr für Leben und Gesundheit der Kinder darstelle. Golo, mit seinem sicheren Instinkt für Gefahren, fühlte sich von diesem Hinweis unmittelbar angesprochen. Schon während der Flucht hatte er sich, fünfjährig, mehrfach in den Besitz von Handgranaten und Panzerfäusten gebracht und hatte von seiner Mutter entwaffnet werden müssen. Jetzt war er wiederholt im Uferschlamm der Lahn, unweit der Schilder, die auf Munitionsgefahr hinwiesen, fündig geworden.

In der Schule – er besuchte inzwischen die zweite Oberschulklasse der Nordschule – hatte man ihn nach zwei Unfällen vom Geräteturnen, schließlich vom gesamten Turnunterricht befreit, um ihn und seine Mitschüler vor weiteren Gefahren zu schützen. Während der Turnstunden sollte er auf Anordnung des Turnlehrers Spies am Rand der Turnhalle sitzen, was er in der Regel nicht tat, sondern sich herumtrieb. Dazu benutzte er das Ödland neben dem Landgrafenhaus, auf dem bis zu ihrer Zerstörung die Synagoge gestanden hatte; der Platz wurde von der Bevölkerung gemieden. Golo hatte sich dort ein kleines unterirdisches Waffenarsenal angelegt.

Er erwies sich als ein für die Schule wenig geeignetes Kind. Auch sein Verhältnis zu Recht und Unrecht blieb ebenso unterentwickelt wie das für Rechtschreibung. Bei einer Klassenfahrt nach Nürnberg, ins Germanische Museum, hatte er dem Mitschüler Peter Westphal fünfzig Mark entwendet und damit für sich und alle anderen Schüler Speiseeis gekauft. Zunächst war seinem Klassenlehrer, Dr. Spohr, die Freigebigkeit des Flüchtlingsjungen aufgefallen, dann erst vermißte der bestohlene Schüler sein Taschengeld. Zur Rede gestellt, erklärte Golo: »Ich erziehe den Peter Westphal doch nur zum Gemeinschaftssinn. Freiheit! Gleichheit! Brüderlichkeit! Die Ideale der Menschheit!«

»Es handelt sich dabei lediglich um erstrebenswerte Menschheitsideale, Golo!« antwortete Dr. Spohr. »Die Umsetzung in die Wirklichkeit überlasse bitte anderen!« Die Strafrede fiel angesichts der strahlenden Kulleraugen milde aus.

Da Dr. Spohr seinen Einfluß auf Golo nicht überschätzte, bestellte er die Mutter in seine Sprechstunde; doch diese ergriff, wie alle Mütter, die Partei ihres Sohnes.

»Es wäre besser gewesen, wenn dieser Mitschüler selbst das Eis gekauft hätte. Schuldig haben sich die Eltern des Jungen gemacht, die einem Quintaner fünfzig Mark Taschengeld auf eine Klassenfahrt mitgaben. Mein Sohn handelt aus einem angeborenen Bedürfnis nach Gerechtigkeit. Schulisch hat er dumm gehandelt, aber wir wissen beide, daß er nicht klug ist.«

Maximiliane lächelt und blickt den Lehrer zuversichtlich an. Dr. Spohr erkennt die Anlagen seines Schülers in der Mutter wieder und zuckt die Achseln.

»Ich habe Sie darauf hingewiesen. Eine Strafanzeige erfolgt nicht.«

Golo wurde nie bestraft, er bestrafte sich selbst. Mehr als den Abschluß an einer Realschule würde er ohnehin nicht erreichen und auch diesen nur mit Joachims Hilfe. Seine geringen schulischen Aussichten bekümmerten ihn wenig.

»Ich werde sowieso in Amerika bleiben!« erklärte er zu Hause und in der Schule.

»Dorthin paßt du auch besser!« sagten seine Lehrer, wohl wissend, daß sie den ungezügelten, lustigen Jungen vermissen würden.

»Wann geht es denn endlich los?« fragte er bei jedem Brief, der aus Kalifornien eintraf. Und in jedem Brief war von der Amerika-Reise die Rede. Bereits vor eineinhalb Jahren hatte Dr. Green sich bereit erklärt, die Kosten der Reise zu übernehmen. Auch er habe etwas wiedergutzumachen, hatte er auf den Rand eines Briefes geschrieben. »Vergleichsweise habe ich jene zwölf Jahre unbeschadet überstanden.« Er bezog seit geraumer Zeit regelmäßige Einkünfte aus den Wiedergutmachungsfonds.

Aber Maximiliane schiebt die Reise immer wieder hinaus. Ihre beiden Wesensarten lagen dabei miteinander im Streit: die pommersche Ruhe und die Unruhe der Berliner Mutter, die ihre Schwangerschaft reitend und im Schaukelstuhl heftig wippend verbracht hatte, was nicht ohne Folge für das derart im Mutterleib geschaukelte Ungeborene hatte bleiben können.

Golo beschleunigte dann schließlich auf seine Weise den Aufbruch.

Er hatte vor längerer Zeit zwei Panzerfäuste aus seinem Versteck nach Hause gebracht und in einer der Kisten unter den Damastservietten verwahrt. Jetzt wartete er nur noch auf eine

Gelegenheit, in der er sie in Ruhe auseinandernehmen konnte. Sie ergab sich an einem Nachmittag im Mai, als seine Mutter, wie jeden Tag, in der Bratwurststube weilte, ebenso Edda, die dort stundenweise – neuerdings gegen Bezahlung – aushalf. Joachim erteilte einem Mitschüler Nachhilfeunterricht in Griechisch. Mirka nahm an einer Trainingsstunde in der Tanzschule teil. Lediglich Viktoria befand sich in der Nähe des Hauses, allerdings mehrere Meter davon entfernt, wo sie sich in ihrem Hula-Reifen drehte, ihn mit Hüften, Knien und Schultern in Bewegung hielt, auf Touren brachte, sich verlangsamen ließ; wobei sie zusehends dünner wurde. Wie eine Süchtige drehte sie sich, selbstvergessen, in ihrem Käfig. Auch von ihr war also keine Störung zu erwarten; am Tag vorher hatte sie einen Rekord von zweieinhalb Stunden erreicht, in denen der Reifen den Boden nicht berührte.

Golo zerlegte ungestört am Küchentisch seinen hochexplosiven Fund.

Kurz nach 17 Uhr erfolgte die Detonation. Diese Uhrzeit wurde von der Polizei registriert und in den Zeitungsberichten wiedergegeben. Teile der Inneneinrichtung wurden zerstört, die Fenster aus den Rahmen gerissen; auf einer Breite von einem Meter klaffte in dem Bretterdach ein Loch. Wie durch ein Wunder blieb Golo fast unverletzt. Lediglich zwei Finger der linken Hand, die beiden kleinsten, wurden so verstümmelt, daß sie in der Unfallchirurgie amputiert werden mußten. Viktoria blieb unbeschädigt, erlitt aber einen Schock; sie schrie noch, als Maximiliane mit dem Polizeiauto in der Klinik bei den beiden Kindern eintraf. In der darauffolgenden Nacht schlief Maximiliane, wie nach allen ereignisreichen und aufregenden Tagen, besonders lange und fest.

Wie hatte Joachim gesagt: ›Da können wir ja froh sein, daß wir noch haben, was wir noch haben.‹ Das Foto, das am nächsten Tag in der ›Marburger Presse‹ erschien, sollte, samt dem ausführlichen Begleittext, ein weiteres Mal den Eltern heranwachsender Jugendlicher zur Warnung dienen: das zerstörte Behelfsheim einer adligen kinderreichen Flüchtlingswitwe aus dem Osten, die, so hieß es, um ihre bescheidene Habe gebracht worden war. Auch eine Bemerkung über das ›beklagenswerte Los von unbeaufsichtigten Schlüsselkindern‹ unterblieb nicht.

Die Folge dieser Veröffentlichung war, daß mehrere Marburger Bürger auf ihren Dachböden nach entbehrlichem Hausrat suchten, ihn zu dem Behelfsheim im Gefälle brachten und abluden; ein Vorgang, dem Maximiliane machtlos zusehen mußte. Was anderen entbehrlich war, war auch ihr entbehrlich. Ein weiteres Mal erschien ein Fotograf und machte, um den Lesern die Opferbereitschaft der Mitbürger zu zeigen, eine Aufnahme von den Quints, zwischen Stehlampen, Nähtischen und Kaffeemühlen. Maximiliane hielt sich auf dem Bild mit der Hand die Bluse am Hals zu, in Wahrheit war sie dabei, sie aufzureißen, eine nun schon bekannte Geste: es wurde ihr zu eng. Sie nahm diese Explosion als einen Wink des Schicksals. Wieder einmal war sie zu schwer geworden, wieder mußte Ballast abgeworfen werden. ›Wer weiß, wofür's gut ist‹, pflegte Anna Riepe zu sagen.

Innerhalb kurzer Zeit stellte sie die nötigen Anträge für Reisepaß und Visum, fuhr nach Frankfurt und unterstrich auf dem amerikanischen Konsulat mit den Zeitungsfotos und der Einladung des jüdischen Stiefvaters und der emigrierten Mutter die Dringlichkeit dieser Reise. Dann setzte sie sich mit Reedereien in Verbindung und schickte schließlich ein Telegramm nach San Diego: »Wir kommen!« Alle Familienmitglieder mußten amtsärztlich nach ansteckenden Krankheiten untersucht und dann geimpft werden. Daraufhin trat bei Viktoria sofort das übliche Fieber auf, was auf eine Infektionskrankheit schließen ließ und die pünktliche Abreise beinahe gefährdet hätte.

Die Bratwurststube in der Ketzerbach, von den Quints immer noch ›Fischbratküche‹ genannt, sollte derweil von Lenchen Priebe weitergeführt werden. Diese war inzwischen zu ihrem pommerschen Namen zurückgekehrt und sah auch wieder wie ein – nun schon älteres – Mädchen aus Pommern aus. Sie hatte Kummerspeck angesetzt, färbte das Haar nicht mehr blond und trug ihre amerikanische Garderobe auf. Da die Besatzungssoldaten durchschnittlich nicht länger als dreieinhalb Monate in Marburg blieben, war die Zeit zu kurz für dauerhafte Beziehungen. Und als die Truppen 1953 endgültig abzogen, war Helen von Jadows amerikanischer Traum vorüber. Da sie keinen Beruf erlernt hatte, mußte sie als Aushilfe arbeiten, in Gaststätten, in der Mensa und am Büffet des Bahnhofsrestaurants. Sie schien vom Leben als Aushilfe gedacht zu sein und sollte nun für die nächsten Wochen aushilfsweise die Quintsche Bratwurststube in der Ketzerbach übernehmen.

Wieder einmal sagte Maximiliane ›Kommt!‹ zu den Kindern. Noch hat sie sie fest am Bändel, fester, als sie weiß, und fester, als es ihnen guttut. Am zweiten Tag der großen Ferien schiffen sie sich auf dem kombinierten Passagier-Frachtdampfer ›La Colombe‹ in Rotterdam ein.

Das Behelfsheim im Gefälle hatte Maximiliane zuvor behelfsmäßig ausbessern lassen.

13

›In Havanna darf der Teufel auf dem Theater, des Negerpublikums wegen, nicht schwarz genannt werden, man nennt ihn grün.‹

Friedrich Hebbel

Wenn man Maximilianes Reiseberichten Glauben schenken darf, standen bereits mehrere Amerikaner am Pier, die allesamt riefen: ›Can I help you?‹

Den Rat ihrer Mutter, den Kontinent in Greyhound-Bussen zu durchqueren, redete ihr bereits auf dem Schiff ein Mitreisender, ein Mr. Jack Freedom aus Texas, aus. ›Take a car!‹ riet er ihr. Bei sechs Personen lohne sich die Anschaffung eines Autos. Mr. Freedom besaß einen Freund, der einen Freund hatte, dessen Freund, Mr. Smith, in Brooklyn mit Gebrauchtwagen handelte. Das Auto, das Maximiliane mit Hilfe dieser drei Amerikaner dann für 100 Dollar erwarb, war bereits 180000 Meilen gefahren, ein geräumiger Rambler, robust, kanariengelb. Alle drei Männer versicherten ihr, daß sie sie beneideten; auch ihr Wunsch sei es, einmal ›from coast to coast‹ zu reisen.

Maximiliane hatte weder Steinbeck noch Faulkner, noch Hemingway gelesen; ihr Amerikabild war auch nicht durch Karl May vorgeprägt. Der Kontinent traf sie unvorbereitet: ein weiblicher Columbus.

Aber sie besaß natürlich eine Straßenkarte; auch dafür hatte Joachim, der sich um alle Reise- und Autopapiere kümmerte, gewissenhaft gesorgt. Morgens im Drugstore, während ihre Kinder noch frühstückten, breitete Maximiliane ihre Karte auf dem Tisch aus, und sofort beugten sich mehrere Fernfahrer darüber, um mit ihr die Tagesroute zu besprechen. Sie zeichneten die schönsten, besten oder schnellsten Strecken in die Karte ein, gerieten dabei zuweilen miteinander in Streit und schrieben Adressen von Freunden an den Kartenrand, die sich über den Besuch sämtlicher Quints freuen würden, weil sie bei der Army in Deutschland gewesen seien.

Maximiliane ließ sich dann noch von ihnen einwinken, ›have a good trip!‹, und fuhr davon, Richtung Westen. Morgens fuhr sie wirklich immer nach Westen, geriet aber meist bald auf Highways, wo zwei Lastzüge den gelben Rambler in die Mitte nahmen und die Durchführung der eben gefaßten Pläne verhinderten.

Wenn der Benzintank leer war, ging sie an Land und erkundigte sich, wo man sich befand, ließ den Tank füllen, kaufte Popcorn, Coca-Cola und Pommes frites mit Catchup. Ham-and-egg-Geruch mischte sich mit dem Geruch nach Öl und Benzin und erinnerte die Quints an die Fischbratküche in der Ketzerbach. Der Wasserkanister wurde gefüllt, Mirka und Viktoria suchten in den Papierkörben nach Comics, mit deren Hilfe Viktoria Englisch lernte; wenn sie gelegentlich den Blick von den Heften hob, tat sie es nur, um »Fahr doch rechts, Mama!« zu sagen. Mirka betrachtete in den Comics ausschließlich die Bilder.

Hin und wieder hielt Maximiliane ohne erkenntlichen Grund am Straßenrand an und hieß die Kinder aussteigen.

»Seht euch um! Hier kommen wir nie wieder hin!«

Waren dann alle aus dem Wageninneren aufgetaucht, hielt auch schon ein Auto neben ihnen an, das Fenster wurde heruntergedreht, und ein Kopf erschien. »Can I help you?«

Wurde die Frage verneint, fuhr der Betreffende weiter. Häufig fragte er aber auch noch: »Where are you coming from?« Maximiliane mußte sich dann besinnen, wollte die Frage wahrheitsgemäß und von Grund auf beantworten, hätte vielleicht nicht den Kreis Dramburg erwähnt, wäre aber gewiß bis jenseits von Oder und Neiße zurückgegangen, aber der fremde Fahrer zeigte unmißverständlich auf das Nummernschild ihres Ramblers mit der New Yorker Kennziffer; er selber sei in Bronx geboren oder in Long Island, sagte er dann und fuhr mit einem »Hi« weiter. Und Maximiliane umarmte einen Ahornbaum in den Appalachen, verriet Pommern an den Staat Virginia.

Mit jedem Tag wird es heißer. Sie kommen tiefer in den Süden. In Tennessee muß es gewesen sein, wo sie sich erstmals entschlossen, in aller Frühe aufzubrechen und die Frische des aufziehenden Tages zu nutzen. Wenn sie dann mittags ein Motel mieteten, hängten sie das Schild ›Day-sleeper‹ an die Tür und schliefen unter surrenden Propellern. Die Motelvermieter erklärten sich jedesmal bereit, zusätzliche Schlafgelegenheiten für die ›Juniors‹ in den Raum zu schieben. Heißes Dämmerlicht, die Jalousien geschlossen, Fliegenfenster. Viktoria ist die einzige, die unter der Hitze leidet.

Edda verwaltet die Reisekasse; inzwischen ein Teenager von fünfzehn Jahren, mit Pferdeschwanz; Stirn und Nase voller kräftiger Sommersprossen, auf die sie stolz ist, seit eine Miss in einem Café sie mit der Filmschauspielerin Doris Day verglichen hat. Edda ist die einzige, die bereit und fähig ist, Gallonen in Liter, Fahrenheit in Celsius und Meilen in Kilometer umzurechnen; vor allem aber die Dollarbeträge mit den deutschen Geldbeträgen zu vergleichen. Tagsüber schreibt sie neue Wörter in ihr Vokabelheft, die Golo sie abends abfragen muß. Wenn sie Ersparnisse gemacht hat, kauft sie Eiscreme für alle. Mehrmals täglich bietet Golo sich an, die Mutter auf den geraden Strecken am Steuer abzulösen, und bekommt von ihr »Später!« zur Antwort. Sie ist kein Nein-sager. Sie wirft einen Blick auf seine verstümmelte Hand. Wird er ein Steuerrad überhaupt halten können?

Vor der Brückenauffahrt in Memphis gerät Maximiliane wieder zwischen zwei Lastzüge und überquert, ohne ihn zu sehen, den Mississippi. Joachim macht sie anhand der Straßenkarte darauf aufmerksam. Sie benutzt die nächste Ausfahrt nach rechts, um in die Stadt zurückzukehren, und gerät dabei auf eine Straße, die unmittelbar in die Slums der Neger führt. Hauptverkehrszeit, die Straße von Autos, Karren und Menschen verstopft. Sie bleiben stecken. Viktoria klagt über Durst, Edda mäkelt, daß man wegen eines Flusses nicht hätte zurückzufahren brauchen, Joachim und Golo stimmen ein, und sogar Mirka läßt sich vernehmen: »Ich muß mal raus!«

»Gut!« sagt Maximiliane in einem Anfall von Verärgerung. »Wir steigen aus! Wir suchen nach einem Café!« und fährt das

Auto auf einen Bürgersteig zwischen ein paar überquellende Mülleimer.

»Aber doch nicht hier!« sagt Viktoria. »In den slums!«

»Schließ wenigstens das Auto diesmal ab! Immer vergißt du es!« mahnt Edda.

»Wenn ich es immer vergesse, werde ich es hier auch tun!« sagt Maximiliane, wirft die Wagentür zu und setzt sich in Bewegung.

Sie sind die einzigen Gäste in dem Café. Zwei weißhaarige Negerinnen bedienen sie. Sie polieren lange die Gläser, bevor sie den lauwarmen Saft hineingießen, dann wischen sie die Tischplatte nochmals sauber. Der Propeller surrt, es ist heiß und stickig in dem halbdunklen Raum. Golo mustert interessiert die Musikbox und will sich schon erheben, aber Maximiliane mahnt zur Eile. Bevor sie noch gezahlt haben, wird im Hintergrund des Raumes ein Perlenvorhang zur Seite geschoben, ein Neger tritt heraus, zeigt offen sein Mißfallen über die Weißen und scheucht sie, ohne sich ihnen allerdings vorerst zu nähern, aus dem Raum.

Maximiliane rührt sich nicht, sagt: »Bleibt sitzen!«

Ein weiterer Neger erscheint, ein dritter; alle drei bleiben drohend stehen. »Ich habe Angst!« sagt Mirka.

In demselben Augenblick, in dem die drei Schwarzen sich in Bewegung setzen und auf sie zukommen, erhebt sich Joachim zu seiner vollen Größe, noch hellhäutiger und blonder als sonst. Er tritt den Männern schweigend und mit geballten Fäusten entgegen, hält sie in Schach und winkt der Familie zu, sich zu entfernen. Inzwischen achtzehn Jahre alt und 1 Meter 85 groß, das ›Härrchen‹ von einst, furchtsam und tapfer und hinter ihm die weiße Rasse und das Herrengeschlecht der Quindts und auch sein rassenbewußter Vater Viktor Quint.

Wieder auf der Straße, sagt Maximiliane: »Das wollen wir nun ganz schnell vergessen.« Hinter ihnen öffnet sich die Tür noch einmal, das Geld, das Edda auf den Tisch gelegt hat, wird hinter ihnen hergeworfen. Es rollt übers Pflaster. Die Kinder sammeln es eilig wieder ein.

Alle vier Reifen des Autos sind aufgeschnitten, vom Gepäck fehlt nichts.

»Setz dich ans Steuer, Mama!« sagt Joachim. »Wir schieben.«

Sie mußten den Wagen in der Nachmittagshitze mehrere hundert Meter weit mit eigener Kraft durch das Verkehrsgewühl fortbewegen. Der Besitzer der Werkstatt, ein Weißer, warf einen Blick auf die Reifen und einen auf die Touristen und sagte: »Forget it!«

Während die Reifen ausgewechselt oder, soweit dies noch möglich war, geflickt wurden, fuhren die Quints mit der ›Memphis Queen‹, einem Raddampfer, auf dem Mississippi. Im Saloon spielte eine Band. Joachim und Viktoria redeten noch erregt über den Vorfall mit den drei Negern; Golo und Edda standen vor einem Spielautomaten und erlegten Elephanten und Löwen; Mirka benutzte das Treppengeländer als Ballettstange und erweckte die Aufmerksamkeit einiger Mitfahrender.

Maximiliane lehnt, allein, an der Reling. Die Ufer verschwimmen in der Dämmerung, die Lampen des Saloons werfen schimmernde Lichtflecken auf das schwarze Wasser. Die Jazztrompete hebt sich hell aus der Band hervor. Jagdsignale und Choräle. ›Let me stay in your eyes!‹ Und nun: ›Old man river‹. Erinnerungen überschwemmen sie, sie erzittert und friert vor Einsamkeit.

»Have a drink!« sagt eine Männerstimme neben ihr.

Maximiliane blickt zur Seite und sieht in das hellhäutige Gesicht eines Mannes. »Lovesick?« fragt er.

Maximiliane schüttelt den Kopf.

»Seasick?« Er zeigt auf das Wasser, durch das der Dampfer stampft.

Wieder schüttelt Maximiliane den Kopf.

»Homesick?«

Maximiliane antwortet nicht, und schon fragt er weiter: »Where are you coming from?«

»Germany?!« Er war bei der Army, berichtet er, in Frankfurt, er spricht noch ein wenig Deutsch. Ein kleines Gespräch an der Reling kommt zustande, er heißt Pit Simpson und besitzt eine Ranch in Montana. Maximiliane betrachtet ihn eingehender; er hat ein schönes, regelmäßiges Gesicht, ist groß und kräftig gebaut. Er wirkt anziehend auf sie, aber: er heißt Peter, und Maximiliane hat, seit ihrer Kindheit, eine Abneigung gegen den Namen Peter.

Mr. Simpson berichtet von seiner Ranch, läßt sie greifbar vor ihren Augen erstehen: die Weite der Prärie, die im Westen von den schneebedeckten Bergen der Rocky Mountains begrenzt wird. In seinen Ställen stehen jeweils 80 Rinder. Die einander gegenüberliegenden Stallwände kann er beiseite schieben und mit dem Trecker hindurchfahren, und auf dem Hinweg schiebt der den Dung in die Grube, auf dem Rückweg nimmt er Spreu mit und verteilt sie maschinell; er braucht nicht einmal abzusteigen. Er macht alles allein, ohne Knecht. »Once over and all is done!« Wenn er Ferien hat, so wie jetzt, kommt sein Nachbar herüber, der nur 70 Meilen entfernt wohnt, und erledigt die Arbeit.

Maximiliane denkt an Poenichen, wo es Melker und Schweizer und Stallknechte gab, und ist von der Vereinfachung beeindruckt. Es ist, als röche sie nach langer Zeit wieder einmal Jauche.

Sie bedauert, daß Joachim bei dem Gespräch nicht zugegen ist. Sie hofft noch immer, daß er sich eines Tages für Landwirtschaft interessieren wird; bisher gilt seine Aufmerksamkeit nur der Landschaft. Horizontlinien und Kolibris statt Rinder und Kornfelder. Er füllt seinen Notizblock mit Gedichtzeilen. Sie beobachtet es mit einem Gefühl der enttäuschten Erwartung. Wieviel hätte er in den Vereinigten Staaten von Amerika für seine spätere Tätigkeit als Erbe und Verwalter von Poenichen lernen können! – Ihre Hoffnungen auf eine Rückkehr, durch die Aufrufe des Vertriebenenministers und der Heimatverbände immer wieder genährt, hat sie längst noch nicht aufgegeben. Noch bestand die Aussicht, daß Joachims Neigungen sich änderten; ›das verwächst sich auch wieder‹, pflegte Quindt zu sagen, der seine Neigung, ein Reiseschriftsteller wie Alexander von Humboldt zu werden, ebenfalls zugunsten von Poenichen hatte aufgeben müssen.

Eine Frau nähert sich. Mr. Simpson rückt ein wenig von Maximiliane ab, ruft »Hallo«. Dann sieht Maximiliane, wie Mr. und Mrs. Simpson Arm in Arm davongehen. Die Ranch in Montana entfernt sich wieder von ihr. Golo kommt, greift nach ihrer Hand: »Komm, wir tanzen!«

Die Zeit des Rock and Roll hat begonnen: neue Töne. Man tanzt Twist. Einen Augenblick lang sieht Maximiliane vom Rand der Tanzfläche aus zu, dann nimmt sie Golos Arm: »Komm, das können wir auch!« Sie hat gelernt, sich zu bücken und zu drehen; bei der Feldarbeit und in der Bratwurststube.

Oklahoma! Maisfelder, Baumwollfelder. Schwarzhäutige Männer und Frauen, die die weißen Baumwollblüten pflücken. Weiden, auf denen Kühe neben dem Stahlgestänge von Ölpumpen grasen. Dann Texas! Auf den endlosen ausgedörrten Steppen in der Ferne hie und da eine Rinderherde und am Stacheldrahtzaun Blechschilder mit der Aufforderung an die Autofahrer: ›Enjoy beef every day!‹ In Amarillo kauft Maximiliane für jeden ein handtellergroßes Steak, das sie auf dem nächsten Rastplatz grillen. Viktoria weigert sich, ihr Stück Fleisch zu essen. Sie denkt an: ›Enjoy beef every day!‹ und kämpft mit den Tränen. Anschließend lassen sie sich in den Schatten eines großen Baumes fallen. Maximiliane prüft dessen saftiggrüne Blätter und die Borke des Stammes.

»Was könnte das für ein Baum sein?« fragt sie. Und dann, als keines der Kinder antwortet: »Wo hat es denn so gerochen?«

»Bei der Großmutter Jadow in Charlottenburg!« ruft Golo.

»Ja. Es muß ein Kampferbaum sein«, sagt Maximiliane. »Es riecht nach Mottenkugeln.« Sie streckt sich ebenfalls aus und wirft die Arme über den Kopf. Sekunden später schläft sie fest ein und muß von den Kindern wachgerüttelt werden.

Unterwegs begleitet sie meilenweit ein großer schwarzer Vogel, ein ›blackbird‹, wie sie erfahren; ein ebenso großer blauer Vogel löst ihn später ab, ein ›bluebird‹. Als, in New Mexico, ein hochbeiniger Vogel eilig vor ihrem Auto die Straße kreuzt, nennen sie ihn den ›road-runner‹; sie entdecken und benennen Amerika.

In Albuquerque erreichen die Quints die ›Sixtysix‹, die Fernstraße 66. Wegweiser ohne Städtenamen, mit nichts als Zahlen darauf.

Maximiliane hält an und wendet sich an Joachim, der den betreffenden Punkt auf der Karte sucht.

»Hier sind wir«, sagt er, »am Rande der Wüste!«

Maximiliane erinnert sich plötzlich, angesichts der endlosen Weite und der Richtungsschilder, eines Fotos, das ihr Mann aus Rußland geschickt hatte und worauf nichts weiter zu sehen war als Wegweiser mit Zahlen von Truppenteilen, kein Ortsname, aber alle Schilder nach Osten weisend, tiefer in die Schneewüste hinein.

Im Inneren Amerikas berichtet sie ihrem ältesten Sohn von Rußland und von Hitlers Ostpolitik.

»Was hat Vater von Judenverfolgungen und Konzentrationslagern gewußt?« fragt Joachim.

»Was er gewußt hat, weiß ich nicht. Ich weiß nur, woran er geglaubt hat. Er wollte mit seinen Kindern den Ostraum besiedeln. Er glaubte an die Auserwähltheit der germanischen Rasse.«

»Ist was los?« erkundigt sich nach einer Weile Golo. »Warum geht es denn nicht weiter? Wir schmoren hier hinten im Wagen.«

Und Maximiliane fährt weiter westwärts, auf den schnurgeraden Straßen, die erst am Horizont enden.

Sie durchqueren die Wüste, geraten am zweiten Tag in einen kleinen Sandsturm, der Golo in Begeisterung versetzt, kaum daß er im Auto zu halten ist. Sein Amerika setzt sich aus Tornados, Blizzards, Hurrikans und Canyons zusammen; die Wasserfälle Tennessees schwellen in seinen Erzählungen zu Niagarafällen an. Eddas Amerika besteht aus Automatenrestaurants, Rolltreppen, Kofferradios und Kühlschränken; Viktorias aus Neger-Slums und Indianer-Reservationen. Und Mirka, was nimmt Mirka wahr? Sich selbst vermutlich, wenn sie sich in Schaufensterscheiben und Bergseen spiegelt.

In den Rocky Mountains gerät Maximiliane noch einmal, was ihr auf der Flucht aus Pommern geraten war: sie läßt die Sonne dreimal untergehen. Diesmal braucht sie lediglich Gas zu geben, um die nächste Anhöhe rechtzeitig zu gewinnen; bei jedem neuen Sonnenuntergang hält sie an, wartet ihn im Gefühl ihres Triumphes ab und fährt, Gas gebend, weiter nach Westen. Damals, 1945, hatten sie ihren Handkarren schiebend und ziehend die kleinen Anhöhen der Mark Brandenburg hinaufschaffen müssen.

Seit mehr als zehn Jahren zieht sie nun schon westwärts, jetzt mit erhöhter, zeitweise mit überhöhter Geschwindigkeit, Meile um Meile durch den dünnbesiedelten mittleren Westen Nordamerikas. Auf den Ortsschildern ist die Anzahl der Einwohner vermerkt.

»Be careful!« mahnt Golo. »Hier gibt es nur siebenundvierzig Leute!«

In diesem Land mußte doch auch Platz für ein paar heimatlose Pommern sein!

Sie gehen zu Fuß durch die verlassenen Goldgräberstädte.

›High noon‹ und ›Großer Bluff‹. Ghost town, wilder Westen.
Arizona: im Inneren der baumhohen Kandelaber-Kakteen Nistplätze; Vögel fliegen zwischen den fingerlangen Stacheln ein und aus.
Zedern. Immergrüne Eichen. ›On the road‹.
Und dann Kalifornien, Oasen in der Wüste, Traumland. Sie erreichen den Salton-Sea, weit unter dem Meeresspiegel liegend.
»Hier kommen wir nie wieder hin!« sagt Maximiliane.
Sie tauchen in die salzige warme Lake.
Am Rande einer Palmenplantage machen sie Rast. Golo ist der erste, der die Strickleitern entdeckt, die von den Palmen hängen. Er springt, bekommt die unterste Sprosse zu fassen, hangelt sich trotz der beiden fehlenden Finger behende hoch bis zu den dicken Bündeln der Datteln. Joachim hilft seinen Schwestern, die Leitern zu erreichen, setzt sich aber selber unter einer Palme auf die Erde und macht Notizen; aus den Wipfeln tönt das Lachen und Rufen der anderen. Maximiliane steht und blickt hoch. Sie muß wohl in diesem Augenblick an die Kübelpalmen in Poenichen gedacht haben, die im Sommer in der Vorhalle standen und im Saal überwinterten, aber auch an den Poenicher Kiefernwald, den ihr Großvater hatte anpflanzen lassen. Sie steht breitbeinig da, die Hände auf dem Rücken zusammengelegt, ein Spiegelbild des alten Quindt. Wann hatte sie zum letztenmal einen Baum erklettert? War das alles für sie schon vorbei? Sie fährt sich mit beiden Händen durchs Haar, nimmt einen Anlauf, springt und erreicht die unterste Sprosse einer Strickleiter. Dann stemmt sie die Füße gegen den Stamm, zieht sich hoch und klettert auf der schwankenden Leiter nach oben. Die Rufe ihrer Kinder, vorsichtig zu sein, erreichen nicht ihr Ohr.
Der heiße Wüstenwind faucht ins Auto, sobald die Türen geöffnet werden. Das Thermometer an der Tankstelle zeigt 125 Grad Fahrenheit. In einer Orangenplantage sammeln sie Apfelsinen wie Fallobst ein; aus dem dunklen Blattgrün leuchten die hellen Strohhüte der mexikanischen Erntearbeiter.
Sie nähern sich ihrem Ziel. Maximiliane hat die Ankunft bereits telefonisch mitgeteilt. Es ist schon später Nachmittag, als sie den Stadtrand von San Diego erreichen. Aber Maximiliane umfährt die Stadt, macht trotz Eddas Einspruch einen großen

Umweg. Sie wünscht das Ende des Kontinents zu erreichen und den Pazifik zu sehen. From coast to coast. Sie treffen noch rechtzeitig zum Sonnenuntergang ein. »Wir wollen warten, bis sie untergegangen ist!« sagt sie zu den Kindern. »›ER redet und ruft der Welt vom Aufgang der Sonne bis hin zu ihrem Untergang.‹« Wieder so ein biblisches Samenkorn, von dem man nicht weiß, in welchem Herzen es aufgehen wird.

Der Sonnenball nähert sich dem Horizont und rollt eine Weile darüber hin. Die Kinder haben sich entfernt. Maximiliane erinnert sich, daß sie schon einmal zu jemandem gesagt hat: ›Laß uns das abwarten‹, damals in Kolberg, am Tag ihrer Hochzeit, ihr erster Sonnenuntergang am Meer. Bevor die Sonne endgültig versinkt, fällt Traurigkeit über sie her. Einsamkeit, wie damals. Dem Rausch der Fahrt folgt die Ernüchterung. Nie wieder wird sie so mit ihren Kindern reisen.

Sie bleibt ein Landkind, das die Seen liebt, die schilfigen Ufer; Begrenzungen, nicht dieses Ineinander von Himmel und Meer. Sie braucht Land unter den Füßen und vor den Augen. Sie wendet sich um, blickt nach Osten, wo die Berge im letzten violetten Sonnenlicht liegen, und sagt zu sich oder den Kindern oder der Welt: »Was soll ich hier? Ich bin doch aus Poenichen!«

Sie umfahren die Canyons, die die Stadt durchziehen, umfahren die Bays, die sich hineinschieben, verlieren mehrfach die Richtung. Die letzten Kilometer sind wieder einmal die schwersten.

14

> ›Man wird vom Schicksal hart oder weich geklopft, es kommt auf das Material an.‹
>
> Marie von Ebner-Eschenbach

Dr. Green hatte das Haus der Nachbarn, dessen Bewohner sich auf einer Weltreise befanden, für die Quints gemietet; sie verfügten, neben den üblichen Wohn- und Schlafräumen, über Badezimmer und Dusche, Fernsehapparat, Telefon und Kühlschrank.

Am Vormittag des zweiten Tages ergab sich die Gelegenheit,

daß Mutter und Tochter miteinander allein waren. Dr. Green war mit den ›Juniors‹, wie er Maximilianes Kinder zusammenfassend nannte, an eine Badebucht in La Jolla gefahren. Seine Sprechstunden lagen nachmittags.

Die beiden Frauen saßen auf der ›Porch‹, einer Art Vorhalle, wo es um diese Stunde kühler war als im Garten; Maximiliane hatte sich in die Hollywoodschaukel gesetzt, Vera in den Schaukelstuhl. »Nehme ich dir deinen Platz weg?« hatte Maximiliane gefragt und die nackten Füße unter den Rock gezogen, aber Vera hatte mit dem Anflug eines Lächelns gesagt: »Ich werde nicht gern von anderen geschaukelt, ich bevorzuge den Einsitzer.«

»Wie ist es dir in der Zwischenzeit ergangen?« Maximiliane machte den Anfang. »Ich sehe nur das Ergebnis.« Mit einer Handbewegung umfaßte sie den Garten und jenes Stück des Pazifik, das man von ihrem Platz aus sehen konnte, einschließlich der hohen Palmen, die am Straßenrand standen. »Von dem Weg, auf dem ihr es erreicht habt, weiß ich nichts. Quindt sagte immer – nein, er sagte es nur wenige Male, es wurde selten von dir gesprochen: ›Sie ist in Sicherheit‹, und ich versuchte mir ein Land vorzustellen, das ›Sicherheit‹ heißt.«

Mrs. Green beantwortete diese umfangreiche Frage mit einem einzigen Satz.

»Ich hatte meine gute Zeit in Berlin, jetzt hat Green seine gute Zeit, dazwischen hatten wir schlechte Zeiten.«

Mehr an Auskunft schien sie ihrer Tochter zunächst nicht geben zu wollen. Das übrige folgte, stückweise, an den nächsten Vormittagen.

Nach ihrer Flucht aus Deutschland im Jahre 1935 hatten die Greens, damals noch unter dem Namen ›Grün‹ reisend, nach mehrmonatigen Zwischenaufenthalten in den Niederlanden, in Paris und London schließlich die Vereinigten Staaten von Amerika erreicht. Das Geld, mit dem der alte Quindt seiner ehemaligen Schwiegertochter die Flucht ermöglicht hatte, war mit der Überfahrt verbraucht. Dr. Grüns Sprachkenntnisse reichten andererseits nicht aus, das für die Vereinigten Staaten erforderliche medizinische Examen sofort abzulegen. So mähte er zunächst, im Staate New Jersey, die Rasenflächen der wohlhabenden Villenbesitzer oder schnitt die Hecken, und seine Frau verdiente als Putzfrau – cleaning lady genannt – bei denselben Familien Geld, bis Dr. Grün eine Stelle als Krankenpfleger im jüdischen Hospital von Brooklyn fand und seine Frau wieder anfangen konnte zu fotografieren. Aber eine Möglichkeit, ihre Bilder bei den großen Magazinen unterzubringen, bestand nicht. Der amerikanische Fotostil der dreißiger und vierziger Jahre unterschied sich wesentlich von dem Berliner Stil der zwanziger Jahre; auch ihre Fotoausrüstung genügte den Anforderungen nicht mehr, und an eine Neuanschaffung war nicht zu denken. Also fotografierte sie für die örtlichen Zeitungen lächelnde Bräute, frischgraduierte Collegegirls. Unter solch schwierigen Verhältnissen verbrachten sie mehrere Jahre, bis Dr. Green während des Krieges in Sacramento, California, sein medizinisches Staatsexamen ein zweitesmal ablegen konnte. Anschließend hatte er in Los Angeles eine Praxis als Psychoanalytiker eröffnet; die Behandlungsstunde zu fünf Dollar. Die Wohnung war so klein, daß Vera sie während der Dauer der Sprechstunden, die in den Nachmittags- und Abendstunden lagen, verlassen mußte. Da die Greens zu diesem Zeitpunkt noch kein Auto besaßen, war Vera gezwungen spazierenzugehen, zwischen den Highways und Freeways von Los Angeles. Inzwischen hatten beide, nach ihrer Einbürgerung, den Namen Grün in Green geändert. Die Schwierigkeiten, die sich aus der deutschen Herkunft und der jüdischen Abstammung ergaben, hielten sich in erträglichen Grenzen. Dr. Green hatte seine in Berlin begonnenen Aufzeichnungen über ›das körpersprachliche Verhalten und die nichtsprachliche Kommunikation der Massen‹ in Sicherheit bringen können. Er behielt sein Forschungsgebiet bei und galt als einer der Entdecker der ›Kinesik‹, die sich mit der Deutung der menschlichen Gestik befaßte, eine von der klassischen Psychologie noch immer nicht anerkannte Wissenschaft. Seine erste Publikation über ›Nonverbal Communication‹ war vor Jahresfrist erschienen und hatte einiges Aufsehen erregt. Zur Zeit arbeitete er über ›die Dialekte der Körpersprache‹. Inzwischen kostete eine Behandlungsstunde bei ihm nicht mehr fünf, sondern zwanzig Dollar, und man zählte die Greens bei einem Jahreseinkommen von 30000 Dollar zur ›upper middle class‹. Ein Haus in San Diego, drei Blocks vom Pazifik entfernt, zwei Autos, zwei Fernsehapparate.

Im Behandlungszimmer Dr. Greens hing die Vergrößerung

einer Fotografie, die bereits in seiner Praxis in Berlin-Steglitz gehangen hatte: Sigmund Freud, flankiert von seinen Schülern Alfred Adler und Daniel Grün, 1921 in Bad Gastein entstanden. ›Wiener Schule‹. Die Fotografie hob sein Ansehen in den Vereinigten Staaten mehr als sein Diplom. Green hatte sich im Laufe der Jahre innerlich weit von seinem Lehrer Freud entfernt. Verdrängte Sexualität und sexuelles Fehlverhalten interessierten ihn kaum noch. Äußerlich hatte er sich ihm dafür um so mehr genähert: Er trug einen graumelierten Bart, ähnlich gestutzt wie jener Sigmund Freuds, eine allgemeine semitische Ähnlichkeit kam hinzu. Der Blick seiner Augen war allerdings nicht gütig, eher skeptisch.

In dem kleinen Vorzimmer, in welchem die Patienten warteten und das er, von ihnen unbemerkt, beobachten konnte, hingen zwei für seine Lebensauffassung bezeichnende Sprüche an der Wand. Der eine, ›Why live, if you can be buried for ten dollars?‹ (›Warum leben, wenn man für 10 Dollars begraben werden kann?‹), von Sigmund Freud, der andere, ohne Angabe des Verfassers, möglicherweise also von ihm selbst stammend: ›Don't try to live forever, you will not succeed!‹ (›Versuch nicht, ewig zu leben, du wirst keinen Erfolg haben!‹). Sonst kein weiterer Wandschmuck. Beide Sätze waren für das Wartezimmer eines Arztes, zumal in Kalifornien, schockierend. Dr. Green pflegte die Wirkung, die sie auf seine Patienten ausübten, zu beobachten, ein Test.

In seinem Behandlungszimmer fielen zwei Bilder auf. Das eine stellte seinen jüdischen Vater dar, der im Alter von 87 Jahren im Konzentrationslager Auschwitz umgekommen war, das andere Adolf Hitler in Uniform. Dr. Green umgab sich nicht mit seinen Freunden oder Vorbildern, sondern mit seinen Gegnern, jenen, an denen er gewachsen war und die er nicht zu vergessen wünschte.

An einem der nächsten Vormittage saßen Mutter und Tochter wieder zusammen auf der ›Porch‹. Mrs. Daniel Green, wie man Vera Jadow nannte, hatte mit der langen Ebenholzspitze, in der sie ihre Orientzigaretten zu rauchen pflegte, alle übrigen Allüren ihrer Berliner goldenen Jahre ebenfalls abgelegt. Trotzdem hatte sie sich nicht dem landläufigen Bild der Amerikanerin der fünfziger Jahre angepaßt. Sie trug meist Schwarz, eine nicht einmal in Trauerfällen für Kalifornien zugelassene Modefarbe;

trug noch immer den kurzgeschnittenen Bubikopf, das inzwischen allerdings ergraute Haar eng an den Kopf gebürstet, eine Frau von Anfang Sechzig. Der Blick der Augen war weniger hell, weniger rasch, das ehemals leidenschaftlich belebte Gesicht besänftigt. Sie rauchte nicht mehr, trank keinen Bourbon mehr und hörte keinen Jazz mehr; die Redensart ›Das hatte ich schon‹ hatte sie sich ebenfalls abgewöhnt. Sie fotografierte auch nicht mehr.

Aber: »I do my own things«, sagt sie, mischt häufig amerikanische Einheitssätze in ihre Unterhaltung ein.

»Ich beschäftige mich täglich einige Stunden im Treibhaus. Ich ziehe Orchideen. Sie sind geruchlos und reglos; mehr Gegenstände als Lebewesen. Sie stören nicht. Sie verhalten sich nicht einmal.«

Letzteres eine Anspielung auf das Forschungsgebiet ihres Mannes.

Keinen ihrer Sätze unterstreicht sie mit einer Handbewegung; ihre Hände liegen reglos auf den Knien. Ohne zu schaukeln, sitzt sie im Schaukelstuhl.

»Everything is just fine! Alles ist in Ordnung. Darauf kommt es hier an. Ich bin am Ziel aller amerikanischen Wünsche angelangt. Relax and enjoy, entspannen und genießen.«

Sie erhebt sich, geht ins Haus und kehrt nach kurzer Zeit mit einem Bildband zurück.

»Der Ullstein Verlag hat einige meiner Foto-Serien, die ich damals für die ›Berliner Illustrirte‹ hergestellt habe, in einer Faksimile-Ausgabe herausgebracht. ›Untern Linden um halb fünf‹. Damals waren die Aufnahmen künstlerisch interessant, heute sind sie historisch interessant, auch für die Geschichte der Fotografie. Vielleicht aber auch nur ein Akt der Wiedergutmachung an einer politisch Verfolgten.«

Maximiliane schlägt das Buch auf und sieht als erstes jene Serie von Fotografien, die ihre Mutter unbemerkt in Poenichen angefertigt hatte: ›Bilder aus Hinterpommern‹. Kartoffelernte; Quindt in Gutsherrenhaltung, im ›Gig‹ sitzend, Riepe hinter ihm auf dem Kutschertritt stehend; Inspektor Palcke, die kleine Erika Beske. Alle inzwischen tot.

»Hat ER die Bilder gekannt?«

Maximiliane spricht von ihrem Großvater so, wie Viktor Quint von Hitler gesprochen hatte; als handle es sich um Gott, mit erhobener Stimme. Aber ihre Mutter muß nicht nachfragen, wer da gemeint sei, betont das ›ER‹ ebenfalls, jemand, der in ihr Schicksal zweimal eingegriffen hatte.

»Nachdem ER die Bilder in der Illustrierten gesehen hatte, hat er mich ersucht, Poenichen zu verlassen. Er hat mich auf den Weg geschickt. Hier bin ich gelandet.«

Mutter und Tochter nähern sich behutsam dem Thema ›Poenichen‹.

»Ich habe damals dort ein Pferd geritten, das ›Mistral‹ hieß«, sagt die Mutter, und die Tochter: »Mein Pferd hieß Falada, aber meine Beine waren zu kurz geraten. Bis dann jemand« – sie erinnert sich, tief atmend, an den Reiter am Poenicher See – »herausfand, daß meine Beine nicht mehr zu kurz waren. Ich bin nach Joachims Geburt noch einmal fünf Zentimeter gewachsen.«

»Weißt du, daß Joachim deinem Vater ähnlich sieht?«

Maximiliane verneint die Frage, und Mrs. Green fährt fort:

»Er hat, als ich ihn geheiratet habe, wie Joachim ausgesehen, mein Freiherr Achim von Quindt aus Hinterpommern, ein Knabe, den man in eine Leutnantsuniform gesteckt hatte, feldgrau. Und ich war bereits eine Frau. Ich war einige Jahre älter als er. Eine Witwe, eine Mutter. Es ging alles so schnell. Green hätte vermutlich gern einen Sohn gehabt, von mir konnte er ihn nicht haben. Unter anderen Umständen hätten wir uns getrennt. Aber ich konnte einen Juden nicht im Stich lassen, er war abhängig von mir. Später konnte er mich nicht im Stich lassen, weil ich seinetwegen alles aufgegeben hatte und von ihm abhängig war. Wir haben einander zu viel zu danken.«

»Mir geht es mit Viktor, meinem ersten Mann, ähnlich. Quindt sagte immer: ›Er hält sein Parteibuch über Poenichen.‹ Und nach dem Zusammenbruch meinte ich, mich schützend vor ihn stellen zu müssen.«

»Weißt du eigentlich, wo er begraben liegt?«

»Nein, er gilt als vermißt.«

»Aber dein Vater müßte doch ein Grab haben«, sagt Mrs. Green nach kurzem Nachdenken. »Zeit und Ort seines Heldentodes, wie man das 1918 noch nannte, waren ja bekannt. Oder hat Quindt ihn später noch überführen lassen?«

»Nein. Es lag ein Stein für ihn auf dem Innicher Berg, aber es wurde selten von ihm gesprochen.«

»Mir kam es damals schon so vor, als würde er zusätzlich noch totgeschwiegen.« Mrs. Green macht eine kleine Pause und fährt dann fort: »An eurem See hauste seinerzeit ein merkwürdiger Mensch, fast ein Wilder.«

»Christian Blaskorken!«

»Seinen Namen habe ich vermutlich nie gewußt. Aber an Anna Riepe erinnere ich mich, an ihre rote Grütze!«

»Ich soll ›Mamma‹ zu ihr gesagt haben, und später habe ich sie ›Amma‹ genannt.«

Dieses Gespräch zwischen Mutter und Tochter trug viel zur Annäherung bei, obwohl dazu eine Generation und ein Ozean überquert werden mußten.

Bald nach ihrer Ankunft hatte Dr. Green nach Maximilianes Hand gegriffen und sich die Fingernägel angesehen.

»Das paßt nicht ins Bild. Ich wüßte gern, warum du Nägel kaust. Wenn du es ebenfalls wissen möchtest: Ich habe morgen nachmittag noch eine Stunde frei. Komm in mein Behandlungszimmer! Zu einer Analyse reicht die Zeit deines Aufenthaltes nicht aus. Dafür bist du auch schon ein wenig zu alt. Die meisten meiner Patienten sind übrigens zu alt.«

»Du nicht?« erkundigt sich Maximiliane. »Spielt das Alter des Analytikers keine Rolle?«

Green gibt zu, darüber bisher nicht nachgedacht zu haben. Maximilianes Offenheit belebt ihn. Er kommt auf seine Patienten zu sprechen. »Die meisten treibt ein Schuldgefühl zu mir«, sagt er. »Es ist ihnen zutiefst unheimlich, daß es ihnen so gut geht. Alle Dinge verlieren dadurch, daß sie mit ihnen umgehen, an Wert, müssen weggeworfen und durch neue ersetzt werden. Sie haben daher den Drang, sich ebenfalls zu erneuern, damit nicht auch sie weggeworfen werden. Sie warten auf Strafe für etwas, das sie nicht zu benennen wissen. Sie brauchen jemanden, der sie freispricht, und das bin ich. Das Honorar ist der Ablaß, den sie zahlen. Ich vertrete ihren Gott, den sie verloren haben.«

»Und was ist mit deiner eigenen Schuld und deiner Strafe? Und deinem Gott?« fragt Maximiliane.

»Danach fragt keiner«, antwortet Dr. Green.

»Fragst du nicht selber danach?«

»Ich vermeide es.«

Dr. Green hat sich erhoben, nimmt im Vorübergehen Maximiliane bei den bloßen Armen und sagt: »Ausgerechnet die Tochter meiner Frau! Du hast, was ihr fehlt: Freimut. Hat sie den nun an dich abgegeben?«

»Wäre es nicht besser, nach dem zu suchen, was dir fehlt?«

»Mir scheint, ich halte es in den Händen!« sagt Dr. Green, läßt ihre Arme los und begibt sich in seine Praxisräume.

Am nächsten Tag bat er sie, sich auf seine Couch zu legen, um zunächst ein paar einfache Entspannungsübungen mit ihr zu machen. Er erteilt ihr die üblichen Anweisungen. Maximiliane dehnt, streckt, rekelt sich. Green ist überrascht über die Ungezwungenheit und Leichtigkeit, mit der sie seinen Hinweisen folgt. Als aber dann eine Reaktion ausbleibt, wird er gewahr, daß sie eingeschlafen ist, der Helligkeit wegen den angewinkelten Arm über die Augen gelegt.

Die Ursache des Nägelkauens blieb unentdeckt.

Die Quints, inzwischen von den Nachbarn und den Greenschen Freunden ›die Quintupples‹ genannt, fanden es weiterhin ›himmlisch‹ und ›paradiesisch‹ in Kalifornien. Niemand verlangt, daß sie den Plattenspieler leiser stellen – sie hören Rock and Roll – oder den Wasserverbrauch einschränken, und Maximiliane brät Steaks statt Würstchen. Sie leben im Überfluß.

›Einmal lebt ich wie Götter‹, zitiert Joachim und schreibt in sein Notizbuch: »Nur der Morgen gerät hier nicht. Er ist dunstig, die nasse Luft lastet auf der Stadt. Nebel schiebt sich in breiten Schwaden zwischen Meer und Wüste, bis dann die Sonne machtvoll durch den Dunst bricht, den Mittag und Nachmittag erleuchtet und erhitzt, um dann strahlend und bewundert im Pazifik unterzugehen und die Hitze mit sich zu nehmen.«

Maximiliane ist eine Morgenfrau. Der Rhythmus ihres Körpers paßt nicht zum Rhythmus eines kalifornischen Tages. Sie steht früh auf, ausgeruht und heiter, hat morgens ihre besten Stunden. Verliert dann aber im Laufe des Tages ihre Frische, verbraucht sich, altert, ist daher abends, bei Parties etwa, ›nicht mehr ergiebig‹, wie sie sich ausdrückt. Sie verbringt fast den ganzen Tag im Garten, bewässert Hibiskus, Gardenien, Avocados und Unbekanntes, richtet den Wasserstrahl des Gartenschlauchs auf ihre bloßen Beine, zieht sich für einige Stunden in den Nachbargarten zurück, um sich zu sonnen, ›ganz barfuß‹, wie sie ihre Nacktheit bezeichnet. Nachmittags setzt sie sich mit einem Buch, ohne allerdings darin zu lesen, unter den blühenden und gleichzeitig früchtetragenden Zitronenbaum. Sie war nach Amerika gefahren mit der Sorge, ob man nicht auf Deutsche mit den Fingern zeigen, sich vor ihnen fürchten und ›deutsch‹ als Schimpfwort gebrauchen würde. Diese Scheu hat sie noch nicht ganz verloren.

Wenn Joachim seine Großmutter Vera nicht darauf aufmerksam gemacht hätte, daß der 8. August der Geburtstag der Mutter sei, hätte sie wohl nicht daran gedacht. Der Tag hatte sich ihrem Gedächtnis als Datum nicht eingeprägt.

Die Kinder hatten am Vorabend bereits einen Geschenktisch hergerichtet, auf den Joachim am Morgen noch ein Heft legte, handgeschrieben: seine ersten Gedichte, unter dem Titel ›Death is so permanent‹. Nach dem Frühstück zieht Maximiliane sich mit dem Heft unter den Zitronenbaum zurück. Joachims Handschrift ist bereits fertig entwickelt, eckig, dabei leicht und ohne Druck, nach links geneigt. Maximiliane schlägt die erste Seite auf, greift mit der Hand neben sich und vermißt die Äpfel. Sie steht noch einmal auf, holt sich aus dem Gemüsefach der Kühlbox ein paar Golden delicious und kehrt zurück, um beides, Äpfel und Gedichte, zu sich zu nehmen. Die Äpfel sind schön anzusehen und anzufühlen, haben keine Maden und wenig Aroma. An ein festes Versmaß gewöhnt und an gereimte Gedichtzeilen, erschienen ihr Joachims Gedichte blutarm wie diese makellosen Äpfel.

›Fährtensuche auf Highways,
Haarspray und Öl,
Benzin und
Pommes frites . . .‹

Sie versucht, zwischen den Zeilen zu lesen und Fehlendes zu ergänzen. ›Ich richte den Lauf meiner Waffe auf in jeder Nacht . . .‹ Diese Zeilen liest sie gerade, als Joachim hinzutritt. Sie deutet darauf und blickt ihn fragend an. Er sagt nichts. Sie versteht und errötet. Und nun errötet auch der achtzehnjährige Sohn unter den Blicken seiner überraschten Mutter. Aber dann bricht diese gleich darauf in Lachen aus, in ein anhaltendes und ansteckendes Lachen.

»Mosche!« sagt sie, lehnt ihr Gesicht an seinen Körper, und er tut, was sie erwartet: er schließt die Arme um sie.

»Sag nicht, daß man von Gedichten nicht leben könnte, Mama!«

»Das sage ich nicht, Mosche. Man kann ohne Gedichte nicht leben. Ich habe immer von Gedichten leben müssen. Nein, nicht immer, aber oft. Ich habe dich, mit der Muttermilch, schon mit Gedichten genährt. Ich bin selbst schuld.«

Maximiliane war mit den Vorbereitungen der abendlichen Geburtstagsparty noch nicht fertig, als bereits die ersten Gäste eintrafen. Sie versuchte, unbemerkt ins Nachbarhaus zu gelangen, um sich Schuhe und ein anderes Kleid anzuziehen, aber Dr. Green bestand darauf, daß sie so blieb, wie sie war, ›ein Naturkind‹.

Mit diesen Worten stellte er sie den Partygästen auch vor. Diejenigen, die nicht deutscher Herkunft waren oder kein Deutsch verstanden, ließen sich das Wort ›Naturkind‹ übersetzen, das nach ›Wunderkind‹ klang.

»Child of nature«, sagt Dr. Green, verwirft aber diese Übersetzung sofort wieder. Er zeigt auf Maximilianes Haar, ihre gebräunten Arme, ihre lässige Kleidung, die nackten Füße.

»Polyanna«, schlägt eine ältere Amerikanerin, eine Miss Schouler, vor, stößt aber auf den Widerspruch des Hausherrn.

»Simplicity?« fragt ein deutschsprachiger Gast, ein Dr. Severin, der aus Los Angeles herübergekommen war. »Ein Wort mit ›Einfachheit‹?«

Dr. Green stimmt zu, wendet sich an Maximiliane und wandelt das Wort ab: »Simplizia Simplizissima! Wie gefällt dir das? Paßt es zu deinem abenteuerlichen Leben nicht gut? Im Ersten Weltkrieg geboren, im Zweiten Weltkrieg mit fünf kleinen Kindern geflüchtet, den Vater verloren, den Mann verloren!«

Währenddessen zelebriert er mit leichter Hand einen seiner berühmten ›Drinks‹, diesmal einen ›Marguerita‹. Er befeuchtet sorgsam die Ränder der hohen Gläser, stülpt sie in Salz, wirft dann gestoßene Eiswürfel hinein, mißt Agavenschnaps ab, Taquila, den er in Mexiko besorgt, gießt mit ›Lime and triple sec‹ auf. Er ist für seine ›Sundowners‹ berühmt, jene Getränke, von denen man den ersten Schluck trinkt, wenn die Sonne den Pazifik berührt, ein Ereignis, das mit einem allgemeinen ›Ah‹ begrüßt wird. Man wünscht, auf das Wohl des Geburtstagskindes zu trinken, auf die ›Simplizia Simplizissima‹, aber Maximiliane ist nirgendwo zu sehen. Sie hat sich aus dem Mittelpunkt der Party in den Hintergrund des Gartens zurückgezogen. Man trinkt statt dessen auf das Wohl ihrer Mutter, Mrs. Green. Diese schneidet gerade eine Trüffelpastete, die sie eigenhändig zubereitet hat, in Scheiben, legt sie auf Teller und reicht sie herum. Dabei erzählt sie heiter, wie ihr an jenem 8. August 1918 ihr Schwiegervater eine Scheibe ›Poenicher Wildpastete‹ ans Bett – ans Wochenbett! – gebracht habe.

»Die Hebamme aus dem Dorf war nicht einmal in der Lage, das Geschlecht des Kindes zu bestimmen! Erst der Landarzt, der viel zu spät eintraf, stellte fest, daß es sich nicht um den männlichen Erben handle, sondern nur um ein Mädchen!«

Sie erzählt in beiden Sprachen, Englisch und Deutsch, belebt sich dabei und gleicht noch einmal jener Vera von Jadow, die im Berliner Westen ihren ›jour fix‹ gehalten hatte, geistreich, sprühend, elegant, im Gegensatz zu ihrer Tochter, die an Partygespräche nicht gewöhnt und daher ›unergiebig‹ war.

»Das Taufessen fand im Saal des Herrenhauses statt, mit Silberdiener«, fährt Mrs. Green fort. »Ahnenbilder an den Wänden! Petroleumlampen! Es gab weder Wasserleitung noch elektrisches Licht! Als die Suppenterrine geleert war, habe ich das Kindchen hineingelegt: der Mittelpunkt!«

Die Gäste lachen. Bei diesem Geburtstag ist Mrs. Green der Mittelpunkt.

»Man trank einen selbstgebrannten Hagebuttenlikör. Man machte alles selbst. Sogar das Eis wurde im eigenen See geschnitten und im Eiskeller aufbewahrt. Im Winter fuhr man in Pferdeschlitten!«

»Wo liegt dieses ›Pommern‹ eigentlich?« erkundigt sich ein Mr. Bryce. »In Rußland?«

Dr. Green belehrt ihn, daß es im polnischen Teil Deutschlands liege.

»Eine Polin also!«

Die Gäste sind ebenso überrascht wie entzückt. Man ruft ihren Namen in den Garten hinaus. Maximiliane kehrt zurück.

»So also sieht eine Polin aus!«

»Es sollen schöne und leidenschaftliche Frauen sein!«

Dr. Severin wendet sich an Maximiliane. »Wie hieß dieser Ort?«

»Poenichen«, antwortet Maximiliane.

»Wie groß war er? Vielleicht kenne ich ihn?«

»Man mußte die Hauptstraße mehrmals im Jahr jäten«, sagt unter dem Lachen der deutschsprechenden Gäste Maximiliane und setzt hinzu: »Poenichen ist meine Speisekammer.«

Diese Bemerkung versteht niemand, und so sieht Mrs. Green sich veranlaßt, sie zu erläutern.

»Meine Tochter meint damit wohl, daß sie, geistig, von dorther noch immer ihre Nahrung bezieht.« Sie blickt Maximiliane an. »So wie mein Schwiegervater, der alte Quindt genannt, seinerzeit Quindt-Essenzen von sich gab, so scheint seine Enkelin Maximiliane zuzeiten ›Maximen‹ von sich zu geben.«

Die Gäste lachen, soweit sie die Anspielung verstehen, und Mrs. Green berichtet weiter, daß dieser alte Quindt den letzten deutschen Kaiser persönlich gekannt und daß sich ein Bismarckbrief im Besitz der Quindts befunden habe.

»Und ich habe Hitler die Hand gegeben«, sagt Maximiliane.

Alle Augen richten sich auf sie wie auf ein Naturwunder, und Miss Schouler sagt bewundernd, daß dieses kleine Land nun schon wieder einen so großen starken Herrscher hervorgebracht habe: Adenauer.

Auch bei dieser Geburtstagsfeier kommt das Gespräch auf Maximilianes Augen. Man vergleicht sie mit den Augen Golos. Mrs. Green gibt, nahezu wörtlich, den ersten Trinkspruch wieder, der auf Maximilianes Wohl ausgebracht worden war: »Vor Gott und dem Gesetz sind alle gleich! Wir taufen hier keine Prinzessin!«

Auch in Kalifornien war man nicht unempfänglich für Prinzessinnen, und man kommt auf die Hochzeit des Jahres zu sprechen: die Vermählung des Fürsten von Monaco mit der amerikanischen Filmschauspielerin Grace Kelly. ›Ein Mädchen vom Lande‹.

Alle erinnern sich an diesen Film, in dem sie die Hauptrolle gespielt hat.

Niemandem war bisher aufgefallen, daß Mirka fehlte. Sie hatte sich im Nachbarhaus eine indianische Diwandecke umgeschlungen und erschien jetzt auf dem Rasen, von einer Kerze, die sie mit beiden Händen hielt, beleuchtet. Man bewunderte und beklatschte ihren Auftritt.

»Eine Prinzessin!«

Das Kind machte eine tiefe Verbeugung, stolperte dabei über die Decke und stürzte zu Boden. Enttäuscht über ihren mißratenen Auftritt, brach sie in Tränen aus. Maximiliane sah keine Veranlassung, ihre eitle kleine Tochter zu trösten. Alle anderen Frauen aber eilten hinzu, um das entzückende Kind aufzuheben und in den Arm zu nehmen.

Edda hatte sich bei der Bewirtung der Gäste nützlich gemacht, und Viktoria stand bei alledem – was die Besucher teils unsicher machte, teils aber auch reizte – schweigend und mit gelangweiltem Gesicht dabei, als ob es sich nicht lohne, den belanglosen Gesprächen auch nur zuzuhören.

Es wurde Zeit, zu der geplanten Beach-Party an den Strand zu fahren. Man verteilte sich auf mehrere Autos. Dr. Green nahm, wie üblich, die Juniors in seinem Wagen mit, Dr. Severin forderte Maximiliane auf, mit ihm zu fahren, was sie auch tat. Unterwegs berichtete er, daß er bereits seit dem Sommer 1945 in den Staaten lebe, die Amerikaner hätten ihn importiert, zusammen mit anderen Wissenschaftlern. Er habe an den Hitlerschen Vergeltungswaffen mitgearbeitet, die dann allerdings zu spät gekommen sind.

»Wofür zu spät?« erkundigte sich Maximiliane.

»Für den Kampf gegen den Kommunismus!« sagte Dr. Severin, verblüfft über die einfältige Frage, und lenkte ab. »Lassen wir die Politik! Reden wir lieber von Pommern! Ich habe zwei Jahre in Peenemünde gearbeitet, allerdings meist unterirdisch.«

In diesem Augenblick wurden sie von einem Auto überholt. Die Quintupples steckten lachend die Köpfe aus den Fenstern. Eine der Wagentüren stand halb offen, dahinter saß Golo. Maximiliane schloß die Augen. Als sie sie wieder öffnete, wurde die Tür gerade zugeschlagen.

Die Juniors steckten die mitgebrachten Fackeln in den Sand und entzündeten sie. Dr. Severin übernahm es, den Grill in Gang zu bringen, während Maximiliane sich bereit erklärte, die Steaks zu braten. Die Leichtigkeit, mit der sie, im Sand hokkend, die Fleischstücke wendete, würzte und auf Partyteller legte, trug ihr allgemeine Bewunderung ein. Sie hantiert mit beiden Händen! hieß es auch diesmal. Dr. Severin legte ihr nahe, ein Steakhaus aufzumachen.

»Ich kann es ja versuchen!« sagt Maximiliane und denkt an

ihre Bratwurststube in der Ketzerbach, aber auch an Martin Valentin.

Später gehen Mrs. Green und Maximiliane miteinander den Strand entlang. Die Partygesellschaft hat sich zerstreut. Dr. Severin baut mit den Quintupples aus Sand eine Abschußrampe für Raketenwaffen, Richtung Westen, übers Meer.

Maximiliane und Mrs. Green bleiben einen Augenblick an der Rampe stehen. Der Osten befindet sich im Westen, stellt Maximiliane fest, eine Erkenntnis, die außer ihr niemanden sonst überrascht.

Ihre Mutter berichtet Einzelheiten über die Lebensumstände von Dr. Severin.

»Er ist seit einem Jahr geschieden, die beiden Söhne leben bei der Mutter, die nach Deutschland zurückgekehrt ist. Er bewohnt ein Haus in Beverly Hills, beste Gegend, mit einem großen Pool im Garten, Blick zum Pazifik. Deine Kinder gehen allmählich aus dem Haus. Du scheinst ihm zu gefallen.«

»Meine Steaks gefallen ihm!« stellt Maximiliane richtig und denkt zum zweitenmal an diesem Abend an Martin Valentin.

Vom Süden her zieht ein Gewitter auf, erleuchtet die Kulisse der Berge. Die beiden Frauen treten den Rückweg an.

»Hast du Angst vor Gewittern?« fragt Mrs. Green ihre Tochter, und diese zitiert ihren Großvater: »Wir Pommern fürchten Gott und sonst nichts auf der Welt, ausgenommen schwere Gewitter, durchgehende Pferde, Maul- und Klauenseuche, den Kiefernspanner und den Zweifrontenkrieg – aber sonst nichts auf der Welt.«

Den erwünschten Regen würde es zwar wieder nicht geben, aber vorsorglich brach man des rasch näher kommenden Gewitters wegen eilig auf.

An den meisten Tagen fuhr Dr. Green die Juniors morgens an den Strand, aber hin und wieder unternahm er mit ihnen auch Ausflüge ins Landesinnere, wobei er auf wenig belebten Straßen Golo zuweilen das Steuer überließ. Er zeigte ihnen spanische Missionshäuser, Indianer-Siedlungen, historische Leuchttürme und moderne Sternwarten. In Kaufhäusern ließ er sie einkaufen, um ihr Kaufgehaben zu beobachten, einmal lud er sie zu einem Stierkampf im nahen Tijuana/Mexiko ein. Er hatte sich im Umgang mit ihnen nicht nur verjüngt und erholt, er hatte auch für seine Arbeit über ›die Dialekte der Körpersprache‹ wichtige Beobachtungen angestellt.

Er legte deshalb Maximiliane nahe, den Aufenthalt in Kalifornien zu verlängern, erwähnte, wie sehr er sich an sie und die Juniors gewöhnt habe, aber auch, daß seine Beobachtungen, gerade was die Veränderung im Verhalten Jugendlicher unter amerikanischen Lebensumständen anlangte, noch nicht abgeschlossen seien.

»Ich mache kein Hehl daraus, daß meine Einladung zunächst auch eigensüchtige Beweggründe hatte. Ich beabsichtigte von vornherein, einen Teil meiner privaten Forschungen an deinen Kindern vorzunehmen. An meinen Patienten kann ich es nicht tun, da sie psychisch krank und zumeist auch zu alt sind. Ich benötige aber zu meiner Arbeit weitgehend normale, gesunde, jugendliche Versuchspersonen.«

»Die Schulferien gehen zu Ende, und wir müssen rechtzeitig wieder in Marburg sein«, gibt Maximiliane zu bedenken.

»Ich bin Arzt! Ich werde deinen Kindern bescheinigen, daß sie sich, bedingt durch die Anstrengung der weiten Reise und den Klimawechsel, in einem schlechten Gesundheitszustand befinden, so daß die Flugreise ihnen Schaden zufügen würde.« Er zeigt dabei mit der Hand auf die Juniors, die unterm Zitronenbaum lagern, lachend und gesund, für jedes Reklamefoto geeignet. »Ich schlage nämlich vor, daß ihr nach New York fliegt, dadurch gewinnen wir nahezu eine weitere Woche miteinander. Natürlich werde ich das finanzieren.«

Man einigte sich auf eine Verlängerung der Ferien um drei Wochen. Die einzige, die Einspruch erhob, war Edda; sie befürchtete, daß ihr auf diese Weise ein Jahr verlorengehen könnte. Maximiliane schrieb per Luftpost an die vier Direktoren der Marburger Schulen, in denen ihre Kinder unterrichtet wurden, und legte den Briefen die ärztlichen Atteste bei. Golo verkaufte den alten Rambler und schlug dabei, dank der neuen Bereifung, 180 Dollar heraus.

Als Ausgleich für den verlorenen Schulunterricht sollten die Juniors wenigstens ihre Englischkenntnisse erweitern. Diese hatten sich inzwischen bei allen verbessert, außer bei Golo; sein Deutsch hatte sich statt dessen verschlechtert. »Ich habe geschauert«, verkündete er, wenn er geduscht hatte. Drei weitere Wochen lebten die Quints ungestraft unter Palmen.

Am Vorabend der Abreise saßen die Erwachsenen noch einmal auf der Terrasse beieinander. Die Juniors streiften unruhig durch den Garten. Das Gepäck stand bereits in der Garage, fünf Orchideen aus Mrs. Greens Gewächshaus, in Cellophanschachteln verpackt, lagen obenauf.

Zum letztenmal bereitete die Sonne ihren großartigen Untergang im Pazifik vor. Dr. Green füllte die Gläser mit einem ›Sundowner‹ und lud die Juniors dazu ein. Sie entfernten sich aber, mit ihren Gläsern, bald wieder.

Weißhaarig und weise lehnte Dr. Green in seinem Korbstuhl. Ein letztesmal beobachtete er die Juniors und machte Maximiliane in kurzen Abständen auf Einzelheiten im Verhalten ihrer Kinder aufmerksam. Er hob dabei deutend die Hand, so daß seine Beobachtungen wie Weissagungen eines alttestamentarischen Propheten wirkten.

Joachim ging gerade den Gartenweg entlang, griff nach einem Stuhl, rückte ihn in die Nähe einer Palme und setzte sich. Dann stand er wieder auf, gab dem Stuhl eine andere Richtung, setzte sich erneut, stemmte die Füße gegen den Stamm, lehnte sich zurück und blickte in die Ferne. Er änderte die Stellung noch zweimal.

»Er ist ein Sitzer!« sagte Dr. Green. »Er geht, um sich zu setzen. Er wird seßhaft werden, wird vermutlich frühzeitig zu Stuhle kommen. Die deutsche Sprache hat dafür einen sehr passenden Ausdruck. Die Körpersprache hingegen ist international, kennt allerdings auch ihre Dialekte. Joachim macht sich schmal, um nicht anzuecken. Er versucht, an den Rand des Geschehens zu kommen. Du wirst ihn nie im Mittelpunkt sehen. Er beansprucht wenig Raum, sein Aktionsradius ist gering. Er gibt nur selten Signale. Sieh dir Vera an: Auch sie nimmt sich zusammen, seit Jahren. Sie wird immer schmaler, um mir keine Anhaltspunkte zu geben. Selbst ihr Körper macht mir keine Mitteilungen mehr. Sie wird in Zukunft . . .«

»Muß das jetzt sein, Green?« unterbrach ihn Vera.

»Es muß nicht sein. Du warst nie freigebig, Vera. Deine Tochter ist es. Sie lebt nach allen Seiten hin offen. Sie gibt sich ständig Blößen. Trotzdem halte ich sie für unverletzbar. Lebte ich noch in meiner eigenen, der deutschen Sprache, hätte ich meine Forschungen ausgedehnt und mich nicht auf die Körpersprache beschränkt. Für einen Emigranten muß es genügen.«

In diesem Augenblick fällt sein Blick auf Golo, der in einiger Entfernung dasteht, lässig gegen einen Baum gelehnt, in der einen Hand das Glas, die andere Hand in die Gesäßtasche geschoben.

»Sieh dir deinen Sohn Golo an, wie er dasteht«, sagt er zu Maximiliane und hebt wieder, weissagend, die Hand. »Er hat die gleiche starke sexuelle Ausstrahlung wie seine Mutter!«

»Er ist erst sechzehn Jahre alt!« wendet diese, errötend, ein.

»Er ist schon sechzehn Jahre alt!« sagt Dr. Green, indem er das ›schon‹ betont. »Er paßt in dieses Land. Er braucht Raum. Alle Gegenstände werden ihm zu Widerständen, an denen er aneckt. Er weicht nicht aus, stößt sich ständig.«

»Er hat sich bereits bei seiner Geburt das Schlüsselbein gebrochen«, ergänzt Maximiliane.

»Tatsächlich? Das bekräftigt meine Beobachtungen! Er geht achtlos mit sich um. Es kommt ihm auf zwei Finger mehr oder weniger nicht an. Er riskiert etwas!«

»Er ist leichtsinnig! Und du hast ihn mehrere Male den Wagen fahren lassen!«

»Du kannst ihn nicht in einen Glaskasten setzen!«

»Aber zwischen einem Glaskasten und einem sechsspurigen Highway wird es doch einen Platz geben, auf dem er sich weniger in Gefahr bringt. Sein Charakter hält dem Motor nicht stand! Er überschätzt beide.«

»Ich halte ihn tatsächlich für gefährdeter als seine Geschwister. Aber zum Glück besitzt er außer Leichtsinn auch Geschicklichkeit, eine spielerische Aufmerksamkeit. Zudem hat er technischen Instinkt. Er steuert das Auto fast künstlerisch. Ein Naturtalent. Ihm fällt alles zu. Er braucht nur die Hände zu öffnen. Was ihm nicht zufällt, lernt er auch nicht, daran verliert er schnell das Interesse. Ich würde seine weitere Entwicklung gern beobachten. Allerdings möchte ich sie dann auch beeinflussen.«

»Kann man das überhaupt?« fragt Maximiliane.

»Eine sehr weibliche Frage! Ein Mann will eingreifen und verhindern, eine Frau beschränkt sich darauf, zu helfen und zu heilen, wenn es passiert ist.«

Mrs. Green mischt sich in das Gespräch ein.

»Ist das nicht sehr vereinfacht, Green?« fragt sie.

»Man muß diese geschlechtsspezifischen Eigenheiten vereinfachen, um sie zunächst einmal zu klären. Ich werde euch ein Beispiel dafür geben, daß es diese Eigenheiten wirklich gibt. Ein Test!«

Er ruft die Juniors einzeln beim Namen. Als sie sich unverzüglich nähern, sagt er zu Maximiliane: »Erstaunlich! Sie kommen auf Anruf!«

»Das tun sie nicht immer. Du bist ein Zauberer.«

Dr. Green fordert alle, außer seiner Frau, aber einschließlich Maximilianes, auf, ihre Pullover auszuziehen.

»Aber ich habe nichts drunter«, wendet Viktoria ein.

»Du brauchst ihn nicht ganz auszuziehen, Tora! Tu nur, als ob du ihn ausziehen wolltest.«

Alle kommen der Aufforderung nach und fassen nach ihren Pullovern, um sie über den Kopf zu ziehen.

»Halt!« befiehlt Dr. Green. »Bleibt in dieser Haltung und seht euch an!«

Golo und Joachim haben den Pullover im Nacken gefaßt, während die Mädchen, einschließlich ihrer Mutter, ihn mit gekreuzten Armen beim Saum gefaßt halten.

»Personen männlichen Geschlechts«, erläutert Dr. Green, »fassen den Pullover hinten am Halsausschnitt und ziehen ihn über den Kopf, Personen weiblichen Geschlechts fassen ihn beim Saum.«

Verwunderung und Gelächter.

Nachdem die Juniors sich wieder entfernt haben, wendet Green sich erneut an Maximiliane.

»Willst du mir Golo überlassen? Für einige Jahre. Für länger?« Und dann, an seine Frau gewandt: »Vorausgesetzt, du hast nichts dagegen einzuwenden?«

»Du wirst deine Absichten haben, Green.«

»Und du hast deine Orchideen!«

»Redet ihr öfters in dieser Sprache miteinander?« fragt Maximiliane.

»Nur öfters«, sagt Vera lächelnd.

»Überleg es dir, Maximiliane!« fährt Dr. Green fort. »Ich könnte Golo adoptieren, und du hättest eine Sorge weniger.«

»Ich würde ihn nicht daran hindern. Seit Jahren sagt er: ›Ich bleibe in Amerika!‹«

»Jetzt kann er nicht hierbleiben. Das lassen die Einwanderungsbestimmungen nicht zu. Ihr habt nur ein Besuchervisum.

Aber wiederkommen könnte er, ich würde für die Formalitäten sorgen.«

»Frag ihn! Er ist schon sechzehn Jahre alt!«

Dr. Green ruft laut durch den Garten: »Golo! Würdest du bei uns in Amerika bleiben wollen?«

Ein Freudenruf kommt als Antwort, Golo nähert sich in großen Sprüngen. Maximiliane hat das erste ihrer Kinder verloren. Sie spürt es, so wie sie die Empfängnis gespürt hat.

Wenig später zeigt Dr. Green auf Edda.

»Wie sie sich brüstet! Die Körpersprache ändert sich von einer Generation zur anderen. Vor zehn Jahren wäre es undenkbar gewesen, daß ein fünfzehnjähriges Mädchen seine Brüste derart zur Schau stellt. Es fehlt ihr eine Dimension: die der Phantasie. Kein Handgriff zuviel, keiner zuwenig. Sie wird es zu etwas bringen. Zu kurz kommen wird sie jedenfalls nie. Vermutlich wird sie einmal zu dick werden.«

»Weil sie immer das Fett ißt, das du vom Fleisch abschneidest?« fragt Maximiliane. »Vergiß nicht; es ist ein Nachkriegskind. Sie hat jahrelang gehungert.«

»Das haben ihre Geschwister auch. Trotzdem tut es keines von ihnen. Edda nimmt alles zu sich und verleibt es sich ein.«

Dr. Green spricht genießerisch, wie jemand, der seine Muttersprache wiedergefunden hat; seine Mutter hatte deutsch mit ihm gesprochen, sein Vater polnisch, miteinander hatten die Eltern jiddisch gesprochen.

Schwerer Flügelschlag nähert sich den dunklen Baumkronen. Dr. Green zeigt ins Geäst der Zeder, wo sich ein alter Cormoran niederläßt und hocken bleibt.

Der Schein der Windlichter fällt in den Garten. Auf dem Rasen entsteht eine Art erleuchteter Bühne, auf der Viktoria auftaucht. Mit gesenktem Kopf, anscheinend etwas suchend, überquert sie mehrmals den Rasen.

»Wie ein Hund, der nach Fährten sucht«, kommentiert Dr. Green. »Sie wird immer auf der Suche sein. Man muß ihr viel Zeit lassen. Sie probiert aus, nimmt nichts als gegeben hin. Sie verleugnet ihre Weiblichkeit, darum geht sie mit gekrümmtem Rücken, sie haßt ihr Geschlecht. Niemand soll sehen, daß sich ihre Brüste entwickeln. Sie ist in allem das genaue Gegenteil ihrer Schwester Edda. Sie besitzt eher zuviel Phantasie, darum wirkt sie ängstlich. Sie ist eine Versuchsperson. Du weißt, was ich darunter verstehe?«

Maximiliane bejaht seine Frage und setzt dann, halb im Scherz, halb im Ernst hinzu: »Du hast jetzt allen meinen Kindern eine Art Horoskop gestellt. Nur Mirka steht noch aus!«

»Vorerst ein hübscher kleiner Gegenstand«, sagt Dr. Green. »Ob mehr daraus wird, ist die Frage. Sie scheint mir wenig entwicklungsfähig zu sein.«

»Aber sie ist schön!« wirft Mrs. Green ein. »Seht ihr nicht, daß sie eine Schönheit werden wird?«

»Sie übt ausdauernd!« sagt Maximiliane.

»Wenn man sie beobachtet«, antwortet Dr. Green. »Sie nimmt ständig Positionen ein. Früher spielten die Kinder in Deutschland ein Spiel, das sie ›Figurenwerfen‹ nannten: Ein Kind nahm ein anderes bei der Hand und schleuderte es herum, ließ es plötzlich los, und dieses mußte in der Stellung verharren, in der es hinfiel. Mirka erinnert mich daran. Sie braucht ihr Publikum, sie agiert nicht, sie reagiert. Eine eigenständige künstlerische Begabung sehe ich nicht. Ruf sie an! Sie wird sich sofort verändern.«

Maximiliane steht auf, geht die Stufen zum Garten hinunter, schwankt einen Augenblick. Sie sucht die Kinder auf, faßt nach jedem, um sich ihrer zu vergewissern, stellt den Kontakt wieder her, der ihr unterbrochen schien, und geht in den letzten Winkel des Gartens, hinter dem Gewächshaus. Dort legt sie die Arme um den Stamm der Zeder und preßt ihr Gesicht an die Baumrinde.

Die Voraussagen des Dr. Green wurden zur Ursache für das Vorausgesagte.

15

›»Eure Gerechtigkeit! Bei uns geht es nicht gerecht zu! Hier bekommen nicht alle dasselbe! Wer es am nötigsten hat, bekommt am meisten. Das ist unsere Gerechtigkeit.«‹

Der alte Quindt

Bei der Rückkehr aus Amerika fand Maximiliane eine ›letztmalige Aufforderung‹ des Lastenausgleichsamtes vor, die Fragebogen für die Hauptentschädigung spätestens bis zum 1. Oktober abzuliefern.

›Und auch in den schwersten Tagen niemals über Lasten klagen‹, war sowohl bei ihrer Taufe als auch bei ihrer Hochzeit gesungen worden, und es hieß damals, daß es ›Quindtsche Art‹ sei; gewiß aber war es nicht Quindtsche Art, Ansprüche an den Staat zu stellen. Worte wie ›Wiedergutmachung‹ und ›Lastenausgleich‹ wehten ungehört an Maximilianes Ohren vorbei. Sie glaubte nicht an die Möglichkeit einer Wiedergutmachung und bezweifelte sogar die Wahrheit jener urchristlichen Forderung, daß einer des anderen Last zu tragen habe, glaubte allenfalls an eine höhere, wenn auch späte ausgleichende Gerechtigkeit. ›Er wird abwischen alle Tränen.‹

Nachdem ihr zweiter, ›ungültiger‹ Ehemann einige Fragebogen für sie ausgefüllt hatte, waren die weiteren von ihr achtlos in eine Schublade gelegt worden. Für die Einhaltung von Stichtagen war sie ebenso wenig tauglich wie zur ständigen Wiederholung derselben Angaben auf den verschiedensten Fragebogen.

Zweimal hatte sie eine Hausratsentschädigung erhalten; gemessen an dem Poenicher Haushalt geringfügig, aber gemessen an dem derzeitigen Behelfsheim doch beachtlich; zumal die Höhe der Entschädigung sich nach der Kopfzahl der Familie gerichtet hatte. Monatlich erhielt sie bisher eine Kriegsschadenrente für Witwen in Höhe von 40 Mark, zusätzlich 10 Mark für jedes Kind. Jetzt aber ging es um die tatsächlichen und nachweisbaren Vertreibungs- und Kriegssachschäden, um den großen Lastenausgleich, wofür das entsprechende Gesetz bereits vor einigen Jahren in Kraft getreten war. Seit Maximiliane das Nötigste – oder, wie sie sagte, ›was wir brauchen‹ – in der Bratwurststube verdiente, hatte sie sich um keine weitere staatliche Hilfe bemüht.

Edda, die geschäftstüchtigste der Quints, bekam jene Aufforderung des Lastenausgleichsamtes zu sehen und drängte die Mutter, sich endlich darum zu kümmern, zumal sie in der Zeitung davon gelesen hatte, daß auf die festgesetzten Entschädigungssummen hohe Aufbaudarlehen bewilligt worden waren.

»Bei einer Schadenssumme von einer Million Mark beträgt die Entschädigung 65000 Mark!« verkündete sie.

»Ich will zurückkehren, Edda, ich will nicht entschädigt werden!« sagte Maximiliane, machte sich aber dann doch an das Studium der Fragebogen. Bereits die Frage nach dem Verlust der Sparguthaben wußte sie nicht zu beantworten. Aktien hatte es auf Poenichen, wie sie vermutete, ebensowenig gegeben wie Sparbücher; ihr Großvater hatte das im Sommer erwirtschaftete Geld im Winter in Saatgut und Kunstdünger angelegt. Auch die Frage, wie hoch das Jahreseinkommen auf Poenichen gewesen sei, wußte sie nicht zu beantworten. Ratlos nahm sie den unausgefüllten Fragebogen und begab sich zu dem für den Buchstaben Q zuständigen Beamten des Lastenausgleichsamtes. Dort wartete sie zunächst zwei Stunden lang mit anderen Vertriebenen und Kriegsgeschädigten auf dem Flur und saß schließlich dem Beamten, Herrn Jeschek, gegenüber. Sie sah ihn vertrauensvoll an und ließ sich, nachdem sie ihm von ihren Schwierigkeiten berichtet hatte, grundsätzlich über den Sinn des Lastenausgleichs orientieren.

»›Die Anerkennung der Ansprüche der durch den Krieg und seine Folgen besonders betroffenen Bevölkerungsteile auf einen die Grundsätze der sozialen Gerechtigkeit und volkswirtschaftlichen Möglichkeiten berücksichtigenden Ausgleich von Lasten und auf die zur Eingliederung der Geschädigten notwendige Hilfe!‹«

Herr Jeschek blickt von der Broschüre hoch, und Maximiliane, die bei dieser Gelegenheit das schöne und unerfüllbare Wort von der ›sozialen Gerechtigkeit‹ zum erstenmal hört, sieht ihn weiterhin vertrauensvoll an.

Herr Jeschek nimmt seine Aufgabe sehr ernst, nennt die Nummern einiger Paragraphen des Lastenausgleichsgesetzes, spricht von ›Schadensausgleich‹ sowie ›Einkommensausgleich‹ und erwähnt eine Novelle zu dem diesbezüglichen Gesetz.

Bei dem Wort ›Novelle‹, dem einzigen, das ihr geläufig ist, schweifen Maximilianes Gedanken ab zu Bindings ›Opfergang‹ und von da zur Inselspitze in Hermannswerder, wo sie mit ihren Freundinnen lesend im Schilf gesessen hatte.

»Hören Sie mir überhaupt zu?« fragt Herr Jeschek.

»Nein«, sagt Maximiliane wahrheitsgemäß, mit feucht-glänzenden Augen.

»Mit Tränen kommen Sie auch nicht weiter!«

Darin irrt sich Herr Jeschek allerdings, was er sogleich selbst beweist, indem er erwähnt, daß er ebenfalls Flüchtling sei, allerdings aus Böhmen.

»Leitmeritz!« Aufmunternd fügt er hinzu: »Es wird doch jemanden geben, der über Ihr Gut besser Bescheid weiß. Angestellte zum Beispiel!«

Maximiliane denkt nach.

»Martha Riepe!« sagt sie dann erleichtert. »Unsere Gutssekretärin! Sie lebt jetzt in Holstein!«

»Na also!« sagt Herr Jeschek. Dann fragt er: »Was war denn Ihr verstorbener Mann von Beruf?«

»Zuletzt war er Oberleutnant!«

»Aktiv oder Reserve?«

Maximiliane denkt wieder nach und sagt: »Für einen Reservisten war er zu aktiv!«

Herr Jeschek lächelt nachsichtig.

»Und bevor er eingezogen wurde?«

»Referent im Reichssippenamt.«

»Dann muß er entweder Berufsoffizier oder Staatsbeamter gewesen sein. In beiden Fällen müßten Sie pensionsberechtigt sein!«

Maximiliane sieht den Beamten ungläubig an.

»Eine Witwe mit Pensionsansprüchen?«

»Eine Vermutung! Am besten, Sie fahren nach Kassel, zum Regierungspräsidenten, Abteilung Pensionskasse. Sie müssen um Ihre Versorgungsansprüche kämpfen, Frau Quint! Wir Flüchtlinge müssen uns in den Wirtschaftsprozeß eingliedern!«

Herr Jeschek händigt ihr die Fragebogen wieder aus und verlängert die Abgabefrist.

Noch am selben Abend schreibt Maximiliane an Martha

nung. Unsere Ordnung heißt Poenichen. Du kennst mich von klein auf, also rede mich mit dem Vornamen und mit du an. Es geht nicht, daß ich ›Martha‹ sage, und du sagst ›Frau Quint‹. Die Unterschiede müssen aufhören. Und nun erzähl! Hast du Nachrichten aus Poenichen?«

Mit der Fabulierfreude einer Buchhalterin berichtet Martha Riepe und zieht zugleich Bilanz. Soll und Haben, tot und lebend, Ost und West. Schicksale werden auf das Äußerste an Sachlichkeit eingeschränkt.

Vom Tod des alten Riepe hatte Maximiliane bereits erfahren, aber daß Marthas Bruder Willem inzwischen in Ost-Berlin als Gewerkschaftssekretär tätig war, wußte sie nicht; seine Familie lebte im Westen. Stellmacher Finke war zu guter Letzt auch noch ausgewiesen worden, nur die alten Jäckels lebten noch immer in Poenichen.

»Ein paar Leutehäuser sollen wieder aufgebaut sein, auch der Wirtschaftshof. Eine Kolchose! Und überall sitzen die Polaken.«

»Es handelt sich um umgesiedelte Polen aus der Ukraine«, sagt Maximiliane, aber Martha Riepe überhört den Einwurf und fährt fort: »Im Schloß wollen die Polen ein Erholungsheim für Kinder aus Posen einrichten, wenn man es noch restaurieren kann, es soll ja völlig ausgebrannt sein.«

In den nächsten Tagen beugten sich die beiden Frauen oft über die langen Fragebogen und kamen dabei einige Male nur knapp an einem Streit vorbei.

»Dreiundsechzig Pferde!«

Martha Riepe bleibt dabei, kein Stück weniger.

Aber Maximiliane ist anderer Ansicht. »Im Krieg waren die meisten Pferde eingezogen. Es waren um die dreißig Stück!«

Eine Richtigstellung, mit der sie Martha Riepes Stolz, von einem Rittergut zu stammen, empfindlich traf.

»Die Mitzekas auf Perchen hatten ja schon dreißig Pferde«, entgegnete sie. »Und Perchen war eine Klitsche im Vergleich zu Poenichen.«

Maximiliane setzte sich mit dreißig Pferden durch. Ein unnötiger Sieg, da die Viehbestandsbücher des Kreises Dramburg erhalten geblieben waren; die zu niedrig angesetzte Zahl erhöhte bei der späteren Überprüfung der Angaben durch die Heimatauskunftstelle in Lübeck die Glaubwürdigkeit aller übrigen Angaben, ebenso wie die Tatsache, daß Martha Riepe, die den Fragebogen in ihrer Eigenschaft als jahrzehntelange Gutssekretärin mit unterschrieben hatte, weder der Nationalsozialistischen Partei noch einer ihrer Gliederungen angehört hatte. Über ihre Gesinnung besagte diese Tatsache jedoch nichts; sie blieb bis an ihr Lebensende davon überzeugt, daß es den Deutschen nie so gut gegangen sei wie im Dritten Reich.

Jetzt also machte sie zum letztenmal Bilanz für Poenichen.

Die Jahresbilanz, die sie früher, wenn das Jahr des Landwirts beendet war, also nach dem 30. Juni, aufzustellen hatte, war immer der große und befriedigende Augenblick in ihrem Berufsleben gewesen. Sie hatte einen Strich unter das Jahr gezogen, und wie auch die Soll- und Habenseite ausgesehen haben mochte, ihr war es einzig um die Bilanz gegangen, und die hatte bei ihr immer gestimmt. Auch jetzt stimmte sie. Martha Riepe konnte sich, was Hektarangaben, Erträge und Bankverbindungen anlangte, auf ihr Gedächtnis verlassen.

Edda saß während der vielstündigen Besprechungen dabei und bat sich aus, die Angaben in Maschinenschrift auf das Doppel der Fragebogen übertragen zu dürfen; sie hatte sich von ihrem selbstverdienten Geld eine gebrauchte Schreibmaschine gekauft und störte seither, wenn sie übte, die Familie mit dem Geklapper.

Bevor Martha Riepe ihren Namen unter die Erstausfertigung setzte, warf sie einen Blick auf die Angaben zur Person, die bereits von Maximiliane gemacht worden waren. Sie las die Namen und Geburtsdaten von fünf Kindern und glaubte, dies nicht wahrheitsgemäß unterschreiben zu können.

»Edda hat mit Poenichen überhaupt nichts zu tun!« erklärte sie.

Damit war die Stunde der Wahrheit, von Maximiliane immer wieder hinausgeschoben und mit Mühe vermieden, gekommen. Edda schien sofort zu wissen, worum es ging, und saß schweigend da. Folglich mußte Martha Riepe nun auch die Pause füllen und sagen: »Was wahr ist, muß wahr bleiben!«

»Warum muß es das, Martha?« fragt Maximiliane. »Der Wert der Wahrheit wird immer überschätzt.«

»Edda hat keinerlei Ansprüche am Erbe von Poenichen!« erklärt Martha Riepe nach einer weiteren Pause mit aller Entschiedenheit, fügt dann aber gleich hinzu: »Dafür spare ich aber schon seit zehn Jahren für sie.« Ein Satz, für den sich weder Mutter noch Tochter interessieren.

»Wer war mein Vater?«

Edda stellt die schicksalsschwere Frage, und Maximiliane fängt an zu lachen, was bei der Tochter Mißfallen hervorruft.

»Da siehst du es, Martha!« sagt Maximiliane und faßt dann in wenigen Sätzen die Geschichte von Hilde Preißing und deren unehelichem Kind zusammen.

Edda rührt sich nicht, denkt angestrengt nach und bringt die Dinge rasch in einen Zusammenhang: Opa Preißing, den sie beerbt hat, und die Bedeutung ihres Spitznamens ›Kuckuck‹.

Maximiliane beendet ihre Ausführungen mit dem Satz: »Das wollen wir ganz rasch vergessen! Du auch, Martha! Wir wollen nicht zu guter Letzt aus Edda noch ein juristisches Problemkind machen!« Und zu Edda gewandt: »Du bist eine Quint, wenn auch ohne ›d‹! Auf den Namen kommt's an!«

Letzteres klang so wenig überzeugend wie jener Satz des alten Quindt ›Aufs Blut kommt's an‹, den er nach Maximilianes Geburt zu Otto Riepe gesagt hatte.

Martha Riepe hatte Edda einen schlechten Dienst erwiesen; denn Edda wäre gern eine Quindt mit ›d‹ gewesen. Gerade sie hatte immer die adlige Abkunft betont. Aber sie vergaß oder verdrängte, was auf dasselbe hinauskommt, jene Enthüllung tatsächlich rasch; ihr Ehrgeiz und ihr Fleiß wurden jedoch genährt.

Maximilianes Schicksal wurde mit der Abgabe des ›Fragebogens zur Erlangung des Lastenausgleichs‹ ein weiteres Mal aktenkundig und wird eines Tages samt den Akten in Kellern verschwinden und – später – durch den Reißwolf gehen. Sie wird dann wieder eine Privatperson werden und keine Kriegshinterbliebene mehr sein, kein Flüchtling mit dem Flüchtlingsausweis der Kategorie A, worin ihr der ständige Aufenthalt im Bundesgebiet seit dem Oktober 1945 bescheinigt wurde; statt dessen ein Flüchter mit einem Reisepaß, der die rasch erworbenen Heimaten und Wohnsitze häufig wechselt. Nur der Geburtsort bleibt derselbe: Poenichen, Kreis Dramburg, und niemand verlangt, daß sie diese Angaben in polnischer Sprache macht; eines der wenigen Zugeständnisse an das verletzliche Gefühl ihrer Bindung an Pommern.

16

›Es hilft nichts, sich die Vergangenheit zurückzurufen, wenn sie nicht einigen Einfluß auf die Gegenwart ausübt.‹

Charles Dickens

Die Amerikareise war nicht ohne Auswirkungen geblieben. Die jungen Quints sagten noch monatelang ›Hi!‹ zur Begrüßung und ›See you!‹ statt ›Auf Wiedersehen!‹. Sie hatten an Weltläufigkeit und Sprachgewandtheit gewonnen. Im Februar legte Joachim, mit einem leidlichen Notendurchschnitt, sein Abitur ab. Im Sommersemester wollte er mit der finanziellen Unterstützung des sogenannten ›Honnefer Modells‹ ein Philologiestudium beginnen; vorerst arbeitete er aushilfsweise in der Buchhandlung Elwert. Edda verließ mit der mittleren Reife die Schule, besuchte Kurse in einer privaten Handelsschule und arbeitete in der Bratwurststube mit, deren Umsatz ständig stieg.

Golo erreichte das Klassenziel nicht. Im Hinblick auf die geplante Übersiedlung in die Vereinigten Staaten war die ›Ehrenrunde‹, wie er unbekümmert und beschönigend seine Nichtversetzung bezeichnete, doppelt bedauerlich. Den Abschluß der Realschulbildung hielt Maximiliane für unerläßlich. Zunächst fiel keinem auf, wie bereitwillig Golo die Verzögerung seiner Auswanderung hinnahm.

Während des Rückflugs war es ihm über dem Atlantik mehrfach gelungen, in die Flugzeugkanzel vorzudringen; sein Charme wirkte nicht nur auf Stewardessen, sondern auch auf Piloten. Die Geschwindigkeit des Flugs hatte ihn berauscht. Eine Möglichkeit zu fliegen bestand für ihn nicht, wohl aber die, Motorrad oder Auto zu fahren. Zweimal hatte er sich schon unrechtmäßig in den Besitz eines Motorrollers gebracht; beim drittenmal wurde er überrascht, jedoch nicht des Diebstahls bezichtigt, weil er, wie auch in den beiden früheren Fällen, das Fahrzeug an die Stelle zurückgebracht hatte, wo er es entwendet hatte. Der Tatbestand der ›dauernden Zueignung‹ war nicht gegeben; die Polizei beschränkte sich auf eine Verwarnung, benachrichtigte aber seine Mutter.

Von ihr zur Rede gestellt, versprach er, daß er sich in Zukunft keine Motorroller mehr ›ausleihen‹ würde, gab aber als Grund an: »Aus den müden Dingern ist ja doch nichts herauszuholen!«

Im März wurde der Kreis der Quints, in den sich seinerzeit Martin Valentin verhältnismäßig leicht und immer nur tage- und nächteweise eingefügt hatte, aufgebrochen. Zunächst entstand eine Lücke: Golo erschien nur noch unregelmäßig zu den Mahlzeiten oder kam abends spät nach Hause; er erklärte dann in der Regel, daß er Englisch gelernt hätte. Bis er eines Tages ein Mädchen mitbrachte.

»Hier ist sie!« sagte er und beanspruchte für sie einen Platz am Tisch. Tora und Edda rückten unwillig näher zusammen.

»Sie heißt Maleen!«

Der Plan des Auswanderns war damit vergessen; Golo überließ es seiner Mutter, einen erklärenden, um Aufschub bittenden Brief an Dr. Green zu schreiben. Sie war der Ansicht, daß sich das – wie der alte Quindt sich ausgedrückt hatte – wieder verwachsen würde, und erinnerte sich zudem daran, wie leicht sie selbst sich verliebt hatte. Gleichzeitig erinnerte sie sich aber auch an die warnenden Worte Dr. Greens und ging, im Vertrauen auf die Wirksamkeit von Büchern, in eine Buchhandlung. Sie erfuhr, daß die mehrbändigen Lexika noch nicht abgeschlossen seien; noch keines reichte bis zum einschlägigen Buchstaben ›S‹, Sexualität, und mit einem nur zwei- oder dreibändigen Nachschlagewerk wollte sie sich nicht zufriedengeben. So suchte sie einen Antiquar, Herrn Roser, auf und bat ihn, ihr ein ›großes Lexikon‹ zu beschaffen. Wenn die Kinder schon keinen Vater hatten, mußten sie wenigstens ein Lexikon haben. In diesem Sinne äußerte sie sich auch gegenüber dem von diesen Zusammenhängen überraschten Herrn Roser. Sie gab, mit Ausnahme der Taufterrine, das gesamte Curländer Service in Zahlung. Allerdings befand sich das Lexikon nicht auf dem neuesten Stand, war in den zwanziger und frühen dreißiger Jahren erschienen, aber ›die alten Menschheitsfragen‹ wurden darin, wie Herr Roser sich ausdrückte, ›hinreichend beantwortet‹. Der zwanzigbändige Große Brockhaus hatte gegenüber dem Service auch den Vorzug der Unzerbrechlichkeit; er ließ sich zudem leichter verpacken.

Maximiliane stellte die Bände griffbereit ins Regal, und die

Kinder verschafften sich tatsächlich daraus an Aufklärung, was die Mutter ihnen schuldig geblieben war, außer Golo, der jene frühkindliche Abneigung gegen Bücher behalten hatte. Er war ein Praktiker, kein Theoretiker, er erprobte alles selber, nahm Panzerfäuste und alte Radiogeräte auseinander. Man konnte also annehmen, daß er sich auch auf geschlechtlichem Gebiet nicht mit Theorie begnügte.

Maleen Graf war zwei Jahre älter als er, hatte gerade das Abitur an der Elisabethschule abgelegt und sollte im Mai als Au-pair-Mädchen für ein Jahr nach England fahren. Unter dem Vorwand, dem Schüler Golo Quint Nachhilfeunterricht in Englisch zu geben, hatte sie ihm Zugang in die elterliche Wohnung am Pilgrimsteig verschafft. Der Vater, Dr. Graf, Oberarzt an der Orthopädischen Universitätsklinik, baute zu jener Zeit ein Haus am Ortenberg und mußte sich um Baupläne, Handwerker und Innenausstattung kümmern; die Mutter war im überparteilichen Frauenausschuß und, ehrenamtlich, beim Roten Kreuz tätig.

So konnten beide in jenen Monaten ihrer einzigen Tochter wenig Aufmerksamkeit zuwenden.

Daß es sich nicht um Nachhilfestunden im üblichen Sinne handelte, blieb Maleens Eltern trotzdem nicht verborgen, und sie verboten ihrer Tochter den Umgang mit dem Schüler Golo Quint. Daraufhin brachte dieser Maleen mit nach Hause. Am Tisch der Quints blieb sie ein Fremdkörper.

Herr und Frau Graf erfuhren schon bald, daß Maleen im Haus dieses ›Rowdys‹, wie sie es ausdrückten, ein und aus ging. Im Gegensatz zu ihnen glaubte Maximiliane nicht an die Wirksamkeit von Verboten, hielt es daher für besser, wenn die Grafs wußten, mit wem ihre Tochter umging, und lud sie ein. Außer dem Vorwurf, daß er zu jung war, schien ihr nichts gegen ihren Sohn zu sprechen. Sie lebte noch immer im Vertrauen darauf, ›eine Quindt‹ zu sein.

Sie hatte eine Prinz-Friedrich-Gedächtnis-Torte gebacken, wie Anna Riepe sie nur zu hohen Festtagen auf den Tisch gebracht hatte, ohne Rezept zwar, aus dem Gedächtnis, aber dem Original in nichts nachstehend. Sie holte die großen Damastservietten mit dem Quindtschen Wappen hervor und füllte die Taufterrine mit Primeln, die sie am Tag zuvor mit Mirka auf dem Spazierweg zwischen dem Friedhof und der Damm-Mühle gepflückt hatte. Sie zeigte vor, was es von der alten Poenicher Herrlichkeit noch gab.

Aber die verbliebenen Stücke machten die Mängel des Quintschen Behelfsheims nur noch augenfälliger. Auch entsprachen die unbekümmerten Tischmanieren der jungen Quints nicht den Vorstellungen, die Frau Graf vom Verhalten Heranwachsender hatte. Als Edda verspätet und erhitzt, in den Kleidern noch den Geruch der Bratwurststube, eintraf, ohne Entschuldigung am Tisch Platz nahm und zugriff, wurde das soziale Gefälle zwischen den Grafs und den Quints noch deutlicher.

Nachdem die Gäste sich bereits verabschiedet hatten und zwischen den Jacken und Mützen der jungen Quints nach ihrer Garderobe suchten, nahm Frau Graf Maximiliane beiseite und sagte leise, aber eindringlich: »Sie werden doch das Schlimmste zu verhindern wissen, Frau Quint!«

Maximiliane schien über die Frage nachzudenken. Frau Graf setzte deshalb hinzu: »Können Sie dafür garantieren? Noch deutlicher möchte ich nicht werden!«

»Nein«, sagte Maximiliane. »Ich kann nicht für meinen Sohn garantieren. Ich war immer der Ansicht, daß man auf Töchter aufpassen muß, nicht auf die Söhne; die gehorchen der Natur!«

Diese Antwort war wenig geeignet, Herrn und Frau Graf zu beruhigen. Sie befremdete sie, im Gegenteil, noch mehr.

Der Frühling war naßkalt und kam spät. Die Magnolien in der Universitätsstraße, deren Aufblühen für jeden Marburger den Frühlingsanfang bedeutet, waren verregnet und schließlich auch noch erfroren. Den jungen Liebenden blieb als Unterschlupf nichts außer dem Auto. Im Haus gab es keinen Platz, an dem sie ungestört gewesen wären. Da man andererseits das Auto von allen Seiten einsehen konnte, mußte man es an einen verschwiegenen Platz fahren.

Maximiliane hatte ihren Kindern nur selten etwas verboten; da sie räumlich beengt aufwachsen mußten, wollte sie ihre Entwicklung nicht zusätzlich durch Verbote einengen.

So hatte sie auch bisher ›die Karre‹ nie abgeschlossen. Die Autoschlüssel hatten griffbereit an einem Haken der Flurgarderobe gehangen. Eingedenk der Worte Greens versuchte sie nun aber doch zu verhindern, was sie allerdings nie als ›das

Schlimmste‹ angesehen hatte: Sie schloß fortan das Auto ab und versteckte die Schlüssel. Daraufhin brach Golo die Wagentür auf, sachgemäß und ohne den Versuch, es zu verheimlichen.

Maximiliane stellt ihn zur Rede.

»Du hast keinen Führerschein! In einem halben Jahr kannst du die Fahrprüfung ablegen. Warte solange! Vorher händige ich dir die Wagenpapiere nicht aus.«

»Zum Autofahren braucht man keine Papiere!« wirft Golo ein.

»Dann muß ich die Karre verkaufen!« sagt Maximiliane ratlos. Eine Drohung, deren Verwirklichung vor allem sie selbst getroffen hätte; nur im Auto überkam sie manchmal noch ein Gefühl von Freiheit und Ungebundenheit.

»Dann muß ich ein anderes Auto aufbrechen!« antwortet Golo, setzt sich hinters Steuer und fährt davon.

Diese Unterredung zwischen Mutter und Sohn wurde in sachlichem, fast freundschaftlichem Ton geführt; der Tatbestand war bedauerlich, aber unvermeidlich, das empfanden beide.

Maximiliane hielt es für besser, wenn Golo ihr Auto benutzte, als wenn er ein fremdes aufbrach. Also ließ sie künftig die Schlüssel am gewohnten Platz. Auch strahlten Golo und Maleen ein solches Glück aus, daß es unwiderstehlich auf sie wirkte: ein Naturereignis, das man achten mußte. Die beiden ließen sich, wenn sie beisammen waren, nie los; falls mit den Händen, dann gewiß nicht mit den Augen, saßen Hand in Hand bei Tisch, indem der eine rechts-, der andere linkshändig aß. Joachim vermied es, die beiden anzusehen, Edda grinste, Viktoria machte sich darüber lustig, und Mirka kümmerte sich nicht darum. Den Vorwurf der Begünstigung dieser Jugendliebe wird man Maximiliane nicht ersparen können. Golo und Maleen waren einander sehr ähnlich, braunlockig, heiter, unbekümmert, aber auch: verwildert.

Man muß sich Golos Lebensweg, auch wenn dies alles fast ins Mythische, vom Verstand kaum Faßbare reicht, vom Augenblick der Zeugung an vor Augen halten, um das Unabänderliche des Geschehens zu begreifen. Zunächst jenen zweiten Weihnachtstag, als Maximiliane und ihr Mann sich mit dem Auto in einem pommerschen Schneesturm verirrten und dieses Kind unmittelbar darauf im Zorn gegenüber einer Frau, die sich dem Mann überlegen gezeigt hatte, gezeugt wurde. Dann die überstürzte Geburt am zweiten Tag des Zweiten Weltkriegs, bei der sich das Kind bereits das Schlüsselbein brach. Hinzu kam, daß man es auf Wunsch seines Vaters auf den düsteren, unheilkündenden Namen Golo taufte. Beim Taufessen hatte sich der alte Quindt, damals schon einsilbig geworden, über die Furchtlosigkeit der Deutschen geäußert und einige Einschränkungen bezüglich der Pommern gemacht, aber Golo fürchtete nicht einmal Gewitter, und in Gottesfurcht war er von seiner Mutter nicht erzogen worden. In der Folge dann Arm- und Beinbrüche. Jedes neue Röntgenbild ließ alte Bruchstellen sichtbar werden. Schließlich die Detonation der Panzerfaust. An Warnungen hatte es nicht gefehlt.

Inzwischen war es Mitte Mai geworden. Im Gefälle blühten die Japanischen Kirschen. Die rosafarbenen Blütendolden hingen schwer herab, duftlos und unfruchtbar wie eh und je, aber mehr als in anderen Jahren lösten sie bei Maximiliane ein untergründiges Unbehagen aus. Seit sie am Ortenberg wohnte, hatte sie zur Ausgestaltung ihres 85 Quadratmeter großen Gartens nicht mehr getan, als zur rechten Zeit längs des Drahtzauns Sonnenblumenkerne in die Erde zu stecken. Im Sommer verschwand das einstöckige Holzhaus hinter den Spalieren der Sonnenblumenstauden, aber jetzt, im Mai, war das kleine Gelände noch völlig kahl. Eine Handvoll Sonnenblumenkerne, die Maximiliane im Vorjahr geerntet hatte, lag in einem Topf und wurde diesmal nicht in die Erde gebracht.

Am Nachmittag des 17. Mai – dieses Datum prägte sich den Quints für ihr ganzes ferneres Leben ein – kamen Golo und Maleen Hand in Hand über den Ortenbergsteg und das Gefälle herauf. Am nächsten Tag sollte Maleen nach England reisen. Von Abschiedsstimmung war den beiden nichts anzumerken. Lachend kamen sie ins Haus, lachend griff Golo nach den Autoschlüsseln. Er rief seiner Mutter, die auf der Bank der Vorhalle saß – neuerdings von allen Quints ›die Porch‹ genannt –, »See you!« zu, und Maximiliane antwortete mit »Take care!«. Der Ruf zur Vorsicht kam der Aufforderung: ›Nimm den Wagen!‹ bedenklich nahe.

Maleen drehte das Wagenfenster herunter, winkte und lachte. Als der Motor nicht sofort ansprang, sagte Golo: »Lerge!« – das einzige Wort, das noch an den schlesischen Vater erinnerte, es wird das letzte sein, das Maximiliane von Golo hört. Golo ließ den Motor aufheulen, bog geschickt durch die enge Ausfahrt, gab Gas und brauste in Richtung Schützenstraße davon, vervielfachte seine jugendliche Kraft mit der des Motors.

Maximiliane läßt sich an diesem Nachmittag in der Bratwurststube nicht sehen. Von Müdigkeit überfallen, legt sie sich auf ihr Bett und schläft ein. Joachim muß sie an der Schulter rütteln, und auch dann weigert sie sich noch, wach zu werden.

Sie scheint bereits zu wissen, was sie doch nicht wissen kann: Auf der geraden, baumbestandenen Straße zwischen Gisselberg und Wolfshausen, acht Kilometer südlich von Marburg, auf der Bundesstraße 3, muß Golo die Kontrolle über den Wagen verloren haben. Infolge überhöhter Geschwindigkeit scheint der Wagen ins Schleudern geraten zu sein. Bremsspuren wurden nicht entdeckt. Ein Apfelbaum als Todesursache.

Golo war bereits tot, als man ihn aus den Trümmern des Autos befreite. Zunächst war nicht bemerkt worden, daß eine weitere Person darin gesessen hatte, bis man dann einen einzelnen Schuh fand. Maleen war aus dem Auto geschleudert worden und, von einigen Prellungen abgesehen, unverletzt geblieben, aber so verstört, daß sie über die Felder bis nach Gisselberg gelaufen war.

Maximiliane fragte sich später – und das fragte sich und die Leser auch der Lokalredakteur der ›Marburger Presse‹ –, ob es diesen Jugendlichen in den entscheidenden Jahren ihrer Entwicklung an der nötigen Aufsicht und Lenkung gefehlt habe. Daß sie die Autoschlüssel am gewohnten Platz hatte hängen lassen, obwohl sie wußte, daß Golo sich ihrer unrechtmäßig bedienen würde, trug ihr den Vorwurf der Begünstigung ein. Sie verzichtete darauf, ihre Erwägungen darzulegen: daß sie es für besser gehalten hatte, wenn Golo ihr Auto benutzte, als wenn er ein fremdes aufbrach und entwendete. Sie hielt ohnedies nichts von nachträglichen Erklärungen für Ereignisse, die geschehen waren.

Die Bedeutung des Begriffs ›Motivation‹ ist ihr nie aufgegangen, konnte ihr später auch nicht von Viktoria beigebracht werden. Sie besaß keinen logischen Verstand und folglich auch nur einen schwach entwickelten Sinn für ursächliche Zusammenhänge; sie verließ sich mehr auf ihre Ahnungen.

Es wurde auch, von seiten des Unfallarztes, die Vermutung

laut, die fehlenden Finger an der Hand des Verunglückten hätten in der Kausalkette, die zu dem Unfall führte, eine nicht unwesentliche Rolle gespielt, insofern, als die Fahrtüchtigkeit bei der hohen Geschwindigkeit gemindert gewesen sei. Die Beifahrerin, Maleen Graf, konnte keine näheren Angaben machen, sie erinnerte sich an nichts mehr.

Gegenüber Pfarrer Bethge von der Elisabethkirche, der ihr einen Beileidsbesuch machte, äußerte Maximiliane sich in dem Sinne, daß man die Erfindung des Kolbenverbrennungsmotors hätte rückgängig machen müssen, um ihren Sohn Golo am Autofahren zu hindern. Sie hätte ihn lediglich daran hindern können, auch noch ein Dieb zu werden. Sie schien erleichtert darüber zu sein, daß er nicht zum Mörder geworden war, daß er sich selbst und nicht einen anderen getötet hatte. Sie wirkte gefaßt und tapfer auf Pfarrer Bethge, der die Familie Quint seit Jahren kannte, da er die drei ältesten Kinder konfirmiert hatte.

»In den alten Adelsfamilien gibt es bei Todesfällen oft Traditionen. Haben Sie einen besonderen Wunsch für die Trauerfeier, Frau von Quindt?« fragte er.

»Bisher ist kein Quindt eines natürlichen Todes gestorben«, antwortete Maximiliane. »Immer war es der Heldentod oder der Jagdunfall. Mein Großvater wollte der erste Quindt sein, der in seinem Bett starb, aber er hat sich und seine Frau erschossen, als ich mit den Kindern auf die Flucht gegangen bin. Der Verkehrsunfall hat heute wohl die Stelle des Jagdunfalls eingenommen.«

Dann fragt sie unvermittelt, worüber sie schon längere Zeit nachgedacht hat: »Wie nennt man eine Mutter, die ihr Kind verloren hat? Gibt es dafür denn kein Wort? Entsprechend den Worten Witwe und Waise?«

Pfarrer Bethge denkt nach, kommt aber ebenfalls auf kein geeignetes Wort. Statt dessen sucht er nach Trostworten.

»Sie haben in Marburg ja nie so recht Wurzeln geschlagen, Frau von Quindt. Solch ein Toter, den man der Erde zurückgibt, verschafft ein Heimatgefühl! Sie werden es zu spüren bekommen, wenn Sie an dem Grabhügel stehen. Sehen Sie dieses Kind als eine Wurzel in fremder Erde an!«

»Ich bin kein Baum, Herr Pastor!« antwortet Maximiliane. Eine Erkenntnis, die ihr in diesem Augenblick zum erstenmal kommt und die ihr später nützen wird.

»Haben Sie einen Lieblingschoral, den ich bei der Trauerfeier singen lassen könnte?« fragt Pfarrer Bethge weiter.

Maximiliane erteilt die nötigen Auskünfte über die Verwandtschaft der Quindts zum Grafen Zinzendorf und berichtet, daß Golos Vater unter den Trümmern von Berlin liege und kein Grab besitze, daß ihr eigener Vater 1918, zwanzigjährig, in Frankreich gefallen sei; wo sein Grab sich befinde, wisse sie ebenfalls nicht. Der andere Großvater Golos habe sein Grab in Breslau, also an einem unerreichbaren Ort.

Golo wurde auf dem alten Teil des Friedhofs an der Ockershäuser Allee, dem Marburger Hauptfriedhof, beigesetzt; unweit der Gräber von Anton und Katharina Kippenberg, auf deren Grabstein der Spruch stand – Joachim hatte seine Mutter darauf aufmerksam gemacht –, ›Sie liebte die ihrigen, die Vögel und die Dichter‹. Dieser Teil des Friedhofs war von Lebensbäumen, aber auch Linden, Eichen und Birken bestanden, hohe alte Bäume, denen Maximiliane ihren Sohn anvertraute und die jetzt, während der Beerdigung, der Trauergesellschaft Schutz vor dem Regen boten. Pfarrer Bethge sprach über ein Wort Laotses statt über einen Text aus der Bibel. ›Der Weg ist wichtiger als das Ziel.‹ Unter diesen Leitgedanken wollte er seine Ansprache gestellt wissen; das ziellose Unterwegssein der Jugend in dieser unserer Zeit. Hier habe es einen solchen jungen Menschen wegen überhöhter Geschwindigkeit aus der Lebensbahn geworfen. Dann griff er auf, was die Mutter des Frühverstorbenen, die ihre vater- und heimatlosen Kinder nach besten Kräften erzogen habe, ihm mitgeteilt hatte, und schloß: »Jesu, geh voran, nun nicht mehr auf der Lebens-, sondern auf der Todesbahn!« Er stellte in eindringlichen Worten der kurzen Lebensbahn des Jungen die lange Todesbahn gegenüber, dem Weg das Ziel.

Zum Abschluß der Trauerfeier sang man den entsprechenden Choral, den die meisten auswendig singen konnten.

Herr und Frau Graf waren nicht zur Beerdigung erschienen. Sie waren mit ihrer Tochter Maleen bereits nach England abgereist, was man teils begreiflich, teils unbegreiflich fand. Die Meinung, daß es besser sei, wenn eines von fünf Kindern tödlich verunglückte, als wenn es das einzige Kind einer Familie traf, war hingegen einhellig.

Zwei Klassen der Nordschule, Golos vorhergehende und seine letzte Klasse, waren geschlossen zur Beerdigung gekommen. Sein Klassenlehrer, Herr Spohr, sprach ein paar mahnende Worte am Grab und ließ im Namen der Schulleitung einen Kranz niederlegen.

Maximiliane stand, von ihren vier verbliebenen Kindern umgeben, abseits, als ob sie nicht dazugehöre. Joachim hatte, Halt suchend und Halt gebend, den Arm um sie gelegt. Sie trug die alte Tarnjacke, die ihr an jenem Grenzbach bei Friedland der fremde deutsche Soldat gegeben hatte. Lenchen Priebe, die sich von Kopf bis Fuß schwarz und daher neu eingekleidet hatte und infolgedessen von vielen für die Mutter des Verstorbenen angesehen wurde, trat auf sie zu und fragte befremdet: »Trägst du denn keine Trauer?«

»Wohin sollte ich sie tragen?« fragte Maximiliane zurück, geistesabwesend, ein Fremdling noch immer. Am liebsten hätte sie sich in Lumpen gehüllt; Trauerkleidung hatte sie weder für sich noch für ihre Kinder angeschafft. Die meisten der Trauergäste machten einen Bogen um die Quints, als sei ihr Unglück ansteckend. Kaum einer trat an sie heran, um ihnen die Hand zu drücken. Frau Heynold überwand ihre Scheu, ging auf sie zu und wiederholte sinngemäß, was Pfarrer Bethge bereits gesagt hatte: daß man erst dann heimisch werde, wenn man jemanden auf dem Friedhof liegen habe.

Als die Quints sich, zu Fuß, auf dem Heimweg befanden und den Wilhelmsplatz überquerten, hielt ein Auto neben ihnen an. Es war Herr v. Lettkow, ein Versicherungsvertreter, der, ebenfalls aus dem Osten stammend, Maximiliane in Versicherungsfragen mehrfach beraten hatte. Er bot sich an, sie nach Hause zu fahren, und benutzte die Fahrt dazu, ihr den Vorschlag zu unterbreiten, für das nächste Auto eine Vollkaskoversicherung abzuschließen.

Maximilianes Blick fiel im Vorüberfahren auf eine alte, verwaschene, aber noch lesbare Mauerinschrift: ›Death is so permanent‹. Sie war abgelenkt. Nach geraumer Weile erst antwortete sie Herrn v. Lettkow: »Ich halte jede Art von Versicherung, mit Ausnahme der Hagelversicherung, für unmoralisch. Man muß persönlich für alle Schäden, die man an sich und anderen anrichtet, haften. Nur dann fürchtet man sich und gibt acht.«

Mit Rücksicht auf ihren augenblicklichen Zustand verzichtete Herr v. Lettkow auf eine Stellungnahme zu dieser hochmütigen Ansicht, gab lediglich zu bedenken, daß ihr die Anschaffung eines neuen Wagens vermutlich erhebliche finanzielle Schwierigkeiten bereiten würde.

»Das Ersetzliche ersetzen, das Unersetzliche – da sind wir machtlos!« Zu diesem Satz faßte er seine Teilnahme abschließend zusammen, der Kernsatz aller seiner Versicherungsgespräche, und hielt vor dem Quintschen Behelfsheim.

»Sie sollten zusehen, daß Sie hier herauskommen, Frau von Quindt! Dieses Haus ist doch keine angemessene Unterkunft für eine Familie Ihres Standes!«

Maximiliane sah sich daraufhin in ihrem Haus um. Ihr Blick ging von den Teppichen, die im Herrenhaus von Poenichen gelegen hatten, über die Lexikonbände auf dem Regal zu dem Platz am Eßtisch, der fortan leer bleiben würde. Sie starrte lange aus dem Fenster auf den leeren Platz, wo bisher immer ›die Karre‹ gestanden hatte.

Der Fluchtblick.

17

›Was ist aus uns geworden, wir sind wie Sand am Meer.‹
Schlager der Nachkriegszeit

Maximiliane Quints politisches Interesse war in den zwölf Jahren des Hitler-Regimes mißbraucht und verbraucht worden; sie hielt sich jetzt, wie viele andere, an die Ohne-mich-Parole. Der ›Block der Heimatvertriebenen und Entrechteten‹, eine Partei, die Anfang der fünfziger Jahre in Marburg gegründet worden war, hatte vor den Bundes- und Landtagswahlen um ihre Stimme geworben, aber sie gab sie der liberal-demokratischen Partei, die das Privateigentum und die Privatinitiative als die Triebfeder menschlichen Fortschritts ansah; sie wählte also im Sinne ihres Großvaters. Aber der politische Eros, der jenen, zumindest bis zum Ausbruch der Hitler-Diktatur, beseelt und beflügelt hatte, hatte sich auf sie nicht vererbt, kam erst bei ihrer Tochter Viktoria wieder zutage, die sich bereits als Fünfzehnjährige leidenschaftlich mit politischen Fragen wie der Wiederbewaffnung beschäftigte und in Schülerdiskussionen einen der Militärdienstpflicht gleichwertigen Dienst für Mädchen forderte.

Entsprechend ihrem mangelnden Interesse an öffentlichen Fragen war Maximiliane der Vereinigung der in Westdeutschland lebenden Pommern nicht beigetreten; aber Lenchen Priebe war, nachdem Martha Riepe ihr eindringlich zugeredet hatte, Mitglied des Verbandes geworden.

Der Pommerntag, der alle zwei Jahre zu Pfingsten in einer westdeutschen Stadt begangen wurde, sollte 1958 in Kassel stattfinden, günstig gelegen für alle.

Lenchen Priebe stellte eine Liste jener Bewohner aus Poenichen auf, deren Anschrift bekannt war, und schrieb jeden einzeln an, wobei Edda ihr half. »Treffpunkt in Kassel zum Pommerntag 1958!«

»Ohne dich geht es nicht!« sagte Lenchen Priebe zu Maximiliane. »Poenichen ohne die Quindts, das gibt es nicht! Das hat es noch nie gegeben!«

Inzwischen sah man es Lenchen Priebe an, daß sie am sogenannten Wirtschaftswunder teilhatte; sie ging mit der Zeit und ging mit der Mode. Sie hatte Fahrstunden genommen, den Führerschein erworben und einen fabrikneuen Volkswagen gekauft. In diesem Zusammenhang sollte man sich an gewisse Worte des alten Quindt erinnern. Damals war es allerdings noch um einen Handwagen gegangen, in dem die kleine Maximiliane saß und sich ziehen ließ, an der Deichsel Walter Beske, inzwischen Holzarbeiter in Kanada, und Klaus Klukas, gefallen bei Minsk. Im Galopp durch die Poenicher Lindenallee, ›Wie siet de Peer!‹, Lenchen Priebe hinten am Wagen mit den nackten Füßen bremsend. Quindt, der zusammen mit Fräulein Eberle, der Erzieherin, die Szene beobachtete, hatte sich dahingehend geäußert, daß immer einer im Wagen säße und sich ziehen ließe. ›Hauptsache, der Wagen läuft.‹ Auf den Einwand der Erzieherin, daß er die Sache doch wohl zu philosophisch betrachte und sich noch wundern würde, hatte Quindt, den damals schon so leicht nichts mehr verwunderte, die Vermutung ausgesprochen, daß eines Tages andere im Wagen sitzen und andere ihn ziehen würden.

Jetzt also saß Lenchen Priebe, noch etwas aufgeregt, hinter

dem Steuer und nahm die Quints in ihrem Wagen mit nach Kassel. »Hunderttausend Pommern werden kommen!« sagte sie.

Es kamen dann nicht 100000 Pommern, aber doch 80000; einige schätzten die Zahl auch nur auf 60000. Schon machte sich das Sterben der Alten bemerkbar; aber auch viele von denen, die es zu etwas gebracht hatten, und jenen, die es noch zu nichts gebracht hatten, blieben fern; ebenso die meisten der ehemaligen Großgrundbesitzer, zumal der adligen, trotz des Vorbilds eines Mannes aus dem Bismarckschen Geschlecht, der sich zum Sprecher der heimatvertriebenen Pommern gemacht hatte. Dreihundert Omnibusse wurden gezählt. Aber schon standen auch tausend private Kraftfahrzeuge auf den Parkplätzen, darunter der schwarze Volkswagen von Lenchen Priebe; vor dreizehn Jahren waren sie mit Pferdefuhrwerken und Handwagen aus Pommern geflüchtet.

Frauen trugen Schilder mit Fotografien, Feldpostnummern und Lebensdaten ihrer noch immer vermißten Männer und Söhne an Stangen durch die Straßen. Flugzeuge zogen große Buchstaben, die im Sommerwind schwankten, hinter sich her, bis sie sich zu der Verheißung ordneten, die es allen verkündete: »POMMERN LEBT«.

Pfingstwetter, auch pfingstlicher Geist bei dem Festgottesdienst in der Karlskirche, gehalten von einem heimatvertriebenen Pfarrer, der sich glücklich schätzte, wieder zu pommerschen Landsleuten sprechen zu dürfen, wie früher, als er Pfarrer an der altehrwürdigen Nicolaikirche in Greifswald gewesen war, jetzt in einer wiederaufgebauten Kirche, die vor annähernd zwei Jahrhunderten von den um ihres Glaubens willen vertriebenen Hugenotten erbaut worden sei, in dieser vom Krieg schwer heimgesuchten Stadt . . .

Als er das Wort ›Heimaterde‹ mit ›Heilerde‹ in Verbindung bringt, äußerlich und innerlich anzuwenden, muß Maximiliane an die Kneippschen Güsse und Prißnitzumschläge denken, die Fräulein Gering den Quindts verabreicht hatte. ›Mens sana in corpore sano!‹ Ihre Gedanken schweifen ab zu der vegetarischen Kost und weiter zu der vegetarischen Gaststätte, in der Friederike von Kalck noch immer die Schlüssel von Perchen hinter Glas hielt und auch diesmal nicht abkommen konnte, wie ihr Bruder, Jürgen von Kalck, berichtete, den Maximiliane auf dem Parkplatz getroffen hatte. Von sich selbst hatte er berichtet, daß er nach seiner Entlassung aus amerikanischer Kriegsgefangenschaft, in der er den Wert von Tabakwaren am eigenen Leibe erfahren hatte, mit einem Bauchladen im zerstörten Frankfurt das Leben eines Geschäftsmannes begonnen hätte. Inzwischen sei er Inhaber einer Ladenkette für Tabakwaren. Er hatte Maximiliane an ihren ›Kulleraugen‹ erkannt und sie jovial mit ›Die kleine Quindt von Poenichen!‹ begrüßt. Dann hatte er sich die jungen Quints angesehen und lachend bemerkt: »Vier Stück! Ich erinnere mich, daß meine Schwester mir in entsprechenden Abständen die Kopfzahl an die Front mitgeteilt hat. Kinderreichtum ist auch was!« Mit dieser Bemerkung spielte er offensichtlich auf den Unterschied zwischen ihrem und seinem Lebensstandard an.

»Wir haben uns auf einen Sohn beschränkt. Er leitet bereits eine Zweigstelle. Friederike rackert sich im Dienste der Gesundheit ab.« Er legte seine Hände dorthin, wo vormals eine Taille gewesen war, und fuhr fort: »Für den Genuß gibt der Mensch, wie man sieht, leichter sein Geld aus! Meine Frau ist für eine Woche nach Sylt gefahren. Über die Feiertage will ich ebenfalls hin. Ich habe mir gedacht: Ich schaue bei der Gelegenheit hier mal rein, vielleicht sieht man den einen oder anderen. Die eine habe ich ja nun schon gesehen!«

Er legte seine Hand gönnerhaft auf Maximilianes Schulter und warf einen Blick auf die Uhr. »Zwei Stunden! Dann muß ich weiter. Ich muß vor Einbruch der Dunkelheit auf Sylt sein.«

»Hat Ihnen das Ihre Frau befohlen?« fragte Maximiliane und setzte, als Herr von Kalck sie verblüfft ansah, erklärend hinzu: ». . . daß Sie vor Einbruch der Dunkelheit zu Hause sein sollen?«

Herr von Kalck lachte auf. »Solche Bemerkungen machte Ihr Großvater auch! Stimmt es eigentlich, daß er sich eigenhändig erschossen hat?«

»Ja«, antwortete Maximiliane, und Herr von Kalck fuhr fort: »Vermutlich das Beste, was er tun konnte. Im Westen hätte er es doch zu nichts mehr gebracht.«

»Vielleicht hätten wir alle bleiben sollen, Herr von Kalck! Tausende konnten vertrieben werden, aber Millionen von Menschen hätte man nicht vertreiben können.«

»Trauern Sie etwa immer noch der Heimat nach?«

»Ja.«

»Dann machen Sie es Ihren Kindern aber schwer!«

Maximiliane sah sich nach ihnen um. Sie gingen mit Lenchen Priebe die Reihen der geparkten Kraftfahrzeuge entlang, betrachteten die Kennzeichen und Autotypen, darunter auch kleine Lieferwagen, behelfsmäßig für diese Pfingstreise mit Schlafgelegenheiten ausgestattet. Sie deutete auf Lenchen Priebe. »Das ist Lenchen Priebe, sie hat uns in ihrem Auto mit hierher genommen.«

»Priebe? Hieß so nicht der Ortsbauernführer von Poenichen, der soviel Scherereien machte?«

»Das war ihr Großvater.«

»Und Sie sind jetzt so vertraut mit ihr?«

»Warum nicht?«

»Wie der alte Quindt! Keine Unterschiede. Den Kutscher als Freund!«

Wieder sah er auf die Uhr.

»Ich habe mich mit dem jungen Picht von Gut Juchenow verabredet. ›Jung?‹ Der muß mittlerweile auch schon seine Fünfzig haben. Wäschevertretung! Er reist zweimal im Jahr von einem Gut zum anderen, Holstein und Münsterland, wo der Adel sitzt, der nicht getreckt ist. Sie bestellen ihre gesamte Wäscheaussteuer bei ihm. Es soll ihm gar nicht mal schlecht gehen. Er wird durchaus standesgemäß behandelt. Er spart die Miete für Geschäfts- und Lagerräume, das hat seine Vorteile. Für meinen Laden an der Zeil zahle ich monatlich siebenkommafünf. Trotzdem, meine Sache wäre das nicht. Vielleicht sieht man sich mal wieder!«

Er streckte Maximiliane die Hand hin. »Diesseits oder jenseits von Oder und Neiße!«

Er lachte, drehte sich noch zweimal um, winkte und verschwand in Richtung Stadthalle.

Maximiliane fand den Anschluß an die Predigt nicht wieder, betrachtete den kahlen Kirchenraum, den großen Strauß Maiengrün, das Kruzifix. Blicke und Gedanken ließen sich nicht mehr einsammeln; Joachim, der neben ihr saß, mußte ihr einen sanften Stoß geben, damit sie sich, wie die anderen, zum Schlußlied erhob.

»Ich weiß, woran ich glaube / Ich weiß, was fest besteht / Wenn alles hier im Staube / Wie Sand und Staub verweht.«

Der Pfarrer las die erste Strophe des Chorals vor und fügte hinzu: »An Liederdichtern war unser Pommern nicht reich, aber einige Choräle zu dem neuen Gesangbuch hat Ernst Moritz Arndt beigetragen. Dieses Lied, das wir nun gemeinsam singen wollen, wurde von Heinrich Schütz vertont, dessen Name eng verbunden ist mit der Stadt Kassel, die uns für unser Heimattreffen Gastrecht gewährt. Der eine die Worte, der andere die Noten, zusammen erst ergibt es ein Lied, ein Zeichen für das Zusammenleben von Ost und West!«

»Wir legen uns ein wenig enger«, hatte Maximilianes ehemalige Schulfreundin Isabella am Telefon gesagt. »Dann könnt ihr alle bei uns wohnen!«

Mehrere Jahre lang hatte Maximiliane mit ›Bella‹, wie sie genannt wurde, das Zimmer im Internat geteilt, gesehen hatten sie sich seit damals nicht mehr, und geschrieben hatten sie sich selten. Bellas Mann, ein Herr v. Fredell, war vor einigen Jahren als leitender Angestellter beim Volksbund Deutsche Kriegsgräberfürsorge mit seiner Dienststelle von Nienburg nach Kassel versetzt worden. Beim Eintreffen der Quints war er nicht anwesend und hatte sich entschuldigen lassen; zum Kennenlernen würde sich gewiß noch ausreichend Gelegenheit bieten.

Die beiden ›alten Kinder‹ aus dem Hermannswerder Internat fielen sich beim Wiedersehen um den Hals und sagten gleichzeitig mit verstellter, tiefer Stimme: »Mein liebes Kind!«

Die erste halbe Stunde verging mit Zurufen.

»Unsere Hausmutter, der alte Fritz!«

»Unser Sonnwendfeuer an der Inselspitze!«

»Unsere heimlichen Bootsfahrten bei Mondschein!«

»Unsere Lena von Ribbeck auf Ribbeck im Havelland . . .«

»›. . . ein Birnbaum auf seinem Grabe stand!‹«

Bella wölbte ihren schmalen Brustkorb, so weit es nur ging, und sagte in nachgeahmtem Ostpreußisch: »Wir von Borke kennen keine Forcht!«

»Unsere Fähnriche, die auf Holzpferden in den Saal ritten!«

»›Ich tanze mit dir in den Himmel hinein . . .‹«

»Unsere Ausflüge zu Kempinski, wenn dein Großvater zur ›Grünen Woche‹ nach Berlin kam!«

Beide Frauen verjüngten sich, bekamen wieder ihre Mädchengesichter. Zwischen den Ausrufen anhaltendes Gelächter.

In eine kurze Pause hinein fragt Joachim, der mit den beiden Fredell-Söhnen in der Nähe steht: »Habt ihr denn immer nur gelacht?«

Die Frauen sehen ihn überrascht an. Maximiliane übernimmt die Antwort. »Ja, ich glaube, wir haben immer gelacht!«

»Der Jute-Graben! Den wir den Juden-Graben genannt haben!« Wieder läßt Bella eine Erinnerung wach werden.

»Mitten im Dritten Reich?« Joachim fragt mehr interessiert als vorwurfsvoll, aber schon legt sich ein breiter Schatten über die Heiterkeit.

»Nicht immer, Mosche.«

Frau v. Fredell hat sich erhoben.

»Ich kümmere mich ums Essen. Entschuldigt mich!« Sie wendet sich noch einmal an Maximiliane. »Hast du mal wieder etwas von unserer Insel gehört? Das Glockenspiel der Garnisonkirche soll jetzt in Nikolskoe, in der Waldkirche, hängen. ›Üb immer Treu und Redlichkeit bis an dein kühles Grab!‹ Wir üben schon ziemlich lange, nicht wahr? Die preußischen Tugenden! Wir waren auf die Notzeiten gut vorbereitet. Aus der Not eine Tugend machen!«

Sie unterbricht sich und geht zur Tür.

»Ich sehe kommen, daß unsere Söhne und Töchter von unseren Erinnerungen satt werden müssen.«

Sie steht da, gegen den Türrahmen gelehnt, schmal und schwarzhaarig, aus einer Hugenottenfamilie stammend, Tochter eines Beamten, Frau eines Beamten. Sie betrachtet Maximiliane.

»Du hast dich entfalten können. Ich war immer eingeengt. Du hast etwas Großzügiges. Oder auch Nachlässiges. Das kommt fast auf dasselbe hinaus. Ich bin so ordentlich, bei uns ist alles ordentlich.«

Ihr Blick schweift von Maximiliane zu den jungen Quints, die auf dem Balkon stehen.

»Edda kommt dir am nächsten!«

»Meinst du?« fragt Maximiliane.

»In ihrer Art, in ihren Bewegungen«, sagt Frau v. Fredell und begibt sich in die Küche.

Maximiliane tritt ebenfalls auf den Balkon.

»Man kann den Herkules sehen!« sagt Viktoria.

Maximiliane läßt den Blick über die Höhenzüge schweifen.

»Hat der 1945 auch schon dort gestanden?« fragt sie den ältesten der Fredell-Söhne.

»Da bin ich ganz sicher!«

»Ich habe nur Notunterkünfte und Notbetten, Notärzte und Notschalter in Erinnerung«, sagt Maximiliane.

Die Quints beschließen, am Nachmittag, bevor sie zu der großen Kundgebung im Auestadion gehen, all jene Plätze aufzusuchen, an die sie sich erinnern.

Der Bahnhof war wieder aufgebaut, der Eingang zum ehemaligen Luftschutzbunker nicht mehr aufzufinden, aber immer noch ein Kopfbahnhof, auch jene Stelle an der Bahnsteigsperre war auszumachen, wo der farbige Soldat mit der Maschinenpistole über die Köpfe der Flüchtlinge geschossen und ›zurück‹ geschrien hatte.

»Hier muß Golo sich das Bein gebrochen haben!«

Noch immer geht der Blick vom Bahnhofsplatz weit über die Stadt hinaus, aber schon erheben sich neue Häuser und Hochhäuser über dem einstigen Ruinenfeld. Das Notaufnahmelager auf dem Ständeplatz besteht ebenfalls nicht mehr.

»Hier hat Golo die Dose mit dem Hundefleisch eingehandelt!« sagt Joachim. »Only for army dogs!«

Edda erinnert sich nur noch an den Kakao. Viktoria weiß von nichts mehr, will aber mehr von dem hören, was Edda ›die alten Geschichten‹ nennt.

An den Namen des Arztes, der Golos gebrochenes Bein eingerenkt und eingegipst hat, erinnert sich Maximiliane nicht mehr, wohl aber an jene Lehre, die sie aus der Begegnung mit ihm gezogen hatte: daß man, um zu überleben, den Mantel nach dem Wind hängen muß, eine Lehre, die sie nicht an ihre Kinder weitergibt.

Sie durchqueren die Stadt, überall Fahnenschmuck, Menschengruppen. Sie gehen durch den blühenden ›Rosengarten‹ hinunter zur Karlsaue, über Parkwege zum See.

»Damals war der Park durchlöchert von Bombentrichtern, in denen Wasser stand, wißt ihr noch? Ihr habt Stöcke darin schwimmen lassen.«

Sie setzen sich auf eine Bank. Die Zweige der Weiden hängen tief ins Wasser, die Wolken spiegeln sich darin. Wildenten und Schwäne. Edda wirft ihnen Brotbrocken zu.

»Damals waren wir auch fünf. Aber wir sprachen schon von ›Mirko‹.«

Maximiliane greift nach dem Arm ihrer jüngsten Tochter, zieht sie näher an sich.

»Und jetzt sprechen wir von Golo.«

»Sonst sagst du doch immer: ›Das wollen wir ganz schnell vergessen‹«, wirft Edda ein.

Maximiliane antwortet nicht, blickt diese Tochter, die nicht ihre Tochter ist, nachdenklich an.

Edda weicht, errötend, dem Blick aus.

Immer mehr Menschen strömen in Richtung Auestadion an ihnen vorüber. Maximiliane erhebt sich.

»Es wird Zeit! Kommt!«

Selten ist von den Kindern diesem mütterlichen ›Kommt!‹ widersprochen worden; dieses Mal sagt Edda: »Müssen wir dahin? Wir können ja hier auf dich warten!«

»Du brauchst nicht mitzukommen!« antwortet Maximiliane und betont das ›Du‹.

»Wir gehen alle! Deshalb sind wir schließlich nach Kassel gefahren«, sagt Joachim.

Edda dreht sich zornig und eigensinnig um.

»Ich bin ja überhaupt nicht . . .«

Der Satz bleibt unvollendet.

Mirka ist bereits ein paar Schritte vorausgegangen und wartet auf die anderen. Ein älterer Herr bleibt vor ihr stehen und sieht sie aufmerksam an, wobei er sich auf seinen Stock stützt, dann mit der freien Hand in ihr Gesicht deutet und sagt: »Die Augen kenne ich doch! Woher stammst du?«

»Aus Marburg«, sagt Mirka und tritt zur Seite, um ihn vorbeigehen zu lassen.

Maximiliane kommt dazu, ein Blick genügt.

»Rektor Kreßmann aus Arnswalde!«

»Die kleine Quint! Wie war doch dein Vorname?«

»Maximiliane!«

»Richtig, Maximiliane! Oder muß ich ›Sie‹ sagen?«

»Sie müssen es nicht!«

»An deiner Tochter habe ich dich wiedererkannt, du mußt damals im gleichen Alter gewesen sein. Bei allem Verständnis für einen jungen heranwachsenden Menschen: aber du warst schulisch nicht geeignet. Ich habe deinem Großvater angeraten, dich in ein Internat zu stecken. Du hast dich übrigens gar nicht verändert!«

»Das wäre schlimm«, sagt Maximiliane und weiß nicht, daß sie eine ähnliche Antwort gibt wie jener Herr Keuner bei Bert Brecht.

»Immerhin habe ich mich vermehrt«, fügt sie hinzu und zeigt auf ihre Kinder.

»Alle diese entwurzelten Menschen!« stellt Herr Kreßmann fest.

»Wir sind keine Bäume, Herr Kreßmann!« widerspricht Maximiliane. »Wenn wir am selben Platz bleiben sollten, hätten wir Wurzeln und keine Beine!«

Dann fällt ihr Blick auf seine Beinprothese und den Stock. Ein Lächeln bittet um Entschuldigung.

»Alles in der Natur, was gedeihen soll, pflanzt man um. ›Pikieren‹ nennt man das. Ich habe bei Ihnen Biologieunterricht gehabt.«

»Alte Bäume nicht! Das hättest du auch lernen müssen!« sagt Herr Kreßmann, stößt sich mit der Prothese ab und setzt sich in Bewegung.

»Die Arnswalder treffen sich im Gasthof ›Neue Mühle‹. Wenn du hinkommst, sprich nicht von deinen Bäumen, sonst sind die Leute pikiert!«

Er lacht über den Witz, der ihm gelungen ist, schwenkt den Stock und geht davon.

»Was hast du plötzlich für Ansichten?« sagt Joachim, als sie wieder alleine sind, zu seiner Mutter.

»Zwei! Eine für mich und eine für die anderen!«

Maximiliane lacht, hat Tränen in den Augen.

»Ich konnte ihn noch nie leiden! Vielleicht habt ihr wirklich Beine und keine Wurzeln wie ich!«

»Du wurzelst in Poenichen, wir in dir«, sagt Joachim, als sei es eine Verszeile.

Maximiliane sieht ihren Sohn, dann ihre Töchter der Reihe nach an, sagt ein zweites Mal: »Kommt!«, faßt nach Eddas Arm, die ihren Satz noch immer nicht vollendet hat, und sagt: »Schluck es runter!«, fügt den alten Kinder- und Kosenamen »Kuckuck« hinzu, den sie fortan in der Bedeutung von ›Ich denke dran‹ benutzt. Sie zieht ihr Taschentuch hervor und wischt, in angewandter Zärtlichkeit, einen Teil der künstlichen

Farbe von Eddas Lippen, was jene sich widerspruchslos gefallen läßt.

Die Quints gehörten zu den letzten, die zu der Großkundgebung im Auestadion eintrafen. Sie fanden auf den oberen Rängen nur noch schattenlose Stehplätze, wurden von der Sonne geblendet, sahen wenig und hörten schlecht.

Dreißigtausend Pommern waren versammelt. Fahnen und Wimpel und Trachtengruppen. Mehrere Musikkapellen spielten zur Einstimmung und Unterhaltung Volksweisen. Über den Köpfen schwankten wieder die Schilder mit den Suchanzeigen; am Pfingsthimmel zog das Flugzeug noch immer die Verkündigung hinter sich her, daß Pommern lebt.

Worte zur Begrüßung und Grußworte, die verlesen wurden, auch Grußworte des Bundeskanzlers, in welchen von der ›erstrebten‹ Wiedervereinigung die Rede war. Die Menge dankte mit kräftigem Beifall. Kaum einer wurde gewahr, daß aus der vor kurzem ›geforderten‹ inzwischen nur noch eine ›erstrebte‹ Wiedervereinigung geworden war. Statt Ansprüchen nur noch Bestrebungen.

»Der Pommer ist im Winter genauso treu wie im Sommer!« Ein altes ärgerliches Sprichwort wird vom Bundesvertriebenenminister launig abgewandelt. Er lehnt die Oder-Neiße-Linie als Grenze ab und verkündet über Lautsprecher und Rundfunksender die Einheit aller Vertriebenen in ihrem Willen auf Rückkehr in die Heimat. »Alle Hilfe für die Vertriebenen bleibt Stückwerk, solange nicht die Ursache der Not beseitigt und ihnen und ihren Kindern die Rückkehr in die alte angestammte Heimat ermöglicht wird. Jener Satz eines großen amerikanischen Präsidenten gilt auch für uns: ›Nichts ist endgültig geregelt, was nicht gerecht geregelt wurde!‹«

Viele der Teilnehmer nahmen diese Worte mehr als Trost denn als Zusicherung, und der Minister eilte zum Großtreffen der Schlesier, um ihnen mit anderen Worten dasselbe zu sagen.

Der Hauptredner ergriff nun das Wort und gab wieder, was eine alte Frau zu ihm gesagt hatte, als er gerade die Tribüne besteigen wollte: »›Ich kann jümmer nur seggen: warüm!‹« Eine Frage, die von der Menge mit lang anhaltendem Beifall beantwortet wurde. Der Redner hebt im Anschluß daran lobend die pommerschen Tugenden der Treue und Geduld, die sprichwörtlich seien, hervor und beschwört die großen Namen, sagt entschuldigend, daß die Berühmtheiten in Pommern nicht dicht gesät gewesen seien, aber die Menschen seien in Pommern nie dicht gesät gewesen, so viele Pommern auf einmal gebe es nur auf dem Pommerntag. Aber von Ernst Moritz Arndt, ihrem großen Landsmann, wenn nicht dem größten überhaupt, stamme das Wort, in einer dunklen Stunde des Vaterlandes gesagt: ›Das ganze Deutschland soll es sein!‹ Dann spricht er davon, daß am Wirtschaftswunder der Bundesrepublik Deutschland, von dem die Welt mit Hochachtung und auch mit Neid spreche, die Vertriebenen ihren großen Anteil hätten. »Wie ein gewaltiger Strom haben wir Menschen aus dem Osten uns in den Westen ergossen. Und hier sei mir ein Gleichnis gestattet: Die alten Ägypter haben den Nil gestaut, um mit seinen Wassern die Wüste fruchtbar zu machen. Wir Vertriebenen fanden ein durch die Kriegsereignisse verwüstetes Land vor. Wir haben es gedüngt und fruchtbar gemacht mit unserem Schweiß!«

Er beendete seine Rede mit der Ermahnung, am Willen zur friedlichen Rückkehr in die Heimat festzuhalten.

Ein weiterer Bundesminister, ebenfalls unterwegs zwischen Schlesiertag und Pommerntag und daher eilig, stellt die kurze, aber mahnende Frage an die Menge: »Lebt das gesamtdeutsche Vaterland und mit ihm die verlorene Heimat noch in dir wie seit eh und je?«

Eine Frage, die sich mit Klatschen nicht beantworten läßt. Die Menge schweigt.

Es wurde von den Pommern an diesem Tag nicht weniger erwartet als der Glaube an ein Wunder. Aber an Wunder zu glauben, war nie die Art der Pommern gewesen. Sie hörten zu, gaben sich mit Worten zufrieden, klatschten Beifall und hatten nur den einen Willen, aus ihren vorläufigen Existenzen dauerhafte Existenzen zu machen. Sie wurden nicht zum ›Dynamit‹, dessen Sprengkraft die junge ungefestigte Bundesrepublik hätte gefährden können, sondern zum Treibstoff, zum ›Dünger‹. Eine Tatsache, die in künftigen Zeiten die Historiker noch verwundern wird. Die Heimatvertriebenen hatten bei Kriegsende im falschen Teil Deutschlands gewohnt, das war ihr Unglück und wurde mehr und mehr auch noch zu ihrer Schuld in den Augen der Westdeutschen.

Zum Abschluß der Kundgebung sang eine Trachtengruppe das Pommernlied: ›Wenn in stiller Stunde . . .‹, dann sang man gemeinsam, begleitet von einem Musikzug des Bundesgrenzschutzes, die dritte Strophe des Deutschlandliedes. »Einigkeit und Recht und Freiheit . . .«

Maximiliane, die früher dieses Lied immer mit erhobenem Arm und nur dessen erste Strophe gesungen hatte, hielt die Hände auf dem Rücken zusammen; mitsingen konnte sie nicht, da sie den Text so wenig kannte wie ihre Kinder.

Viktoria hatte sich einen heftigen Sonnenbrand zugezogen.

Den Poenichern blieb für ihr Wiedersehenstreffen in der Gaststätte ›Auekrug‹ nicht viel Zeit; die meisten von ihnen wollten noch am ›Bunten Abend‹ in der Stadthalle teilnehmen.

Lenchen Priebes Meinung, daß es ohne die Quindts nicht gehe, hatte sich als Irrtum erwiesen. In die Wiedersehensfreude mischte sich Verlegenheit. Das freundlich-patriarchalische Verhältnis zwischen Herrenhaus und Dorfleuten war aufgehoben, ein neues noch nicht gefunden. Hin und wieder streifte ein prüfender Blick den ältesten Quint, der hochaufgeschossen, freundlich und unbeteiligt dabeisaß. Wäre das ihr ›Herr‹ geworden? Wird das am Ende doch noch ihr Herr werden? Man blickte rasch weg und dachte an anderes. Die Poenicher hätten wohl gern gesehen, wenn die Quints es wieder zu etwas gebracht hätten, ohne recht zu wissen, wie dieses ›etwas‹ hätte aussehen sollen.

Martha Riepe hatte dafür gesorgt, daß es Lungwurst mit Sauerkraut und Erbspüree zu essen gab, ein Gericht, das man in Pommern zur Winterszeit gegessen hatte. Selbstgekocht schmeckt es besser, sagte man hinter vorgehaltener Hand. Die Frau des Wirts stammte aus Dramburg, setzte sich zu den Gästen; man schwärmte von eingelegten Salzgurken, von Schwarzsauer und Spickgans. Auch die Heimatliebe ging durch den Magen. Es solle ja nun im Westen wieder die ›echte Rügenwalder‹ geben, berichtete der Bahnhofsvorsteher Pech, der in Neumünster im Schalterdienst beschäftigt war, keinem Bahnhof mehr vorstand, aber besser bezahlt wurde als früher.

Die Wirtin läßt für alle Gäste einen ›Mampe halb und halb‹, früher Stargard, ausschenken. Bruno Slewenka, der letzte Kutscher der Quindts, damals sechzehnjährig und inzwischen Pächter einer Tankstelle in Wiesbaden-Biebrich, läßt einen Klaren folgen, ›zweietagig‹.

Die Stimmung lockert sich. Man will wissen, was aus dem alten Priebe geworden ist. Lenchen Priebe berichtet, daß ihr Großvater im Altersheim lebt und nicht mehr reisen wollte. »Nur, wenn't taurügge geiht.« Sie fallen ins Plattdeutsche. »Uns Baronin«, sagt die Witwe Griesemann. Wenn das Pökelfleisch verbraucht gewesen sei, hätte man sich ja auch mal einen Hecht aus dem See geholt. Konnte man darüber reden, wenn jemand von der ›Herrschaft‹ dabeisaß? Die Blicke streifen die jungen Quints, die kein Plattdeutsch verstehen und sich langweilen, bleiben an Maximiliane hängen, die freundlich zurückblickt. Jemand sagt halblaut, daß ›uns Baron‹ sich früher im Gasthof nicht hätte blicken lassen, nur bei der Wahl. Hermann Reumecke steht auf und wirft ein Geldstück in den Musikautomaten; früher hatte ihm der einzige Gasthof in Poenichen gehört, und jetzt arbeiteten er und seine Frau in einer Wäscherei in Hagen; ihr Chef hatte ihnen für die Fahrt nach Kassel den Kombiwagen ausgeliehen, mit dem Hermann Reumecke sonst die Wäsche auslieferte.

›Glocken der Heimat, tragt ihr mir Grüße zu‹, dringt es aus dem Musikautomaten, ein Lied, das man früher oft im ›Wunschkonzert‹ gehört hatte und das Wilhelm Strienz nun wieder in Grömitz beim Kurkonzert sang, wie Martha Riepe zu berichten weiß. Jemand erzählt, daß die Kirche in Poenichen bis auf die Grundmauern zerstört sei, und man erinnert sich, daß eine der beiden Glocken im Krieg eingeschmolzen war ...

Nachrichten und Gerüchte. Walter Beske sollte seit einem Unfall beim Holzfällen Invalide sein. Seit vier Jahren! Und im fremden Land! Erika Beske war Krankenschwester geworden, hatte sich über eine isländische Agentur in Lübeck anwerben lassen und war jetzt in der isländischen Hauptstadt verheiratet, erzählt Lehrer Finke und: Hermann Meier, der zweite Sohn des Brenners, arbeite jetzt bei den Klein-Malchowern als einziger gelernter Brenner, sie stellen ›Klaren‹ her, auf dem Etikett sei der alte Graf zu sehen, der den ›Klein-Malchower‹ als einen ›Schnaps von Adel‹ anpries; im ›Pommernblatt‹ sei sogar mal eine Anzeige erschienen, seine Witwe habe den Betrieb aufgezogen, in Soest, der Graf selbst habe die Flucht ja nicht lange überlebt. Lehrer Finke, nun auch schon ein Sechziger, verfügte über die meisten Nachrichten.

Geburt, Hochzeit, Tod. An manche der Namen erinnerte

sich Maximiliane nicht mehr. Die Mauer zwischen Park und Dorf mußte höher gewesen sein, als sie gemerkt hatte. Sie kannte das Dorf nur vom Pferderücken und vom Kutschbock aus, allenfalls vom Fahrradsattel, immer aber ein wenig erhöht.

In diesen beiden Stunden in der Kasseler Gaststätte ›Auekrug‹ sitzend, sah sie, was ihre Mutter Vera vier Jahrzehnte früher bereits wahrgenommen hatte: den Höhenunterschied. Vera hatte damals schon Poenichen und die Quindts mit ihrer Kamera objektiv und kritisch gesehen. Maximiliane sah die Fotos vor sich: der alte Quindt in der Kutsche sitzend, der Inspektor auf dem Acker stehend, die Landarbeiterinnen kniend. Sie erkannte die Optik ihrer Mutter und das, was der alte Quindt ›die Unterschiede‹ genannt hatte.

Um eine Erkenntnis reicher, brach sie, früher als die anderen, auf. Außerdem trug sie den Keim eines Planes in sich, der noch ausreifen mußte; er betraf sowohl das spätere Leben von Edda als auch das von Lenchen Priebe, beide hatte Maximiliane aufmerksam beobachtet. Im Hinausgehen erkundigte sie sich bei Herrn Pech, ob er noch einmal etwas von seiner Schwester gehört hätte, und erfuhr, daß die Mamsell Pech sich in Mecklenburg aufhalte, zur Zeit sei sie Köchin in der Werksküche eines Kombinats. Er gab ihr die Anschrift.

Das Gefühl der Zugehörigkeit und Geborgenheit unter Menschen des gleichen Schicksals kam in Maximiliane nicht auf. Sie hatte ›auf‹ Poenichen gelebt und nicht ›in‹ Poenichen. Das wohlige Eintauchen in der Menge, der schöne seelische Rausch blieben ihr versagt. Sie wäre enttäuscht nach Hause gefahren, hätte sie sich nicht entschlossen, an der nächtlichen Treuekundgebung vorm Rathaus teilzunehmen, ohne ihre Familie, aber von ihrer Freundin Bella begleitet.

Hunderte von jungen Pommern zogen im Schweigemarsch durch die Stadt. Diesmal stand Maximiliane in der vordersten Reihe, ließ Fahnen und Fackeln an sich vorüberziehen und erinnerte sich an jene Jahre, als sie durch Potsdams Straßen gezogen war, hinter der Hakenkreuzfahne her. ›Siehst du im Osten das Morgenrot, ein Zeichen für Freiheit, für Sonne . . .‹, erkannte Zusammenhänge, erlebte eine der großen Nachhilfestunden in der Schule des Lebens.

Pünktlich um 22 Uhr spielte das Musikkorps des Bundesgrenzschutzes den großen Zapfenstreich. Ein Schauder überlief

Maximiliane, übertrug sich auf Bella, die ihren Arm drückte. Sie wandte ihr tränennasses Gesicht der Freundin zu, »mein Spülklosett!«, und weinte bis zum Lachen.

Arm in Arm gingen die Frauen nach Hause, saßen noch geraume Zeit mit Bellas Mann zusammen in der Küche; die jungen Quints hatten im Wohnzimmer schon ihr Matratzenlager aufgeschlagen. »Ich will aus Marburg fort!« sagte Maximiliane. »Wir können nicht zu dritt in der Bratwurststube stehen. Für Joachim ist es auch nicht gut, mit fünf Frauen zusammen zu leben. Aber wohin? Ich habe nichts gelernt.«

Herr v. Fredell faßte ihre Hand und küßte sie.

»So viel geleistet und so wenig gelernt?« fragte er liebenswürdig. »Sie haben Abitur?«

»Puddingabitur!« stellten beide Frauen gleichzeitig, lachend, fest.

Wieder greift Herr v. Fredell nach Maximilianes Hand und beugt sich darüber, überholte Umgangsformen in einer Küche des sozialen Wohnungsbaus.

»Sie sind Kriegswaise des Ersten Weltkriegs, Kriegswitwe des Zweiten Weltkriegs, stammen aus dem Deutschen Osten, sind von adliger Herkunft. Sie scheinen mir prädestiniert für eine Anstellung im Volksbund Deutsche Kriegsgräberfürsorge!«

18

›Der Mensch dieser Zeit hat ein hartes Herz und ein empfindliches Gedärm. Wie nach der Sintflut wird die Erde morgen vielleicht den Weichtieren gehören.‹

Georges Bernanos

Als der Abteilungsleiter, Herr Schröder, dem Generalsekretär des ›Volksbundes Deutsche Kriegsgräberfürsorge‹ die neue Mitarbeiterin vorstellte, bezeichnete dieser Maximiliane nach einem Blick auf die Personalkarte als ›eine Sendbotin des deutschen Ostens‹ und richtete einige persönliche und ermunternde Worte an sie, sowohl die in verschiedenen Geschäftshäusern der Stadt behelfsmäßig untergebrachten Diensträume betreffend als auch die, vergleichsweise, bescheidene, wenn auch im Rahmen der Tarife der Besoldungsordnung erfolgende Bezahlung. Er kam auf den Idealismus zu sprechen, der die Mitarbeiter des Volksbundes beseelen müsse, sprach von dessen Zielen und Aufgaben und sagte abschließend heiter und wohlwollend: »Sie haben nun hoffentlich nicht mehr die Vorstellung, daß man bei uns Heldengräber mit Heidekraut bepflanzt! Die Birkenkreuze am Wegrand, auf denen Helme unbekannter Krieger schaukeln, müssen Sie aus Ihrer Vorstellung verbannen, liebe gnädige Frau!«

Maximiliane wurde bei dieser Gelegenheit zum letzten Mal mit ›liebe gnädige Frau‹ angeredet; fortan war sie nur noch eine unter 150 Mitarbeitern. Der Generalsekretär hatte zum Abschluß noch jenen Satz nahezu wörtlich wiederholt, den Herr v. Fredell bereits zu ihr gesagt hatte: Der Umgang mit Toten sei gerade für eine Frau, eine Kriegswaise und Kriegswitwe zumal, eine befriedigende und erfüllte Tätigkeit: den Gefallenen beider Kriege, die zum großen Teil noch in Einzelgräbern verstreut lägen und von denen eine Vielzahl noch nicht identifiziert sei, ein würdiges Grab auf einem der Sammelfriedhöfe zu verschaffen, wo sie ein dauerndes Ruherecht genössen.

Wieder einmal war Maximiliane überrascht, daß sogar ihr Vorgesetzter genau wußte, was für sie richtig war; sie selbst wußte es keineswegs immer.

Die Auswahl an geeigneten Wohnungen, für die man nicht mehr als 3000 Mark an Mietvorauszahlung leisten mußte – ein Betrag, den Maximiliane durch den Verkauf eines Schmuckstücks der Großmutter Sophie Charlotte aufbringen konnte –, war nicht groß. Sie entschied sich für eine Wohnung im Stadtteil Helleböhn, wo in jenen Jahren eine Reihe von Hochhäusern gebaut wurde. Den Ausschlag für diese Entscheidung gab der Blick aus den Fenstern. Wie ihr ging es allen späteren Besuchern: Man betrat die Wohnung, durchquerte sie und sagte, am Fenster angekommen: »Wie schön!« Die einen meinten die Stadt, die anderen die bewaldeten Höhenzüge von Söhre und Kaufunger Wald.

Auch diesen Wohnsitz hat Maximiliane als einen vorläufigen angesehen, als einen, dessen Ausgestaltung sich nicht lohnte. Die Wände blieben, da die Ahnenbilder verkauft waren, kahl. Wie in Marburg, so füllte sich aber auch diese Wohnung gegen ihren Willen mit Gegenständen, von Verwandten und Kolleginnen mitgebracht. Sie verglich das, was sie wieder besaß, noch immer mit dem, was sie vor 15 Jahren auf ihrem Handkarren mit sich geführt hatte; die anderen hatten den Blick inzwischen auf das gerichtet, was zur Vervollkommnung noch fehlte. Die wenigen Anschaffungen, die sie machte, waren nicht einmal zweckvoll. Schon an einem der ersten Tage kam sie mit einer Schallplatte nach Hause, zeigte sie den Töchtern. ›Wer die Heimat liebt, so wie du und ich, braucht die Heimat, um glücklich zu sein.‹ Sie sang ihnen die Melodie vor, erzählte, daß sie nach diesem Schlager in einer Kellerbar Berlins mit dem Vater getanzt habe, als sie sich zum letztenmal gesehen hätten. Derweil drehte sie die Platte zwischen den Händen, sah auf der schwarzen Kautschukplatte den alten Mann vor sich, der Klavier gespielt hatte, sah das Radiogerät, vor dem der Kellner stand und die Luftlageberichte verfolgte, sah das zerstörte Hotel, den Bunker, die fluchtgleiche Rückkehr nach Poenichen...

»Wir haben doch keinen Plattenspieler!« sagte Edda.

Von jener Begegnung mit dem Generalsekretär hatte Maximiliane nur den Begriff des ›dauernden Ruherechts der Toten‹ im Gedächtnis behalten; dieser Begriff beeindruckte sie so sehr, daß er in allen Briefen auftauchte, in denen sie ihre Verwandten und Freundinnen von ihrer neuen Tätigkeit unterrichtete. Bei ihrer ständigen inneren Unruhe erschien ihr ein dauerndes Ruherecht als etwas Verlockendes. Ihre Mitarbeiter, fast alles ›Ehemalige‹ – ehemalige Journalisten, ehemalige Schauspieler, ehemalige Offiziere, ehemalige Bankangestellte –, schienen von ihrer hohen Aufgabe überzeugt zu sein, was ihr gefiel; daß sie ständig darüber sprachen, gefiel ihr weniger.

Als Herr Schröder Maximiliane mit ihrem künftigen Aufgabengebiet, die Zentralgräberkartei für Frankreich, vertraut machte, sagte er bedauernd, daß man ihr trotz der Empfehlung Herrn v. Fredells vorerst keine hohe Position anbieten könne. Es handele sich eher um einen Posten als um eine Position, aber dieser Posten sei ausbaufähig. Es bedürfe einer Zeit der Einarbeitung, in der sie sich vor allem mit den Zielen des Volksbundes vertraut machen müsse. Auch die Arbeit an der Kriegsgräberkartei sei von hoher Wichtigkeit, verlange Genauigkeit und Kombinationsfähigkeit, ja sogar Hingabe. Bei jeder noch so geringfügig erscheinenden Eintragung, bei jedem Datum, jedem Ortsnamen, handle es sich um ein menschliches Schicksal. Eines Tages würde das Frauenreferat neu zu besetzen sein; im Hinblick auf eine künftige Friedenspolitik warte dort vielleicht ein großes Aufgabengebiet auf sie.

Aber Maximiliane gehörte nicht zu jenen Frauen, die einen Posten zu einer Position ausbauen. Sie füllte den derzeitigen nicht einmal aus; er füllte sie allerdings ebenfalls nicht aus. Sie hatte aber unter der Anleitung des Großvaters schon als kleines Kind Selbstbeherrschung gelernt, und diese bewahrte sie jetzt davor, von anderen beherrscht zu werden. Pünktlich um 7 Uhr 30 erschien sie zum Dienst, führte auf dem Dienstapparat keine privaten Telefongespräche, überschritt die halbstündige Mittagszeit nie, gab keinen Anlaß zu Ermahnungen, tat aber auch nicht mehr, als ihr aufgetragen war.

Sie hat Arbeit nie als Tugend angesehen.

Ihr Arbeitsplatz befand sich in einem Geschäftshaus der Oberen Königstraße, in dem der Volksbund zwei Stockwerke gemietet hatte. Ein langer Flur, zu dessen beiden Seiten kleine quadratische Räume lagen. ›Wie im Kuhstall‹, berichtete Maximiliane ihren Kindern, eher anerkennend als mißbilligend gemeint. In dem Raum, in dem sie arbeitete, standen vier Schreibtische, zu einem Block zusammengeschoben, von drei Seiten begehbar. Durch die beiden nebeneinanderliegenden Fenster sah man auf die Brandmauer einer noch nicht wiederaufgebauten Ruine. Maximiliane beanspruchte auf der von Blumentöpfen bereits überbesetzten Fensterbank keinen weiteren Platz für eigene Blattpflanzen, kochte sich zum Frühstück nicht mit Hilfe des büroeigenen Tauchsieders Kaffee und bot sich daher auch nicht an, das Kaffeekochen für Herrn Schröder wochenweise zu übernehmen. Bereitwillig erkannte sie die älteren Rechte der größtenteils jüngeren Kolleginnen an. Wenn sie den Kopf hob, fiel ihr Blick auf die gegenüberliegende Zimmerwand, an der Feriengrüße von Kollegen hingen: Ansichtskarten aus Ruhpolding, Grömitz, Alassio und Mallorca.

Manchmal begegnete ihr Blick dem von Frau Hoffmann, die ihr dann ermunternd zulächelte, woraufhin Maximiliane ebenfalls lächelte. Sie gab sich Mühe, ihre Schrift auf die Zeilenhöhe und Zeilenbreite der Formulare zu verkleinern, gab sich ebenfalls Mühe, die Bewegungen ihrer Arme und Beine den Ausmaßen des Büroraums anzupassen; größere Schwierigkeiten bereitete es ihr, mit der ihr zustehenden Luft auszukommen. Frau Hoffmann, die Älteste im Raum, litt unter Neuralgien, das Fenster durfte daher nicht geöffnet werden, allenfalls die Tür.

Die Arbeitsgebiete für die an der Zentralgräberkartei Beschäftigten waren nach Todesräumen aufgeteilt. Maximiliane war zuständig für die im Raum des Sammelfriedhofs Dagneux im Departement Ain gefallenen Soldaten. Sie füllte Formblätter aus, mit denen die Angehörigen von der Umbettung des Mannes, Vaters, Sohnes oder Bruders auf diesen Friedhof verständigt wurden. Sie übertrug Namen, Vornamen, Geburtsdatum und Dienstgrad, gab Grabnummer, Grabreihe und Gräberblock an und fügte der Benachrichtigung einen bebilderten Prospekt bei, mit einer genauen Lageskizze des Friedhofs, auf dem nach Abschluß der Umbettungen und Zubettungen 19000 Gefallene aus 21 Departements gemäß den Abmachungen zwischen der französischen und deutschen Regierung ihr dauerndes Ruherecht finden würden. Noch enthielt der Prospekt Prophezeiungen, die sich in den folgenden Jahren erfüllen mußten. Wenn die Ausgestaltungsarbeiten beendet seien, hieß es, könne man erkennen, was den Gestaltern dieser Kriegsgräberstätte vorschwebte, nämlich, den hier Ruhenden ein dauerhaftes Grab in einem Fleckchen Heimat zu bereiten, den Friedhof in die ihn umgebende Landschaft einzugliedern, den Angehörigen der Toten das Gefühl der Befriedigung und des Trostes zu vermitteln sowie allen Besuchern die eindringliche Mahnung zum Frieden mit auf den Weg zu geben.

Auf dem Friedhof Dagneux lagen vornehmlich die Gefallenen jener Kämpfe, die nach der Invasion der Alliierten an der französischen Riviera, Mitte August 1944, stattgefunden hatten. Diese Invasion war Maximiliane bisher unbekannt gewesen. Für sie hatte die Invasion im Juni 1944 in der Normandie stattgefunden, jene, bei der unter so seltsamen Umständen ihr Mann schwer verwundet wurde. Diese beiden Invasionen der Alliierten wurden ihr zum Verhängnis, da sie nicht in der Lage war, sie zu unterscheiden. Es fehlte ihr an logischem Denkvermögen. Einen Sinn für das Objektive, Unwiderlegliche der Geschichte hatte sie nie besessen. Wenn sie auf einem Aktenstück ›Neufville, Juni 1944‹ las, erkannte sie nicht, daß es sich um ein Neufville in der Normandie und bei der Angabe ›Neufville,

September 1944‹ um einen gleichnamigen Ort in Südfrankreich handelte. Es wurden ihr Ordnungsarbeiten übertragen, und sie schaffte Unordnung. Es dauerte verhältnismäßig lange, bis man auf die Verwirrung, die die neue Mitarbeiterin anrichtete, aufmerksam wurde.

Kurze Zeit beschäftigte man sie dann an der Umbettungskartei, wo sie lediglich mit der Schreibmaschine die handgeschriebenen Protokolle über die Ausbettungsbefunde auf Karteikarten zu übertragen hatte. Ein anderer Büroraum, andere Gesichter, aber die gleichen Blumentöpfe und Tauchsieder. »1/2 EM«, schrieb sie, was ›halbe Erkennungsmarke‹ bedeutete. »Ohne Kleider«, »Li.Ob.Schenkel schlecht verh. Bruch«. Sie trug die Körpergröße ein, die Maße von Oberschenkel und Elle, das ungefähre Alter, die Abnutzung der Zähne. Sie ertappte sich dabei, wie sie zwischendurch gedankenversunken und an den Fingernägeln kauend die schematischen Darstellungen betrachtete, auf denen mit notwendiger und bewundernswürdiger Genauigkeit der Befund von Ober- und Unterkiefer, Schädel und Rückgrat eingetragen war.

»Man gewöhnt sich!« sagte Frau Wolf, ebenfalls verwitwet.

Maximiliane gewöhnte sich nicht. Im Haus der Fredells mußte sie immer wieder Rat suchen. Auch für ihre Versorgungsangelegenheiten fand sie in Herrn v. Fredell einen willigen und sachkundigen Berater. Er hatte, als er bei Kriegsbeginn zur Wehrmacht eingezogen wurde, sein Jura-Studium abbrechen müssen und hatte es, da er Ende des Krieges geheiratet hatte, nach seiner Entlassung aus der Kriegsgefangenschaft nicht wiederaufnehmen können. Er nannte sich aber dennoch einen Juristen, wenn auch einen ›abgebrochenen‹. Sobald der Ausdruck ›abgebrochener Jurist‹ fiel, gedachte sie ihres Rheinländers. Es war Herrn v. Fredell ein Bedürfnis, der Freundin seiner Frau in juristischen Fragen beizustehen. Was ihre Versorgungsansprüche anlangte, konnte sie, seiner Ansicht nach, den Artikel 131, die früheren Angehörigen des öffentlichen Dienstes betreffend, für sich in Anspruch nehmen, da er auch die Flüchtlinge und Vertriebenen einschloß.

Maximiliane, Opfer zweier Weltkriege, stellte also endlich einen entsprechenden Antrag.

Wenige Tage später erschien eine ihrer Kolleginnen, ein Fräulein Vogel, betraut mit der Kriegsgräberkartei des Friedhofs Sailly-sur-la-Lys, vornehmlich für Gefallene des Ersten Weltkriegs, legte eine zweisprachige Gräberliste vor sie hin, zeigte auf die Listennummer 3412 und fragte, ob es sich dabei um einen Verwandten handeln könnte. ›Freiherr Achim von Quindt, Leutnant.‹

Maximiliane las die Eintragung eingehender und stellte fest, daß es sich um ihren Vater handeln mußte.

»Der Friedhof liegt nicht weit von Lille!« sagte Fräulein Vogel. »Lauter Einzelgräber! Kein einziges Kameradengrab!«

»Hat sich denn von Ihrer Familie nie jemand um sein Grab gekümmert?« fragte Frau Wolf, wobei sich in der Frage das menschliche mit dem beruflichen Interesse mischte.

»Nein«, antwortete Maximiliane. »Soviel ich weiß, wollte mein Großvater ihn überführen lassen. Nachdem wir den Weltkrieg verloren hatten, war es unmöglich. Er hat ihm einen Stein auf dem . . .«

Sie bricht ab, die Eichen des Innicher Berges vor Augen, unter denen mehrere Generationen der Quindts beigesetzt worden waren, Findlinge der Eiszeit als Grabsteine.

»Vielleicht wird die Leiche Ihres Mannes auch noch gefunden!« sagt Frau Wolf und hält diese Worte für Trostworte. »Hier erfährt man das am ehesten. Geben Sie nur nicht die Hoffnung auf! Bei den Aufbauarbeiten in Berlin werden immer noch unbekannte Tote freigelegt, und meist können sie dann auch identifiziert werden. Hauptsache, Ihr Mann hatte irgendwelche besonderen Merkmale, Knochenbrüche oder dergleichen.«

Maximiliane hebt den Blick von der Gräberliste und erteilt die gewünschte Auskunft. »Er war einarmig, er hatte den rechten Arm bei der Invasion der Alliierten in der Normandie . . .«

Auch dieser Satz bleibt unvollendet.

»Das ist doch großartig! Sie müssen das mal Herrn Degenhardt sagen, der bearbeitet die Berliner Toten.«

Maximiliane rückt mit dem Stuhl zurück, erhebt sich, hält sich an der Schreibtischkante fest. Was sie bisher erfolgreich vermieden hat, ist geschehen; ihre Phantasie macht sich selbständig, Erdlöcher und Bagger, Skelett und Kieferknochen ihres Mannes. Das Blut weicht aus ihrem Kopf, sie schwankt.

In einem gut geführten Büro ist auch dieser Fall vorgesehen. Frau Wolf eilt mit Kölnisch Wasser herbei, Frau Menzel holt die Flasche mit dem Weinbrand. Die Blumentöpfe werden beiseite geschoben, das Fenster geöffnet. Herr Schröder wird verständigt und kommt persönlich, um nach der Mitarbeiterin zu sehen. Er erkundigt sich, ob sie lieber nach Hause gehen und sich hinlegen möchte, fügt verständnisvoll hinzu, daß erfahrungsgemäß die erste Erschütterung immer groß sei, wenn ein Angehöriger endlich Gewißheit erhalte, aber der Trost stelle sich recht bald ein, wenn er dann erfahre, wo sich das Grab des Toten befinde.

Nachdem Maximilianes Versorgungsfall in erster Instanz abschlägig beschieden worden war und sie ihn auf Anraten Herrn v. Fredells bis vor die oberste Instanz, das Hessische Ministerium des Inneren, gebracht hatte, kam von dort der Bescheid: Viktor Quint gelte infolge seiner Tätigkeit beim Reichssippenamt als Angehöriger der SS, deren nachgelassenen Witwen keine Versorgungsansprüche zustanden. Wieder mußte Maximiliane von einem Sachbearbeiter getröstet werden.

Herr König, der für den Fall Quint zuständige Beamte beim Regierungspräsidenten, teilte ihr die endgültige Absage nicht nur schonend, sondern auch mit Anzeichen der Erbitterung mit. »Die Witwe des Reichsmarschalls Göring erhält eine Pension! Das geht einem doch nicht in den Kopf, daß Sie keine bekommen sollen!«

»Ich will mich nicht mit der Witwe Görings vergleichen!«

»Diese Herren haben ein tausendjähriges Reich gegründet, und ihren Witwen und Waisen hinterlassen sie nicht einmal eine kleine Rente.«

»Es paßt zu diesen Herren«, sagt Maximiliane, »sie hatten immer Größeres im Sinn.« Wo sie Ansprüche stellen könnte, verzichtet sie, wo sie verzichten müßte, stellt sie Ansprüche. Sie lernt nicht, sich wie jedermann zu verhalten.

Herr König klappt die Akte Quint endgültig zu und bringt Maximiliane zur Tür, reicht ihr die Hand. »Sie sind über die ersten schweren Jahre gekommen, Sie werden auch weiter durchkommen! Die Auszahlungen der Hauptentschädigung des Lastenausgleichs sind ja nun im Gange, da werden Sie schon nicht leer ausgehen!«

Auch um die Beschleunigung dieser Ansprüche hatte Herr v. Fredell sich gekümmert.

Jetzt stieß sich Maximiliane nicht mehr an Türklinken und Schubladen ihres Büros, sie paßte sich an, auch an den engen Raum. Anläßlich ihres Geburtstages backte sie eine Prinz-Friedrich-Gedächtnis-Torte, nahm sie mit ins Büro und erntete die Anerkennung der männlichen und weiblichen Kollegen, bei denen sie immer beliebter wurde, da ihre offenkundige Untüchtigkeit ihnen die Furcht vor einer Konkurrentin nahm; zusätzlich verschaffte sie ihnen das Gefühl der Überlegenheit. Trotz ihrer Herkunft und ihrer Freundschaft zu einem der Abteilungsleiter schloß sie sich nie aus. Sie nahm am Betriebsausflug, einer Dampferfahrt auf der Fulda nach Hannoversch-Münden, teil, sammelte für die Kriegsgräber, ließ sich dabei die wenig beliebten und wenig ergiebigen Straßen zuweisen, stand in der Novembernässe, hielt die weiße Sammelbüchse mit den fünf schwarzen Kreuzen in der Hand, aber nicht auffordernd, sondern abwartend; sie hatte nur geringe Beträge vorzuweisen. Zur Ausgestaltung der Weihnachtsfeier trug sie mit der Herstellung von Strohsternen und Papierrosen bei.

Ende der fünfziger Jahre: Maximiliane zog Sackkleider an, wie die Mode es verlangte, die besten Partien ihres Körpers wurden lieblos verdeckt, dafür wurden ihre rachitisch verdickten Knie sichtbar. Ihre Versuche, spitze Schuhe mit bleistiftdünnen Absätzen zu tragen, endeten damit, daß sie die Schuhe in der Hand trug und barfuß ging. Ihr Körper widersetzte sich standhaft allen modischen Vergewaltigungen. Als bei jener Weihnachtsfeier ein Mitarbeiter mit ihr tanzen wollte, zog sie mitten im Tanz die Schuhe aus. Es handelte sich um einen Herrn Le Bois, Nachfahre einer Kasseler Hugenottenfamilie, einer der ›Umbetter‹, der nach mehrjähriger Tätigkeit in Südfrankreich nun in der Bundesgeschäftsstelle arbeitete, allerdings in einem Büro am Ständeplatz. Trotz der Neugier der Kolleginnen blieb diese Beziehung unbemerkt. Maximiliane hatte das Talent zur Geheimhaltung von ihrer Großmutter Sophie Charlotte geerbt, der es immerhin gelungen war, jene Zoppoter Affäre mit einem polnischen Leutnant, der Maximilianes Vater sein Leben verdankte, in Vergessenheit geraten zu lassen. Dieses Verhältnis Maximilianes zu Herrn Le Bois entsprach auch so wenig den üblichen Vorstellungen vom Verhalten einer Kriegswitwe, zumal einer Mutter von erwachsenen und heranwachsenden Kindern, daß Argwohn nicht aufkam.

Ausgedehnte Abendspaziergänge, wesentlich mehr wäre nicht zu beobachten gewesen. Lediglich Viktoria, mit dem Wahrnehmungsvermögen eines Spürhundes begabt, wurde etwas gewahr.

»Mutter hat mal wieder einen Freund!« verkündete sie, als alle Geschwister zugegen waren, was oft geschah, sie blieben Nesthocker, trotz des wenig behaglichen Nestes, trotz der mütterlichen Aufforderung: ›Lauft!‹

Viktorias Beobachtung wurde von Maximiliane weder bestätigt noch bestritten, fand bei den Geschwistern wenig Interesse.

Diese, nennen wir es ›kleinere Affäre‹, ging nicht unter die Haut, tat der Haut aber sichtlich wohl, blieb ohne weitere Folgen, so daß ihr hier kein weiterer Platz eingeräumt zu werden braucht.

Das einzige, was davon übrigblieb, waren die Abendspaziergänge, die Maximiliane nun allein unternahm. Ein Auto hatte sie sich bisher aus anhaltender Trauer um Golo nicht wieder angeschafft.

Ein Jahrzehnt lang hatte sie, wenn sie durch den Wald ging, auf den Waldboden geblickt, immer auf der Suche nach Brennbarem und Eßbarem, Bucheckern, Pilzen, Kleinholz, jetzt hob sie den Blick, entdeckte den Himmel neu. Als die erste Rate der Hauptentschädigung des Lastenausgleichs angewiesen und auch ausgezahlt wurde, mit der Auflage, diese Summe zur Existenzsicherung in der Bundesrepublik anzulegen, riet Herr v. Fredell ihr zum Bau eines Hauses; ein Vorschlag, gegen den Maximiliane sich heftig wehrte. Sie wollte nicht für Poenichen entschädigt werden, sie wollte Poenichen haben! Einer ihrer seltenen Ausbrüche. Sie verschließt sich dann aber den Ratschlägen des Freundes nicht, zumal Bella ihr zuredet. »Es gibt nicht nur eine einzige Heimat! Es gibt mehrere, auch kleinere. Unsere Söhne fühlen sich hier beheimatet.«

Außerdem traf zu dieser Zeit ein Brief ihres Onkels ein, jenes ehemaligen Generals Erwin Max von Quindt, dessen Frau Elisabeth sich auf dem Eyckel ausdauernd um die Erziehung der Quints aus Poenichen bemüht hatte. Dieser Onkel Max hatte inzwischen eine einflußreiche Stelle beim Bundesausgleichsamt in Bad Homburg inne und riet ihr dringend zur bedachtsamen und vermögenswirksamen Geldanlage. Auf dem Briefkopf stand unter der jetzigen Anschrift: ehemals Königsberg, Regentenstraße 12. Die Generalin hatte handschriftlich unter den Brief die Frage gesetzt: »Hast Du einmal in Erwägung gezogen, Deinen Sohn Joachim eine diplomatische Laufbahn einschlagen zu lassen, damit er später eine seiner Herkunft und seinem Stand angemessene Stellung erhält?«

Da Joachim sich zu diesem Zeitpunkt gerade in Schweden aufhielt und sich dort um seine Erbschaft kümmerte, versäumte Maximiliane es, ihm die Erwägung seiner Großtante Elisabeth mitzuteilen. Aber er hätte sie ohnedies nicht einmal in Gedanken nachvollziehen können, so fern lag sie ihm. Statt der geplanten zwei Wochen verbrachte er die ganzen Semesterferien in Schweden, und statt eines Briefes schickte er seiner Mutter ein Gedicht, zum erstenmal ein Liebesgedicht, eines, das sich zugleich an Schweden und an ein schwedisches Mädchen richtete. Maximiliane nahm es als Zeichen dafür, daß er endgültig für Poenichen verloren war. Warum also kein Grundstück erwerben, warum nicht in Kassel? Sie stimmte den Vorschlägen, die Herr v. Fredell machte, zu und unterschrieb den Kaufvertrag über ein Ruinengrundstück in der Innenstadt Kassels.

Seit sie im Büro die Übertragung der Umbettungsprotokolle auf Karteikarten vornahm, träumte sie nachts häufig von Zahnplatten aus Kautschuk, von Oberschenkeln mit verheilten Brüchen und von verkohlten Knochen. Das Schreibmaschineschreiben machte ihr, da sie es nie richtig gelernt hatte, große Mühe. So richtete sie ihre Aufmerksamkeit mehr auf die Tastatur der Schreibmaschine als auf Namen und Zahlen, vertat sich dabei mehrfach, etwa bei den zahlreich vorkommenden gleichen Namen wie ›Meier‹ oder ›Müller‹, ging großzügig und daher fahrlässig mit Todesräumen und Grabnummern um, so daß Herr Schröder sich zu seinem Bedauern schließlich genötigt sah, sie mit noch einfacheren Aufgaben zu beschäftigen. Weder von ihm noch von dem Leiter des Personalbüros wurde erkannt, daß man sie nicht mit kleineren, sondern mit größeren Aufgaben hätte betrauen müssen. Für die selbständige Erledigung der Angehörigen-Korrespondenz wäre sie gut geeignet gewesen. So wie sie als Zwanzigjährige in Poenichen die Nachricht vom Kriegstod der Männer in die Häuser gebracht hatte, hätte sie auch jetzt sicher die richtigen Worte gefunden.

Ihre Acht- und Arglosigkeit hatte in einem anderen Fall, dem ihres Besitzes, unerwartet gegenteilige Folgen. Der Wert ihres Grundstücks, das sie gleichgültig und lustlos erworben hatte, war in kurzer Zeit durch die erhöhte Bautätigkeit und entsprechende Grundstücksspekulation um ein Vielfaches gestiegen.

Gegen ihren Willen ist sie wieder vermögend geworden. Als sich ein Käufer für das Grundstück findet, der bereit ist, das Dreifache des ursprünglichen Kaufpreises zu zahlen, greift Herr v. Fredell nach Maximilianes Hand, beugt sich darüber und sagt: »Ein Goldhändchen!« Er empfiehlt ihr, zumindest einen Teil des Betrages in bleibenden Werten anzulegen, Orientteppiche, Silber, Antiquitäten, falls es, womit er zu rechnen schien, wieder Notzeiten und Geldentwertung geben sollte. Im Gedenken an die Silbersachen, die im Park von Poenichen vergraben lagen, und an die Teppiche, mit denen die Wagen des Trecks behängt gewesen waren, fiel es Maximiliane schwer zu glauben, daß in künftigen Notzeiten Teppiche helfen könnten; einen Treck mit Pferdefuhrwerken würde es nie wieder geben. Inzwischen hatte sie auch einen anderen, bereits beim Pommerntag gefaßten Plan insgeheim weiterverfolgt. Dieser Plan wuchs im gleichen Maße, wie vor den Fenstern ihrer Wohnung ein neues Hochhaus emporwuchs, das den Blick versperrte und sie immer mehr beengte.

Die Ansicht, daß sich eine verwaiste und verwitwete adlige Flüchtlingsfrau für die Tätigkeit beim Volksbund Deutsche Kriegsgräberfürsorge besonders gut eigne, wurde von Maximiliane weiterhin nahezu täglich widerlegt. Sie genoß jedoch Kündigungsschutz, da alle Bundesdienststellen die Auflage hatten, einen gewissen Prozentsatz an Kriegsgeschädigten zu beschäftigen. Nach vertraulicher Rücksprache mit Herrn v. Fredell, den man noch immer für Maximiliane zuständig hielt, sah man sich schließlich genötigt, Maximiliane mit noch einfacherer Büroarbeit zu beschäftigen, was darauf hinauslief, daß sie in den letzten Monaten ihrer Tätigkeit Adressen für Briefe zu schreiben hatte, in denen die gewissenhafte Erledigung von Grabschmuck- und Fotowünschen bestätigt wurde. Die Kolleginnen sahen ihrem unaufhaltsamen Abstieg nicht ohne Mitgefühl zu. Auch diesmal wußte Frau Wolf Trost!

»Sie wissen wenigstens, daß jemand auf Sie wartet, wenn Sie nach Hause kommen.«

Zumeist wartete Maximiliane allerdings darauf, daß ihre

Töchter nach Hause kamen; nur selten wurde sie von ihnen erwartet.

Viktoria hatte inzwischen ihre Schulzeit mit der Hochschulreife und Mirka mit der mittleren Reife abgeschlossen. Viktoria studierte nun in Göttingen, und zwar jene beiden Fächer, zu denen sie die schlechteste Voraussetzung mitbrachte: Psychologie, Soziologie. Mirka dagegen wählte das einzige Fach, für das sie begabt war, den Tanz. Sie bekam ihr erstes Engagement als Elevin beim Ballett des Kasseler Staatstheaters, nähte sich in ihrer Freizeit mit viel Phantasie und Geschmack ihre Kleider selbst, besserte – als Mannequin für die kleinen Größen – bei Modeschauen der Konfektionshäuser ihr Taschengeld auf und beteiligte sich heimlich an Schönheitswettbewerben.

Als Anfang September – die Vorlesungen an den Universitäten hatten noch nicht begonnen – alle Quints wieder einmal vollzählig beisammen waren, nahm Maximiliane die Gelegenheit wahr und lud die Fredells zum Abendessen ein.

Poenicher Tafeltuch und Poenicher Damastservietten, die Taufterrine mit Fruchtdolden der Eberesche gefüllt. Es gab, auf einer flachen Schüssel angerichtet, zu Toast und Rotwein, zum erstenmal eine Poenicher Wildpastete, von Maximiliane eigenhändig zubereitet.

Da sie kein Rezept besaß, hatte sie sich auf ihr Gedächtnis verlassen müssen, wo es versagte, verließ sie sich auf ihre Eingebung. Sie hatte wie Anna Riepe die alten Küchenmaße benutzt: eine Handvoll, eine Prise, ein Schuß . . .

Die Pastete wurde allgemein gelobt. Herr v. Fredell erlaubte sich eine Einschränkung, indem er darauf hinwies, daß ein trockener Weißwein, ein Chablis möglicherweise, besser passen würde als ein Rotwein.

»So etwas kannst du vorzüglich!« sagte Frau v. Fredell zu Maximiliane. »Für Karteikästen voller unbekannter Toter bist du einfach nicht geeignet. Ich würde gerne mit dir tauschen. Mein Mann hätte sicher nichts dagegen.«

Maximiliane sieht die Freundin an, diese ihren Mann, der seinerseits Maximiliane ansieht. Ein rechtwinkliges Dreieck der Blicke, Begegnungen fanden dabei nicht statt, wurden wohl auch vermieden.

»Du bist keine berufstätige Frau, du bist begabter für die Ehe!« fuhr Frau v. Fredell fort.

»Begabter«, antwortete Maximiliane, »aber ohne Erfahrungen! Ich bin eigentlich nie verheiratet gewesen. Ich war immer nur verwitwet. ›Eine geborene Witwe‹ hat mich einmal jemand genannt. Es war mir immer peinlich. Jahr für Jahr lebt man weiter, und der andere ist tot. Manchmal bin ich mir wie eine Mörderin vorgekommen. Neben mir befand sich immer eine leere Stelle, andere Witwen füllen sie mit Worten, reden von ihrem ›Verstorbenen‹, ihrem ›gefallenen Mann‹. Ich habe das nie gekonnt. Ich war ihm keine gute Witwe.«

Joachim hebt das Glas und blickt sie an: »Eine gute Mutter bist du bestimmt.«

Maximiliane hat die Fähigkeit, bei einem Lob zu erröten, noch immer nicht verloren; sie sieht die Kinder der Reihe nach an und sagt zusammenfassend: »Ich bin wohl ein Muttertier.«

Als die Pastete aufgegessen und ausreichend gelobt ist, nimmt Maximiliane die leere Glasplatte in beide Hände und eröffnet den Anwesenden, daß sie zu dem Entschluß gekommen sei, dieses Gericht als ›Poenicher Wildpastete‹ in den Handel zu bringen.

»Man wird die Zusammensetzung ändern müssen, ein Drittel Wild, zwei Drittel Schwein, im übrigen das Originalrezept. Die Pastete in kleine irdene Töpfe gefüllt, ein Etikett darauf mit jenem Satz Bismarcks, den er in einem Brief an meinen Urgroßvater geschrieben hat.« Sie hält den Brief hoch und liest vor: »›Meine Frau bittet die Ihrige um das Rezept für die Poenicher Wildpastete. Ganz der Ihrige. Bk.‹ In Faksimile und daneben ein Bild des alten Quindt!«

»Willst du etwa eine Fleischwarenfabrik gründen?«

Jedes Wort kommt aus einem anderen Mund; die Fredells sind ebenso befremdet wie die jungen Quints.

»Ich nicht, sondern Edda«, sagt Maximiliane und reicht dieser den Bismarckbrief über den Tisch. »Sie hat mehr Familiensinn bewiesen als alle anderen, außerdem hat sie Geschäftssinn. Sie hat jahrelang in unserer Bratküche gearbeitet. Außerdem ist sie die einzige von uns, die ein ausgeprägtes Verhältnis zum Geld hat. An der Einstellung zum Geld erkennt man einen Menschen besser als an seiner Einstellung zu Gott. Joachim hat seine eigenen Pläne, die sich mit Pastetenproduktion nicht vereinen lassen; Viktoria hat vor, die Besitzverhältnisse der Welt neu zu ordnen, und Mirka ist nie auf Poenichen gewesen.«

Der Reihe nach blickt sie ihre Kinder an. Ihre Begründungen waren willkürlich gewählt, die Anwesenden waren jedoch zu überrascht, um es wahrzunehmen.

Maximiliane umriß nun in wenigen Sätzen ihre Pläne.

»In Holstein soll es am meisten Wild geben, also müßte der Betrieb in Holstein gegründet werden. Hasen werden nur in wenigen Monaten geschossen, in den übrigen Monaten muß man auf Rotwild ausweichen. Zwei unterschiedlich große Töpfe mit Wildpastete. 200 Gramm und 500 Gramm. Die Heimatliebe der Vertriebenen geht durch den Magen. Wohlhabend sind die Pommern noch nicht wieder, die meisten waren es auch früher nicht, also keine Pistazien und keine Trüffel, sondern Nüsse und Zuchtchampignons. Man muß den richtigen Kundenkreis ansprechen, am besten im ›Pommernblatt‹. Ein Nachkomme der Lübecker von Quinten soll sich auf Schweinemast spezialisiert haben, er kann uns beliefern. In seiner Nähe muß man einen stillgelegten Bauernhof erwerben; Herr Picht, unser Nachbar aus Poenichen, von Gut Juchenow, übernimmt die Vertretung beim Adel, der nicht getreckt ist; auf den Gütern kann heute keine Wildpastete mehr hergestellt werden, weil es an Personal fehlt. Martha Riepe kann die Buchführung übernehmen. Und vergeßt nicht, daß Edda vor Hunger geweint hat!«

Sie richtet den Blick auf Edda, erinnert sich an die Worte Greens, sagt: »Du mußt nur aufpassen, daß du nicht dick wirst!«

Sie lehnt sich zurück. Sie hat die längste Rede ihres Lebens gehalten.

19

›Das Huhn, das ein Ei gelegt hat, gackert, die Ente nicht. Der Erfolg ist, daß alle Welt nur Hühnereier ißt – Enteneier sind kaum gefragt.‹

Henry Ford

Jener Nachkomme der Lübecker von Quinten hieß Marten mit Vornamen, war Anfang Dreißig, rotblond, unverheiratet und besaß einen landwirtschaftlichen Betrieb, wenige Kilometer von Eutin entfernt, holsteinische Schweiz, 20 Kilometer Luftlinie zur Ostsee, 80 Kilometer Luftlinie zur Nordsee. Der Hof hieß Erikshof, nach einem früheren dänischen Besitzer, und war im Jahr 1921 von Martens Großvater, August von Quinten, zum Zweck der Geldanlage erworben worden. Als nach den für die Landwirtschaft zunächst günstigen Kriegs- und Nachkriegsjahren die Lage schwieriger wurde, hatte Albert von Quinten, Martens Vater, diesem den Hof überlassen; rechtzeitig, wie er selber meinte, vorzeitig, wie seine Nachbarn meinten.

Marten von Quinten verbrachte täglich mehrere Stunden mit Rentabilitätsberechnungen am Schreibtisch, was seinen Hof noch unrentabler machte. Seine letzten Berechnungen hatten ergeben, daß sein Betrieb nicht mehr als zweieinhalb Arbeitskräfte trug, wobei er sich selbst als volle Arbeitskraft einschätzte; eine Selbsttäuschung. Er war ein heiterer und großzügiger Mann, zuweilen allerdings auch ein wenig großspurig.

Martha Riepe hätte den Erikshof mit seinen 200 Hektar Grund und Boden als eine ›Klitsche‹ bezeichnet, aber für holsteinische Verhältnisse war es doch ein ansehnlicher Besitz, den Marten von Quinten, wenn er Alkohol getrunken hatte, also häufig, als ›Versuchsgut‹ bezeichnete. Im Zuge der staatlich empfohlenen Spezialisierung hatte er sich zunächst auf Milchwirtschaft verlegt; als dann aber der stetige Regen der staatlichen Milchpfennige dünner wurde, hatte er die Milchkühe abgeschafft und von den Schlachtprämien junge Rinder gekauft und sich auf Rindermast umgestellt. Auch diese, aus öffentlichen Mitteln unterstützte Umstellung hatte die Rentabilität des

Hofes nicht verbessern können, da Marten von Quinten zwar unternehmungsfreudig, aber nicht ausdauernd war, folglich die Entwicklung nicht lange genug abwartete. Kurze Zeit trug er sich mit dem Gedanken, einige Hektar Land als Baugelände abzutreten oder an dem kleinen See, der zum Hof gehörte, ein Campinggelände einzurichten. Bei der Geschäftsstelle des Bauernverbandes in Lübeck lästerte man bereits, Quinten würde wohl auch Rebstöcke anpflanzen, wenn der Weinbau in Holstein subventioniert würde. Vor nunmehr einem Jahr war er zu dem Entschluß gekommen, sich mit Hilfe günstiger Darlehen auf Schweinemast zu verlegen.

Er hatte sich – und war damit wieder einem Rat des Bauernverbandes gefolgt – mit zwei seiner Nachbarn zu einem Interessenverband zusammengetan. Der eine der Nachbarn, der Landwirt Fenz, übernahm die Zucht, ließ die Sauen statt zweimal, dreimal jährlich ferkeln, verkaufte die Ferkel an den Nachbarn Harmsen, der die Aufzucht übernahm und die Tiere mit einem Gewicht von etwa 20 Kilo an Marten von Quinten verkaufte, bei dem sie auf ungefähr 100 Kilo heranreifen sollten.

Diesen Entschluß der drei Landwirte hatten zur selben Zeit auch andere Landwirte gefaßt, so daß Marten von Quinten, dessen erster Blick morgens den Schlachtviehnotierungen in den ›Lübecker Nachrichten‹ galt, bereits Absatzschwierigkeiten hatte, bevor die ersten 100 Schweine schlachtreif waren. Der Preis für Schweine war gesunken, die Rentabilitätsberechnung stimmte bereits nicht mehr. Der Hof war zu diesem Zeitpunkt bis an die Grenze des Möglichen belastet. Herr von Quinten hätte sich im Grunde noch mehr Sorgen machen müssen, als er es bereits tat.

Seine Eltern, Albert und Eva-Marie von Quinten, hatten sich frühzeitig eines der ehemaligen Leutehäuser als Alterssitz ausbauen lassen, nachdem die Flüchtlinge, die darin gewohnt hatten, abgezogen waren. Ihre Absicht war, dem Sohn freie Hand zu lassen, ihm aber doch mit Rat, weniger mit Tat, zur Seite zu stehen.

Als der Brief eintraf, mit dem Maximiliane ihren Besuch ankündigte, ging Marten von Quinten damit zu seiner Mutter, um sich zu erkundigen, um wen es sich handelte. Nach einigem Nachdenken kam sie zu dem Ergebnis, daß es jemand aus der pommerschen oder der ostpreußischen Linie der von Quindts sein müsse.

»In jedem Falle müssen sie getreckt sein. Aber von den Flüchtlingen hat man jetzt nichts mehr zu befürchten.«

Da an dem angegebenen Vormittag 80 Ferkel angeliefert werden sollten, herrschte auf dem Hof entsprechende Aufregung, zumal das Thermometer des Aggregats, das die Temperatur im Stall regelte, unverändert auf minus 2 Grad Celsius stand, bei einer Außentemperatur von plus 26 Grad. Herr von Quinten war persönlich mit der Instandsetzung beschäftigt. Die Trinkwasserversorgung war ebenfalls nicht in Ordnung.

Maximilianes Eintreffen blieb folglich unbemerkt. Sie parkte ihren neuerworbenen kleinen Citroën zwischen einem Mercedes-Diesel und einem Jauchewagen auf dem Hof, stieg aus und atmete tief den Mischgeruch von Schweinedung, Lindenblüten und Dieselöl ein. Zwei Rauhhaarteckel kläfften sie an, zogen sich dann aber wieder auf ihren Sonnenplatz neben der Haustür zurück, zu der eine breite Treppe hinaufführte. Ein geräumiger, behaglicher Klinkerbau, die weiße Farbe an den Fensterrahmen und an der Tür allerdings abgeblättert.

Die Hände auf den Rücken gelegt, stand Maximiliane lange da und sah sich prüfend um. Weder auf ihr Klingeln noch auf ihr Rufen meldete sich jemand. Sie ging um das Gutshaus herum, warf einen Blick über die hinterm Haus liegende Rasenfläche, die sich anschickte, zur Wiese auszuwachsen. Ein paar alte Rhododendronbüsche täuschten einen Park vor, der in einen verwilderten Obstgarten überging. Sie überquerte den geräumigen Hof, meinte, Stimmen zu hören, und ging ihnen nach. An einem Stallgebäude, das einer Fabrikhalle ähnlich sah, öffnete sie die nächste Tür, trat ein und ließ, um im Halbdunkel besser sehen zu können, die Tür offenstehen. Im selben Augenblick brechen die hundert Schweine in hysterisches Quietschen aus. Maximiliane merkt nicht, daß sie selbst diesen Aufruhr verursacht hat, ruft dem Mann, der auf der anderen Seite der Boxen beschwörend die Arme hebt, zu, was sie auf Poenichen gelernt hat: »Ihre Schweine haben Hunger!« Aber der Satz geht im Gequietsche unter. Die Gebärden des Mannes scheinen zu bedeuten, daß er ihr etwas mitzuteilen wünsche. Sie verläßt den Stall, schließt die Tür hinter sich, geht um das Gebäude herum und sucht jene Tür, hinter der sich ihrer Meinung nach der aufgeregte Mann befinden muß. Zum zweitenmal bringt sie einen kräftigen Luftzug, dazu Helligkeit und Geräusch mit in den Stall, so daß wieder ohrenbetäubendes Schweinequietschen einsetzt.

Sie wird beim Arm gepackt und unsanft aus dem Schweinestall hinausbefördert.

Die erste Kontaktaufnahme mit dem Gutsherrn Marten von Quinten ist erfolgt.

Maximiliane erfährt, daß Schweine überaus nervöse und empfindliche Tiere seien, anfällig gegenüber jeder Temperaturschwankung, jedem Geräusch und jedem Lufthauch. Der Gutsherr bleibt noch einen Augenblick horchend vor der Stalltür stehen, bis die Tiere sich wieder beruhigt haben, dann erst kümmert er sich um die Besucherin. Er nimmt sie mit ins Haus, wischt sich die kräftigen roten Hände an den Manchesterhosen ab, holt die Schnapsflasche aus dem Gewehrschrank, füllt zwei Gläser und heißt die pommersche Verwandte willkommen. Bis der Lastwagen mit den Ferkeln eintreffe, könne es noch eine Weile dauern, sagt er, am besten, man setze sich vors Haus. Und als sie dort sitzen, hat Maximiliane alles beieinander, was sie so lange entbehrt hat, vom Duft der blühenden Linden und dem Stallgeruch bis zu den Rauhhaarteckeln und den Gesprächen über Landwirtschaft.

»Wußten Sie«, fragt Herr von Quinten und kippt mitten im Satz den Schnaps hinunter, »daß eine Milchkuh mehr als fünfzig Liter Wasser am Tag säuft?«

Maximiliane wußte es nicht; nie hatte jemand gemessen, wieviel Wasser die Kühe täglich dem Poenicher See entnahmen. Sie schüttelt den Kopf, und Herr von Quinten rechnet ihr vor, daß 60 Kühe einen Wasserbedarf von 3000 Litern täglich hätten und der Kubikmeter Wasser koste –.

Er unterbricht sich, bevor er die Multiplikation vorgenommen hat.

»Lassen wir das! Jetzt habe ich Schweine, die trinken weniger, weil sie keine Milch produzieren und daher nicht gemolken werden müssen. Die Schweine sind übrigens intelligenter, als man meint. Sie bedienen ihre Trinkanlage selbst. Aber: warum erzähle ich Ihnen das alles?«

»Weil ich es gern höre!« sagt Maximiliane und richtet den vollen Blick auf ihr Gegenüber. Herr von Quinten, der nicht den ersten, sondern seinen vierten Schnaps an diesem Morgen trinkt, sagt zehn Minuten, nachdem sie sich kennengelernt haben, bereits: »Schade, daß Sie nicht zwanzig Jahre jünger sind!«, berichtigt sich, nachdem er gründlicher hingesehen hat: »Zehn Jahre würden auch genügen!«

Maximiliane blickt sich um, atmet tief ein und sagt ebenfalls: »Schade!«

Die Verständigung zwischen den beiden scheint leicht vonstatten zu gehen, wobei Maximiliane allerdings nicht gewahr wird, daß sich ihr Gesprächspartner so wie mit ihr mit den meisten Frauen leicht verständigt, und dieser nicht gewahr wird, daß ihr ›Schade‹ dem Erikshof gilt.

Herr von Quinten spricht nun von Drainagen und Einzäunungen, Sachgebieten, von denen Maximiliane bisher glaubte, daß sie dabei mitreden könne. Aber er sagt ›Betrieb‹ und nicht mehr ›Hof‹ und spricht nicht von ›Gattern‹, sondern von ›Ladezäunen‹, von ›Silos‹ und nicht von ›Mieten‹. Kein Pferd mehr im Stall; kein Huhn scharrt mehr auf einem Misthaufen; die Schweine fressen Kohlehydrate, Phosphate und Eiweißstoffe, der Dung läuft in den Gulli. ›Once over and all is done‹ auch in Holstein. Im Gegensatz zu jenem Mr. Simpson aus Montana läßt Marten von Quinten, worin sich ein Amerikaner deutlich von einem Deutschen unterscheidet, seine Besucherin an seinen Schwierigkeiten teilnehmen. Was er auch anfange, sagt er, immer versuchten andere Landwirte dasselbe gleichzeitig; er habe Absatzschwierigkeiten.

»Einer verdirbt dem anderen den zu kleinen Markt. Ich beliefere nicht die Verbraucher, sondern einen Schweineberg.«

Damit schafft er selbst den mühelosen Übergang zu dem, was Maximiliane an Plänen mit dem schweinemästenden Verwandten zu besprechen gedachte. Auch wenn der Grad der Verwandtschaft sich nicht genau hat feststellen lassen, scheint beiden die Anrede mit dem Vornamen gerechtfertigt zu sein.

Bis zu dem Gespräch, das vor seiner eigenen Haustür stattfand, war Herr von Quinten den Ratschlägen der Bauernverbände, der Landwirtschaftskammern und den Marktberichten nur allzu bereitwillig gefolgt. Von nun an vertraut er sich den Eingebungen Maximilianes an. Hier mußte kein bedächtiger oder mißtrauischer Geschäftspartner überredet werden, sondern ein unbesonnener.

Nachdem die Ferkel angeliefert waren, ging Herr von Quinten mit Maximiliane zu einem leerstehenden Leutehaus, aus dem vor fünf Jahren die pommerschen Flüchtlinge ausgezogen waren und das sich nicht hatte verkaufen lassen, weil es zu nahe an der Straße lag. Das Rieddach war inzwischen durch ein Aluminiumdach ersetzt worden. Es gab Wasser- und Stromanschluß, allerdings noch keinen Anschluß an die Kanalisation; fünf ausreichend große Räume standen zur Verfügung, Platz für eine spätere Vergrößerung des Betriebes war ebenfalls vorhanden. Über einen angemessenen Pachtpreis würde man sich verständigen können.

Nach der Besichtigung der künftigen Produktionsstätte gingen sie weiter zum Waldrand. Herr von Quinten hatte sich das Fernglas umgehängt, hob es gewohnheitsmäßig an die Augen und zeigte Maximiliane, wo im Juni das Wild stehe. Damwild, das es in Holstein noch gäbe. Schade nur, daß ihm für ein richtiges Jagdessen die Hausfrau fehle, seine Mutter übernehme das Amt zwar aushilfsweise, und für das Nötigste beschäftige er ein Mädchen aus Eutin. Dem Ton, in dem er das letztere sagte, konnte Maximiliane entnehmen, daß die Aufgaben dieses Mädchens über die übliche Hausarbeit hinausgingen.

Sie standen am Waldrand, besahen den schönen alten Baumbestand, zumeist Buchen, aufgeforstet in den achtziger Jahren des 19. Jahrhunderts, wertvolles Holz, aber nicht abzusetzen, wie Herr von Quinten sagte.

Als er an einem der Knicks, die die Felder in große, unregelmäßige Rechtecke unterteilen, haltmachte, stieg aus dem Dikkicht von Weiß- und Schlehdorn, Holunder und Haselnuß ein Schwarm Krammetsvögel auf. Diese Hecken, erklärte er, hielten die Ost- und Westwinde, aber auch die Entwicklung der Landwirtschaft in Holstein auf. Ohne sie könne der Wind ungehindert über das Land hinwegfegen, behaupte man. Aber er behaupte, ohne sie könne man wesentlich rationeller die Felder bestellen. Und wenn man einwende, es seien Niststätten für die Vögel, die das Ungeziefer vertilgten – er persönlich verlasse sich lieber, was die Ungeziefer- und Unkrautvertilgung anlange, auf die Chemie.

Diese Knicks hinderten Maximiliane daran, sich in Pommern zu wähnen. Ein Roggenschlag dehnte sich vor ihr aus, nicht so weit wie in Poenichen, aber doch weit genug, um Vergleichen standzuhalten. Mittagswolken stiegen auf, das Korn blühte; fast wie in Pommern. Dieses ›fast‹ schmerzte Maximiliane. Keine Kornblumen mehr, kein wilder Mohn, keine Kamille im blaugrünen, vom Ostwind sanft gewellten Feld, aber am Rand des asphaltierten Feldwegs blühte das Unkraut um so üppiger, auch der Hederich. Maximiliane summt zum erstenmal seit Jahren wieder ein Löns-Lied, singt ›Hederich‹ statt ›Hederitt‹. ›Und wenn der Sommer endet, dann wird die Liebe neu.‹ Eine Frau über vierzig!

Als sie den Arm um einen Buchenstamm legt, beobachtet Herr von Quinten sie nachdenklich.

Der Name ihrer Tochter Edda war bei diesem ersten Besuch nicht gefallen; es war lediglich von den Geldern aus dem Lastenausgleich und von der Poenicher Wildpastete ausführlich die Rede gewesen.

Bei jenem Kasseler Wildpasteten-Essen hatte Herr v. Fredell geäußert: »Mit Ihrer Art, liebe Maximiliane, Erbansprüche zu regeln, werden Sie ein Notariatsbüro mehrere Wochen beschäftigen! Da muß ich die Waffen strecken, das geht über die Fähigkeiten eines abgebrochenen Juristen weit hinaus!«

Diese Vermutung bestätigte sich nur teilweise, da ein mit den Lübecker Quinten befreundeter Notar, ein Dr. Jonas, in mehreren Fällen ›nach Ermessen‹ entschied. Auch eine Reihe von eidesstattlichen Erklärungen erleichterten den Fall.

Viktoria, deren Studium durch die Hinterlassenschaft der Charlottenburger Großmutter finanziell gesichert war, unterschrieb eine Verzichtserklärung, machte sie aber durch einen Zusatz, in dem sie sich abfällig über das ›Besitzbürgertum‹ aussprach, ungültig, unterschrieb dann jedoch die Erklärung nach mehrfachem Anmahnen ein zweites Mal ohne Kommentar und somit rechtsgültig. Mirka verdiente zu diesem Zeitpunkt bereits so viel als Fotomodell, daß sie ihren Anteil am Erbe ausschlug, was sie mit einer schön gestreckten Geste ihrer langen Arme tat, wurde aber in einer Klausel ›für den Notfall‹, der nicht näher beschrieben war, an den Einnahmen der künftigen Firma beteiligt. Joachim, der Erstgeborene, der sich jetzt Mosche Quint nennen ließ, weiterhin Gedichte schrieb und neuerdings auch veröffentlichte und der sich, wie er es ausdrückte ›in die schwedischen Wälder‹ zurückgezogen hatte, teilte brieflich und in schöngewählten Sätzen mit, daß er an familienrechtlichen Fragen nicht interessiert sei; juristisch wertlose Sätze. Erst als man ihm den genauen Wortlaut der Erklärung aufsetzte und er sie unterschrieb, war sie rechtsgültig. Was Joachim weiterhin und unangetastet verblieb, war der Grundbesitz in Poenichen, jetzt Peniczyn, nahe Kalisz/Pomorski. Auf dem zuletzt abgehaltenen Pommerntag hatte der Bundeskanzler allerdings nicht mehr, wie noch in Kassel, von ›Bestrebungen‹, sondern nur noch von ›Hoffnungen auf eine friedliche Rückkehr in die Heimat‹ gesprochen. Kaum wahrnehmbare Lautverschiebungen. Die Wünsche verkleinerten sich, wurden bescheidener, ließen sich bereits in ›Nur einmal hinfahren dürfen‹ zusammenfassen.

Zu ihrem zweiten, mehrwöchigen Besuch nahm Maximiliane dann Edda mit auf den Erikshof. Hier mußte nichts gefädelt werden, hier mußte lediglich den Dingen ihren Lauf gelassen werden, was man von allen Seiten auch tat.

Nur ein einziges Mal sagte Maximiliane warnend »Kuckuck« zu ihrer Tochter, die daraufhin errötete. Herr von Quinten erkundigte sich, was dieses ›Kuckuck‹ bedeute. Maximiliane antwortete: »Warten Sie, bis es März wird, dann sprenkelt sie sich wie ein Kuckucksei!« und sah, während sie das sagte, zum erstenmal, daß Martens Gesicht das ganze Jahr über gesprenkelt war; sogar die Sommersprossen paßten zueinander.

»Bis zum März kann ich nicht warten!« erklärte er, und Edda errötete noch einmal.

Man saß im Rieddachhaus der alten Quinten, sprach über Aufbaudarlehen und über Lastenausgleichsgelder. Seit Jahr und Tag seien vierteljährlich ein Prozent des Einheitswertes zu zahlen! »Eine erhebliche finanzielle Belastung für den Erikshof«, sagte der alte Herr von Quinten. Eine Bemerkung, aus der Maximiliane einen Vorwurf herauszuhören meinte. Es saßen sich an diesem Tage Lastenausgleichspflichtige und Lastenausgleichsbegünstigte gegenüber. Doch als der alte Herr von Quinten nachdrücklich sagte, daß bei Einheirat eines Ostvertriebenen diese Abgabe entfalle, erwies sich erneut, daß die Interessen der Parteien sich aufs glücklichste verbanden.

Anschließend besprach man ausführlich die Konservierungsmöglichkeiten von Pasteten: die bewährte Weckmethode in Gläsern und die damit verbundenen Versandschwierigkeiten, sprach über die Vorzüge und Nachteile von Weißblechdosen, die kostspieligen Porzellanterrinen, vor allem aber über Pastetenrezepte.

Frau von Quinten riet, den geräucherten Speck auszubraten. Die Frage, ob man Sherry oder Portwein verwenden solle, blieb vorerst offen; Maximiliane glaubte, sich erinnern zu können, daß man auf Poenichen Schnaps aus der eigenen Brennerei verwendet habe, Kartoffelschnaps, was Frau von Quinten, als eine Lübeckerin, für barbarisch hielt. Ein angeheirateter Quinten besaß in Lübeck eine Spirituosenhandlung, ›Goecke & Söhne‹, mit ihm würde man in geschäftliche Verbindungen treten können.

Maximiliane hätte nun bei dieser Gelegenheit der Wahrheit halber eingestehen müssen, daß Frau Pech, letzte Mamsell auf Poenichen, die jetzt in Schwerin im Kombinat Klara Zetkin die Werksküche leitete, zwar geantwortet hatte, sich aber an die exklusiven Rezepte, die man bei den preußischen Rittergutsbesitzern benutzt habe, nicht erinnern konnte, was soviel hieß wie nicht erinnern wollte.

Maximiliane hatte sich daraufhin aus vier Kochbüchern die Rezepte für Pastetengerichte herausgesucht und daraus ein fünftes entworfen. Wenn sie darüber sprach, gab sie zwar die wichtigsten Zutaten an; es blieb aber ein Rest Geheimnis dabei, der den Mythos um die Poenicher Wildpastete noch verstärkte.

Eva-Marie von Quinten, Martens Mutter, gute zehn Jahre älter als Maximiliane, zehn Zentimeter größer und zehn Kilogramm schwerer, in vielerlei Hinsicht ihr also überlegen, gab ein endgültiges Urteil über Edda erst ab, als diese neben Marten den Gartenweg entlangging und von hinten beobachtet werden konnte. Was sie zeitlebens mit gutem Erfolg bei dem weiblichen Personal so gehalten hatte, tat sie jetzt auch bei Edda: sie begutachtete deren Hinterteil.

»Am Hintern erkennt man jede Frau! Die mit kleinen flinken Hintern sind unruhig, die bleiben nicht lange. Und die mit breiten, weichen Hintern sitzen zu viel, die wird man nicht wieder los.«

Eddas Hinterteil genügte den Ansprüchen ihrer künftigen Schwiegermutter: nicht zu schmal und nicht zu breit, fest und energisch.

Die Hochzeit fand statt, noch bevor die Produktion der Poenicher Wildpastete begonnen hatte; aber die Vorbereitungen waren inzwischen doch weiter gediehen. Rechtzeitig zum Weihnachtsgeschäft würden die ersten Gläser mit Poenicher Wildpastete ausgeliefert werden können. Die Etiketts lagen bereits vor: Bismarckbrief in Faksimile links, der alte Freiherr von Quindt als Ahnenbild rechts.

Als Edda brieflich ihre Geburtsurkunde von der Mutter angefordert hatte, entschloß diese sich, sowohl die Geburtsurkunde als auch die Adoptionsurkunde aus Berlin-Pankow – beide seinerzeit von Martha Riepe mit den anderen Poenicher Dokumenten in Sicherheit gebracht – verschwinden zu lassen. Da das für Poenichen/Peniczyn zuständige Standesamtsregister nicht mehr vorhanden, das heißt, durch Kriegseinwirkung vernichtet war, galt von nun an jene eidesstattliche Erklärung, die Maximiliane nach der Flucht abgegeben hatte, in der es hieß, daß sie ›ihres Wissens am 5. März1939 ein Kind weiblichen Geschlechts entbunden habe‹.

Marten von Quinten sprach beim Hochzeitsessen des langen und breiten über das ›seines Wissens weibliche Geschlecht‹ seiner Frau, und Maximiliane tauschte mit Edda Blicke und Lächeln. Es war ihr gelungen, aus einem juristischen Problemkind eine juristisch einwandfreie Ehefrau zu machen. Edda wurde – und das war, seit sie von ihrer wahren Herkunft erfahren hatte, ihr fester Wille gewesen – durch ihre Heirat ebenfalls adlig, adliger übrigens, als es je ein Quindt auf Poenichen gewesen war.

Sie erhielt zur Aussteuer ein komplettes Dutzend der Poenicher, mit gestickter Krone versehenen, Damastservietten, die von den Gästen bewundernd entfaltet wurden. Man verglich das Wappen der Poenicher Quindts mit dem der Lübecker Quinten. In beiden Fällen enthielt das untere Feld fünf Blätter, aber im oberen Feld befanden sich bei den Quindts, wie man sich erinnert, drei Gänse im Gänsemarsch mit gereckten Hälsen. Pommersche Gänse! Stoppelgänse! Spickgans! Räucherbrust und Schwarzsauer! Man erinnerte sich nur zu gut. Bei den Lübeckern dagegen war es nur ein einziger magerer Vogel, ein Wippstert vermutlich, den es im Holsteinischen häufig gab, eine Bachstelze, im Osten ›Ackermännchen‹ genannt.

»Was ist eigentlich aus dem Eyckel geworden?«

Der damals junge, jetzt alte Herr von Quinten, Martens Vater, beugt sich über den Tisch und wendet sich an Maximiliane. »Ich habe diesen Sippentag in bester Erinnerung. Wer hätte damals gedacht, vor mehr als einem Vierteljahrhundert, daß wir einmal in so nahe Beziehungen treten würden! An dich kann ich mich zwar nicht erinnern, du mußt damals ja noch ein Schulkind gewesen sein.«

»Sechzehn!« berichtigt Maximiliane.

»An diesen Arbeitsdienstführer erinnere ich mich und natürlich an diese Ahnfrau. Du mußt sie doch beerbt haben?«

Maximiliane gibt die gewünschte Auskunft, läßt allerdings einige wichtige Punkte dabei aus. »Zunächst habe ich den Eykkel an Herrn Brandes aus Bamberg verpachtet, seine Frau war eine geborene Quint, ohne d; er hat damals für den Sippentag das Bier gestiftet. Er benötigte Lagerraum. Im vorigen Jahr hat er den Eyckel dann käuflich erworben. Die Gebäude wiesen inzwischen solche Schäden auf, daß sie aus Sicherheitsgründen gesperrt werden mußten, als Lagerraum folglich nicht mehr zu nutzen. Geschenkt wollte Herr Brandes sie wegen der Schenkungssteuer nicht haben, aber er war bereit, mich, das heißt Mirka – ich hatte ihr das Erbe übertragen –, von dem alten Gemäuer zu befreien.« Sie tauschte Blick und Lächeln mit ihrer jüngsten Tochter, deren tiefere Bedeutung keiner der Anwesenden kannte. »Er hat es für den Mindestbetrag gekauft. Vier Prozent des Einheitswerts.«

»Bedauerlich, daß nun kein Namensträger von uns mehr auf dem alten Stammsitz lebt! Der Lauf der Zeit!«

Damit hatte Herr von Quinten sich sein Stichwort selbst gegeben. Er klopfte an sein Glas und erhob sich von seinem Platz, um die erwartete Rede zu halten. Mit dem unvergessenen alten Quindt auf Poenichen war er allenfalls in seinem Bedürfnis, Tischreden zu halten, nicht aber in seinen Fähigkeiten zu vergleichen. Er versicherte den Hochzeitsgästen – vorwiegend Lübecker Quinten und einige Gutsnachbarn, von den Quints nur die nächsten Verwandten, die Brautmutter und die drei Geschwister –, daß die Braut aus einem guten Stall stamme. Was man in dieser Hinsicht an dem Vater, einem schlesischen Quint, vielleicht auszusetzen haben könnte, machten die pommerschen Quindts wieder wett.

»Was den im Krieg gefallenen Vater der Braut angeht«, fuhr er dann fort, »so halte ich es mit dem lateinischen ›De mortuis nil nisi bene‹, über die Toten nur Gutes! Ich wage aber, die Behauptung aufzustellen, daß dieser Viktor Quint wie ein Held verehrt worden wäre, wenn – ja, wenn wir den Krieg gewonnen hätten! Daraus braucht nun niemand zu schließen, daß ich einer der holsteinischen nationalistischen Wähler bin!«

Die Nachbarn schlossen es trotzdem.

Er wandte sich Maximiliane zu, um auch ihr als der Brautmutter Lob zu spenden: »Wenn du, liebe Maximiliane, den Raum betrittst, hat man das Gefühl, daß es darin wärmer wird!«

Diese Bemerkung war echt, originell und erntete Beifall.

Er hob sein Glas, sagte: »Up ewig ungedeelt!«, meinte das Brautpaar und nicht das Land Schleswig-Holstein. Dieser Trinkspruch war weniger originell, fand aber trotzdem Anerkennung.

Man brauchte nicht erst das Hinterteil der Braut zu prüfen; die gleiche Entschlossenheit war ihrem Gesicht abzulesen: Sie heiratete diesen Mann ein für allemal. ›Up ewig ungedeelt‹, als Ersatz für jenes ›Bis daß der Tod euch scheide‹; eine kirchliche Trauung hatte nicht stattgefunden.

Der junge Quinten sprach anschließend den Eltern seinen Dank dafür aus, daß sie sich mit zwei Kindern begnügt hätten und er nur seine Schwester Lieselotte auszuzahlen habe und nicht drei Geschwister, obwohl er sich glücklich schätze, zwei Schwägerinnen mitgeheiratet zu haben. Sein Blick ruhte auffallend lange auf Mirka, die der Mittelpunkt des Festes war und häufiger fotografiert wurde als die Braut, und ging dann weiter zu Viktoria, die mit hörbarem Stillschweigen ihrer Anwesenheitspflicht genügte und ihre Mißachtung gegenüber dieser Veranstaltung dadurch kundtat, daß sie einen grauen unförmigen Pullover trug, alkoholische Getränke ablehnte und nur Gemüse aß.

Quinten zeigte mit dem erhobenen Glas auf sie: »Sitzt am Ende Aschenbrödel am Tisch? Sollte ich die falsche der drei Schwestern geheiratet haben? Muß ich mir die Füße ansehen?«

Man lachte auf Kosten Viktorias, die den tröstenden Blick der Mutter weder suchte noch nötig hatte.

Anschließend prostete Quinten seinem neuen Schwager zu: »Der erste Künstler in den langen Reihen der Quinten, soviel ich weiß. Ich würde mich freuen, wenn er uns im Laufe des Abends etwas zum besten gäbe! ›Wie wohl ist dem, der dann und wann sich etwas Schönes dichten kann!‹ Wilhelm Busch!

Balduin Bählamm!« Er fuhr fort, daß er von den Produkten seines Schwagers zwar noch nichts zu sehen bekommen habe, aber am Tisch eines holsteinischen Landwirts werde man, wie man sehe, nicht mit Worten abgespeist.

In diesem Augenblick wird das Hauptgericht aufgetragen, und Quinten kommt zum Schluß, gibt seinen Nachbarn nur noch den Rat, in Zukunft die Herren Hirsche und Rehböcke am Erikshof vorbeizuschicken. »Man wird demnächst in der Wildpastetenfabrik Verwendung für sie haben.«

Er setzt sich und greift als Hausherr zum Tranchierbesteck, um – wie in Jägerkreisen üblich – die beiden Hirschkeulen eigenhändig zu zerlegen, mehr gutwillig als sachkundig.

Edda nimmt ihm das Besteck aus der Hand. »Laß mich machen!«

Maximiliane erkennt den kleinen verführerischen Satz wieder, denkt an ihre zweite Eheschließung, die Taufterrine mit Levkojen gefüllt, Apfelkuchen und Kakao, der Kinder wegen . . .

Marten händigt seiner Frau bereitwillig das Tranchierbesteck aus, lehnt sich in seinem Stuhl zurück und sieht ihr mit Wohlgefallen zu. Darin wird fortan der größte Teil seiner Tätigkeit bestehen.

Edda tranchiert rasch und geschickt die Hirschkeule, wird bewundert und gelobt.

»Woher versteht sie sich darauf?«

Die Blicke wenden sich der Brautmutter zu.

»Sie stammt aus Pommern.« Die Antwort scheint als Erklärung nicht auszureichen, daher fügt Maximiliane hinzu: »Sie ist ein Sonntagskind!«

Mit diesem Zusatz ebnet sie ihrer Tochter Edda noch einmal den Weg. Nach ihrer Ansicht, die sie aber für sich behielt, konnte in einer Ehe immer nur einer gedeihen; in diesem Falle war noch nicht entschieden, welcher der beiden Partner es sein würde.

Hauptgesprächsstoff während des Hochzeitsessens bildete in der gesamten Tafelrunde die künftige Herstellung von Poenicher Wildpastete.

»Das entbeinte und enthäutete Wildfleisch mit Weinbrand oder Sherry beträufeln und zugedeckt kalt stellen!« sagte Frau von Quinten am oberen Tischende, und am unteren Frau Fenz:

»Es müssen ja nicht Trüffel sein, Kapern tun es schließlich auch.«

»Aber Pistazien!« fügte Frau Harmsen hinzu.

Viktoria hört den Gesprächen nur widerwillig zu, die Vorstellung einer Pastetenfabrik in einer Zeit, wo der größte Teil der Menschheit hungerte, war ihr unerträglich.

Joachim erzählt im Zusammenhang mit der Wildpastete von jener Fleischbüchse, ›Only for army dogs‹, die sein Bruder Golo 1945 auf dem Kasseler Hauptbahnhof gegen Feuerzeugsteine eingetauscht habe und deren Inhalt sie mit großem Appetit gegessen hätten.

Man kommt auf Golo zu sprechen, berichtet den Gästen, daß er mit dem Auto tödlich verunglückt sei; Edda erzählt, daß an derselben Stelle inzwischen noch ein junger Mann – wahrscheinlich wegen überhöhter Geschwindigkeit – mit dem Auto gegen einen Chausseebaum geprallt sei, drei Bäume weiter, und daß man die Bäume jetzt fällen wolle.

Man spricht von den schönen alten Bäumen an den Alleen Holsteins.

»Diese Alleen verleiten dazu, schnell zu fahren«, sagt Frau Fenz, und ihr Mann setzt hinzu: »Unser ältester Sohn Hasso hat sich ein schweres Motorrad gekauft. Es kostet fast genausoviel wie ein Volkswagen.«

»Und manchmal das Leben«, ergänzt Maximiliane. Erklärend fügt sie nach kurzer Pause heiter-melancholisch hinzu: »Der Motor ist meist stärker als der Charakter.«

Der Unterschied zwischen einer pommerschen Hochzeit der dreißiger Jahre und einer holsteinischen der sechziger Jahre schien Maximiliane weniger groß, als sie erwartet hatte. Es war ihr, als habe sie eben erst neben Viktor gesessen und ihre Hand auf seinen Arm gelegt: ›Laß gut sein!‹ Sie hatte damals und später nichts verhindern können, nicht die Auseinandersetzungen zwischen Viktor und dem Großvater, nicht den Ausbruch des Krieges, nicht die Teilung Deutschlands, nicht die Restaurierung alter Verhältnisse.

Alles das scheint Viktorias Blick ihr jetzt vorzuwerfen. Als nächstes wird sie sich um Viktorias Zukunft kümmern müssen . . .

Sie seufzt hörbar, greift zum Halsausschnitt und zu den

Knöpfen, begegnet dem Blick Eddas und nimmt die Hand wieder weg.

Sie ist ermüdet. Auch die Trennung von diesem Kind hat sie angestrengt. Unbemerkt verläßt sie die Hochzeitsfeier, setzt sich in ihr Auto, fährt in ihr Hotel, ›Fürst Bismarck‹, und schläft.

Niemand hat die Vermutung ausgesprochen, aber jeder hat sie wahrscheinlich gehegt: Man würde sich bald wieder, noch vor der üblichen Zeit, zu einem Fest auf dem Erikshof treffen; wenn auch in kleinerem Kreise.

20

›Zuhause, das ist mehr ein Problem als eine Adresse.‹
Ludwig Marcuse

Joachim, bei seiner Geburt – im Mai 1938 – 52 Zentimeter groß, schmal, blond und blauäugig und damit allen Anforderungen genügend, die sein Vater Viktor Quint an ihn stellte, war nach Herkunft und den Bestimmungen des Fideikommiß als Alleinerbe von Poenichen vorgesehen gewesen und sieben Jahre lang dementsprechend erzogen worden. Ein Brustkind, von seiner Mutter lange und ausgiebig gestillt, wenn man von den mehrtägigen Versuchen seines Vaters absieht, in die Säuglingsernährung einzugreifen. Er hatte damals das Buch ›Die deutsche Mutter und ihr erstes Kind‹ mit nach Poenichen gebracht und, solange er anwesend war, streng darauf geachtet, daß die Anleitungen befolgt wurden. Das Neugeborene durfte bei den täglichen fünf Mahlzeiten nicht mehr als jeweils 160 Gramm Milch zu sich nehmen. Während des Stillvorgangs wurde folglich der Säugling mehrfach der mütterlichen Brust entzogen, auf die Küchenwaage gelegt, an die Brust, und wieder auf die Waage, so lange, bis die vorgeschriebene Gewichtszunahme erreicht war; ein Verfahren, das Maximilianes Geduld ebenso überforderte wie die des Säuglings, das aber mit der Abreise des Vaters ein Ende hatte. Die Waage wurde in die Küche zurückgebracht, das Buch ins Regal gestellt. Bei den später geborenen Kindern hatte der Vater die Anweisungen für eine deutsche Mutter über den größeren historischen Ereignissen vergessen.

Diese Episode in einer sonst glücklichen Kindheit mußte nachgetragen werden, da sie möglicherweise die Ursache dafür war, daß Joachim ein ängstliches Kind wurde, das der Nähe bedurfte und der Vertröstungen. Auf der monatelangen Flucht aus Pommern und noch lange Zeit danach hatte er das ›Kästchen‹, in welchem er seine kleine Habe verwahrte, während des Schlafs ängstlich an sich gedrückt. Sein Leben lang verfolgte ihn der Alptraum: er hört Pferdewiehern oder Motorengeräusch, das sich entfernt, springt auf, sucht nach Schuhen, Hemd, Büchern, Schreibzeug, packt alles hastig zusammen in einen Koffer, einen Karton oder einen Rucksack, aber immer kommt er zu spät, holt die Davonziehenden nicht mehr ein, bleibt allein zurück.

Statt einer Gegenrede hatte der alte Quindt dem Vater des Säuglings beim Taufessen in einem Trinkspruch entgegnet: ›Die Quindts konnten immer reden, trinken und schießen, aber sie konnten es auch lassen! Wir wollen darauf trinken, daß dieses Kind es im rechten Augenblick ebenfalls können wird. Auf das Tun und Lassen kommt es an!‹

Sowohl das Reden wie das Trinken und das Schießen hat Joachim Quint weitgehend gelassen.

Was das Schießen anbelangt, so gehörte er, als zwölf Jahre nach Ende des Zweiten Weltkriegs die Wehrpflicht wieder eingeführt wurde, zu den ersten Geburtsjahrgängen, die ihre Musterungsbescheide erhielten. Man muß sich daran erinnern, daß man ihm, als Fünfjährigem, Zinnsoldaten zum Spielen gegeben hatte, ein Offizier, fünf Mann, drei davon beritten, den Uniformen nach zu schließen, aus dem Siebenjährigen Krieg, Veteranen schon damals, die Farbe abgeblättert; sein Großvater, der mit neunzehn Jahren an der Westfront gefallen war, hatte als letzter mit ihnen gespielt. Joachim hatte eine kleine Kiste mit Watte ausgelegt, den Offizier und die Soldaten samt Pferden und Kanonen hineingebettet, sie zugedeckt und erklärt: ›Müssen alle schlafen!‹

Im Gespräch mit einem Offizier der neuen Bundeswehr, einem Hauptmann Freese, der bei den Abiturienten der Marburger Oberschulen um Offiziersnachwuchs warb, hatte er ähnlich arglose Ansichten geäußert. Er fragte, wie man einen Soldaten dazu bewegen könne, dorthin zu laufen, wo geschossen wird, da doch der angeborene Selbsterhaltungstrieb ihm zur Flucht rate; sei die Macht eines Offiziers oder Unteroffiziers so groß, daß man ihn mehr fürchte als den Feind? Der Hauptmann hatte, in großer Geduld, erwidert, daß er, Joachim Quint, seine Fragen falsch stelle; ein Vorwurf, den man bereits seiner Mutter in der Schule gemacht hatte, offenbar eine erbliche Belastung. Joachim hatte erklärend hinzugefügt, daß er sich für diese Fragen besonders interessiere, da sein Vater, seine beiden Großväter und drei seiner Urgroßväter gefallen seien.

Im Laufe der folgenden Jahre trafen im Abstand von jeweils einem halben Jahr Briefe des Kreiswehrersatzamtes bei seiner Mutter ein, adressiert an Joachim Quint. Da diese Briefe, laut Vermerk, nicht ins Ausland nachgesandt werden durften, behielt Maximiliane sie zurück und sammelte sie in einer Schublade. Aus der vorläufigen Zurückstellung Joachims wurde eine Ausmusterung. Er war der erste der Quindtschen Sippe, der nicht zu den Fahnen eilte.

Was Joachim dann schließlich tat, war in jenem Trinkspruch des alten Quindt nicht vorgesehen, obwohl dieser den Keim dazu vermutlich selbst gelegt hatte, das Schreiben, genauer: das Verseschreiben. Wenn die Umstände es zugelassen hätten, wäre schon jener am liebsten Reiseschriftsteller nach Art eines Alexander von Humboldt geworden, aber die Verwaltung von Poenichen ließ ihm allenfalls Zeit für einige Reisen und für das Lesen von Büchern. Seine literarischen Neigungen hatten sich auf Maximiliane übertragen; sie hatte sowohl das ungeborene wie das neugeborene Kind mit Gedichten genährt.

Die ersten Geräusche, die Joachim als Kind wahrgenommen hatte, rührten von den Kübelpalmen her, unter denen, in der Vorhalle des Poenicher Herrenhauses, seine Wiege stand, Geräusche von einer gewissen Poesie; auch das Schilfrohr des Poenicher Sees gehörte dazu, wo er in seinem Weidenkorb lag, derweil seine Mutter sich zusammen mit einem jungen Oberleutnant über Rilke-Gedichte neigte; da wurde damals manche Zeile laut. Kein Wunder also, daß diese zunächst unterdrückte, später genährte Neigung einmal zum Ausbruch kommen mußte; keine vulkanische Entladung, eher ein stiller Durchbruch.

Maximiliane, das Naturkind, hatte einen Dichter zur Welt gebracht, der Naturlyrik schrieb. Der alte Quindt hätte vermutlich geäußert: ›Das verwächst sich auch wieder‹; Maximiliane war ebenfalls der Überzeugung gewesen, daß ihr Sohn eines Tages Landwirtschaft studieren würde, um später Poenichen zu verwalten. Wie dieses ›später‹ aussehen sollte, wußte sie allerdings selbst nicht.

Als sie sich dann doch zu der Frage entschloß: »Kann man denn von Gedichten leben?«, hatte er, nicht ohne Anmaßung, geantwortet:

»Es ist keine Frage des Könnens, sondern des Müssens!«

Daraufhin hatte sie genickt.

Als dieses Gespräch stattfand, war Joachim etwa zwanzig Jahre alt gewesen. Seine Brust war genauso schmal und so wenig behaart wie die seines Großvaters; zeit seines Lebens ein Knabe, verfeinert, nichts von einem Pommern; aber das Adlige war ihm angeboren, das ›Härrchen‹. Er entsprach den landläufigen altmodischen Vorstellungen, die man sich von einem macht, der Gedichte schrieb.

Er überragte inzwischen seine Mutter um mehr als 20 Zentimeter. Wie ihn, so empfand seine Mutter, die sich mittlerweile zu Brecht und Benn hinaufgelesen hatte, auch seine Gedichte: schmalbrüstig. Ihre Äußerung, ›es sei besser, er produziere aus seinen Konflikten Gedichte als Magengeschwüre oder Gallensteine‹, war aber weniger bezeichnend für Mosche Quints Lyrik als für Maximiliane, die sich eine überraschende Kritikfähigkeit gegenüber den Leistungen ihrer Kinder bewahrt hatte. Mutterliebe machte sie nicht blind, eher übersichtig. »Er lebt wie ein Dichter«, äußerte sie Dritten gegenüber, war aber um ihres Lieblingssohnes willen bereit, eine lyrische Lebensform als eine Kunstform anzusehen.

Seinen ersten Gedichtband, ›Dangerous Corner‹, der zunächst unter dem Titel ›Death is so permanent‹ hatte erscheinen sollen, gab er im Selbstverlag heraus und widmete ihn seinem Bruder Golo. Ohne die Unterstützung durch seine Großmutter Vera wäre die Finanzierung der Druckkosten nicht möglich gewesen. Als Verfassername stand Mosche Quint auf dem Einband: ein Kosename war zum Künstlernamen geworden.

Während seines Studiums lernte er eine Schwedin kennen, die, wie er, in Marburg Germanistik studierte.

Seit jeher hat zwischen den Pommern und Schweden eine

enge, wenn auch oft feindliche Beziehung bestanden: mehrere Schwedeneinfälle in Pommern, aber auch die Eroberungszüge Erichs von Pommern in Schweden. Joachim Quint hatte mehrere Jahre mit der Eroberung einer einzigen Schwedin zu tun, deren Verwandlungen er mit Überraschung, Angst und Freude verfolgte. Sie hieß Stina Bonde, stammte aus Stockholm, wo ihr Vater einen angesehenen Verlag, den Bonde-Förlag, als Mitinhaber leitete.

Nun wäre es für einen Lyriker sicher die beste Lösung gewesen, die Tochter eines Verlegers zu heiraten, aber Joachims Sinn stand nicht nach besten Lösungen. Er zögerte immer wieder. Noch immer blickt er sich um, wie er es als Kind getan hat. Er quält sich jahrelang mit seiner Herkunft ab: der Sohn eines Nationalsozialisten! Um diesen Vater loszuwerden, verläßt er am Ende sein Vaterland, zumindest steht es so in einem Gedicht zu lesen, das er ›Vaterländisches Gedicht‹ genannt hat.

Noch bevor das Sommersemester zu Ende war, reiste Stina Bonde nach Hause; eine andere Erklärung, als daß in Schweden jetzt Mittsommer sei, brachte sie nicht vor. Joachim reiste ihr mit mehrtägiger Verspätung nach, seiner Mutter schrieb er, daß er sich um das Larssonsche Erbe kümmern werde.

Es gab Schwierigkeiten der sprachlichen Verständigung zwischen Stina und ihm, obwohl Joachim nach einiger Zeit ein wenig Schwedisch und Stina gut Deutsch sprach. Die letzten Feinheiten der Sprache, um die es Joachim ging, blieben Stina allerdings oft unklar, aber auch unwichtig. Die seelische Nähe, die Joachim brauchte, kam nicht zustande. Er versuchte, sie durch körperliche Nähe zu erreichen, sagte, auf lyrische Art: »Du trägst meinen Samen in dir fort und weißt nicht, wohin«, woraufhin Stina lachte; und als er ein anderes Mal meinte, daß jede Frau sich nach der Vereinigung mit einem Mann ein wenig schwanger fühlen müsse, war sie bereits auf dem Weg ins Badezimmer und erwiderte nur, ›ein wenig schwanger‹ gebe es nicht. Sie blieb kühl, war nahezu unempfänglich, im Gegensatz zu Joachims Mutter. Stina kehrte angekleidet, eine Zigarette im Mund, ins Zimmer zurück, wo er noch nachdenklich auf dem Bett lag.

»Man sieht dir nichts an!« sagt er.

»Das wollen wir hoffen!« antwortet sie.

Das Übernatürliche blieb ihr verborgen; zumindest im Winter.

Diese Unterhaltung fand in Stinas Stockholmer Wohnung statt. Nachdem Joachim – sogar über Weihnachten – Gast im Hause der Bondes in Djursholm gewesen war, ohne daß eine Verlobung stattfand, hatte Ole P. Bonde seine Tochter auf eigene Füße gestellt. Sie nutzte die neugewonnene Unabhängigkeit. Ihre Küche glich einem Laboratorium, in dem sie Mahlzeiten auf Kaloriengehalt und Zeitersparnis berechnete, der Tiefkühlbox Fertiggerichte entnahm, ständig unterwegs zwischen Telefon und Müllschlucker. Morgens, wenn es noch dunkel war, hüllte sie sich in Bärenfell, Pelzmütze und Pelzstiefel und fuhr ins Büro, wo sie für den Verlag ihres Vaters russische und deutsche Bücher ins Schwedische übersetzte: eine unterkühlte, aufgeklärte Frau, vor der Joachim zurückwich.

Bis sie dann bei den ersten wärmenden Strahlen der Aprilsonne, die Joachim nicht einmal wahrgenommen hatte, ihr Pelzwerk verließ. Sie bekam ihren verträumten Blick, warf ein paar Jeans ins Auto und fuhr mit Joachim nach Dalarna.

Stinas Vater stammte von dort, von einem Bauernhof, der sich jetzt in fremden Händen befand. Er hatte ›Bondehus‹ in Järna verkauft, weil seine Frau jenen Ort mit seinen altertümlichen Bräuchen und seinen Unbequemlichkeiten scheute wie einen urweltlichen Zauber. Stina hatte als Kind ihre Ferien noch bei dem Vater ihres Vaters, dem geliebten ›Farfar‹, verbracht; seit dessen Tod war sie nie wieder in Dalarna gewesen, bis ihr Joachim erzählte, daß er dort, nicht weit vom Siljan-See, ein Stück Land mit mehreren Gebäuden darauf geerbt habe, und sie in der Folge mehrere Male dorthin fuhren, um die Häuser, die lange Zeit leer gestanden hatten, nach und nach wieder bewohnbar zu machen.

Wenn sie den Dala-Fluß überqueren, sagt Stina jedesmal: »Nördlich des Dala-Flusses gibt es keine Eichen mehr!« und »Jetzt beginnen die blauen Berge!«, dreht die Scheibe herunter und legt die Hand aufs Wagendach, und Joachim, den sie ›Jokke‹ nennt, stellt den Mantelkragen hoch. Unter den Birken, die sich eben erst begrünen, breitet sich ein weißes Laken aus blühenden Anemonen aus.

Stina biegt in einen Grasweg ein, der zu ›Larsgårda‹ führt, hält vorm Holzgatter an, steigt aus, schlägt die Wagentür zu, läuft zu dem rotgestrichenen Haus, schließt die Tür auf, stößt die weißgestrichenen Fensterläden auf und läßt den Winter hinaus, nimmt Besitz von ›Larsgårda‹. Sie schlüpft in die Holzschuhe, die, vom vorigen Sommer her, noch neben der Treppe stehen, oder geht barfuß, streift den Pullover über den Kopf, sobald ein wärmender Lufthauch sie trifft, lehnt an der Holzwand des Hauses, die sich rasch erwärmt, räkelt sich, dehnt sich, kein Zuruf erreicht sie: sie taut auf, verwandelt sich.

In der Frühe geht sie mit einem Eimer zum Nachbarn Anders Nilsson, kehrt mit kuhwarmer, handgemolkener Milch zurück, gießt sie in einen irdenen Topf, schürt das Feuer, legt Birkenscheite auf und schiebt den Elektrokocher beiseite. Sie wäscht ihr Haar unter der Pumpe, obwohl es eine Wasserleitung gibt, und läßt es im Wind trocknen. Ihr Schritt wird weiter, Joachim kann ihr kaum folgen. Plötzlich verlangsamt sie den Schritt, zieht einen weiteren Pullover an und springt in den noch winterlich kalten See. Im Sommer durchquert sie ihn, geht irgendwo an Land, kommt irgendwann zurück, die Hände voller Multbeeren, die sie im Sumpf gepflückt hat, und hält sie Joachim hin, der noch immer am Ufer im Schilf liegt.

Im ersten Dalarna-Sommer hat sie ihn mit nach ›Bondehus‹ in Järna genommen. Er ist tief in eine fremde Kindheit eingetaucht; die eigene Kindheit hat er verloren. Stina zeigt ihm all das, was sie ›die Steine der Kindheit‹ nennt, die schwingende Holzbrücke, wo sie als Kind den Flößern zugeschaut hat; den Platz, wo zu Mittsommer der Maibaum aufgerichtet wurde, die Stelle, an der Farfar saß und fischte.

»Ein echter Dalkarlar«, erzählt sie. »Drei Tage, bevor er starb, legte er sich auf sein Bett, ohne krank zu sein. Er sang ein Lied, das keiner von uns kannte. Er entfernte sich ganz allmählich. Am letzten Tag summte er nur noch, lächelte, ohne die Augen zu öffnen, wußte genau, wer an seinem Bett saß, mein Bruder Olaf oder Vater oder ich. Ich war zwölf Jahre alt. ›Kulla‹ hat er mich genannt, ›min Kulla‹, mein Mädchen. Er begab sich einfach fort. Er winkte wie von weit her. Er lebte friedlich. Er starb friedlich.«

Stina lehnt an einem Heureiter, auf dem das frisch geschnittene Gras trocknet und duftet, zieht eine halbwelke Blume heraus. »Wir nennen sie ›Priesterkragen‹«, sagt sie. Joachim notiert sich das Wort, noch immer sammelt er Wörter.

An diesem Tag sagt er zu Stina: »Ich liebe dich.«

»Du liebst Dalarna!« sagt Stina. Sie lieben dasselbe.

Noch vor Mittsommer treffen die Besucher ein, Stinas Bruder Olaf und dessen Freunde, ein paar junge Larssonsche Nachkommen aus Uppsala. Die kleinen Holzhäuser und Schober, die zu ›Larsgårda‹ gehören, füllen sich mit Leben. Einige der Gäste haben ihre Gitarren mitgebracht. In den lichten Nächten sitzen sie am Seeufer, die Männer angeln, machen ein Feuer, die Frauen braten die Fische. Sie singen und lachen und laufen zwischen den weißschimmernden Birkenstämmen in den Wald. Tagsüber schwimmen sie im See, pflücken auf den Wiesen Sträuße; sieben Sorten Blumen muß ein Mädchen pflücken und sie in der Mittsommernacht unter ihr Kopfkissen legen, dann wird sie von ihrem künftigen Mann träumen! Die Mädchen zählen andächtig die Blütenstengel und verschwinden für die Dauer der kurzen Dunkelheit mit ihrem jeweiligen Gefährten in einem der Schober. Von wem sie dort träumen, erfährt keiner. Keiner achtet auf den anderen, keiner auf sich selbst.

Joachim streift ebenfalls unruhig durch die Stämme der Birken und Kiefern, fängt sich aber keines der Mädchen ein; er sitzt allein auf der überdachten Holzveranda und wartet, bis sich die Sonne über den Bergen erhebt, hinter denen sie für die Dauer von zwei Stunden verschwunden war.

Eines Morgens steigen dann alle wieder in ihre vollautomatischen Wagen und kehren in die sechziger Jahre des 20. Jahrhunderts zurück.

Wenn das letzte Auto auf die Straße nach Mora eingebogen ist, läßt Stina den Arm sinken, mit dem sie gewinkt hat, dreht sich nach Joachim um und sagt verwundert: »Jocke!«

Und dieser beginnt erneut mit der Eroberung seiner Schwedin. Abends sitzen sie wieder allein am Seeufer, Stina schließt die Arme um die Knie, als wolle sie sich festhalten, streckt dann aber doch die Hand aus, hält sich an Joachims Arm fest und sagt, was noch jeden Lyriker bezwungen hat: »Lies mir vor, Jocke!«

Durch Herrn Bondes Vermittlung erschien ein zweiter Gedichtband Joachims in einem kleinen deutschen Verlag. Die Auflagenhöhe blieb gering, 600 verkaufte Exemplare, dazu die verschenkten. Er schrieb eine Reihe stimmungsvoller Essays über ›Mittsommer in Dalarna‹ und ›Weihnachtsbräuche in Dalarna‹, die von mehreren Rundfunkanstalten gesendet wurden.

Die Kritiker zogen Oskar Loerke und Wilhelm Lehmann zum Vergleich heran, allzu hohe Maßstäbe. Es hieß immerhin, daß ›man sich den Namen Mosche Quint merken müsse‹. Das erste Exemplar schickte Joachim an seine Mutter, das zweite an Viktoria; von seinen beiden anderen Schwestern nahm er nicht an, daß sie Gedichte lasen. Als er von Edda eine Einladung zur Taufe des ersten Sohnes erhielt, lehnte er ab zu kommen, legte dem Brief ein Gedicht bei, das sich aber zum Vorlesen an der Festtafel nicht eignete: ›Sei furchtsam, Kind, laß dir / die Angst nicht austreiben/ Paß auf . . .‹

Joachim hielt derartige Zeilen bereits für ›engagierte Literatur‹. »Wie ich vermute«, schrieb er an Edda, »wird es nicht bei diesem einen Sohn bleiben, darin gleichst Du unserer Mutter. Du bist vom Wesen her fruchtbar. Später werde ich mir den Kindersegen ansehen. Jetzt kann ich von hier nicht weg, vielleicht kommst Du mit Deinem Mann einmal nach Dalarna. Am besten zu Mittsommer.«

Dieser letzte Satz stand fast unter jedem seiner Briefe. Die Reise war sehr weit, übermäßiger Andrang war nicht zu befürchten.

Vier Tage mußte Maximiliane reisen, um zu ihm zu gelangen; so weit hatte er sich von ihr entfernt und war ihr doch immer am nächsten gewesen. Er hatte die Nabelschnur, die sie noch immer mit den Kindern verband, schmerzhaft überdehnt.

Alle paar Stunden warf sie einen Blick auf die Autokarte, erreichte schließlich den Siljan-See. Die kleineren Orte waren auf der Karte nicht verzeichnet, von nun an mußte sie fragen, bis schließlich jemand nickte, »den tyska skalden!« sagte und ihr den Weg nach ›Larsgårda‹ wies.

Mittsommer war vorüber, die Gäste waren abgereist. Stina war einem Fernsehteam des ZDF, Außenstudio Stockholm, entgegengefahren, da Ortsunkundige leicht die richtige Abzweigung verfehlten. Nach einigem Zögern hatte Joachim Quint zugestimmt, daß man einen Film über ihn und ›Larsgårda‹ drehte.

Als Maximilianes Auto auf dem Grasweg vorm Gatter anhielt, wandte Joachim sich nicht einmal um, so sehr war er in seine Tätigkeit vertieft. Er rührte – über die Kniebundhose einen dunklen Schurz gebunden, die Ärmel des weißen Hemdes hochgekrempelt – mit einem Stock in einer übelriechenden Masse, die er in einer alten Teertonne über offenem Feuer am Kochen hielt.

Zweimal mußte Maximiliane seinen Namen rufen, bis er sich endlich umwandte. Langsam zog er den Stock aus dem Brei, lehnte ihn an die Tonne und strich sich die Hände am Schurz ab.

»Was tust du?« fragt Maximiliane anstelle einer Begrüßung und beugt sich über die Tonne. »Bist du ein Köhler geworden?«

Er erklärt ihr, was er tut. Er stellt Farbe her, um in den nächsten beiden Tagen zwei kleine Holzhäuser, die ehemalige Schmiede und einen der Heuschober, anzustreichen. Er benutzt ein altes Familienrezept der Bondes, Eisenvitriol in kochendem Wasser aufgelöst, feingemahlenes Roggenmehl eingerührt, dann eine Viertelstunde lang gekocht.

Eine Unterbrechung des Vorgangs scheint nicht ratsam; so besteht Maximilianes erste Tätigkeit nach ihrer Ankunft darin, Joachim beim Farbenkochen zu helfen. Während dieser rührt, schüttet sie langsam Rotfarbenpulver aus Falun hinzu und dann, als letzten Bestandteil, eine Kelle voll Jauche. Sein Nachbar Brolund nehme statt Jauche Harn, erklärt Joachim, andere benutzten Salz oder Teer.

Kaum sind sie fertig – die Masse mußte lediglich noch abkühlen –, da biegt zunächst Stinas Auto in den Grasweg ein und gleich darauf ein Kombiwagen, dem fünf Männer entsteigen; Gerät wird ausgeladen, auch für den Laien deutlich erkennbar: Aufnahmegeräte.

Maximiliane betrachtet die Männer, die Lampen, die Kamera, wirft dann einen Blick auf ihren mittelalterlich gewandeten Sohn, der sich gerade wieder umständlich die Hände an seinem Schurz abwischt, und erkennt die Zusammenhänge.

Am Abend wird ein Feuer am See angezündet, Joachim schenkt Aquavit ein, Stina, in einer alten Dalarna-Tracht, die sie sich vom Nachbarn Nilsson ausgeliehen hat, brät Fische auf dem Rost, die sie aus dem Kühlfach des Eisschranks holt.

Nach dem Essen singt sie in der langen Dämmerung, die mit Hilfe von Scheinwerfern und Kabeln noch heller gemacht wird, das Dalarna-Lied zur Gitarre, die man Joachim Quint in den Arm legt. Sie singt auf schwedisch, übersetzt dann mit reizvollem Akzent den Text: »Gott beglücke die Männer, die dort wohnen, beim Fluß, auf den Bergen und im Tal . . .«; nach den Anweisungen des Regisseurs und mit Hilfe des Assistenten richtet der Kameramann sein Objektiv auf den See, die Berge, Joachim, schwenkt dann zu ›der modernen Frau aus Stockholm, die in der Mittsommerzeit für ein paar Wochen die alte handgewebte und selbstgefärbte Dalarna-Tracht anlegt und auf alte Weise lebt‹, wobei es dem Filmtontechniker gelingt, das Geräusch eines springenden Fisches, das Quaken der Frösche aufs Band zu bekommen.

Am folgenden Morgen filmt man Stina, wie sie in der Küche gerade die alte buntbemalte Standuhr aufzieht, die rotgebänderte grüne Schürze über dem knöchellangen weiten Rock, die bloßen Füße in den groben Holzschuhen. Dann legt man Kabel zum Giebelzimmer und stellt Scheinwerfer auf, muß einige Möbelstücke verrücken: das Arbeitszimmer Joachim Quints, in dem er seine Lyrik schreibt. Das letzte Gedicht, das handgeschrieben auf dem aufgeräumten Schreibtisch liegt, liest er auf Verlangen des Regisseurs vor, bindet sich anschließend bereitwillig den Schurz nochmals um und streicht vor der Kamera eigenhändig eine Wand der ehemaligen Schmiede falunrot. Den Hinweis auf Johann Peter Hebels rührende Kalendergeschichte vom Kupferbergwerk im nahen Falun verdankt man seiner Mutter, ebenso die Anmerkung, daß eine ihrer Töchter in Holstein nach altem Familienrezept ›Poenicher Wildpastete‹ fabrikmäßig herstellt und mittlerweile sogar ins Ausland, vornehmlich in das klassische Pastetenland Frankreich, liefert.

Die Dreharbeiten zogen sich über drei Tage hin, dann wurden die Aufnahmegeräte wieder in dem Kombiwagen verstaut, die Herren vom Zweiten Deutschen Fernsehen verabschiedeten sich. Auch Stina brach auf, sie hatte in Stockholm zu tun.

Während der Zeit ihrer Abwesenheit bleibt Maximiliane in ›Larsgårda‹. Sie fährt allein mit dem Boot auf den See hinaus oder streift, die alte Tarnjacke übergezogen, durch die hellen schwedischen Nächte, ihre Sehnsucht nach Poenichen nährend. Sie bekommt rheumatische Beschwerden, weil sie zu lange am feuchten Seeufer sitzt, bleibt einige Tage im Bett liegen und wird von Joachim gepflegt. Er schiebt einen Tisch neben ihr Bett und stellt das Schachspiel darauf, das Maximiliane ihm als Gastgeschenk mitgebracht hat. Keine Partie wird zu Ende gespielt, jedesmal sagt Joachim: »Erzähl von Poenichen!« Und Maximiliane erzählt von den Abenden am Poenicher See, als der alte Quindt und Inspektor Blaskorken im Schein der Fakkeln auf dem Bootssteg saßen und Schach spielten und sie selbst, tropfnaß unterm bodenlangen Bademantel ihres Vaters, daneben stand und zusah. »Als der alte Quindt dann das Rheuma bekam – das Quindtsche Rheuma –, habe ich an seinem Bett gesessen und Blaskorkens Part übernommen.« Sie streckt sich, legt die Arme überm Kopf zusammen und genießt es, im Bett liegen zu dürfen und gepflegt zu werden.

Auch diesmal stellt Joachim die Frage nach seinem Vater. Er trägt sich mit der Absicht, über seinen Vater zu schreiben. »Ich werde mich auf die Suche nach Spuren machen, es werden sich Briefe oder Aufzeichnungen finden lassen.«

»Bei Martha Riepe«, sagt Maximiliane. »Vielleicht bei seiner Schwester Ruth in München.«

»Und was weißt du von ihm?«

»Er hielt mich für ein pommersches Gänschen. Er hat recht gehabt, ich habe über Pommern nicht hinausgeblickt, im Grunde nicht über Poenichen.«

»Ich bewundere seine Stärke!«

»Er war nicht stark, sondern anfällig gegenüber einem Stärkeren, er war verführbar durch Macht.«

»Ich könnte das Buch ›Umwege zu einem Vater‹ nennen«, sagt Joachim. Zehn Jahre nach diesem Gespräch wird er das geplante Buch herausbringen, allerdings unter einem anderen Titel: ›Annäherung an meinen Vater‹. Jenes Kästchen aus Elfenbein, das auf dem Kaminsims in Poenichen gestanden hatte, in welchem Maximiliane als Kind die wenigen Zeugnisse aus dem Leben ihres Vaters gesammelt hatte und das von Joachim später gehütet worden war, diente ihm als Grundstock für seine Spurensammlung.

Beim Abschied stellte Maximiliane ihrem Sohn zwei Fragen: ob er gedenke, nun schwedischer Staatsbürger zu werden, und ob er Stina heiraten wolle; Fragen, die in Ursache und Wirkung zusammenhingen. Er antwortete: »Ich zögere noch.« Wenn er gleichzeitig die schwedische Staatsbürgerschaft hätte erwerben können, hätte er Stina Bonde ohne zu zögern geheiratet.

»Ist sie dir eigentlich treu?« fragte Maximiliane, Stinas Verhalten gegenüber dem Regisseur vor Augen.

»Nein«, antwortete Joachim.
»Und was tust du dagegen?«
»Ich leide darunter.«
»Ist das dein einziger Beitrag zur Lösung des Problems?«
»Ab und zu verhilft es mir zu einer Verszeile.«

Maximiliane nahm aus Dalarna einen kinderkopfgroßen Findling mit nach Deutschland. In Marburg trug sie ihn durch die Ahornallee des Friedhofs an der Ockershäuserallee, mußte, da sie lange nicht dort gewesen war, mit der schweren Last in den Armen nach Golos Grab suchen, fand schließlich das Kippenbergsche Grab, las die Grabinschrift, atmete einmal tief durch, fand dann auch das Grab ihres Sohnes und legte den Findling dort ab. Das Grab war inzwischen eingesät worden, er lag nun ›unterm Rasen‹, nicht mehr unter einem Blumenbeet.

Der Friedhofswärter überraschte sie dabei, als sie den Stein hinlegte, machte sie darauf aufmerksam, daß das eigenmächtige Aufstellen eines Grabsteins nicht gestattet sei und daß sie einen Erlaubnisschein dafür haben müsse. Maximiliane sieht erst ihn, dann den schweren Stein an, kann sich, da zuviel erklärt werden müßte, zu einer Antwort nicht entschließen und macht Anstalten, den Stein wieder aufzuheben, bleibt dann aber erschöpft daneben hocken. Der Friedhofswärter gibt ihr zu verstehen, daß ein formloser Antrag genüge. Aber auch formlose Anträge sind ihr lästig, sie erhebt sich mühsam und geht davon.

Ein halbes Jahr nach ihrer Rückkehr aus Schweden sieht Maximiliane unter dem Titel ›Und wieder auf hohem Roß‹ eine 45 Minuten lange Fernsehsendung zum Thema ›Was ist aus den Nachkommen der alten Adelsfamilien des Deutschen Ostens geworden?‹. Als drittes Beispiel Szenen aus Dalarna. Joachim Quint, Erbe des Ritterguts der Freiherrn von Quindt auf Poenichen in Hinterpommern, der zurückgezogen in den schwedischen Wäldern lebt, wieder auf einem ererbten Hof, dessen Größe allerdings – 40000 Quadratmeter – nicht angegeben wird. Man sieht ihn, wie er angelt, mit der Sense Gras mäht und ein Holzhaus anstreicht. Statt des pommerschen ›Klaren‹ kippt er nun Aquavit, heißt es. Seine schwedische Freundin verdiene derweil in Stockholm das nötige Geld.

Von den drei Drehtagen waren knappe 5 Sendeminuten übriggeblieben; jene Szene, in der Joachim als Mosche Quint ein Gedicht vorlas, war, als vom Thema abführend, in dem Filmstreifen nicht enthalten. Wohl aber fiel der Satz von der ›Poenicher Wildpastete‹, die in Holstein fabrikmäßig hergestellt wurde und bereits von Bismarck lobend erwähnt worden war.

21

›Es schadet nicht, in einem Entenhof geboren zu sein, wenn man nur in einem Schwanenei gelegen hat.‹

Hans Christian Andersen

Maximiliane hatte ihren weiteren beruflichen Abstieg beim Volksbund Deutsche Kriegsgräberfürsorge nicht abgewartet; sie kündigte und lebte anschließend einige Jahre lang, wie sie es ausdrückte, ›ohne festen Wohnsitz‹.

Wenn man sie fragte: »Sie müssen doch irgendwo polizeilich gemeldet sein?«, sagte sie: »Ich habe mich in meinem Heimatort bisher nicht polizeilich abgemeldet.« Pommersche Geduld, pommersche Genügsamkeit, aber auch pommerscher Eigensinn.

Die Worte ›Flüchtling‹ und ›Heimatvertriebene‹ waren inzwischen aus den politischen Reden weitgehend verschwunden und tauchten allenfalls aus Anlaß der weiterhin stattfindenden Pommern-, Ostpreußen- und Schlesiertage, versehen mit entsprechend sarkastischen Bemerkungen, in den Zeitungsberichten auf; nur in den ›Lebensläufen‹ und beim Lohnsteuerjahresausgleich traten sie als ›außergewöhnliche Belastungen‹ noch in Erscheinung: eine Privatsache. Das Ende des ›kalten Krieges‹ bahnte sich an, eine Ostpolitik der Entspannung. Maximiliane schien einer der letzten Flüchtlinge zu sein.

Wenn es von den heimatvertriebenen Ostdeutschen heißt, sie seien, durch den kostenlosen Zufluß von 13 Millionen aufbauwilligen Arbeitskräften, eine der Ursachen des deutschen Wirtschaftswunders gewesen, so war Maximiliane Quint nur zu einem sehr geringen Teil daran beteiligt. Sie hatte zwar schon vor der Währungsreform die Fischbratküche in Marburg gegründet, diese aber bereits vor Jahren an Lenchen Priebe abgetreten. Immerhin könnte man geltend machen, daß sie der deutschen Wirtschaft Edda, die tüchtigste der Quints, eingebracht habe. Aber zur Gründung der Wildpastetenfabrik hatte sie lediglich mit dem Poenicher Rezept, einigen Ideen und dem Anfangskapital aus dem Lastenausgleich beigetragen und sich dann zurückgezogen.

Auch als Verbraucherin war sie kein nützliches Glied der kapitalistischen Wirtschaft. Fragte man sie: ›Wovon lebst du eigentlich?‹, dann sagte sie: ›Von dem, was ich nicht ausgebe.‹ Hinzu kam freilich dann und wann eine kleine Erbschaft. In Kalifornien war Dr. Green gestorben und hatte sie testamentarisch bedacht. Statt ›Das brauchen wir nicht‹, sagte sie jetzt ›Das brauche ich nicht‹.

Aus dem Poenicher Einzelkind war wieder eine Einzelperson geworden.

Ihre Kasseler Wohnung vermietete sie – möbliert – an eine ihrer bisherigen Kolleginnen, eine Frau Sand; was sie benötigte, und das war nicht viel, warf sie in ihre ›Karre‹.

Am Abend vor ihrer Abreise besuchte sie noch einmal die Fredells, die sich mittlerweile einen Bungalow am Hang des Habichtswaldes, mit Blick auf das weite Kasseler Becken, gebaut hatten. Der älteste der Fredellschen Söhne war Offiziersanwärter bei der Bundeswehr, der zweite studierte Rechtswissenschaften, beides zur Genugtuung des Vaters.

»Meine Söhne spuren«, sagte er, womit er wohl meinte, daß sie seiner Spur folgten. Er sagte ›meine‹ Söhne, wobei seine Frau ihn jedesmal nachdenklich ansah.

Sie sitzen im großen Wohnraum. Herr v. Fredell füllt die Gläser. »Wir hatten gehofft – ich spreche da auch in Bellas Namen –, daß Sie in Kassel nun endlich seßhaft werden würden!«

Maximiliane dankt mit einem Lächeln.

Herr v. Fredell erkundigt sich nach Viktoria.

»Sie studiert jetzt Politologie.«

»Woher hat sie eigentlich das Interesse an Politik?« fragt Herr von Fredell. »Für ein Mädchen ist das doch ungewöhnlich. Wenn Joachim in die Politik, vielleicht sogar ins Auswärtige Amt, gegangen wäre, das hätte man begreiflich gefunden.«

»Vermutlich hat sie das ›Politische‹ von meinem Großvater; alles vererbt sich, aber nicht immer an den Richtigen.«

»Könnte sie es nicht auch von ihrem Vater geerbt haben?« wirft Frau v. Fredell ein.

Maximiliane sieht die Freundin überrascht an. »An ihn habe ich in diesem Zusammenhang noch gar nicht gedacht.«

»Das tust du überhaupt selten!«

»Bei unserer Hochzeit hat mein Großvater ihn einen ›Narren in Hitler‹ genannt«, sagt Maximiliane und hält diese Antwort für ausreichend. Es geschah nicht zum erstenmal, daß man ihr auf versteckte Weise Vorhaltungen machte, sich nicht genügend mit dem Nationalsozialismus und seinen Folgen auseinandergesetzt zu haben. Früher, als sie über dem Nachdenken jedesmal eingeschlafen war, hatte sie mit ›später‹ geantwortet, später wollte sie über ›Viktor und die Folgen‹ nachdenken; inzwischen spürte sie kein Bedürfnis mehr.

»Ich habe es abgelebt«, fügt sie, zu ihrer Freundin gewandt, hinzu, und diese versteht sie. Herr v. Fredell blickt sie fragend an. Aber für Maximiliane ist das Thema damit beendet. Sie bringt das Gespräch wieder auf Viktoria.

»Sie studiert bereits im zwölften Semester.«

»Sie muß doch allmählich zu einem Abschluß kommen«, meint Herr v. Fredell. »Sie kann doch nicht ewig weiterstudieren. Was ist eigentlich ihr Ziel?«

»Alles, was sie studiert, studiert sie, um mir zu beweisen, daß ich bei ihrer Erziehung vieles falsch gemacht habe, neuerdings bezieht sie auch ›die Gesellschaft‹ in ihre Beweisführung ein.«

»Sie nehmen das sehr gelassen hin!«

»Vielleicht ›spurt‹ sie? Hat meine Spur eingeschlagen? Auch ich weiß nicht, wohin ich will.«

Das Stichwort für ihren Aufbruch scheint damit gegeben; sie erhebt sich.

»Es wird Zeit. Ich will morgen in aller Frühe aufbrechen!«

Die Fredells begleiten sie bis zur Gartentür. Herr v. Fredell deutet einen Handkuß an; auch er hat seine Manieren der neuen Zeit angepaßt. »Wir wünschen Ihnen eine gute Reise!« sagt er und fragt, ob sie sich nicht vor der langen Fahrt scheue.

»Ich werde mir Zeit lassen und mich umschauen. Ich habe noch nicht viel von der Welt gesehen.«

»Ein wenig beneide ich dich«, sagt Frau v. Fredell, schließt sie freundschaftlich in die Arme und betrachtet dabei das beladene Auto sowie die Straße, die wegführt.

»Ein wenig beneide ich dich!« sagt auch Maximiliane und betrachtet das geräumige Haus, den herbstlichen Garten samt dem Hausherrn in der Gartentür. Die Hermannswerder Freundinnen lächeln sich zu, sagen dann wie aus einem Mund: »Altes Kind!«

»Ich werde jetzt die unterdrückten Reisebedürfnisse meines Großvaters befriedigen!« sagt Maximiliane, als sie in ihr Auto steigt. »Du hast von Viktorias Psychologiestudium profitiert!« meint Frau v. Fredell.

»Ich befinde mich in einem unaufhörlichen Lernprozeß.«

Maximiliane schlägt die Wagentür zu, fährt an und dreht sich nicht mehr um, winkt auch nicht, wie die Fredells es erwarten. Sie hat sich nie umgedreht.

Wieder einmal fährt sie westwärts, genauer: südwestwärts. Ihr vorläufiges Ziel heißt Paris.

Auf dem Rücksitz ihres Wagens liegt ein Modejournal, die Zeitschrift ›Madame‹, die Mirka ihr aus Paris zugeschickt hat, Drucksache, Imprimé, Mirka als Titelbild: das kräftige Haar straff an den Kopf gebürstet und in einem Zopf, länger als der Rock, auf dem Rücken hängend, das fremdartige Gesicht mit den flachen, deutlich gezeichneten Jochbögen ohne Schminke und ohne Ausdruck.

Maximiliane denkt über ihre jüngste Tochter nach, über die man einen drei Seiten langen Bericht schreibt und von der es heißt, sie sei das Top-Modell von morgen oder übermorgen; eine Comtesse aus deutschem ›Hochadel‹; auf einer romantischen Burg in Süddeutschland geboren, wo die Mutter das kleine Mädchen auf einen amerikanischen Zuckersack gelegt hat, um, den Körperumrissen folgend, die Teile für ein Kittelchen zuzuschneiden. ›Die erste Begegnung mit der Mode!‹

Viel an Auskünften schien Mirka dem Reporter nicht gegeben zu haben. Er bezeichnete sie als ›schweigsam‹ und ›geheimnisumwittert‹ und äußerte die Vermutung, daß sie nur spreche, wenn ihre Mitteilungen veröffentlicht würden. Er hatte sich nach ihren Sprachkenntnissen erkundigt, die für ein Mannequin im internationalen Top-Milieu unerläßlich seien, und sie hatte entgegnet, daß sie die Körpersprache beherrsche, was noch wichtiger sei; woraufhin der Reporter bestätigte, daß sie mit ihren schönen Schultern und ebenso schönen Beinen viel zu sagen habe. Ein Kompliment, das sie mit einem seltenen, daher ›kostbaren‹ Lächeln belohnt zu haben schien sowie mit der freimütigen und selbstkritischen Äußerung: ›Als Kind muß ich wohl krumme Beine gehabt haben. Meine Mutter hat mir abends vor dem Schlafen die Beine zusammengebunden und mit einer Windel bandagiert!‹

Auf die Frage, ob sie rechnen könne, war die hochmütige Antwort ›Ich werde nicht rechnen müssen‹ gefolgt und mit ›Diese junge Mirka von Quindt wird ihren Körper gut zu verkaufen wissen‹ kommentiert worden.

Nach ihrem Alter wurde sie nicht gefragt, wohl aber nach dem Tierkreiszeichen, unter dem sie geboren sei. Auf einem der Fotos, die in den Text eingestreut waren, konnte man sie in einem lodengrünen Jagddreß sehen. ›Eine Schützin mit hoher Abschußquote!‹

›Was halten Sie für die wichtigste Erfindung der Neuzeit?‹

›Die Strumpfhose! Ohne sie wäre die Mini-Mode undenkbar!‹

Auf einem der Fotos trug sie eine wappenbestickte Batistwindel, zweifach lose geknotet, um den Hals. Allüren.

›Woher haben Sie diese ungewöhnliche, fast möchte man sagen erdgraue Hautfarbe? Das ist weder Sylt noch Miami!‹

Auch dafür hatte Mirka eine für die Veröffentlichung geeignete Antwort gewußt: ›Ich bin als Kind mit Stutenmilch genährt worden. Man sagt, solche Kinder würden wild.‹ Eine Bemerkung, die einem weiteren Foto als Unterschrift diente. Auf den Hinweis des Reporters, daß man in Ungarn, wenn er richtig orientiert sei, Joghurt mit Stutenmilch ansetze, hatte sie erwidert, daß ihr Hauptnahrungsmittel aus Joghurt bestehe, der sie widerstandsfähig mache; wogegen, wurde nicht erwähnt. Zum Abschluß hatte sie geäußert, daß ihre Mutter, eine Offizierswitwe, ihr unter Opfern eine langjährige tänzerische Ausbildung ermöglicht habe.

›Daher also diese absolute Körperbeherrschung!‹ Ein spontaner Ausruf des Reporters, wörtlich wiedergegeben.

An dieser Stelle, bei dem Wort ›Körperbeherrschung‹, setzten Maximilianes kilometerlangen Überlegungen ein. Vermutlich wußte außer ihr niemand, daß von ›absoluter Körperbeherrschung‹ nicht die Rede sein konnte. Sie erinnerte sich jenes Vorkommnisses vor etwa zwei Jahren, als Mirka sie während der Dienstzeit angerufen hatte. »Es ist dringend, Mama! Ich brauche eine bestimmte Menge Geld für einen bestimmten Zweck!«

Als keine Antwort erfolgte – Maximiliane hatte über diese Sätze nachgedacht –, sagte Mirka: »Ich muß nach London fliegen!«

Maximiliane hatte trotz dieser, wie Mirka annahm, alles erklärenden Angaben noch immer nicht geahnt, worum es ging. Um Leben und Tod nämlich. Mirka setzte hinzu, erregter, als Maximiliane ihre kühle Tochter je erlebt hatte: »Du wärest auch froh gewesen, wenn du eine solche Möglichkeit gehabt hättest!«

Nicht den Inhalt, wohl aber den Tonfall, in dem der Satz mehr gerufen als gesprochen wurde, hatte Maximiliane verstanden.

Sie sagte: »Komm!«

»Können wir das nicht telefonisch abmachen?«

»Nein!«

Maximiliane hatte ihren Kindern so selten Gehorsam abverlangt, daß sie über ein Guthaben verfügte. Ihr ›Komm!‹ galt noch immer.

Sie hatte das mündliche Gespräch bei jener Frage wiederaufgenommen, deren Beantwortung Mirka fernmündlich schuldig geblieben war.

»Bei welchem von euch meinst du? Bei Mosche? Bei dir? Oder bei Golo? Sollte er nicht einmal siebzehn Jahre lang gelebt haben dürfen?«

»Nimm es doch nicht so wörtlich, Mama!«

»Worte nehme ich wörtlich.«

»Ich meine es allgemein!«

»Es gibt nur einzelne, dich zum Beispiel. Wer ist der Vater?«

»Man kann da doch noch nicht von ›Vater‹ reden!«

Maximiliane wartete, und Mirka sagte: »Ich weiß nicht!«

»Treiben, herumtreiben, abtreiben«, sagte Maximiliane.

»Ich brauche Geld! Was ist mit dem Eyckel?«

Dieses Gespräch war den Verhandlungen mit Herrn Brandes vorausgegangen, dem die Anfrage, wie sich herausstellte, gelegen kam. Alles Weitere, zumindest was den Eyckel angeht, kennt man seit dem Tischgespräch bei der holsteinischen Hochzeit.

Maximilianes Gedanken schweifen ab – von jener Äbtissin Hedwig von Quinten, 1342 urkundlich erwähnte Besitzerin des Eyckel, bis zu ihrer Tochter Mirka, die ihr Kind in London abtreiben ließ, mit Hilfe jener Summe, die für den Verkauf des Eyckel erzielt worden war.

Es wäre richtiger gewesen, denkt Maximiliane, wenn Mirka als wichtigste Erfindung der Neuzeit die Pille genannt hätte.

Das Interview in ›Madame‹ schloß mit einer Frage, die sich an die Leserinnen richtete. ›Sieht die Frau der sechziger und siebziger Jahre unseres Jahrhunderts aus wie diese Mirka von Quindt, selbständig und selbstbewußt, undurchlässig und unangreifbar, eine Feindin des Mannes, dem sie gefallen will? Oder will diese moderne Eva nicht mehr gefallen?‹

Maximiliane war in alter Gewohnheit nicht auf der Autobahn, sondern auf der Bundesstraße 3 in Richtung Marburg gefahren. Als sie sich der Stadt näherte, warf sie einen Blick auf das vertraute Panorama: die Türme der Elisabethkirche, das hochgelegene Landgrafenschloß; links davon, tiefer gelegen, das Haus der Heynolds, an den beiden schiefergedeckten Türmen leicht zu erkennen. Sie entschloß sich, die ›Grillstube in der Ketzerbach‹ nicht aufzusuchen, weil Lenchen Priebe sich wohl bei einem unangemeldeten Besuch überwacht fühlen würde; andererseits würde sie sich nicht genügend gewürdigt fühlen, wenn sie erfuhr, daß man sie nicht besucht hatte. Aus der Freundschaft in Notzeiten war wieder ein Abhängigkeitsverhältnis geworden. Unterschiede waren plötzlich wieder da; es nutzte das ›Du‹ aus Kinderzeiten nichts, es nutzte nichts, wenn Maximiliane sagte: ›Es ist jetzt dein Laden, Lenchen!‹ Es blieb der fünfprozentige Anteil am Umsatz, der, laut Vereinbarung, jährlich zu zahlen war und auf den Maximiliane eher verzichtet hätte als Lenchen Priebe, die sich nichts schenken lassen wollte.

Sie besuchte auch nicht Golos Grab. Ohne anzuhalten fuhr sie an der Lahn entlang, konnte den Friedhof aber am Hang liegen sehen, in schöner Herbstfärbung; sie hatte sich vorgenommen, einen anderen Friedhof aufzusuchen. Sie fuhr weiter auf der Bundesstraße 3, an der man inzwischen die Straßenbäume gefällt hatte; Golos Todesort war nicht mehr auszumachen.

Ein Blick noch nach rechts auf den bewaldeten Hang des Marburger Stadtwaldes, zu jener Stelle unter den Buchen, wo das stattgefunden hatte, was sie die ›erste Begegnung‹ mit dem

Rheinländer nannte: Martin Valentin, der häufiger in ihren Träumen als in ihren Gedanken auftauchte. Ihr fiel ein Zitat aus einem der pünktlich eintreffenden Muttertagsbriefe ihrer Tochter Viktoria ein: ›Erziehung ist Beispiel und Liebe!‹, ein Satz Pestalozzis, den sich die moderne Psychologie angeeignet hatte und den Maximiliane bisher ebenso verdrängt hatte wie andere treffsichere Sätze Viktorias.

An mütterlicher Liebe hatte es Maximiliane ihren Kindern gegenüber nicht fehlen lassen, aber ein Beispiel, im üblichen Sinne, war sie ihnen nicht gewesen. Ihre Instinktlosigkeit gegenüber Männern kam der Wehrlosigkeit gleich. Man muß zu ihrer Entschuldigung vorbringen, daß sie ihren ersten Mann geheiratet hatte, um Poenichen vor schlimmeren Maßnahmen der nationalsozialistischen Diktatur zu schützen. Er hatte ihr zu dem Zwecke dienen sollen, ein Leben lang auf Poenichen bleiben zu können, und hatte dann selbst dazu beigetragen, daß sie es verlassen mußte. Auch für die späteren ›Begegnungen‹ – und es waren mehr gewesen, als hier erwähnt wurden – gibt es eine Entschuldigung: Männer waren in den beiden Jahrzehnten, die ihr zur Verfügung standen, rar, und da sie das sechste Gebot beachtete, war die Auswahl noch mehr eingeschränkt. Sie brauchte Wärme; sie hat sie auch vorübergehend in den Armen eines Mannes gefunden und an ihre Kinder weitergegeben, was nicht beispielhaft war, aber in kreatürlichem Sinne das notwendige und daher das richtige auch für die Kinder.

Maximilianes Gedanken kehren – sie nähert sich Gießen, wo sie die Autobahn erreichen will – zu Mirka zurück, zu dem Kellerkind, in einem Luftschutzkeller gezeugt, an einem Ort, dessen Namen sie nicht kannte, noch jenseits der Oder. ›Njet plakatje!‹ – ›Nicht weinen!‹ Eine Mahnung, von einem namenlosen Soldaten der sowjetischen Armee im entscheidenden Augenblick ausgesprochen, von Maximiliane beherzigt und an das Kind weitergegeben, das selten geweint, aber auch selten gelacht hat und heute, wenn auch für Fotografen, lächelte. Mirka, dieses Gotteskind, das wenig Schaden anrichtete und wenig Nutzen, das die Welt verschönerte, ein ungewolltes Kind, eine Last, die Maximiliane auf sich genommen hatte, wie sie alle Lasten auf sich nahm, als ›nacheheliches Kind‹ in juristischem Sinne aufgewachsen, früh selbständig. Was Mirka besaß, stopfte sie in eine Tasche, die sie den ›Hund‹ nannte; immer fand sich jemand, der für sie sorgte, dem sie irgendwann weglief, besser: von dem sie wegging, noch immer in dem ihr eigenen reizvollen Paßschritt; sie ließ sich nicht einfangen, ließ sich beschenken, käuflich war sie nicht. Sie hing an nichts und an niemandem. Keine Tänzerin, sondern ein Fotomodell.

Dr. Green hatte auch mit dieser Voraussage recht behalten.

»Willst du mir immer noch nicht sagen, wohin wir fahren?« erkundigt sich Mirka. »Nur noch fünfzig Kilometer, dann sind wir schon in Lille.«

»Der Ort heißt Sailly-sur-la-Lys«, antwortet Maximiliane.

»Und was wollen wir dort?«

»Dort befindet sich ein deutscher Soldatenfriedhof.«

»Eine Kriegsgräberfahrt! Ich denke, du hast deinen Dienst an den Kriegsgräbern quittiert!«

»Ich erkläre es dir an Ort und Stelle.«

Mirka fragt nicht weiter; neugierig war sie nie gewesen. Geduldig und schweigsam sitzt sie neben der ebenso schweigsamen Mutter. Kein Krähenschwarm, der sich vom frisch gepflügten Acker hebt, erweckt ihre Aufmerksamkeit. Die Landschaft wird immer eintöniger. Maximiliane verpaßt die Abzweigung nach Armentière und biegt, um auf der Karte nachzusehen, in einen Feldweg ein. Sie holt den Notizblock mit der genauen Lageskizze des Friedhofs, die sie sich schon vor Monaten bei ihrer Dienststelle besorgt hatte, aus dem Handschuhfach. ›Unmittelbar an der Route Nationale 345, einen Kilometer von der Ortsmitte entfernt. Die Lys ist ein Nebenfluß der Schelde.‹

Sie stellt den Motor ab, hebt den Blick und erkennt in der Ferne bereits eine bewaldete Flußniederung. Plötzlich horcht sie auf; sie dreht das Wagenfenster herunter und faßt nach Mirkas Arm. Ein Hornsignal ertönt. Eine Trompe de Chasse!

»Aufbruch zur Jagd!« sagt sie erregt und läßt sich in den Sitz zurückfallen, die Hände fest am Steuerrad. Die Meute der Hunde kreuzt den Feldweg, gleich darauf die Reiter. Für einige lange Augenblicke gerät ihr die Rückkehr nach Poenichen und zu jenem Mann, der auf seinem alten französischen Jagdhorn die Pleßschen Signale geblasen hatte.

»Schon vorbei!« sagt sie dann.

»Hast du das Foto in ›Madame‹ gesehen?« erkundigt sich Mirka. »Der Jagddreß stammte von Bogner, exklusiv.«

Maximiliane läßt den Motor wieder laufen und setzt den Wagen zurück. Dabei nimmt sie den niedrigen Graben nicht wahr, der den Feldweg vom Acker trennt. Das linke Hinterrad gleitet ab, der Wagen sitzt fest, die Räder mahlen im nassen, lehmigen Boden. Maximiliane hat Übung im Befahren von Feldwegen, sie weiß, daß ein paar Zweige, vor die Räder gelegt, diese wieder greifen lassen.

»Komm mit!« sagt sie zu Mirka und deutet auf das kleine Gehölz. »Wir holen dort Zweige!«

»Laß nur, Mama, das mache ich anders!« antwortet Mirka, steigt aus, geht zur Straße und winkt. Schon der dritte Wagen fährt nicht vorbei, sondern hält an. Der Fahrer, ein Fünfziger, elegant und offensichtlich wohlhabend, erklärt sich sofort bereit, Vorspanndienste zu leisten, und zieht den Wagen der beiden Damen aus dem Graben. Er schreibt seine Telefonnummer, eine Pariser Nummer, auf eine Karte: »Rufen Sie doch einmal an!« sagt er zu Mirka; diese läßt die Karte in der Tasche verschwinden.

»Man muß sich helfen lassen, Mama!« sagt sie, als sie wieder allein sind. »Du willst immer alles selber machen.«

Sie erreichen den Ort Sailly-sur-la-Lys gegen Mittag. Die Straßen sind menschenleer, Regen hat eingesetzt. Maximiliane parkt in der Nähe der Kirche, fragt ein Kind nach dem Friedhof und wird zum Ortsfriedhof geschickt. Sie kehrt um, fragt ein zweites Mal und fügt ›pour les soldats‹ hinzu; das Kind deutet mit der Hand auf eine entfernt liegende Baumgruppe. In strömendem Regen stehen Maximiliane und Mirka einige Minuten später auf dem englischen Soldatenfriedhof des Zweiten Weltkriegs.

Sie fahren erneut zurück und beschließen, ein Café aufzusuchen. Dort bestellen sie Milchkaffee, und Maximiliane erkundigt sich bei dem Wirt nach dem Friedhof, auf dem die deutschen Soldaten liegen.

»Erster Weltkrieg!« betont sie.

Der Wirt ruft einem Mann, der an der Theke sitzt und seinen Rotwein trinkt, zu: »Clientèle, Louis!«

Wenig später steigt Louis Séguin, beinamputiert, Veteran und Invalide des Ersten Weltkriegs und mit der Instandhaltung des deutschen Soldatenfriedhofs betraut, zu den beiden Damen ins Auto. Er ist freundlich, redselig und beklagt sich, daß so selten jemand zu Besuch komme. Er fragt nach dem Namen; er kennt die meisten seiner Toten bei Namen.

»Le Baron?!«

Seit zwanzig Jahren, so berichtet er während der kurzen Fahrt, arbeitet er hier auf dem deutschen Soldatenfriedhof, und noch nie ist jemand von der Familie des Barons Quindt gekommen! Er mäht den Rasen, er schneidet die Hecken. Für wen? Natürlich, es ist lange her, die meisten Witwen sind tot, aber die Kinder leben doch noch! Er zählt die Jahrzehnte an den Fingern der linken Hand ab.

»1918, 1928, 1938, 1948, 1958, 1967. Mon Dieu! Die Zeit! Fast fünfzig Jahre!«

Sie haben derweil das Eingangstor zum Friedhof erreicht.

»Voilà!«

Maximiliane hält an, sie steigen aus. Der Regen hat nachgelassen. Der Friedhofswärter zeigt mit dem Stock auf eine Reihe von Bäumen; die Brandmauer eines Hauses mit einem verrosteten Reklameschild für ›Cinzano‹ schimmert durch die Äste, auf denen schwarze Vögel hocken. Er sagt: Pappeln, sagt: Krähen, zeigt auf ein paar Lindenbäume, nennt ihre Namen, zeigt auf eine Hecke, sagt: Weißdorn. Maximiliane kennt die französischen Namen nicht, aber erkennt Bäume und Hecken, auch wenn sie entlaubt sind.

Warum die Damen nicht im Sommer gekommen seien, fragt Monsieur Séguin. Im Frühling! Wenn die Hecke blüht und die Schwertlilien blühen!

Er holt aus dem rechten Sandsteinpfeiler der Eingangspforte das Gräberbuch hervor, legt es aber sogleich zurück. In diesem Fall benötigt er keine Gräberliste! Er hat die Nummern und Namen fast aller Toten im Kopf. »Monsieur le Baron hat die Nummer 3412.«

Er zeigt über die Gräberreihen und sagt zu Mirka, die aber unbeeindruckt dasteht: »Eine ganze Stadt! Lauter junge Männer! Monsieur le Baron besitzt ein Eckgrab, gute Lage!«

Er humpelt eilig voraus, durch das Gras; Wege gibt es nicht. Am Mittelkreuz, das den Friedhof überragt, macht er halt und zeigt auf die Inschrift: ›Hier ruhen deutsche Soldaten‹, auf der Rückseite dasselbe in französisch: ›Ici reposent des soldats allemands.‹ Er nennt die Zahl der Einwohner seiner Totenstadt. 5496. Aber alle haben sie ihr eigenes Grab, sagt er. Auf seinem

Friedhof gibt es kein Massengrab. Jeder hat sein kleines eigenes Kreuz, alle das gleiche.

Er eilt weiter und bleibt dann stehen, nimmt die Mütze ab und zeigt auf ein Kreuz. »Ici!«

Wie er gesagt hatte: Nummer 3412. Freiherr Achim von Quindt. Leutnant, Truppenteil und Todesdatum. 6. November 1918. Das Geburtsdatum war nicht angegeben.

Mit gedämpfter Stimme fragt der Wärter: »Le père?« und zeigt dabei auf Maximiliane. Sie nickt. Er zeigt auf Mirka. »Le grandpère?« Maximiliane nickt wieder und sagt zu Mirka: »In Poenichen lag dort, wo die anderen Quindts beigesetzt waren, ein Findling für ihn, zum Gedächtnis.«

Der Wärter zieht sich zurück. Er lasse die Damen jetzt allein, sagt er, erkundigt sich aber noch, ob er einen Grabschmuck besorgen soll, was Maximiliane verneint.

Falls man ihn brauche – er wird beim Auto warten, das Stehen wird ihm schwer. Er pocht, wie einst Rektor Kreßmann auf dem Pommerntag in Kassel, mit dem Spazierstock an das Holzbein.

»Der erste Quindt, der in einem Reihengrab liegt«, sagt Maximiliane, als sie mit Mirka allein ist. »Ich hatte bisher gedacht, Golo sei der erste.« Sie blickt nachdenklich und nägelkauend die Reihen der Kreuze entlang. In den Schnittpunkten bilden sie Diagonalen, die Metallschildchen glänzen vor Nässe.

»Die Reihen fest geschlossen!« fährt Maximiliane mit einem Unterton von Bitterkeit und Spott fort. Mirka blickt sie fragend an.

»Eine Zeile aus dem Horst-Wessel-Lied«, erklärt Maximiliane. Als Mirka immer noch nicht versteht, was gemeint ist, setzt sie hinzu: »Die Nationalhymne im Dritten Reich!«

Mirka vermag den Gedankengängen ihrer Mutter nicht zu folgen; für Geschichte hat sie sich nie interessiert. Sie fragt freundlich, aber ohne Interesse: »Wie alt ist er denn geworden?«

»Ich kenne nicht einmal sein Geburtsdatum. Ich vermute, kaum älter als zwanzig Jahre.«

»Ein zwanzigjähriger Großvater!« sagt Mirka erheitert. »Ich bin jetzt schon älter als er!« Ein Grund zur Trauer scheint ihr nicht gegeben. »Wo liegt eigentlich mein Großvater väterlicherseits begraben?« fragt sie dann und setzt, nun doch nachdenklich geworden, übergangslos hinzu: »Mein Vater hat nicht einmal ein Grab!«

»Vielleicht lebt dein Vater noch!« sagt Maximiliane nach kurzem Zögern.

Mirka blickt ihre Mutter überrascht an: »Wieso?«

»Deinen Vater habe ich fast so wenig gekannt wie deinen Großvater«, antwortet Maximiliane und zeigt auf das Grab. »Ich habe ihn dreimal gesehen. Er war Soldat der sowjetischen Armee. Er befand sich auf dem Vormarsch nach Berlin. Und ich befand mich auf der Flucht nach Berlin. Er stammte vom Balchasch-See und sah aus, wie Kirgisen aussehen. Ihm verdankst du dein Aussehen und deinen Erfolg.«

»Eine Vergewaltigung?« erkundigt sich Mirka, nicht anders, als man sich nach dem Wetter erkundigt.

»Viel Gewalt ist nicht nötig gewesen. Ich habe Angst gehabt, außerdem hatte ich vier kleine Kinder.«

Die Stunde der Wahrheit, von Mirka in ihrer Bedeutung kaum erfaßt, fand diesmal auf einem deutschen Soldatenfriedhof in Frankreich statt. Warum? Warum hielt Maximiliane es für nötig, Mirka zu diesem Zeitpunkt und an diesem Ort über ihre Herkunft aufzuklären? Eddas Aufklärung über ihre uneheliche Herkunft war gegen Maximilianes Willen erfolgt und von ihr, so gut wie möglich, rückgängig gemacht worden. Warum war sie nie konsequent? Wollte sie die Legende zerstören, die Mirka um ihre adlige Herkunft verbreitete? Wollte sie die Eröffnung an einem schicksalhaften Ort machen, den eigenen Vater als Zeugen, an einem Ort, wo die Sinnlosigkeit des Völkerhasses ebenso deutlich wurde wie die Sinnlosigkeit der Standesunterschiede? Hatte sie ihrer Tochter an diesem Platz mitteilen wollen, daß sie nur von einer Seite her von Adel war und keineswegs von ›Hochadel‹, wie es in dem Bericht hieß, von der anderen Seite her aber von einem einfachen russischen Soldaten abstammte?

»Balchasch-See?« fragt Mirka in das Schweigen hinein. »Wo liegt der?«

»Im Inneren Asiens. In der kirgisischen Steppe.«

Weitere Auskünfte verlangte Mirka nicht von ihrer Mutter, mehr hätte diese auch nicht erteilen können.

Sie machten sich auf den Rückweg, erreichten die Pforte. Maximiliane schloß die Tür, erkannte die fünf Kreuze im Gitter, das Emblem des Volksbundes Deutsche Kriegsgräberfürsorge, unter dem sie jahrelang gearbeitet hatte. Erst in diesem Augenblick war dieses Kapitel für sie abgeschlossen.

Als sie in ihr Auto stiegen, hielt der Friedhofswärter zunächst Mirka, dann auch Maximiliane die Wagentür auf und bat die Damen, für seine kranke Frau und seine armen Kinder zu beten. Maximiliane, mit den Landessitten nicht vertraut, erkundigte sich teilnahmsvoll nach der Art der Erkrankung. Mirka griff in die Manteltasche und gab das erwartete Trinkgeld.

Sie fuhren, weitgehend schweigend, nach Paris zurück.

Es fiel Mirka nicht schwer, einen unbekannten Vater gegen einen anderen unbekannten Vater einzutauschen. Ein Kirgise kam ihr durchaus gelegen. Wenige Tage nach diesem Ausflug nach Sailly-sur-la-Lys ließ sie sich das Haar kurz schneiden, damit die kirgisische Kopfform noch deutlicher hervortrat. Sie baute den unbekannten Kirgisen in ihre Legende ein. Eine deutsche Comtesse als Mutter, ein Kirgise als Vater, ›er leitet seine Herkunft von Dschingis-Khan ab‹, konnte man später in einer Notiz über Mirka von Quindt lesen.

Als Edda in Eutin beim Friseur unter der Trockenhaube saß und rasch nacheinander einige Zeitschriften durchblätterte, hätte sie ihre Schwester Mirka fast nicht erkannt: streichholzkurz das Haar, das man in Holstein noch hochtoupiert trug, der Rock, der in Holstein noch handbreit über dem Knie endete, knöchellang. Und dann las sie in der Klatschkolumne: ›Der Vater Kirgise, die Mutter aus deutschem Hochadel.‹

Eddas erster Gedanke war: Wie werden die Lübecker Quinten diese Nachricht aufnehmen? Sie schob die schöne Legende beiseite, übrig blieb die Tatsache der Vergewaltigung. Ein Makel fiel nach mehr als zwanzig Jahren auf den Namen der Quindts. Kein Mitgefühl, auch kein Sinn für Exotik. Sie selbst stammte aus Berlin-Pankow. Schon die kurze Ehe ihrer Mutter mit dem zwielichtigen Herrn Valentin, von der ihre Schwiegereltern inzwischen erfahren hatten, war auf spürbares Befremden der von Quinten gestoßen. Eddas zweiter Gedanke: Ich bin überhaupt nicht mit Mirka verwandt! Aber diese Befriedigung nutzte ihr nichts, weil sie niemandem davon Kenntnis geben konnte. Sie beschloß, die Mutter zur Taufe des Kindes, das sie im April erwartete, nicht einzuladen.

22

›Wenn man nur die wahre von der falschen Liebe unterscheiden könnte, so wie man eßbare von giftigen Pilzen unterscheidet.‹

Katherine Mansfield

Das Leben hält sich oft eng an die Literatur und vermeidet dabei kein Klischee.

Maximiliane trat in ein Liebesverhältnis zu einem Künstler, genauer: einem Kunstmaler, der in Paris lebte. Nun ist die Wahrscheinlichkeit, sich in einen Künstler zu verlieben, in Paris größer als an jedem anderen Ort, erst recht, wenn man in einem Hotel im Quartier Latin wohnt; Mirka hatte es ihrer Mutter mit den Worten empfohlen: »Dort befindest du dich im Herzen von Paris.« Maximiliane verbesserte, nachdem sie das Fenster zur Rue de la Huchette geöffnet und die aufsteigenden Düfte aus chinesischen, serbischen und kroatischen Restaurants gerochen hatte, den bildlichen Ausdruck in: »Im Magen von Paris. Aber der Magen liegt ja nahe beim Herzen.«

Nachdem ihr Vorhaben, einige Korrekturen an ihrer Tochter Mirka vorzunehmen, fehlgeschlagen war, blieb sie nicht, wie vorgesehen, wenige Tage, sondern monatelang, wenn auch mit Unterbrechungen, in Paris. Grund hierfür war jener Maler.

Die natürliche Abfolge eines Frauenlebens, Kind, Mädchen, Braut, Ehefrau, Mutter, Großmutter, Witwe, wird oft nicht eingehalten, aber im Falle Maximiliane Quints geriet sie völlig durcheinander. Maximiliane war Großmutter geworden, bevor sie eine Geliebte hatte werden können. Dies wurde sie als letztes, in ihrem fünfzigsten Lebensjahr, wie überhaupt diese Episode wenig in den Entwurf ihres Lebens paßte. Sie war bereits zu alt, um an Wunder zu glauben. Eine Liebe, die ohne Wunder auskommen mußte. Trotzdem richteten sich die Abfahrtszeiten der Metro wochenlang nicht nach dem Fahrplan, sondern nach ihren Wünschen; Gewitter entluden sich nicht über Argenteuil, wo Maximiliane und der Maler sich gerade aufhielten, sondern über St-Denis . . .

Am Morgen des 1. November, ein strahlender verspäteter

Sommertag, hatte sich Maximiliane, den Polyglott in der Hand und Mirkas Ratschläge im Kopf, auf den Weg gemacht, die Kathedrale Notre-Dame zu besichtigen. Sie geriet, kaum daß sie die Seine überquert hatte, in den Strom der Kirchgänger, dem sie sich überließ und der sie ins halbgefüllte Mittelschiff der Kathedrale führte.

Toussaint! Allerheiligen! In der Tasche trug sie den Toussaint-Langenscheidt, jenes Wörterbuch, auf das Fräulein Wanke, Lehrerin für Englisch und Französisch an der Mädchenschule in Arnswalde, bei groben Fehlern geklopft und dabei ›Tous Saints!‹ ausgerufen hatte. Jetzt erst, nach annähernd vierzig Jahren, verstand Maximiliane den Fluch. ›Alle Heiligen!‹ Schon war sie eingestimmt, heiteren Sinnes, hörte die Orgelmusik, den Wechselgesang der Nonnen, kniete nieder wie die anderen, erhob sich wie die anderen, setzte sich, kniete wieder, verfolgte das Auf- und Niederwogen der Wellen, die am Hochaltar begannen, durch das Kirchenschiff gingen und am Hauptportal endeten; unvermutet eine Querbewegung, Hände streckten sich aus, griffen über die Bänke hinweg, streckten sich ihr entgegen, brachten sie außer Fassung; in Pommern streckte man keinem Fremden die Hand hin.

Die nächste Menschenwoge trägt sie durch das Südportal ins Freie. Sie geht die Stufen zur Seine hinunter, wirft, getreu den Anweisungen des Polyglott, einen Blick auf Angler und Bouquinisten, auf den Justizpalast und das Hôtel-Dieu.

Paris, wie es im Buche steht.

Maximiliane kehrt ins Quartier Latin zurück, um im ›Jade de Montagne‹ am Boulevard St-Michel zu essen, wie Mirka es ihr empfohlen hatte. Sie findet einen unbesetzten Stuhl, muß aber lange auf Bedienung warten, da, des Feiertags wegen, das Restaurant überfüllt ist. Immer noch freudig beseelt, sieht sie sich in aller Ruhe um, betrachtet die Gesichter der Gäste, schließlich auch die Bilder, die an den Wänden hängen und die, wie ihr scheint, alle von demselben Maler stammen. Sie hat wenig Übung im Betrachten und Beurteilen von Bildern; ihr Geschmack ist unverdorben, aber auch unentwickelt. Sie erkennt nicht, was auf den Bildern dargestellt ist, erhebt sich deshalb von ihrem Platz, tritt an die Bilder heran und betrachtet sie eingehend, bis der Kellner sie anspricht und ihre Bestellung aufnimmt. Es ergeben sich dabei Sprachschwierigkeiten, die ein etwa vierzigjähriger Mann vom Nebentisch her behebt. Als der Kellner gegangen ist, fragt der Mann auf deutsch, mit einem leichten rheinischen Akzent, der sie hätte aufmerksam machen müssen: »Gefallen Ihnen meine Bilder?«

Keine Umwege diesmal. Diese Liebe nimmt den unmittelbaren Weg über die Kunst.

Maximiliane antwortet mit einer Gegenfrage: »Warum vermehren Sie das Häßliche in der Welt? Warum machen Sie die Welt nicht schöner?«

Der Mann lächelt über die naive Frage, nimmt seinen Stuhl und rückt näher an Maximilianes Tisch heran. Dann setzt er ihr auseinander, daß seit Jahrzehnten die Aufgaben der Kunst sich geändert hätten, und erläutert ihr seine Bilder; Protestbilder gegen die Umwelt. Da Maximiliane seine Vorbilder, wie Bacon oder Wunderlich, nicht kennt, haben seine Bilder für sie den Vorzug der Originalität.

»Sagt Ihnen der Begriff ›Phantastischer Realismus‹, besser ›Surrealismus‹, etwas?« fragt er.

Maximiliane hebt in völliger Unkenntnis die Schultern.

Bevor der Mann mit seinen Erläuterungen fortfahren kann, bringt der Kellner die Suppe. Maximiliane greift nach dem Löffel, blickt den Mann mit ihren immer noch wirkungsvollen Augen an und sagt: »Der phantastische Realismus einer Zwiebelsuppe.«

Der Mann stellt sich vor, schiebt ihr sogar eine Visitenkarte hin: Ossian Schiff, Kunstmaler, peintre; das Signum eines stilisierten Segelschiffs darunter, eine Pariser Adresse, im selben Bezirk. Er erwähnt, daß der Besitzer des Lokals, den er seit Jahren kenne, seine Bilder in Zahlung nehme, pro Bild zehn Mahlzeiten.

»Auf diese Weise friste ich mein Leben. An Feiertagen wie heute genieße ich es!«

Mit materiellen Gütern sei er nie gesegnet gewesen, fährt er dann fort; er sei das fünfte Kind eines Dorfschullehrers aus der Nähe von Aachen. Bei dem Vornamen, den sein Vater ihm gegeben habe, setzt er lachend hinzu, sei ihm nichts anderes übriggeblieben, als so etwas Außergewöhnliches wie Künstler zu werden.

»Nur Schweine sparen!« sagt er, winkt dem Kellner und bestellt nochmals einen halben Liter Rotwein gegen Barzahlung und wendet sich wieder Maximiliane zu. »Ich habe übrigens sofort erkannt, daß Sie Deutsche sind! Die Deutschen wollen immer wissen, was etwas bedeutet, die Franzosen sehen nur das Bild.«

Dann wechselt er vom Kunstgespräch zum Verkaufsgespräch, was Maximiliane nicht sofort wahrnimmt, dann aber mit dem Hinweis rasch beendet: »Ich besitze nicht einmal eine Wand, an der ich ein Bild aufhängen könnte!«

Das Interesse des Malers an seiner Gesprächspartnerin läßt nach: eine Touristin, die bei den Bouquinisten zwei oder drei der billigen kolorierten Stiche von Paris kaufen und sich damit begnügen wird; er wendet sich der Lammkeule zu, die auf seinem Teller liegt.

Aber Maximilianes Interesse ist inzwischen erwacht. Einige Jahre lang hatte sich ihr Umgang mit Männern auf die Toten zweier Weltkriege beschränkt, und nun saß sie endlich wieder einem lebendigen Mann gegenüber! Er entsprach in seinem Äußeren ganz dem Bild, das man sich von einem Pariser Maler machte: dunkelhaarig, bärtig, etwas bleich, nachlässig gekleidet, aber kräftig und offensichtlich vital.

Sie selbst sah zu diesem Zeitpunkt gesund aus. Bei einer Fünfzigerin ersetzte gesundes Aussehen die Schönheit, eine Form von Schönheit allerdings, die nicht auffiel, die dem Betrachter erst bei mehrmaligem Hinsehen aufging und sich ihm einprägte. Ossian Schiff hatte die eigenen Bilder vor Augen, sein Wahrnehmungsvermögen war daher begrenzt; erst später wird er einmal sagen: »Du bist innen wie außen!«

Beim zweiten Zusammentreffen, das drei Tage später im selben Restaurant stattfand und von Maximiliane herbeigeführt worden war, erkannte er sie nicht wieder.

Diesmal rückte Maximiliane ihren Stuhl an seinen Tisch.

»Ich habe von Ihnen geträumt!« sagt sie vorwurfsvoll. »Sie liefen durch die Säle des Louvre, hatten einen großen Stempel in der Hand, ein schwefelgelber Atompilz, den Sie auf alle berühmten Bilder drückten. Auf das Floß der Medusa! Sogar auf die Mona Lisa!«

»Schade, der Einfall hätte mir selber kommen sollen!« sagt Ossian Schiff. »Alle diese heilen Bilder müßten zerstört werden!« Er zieht einen Bleistift aus der Tasche, nimmt die Papierserviette, zeichnet mit wenigen Strichen Leonardos Mona Lisa darauf und setzt den Atompilz in die linke obere Ecke der Skizze.

»Links oben!« Maximiliane bestätigt die Übereinstimmung von Traum und Wirklichkeit.

Als sie das Hauptgericht gegessen haben, fragt Ossian Schiff, ob er zu einem Eis als Nachtisch einladen dürfe, eine Spezialität des Kochs.

»Mit zwölf Jahren hätte mich ein Himbeereis glücklich gemacht«, sagt Maximiliane, »mit fünfzig tut eine Wärmflasche die gleiche Wirkung.«

Der Maler blickt sie prüfend an und überlegt, ob sie mit diesem Hinweis lediglich auf die kühle Temperatur des Lokals anspielt. Aus der Bemerkung, daß sie aufbrechen müsse, weil ihr Wagen im Parkverbot stehe, erfährt er, daß sie ein Auto besitzt, also nicht mittellos sein kann. Ohne Geld ist Paris nur ein Dorf, eine Beobachtung, die er oft genug gemacht hat.

Seine bisherigen Erfahrungen mit jungen Frauen waren dazu angetan, ihn die Vorzüge – oder doch wenigstens einige, nicht alle wurde er sogleich gewahr – einer älteren Frau erkennen zu lassen. Zuerst wohl Berechnung, dann erst Zuneigung.

»Wollen Sie mein Atelier sehen?« fragt er.

Der Satz kommt geläufig, die Antwort ohne Zögern: »Wenn es bei Ihnen warm ist!«

»Bei mir hat noch keine Frau frieren müssen!« antwortet Ossian Schiff und setzt erklärend hinzu, daß er allein lebe. »Als Künstler bin ich außerstande, eine Frau zu ernähren.«

»Ich bin wohlgenährt«, entgegnet Maximiliane.

Als sie den engen Flur seiner Wohnung betreten, zeigt Ossian Schiff auf das Atelierfenster und macht darauf aufmerksam, daß man von dort aus die Seine sehen könne, und als Maximiliane vergebens danach Ausschau hält, fügt er hinzu, was er immer hinzufügt: ». . . wenn nicht drei Häuserzeilen dazwischen lägen!«

Als erstes löst er ihr die Bernsteinkette vom Hals und sagt: »Ich mag Frauen nicht in Ketten sehen.«

Auch er trägt eine Kette um den Hals, aber es hängt eine Kapsel daran. »Zyankali!« erklärt er. »Eine ausreichende Menge, es lebt sich leichter. Leben bleibt dann etwas Freiwilliges.«

Er wundert sich, daß seine Mitteilung die beabsichtigte Wirkung verfehlt. Aber Maximiliane hatte in den letzten Wochen des Krieges und in den ersten Nachkriegsmonaten mehrfach solche Kapseln gesehen, in denen sich Zyankali befand, und erfahren, daß diese Chemikalie sich bei ständiger Körperwärme zersetzt und somit unwirksam wird. Doch sie verschweigt es ihm, jetzt und auch später.

Seine Stimmungen wechseln rasch. Maximiliane kennt solche Stimmungsumschwünge nicht; sie ist von ihrer Großmutter Sophie Charlotte nach dem Grundsatz ›Eine Frau zeigt niemals Launen‹ erzogen worden.

Eben noch heiter, wendet sich Ossian Schiff plötzlich dem Fenster zu, blickt hinunter und sagt: »Ich trage mein Todesdatum auf dem Rücken. Alle können es sehen, nur ich nicht!«

»Ich sehe es auch nicht«, antwortet Maximiliane, faßt ihn bei den Armen, dreht ihn herum, und mit dem Blick auf das breite Bett äußert sie ihre Lust ebenso freimütig, wie es die Männer seit eh und je tun, steht ein wenig herausfordernd vor ihm, die Hände auf dem Rücken, die Augen unruhig, die Brüste, an denen sie vier Kinder genährt hat, vorgereckt.

Falls Maximiliane Quint in jüngeren Jahren triebhaft gewesen sein sollte, so war sie es jetzt nicht mehr; sie lag gerne in den Armen eines Mannes, aber es war nicht mehr zwingend. Auch keine Vorsichtsmaßnahmen mehr, eine Befruchtung war nicht mehr zu erwarten. Sie hatte aufgehört, ein Nährboden zu sein.

Immer noch hätte sie jetzt abreisen können, oder auch abreisen müssen. Paris und sie paßten nicht zueinander. Die Menschen sprachen hier alle zuviel und zu schnell, so daß sie fast nichts verstand; menschliche Geräusche, die sie zu den anderen Großstadtgeräuschen hinzunahm. Die krümelnden Croissants, die alle anderen Touristen zu entzücken schienen, mochte sie nicht; Brot, das davonsprang! Sie wischte die Krümel mit der Hand zusammen und warf sie den Tauben hin. Croissants machten sie hungrig und weckten in ihr das Verlangen nach körnigem Brot. Sie gewöhnte sich auch nicht an die Tafel, die an der Hauswand neben ihrem Hotel hing. ›Ici . . .‹ 1942 war dort ein Franzose von Soldaten der deutschen Besatzungsmacht erschossen worden.

Nachts, wenn sie aufwachte, hörte sie das Rumpeln der Metro tief unter der Erde, hörte den Stundenschlag der Glocke von Notre-Dame, sagte im Halbschlaf zu sich selbst: »Was tust du hier? Du stammst aus einem Dorf in Pommern!«, schlief wieder ein, verschlief die nächtliche Erkenntnis und rettete sich bei Tage manchmal unter die drei breiten Kastanien im Garten der Kirche St-Séverin, setzte sich dort auf einen der Säulenstümpfe; ein friedlicher Platz, träumte aber in der nächsten Nacht: Sie beugte sich über das Miniaturmodell von Paris, die Seine deutlich erkennbar, die Boulevards, Sacré-Cœur, Madeleine und Eiffelturm, und durch die Straßenschluchten eilte als einziger Mensch der Mann, den sie mittlerweile Ossian nannte, und riß die letzten Platanen und Kastanien aus, räumte sie beiseite, legte einen Wall von Bäumen rund um Paris an, reinigte die Stadt von aller Natur, bis sie nur noch aus Steinen bestand.

Maximiliane erwachte erschreckt und erschöpft, fand dann aber später die drei Kastanienbäume noch vor, wenn auch kahl und kränklich. Sie faßte den Entschluß, abzureisen und nicht abzuwarten, bis auch diese Bäume noch geschlagen wurden.

Aber am selben Abend sagte der Mann: »Ich brauche dich!« und:

»Was hast du für Träume! Du bist sehr schöpferisch!«

Zunächst wirkte Maximiliane auf ihn wohl wirklich anregend, später dann besänftigend. Sie lebte neben ihm, stellte wenig Ansprüche und gab sich mit der zweiten Rolle – die erste war durch seine Arbeit besetzt – zufrieden. Sie gehörte zu jenen Frauen, die ihr Leben bereitwillig an einen fremden Karren binden ließen, nicht um sich ziehen zu lassen, sondern um ihn zu ziehen.

»Du wirst mir Glück bringen!« sagte Ossian Schiff an demselben Abend. »Du verhilfst mir zum Durchbruch!«

Für diesen künstlerischen Durchbruch wurde es höchste Zeit. Er war bereits Anfang Vierzig, für einen unbekannten Künstler zu viel an Jahren, für den Geliebten Maximilianes allerdings zu wenig.

Mirka, die zu dieser Zeit in Meudon mit einem Fotografen zusammen lebte, der ihr Vater hätte sein können, flüsterte der Mutter beim ersten Zusammentreffen mit Herrn Schiff zu: »Er ist doch viel zu jung für dich, Mama!«

In einem Brief Eddas, die von Mirka unterrichtet worden war, hieß es: »Jetzt habe ich meiner Familie schon beibringen müssen, daß eine meiner Schwestern von einem russischen Soldaten abstammt, soll ich ihnen auch noch sagen müssen, daß meine Mutter mit einem Maler zusammen lebt, der zehn Jahre jünger ist als sie?«

Edda schien eine Verzichtserklärung ihrer Mutter zu erwarten. Alle schienen von einer Witwe mit vier erwachsenen Kindern Verzicht zu erwarten; es waren übrigens, wie Maximiliane feststellte, dieselben, die auch in ›Fragen der Ostpolitik‹ den Verzicht auf die ehemals deutschen Ostgebiete erwarteten. Verzicht auf etwas, das ihnen nicht gehörte, nie gehört hatte, das sie folglich nicht entbehrten.

›Let me stay in your eyes!‹ Anselm Quint, der nun als Arzt in Gotha, Thüringen, lebte, hatte mit Hilfe dieses Schlagers das Blasen der Jazztrompete erlernt; im ersten Nachkriegswinter auf dem Eyckel. Und jetzt spielte ihn eine Beat-Band in St-Germain-des-Prés, wo Maximiliane und Ossian Schiff in einer Kellerbar saßen. Maximiliane summte die Melodie mit, ihre Augen gewannen an Glanz, wie immer, wenn sie sich erinnerte. Sie fing an zu erzählen, zunächst von der Burg über der Pegnitz, sprang aber dann in zwei Sätzen nach Poenichen und gewann in Ossian Schiff einen aufmerksamen Zuhörer.

Sobald sie im Erzählen innehielt, befahl er: »Sieh mich an!« oder: »Erzähl weiter!« und schließlich: »Komm mit!«

Er reichte dem Kellner einen Geldschein, zog Maximiliane die Kellertreppen hinauf und durch die Straßen zu seinem Atelier. Dort angekommen, sagte er: »Sei still!« und: »Setz dich!« und dann, als er mit den Vorbereitungen fertig war: »Erzähl weiter von diesem Poenichen!«

Er zeichnet mit dem Stift einen Kreis auf den Block und füllt ihn mit dem, was er hört, zeichnet und malt in Wasserfarben, ohne aufzuhören, ohne Pausen, zuerst Kinderaugen, braun wie Bier, dunkel umrandet, Augen, die nichts gesehen haben, setzt dann blaue Sprenkel ein, wie Seen, malt mit der Lupe, Bilder wie Miniaturen, Stilleben, Medaillons. Es steht nicht fest, wer am Ende mehr erschöpft ist, der Maler oder das Modell, hier: die Erzählerin.

In den folgenden Tagen malt er dann immer wieder neue runde, immer größere Bilder, füllt die ›Kirsch-Kuller-Klickeraugen‹ mit dem, was sie in den ersten 25 Lebensjahren zu sehen bekommen haben, pommersche Seen und Kiefernwälder,

Chausseen, verschilfte Ufer, Kranichzüge, Endmoränen, Schneesturm und Schneeschmelze. Maximiliane läßt noch einmal den Flüchtlingstreck über die verschneiten Ebenen des Ostens ziehen, Pferde, Wagen, Menschen, Hunde, wie Schemen, roter Feuerschein am Himmel, zuerst im Osten, rechts im Bild, dann den ganzen Himmel überziehend.

Aus Worten werden Bilder. Ossian Schiff macht kenntlich, macht wieder unkenntlich, malt in den nächsten Wochen immer neue Augäpfel, apfelrunde Bilder, die er im Übermut mit Blüte und Stiel versieht, zehnfach vergrößerte, hundertfach vergrößerte Augen, setzt ein anderes Mal zehn Augen nebeneinander und untereinander, ganze Bilderbogen, jetzt nicht mehr in Aquarell, sondern auf Holz oder Leinwand in Kunststoffarben, rasch trocknend, unverwüstlich. »Du kannst Wäsche darauf waschen wie auf einem Waschbrett!« sagt er zu Maximiliane. Doch diese war, ohne daß er es gemerkt hatte, weggegangen.

Es hatte sie – es war ein Märzmorgen – plötzlich das Bedürfnis nach Lerchen überfallen. Sie hatte sich ein Metro-Billett Richtung Clichy gelöst, war an der Endstation ausgestiegen und, mehr laufend als gehend, einer Asphaltstraße gefolgt, an Tankstellen und Reparaturwerkstätten vorbei bis an den ersten Feldweg – und wahrhaftig: Lerchen stiegen auf, schwangen sich in die Luft, die blau war, und sangen! Maximiliane blieb stehen, atmete tief, öffnete die Knöpfe des Mantels und kehrte erst gegen Abend zurück.

»Ich war draußen«, sagte sie zu Ossian Schiff, aber dieser erwartete keine Erklärung; er war dabei, Gold in die Bilder zu setzen, Augenlichter.

Eines Tages packte er dann alle Bilder in eine Mappe, sagte wieder: »Komm mit!« und suchte einen Galeristen in der Rue des Petits Champs, unweit des Louvre, auf, David Mayer-Laboillet, den er schon seit langem kannte, der ihn bisher nicht zur Kenntnis genommen hatte, jetzt aber die Originalität der Bilder wahrnahm. ›Pop-Art‹ kam gerade in Mode, mischte sich hier mit Phantastischem Surrealismus. Die Bilder ließen sich in eine Rubrik einordnen. Sie mußten auch nicht wieder in Worte zurückverwandelt werden; nichts mußte Herrn Mayer-Laboillet erklärt werden; er brauchte keine Bildgeschichten, sondern Bilder.

Die Ausstellung sollte bereits Anfang April eröffnet werden. Maximiliane schrieb die Adressen für die Einladungen, lud auch Mirka ein, die kurz zuvor aus Marokko zurückgekehrt war, wo Aufnahmen für die kommende Wintermode gemacht worden waren, ›Pelzwerk unter der Wüstensonne‹. Mirka stellte in Aussicht, zwei oder drei finanzkräftige Käufer zu der Vernissage mitzubringen, und erbat sich weitere Einladungskarten. Sie bestand auch darauf, daß die Mutter sich zu diesem Anlaß entsprechend kleiden müsse, und verabredete sich mit ihr in einem Salon der Rue de Rivoli.

Steif in den Schultern, die leicht rachitischen Knie durchgedrückt wie als Zwölfjährige, steht Maximiliane vor dem Spiegel; wie immer ein wenig zu dick.

»Am Kleid liegt es nicht!« stellt Mirka sachlich fest. »Sieh nicht so unglücklich aus!«

»Ich sehe nicht so aus, ich bin es!« sagt Maximiliane und versucht, den Schultern in dem, was Mirka ein ›deux Piècechen‹ nennt, Platz zu verschaffen.

Bei der Anprobe begutachtet Mirka den Körper der Mutter objektiv, vergleicht ihn, ebenso objektiv, mit dem eigenen und stellt fest: »Du wirst immer hübscher, je mehr man dich auszieht; bei mir ist es umgekehrt.«

Der Einkauf dauerte mehrere Stunden. Schließlich hatte man im vierten Modesalon ein original ›Salzburger Dirndl‹ gefunden, in welchem, wie Mirka meinte, Maximiliane ›exotisch‹ wirkte.

»Du wirst im Mittelpunkt der Vernissage stehen, Mama!«

Es stand dann bei der Ausstellungseröffnung weder Ossian Schiff und schon gar nicht Maximiliane im Mittelpunkt, sondern Mirka, die einen eigenen Reporter mitgebracht hatte; eben dieser wurde auch sofort darauf aufmerksam, daß Mirkas Augen als Vorlage für die Augen auf den ausgestellten Bildern gedient haben mußten. »Augen wie Taubenaugen«, sagte er mehrfach im Gespräch und notierte sich den Satz. Ein Vergleich, auf den eigentlich schon Pfarrer Merzin bei Maximilianes Taufe hätte kommen müssen; aber wie alle pommerschen beziehungsweise preußischen Pfarrer war er im Alten Testament wenig bewandert gewesen und hätte das ›Hohelied der Liebe‹ wohl auch für unschicklich gehalten.

Ossian Schiff warf einen einzigen Blick auf Mirkas Augen

und stellte fest: Augen, die nichts Sehenswertes gesehen hatten. Dann wurde er mit ihr zusammen fotografiert.

Maximiliane trat, trotz des großzügig dekolletierten Dirndlkleides, als Frau nicht in Erscheinung, nicht einmal als ständige Begleiterin und Lebensgefährtin des Malers Ossian Schiff, statt dessen als erste Käuferin. Das zweite und dritte Bild wurde von Herrn Henri Villemain erworben, jenem Herrn, der Maximilianes Auto auf ihrer Fahrt nach Sailly-sur-la-Lys aus dem Graben gezogen hatte und dem Mirka eine Einladung hatte zukommen lassen. Er mußte sich ohnehin neu einrichten, nachdem er sich gerade von seiner Familie getrennt hatte. Außerdem verfügte er über die nötigen Mittel; er besaß einen Betrieb der metallverarbeitenden Industrie, in dem Kochgeschirre und Feldflaschen für die französische Armee und, neuerdings, auch für die Truppen des Nordatlantikpakts hergestellt wurden.

Insgesamt wurden elf Bilder verkauft. Herr Mayer-Laboillet bot Ossian Schiff einen Exklusivvertrag an. Der Bilder-Zyklus ›Les Yeux‹ machte den deutschen, in Frankreich lebenden Maler Ossian Schiff bekannt, vor allem durch die neuartige runde Form der Bilder. Es erschienen zwar im ganzen nur drei Kritiken, aber an jenem Abend hatten in Paris 24 Ausstellungseröffnungen stattgefunden. ›Ossian Schiff, ein mythischer Name‹, hieß es im ›Figaro‹. ›Er scheint dem Träger angemessen. Er malt wie ein Magier oder Augur. Er malt Vergangenes, aber er malt auch Künftiges: Visionen. Was wie »Rückkehr zur Landschaft« aussieht, wird durch Bomben aus der bedrohlichen Nähe der Idylle ins Visionär-Gefährliche entrückt!‹ Ein anderer Kritiker hatte allerdings die Bomben des Zweiten Weltkrieges als Sexualsymbole mißdeutet und von ›unverkennbarer Anlehnung an die neue Wiener Schule‹ gesprochen.

Im großen und ganzen konnte Ossian Schiff mit dem Erfolg zufrieden sein, aber auch Maximiliane: Poenichen hatte sich ein weiteres Mal bezahlt gemacht. Sie legte das für 600 Neue Francs erworbene Bild in jenen Karton, in dem sie die Bildbände über ›Pommern und die Ostseeküste‹, die ›Gedichte in pommerscher Mundart‹ und die ›Anekdoten aus Pommern‹ aufhob; Bücher, die man zu Geburtstagen und Weihnachten alljährlich den Ostvertriebenen zu schenken pflegte. Dazu einige Nummern des ›Pommerndienst‹, von der Pommerschen Landsmannschaft herausgegeben, eine Zeitschrift, die ihr nachreist, sie aber nur selten erreicht. Sie ist als Abonnentin ungeeignet; Abonnenten sind seßhaft. Maximilianes ›Pomerania‹ konnten sich sehen lassen. Sie schob den Karton wieder unter das Bett, das sie seit Monaten mit Ossian Schiff teilte.

In eben diesem Frühjahr zogen Studenten und dann auch Arbeiter durch die Straßen von Paris, Demonstrationen, die zunächst eher dem Frühling zu gelten schienen, eher heiter, noch keine Revolution, die Absicht, die Weltordnung umzustoßen, noch nicht kenntlich. Maximiliane fühlte sich körperlich und seelisch mitgerissen, spürte etwas vom großen Atem der Geschichte, einer neuen Zeit, fühlte sich aber gleichzeitig auch an die Flüchtlingsströme erinnert. Ossian Schiff nahm ihre Unruhe wahr. Das ungewohnte Geld in der Tasche, bestimmte er: »Wir verlassen die Stadt! Wir werden an einen anderen Ort gehen, und dort erzählst du von Paris, und ich male es, wie es sich in deinen Augen spiegelt.«

Erste Anzeichen dafür, daß er eines Tages andere Vorbilder brauchen werde, gab es, als er mit ihr die Medicigräber in Florenz aufsuchte und die Statuen des Michelangelo nicht nur mit den Augen des Künstlers, sondern auch mit den Augen des Mannes betrachtete. Vor der allegorischen Figur des ›Morgen‹ stehend, sagte er überrascht: »Das ist ja eine Frau von fünfzig!« Vor der gegenüberliegenden Gestalt der ›Nacht‹ erklärte er, ebenso überrascht, dasselbe.

Maximiliane steht neben ihm; ihr Körper hatte an denselben Stellen Falten wie die Plastiken Michelangelos. Sie erkennt das Alter des eigenen Körpers in dem der Statuen. Ossian Schiff sieht sie an, wie man eine Kunstfigur ansieht: prüfend, wägend, begutachtend und empfindsam. Er vergißt diesen Augenblick wieder; Maximiliane vergißt ihn nicht mehr.

Ausgerechnet jetzt, umgeben von Menschengruppen, darunter auch viele deutsche Touristen, sagt sie: »Ich hätte gerne ein Kind gehabt von jemandem, den ich liebe!« und faßt in dem einen Satz ein Frauenleben zusammen. Der Wunsch nach einem Kind ließ sich nicht durch Enkelkinder, die Edda regelmäßig zur Welt brachte, befriedigen.

Sehnsüchtig blickte sie jetzt oft nach den Kindern, die auf den Armen ihrer Mütter saßen.

Der Besuch der Medicigräber fand am 8. August 1968 statt,

an Maximilianes 50. Geburtstag. Am Vormittag hatte sie sich am Schalter des Postamtes die postlagernden Briefe aushändigen lassen. Von Joachim waren mehrere handbeschriebene Blätter mit ›Maximen‹ der Mutter eingetroffen, die er gesammelt hatte. ›Im November habe ich den November gern‹ und ›Verschwende deinen Charakter nicht an Kleinigkeiten‹ oder ›Ich habe zu allem zwei eigene Meinungen‹, worin sich eine Quindt-Essenz wiedererkennen ließ.

Viktoria hatte aus Paris geschrieben: »Jetzt, wo sich von hier aus die große Weltveränderung vollzieht, bist Du weggereist! Du verweigerst Dich! Ich habe mir von der Concierge den Schlüssel aushändigen lassen. Wir mußten allerdings mit Gewalt drohen. Wir leben zu viert in Eurer Wohnung.«

Mirka berichtete, daß in der Firma von Herrn Villemain wochenlang gestreikt worden sei und er sich in wirtschaftlichen Schwierigkeiten befände, sich ihr gegenüber aber weiterhin großzügig verhalte.

Ein Brief von Anna Hieronimi, die selten von sich hören ließ, war ihr nachgesandt worden. »Ich heiße Dich im Kreis der Fünfzigerinnen willkommen! Glück braucht man einer Frau dann nicht mehr zu wünschen.« Sie berichtete auf zwei engbeschriebenen Seiten über Eingemachtes. »Ich gehe ganz in meinem Garten auf!« Als letztes eine Bemerkung, die Maximilianes Aufmerksamkeit weckte: Herr Brandes ließ den Eyckel zu einem Hotel ausbauen.

Auch ein Brief von Lehrer Finke war über die Kasseler Adresse nachgeschickt worden. »Den Tag vergesse ich mein Leben lang nicht, als es im Dorf hieß: ›Der kleine Baron ist da!‹ Fünfzig Jahre ist das schon her! Ich war damals auch noch ein Kind. Die Tochter Emma von Schreiner Jäckel ist mit ihrem Sohn aus Pommern ausgesiedelt worden, sie lebt noch im Lager Friedland. Der Junge kann kaum ein paar Sätze Deutsch. Jetzt lebt keiner von uns mehr in Poenichen.« Maximiliane konnte sich an die Tochter des Schreiners Jäckel nicht erinnern. Martha Riepe ließ nichts mehr von sich hören. Lenchen Priebe schrieb nur zu Weihnachten.

Von Edda war kein Glückwunsch eingegangen. Ihr Schweigen war vielsagend. Ossian Schiff hatte das Datum des Geburtstages vergessen; erst einige Tage später erinnerte er sich daran.

Monatelang reiste Maximiliane mit ihm durch Europa; nicht immer hat sie, wenn ihr eine Landschaft gut gefiel, Poenichen zum Vergleich herangezogen, es mußten auf dieser Reise keine Bäume umarmt werden. Sie setzte jene Erkenntnis, die ihr bei der Ballonfahrt gekommen war, nämlich, daß man Ballast abwerfen muß, um leicht zu sein und an Höhe zu gewinnen, in die Tat um.

Die Zeit der Weltraumfahrt hatte begonnen. Raumkapseln lenkten die Aufmerksamkeit von der Erde weg ins Weltall. Die beiden Reisenden saßen in einem Hotel in Delphi und sahen auf dem Bildschirm, wie die ersten Menschen die ersten Schritte auf dem Mond taten. Die Erde war zum fotografierbaren, blau leuchtenden Planeten eines der zahlreichen Sonnensysteme geworden. Sie sahen, inzwischen in Haifa, einen Raumfahrer von einer Raumkapsel in die andere umsteigen und nun, in Istanbul, wie die Raumkapsel im Pazifik landete. Maximiliane schien über die epochemachenden Ereignisse im Weltraum wenig verwundert zu sein, schien das alles bereits zu kennen. Sie öffnete, mitten in der Nacht, die Fensterflügel ihres Hotelzimmers und beugte sich hinaus, blickte über den Bosporus und sagte: »Ich befinde mich im Weltall.« Wieder einmal spürte sie, daß die Erde sich mit ihr drehte. Aber Ossian, ihr Begleiter, schlief. Vorm Theseion in Athen stehend, sagte sie tief einatmend und wiedererkennend: »Pommersche Antike!« Eines der Vorbilder für das Herrenhaus in Poenichen.

An manchen Plätzen verweilten sie monatelang. Ossian Schiff malte und zeichnete, Maximiliane versorgte ihn mit Material und Nahrung und ließ Herrn Mayer-Laboillet in Paris, der sich nur selten und zurückhaltend äußerte, die fertigen Bilder zugehen.

Als sie nach Paris zurückkehrten, wurde klar, daß Ossian Schiff allenfalls ein kleiner, aber kein großer Durchbruch gelungen war. Die apfel- oder eirunde Form seiner Bilder, zunächst ein überraschender Einfall, wurde inzwischen als Manier empfunden. Herr Mayer-Laboillet gab zu verstehen, daß der Kunstmarkt inzwischen noch unsicherer geworden sei, die Stilarten wechselten mit jeder Herbst- und Frühjahrsmode, und bei dem allgemeinen Geldwertschwund betrachteten die Käufer die Bilder als Wertanlage und wünschten mehr denn je, berühmte Namen zu kaufen.

Die Zyankali-Kapsel, die während der Reisen verschwunden war, tauchte wieder auf. Ossian Schiff zeigte sich anhaltend verstimmt darüber, daß Maximilianes Tochter und deren Genossen während seiner Abwesenheit wochenlang das Atelier besetzt und eine Reihe seiner Bilder verkauft hatten.

Paris hatte sich während ihrer Abwesenheit verändert. Die Revolution war vorbei, hatte, für die Geschichtsbücher, den Namen ›Mai-Revolution‹ erhalten. Maximiliane kam sich im Quartier Latin wie eine Exotin vor: weißhäutig, kurzhaarig, um dreißig Jahre zu alt, aber ohne den Wunsch zu verspüren, selber jung zu sein. Mit langen Haaren, zotteligen Jacken, die Mädchen mit langen Röcken und traurigen, sanften Gesichtern, zogen die Studenten durch die Straßen des Quartiers, saßen rauchend auf dem Brunnenrand am Place St-Michel; von Zeit zu Zeit fuhren Polizisten vor, kontrollierten Ausweise und suchten nach Rauschgift; ohne Widerstand zu leisten, ließen sich die Verdächtigen in das Polizeiauto verladen.

Einige Male während dieser Pariser Zeit kam Maximiliane ihren Pflichten als Mutter und Tochter nach. Zweimal suchte sie in Berlin Viktoria auf, dieses törichte Kind, das immer vernachlässigt wirkte und sich vernachlässigt fühlte und in deren Lebenslauf sich die wilden sechziger Jahre deutlicher spiegelten als in den Lebensläufen ihrer Geschwister.

Die zweite Berlinreise richtete Maximiliane so ein, daß sie ihre Mutter in Berlin am Flughafen in Empfang nehmen konnte. Es hatte für Vera Green vom ersten Tag der Emigration an festgestanden, daß sie, falls sie ihren Mann überlebte, ihre letzten Lebensjahre in der Stadt verbringen wollte, in der sie geboren und aufgewachsen war, in der Stadt ihrer beruflichen und weiblichen Triumphe. Eine waschechte Berlinerin. Aber sie hatte Berlin verlassen, als sie selber und Berlin noch jung waren; jetzt, nach mehr als dreißig Jahren Abwesenheit, waren beide älter geworden; Berlin geteilt, sie selber verwitwet.

Maximiliane half ihr bei der Einrichtung einer Wohnung im neuen Opernviertel. Vera Green würde von den Honorareinkünften ihres Mannes, die reichlich flossen, leben können. Sie gedachte außerdem, dafür zu sorgen, daß nach und nach seine Bücher auch in Deutsch erschienen, in der Sprache, in der sie geschrieben waren. Es zeigte sich schon in den ersten Tagen und Wochen: Vera Green, geborene von Jadow, verwitwete von Quindt, erfüllte alle Voraussetzungen, die man an eine Witwe stellen konnte; als Ehefrau und Mutter war sie weniger gut geeignet gewesen, die Rolle einer Großmutter hatte sie gar nicht erst angenommen. Maximilianes Hinweis, daß Viktoria im Wedding – in einer Kommune – lebe, blieb unbeachtet.

Als Joachim mit einer der beiden Ehrengaben zum Andreas-Gryphius-Preis ausgezeichnet werden sollte, reiste Maximiliane nach Düsseldorf, um an der Feier im ›Haus des Deutschen Ostens‹ teilzunehmen. Sie saß in der ersten Reihe neben ihrem Sohn und versuchte, mit dem Ellenbogen den Kontakt zu ihm herzustellen, während das Streichquartett einen langsamen Satz von Haydn spielte.

In der Festansprache wurde auch Mosche Quint mit einigen Sätzen bedacht. Es hieß darin, daß er als ein Siebenjähriger den Ort Poenichen, unweit Kallies, in Hinterpommern, verlassen habe, bestimmt zum Erben eines großen Namens und eines großen Besitzes; früh schon habe er ein anderes, ein literarisches Erbe angetreten, das Erbe Oskar Loerkes etwa oder Wilhelm Lehmanns. ›Wer möchte leben ohne den Trost der Bäume‹, eine Zeile aus dem Gedicht eines anderen Trägers des Andreas-Gryphius-Preises, träfe auch auf Mosche Quint zu, der zwar einer neuen Generation angehöre, sich der vorigen aber verpflichtet wisse. Kein Neuerer sei hier zu fördern, kein Revolutionär, eher ein Waldgänger, der nur zum Anlaß dieser Feierstunde die schwedischen Wälder verlassen habe. Ein spürbarer Generations-Umbruch zeige sich darin, daß die Preisträger zwar im Osten geboren, aber durch ihr Erleben im Westen geprägt worden seien.

Mosche Quint trug im letzten Teil der Feierstunde zwei seiner Gedichte vor, eines, das von einer Zeile des Gryphius ausging, ›Sterbliche! Sterbliche! Lasset dies Dichten! Morgen, ach morgen muß man hinziehn!‹, und eines seiner ›Pommerschen Kinderlieder‹, in welchem er, ausgehend von der Zeile ›Maikäfer flieg‹ in kaum versteckter Form seinen Vater, den Nationalsozialisten, anklagte, aber auch die Mütter, weil sie sich mit diesen Männern verbündet hatten.

Das Unbehagen und die spürbare Unruhe, die unter den Zuhörern entstand, wurde von dem darauffolgenden beschwingten dritten Satz des Haydn-Quartetts aufgefangen.

Als man im Anschluß an die Feier Maximiliane Quint zu ihrem begabten und hoffnungsvollen Sohn beglückwünschte und aus ihrem Munde einige anerkennende Worte über die doch lobenswerte Einrichtung dieses Hauses, das ›Haus des Deutschen Ostens‹, erwartete, sagte sie: »Jetzt hat der deutsche Osten in einem einzigen Hause Platz!« Eine Maxime, die ihr Sohn Joachim seiner Sammlung einverleibte.

Maximiliane hatte seinerzeit ihre berufliche Kündigung nicht abgewartet; sie wartete auch die Kündigung, die ihr als Frau bevorstand, nicht ab. Anzeichen von Unruhe wurden spürbar, die sogar Ossian Schiff gewahr wurde. Jenen Blick allerdings, den ihre Kinder ›Mamas Fluchtblick‹ nannten, kannte er nicht; er war nie geflüchtet, hatte nie einen Flüchtlingstreck gesehen. Er glaubte lediglich, was Männer schnell glauben, sie fühle sich nicht ausgelastet; auch er hatte von ›Women's Lib‹ gehört, von der ›Selbstverwirklichung‹ der Frau, davon, daß sie eine eigene, vom Mann unabhängige Existenz brauche.

Diese Erkenntnis kam ihm in jenem Augenblick, als Maximiliane sagte: »Ich werfe uns ein Stück Fleisch in die Pfanne« und er zusah, wie sie mit Fleisch und Pfanne umging. Es wiederholte sich bis in die Einzelheiten jene Szene aus Marburg. Alle die kleinen einträglichen Restaurants der Rue de la Huchette und der Rue Saint Jacques vor Augen, sagte Ossian Schiff: »Sollten wir nicht zusammen ein Bistro aufmachen?«

Er sagte ›wir‹, meinte aber ›du‹, dachte dabei wohl an seine eigene unsichere Existenz als Maler und, angesichts des Geldwertschwundes, an eine sichere Geldanlage. »Wir können es ›Maxime‹ nennen oder ›Bei Maximiliane‹ oder einfach ›Deutsches Restaurant‹, so wie es algerische und koreanische und indonesische Restaurants gibt. Sauerbraten und Klöße! Gänsebraten und Grünkohl! Kartoffelpuffer und Apfelbrei!«

Wollte er sie loswerden? Oder wollte er sie behalten? Vermutlich wollte er beides.

»Ich habe immer nur für Hungrige gekocht, für Satte koche ich nicht!« sagte Maximiliane; einer jener Augenblicke, wo das pommersche Freifräulein durchbrach.

»Wir könnten reich dabei werden!«

»Was ich brauche, kann man nicht für Geld kaufen.«

Er stand am Bordstein, und auch diesmal drehte sie sich nicht um. Sie verschwand aus seinem Leben. Ein Flüchter.

23

›Es gibt nichts so grausames wie die Normalmenschen.‹
Hermann Hesse

Als Viktoria in Berlin zeitweilig im ›Untergrund‹ verschwand, teilte sie dies ihrer Mutter mit, gab aber gleichzeitig ihre Telefonnummer an. Später schloß sie sich einer neunköpfigen Kommune an, bestehend aus Studenten beiderlei Geschlechts, einem Programmierer, einem weiblichen Banklehrling.

Im Keller eines abbruchreifen Hauses in Berlin-Moabit zog sie nachts Matrizen für Flugblätter ab, die sie am folgenden Tag auf den Straßen rund um die Gedächtniskirche an Passanten oder in den Fluren der Freien Universität und in der Mensa an ihre Kommilitonen verteilte. Der Inhalt der Flugblätter unterschied sich nicht wesentlich von dem jener Flugblätter, die einst Willem Riepe heimlich am Alexanderplatz ausgelegt hatte. Willem Riepe, Sohn des Poenicher Kutschers, der dann von der Geheimen Staatspolizei verhaftet und für Jahre in das Konzentrationslager Oranienburg gebracht worden war. Auch er wollte die Welt verändern, und sie hatte sich in der Tat verändert: Viktoria saß lediglich drei Stunden lang im Polizeirevier; Gefahr für Leib und Leben bestand in ihrem Fall nicht. »Mach, daß du nach Hause kommst!« sagte der Polizeiwachtmeister; er hielt die Fünfundzwanzigjährige für fünfzehnjährig. Noch immer sah sie aus, als wäre sie aus Glas; Glas, das inzwischen allerdings ein wenig trübe geworden war. Auch diesmal befiel sie Fieber; außerdem bekam sie Durchfall, wie bei allen Aufregungen. Sie hatte, um die Anschrift der Kommune nicht aufzudecken, die Kasseler Adresse ihrer Mutter angegeben. Maximiliane erhielt auf diese Weise Kenntnis von dem Vorfall, legte aber das betreffende amtliche Schreiben zu jenen Briefen des Kreiswehrersatzamtes, die Joachims Einberufung zur Bundeswehr betrafen.

Selbst schwach, machte Viktoria sich für die Unterdrückten stark und nahm den Kampf gegen Ausbeuter und gegen das sogenannte Establishment auf.

Als sie an einem der ersten Tage, die sie in der Kommune verbrachte, im Kreis anderer, erfahrener Hasch-Konsumenten ihren ersten ›Trip‹ unternahm, waren nicht nur ihre Verstandes- und Sinnesfunktionen, sondern vor allem auch ihr Magen gestört; sie mußte sich stundenlang erbrechen und wurde, was in solchen Fällen nur selten geschieht, durch Schaden klug; sie rauchte künftig statt dessen Rothändle. In ihrer alten ausgebeulten Tasche, die sie ständig bei sich trug, befand sich immer noch das Stofftier einer unbekannten Tiergattung, das Frau Hieronimi ihr vor zwanzig Jahren aus Lumpen genäht und mit dem sie als Kind gespielt hatte.

Als sie ihre Kommune gründeten, waren die Mitglieder zur nahen Spree gezogen und hatten, in einer Art Ritual, sämtliche Zimmerschlüssel ins Wasser geworfen. Keiner würde jemals allein sein, niemand würde sich mit einem anderen zurückziehen können, alles würde man gemeinsam tun. ›Wer zweimal mit demselben pennt, gehört schon zum Establishment‹ verkündete ein handgeschriebenes Plakat, das im Flur hing. Ein Ausspruch, der zwar Viktorias Theorien entsprach, in Wirklichkeit aber schlief sie mit keinem, richtiger: keiner schlief mit ihr. Sie wurde wie ein Porzellanengel betrachtet, aber nicht behandelt. Sie war ihrerseits unter die Ausbeuter geraten. Sie war es, die die Lebensmittel herbeitrug, das Geschirr für alle spülte, den größten Teil der Kosten für den gemeinsamen Unterhalt trug und damit ihre Schuld abzahlte, aus dem Großbürgertum zu stammen. Dank der Erbschaft ihrer Charlottenburger Großmutter verfügte sie über ein eigenes Konto.

Im Verlauf weniger Jahre hat sie gegen die Notstandsgesetze und gegen die Unterdrückung der Schwarzen in den Vereinigten Staaten protestiert, hat für die Black-Power-Bewegung demonstriert und für die Integrierung der ausländischen Arbeitnehmer in der Bundesrepublik, gegen den Schah-Besuch in Berlin – dabei war sie festgenommen worden –, gegen den Vietnam-Krieg und gegen den Hunger in Biafra. Sie hat ›Ho-ho-ho-Tschi-Minh‹ gerufen und Plakate durch die Straßen getragen: ein, wenn auch schwaches, Mitglied der Außerparlamentarischen Opposition, die die Gesellschaft grundlegend verändern wollte.

Fragte man Maximiliane nach dem Ergehen ihrer Tochter Viktoria, dann sagte sie: ›Tora demonstriert‹, in einem Ton, als handle es sich dabei um einen Beruf. Der alte Quindt hätte wohl gesagt: ›Das verwächst sich wieder‹, eine Äußerung, die kein Erziehungsberechtigter der sechziger Jahre mehr wagte.

In diesem Falle konnte es sich nicht verwachsen; es saß zu tief: eine Aggression aus Zurücksetzung und Angst.

Viktoria – oder wie sie meist genannt wurde: Tora –, zart, kränklich, immer gefährdet, war als Kind mehr behütet worden als ihre Geschwister und hatte sich trotzdem immer benachteiligt gefühlt, vermutlich als Einzelkind gedacht, aber versehentlich in eine kinderreiche Familie geraten; ›eine Stöpselnatur‹, wie ihre Mutter sich ausdrückte. Wenn die Kinder gebadet wurden, hatten sich, den Zeitumständen entsprechend, jeweils zwei Kinder in die Badewanne teilen müssen, und dabei war Viktoria jedesmal auf den Stöpsel zu sitzen gekommen, Edda hingegen immer auf dem bequemeren Teil der Wanne. Im Gegensatz zu ihrer jüngeren Schwester Mirka, die immer im Mittelpunkt stand, hatte Tora immer am Rande gestanden, war außerdem von der Natur weder mit Charme noch mit Humor ausgestattet, im Sommer von Sonnenbrand bedroht, im Winter von Erkältungskrankheiten. Instinktiv versuchte sie unterzukriechen und war gleichzeitig unbegabt für jede Form des Zusammenlebens. Der Kopf aufsässig, der Körper unterwürfig.

Als auf der Frankfurter Buchmesse Hunderte von Studenten und Schülern durch die Messehallen zogen und in Sprechchören die Politisierung von Literatur und Leben forderten, ging sie in einer privaten Demonstration durch jene Gänge, in denen die Wände mit Großaufnahmen weiblicher Körperteile bedeckt waren: auf dem Rücken und auf der flachen Brust trug sie Plakate: ›Der Körper der Frau ist keine Litfaßsäule‹, wobei sie notgedrungen für ihre Kundgebung doch wieder den eigenen Körper benutzen mußte. Sie erntete daher auch mehr Gelächter als Zustimmung; eine einzige Kamera richtete sich auf sie, ›eine Randerscheinung im Messetrubel‹.

Sie war Ende Zwanzig, als sie ›Trau keinem über Dreißig‹ verkündete; sie geriet in alle Zeitströmungen hinein, oft auch in Strudel. Als es Mode wurde, ›oben ohne‹ zu gehen, erschien sie mit nacktem Oberkörper als Zeugin zu einer Gerichtsverhandlung der Moabiter Strafkammer, die Haare strähnig, die Haut zu weiß, die Schultern nach vorn gebeugt. Sie verweigerte lange Jahre, auch das nicht aus Bequemlichkeit, sondern aus Protest, den Büstenhalter; sie wäre vermutlich ein leichtes Opfer der ›Feministinnen‹ geworden, hätte nicht eine andere Strömung sie vorher erfaßt.

Einige Monate lang arbeitete sie als Verkäuferin in einem Warenhaus und lebte während dieser Zeit mit einem Studenten, dem Germanisten Udo Ziegler aus Ulm, zusammen. Sie trugen die Haare gleich lang, trugen ihre Jeans und Pullover abwechselnd gemeinsam, lebten die totale Kommune; allerdings war es wieder Viktoria, die, wenn auch nicht oft, die Jeans für beide wusch. Die Änderung der Gesellschaft, die mit Gewalt nicht erreicht worden war, sollte – auch diese Welle kam aus den Vereinigten Staaten – nun mit Sanftheit erreicht werden, ›Make love not war‹. Wegen Unruhestiftung wurde Viktoria schon bald wieder aus dem Warenhaus entlassen.

Das Spruchband ›Mein Bauch gehört mir‹ und ›Wir reden nicht über die Pille, wir nehmen sie‹, mit dem gegen den Paragraphen 218 protestiert wurde, trug sie zu einem Zeitpunkt, wo niemand sich für ihren Bauch interessierte, durch die Straßen. Nur selten ergab sich für sie eine Gelegenheit, die erkämpfte sexuelle Freiheit der Frau zu nutzen.

Da jede Generation die Schuld an den Mißständen bei der vorigen Generation sucht, zog Viktoria ihre Mutter zur Rechenschaft, diesmal nicht brieflich, sondern mündlich.

Sie saßen zusammen in der Bierstube im Bahnhof Zoo. Viktoria hatte sich geweigert, in ein bürgerliches Restaurant zu gehen. Maximiliane erinnerte sich daran, mit welchem Vergnügen sie sich mit dem Großvater bei Kempinski getroffen hatte, wenn er zur ›Grünen Woche‹ nach Berlin kam und sie zwei der Hermannswerder Freundinnen mitbringen durfte. Es war schwer, wenn nicht unmöglich, Viktoria ein Vergnügen zu bereiten.

»Willst du dich nicht in meinem Hotelzimmer duschen?« erkundigt sich Maximiliane.

»Die Weißen haben die Indianer mit Wasser und Seife missioniert und am Ende ausgerottet!« antwortet Viktoria.

Mit einem Blick auf den zerschlissenen Mantel ihrer Tochter sagt Maximiliane: »Solange es noch soviel echte Armut auf der Welt gibt, ist es da nicht eine Herausforderung, so zu tun, als sei man arm? Du hättest doch genügend Geld für einen neuen Mantel.«

»Begreifst du nicht, daß ich mich auf diese Weise mit den Unterdrückten solidarisch erkläre?« fragt Viktoria zurück und hängt an diesen Vorwurf alle seit langem angestauten Vorwürfe an: gegen die falsche Erziehung, die Versäumnisse der sexuellen Aufklärung, ja sogar gegen die ›feudale‹ Abstammung.

Dann bringt sie, unvermittelt, das Gespräch auf ein Thema, mit dem sie sich gerade in einer Seminararbeit befaßt, und erkundigt sich nach der ›vorgeburtlichen Gestimmtheit‹ ihrer Mutter, mit einem Vokabular, das diese erröten läßt. Trotzdem antwortet sie der Tochter, allerdings mit einem völlig unverständlichen Satz: »Ich bin unmittelbar vorher Adolf Hitler unter die Augen geraten«, bricht dann aber ab und sagt der Tochter nicht, daß sie Hitler für den eigentlichen Erzeuger, zumindest für die Ursache des Zeugungswillens, hält. Der Sachverhalt schien ihr zu schwierig, um ihn der Tochter klarzumachen.

»Wo warst du denn?« fragt diese.

»In Berlin. Auf dem Reichssportfeld. Eine Massenkundgebung.«

»Ich denke, ich bin in Poenichen geboren!«

»Ja. Aber du stammst aus Berlin.«

»Sprichst du von der Zeugung?«

»Ja.«

»Das widerspricht doch jeder Theorie!«

»Aber nicht den Tatsachen«, sagt Maximiliane; sie sah nach wie vor in dem bohrenden Blick Hitlers die Ursache aller Schwierigkeiten, die diese törichte Tochter sich und anderen machte.

»Während deiner Geburt ertönte übrigens gerade aus dem Rundfunkgerät eine Sondermeldung«, fügt sie dann hinzu. »38000 feindliche Bruttoregistertonnen waren von deutschen Unterseebooten versenkt worden und anschließend . . .«

»Das spielt doch wohl keine Rolle«, wirft Viktoria dazwischen.

»Wenn das Licht der Welt so wichtig ist, könnte doch auch der erste Ton der Welt, den ein Neugeborenes zu hören bekommt, von Bedeutung sein«, sagt Maximiliane.

»Wie lange hast du mich gestillt?« will Viktoria dann wissen.

Maximiliane denkt angestrengt nach, erinnert sich schließlich und gibt zu: »Nicht lange. Du bist ein Flaschenkind.«

»Siehst du!« Viktoria triumphiert.

»Die Milch war versiegt.« Maximiliane meint, sich entschuldigen zu müssen, fügt sogar hinzu: »Statt dessen fielen Tränen auf dich. Du bist ein Aprilkind.«

Aber die Tränen der Mutter rühren die Tochter nicht.

Maximiliane, die zumeist weniger den geistigen als den körperlichen Kontakt zu ihren Kindern suchte, greift in Viktorias Haare und wickelt sich eine Strähne um den Zeigefinger. Diese glaubt, ihre Mutter bemängle die Länge der Haare, und macht sich unwillig los.

Maximiliane erinnert sich an die alte Frau aus Pasewalk, die sich in jener Notunterkunft – welche der vielen Unterkünfte es war, weiß sie nicht mehr – Viktoria auf den Schoß genommen und gesagt hatte: ›Wie die Haare, so der ganze Mensch‹, als würde dieses Kind sich ebenso um die Finger wickeln lassen wie seine seidigen Haare. Sie erinnerte sich weiter an jenen denkwürdigen Weihnachtsabend auf dem Eyckel, den ersten nach dem Krieg, als Viktoria ihre Hand auf die glühende Herdplatte gelegt hatte, um auf sich aufmerksam zu machen; und an Dr. Green, der Viktoria in jener prophetischen Abschiedsstunde mit einem Hund verglichen hatte, der nach Fährten sucht. Nichts von diesen Erinnerungen läßt sie laut werden, sagt auch nicht, daß die Freundin ihres Vaters sechs Wochen vor ihrer, Viktorias, Geburt der Familie ein dreijähriges Kind untergeschoben hatte wie ein Kuckucksei. Jenes bedeutsame Gespräch, das sie wenige Stunden nach Viktorias Geburt geführt hatte – bewirkt durch die körperliche Mattigkeit und den seelischen Aufruhr –, hat auch sie inzwischen vergessen. Damals hatte sie, was nur selten geschah, einen selbständigen Gedanken laut werden lassen, erst ihrem Mann gegenüber, der, vor seiner Abkommandierung nach Rußland, gerade einen kurzen Urlaub auf Poenichen verbrachte, dann gegenüber dem Großvater: ›Irgendwo stirbt jemand, seine Seele wird frei und sucht eine neue Unterkunft; wessen Seele hat in diesem Kind Zuflucht genommen?‹ Ein Gedanke und eine Frage, die von dem einen nicht verstanden, von dem anderen nicht beantwortet werden konnte.

Wenige Monate später wird Viktoria sich, zunächst wissenschaftlich, dann auch weltanschaulich, mit der ›Metempsychose‹, der Seelenwanderung, befassen und sich dem Buddhismus zuwenden.

Aber noch sitzt sie, unerleuchtet, mit der Mutter zusammen im Bahnhof Zoo. Zu diesem Zeitpunkt gehörte sie einer Gruppe an, die sich ›Roter Morgen‹ nannte. Die meisten ihrer Freunde hatten sich inzwischen ins ›Establishment‹ begeben, hofften auf Verbeamtung, strebten nach lebenslangen Sicherheiten. Ein neues – linkes – Bürgertum bildete sich. Viktoria war allein übriggeblieben, sah aus wie ein müdes, altgewordenes Kind.

»Ich werde in Zukunft in einem Kinderladen arbeiten!« verkündet sie der Mutter. »Unmittelbar an der Basis!«

»Eine Zeitlang habe ich auch an der Basis gearbeitet«, sagt Maximiliane.

Viktoria blickt hoch. »Du?«

»Auf den Knien. Beim Bauern Seifried. Feldarbeit. Ich bekam dafür Gemüse und Kartoffeln. Und später habe ich Fußböden und Treppen geputzt. Erinnerst du dich nicht mehr an Frau Professor Heynold in Marburg? Wir durften dafür mietfrei wohnen.«

»Du warst aber nie eine Lohnabhängige, sondern immer eine Privilegierte! Das schlimme ist, daß du mit allem zufrieden bist! Du bist dir überhaupt nicht deiner Lage bewußt! Jahrelang hast du in einer Universitätsstadt gelebt. Was hättest du dort zu deiner Bewußtseinsfindung tun können!«

»Vielleicht hätte ich dabei mich gefunden und euch verloren?«

Die Antwort kommt fragend, in heiterer Ruhe.

»Ich habe damals in den Fluren der Ämter gestanden«, fährt sie fort, »um einen Wohnungsnachweis zu bekommen, um Lebensmittelkarten und Schuhbezugsscheine zu erhalten. Später habe ich dann hinter dem Tisch gestanden, auf dem ich Heringe briet und verkaufte. Außerdem hatte ich zweimal wöchentlich Fuß- und Fingernägel von sechs Personen zu schneiden.« Mit einem Blick auf die abgekauten Nägel Viktorias und auf die eigenen abgekauten Nägel fügt sie schnell und lächelnd hinzu: ». . . soweit dies notwendig war!«

Für einen Augenblick entsteht etwas wie Komplizenschaft. Aber dann wird das Lächeln der Mutter von der Tochter doch nicht erwidert; diese schien ein Gelübde abgelegt zu haben, niemals und unter keinen Umständen zu lächeln. Sie redet weiter von der Selbstverwirklichung der Frau im allgemeinen und von der der Mutter im besonderen. Als Maximiliane antwortet, dabei statt von Selbstverwirklichung von ›Selbstbefriedigung‹ spricht, wird sie von Viktoria in scharfem Ton verbessert.

»Das ist in etwa dasselbe«, sagt Maximiliane. »Ich habe immer nur versucht durchzukommen. Ich habe versucht, fünf Kinder ohne Vater oder Großeltern durchzubringen.«

Sie bricht ab und sagt nach kurzer Pause: »Es ist mir nur mit vier Kindern gelungen.«

Endlich scheint Viktoria erreicht zu haben, was sie erreichen wollte, jene Stelle zu treffen, wo die Gelassenheit und die Geduld der Mutter ein Ende hatte: In Maximilianes Augen standen Tränen.

Unerbittlich führt Viktoria das Gespräch fort: »Helfen und heilen, soll das denn ewig die Aufgabe der Frauen sein?«

»Solange es nötig ist. Man muß tun, was nötig ist. Sollen Frauen denn auch noch zerschlagen?«

Die Bahnpolizei machte gerade einen der üblichen Kontrollgänge, ließ sich, zumeist nur von den Jugendlichen, Personalausweise und Fahrkarten vorzeigen. Viktoria wurde, da sie in Begleitung der Mutter war, nicht kontrolliert, was sie offensichtlich als Kränkung empfand.

Maximiliane erhebt sich. »Ich muß jetzt gehen.«

Sie schiebt ihrer Tochter einen Hundertmarkschein zu, den diese unwillig annimmt.

»Wohin gehst du denn?« fragt Viktoria.

»Ins Kino«, antwortet Maximiliane.

Nach dieser Zusammenkunft hörte Maximiliane lange Zeit nichts von ihrer Tochter Viktoria, erfuhr aber aus einem Brief ihrer Kusine Marie-Louise, daß diese sie in Düsseldorf zufällig getroffen habe. »Richtig Hippie! Sie ist in den Bannkreis dieses sechzehnjährigen Guru geraten, ist völlig vergammelt, wirkt aber eher glücklich. Ich habe ihr selbstverständlich angeboten, daß sie bei mir Hilfe finden kann, schließlich ist sie eine Quint. Gut, daß meine Mutter diese Zeit nicht mehr erleben muß! Viktoria hat mir eine Schrift über ›Transzendentale Meditation‹ in die Hand gedrückt und mir angeraten, Hesse zu lesen. Von meiner Schwester Roswitha höre ich nichts aus dem Kloster. Wenn es stimmt, daß ›keine Nachrichten gute Nachrichten‹ sind, muß es ihr gutgehen. Ich habe übrigens im Euro-Center an der Königsallee jetzt ein eigenes Studio: Dekor. Es wird dich sicher interessieren, daß es mir gelungen ist, diesem Buntmetallhändler aus Hilden die Ahnenbilder wieder abzukaufen. Die guten Zeiten der Altwarenhändler sind vorbei. Ich konnte ihm beweisen, daß es sich bei dem Maler der Bilder nicht um Leo von König handelt. Außerdem braucht er nötiger Geld als Ahnen. Er sagt doch wahrhaftig immer noch, wenn er sich vorstellt: ›Wasser. Wie Wasser.‹ Ich konnte ein paar schöne Jugendstilrahmen auftreiben. Die Bilder hängen jetzt in meinem Studio. Hauptsache, sie bleiben in der Familie. Schließlich sind es ›von Quindts‹. Du hast ja aus der Familie hinausgeheiratet.«

Maximiliane beantwortete den Brief nicht; sie hielt es für aussichtslos, sich mit der Kusine noch zu verständigen.

Wieder hörte sie lange Zeit nichts von Viktoria, weder mittelbar noch unmittelbar, bis dann eine Karte aus Katmandu eintraf. »Ich befinde mich auf einem Weg, den ich für den richtigen erkannt habe. Wir erleben hier in den Hügeln Nepals Stunden des Vergessens und der vollkommenen Glückseligkeit.«

Wer zu diesem ›wir‹ gehörte, erfuhr Maximiliane erst später; es handelte sich um eine persische Studentin namens Fatme Taleghni.

Gegenüber ihrer Freundin Isabella v. Fredell, bei der sie Unterkunft fand, als sie die Wohnung in Kassel endgültig aufgab, äußerte Maximiliane: »Tora hat wohl zu lange Hermann Hesse gelesen. Statt den ›Weg nach Innen‹ nur zu lesen, fährt sie gleich nach Indien! Die Dichter scheinen nicht zu ahnen, was sie mit ihren Büchern anrichten. Weißt du noch, wie wir in Hermannswerder Asien durchgenommen haben? Katmandu und Nepal und Tibet, was ging mich das damals an, ich hörte gar nicht zu.«

Dann schaut sie sich in dem Raum um und sagt, mit dem Blick auf den großen Globus: »Ihr besitzt einen Globus.«

»Sogar mit Innenbeleuchtung«, sagt Frau v. Fredell. »Die physikalische Welt für mich, die politische für meinen Mann! Die alte Rollenverteilung!«

»Bella ist in letzter Zeit ein wenig aufsässig«, sagt Herr v. Fredell zur Erklärung, erhebt sich und schaltet die Innenbeleuchtung des Globus ein.

»Ihnen wird es um Meere und Gebirge gehen, nehme ich an.«

Er läßt die Erdkugel aufleuchten, Maximiliane gibt ihr einen leichten Stoß.

Herr v. Fredell macht sie darauf aufmerksam, daß sie die Erdkugel in falscher Richtung dreht. Maximiliane stutzt, hält die Erde zwischen den Handflächen fest.

»Wenn ich meine Familie aufsuchen will, genügt keine Landkarte mehr, da brauche ich einen Globus. Ich muß mich nach Breitengraden und Meridianen richten.«

Sie legt den Zeigefinger auf Dalarna, wo Joachim die ›seiner künstlerischen Existenz gemäße Lebensform‹ gefunden hat, folgt dem Meridian, legt den Finger auf Holstein, wo Eddas ehrgeizigen Plänen in der Fabrikation Poenicher Pasteten und der Gründung eines neuen Geschlechts von Quinten für lange Zeit ein Ziel gesetzt ist, dreht den Globus, sucht die Bahamas, auf denen Mirka zur Zeit mit Monsieur Villemain Urlaub macht; sie hatte die Tätigkeit eines Fotomodells und Mannequins aufgegeben, ohne ein Top-Modell geworden zu sein. Dann zeigt Maximiliane mit dem Finger auf Kalifornien, wo Dr. Green begraben liegt, läßt die Erde sich rascher drehen, hält sie dann an, sucht Katmandu und findet statt dessen den Balchasch-See. Das Bild jenes Pfarrhauses jenseits der Oder taucht vor ihren Augen auf, wo sie schon einmal den Balchasch-See auf einem Globus gesucht und ihren Fluchtweg ausgemessen hatte, von Hinterpommern bis zur Oder, mit dem Handwagen und mit vier kleinen Kindern. Sie schwankt, wie damals, überwältigt von Erinnerungen und legt die Arme um den Globus, als ob sie sich daran festhalten wolle.

Damals hatte der Pfarrer gefragt: ›Ist Ihnen nicht gut?‹ Diesmal fragt die Freundin: »Ist dir nicht gut? Brauchst du einen Kognak?«

»Spürst du nie, wie sich die Erde unter dir dreht?« entgegnet Maximiliane.

Jener Pfarrer hatte sie damals mit den Worten ›Sie werden schon durchkommen‹ getröstet. Jetzt sagt Herr v. Fredell: »Das geht vorüber. Diese Zustände kenne ich von meiner Frau. Die Jahre!«

Er spricht bedeutungsvoll, aber doch mit der gebotenen Diskretion.

»Als ich dreizehn war, sagten die Diakonissen in Hermannswerder mit derselben Betonung: ›Mein liebes Kind, du bekommst deine Tage!‹ Und als ich mich verheiratet hatte, redete die Poenicher Hebamme Schmaltz von den ›Wochen‹, und nun also ganze ›Jahre‹! Die Schonzeiten der Frauen. Vielleicht muß sich mit uns wirklich etwas ändern? Aber dann biologisch.«

Maximiliane nimmt die Arme von dem Globus, wirft noch einmal einen Blick darauf und legt den Finger auf die Stelle, wo Berlin eingezeichnet ist.

»Ich habe Berlin vergessen, wo meine Mutter wohnt!«

»Und den Eyckel!« ergänzt Herr v. Fredell. »Sozusagen Ihrer aller Urwurzel. Wir hörten übrigens auf Umwegen, daß die Burg wieder aufgebaut wird, zu einem Hotel, wie es heißt. Und Sie haben sie für ein Butterbrot abgegeben. Wie konnten Sie einen solchen Vertrag unterzeichnen, liebe Freundin!«

»Es handelt sich da wohl um einen Akt höherer Ungerechtigkeit. Oder soll ich vielleicht den Vertrag nachträglich anfechten?«

»Um Gottes willen, nein! Das wäre Wahnsinn!«

»Ich habe immer alles unterschrieben, wie Hindenburg! Ich gebe zu, daß es nicht nur um sachliche Erwägungen ging, es war auch Ideelles oder besser: Irrationales im Spiel, nicht allein vom Verstand Faßbares.«

»Ideelles! Irrationales! Wundert es Sie da eigentlich, daß Ihre Tochter nach Indien reist? Aber auch sie wird sich eines Tages die Hörner abgestoßen haben.«

»Leider besitzt sie keine Hörner«, stellt Maximiliane richtig. »Sie stößt sich den Kopf blutig.«

Dann wendet sie sich wieder der Freundin zu.

»Kannst du dir vorstellen, daß auch ich ein Hippie-Mädchen geworden wäre, wenn ich in der entsprechenden Zeit gelebt hätte?«

»Sehr leicht kann ich mir das vorstellen«, antwortet Frau v. Fredell.

»Ich auch«, sagt Maximiliane. »Aber ich hatte Wurzeln, und meine Kinder haben keine. Ich hatte Wurzeln in Poenichen.«

»Deine Kinder wurzeln in dir«, sagt Frau v. Fredell abschließend.

Drei Monate später kehrte Viktoria zurück, ›geheilt‹, wie Edda schrieb, bei der sie ein paar Tage zu Besuch gewesen war, ›geheiligt in einem weltlichen Sinne‹, wie Joachim schrieb, bei dem sie Zuflucht gesucht hatte, um in Ruhe arbeiten zu können.

Nach und nach drangen einige Nachrichten mit Einzelheiten bis zu Maximiliane durch. Auf der Rückreise aus Indien war Viktoria an dem Treffpunkt der Hippies vor der Blauen Moschee in Istanbul wegen Rauschgifthandels verhaftet und vorübergehend ins Gefängnis gebracht worden; man hatte sie mit einer Deutschen ähnlichen Namens verwechselt und den Irrtum erst nach dreieinhalb Wochen erkannt.

In dem ersten ausführlichen Brief, den Viktoria ihrer Mutter schrieb, ließ sie, wenn auch nur in Andeutungen, einiges von ihren Zukunftsplänen durchblicken. »Man muß Brücken schlagen von dem verzweifelten und zerstörerischen Ernst der Sozialisten zu dem verantwortungslosen Egoismus der Blumenkinder, die mit Drogen aus einer unmenschlichen Wirklichkeit in eine Traumwelt fliehen. ›Daß etwas noch nicht existiert, macht es weder falsch noch unsinnig‹, sagt Herbert Marcuse. Zwei Strömungen gehen zur Zeit über die Welt hin: die eine führt zum Besitz, die andere führt von ihm fort. Ich glaube, daß es, wie schon die stoische Schule lehrte, ein glückseliges Leben nur aus Verzicht gibt. Denken wir nur an Sokrates, der in wunschloser Armut lebte, oder an Diogenes und dessen Schüler Krates, der mit seiner reichen Frau wie ein Bettler lebte, oder an die Barfüßerorden! Die Bettelorden! Bis hin zu den Hippies! In uns lebt eine Sehnsucht nach Ganzheit, nach Vollkommenheit, auch nach Aufhebung der alten Geschlechterrollen. Diese Sehnsucht darf nicht in der Resignation der einen und der Radikalisierung der anderen enden. Eine Mischung aus Heiligen und Revolutionären könnte die Welt retten, hat Ignazio Silone gesagt. Festliche Radikale . . .«

Über den ›Begriff des glückseligen Lebens bei Zeno aus der Sicht der heutigen Psychologie, mit besonderer Berücksichtigung der Jugendrevolten in der westlichen Welt der sechziger Jahre‹ reichte Viktoria Quint eineinhalb Jahre später ihre Dissertation ein.

24

›Und jedermann ging, daß er sich schätzen ließe, ein jeglicher in seine Stadt.‹

Lukas 2,3

Noch vor der offiziellen Eröffnung, zu der man, wie üblich, die Vertreter des Landes, der Gemeinde, der Fachverbände und Bauunternehmen einladen würde, sollte das ›Burg-Hotel Eykkel‹ mit einem Familientag der Quin(d)ts eröffnet werden. Der Gedanke war von Frau Brandes, der zweiten Frau des Brauereibesitzers Brandes, ausgegangen, mit der er schon vor dem Tod seiner ersten Frau einige Jahre zusammen gelebt hatte. Es steckte hinter dem Plan eines Familientags also ebensowenig ein Quindt wie hinter der Umgestaltung der Burg zu einem Hotel. Die neue Frau Brandes war dreißig Jahre jünger als ihr Mann, entsprechend unternehmungslustiger als er und wohl auch – warum sonst hätte sie ihn heiraten sollen – auf Sicherheit bedacht; die Brauerei, in die Herr Brandes seinerseits vor vierzig Jahren eingeheiratet hatte, würde nach seinem Tode an die Familie seiner ersten Frau fallen. Die zweite Frau hatte drei Semester Architektur studiert, eine ›angebrütete Architektin‹, wie ihr Mann es nannte; es hatte sich hier ein Architektentraum verwirklichen lassen. Allerdings war er durch einen erfahrenen Bauunternehmer und durch die Bauaufsichtsbehörde versachlicht worden. Auch der Landeskonservator hatte, da der Eyckel unter Denkmalschutz stand, einige Einschränkungen in Form amtsüblicher Auflagen gemacht, vor allem die Fassade betreffend; in den Kunstführern wurde besonders auf die ›vielgestaltige Schaufront des Eyckel‹ hingewiesen; im übrigen aber hatte das Denkmalamt keine Einwände gegen die Umgestaltung der Burganlage zu einem Hotel erhoben, im Gegenteil, es begrüßte dieses Vorhaben, da es eine Überlebenschance für das kranke Gemäuer bedeutete.

Soweit Herr Brandes sich noch an jenen Familientag des Jahres 1936 erinnern konnte, teilte er die Erinnerungen seiner Frau mit, damit sie ihr als Anregung zur Ausgestaltung des neuen Familientages dienen sollten. Man wählte ein Wochenende im Mai; dem Frankenland stand, wie jeder deutschen Mittelgebirgslandschaft, der Mai besonders gut. Die Einladungen wurden verschickt; in einigen Fällen stand hinter der derzeitigen Adresse der Zusatz ›früher Gießmannsdorf/Schlesien‹ oder ›ehemals Königsberg i.Opr.‹.

Maximiliane erhielt mehrere solcher Einladungen, mit der Bitte, sie an jene Quints weiterzuleiten, deren Anschrift ihr bekannt sei. Vier davon schickte sie ihren Kindern und schrieb in ihrer großen Schrift »Kommt!« auf die Rückseite, darunter ihr »M«, das sie immer benutzte, das für ›Mama‹, ›Mutter‹ oder ›Maximiliane‹ gelten konnte. Eine weitere Einladung schickte sie ihrer Mutter Vera nach Berlin; schließlich war auch diese für kurze Zeit eine Quindt gewesen.

Unter den Geladenen gab es auch diesmal mehrere, die es ablehnten, zu dem Familientag zu kommen, einige deshalb, weil sie zur Geschäftsbelebung der Brauerei Brandes nicht beitragen wollten. Aber die Reihe derer, die sich auf die Reise machten, um ihre Neugierde und ihr Bedürfnis nach Abwechslung zu befriedigen, war trotzdem noch lang genug. Es befanden sich darunter auch mehrere Vertreter der übernächsten und nächsten Generation, Nachfahren des inzwischen verstorbenen Senatspräsidenten Ferdinand von Quindt oder der Mathilde von Ansatz-Zinzenich, von der jener Ausspruch stammte: ›Wir Reichen verstehen es einfach nicht, kein Geld zu haben.‹

Mit Störungen von seiten der jüngeren Quindts würde man nicht zu rechnen haben, selbst von Viktoria nicht, die inzwischen promoviert hatte und, aus Köln kommend, als eine der ersten eingetroffen war. Auch bei diesem Familientag galt: ›Teilnehmen heißt zustimmen.‹ Es würde weniger ›deutsch‹ zugehen als im Jahre 1936, keine Nationalhymnen, keine Beflaggung. Jene ›großen geschichtlichen Umwälzungen‹, von denen seinerzeit einer der Festredner, Hitler zitierend, gesprochen hatte, waren inzwischen eingetreten; einer der Gäste, ein Herr v. Larisch, erinnerte sich dann auch, beließ es aber bei einigen Streiflichtern auf jenes ›im ganzen doch wohlgelungene Fest, als man so ahnungslos beieinandergesessen hatte‹.

Man mußte diesmal ohne Festgottesdienst auskommen, einen Pfarrer oder Diakon gab es unter den Quindts nicht mehr.

Auch Festgedichte waren nicht zu erwarten: eine Ausstellung alter Familienwappen, Urkunden und Ahnentafeln konnte nicht veranstaltet werden, weil keiner unter den Geladenen sich dafür interessiert hätte. Vom ›Blut der Quindts‹ würde ebenfalls nicht mehr die Rede sein; von Erbfaktoren wollte keiner mehr etwas wissen, die Ansichten von damals waren politisch mißbraucht und unbenutzbar geworden.

Die geistige Ausgestaltung machte, da eine weltanschauliche Ausrichtung vermieden werden sollte, Schwierigkeiten. Es fehlte, unter neuen Vorzeichen, ein Mann wie Viktor Quint, der selbstlos und um der Sache willen dem Familientag sein Gepräge gegeben hätte. Keine Fahnenehrung, keine Fackeln, auch keine selbstgekochte Erbswurstsuppe aus der Gulaschkanone, keine Matratzenlager, keine freiwilligen Hilfsleistungen, keine Schmalz- und Marmeladenbrotseligkeit.

Wer den Eyckel seit den ersten Nachkriegsjahren nicht mehr gesehen hatte, erkannte ihn kaum wieder. Alle Mauern, bis auf die des sogenannten ›Frauenhauses‹, waren instand gesetzt, das Fachwerk erneuert, der Burggarten, in dem man damals Kaninchen und Hühner gehalten und Kartoffeln und Tabak gezogen hatte, war nach alten Stichen, von denen Frau Brandes sich im Germanischen Museum Ablichtungen verschafft hatte, vorbildlich gestaltet. Demnächst würden alle diese hochstämmigen Rosen und Rosenbögen in Blüte stehen. Das Flieder- und Holundergebüsch an den alten Mauern hatte man in die Planung mit einbezogen. Steinerne Sitzgruppen unter blühenden Kastanien, aber auch bequeme Hollywoodschaukeln. Die Gästezimmer ländlich eingerichtet, Naturholz, nicht mit Nummern, sondern mit Namen versehen, ›Dürer-Zimmer‹, ›Holbein-Zimmer‹, ›Tristan-und-Isolde-Zimmer‹.

Herr Brandes hatte die Verteilung der Gästezimmer selbst vorgenommen. Die Unterschiede zwischen arm und reich waren zwar nicht mehr so groß wie früher, aber doch noch vorhanden. Man sah es schon auf dem Parkplatz, wo Maximilianes kleiner Citroën neben dem Mercedes 300 des mit einer Quindt verheirateten Dr. Olaf Schmitz, geschäftsführender Gesellschafter der Firma AKO-Kunststoff-Werke, ehemals AKO Dynamit AG, stand.

Herr Brandes, ohne je eine Zeile von Bert Brecht gelesen zu haben, hielt sich an dessen Ansicht, daß die Reichen zusammengehören und die Armen zusammengehören. Hatte man im Jahre 1936 noch zwischen den adligen und den nichtadligen Quindts unterschieden, so teilte man jetzt die Quindts in Besitzende und Nichtbesitzende ein. Da nicht alle Gäste im neuen Burg-Hotel untergebracht werden konnten, mußten einige im Dorf, im Gasthof ›Zum Hirsch‹, einquartiert werden, darunter auch Frau Hieronimi mit Sohn und Schwiegertochter und jene beiden Witwen im Rentenalter, Frau v. Mechlowski aus Gera und die Witwe des Diakons Quint, die bei ihrem Sohn Anselm in Gotha lebte; beide waren aus der Deutschen Demokratischen Republik angereist und wurden – für alles dankbar und beschämend bescheiden – von den Verwandten zu einem Glas Wein oder einer Tasse Kaffee eingeladen.

Maximiliane wurde in einem der besten Zimmer, dem Turmzimmer ›Veit Stoß‹, untergebracht, was ihren Besitzverhältnissen nicht entsprach, aber mit den Absichten des Herrn Brandes zusammenhing. Er zeigte ihr das Zimmer persönlich und blickte sie erwartungsvoll an.

»Nun?« fragte er schließlich. »Da sind Sie sprachlos, was?«

Maximiliane betrachtete das Doppelbett und sagte: »Seit ich erwachsen bin, habe ich lieber zu zweit in einem Bett geschlafen als allein neben einem leeren Bett.« Eine Feststellung, die Herrn Brandes verblüffte, aber in seinen Absichten bestärkte.

»Es gibt zu viele Witwen unter den Quindts!« sagte er bedauernd.

»Dafür müssen Sie sich nicht entschuldigen. Daran sind ganz andere schuld.«

»Ich hätte übrigens gern etwas mit Ihnen besprochen!«

»Später!« sagte Maximiliane und trat ans Fenster. »Ich muß mich jetzt erst einmal einnorden.«

Vera Green traf, von Berlin kommend, auf dem Nürnberger Flughafen ein, eine halbe Stunde nach Joachim, der, über Frankfurt, von Stockholm kam. Beide wurden von Maximiliane in Empfang genommen und mit dem Auto zum Eyckel gebracht. Joachim beantwortete die Frage nach Stina Bonde mit: »Ich zögerte zu lange. Sie hat inzwischen den Verkaufsleiter des Verlags geheiratet. Hin und wieder erinnert sie sich an Dalarna, dann kommt sie.«

Maximiliane legt den Arm um seine Schultern und nimmt ihn erst wieder weg, als sie die Gangschaltung bedienen muß.

Vera Green, die in Kalifornien wie eine Berlinerin gewirkt hatte, wirkte in Deutschland wie eine der intellektuellen Amerikanerinnen aus San Francisco. Als sie gleich nach der Ankunft, um ihr Gleichgewicht wiederherzustellen, an der Hotelbar um einen ›Bourbon‹ bat, erwies sich, daß man auf amerikanische Wünsche nicht vorbereitet war. Herr Brandes notierte auf der ausgelegten Wunschliste ›Bourbon‹, Vera Green trank ein Glas Sekt – es tat die gleiche belebende Wirkung – und erklärte, nicht unter vier Augen, sondern vor mindestens zehn Ohren: »Erstaunlich! Fünf Tage war ich, alles in allem, das, was ihr eine angeheiratete Quindt nennt. Was für ein Ergebnis! Offensichtlich habe ich das Lob des alten Quindt verdient: ›Mir scheint, du hast deine Sache gut gemacht!‹ Was für eine wunderbare Vermehrung: fünf Enkel und zahllose Urenkel!«

Sie schob eine Zigarette in die Spitze, die, wie früher, aus Ebenholz war. Sie hatte ihre Allüren wieder angenommen, lehnte an der Bar, in einem schwarzen Samtanzug, derselbe Haarschnitt, die Haare jetzt weiß, ein Überbleibsel der goldenen zwanziger Jahre, ›gespenstisch‹ fanden die einen, ›amüsant‹ die anderen.

Der Fotograf, der während des Familienfestes Aufnahmen für den Hotelprospekt anfertigen sollte, hatte sein erstes Objekt gefunden, mußte sich allerdings einige Korrekturen von seiten der ehemaligen Starreporterin Vera von Jadow, verwitwete von Quindt, verwitwete Green, gefallen lassen.

Als der Wagen der holsteinischen Quinten auf den Parkplatz einbog, stand Maximiliane gerade mit Schwester Emanuela, ihrer ehemaligen Kusine Roswitha, am Tor. Aus den Wagentüren krabbelten die kleinen Quinten, alle mehr oder weniger rotblond, alle sommersprossig, das Kleinste noch in eine tragbare Tasche verpackt; Edda, die schon vor den Schwangerschaften zum Dickwerden geneigt hatte, üppig oder, wie Maximiliane sich äußerte: »Geschwellt von Stolz, nicht lauter Speck!«

Die Ordensfrau Emanuela wandte ihr altersloses Nonnengesicht Maximiliane zu und sagte: »Genauso bist du damals hier angekommen. Ich stand auch gerade am Tor.«

Maximiliane zeigte auf den Vater der Kinder, Marten von Quinten, der gerade das Auto verließ und sich zu seiner vollen Größe und Breite dehnte.

»Ich kam zu Fuß und ohne Mann hier an. Statt dessen war ich schwanger. Es war Winter und nicht Mai, aber sonst war wirklich alles genauso.«

Die beiden Frauen lächelten sich zu.

Zwei Tage lang wurde Unvergleichliches ständig miteinander verglichen. Der Sippentag 1936, der Winter 45/46 und diese Maitage der frühen siebziger Jahre. Man taxierte einander, wozu Autotyp, Kleidung und Schmuck als Maßstäbe dienten. Noch immer gab es ein Brillantcollier aus dem Besitz der Großmutter Sophie Charlotte, das Maximiliane auf ihrem noch immer sehenswerten Dekolleté bei einem solchen Anlaß zur Schau stellen konnte. Alle befanden sich auf dem Prüfstand, Alter, Gesundheit und Besitz wurden verglichen. »Man mött och jönne könne!« sagte Maximiliane.

»Woher hast du denn das?« fragte ihre Mutter, und die Tochter antwortete: »Von einem Rheinländer.«

Maximiliane hatte die kleinen Quinten eines nach dem anderen auf den Arm genommen: die Haare gleich lang, alle in Jeans-Anzügen, keine Geschlechtsunterschiede erkennbar, aufgeklärt und antiautoritär erzogen, von Marten ab und zu ermahnt, wenn Edda gerade nicht hinhörte.

»Bewußte Elternschaft!« sagte Edda. »Darin sind Marten und ich meiner Meinung.« Ein Sprachschnitzer, nichts weiter; man überhörte ihn denn auch.

»Bei uns gibt es keine passierten Kinder«, fügte sie hinzu. Maximiliane erkannte in diesem Satz Eddas Vater wieder, erinnerte sich an das Zuchtbuch, das er über ihre empfängnisgünstigen Tage geführt hatte, und wandte sich an Marten, den sie nach wie vor schätzte. »Freie Marktwirtschaft in den Ställen! Planwirtschaft in den Betten!«

Marten brach in sein ansteckendes Lachen aus, Edda sagte, in jenem Ton der Entrüstung, den sie sich Maximiliane gegenüber angewöhnt hatte: »Mutter!« und erklärte gleich darauf den Kindern: »Ihr braucht nicht ›Großmutter‹ zu sagen, ihr könnt ›Maximiliane‹ sagen.«

Die Kinder konnten es nicht; der Name erwies sich für ihre geringen sprachlichen Fähigkeiten als zu lang und schwierig. Es kam bei ihren Versuchen ›Ane‹ heraus, es klang wie ›Ahne‹ und entsprach dem Sachverhalt.

Maximiliane nahm das Baby – um der Tradition willen ›Joachim‹ genannt – in den Arm, wiegte es, fand es zu schwer für sein Alter, sagte es auch und bot sich an, das Kind frisch zu windeln. Edda warf ihr ein Paket mit Papierwindeln zu, Maximiliane knöpfte das Höschen auf, warf die schmutzige Einlage weg und legte die neue ein; mehr war nicht zu tun.

»Es ist sehr praktisch und zeitsparend«, sagte sie; es klang nicht lobend, sondern enttäuscht.

Edda nahm ihr das Kind aus dem Arm. »Der Wechsel der Bezugspersonen ist schädlich für ein Baby!« sagte sie. »Und wenn du meinst, es sei zu schwer für sein Alter: es wird einzig danach ernährt, ob es Hunger oder Durst hat. Befriedigung von Bedürfnissen!«

Dann wechselte sie plötzlich das Thema. »Wir müssen übrigens über das Geschäftliche mit dir reden, Mutter!«

»Später«, sagte Maximiliane, »ihr habt ja noch nicht einmal die Koffer ausgepackt.«

»Wir sollten es gleich tun. Wer weiß, ob wir noch einmal Gelegenheit haben, in Ruhe miteinander zu reden.«

Maximiliane ließ sich auf den Bettrand fallen und nahm den größten der kleinen Quinten zwischen die Knie.

»Reden wir also über die Fünf-Prozent-Klausel!«

»Woher weißt du, worüber wir mit dir reden wollen?«

»Du sprichst meist von Zahlen. Das hast du schon als kleines Kind getan.«

Marten von Quinten versuchte, sich unter dem Vorwand, er müsse einen schattigen Platz für das Auto suchen, zu entfernen.

Edda hinderte ihn daran.

»Bleib bitte hier! Ich halte es für besser, wenn du zugegen bist!«

Und dann sagte sie, zu Maximiliane gewandt: »Wir haben vier Kinder!«

»Ich bin zu demselben Ergebnis gekommen.«

Die Antwort ließ Eddas Gesicht vor unterdrücktem Ärger erröten. Sie biß sich auf die ohnehin schmalen Lippen und fuhr dann fort: »Reden wir also über die Firma! Das erste Rezept stammt von dir, zugegeben. Inzwischen hat sich die Zusammensetzung unserer Pastete völlig geändert. Die Walnüsse wurden ranzig! Es kamen Beanstandungen. Wir mußten die sehr viel kostspieligeren Pistazien verwenden. Und statt der

Kapern nehmen wir jetzt Trüffel. Weißt du, wie hoch die Kosten für ein Kilo Trüffel sind? Dazu trockener Sherry! Im vorigen Jahr haben wir ein Glas Holundergelee mit einem Zusatz von schwarzem Johannisbeerlikör mit in die Geschenkkiste verpackt, gratis!«

»Ich habe ein solches Kistchen zu Weihnachten bekommen!« bestätigte Maximiliane.

»Dann weißt du es ja! Von ›Poenicher Wildpastete‹ kann längst nicht mehr die Rede sein. Wenn wir den Namen beibehalten, dann nur, weil er jetzt eingeführt ist, wozu jene Fernsehsendung über den deutschen Ost-Adel beigetragen hat, das leugnet keiner. Aber: Man speist wieder! Die Ansprüche steigen ständig, die Reklame im Fachorgan der Pommerschen Landsmannschaft genügt heute nicht mehr. Wir haben ein anderes Publikum.«

Edda drehte sich zu ihrem Mann um.

»Erzähl du nun weiter!«

Marten entschloß sich ungern dazu.

»Das ist doch kein Gespräch, das man im Schlafzimmer führt! Wir hätten das alles bei einem Schnaps bereden sollen.«

»Nüchtern!« sagte Edda. »Also!«

»Also!« wiederholte Marten und wandte sich dabei an Maximiliane. »Du kennst meinen alten Plan, Rotwild im Gehege zu halten. Dazu mußte das gesamte Waldgelände mit Maschendraht eingezäunt werden. Steuerwirksam, aber die erwarteten Zuschüsse der Landwirtschaftskammer sind ausgeblieben. Natürlich ist es nicht ›waidgerecht‹, das weiß ich selbst, aber eines Tages sicher bilanzwirksam. Leider trägt dieses Projekt mir die Verachtung und den Neid meiner Nachbarn ein.«

»Und die Bewunderung!« warf Edda dazwischen.

»Sie liefern jedenfalls kein Wild mehr an. Es wird einige Zeit vergehen, bis sich herausstellt, ob sich Rotwild bei guter Fütterung und optimalen Lebensbedingungen rascher vermehrt. Aus dem Wildschwein ist schließlich auch einmal ein Hausschwein geworden.«

»Vermutlich hat es Jahrhunderte gedauert«, wandte Maximiliane ein.

»Den einen Vorzug hat es wenigstens: es kommen nicht mehr so viele Kitze in die Mähdrescher.«

»Geschieht das immer noch?« fragte Maximiliane besorgt.

»Reden wir bitte nicht von Rehkitzen!« sagte Edda. »Kommen wir auf die Putenpasteten zu sprechen! Mit Putenpasteten könnte man auch die Versandhäuser beliefern und den Betrieb rationalisieren. Putenzucht ist vergleichsweise risikolos, die Ställe sind vorhanden. In jedem Falle müssen wir einen neuen Vertrag machen, Mutter! Deine Leistung für die Firma ist gleich Null!«

»Der alte Quindt hat wieder einmal recht gehabt. Dein Vater hat uns ein Kuckucksei ins Nest gelegt.«

»Mutter!«

»Ich verstehe kein Wort«, sagte Marten.

»Dann laß es dir erklären, Edda wird auch das besser wissen!«

Eine halbe Stunde später hatten die holsteinischen Quinten einen weiteren wirkungsvollen Auftritt. Einträchtig betraten sie die Halle, vorweg die drei Kinder, die bereits laufen konnten, das kleinste auf dem Arm des Vaters. Sie wurden mit Bewunderung begrüßt: ein Beispiel für die Gesundheit und Lebenskraft des Geschlechts.

Bald darauf lenkte dann aber, von Edda eifersüchtig vermerkt, das Eintreffen Mirkas die Aufmerksamkeit von ihnen ab. Mirka erschien an der Seite ihres Mannes, den einjährigen Sohn Philippe auf der Hüfte, als gehöre er zum Kostüm. Ein schönes, stilles, heiteres Kind, auf das sich viele Merkmale der Mutter vererbt hatten, am auffälligsten die Augen.

»Wie Taubenaugen!«

Mirka hielt sich an die Abmachungen, die sie vor ihrer Eheschließung mit Henri Villemain getroffen hatte: kein Wort von einer Vergewaltigung! Der Vater Russe, die Mutter von deutschem Adel, das genügte. Um nähere Beziehungen zu den adligen Quindts zu knüpfen, war er bereit gewesen, sich ›die Stätte ihrer Geburt‹ anzusehen, und er gab zu: »Ich bin überrascht.«

Monsieur Villemain erklärte seinem Schwager Marten von Quinten in gebrochenem Deutsch, daß er sich seine Frau und deren Mutter aus dem Straßengraben geholt habe. Einige von denen, die dabeistanden und es hörten, darunter die Lübecker Quinten, verstanden den Scherz nicht und machten sich ihre Gedanken, zumal sie wußten, daß Maximiliane in Paris mit einem Maler zusammen gelebt hatte und daß Mirka ein Fotomodell oder Mannequin, eines so unstandesgemäß wie das andere, gewesen war. Aber sie beließen es beim Denken. Diese Villemains sollten reiche Leute sein, Rüstungsindustrie, schloßähnliche Villa in Meudon, Zweitwohnung in Antibes. Wer sich durch den Reichtum nicht beeindrucken ließ, zeigte sich zumindest von Mirkas exotischer Schönheit beeindruckt.

Das Wetter tat das Seine zum Gelingen der Festveranstaltung. Es ging zwar ein böiger Wind, aber die Begrüßung der Gäste konnte dennoch, wie geplant, im Freien stattfinden. Die Damen hängten sich, je nach Alter, Stand und Vermögen, eine gehäkelte Stola oder einen Nerz um die fröstelnden Schultern. Da die offizielle Eröffnung erst zwei Tage später stattfinden sollte, war man unter sich, Quindts unter Quinten. Der Fotograf ging seiner Tätigkeit nach, ohne allzu sehr zu stören.

Herr Brandes wollte in seiner Ansprache, wie er sagte, keine Zahlen über die Kosten des Um- und Ausbaues nennen, damit sie den Gästen ›weder den Appetit noch die Sprache verschlügen‹. Er selbst, das gebe er freimütig zu, habe es nicht für möglich gehalten, daß aus dem alten Gemäuer ein so prächtiges Hotel zu errichten sei.

»Das Verdienst meiner Frau ist es« – er legte bei diesen Worten seine alte Hand auf eine sehr junge Schulter –, »daß man heute wieder von einer Burg Eyckel sprechen kann und nicht von der ›Ruine Eyckel‹ sprechen muß. Mein Verdienst kam dazu. Im Französischen macht man den feinen Unterschied zwischen ›mériter‹ und ›gagner‹ – ich habe für das letztere, das Verdienen, gesorgt. Der Gedanke, das Burg-Hotel Eyckel mit einem Familienfest zu eröffnen, ist wiederum das Verdienst meiner Frau. Alle Quindts von fern und nah sollen hier jederzeit etwas wie eine Heimstatt haben.«

Bisher habe der Eyckel nur eine Vergangenheit gehabt, fuhr er dann fort, jetzt habe er auch wieder eine Zukunft. Leider sei er nicht imstande, Gültiges über die Geschichte des Eyckel zu sagen, alle Aufzeichnungen, die es gegeben habe, seien in den Nachkriegswirren verlorengegangen. »Aber vielleicht wird der junge Schriftsteller, den wir unter uns haben und der hier im Burghof als Kind gespielt hat, ein echter Quint von Quindt – mit und ohne d! –, aus der pommerschen und aus der schlesischen Linie stammend, eines Tages diese Chronik schreiben. Die Burg spiegelt ein Stück deutscher Geschichte, vor allem die unseres unruhigen Jahrhunderts. Erst Ritterburg im Mittelalter, dann der Auszug der Quindts zur Kolonisierung oder Christianisierung des Ostens, ich will mich da nicht auf politisches Glatteis begeben; der langsame Verfall der Burg bis hinein in die dreißiger Jahre unseres Jahrhunderts und dann der Ausbau zu einer nationalsozialistischen Jugendherberge, im Krieg ein Auffanglager für fliegergeschädigte Nürnberger, nach dem Krieg ein Flüchtlingslager, danach, bis zur Unbewohnbarkeit, ein Altenheim, schließlich nichts weiter als Lagerraum für das Bier meiner Brauerei, dann wegen Baufälligkeit gesperrt, ein Rattennest, und heute ...«

Er machte eine Pause, gab einen Wink, auf den hin einige Scheinwerfer die Fassade der Burganlage anstrahlten; gleichzeitig wurden die nach historischen Vorbildern geschmiedeten Lampen der Einfahrt erleuchtet, die auf Brandes-Biere hinwiesen.

Leider war es noch nicht dunkel genug, um die volle Wirkung erkennen zu lassen, aber die Anwesenden richteten bereitwillig den Blick auf die Burg der Ahnen.

Herr Brandes ließ sich von der Größe des Augenblicks hinreißen. »Wenn wir das ehemalige ›Frauenhaus‹ der Burg als Ruine stehengelassen haben«, sagte er, »so hat es nicht nur – aber auch! – den Grund, daß die Ruine als Symbol für den Auf- und Niedergang des Geschlechts der Quindt stehen möge. Sie soll zugleich als ein Sinnbild für alle allenthalben in der Welt noch vorhandene Armut, Not und Bedürftigkeit gelten. Sie soll darauf hinweisen, daß im Zuge der zunehmenden Demokratisierung der Welt der Eyckel heute als Hotel der Allgemeinheit zugänglich sein wird. Einige, vor allem die jüngeren Gäste unter uns, könnten hier einwenden, daß das Hotel für die meisten zu teuer sein dürfte. Dazu möchte ich sagen, daß diese Jüngeren ja älter werden und daß sie es sich eines Tages werden leisten können! Außerdem ist vorgesehen«, Herr Brandes hob die Stimme, »daß eines der Zimmer ständig für einen Quindt – ob nun ›original‹ oder angeheiratet – kostenlos zur Verfügung steht, eine Regelung, die notariell für die nächsten fünfundzwanzig Jahre festgelegt worden ist.«

Diese Bemerkung wurde mit allgemeinem Beifall aufgenommen, und Herr Brandes schloß die Ansprache mit stolzer Genugtuung. »Wie Sie inzwischen festgestellt haben, sind aus den Massen- und Notunterkünften freundliche Gästezimmer geworden, nicht Luxusklasse, aber Kategorie A, Romantik des Mittelalters plus Komfort der Neuzeit. WC und TV für jeden!«

Die Schlußpointe, auf die er besonders stolz war, fand nicht die erwartete Zustimmung, aber es wurde nachsichtig geklatscht. Herr Brandes band sich einen Lederschurz um und stach das bereitstehende Bierfaß eigenhändig an. Der große Umtrunk konnte beginnen.

Ein Herr von mittleren Jahren verbeugte sich vor Maximiliane und reichte ihr ein Glas.

»Max von Quindt!«

Er entpuppte sich als ein Enkel des von ihr so geliebten Großonkels Max aus Königsberg. Er war Oberst in der Inneren Führung der Bundeswehr, weltmännisch, elegant, aber mit jenem heiter-sarkastischen Zug, den auch Onkel Max gezeigt hatte.

Der Abendwind hatte die Frisuren zerzaust, die Damen gingen in die Halle zu den Spiegeln, die Herren zogen ihre Kämme aus den Taschen, auch Max von Quindt zog, indem er sich bei Maximiliane entschuldigte, einen Kamm aus der Tasche – einen Kamm aus Blech, an dem einige Zinken fehlten – und fuhr sich damit durch das ergraute Haar.

»Ich hätte nicht gedacht, daß ich den Kamm so lange benutzen würde«, sagte er, »und gewiß nicht in einer solchen Umgebung! Ich habe ihn selber im Gefangenenlager Minsk, Winter 1945, aus einem Stück Blech angefertigt.«

»Ein Taliskamm demnach«, sagte Maximiliane lächelnd.

»So etwas Ähnliches. Ich kontrolliere daran meine Einstellung zum Leben. Der Kamm in der Tasche des Gefangenenrocks, in der Galauniform und heute abend im Smoking.«

Er faßte Maximiliane beim Arm.

»Willst du dich meiner inneren und äußeren Führung anvertrauen?«

Maximiliane blickte sich suchend um, erkundigte sich nach seiner Frau und bekam zur Antwort: »Ihr genügt ein einziger Quindt. Gelegentlich ist ihr der schon zuviel. Eine Ansammlung von Quindts wäre ihr unerträglich.«

Frau Brandes war auf der Suche nach Möglichkeiten zur Ausgestaltung des Eröffnungsabends, auf der Suche nach Traditionen, auch auf jenen Choral des Grafen Zinzendorf gestoßen, der mit den Quindts verwandt gewesen sein sollte, ›Herz und Herz vereint zusammen‹. Frau Brandes mochte den Text für den Anlaß hochgeeignet gehalten haben. Zur allgemeinen Überraschung fand jeder Gast den gedruckten Text auf seinem Platz vor, aber nicht alle sieben, sondern nur die erste und die bedeutungsvolle sechste Strophe:

›Liebe, hast du uns geboten,
daß man Liebe üben soll,
oh, so mache doch die toten
trägen Geister lebensvoll.
Zünde an die Liebesflammen,
daß ein jeder sehen kann:
wir als die von einem Stamme
stehen auch für einen Mann.‹

Ganz ohne Choräle ging es auch diesmal nicht ab. Aber wieder einmal war hier die höhere Bedeutung einem niederen Anlaß geopfert worden. Die Quin(d)ts hatten in den zurückliegenden Jahrzehnten nur selten bewiesen, daß sie füreinander einzustehen bereit waren. Ein großer Teil von ihnen mochte zwar von einem Stamme sein, aber nach dem Sachverhalt bei den pommerschen Quindts zu schließen, war selbst dies fraglich genug. ›Aufs Blut kommt's an!‹ Diese ironische Äußerung des alten Quindt, nach der Geburt seiner Enkelin Maximiliane zum Kutscher Riepe getan, fällt einem wieder ein. Es handelte sich schließlich um das Blut eines nahezu unbekannten polnischen Leutnants, das anstelle des seinen in Maximilianes Adern floß. Unter den Lebenden gab es seit langem niemanden mehr, der wußte, daß deren ›Kulleraugen‹ von eben jenem Leutnant stammten, mit dem Sophie Charlotte, die Großmutter Maximilianes, in jungen Jahren ein kurzes, aber folgenreiches Liebesverhältnis in den Zoppoter Dünen erlebt hatte. Trotzdem war Maximiliane eine echte Quindt, allen Anhängern der Umwelttheorie zur Genugtuung. Jeder halbwegs Unterrichtete, der etwas von einem Vater-Komplex gehört hat, erkennt, daß es sich bei ihr um einen ›Großvater-Komplex‹ handelte. Nie war sie einem Mann begegnet, der dem alten Quindt gleichgekommen wäre. Statt dessen war sie ihm immer ähnlicher geworden, zumal sie sich jetzt in einem Alter befand, in dem der alte Quindt sich zur Zeit ihrer Kindheit befunden hatte. Statt Quindt-Essenzen nun Maximen. Sie entwickelte sich zu einem Original.

Die Jazz-Band ›The Sounders‹, die Frau Brandes für den

Abend verpflichtet hatte, spielte gerade, in verjazzter Form, Mozarts Thema zu den ›Variationen aus der A-Dur-Klaviersonate‹ mit der wohlbekannten, gefälligen Melodie.

Über Maximiliane geht eine Hitzewallung hin, die diesmal aber keine biologische, sondern eine seelische Ursache hat. Bereits die ersten Töne dringen ihr bis in die Zehenspitzen, erreichen wesentlich später erst ihr Gedächtnis und setzen Erinnerungen frei. Diese Töne, seither nie wieder gehört, hatte vor mehr als dreißig Jahren ein Oberleutnant der Artillerie auf ihren nackten Zehen geklimpert. Eine Idylle am Ufer des Poenicher Sees, kurz vor Ausbruch des Zweiten Weltkrieges. Einzig die Wirklichkeit beweist gelegentlich noch Mut zum Kitsch. Ein Märchen, in dem das Pferd Falada wieherte und, fünf Schritt entfernt, ihr kleiner Sohn in seinem Weidenkorb lag. Sie wendet sich nach Joachim um, der fünf Schritt von ihr entfernt sitzt, sucht den Blick dieses Mannes, der schmal, blond, unzugänglich und so wenig anwesend wie möglich in seinem Sessel sitzt.

Die Hitzewallung verebbt, die Erinnerung verliert sich. Wie lange noch, dann wird sich ihr Körper, unter den Worten und Händen jenes Reiters erweckt, nur noch rühren, um ihr Beschwerden zu verursachen; sie befindet sich bereits in der Übergangszone: von Freuden über Schauer zu Schmerzen.

Der Abend geriet festlich. Im Kamin flackerte ein Feuer, auf den Tischen standen brennende Kerzen. Man aß ›à la carte‹, Spezialitäten, Wild, Geflügel, Forelle; es fehlte auch nicht der Kinderteller und die Schlankheitskost. Außer den gepflegten Bieren der Brauerei Brandes wurden Frankenweine ausgeschenkt.

Als das Essen beendet war – einige tranken noch einen Mokka, andere einen Kognak, die Kinder waren bereits zu Bett gebracht –, wurde der derzeitige Senior der Sippe gedrängt, ein paar Worte zu sagen. Es handelte sich um Klaus von Quindt, hochbetagt, aus der ostpreußischen Linie, ehemaliger Besitzer des Gutes Lettow, südöstlich von Allenstein gelegen, schwerhörig, wie die meisten Quindts es im Alter gewesen waren. Er gab schließlich nach und sprach für alle jene Quindts, die aus dem deutschen Osten stammten, und das waren die meisten von ihnen. Er lehnte es ab, sitzen zu bleiben, stützte sich auf die Lehne seines Stuhls und ließ, wie alle Quindts, die umständlichen Einleitungssätze weg.

»Als Schüler des traditionsreichen Friedrichs-Kollegs in Königsberg habe ich ein Gedicht auswendig gelernt. Es stammt von Adalbert von Chamisso. Kaum einer von euch wird es noch können oder kennen. Es heißt ›Das Schloß Boncourt‹.

›Ich träum als Kind mich zurücke
Und schüttle mein greises Haupt.‹

Diese Zeilen erheiterten uns damals ganz besonders. Ich will versuchen, ob ich die letzten Strophen noch zusammenbekomme.

›So stehst du, o Schloß meiner Väter,
Mir treu und fest in dem Sinn
Und bist von der Erde verschwunden,
Der Pflug geht über dich hin –‹«

Der alte Herr stockte, dachte nach und hob ratlos die Hände.

Es war Maximiliane, die ihm weiterhalf: »›Sei fruchtbar, o teurer Boden –‹«

Er dankte ihr durch Zunicken und fuhr fort:

»›Sei fruchtbar, o teurer Boden,
Ich segne dich mild und gerührt
Und segn' ihn zweifach, wer immer
Den Pflug nun über dich führt.‹

Nicht jeder unter uns wird sich zu der Haltung Chamissos, der ein französischer Emigrant war, durchringen können«, sagte er und setzte übergangslos seine Rede fort. »Ich habe kürzlich gelesen, daß jeder Einwohner der Bundesrepublik Deutschland in seiner Familie mindestens einen Angehörigen besitzt, der aus dem Osten stammt. Die große Völkerwanderung ist zum Stillstand gekommen. Einige unter uns erinnern sich noch – in Verehrung – an Simon August von Quindt, der aus dem Baltikum stammte. Zweimal in seinem Leben hatte er die Heimat verlassen müssen und liegt nun drunten auf dem Dorffriedhof begraben. Er hat uns vorgeführt, wie man als Balte mit Anstand ausstirbt. Auch wir alten Ostpreußen und Schlesier und Pommern werden lernen müssen, mit Anstand auszusterben. Aber ich will noch einen anderen Gedanken laut werden lassen, der mir erst in der letzten halben Stunde gekommen ist. Es hat unter den Quindts und Quinten, mit und ohne ›d‹, jahrhundertelang Offiziere, Beamte, Landwirte, auch einige Kaufleute gegeben, darunter eine Reihe verdienter Männer. Von jenen, die aus ihrer Heimat vertrieben wurden, sind einige im Westen nie wirklich angekommen. Für sie kam die Entwurzelung einer Art Entmaterialisierung gleich. Darin lag, wie ich es von meinem heutigen Standpunkt aus sehe, die Chance zu einer Vergeistigung, die sich metaphysisch, religiös, künstlerisch oder karitativ äußerte. Ich habe mich nie viel mit Ahnenforschung befaßt, aber soviel ich weiß, waren unter den Quindts vor der großen Katastrophe – ich nenne kein Datum, mancher versteht darunter das Jahr 1945, andere 1939 oder 1933, und einige gehen zurück bis zum Versailler Vertrag –, soviel ich also weiß, waren vorher unter den Quindts einige liberal Denkende, ich erinnere an Joachim von Quindt auf Poenichen, aber Materialisten waren sie allesamt und daher Egoisten. Wenn ich mich nun hier umblicke, dann hat sich doch einiges geändert. Wir haben unter uns eine Ordensfrau, die wenige Jahre nach Kriegsende in einen Benediktinerinnenorden eingetreten ist. Wir haben einen Schriftsteller, also einen Künstler, unter uns, und wir haben eine Frau unter uns, die ehrenamtlich seit Jahrzehnten beim Deutschen Roten Kreuz arbeitet. Mein verstorbener Bruder Ferdinand hat nach seiner späten Rückkehr aus russischer Kriegsgefangenschaft noch einige Jahre an den Novellen für die Gesetze zum Lastenausgleich mitarbeiten können. Die Reihe wird gewiß noch länger sein, jeder mag sie für sich ergänzen. Wir haben sogar eine junge Quindt unter uns, die, wie ich hörte, über die ›Glückseligkeit‹ promovierte. Um das Glück haben sich früher die Quindts nicht ausreichend gekümmert. Die Quindts hielten es immer mit der Pflicht. Junge Menschen, die nach neuen Wegen zu neuen Zielen suchen. Ob sie begehbar sind für andere –? Für mich nicht mehr. Ich spreche für meine Generation. In unserem Unbewußten und in unseren Träumen ist die verlorene Heimat immer gegenwärtig.«

Er machte eine Pause und fügte, bevor er sich setzte, als Nachsatz hinzu: »Niemand vermag seine Träume zu vererben.«

Man schwieg ergriffen oder auch befremdet. Man hatte damit gerechnet, daß in der Rede vor allem auf die großartigen Beispiele des Existenzaufbaus hingewiesen würde, auf die Fabrik in Holstein oder den Wiederaufbau des Eyckel.

Maximiliane erhob sich, ging zu ihrem Onkel und küßte ihn auf beide Wangen. Jetzt erst setzte Beifall ein, der dem Geküßten und der Küssenden galt.

Man wechselte die Plätze, tauschte freudige und traurige

Nachrichten aus. Vera Green berichtete in größerem Kreise, daß das Standardwerk ihres Mannes unter dem deutschen Titel ›Wortlose Sprache‹ bereits in 4. Auflage vorliege und ihr ermögliche, in angenehmen finanziellen Verhältnissen zu leben. Fotografien machten die Runde, schwarz-weiße, jetzt vergilbte Aufnahmen von alten Gutshäusern und geräumigen Stadthäusern, Farbaufnahmen von Bungalows und Ferienwohnungen. Einige Fotografien vom Sippentag 1936 kamen zum Vorschein; heute konnte man wieder darüber lachen. Diese Uniformen! Diese Haarschnitte! Diese zum Hitler-Gruß erhobenen Arme! Man blickte sich um und stellte mit Befriedigung und Heiterkeit fest: Die Quindts waren schöner geworden, außerdem wohlhabender.

Die Erinnerungen gingen auch zu jenem denkwürdigen Weihnachtsabend 1945 zurück, der sich in dem Bericht der alten Frau Hieronimi zu einer bethlehemitischen Legende verklärte: »Irgendwie urchristlich! Wir teilten das Wenige, das wir besaßen, miteinander. Wir tranken ein warmes Getränk, das uns köstlich schmeckte. Wir aßen ein Gebäck, das wir miteinander gebacken hatten, ohne alles mit Essig! Das neugeborene Kind Maximilianes lag in einer Kiste neben dem Herd!«

Sie blickte sich nach Mirka um, die neben ihrem Schwager Marten an der Bar lehnte. Die anderen blickten sich ebenfalls um, versuchten zu vergleichen, was nicht zu vergleichen war, einzig die Kerzen, aber damals hatte es sich um Hindenburglichter gehandelt.

»Der Nachttopf für die weißen Tanten aus Mecklenburg!«

»Wo alle die kostbaren Stickereien wohl geblieben sind?«

»Jetzt würden sie hohen Wert besitzen, reines Leinen, jeder Stich mit der Hand ausgeführt!«

»Frivolitäten aus Mecklenburg!«

»Und im Radio sang Bing Crosby ›White Christmas‹!«

Joachim rückte näher an den Tisch und gab ebenfalls eine Erinnerung aus jener Zeit zum besten.

»Am Ostersonntag hat unsere Mutter uns alle mit ins Dorf genommen. Mirka trug sie in einem Tuch auf dem Rücken, um ihre Hände frei zu haben. Wir gingen in das Haus des Bauern. Wie er hieß, weiß ich nicht mehr. Sie hat bei ihm auf dem Feld gearbeitet. Wir gingen durch die Haustür und, ohne anzuklopfen, geradewegs in die Küche, wo alle beim Essen saßen. Ein gebratenes Osterlamm stand auf dem Tisch. Wir stellten uns in einer Reihe auf, und dann sagte Mutter: ›Meine Kinder sollen sich wenigstens zu Ostern mal richtig satt sehen können!‹ Wir standen und guckten, der Bauer guckte auch, stand dann auf und stemmte zornig die Arme auf die Tischplatte. Viktoria fing an zu weinen, und Mutter sagte zu uns: ›Kommt! Aber vergeßt es nicht!‹ Und zu den Leuten am Tisch: ›Sie auch nicht!‹«

Die Erinnerungen waren zu Anekdoten geschrumpft. Vieles war zum Lachen; unter manchem Lachen saß noch die Furcht.

Joachim wurde aufgefordert, alle diese Geschichten einmal zu Papier zu bringen. Immer wieder sagte jemand: »Wenn ich nur Zeit hätte, ganze Romane könnte ich schreiben!« Selten hatte man so viele verhinderte Schriftsteller beieinander getroffen wie bei diesem Familientag.

Schwester Emanuela führte lange Gespräche mit Viktoria über den Unterschied von Mitleid und Gemeinsinn, über das ›wahre Glück‹ und die ›metaphysische Unruhe‹ in einer Zeit des Fortschrittsglaubens.

Monsieur Villemain unterhielt sich mit Max von Quindt, dem Oberst aus der Inneren Führung, wobei Mirka immer wieder übersetzen mußte. »Für mich gibt es nur noch einen gerechten Krieg«, sagte mit großer Entschiedenheit Oberst von Quindt, »den Krieg gegen den Krieg!« Die dreimalige Wiederholung des Wortes ›Krieg‹ bestürzte den Franzosen.

An anderen Tischen wurde ebenfalls vom Krieg gesprochen, vor allem vom Nachkrieg, über das Sammeln von Altpapier und Zigarettenkippen, von Enthaltsamkeit und Sparsamkeit, während man Mokka trank, Sekt und französischen Kognak, die Zigaretten halb angeraucht ausdrückte und wegwarf.

»Verzicht!« sagte Dr. Olaf Schmitz, ein gebürtiger Breslauer. »Was hat uns der Verzicht eingebracht? Wir haben auf Elsaß-Lothringen verzichtet, auf die Kolonien, auf Südtirol, auf Oberschlesien, den Korridor, Danzig und Memel und alles um des lieben Friedens willen! Diese Verzichte haben nichts eingebracht, sie haben weder uns noch Europa befriedigt! Glaubt denn einer von uns noch daran, daß der Verzicht auf die deutschen Ostgebiete uns den Frieden garantiert?«

Der alte Klaus von Quindt gab zu bedenken, daß man in größeren Zeiträumen denken müsse. »Vielleicht geht auch die deutsche Teilung einmal aus wie die Teilung Polens?«

»Der polnische Nationalgeist ist von ganz Europa bewundert worden! Heute wird der Nationalgeist der Palästinenser bewundert! Warum wird den Deutschen nicht wenigstens ein Nationalgefühl bewilligt? Warum werden wir verlacht, wenn wir von unserer deutschen Heimat sprechen?«

Bevor die Frage beantwortet werden konnte, kam ein Kellner und bat die Herren, den Platz zu wechseln. Sie wechselten dann auch das Thema.

Einige Tische wurden beiseite geschoben, um eine Tanzfläche frei zu machen. Die Kapelle spielte abwechselnd Evergreens und Hits, für alle Generationen etwas Geeignetes. Maximiliane tanzte mit ihrem Sohn und ihren beiden Schwiegersöhnen. Zu Monsieur Villemain, der sich um ein Gespräch bemühte, sagte sie während des Tanzens: »Ich habe mit Männern immer lieber getanzt als geredet, erst recht, wenn man die Sprache des anderen nur unvollkommen versteht. Mit den Beinen verständigt man sich leichter. Mit einer einzigen Ausnahme.«

Monsieur Villemain sah Maximiliane fragend an.

»Der alte Quindt aus Poenichen. Mein Großvater. Sie haben ihn nicht gekannt. Kaum einer hat ihn noch gekannt.«

Es wurde spät. Mehrere Gäste hatten sich bereits zurückgezogen, die Instrumente wurden schon eingepackt.

Schwester Emanuela bat um Gehör. »Nicht für meine Worte«, sagte sie lächelnd, »sondern für Gottes Wort.« Sie sprach ein Abendgebet, von dem sie sagte, daß es in der protestantischen Kirche ebenso gebetet würde wie in der katholischen. »›Bleibe bei uns, Herr, denn es will Abend werden, und der Tag hat sich geneigt. Bleibe bei uns am Abend des Tages, am Abend des Lebens, am Abend der Welt. Bleibe bei uns, wenn über uns kommt die Nacht der Trübsal und der Angst, die Nacht des Zweifels und der Anfechtung, die Nacht des bitteren Todes.‹«

Es folgte eine hörbare Stille, teils aus Ergriffenheit, teils aus Verlegenheit. Die Situation war ungewöhnlich: ein Gebet in einem Raum, wo eben noch getanzt worden war.

Monsieur Villemain, der im Hintergrund stand und das Gebet für eine weitere Ansprache gehalten hatte, klatschte Beifall. Der Bann war gebrochen und löste sich in Lachen auf.

Maximiliane schloß ihre Kusine in die Arme: »Es hat lange keiner mehr für mich gebetet.«

25

›Wer weiß, wofür's gut ist.‹

Anna Riepe, Mamsell auf Poenichen

Kein Rauhfußkauz weckte Maximiliane; aber die Morgensonne traf ihr Gesicht, und ihre Augenlider waren, worüber sie sich schon als kleines Mädchen bei den Großeltern beklagt hatte, lichtdurchlässig. Sie erhob sich, zog sich den Mantel über und verließ auf bloßen Füßen das Hotel. Sie ging durch den taunassen Morgen und schlug den Weg zum Waldrand ein, den sie früher so oft gegangen war: der Schafpferch, dort, wo der Wacholder wuchs; die Wiese, auf der damals die Pferde des Bauern Wengel gestanden hatten, jetzt mit einem elektrisch geladenen Weidezaun umgeben. Aus dem Feldweg war ein asphaltierter Wirtschaftsweg geworden, aber ein Schritt zur Seite genügte, und ihre Füße berührten Sauerampfer, Wegerich und Kamille. Eine Jean-Paul-Landschaft: Die Wege liefen von einem Paradies ins andere. Die Apfelbäume blühten, der Weißdorn blühte, im Tal schimmerte, sonnenbeschienen, die Pegnitz und verleugnete die Abwässer.

Im Durcheinander der Vogelstimmen siegten die Buchfinken. Maximiliane verließ den Weg, streifte durchs welke Laub des Vorjahrs, der Vorvorjahre, sah Bucheckern liegen, hob eine davon auf, nahm sie zwischen die Zähne, spürte viel und dachte wenig und kehrte um, als im Dorf die Kirchturmuhr sieben schlug.

Sie ging zum Hotel zurück, dessen frisches schwarz-weißes Fachwerk von fern her leuchtete. Die erneuerte Wetterfahne zeigte an, daß der Wind von Südwest wehte; am Nachmittag würde es vermutlich ein Gewitter geben.

Im Frühstücksraum, der, ohne Tür, unmittelbar an die Hotelhalle grenzte, traf sie ihre Tochter Edda an, die gerade im hellblauen bodenlangen Morgenrock, den kleinen Joachim auf dem Arm, Werbeprospekte für Poenicher Wildpastete auf den Frühstückstischen auslegte.

Statt eines Morgengrußes sagte Edda: »Du solltest dich anziehen, Mutter! Du kannst doch nicht barfuß hier herumlaufen!«

»Ich hatte ein Kinderfräulein, das verlangte von mir, ich sollte jeden Morgen barfuß ums Rondell vorm Schloß laufen.«

»Ich habe vier Kinder, einen Beruf und so gut wie kein Personal!«

»Du vergleichst Zeiten miteinander, die sich nicht vergleichen lassen! Du solltest die Verhältnisse, unter denen du heute lebst, mit jenen vergleichen, unter denen wir hier gelebt haben!«

»Aber du hattest wenigstens keinen Mann, der ständig Anforderungen an dich stellte!«

»Das ist ein Thema, über das ich nicht mitreden kann.«

Maximiliane fuhr sich mit beiden Händen durchs Haar, schüttelte es, wie der Wind einen Baum schüttelt, und nahm den neuesten Pastetenprospekt zur Hand, ohne allerdings darin zu lesen.

Joachim kam leichtfüßig die Treppe herunter, legte kurz die Hand auf die Schulter der Mutter, leicht und drucklos, wie alles, was er tat. Mit dem Blick auf Edda stellte er lächelnd fest: »Ich sehe, ich komme zu spät. Ich zögerte, ob ich den Prospekt meines neuen Gedichtbandes auf die Frühstückstische legen sollte.«

Er zog ein Faltblatt aus der Tasche und reichte es seiner Mutter. Sie legte den Pastetenprospekt beiseite und nahm den Gedichtprospekt zur Hand. ›Hilfssätze‹ las sie und darunter ein faksimiliert wiedergegebenes Gedicht.

Joachim nahm neben ihr Platz.

»Der Mensch braucht Pasteten doch wohl nötiger als Gedichte«, sagte er.

»Er braucht beides«, antwortete Maximiliane. »Für Notzeiten sind Gedichte sogar besser als Pasteten. ›Pasteten hin, Pasteten her, was kümmern mich Pasteten!‹ Matthias Claudius. Man kann es auch singen. Wenn ich das Gedicht früher gekannt hätte, gäbe es heute Eddas Fabrik nicht. Der Körper muß täglich genährt werden, er verdaut alles, scheidet alles aus, folglich ißt man immer wieder. Und der Geist braucht Gedichte. Weil er alles immer wieder vergißt, muß der Geist ebenfalls täglich genährt werden.«

»Wovon sprichst du eigentlich?«

»Von der fünfprozentigen Beteiligung an der Poenicher Wildpastete. Der alte Quindt als Markenzeichen verwendet. Poenichen grammweise käuflich. Ich bin mit offenen Händen geboren worden, hat die Hebamme Schmaltz immer behauptet. Deshalb bringe ich es zu nichts.«

Maximiliane hielt ihrem Sohn die Hände hin, beide zu Schalen geöffnet. Joachim hielt seine Hände dagegen, wie immer zu Fäusten geballt. »In offene Hände wird mehr hineingelegt als in Fäuste!« sagte er.

»Greens ›wortlose Sprache‹!« sagte Maximiliane.

Die ersten Frühstücksgäste wurden hörbar, Kaffeeduft drang durch die Tür, die zur Küche führte.

Unbemerkt war auch Viktoria die Treppe heruntergekommen, setzte sich ebenfalls zu ihrer Mutter und las die beiden Prospekte.

»Hast auch du etwas zu verteilen?« erkundigte sich Maximiliane bei ihr, nachdem Joachim sich entfernt hatte.

»In meiner Tasche habe ich allerlei an Sonderdrucken und Broschüren.«

»Was habe ich nur für Kinder in die Welt gesetzt!« sagte Maximiliane. »Lauter Weltverbesserer! Mosche will sie mit Poesie verändern, du mit Parolen, Edda mit Pasteten. Mirka ist die einzige, die sie nur zu verschönern gedenkt.«

»Gestern abend und heute nacht ist mir übrigens manches klargeworden«, sagte Viktoria. »Ich bin in eine Sackgasse geraten!«

»Sackgassen sind nach oben hin offen!« antwortete Maximiliane, ohne zu fragen, um was für eine Sackgasse es sich diesmal handelte.

Als Viktoria sie überrascht ansah, ergänzte sie: »Ich weiß es auch noch nicht lange. Es ist einer von Mosches ›Hilfssätzen‹.«

Nach dem Frühstück unternahmen die Gäste Ausflüge in die nähere Umgebung. Einige fuhren mit dem Auto nach Gößweinstein und nach Bamberg, andere machten sich auf den Weg zu der nahegelegenen Tropfsteinhöhle, nicht in Gruppen wie beim ersten Sippentag, sondern zu zweien und dreien, in persönlichem Gespräch. Gesungen wurde ebenfalls nicht, auch Feldblumensträuße wurden nicht gepflückt. Eine Belehrung in der Tropfsteinhöhle fand nicht statt, da kein Ortskundiger zugegen war.

Maximilianes Kinder beschlossen, ins Dorf zu gehen, um die Schauplätze ihrer Kinderzeit zu besuchen und sie ihren Familienangehörigen zu zeigen, jene Plätze, wo sie gespielt hatten, wo der Flurhüter Heiland sie beim Äpfelstehlen erwischt hatte, wo sie beim Lehrer Fuß zur Schule gegangen waren.

»Kommst du nicht mit?« fragte Joachim seine Mutter.

»Lauft!« sagte diese, wie sie es früher so oft gesagt hatte, und blickte ihren erwachsenen Kindern lange nach, als sie den Berg hinuntergingen. Noch nie hatte sie Golo so sehr vermißt wie in diesem Augenblick.

»Das ist alles dein Werk!« sagte Vera Green, die zu ihr getreten war, und Maximiliane erwiderte: »Mein Mann hat die Frauen immer als Nährboden angesehen.«

»Wie stehst du dich eigentlich finanziell?« fragte Vera Green ihre Tochter, als sie bald darauf zusammen in einer der Hollywoodschaukeln saßen.

Eine Stunde später wurde sie dasselbe von ihrem Onkel Klaus gefragt, dem ihr Schicksal sehr am Herzen lag, anschließend von ihrer Kusine Marie-Louise, die an ihrer, Maximilianes, ›äußeren Aufmachung‹ manches auszusetzen fand, später dann noch von Frau Hieronimi.

Sie beantwortete die Frage entweder mit: »Ich halte Ausschau nach einer fünfprozentigen Beteiligung« oder mit: »Eine kleine Erbschaft käme mir gelegen.«

Woraufhin mit Sicherheit die Feststellung gemacht wurde: ›Du bist die Jüngste nicht mehr!‹ oder: ›Du brauchst doch einen festen Wohnsitz!‹ oder: ›Denkst du denn gar nicht an eine gesicherte Existenz?‹

»Daran lasse ich die anderen denken!« sagte Maximiliane.

»Du bist keine Lilie auf dem Felde!« erklärte Marie-Louise von Quindt mit einiger Schärfe.

»Das ist schade!« antwortete Maximiliane.

Ihre Lebenseinstellung und ihre entsprechenden Entgegnungen wurden von den einen als ›liebenswert‹, von den anderen als ›unbedacht‹, von Frau Hieronimi als ›störrisch‹ empfunden.

Der letzte, der sich ihr mit besorgter Miene näherte, war Herr Brandes. Maximiliane nahm ihm die Frage ab.

»Ich sehe es Ihnen an, Sie machen sich Sorgen um meine Zukunft!«

»In der Tat! Und das aufrichtig!«

Herr Brandes nahm Maximiliane beim Arm und zog sie beiseite, um, wie er sagte, in ›Ruhe und gegenseitigem Vertrauen‹ etwas mit ihr zu besprechen, was im beiderseitigen Interesse liege.

»Am besten, wir setzen uns an die Bar, dort stört uns um diese Zeit niemand.«

An der Bar öffnete er eigenhändig eine Flasche Pommery.

»Sie sind gewiß von Paris her an französischen Sekt gewöhnt?«

»An Paris ja. An Sekt nein!« antwortete Maximiliane.

Herr Brandes füllte die Gläser und kam zur Sache.

»Was diesem Haus hier fehlt, das hat gestern und heute jeder gemerkt. Es ist das Atmosphärische, das Menschliche. Meine Frau kann Häuser bauen und einrichten, aber sie kann sie nicht bewohnbar machen. Sie kann eine Sache nicht mit Leben füllen. Um es noch deutlicher zu sagen: Wir brauchen den alten Namen. Sie stammen aus der angesehensten Linie der Quindts! Mehr Anwesenheit als Tätigkeit! Eine angemessene Honorierung! Eine angemessene Wohnung!«

Er legte eine Pause ein und wartete ab. Als Maximiliane sich nicht äußerte, putzte er ausgiebig seine Brille und füllte die Gläser nach.

»Ich merke keinerlei Reaktion! Lockt Sie der alte Familiensitz nicht? Schöner denn je, das versichert mir jeder! Ich habe ein paar alte Stiche im ›Steinernen Saal‹ aufhängen lassen. Vielleicht haben Sie es gesehen. Auch eine Nachbildung des Quindtschen Familienwappens in der üppigen Renaissanceausführung. Zum Vergleich! Bitte – wenn Sie meinen, daß man über Gewinnbeteiligung reden sollte! Ganz unerfahren sind Sie ja im Gaststättengewerbe nicht. Gegenüber meinem Geschäftsführer und gegenüber meiner Frau ließe es sich rechtfertigen. Schließlich haben Sie vor der Währungsreform bereits einen kleinen Gaststättenbetrieb auf die Beine gestellt. Die holsteinische Pastetenfabrik geht ebenfalls auf Ihre Initiative zurück. Sie haben Welterfahrung und Lebenserfahrung. In den bescheidenen Hotels, in denen Sie vermutlich bisher unterkommen mußten, lernt man in der Regel mehr als in den guten.

Auf den Rittergütern des Ostens hat man auch von klein auf gelernt, mit Personal umzugehen. Das kann heute kaum noch jemand. Sprachkenntnisse haben Sie vermutlich auch, das ist im Umgang mit dem Personal noch wichtiger als mit den Gästen.«

Maximiliane hörte zu, ließ Herrn Brandes ausreden und wartete weiter ab.

»Muß ich Ihnen Ihre Vorzüge einzeln aufzählen?« sagte er schließlich ungeduldig.

»Ich war mir über meine Vorzüge nicht im klaren«, entgegnete Maximiliane.

»Einen tüchtigen Geschäftsführer habe ich. Aber um sich wohl zu fühlen, brauchen die Gäste jemanden Untüchtiges! Wenn ich mir nun auch noch einen kleinen Einwand erlauben darf . . .« sagte Herr Brandes.

Maximiliane ergänzte den unterbrochenen Satz: »Ich bin die Jüngste nicht mehr.«

»Ganz recht! Fünfzig, wie ich schätze.«

»Bald fünfundfünfzig!«

»Viel Auswahl haben Sie also nicht mehr. So gut ist die Lage im Hotelgewerbe nicht! Was ich Ihnen hier bieten kann, ist immerhin eine Lebensaufgabe. Eine Dauerstellung!«

»Dann geht es nicht!« Maximilianes Antwort war ohne Zögern gekommen.

»Begreife einer die Frauen!«

Herr Brandes füllte die Gläser nochmals.

»Habe ich Sie richtig verstanden? Auf Zeit also ginge es? Fürs erste, bis das Hotel eingeführt ist? Bis alles läuft? Gut! Jedes Haus muß warmgewohnt werden, sagte meine Frau immer, die erste, meine ich.«

Maximiliane leert ihr Glas in einem Zug und sagt, was sie in ähnlichen Fällen immer gesagt hat: »Ich kann es versuchen.«

»Wie kannst du dich auf ein Angestelltenverhältnis bei diesem Herrn Brandes einlassen! Schließlich war der Eyckel jahrhundertelang unser Besitz!« Edda war entrüstet.

Maximiliane nahm eine Miene an, als könne sie im nächsten Augenblick den Warnruf ›Kuckuck‹ ausstoßen. Bevor es geschieht, klärte Edda die Lage. »Ich bin immerhin jetzt eine von Quinten! Und Herr Brandes ist ein gewöhnlicher Bierbrauer.«

»Vielleicht leben wir in einer Zeit der Bierbrauer«, sagte

Maximiliane ungerührt. »Die Quindts sind lange genug dran gewesen. Jetzt sind andere dran. Lenchen Priebe zum Beispiel oder du oder Herr Brandes. Er ist sehr tüchtig. Die großen Bier-Konzerne geraten in Schwierigkeiten, doch er hält seinen Betrieb in der richtigen Größe. Er hat einen Blick für Maßstäbe. Und wenn er von Demokratisierung gesprochen hat, dann hat er es auch so gemeint. Und ob du sagst, was du meinst, und tust, was du sagst, weiß ich nicht. Bis heute nicht!«

Jede andere Mutter hätte ihre Erklärung an dieser Stelle abgebrochen, aber Maximiliane ließ der sachlichen Darlegung noch eine unsachliche folgen. »Herr Brandes hatte einen einzigen Sohn. Er ist als Jagdflieger abgeschossen worden. Er war meine erste Liebe. Ich war damals sechzehn Jahre alt. Ich habe ihn hier auf dem Eyckel kennengelernt und zwei Tage mit ihm verbracht, von denen ich die meiste Zeit verschlafen habe.«

Nachmittags gab es ein kurzes, erfrischendes Maigewitter. Anschließend reisten die Quin(d)ts nacheinander ab. Maximiliane blieb als einzige zurück, nahm tags darauf an der offiziellen Einweihung des Hotels teil und trat eine Woche später ihre Stellung an, die arbeitsrechtlich als ›Empfangsdame‹ unzureichend bezeichnet wurde. Sie lebte von nun an in einem Hotel, was ihren Bedürfnissen nach einem Zuhause entsprach.

Viktoria wurde wenig später Betriebspsychologin in der Firma AKO-Kunststoffwerke.

26

›Der Abend ist klüger als der Morgen.‹

Kirgisisches Sprichwort

Wenn der eine oder andere Hotelgast erfuhr, daß Maximiliane von Quindt aus Hinterpommern stammte, erzählte er, möglichst in größerem Kreise, eine, wie er annahm, passende Anekdote, etwa jene: »Als der preußische König wieder einmal Vorder- und Hinterpommern besuchte, konnte man am nächsten Morgen in der Lokalzeitung lesen: ›Heil König, dir, so tönt's aus Vorderpommern, doch aus dem Hintern soll's noch lauter donnern.‹«

Maximiliane war nicht schlagfertig genug, solche Anspielungen abzuwehren, und sagte nur wahrheitsgemäß: »Das habe ich schon einmal gehört.«

»So?« fragte dann der Betreffende, und es wurde auf seine Kosten, nicht auf Kosten der hinterpommerschen Baronin gelacht. Es ließ sich immerhin über dieses ferne Pommern wieder lachen.

Auf dem Pommerntag 1976 in Kiel, zu dem sich nur noch 20000 Pommern einfanden, hieß es, daß man sich auf der Suche nach einer größeren Heimat befinde, wo Pommern ein Land unter anderen Ländern sein dürfe. Pommern war inzwischen zu einem Utopia geworden.

Die Proteste gegen die ›Verzichterklärung auf die deutschen Heimatgebiete im Osten‹, von der polnischen Regierung als revisionistische Äußerungen gebrandmarkt, waren verstummt. Die Heimatvertriebenen hatten sich an ihre Charta vom August 1950 gehalten, hatten auf Rache und Vergeltung verzichtet, hatten unermüdlich am Wiederaufbau Deutschlands mitgearbeitet und hatten darüber den dritten Punkt der Charta aus den Augen verloren: die Schaffung eines geeinten Europas mit Völkern ohne Furcht und Zwang. Aber das war anderen ebenso ergangen. Das Heimatgefühl der Ostvertriebenen wurde in Museen und Stiftungen gepflegt, wo man den deutschen unverlierbaren Kulturbesitz sammelte und archivierte.

Hin und wieder lagen den Briefen, die Maximiliane in jener Zeit erhielt, Zeitungsausschnitte mit dem Vermerk bei: ›Das wird dich sicher interessieren!‹, Berichte über Reisen in die ehemals deutschen Ostgebiete: Masurische Seenplatte, Schlesien, Pommern, zumeist mit dem Untertitel ›Heimweh-Tourismus‹ versehen. Maximiliane nahm die Zeitungsausschnitte und legte sie ungelesen zu ihren ›Pomerania‹. Dieser Koffer blieb jahrelang unausgepackt.

Eines Tages traf ein Reisebericht in Form eines Rundbriefes ein, den Martha Riepe verfaßt hatte. Zusammen mit zwanzig anderen Landsleuten des Kreises Dramburg, darunter auch vier Poenicher, hatte sie eine Omnibusreise in die alte Heimat unternommen. Lenchen Priebe war ebenfalls mitgereist, aber nicht mehr unter dem Namen Priebe, sondern als Frau Schnabel. Sie hatte ein Jahr zuvor einen verwitweten Landsmann aus Stolp geheiratet, der in ihrem Betrieb, inzwischen ein beliebtes

Studentenlokal, ›Bei Lenchen Priebe in der Ketzerbach‹, die kaufmännischen Arbeiten übernommen hatte. Maximiliane hatte ihnen zur Hochzeit die fünfprozentige Beteiligung erlassen. Lenchen Schnabel, geborene Priebe, gezeugte v. Jadow, schickte eine Ansichtskarte vom Hotel ›Skanpol‹ in Kołobrzeg, ehemals Kolberg: ›Viele Grüße aus der alten Heimat‹, mit einer Reihe von Unterschriften, die Maximiliane mit einiger Mühe entziffern konnte.

Den Reisebericht von Martha Riepe las sie nicht und legte ihn ebenfalls in den Koffer. Die Ansichten von Martha Riepe nützten ihr nichts.

Als sie dann eines Tages in den Sonderzug einer Reisegesellschaft steigt, um nach Pommern zu fahren, ist sie schlechter unterrichtet als alle anderen Touristen. Sie reist allein, hat keines ihrer Kinder gefragt, ob es mitreisen wolle, hatte auch niemanden von ihrem Reiseplan unterrichtet. Ein Nachtzug; der Reiseleiter würde Fahrausweise und Reisepässe einsammeln, und am nächsten Morgen würde sie in Pommern aufwachen. Ihre Erwartungen erwiesen sich als falsch. Man ließ sie die beiden Grenzübergänge nicht verschlafen. Grenze ist dort, wo man seinen Paß vorzeigen muß, lautete eine neue, zeitgemäße Begriffsbestimmung.

Sie steht im Gang, wie die meisten der Reisenden. Der Zug fährt bei Oebisfelde über die deutsch-deutsche, dann über die deutsch-polnische Grenze. Stettin, jetzt Szczecin. Die Oder, jetzt Odra. Vor dreißig Jahren war sie in der Gegenrichtung darübergefahren, hatte den Fluß mit ihren kleinen Kindern in einem Boot überquert, eine Brosche der Großmutter Sophie Charlotte als Fährlohn. Auch diesmal ist es Nacht, aber sie reist als Tourist in einem Sonderzug, die Rückfahrkarte in der Tasche. Der Zug fährt langsam, langsam genug für ihr langsames Gedächtnis. Ein Mitreisender öffnet das Fenster. Es riecht nach Braunkohle. Funkenflug, der Erinnerungen an Krieg und überfüllte Güterwagen wachruft.

Im ersten Morgenlicht ein Rudel Wildschweine auf einem Kartoffelfeld; sie wühlen die Saatkartoffeln aus, wie früher. Die Kartoffeln blühen noch nicht; in der Mark Brandenburg hatten sie schon geblüht. Die ersten Birkenalleen, die ersten Sandwege, graue Nebelkrähen: Osten. Die Lupinen am Bahndamm machen die Reise von Westen nach Osten mit.

Dann ein Rübenschlag, das Flächenmaß ihrer Kindheit, ein Roggenschlag, ein Kartoffelschlag. Eine Frau, die aussieht, als wäre sie eine Schwester von Anna Riepe, erzählt, daß sie beim Rübenverziehen das Ende des Feldes nicht sehen konnten, zehn Stunden Arbeit pro Tag. Zweimal täglich kam der Inspektor, einmal der Herr, der Einspänner hielt an, fuhr dann weiter. Bei Gewitter legte man sich platt auf den Boden, die Blitze schlugen in die Überlandleitungen, liefen funkensprühend die Drähte entlang.

Andere haben andere Erinnerungen.

Zwei Störche stelzen durch sumpfiges Gelände, stochern nach Fröschen. Baumbestandene Chausseen, ein fast vergessener Anblick. Was für eine Bereicherung der Landschaft! Aber im gleichen Atemzug sieht Maximiliane ihren Sohn Golo vor sich, dessen Auto an einem Chausseebaum zerschellt war.

Es zieht kein strahlender Sommermorgen auf, kein Morgenrot. Statt dessen setzt Regen ein. Pommerscher Landregen. Wasservorhänge verdecken die Sicht. Der Zug durchfährt langsam die Bahnhöfe. Die Ortsnamen müssen ins Deutsche übersetzt werden: Swidwin gleich Schivelbein. Die Frau, die aussieht wie Anna Riepes Schwester, erkennt das Haus wieder, in dem sie gewohnt hatte. Mit einem Blick übersieht sie alles: Die Fensterrahmen müßten gestrichen, der Gartenzaun erneuert werden! Nur Salat und Stangenbohnen im Garten, keine einzige Blume! Und was für Gardinen!

Übernächtigt und frierend stehen die Pommern-Reisenden in Gruppen vor dem Bahnhof von Koszalin und warten.

Ein Herr, der neben Maximiliane steht, schlägt den Mantelkragen hoch und sagt lachend: »Das Klima in Pommern können nur Sauen, der Uradel und der Kiefernspanner vertragen!«

Maximiliane erwidert das Lachen nicht, sondern sieht den Herrn aufmerksam an.

»Verstehe!« sagt er. »Da Sie kein Kiefernspanner sind, werden Sie zum Uradel gehören!«

Diesmal lachen sie beide, und Maximiliane bestätigt, daß sie nur geringe Ansprüche an das Wetter stelle.

Sie stellt auch nur geringe Ansprüche an ein Hotel, etwa das ›Skanpol‹ in Kołobrzeg, Kategorie A, ein Hotel, in dem, wie alle anderen Pommern-Reisenden, auch Lenchen Priebe gewohnt hatte. Sie denkt nicht in Kategorien, es ist ihr nicht wichtig, wo sie schläft; sie hatte mit Ossian Schiff im Schlafsack geschlafen, unter Öl- und Eichbäumen. Sie rechnet nicht damit, daß Fahrstühle und Wasserleitungen immer in Ordnung sind. Seit Jahren selber im Hotelfach tätig, überblickt sie die Schwierigkeiten. Und wenn das Wasser im Waschbecken nicht abfließt, sieht sie darin nicht den Triumph eines Wirtschaftssystems über ein anderes. Sie teilt die Welt nicht nach Weltanschauungen und Gesinnungen, nicht in oben und unten, rechts und links, Ost und West. Sie weigert sich jedenfalls, diese Einteilungen anzuerkennen. Pommern hatte dem technischen Fortschritt ohnedies schon immer den natürlichen Widerstand von Gewittern, Schneestürmen und Unkraut entgegengesetzt: Überschwemmungen, Rohrbrüche und umgeknickte Telefonmasten.

Ihr Großvater hatte wiederholt geäußert, einer der Quindtschen Vorfahren sei Woiwode in Polen gewesen. Außerdem floß ihr der eine oder andere Tropfen polnischen Blutes in den Adern. Der Klang der polnischen Sprache war ihr vertraut; so hatten die polnischen Landarbeiter in Poenichen gesprochen, so hatte Anja gesprochen, die in den Kriegsjahren die Quintschen Kinder versorgt hatte und ihr, Maximiliane, eine gleichaltrige Vertraute geworden war. Der Großvater, dem sie die wichtigsten Unterweisungen in Erdkunde und Geschichte verdankte, pflegte zu sagen: ›Po morje, das ist wendisch und heißt: vorm Meer.‹ Po morje – Pommern – und nun: Pomorze. Lautverschiebungen.

Den deutschsprachigen Prospekt, den man ihr an der Rezeption des Hotels aushändigt, legt Maximiliane beiseite. So liest sie nicht schwarz auf weiß, daß dieses Land von jeher polnisches Land gewesen ist, nur vorübergehend germanisiert war und 1945 heimgekehrt ist ins polnische Mutterland.

Als sie sich abends im Speisesaal einfindet, sitzt an dem Tisch, den man ihr zuweist, jener Herr, mit dem sie in der Frühe ein paar Worte gewechselt hatte, auch er ein Einzelreisender.

»Muß ich mich vorstellen?« fragt er. »Oder ist Ihnen meine Stimme vielleicht zufällig bekannt? ›Bi us im Dörp. Wilm Lüppers erzählt Döntjes aus Pommern.‹ ›De Leiw giwwt Maut.‹ Sprecher im Hörfunk, Schauspieler in Mundartstücken, zuständig für die pommersche Heimat, besonders überzeugend als pommerscher Landmann.«

Maximiliane nickt bestätigend und betrachtet ihn aufmerksam. »Sie sehen aus wie ein pommerscher Bauer.«

»Ich sehe nicht nur so aus, ich sollte auch einer werden. Wie schon mein Vater und mein Großvater. Jetzt spiele ich die Rolle meines Lebens. Unser Hof liegt zwischen Treptow und Deep, 250 Morgen, Acker- und Weideland. Fast unverändert, nur alles ein wenig älter geworden, die Bäume, die Gebäude. Ich fahre bereits zum zweitenmal hin. Ich werde erwartet. Ich darf mich auf unserem Hof umsehen, ich darf sogar fotografieren. Ich werde bewirtet. Die Frau schlachtet ein Huhn. Das hat meine Mutter auch getan, wenn Besuch kam. Die Frau heißt Maria, und meine Mutter hieß Marie, Mariechen genannt. Der jetzige Bauer heißt Jurek Barbag. Er wurde vor dreißig Jahren, da war er noch ein Kind, aus seiner Heimat in Ostpolen hierher in ein Land umgesiedelt, aus dem man uns vorher ausgesiedelt hatte. Unsere ›Schicksäler‹ ähneln sich verblüffend. Ich stelle mir manchmal vor, daß die Goten eines Tages ebenfalls Besitzansprüche auf die Gebiete östlich der Oder geltend machen. Schließlich haben sie hier auch einmal gesessen, schon vor den Polen! Man muß nur das Rad der Geschichte weit genug zurückdrehen! Stellen Sie sich vor, die Pommern hätten bei ihrem Auszug auch solch einen Anführer gehabt wie die Goten den Alarich und hätten im Westen das Reich der Pommern gegründet! Im Rheinland zum Beispiel!«

»Wie soll ich mir das alles vorstellen!« sagt Maximiliane. »Ich komme ja kaum mit dem zurecht, was ich sehe!«

»Morgen früh werde ich sehen, daß dieser Jurek Barbag seine Gummistiefel genau an dieselbe Stelle neben der Haustür stellt, wohin mein Vater seine Stiefel schon gestellt hat. Überzeugt Sie das eher?«

Maximiliane nickt.

»Neben dem Herd in der Küche schaukelt der kleine Jurek auf meinem Schaukelpferd. Die Mähne des Pferdes ist dünn geworden, den Schweif hat es eingebüßt.«

»Wenn der kleine Jurek im vorigen Jahr auf dem Schaukelpferd saß, wird er in diesem Jahr nicht mehr draufsitzen«, stellt Maximiliane richtig.

»Sie haben recht! In diesem Jahr wird die kleine Maria draufsitzen. Für Jurek habe ich Lego-Steine mitgebracht, Kulturgüter des Westens. Und natürlich Kaugummi. Für seinen Vater bringe ich einen Elektro-Bohrer mit, damit er Reparaturen selber ausführen kann. Das Stück, das wir dort mehrere Tage lang spielen werden, heißt ›Entspannung‹. Wir sind keine Feinde. Aber auch keine Freunde. Wir sind uns fremd. Aber wir haben eine Reihe gemeinsamer Interessen, zum Beispiel, daß es keinen Krieg gibt ... Wenn ich mich einmal unterbrechen darf: Was sind Sie eigentlich für eine?«

»Eine Quindt. Aus Poenichen, Kreis Dramburg.«

»Mithin schuldig an der Germanisierung des alten Piastenlandes!«

Herr Lüppers schüttelt in gespielter Mißbilligung den Kopf. »Diese ostelbischen Junker! Prototypen kapitalistischer Ausbeuter!«

Er winkt dem Kellner und bestellt zwei Wodka; Wodka gehört zu seinen Verständigungsmitteln.

»Sie werden nicht viel vorfinden«, fährt er fort. »Je größer der Besitz war, desto größer ist auch der Verlust. Die berühmte ausgleichende göttliche Gerechtigkeit. Soweit die Herrenhäuser stehengeblieben sind, sitzen jetzt statt der Rittergutsbesitzer die Kolchosendirektoren drin. Am Gefüge des Ganzen hat sich nicht viel geändert. Soweit die Herrenhäuser zerstört oder abgerissen worden sind, hat man die Steine nach Warschau und Danzig gebracht und damit Schlösser und Patrizierhäuser wiederaufgebaut.«

Als der Wodka vor ihnen steht, halbgefüllte Wassergläser, greift Herr Lüppers danach. »Na zdrowie!«

»Ein Zweietagiger!« sagt Maximiliane, den Inhalt betrachtend, und setzt hinzu: »Poenichen war immer meine Speisekammer.«

»Haben Sie schon einen Taxifahrer, der Sie hinfährt? Morgen brauche ich meinen. Er spricht deutsch. Seine Großmutter war Deutsche. Taxi Nummer 17. Aber übermorgen können Sie ihn haben.«

Herr Lüppers erhebt sich.

»Ich will mich mal zu den Treptowern dort an den Nachbartisch setzen, mich umhören«, sagt er, »mir eine Meinung bilden.«

»Ich habe jetzt schon von allem zwei Meinungen«, antwortet Maximiliane.

Es gerät Herrn Lüppers an jedem Abend, Maximiliane zum

Lachen zu bringen. Sie essen miteinander polnische, aber auch pommersche Gerichte, Borschtsch, aber auch Kliebensuppe. Einmal begleitet er sie, als sie zum Seesteg gehen will, um dem Sonnenuntergang zuzuschauen. Sie kommen an den hölzernen Pavillons vorbei, in denen Dorsch und Scholle gebraten und verzehrt werden. Maximiliane wird lebhaft an den Geruch ihrer ehemaligen Fischbratküche erinnert. Sie setzen sich zwischen die polnischen Badegäste und bestellen ebenfalls Fisch. Aber der Inhaber winkt ab. Es gibt keinen mehr.

»Nie ma«, sagt er.

»Nie ma!« wiederholt Herr Lüppers. Die polnische Antwort auf die deutsche Frage. »Es gibt nicht mehr. Il n'y a plus.«

»Was treibt Sie eigentlich zum zweitenmal hierher?« fragt Maximiliane, als sie weitergehen.

»Neugier! Ich beobachte meine Landsleute, wie sie dort Ferien machen, wo sie früher arbeiten mußten. Besitz ist das beste Mittel gegen Heimweh. Im Westen haben sie ein Haus, einen Garten und ein Auto. Warum sollten sie dann hierher zurückkehren wollen? Der Westdeutsche Rundfunk plant einen Film über einen pommerschen Bauern, der die alte Heimat besucht. Wenn das Projekt verwirklicht wird, bekomme ich eine kleine oder größere Rolle darin; welcher Schauspieler kann schon pommersches Platt sprechen? Und dieser Bauer lernt eine Frau von pommerschem Adel kennen, die sich scheut, mit eigenen Augen zu sehen, was sie längst weiß. Soll ich Sie nach Poenichen begleiten?« – »Nein! Vielleicht fahre ich morgen.«

Am nächsten Morgen geht sie die Reihe der wartenden Mietwagen entlang und beobachtet, wie die deutschen Touristen einsteigen, um nach Stolp, nach Falkenberg oder Treptow zu fahren, und bleibt selber in Kołobrzeg, um das alte Kolberg zu finden. Sie sucht nach Spuren, sucht nach jener Pension ›Zum Alten Fritz‹, in der sie mit Viktor die ersten Tage ihrer Ehe verbracht hat, und findet sie nicht. Statt dessen erhebt sich aus dem eingeebneten Ödland, auf dem einst die Altstadt gestanden hat, der Koloß der Marienkirche, weithin sichtbar, und damals hat sie ihn nicht einmal wahrgenommen. Mit den Häusern waren auch die Erinnerungen eingeebnet. Sie steht lange an jener Stelle, wo die Persante ins Meer mündet, und blickt ins Wasser, Wasser, das durch den Poenicher See geflossen ist. Muß sie sich damit begnügen: Alles fließt?

Sie geht am Strand entlang, vorbei an Sandburgen, Strandkörben und gesprengten Bunkern, in deren verrostetem Eisengestänge Algen hängen. Sie kommt am ›Familienbad‹ vorüber, wo sie mit Viktor abends getanzt hat und wo man auch jetzt wieder tanzt. Ab und zu sagt sie zu sich: ›Es ist recht‹ oder nickt zustimmend. Vor Schranken und Warnschildern, die auf militärisches Gelände hinweisen und das Weitergehen verbieten, macht sie betroffen halt und kehrt um, sitzt lange in den Dünen, blickt aber nicht in Richtung Meer, sondern landeinwärts, mehr Himmel als Land vor Augen, geht am verschilften Ufer der Persante entlang, wo im Röhricht die gelben Schwertlilien blühen und die vielfarbigen Libellen schwirren, hört und sieht einen Pirol, dessen Ruf sie vergessen hat, dehnt ihre Erkundungsgänge täglich weiter aus, erobert von der Küste her das Land, gerät auf Sandwege, die in lichte Birkenwälder führen, auf moorigen Untergrund, wo das Wollgras in dichten Büscheln blüht, kommt an Bauernhöfen vorbei, wo Hunde bellen und Gänseherden ihr den Weg versperren.

Sie nickt. So ist es recht.

Abends im Speisesaal, wenn Herr Lüppers nach ihren Erlebnissen fragt, sagt sie, daß sie zwei Bachstelzen gesehen habe, und dann sagen sie beide wie aus einem Munde: »Ackermännchen!« Am Ende der Mahlzeit hebt Herr Lüppers mahnend den Finger und sagt: »Die Speisekammer! Vergessen Sie nicht Ihre Speisekammer!«

Doch am nächsten Morgen fährt Maximiliane wieder nicht nach Poenichen. Es ist Fronleichnam. Sie folgt dem Strom der Kirchgänger, steht im Mittelschiff der Marienkirche, im Wald der Birkenstämme, die als Baugerüste das mächtige Gewölbe tragen. Schwalben und Spatzen fliegen zwitschernd ein und aus. Man kniet nieder, man schlägt das Kreuz, singt und betet. Maximiliane versteht nur das ›Hosianna‹ und das ›Amen‹ und nickt auch hierzu. Aus Pommern ist wieder ein christliches Land geworden. Donnernd fliegen Düsenjäger, die vom nahen Militärflugplatz aufgestiegen sind, am Himmel, Richtung Ostsee.

Bei den Mahlzeiten hört Maximiliane, wie jetzt von ›Zuhause‹ gesprochen wird, von Leverkusen und Gelsenkirchen, nicht mehr von Maldewin und Bütow und Rügenwalde, daß man Reiseandenken eingekauft hat, Wodka, Honig, Bernsteinketten, daß man zum Baden am Strand war, schließlich hat man

Ferien; man hat alles einmal wiedergesehen, man wird von zu Hause die entwickelten Farbfotos schicken, man wird Pakete schicken, die Maße für die Gardinen hat man sich aufgeschrieben, falls man sie nicht – von früher her – noch im Kopf hat.

»Die Westdeutschen hatten recht, wenn sie uns ›die Heimat‹ neideten«, sagt Herr Lüppers. »Erst fahren wir in die Heimat, dann fahren wir nach Hause. Wir haben beides. Im nächsten Jahr werde ich meine Frau mitnehmen und die Kinder auch. Die Kinder können im Grasgarten zelten. Meine Frau und ich helfen bei der Ernte und schlafen in den Betten meiner Eltern, unter demselben Bild: Jesus geht durchs Kornfeld. Bevor ich morgens hinfahre, brauche ich zwei Wodka, wenn ich abends zurückkomme, brauche ich vier.«

Er sieht Maximiliane aufmerksam an.

»Wie ein Pferd!« sagt er dann und leert das Glas. »Sie scheuen wie ein Pferd!«

Es hätte nicht viel gefehlt, und Maximiliane wäre nach Westdeutschland zurückgefahren, ohne Poenichen wiedergesehen zu haben.

Am letzten Morgen steigt sie dann doch in ein Taxi. Der Fahrer kann kein Wort Deutsch sprechen. Aber sie benötigt ein Auto und einen Fahrer, zur Unterhaltung braucht sie niemanden. Gesprächig war sie nie gewesen. Vermutlich würde sie eines Tages so schweigsam werden, wie es der alte Quindt und seine Frau Sophie Charlotte im Alter geworden waren.

Ein pommerscher Sommertag. Lichtblauer Himmel mit großen weißen Wolken am Horizont. Das Land noch weiter, endloser. Das Korn blüht. Der wohlbekannte Duft dringt durch das geöffnete Wagenfenster. Die Vogelscheuchen tragen die Sonntagskleider der Bauern auf. Stille Straßen und Chausseen, manchmal ein Omnibus oder ein Lastkraftwagen. Aus den überschaubaren Feldern werden, je weiter sie nach Süden kommen, unübersehbare Schläge. Die pommersche Sandbüchse beginnt. Keine Bauernwirtschaft mehr, sondern Kolchosenwirtschaft. Von den Chausseen führen Alleen zu kleinen ehemaligen Herrenhäusern, in denen jetzt – wie Herr Lüppers berichtet hatte – die Kolchosenverwaltungen untergebracht sind. Maximiliane nickt.

Der Kirchturm von Dramburg wird sichtbar. Der Fahrer

zeigt in die betreffende Richtung. Aber Maximiliane hat ihn bereits selber erkannt. Sie gibt dem Fahrer zu verstehen, daß er nicht die Umgehungsstraße benutzen, sondern in die Stadt hineinfahren solle. Als sie über den alten Marktplatz kommen, wirft sie einen Blick auf die Backsteinkirche und nickt. Sie läßt sich um den Platz herumfahren und erkennt das ›Deutsche Haus‹ wieder, wo ihr Großvater sich von Riepe abholen ließ, wenn er in der Kreisstadt zu tun hatte. Sie erkennt auch die Metzgerei in der Hauptstraße wieder, deren übereifriger Besitzer damals eine Zungenblutwurst mit einem kunstvoll geformten Hakenkreuz im Schaufenster liegen hatte. Josef Labuda stand jetzt darüber, ein Textilgeschäft. Überall unverputzte Neubauten, die Zerstörungen noch sichtbar, eine kriegsversehrte Kleinstadt, deren Wunden noch nicht verheilt waren.

Auf den Straßenschildern taucht jetzt der Name Piła auf; der Fahrer spricht es ›Piwa‹ aus und fügt ›Schneidemühl‹ hinzu, woraufhin Maximiliane nickt. Dann erreichen sie Kalisz/Pomorski, und dort, nur noch fünf Kilometer von Poenichen entfernt, verliert Maximiliane die Orientierung. Sie kann nicht angeben, wo die Chaussee abbiegt. Zum erstenmal sagt sie statt Poenichen ›Peniczyn‹. Der Taxifahrer muß zweimal fragen, bis er die nötige Auskunft erhält. Sie kommt aus dem Mund eines Soldaten in sowjetrussischer Uniform. Zu Maximiliane gewandt, sagt der Fahrer erklärend: »Rosja!« Wieder nickt sie. Sie hat in dem Gesicht des Soldaten den Asiaten erkannt.

Was hatte Maximiliane denn erwartet? Die Lindenallee, an deren Ende das Herrenhaus stehen würde, wenn auch als Ruine? Die Telefonmasten? Das Gewächshaus?

An den Wirtschaftsgebäuden, jetzt offensichtlich zur Kolchose gehörend, waren sie schon vorbeigekommen. Die Dorfstraße hatte begonnen. Sie fahren bereits am ehemaligen Park entlang. Er ist durch keine Mauer mehr von der Straße abgegrenzt. Unbegehbares Dickicht.

»Stoj!« sagt Maximiliane zu dem Fahrer.

Er parkt im Schatten einer Esche, die Maximiliane wiedererkennt. Sie tippt dem Fahrer auf die Schulter, zeigt auf ihre Uhr und deutet die Spanne von zwei Stunden an. Er nickt, und Maximiliane steigt aus, begibt sich auf die Suche nach Poenichen.

Es ist Mittag. Irgendwo quaken Frösche. Sonst ist nichts zu hören. Kein Mensch weit und breit.

Maximiliane dringt durch das Dickicht aus Bäumen, Gebüsch und Unkraut vor. Der Verlauf der früheren Lindenallee ist nicht mehr auszumachen. Nichts gibt sich mehr zu erkennen. Vom ehemaligen Herrenhaus ist nichts zu sehen. Die Zerstörung ist endgültig, dreißig Jahre haben genügt.

Auf einer Lichtung grast ein Pferd.

Maximiliane folgt einem Trampelpfad, wie Kinder ihn anlegen, und gelangt zu einer Blutbuche. Sie erkennt darin den Baum, unter dem sie als Kind gespielt und an deren Äste Golo sich damals beim Aufbruch zur Flucht geklammert hatte. Sie geht weiter und steht unvermutet am Ende des Parks, wo die Akazien seit jeher blühten und auch jetzt wieder blühen.

Sie hat das Herrenhaus nicht gefunden, nicht einmal dessen Trümmer. Aber sie gibt nicht auf, Delphi und Olympia vor Augen, wo die Trümmer über zwei Jahrtausende erhalten geblieben sind. Sie geht auf einem anderen Trampelpfad durch das Dickicht zurück. Und dann sind es nicht ihre Augen, sondern ihr Fuß ist es, der, daranstoßend, das zerborstene Stück einer Säule entdeckt. Maximiliane bleibt stehen und betrachtet den Stein. Er ist nicht mehr weiß, sondern ergraut und bemoost, aber noch kenntlich als Teil der ehemaligen Vorhalle. Nicht weit davon findet sie ein weiteres Säulenstück, dann noch ein drittes: der einzig verbliebene Rest des großen Gebäudes! Offenbar hatte auch Poenichen als Steinbruch gedient, waren die kostbaren Steine zum Wiederaufbau von Warschau oder Danzig verwendet worden. Eine Bodenerhebung war übriggeblieben, von Erde bedeckt, die sich längst begrünt hat, Ahorn und Eibe, Linden und Zedern, Heimisches und Fremdländisches.

Die Stille des Mittags wird jäh von dem bellenden Abschuß einer Panzerkanone unterbrochen. Es folgen weitere Abschüsse, regelmäßig, in kurzen Abständen.

Im dämmrigen Dickicht, auf einem der Säulenstümpfe sitzend, vollzieht Maximiliane nachträglich und ihrerseits die Unterzeichnung der Polenverträge. Es fällt keine Träne. Sie greift mit beiden Händen ins Haar und schüttelt es; es ist von grauen Strähnen durchzogen. Sie kaut an ihren Fingernägeln und blickt sich um. Der Holunder blüht und die wilde Heckenrose. Über alles ist Gras gewachsen. ›Man muß immer das Ganze im Auge behalten‹, hatte der alte Quindt seinerzeit gesagt.

Maximiliane erhebt sich und geht langsam zurück, geht die

Dorfstraße entlang. Zwischen den Pflastersteinen wächst Unkraut wie früher, der Sandstreifen daneben ist von Wagenrädern ausgefahren, wie früher. Die Reihe der einstöckigen Häuser der Beskes, Klukas', Schmaltz', wie früher.

Auf den Bänken neben den Haustüren sitzen, wie früher, die alten dunklen Frauen und passen auf die kleinen Kinder auf. Die größeren spielen dort, wo sie selber mit Klaus Klukas, Walter Beske und Lenchen Priebe gespielt hatte, am Rand des Dorfangers, im Haselgebüsch, wo polnische Enten und pommersche Gänse nebeneinander friedlich schnatterten und ihre Schnäbel in den Morast steckten.

Auch vor dem Haus, in dem die Hebamme Schmaltz gewohnt hatte, sitzt eine alte Frau. Maximiliane geht auf sie zu und zeigt wortlos auf den leeren Platz neben ihr. Die Frau nickt, rückt ein wenig zur Seite und wischt mit dem Rock über die Bank. Maximiliane lächelt sie an, setzt sich und sagt: »Dobre dzien!« und: »Prosche!« Sie zählt die Kinder, die sich neugierig nähern – bis drei kann sie auch auf polnisch zählen: rundköpfige, blondhaarige Kinder, nicht anders als früher. Sie zeigt auf sich selbst und hält die fünf Finger ihrer rechten Hand hoch, kippt einen der Finger weg. Die alte Frau nickt; sie hat verstanden: fünf Kinder, aber eines ist tot.

Maximiliane holt, was sie mitgebracht hat, aus der Tasche, Kaffee und Kaugummi, Farbstifte und Schokolade. Sie ist es gewohnt, Geschenke in die Leutehäuser zu tragen.

»Janusz?« fragt sie, auf die Kinder zeigend. »Jurek? Josef? Antek?« Sie zieht eines der Kinder, die zweijährige Zosia, auf den Schoß und spielt mit ihr, was Anja seinerzeit mit Joachim, Golo und Edda in Poenichen gespielt hatte. Sie erinnert sich sogar an den Wortlaut des Liedes vom schlafenden Bären, den man nicht wecken darf, und singt es.

»›Jak się zbudzi, to nas zje‹ –
Wenn er aufwacht, frißt er dich!«

Die Kinder kennen das Liedchen nicht, sind nicht gewohnt, daß man ihnen Lieder vorsingt. Aber Zosia scheint das Spiel und das Lied zu gefallen. Maximiliane muß es ein zweitesmal singen. Sie lacht das Kind so lange an, bis es zurücklacht, erobert ein polnisches Kinderherz. Irgendwo muß man mit der unblutigen Eroberung anfangen. Und ein Viertel ihres Blutes ist polnisch.

Die alte Frau steht auf, gibt Maximiliane zu verstehen, daß sie warten möge, und geht ins Haus. Mit einer Flasche und einem Glas kehrt sie zurück. »Samogonka!« sagt sie und: »Dobre!«, zeigt dabei auf sich und dann auf die Flasche. Er ist selbstgebrannt. Sie gießt das Glas zu drei Vierteln voll, wie man es in Polen zu tun pflegt. Maximiliane sagt »Na zdrowie!« und trinkt – und schluckt alles hinunter.

»Palac?« fragt die alte Frau und zeigt in Richtung zum ehemaligen Park. Maximiliane nickt. Die alte Frau wischt mit der Hand alles, was ohnedies schon unsichtbar war, weg und sagt: »Nie ma!« Als sie hierher gekommen ist – soviel kann Maximiliane verstehen –, war alles schon zerstört. Die Frau zeigt in die Ferne, nach Osten. Maximiliane nickt. Dann verabschiedet sie sich, sagt: »Do widzenia!«, »Auf Wiedersehen!« Aber sie weiß, daß sie nie wiederkommen wird. Sie hat keinen Baum umarmt.

Sie folgt der Dorfstraße, bis eine Schranke und ein Schild ihr den Weg versperren. Das militärische Gelände beginnt. Sie biegt in einen Feldweg ein. Auf der einen Seite ein Kartoffelschlag, auf der anderen ein weites schwermütiges Kornfeld. Die Kamille blüht, die Kornrade und der wilde Mohn. Der Wind streicht über das Korn. Maximiliane bleibt stehen und muß daran denken, wie Rektor Kreßmann damals in Arnswalde, im Physikunterricht, die Wellenlehre am Beispiel des unterm Wind wogenden Kornfeldes erklärt hat. Die Lerchen, an die Abschüsse der Panzerkanonen gewöhnt, hängen singend über ihr in der Luft. Und während sie dasteht, geht ihr eine Liedzeile durch den Kopf, auswendig gelernt mit fünfzehn Jahren und von dem eigenmächtigen Gedächtnis bis zu diesem Augenblick aufbewahrt. ›Du sollst bleiben, Land, wir vergehn‹, eines der gültig gewordenen prophetischen Lieder der nationalsozialistischen Bewegung. Auf ihre Weise empfindet sie, was ein Philosoph auf seine Weise gemeint hat, als er von der sanften Gewalt der Feldwege schrieb, die die Riesenkräfte des Atomzeitalters überdauern würden.

In der Tischrede, die der damals fünfzigjährige Freiherr Joachim von Quindt anläßlich der Taufe seiner einzigen Enkelin Maximiliane hielt, hatte er gesagt: ›Hauptsache ist das Pommersche, und das hat sich noch immer als das Stärkere erwiesen. Am Ende sind aus Goten, Wenden und Schweden, die alle einmal hier gesessen haben, gute Pommern geworden.‹

Hatte er recht gehabt mit seinem Vertrauen auf die prägende Kraft des pommerschen Landes? Bei ihrer Hochzeit hatte er wörtlich gesagt: ›Dem Grund und Boden ist es ziemlich egal, wer darüber geht, Hauptsache, er wird bestellt.‹ Ansichten eines freisinnigen liberalen Mannes, der seine Ansichten nicht in die Tat hatte umsetzen müssen und es vorgezogen hatte, Poenichen nicht lebend zu verlassen, der im Gespräch mit seinem Kutscher und Freund Riepe bereits 1918 die Vermutung geäußert hatte, daß es mit den Quindts eines Tages vorbei sein würde, ebenso wie es mit dem deutschen Kaiserreich und mit Preußen vorbei sei.

Den Poenicher Wald, den er bald nach dem Ersten Weltkrieg hatte aufforsten lassen, sieht Maximiliane nur von ferne, ein ›Wald des Friedens‹, wie er ihn genannt hatte, und daneben die ›Poenicher Heide‹, später ein Truppenübungsplatz der deutschen Wehrmacht, auf dem Übungsschießen der Artillerie abgehalten wurden, und nun ein unübersehbares militärisches Gelände für die Streitkräfte des Warschauer Paktes, auf dem sowjetrussische und polnische Panzer schossen, auch Panzer der Deutschen Demokratischen Republik. Übungshalber, probeweise, zur Erhaltung des militärischen Patts zwischen Ost und West . . .

Ein Frösteln geht über Maximilianes Rücken, es schaudert sie am hellen, heißen Sommermittag.

Der Weg zum Poenicher See ist ihr ebenso versperrt wie der zum Innicher Berg, wo, unter Findlingen und alten Eichen, die Gräber ihrer Vorfahren lagen. Langsam geht sie zurück. Löns-Lieder hängen in der Luft, aber sie singt nicht. Hätte jemand sie in diesem Augenblick nach ihren Empfindungen gefragt, so hätte sie vermutlich zur Antwort gegeben, daß sie sich ›allgemein‹ fühle. Ähnlich Unbestimmtes hatte sie vor dreißig Jahren auf der Flucht empfunden, Erbarmen mit dem Menschengeschlecht; aber mit Worten ließ es sich nicht ausdrücken.

Am Tor, das zur Kolchose Peniczyn führt, bleibt sie stehen und sieht sich um. Die alte, in Jahrhunderten bewährte Anordnung von Ställen und Scheunen war beibehalten worden, drei Futtersilos waren dazugekommen sowie ein zweistöckiges Wohnhaus für die Arbeiter. Jauchegeruch wehte von der Dungstätte herüber.

Ein Mann hat sie beobachtet und kommt auf sie zu. Er sieht

aus, wie Inspektoren aussehen. Er fragt in schlechtem Deutsch: »Was wollen?«

Maximiliane schüttelt den Kopf und sagt: »Nie!« Sie will nichts.

In Andeutungen erfährt sie von ihm, daß die Kolchose Peniczyn längst von einem anderen Verwalter geleitet wird als dem, dem Otto Riepe im Auftrag seines Herrn die Drainagepläne übergeben hatte. Inzwischen war der Posten schon dreimal neu besetzt worden. Dieser neue Verwalter hat der Besucherin nichts zu danken, den Namen Quindt hat er nie gehört.

Niemand, der sie haßt; niemand, der sie liebt. Wenn sie zurückkommt, wird man sie fragen, ob sie sich um das vergrabene Silber gekümmert habe, und sie wird wahrheitsgemäß antworten müssen, daß sie an die bleibenden Werte der Quindts nicht gedacht habe.

Jener Satz, den sie selbst auf dem Pommerntag in Kassel gegenüber Rektor Kreßmann im Trotz geäußert hatte, als er von all den ›entwurzelten Menschen‹ sprach, bewahrheitete sich ihr jetzt. Der Mensch besaß nicht Wurzeln wie ein Baum. Was gedeihen sollte, mußte verpflanzt werden. Die biologischen Gesetze galten auch für den Menschen: die kräftigen und jungen Gewächse gediehen, die schwächlichen und alten verkümmerten. ›Aussterben‹ hatte es ihr ostpreußischer Onkel Klaus anläßlich der Einweihung des Burg-Hotels Eyckel genannt.

Wenn sie zurückkommt, wird sie ihre vorläufige Anstellung in eine Dauerstellung umwandeln.

Zwei Stunden für Peniczyn, dann kehrt Maximiliane zu dem Auto zurück.

Am Ortsschild von Peniczyn hält der Fahrer noch einmal an. Nach seinen Erfahrungen wollen diese Deutschen noch einen letzten Blick auf ihre alte Heimat werfen und ein Foto machen. Aber Maximiliane schüttelt den Kopf. Sie wünscht sich nicht umzudrehen.

Sie nehmen, auf Maximilianes Wunsch, einen anderen Rückweg, vorbei an der Abzweigung, die zu dem ehemaligen Gut Perchen der Mitzekas führte, fahren durch die pommersche Seenplatte, über Chausseen, deren Baumkronen sich in der Mitte berühren; zu beiden Seiten der Chausseen, jenseits des Straßengrabens, wachsen junge Ahorn- und Lindenbäume der künftigen Straßenverbreiterung entgegen. Maximiliane sieht es und nickt.

An einem der Seen – Tempelburg liegt schon hinter ihnen – bittet sie den Fahrer, noch einmal anzuhalten. Sie steigt aus, geht zum Ufer und zieht die Schuhe aus. Dann watet sie ein Stück durchs seichte, sonnenwarme Wasser, stört einen Reiher auf und kehrt, die Schuhe in der Hand, zum Auto zurück.

»Dobre«, sagt sie. Es ist gut so.

Als sie in Kolberg ankommen, dämmert es bereits. Das Auto hält vor dem Hotel ›Skanpol‹ an. Der bisher so schweigsame Fahrer wird plötzlich beredt, zeigt nachdrücklich mit dem Finger auf den Kilometerzähler, dann auf seine Uhr und schreibt auf einen Zettel die Zahl Hundert, in Deutscher Mark zu zahlen. Er betreibt angewandten Sozialismus. Wäre das Ziel seiner Fahrt eine Dorfkate gewesen, hätte er nur die Hälfte berechnet. Wer aber in einem ›Palac‹ gelebt hat, besitzt die Mittel, um das Doppelte zu zahlen. Maximiliane folgt seinen Überlegungen, sieht ihn flüchtig an, nickt zustimmend, lächelt sogar und reicht ihm den Schein.

Herr Lüppers hatte in der Hotelhalle auf ihre Rückkehr gewartet. Er geht auf sie zu und fragt: »Wie war's in der Speisekammer?«

»Sie ist leer«, antwortet Maximiliane, schiebt ihn beiseite und geht zu den Fahrstühlen. Sie ißt nicht zu Abend, sondern legt sich auf ihr Bett und schläft, woran selbst die Düsenjäger sie nicht hindern können.

Am nächsten Morgen steht sie auf dem Bahnsteig in Koszalin zwischen den anderen Rückreisenden, all den ehemaligen Flüchtlingen und Vertriebenen, die sich in Leverkusen und Gelsenkirchen Häuser gebaut haben.

Jetzt wird auch sie seßhaft werden können.

Die Quints

Heide M. Sauer gewidmet,
die 1945, nach der Flucht
aus Pommern, geboren wurde.

1

›Ich geh kaputt, gehst du mit?‹
Sponti der achtziger Jahre

Maximiliane lehnte sich fest gegen die Sandsteinmauer. Ihr Bedürfnis, sich anzulehnen, hatte sich verstärkt. Sie suchte Halt, besaß seit langem niemanden mehr, an den sie sich anlehnen konnte. Hatte sie überhaupt jemals wieder einen Halt gehabt, seit sie sich als Kind gegen das Knie des Großvaters, des alten Quindt, gedrückt hatte? Niemand fragte sie danach, auch sie sich nicht. Man hatte nie mehr gesehen, daß sie einen Baumstamm umarmte, wohl aber, daß sie sich mit dem Rücken an den Stamm eines Baumes lehnte. Joachim, ihr ältester Sohn, hatte einmal gesagt: »Der Baum fällt nicht um, du mußt ihn nicht abstützen!« Daraufhin hatte sie den Kopf in den Nacken gelegt, in die Krone des Baumes geblickt und gefragt: »Bist du sicher?« Sie hatten sich in dem schönen Einverständnis, das zwischen ihnen herrschte, zugelacht, und Maximiliane hatte gefragt: »Versprichst du mir das?« Woraufhin ihr Sohn den Baum prüfend betrachtet hatte, von Bäumen verstand er etwas. »Das verspreche ich dir!« Vertraute Spiele. ›Bist du sicher?‹ – ›Versprichst du mir das?‹

Um mit ihrer Tochter Viktoria zu reden, mußte Maximiliane einen anderen Ton finden. Mutter und Tochter hatten sich auf den höchsten Punkt des Burg-Hotels Eyckel, den Burgfried, zurückgezogen; man hatte, im Zug der nostalgischen Welle, die mittelalterlichen Bezeichnungen beibehalten, als der vom Verfall bedrohte Eyckel in ein Hotel umgebaut worden war. Hier würde niemand sie stören, hier würden sie miteinander reden können. Vorerst schwiegen allerdings beide. Maximiliane in einem Trachtenkleid, blau in blau, der Ausschnitt nicht mehr so tief, die Ellenbogen von den Ärmeln bedeckt, immer noch ein erfreulicher Anblick. Viktoria mit hochgezogenen Knien auf der breiten Brüstung in drei Meter Entfernung, ein Stoffbündel, einen unförmigen Beutel neben sich. Maximiliane unterdrückte das Bedürfnis, die junge Frau in die Arme zu nehmen, weil sie fürchtete, zurückgewiesen zu werden. Sie wartete ab. Diese abwartende Haltung hatte sie sich gegenüber ihren Kindern angewöhnt. Viktoria kaute an ihren Fingernägeln. Alles vererbt sich. Maximiliane hat diese Gewohnheit abgelegt, niemandem ist es aufgefallen. Aber man erinnert sich vielleicht noch: Auf einem der drei bemoosten Säulenstümpfe der ehemaligen Vorhalle von Poenichen, das heute im polnischen Pomorze liegt und Peniczyn heißt, im Dickicht des ehemaligen Parks hat sie zum letzten Mal an ihren Nägeln gekaut. Danach nie wieder. Seit jener Reise ins ehemalige Hinterpommern hat sie sich verändert. Sie lebt im festen Angestelltenverhältnis im Burg-Hotel Eyckel, dem ehemaligen Stammsitz der Quindts; kein Wort wäre so oft zu benutzen wie das Wort ehemalig, aber es wird nicht von ihr benutzt.

Eigentümer des Hotels ist nach wie vor die Brauerei Brandes, der Name Quindt taucht weder in der adligen noch in der bürgerlichen Fassung im Prospekt auf, trotzdem kennen ihn die Stammgäste. Als ›guten Geist des Hauses‹ hat Herr Brandes Maximiliane Quint, geborene von Quindt, bei der Einweihung des Hotels engagiert.

Seit sechs Uhr früh auf den Beinen, ist Maximiliane jetzt, am späten Nachmittag, ermüdet. »Bist du gekommen, um mir mitzuteilen, daß wieder etwas kaputtgegangen ist?« fragt sie schließlich die Tochter.

»Um dir zu sagen, daß ich es versucht habe«, antwortet Viktoria. »Du hast früher immer gesagt: ›Ich kann es ja mal versuchen‹, und du hast es dann geschafft. Ich habe es auch versucht und habe es nicht geschafft. Das ist der Sachverhalt, und das ist der Unterschied zwischen dir und mir. Ich bin ausgestiegen.«

»Warst du nicht gerade erst eingestiegen?«

»Deinetwegen habe ich das getan!«

»Ich habe dich nie beeinflußt. Du gehst deinen Weg, allerdings im Zickzack.«

»Willst du wissen, wie ich überhaupt in den Scheißladen hineingeraten konnte?«

Maximiliane blickt ihrer Tochter abwartend ins Gesicht, mit Schonung hat sie nicht zu rechnen; diese Tochter, die man von klein auf geschont hatte, weil sie dünnhäutig war, schont niemanden, noch immer sieht sie aus wie ein altgewordenes Hippiemädchen, ein Aprilkind, auf das viele Tränen gefallen sind. Irgendwas muß sie bei der Erziehung falsch gemacht haben, aber dasselbe hat sie auch bei ihren anderen Kindern schon gedacht.

Viktoria sagt, nachdem sie wieder eine Weile geschwiegen hat: »Bei eurem Familientag, als ihr diese Absteige für die Reichen eingeweiht habt und du uns mit deinem kategorischen ›Komm!‹ hierher beordert hattest, da stand ich zufällig neben jemandem, der nicht wußte, daß ich zum Clan gehöre. Er hat gesagt: ›Aus den pommerschen Quints ist nach der Flucht doch nichts Rechtes mehr geworden, aus keinem.‹«

»Hat er das so gesagt?«

»Willst du wissen, wer?«

»Nein! Ich weiß ja nicht einmal genau, was das ist: etwas Rechtes.«

»Ich auch nicht! Aber irgendwie hast du mir plötzlich leid getan. Am selben Abend habe ich das Angebot in der Industrie angenommen. Die Leute meinen doch alle nur Stellung und Besitz, sonst zählt doch nichts.«

»Von mir hast du das nie gehört.«

»Du hast zu uns gesagt: ›Stehlen ist besser als betteln ...‹«

»Habe ich das gesagt?«

Viktoria zeigt ins Tal, wo man am Ufer der Pegnitz ein paar Dächer erkennen kann. »Unten im Dorf, als wir Äpfel geklaut hatten.«

»Damals ist nicht heute, Tora!«

»Ich stehle ja auch nicht. Aber ich will nicht mitmachen. Ich will nur weg.«

»Weißt du denn auch, wohin?«

»Der kommt am weitesten, der nicht weiß, wohin er geht.«

»Ich weiß nicht, wo das steht, Tora, aber es ist nicht von dir.«

»Von Nietzsche oder Sokrates. Ich weiß es nicht. Sokrates wäre besser! Er lebte in freiwilliger Armut. Diogenes und seine Schüler lebten wie Bettler.«

»Wo gebettelt wird, muß es auch jemanden geben, bei dem etwas zu erbetteln ist.«

»Du stehst auf der falschen Seite!«

»Das Leben hat nicht nur zwei Seiten, Tora, es ist sehr vielseitig.«

Als ihre Tochter nicht antwortet, fährt sie fort: »Die Stelle in diesem Werk, ich weiß nicht mehr, wie es hieß, entsprach doch genau deiner Ausbildung?«

»Ich wollte für das Wohlergehen der Betriebsangehörigen arbeiten. Aber der Besitzer meinte das Wohlergehen seines Betriebes!«

»Deckt sich das nicht? Wenn es dem Betrieb ›wohlergeht‹, wie du es nennst, geht es doch auch den Betriebsangehörigen gut. Und umgekehrt. Das ist in diesem Betrieb hier genauso, nur daß es auch noch den Gästen wohlergehen soll.«

Es lag nicht in Viktorias Absicht, über das Wohlergehen des Hotels zu reden. »Du stehst auf der falschen Seite!«

»Das hast du schon einmal gesagt.«

»Du begreifst es nur nicht! Du denkst immer noch in alten Schablonen!«

Hätte Maximiliane sagen sollen, daß ihre Tochter die alten Schablonen gegen neue ausgetauscht hatte?

Sie sagt es nicht, sondern wechselt das Thema.

»Was ist mit deinem Freund?«

»Manfred? Er ist nicht mehr mein Freund. In der ersten Firma hat er seinen eigenen Posten wegsaniert. Das passiert ihm nicht ein zweites Mal. Als er nichts fand, habe ich ihm die Hälfte meiner Stelle abgetreten. Er hat der Betriebsleitung bewiesen, daß er tüchtiger ist als ich. Er hat bereitwillig eingesehen, daß die Firma im Sinne der Arbeitsplatzerhaltung Rüstungsaufträge annehmen mußte. Ich habe das nicht eingesehen. Die Firma hat mir gekündigt, und Manfred hat mir auch gekündigt. Ich bin fünf Jahre älter als er. Solche Verhältnisse haben den Vorzug, daß man sich nicht scheiden lassen muß. Unsere Abmachungen waren jederzeit kündbar. Eine dokumentenfreie Partnerschaft, du kannst es auch eine unlizensierte Beziehungskiste nennen. Er wollte mir übrigens eine Analyse bezahlen. Er hält mich für verkorkst.«

»Hat er verkorkst gesagt?«

»Er hat noch ganz andere Ausdrücke benutzt. Bei einer Analyse wären alle Fehler, die du bei meiner Aufzucht gemacht hast, herausgekommen. Er hat sich bei einem Psychoanalytiker einen Kostenvoranschlag machen lassen, mit Altersangabe und Background des Patienten. Genau den Betrag habe ich bei mir.« Sie stößt mit dem Fuß gegen den Beutel.

»In bar?«

»Geld kann gar nicht bar genug sein, das hast du doch immer behauptet.«

Maximiliane versucht, sich zusammenzunehmen, umspannt mit der rechten Hand den linken Ellenbogen, mit der linken Hand den rechten, hält sich an sich selber fest, um nicht wieder in Versuchung zu geraten, ihr Kind in die Arme zu nehmen; sie würde sich sträuben, sie ließ sich nicht anfassen, schon gar nicht von ihrer Mutter.

»Der Satz stammte vom alten Quindt«, sagt sie und, auf den Beutel zeigend: »Ist das alles, was du besitzt?«

»Man muß Ballast abwerfen, das stammt von dir, das kann ja nicht vom alten Quindt stammen. Ein paar Klamotten, mehr braucht man doch nicht.«

Viktoria blickt hinunter auf den Parkplatz, sie taxiert die Wagen. »Ich wundere mich, daß du es hier aushältst.«

»Ich wundere mich auch, aber ich bin sechzig. Irgendwo muß ich doch bleiben.«

»Früher hast du gesagt: ›Wer kein Zuhause hat, kann überall hin.‹«

»Früher.«

»Das sind doch alles Mittelklasse-Wagen und drüber.«

»Von hier oben sehen sie alle klein aus, Tora. Es kommt auf den nötigen Abstand an.«

»Wodurch sind diese Individuen, die hier absteigen, denn reich geworden?«

»Vermutlich durch Arbeit.« Maximilianes Antwort klingt wenig überzeugend.

»Glaubst du etwa, daß sie glücklich sind?«

»Einige. Geld macht ja nicht unglücklich und Armut nicht glücklich. Erinnerst du dich, als wir im Winter 1945 hier gelandet sind? Strandgut, aus dem großen Strom der Flüchtlinge und der Vertriebenen. Damals glich der Eyckel einer mittelalterlichen Fliehburg. Wir haben zu sechst in einem Raum gehaust, dessen Wände feucht waren. Ihr wart ständig erkältet, Mirkas Windeln trockneten nicht. In allen bewohnbaren Räumen hausten Quindts, adlig und bürgerlich, mit und ohne ›d‹, aus Schlesien, aus Pommern, aus Ostpreußen, aus Mecklenburg. Alle waren arm, wenn auch nicht gleich arm.«

»Aber du hast damals auf dem Dachboden getanzt!«

»Ja, das habe ich. Mit Anna Hieronimi, die aus der Lausitz stammte. Und irgendein Quint hat Jazztrompete gespielt. ›Let me stay in your eyes –‹«

Maximiliane bricht ab. Viktoria sieht sie an: »Woran denkst du?«

»Ach, Kind.«

»Das war keine Antwort, das war ein Seufzer.«

»Habe ich geseufzt? Ich bin nicht gewohnt, über mich zu sprechen.«

»Dafür bist du doch hier, um mit den Gästen zu reden.«

»Sie reden, und ich höre zu. Morgens erkundige ich mich bei

ihnen, ob sie geträumt haben. Oft bekomme ich die Träume schlafwarm erzählt. Und dann gieße ich noch eigenhändig eine Tasse Kaffee ein und gehe an den nächsten Tisch. Morgens haben alle ein gutes Wort nötig.«

»Das Wort zum Sonntag!«

»Zu jedem Tag, Tora. Die Woche hat sieben Tage, der Monat in der Regel dreißig und das Jahr 365 Tage. Für mein Dasein werde ich bezahlt. Die Gäste würden mich vermissen. Auf gewisse Weise bin ich hier unabkömmlich.«

»Legst du darauf Wert?«

»Es kommt doch nicht darauf an, ob ich Wert darauf lege. Mein Büro ist eine Beschwerdestelle. Bei mir beklagt man sich, wenn ein Fensterladen klappert, wenn der Blütensaft der Linden aufs Autodach tropft, wenn die Wespen den Genuß am Pflaumenkuchen beeinträchtigen.«

»Du nimmst das nicht ernst!«

»Doch! Ich sage, daß ich ein paar Worte mit dem Wind reden werde, und wenn eine Wespe wirklich einmal zusticht, hole ich eine Zwiebel aus der Küche und behandele den Einstich eigenhändig.«

Beide Frauen blicken in die Tiefe, wo, von schattenspendenden Linden fast verdeckt, die Wagen der Hotelgäste parken; es sind nicht viele.

»Gibt es Leute, die mit einem R4 hierher kommen?«

»Es ist meine Karre.«

»Sagst du noch immer ›Karre‹? Du bist ein Snob, weißt du das?«

»Ich versuche, mich zu unterscheiden. Ich muß mich unterscheiden, auch im Wagentyp. Frau Brandes gehört zu einer anderen Klasse, und der Ober gehört auch zu einer anderen Klasse. An ihrem Auto sollt ihr sie erkennen.«

»Fühlst du dich eigentlich wohl hier?« fragt Viktoria nach einer Pause.

»Ach, Kind!« antwortet Maximiliane.

»Laß uns jetzt nicht wieder das Mutter-Kind-Spiel spielen!

Ich sage nicht mehr ›Mama‹ und auch nicht ›Mutter‹, ich werde Maximiliane sagen, oder einfach ›M‹, was du unter deine Briefe schreibst.«

»Du spielst ein neues Spiel in alter Besetzung. Du hast gefragt, ob ich mich wohl fühle.«

Ein Wagen biegt auf den Parkplatz, Maximiliane unterbricht sich. »Es kommen neue Gäste, ich muß zur Begrüßung auf der Treppe stehen. Willst du zu Abend essen?«

»Im Jagdzimmer etwa?«

»Die ehemalige Kapelle dient jetzt als Restaurant.«

Viktoria lacht auf. »Typisch! Mir wird übel, wenn ich nur zusehe, was die Leute alles in sich hineinschlingen.«

»Hast du wieder deine Gastritis? Willst du ein paar Tage hierbleiben und ausspannen? Zum Ausspannen ist der Eyckel besonders gut geeignet, steht im Prospekt. Ausspannen! Früher hat man die Pferde ausgespannt.«

»Ich bin Menschen so leid!«

»Ich auch, Tora. Aber ich frage mich nicht ab, ob ich mich wohl fühle, es gibt hier so viele, die viel Geld dafür ausgeben und viel Geld dafür bekommen, ich meine für ihr Wohlbefinden, und dafür bin ich zuständig. Aber ich habe es nicht studiert wie du.«

»Beklagst du dich?«

»Nein. Bei wem sollte ich mich denn beklagen?«

»Ich denke, du glaubst an Gott.«

»Der hat es gut mit mir gemeint, nur die Zeiten waren manchmal schlecht. Der alte Quindt hielt es mit den Bäumen, und seine Frau hielt es mit den Hunden. Alles vererbt sich.«

»Ich mache mir nichts aus Tieren.«

»Das habe ich vermutet. Du bist als Kind zu oft umgetopft worden.«

»Ich bin keine Blume.«

»Nein. Du blühst nicht. Wir reden später weiter, ich muß die Gäste begrüßen, es kann spät werden.«

»Spät, später, das hast du auch früher schon zu uns gesagt!«

Um die Wendeltreppe rascher hinunterlaufen zu können, zieht Maximiliane die Schuhe aus und nimmt sie in die Hand. Die Gäste blicken ihr bereits entgegen; sie entschuldigt sich lachend. »Ich hatte mir meine bequemsten Schuhe angezogen!« Sie schlüpft in die Schuhe und damit wieder in ihre Rolle. Sie erkundigt sich, ob die Herrschaften eine angenehme Fahrt hatten. Keine Staus auf der Autobahn? Unmittelbar aus Duisburg?

Sie wird verbessert. Aus Lippstadt! Sie hat Punkte verloren, muß in der Kartei blättern und nach dem Namen suchen, der ihr entfallen ist. Zur Strafe hat dann auch der Herr aus Lippstadt ihren Namen vergessen, aber seine Frau sagt: »Bemühen Sie sich nicht, Frau Baronin, wir kennen den Weg zum Zimmer.«

Frau Quint lächelt und verspricht, den gewohnten Platz im Speisesaal reservieren zu lassen. »Die Abende sind noch kühl, obwohl diese Junitage doch unvergleichlich ...« Sie bricht ab und sagt: »Ich werde Feuer im Kamin machen. Eigenhändig.« Sie wirft einen Blick auf die Uhr.

Eine Stunde war vergangen, seit sie die Stimme von Frau Brandes gehört hatte, die mit Schärfe sagte: »Sie haben sich wohl in der Hotelkategorie geirrt!« Die Antwort hierauf hatte sie nicht verstanden, hatte es aber für ratsam gehalten, einzugreifen. Sie hatte die Schwingtür zur Eingangshalle mit dem Fuß aufgestoßen und für einen Augenblick ihre Tochter erkannt, die Tür angehalten und den Atem angehalten und hatte sich erst dann eingemischt und die Frauen, die im gleichen Alter waren, miteinander bekannt gemacht. »Frau Brandes, es handelt sich um meine Tochter, Dr. Viktoria Quint«, sagte sie, und zu dieser: »Frau Brandes ist hier die Chefin.« Sie hatte sich zur Treppe gewandt und zu Viktoria gesagt: »Komm mit, Tora!«, aber Frau Brandes hatte unmißverständlich auf die Uhr geblickt, was besagen sollte: »Es ist siebzehn Uhr, Frau Quint. Sie sind im Dienst. Sie können nicht einfach fortgehen.«

Und Maximiliane hatte ihrerseits unmißverständlich gesagt: »Ich habe jetzt keine Zeit, ich werde sie mir nehmen müssen. Entschuldigen Sie mich, Frau Brandes!«

Während sie mit Viktoria den Hof durchquerte, sagte diese: »Du scheinst hier unentbehrlich zu sein.«

»Ich weiß nicht, ob ich unentbehrlich bin. Ich bin unerwünscht, aber die ›Baronin‹ und der Name Quint, die sind nicht zu entbehren. Das Recht der freien Meinungsäußerung steht im Grundgesetz. Dieses Gesetz muß auch hier gelten. Darauf bestehe ich. Aber es strengt mich an.«

Inzwischen hatten sie die Treppe erreicht, und Maximiliane fügte hinzu: »Mehr als die Treppen. Aber die Treppen strengen mich auch an. Ich wiege zehn Pfund zuviel. Ich muß hier manches schlucken. ›Besser den Hecht als den Ärger runterschlucken‹, hieß es auf Poenichen. Unter vier Augen sagt Frau Brandes ›Quint‹ zu mir, und wenn Gäste anwesend sind: ›Frau Baronin‹. In beiden Fällen antworte ich mit: ›Gern, Frau Brandes.‹ Du bist die Ausnahme, die ich mir selten leiste. Es kommt nicht oft vor, daß einer von euch hier auftaucht.«

»Sie könnte deine Tochter sein. Mit welchem Recht behandelt sie dich so?«

»Mit dem Recht der Witwe Brandes. Der alte Brandes hatte vorgehabt, mit neunzig Jahren zu sterben. Eine Vorausberechnung, die nicht aufgegangen ist. Seine zweite Frau sollte ihn verjüngen, statt dessen hat sie ihn rasch altern lassen und ihm den Spaß an seinem Burg-Hotel verdorben. Vermutlich hat sie ihm das Sterben leichter gemacht als das Leben. Jetzt regiert sie hier. Sie hat das Erbe mit dem Preis ihrer Jugend bezahlt. Sie findet den Preis zu hoch.«

»Nimmst du wirklich an, daß ich hierher gekommen bin, um über diese Frau Brandes zu reden?«

Maximiliane beantwortete die Frage nicht, sie brauchte den Atem für die letzten Stufen der Treppe.

Als sie die Treppe zum zweiten Mal hinaufstieg, noch langsamer als beim ersten Mal, waren zwei weitere Stunden vergangen. Sie hatte zusätzlich an dem Tablett, auf dem eine kleine Mahlzeit für ihre Tochter stand, zu tragen.

Viktoria hatte sich in eine Jacke gewickelt und sich auf der Mauer ausgestreckt. Sie blickte der Mutter entgegen. »Ich esse keinen Bissen!« sagte sie, als sie das Tablett sah.

»Ich habe frische Pellkartoffeln gekocht. Es gibt nichts Besseres als Kartoffeln bei einer Magenverstimmung. Und bei anderen Verstimmungen. ›Pommerns Trost‹, sagte der alte Quindt, und der hatte es von Bismarck. Lassen wir uns doch trösten. Salz habe ich mitgebracht und zwei Flaschen Brandes-Bier.«

»Ich habe keine Magenverstimmung. Ich habe eine Magersucht. Eine in der Kindheit erworbene Magersucht. Du hast mich immer gelobt, weil ich so leicht war.«

»Ich mußte dich auf den Karren heben und war schwanger.«

»Ja! Du warst schwanger! Das Urrecht der Schwangeren! ›Tora braucht am wenigsten Platz am Tisch!‹«

»Wir mußten zu sechst am Tisch Platz haben, und dann kam noch Maleen, Golos Freundin, dazu . . .«

Sie brach ab. Sobald sie an Golo erinnert wurde, drohte sie die Fassung zu verlieren.

»Ich hätte ein Glasgesicht, habt ihr gesagt. Man könnte durch mich hindurchgucken.«

»Das kann man nicht mehr. Das Glas ist trübe geworden.«

Maximiliane wechselte den Ton, pellte derweil die Kartoffeln.

»Was hast du noch aufzuzählen?«

»›Pflegeleicht ist diese Tochter nicht.‹«

»Habe ich das gesagt? Dann wird es gestimmt haben.«

»Warum habt ihr mich Tora genannt? ›Mein törichtes kleines Mädchen.‹«

»Du hast dir den Namen selbst gegeben, als du Viktoria noch nicht hast aussprechen können. Ich wollte deinem Vater eine Freude machen, deshalb solltest du heißen wie er. Es war

Krieg. Das erste, was du gehört hast, war eine Siegesmeldung. Golo hatte im Büro das Radio auf volle Lautstärke gestellt. Das hat sonst immer Martha Riepe getan, wenn Sondermeldungen durchgegeben wurden. Deutsche U-Boote hatten 38000 Bruttoregistertonnen versenkt. Ich erinnere mich genau an diese Zahl.«

»Bruttoregistertonnen wovon? Waffen? Munition, Lebensmittel, Menschen?«

»Ich habe nicht danach gefragt.«

»Das habt ihr offenbar nie getan.«

»Und dann wurde das Bruttoregistertonnenlied im Radio gespielt. So nannte es der alte Quindt. ›Denn wir fahren gegen Engelland –‹. Da schriest du bereits.«

»Was soll das alles? Warum redest du davon?«

»Wie an dem Tag, der dich der Welt verliehen –. Du bist in eine Welt hineingeboren, in der alles zerstört wurde. Ich habe alle meine Kinder in den Krieg hineingeboren.«

Während Maximiliane eine Kartoffel nach der anderen mit Salz bestreute und ihrer Tochter reichte und auch selber davon aß, suchten ihre Gedanken die Nachkriegszeit ab, und ein Erlebnis aus den Marburger Jahren fiel ihr ein.

»Als man Golo und dich auf dem Schwarzmarkt am Bahnhof erwischt hat und du sagen solltest, wie du heißt, hast du gesagt: ›Tora Flüchtling.‹«

»Weil du uns immer ermahnt hast: Seid leise, wir sind nur Flüchtlinge! Tora Flüchtling! Darüber haben immer alle gelacht, auf meine Kosten.«

»Man lacht immer auf Kosten anderer, man lebt auf Kosten anderer«, sagte Maximiliane.

Tora lachte auf. »Deine Maxime! Du wirst hier doch ausgebeutet«, sagte sie, »wie viele Stunden arbeitest du denn am Tag?«

»So leicht läßt sich ein Pommer nicht ausbeuten.«

»Pommern. In jedem zweiten Satz sprichst du von Pommern.«

»Nur heute abend.«

»Als ich das letzte Mal hier war, hast du zu mir gesagt: ›Sackgassen sind nach oben hin offen.‹«

»Stimmt das etwa nicht?«

»Für dich vielleicht.«

»Ich habe immer geglaubt...« Maximiliane brach ab.

»Das ist es! Das meine ich! Du hast immer geglaubt.«

Es war über dem Gespräch dunkel geworden. Beide Frauen schwiegen. Dann sagte Maximiliane: »Damals, nach dem Krieg, gab es einen Schlager: ›Und über uns der Himmel / läßt uns nicht untergehen.‹ Das habe ich gesungen wie ein Gebet. Spürst du davon nichts, wenn du hochblickst?«

»Ich habe seit Jahren keinen Sternenhimmel mehr über mir gehabt. Bei dir ist alles einfach: oben der Himmel, unten die Erde.«

»So muß es auch bleiben. Sonst schaffe ich es nicht.«

In diesem Augenblick leuchteten die Scheinwerfer auf, mit denen das Gebäude angestrahlt wurde, die schadhaften Stellen des Fachwerks wurden sichtbar. Maximiliane blickte auf die Uhr.

Viktoria erkundigte sich: »Langweile ich dich?«

»Die Scheinwerfer müssen eine Viertelstunde früher eingeschaltet werden.«

Mitternacht war vorüber, als Maximiliane ihre Tochter in eines der Erkerzimmer brachte. Sie sagte, was sie zu allen Gästen sagte, die sie dorthin begleitete: »Gleich unter den Vögeln!« Aber diesmal fügte sie hinzu: »Damals haben ›die weißen Tanten‹ hier gewohnt. Erinnerst du dich?«

»Nein.«

»Schade. Das einzige Vermögen, das ich mir erworben habe, ist das Erinnerungsvermögen, und das will keiner von euch erben.«

»Was war mit den weißen Tanten? Etwas Besonderes?«

»Eben nicht. Sie hatten keine Kinder. Sie sind völlig in Vergessenheit geraten. Vielleicht gibt es noch ein paar weiße Leinendecken, die sie gestickt haben. Mecklenburger Frivolitäten.«

»Du gehst hier durch die Gänge, als gehörte dir dieses Gemäuer seit Jahrhunderten.«

»Der Eyckel hat Jahrhunderte lang den Quindts gehört, das kann man nicht durch einen Kaufvertrag ändern. Die Erkerzimmer sind bei unseren Gästen beliebt. Sie sind romantisch. Bei Mondlicht kann man im Tal die Pegnitz sehen, manchmal hört man den Nachtkauz rufen.« Inzwischen hatte sie einen der Fensterflügel aufgestoßen und atmete tief. Blütenduft drang herein.

»Was ist das für ein Geruch?« fragte Viktoria.

»Die Sommerlinden blühen. Man schläft gut unterm Lindenduft.«

»Sagst du das zu allen Gästen?«

»Nur, wenn die Linden blühen. In den übrigen Jahreszeiten muß ich mir etwas anderes einfallen lassen. Im Herbst, wenn der Wind die Blätter am Fenster vorbeischickt, sage ich, daß es Laubvögel seien. Die Leute können nichts beim Namen nennen.«

Mutter und Tochter blickten sich an. Maximiliane legte nun doch den Arm um ihr Kind und erschrak über die knochigen Schultern.

»Ich brauche etwas«, sagte Viktoria, »etwas, das mir gehört, zu mir gehört! Du hast immer nur gesagt: Das brauchen wir nicht. Und nun stehe ich da, bin Mitte Dreißig und weiß nicht: Was braucht man?«

Und wieder schwieg Maximiliane; die Antwort mußte von allein gefunden werden. Statt dessen legte sie den Arm fester um Viktoria, die es zuließ, die Umarmung aber nicht erwiderte. Diese Tochter fragte nur danach, was sie selber brauchte, nicht aber, was der andere vielleicht brauchte. ›Das bringt mir nichts‹ als Maxime.

Die Mutter schlug die Bettdecke zurück, das tat sie auch bei anderen Gästen, eigenhändig, sagte: »Gute Nacht!« und ließ Viktoria allein. Sie hörte noch, wie die Fensterflügel heftig geschlossen wurden.

Als Maximiliane am Ende des langen Tages in ihr Zimmer kam, fand sie auf der Fensterbank eine Botschaft vor. Jemand hatte ein großes ›M.‹ aus Walderdbeeren auf das weißgestrichene Holz gelegt. Sie aß eine Beere nach der anderen, ließ nur den Punkt hinter dem ›M‹ übrig, öffnete dann beide Fensterflügel und atmete den Lindenblütenduft ein. An wie vielen Plätzen hatten ihr schon die Linden geblüht, als wären ihr die Lindenbäume gefolgt, von Poenichen über Hermannswerder, zum Eyckel, nach Marburg, nach Kassel, nach Paris. Die Stationen ihres Lebenswegs gerieten ihr durcheinander.

2

›Was jemand tut, ist wichtig! Was jemand sagt, ist wichtig! Aber genauso wichtig ist, was jemand nicht sagt und was er nicht tut. Das zählt auch.‹

Der alte Quindt

›Jeder Einarmige ist mein Vater. Jeder, der eine Uniform trägt, ist mein Vater. Jeder Deutsche ist mein Vater. Jeder Mann. Jedermann.‹

Die Aufzählung brach an dieser Stelle ab. Lange Zeit kam Mosche Quint nicht über die ersten wortarmen Sätze hinaus. Trotzdem hatte er mit seinem Verleger in München die Herausgabe des Buches bereits besprochen, sogar der Vertrag war schon gemacht und eine Vorauszahlung geleistet worden. Das Vater-Sohn-Thema wurde von den deutschsprachigen Autoren aus der Luft gegriffen, in der es in den siebziger Jahren lag. Wo warst du? fragten stellvertretend für jene, die diese Frage nicht öffentlich stellen konnten, die schreibenden Söhne ihre Väter, die das Dritte Reich und den Zweiten Weltkrieg mitgemacht, nicht verhindert und zumeist auch überlebt hatten. Letzteres war bei Mosche Quints Vater nicht der Fall. Dieser Sohn stellte seine Frage einem toten, ihm weitgehend unbekannten Mann. Sein ›Vaterländisches Gedicht‹, das in einigen Schullesebüchern steht, wird im Deutschunterricht gern mit einem Gedicht ähnlichen Inhalts von Hans Magnus Enzensberger verglichen, das den Titel ›Landessprache‹ trägt. Die Zeilen ›Deutschland, mein Land, unheilig Herz der Völker‹ gleichen fast wörtlich einer Zeile aus Mosche Quints Gedicht, das von Schülern und Lehrern bevorzugt wird, weil es wesentlich kürzer als das Enzensbergersche ist. Die beiden Gedichte waren etwa zur gleichen Zeit entstanden, Quint war allerdings fast zehn Jahre jünger.

Woher rührte der Name ›Mosche‹ für den erstgeborenen Quint auf Poenichen? Getauft wurde das Kind 1938 auf den Namen Joachim nach seinem Urgroßvater, dem legendären ›alten Quindt‹, Freiherr und Gutsherr auf Poenichen in Hinterpommern. Zunächst benutzte seine Mutter ›Mosche‹ als Kosename, später diente er ihm als Künstlername. Er selbst wußte nichts von der rührenden Liebesgeschichte, die sich im letzten Sommer vor Ausbruch des Zweiten Weltkriegs am Großen Poenicher See abgespielt hatte. Er hatte nie etwas von seinem Lebensretter erfahren, jenem Leutnant, der zu Schießübungen auf den Truppenübungsplatz ›Poenicher Heide‹ kommandiert worden war und in den Mittagsstunden zum See ritt, um zu schwimmen, mit der gleichen Absicht wie Maximiliane, die mit dem Fahrrad kam, den kleinen Sohn in einem Korb auf dem Gepäckträger, dazu einige Windeln für ihn, für sich selbst Äpfel und Bücher. Der Leutnant, dessen Name nicht bekannt ist, hatte ein Wimmern gehört, war ihm nachgegangen und hatte einen Weidenkorb auf dem Wasser treibend entdeckt und darin das Kind. Moses im Körbchen – Mosche. Eine Augustwoche lang hatte er mittags sein Pferd an einen Baumstamm gebunden, Maximiliane hatte ihr Fahrrad ins Gras gelegt; sie hatten sich gemeinsam über Rilkes ›Cornet‹ gebeugt, aber auch über die ›Keuschheitslegende‹ von Binding. Sie hatten miteinander gebadet, und keiner hatte nach dem Namen des anderen gefragt. Mosche in seinem Weidenkörbchen war immer dabei, und sein Vater war in Berlin unabkömmlich.

Später wurde Mosche Quint gelegentlich gefragt: Woher der jüdische Vorname? Er hatte sich bei seiner Mutter erkundigt, und sie hatte seufzend gelacht oder lachend geseufzt und »Ach, Mosche!« gesagt. Diese Liebesgeschichte war nicht groß genug gewesen, als daß man sie mit einem anderen hätte teilen können. Maximiliane war verschwiegen, leidenschaftlich verschwiegen, wie es ihre Großmutter Sophie Charlotte gewesen war, die aus Königsberg stammte und ebenfalls als junge Frau eine Affäre gehabt hatte, ebenfalls mit einem Leutnant, allerdings einem polnischen. In den Dünen von Zoppot. Eine Affäre, die ihre Folgen hatte. Längst ist über diese Geschichte Gras gewachsen, niemand lebt mehr, der auch nur entfernt davon etwas ahnte, daß sich ins deutsche Blut der pommerschen Quindts polnisches Blut gemischt hatte. Alte Geschichten der alten deutsch-polnischen Geschichte! Für Mosche Quint ist der Poenicher See eine Sehnsucht, die er von der Mutter geerbt hat, keine Erinnerung. Er hat Gedichte mit der Muttermilch zu sich genommen, das weiß er, darüber hat er ein paar Verse gemacht, die so verständlich sind, daß sie aus Anlaß des Muttertags in den Zeitungen gelegentlich als Lückenfüller abgedruckt werden können. Die wenigen Kritiker, die sich bisher mit seiner Lyrik befaßt haben, vergleichen ihn mit Wilhelm Lehmann, sprechen von Naturlyrik und beachten die engagierten Töne, die es von Anfang an gegeben hat, zuwenig.

Joachim Quint, Mosche Quint, aber auch Jocke Quint. Eine junge Schwedin, Stina Bonde, hat ihn so genannt. »Jocke!« rief sie. »Kom hit, Jocke!« Ein Klang wie Unkenruf; und sie schwamm ihm davon. Er hat diese blonde Stina nicht halten können, vielleicht auch nicht halten wollen. Sie liebten dasselbe, sie liebten beide Dalarna. Einer der Irrtümer, zu denken, es genüge, wenn man das gleiche liebt. Ihretwegen hatte er Deutschland verlassen und war nach Schweden gegangen. In den kurzen biographischen Abrissen, die auf der Rückseite seiner Gedichtbände standen, las es sich anders, da stand, daß er seines Vaters wegen sein Vaterland verlassen habe, auch das stimmte. Der dritte Grund war, daß er damals gerade Larsgårda geerbt hatte, einen kleinen Besitz in Dalarna, der dem schwedischen Zweig der Quindts gehörte; niemandem sonst war an den halbzerfallenen Holzhäusern und -hütten gelegen und an den paar Hektar Wald. Es gehörte ein Stück Seeufer dazu, was allerdings in Schweden nicht zu den Besonderheiten zählt. Quint konnte als Ausländer zeitlich unbegrenzt und unbehelligt dort leben, alle fünf Jahre mußte er einen Fragebogen ausfüllen, woraufhin seine Aufenthaltsgenehmigung verlängert wurde; eine Arbeitserlaubnis benötigte er nicht, schreiben durfte jeder. Er nahm als Deutscher an den Gemeindewahlen teil, nicht aber an den Reichstagswahlen. Er war mit der schwedischen Außenpolitik einverstanden, Unabhängigkeit von den Machtblöcken. Neuerdings wählte er die ›Miljöpartiet‹, eine kleine Partei, die er im Gespräch mit seinem Nachbarn Anders Brolund als ›Unzufriedenheitspartei‹ bezeichnete, was dem Sachverhalt nahe kam.

Larsgårda ließ sich mit Poenichen nicht vergleichen. Oder doch? Ein Stück Land, ein Seeufer, Waldwege, Bäume. Nichts war eingezäunt, Quint konnte sich frei bewegen. Das Gefühl für Eigentum war ihm nicht angeboren und nicht anerzogen. Als Kind hatte er einmal zu seiner Mutter gesagt, daß er am liebsten ein Baum sein wolle, mitten im Wald; dieser Wunsch hatte sich nur insofern geändert, als er, des besseren Überblicks wegen, heute lieber am Waldrand stehen würde. Später, wenn das Interesse an seiner Biographie wächst, wird er solche Gedanken gelegentlich zum besten geben. Man erwartet dann von einem Mann wie Joachim Quint Originalität.

Besonderer eigener Erinnerungen wegen hatte seine Mutter das Märchen vom ›Fischer un syner Fru‹ geliebt. Anna Riepe, die Köchin, hatte es ihr am Küchenherd erzählt, und sie selbst hatte es zwei Jahrzehnte später ihren Kindern, die in einem Schloß, zumindest in einem pommerschen Herrenhaus, geboren waren, weitererzählt. Joachim, der schon als Kind immer lange nachdachte, bevor er etwas fragte, hatte seine Mutter eines Abends gefragt: »Was muß man sich wünschen, wenn man schon ein Schloß hat?« Seine Mutter hatte ihn angesehen, »Ach, Mosche!« gesagt und ihn in die Arme geschlossen; sie fand immer die richtige Antwort für dieses Kind. Vieles war auch in Pommern schon abzusehen, und wenn nicht von Maximiliane, so doch vom alten Quindt. Larsgårda glich der Fischerhütte aus dem Märchen, dem ›Pißputt‹. Joachim wünschte sich nichts anderes. »Hej du!« hatte Stina gesagt, bevor sie endgültig davonfuhr. Längst besaß sie eine Villa in den Schären von Stockholm und verbrachte die Wintermonate auf Lanzarote. Er war an eine Ilsebill geraten, die einen geschäftstüchtigen Verlagsleiter geheiratet hatte. Ein Band Gedichte, das immerhin, war übriggeblieben: ›Stina vergessen‹. Er hatte sich nicht entschließen können, einen anderen Namen für den Titel zu wählen. Wer kannte in Deutschland eine Stina? Wer las schon Gedichte? Wäre er ein Maler gewesen, hätte er Stina gemalt, immer wieder gemalt, noch besser: ihr ein Denkmal errichtet.

Der Junge denkt zuviel, hatte bereits der alte Preißing gesagt, Preißing aus Berlin-Pankow, der leibliche Großvater seiner Halbschwester Edda. Die Familienverhältnisse der Quints mit und ohne ›d‹ mußten Außenstehenden immer wieder erklärt werden, was aber keiner tat, man ließ es dabei: ›Opa Preißing aus Berlin-Pankow‹; allenfalls der Ausspruch der Mutter: ›Kinder können gar nicht genug Großväter haben!‹ wurde gelegentlich erwähnt. Mit dem Satz ›Die meisten Menschen denken zu wenig‹ hatte Maximiliane damals ihren Ältesten verteidigt. Beim Nachdenken war es lange Zeit geblieben, ein nachdenklicher Junge, ein nachdenklicher Student, ein nachdenklicher Schriftsteller, der mehr dachte als schrieb. Andere handeln unbedacht, verschieben das Nachdenken auf später, auch darin unterschied sich Joachim von seinen Altersgenossen. Er war ein Beobachter. Er hatte selten selbst geangelt, wußte aber über das Angeln mehr als ein Angler, ebenso über die Jagd, über die Forstwirtschaft. Die Umweltprobleme.

Es muß bei dieser Gelegenheit an die Taufrede erinnert werden, die ihm sein Urgroßvater gehalten hatte. Der alte Quindt sprach bereits 1938 von einer ›Vorkriegszeit‹. Es wurde, vor allem von Adolf Hitler, was nach seiner Ansicht immer ein schlechtes Zeichen war, zuviel vom Frieden geredet. Er sagte wörtlich: ›Die Quindts‹ – viele Generationen durch Anhängung eines Schluß-s zusammenfassend – ›konnten immer reden, trinken und schießen, aber sie konnten es auch lassen! Wir wollen darauf trinken, daß dieses Kind es im rechten Augenblick ebenfalls können wird. Auf das Tun und Lassen kommt es an!‹

Bisher, und dieses ›bisher‹ umfaßt Jahrzehnte, hat Joachim Quint das meiste gelassen. Er ist fast vierzig.

Er ist ein ängstliches Kind gewesen, das Vertröstungen brauchte. Ein Flüchtlingskind. Ein Traum kehrt ihm immer wieder: Er hört Pferde wiehern und hört Motorengeräusch, das sich entfernt, offenbar ein allgemeiner Aufbruch, aber er kann nicht wach werden, kann nicht aufspringen von seinem Bett. Als er dann vor dem Bett steht und Schuhe und Schreibzeug und Bücher zusammenrafft, ist es draußen längst still geworden, alle sind fortgezogen, und er ist allein. Aber das Alleinsein erschreckt ihn nicht mehr, auch im Traum nicht; er stellt sich ans Fenster, blickt über den See und beruhigt sich. Er hat die Angst überwunden, er wird damit fertig, sie gehört zum Leben. In Larsgårda gibt es niemanden mehr, der ihn verlassen könnte, nachdem Stina ihn verlassen hat. Er lebt allein, über lange Zeit allerdings mit seinem toten Vater, der ihm niemals im Traum erschienen ist.

Zunächst hatte er die geplante Abrechnung mit seinem Vater, der ein Nazi gewesen war, ›Umwege zu einem Vater‹ genannt, mit dem unbestimmten Artikel seine Einstellung bereits kennzeichnend. Im Laufe des weiteren Nachdenkens und Nachforschens änderte er seine Einstellung und hielt schließlich den Titel ›Annäherung an den Vater‹ für passender. Jetzt also mit dem bestimmten Artikel, wenn auch immer noch nicht mit dem besitzanzeigenden ›meinen‹. Daß der Vater seinerseits eine Beziehung zu ihm gehabt haben könnte, hielt er für unwahrscheinlich, obwohl er der Stammhalter, der Erstgeborene war, der Namensträger. Der Höhenunterschied war groß. Ein Kind blickt zu seinem Vater auf. Aber blickt ein Vater auf sein Kind herab, wenn er so Großes im Sinn hatte wie jener Viktor Quint: die Besiedelung des deutschen Ostens? Ein Vorsatz, dem alle seine Kinder ihr Dasein zu verdanken hatten. Nicht zu vergessen, daß er den Blick nur selten von seinem Führer Adolf Hitler abgewandt hatte.

Die Überlegung, daß sein Vater ebenfalls der Sohn eines Vaters gewesen war, wurde von Joachim Quint nicht angestellt. Die Herkunft des Vaters erschien ihm nicht wichtig, obwohl doch die Antwort auf die Frage, was an Viktor Quint das Schlesische gewesen sein mochte, wichtig hätte sein können. Der Vater war das älteste einer Reihe von vaterlosen Kindern gewesen, genau wie er selbst, vieles hatte sich wiederholt, auch wenn der Erste Weltkrieg mit dem Zweiten nur bedingt zu vergleichen war, allenfalls in der knappen Formel: Krieg ist Krieg. Die beiden Mütter: beide kinderreich, beide junge Kriegswitwen. Aber konnte man die karge, übelnehmerische, zu kurz gekommene Beamtenwitwe aus Breslau, diese Pensionsempfängerin, mit Maximiliane aus Poenichen vergleichen? Mit seiner Mutter? Wie viele Vergünstigungen hatte diese von Anfang an gehabt.

Kein Satz über Breslau, kein Satz über die Schulzeit des Vaters, nichts über seinen raschen Aufstieg beim Reichsarbeitsdienst zur Zeit der großen Arbeitslosigkeit. Joachim setzte dort an, wo seine eigenen Erinnerungen einsetzten, in Poenichen. In seinen Augen war Viktor Quint ein bürgerlicher, mittelloser Quint ohne ›d‹ im Namen, dessen Vorzug es war, das Goldene Parteiabzeichen der Nationalsozialistischen Deutschen Arbeiterpartei zu tragen und – er verwandte eine Formulierung des alten Quindt, die er als Kind gehört hatte – sein Parteibuch schützend über Poenichen zu halten. Ein Buch, das man schützend über die Welt halten konnte! Damals bestand die Welt für ihn, Joachim, ebenso wie für seine Mutter aus Poenichen.

Mit jahrzehntelanger Verspätung dachte er nun über diesen Satz nach. Ein Parteibuch hatte er nie zu sehen bekommen, auch ein Goldenes Parteiabzeichen nicht, beides war verschollen wie der Vater, mit dem Vater. Er ging davon aus, daß sein Vater den Grund gekannt hatte, dem er die Ehe mit der Erbin von Poenichen verdankte. Bei seinen langen Überlegungen, warum seine Mutter sich als Siebzehnjährige ausgerechnet diesen Viktor Quint ausgesucht und bald darauf geheiratet hatte, war er zu dem Ergebnis gekommen, daß sie Poenichen nicht hatte verlassen wollen und daß Viktor Quint in Berlin am Reichssippenamt unabkömmlich war. Daß sie ihn und nicht seine Abwesenheit geliebt haben könnte, blieb ihm ebenso unvorstellbar wie allen anderen, die weniger lange darüber nachgedacht hatten. Würde er sich bei seiner Mutter nach dem Grund dieser Eheschließung erkundigen, würde sie vermutlich mit ›Ach, Mosche!‹ antworten; er unterließ die Frage nach den Gefühlen, sie schien ihm im übrigen nicht allzu wichtig zu sein. Damals pflegten die Menschen zu heiraten und sich fortzupflanzen, es war allgemein üblich; wer es nicht tat, galt als alte Jungfer oder als Hagestolz, beides komisch und bemitleidenswert. Er selbst brachte Liebe und Ehe nicht miteinander in Verbindung, er lebte als Single.

Sein Vater war ein eingeheirateter Quindt, von dieser Voraussetzung ging er aus. Um ein richtiger Quindt zu sein, fehlte ihm mehr als das ›d‹ im Namen und der Adelstitel. Er tauchte auf Poenichen auf und verschwand wieder, trug eine Uniform, trug Reitstiefel, häufig auch eine Reitgerte; ein Mann, bei dessen Anblick er gezittert und gestottert hatte. Steh still! Sieh mich an! Stottere nicht! Und er, dieses Kind, an Befehle nicht gewöhnt, hatte gezittert und hatte gestottert, sobald er vor seinen Vater kommandiert wurde. Er hatte den Anforderungen, die der Vater an seinen erstgeborenen Sohn stellte, nur in den rassischen Merkmalen entsprochen, er war großgewachsen, schlank, dazu blond und blauäugig, wie es den Idealen der Zeit entsprach: nordisch. Inzwischen hatte er das Blonde und Blauäugige weitgehend verloren, das Haar war nachgedunkelt, die Augen eher grau, aber mit diesem weiten Blick, den man bei Nordländern oft wahrnimmt. Im Gegensatz zu seiner Mutter war er laut schreiend zur Welt gekommen, dazu mit geballten Fäusten; in Augenblicken der Erregung ballt er auch jetzt noch die Hände zu Fäusten, zumindest darin seinem Vater ähnlich. Er war ein furchtsames Kind, auch dies im Gegensatz zu seiner Mutter, die im Urvertrauen zu Poenichen und zu dem alten Quindt aufgewachsen war. Von dem kindlichen Stottern ist eine kleine Sprachhemmung zurückgeblieben. Sie wird nur selten wahrgenommen, da sie sich allenfalls in einer zögernden Sprechweise äußert. Die Pausen zwischen Rede und Gegenrede fallen etwas länger aus, daher wirkt das, was er sagt, besonnen. Einer jener glücklichen Fälle, wo eine Fehlentwicklung der Kindheit sich später als Vorteil erweist. Auch diese Erkenntnis kommt ihm beim Nachdenken.

Als Kind hat er vor dem, was ihm fremd war, zunächst die Augen verschlossen. Eine Angewohnheit, die vom Vater beanstandet wurde. Mach die Augen auf! Woraufhin das Kind die Lider mit aller Kraft gehoben und den Vater mit aller Kraft so lange unverwandt angeblickt hatte, bis dieser als erster den Blick wegnahm. Auch davon ist etwas zurückgeblieben. Er sitzt oft mit gesenkten Lidern, um dann plötzlich den Blick mit verstärkter Aufmerksamkeit auf sein Gegenüber zu richten, womit er häufig Unsicherheit verursacht.

Auch nach der Ankunft seiner Geschwister blieb der Vater vornehmlich an dem Stammhalter interessiert. Das Wort ›Ankunft‹ muß hier benutzt werden, weil es sich nur in zwei Fällen um die natürliche Geburt von Geschwistern gehandelt hatte: zunächst Golo, sein ungestümer Bruder, der mit siebzehn Jahren tödlich verunglückte, dann, plötzlich und unerwartet, die bereits dreijährige Edda, die auf nie erklärte Weise ›Kuckuck‹ gerufen wurde; für diese Schwester hatte er sich nie interessiert, über ihre illegitime Herkunft wußte er nichts. Dann Viktoria, die Schwester, die ihm am nächsten stand, die mehrere Monate bei ihm in Larsgårda gelebt und ihre Dissertation über die Glückseligkeit geschrieben hatte. Die Kenntnis, daß seine jüngste Schwester Mirka einen Soldaten der sowjetischen Armee zum Vater hatte, verdankte er nicht etwa seiner Mutter, sondern der Bildunterschrift in einer illustrierten Zeitung, die Edda ihm voller Empörung – ›Hätte Mutter uns darüber nicht aufklären müssen?‹ – zugeschickt hatte.

In einem umfassenden Sinne waren alle fünf Kinder unter den Fittichen ihrer Mutter aufgewachsen, unterschiedslos; nur dann, wenn sie Bevorzugung für richtig hielt, hatte sie ihre ganze Liebe dem bedürftigsten Kind zugeteilt.

Mach die Augen auf! Sieh mich an! Dreißig Jahre nach seinem Tod haben die väterlichen Befehle noch Gewalt über den Sohn. An die eine Wand seines Zimmers hat er die Vergrößerung eines Fotos seines Vaters gehängt, an die gegenüberliegende Wand in gleicher Größe eine Fotografie Adolf Hitlers, beide in Uniform. Der Führer und der Verführte. Zwischen den beiden geht Joachim Quint hin und her, vier Schritte jeweils, der Raum ist klein. Einmal Auge in Auge mit dem Vater, das andere Mal Auge in Auge mit Hitler. Einen ganzen schwedischen Winter lang. Durch die starke Vergrößerung der Fotografien haben sich die Konturen aufgelöst, die Gesichter wirken verschwommen. Daran änderte sich auch dann nichts, als er nach Falun fuhr, zwei Atelierlampen kaufte und deren Scheinwerfer auf die beiden furchterregenden Gesichter richtete.

Diese erste Phase des Hineinsehens wurde abgelöst von einer langen Phase des Nachforschens, bis er sich dann endlich auf den Vater einschrieb, wie man sich auf ein Ziel einschießt.

Für seine Nachforschungen stand ihm zunächst nichts weiter zur Verfügung als das sogenannte ›Kästchen‹. Dieses Kästchen mit den Reliquien! In Poenichen hatte es auf dem Kaminsims gestanden und war ihm überantwortet worden, als sie auf die Flucht gingen. Ein Ausdruck, der allgemein üblich ist: auf die Flucht gehen, obwohl die Poenicher Gutsleute doch mit Trekkern, Pferde- und Ochsengespannen aufgebrochen waren. In diesem Elfenbeinkästchen hatte man zunächst die Hinterlassenschaft von Achim von Quindt aufbewahrt, die seinen Eltern und der jungen Witwe Vera 1918 von der Front zugeschickt worden war, Orden und Ehrenzeichen, soweit ein Leutnant sie erwerben konnte, der bereits mit neunzehn Jahren den, wie es hieß, Heldentod gestorben war – Achim von Quindt, der Großvater. Von dem Vater, Träger des Deutschen Kreuzes in Gold, waren keine Orden und Ehrenzeichen erhalten, nichts war an die Witwe des Vermißten, der später für tot hatte erklärt werden müssen, geschickt worden. Wohin auch, an wen? Namenlos sollte er irgendwo in Berlin, nicht weit vom Führerbunker entfernt, verscharrt worden sein.

Ein Kinderbild seiner Mutter befand sich ebenfalls in dem Kästchen: die dreijährige Maximiliane vor einer der weißen Säulen der Poenicher Vorhalle, fotografiert von ihrer Mutter Vera, die später eine namhafte Fotoreporterin in Berlin geworden war. Dann die Vermählungsanzeige eben dieser Vera von Quindt, geborene von Jadow, mit Dr. Daniel Grün, alias Dr. Green, beide inzwischen verstorben, aber nicht vergessen: Seine Bücher über Verhaltensforschung haben hohe Auflagen als Taschenbücher erreicht, eine der stetig fließenden Einnahmequellen Maximilianes. Dr. Green hatte aus den Verhaltensweisen der Kinder, mit denen Maximiliane in Kalifornien zu

Besuch gewesen war, am Abend vor der Abreise Zukunftsprognosen gestellt. Und Joachim hatte sich das ihn betreffende Gutachten aufschreiben lassen, schon als Kind hatte er immer alles schriftlich haben wollen. Auch dieser handschriftliche Zettel lag in dem Kästchen. ›Ein Sitzer. Er geht nur, um sich hinzusetzen, er wird früh seßhaft werden, zu Stuhle kommen. Er eckt nirgendwo an, er geht aus dem Wege. Er steht am Rande, ein Beobachter.‹ Einiges davon mochte zutreffen, im wesentlichen stimmte das Zukunftsbild nicht mit der Gegenwart überein. ›Zu Stuhle‹, dies zumindest stimmte, ein paar Holzstühle mit Strohgeflecht und hohen Lehnen, blaugestrichen, in Dalarna-Stil bemalt, zu einem Sessel hatte er es bisher nicht gebracht. Er war ein Geher, ein Waldgänger. Es gab einen Weg, den er täglich ging, eine Schneise im Wald, vierhundert Schritte hin, vierhundert zurück, sein Meditierweg.

In Poenichen hatte man alle Erinnerungsstücke, für die man keinen passenden Aufbewahrungsort fand, in dieses Elfenbeinkästchen gelegt. ›Leg es ins Kästchen!‹ Die Fotografie seines Vaters, nach der er die Vergrößerung hatte anfertigen lassen, stammte ebenfalls aus dem Kästchen. Den linken Arm zum Hitlergruß erhoben, der rechte Ärmel des Uniformrocks steckte leer in der Rocktasche. ›Er hat den Arm im Krieg verloren.‹ Wenn Joachim sich konzentrierte, konnte er diesen Satz der Mutter noch heute hören, und auch die Stimme der Urgroßmutter Sophie Charlotte, die fragte: ›Welchen Arm?‹ Erst sehr viel später hatte er seine Mutter gefragt, ob man den Arm nicht suchen könnte. Die Erinnerung an den Fünfjährigen, der solche Fragen gestellt hatte, rührte ihn und auch der Gedanke an seine Mutter, die seine Frage mit: ›Im Krieg verliert man alles‹ beantwortet, der unverständlichen Antwort nur noch ihr ›Ach, Mosche!‹ angefügt und ihn fest in die Arme geschlossen hatte. Als ob damit alles gesagt sei. Sie hatten beide geweint, ohne daß er gewußt hätte, warum. Die Mutter, die die Feldpostbriefe des Vaters vorlas: ›Ich liege jetzt –‹ Warum lag der Vater? War er krank? Wenn man krank war, lag man doch im Bett; aber die Mutter sagte: ›Euer Vater liegt jetzt an einem Fluß, der mit D anfängt.‹

Martha Riepe, der Gutssekretärin, war es zu danken, daß die Feldpostbriefe gerettet worden waren. Sie war es, die einen Schuhkarton mit blauem Samt beklebt, die Briefe darin aufbewahrt und mit auf die Flucht genommen hatte. Erst nach mehrfacher Aufforderung hatte sie sich davon getrennt; lebenslang hat sie Viktor Quint und Adolf Hitler die Treue bewahrt. Sie hätte gewußt, welcher Fluß gemeint war, der mit D anfängt; sie hatte die Wehrmachtsberichte verfolgt und hätte jederzeit angeben können, in welchem Frontabschnitt sich Leutnant Quint befand.

Graphologische Kenntnisse hatte Joachim Quint nicht, hielt von Hilfswissenschaften auch wenig; immerhin konnte er den Feldpostbriefen seines Vaters ansehen, unter welchen Umständen sie geschrieben worden waren. Eines der ersten Wörter, das ihm auffiel, war das Wort ›unabkömmlich‹; es tauchte mehrfach auf. Ein Vater, der unabkömmlich gewesen war. Ein Schlüsselwort. Zu keiner Zeit und für keinen Menschen war er, Joachim, je unabkömmlich gewesen. Er skandierte das Wort ›un-ab-kömm-lich‹ immer wieder; er hatte sich angewöhnt, laut zu sprechen. Wer entschied über die Abkömmlichkeit und die Unabkömmlichkeit eines Menschen?

Auf seinen langen Waldgängen dachte er darüber nach. Im Sommer war er mit Turnschuhen, im Winter mit Skiern unterwegs, ein paar wortkarge Nachbarn als Gesprächspartner, eine Box mit der Nummer 72, in der mit eintägiger Verspätung regelmäßig drei Zeitungen steckten, eine schwedische, eine englische und eine deutsche, in denen er die Kommentare, nicht die Meldungen las. Er war in weltpolitischen, auch in wirtschafts- und kulturpolitischen Fragen gut orientiert. Die Box Nr. 72, ein grauer Holzkasten, war mehr als einen Kilometer entfernt an einem Pfahl neben der Straße angebracht. Einen coop-Laden konnte er mit dem

Fahrrad in zwanzig Minuten erreichen, das Auto stand weitgehend ungenutzt in einem der Holzhäuser, die zu Larsgårda gehörten.

Er hat sich eine Europakarte mit den Grenzen des Jahres 1937 an eine der noch leeren Wände seines Zimmers gehängt und bemüht sich, dem Lebensweg seines Vaters zu folgen. Er sucht nach den Flüssen in Rußland, vermutet, daß es sich bei dem ›D‹ um den Don handelt, womit er sich irrt, es war der Dnjepr. Er liest von ›eingefleischten Kerlen‹, liest ›ohne Rücksicht auf Verluste‹, lernt das Vokabular des Dritten Reiches wie Vokabeln einer fremden Sprache. Liest Kriegsschule Döberitz und entdeckt den Ortsnamen nicht weit von Berlin; liest Oranienburg und meint sich zu erinnern, das Wort als Kind gehört zu haben, geflüstert, bringt es mit dem Kutscher Riepe in Zusammenhang, fragt brieflich seine Mutter: »Was war mit Oranienburg?« und erfährt nach Wochen, als die Antwort ihn bereits nicht mehr interessiert, daß der Sohn von Otto Riepe – »Erinnerst Du Dich an den Willem, der im Inspektorhaus am Poenicher See gehaust hat?« – im Konzentrationslager gesessen hat, in Oranienburg. Im nächsten Brief stellt er die unvermeidliche Frage: »Was habt Ihr davon gewußt?« Und sie antwortet, wieder nach wochenlanger Verspätung: »Der alte Quindt hat immer gesagt, was man nicht weiß, kann man nicht verschweigen. Ich habe nie viel gefragt. Später bin ich ausgefragt worden. Wer selbst nicht fragt, der muß sich fragen lassen. Erwarte keine Antworten von mir, nichts, was Deinen Vater angeht. Du willst ihn abschreiben, Mosche. Ich habe das alles abgelebt. Und noch etwas, das hat der alte Quindt von Deinem Vater gesagt: Er ist ein Mann von Idealen und Grundsätzen, und das ist besser als einer, der von nichts überzeugt ist. So ähnlich hat er gesagt. Aber er hat sich geirrt, selbst er hat sich geirrt. Und nun laß es gut sein.« Wie immer stand ein großes M unter dem Brief, was sowohl Mutter als auch Maximiliane heißen konnte. Dem Brief lag ein Foto bei. Joachim konnte sich nicht erinnern, daß seine Mutter ihm je ein Foto geschickt hatte. Er erkannte darauf den sogenannten ›Steinernen Saal‹ des Burg-Hotels Eyckel. Neben einem Stutzflügel, an den er sich nicht erinnerte, standen zwei Frauen, die Schultern leicht aneinandergelegt, beide heiter, wie Schwestern, obwohl die zweite weitaus jünger war und dunkler als seine Mutter. Auf der Rückseite stand: »Wir singen manchmal zusammen.« Nichts weiter. Vor den Hotelgästen etwa? Als er einige Wochen später eine kurze Antwort schrieb, diesmal ohne Fragen nach dem Vater, setzte er als Nachschrift darunter: »Wer ist die Schöne?« Als ›die Schöne‹ tauchte die junge Frau von nun an in den Briefen auf, wurde gegrüßt, ließ Grüße ausrichten. »Eine warme Altstimme«, schrieb die Mutter. In einem späteren Brief: »Sie gehört ins Haus, eigentlich gehört ihr dieses Haus. Sie ist auf unübersichtliche Weise sogar mit uns verwandt.« Irgendwann schrieb er dann: »Hat die Schöne auch einen Namen?« Eine Frage, die nicht beantwortet wurde. Der Briefwechsel, der zwischen dem Eyckel und Larsgårda hin- und herging, wurde spärlicher; je mehr sich Mosche dem Vater näherte, desto mehr entfernte er sich von seiner Mutter. Beide spürten und bedauerten es, erwähnten es aber nicht. Die Zeit würde es ausweisen, ob der Sohn zu ihr zurückfand, zumindest war das die nicht formulierte Ansicht Maximilianes. Am Telefon sagte Mosche zu ihr: »Erwarte jetzt nicht, daß ich . . .«, und sie unterbrach ihn: »Ich erwarte nichts, ich warte es ab.«

»Grüß die Schöne!« sagte Joachim, bevor er den Telefonhörer auflegte.

Der Name Hitler tauchte in den Briefen seines Vaters nicht auf, obwohl ständig von ihm die Rede war. In Großbuchstaben ER und IHM und SEIN und: »Ich werde IHM auch mit einem Arm dienen können.«

Mosche Quint hatte sich einige Standardwerke über den Zweiten Weltkrieg angeschafft, groß war seine Bibliothek nicht, er wollte sich seine Unbefangenheit möglichst bewahren. Er las ein Buch über die Invasion in englischer Sprache, stand währenddessen immer wieder vor der Europakarte und betrachtete die Normandie. Wo verlief der Atlantikwall? Er suchte die Calvados-Küste. Irgendwo mußte der Arm seines Vaters begraben liegen. Er versuchte, sich ein Feldlazarett vorzustellen, amputierte Gliedmaßen. Dieser Gedanke wurde zur fixen Idee: der Arm seines Vaters.

Gegen seinen Willen entstand während dieser Zeit des Nachforschens etwas wie Mitgefühl und Verständnis für den Angeklagten. Der Abstand verringerte sich; im gleichen Maße wuchs der Abstand zu seiner Mutter, zu allen Frauen, deren Ahnungslosigkeit und Gutwilligkeit ihm unbegreiflich, ja sträflich erschienen. Sie hatten nichts verhindert, waren immer nur darauf bedacht zu retten, was zu retten war. Eine Zeitlang sah es so aus, als würde sein Buch zu einer Anklage gegen die Frauen werden, die mitmachten, die die Kriege ermöglichten, weil sie in die Bresche sprangen und nur darauf warteten, die Plätze der Männer einzunehmen, später dann aber weniger Schuld zu tragen hatten. Er konnte sich nicht erinnern, auf den Anklagebänken im Nürnberger Kriegsverbrecherprozeß Frauen gesehen zu haben.

3

›Niemand vermag seine Träume zu vererben.‹
Klaus von Quindt, ehem. Gut Lettow, Ostpr.

Das Personal trug eine Art altfränkischer Arbeitskleidung, Maximiliane ebenfalls, allerdings ohne Schürze; der gekrauste Rock gab Bewegungsfreiheit, das Mieder sorgte dafür, daß die Bluse nicht aus dem Rock rutschte. Mercedes, das Stubenmädchen, sah aus, als trüge sie eine spanische Nationaltracht, was daran lag, daß sie den Rock schürzte, meist barfuß lief und die großen Ohrringe auch bei der Arbeit nicht ablegte.

Als Herr Brandes Maximiliane zunächst vorläufig und versuchsweise im Burg-Hotel Eyckel einstellte, hatte er geäußert, daß eine Baronin auf dem Stammsitz der Quindts durch ihre bloße Anwesenheit wirken würde. Inzwischen hatte sich diese bloße Anwesenheit in eine ständige Tätigkeit verwandelt.

Maximiliane Quint, nun wieder ›die Baronin‹, war weder durch eine Ehe verwöhnt noch unselbständig gemacht worden. Sie hatte immer im richtigen Augenblick gelächelt oder im richtigen Augenblick Tränen produziert und hatte damit zumeist auch erreicht, was mit unsachlichen Mitteln im Umgang mit Behörden, Kontrollstellen und Vorgesetzten zu erreichen war; dieselben Mittel setzte sie auch jetzt noch ein. Eine Altersgrenze, jenseits derer ein Lächeln nichts mehr bewirkte, gab es nach ihren Erfahrungen nicht. Außerdem hatte sie beizeiten gelernt, mit zwei Händen zu arbeiten. Man erinnert sich: Wenn sie auf Poenichen halbe Tage lang Himbeeren pflückte, sagten die Leute im Dorf: ›Die scharwenkt mit beiden Händen.‹

Viele Nachtstunden verbrachte sie damit, passende Wochensprüche für die Speisekarte zu finden. Es gab Gäste, die kein Buch und keine Zeitung zur Hand nahmen, dafür aber die Speisekarte mehrfach und sorgfältig lasen; für diese Gäste waren die Sprüche gedacht. ›Angst haben ist schlimm. Angst machen ist schlimmer.‹ Sie verwandte dabei öfter aus ihrer reichen Lebenserfahrung geschöpfte Gedanken, aber oft auch Sprüche ihres Großvaters, die sogenannten Quindt-Essenzen.

Hin und wieder schrieben sich Gäste, weibliche vor allem, die Sätze ab, als handele es sich um Losungsworte. Maximiliane benutzte zwar Zitatzeichen, gab aber die Quellen nicht an, war auch auf Genauigkeit der Zitate nicht bedacht. Eines Morgens, als sie durch das Frühstückszimmer ging, um hier und da Kaffee nachzugießen, eigenhändig, wurde sie von einer ehemaligen Bibliotheksleiterin, Frau Roth aus Heilbronn, gefragt: »Wo steht das?«

Maximiliane wußte es nicht, legte aber vor der nächsten Mahlzeit Flauberts ›Reisebilder aus Ägypten‹ neben das

Gedeck; zwei Mahlzeiten später war der betreffende Satz auf sämtlichen Speisekarten in der Handschrift von Frau Roth korrigiert und mit Quellenangabe versehen. Der Satz hatte an Genauigkeit gewonnen, an Verständlichkeit nicht. Wer war gemeint? Um wen handelte es sich? Um Frauen? Die kleine Unterhaltung zwischen Frau Roth und Maximiliane, die am Fuß der Treppe stattfand, hätte Anlaß zu Heiterkeit geben können; beide Frauen litten an Hexenschuß, beide stützten mit der Hand den schmerzenden Rücken. Der Satz, um den es ging, lautete: ›Bisweilen werfen sie sich vollständig auf den Rücken zu Boden, und sie stehen mit einer Bewegung des Kreuzes wieder auf, ähnlich der eines Baumes, der sich aufrichtet, wenn der Wind vorüber ist.‹

Maximiliane beauftragte Mercedes, Frau Roth eine Wärmflasche aufs Zimmer zu bringen. »Wenn der Wind vorüber ist!« sagte sie statt: »Gute Besserung.«

Sätze wie dieser waren es, die bewirkten, daß die meisten Gäste wiederkamen. Maximiliane sagte den Satz auch zu sich selbst, um sich das Bleiben zu erleichtern: Wenn der Wind vorüber ist. Gemeint war damit Frau Brandes, die oft abwesend war, auf kostspieligen Reisen, deren Anwesenheit dem Hotel aber noch mehr schadete. Das Verhältnis der beiden Frauen hatte sich verschlechtert, seit Maximiliane, eine Frühaufsteherin, Frau Brandes im Morgengrauen begegnet war, als diese aus dem Zimmer eines Gastes kam. Maximiliane hatte verständnisvoll zu ihr gesagt, daß sie selber ebenfalls in jungen Jahren verwitwet sei. Die Gemeinsamkeit der beiden Frauenschicksale war nicht groß, das ist richtig, trotzdem hätte die Reaktion der Betroffenen nicht aus einem eiskalten ›Baronin!‹ bestehen müssen. Maximiliane war errötet; sie hat sich oft für andere schämen müssen.

Herr Brandes hatte seine zweite Frau gelegentlich als eine angebrütete Architektin bezeichnet. Der Altersunterschied war groß und das Verhältnis der Eheleute nicht so, daß es ein ständiges Beieinandersein wünschenswert gemacht hätte. Er hatte in Bamberg gelebt, sie auf dem Eyckel. Mit Energie und Kunstverstand hatte sie vor Jahren den Ausbau der baufälligen Burg zum Hotel geleitet und war auf Stilreinheit bedacht gewesen. Es gab im Burghof keine alten Mühlräder wie anderswo und auch keine mit Blumen bepflanzten Schweinetröge; er wirkte daher dunkler und karger als andere Burggasthöfe. Nach der Fertigstellung des Hotels war die junge Frau Brandes unterbeschäftigt. Das Hotelfach interessierte sie nicht. Sie fand weder im Umgang mit dem Personal noch im Umgang mit den Gästen den rechten Ton; das eine Mal hielt sie zu sehr auf Distanz, das andere Mal zuwenig.

Herr Brandes war im Zorn gestorben. Maximiliane war sogar der Ansicht, daß er vor Zorn gestorben sei. An dem betreffenden Tag war er von Bamberg zum Eyckel gefahren mit der Absicht, seine Frau zu überraschen. Statt dessen war er es, der überrascht wurde. Seine Frau war bereits vor Tagen weggefahren. »Ich gehe auf Reisen«, hatte sie dem Geschäftsführer, Herrn Kilian, erklärt, ohne die Dauer und das Ziel der Reise zu nennen. Herr Brandes beschloß, trotz der Abwesenheit seiner Frau in deren Appartement zu übernachten, was er selten tat, da er sich in Bamberg für unabkömmlich hielt. Nach wie vor leitete er die Brauerei persönlich und auch erfolgreich.

Er hatte mit dem Oberkellner, Herrn Röthel, ein längeres Gespräch geführt über die Unterschiede des Rauchbiers aus seiner eigenen Brauerei zu dem ebenfalls obergärigen Bier, dem Dampfbier, das ein Hotelgast in Bayreuth kennengelernt hatte und offenbar mehr schätzte, dann hatte er sich an die Hotelbar gesetzt mit der Absicht, ›sich vollaufen zu lassen‹. Da weder Wein noch Bier für ihn unter alkoholische Getränke fielen, trank er Schnaps, Obstbranntwein, wie er im Fränkischen gern und reichlich getrunken wird. Nach einiger Zeit hatte Maximiliane sich zu ihm gesetzt, hatte ebenfalls den einen und anderen Schnaps getrunken in der Meinung, daß der Schnaps, den sie selbst trank, von ihm nicht getrunken werden könne, eine verbreitete, aber törichte Auffassung im Umgang mit Trinkern.

»Maximiliane!« hatte er gesagt und sie zum ersten Mal bei ihrem Vornamen genannt. Er hatte dabei seine Hand auf ihren Schenkel gelegt. »Hat man dir mal gesagt...?« Sie räumte seine Hand weg: »Es gibt nichts, was man hier an der Bar nicht schon zu mir gesagt hätte. Da ich an der Bar sitze, werde ich mit Recht behandelt wie eine Frau, die an der Bar sitzt.« Sie hatte ihr Glas umgedreht und ihn aufgefordert, dasselbe zu tun. Vermutlich habe er Fieber, sein Kopf glühe. Er hatte widersprochen, er neigte zum Widerspruch, und hatte weitergetrunken, bis tief in die Nacht, hatte Herrn Röthel mit den Worten »Machens sich fort!« nach Hause geschickt und war seinerseits sitzen geblieben.

Morgens war das spanische Stubenmädchen, erst seit wenigen Tagen eingestellt und der deutschen Sprache kaum mächtig, laut rufend und gestikulierend die Treppe hinuntergelaufen und hatte mit den Fingern die Zimmernummer ›7‹ angezeigt – es handelte sich um das Appartement von Frau Brandes –, woraufhin Maximiliane und Herr Kilian in das betreffende Zimmer geeilt waren. Herr Brandes lag vollständig bekleidet auf dem Bett, er war ohne Besinnung, sein Atem ging keuchend. Es wurde nach dem Arzt telefoniert. Maximiliane hatte sich an sein Bett gesetzt, hatte seine Hand fest in ihre Hand genommen und eine Strophe des Chorals ›Jesu geh voran auf der Lebensbahn‹ gesungen, der zum Quindtschen Familienbesitz gehörte, aber seit Golos Tod nicht mehr gesungen worden war. Der Marburger Pfarrer hatte damals in seiner Ansprache die Lebensbahn in Todesbahn abgewandelt. Maximiliane hatte sich in ihren Gedanken weit von dem Hotelbett, das nun ein Sterbebett wurde, entfernt, weit weg vom Eyckel, unter die hohen Bäume des Friedhofs an der Ockershäuser Allee in Marburg. Sie schreckte auf, als das Keuchen abbrach. Herr Brandes hatte die freie Hand hochgehoben und auf den Tisch gezeigt. Maximiliane sah, daß dort ein Brief lag, und nickte.

Dann sagte Herr Brandes, ohne den Blick von Maximiliane zu nehmen: »Ich habe das falsche Schwein geschlachtet.«

Als Dr. Beisser eintraf, konnte er nur noch den Tod feststellen. ›Herzinfarkt‹ setzte er als Todesursache auf dem Totenschein dort ein, wo ›Zorn‹ hätte stehen müssen.

Frau Brandes war zehn Tage später zurückgekehrt. Die Beisetzung hatte inzwischen stattgefunden, in Bamberg, an der Seite seiner ersten Frau, jener geborenen Quint. Der Brief, auf dem ›Neues Testament‹ stand, war dem Notar bereits ausgehändigt worden. Es bestand kein Anlaß, die Rechtsgültigkeit anzuzweifeln; Herr Brandes hatte seinen letzten Willen handschriftlich zu Papier gebracht und mit seinem vollen Namen unterzeichnet. Er hatte Ort und Zeit angegeben und das frühere Testament, das er unmittelbar nach seiner zweiten Eheschließung abgefaßt hatte, für ungültig erklärt. In dem ›Neuen Testament‹ – der gleichnishaften Bezüglichkeit dieser Bezeichnung wird er sich nicht bewußt gewesen sein – hatte er seiner zweiten Frau das Nutzungsrecht am Burg-Hotel Eyckel, mit gewissen Einschränkungen, für weitere drei Jahre nach seinem Tod zugestanden. Ein Zeitpunkt, bis zu dem sie ihr Leben neu geordnet haben würde. Nach Ablauf der gesetzten Frist sollte seine Nichte, die ihre Ausbildung im Hotelfach dann nach Lage der Dinge abgeschlossen haben würde, die Leitung des Hotels übernehmen. Sie war von ihm als ›Erbin des Hotels‹ eingesetzt worden. Die Brauerei, in die er vor Jahrzehnten eingeheiratet hatte, fiel an die Angehörigen seiner ersten Frau zurück.

Die junge Frau Brandes war zur ›zweiten Frau Brandes‹ deklassiert, ihre Anwesenheiten und Abwesenheiten waren seither absehbar. Wenn der Wind vorüber ist. Sie hatte sich nach der Todesstunde ihres Mannes erkundigt und erfahren, daß die Baronin ›bis zuletzt‹ bei ihm gewesen sei. Auf ihre Frage, ob er noch etwas gesagt habe, hatte Maximiliane geantwortet: »Ich erinnere mich, daß er am Nachmittag ausführlich mit Herrn Röthel über obergäriges Bier gesprochen hat.« Eine Auskunft, die seine Witwe befriedigte. Die Mitteilung, daß er als letztes etwas ›Unverständliches‹ gesagt habe – was übrigens der Wahrheit sehr nahe kam –, beunruhigte sie nicht weiter.

Das Buch, das an jenem Morgen auf dem Nachttisch lag, hatte Maximiliane an sich genommen. Es handelte sich um die Tagebücher Churchills; wer hätte bei diesem Brauereibesitzer eine solche Lektüre vermutet! Erst einige Wochen später kam Maximiliane dazu, in dem Band zu blättern. Dabei entdeckte sie zufällig jenen berühmt gewordenen Satz, den Churchill am Ende des Zweiten Weltkriegs im Zusammenhang mit dem Pakt der Alliierten, der damals noch Rußland einschloß, geäußert hatte: ›Wir haben das falsche Schwein geschlachtet.‹

Inga Brandes, die Nichte und Erbin, war mit den Quints auf weitläufige oder, wie Maximiliane sagte, auf unübersichtliche Weise verwandt. Bei der Einweihung des Burg-Hotels hatte sie zwar zu den Gästen gehört, war aber nicht beachtet worden. Vera Green, die attraktive Mutter Maximilianes, mehr Amerikanerin als Berlinerin, aber auch die schöne Tochter Mirka aus Paris und Edda von Quinten mit den vielen Kindern – ›die Holsteiner‹ genannt – hatten die Aufmerksamkeit der Festgesellschaft auf sich gezogen. Inga Brandes schien sich im Hintergrund gehalten zu haben, auf keinem der zahlreichen Fotos, die damals gemacht worden waren, konnte man dieses Halbkind entdecken. Die Eltern hatten es im Gedenken an jenen Ingo Brandes, der als Jagdflieger im Zweiten Weltkrieg gefallen war, Inga genannt, möglicherweise in der Hoffnung, dem Erbonkel in Bamberg damit einen Gefallen zu tun, eine Voraussicht, die sich aus unglücklichem Anlaß nun aufs glücklichste erfüllte.

Inga Brandes war es, die jene Botschaften auf die Fensterbank in Maximilianes Zimmer legte. Inga – als ›die Schöne‹ wird sie hin und wieder auftauchen, vorerst noch in Nebensätzen, vorerst noch keine Hauptperson.

Nach ihrer Rückkehr aus Peniczyn, wohin sie als Heimwehtouristin Mitte der siebziger Jahre mit einer Reisegruppe gefahren war, hatte Maximiliane Quint mit Herrn Brandes einen unbefristeten Angestelltenvertrag unterzeichnet und gleich darauf eine mehrtägige Studienreise angetreten, um sich in jenen Hotels umzusehen, die dem Hotel-Ring ›Gast im Schloß‹ angehörten. Sie war entlang der ›Bocksbeutel-Straße‹ gefahren, war also im Fränkischen und im Vergleichbaren geblieben, hatte hier gegessen, dort übernachtet, hatte sich umgesehen und umgehört und trotzdem nicht herausfinden können, wie man aus Zufallsgästen Stammgäste machte und wie ein zweitägiger Besuch in einem Schloßhotel – laut Prospekt – zu ›unvergeßlichen Tagen‹ werden konnte.

Nach ihrer Rückkehr wußte sie aber, was auf dem Eyckel möglich war und was nicht. Konkurrenzfähig war das Burg-Hotel nicht, ein Hotel von internationalem Rang konnte man daraus nicht machen, selbst dann nicht, wenn der Eigentümer zu weiteren Investitionen in der Lage und gewillt gewesen wäre. Die Gäste waren nationaler, das Personal internationaler Herkunft. Die nächste Autobahnabfahrt befand sich bei Grafenwöhr; die Fahrt zum Eyckel war landschaftlich zwar reizvoll, für eilige Gäste aber zu lang. Für ältere Herrschaften war das Gelände zu bergig; sie kamen meist mit der Bahn, die sie mit Seniorenpässen verbilligt benutzen konnten, und wurden von der Baronin persönlich am Bahnhof in Empfang genommen. Dazu mußte sie sich den Wagen des Geschäftsführers ausleihen, da ihr eigenes Auto – die Karre – hierfür nicht geeignet war. Bereits bei der Anfahrt stellten die Gäste fest, wie bergig es dort war, wo sie geruhsame Spaziergänge machen wollten. Vorbeugend zitierte Maximiliane den Dichter Jean Paul, der behauptet hatte, daß man in dieser Landschaft von einem Paradies ins andere wandere; aber die älteren Gäste wollten von Paradies nichts hören, sie waren ins Fränkische gereist. Ein Blick genügte, und Maximiliane sah, daß es keinen Zweck hatte, darauf hinzuweisen, daß, bedingt durch das undurchlässige Juragestein, unterirdische Bäche hinunter zur Pegnitz flossen.

Nur selten gab es ein Gesicht, in das sie sagen konnte: »Nachts ist es bei uns so still, daß man das Rauschen der Wasser im Berg hören kann!« Man suchte zwar Stille, aber doch nicht diese absolute Stille, und dann noch der Käuzchenruf, der bekanntlich Unheil ankündigte und der sich der Kontrolle der Baronin entzog.

Die Beschwerden der Gäste, es sei zu weit zur Autobahnzufahrt, wurden von ihr mit dem Hinweis auf die mangelnde Voraussicht ihrer Vorfahren beantwortet, die an die Weiterverwendbarkeit der mittelalterlichen Raubritterburg in der Neuzeit nicht gedacht hätten. Sie gab die Antwort sachlich, aber man konnte doch die Ironie heraushören, schließlich war sie die Enkelin des alten Quindt. Die Frage, ob man ›Baronin‹ oder ›Frau Baronin‹ zu ihr sagen sollte, wurde von ihr mit dem Satz »Wo der Gast König ist, zählt ein Freiherrntitel nicht viel« beantwortet, auch dies eine sachlich richtige Antwort. Kein Swimming-pool? Kein Tennis- oder Golfplatz? So lauteten die Fragen, und Maximiliane antwortete, aus Gründen, die in die Erdzeitalter zurückgingen, sei es unmöglich, dem ohnehin schmalen Bergrücken einen Tennis- oder Golfplatz abzugewinnen. Das Kiefernwäldchen, das als einziger Grundbesitz noch zum Eyckel gehörte, war zu klein, um darin einen Wildpark oder auch nur einen Kinder-Zoo anzulegen. Immerhin war Jogging auf den Waldwegen, die allerdings sehr steinig waren, möglich. Bevor die Überlegungen, ob sich ein Trimmpfad lohne, abgeschlossen waren, hatte man anderen Orts bereits die Erfahrung gemacht, daß die Begeisterung für Trimmpfade ebenso rasch nachgelassen hatte wie das Interesse an Waldlehrpfaden. Kein Burggespenst. Keine Folterkammer. Von Hexenverbrennungen im Mittelalter war nichts bekannt, obwohl sich der innere Burghof dazu angeboten hätte. Als Tagungsort war der Eyckel ebenfalls nicht geeignet, da nicht alle Zimmer Telefonanschluß besaßen, nicht alle Zimmer eine eigene Dusche, eine eigene Toilette. In anderen historischen Herbergen standen die ›pots de chambre‹, mit Strohblumen gefüllt, zweckentfremdet auf steinernen Simsen, hier standen sie zweckgebunden im vorgesehenen Nachtschränkchen.

Hin und wieder tauchten ergraute Herren auf, die ihren Frauen jene Jugendherberge zeigen wollten, in der sie als Jungvolk-Pimpfe oder Hitlerjungen gehaust hatten. Andere Gäste, ebenfalls ergraut, stiegen für eine Nacht auf dem Eyckel ab, weil sie während des Krieges als Evakuierte oder später als Flüchtlinge hier Unterschlupf gefunden hatten. Zum Unterschlüpfen war das neue Burg-Hotel sowenig geeignet wie zum Darinhausen; für beides war es zu kostspielig. Jene Gäste waren über die baulichen Verbesserungen und Verschönerungen eher enttäuscht als erfreut; sie hatten eine verfallene Ritterburg vorzeigen wollen und nicht ein neuzeitliches Hotel.

Für romantische Hochzeiten wäre der Eyckel geeignet gewesen, aber es wurde von Jahr zu Jahr weniger geheiratet. Außerdem hatte der zuständige Ortspfarrer mit dem Hinweis, an der Umsatzsteigerung des Hotels nicht beteiligt sein zu wollen, seine Einwilligung verweigert, Trauungen in der ehemaligen Burgkapelle vorzunehmen. Der alte Quindt hatte seinerzeit das Vorhaben, die einzige Enkelin Maximiliane im Herrenhaus von Poenichen und nicht in der entfernten kalten Dorfkirche taufen zu lassen, durch die Stiftung einer Heizung durchsetzen können, aber er hatte einen verhandlungswilligen Pfarrer Merzin als Gesprächspartner und nicht eine junge Pfarrerin als Gegner. Diese hatte mehr das Diesseits als das Jenseits im Sinn, mehr das Heil der Gesellschaft als das der Seele, und wollte mit Maximiliane bei deren Besuch diese Themen durchdiskutieren. Zwei Frauengenerationen waren aufeinandergestoßen. Maximiliane unterbrach den grundsätzlichen Diskurs sehr bald und fragte: »Besteht Aussicht, daß Sie Ihre Meinung ändern?« Ein kategorisches Nein war die Antwort. Maximiliane sah damit das Gespräch als beendet an, bekam aber noch einige Sätze über den überholten elitären Feudalismus zu hören, stieg wieder in ihre feudale Karre, sagte nicht ›auf Wiedersehen‹, sondern: »Die Zeit wird es ausweisen.« Den alten katholischen Pfarrer Seitz hat sie nicht aufgesucht; dieser hätte vermutlich gegen eine Trauung in der Kapelle nichts einzuwenden gehabt.

Das ›Tristan-und-Isolde-Zimmer‹ war von Herrn Brandes, der damals noch in seine junge Frau verliebt war, als Brautgemach gedacht gewesen. Es gab aber nicht viele Paare, die in einem Brautgemach übernachten wollten. Der Name des Zimmers erwies sich als hinderlich, zumal ältere Ehepaare nur ungern unter einer gemeinsamen Decke schliefen. Tristan und Isolde schienen auch zu hohe Vorbilder zu sein. Und Besucher der Bayreuther Festspiele übernachteten nur selten auf dem Eyckel, obwohl Bayreuth nicht weit entfernt lag. Als doch einmal ein Festspielbesucher, Dr. Schaeffer, Zeitungsverleger aus München, auf dem Eyckel übernachtete, sagte er, mit dem Blick auf den Burghof und auf das spanische Stubenmädchen in altfränkischer Tracht, daß es sich um eine grandiose Wagner-Kulisse handele. Er hatte recht. Auch in Bayreuth waren die Meistersinger von Nürnberg nicht fränkischer Herkunft; die Eva wurde in jenem Sommer von einer südamerikanischen Sopranistin gesungen. An der Burgmauer war der Flieder verblüht, aber der Gast hatte die berühmte Arie noch im Ohr und auf den Lippen: ›Was duftet doch der Flieder‹. Maximiliane machte auf den entscheidenden Unterschied zum Bayreuther Festspielhaus aufmerksam: Hier wurde ganzjährig gespielt, täglich, rund um die Uhr. Jener Dr. Schaeffer überraschte Maximiliane damit, daß er ihr eine Karte für die Oper ›Lohengrin‹ besorgte. Auf die Frage, wie das möglich gewesen sei, legte er den Finger auf die Lippen und summte: ›Nie sollst du mich befragen‹. »Immerhin: ich bin Träger des Bayerischen Verdienstordens und der Goldenen Feder der Freiheit des Internationalen Zeitungsverleger-Verbandes.«

Es war das einzige Mal, daß Maximiliane eine Aufführung der Bayreuther Festspiele besuchte. Als sie vor dem Festspielhaus Frauen sah, die ein Pappschild hochhielten, griff sie nach dem Arm ihres Begleiters. Dr. Schaeffer bezog ihre Erregung auf Richard Wagner, in Wirklichkeit aber hatte Maximiliane jene Schilder wieder vor Augen, die sie in Berlin und später in Marburg ihren Kindern um den Hals gehängt hatte: ›Wir suchen unseren Vater.‹ Hier suchte man nicht nach vermißten Vätern, sondern auf dieselbe Art nach Eintrittskarten für ›Lohengrin‹. Es war viel Zeit vergangen. Zeit, die sich dehnte, Zeit, die sich zusammenzog.

Die Mehrzahl der Gäste fuhr von einer Ruine zur nächsten Burg, von einer stillgelegten Mühle zur nächsten, von einer Tropfsteinhöhle zur anderen und bevorzugte jene Höhlen, in denen man, auf gesicherten Wegen und bei wirkungsvoller Ausleuchtung, Stalagmiten von Meterhöhe und versteinerte Bärengerippe besichtigen konnte; die Dachshöhle, nahe beim Eyckel gelegen, konnte mit alledem nicht aufwarten. Bis vor kurzem hatte man sie noch auf eigene Gefahr betreten dürfen, jetzt war sie aus Sicherheitsgründen gesperrt worden. Kein geologischer Lehrpfad führte am Hotel vorüber, trotzdem verirrten sich paläontologisch interessierte Touristen auf den Eyckel, suchten geduldig auf den steinigen Äckern nach Zeugnissen der Kreidezeit, klopften in dem nahen Steinbruch Steinplatten nach Ammoniten ab, von denen sie dann das eine oder andere Stück der Baronin zum Abschied überreichten. Noch in Gegenwart des Spenders gab sie den Steinen einen wirkungsvollen Platz auf einem Fenstersims. Ein holländisches Omnibusunternehmen, das einen Übernachtungsvertrag mit dem Hotel Eyckel geschlossen hatte, veranstaltete mehrtägige Kunstfahrten durch Franken. Auf dem Programm standen Baedeker-Sehenswürdigkeiten wie die Ruine Neideck, die Wallfahrtskirche von Gößweinstein, Pottenstein mit dem berühmten Felsenbad. Maximiliane hatte die ohnehin knapp kalkulierten Übernachtungspreise der anderen Hotels unterbieten können, die Gäste trafen gegen Abend übermüdet ein, tranken wenig und aßen die Gerichte der kleinen Karte, legten sich früh schlafen.

Wenn die Baronin abends in das sogenannte ›Jagdzimmer‹ ging, wo die Gäste die Abende verbrachten, einen Fidibus faltete und damit das von dem Hausburschen vorbereitete Feuer anzündete, hatten die Gäste den Eindruck, daß sie eigenhändig Feuer machte. Wieder einmal spielte das ›Eigenhändige‹ eine große Rolle. Im Laufe des Abends legte sie dann ein Scheit Holz nach, manchmal auch einen Zweig vom Wacholder, der am Berghang reichlich wuchs. Sie füllte hin und wieder einem Gast eigenhändig das Glas und sagte, mit dem Blick auf seine Begleiterin: »Sieht sie im Kerzenlicht nicht wunderschön aus?« Ihre Sätze wiederholten sich und wurden wiedererkannt, was zum Vertrautsein beitrug. Manchmal setzte sie sich zu alleinreisenden Gästen und hörte sich ihre Lebensgeschichten an. Sie war eine Frau, die zuhören konnte, aber am nächsten Morgen nicht mehr wußte, was man ihr abends erzählt hatte. Ihr Gedächtnis reagierte mit Abwehr auf ›Schicksäler‹, ein Wort, das sie von Anna Riepe, der Köchin auf Poenichen, übernommen hatte.

Früher hatte Maximiliane vieles verschlafen, hatte sich in den Schlaf gerettet, jetzt schien sie ausgeschlafen zu sein. Nachts streifte sie durch die Gänge, des Quindtschen Rheumas wegen nicht mehr barfuß, sondern mit Wollsocken an den Füßen, eine Decke umgehängt, noch nicht so alt wie ihre Urahnin Maximiliane, die vor Jahrzehnten ebenfalls durch diese Gänge gegeistert war, aber ihr doch schon ähnlich. Nach einem vergilbten Foto hatte ein ebenfalls vergilbter Künstler, der die Urahnin noch gekannt hatte, ein Ölbild gemalt, das im sogenannten ›Steinernen Saal‹ zwischen den hohen Fenstern hing. Daß sich der Geist der alten Maximiliane, Freiin von Quindt, Schwester des alten Quindt, unter dem Einfluß nationalsozialistischer Ideen verirrt und später verwirrt hatte, wußte niemand mehr, und wer es im Dorf noch wußte, hatte eigene Verirrungen zu vergessen.

Als die Übernachtungszahlen rückläufig wurden, hatte Frau

Brandes gesagt: »Lassens sich was einfallen, Baronin!« Es war von Anfang an ein schlechtes Zeichen gewesen, wenn sie ›Baronin‹ sagte. Maximiliane hatte daraufhin in Nürnberg Bücher eingekauft und im ›Jagdzimmer‹ eine Leseecke eingerichtet. Sie hatte sich bei der Auswahl von ihrer eigenen Leselust leiten lassen. Ihr literarischer Geschmack hatte sich weiterentwickelt, vermutlich zu weit. Was hatte sie sich bei einem Gedichtband von Bert Brecht gedacht? Anspruchsvolle Hotelgäste waren noch keine anspruchsvollen Leser. Nur selten gelang es ihr, das richtige Buch auf den richtigen Nachttisch zu legen, noch seltener ergab sich dann beim Frühstück ein literarisches Gespräch. Sie hatte die Lyrikbände ihres Sohnes in die kleine Bibliothek eingeordnet; es kam vor, daß ein Gast einen der schmalen Bände in die Hand nahm und fragte: »Ist dieser Mosche Quint mit Ihnen verwandt?« Dann sagte sie: »Ja, sehr.« Oder man fragte: »Verstehen Sie das?« Dann sagte sie: »Ich verstehe den Hersteller.« Sie übte die Tätigkeit eines ›Animateurs‹ aus, ohne allerdings das Wort je gehört zu haben. Sie las abends am Kamin den Gästen vor, Erzählungen und vor allem Balladen. Natürlich konnte sie nicht bei jeder Zeile auf die Gefühle der Zuhörer achten. So wählte sie eines Abends Brechts ›Lied von der belebenden Wirkung des Geldes‹ aus; es gehörte nicht zu dessen stärksten Gedichten, aber Maximiliane legte mehr Wert auf den Inhalt als auf die Form. ›Aber wenn der Gute etwas Geld hat, hat er, was er doch zum Gutsein braucht.‹ Sie klappte das Buch zu, blickte in die Runde. Bei denen, die der Text anging, hatte sich Langeweile ausgebreitet, bei den anderen Unbehagen. Maximiliane verzichtete darauf, auch die ›Legende von der Entstehung des Buches Taoteking auf dem Weg des Laotse in die Emigration‹ zu lesen.

Als Mosche am Abend ihres Geburtstages aus Schweden anrief, sagte sie: »Wieder ein Jahr dazu, wieder ein Kilo dazu, wo soll das enden?« Die anderen Kinder hatten das Datum vergessen. Die unruhigen Kulleraugen, die ihr ein unbekannter polnischer Leutnant vererbt hatte, waren zur Ruhe gekommen, das ganze Gesicht, die ganze Frau war zur Ruhe gekommen. Ein Zug von Nachdenklichkeit lag in ihren Augen. Vieles erschien ihr fraglich, ohne daß sie jemanden fragen würde. Noch immer sagte sie: ›Ich kann es versuchen.‹ Alles erschien ihr als ein Versuch, aber jeder Versuch lohnte sich; nichts war endgültig, alles konnte sich ändern. Wenn man sie fragte, ob sie etwa noch an eine Wiedervereinigung der beiden deutschen Staaten glaube, sagte sie: »Die Zeit wird es ausweisen.« Vorstellen konnte sie es sich nicht, aber sie konnte sich vieles nicht vorstellen, ihr Vorstellungsvermögen war begrenzt. Sie war eine Realistin. Aber mußte etwas unmöglich sein, nur weil man es sich nicht vorstellen konnte?

In der Adventszeit backte sie – eigenhändig – in der Halle Zimtwaffeln; die wenigen Gäste saßen in der Nähe des Kamins. Warmer Zimtgeruch zog durch die Flure, in den Wandleuchtern brannten Kerzen, von der Baronin eigenhändig angezündet, Kandiszucker knisterte im Tee, Wohlbehagen breitete sich aus. Maximiliane hantierte geschickt mit dem Waffeleisen; vor dreißig Jahren hatte sie in Marburg Bratheringe hergestellt. Auch sie hatte sich verbessert: Zimtwaffeln statt Heringen, ein elektrisches Waffeleisen und kein schwelendes Feuer aus Kohlengrus. Sie stand nicht mehr unter freiem Himmel, sondern unter einer getäfelten Holzdecke. Sie mußte nicht mehr für fünf Kinder sorgen. Sie verfügte über ein regelmäßiges Einkommen und war sozialversichert. Aber es kam kein Martin Valentin mehr, um sie in die Arme zu schließen; alleinstehend zu sein hatte sie gelernt, allein liegen zu müssen fiel ihr oft noch schwer. Alles hat seinen Preis, auch die Sicherheit.

Sie hielt eine Mozart-Sinfonie nicht für zu schade als Hintergrundmusik im Restaurant, war sich darin mit jenem Publikum einig, für das Mozart seinerzeit die Musik komponiert hatte. Sie taxierte die Hotelgäste nach klassischer Musik oder Dixieland, irrte sich nur selten. Ihr Blick war geschult. An den meisten Abenden nahm ihr das Fernsehprogramm die Unterhaltung der Gäste ab. Sobald sie bei einem Gast musikalische

Kennerschaft feststellte, bat sie ihn, die Auswahl der Platten zu übernehmen.

Wenn die Gäste eine Flasche Wein bestellten, fragten sie gewöhnlich die Baronin, welche Sorte sie empfehle, worauf sie antwortete: »Mich dürfen Sie nicht fragen, ich komme aus Pommern!« Sie winkte dann dem Ober, stellte ihn namentlich vor: »Herr Röthel versteht etwas von Frankenweinen, er stammt selbst von einem Weingut.« Herr Röthel hatte als Junge bei einem Weinbauern geholfen, ganz ohne Korrekturen kam Maximiliane nicht aus, sie mußte sich oft mit der halben Wahrheit begnügen.

An den Wochenenden zog sie sich einen langen Rock an, tauschte die Leinenbluse gegen eine Seidenbluse, legte sich das Collier ihrer Großmutter Sophie Charlotte an und fragte: »Ist das nicht ein Abend, an dem getanzt werden sollte?« Sie bückte sich, um eigenhändig einen Teppich aufzurollen; meist sprang einer der Herren hinzu, um ihr behilflich zu sein. »Versteht hier jemand mehr von Tanzmusik als ich?« fragte sie, und es fand sich jemand, der nach geeigneten Platten suchte. Mit ihren halberwachsenen Söhnen hatte sie in Marburg bisweilen Twist getanzt. Jetzt tanzte sie noch immer gern, tanzend konnte sie einem Menschen nah sein, ohne reden zu müssen, ohne zuhören zu müssen; sie ließ sich leicht führen, wenn der Partner danach war, und übernahm die Führung, wenn es not tat.

Wenn solche Tanzabende vorüber waren, streifte sie schon auf der Treppe die Schuhe ab, zog ihre Zimmertür hinter sich zu, blickte in den Spiegel und sagte: »Alter Tanzbär!« Auch in ihren Selbstgesprächen war sie wortkarg. Aber sie sagte nicht mehr: »Was soll ich hier? Ich bin doch aus Poenichen.«

Die meisten Gäste erwarteten, in ihren Zimmern mittelalterliche Truhen vorzufinden und möglichst auch noch einen gotischen Betstuhl, einen Barockengel oder eine wurmstichige Pietà. Aber die alten Möbelstücke waren im Krieg von den Evakuierten verheizt worden, soweit es sich nicht schon damals um eiserne Bettgestelle aus der Jugendherbergs-Epoche des

Eyckels gehandelt hatte. Manchmal kam beim Betreten des Zimmers ein Kuckuck zu Hilfe, dann öffnete Maximiliane das kleine Fenster und lenkte die Aufmerksamkeit des Gastes vom Tisch aus Kiefernholz auf den Frühling; allerdings kam mitsamt dem Kuckucksruf meist auch ein kühler Luftzug ins Zimmer.

Von früh bis spät war Maximiliane damit beschäftigt, aus Mängeln Vorzüge zu machen. Sie wußte, wo die ersten Märzbecher blühten, man mußte nur einen sonnigen und windstillen Tag abwarten. Mittags verkündigte sie dann den Hausgästen: »Die Märzbecherwiese blüht!«, und dann brach man gemeinsam auf. Die gehbehinderten Gäste veranlaßte sie, in ihrer Karre mitzufahren. Ein kleiner Ausflug, kaum eine Viertelstunde Fahrt, aber ein Frühlingsbeweis. Wer kennt schon Märzenbecher? Man kehrte angeregt zurück, trank den Kaffee gemeinsam, hatte sich kennengelernt; abends konnte man bereits zwei Tische aneinanderrücken. Maximiliane verfügte über viele Mitarbeiter, einmal hießen sie Märzbecher, das andere Mal Maigewitter. Vom Auto aus hatte sie den ersten Steinpilz gesehen; noch am selben Nachmittag trug ein älterer Gast ein paar Maronen in die Küche, und der italienische Koch rief: »Funghi! Funghi!« und roch daran, und der Gast, ein alter Lateiner, sagte befriedigt: »Fungus!« Man konnte sich mit diesen Leuten besser verständigen, als er gedacht hatte; am Abend bekam er seine Pilze in einem Pfännchen serviert. Wildpilze in Rahmsauce mit Knödeln! Gegrillte Steinpilze, ein Geheimtip der Baronin; ein Gericht, das auch in pilzreichen Sommern nicht auf der Speisekarte erschien.

»Lassens sich was einfallen!« Man hatte nicht oft in Befehlsform mit Maximiliane gesprochen. ›Wer nehmen will, muß geben können‹, schrieb sie als Wochenspruch auf die Speisekarte.

Noch immer stiegen Männer ihretwegen morgens um sechs Uhr auf die Leiter. Franc Brod, der aus der Nähe von Zadar stammte, Hausbursche und für alle Außenarbeiten zuständig, vor allem für die Gärten, sägte einen Zweig vom Apfelbaum ab, dessen Blütenknospen sich innerhalb der nächsten Tage auftun würden, und stellte ihn in ein altes Sauerkrautfaß. »Dobar!« sagte Maximiliane, es klang ähnlich wie im Polnischen, das sie aus Kindertagen noch im Ohr hatte. Wenn sie Franc suchte und nirgendwo fand, ging sie in den Holzschuppen, in den er sich manchmal zurückzog. »Nostalgija?« fragte sie dann, und er nickte. Sie bestätigte sein Nicken, und er wußte: Auch sie hatte Heimweh. Die Frau des Jugoslawen war vor einigen Jahren gestorben, sein Sohn war verunglückt, der kleine Bauernhof hatte verkauft werden müssen. Sollte er etwa nach Zadar ziehen? In die Stadt? Über das alles konnte er nicht reden, nicht auf deutsch, nicht in seiner Sprache, da sie keiner verstand; er faßte sein Schicksal in ›Takav je život!‹ zusammen. Maximiliane hatte sein Lebensresümee übernommen, immer häufiger sagte sie zu sich und zu anderen: ›Takav je život‹, so ist das Leben.

Auch am Sonntag, wenn es an Kaminholz fehlte, ließ Maximiliane ihn den Holzkorb mit Kiefernscheiten füllen, half ihm aber beim Tragen, er war fast so alt wie sie. Franc Brod fühlte sich unabkömmlich. Diese pommersche Baronin war eine Ausbeuterin! Sie hatte den Umgang mit Personal schon als Kind gelernt; wer etwas haben wollte, mußte geben können. Franc Brod durfte sich ein paar Kaninchen halten. Die Kinder der Gäste durften ihm im Holzschuppen und im Garten helfen. In der Dämmerung führte er die Hunde der Gäste aus, wofür es mehr Trinkgeld gab als für die Beaufsichtigung der Kinder; ›Kinder und Hunde willkommen‹ stand im Hotelprospekt. Da Franc an Rheuma litt, brachte die Baronin ihm hin und wieder eine Flasche Schnaps. Das würde ihm guttun, innerlich oder äußerlich. »Das wird auch wieder.« Den Satz verstand er. Unter seinen Händen hatte der stilvoll angelegte Burggarten im Laufe der Jahre ein ländliches Aussehen bekommen.

Der italienische Koch befestigte an den eisernen Haken, an denen früher die Pferde angeleint worden waren, Wäscheleinen, trocknete daran Küchentücher, aber auch seine Hemden und Unterhosen. Warum nicht? Wäsche brauchte Sonne und Wind. Durch die Geschenke der Gäste erhielt das Hotel im Laufe der Jahre mehr an fränkischer Romantik, als seinem Aus- und Ansehen guttat. Ein Gartenzwerg hatte sich unter Farnkraut leidlich verstecken lassen, schwieriger war es mit den Kunststoffkissen, die der Inhaber einer kleinen Schaumstoffabrik gestiftet hatte, weil nach seiner Ansicht die Steinbänke im Burghof zu hart und zu kalt seien. Als dieser Herr Reischle im nächsten Jahr wiederkam, war die Baronin nicht aufmerksam genug, die Kissen rechtzeitig vor seinem Eintreffen aus dem Verschlag zu holen. Ein Blick ins Gesicht des Gastes machte sie auf das Versäumnis aufmerksam; sie schickte einen zweiten Blick zum Himmel und sagte: »Wir setzen Ihre hübschen Kissen nicht gern der prallen Sonne aus, natürlich auch nicht dem Regen!«

Auf der Fahrt zur Märzbecherwiese waren ihr die ebenfalls blühenden Schwarzdornhecken aufgefallen, die den Berghang in schöngeordnete Etagen aufteilten, zunächst nichts weiter als ein erfreulicher Anblick, dann aber auch ein vielversprechender: im Herbst würde es Schlehen geben! Als dann Anfang Oktober der erste Reif gefallen war, konnte eine kleine Schnapsbrennerei in Betrieb genommen werden. Der Eyckel besaß seit Jahrhunderten das Brennrecht für Obstschnaps, das genauso lange nicht wahrgenommen worden war. Im Keller hatten sich alte Eichenfässer gefunden, die von Franc Brod in Ordnung gebracht wurden. Er hatte Erfahrung im Schnapsbrennen, zu Hause hatte er unerlaubt Slibowitz gebrannt. Aber vorerst saßen die Schlehen noch am Strauch, die Baronin benötigte Pflücker. Sie fuhr ins Dorf und suchte nach willigen Helfern; Kinderhände, zumal die von Dorfkindern, konnten leichter ins dornige Gesträuch fassen. Mittag für Mittag fuhr sie die kleine Pflückertruppe mit ihrem Auto auf den Berg und holte sie nach drei Stunden wieder ab; es wurde im Akkord gepflückt und bar gezahlt. Die Ausbeute an Schnaps war nicht groß.

Dafür war er kostbar, sogar unbezahlbar. Die Baronin schenkte ihn aus Steinkrügen aus, das eine Mal zur Begrüßung, das andere Mal zum Abschied. Sie goß die Gläser randvoll und sagte: »In Poenichen trank man den Schnaps zweietagig.« Ein Gast fand den passenden Namen für den Schnaps und schrieb ihn auch ins Gästebuch: ›Pönichen dry – unbezahlbar!‹ Woher sollte er wissen, daß er Poenichen mit oe hätte schreiben müssen.

›Lassens sich was einfallen!‹ In einem der ungenutzten Kellerräume ließ sich eine Sauna einrichten, mit deren Ausbau Frau Brandes geraume Zeit beschäftigt und abgelenkt war. Die Steine stammten aus dem Flußbett der Pegnitz, Bänke und Holzverkleidung hatte der Dorfschreiner Arnold aus heimischem Kiefernholz hergestellt, die Tauchkübel hatte die Brauerei in Bamberg gestiftet; eine Sitzecke, in der man ein frisches Brandes-Bier in Selbstbedienung trinken konnte, war nicht vergessen worden. Aber der Besuch der Sauna mußte eine Stunde vorher an der Rezeption angemeldet werden, und der nächste Friseursalon war zehn Kilometer entfernt. Eine Trennung nach Geschlechtern war nicht vorgesehen, was von den Gästen als Freizügigkeit, aber auch als Verletzung des Schamgefühls ausgelegt wurde; man befand sich schließlich in Bayern und nicht auf Sylt. An kühlen Regentagen verkündete die Baronin, daß in der Sauna Hochsommer sei. Sie selbst war mit ihren sechzig Jahren auch in der Sauna noch immer ein erfreulicher Anblick. Ihre Tochter Mirka hatte in einem Pariser Modesalon vor Jahren einmal festgestellt: ›Je mehr du dich ausziehst, desto besser siehst du aus.‹ Das galt noch immer. Aber weder ihr Arbeitstag noch die Widerstandsfähigkeit ihres Körpers ließen es zu, daß sie mehr als einmal wöchentlich die Sauna aufsuchte. Sie übernahm es selbst, wohlduftende Essenzen aus Sandelholz oder Latschenkiefern auf die heißen Steine zu gießen, womit man den muffigen Kellergeruch überdecken konnte und mußte. Doch der Buchhalter, Herr Bräutigam, legte ihr regelmäßig die Stromrechnungen vor und kalkulierte die Kosten eines Saunabesuchs. Daraufhin unterließ es die Baronin, bei den Gästen für die Sauna zu werben, sie tauchte nur noch in den bebilderten Prospekten auf. Frau Brandes erklärte: »Sie ruinieren mir den Betrieb, Baronin!«

Keiner der Köche hatte sich bisher auch nur eine einzige Kochmütze für die ›Reiseführer durch Franken‹ verdient. Nach jedem Wechsel sagte Maximiliane zu den Gästen: »Wir haben einen neuen Koch!« und weckte mit dieser sachlichen Mitteilung übertriebene Erwartungen. In der Regel handelte es sich aber nur um einen Bruder, einen Onkel oder einen Vetter des bisherigen Kochs; sie hießen Carlo, Bruno, Piero, stammten sämtlich aus der Emilia, was eine Gewähr für ihre Kochkünste hätte bedeuten können. Keiner von ihnen hielt die Kündigungsfrist ein, jeder sorgte aber dafür, daß rechtzeitig ein weiteres Familienmitglied zur Ablösung eintraf, und machte seinerseits ein ›Da Bruno‹, ›San Marco‹ oder eine ›Pizzeria Piero‹ in Bayreuth oder Nürnberg auf. Das Programm des neuen Kochs ähnelte dem des Vorgängers, war nicht einmal schlecht, gegen die ›Zuppa Pavese‹ war nichts einzuwenden, die ›Spaghetti carbonara‹ waren vorzüglich, nur eben nicht für die Speisekarte eines Burg-Hotels im Fränkischen geeignet. Die Baronin bestand darauf, daß auf der Speisekarte Kartoffeln erschienen, und das bedeutete für einen Italiener Pommes frites. Der Geruch nach heißem Fett durchzog alle Flure und benutzte die Treppenaufgänge. Maximiliane erschien in der Küche, nicht viel anders, als der alte Quindt seinerzeit im Souterrain des Herrenhauses von Poenichen erschienen war, als es ebenfalls um Kartoffeln ging – die einzige Mahlzeit am Tag, die für die russischen Kriegsgefangenen gekocht und von dem alten Quindt als Viehfutter bezeichnet wurde.

»Patata!« sagte sie. »Wir sind in Deutschland!« Der Gesichtsausdruck des neuen Kochs besagte: Peccato! Schade! Der Kartoffelkrieg entbrannte immer aufs neue im Souterrain. ›Patata!‹ – ›Peccato!‹ wurde zum Schlachtruf. Natürlich lag es am Geld. Ein guter Koch war nicht zu bezahlen. Frau Ferber, die aus dem Dorf stammte und jeden Abend von Maximiliane mit dem Auto nach Hause gebracht werden mußte, konnte einen Speckpfannkuchen backen, der gut schmeckte, dafür aber den Koch verärgerte. Es kam vor, daß ein Gast auf die Frage, ob er mit dem Essen zufrieden gewesen sei, antwortete: »Der Spruch ist immer noch das Beste auf Ihrer Karte, Baronin!« In der Regel unterließ sie deshalb die Frage.

Aus dem Pommes-frites-Krieg war Maximiliane erfolgreich hervorgegangen. Der nächste Küchenkrieg wurde mit Kartoffelklößen ausgetragen. In Franken gehören bekanntlich Kartoffelklöße auf jede Speisekarte. Der Koch, diesmal ein Antonio, der Onkel des vorigen Kochs, hatte sich bereits geweigert, eine angedickte Sauce zum Schweinebraten herzustellen. Nun also auch noch Klöße aus rohen Kartoffeln! Er rollte die Augen und warf Blicke zum Himmel, steckte dann aber doch seine Hände in einen Teig aus geriebenen Kartoffeln, hielt die verklebten Hände hoch und rief: »Catastrofico!«

Maximiliane versuchte Antonio klarzumachen, daß es sich um Kugeln handele, die man allenfalls zur Verteidigung der Burg verwenden könne; da er sie nicht verstand, warf sie demonstrativ einen der Klöße gegen die Wand. Daraufhin nahm Antonio ebenfalls einen Kloß und warf ihn hinterher, Maximiliane nahm den dritten und zielte gut. Die Schlacht stand unentschieden. Sie lachten. Auch Maximiliane hielt die Verarbeitung einer guten Speisekartoffel zu Klößen für unnötig, aber gute Speisekartoffeln waren ohnedies nicht zu beschaffen. Die Klöße, die seither auf dem Eyckel nach Anweisung von Frau Ferber serviert wurden, waren nicht schlechter, allerdings auch nicht besser als die Kartoffelklöße in anderen Gasthöfen der Umgebung.

Antonio legte im Garten ein Kräuterbeet an, was ebenso geduldet wurde wie die Kaninchenställe des Hausburschen Brod. Als der erste frische Salbei gewachsen war, erschien ›Saltimbocca‹ auf der Speisekarte. Antonios Fähigkeiten blieben begrenzt; wären sie größer gewesen, hätte er nicht hier, sondern in München in einem Spezialitätenrestaurant gekocht. Er blieb lange, wesentlich länger als die übrigen Mitglieder der Familie Pino aus Parma. Das lag an der verwitweten Frau Ferber, die ihm in der Küche zur Hand ging und bei der er sich nach kurzer Zeit einquartierte. Die beiden schafften sich ein Auto an, womit das Transportproblem der Küchenhilfe gelöst war; andere Probleme ebenfalls, zumindest so lange, bis Margherita Pino angereist kam. Wenn je ein ›Mamma mia!‹ überzeugend geklungen hat, dann jenes aus Antonios Mund, als seine Margherita die Küche betrat, sich umsah und Bescheid wußte. Sie packte Frau Ferber am Arm und jagte sie aus der Küche, für immer.

Margherita hatte sich die fünfzehnjährige Tochter Anna als Verstärkung mitgebracht; in dem Alter brauchte ein Mädchen den Vater, das sah jeder ein, das sah auch Antonio ein. Die Familie Pino mußte zusammenbleiben. Auf dem Eyckel war das möglich, Arbeit in der Küche gab es für alle drei, eine Unterkunft gab es auch, und ein Verschlag für ein paar Hühner ließ sich an der Gartenmauer ebenfalls noch anbringen. Wenn es im Restaurant an Bedienung fehlte, steckte man Anna in einen fränkischen Trachtenrock, sie hatte die Gastronomie bald begriffen, sogar ihre Feinheiten: mußte eine Spesenrechnung für Speisen und Getränke ausgestellt werden, reichte sie dem Gast den Block, damit er den passenden Betrag und das passende Datum selbst eintrüge, ein Entgegenkommen, das von dem rechtschaffenen Ober Röthel nicht zu erwarten war.

Von der Speisekarte verschwand der Speckpfannkuchen, statt dessen tauchte ein ›Insalata Emilia‹ auf. Weiterhin bevorzugten die Gäste die Karte ›Bloß a weng‹, auf der man Preßsack mit Essig und Öl, Bratwürste mit Brot und ›Parsifal bleu‹ fand, ein Schimmelkäse, der in einer nahe gelegenen Käserei herangereift war. Und dann natürlich ›Poenicher Wildpastete‹, aus der Dose, im Sommer und Herbst mit einigen Blättern vom wilden Wein angerichtet, der an der Nordseite die Mauern überwucherte. Fragte ein Gast, ob es sich um eine hausgemachte Pastete handele, so hieß es, daß die Weinblätter vor fünf Minuten gepflückt worden seien.

Herr Bräutigam, früher als Buchhalter in der Bamberger Brauerei beschäftigt, war noch von Herrn Brandes eingestellt worden; was diesen dazu bewogen haben konnte, wurde nie geklärt. Herr Bräutigam ließ sich im Restaurant und im Hotel selten sehen, vermutlich seiner Hasenscharte wegen. Er blickte oft lange aus dem Fenster in die Landschaft oder auch in das Gesicht eines weiblichen Gastes und gab dabei den klassischen Ausspruch von sich: »Was schöi is, is halt schöi!« Er hielt sich an seine Dienststunden, stieg um siebzehn Uhr in sein Auto und sagte, wenn gerade ein Omnibus auf dem Parkplatz ankam, zuversichtlich zur Baronin: »Sie werns packen!« Er war ortsansässig, aber nicht ortskundig. Wenn ihn ein Gast etwas fragte, antwortete er mit dem Satz: »Nix gewieß woaß man net.« Verlangte ein Gast von ihm, auf den Turm geführt zu werden, so ging er voraus, sagte: »Schauns halt!« und mahnte auf der Treppe: »A weng den Kupf einziehng!« Genau das tat Maximiliane den ganzen Tag über. Sie zog den Kopf ein wenig ein, wurde kleiner. Wenn der Wind vorüber ist.

Jener Satz des Buchhalters Bräutigam: ›Was schöi is, is halt schöi!‹ tauchte, mit Anführungsstrichen versehen, dreimal im Gästebuch auf, wo der hinterpommersche Charme der Baronin gelobt wurde, die blühenden Linden, der Käuzchenruf, die Zimtwaffeln. Die Gäste brachten ihr Feldblumensträuße mit, die sie in Zinnkrügen auf die Fensterbänke stellte; in drei Jahreszeiten sorgten die Gäste für den Blumenschmuck. Wenn eine Weinsorte auf der Weinkarte noch vermerkt, inzwischen aber ausgegangen war, schrieb sie dahinter: ›ausgetrunken‹; hatte die Küche keinen Hirschgulasch mehr, schrieb sie: ›aufgegessen‹ dahinter, was die Gäste erheiterte. Die Improvisationen von Stunde zu Stunde strengten sie an.

Es fehlten dem Eyckel die Renommiergäste. Aber im Laufe der Jahre wurde das mit leichter Hand geführte Hotel immerhin zum Geheimtip für kleine Wandergruppen, die ihren Fußmarsch über die Fränkische Alb und durch die fränkische Kultur für eine oder zwei Übernachtungen unterbrachen. In den ersten Jahren waren, nach vorheriger Anmeldung, Omnibusse mit katholischen, seltener mit evangelischen Frauenverbänden gekommen, um auf dem Weg von Muggendorf nach Gößweinstein auf einer mittelalterlichen Burg eine Kaffeepause zu machen; aber nachdem die Nürnberger, Erlanger und Fürther Omnibusfahrer die Schwierigkeiten der Auffahrt kannten, lehnten sie die Einkehr auf dem Eyckel ab.

Wenn Herr Bräutigam ihr die monatliche Bilanz vorlegte, weil Frau Brandes gerade abwesend war, sagte Maximiliane: »Es kann doch auch gutgehn!« Einmal mehr, einmal weniger überzeugt und folglich auch mehr oder weniger überzeugend. Sie nickte ihm zu und sagte in seinem Tonfall: »Schauns halt!«

Neben jenem Satz, daß Hunde und Kinder willkommen seien, hatte sie auch in den Hotelprospekt aufnehmen lassen, daß wer allein schlafen müsse, dafür keine Strafe zahlen solle. Sie selbst vertraute der Werbekraft von Prospekten nicht, sie war eine Realistin und sorgte dafür, daß die Gäste, die bereits da waren, sich wohl fühlten und das kleine Burg-Hotel, in dem eine echte Baronin eigenhändig unbezahlbaren Schlehengeist einschenkte, nicht so rasch wieder vergaßen. Das Wort Eyckel prägte sich ein, aber auch der Name Quindt. Da auch im Sommer die Betten bei feuchtem Wetter klamm wurden, ließ sie sie mit kupfernen Wärmflaschen anwärmen. Zu den alleinreisenden Gästen im Seniorenalter sagte sie: »Eine Wärmflasche ist besser als ein Himbeereis. Alles zu seiner Zeit!« Ihre Altersweisheiten wurden allerdings nicht immer verstanden.

Waren in den ersten Jahren die Schwierigkeiten, Personal zu bekommen, größer als die Schwierigkeiten, Gäste auf den Eykkel zu locken, so änderte sich das, als die Arbeitslosenzahlen stiegen und die Übernachtungszahlen sanken. Die Zeichen standen nicht günstig für das Burg-Hotel Eyckel. Herr Brandes hatte bei dessen glanzvoller Eröffnung die 600jährige Geschichte der Burg mit den Worten ›Vom Adelsnest zum

Rattennest‹ zusammengefaßt und wohl gehofft, daß der Eyckel dank seiner adligen Vergangenheit und der adligen Anwesenheit der Baronin wieder zu einem Adelsnest, wenn auch einem Geldadelsnest werden würde. Diese Hoffnung hatte sich bisher nicht erfüllt. Es ging hier nur noch ums Durchkommen und ums Überleben. Gelegentlich hörte man in der Dämmerung Schüsse, obwohl die Jagd noch nicht offen war, wie ein kundiger Gast meinte. »Ich wundere mich auch«, sagte die Baronin, obwohl sie wußte, daß der Hausbursche Brod sich auf Rattenjagd begeben hatte; und Erschießen war besser als Vergiften.

Eines Tages traf ein Brief aus Polen ein. Anja hatte geschrieben, auf deutsch, eine Nachbarin hatte ihr bei der Übersetzung geholfen. Anja war inzwischen verwitwet, die Kinder waren erwachsen. Sie lebte in Lodz, wo sie geboren war. ›Besser arm zuhaus als reich in Fremde.‹ Im Krieg hatte man sie nach Deutschland deportiert, sie hatte auf Poenichen als Hausmädchen gearbeitet, war bei Kriegsende mit Claude, einem französischen Kriegsgefangenen, der als Gärtner auf Poenichen gearbeitet hatte, nach Frankreich geflohen und hatte es dort vor Heimweh nicht ausgehalten. »Der alte gnädige Herr hat guten Morgen gesagt, nicht Heil Hitler und hat Fräulein gesagt. Gnädige Frau soll kommen, soll sehen wie leben in Polen. Bin alte Frau geworden. Immer noch Not und immer noch Angst.« Dann erkundigte sie sich, was aus den Kindern geworden sei, zählte jeden einzelnen Namen auf. »Alle schön? Alle reich?«

Maximiliane suchte nach Fotografien ihrer Kinder, suchte nach Kleidern für Anja und schickte ein Paket. Schon auf Poenichen hatte Anja ihre abgelegten Kleider getragen. Hatte sich denn nichts geändert?

Ihre Kusine Roswitha, jetzt Äbtissin einer Benediktinerinnenabtei, schrieb in einem Brief: »Wir Quindts bekommen immer die Führungsrollen, ist Dir das schon aufgefallen?«

Die Schöne tauchte manchmal für ein paar Stunden oder sogar für ein paar Tage auf und machte wieder gut, was Frau Brandes in Wochen angerichtet hatte.

4

›Nichtstun vermehrt den Frieden der Welt.‹
Friedrich Georg Jünger

Schönheit und Reichtum wirken anziehend aufeinander. Als jener Monsieur Villemain aus Paris das Auto, in dem Maximiliane mit ihrer Tochter Mirka zu dem deutschen Soldatenfriedhof von Sailly-sur-la-Lys fuhr, aus dem Straßengraben gezogen hatte, war er bereits ein Mann von über fünfzig Jahren; Mirka war nicht einmal halb so alt. Die erste Ehe des Monsieur Villemain war kurz zuvor wegen Kinderlosigkeit geschieden worden. Ein Erbe für die Firma Villemain & Fils wurde dringend benötigt. Henri Villemain erkannte in Mirka die gute Rasse und nahm ihre Mutter als Garantie für eine erfreuliche Weiterentwicklung der schönen jungen Frau. Warum also nicht ein deutsch-französisches Bündnis, mit dem Schwergewicht auf Frankreich? Beide Vaterländer gehörten der NATO an, in Frankreich OTAN genannt; um ein Kampfbündnis würde es sich nicht handeln bei zwei ausgeglichenen Temperamenten, eher um eine Europäische Gemeinschaft, eine EG, in Frankreich CE genannt.

Bei der Firma Villemain & Fils handelte es sich um einen mittleren Betrieb der metallverarbeitenden Industrie; man hätte von einem Rüstungsbetrieb sprechen können, was man im übrigen auch unvoreingenommen tat, man befand sich in Frankreich, nicht in der Bundesrepublik Deutschland. Maurice Villemain, der ältere Bruder von Henri Villemain, war 1944 bei den Kämpfen in der Normandie gefallen, er war der tüchtigere der beiden Brüder gewesen. Seit drei Jahrzehnten war Henri Villemain diesem Vergleich nun nicht mehr ausgesetzt, was ihm, aber nicht der Firma, gutgetan hatte. Hergestellt wurden Fußbodenbleche, Halterungen für Funkgeräte, auch Halterungen für Munition, Lafettierungen für Zusatz-Maschinengewehre, alles für den AMX 30, einen Kampfpanzer, der nicht in seiner Technik, wohl aber in seiner taktischen Verwendung dem Leopard I vergleichbar wäre, bei Gesprächen auf NATO-OTAN-Ebene auch immer wieder mit diesem verglichen wurde.

Es ist anzunehmen, daß Mirka weder die Chiffren des französischen noch der Name des deutschen Panzers geläufig waren. Sie zeigte wenig Interesse für die Firma.

Niemand hatte erwartet, daß ein Mannequin einen Haushalt führen könne, ihr Mann nicht und sie selbst auch nicht. Dafür war Louisa da, eine schwarzhäutige Frau aus Marokko, freundlich, gutmütig, eine gute Köchin, wie man es von dunkelhäutigem Personal erwarten konnte. Zum französisch-deutschen Haushalt gehörte außerdem ein jährlich wechselndes Au-pair-Mädchen, von dem die Kinder frühzeitig ein wenig Deutsch lernten. An Partygespräche gewöhnt, gab Mirka, befragt, welche Blumen sie liebe, Orchideen an und fügte hinzu, daß ihre Großmutter, damals im südlichen Kalifornien zu Hause, Orchideen gezüchtet habe. Sie wertete ihre Biographie durch solche Anmerkungen auf, und sie wertete sie auch aus, was ihre Mutter, allerdings in Notzeiten, ebenfalls getan hatte. Mit jener Großmutter, Vera Green, die von sich und ihrer Ehe gesagt hatte: »I do my own thing«, hatte Mirka übrigens eine gewisse Ähnlichkeit.

Sie habe in Deutschland die mittlere Reife erworben, äußerte sie gelegentlich, wendete dabei den langgestreckten Nacken und veränderte die Stellung der Beine; es mußte nicht hinzugefügt werden, daß man keine mittlere deutsche Reife, sondern eine volle französische Reife vor sich hätte. Man hätte sie für oberflächlich halten können. Aber was für eine Oberfläche war das! Die Schönheit, die sich bei den Quindts bisher auf mehrere Generationen verteilt hatte, konzentrierte sich nun auf Mirka. Das Kirgisische, dieser asiatische Einschlag, muß außer acht gelassen werden, darüber wissen wir so gut wie nichts. Das kräftige pommersch-blonde Haar der Mutter, die schöngeschwungenen Wimpern der Großmutter Vera, und natürlich die Augen! Augen wie Taubenaugen, darauf hatte man sich, den Prediger Salomon zitierend, inzwischen geeinigt. Auch im Winter behielt ihre Haut die lehmbraune Tönung, sie mußte nicht die Tortur auf sich nehmen, stundenlang auf einer Sonnenbank zu liegen. Es wäre zwecklos, sie um die gleichmäßige Tönung ihrer makellosen Haut zu beneiden, die meisten bewunderten sie, außer Viktoria, die glasgesichtige Schwester, die von der Natur nachlässiger behandelt worden war. Mirka verzichtete auf jeden Schmuck, der nur die Aufmerksamkeit der Bewunderer von ihr abgelenkt hätte. Die Farbe ihrer Augen war heller als die Farbe ihrer Haut; darin bestand, nach Ansicht von Kennern weiblicher Schönheit, der Reiz des Gesichtes, das, ebenfalls nach Ansicht von Kennern, ausdrucksarm war.

Die Rolle der jungen und wohlhabenden Madame Villemain war auf diesen schönen Körper zugeschnitten. Mirka, das jüngste der Quintschen Kinder, hatte nicht in der pommerschen Familienwiege gelegen, aber gesungen wurde auch an der Kartoffelkiste, in der Mirka die ersten Lebensmonate verbracht hatte. Ein Kellerkind, in einem Luftschutzbunker an einem unbekannten Ort östlich der Oder von einem Soldaten der Sowjetarmee gezeugt. Ein Akt der Vergewaltigung. ›Njet plakatje!‹ hatte er zu der deutschen Frau gesagt, das immerhin, und Brot und Schnaps hatte er ihr und ihren Kindern gegeben. ›Nicht weinen!‹ Ein Kirgise vom Balchasch-See, der vermutlich dem Kind diesen starken Lebenstrieb vererbt hat, der Maximiliane, die von der monatelangen Flucht geschwächt war, die Geburt erleichterte; das einzige der Kinder, das auf dem Eykkel geboren worden war, auch aus diesem Grund von der Mutter als ein Quindt-Kind angesehen. Anna Hieronimi aus Schlesien hatte Hebammendienste geleistet. Sie hatte Maximiliane mit Maria, der Gottesmutter, verglichen und behauptet, daß jedes Kind als ein Gotteskind geboren würde. Im Dezember 1945 konnte man so etwas sagen, da hatten die Herzen dünne Wände. War Mirka ein Gotteskind? Richtete sie jemals den Blick nach innen? Oder war alles nur schönes Äußeres, nur Haut und Haar? War in diese Seele kein Samenkorn gefallen? Maximiliane hatte dem Kind Stutenmilch zu trinken gegeben, hatte heimlich bei Nacht eine Stute auf der Weide gemolken, das Gesicht an den Pferdeleib gelehnt. Sie hatte sich ihren Erinnerungen ausgeliefert. ›O du Falada, da du hangest!‹ Trotz der Stutenmilch war aus Mirka kein wildes und ungebärdiges, sondern ein anpassungsfähiges Kind geworden.

Verleiht Schönheit Selbstbewußtsein? Mirka hat nie an sich und ihrer Wirkung auf andere gezweifelt. Als sie, dreijährig, ein Mäntelchen aus umgeschneiderten Soldatenröcken tragen mußte, sah sie aus wie ein winziger Landsknecht, fiel auf, und das wollte sie: beachtet und bewundert werden. Sie setzte sich in Szene, brauchte Publikum. Wenn sie in der Ballettschule nicht beachtet wurde, stellte sie den linken Fuß auf das rechte Knie, reckte den schöngebogenen Hals in die Höhe: ein Kranichvogel. In dieser Haltung stand sie ausdauernd und geduldig. Geduld vom Poenicher See oder vom Balchasch-See?

Bis zu ihrer Eheschließung hatte sie wie eine unabhängige Frau gelebt. Sie kam und blieb und ging, wann es ihr paßte; sie ließ sich beschenken, ließ sich helfen, aber wer sie beschenkte und wer ihr half, hatte keine Belohnung zu erwarten, hatte mit nichts zu rechnen außer mit ihrer Unberechenbarkeit. Sie hatte ihre Partner häufig, aber nicht unüberlegt gewechselt. In einem der bebilderten Interviews, das veröffentlicht wurde, als sie ein vielbeschäftigtes Mannequin und Fotomodell war, stand zu lesen: ›Eine Schützin mit hoher Abschußquote‹.

Diese Frau war weder auf Selbstfindung noch auf Selbstverwirklichung bedacht; sie war einverstanden mit sich, mit ihrer Herkunft und mit ihren Lebensumständen, die zu diesem Zeitpunkt beneidenswert waren. Die Epoche, in der ein Quindt, ob männlich oder weiblich, seine Pflicht tat und nicht Karriere machte, war vorbei. In der Generation, um die es jetzt geht, gibt es auch bei den Quindts Aussteiger und Aufsteiger und Umsteiger. Mirka zählte zu den Aufsteigern.

Es fehlte ihr das Tragische, aber sie wußte es nicht. Keine Feministin der Welt hätte ihr zu diesem Zeitpunkt einreden können, daß sie sich verkauft habe. Sie besaß, wonach andere Frauen lange und meist vergeblich suchen: Identität. Sie war Mirka. Sie kannte ihren Wert. Als Madame Villemain hatte sie Pflichten und hatte Rechte; die Pflichten erfüllte sie zur Zufriedenheit ihres Mannes, die Rechte erfüllte er zu ihrer Zufriedenheit. Bei dem Grundsatzgespräch, das ihrer Eheschließung vorausgegangen war, hatte er gesagt: »Zwei Söhne! Die Firma braucht zwei Söhne, einen für die Produktion, den anderen für die kaufmännische Leitung.« Mirka hatte sich an diese Abmachung gehalten: zwei Söhne. Man ist versucht zu sagen: auf Anhieb. Nach der Geburt von Pierre, dem zweiten Sohn, hatte man einvernehmlich auf jedes weitere eheliche Beieinander verzichtet.

Es ist ein Unterschied, ob eine Frau ihr sexuelles Leben mit der Eheschließung beginnt und dann weitgehend mit demselben Partner weiterführt oder ob sie, wie in Mirkas Fall, vom sechzehnten Lebensjahr an mit wechselnden Partnern zu tun hatte, folglich Vergleiche ziehen kann; auch Frauen benoten. Es ist übrigens bei jener einzigen dringlichen Reise nach London geblieben, die von Maximiliane finanziert werden mußte. Die Verhütungsmaßnahmen haben sich seither verbessert, die Schwierigkeiten der Frauen haben sich zumindest verändert. Monsieur Villemain läßt seiner Frau alle Freiheiten, aber seine Frau nutzt sie nicht aus, nimmt sie nicht einmal wahr. Auf Abwechslung ist sie nicht erpicht, reagiert eher gelangweilt. Nach ihren Erfahrungen ist es im wesentlichen immer dasselbe, tout la même chose. Vorspiele und Nachspiele ermüden sie, sie hat kein leidenschaftliches Temperament, in Frankreich nennt man solche Frauen immer noch frigide, in Deutschland sagt man inzwischen cool.

Gelegentlich begleitet Monsieur Villemain seine Frau zu den Modeschauen der führenden Couturiers; ein gutaussehendes Paar, was ihm an Jugend fehlt, gleicht er durch Wohlhabenheit aus, der Altersunterschied ist nicht unüblich. Wenn sich die Mannequins wie kostbare, wohldressierte Raubtiere auf dem Laufsteg anschleichen, stellt er fest, daß er sich das beste Exemplar ausgesucht hat. Mirka beobachtet ihre ehemaligen Kolleginnen aufmerksam und wird ebenfalls aufmerksam beobachtet; sie ist der lebende Beweis dafür, daß es möglich ist, eines Tages ebenfalls eine Kundin zu werden, eine Madame Villemain. Reichtum, Eleganz und Jugend waren bei diesen Veranstaltungen unter sich. Hat es je eine Mai-Revolution in Paris gegeben? An den Villemains ist sie vorübergegangen.

An jedem 14. Juli bekommen Philippe und Pierre ein blau-weiß-rotes Fähnchen in die Hand gedrückt, und die ganze Familie Villemain begibt sich auf die Champs-Elysées, ein Fußweg von fünf Minuten. Man hatte sich entschlossen, die Villa in Meudon zugunsten einer Etagenwohnung aufzugeben. Paris gedenkt an jenem Tage der großen Revolution, à la Bastille ce soir, mit Feuerwerk für Freiheit, Gleichheit, Brüderlichkeit. Mirka ist die Mutter von zwei kleinen Franzosen. Sie hat nie versucht, zwei Deutschfranzosen aufzuziehen. Obwohl sie finanziell von ihrem Mann abhängig ist, lebt sie wie eine unabhängige junge Frau; gelegentlich erwähnt sie, daß sie die Tochter einer deutschen Baronin sei. Der kirgisische Soldat war im Laufe der Jahrzehnte zu einem Offizier der sowjetischen Armee aufgestiegen, was vermutlich den Tatsachen entsprach, auch sein Leben wird weitergegangen sein. Daß er nach Beendigung des Krieges in sein Dorf am Balchasch-See zurückkehrte, ist unwahrscheinlich, ebenso unwahrscheinlich ist es, daß er bei den letzten Gefechten im Frühjahr 1945 noch gefallen sein könnte.

Ohne ein Zeichen von Ungeduld hat Madame Villemain bei gutem Wetter im Park des Musée Rodin gesessen und zunächst Philippe, dann zwei Jahre lang Philippe und den kleinen Pierre, später dann, als Philippe bereits zur Schule ging, nur noch Pierre beaufsichtigt. Kein Strickzeug, kein Buch, auch kein Journal als Ablenkung und nur selten ein kleines Gespräch mit einer anderen jungen Mutter. Immer Rodins berühmten ›Denker‹ vor Augen, ein Anblick, der sie nicht zum Denken und schon gar nicht zum Nachdenken veranlaßt hat. Philippe hatte als Fünfjähriger die Mutter gefragt: »Was tut der Mann dort?«, und sie hatte geantwortet: »Er sitzt und stützt den Kopf in die Hand.« Sie hatte nur die Körperhaltung gesehen, ihre Bedeutung nicht erkannt, hatte aber erklärend hinzugefügt: »Das ist ein Denkmal«, ausnahmsweise auf deutsch, und der nachdenkliche kleine Philippe hatte es als ›Denk mal!‹, als Aufforderung verstanden. Sie berichtigte sich, sagte »un statue«, wurde diesmal von Philippe verbessert: »Une statue, Maman!« Sie wiederholte: »Une statue«, sagte: »Merci«, bedankte sich für die Belehrung, hatte sich ja von klein auf immer für alles und jedes bedankt. Ihre Grundhaltung dem Leben gegenüber war Dankbarkeit, wenn man überhaupt einen Versuch wagen will, Mirkas Wesen zu deuten. Noch immer, nach jahrelangem Aufenthalt in Paris, sagte sie ›le Seine‹, verwechselte die Artikel der Wörter, eine Todsünde an der französischen Sprache. Ein aufmerksamer Beobachter könnte wahrnehmen und daraus Rückschlüsse ziehen, daß sie nahezu alle Wörter mit männlichem Artikel versieht. Den Gebrauch des Konjunktivs hat sie nie gelernt, was aber nicht weiter auffällt, weil ihre Sätze keine ungesicherten Mitteilungen enthalten. Die meisten Fragen beantwortet sie mit einem nachdenklichen Stellungswechsel ihrer schönen Beine. Auf die besorgte Frage der Marburger Lehrerin, warum dieses Kind nicht zum Sprechen zu bewegen sei, hatte Maximiliane die Vermutung geäußert, daß es nichts zu sagen habe. Später, als Mirka bereits die Ballettstunde besuchte, hieß es: Das Kind hat es in den Beinen.

Die kleinen Söhne Villemain waren wohlerzogen und wohlgekleidet wie ihre Mutter. »Madame Villemain hat immer das zum Kleid passende Kind bei sich«, eine Äußerung der Chefsekretärin von Villemain & Fils. Einmal im Monat holte Madame in Begleitung der Söhne ihren Mann in der Firma ab; alle drei begrüßten höflich den Portier, ebenso höflich die Angestellten und Arbeiter, wenn sie das Fabrikgelände durchquerten. Der Auftritt der künftigen Firmeninhaber wurde geprobt und wurde bestanden, besonders vom kleinen Pierre.

Beide Kinder wurden von ihrer Mutter auf gleiche Weise erzogen, sie bevorzugte keinen. In dem ihr zur Verfügung stehenden Maße liebte sie ihre Kinder sogar. Trotz der gleichen Behandlung gediehen sie unterschiedlich. Als der dreijährige Pierre bei Tisch seinen Teller ein zweites Mal gefüllt haben wollte, sagte seine Mutter ruhig und bestimmt: »Nur arme Kinder haben Hunger.« Sie mußte es wissen, sie war lange ein hungriges Nachkriegskind gewesen. Aber sie gab keine näheren Auskünfte, beschränkte sich auf ja und nein. Darf ich –? Ja. Darf ich –? Nein! Die Kinder wußten, woran sie waren. In Frankreich ist diese Erziehungsmethode noch verbreitet, in Deutschland gilt sie als autoritär; kaum dreijährig, ging Pierre wie ein kleiner Chef durch den Betrieb. Philippe betrachtete sich schon früh als Partner seiner Mutter. Als sie am Telefon verlangt wurde und er sah, daß sie gerade ihre Fingernägel lackierte, sagte er, sie sei beschäftigt und sie habe Probleme. »Der Nagel des Mittelfingers an der rechten Hand macht ihr Probleme, Monsieur!«

Eines Tages fuhr Mirka mit ihren beiden Söhnen am Arc de Triomphe vorbei und wurde von Philippe gefragt: »Was ist das?«

Sie folgte seinem Finger und sagte: »Ein Tor!«

»Warum steht da ein Soldat?«

»Er bewacht das Tor.«

Unbefriedigende Antworten für einen wißbegierigen Jungen. Er äußerte den Wunsch, den Soldaten selbst fragen zu dürfen. Aber die Mutter erklärte, daß sie hier unmöglich anhalten könne. Das war richtig. Dabei hätte sie doch Gründe genug gehabt, das Grabmal des Unbekannten Soldaten aufzusuchen.

Im Mittelpunkt der Familie Villemain standen aber weder die Kinder noch Mirka, sondern Coco, ein Rosenkakadu, das Hochzeitsgeschenk des Couturiers Jean-Louis Laroche, mit dem Mirka vor ihrer Ehe zusammengearbeitet und zeitweise auch zusammengelebt hatte. Cocos Gefieder war grau und rosarot, Farben, die von Mirka bevorzugt wurden. Der Vogel lebte bei geöffneter Tür in einem geräumigen vergoldeten Käfig. Der vorige Besitzer hatte ihm einen kleinen Wortschatz als Mitgift mitgegeben. Sobald Mirka den Raum betrat, rief Coco, der seinen Namen der berühmten Coco Chanel verdankte, ihr entgegen: »Ma belle!« Sehnsüchtig verlangte er: »Baiser! Baiser!« und gab nicht eher Ruhe, bis Mirka mit ihren Fingerspitzen zunächst ihre Lippen und dann seinen Schnabel berührt hatte, woraufhin er einen kleinen Freudentanz auf seiner Stange vollführte. Wenn Monsieur Villemain nach der Rückkehr aus der Firma seine Frau begrüßte, ahmte er den Papagei nach und rief: »Ma belle! Ma belle!«, und zum Entzükken der kleinen Söhne küßte auch er die eigenen Fingerspitzen und warf den Kuß seiner Frau zu und rief krächzend: »Baiser! Baiser!« Woraufhin Mirka die Kußhand erwiderte, allerdings aus einiger Entfernung.

Zum geringen Wortschatz des Kakadus gehörte auch das Wort ›merde‹, das er krächzte, wenn er sich zu wenig beachtet fühlte. Sobald er ›merde‹ rief, lachte Mirka hell auf. Kein Wunder, daß Philippe und Pierre ebenfalls ›merde‹ riefen, um die Aufmerksamkeit ihrer Mutter zu wecken. »Ihr seid nicht Coco!« sagte sie dann. »Es ist Cocos Wort.« Sie zupfte die Beeren von einer Weintraube, hielt sie dem Vogel hin, der mit seiner Greifhand danach faßte, sie manierlich verspeiste und sich durch kleine Verbeugungen bedankte.

Mirkas Bedürfnis nach Zwiesprache und Zärtlichkeit war durch einen Kakadu zu befriedigen, eine Erkenntnis, die ihren Mann zunächst befremdete, später dann aber beruhigte. Bei den Autofahrten von Paris nach Südfrankreich, wo die Familie in den Sommermonaten ein Landhaus bewohnte, klammerte sich Coco mit den Krallen an Mirkas ausgestrecktem Zeigefinger fest: er genoß die Reise. Mirka flüsterte mit ihm. Monsieur Villemain saß am Steuer, die Söhne spielten artig auf den Rücksitzen. Auf die Frage: ›Wie war die Reise?‹ lautete gewöhnlich die Antwort: »Er hat sich fabelhaft benommen!« – womit man Coco meinte. »Er hat sich nicht von Mamas Hand entfernt!« Kein Lob für Monsieur Villemain, den die langen Autoreisen anstrengten, auch kein Lob für die Söhne. Die bewundernden Blicke galten dem exotischen Vogel und seiner exotischen Besitzerin.

Kaum konnte Philippe lesen, wünschte er, auch deutsche Bücher zu lesen; Ute, das Au-pair-Mädchen – Üte genannt –, sprach deutsch mit ihm, auch die ›Grandmaman‹ in Deutschland sprach mit ihm deutsch. Mirka gab ihrem Sohn wahllos Bücher in deutscher Sprache, Geschenke Maximilianes, die sich nicht vorstellen konnte, daß eines ihrer Kinder ohne Bücher, ohne Gedichte leben konnte. Rilke-Gedichte, zum Beispiel. Das nahe gelegene Rodin-Museum, Rilkes Aufenthalt in Paris, ihre eigenen Pariser Jahre – Maximiliane wird also nicht zufällig Rilke-Gedichte ausgewählt und geschickt haben. Mirka feilte die Nägel, lackierte sie, bürstete ihr Haar, und Philippe las vor. ›Ich möchte einer werden so wie die / Die durch die Nacht mit wilden Pferden fahren ...‹ Was verstand er? Vermutlich mehr als seine Mutter, die gar nicht hinhörte. ›... ereignislos ging Jahr um Jahr ...‹ Nicht einmal diese Zeile, die ja zutraf, erreichte sie. Coco krächzte ›merde!‹ und beendete das Gedicht vorzeitig. Mirka bedankte sich bei Philippe und warf ihm eine Kußhand zu, warf aber auch Coco eine Kußhand zu. Nur ein einziges Mal hatte Philippe versucht, als seine Mutter nicht im Zimmer war, den Vogel zu fangen, mit der Absicht, ihn umzubringen. Aber Coco war auf eine Gardinenstange geflogen und hatte »Ma belle! Ma belle!« geschrien. Mirka, Unheil witternd, war zurückgekommen und hatte ihrem Sohn die verdiente Ohrfeige gegeben, die einzige, die er jemals bekommen und die er dem Vogel nie verziehen hat.

Philippe! Die Augen des legendären polnischen Leutnants hatten sich nun bereits in der vierten Generation vererbt.

»Grandmaman, erzähl!« Er wünschte immer wieder, die abenteuerliche Geschichte von der Bootsfahrt über den Fluß zu hören, als der Mond schien und ein kleiner Junge mit Namen Mirko den Mond unter seiner Jacke versteckt hatte, damit die Soldaten das Boot im Mondlicht nicht entdeckten. Erzähl von Poenichen! Er konnte das schwierige Wort ohne Akzent aussprechen. Zweimal hatte er seine Großmutter auf dem Eyckel besuchen dürfen. Die Geschichten aus Poenichen fingen alle mit dem Satz an: »Es war einmal ein kleines Mädchen, das hatte keinen Vater und keine Mutter, aber es hatte einen Großvater, der hieß der alte Quindt...«

»Grandmaman erzählt wieder Märchen!« berichtete Philippe seinem Vater am Telefon.

5

›Irren mag menschlich sein, aber zweifeln ist menschlicher.‹

Ernst Bloch

Mosche Quint wartete noch den Frühling ab, der in Dalarna spät kam, dann begab er sich auf Spurensuche. Zu seinem Nachbarn Anders Brolund sagte er, daß er sich in Europa umsehen wolle. Mit Anders Brolund, der in der Kommunalpolitik tätig war, redete er gelegentlich; der eine sprach über die Probleme in Larsgårda, die Regulierung des Västerdalälven, den Bau eines weiteren Kraftwerks und das Fischsterben; der andere über das Weltgeschehen, von dem er in den Zeitungen las. Die Probleme im kleinen waren übertragbar auf die Probleme im großen und umgekehrt, eine Erfahrung, die beide Männer überraschte und befriedigte, aber auch davon überzeugte, daß sie weder im kleinen noch im großen leicht zu lösen waren.

Nach den Spuren seines Vaters auch in Rußland zu suchen

hatte er nicht in Erwägung gezogen, nicht einmal Pommern kam ihm in den Sinn. Das Kapitel Poenichen war auch für ihn abgeschlossen. Maximiliane hatte, als sie von ihrer Reise nach Pomorze zurückgekehrt war, ihren Kindern mitgeteilt: ›Nïe ma!‹, mehr nicht, gibt es nicht, nimmermehr: ›Nïe ma.‹ Er war vor der Abreise noch einmal an der Poststelle vorbeigefahren, um seine Mutter telefonisch davon zu unterrichten, daß er jetzt soweit sei. Er werde sich die Lebensschauplätze seines Vaters ansehen.

»Du nimmst dich mit, wohin du gehst, Mosche!« hatte sie gesagt.

Überrascht hatte er zurückgefragt: »Hast du Ernst Bloch gelesen?« Und, als er feststellte, daß sie den Namen nicht kannte, hinzugefügt: »Du bist eine Philosophin und weißt es nicht einmal! Grüß die Schöne!«

Erstes Ziel seiner Reise war die Normandie. Auf der Fahrt dorthin genoß er das Wohlwollen, das Tankwarte und Kellner den schwedischen Touristen entgegenbringen; er gab sich auch dann nicht als Deutscher zu erkennen, wenn man ihn für sein akzentfreies Deutsch lobte. Viele der entgegenkommenden Autofahrer machten ihn mit der Lichthupe darauf aufmerksam, daß er am hellen Tag mit Licht fuhr; aber bei den schwedischen Wagen waren Zündung und Scheinwerfer miteinander gekoppelt, so grüßte er mit der Lichthupe zurück, was bedeuten sollte, er habe den Hinweis verstanden. Diese Erfahrung, etwas zu verstehen, es nicht ändern zu können, aber doch Blinkzeichen zu geben, war die erste Notiz in seinem Tagebuch. Er benutzte auf dieser Reise zwei Notizbücher, eines für das Vater-Buch, außerdem ein Reisetagebuch.

Alle Straßen, alle Routen führen in Frankreich nach Paris. Wie alle Reisenden geriet er in das Magnetfeld von Paris, aber ihm gelang, was anderen Autofahrern in der Regel nicht gelingt, er konnte sich auf der Périphérique, der Autoringstraße, halten; er leistete der Anziehungskraft der Stadt Widerstand, ordnete sich mit seinem roten Saab immer wieder zurück auf die äußerste rechte Fahrspur und erreichte schließlich die Ausfahrt zur Autobahn nach Rouen. Er fuhr, wie er es von Schweden her gewohnt war, mit der schwedischen Richtgeschwindigkeit von 90 Kilometern in der Stunde und behinderte damit den Verkehr, genoß seinerseits aber die Ausblicke auf die Seine, fuhr hin und wieder auf einen Parkplatz, um sich einen Satz zu notieren, etwa diesen, daß man andere behindert, wenn man selbst etwas genießen will. Er fuhr nordwärts. Zu beiden Seiten Weiden, die durch Hecken und Steinmauern in gleichmäßige Quadrate aufgeteilt waren. Kleine Bodenerhebungen ermöglichten ihm einen Überblick über das waldlose Land. Er sah, was sein Vater in den Feldpostbriefen beschrieben hatte, Apfelgärten, Weiden voller Lämmerherden. ›Calvados und Camembert‹.

Auf einem Hinweisschild las er den Ortsnamen Roignet und fuhr weiter, der Name sagte ihm nichts, er war in den Feldpostbriefen nicht aufgetaucht. Keiner erinnert sich mehr, daß in Roignet zur Zeit der Occupation eine junge Lehrerin mit Namen Marie Blanc gelebt hatte? Marie Blanc und Viktor Quint, eine Liebe in Frankreich, eine verbotene Liebe, eine bestrafte Liebe. Die junge Lehrerin hatte nicht nur die Feldpostpäckchen mit pommerscher Gänsebrust geliebt; sie hatte den deutschen Leutnant geliebt. Das Kind, das sie im Januar 45 unter jammervollen Umständen zur Welt gebracht hatte, trug seinen Namen, allerdings nicht mit k, sondern mit c geschrieben: Victor. Man hatte sie nach der Befreiung Frankreichs an den Pranger gestellt, mit Dreck beworfen und ihr die Haare geschoren. Ihre Eltern hatten sie wochenlang im Keller verborgen gehalten, um ihr wenigstens das Leben zu retten, man hätte sonst die Lehrerin vermutlich gelyncht, die sechs- bis achtjährige französische Mädchen unterrichten sollte und sich mit einem deutschen Offizier eingelassen hatte. Auch über diese Affäre ist längst Gras gewachsen. Das Kind mit dem Namen Victor ist von den Großeltern erzogen worden und in den Lehrberuf gegangen wie seine Mutter, die ihren Beruf mehrere

Jahre lang nicht hatte ausüben dürfen. Victor Blanc unterrichtete an einem Lycée in Lisieux Schüler beiderlei Geschlechts in englischer, seit einiger Zeit auch in deutscher Sprache, seiner ›Vater-Sprache‹, wie er den Schülern erklärte. »Ich bin ein halber Deutscher«, pflegte er zu sagen, »vielleicht bekommt ihr heraus, welche Hälfte deutsch und welche französisch ist!« Dieser Victor Blanc hatte sich trotz seiner verbrecherischen Herkunft und trotz der Anfeindungen, denen er als Besatzungskind ausgesetzt gewesen war, aufs glücklichste entwikkelt. Er war ein heiterer, versöhnlicher Mann. Eines Tages war er mit seinen beiden Töchtern nach Paris gereist, hatte ihnen Blumensträuße gekauft und war mit ihnen die Champs-Elysées hinaufgegangen. Am Grabmal des Unbekannten Soldaten hatte er den Kindern erklärt, daß dieses Denkmal auch für die unbekannten Väter des Zweiten Weltkriegs errichtet worden sei. »Votre grandpère inconnu!« Die kleinen Mädchen hatten gekichert. Dann hatte der Vater ihnen den Unterschied von ›pour‹ und ›par la patrie‹ erklärt: »Hier steht: Mort pour la patrie! Es müßte heißen: Mort par la patrie! Nicht für das Vaterland gestorben, sondern durch das Vaterland! Merkt euch das!« Und die kleinen Mädchen hatten ihre Sträußchen am Grab zu den anderen Sträußen gelegt und geknickst und den Satz vergessen. Philippe hätte ihn verstanden! Es ist fast unmöglich, die richtigen Menschen zusammenzubringen, am schwersten innerhalb einer Sippe.

Möglich wäre auch gewesen, daß man in Lisieux Joachim Quint mit seinem jüngeren Halbbruder Victor Blanc verwechselt hätte: keines seiner Geschwister sah ihm so ähnlich wie dieser Franzose. Aber es war Mittag, die Straßen der Stadt waren leer, Joachim sah nichts, was einen längeren Aufenthalt gelohnt hätte. 1944 war die Stadt zerstört worden; die Neubauten alterten bereits wieder. Er fuhr weiter. Keine Begegnung. Keine Verwechslung.

Nicht einen Augenblick lang hat Mosche Quint daran gedacht, daß sein Vater eine Liebesbeziehung zu einer Französin gehabt haben könnte. Er brachte ihn mit Pflicht, Ordnung, Treue zum Führer in Verbindung, aber nicht mit einer Gefühlsregung, mit Untreue gegenüber seiner Frau und, was schwerer wog, Untreue gegenüber Deutschland.

Sein Ziel hieß Arromanches. Er hatte das Datum seiner Ankunft nicht zufällig gewählt, der 5. Juni, der Vorabend der Invasion, hier allerdings ›Débarquement‹, von den Alliierten ›D-Day‹ genannt. Er hatte ein bedeutungsvolles Datum gewählt, aber nicht damit gerechnet, in ein Volksfest zu geraten. Er fand nur mit Mühe einen Parkplatz, ging zu Fuß weiter, ließ sich von der Menschenmenge mittragen, geriet dann irgendwann an die Küste und sah übers Meer, Richtung England. ›Auf einer Breite von achtzig Kilometern greifen die Alliierten am 6. Juni '44 an.‹

Die See war an diesem Tag so stürmisch wie an jenem Tag. Unter Mosches Blicken verwandelten sich die Öllachen auf dem Strand in Blutlachen. ›Gib mir deine Hand, deine weiße Hand / Denn wir fahren gegen Engelland‹, das hatte er gelesen, das kannte er auswendig. Jetzt, an Ort und Stelle, erinnerte er sich, daß man auch in Poenichen ›Engelland‹ sagte, mit einer Betonung, die witzig sein sollte. Er begriff den Witz noch immer nicht. ›Das Bruttoregistertonnenlied‹, wie seine Mutter es genannt hatte, ebenfalls mit einer Betonung, deren Sinn ihm unverständlich geblieben war. Er versuchte, sich auf seinen Vater zu konzentrieren und zu empfinden, was dieser damals empfunden haben mochte, als er auf vorgeschobenem Posten stand, in Erwartung des Feindes. ›Stand‹ und nicht ›lag‹, wie es sonst in seinen Briefen hieß. ›Wir halten den Blick nach vorn gerichtet, zum Feind.‹ Obwohl es Juni war, blies der Wind hart von Norden. Mosche reagierte empfindlich auf die Windstöße, fühlte sich den Elementen wehrlos preisgegeben, war an den Schutz der Wälder gewöhnt.

Auf den Stufen, die in einen der gesprengten Bunker des Atlantikwalls führten, saß im Windschatten des schmalen Aufgangs ein altes Ehepaar beim Picknick. Efeu und Brombeerranken tarnten den Beton, durch die Schießscharten flogen Vögel ein und aus und fütterten zwischen rostigem Eisengestänge ihre Jungen in den Nestern. Der alte Mann hob seinen Plastikbecher, rief »Santé!«, und Mosche antwortete mit: »Hej!« Später besichtigte er das Kriegsmuseum in Arromanches, stand lange vor einem lebensgroßen ausgestopften uniformierten Deutschen. ›Les nazis.‹ Er erkannte auch in ihm seinen Vater, diesmal in Luftwaffenuniform, der Uniformrock hing schlapp von den Schultern, der Pappmachékopf war auf die Brust gesunken, auch Puppen altern. Quint wurde gestoßen und vorwärts geschoben, ein Kind beschmierte ihn mit Eis, die Mutter entschuldigte sich, »sorry«. Er antwortete mit »sorry«. Man sprach mehr Englisch als Französisch. Alle anderen Besucher waren zu zweit oder in Gruppen, wirkten heiter, gesprächig und schienen zu genießen, daß sie zu den Überlebenden gehörten. Einsamkeit überfiel ihn, die er nicht kannte, wenn er mit sich allein war.

In den Schaufenstern lagen zu Feuerzeugen umgearbeitete Handgranaten, Kriegserinnerungen, die man käuflich erwerben konnte. Viele taten es. Bistros, Straßen und Plätze trugen keine französischen, sondern englische, amerikanische und kanadische Namen. Auf der Pegasus-Bridge notierte er in sein Reisetagebuch: »Hier, an der Calvados-Küste, haben die Amerikaner ihre Sprache verloren und zurückgelassen.« Nichts fiel ihm ein, das im Zusammenhang mit seinem Vater stehen könnte. Er sah Amerikaner, die so alt sein mochten wie er selbst. Was suchten sie hier? Ihre toten Väter? Man blickte auch ihn prüfend an. Mein Vater war ein Nazi.

Einem geschäftstüchtigen Franzosen war der Einfall gekommen, für die ausländischen Besucher Sand von der normannischen Küste in Säckchen zu füllen, 250 Gramm Kriegsschauplatz für fünf Francs, die Säckchen in den Nationalfarben Blau-Weiß-Rot. Mosche erwarb eines davon, er brauchte Beweismaterial vom Schauplatz des Überlebens, wog es in der Hand und warf es später in den Gepäckraum seines Autos.

Gegen Abend suchte er ein Restaurant auf. An den Nachbartischen wurden Austern geschlürft, zur Feier des Tages. Mosche entsann sich, vor kurzem über Austernvergiftungen in Neapel gelesen zu haben – es könnten auch Muscheln gewesen sein, Muscheln, die sich vor allem dort ansetzten und groß und fett wurden, wo man die Fäkalien ins Meer leitete. Die Zahlen der beim Débarquement ertrunkenen und nie wieder aufgetauchten Soldaten hörten auf, Zahlen zu sein, wurden zu Leichen. Es erfaßte ihn Abscheu und Ekel bis zur Übelkeit. Er verließ das Restaurant, noch bevor er die Speisekarte zu Ende gelesen hatte, setzte sich in sein Auto und fuhr weiter auf der Route des Alliés, am Meer entlang, wo er sich spät abends in einem kleinen Hotel einquartierte. Er sprach englisch und gab seine Nationalität mit ›schwedisch‹ an. Er trug die Segeltuchtasche in sein Zimmer, packte die Bücher aus. Historische Kriegsdarstellungen: Invasion, D-Day, Débarquement, drei Sichtweisen zum selben Ereignis.

Er trinkt Calvados zum Essen, nach dem dritten Glas läßt er sich die Flasche aushändigen und nimmt sie mit in sein Zimmer. Er wählt als erstes ein Buch in französischer Sprache. Beim Blättern bleibt sein Blick auf einem Gedicht hängen. ›Chanson d'automne‹. Das berühmte Herbstgedicht von Verlaine, das den Alliierten als Code gedient hatte. Niemand, keine Feindaufklärung, hatte wahrgenommen, daß Anfang Juni mehrere Zeilen eines Herbstgedichtes im Rundfunk zitiert worden waren. Zum ersten Mal erlebt Mosche Quint so etwas wie ein historisches Gefühl. Er, der ›abgebrochene Historiker‹, entdeckt, was vor ihm keiner herausgefunden zu haben scheint. Er gießt sich einen weiteren Calvados ein, spürt, wie ihn das hochprozentige Getränk klärt und reinigt. Er geht rezitierend auf und ab: ›Les sanglots longs / Des violons / De l'automne / Blessent mon coeur . . .‹

In der nächsten Stunde stellt er eine neue, weitere Übersetzung des vielfach übersetzten Gedichtes her: ›Seufzen, lang / Geigenklang / Der Herbst kommt schwer . . .‹

Eintönig bang. Er steht am weit geöffneten Fenster, hört in der Ferne das Meeresrauschen, ist betrunken und ahnt nicht, wie nah er jetzt seinem Vater ist, der am Abend jenes historischen Tages ebenfalls betrunken vom Calvados war. Vielleicht – sicher ist auch das nicht – hätte er in dieser einen Stunde seinen Vater besser verstanden, der ein paar Wochen lang mit Mademoiselle Blanc glücklich und pflichtvergessen gewesen war. Statt dessen verläßt er sich auf Fakten, und die Fakten sind: ein verlorener Arm und ein deutsches Kreuz in Gold, verloren und gewonnen am Tag der Invasion.

Bevor er sich auf sein Bett fallen läßt, streicht er das Code-Wort ›Overlord‹ auf der Titelseite des Buches mehrfach mit Filzstift durch und schreibt darunter: »O my lord! O my lord!«

Am nächsten Morgen wacht er mit dumpfem Kopf auf, verläßt das Hotel, ohne zu frühstücken, fährt sein Auto nahe an den Strand, wirft die Kleider ab und läuft, an die niedrigen Wassertemperaturen der schwedischen Seen gewöhnt, ins kalte Meer hinaus, wirft sich den Wellen entgegen, die stärker sind als er und ihn zurückwerfen. Er singt aus vollem Halse: »Engelland! Engelland!«, bis ihm die Wellen über den Kopf branden und mit ihm machen, was sie wollen. Eine Weile liegt er betäubt am Strand, dann rafft er sich auf. Was erreicht werden sollte, ist erreicht: Ernüchterung. Er fährt weiter. Als er ein Hinweisschild nach Bayeux liest, biegt er ab und steht zur Öffnungszeit vor dem Museum, um den berühmten Teppich von Bayeux zu besichtigen, gestickt angeblich im Auftrag des Bischofs Odo von Bayeux; eine Frontberichterstattung des 11. Jahrhunderts. Er schreitet die Schlacht von Hastings ab, benötigt zwei Stunden für die siebzig Meter, dann weiß er Bescheid. Er traut den von Nonnen gestickten Berichten mehr als den Bilddokumenten und Filmen des Embarquement im zwanzigsten Jahrhundert. Die Rechtfertigung der Eroberung Englands durch die Normannen, fünffarbig auf weißes Leinen gestickt. Ein Kunstwerk, das ›Baedeker‹ und ›Guide bleu‹ mit zwei Sternen versehen haben. ›1066, Schlacht von Hastings‹, das hat er in der Schule gelernt, eine der wenigen Geschichtszahlen, die sich ihm eingeprägt hatten. Eine Schlacht, die nur einen Tag lang dauerte; am Abend desselben Tages war der Weg nach London freigekämpft.

Wilhelm gab Harold Waffen! Vor dieser Szene verweilt er lange. Was für Kriege, was für Zeiten, als die Könige mit in die Schlacht zogen! Wo befanden sich Roosevelt, Churchill und Hitler an jenem 6. Juni 1944? Je länger er sich in die historischen Schlachtenbilder vertieft, desto mehr verdecken sie die Fotografien der Invasion. Die Ausschiffung der normannischen Pferde an der englischen Küste: es kommt ihm wie Rückkehr vor, mit tausendjähriger Verspätung. Er betrachtet die Kettenhemden der Krieger, die aus Eisenringen zusammengeschmiedet sind, hält sie für nützlicher als die Kampfanzüge der modernen Truppen; Bogen, Pfeile, Köcher, Schwerter und Schilder scheinen ihm geeignetere Waffen als Maschinen- und Schnellfeuergewehre. Die Anweisung, Schlachten nicht im Winter und nicht bei Nacht oder Regen zu schlagen, leuchtet ihm ebenso ein wie die Anweisung, die Gefangenen nicht zu töten, sondern Lösegeld für sie zu fordern. Der Sieger schreibt die Geschichte; man kann sie auch sticken. Geschichtsschreibung als Rechtfertigung der Geschichte. Der Teppich von Bayeux als politisches Weißbuch.

Mosche macht sich einige Notizen, fühlt sich an Asterix-Hefte erinnert, Sprechblasen mit lateinischen Texten: HIC DOMUS INCENDITUR, hier wird ein Haus in Brand gesteckt; Flammen schlagen aus dem Dachstuhl, eine Frau, ihr Kind an der Hand, stürzt aus dem Haus. Von dieser Szene hätte er gern eine Ansichtskarte erworben, um sie seiner Mutter zu schicken, findet aber keine, wählt statt dessen eine aus, auf der als Erklärung steht: ›The ships bear the party across the English Channel.‹ Schiffe vom Typ der Wikingerschiffe, ein Rahsegel in der Mitte. Falken, Hunde, Weinschläuche: eine Party auf hoher See. Er adressiert die Karte und schreibt quer darüber: »Denn wir fahren gegen Engelland«, ohne Unterschrift. Er kann damit rechnen, daß seine Mutter das Bild und den Satz lange genug betrachten wird, um beides zu verstehen. Die einzige schriftliche Nachricht übrigens, die Maximiliane von seiner Reise erhalten hat. In sein Notizbuch schreibt er: »Picassos Guernica zum Vergleich heranziehen!« Und: »Wo sind die Frauen, die den Teppich des D-Day sticken?«

Beinahe wäre das historische Datum des 6. Juni auch ein wichtiges Datum im Lebenslauf des Mosche Quint geworden. Alle Anzeichen sprachen dafür, daß ihm zustieß, was seinem Vater in der Normandie zugestoßen war. Diesmal handelte es sich allerdings nicht um eine Französin, sondern um eine Kanadierin, von der Mosche aufs Korn genommen wurde, anders läßt es sich nicht ausdrücken: aufs Korn genommen. Embarquement! Invasion! Eroberung lag in der Luft.

Mosche war in der Hotelhalle mit einem Mann ins Gespräch gekommen, einem Kanadier aus Quebec, Mister Svenson, der seine Biographie in einem einzigen Satz zusammenfassen konnte: vom Holzfäller zum Inhaber eines holzverarbeitenden Betriebes. Dem Aussehen nach ein Holzfäller, dem Auftreten nach ein Fabrikant. Sein Großvater, so erzählte er, stammte aus Skandinavien, genauer aus Schweden, noch genauer aus einem kleinen Nest in einer Gegend, die Dalarna hieß oder so ähnlich, Borlänge. Joachim korrigierte die Aussprache des å und des ä im Schwedischen.

Die Männer saßen nebeneinander an der Bar. Borlänge war die nächstgelegene Eisenbahnstation von Larsgårda; der kanadische Enkel übte, das Wort auszusprechen. Eine Einladung nach Schweden war fällig und wurde mit einer Einladung nach Kanada erwidert.

»Schießen Sie?«

Die Frage wurde verneint.

»Fischen Sie?«

»Ich werfe die Angel aus.«

»Verstehen Sie was von Holz?«

»Von Bäumen verstehe ich etwas.«

Woraufhin der Kanadier ihm seine schwere Holzfällerhand auf die Schulter legte. Mehrmals fiel das Wort ›Occupation‹ von beiden Seiten. Mosches Vater hatte Frankreich besetzt, der Kanadier hatte ebenfalls Frankreich besetzt. Daß es sich dabei um verschiedene Perioden des Zweiten Weltkriegs handelte, ging im Calvados unter; aus einer Reihe von Mißverständnissen entstand ein weltumfassendes Einverständnis. Aus einem nationalen Feiertag war ein internationales Festival geworden. Die Freizeitkleidung der Festteilnehmer verstärkte den Eindruck eines Kostümfestes. Das Bekenntnis ›I like Ohio‹ auf einem T-Shirt besagte nicht, daß der Träger des T-Shirts aus Ohio stammte. Eine Jazzband spielte Tanzmusik der Kriegsjahre. ›*J'attendrai, le jour et la nuit, j'attendrai toujours*‹, das hatte im Krieg gepaßt, das paßte im Frieden, das paßte immer. ›*We are hanging our washing on the Siegfried-line*‹ konnten nur die älteren Männer mitsingen. Das Lied der Lili Marleen, die vor der Kaserne vor dem großen Tor wartete, wurde mehrsprachig gesungen, auch gegrölt. ›*War is over, over war.*‹ Versöhnung über den Gräbern. Wären NATO und OTAN nicht längst gegründet, hätte man sie an diesem Abend an der ehemaligen Calvados-Front gründen können. Der Krieg hatte seine Schrecken verloren. Ein konventioneller Krieg schreckte, gemessen an der Vision eines nuklearen Krieges, niemanden mehr.

Mosche Quint hatte sich in der Hotelhalle auf einem Sofa niedergelassen und seine Pfeife in Brand gesteckt. Vom Calvados erwärmt, hatte er seine Sprachlosigkeit endlich überwunden. Er fühlte sich zugehörig, ohne sich Rechenschaft darüber ablegen zu können, wozu. Der Augenblick zum Angriff war gut gewählt. Susan, die Tochter von Mister Svenson, setzte sich neben ihn, weniger auf Tuchfühlung als auf Hautfühlung bedacht, sie war leicht bekleidet. Sie bat um Feuer, fragte, was er da in seinem Glas habe, ob sie probieren dürfe, und strich, bevor sie trank, mit ihrer Zunge über den Rand des Glases.

In den Stunden bis Mitternacht hätte man annehmen können, daß Mosche endlich die Frau fürs Leben gefunden hatte, eine zweite Stina, diesmal mit Namen Susan und um einige Grade wärmer. Auf der Veranda wurde getanzt, Susan war eine gute Tänzerin, auch beim Tanz auf Körperkontakte bedacht. Mosche war bereit, sich führen, auch verführen zu lassen. An der Bar wurde weitergetrunken, und Susan erwies sich als trinkfest.

»Was tust du?« fragte sie.

Er fragte zurück: »Hier?«

»Ja.«

»Schreiben.«

»Und sonst?«

»Schreiben, überall schreiben, über alles schreiben.«

»Und wovon lebst du?«

»Von dem, was ich nicht brauche.«

Die Antwort kennt man. Mosche hatte sie von seiner Mutter übernommen. Susan kannte sie noch nicht. Mag sein, daß der Satz auf französisch anders klang, als er gemeint war, er übte jedenfalls keine abschreckende Wirkung aus. Susan lachte mit weit geöffnetem Mund und sagte, Triumph in den Augen: »Ich kann mir jeden Mann leisten!« Mosche konnte den Satz in seiner vollen Bedeutung nicht erfaßt haben, denn er lachte zurück in dieses lebensprühende Gesicht.

Die Räume waren in den französischen Nationalfarben geschmückt, Luftschlangen und Luftballons in Blau und Weiß und Rot. Blau-weiß-rote Papierhütchen wurden verkauft und auf amerikanische, französische und auch auf deutsche Köpfe gesetzt. Susans Vater bestellte eine Flasche ›Veuve Cliquot‹ für die jungen Leute und zog sich an die Bar zurück, wo er inzwischen die Bekanntschaft einer ›veuve attractive‹ gemacht hatte. Die Flasche Champagner war noch nicht geleert, Mosche zitierte gerade Verlaines Herbstgedicht und berichtete, daß es den Alliierten im Juni als Code gedient habe. Er wurde nicht gewahr, daß dies nicht der richtige Augenblick für

Belehrungen war, noch weniger für das Rezitieren von Gedichten. Er war bis ›longueur monotone‹ gekommen, als Susan ihn beiseite schob und aufsprang. Sie war betrunken, sie schwankte, war weder an Calvados noch an Champagner gewöhnt, das konnte zu ihrer Entschuldigung dienen, aber nicht zum Verständnis. Sie hatte rasch getrunken, ausgelassen getanzt und sich verliebt, hatte eben noch ihr erhitztes Gesicht an Mosches bärtiges Gesicht gelehnt, und jetzt ging sie zielstrebig, wenn auch nicht geradeaus, auf einen der Luftballonsträuße zu, die an den Säulen befestigt waren. Sie stellte sich auf die Fußspitzen, reckte sich hoch und hielt ihre glühende Zigarette an einen der Luftballons, der daraufhin mit lautem Knall explodierte, dann der nächste und der übernächste, an die sie ihre Zigarette hielt. Eine Explosion folgte der anderen. Susan ließ keinen Luftballon aus. Die Musik machte gerade eine Pause. Die Gäste, ebenfalls angetrunken, klatschten Beifall, klatschten im Takt, zählten bei jedem Knall mit: »Trois – quatre – cinq – six –«

Mosche hatte sich das Einmaleins auf französisch nicht bis zu Ende angehört. Er sah Zerstörungslust in dem Gesicht, das eben noch vor Lebenslust geleuchtet hatte, stand auf, überließ die Begleichung der Rechnung Susans Vater, der sich ihn nun nicht leisten mußte. Er verließ das Hotel, lief noch zwei Stunden am Strand entlang. Der Mond spiegelte sich in den Wasserlachen. Ebbe.

In der Frühe reiste er zu einer Stunde ab, als alle noch schliefen, auch Susan, die nicht begriffen haben wird, warum ihr dieser Schwede abhanden gekommen war.

Mosche beendete seine Tour de Normandie bereits am dritten Tag. Auf der Rückfahrt fielen ihm die Hinweisschilder auf, die zu Soldatenfriedhöfen führten. Einem der Schilder folgte er. Der Parkplatz war leer, Mosche war der einzige Besucher an diesem Morgen. Er ging über ein Gräberfeld. Zehntausend Tote. Irgendwo mußte der rechte Arm seines Vaters bestattet sein, beigesetzt, so hatte er es gelesen: Die abgetrennten Gliedmaßen aus den Feldlazaretten wurden zum nächstgelegenen Friedhof gebracht und dort dem nächstbesten Toten beigegeben. Ein Toter mit drei Armen. Mosche traute dem ästhetischen Bild der schön gereihten Gräber nicht, nicht den Rasenflächen im ersten Sommergrün und nicht dem blanken blauen normannischen Himmel. Er blickte unter die dünne Grasdecke, Übelkeit stieg in ihm auf, die nicht vom Calvados herrührte. Es erging ihm, wie es seiner Mutter ergangen war, als sie zum ersten Mal ein Formblatt mit markierten Körperteilen in die Hand bekommen hatte. Seine Mutter, die mehrere Jahre beim ›Volksbund Deutsche Kriegsgräberfürsorge‹ in Kassel gearbeitet hatte und der Aufgabe nicht gewachsen gewesen war, die Toten mittels Zahnprothesen und Knochenbrüchen zu identifizieren. Nicht einen Atemzug lang denkt er an die mühsame, schlechtbezahlte Tätigkeit seiner Mutter, die er nachträglich sinnlos macht; in das Besucherbuch trägt er ein: »Warum hat man die Toten der normannischen Schlachtfelder nicht dort bestattet, wo sie getötet wurden, die Sieger und die Besiegten? Warum hat man sie wieder auseinandersortiert in Amerikaner, Franzosen, Deutsche?« In sein Reisetagebuch notiert er außerdem: »Ewiges Ruherecht in fremder Erde. Die Genfer Konvention setzt erst nach dem Tod ein. ›Morts pour la France‹? Warum steht auf den Ehrenmälern nicht: ›pour la liberté‹? ›pour la fraternité‹? Eine Bruderschaft der Toten. Haben die Alliierten denn nicht auch Deutschland, das halbe Deutschland, vom Terror der Diktatur befreit?«

Sein Reisetagebuch füllt sich mit Fragen statt mit Antworten. Kein Wort über den Vater. Im Gegensatz zu seinem unabkömmlichen Vater ist er auch hier abkömmlich.

Auf der Rückfahrt meidet er Paris nicht. Er erinnert sich an Mirka, seine schöne, kühle Schwester. Von einem Vorstadt-Café aus ruft er bei ihr an, hört die Stimme eines Jungen.

»Ici Pierre Villemain.«

Mosche nennt seinen Namen. »Que fais-tu, Pierre?« fragt er.
»Je lis un livre, mon oncle«, antwortet Pierre.
»Que fait le papa?«
»Papa fait de l'argent.«
Mosche Quint, plötzlich in die ungelernte Rolle eines Onkels versetzt, erinnert sich, daß es einen weiteren Sohn gibt. »Que fait le petit frère?«
»Il fait dodo!«
»Et que fait la maman?«
»Maman fait ce qu'elle veut.«
Damit ist das kleine Telefongespräch beendet. Mosche lächelt. Seine schöne Schwester macht, was sie will! Endlich einmal jemand, der tut, was er will. Er hängt den Hörer ein, trinkt seinen café au lait aus und steuert sein Auto wieder auf die Périphérique. Der Weg, der ihn zu seinem Vater führen soll, duldet keine Umwege. Zumindest deutet er die Abwesenheit seiner Schwester Mirka in diesem Sinne.

Sein nächstes Ziel heißt Berlin. Am Grenzkontrollpunkt Marienborn erweckt der bärtige Fahrer mit dem schwedischen Autokennzeichen die Aufmerksamkeit einer weiblichen Angehörigen der Grenztruppen der DDR. Sie blättert in seinem deutschen Reisepaß, fragt, woher er komme, er antwortet, aus Frankreich. Sie läßt ihn den Kofferraum öffnen, entdeckt das Säckchen in den französischen Nationalfarben. Als sie den Inhalt prüft und den hellen, körnigen Sand sieht, nimmt sie an, daß es sich um Rauschgift handelt.
»Was ist das?« fragt sie mit Schärfe in der Stimme.
»Sand, normannischer Sand«, antwortet Mosche, »Schlachtfeld. So was wie Mutterboden oder Vaterland.« Äußerungen, mit denen er sich erst recht verdächtig macht, da Ironie immer Mißtrauen erweckt.
»Was sind Sie?« Die Frage war schlecht formuliert, aber doch verständlich. Trotzdem antwortet er: »Müde«, was den Tatsachen entspricht. Mit Humor hat auch ein Schwede an der

deutsch-deutschen Grenze nicht zu rechnen. Die Frage wird in verschärftem Ton wiederholt, und er antwortet: »Sehr müde.« Er zieht Pfeife und Tabaksbeutel aus der Tasche, da er annimmt, daß die Kontrolle noch längere Zeit in Anspruch nehmen wird, wenn man erst entdeckt, daß sich in der Reisetasche Kriegsabhandlungen und Landkarten befinden. Er fügt hinzu, daß er bereit sei, das Säckchen zu leeren, hier auf der Stelle. Er kippt den Sand aus, läßt ihn auf den Asphalt rieseln. »Normannischer Sand zu märkischem Sand!« sagt er pathetisch. Immerhin scheint die Vertreterin der Grenztruppen nun davon überzeugt zu sein, daß es sich nicht um Rauschgift handeln kann.

»Fahren Sie weiter!« sagt sie und wendet sich dem nächsten Auto zu. Mosche macht bedächtig das Säckchen zu, wirft es wieder in den Kofferraum, stellt die Reisetasche an ihren Platz, klopft die Pfeife aus, setzt sich ans Steuer und fährt weiter.

Die Landschaft wird zur Landwirtschaft, die Gegend weiträumig, eintönig. An den Rändern der Autobahn blüht nichts außer Löwenzahn, der allen Unkrautvertilgungskampagnen gewachsen zu sein scheint. Er sieht keine Dörfer, nur manchmal in der Ferne die Silos der Landwirtschaftlichen Produktionsgenossenschaften. In der Nähe von Brandenburg deckt sich ein Bild der Gegenwart mit einem Bild seiner Kindheit: Auf einem Rübenschlag bewegen sich in den schnurgeraden Reihen der fingerhohen Rübenpflanzen einige Frauen in gebückter Haltung langsam voran. Tag für Tag werden sie Reihe für Reihe des endlosen Schlags abgehen und die Rübenpflanzen, die zu dicht stehen, vereinzeln. Das Wort ›verziehen‹ fällt ihm ein, er kennt es sonst nur im Zusammenhang mit Kindern, die man verzieht, wenn man sie vereinzelt. Für die Tätigkeit des Rübenverziehens sind männliche Arbeitskräfte offenbar immer noch zu schade und landwirtschaftliche Maschinen dazu nicht imstande; Frauen rangieren demnach in der Wertung zwischen Maschinen und Männern. Er fährt an den Rand der Autobahn, hält an, um sich diesen Gedanken zu notieren. Bevor er noch das erste Wort aufgeschrieben hat, hält ein Streifenwagen der Volkspolizei neben ihm an. Es ist verboten, auf der Transitstrecke durch die Deutsche Demokratische Republik anzuhalten! Er wolle etwas aufschreiben, eine Beobachtung, gibt er zur Erklärung an, es dulde keinen Aufschub, sonst ginge ihm der Gedanke verloren. Aber man erwartet keine Erklärung. Man händigt ihm einen Strafzettel aus, er hat zu bezahlen. Er komme aus Frankreich, sagt er, ob er in französischen Francs zahlen könne. Eigentlich lebe er aber in Schweden, auch Schwedenkronen habe er zu bieten, allerdings nicht viele. Mit DM West könne er leider nicht dienen.

Schließlich zahlt er in den genannten Währungen, was einen längeren Rechenvorgang erfordert.

Dann der Berliner Ring. Was für ein Unterschied zur Périphérique! Anziehend Paris, unzugänglich Berlin, ein Ring, der zerbrochen ist, der nicht mehr schließt. Eine moderne Ring-Parabel schwebt ihm vor. Die Anulare, die Rom umkreist, annullieren, annullare. Wieder hat er keine Gelegenheit, sich eine Notiz zu machen. In der Höhe von Potsdam sieht er ein Hinweisschild auf Hermannswerder. Am Grenzkontrollpunkt Drewitz hat er zu warten, wieder erregt der normannische Sand Aufmerksamkeit und Mißtrauen, wieder läßt er ein wenig Sand auf den Asphalt rinnen. Man erkundigt sich nach seinem Beruf. Seine Büchertasche wird hochgehoben. Ob er seine gesammelten Werke bei sich trage? Geburtsort Poenichen. Wo das liege? »In der Volksrepublik Polen.« Gegen diese Antwort wird nichts eingewendet.

Er quartiert sich in der Uhlandstraße ein, das Pensionszimmer ist dunkel, aber verhältnismäßig ruhig. Er nimmt das Buch mit den Aufzeichnungen des Ersten Ordonnanzoffiziers des Führers zur Hand, geht damit zum Fenster, blättert darin und blickt auf den Hinterhof. ›Die letzten zehn Tage‹. Er gedenkt, zehn Tage zu bleiben. Er kennt den Inhalt des Buches, will es aber an Ort und Stelle nochmals lesen; auch sein Vater war Ordonnanzoffizier im Führerbunker unter der Reichskanzlei gewesen. Wilhelmstraße. Es handelte sich also auch um die letzten zehn Tage im Leben seines Vaters. Wieder betrachtet er die Fotos, die er schon viele Male betrachtet hat. Später verläßt er die Pension, geht in Richtung Kurfürstendamm. Die Sommernacht ist warm, heitere Menschen sitzen vor den Cafés, sitzen auf den Treppen, die zur Gedächtniskirche führen. Musik und Gelächter. Ein junger Mann spricht ihn an. Ob er Lust habe, ihm eine Mark zu geben. Nein, er habe keine Lust, sagt Mosche. Der junge Mann wendet sich ab. »Macht auch nichts.« Warum hat er dem jungen Mann die Mark nicht gegeben? fragt er sich. Was will er hier? Was sucht er denn noch? Er kommt Jahrzehnte zu spät.

Den nächsten Vormittag verbringt er auf dem Gelände der ehemaligen südlichen Friedrichstadt, steht lange vor einem mit Schutt und Erde bedeckten Trümmerberg, unter dem der Führerbunker gelegen hat. Er hält einen alten Stadtplan in der Hand. Mehrfach wird er angesprochen und gefragt, ob er etwas suche, wohin er wolle. Er antwortet, daß er am Ziel angekommen sei. Hier wächst kein Gras, statt dessen Trümmerflora aus Unkraut und niederem Buschwerk. Omnibusse mit Touristen halten an. Sightseeing. Der Blick über die Mauer. Man zeigt auf den Fernsehturm, drüben, am Alexanderplatz, zeigt auf die Wachtürme, zeigt auch auf ihn, der sich auf einen Stein gesetzt hat und nach Worten sucht. Er zerreibt Kamillenblüten zwischen den Fingern, riecht daran. Heilpflanzen. Aber er braucht keine Verszeile für ein lyrisches Gedicht mit politischem Einschlag, er braucht Beweismittel. Was will er denn beweisen? Neue Omnibusse kommen an, es wird vorwiegend englisch gesprochen.

Er sitzt lange da. Dann erhebt er sich und zeichnet mit seinem Filzstift ein schwarzes Kreuz auf den Stein, auf dem er gesessen hat. Er geht ein Stück an der Mauer entlang, betrachtet die Graffiti, liest, was man in mehreren Sprachen und vielfarbig an die Mauer geschrieben hat, betrachtet die

Bilder wie vor wenigen Tagen den Teppich von Bayeux. Auch hier ein Stück sinnfällig gemachter Historie, eine einseitig bemalte und einseitig beschriebene Mauer. Er schreibt sich einige Sätze auf. ›Diese Seite ist voll, helft ihr beim Umdrehen?‹ ›I am looking over the wall and they are looking at me.‹

Mit dem Erlebnis der Mauer hatte er nicht gerechnet, die Gegenwart lenkt ihn von der Vergangenheit ab. Er kehrt der Mauer den Rücken, gelangt an eine Baustelle, wo mitten auf dem Trümmerfeld ein historisches Gebäude restauriert wird. Er verschafft sich Zutritt, zeigt seinen schwedischen Presseausweis vor. Eine der Fassaden ist bereits fertiggestellt, die Struktur des klassizistischen Gebäudes trotz der Baugerüste erkenntlich.

Mosche steht im Lichthof, betrachtet die hohen Geschosse, die Ornamentik am Dachfirst. Auf einer Plakatwand liest er, daß es sich um den Gropiusbau handelt, ehemals Kunstgewerbemuseum. In direkter Nachbarschaft befand sich im Dritten Reich der Sitz der SS-Führung. Vermutlich hatte dort sein Vater gearbeitet. Das Reichssippenamt war dem Reichsführer SS unmittelbar unterstellt, vermutlich. Ein paar hundert Meter entfernt liegt sein Vater vermutlich unter den Trümmern. Vermutlich, beweisen läßt sich nichts. Ein Vater ist abhanden gekommen, vor die Hunde gegangen, krepiert, verscharrt. Hier hatte das Verhängnis begonnen, hier hatte es geendet, ein Kreis hatte sich geschlossen. Die Logik eines Lebenslaufes.

Es soll geplant sein, auf dem Todesgelände über den Gestapokellern eine Gedenkstätte zu errichten; ein Wettbewerb zur künstlerischen Gestaltung ist bereits ausgeschrieben. Auch Folterkammern lassen sich künstlerisch bewältigen.

Am nächsten Morgen fährt Joachim Quint nach Hermannswerder. Dieser Abstecher war nicht vorgesehen und nicht vorbereitet. Er parkt sein Auto dort, wo die Mutter seiner Mutter ihren Sportwagen geparkt hatte, wenn sie ihre Tochter abholte, wovon er allerdings nichts weiß, er weiß nur, daß seine Mutter lachte, wenn sie den Namen Hermannswerder hörte.

Die hohen Bäume noch im Frühsommergrün, darunter in weiten Abständen mehrgeschossige Häuser aus rotem Backstein. Eine neugotische Kirche, ebenfalls aus rotem Backstein. Die Glocken beginnen zu läuten, demnach ist Sonntag. Warum nicht in die Kirche gehen? Er schließt sich den Kirchgängern an, sucht einen Platz in einer der letzten Reihen; eine alte Schwester in der Tracht der Diakonissen reicht ihm ein Gesangbuch. Er blickt sich um, blickt zur Kanzel auf und liest das Wort ›Vivet‹, auf eine Kanzeldecke gestickt. Es ist lange her, daß er in Marburg ein kleines Latinum gemacht hat. Was heißt vivet? Vivo, vixi, victum. Leben, am Leben sein oder bleiben, das Leben haben. Er entscheidet sich für die Befehlsform: ›Lebt!‹ Er spürt, daß schon das Wort ihn belebt. Auf dieser Reise hat er die meisten Botschaften auf Teppichen, Mauern und Decken gelesen. Der junge Pfarrer beginnt seine Predigt mit dem Satz: ›Ich rede und tue es auch.‹ Ein Satz, der in Mosche hineinfällt, ob auf fruchtbaren Boden, das ist noch nicht sicher, er hat viel pommersche Beharrlichkeit in sich, er benötigt viele Anstöße, dieser Satz gehört dazu.

Nach dem Gottesdienst stellt er sich der Oberin vor. Sie kennt zwar den Namen seiner Mutter nicht, aber daß sie ein Hermannswerder Kind gewesen sein soll, genügt, ihn an den gemeinsamen Mittagstisch der alten Diakonissen einzuladen. Noch nie ist ein Schwede hier zu Gast gewesen. Jemand aus dem neutralen Ausland! Nach dem Essen begleitet ihn eine der Schwestern zum Bootssteg und erlaubt ihm, das Ruderboot zu benutzen. Wenn er sich dicht am Ufer halte, werde er nicht länger als eine Stunde zur Umrundung der Halbinsel benötigen; durch einen Wassergraben, den Judengraben, werde sie vom Festland getrennt. Er verlaufe unter der weißen Brücke. Der Judengraben! Das Wort erkennt er wieder und hört seine Mutter lachen.

»Judengraben?« fragt er.

»Eigentlich heißt er Jutegraben, aber hier sagen alle Judengraben, keiner denkt sich dabei was.«

Seine Antwort wird von der Schwester nicht verstanden, sie ist schwerhörig, lächelt freundlich und zeigt ihm die Blechdose im Kiel des Bootes, mit der er das Regenwasser ausschöpfen müsse.

Er hebt die Bootsplanken an, schöpft das Wasser aus dem Boot, legt die Ruder ein, gewohnte Hantierungen. Er rudert auf den See hinaus, hält Richtung zur Inselspitze, wo seine Mutter, wie sie oft erzählte, am Lagerfeuer gesessen und Fahrtenlieder gesungen hat. Die Ufer sind verschilft, die Seerosen zeigen bereits dicke gelbe Knospen. Ein Soldat in sowjetischer Uniform steht am Ufer und angelt; Mosche ruft ihm »Hej« zu, bekommt aber keine Antwort. Schwäne fliegen über ihn hinweg. Er sieht die Hochhäuser von Potsdam und erreicht schließlich den Graben, der die Halbinsel vom Land trennt, kaum drei Meter breit. Die Zweige der Weiden und Erlen hängen tief über das moorige Wasser. Er muß sich ducken, er rudert flach, das Wasser ist nicht tief. Die durchsonnten, modrigen Tümpel am Ufer pulsieren: ein Wimmeln, Wirbeln und Zucken. Er sieht, was er nie zuvor gesehen hat: Fischleiber bäumen sich auf, drängen sich aneinander und übereinander, springen hoch, die Schuppen flimmern im Sonnenlicht. Ein brodelnder Fischbottich neben dem anderen. Die Erregung der Fische teilt sich ihm mit. Liebesspiel? Todestrieb? Lust und Ekel steigen in ihm auf. Er zieht die Ruder ein. Um ihn herum wird gelaicht und gebrütet, gezeugt und bestäubt, weißer Pollenstaub liegt auf dem schwarzen Wasser, legt sich auf seine gebräunten Arme. »Vivet!« sagt er. »Vivet!«

Er rudert zum Bootssteg zurück, kettet das Boot an, trägt die Ruder ins Bootshaus, hängt den Schlüssel an einen Haken. Wissen, wo der Schlüssel hängt; er wird seine Mutter fragen, ob der Schlüssel zum Bootshaus früher an derselben Stelle gehangen habe: wahrscheinlich.

Die Oberin hat ihm ›etwas zum Lesen‹ mitgegeben: »Wenn Sie sich für unsere Insel interessieren!« Er setzt sich auf eine Bank am Wasser und liest in den alten, zerlesenen Inselblättern. Was er sucht, findet er nicht. Die Geschichte des Dritten Reiches mitsamt seinen Folgen wird in dem Vermerk ›Die bewegte Geschichte der Hofbauer-Stiftung‹ zusammengefaßt. Wieder einmal greift er ins Leere. Die bewegte Geschichte des Deutschen Reiches! Er liest einen Vers; er paßt zu den Geschichten, die seine Mutter über Hermannswerder erzählt hat: ›Froher Kinder Jugendland / Treuer Schwestern Heimatland / Deutschen Geistes Ackerland / Das ist Hermannswerder-Land.‹ Übriggeblieben vom Hermannswerder-Land war ein Krankenhaus für Infektionskranke, ein Mutterhaus für alte Schwestern und ein Seminar zur Fortbildung künftiger Pastoren der Deutschen Demokratischen Republik. Die übrigen Gebäude wurden als Hospital für Angehörige der sowjetischen Besatzungsmacht genutzt, so steht es auf einem Schild, das ihm den Zugang untersagt: Besatzungsmacht, trotz Völkerfreundschaft und Warschauer Pakt.

Als er am Abend über die weiße Holzbrücke geht und auf den Jutegraben blickt, ist der Spuk vorbei, das Wasser liegt still und dunkel. Er steigt in sein Auto.

Am Grenzübergang ordnet er sich in die Wagenkolonne ein. Man blättert in seinem Paß und findet keinen Einreisestempel.

»Wie sind Sie in die Deutsche Demokratische Republik gekommen?«

Er sagt freundlich: »Mit dem Auto.«

»Wo? Hier? Wann?«

»Heute morgen.«

Man starrt ihn an. Ohne Visum, ohne Aufenthaltsgenehmigung? Nach einem längeren Verhör stellt es sich dann heraus, daß er am frühen Morgen an den wartenden Autos vorübergefahren war, mit dem Paß aus dem Autofenster gewinkt hatte und daß das schwedische ›S‹ am Auto die Aufmerksamkeit der

Grenzposten vermindert haben mußte. Was war zu tun? Jemand, der nicht eingereist war, konnte auch nicht ausreisen.

»Fahren Sie! Los!«

Und Mosche Quint fuhr los und verließ am nächsten Morgen Berlin. Noch einmal ein Stück auf dem Berliner Ring, dann Richtung Saßnitz und mit der nächsten Autofähre nach Trelleborg. Er hatte sich auf dieser Reise, die ihn zu seinem Vater führen sollte, weit von ihm entfernt und immer wieder festgestellt, daß in Deutschland die Zeit weitergegangen war, während er, isoliert, in den schwedischen Wäldern in der Vergangenheit gelebt hatte.

6

›L'ermite est un poisson qui aime la solitude.‹

Eugène Ionesco

Die Provence übt eine starke Anziehungskraft auf alle Weltverbesserer und Entsagungskünstler aus. Auch Viktoria ist dieser Anziehungskraft erlegen. Der Mystifikation der Sonne. Sie liebt die Sonne, wird von der Sonne aber nicht wiedergeliebt, sondern gereizt und verbrannt und verletzt. In ihrem ersten provençalischen Sommer hat sie sich dreimal schmerzhaft gehäutet, die dritte Haut hält der Sonne stand, nimmt die Farbe heller Tonkrüge an.

Sie hat sich den Ort nicht ausgesucht, an dem sie hängengeblieben ist. Alles sah nach Zufall aus. Ein Autofahrer, Monsieur Palustre aus Saint Antoine bei Marseille, hatte sie in Lyon unter der Bedingung mitgenommen, daß sie ihn am Steuer ablöse. Einen Führerschein besaß sie, ein Auto besaß sie nicht mehr, den Anteil an ihrem Wagen hatte sie an den ehemaligen Freund Manfred verkauft, als ihre Beziehung kaputtging. Es war immer dasselbe, es ging ihr alles kaputt. Wenn sie ein Brot strich, brach die Klinge, oder sie hielt beim Trinken plötzlich den Stiel eines Glases in der Hand, und der Kelch zerschellte am Boden.

An Gangschaltung war sie nicht gewöhnt, sie schaltete zu hart und hatte den Schalthebel in der Hand. Monsieur Palustre, der neben ihr eingenickt war, wurde durch das Geräusch geweckt. Er fluchte und schimpfte mit Wörtern, die sie nie gelernt hatte. In ihrem Schulfranzösisch, das nicht schlecht war, aber kaum Ähnlichkeiten mit dem Provençalischen hatte, sagte sie, daß sie zu Fuß zur letzten Tankstelle zurückgehen wolle, um Hilfe zu holen. Monsieur Palustre ließ sich die Reparaturkosten bezahlen. Auf ihre weitere Mitfahrt verzichtete er.

Es war heiß. Sie stand mit ihrer unförmigen Tasche an der Tankstelle. Eine Mitfahrgelegenheit ergab sich nicht, die Straßen waren in den Mittagsstunden kaum befahren. Sie machte sich zu Fuß auf den Weg, bog bei der nächsten Gelegenheit in eine kleinere Seitenstraße ab. Dort erst wurde sie den Hund gewahr, der sich ihr angeschlossen hatte. Sie versuchte, ihn davonzujagen, aber er gehorchte nicht, setzte sich in einiger Entfernung mitten auf die Straße und blickte sie aus seinen schwarzen Augen an. Sobald sie weiterging, lief er hinter ihr her. Sie beschimpfte ihn auf deutsch und auf französisch und benutzte dasselbe Wort, mit dem sie selbst von Monsieur Palustre beschimpft worden war. Sie trat nach dem Tier, es duckte sich und winselte. Ein Auto hielt neben ihr an, wieder wurde sie beschimpft, diesmal, weil sie ihren Hund mißhandelte.

Sie nahm ihre Tasche, ging weiter, irgendwann würde der Hund sich schon davonmachen. Aber das war ein Irrtum. Sie schrie ihn an: »Cochon!«, und immer wieder: »Cochon!« Das wird später sein Name werden. Schweinehund. Man kann das Wort auch zärtlich aussprechen, dann klingt es ähnlich wie ›chouchou‹. Liebling.

Dann hielt ein kleiner Lieferwagen neben ihr an, der Fahrer war bereit, sie ein Stück in Richtung Aix mitzunehmen. Sie stieg ein in der Hoffnung, auf diese Weise den Hund loszuwerden, aber als der Wagen anfuhr, rannte der Hund bellend und jaulend hinterher, stürzte, raffte sich wieder auf. Viktoria zeigte auf den Hund, der Fahrer blickte in den Rückspiegel und ließ sie aussteigen. Die Frau wollte er mitnehmen, den Köter nicht, sagte er, reichte ihr die Tasche und fuhr davon.

»Cochon!« Schon klang es anders. Sie liefen eine Stunde in der Mittagshitze am Straßenrand, dann waren beide erschöpft. In einer menschenleeren Ortschaft entdeckte sie ein Café. Sie fragte nach einem Zimmer, sie könne nicht weiter, sagte sie, heute nicht. Der Wirt zeigte auf den Hund, nirgendwo, in ganz Frankreich nicht, würde man sie mit diesem Vieh ins Haus lassen. Sie erklärte dem Wirt, daß es nicht ihr Hund sei, aber der Hund bewies das Gegenteil, er setzte sich auf ihre Füße und winselte, leckte ihr die Knie.

»Madame«, sagte der Wirt, nachdem er zu der Ansicht gekommen war, daß es sich wohl doch um eine Frau handelte, »wie kann man eine Kreatur derartig vernachlässigen?« Sie selbst sah ebenfalls vernachlässigt aus, das besagte der Blick, mit dem er sie von Kopf bis Fuß musterte.

»Wo gibt es hier Wasser?« fragte Viktoria.

»Am Fluß!« antwortete der Wirt und deutete in die entsprechende Richtung. »La Durance!«

Viktoria machte sich erneut auf den Weg und erreichte nach kurzer Zeit das breite Schotterbett. Sie durchquerte es, bis sie ans Wasser gelangte. Der Hund trank in gierigen Zügen. Sie kramte in ihrer Tasche nach Seife, packte den Hund, tauchte ihn tief ins Wasser, was er sich gefallen ließ, und seifte ihn ein, tauchte ihn wieder unter, seifte ihn ein zweites Mal ein, dann riß er sich los, was besagen sollte, daß es jetzt genug sei. Er schüttelte sich, legte sich zum Trocknen auf einen Stein und beobachtete sie, ließ sie nicht aus den Augen, sprungbereit für den Fall, daß es weiterging. Viktoria wusch sich ebenfalls das Haar, das kurz geschnitten war und rasch trocknete, sich aber nicht lockte wie das blonde Fell und die schöne Rute des

Hundes. Er war jung, und er war klug, er hatte ihre Schwäche erkannt und nutzte sie aus. Sie war wehrlos, wenn sich ihr ein Lebewesen anvertraute. Eine Erfahrung, die sie bisher noch nicht gemacht hatte.

Cochon! Und als nächstes bereits ›armer Cochon‹ und ›kleiner und guter und braver Cochon‹! Sie kämmte ihn mit ihrem Kamm, er leckte ihr die Hand und leckte ihr die Füße, die sie im Flußwasser gekühlt hatte.

Am späten Nachmittag standen sie wieder vor dem Café. Die Frau des Wirts trat hinzu. Die alten Männer auf den Barhockern mischten sich ebenfalls in die Verhandlungen ein. Der Wirt, Monsieur Pascal – »wie der große Philosoph«, erklärte er –, ließ sich den Paß zeigen, las ihn aufmerksam, las den Namen laut vor: »Viktoria Quint!« Er sprach den Namen aus, als handele es sich bei der Person, die in abgetragenen Jeans, T-Shirt und Turnschuhen vor ihm stand, um Victoria die Fünfte. Dann las er laut den Doktortitel vor, machte eine Verbeugung und erklärte seiner Frau und den alten Männern: »Une femme savante!«

Woher sie stamme, was das für ein Ort sei, fragt er. Er sei als Kriegsgefangener in Deutschland gewesen, er kenne sich aus, un peu. Er buchstabiert: Penischän. Wo liegt das? Viktoria, längst ungeduldig geworden, sagt, daß der Ort irgendwo in Polen liege. Polen? Une Polonaise? Sei sie etwa ein Flüchtling? Diese Frau ist eine réfugiée, sagt er zu den alten Männern. Alle diese fünf Männer sind réfugiés, aus Algerien, erklärt er der Frau mit dem Hund, 1962 sind sie im großen Flüchtlingsstrom hierhergekommen. Man hat hier nicht auf sie gewartet, sie haben Probleme gemacht. Die Tüchtigen sind weitergezogen, der Rest ist hier geblieben. Da sitzt er!

Viktoria deutet eine halbe Armlänge an, sie ist damals noch ein kleines Kind gewesen. Dann wiederholt sie das Wort, das Monsieur Pascal gesagt hat, ›reste‹, der Rest. Es klingt im Deutschen wie im Französischen gleich.

Die Algerier leben hier nicht schlecht, sie haben, was sie

brauchen, sagt Monsieur Pascal, sie haben eine Steinmauer, auf der sie sitzen können, ein Boulespiel und einen Barhocker. Sonne und Schatten. Er zeigt auf die Platane, die auf dem kleinen Platz vor dem Café steht. Die Männer auf den Barhokkern murmeln und murren, sie sind keine Algerier, sie sind keine réfugiés, sie sind Franzosen. Sie sind immigrés! Deshalb sind sie geflohen, sie wollten nach Frankreich, in ihr Heimatland. Monsieur Pascal winkt ab, alte Geschichten. Laissez-faire!

Das Zimmer! Sie benötige ein Zimmer, sagt Viktoria, für eine Nacht.

Monsieur Pascal erklärt ihr, daß er kein Hotel besitze, sondern ein Café und eine Bar, in Lourmarin gäbe es ein paar Hotels.

Ob ein Bus dorthin fahre, fragt Viktoria.

»Morgen früh, Madame!«

»Dann bleibe ich«, erklärt Viktoria. »Es gefällt mir hier.«

Es gefällt der Madame hier, sagt Monsieur Pascal zu den Männern. Alle ziehen weg, und dieser Madame savante, der gefällt es bei uns! Das Zimmer, das er ihr schließlich dann doch bieten kann, ist bescheiden; ihre Ansprüche sind ebenfalls bescheiden. Trotzdem muß sie im voraus bezahlen.

Nachdem sie am nächsten Morgen ihren Milchkaffee getrunken und Weißbrot hineingebrockt hatte und auch der Hund einen Napf Wasser und ebenfalls Brotstücke bekommen hatte, erklärte sie, daß sie eine weitere Nacht bleiben wolle. Wieder zahlte sie im voraus. Dabei war es geblieben. An jedem Morgen erklärte sie, daß sie noch bleiben wolle, und zahlte für die nächste Nacht, und am Abend stellte Madame Pascal ihr eine warme Mahlzeit hin, die sie mit dem Hund teilte, das Fleisch für den Hund, das Gemüse für sich, Wasser und Brot für beide. Wein lehnte sie ab. Wenn Monsieur Pascal mit der Rotweinflasche an den Tisch kam, sagte sie nein und kränkte ihn täglich aufs neue.

Tagsüber streifte sie durch die Gassen des Dorfes. Fünfzehn

Häuser schienen noch bewohnt zu sein, vierzig oder fünfzig standen leer oder waren eingestürzt; manche Häuser besaßen noch Türen, Fensterscheiben besaß keines mehr. Der Wind hatte die Ziegel von den Dächern gerissen. Das Dorf lag am Berghang, auf halber Höhe, die Gassen waren steinig und steil. Von einer Kapelle war nicht mehr übriggeblieben als die zum Glockenstuhl hochgezogene Westwand mit einer romanischen Rosette, Brombeergebüsch und Efeu verhinderten den Zutritt. Es gab kein Glockenseil mehr, aber noch eine Glocke, die vom Wind geläutet wurde.

Irgendwann bei Dämmerung geriet Viktoria in eine Schafherde. Ihr Hund scheuchte die Tiere auf und hetzte sie, er wurde vom Hütehund angegriffen, die Tiere verbissen sich. »Cochon! Cochon!« rief sie, aber er gehorchte nicht. Die alte Hirtin stieß ihre Faust in seinen Rachen und trennte die Hunde. Als Viktoria ihren Cochon im Arm hielt, war sein linkes Ohr halb abgerissen und hing blutig herunter. Sie trug ihn auf den Armen zum Brunnen unter der Platane und wusch die Wunde aus. Madame Pascal weichte Kohlblätter in heißem Wasser auf, machte dem Hund einen Umschlag und klebte das Ohr mit einem Heftpflaster wieder an.

Erst nach Tagen entdeckte Viktoria das Ortsschild: Notre-Dame-sur-Durance. Sie las den Namen laut, mehrmals, las ihn ihrem Hund vor, gewöhnte sich.

Eine Durchgangsstraße gab es nicht. Das Dorf lag am Ende der Welt. Nachts verfolgte sie die Lichter der Autos, die in der Ferne von Nord nach Süd und von Süd nach Nord fuhren, hin und her; aber die meisten fuhren zum Meer, alles endete im Meer. Sie fragte Monsieur Pascal, warum er seinem Café einen Weltuntergangsnamen gegeben habe. ›Café du Déluge‹!

Warum? Warum Notre-Dame-sur-Durance? War an diesem gottverlassenen Ort vielleicht Notre Dame zu sehen?

Eines Tages treten die Magenbeschwerden wieder auf, an denen sie oft leidet. Sie verlangt nach Kamillentee. Camomille!

Sie hat im Wörterbuch, das sie immer bei sich trägt, nachgesehen. Sie zeigt auf ihren Magen. Monsieur Pascal legt seine Hand auf seinen Bauch. Kamillentee, Madame? Er besitze ein Café und eine Bar, aber kein Krankenhaus und keine Apotheke. Was will sie überhaupt hier? Hat sie ihren Mann und ihre Kinder im Stich gelassen?

Sie schreit ihn an: »Non! Non!« und hält ihm die Hände hin, an denen kein Ring zu sehen ist. Sie ist allein. Seule! Allein! Hat er das verstanden?

Sie soll sich beruhigen, beschwichtigt Monsieur Pascal sie, es sei ihm ja recht. »Madame seule!« sagt er, und bald darauf werden es auch die anderen Leute im Dorf sagen: Madame seule. Die anderen, das sind die paar alten Männer und alten Frauen. Worüber sollten sie reden, wenn nicht über diese Madame seule.

Warum sie in diesem Dorf bleibe, aus dem alle wegzögen, will Monsieur Pascal wissen, wo es nichts gebe außer der unbarmherzigen Sonne und dem unbarmherzigen Wind.

»Leben«, antwortet Viktoria, »leben lernen! Savoir vivre!«

Monsieur Pascal hat viel gesehen, viel gehört, er hat nicht immer hier gelebt, er war bei der Fremdenlegion und vorher zwei Monate im Krieg und vier Jahre lang in Kriegsgefangenschaft in einer Munitionsfabrik in Essen. Ob sie das kenne? Nein, sagt sie.

Soll sie lernen, was sie will! Laissez-faire, laissez-passer! Seine Frau kann ihr Kamillentee in der Küche kochen, aber ein Pinot wäre besser. Pinot ist gut bei Magenbeschwerden, sie muß noch viel lernen!

Als sich ein deutscher Tourist aus Freiburg mit seinem Auto verfährt und in das Dorf gerät, übersieht er die verrosteten Warnschilder und versucht, die steile Straße hinaufzufahren. Dabei reißen die Steinbrocken, die niemand wegräumt, die Ölwanne seines Autos auf. Er sucht eine Werkstatt, zumindest ein Telefon, mit dem man eine Werkstatt verständigen kann.

Sein Auto muß abgeschleppt werden! Er muß an diesem Tag noch nach Marseille! Versteht ihn hier denn keiner! Er sagt das alles auf deutsch zu den zahnlosen alten Männern im ›Café du Déluge‹, die ihn anstarren und so wenig Deutsch verstehen wie er Französisch. Wo ist Madame seule? Man braucht Madame seule! Man sucht nach ihr und findet sie. Sie spricht mit dem Touristen aus Freiburg, spricht mit Monsieur Pascal, telefoniert mit einer Reparaturwerkstatt in Lourmarin. Eine halbe Stunde später trifft ein Abschleppwagen ein. Viktoria wird für ihre Vermittlung besser entlohnt als der Automechaniker mit dem Abschleppwagen.

Sie macht sich nützlich. Sie wird gebraucht.

Sie sitzt auf Mauern, blickt über Mauern, steigt Treppenstufen hinauf, blickt in zusammengestürzte Häuser; der Cochon immer hinter ihr her. Sie sieht viel, beobachtet viel, denkt auch viel, spricht wenig. Dann entdeckt sie eines Tages einen Garten, über dessen Mauer eine Pinie ihre Zweige streckt. Sie hilft dem Hund über die Mauer, klettert hinterher und fängt an, den Unrat in das Nachbargrundstück zu werfen. Das tut sie tagelang. Dann sammelt sie die losen Steine und schichtet sie auf die meterdicke Mauer, große Steine, kleine Steine, so, daß die Steine sich ineinanderfügen, die Auswahl ist groß. Sie läßt sich Zeit, sie hat Zeit. Die sechzehnstrahlige Sonne steht hoch am Himmel. Im Magazin kauft sie sich einen Strohhut, wie die Bauern ihn bei der Feldarbeit tragen, zwei Hüte stehen zur Auswahl. Sie erwirbt einen Wassernapf für Cochon, das Wasser holt sie am Brunnen. Sie besorgt eine Decke für den Hund, da der Steinboden im Café kalt ist. Erste Anschaffungen. Ihre Hände werden von der ungewohnten Arbeit rauh und rissig, bekommen Schwielen, der Rücken schmerzt. Aber die Mauer wächst. Viktoria ist zufrieden. Die heißen Mittagsstunden verbringt sie im Schatten der Pinie und beobachtet mit halbgeschlossenen Lidern das Haus, zu dem der Garten gehört. Es blickt mit der Frontseite nach Westen, jeder Sonnenuntergang wird ihm zuteil. Die Kaminwand ist noch gut erhalten. Als der

Mistral von Nordwesten her den Berg entlangfegt, merkt sie, daß das Haus auch gut zum Wind steht, die Kapellenwand gibt ihm Schutz.

Als alle herumliegenden Steine und auch das Gestrüpp beseitigt sind, fährt sie früh um sieben Uhr mit dem Bus nach Lourmarin, um dort Geräte zu kaufen, die es im Dorf nicht gibt, Hacke und Schaufel, einen Wassereimer; den Cochon nimmt sie mit. Als sie am Abend zurückkehrt, stehen Monsieur Pascal und die alten Männer an der Bushaltestelle, um zu sehen, ob Madame seule zurückkommt. Sie tippen mit zwei Fingern an die Baskenmützen und ziehen sich ins ›Déluge‹ zurück. Madame seule grüßt mit: »Hé!« Man hat sie erwartet! Sie trägt ihre Gerätschaften die Gasse hinauf und verschwindet in der Hausruine.

In den späten Nachmittagsstunden, wenn es kühler geworden ist, geht sie mit dem Hund in den Maquis und gräbt dort Pflanzen aus, dornig sind sie alle, das ist ihr recht, auch sie ist dornig. Sie gräbt, sie pflanzt, sie wässert. Manches schlägt Wurzeln, anderes verdorrt, es ist kein Pflanzwetter, keine Pflanzzeit, von Gartenbau versteht sie wenig, keiner berät sie. Sie muß lernen. Leben lernen. Noch immer schläft sie im ›Déluge‹, noch immer zahlt sie von Tag zu Tag, zahlt bar. Als sie kein Geld mehr hat, bittet sie Monsieur Pascal, sie im Auto mitzunehmen, wenn er das nächste Mal nach Avignon fährt. Er legt ihr die Hand auf den Arm, in bester Absicht, aber Cochon versteht den Annäherungsversuch falsch, er fährt hoch und packt Monsieur Pascal am Rockkragen. Zum ersten Mal wird Viktoria verteidigt, zum ersten Mal fühlt sie sich beschützt. Der Hund läßt keinen an Madame seule heran, läßt keinen auf das Grundstück, das weiß man von nun an im Dorf. Außerdem weiß man nun, daß sie nur zu einer Bank fahren muß, um an Geld zu kommen. Woher bekommt sie Geld? Un mystère! Ein Mann wird dahinterstecken. Man hat zu reden.

Viktoria dehnt ihre Streifzüge aus, streicht um das Dorf in immer weiteren Kreisen, bis sie die Häuser, die aus den Steinen des Berges gebaut sind, nicht mehr erkennen kann. Aber sie erkennt die Zypresse, die am Rand des Friedhofs oberhalb des Dorfes steht. Ein Ausrufungszeichen. Ici! Dort liegt das Dorf Notre-Dame-sur-Durance. Und im Tal der Fluß, von dessen fünf Armen im Hochsommer drei ausgetrocknet sind. Der Berg ist von schmalen Canyons durchzogen, deren Wände kalkig weiß sind. Weite Flächen, auf denen nichts wächst außer Maquis. Ein paar alte Mandelbäume. Im Tal Gemüsefelder, die Berieselungsanlagen schimmern im Licht der untergehenden Sonne. Der Ginster ist verblüht, duftet nicht mehr, statt dessen betäubender Thymianduft, betäubendes Geschrei der Zikaden. Wenn ihre Beine die blühenden Lavendelsträucher streifen, steigen Duftwolken auf.

Außer der Zypresse auf dem Friedhof und der breitarmigen Pinie im Nachbargrundstück steht nur noch ein dritter erwähnenswerter Baum im Dorf, die Platane vor dem Café, in deren Schatten die Männer Boule spielen. Kein Stuhl und kein Tisch stehen einladend vor dem Haus: Wer einen Pastis trinken will, muß es im Stehen tun oder sich an die Bar setzen. Madame seule ist der einzige weibliche Gast; sie setzt sich an einen der beiden Marmortische, trinkt einen Cynar ohne Eis. Ihr Magen macht weniger Beschwerden als früher, nur noch selten leidet sie unter Übelkeit. Sie hat sich gerundet, wird von Monsieur Pascal gelobt. »Une femme!« sagt er und betrachtet sie eingehend, rührt sie aber nicht mehr an.

Spät am Abend steigt sie noch auf den Berg, streckt sich auf der Erde aus, blickt in die Sterne, hört den Zikaden zu, hört den Sternen zu, aber spürt nicht, daß die Erde sich unter ihr und mit ihr dreht, das spürte nur ihre Mutter. Auf dem Rückweg geht sie über den Friedhof, zündet kleine rote Lichter an, die sie in Lourmarin gekauft hat. Sie muß verrückt sein, sagt man im Dorf, niemand will an die Toten, die dort liegen, erinnert werden. Der Wind wird die Lichter umwerfen, das trockene Gras wird in Brand geraten, sie kennt die Brände nicht, die im späten Sommer die Provence verwüsten. Unter ihren Schritten lösen sich Steine, rollen die Gasse hinunter, dann schlägt ein Hund an, Cochon antwortet, ein Fensterladen wird aufgestoßen, wird wieder zugeschlagen.

Alle paar Tage geht sie hinunter zum Fluß, auch dort räumt sie Steine weg, legt eine Mulde an, die ihren Körpermaßen entspricht. Das Flußwasser erwärmt sich darin, bleibt aber trotzdem erfrischend. Sie legt sich in das flache Wasser, das über sie hinwegfließt. Der Hund trinkt, badet, trocknet sich in der Sonne, schläft im Schatten. Man hört durchs Ufergebüsch den Straßenverkehr. Was für ein Hin und Her, an dem sie nun nicht mehr teilhat.

Madame seule badet im Fluß! Nackt! Auch darüber läßt sich lange reden.

Während eines Gewitters flüchtet sie sich aus dem Garten in den einzigen regensicheren Raum des Hauses, den sie inzwischen enttrümmert hat, in dem sie auch schläft, wenn sie die warmen Nächte nicht im Schlafsack unterm Piniendach verbringt. Blitze zucken, gefolgt vom Donner. Der zitternde Hund flüchtet sich in ihre zitternden Arme, die Mauern des Hauses zittern unter den Windstößen, Mörtel löst sich aus den Fugen, Ziegel lösen sich vom Dach, stürzen auf die Gasse und in den Garten. Als die Gewitterböen nachlassen, setzt Regen ein, sintflutartiger Regen. Sie muß ihre Behausung fluchtartig verlassen und läuft, barfuß, den Cochon auf den Armen, zum Café. Die Gasse hat sich in einen Bach, der Platz vor dem Café in einen Dorfteich verwandelt. Als sie das ›Déluge‹ erreicht, sitzen die alten Männer mit hochgezogenen Beinen auf den Barhockern. Viktoria bleibt unter der Tür stehen, Angst und Aufregung lösen sich in einer Schimpfkanonade. »Ihr bringt es zu nichts!« schreit sie. »So schafft man es nicht, euer Dorf stirbt noch vor euch! Ihr seid – ihr seid –« Das Wort, das sie sucht, fällt ihr nicht ein, laissez-faire fällt ihr ein, sie schreit: »Ihr seid Laissez-fairisten!« Die alten Männer betrachten sie überrascht, sperren die zahnlosen Münder auf und bleiben hocken. Was will diese Madame seule? Dies ist doch nicht das erste Gewitter in Notre-Dame-sur-Durance, nicht das letzte. Das Wasser wird wieder abfließen, dem Steinboden schadet es nicht, den eisernen Beinen der Barhocker und der Marmortische auch nicht. Monsieur Pascal zeigt auf einen der beiden Tische. Sie soll sich setzen, sie kann die Füße auf den Stuhl stellen, das Wasser wird in einer Stunde abgeflossen sein, dann wird es wieder elektrischen Strom geben, und sie kann ihren Milchkaffee bekommen oder einen Kamillentee, was sie will.

»Le déluge!« Jetzt sieht sie die Sintflut mit eigenen Augen.

An jenem denkwürdigen Abend, nach dem Gewitter, faßt sie ihren Entschluß: Sie wird bleiben. Ici! Ici! Sie sagt es mehrmals, zunächst zu sich selbst, dann auch zu Monsieur Pascal. Sie gestikuliert, sie muß Worte benutzen, die ihr nicht geläufig sind. Sie umkreist mit beiden Armen den Erdball, der demnächst explodieren wird. Keine Sintflut, die wieder abfließt. Bis zu diesem Urknall will sie hier bleiben, hier leben. Sie zeigt auf die Platane, unter der der Boden noch feucht ist; der Sturm hat Äste abgerissen und Blätter zerfetzt, niemand räumt sie weg. Dies ist der richtige Ort zum Warten. Sie wird das Haus ausbauen.

Ist sie verrückt geworden? Monsieur Pascal setzt sich zu ihr an den Tisch. »Madame seule! Hier fallen die Häuser zusammen, hier baut man kein Haus auf!« Sie fragt, wem das Grundstück neben der Pinie gehöre. Niemandem. Wem sollte es denn gehören? Die Eigentümerin sei längst tot, die Erben seien schon vor langer Zeit fortgezogen, keiner weiß, wohin. Geld ausgeben für das Grundstück? Für diesen Steinhaufen? Gut! Wenn sie es partout wünscht! Das Grundstück gehöre der Gemeinde. Er wird mit dem Bürgermeister sprechen, er wohnt im Nachbardorf, einen Notar kennt er auch. Laissez-faire!

Nach langen Verhandlungen unterschreibt Viktoria einige Wochen später den Vertrag. Der Kaufpreis ist niedrig, der Aufbau des Hauses wird kostspielig sein, man warnt sie. Sie telefoniert mit dem Verlag in Berlin, in dem die Bücher von

Daniel Green erscheinen. Sie ist von ihrer Mutter inzwischen zur Erbin eingesetzt worden. Das Copyright der Bücher währt siebzig Jahre; wenn sich die lesende Bevölkerung auch in den nächsten Jahren für körpersprachliches Verhalten interessieren sollte, was anzunehmen ist, wird Viktoria noch längere Zeit über Honorareinkünfte verfügen können. Wiedergutmachung bis ins zweite und dritte Glied. Dr. Daniel Green, ehemals Grün, Psychoanalytiker der Wiener Schule, als Therapeut in Berlin tätig, mit ihrer Großmutter Vera in zweiter Ehe verheiratet, emigriert in die Vereinigten Staaten, Verfasser mehrerer Bücher über Körpersprache, längst verstorben, seine Witwe verstorben. Die Geldsummen, die auf Viktorias Bankkonto in Avignon erscheinen, wirken wie ein Wunder. Un mystère! Ein Mann steckt dahinter.

Viktoria hat nicht nur Psychologie und Soziologie studiert, sondern auch ein paar Semester Betriebswirtschaft, das kommt ihr zustatten.

Im Kaufpreis ist der Schatten des Pinienbaums vom Nachbargrundstück inbegriffen, auch Fledermäuse, Eidechsen und die Ratten, die Cochon jagt und seiner Herrin vor die Füße legt. Sie engagiert einen Arbeiter, Monsieur Lalou, von dem Monsieur Pascal behauptet, daß er alles könne. Alles, wirklich alles! Monsieur Lalou kommt mit dem Motorrad aus Lourmarin angefahren, nicht, wie vereinbart, um acht Uhr morgens, sondern um neun. Der Tag ist lang, sagt er, der Sommer ist lang, aber das Leben, Madame seule, das Leben ist kurz! Noch ist Viktoria ungeduldig. Warum arbeitet Lalou nicht schneller? Sie macht ihm Vorhaltungen, wenn er die Kelle hinlegt und ins Café geht, um mit den anderen Männern zu reden. Dann spielt er auch noch eine Partie Boule! Sie stellt sich neben das Spielfeld und sieht zornig zu, greift eine der Kugeln und wirft sie zwischen die anderen, zerstört das Spiel. Am nächsten Morgen bleibt Lalou aus, bleibt fünf Tage lang aus, dann kommt er wieder. Er braucht das Geld, er hat eine Familie. Sie zahlt am Ende des Tages, stundenweise, aber bar. Als er eines Tages unmißverständlich »Madame seule!« sagt und nach ihr greift, hat er den Cochon am Hals. Die Verständigung macht Schwierigkeiten, Lalou ist nicht an einen weiblichen Arbeitgeber gewöhnt, Viktoria nicht an den Umgang mit Arbeitern. Sie muß lernen. Das Baumaterial wird aus anderen verlassenen Grundstücken geholt, Steine und Balken. Alte Häuser dienen als Steinbruch für neue Häuser, das ist überall so. Viktoria als Trümmerfrau, sie karrt das Baumaterial auf ihre Baustelle.

»Ich bleibe«, schreibt sie auf ein paar Ansichtskarten. Als Absender gibt sie ›Poste restante, Avignon‹ an; im näher gelegenen Lourmarin würde man sie auffinden, falls man nach ihr forschte, was keiner tut. Was ist das für eine Mutter, die keine Nachforschungen anstellt? Es liegt Jahre zurück, daß Maximiliane gesagt hat: Ruf, dann werde ich kommen. Sie hält sich an die Bergpredigt. Bittet, so wird euch gegeben. Sie selbst hat keine Mutter gehabt, nach der sie hätte rufen können. »Ich schaffe es!« Dieser kleine Satz ihrer Tochter, mit einem Ausrufungszeichen versehen, mag sie beruhigt haben. Was war das für ein ›es‹, das man schafft oder nicht schafft? Es, das Leben. Takav je život. Savoir vivre. Diese Töchter! Sie wollen werden wie die Mutter oder wollen anders sein als die Mutter, sie benutzen die Mutter als Richtschnur und als Maßstab. Die prägende Kraft dieser Maximiliane ist groß.

Im Umkreis von dreißig Kilometern benutzte man Viktoria als Kompaßpunkt. Wie soll der Ort heißen? Handelt es sich um das verlassene Nest, in dem Madame seule lebt?

7

›Was sind das für Zeiten, wo ein Gespräch über Bäume fast ein Verbrechen ist?‹

Bert Brecht

›Das sind dieselben Zeiten, wo es fast ein Verbrechen ist, kein Gespräch über Bäume zu führen.‹

Erich Landgrebe

Als er sein Manuskript so gut wie abgeschlossen hatte, setzte sich Mosche Quint auf sein Fahrrad und fuhr zur Poststelle neben dem coop-Laden, telefonierte diesmal aber nicht, sondern gab ein Telegramm an seine Mutter auf. Da Telegramme nicht mehr zugestellt, sondern zunächst telefonisch übermittelt werden, hörte Maximiliane den entscheidenden Satz aus dem Mund einer Postangestellten.

»Ich bin fertig mit meinem Vater.« Sie ließ sich den Satz wiederholen, sagte an der Rezeption des Hotels Bescheid, daß sie in den nächsten beiden Stunden nicht zu sprechen sei, streifte die Schuhe ab, ließ sie neben der Treppe stehen, suchte ihr Zimmer auf und setzte sich an die Fensterbank, die ihr als Schreibtisch diente. »Mosche! Mosche!« schrieb sie. »Blick nach vorn! Nicht zurück!« Jeder Satz ein Ausruf. Jeder Satz eine Beschwörung. »Du hast Dich immer umgedreht, auch als wir aus Poenichen fort mußten. Jetzt weißt Du, besser als ich, wer Dein Vater war und was er getan hat. Er hat seine Fehler und seine Irrtümer mit dem Tod bezahlt. Ob der Tod ein zuverlässiges Zahlungsmittel ist, weiß ich nicht. Ich nehme an, daß Gott es wissen wird. Du bist keinem verantwortlich, keinem Sohn, der eines Tages feststellen könnte, was Du zu tun unterlassen hast. Wer nichts tut, dem wird auch nichts getan! Du entziehst Dich, Du verbarrikadierst Dich hinter einem Schreibtisch, hinter Büchern, hinter Bäumen. Dein Vater hat das Falsche getan, und Du hast bisher nichts weiter getan, als über Deinen Vater zu Gericht zu sitzen. Du kannst die Schuld

Deines Vaters nicht abtragen, indem Du eigene Schuld vermeidest. Nichtstun ist nur eine andere Form des Schuldigwerdens! Du hast Deinen Vater abgeschrieben. Ich habe ihn abgelebt. Ich bin müde. Es heißt, aus den pommerschen Quints sei nach dem Krieg nichts Rechtes mehr geworden. Es scheint zu stimmen. Du verweigerst Dich, und das ist das schlimmste. Du bist vierzig Jahre alt. Jetzt muß doch zutage kommen, was Du in die Scheunen gebracht oder eingekellert hast. Ich rede wie jemand, der vom Lande stammt. Blick nach vorn! Mach es anders! Mach es besser!«

Sie setzte ihr ›M‹ unter den Brief, adressierte ihn in dem Gefühl, es sei der letzte, den sie nach Larsgårda schickte. Dann zog sie den Mantel über, verließ ungesehen das Hotel und ging zu den Bäumen, wie es der alte Quindt getan hatte, als man ihm die Nachricht übermittelt hatte, daß sein einziger Sohn gefallen sei. Auch sie handelte es mit den Bäumen ab. Andere Bäume und eine andere Landschaft, daran hatte sie sich gewöhnt, damit hatte sie sich einverstanden erklärt in jener halben Stunde, die sie auf einem der drei Säulenstümpfe im Dickicht des ehemaligen Parks von Peniczyn verbracht hatte. Damals hatte sie ihre unbestimmten Empfindungen in ›Es ist gut so‹ zusammengefaßt. Sie hatte die Zerstörungen und die Veränderungen gesehen, auch das, was geblieben war und bleiben würde, und zu allem genickt.

Ihr Körper reagierte mit einem rheumatischen Anfall. Sie blieb mehrere Tage im Bett liegen, verweigerte die Spritzen, die Dr. Beisser ihr geben wollte. Wenn man sie fragte, was ihr weh tue, sagte sie: »Alles.«

Ihr Brief an Mosche wäre nicht nötig gewesen. Dieser Rheumaanfall hätte vermieden werden können. Maximiliane hatte das Telegramm ihres Sohnes mißverstanden. Ihr Brief wirkte aber als Bekräftigung eines Entschlusses, der bereits gefaßt war.

Quint gedachte Larsgårda zu verlassen. Er trug die Bücher

über das NS-Reich und den Zweiten Weltkrieg, die sich bei ihm angesammelt hatten, neben das Haus und schichtete sie auf, löste die Fotografien Hitlers und seines Untertanen von der Wand, legte die Karten von der Invasionsfront und den Stadtplan von Berlin dazu, betrachtete noch einmal das Kreuz, das er dort eingezeichnet hatte, wo sich das Führerhauptquartier befunden hatte. Dann warf er auch die Feldpostbriefe seines Vaters noch auf den Haufen.

Er veranstaltete eine Bücherverbrennung. Der Tag war windstill und diesig, er mußte das Feuer immer wieder anfachen. Bücher sind keine leicht brennbare Ware. Es entstand weder Wärme noch Befriedigung, statt dessen Qualm und Hustenreiz. Als letztes legte er das eigene abgeschlossene Manuskript ins Feuer.

Ein Ergebnis hatte er nicht erzielt, auch er hatte, indem er den Lebensweg seines Vaters erhellte, kein Licht in dieses dunkle deutsche Kapitel bringen können.

Er wartete ab, bis das Feuer erloschen war, goß, wie er es bei einem Feuer im Freien immer gemacht hatte, Wasser über die schwelende Glut, ging dann ins Haus, setzte sich an den abgeräumten Schreibtisch und teilte dem Verleger mit, daß auch in diesem Jahr mit dem Manuskript nicht zu rechnen sei, in diesem Jahr nicht und in keinem späteren.

Der Verleger reagierte rasch und erwies sich als großzügig, indem er auf die Rückerstattung der Vorauszahlung verzichtete. Seine Großzügigkeit wurde allerdings durch den Hinweis eingeschränkt, daß das Nichterscheinen dieses Buches ihm weniger Kosten verursachen würde als das Erscheinen, da mit einem kostendeckenden Absatz nicht zu rechnen gewesen sei. Der Buchmarkt sei mit Vater-Sohn-Romanen gesättigt, schon habe ein namhafter Kritiker geschrieben: ›Die ungeratenen Söhne lassen sich von den angeklagten Vätern aushalten.‹ Das Wort von der literarischen Prostitution sei gefallen, würde von anderen Kritikern aufgegriffen. Inzwischen hätten sich die Töchter den Fehlern der Mütter zugewandt. Am Ende seines

Briefes versicherte er, daß er weiterhin an der Arbeit seines Autors interessiert bleibe.

Zum letzten Mal fuhr er mit dem Fahrrad zur Poststelle, um einige Telefongespräche zu erledigen. Er traf eine Verabredung mit der Redaktion von ›Dagens Nyheter‹, in regelmäßigen Abständen aus der Bundesrepublik Deutschland zu berichten, vornehmlich über ökologische Fragen.

Das letzte Gespräch führte er mit seiner Mutter, ein Ferngespräch mit langen, kostspieligen Pausen.

»Was hast du vor, Mosche?«

»Ich gedenke mich einzumischen. Ich werde in die Politik gehen.«

Zunächst kam keine Antwort, dann kam eine Frage.

»Kann man das? Kann man in die Politik gehen, wie man in den Wald geht? Willst du wieder einsteigen? Viktoria und du, ihr steigt ein und steigt aus, als wäre das Leben ein Bahnhof, ein einziger großer Verschiebebahnhof.«

»Ich werde den Wagen nehmen, Mutter.«

»Tu das, Joachim!«

Erst auf der Rückfahrt nach Larsgårda fiel ihm auf, daß sie ihn Joachim genannt hatte. Demnach hatte sie ihn verstanden.

Er brauchte nur das Haus abzuschließen. Nichts und niemand war von ihm abhängig, kein Hund, keine Topfpflanze. Einen Garten hatte er nicht angelegt, gepflanzt hatte er nichts, einiges hatte er abgeholzt. Er zog den alten Kahn ans Ufer, drehte ihn um, was er in jedem Herbst getan hatte. Wenn jemand ihn benutzen wollte, mußte er ihn nur in den Fluß schieben, mit Steinen füllen und ihn ein paar Tage lang wässern, damit er wieder dicht wurde; die Steine lagen am Ufer, wo sie immer gelegen hatten. Das Fahrrad stellte er in den Schuppen, schloß es aber nicht ab. Er hakte die Fensterläden ein, stellte die Wasserleitung ab und legte den Hausschlüssel an jenen Platz, an den Stina ihn schon gelegt hatte, Stina, die nackt in den See hinausgelaufen, von ihm weggeschwommen war und ›Kom hit,

Jocke!‹ gerufen hatte, eine Undine, die keine Annäherung suchte. Eine Nachfolgerin hatte es nicht gegeben. Vielleicht würde Stina noch einmal kommen, dann wußte sie, wo der Schlüssel lag.

Es war nicht viel, was er mitnahm. Die alte Segeltuchtasche genügte. Auch die restlichen Bücher blieben zurück. Seine eigenen Veröffentlichungen würde er den Bücherschränken der Geschwister entnehmen können, ohne daß diese die schmalen Bände vermißten, einige Bibliotheken hatten sie vermutlich eingestellt, Restposten lagen beim Verlag. Beim Aufräumen und Packen war ihm das halbleere Sandsäckchen von der Calvados-Küste in die Hände gefallen. Er ging zur Feuerstelle neben dem Haus und streute den Sand über die Asche. Abschiedsrituale. Den kleinen blau-weiß-rot gestreiften Sack faltete er zusammen und legte ihn in das Kästchen, das er mitnahm, wie bei der Flucht aus Poenichen.

Er fuhr bis ans Ende des Graswegs, stellte den Motor ab und wendete sich noch einmal um. Larsgårda sah aus, wie es aussah, als er es vor Jahren übernommen hatte. Der falunrote Anstrich war inzwischen wieder verblaßt. Er hatte keinerlei Spuren hinterlassen. Als Mosche Quint, einer, der Gedichte machte, war er nach Schweden gekommen, als Joachim Quint kehrte er nach Deutschland zurück. Das Politische, das in den Adern des alten Quindt auf Poenichen ›rumorte‹, wie dieser es genannt hatte, rumorte auch in ihm. ›Aufs Blut kommt's an‹, hatte jener gesagt, als er erfahren hatte, daß ihm kein Enkelsohn als Erbe, sondern eine Enkeltochter geboren worden war. Es gab niemanden mehr, der wußte, daß kein Tropfen Quindtschen Blutes in Maximilianes Adern floß. Ihr Großvater war ein polnischer Leutnant gewesen, aber das hatte nur die junge Sophie Charlotte gewußt, und selbst diese hatte es in dem langen Leben an der Seite des alten Quindt vergessen. Es hätte sich um die Quindts auf Poenichen, die keine Quindts mehr waren, eine Legende bilden können, aber auch Legenden müssen übermittelt werden, und das hatte, dank der Verschwiegenheit der Betroffenen, niemand getan. Auch jener polnische Leutnant hatte nicht verhindern können, daß Maximiliane pommersch bis auf die Knochen wurde, wenn schon nicht bis aufs Blut. Durch Umwelt und Erziehung war sie eine echte Quindt geworden.

Kannte der junge Joachim Quint den Ausspruch des alten Joachim von Quindt, die Gerechtigkeit betreffend? ›Wer es am nötigsten hat, bekommt am meisten, das ist unsere Gerechtigkeit.‹ Lassen sich Grundsätze vererben? Werden sie zu erworbenen Eigenschaften? Der alte Quindt hatte sich vom Patrioten zum Pazifisten entwickelt, der junge Quint fing als Pazifist an. Was hatte er, der als Siebenjähriger seine Heimat verließ, mitbekommen? Was hatte er aufgesogen, möglicherweise mit der Muttermilch, mit der er ja bereits Gedichtzeilen zu sich genommen hatte?

Psychologen könnten behaupten, daß er ein Nesthocker sei. Aber es hat kein Nest für dieses Flüchtlingskind gegeben, das einen Flüchter zur Mutter hatte; er hat sich selbst eingenistet, und jetzt endlich wird er flügge. Der Ausdruck ›er geht in die Politik‹ erwies sich sehr bald als falsch gewählt: Er flog in die Politik.

Auch der alte Quindt war mit keinem geringeren Anspruch als dem, die Welt zu verändern, in den Preußischen Landtag gegangen. Bei den Wahlen hatte er sich zunächst auf seine Poenicher Leute stützen können, die zwar nicht in Leibeigenschaft, aber doch in Abhängigkeit von ihrem Gutsherrn lebten; notfalls hatte Quindt im Wahllokal Reumicke die Stimmung mit einem zweietagigen Schnaps aufbessern lassen.

Joachim Quint hatte nicht den geraden, aber mühsamen Weg durch Kommunal- und Landtagswahlen im Sinn, er wählte, seiner Wesensart entsprechend, einen Umweg, der ihn rascher und direkt zum Ziel führen sollte.

Maximiliane war noch immer am schönsten kurz vor dem Aufwachen; kaum einer hat das jemals wahrgenommen. Eines

Morgens saß die Schöne an ihrem Bett und betrachtete sie.

»Wo warst du?« Eine Frage, die kein Liebhaber und schon gar nicht ihr Mann je gestellt hatte.

»Ich habe Blaskorken gehört«, gab Maximiliane zur Antwort. »Das Signal zum Aufbruch!«

»Was ist mit deinem Mosche?«

»Er ist nicht mehr mein Mosche, er ist nicht mehr Mosche. Er geht als Joachim Quint in die Politik.«

»Welche Richtung? Links oder rechts?«

»Ich nehme an, daß er ins Grüne geht.«

»Dort könnte ich mich mit ihm treffen«, sagte die Schöne.

8

›Man muß egoistisch sein.‹
Karl-Heinz Rummenigge, Fußballspieler

Auf der Speisekarte, die im ›Jagdzimmer‹ des Hotels Eyckel auslag, tauchte unter den internationalen Spezialitäten die ›Poenicher Wildpastete‹ ein weiteres Mal auf, hier aber mit dem Hinweis, daß diese Pastete bereits von Bismarck gelobt worden sei, was einige der Gäste zu verwundern schien. Nun hat man nie von Bismarckscher Kennerschaft bei Tisch etwas gehört; das führte Maximiliane zur Entschuldigung an, wenn ein Gast die Qualität der kostspieligen Pastete beanstandete. »Bismarck hatte eine scharfe Zunge, aber keine feine«, sagte sie und lenkte die Aufmerksamkeit von der Pastete auf Bismarck, der mit einem ihrer pommerschen Ahnen korrespondiert hatte.

Wegen dieser ›Poenicher Wildpastete‹ kam es, obwohl die Dosen das Gütesiegel ›hergestellt und geprüft in Schleswig-Holstein‹ trugen, nicht nur zu Beschwerden von seiten der Gäste, es gab auch immer wieder Auseinandersetzungen mit

Edda von Quinten, die sich mehr und mehr wie eine Stieftochter aufführte, was sie ja auch war. Im Märchen ist immer nur von den Stiefmüttern die Rede, im alltäglichen Leben gibt es aber auch Stieftöchter. Die Zeiten waren vorbei, in denen Kinder unter strengen Eltern zu leiden hatten. Nachdem die Söhne mit ihren Vätern abgerechnet hatten, rechneten nun die Töchter mit ihren Müttern in Buchform ab. Maximiliane wurde über diesen neuen Trend in der Literatur von ihrem Buchhändler in Nürnberg, Herrn Jakob, unterrichtet. Sie erkundigte sich, ob denn nicht auch die Väter und Mütter mit ihren Söhnen und Töchtern abrechneten. Herr Jakob hatte zugesichert, bei den Neuerscheinungen darauf zu achten.

Maximilianes Umgang mit ihrer Tochter Edda beschränkte sich das Jahr über auf Lieferscheine, Rechnungen und Überweisungsformulare, auf denen ein handschriftlicher Gruß stand: ›In Eile! E.‹ ›In Eile! M.‹ Zweimal im Jahr fuhr ein Lieferwagen mit der Aufschrift ›Holsteinische Fleischwaren, Edda und Marten von Quinten‹ den Burgberg herauf. Die Dosen mit Poenicher Wildpastete und Holsteinischer Putenpastete wurden ausgeladen und eingelagert; eine Rechnung blieb zurück, deren Begleichung mehrmals angemahnt werden mußte. Beide Betriebe befanden sich in wirtschaftlichen Schwierigkeiten, in beiden Fällen mochte man aber nicht auf die Tradition der Poenicher Wildpastete verzichten. Auf dem Hof der holsteinischen Quinten legte vor allem Edda Wert auf Tradition, auf dem Eyckel legte Maximiliane auf alle Erinnerungen an Poenichen Wert. Wenn auf dem Firmenschild Eddas Name vor dem ihres Mannes aufgeführt wurde, so lag das nicht nur am Alphabet und auch nicht an Eddas emanzipatorischen Bestrebungen, es entsprach der Realität. Edda war die Erste auf dem Hof. Bei einem Anlaß, der mehrere Jahre zurücklag, hatte sie versehentlich, aber wahrheitsgemäß gesagt: »Darin sind Marten und ich meiner Meinung.« Marten von Quinten überließ ihr die Leitung der Fleischfabrik, die Leitung des landwirtschaftlichen Betriebes und die Erziehung der Kinder.

Edda war in ihrem Betrieb so unabkömmlich wie Maximiliane in dem ihren. Man sah sich daher selten, entbehrte sich aber auch nicht. Maximiliane hatte frühzeitig ›Lauft!‹ zu ihren Kindern gesagt, aber auch das schien nicht richtig gewesen zu sein und führte zu Vorwürfen. Zu Weihnachten ließ sie durch den Nürnberger Buchhändler ein Paket mit Bilder- und Kinderbüchern, neuerdings auch mit Abenteuer- und Sachbüchern, an die Holsteiner schicken, in der berechtigten Annahme, daß es den Kindern an Büchern fehlte. Sie selbst erhielt pünktlich zum Fest ein Familienfoto in Postkartengröße, dem sie alle Neuigkeiten des vergangenen Jahres entnehmen konnte. Hans-Joachim trug eine Schultüte im Arm! Eva-Maria saß auf einem Pony, schon das zweite Kind, das reiten lernte! Die ganze Familie auf dem Bootssteg am Kulcker See; ein Segelboot war demnach angeschafft worden! Die alte Frau von Quinten fehlte! Alle schickten handschriftliche Grüße an die ›Ahne‹, die Kinder benutzten die zweite Hälfte des Namens Maximiliane als Anrede für die Großmutter. Als Zusatz stand in jedem Jahr auf der Karte: »Du erwartest doch nicht, daß die Kinder Dir etwas zu Weihnachten basteln?«

Seit Maximiliane ihre Tochter Edda auf dem holsteinischen Gut der von Quinten, dem ›Erikshof‹, an den Mann gebracht und den Anstoß und das Startkapital für die Herstellung der Poenicher Wildpastete geliefert hatte, war sie nicht mehr dort gewesen. Warum sie sich jetzt entschloß, zu den Holsteinern zu fahren, wußte niemand. Sie blieb die Erklärung schuldig, verband aber doch wohl noch andere Absichten mit dieser Reise als nur die Teilnahme an einem Taufessen. Mitten im Sommer, mitten in der Ferienzeit hielt sie sich im Hotel für abkömmlich, was wohl mit ›der Schönen‹ zusammenhing.

Maximiliane verwandelte sich für kurze Zeit in eine Seniorin und fuhr verbilligt mit der Eisenbahn, Nachtzug, Liegewagen. Der Entschluß, mit der Bahn und nicht mit dem Auto zu fahren, hatte mit neugewonnenen Erkenntnissen zu tun und hing mit Joachim und Viktoria zusammen. Es war ihr zwar lästig, mit der Bahn zu fahren, aber sie führte den Entschluß durch und erklärte ihn mehrfach, wenn es ihr angebracht erschien. Wo öffentliche Verkehrsmittel zur Verfügung ständen, benutze sie ihr Auto nicht; wenn der Berg für das Fahrrad zu steil sei, nehme sie das Auto; wenn der Weg zu Fuß zu weit sei, steige sie aufs Fahrrad. Die Mitreisenden, die ebenfalls auf Seniorenkarte reisten und denen sie das alles erklärte, besaßen in der Regel kein Auto, fuhren nicht mit dem Fahrrad oder machten sich wenig aus Spaziergängen.

In Lübeck wurde sie von ihrem Schwiegersohn Marten in Empfang genommen. Eine kleine herzhafte Umarmung genügte, daß Maximiliane »Oh« sagte, mehr eine Feststellung als eine Frage. Der Schwiegersohn roch nicht, wie ein Landmann an einem Sommermorgen riechen sollte; sie sprach es nicht aus, aber er hatte ihr ›Oh‹ richtig verstanden und sagte mit gedehnter Stimme: »Ja«, worin die ganze Problematik der Ehe ihrer Tochter enthalten war. Viel mehr als ›Oh‹ und ›Ja‹ wurde auf der Fahrt durch den sonnigen holsteinischen Sommermorgen auch nicht gesprochen. Es herrschte einvernehmliches Schweigen. Maximiliane besah sich das Land und besah sich die Landwirtschaft, drehte das Wagenfenster herunter, um auch die Luft einatmen und die Geräusche hören zu können. Eine kilometerlange Ahornallee, weite Weizenfelder, über die der Wind strich, Viehweiden mit schwarz-weißen Rindern. Marten erläuterte: »Einjährige«, Maximiliane nickte; einstökkige Backsteinhäuser, weit auseinandergerückt. Alles hatte hier Platz. Sie nickte mehrmals zustimmend.

Marten bog in die Stichstraße zum Gut ein, fuhr durch das Tor und über den Hof. Oben auf der Treppe, die ins Haus führte, stand Edda, das Baby auf dem Arm, am Fuß der Treppe standen die vier anderen Kinder, der Größe nach aufgereiht, alle in Jeans, alle in T-Shirts, auch Edda, die der Mutter triumphierend entgegenblickte und Lob erwartete. Aber Maximiliane sah lediglich, was sie nicht sah. »Der Baum? Wo ist der

Baum?« fragte sie, was Edda als Vorwurf empfand. Der alte Lindenbaum war ohne behördliche Genehmigung gefällt worden und hatte bereits genug Ärger und Kosten verursacht; Maximiliane hatte ahnungslos in eine alte Kerbe geschlagen. Statt der erwarteten Umarmungen und Bewunderungen begann nun also eine umständliche Rechtfertigung. »Wer soll denn das Pflaster fegen? Die abgefallenen Lindenblüten im Sommer? Das Laub im Herbst? Wer soll die Bienen denn daran hindern, das Baby zu stechen? Der Kinderwagen muß vorm Haus stehen, damit ich das Kind notfalls schreien höre!« Alle diese Fragen vermochte Maximiliane natürlich nicht zu beantworten, sie beschränkte sich auf das übliche »Ach –«, woraufhin Edda sagte: »Siehst du, du hast eben keine Ahnung!« Nun endlich betrachtete die Ahne in der angebotenen Reihenfolge von rechts nach links die Kinder: Sven-Erik, Eva-Maria, Louisa-Nicole, Hans-Joachim. Sie nannte alle beim richtigen, also beim Doppelnamen, was die Kinderzahl akustisch noch vermehrte. Abschließend sagte sie: »Das ist ja alles ein und dieselbe Sorte.«

Hatte sie etwas anderes erwartet? Helle und dunkle, robuste und zierliche Kinder? Tatsächlich sahen die Kinder einander überraschend ähnlich; alle waren ein wenig stämmig geraten, blond, mit einem Stich ins Rötliche, und sommersprossig; ohne Sommersprossen fehlte einem holsteinischen Kind etwas. Marten ergänzte: »Sie stammen ja auch alle aus demselben Stall!« und legte den Arm um Eddas Hüfte. Und Edda sagte nun doch noch, Triumph in der Stimme: »Du willst doch wohl nicht bestreiten, daß es ein guter Stall ist?«

Maximiliane bestritt nicht, wollte auch nicht streiten; sie war als ›Ahne‹ gekommen, um dieses fünfte Kind zu taufen. Bei unpassender Gelegenheit hatte Marten einmal von freier Marktwirtschaft in den Ställen und Planwirtschaft in den Betten gesprochen; daran erinnerte sich Maximiliane in diesem Augenblick, vermutlich war auch dieses Problem in Alkohol löslich. Sie betrachtete ihre Tochter Edda, die noch immer oben auf der Treppe stand und sich brüstete, blickte dann die Reihe der Kinder entlang und dachte, was sie in letzter Zeit oft dachte: Ich lebe schon so lange. Vor unendlicher Zeit hatte ein Mann namens Viktor Quint sie zur Zucht und Aufzucht von Kindern benutzt, mit denen er den deutschen Osten bevölkern wollte, und jetzt benutzte ihre Tochter Edda einen Mann zur Zucht. Was hatte sie für Pläne mit all den heranwachsenden stämmigen Quinten? Nichts davon sagte sie, atmete tief ein, atmete tief aus und sagte dann: »Nach Schweinen riecht es hier noch immer!«

»Du bist auf einem Gutshof, Mutter, nicht in einem Hotel!«

»Ach, ihr Holsteiner!« sagte Maximiliane, und es klang nach Trakehnern, war wohl auch so gemeint.

Sven-Erik sagte laut und unmißverständlich: »Bullshit!«, woraufhin sich das Gruppenbild auflöste. Edda sagte zur Erklärung: »Er war als Austauschschüler in England.«

Bevor Edda diese wohlgeplante und standesgemäße Ehe mit einem holsteinischen adligen Landwirt eingehen konnte, hatte Maximiliane eine nach ihrer Ansicht geringfügige Urkundenfälschung begehen müssen. Ohne Korrekturen kam man im Leben nicht durch, das gehörte zu ihren Erfahrungen. Man hatte ihr dieses Kind in Poenichen vors Haus gestellt, und sie hatte den kleinen Fremdling wie ein eigenes Kind aufgezogen. Der alte Quindt hatte ihm den Spitznamen ›Kuckuck‹ gegeben. Ein Kuckucksei, das man Viktor und einer gewissen Hilde Preißing aus Berlin-Pankow verdankte. Edda wußte über ihre illegale Abkunft Bescheid, machte aber von ihrem Wissen keinen Gebrauch, erwähnte ihre wahre Mutter nie, um so mehr den Vater. Und einen Vater zu haben, der einen hohen Posten in der NSDAP bekleidet hatte, war in Holstein keine Seltenheit. Zweihundert Hektar Geest in Holstein galten mehr als zehntausend Morgen pommersche Sandbüchse im Osten; keiner sagte mehr ›deutscher Osten‹, viele sagten sogar bereitwillig Polen. Eine Tatsache, die von Edda respektiert wurde.

Inzwischen hatte sie hundert Hektar dazugepachtet, von Landwirten, die ihre Höfe aufgeben mußten. Sie selbst hatte den größten Teil ihrer Kindheit in einem Behelfsheim zugebracht, sie wußte, was es hieß, nichts zu besitzen, und hatte daraus die Folgerung gezogen, daß nur Besitz etwas zählt, wenn man nach oben kommen will. Sie brauchte Sicherheit, und sie wollte ihren Kindern etwas vermachen. Sie sagte zu Maximiliane ›Mutter‹, oft und nachdrücklich und meist vorwurfsvoll. Sie lebte jetzt lange genug in Holstein, um sich Anklänge von holsteinischem Platt leisten zu können, ein Missingsch, über das die Nachbarn sich lustig machten. Sie dehnte die ›e‹s und hängte den Sätzen viel zu oft ein ›nich‹ an, das bei ihr aber nicht wie ein laut gewordenes Fragezeichen klang, sondern rechthaberisch. ›Was solln das sein?‹ fragte sie statt: ›Was ist das?‹ Sie fragte nicht, sondern stellte in Frage.

Dieses Kind aus Berlin-Pankow hatte eine steile Karriere gemacht. Am Bratwurststand in Marburg war sie die Tüchtigste der Quints gewesen. Von klein auf hatte sie gewußt, daß zwei mal zwei vier ist, was nicht weiter erwähnenswert wäre, wenn es ihr Mann ebenfalls gewußt hätte. Sie sprach in Zahlen und sprach in Prozenten. Was unterm Strich stand, zählte, und unterm Strich standen jetzt fünf Kinder. Die ›Lübecker Nachrichten‹ veröffentlichten den Jahresabschluß der ›Holsteinischen Fleischwaren‹ im Wirtschaftsteil. Die Zahlen würden auch in diesem Jahr rot sein, wenn man sich im Bankwesen nicht für ein einheitliches Schwarz entschieden hätte, ein Minuszeichen wirkte weniger bedrohlich.

Die alte Frau von Quinten war vor einigen Jahren gestorben, bei der ersten Begegnung hatte sie Eddas Hinterteil mit Wohlgefallen taxiert. Nach ihren Erfahrungen waren Mädchen mit kleinem Hintern unruhig und blieben nicht lange, Mädchen mit einem weichen, breiten Hintern saßen zuviel und zu fest. Eddas Hinterteil hätte auch heute noch den Ansprüchen der Schwiegermutter genügt, war nach fünf Geburten zwar breiter geworden, war aber immer noch fest und energischer denn je.

»Halt du dich da raus!« hatte der alte Quindt noch mit Erfolg zu seiner Frau Sophie Charlotte sagen können. Drei Generationen später sagten die Frauen – Edda konnte als Beispiel dienen: »Laß mich machen!« Schon beim Hochzeitsessen hatte sie ihrem Mann das Tranchiermesser aus der Hand genommen. Auch sie hatte diesen kleinen Satz nicht oft wiederholen müssen. Marten ließ sie machen. Er hatte sich das Heft aus der Hand nehmen lassen, aber nicht das Glas und die Flaschen. Sie hatte ihrem Mann die meisten Sorgen abgenommen, aber leider auch seine Sorglosigkeit. Wenn er nüchtern war, war er schwer zu ertragen; wenn er betrunken war, war er ebenfalls schwer zu ertragen und insofern mit dem Herrn Puntila aus Brechts Stück nicht zu vergleichen. Zwischendurch hatte er in der Regel ein paar gute Stunden. Meist trat Edda in der Öffentlichkeit allein auf, erwähnte aber während der Verhandlungen mit Kunden und Lieferanten, daß sie das Projekt mit ihrem Mann durchsprechen würde; nicht immer reichte ihre Zeit aus, die Fassade zu wahren.

Wie damals bei ihrem ersten Besuch wohnte Maximiliane im Hotel ›Fürst Bismarck‹. Die Aussicht auf den Eutiner See war inzwischen von einem Hotelneubau verdeckt. Natürlich fragte Edda ihre Mutter, warum sie nicht auf dem Hof wohne. Maximiliane begründete die Entscheidung damit, daß sie beobachten wolle, welche Fehler in anderen Hotels gemacht würden, was zumindest der halben Wahrheit entsprach.

»Das Geld hättest du doch sparen können, Mutter!«

»Für wen, Edda?«

»Du mußt abgeholt und zurückgebracht werden! Der Transport gehört zu meinem Aufgabenbereich.«

»Ich werde einen Bus benutzen.«

»Die Busse fahren während der Schulferien nicht!«

»Dann werde ich mir ein Taxi leisten.«

»Unterm Strich . . .« Edda brach ab und sagte: »Du wirkst müde, Mutter.«

Mutter und Tochter standen im Eßzimmer. Maximiliane blickte aus dem Fenster über die Rasenfläche hinweg. Edda folgte ihrem Blick. »Das ist Vater Quinten«, sagte sie. »Er wohnt noch immer im Bungalow. Er gehört zu meinem Aufgabenbereich, wir versorgen ihn mit. Ich habe schon darüber nachgedacht: Wenn Vater Quinten mal nicht mehr ist, könntest du –«

»Langsam, Edda! Vater Quinten ist noch ganz rüstig, und ich arbeite noch.«

»Du mußt doch auch irgendwo bleiben, Mutter.«

»Ich möchte nicht zu deinen Aufgabenbereichen gehören, Edda.«

»Und die anderen, dein Mosche?«

»Joachim sucht nach eurem Vater.«

»Da is doch kein Sinn in!«

Maximiliane sagte im gleichen Tonfall: »Nein, da is kein Sinn in.«

»Und Tora?« fragte Edda weiter. »Was macht Tora?«

»Viktoria lebt in der Provence.«

»Die Provence ist groß, wo denn?«

»Poste restante. Besser als im Schließfach.«

»Dich bringt wohl nichts aus der Ruhe, Mutter?«

»Soll es das?«

»Nach Mirka brauch ich wohl gar nicht erst zu fragen.«

»Sie hat aber eine sehr gute Adresse. Die Nummer des Arrondissements habe ich vergessen, nahe bei den Champs-Elysées.«

»Ich kenne Paris nicht, Mutter!«

»Sie hat zwei Söhne, sie sind im Alter deiner Kinder.«

»Meinst du, daß Sven-Erik einmal in den Ferien hinfahren könnte? Er hat Französisch als zweite Fremdsprache.«

»Merde klingt besser als bullshit.«

»Mutter!«

»Im Sommer sind die Villemains nicht in Paris, sie haben einen Landsitz in Südfrankreich.«

»Einen Landsitz! Sicher am Mittelmeer!«

»Ärgere dich nicht darüber, Edda.«

»Ich ärger mich nich, ich finnes nur ungerecht.«

»Das ist es auch. Ich werde dir die Pariser Adresse aufschreiben.«

Weiterhin wird sie von ihren Kindern als Postleitstelle benutzt.

Für Edda war das Thema noch nicht beendet. »Willst du etwa innen Heim?« fragte sie.

»Wollen wir nicht erst einmal das Kind taufen?« antwortete Maximiliane. »Eins nach dem anderen. Vielleicht hast du recht, vielleicht bin ich wirklich ein wenig müde.«

Von allen Kindern hatte Edda am meisten Ähnlichkeit mit ihrer Mutter, die ihre Mutter nicht war. Eine Ähnlichkeit, die durch Nachahmung entstanden war, nicht durch Vererbung. Tüchtig wie die Mutter, kinderreich wie die Mutter. Aber was von Maximiliane als Schicksal hingenommen worden war, hatte Edda zu ihrem Lebensideal erhoben.

»Fünf Kinder sind für heutige Zeiten viel!« sagte Maximiliane.

»Das ist das einzige, was Marten noch kann. Wenn du es wissen willst!«

Maximiliane wollte es nicht wissen. Sie errötete.

»Neulich hat beim Landfrauentag jemand in meiner Gegenwart gesagt, die Flüchtlinge hätten sich in Holstein wie die Kartoffelkäfer vermehrt.«

»Gibt es immer noch Kartoffelkäfer? Ihr benutzt doch Insektenvertilgungsmittel.«

»Ich rede nicht von Insekten, Mutter, ich rede von uns Flüchtlingen.«

»Irgendwann werden wir aus den Statistiken hinauswachsen. Ich hätte auf deiner Geburtsurkunde besser Berlin angeben sollen als Poenichen.«

Maximiliane zeigte auf ein Gemälde, das an der Wand hing und das Poenicher Herrenhaus darstellte.

»Das Bild ist neu. Woher stammt es?«

»Martha Riepe hat es nach einem Foto malen lassen und mir geschenkt. Irgendwo muß ich doch herstammen, Mutter. Die Quinten wissen alle, wo sie herkommen. Aus Holstein und Dänemark; am schlimmsten sind die Lübecker. Wie findste das Bild? Isses getroffen?«

»Die Vorhalle hatte nur fünf Säulen, keine sechs.«

»Wenn es fünf Säulen gewesen wären, hätte man ja immer um die mittlere Säule herumgehen müssen, wenn man ins Haus wollte. Die stand dann ja im Wege.«

»Vielleicht hatten wir uns daran gewöhnt.«

»Die Nachbarn sollen sehen, daß die pommerschen Gutshäuser aussahen wie Schlösser!«

Nach dem Mittagessen erklärte Maximiliane, sie wolle jetzt ein Stück über die Felder gehen, und Edda beschloß, mitzukommen.

»Du kennst dich hier nicht aus, Mutter, du wirst dich verlaufen.«

»Ich habe mich eigentlich nie verlaufen«, sagte Maximiliane, wartete dann aber doch ab, bis das Baby versorgt war.

Es hätte ein erfreulicher Spaziergang werden können, alle Zutaten waren gegeben. Der leichte Sommerwind, der über die Kornfelder strich. Es fehlte auch nicht an singenden Lerchen. Der Weizen stand gut, makellos, keine unnötigen Kornblumen, keine Kornrade und auch keine Kamille am Wegrand. Im Sonnenlicht erkannte man bereits einen goldenen Schimmer, der sich über die Felder legte.

Wieder erwartete Edda ein Lob, aber das Lob erfolgte nicht. Sie blieb stehen, nahm eine Ähre in die Hand und zählte vor den Augen der Mutter die Reihen der Körner. Immerhin zehn! Sie erklärte, daß sich ein Landwirt in Holstein, wenn es wenigstens neun Reihen wären, eine Badereise leisten könne, und fügte dann ohne eine erkennbare Nebenabsicht hinzu, daß sie das auch bei zehn nicht könne, aber einer der Landarbeiter sei jetzt gerade auf Mallorca, der andere, der aus Stolp in Pommern stamme, sei in Bad Orb zur Kur.

»Stell dir mal vor, das hätte in Poenichen einer gemacht: Ferien mitten im Sommer! Oder eine Kur!«

Sie hatte wirklich die Absicht, der Mutter zuliebe das Gespräch auf Poenichen zu bringen, und später erst, auf dem Rückweg, die Poenicher Wildpastete.

Maximiliane war ebenfalls stehengeblieben. Ihre Hand und ihr Blick waren der sanften Dünung der Felder gefolgt.

»Hast du einmal eine Brahms-Sinfonie gehört? Hier ist alles wie von Brahms.«

»Mutter! Ich rede von Landwirtschaft und nicht von Brahms!«

»Gut, reden wir über die Landwirtschaft. Was habt ihr im vorigen Jahr hier angebaut?«

»Was solln das jetzt? Weizen!«

»Und davor?«

»Weizen, Weizen, Weizen! Das is Weizenland. Das is heute doch nur eine Frage der Düngung und der Unkrautvertilgung. Wir sind hier nicht in Pommern und nicht im neunzehnten Jahrhundert. Du hast keine Ahnung. Das Geld für die Manöverschäden aus'm vorigen Jahr haben wir bis heute nicht.« Die weiteren Sätze fingen alle mit ›Du hast keine Ahnung‹ an. In eine Pause hinein sagte Maximiliane: »Der alte Quindt meinte immer: Wer landwirtschaftet, liebt das Land, das er bewirtschaftet.«

»Mit Liebe kommt man inne Landwirtschaft heute nich mehr durch, Mutter.«

»Ohne Liebe auch nicht. Du liebst nur, was unterm Strich steht.«

»Wir haben genug mit den Schweinen zu tun, das Rotwild macht mehr Arbeit, als ein Laie sich vorstellt, und die Putenmast erst recht. Solln wir auch noch Milchwirtschaft betreiben? Da is doch kein Sinn in!« Maximiliane hatte sich inzwischen gebückt und einen Klumpen Erde in die Hand genommen, ihn zerbröselt und dann gesagt: »Aber von Erde verstehe ich etwas. Euer Boden ist ausgepowert. Ihr holt das Letzte mit eurer Überdüngung heraus. Du hast das Land nicht geerbt, du hast nur eingeheiratet. Das Land ist nicht für dich da. Du bist für das Land da.«

Immer noch bekam Edda rote Ohren, wenn sie sich ärgerte. Sie ballte im Zorn die Hände wie ihr Vater.

»Willst du mich ins Gebet nehmen, Mutter?«

»Ich hätte dich öfter in mein Gebet nehmen müssen«, sagte Maximiliane und wurde nicht verstanden.

Die beiden Frauen gingen schweigend weiter, plötzlich bückte sich Edda und las einen Stein auf.

»Manchmal denke ich, wir hätten hier Steine gesät. Hat es in Pommern auch so viele Steine gegeben wie hier?«

Sie gab sich Mühe, das Gespräch in Gang zu halten, erwähnte immer wieder Pommern und Poenichen. Sie zeigte in eine Senke und sagte: »Das sind alles noch Mulden aus der Eiszeit!«

Maximiliane, die sich für die Folgen der Eiszeit nicht zuständig hielt, nickte trotzdem.

»Die Drainage ist veraltet!« kommentierte Edda.

Maximiliane nickte wieder.

»Hörst du mir überhaupt zu, Mutter?«

»Von Drainage habe ich keine Ahnung, dafür war der Inspektor zuständig, Christian Blaskorken.«

»Siehst du! Ihr hattet einen Inspektor! Heute rechnet man hier nur noch pro hundert Hektar Land zwei Landarbeiter. Marten is nich mal als halbe Kraft einzusetzen. Du hast keine Ahnung! In den ehemaligen Scheunen überwintern jetzt die Wohnwagen der Camper aus Hamburg! Das alte Torhäuschen hat eine Kinderärztin aus Lübeck sich als Zweitwohnung ausgebaut!«

Was die Sorgen anging, hätte sich der Erikshof mit dem Burg-Hotel Eyckel messen können.

Inzwischen waren sie am Kulcker See angekommen, der

nicht mit dem Poenicher See zu vergleichen war, eher mit dem Blaupfuhl. Maximiliane dachte an Christian Blaskorken, der die Trompe de Chasse blies, und Edda redete weiter. Die Kinder mußten standesgemäß aufwachsen, sie hatte ein Segelboot angeschafft, Segeln und Reiten gehörten dazu, vorerst noch auf Ponys, auf dem Nachbarhof wurden Ponys gehalten, aber Sven-Erik sei dafür zu groß, er müsse endlich auf ein Internat. »Die Nachbarn schicken ihre Kinder, zumindest die ältesten, auch auf Internate.«

»Andere Kinder verhungern«, warf Maximiliane ein. »Du orientierst dich immer nach oben. Ach – es ist schön hier!«

»Auch wenn du dich nicht dafür interessierst, Mutter! Unser Hof gehört dem Beratungsring landwirtschaftlicher Betriebe an, obwohl bei uns das Schwergewicht auf der Fleischverarbeitung liegt. Die Erträge pro Hektar und der Reingewinn müssen für alle Angehörigen dieses Beratungsringes einsichtig gemacht werden! Unterm Strich –«

Sie brach ab, bekam rote Ohren und sagte: »Wenn ich wenigstens ein Diplom als Landwirt hätte, damit man mich als Geschäftspartner anerkennen würde. Joachim und Viktoria durften studieren!«

»Wollten studieren«, verbesserte Maximiliane. »Du wolltest Geld verdienen.«

»Mußte ich ja auch!«

Jeder Satz ein Angriff. Die Ausrufungszeichen, die von Edda reichlich verwendet wurden, empfand Maximiliane als Vorwurfszeichen. Sie wehrte die Angriffe ab, so gut es ging. Der Augenblick des wohltuenden Erinnerns war vorüber.

»Mit wem soll ich denn reden? Der alte Quinten ist stocktaub. Was mit Marten los is, haste ja gesehen.« Edda wartete keine Antworten auf ihre Fragen ab, die ja auch nicht so schnell zu beantworten waren. Ohne erkennbaren Übergang redete sie plötzlich von Karpfen, sie hätte schon einmal überlegt, ob man Karpfen in den Teichen züchten könne, hätte den Gedanken aber wieder verworfen. Für Karpfen fehle die Kundschaft. An

Schnecken hätte sie auch schon gedacht, es gebe hier viele Schnecken. Bisher würden sie zur Mast ins Elsaß geschickt. Wenn man nun zusätzlich eine Schneckenmast betriebe? Aber dazu müßte sie Kenntnisse erwerben und andere Betriebe besichtigen. Sie sei hier keinen Tag abkömmlich.

»Schnecken in delikater Soße, aus deutschen Landen. Das wäre doch was für euch, ich meine für das Restaurant, kleine Leckereien zum Wein sind doch gefragt. Die Eßbedürfnisse haben sich doch verfeinert.«

»Also gut, Edda, jetzt bist du, wo du hinkommen wolltest«, sagte Maximiliane, »bei der Fünf-Prozent-Klausel.« Sie war mit friedlichen Absichten zu den Holsteinern gefahren, aber sie hätte damit rechnen müssen, daß es auch dieses Mal Auseinandersetzungen wegen der Poenicher Wildpastete geben würde.

»Warum willst du nicht auf deinen Anteil verzichten? Du hast doch auf das ganze Poenichen verzichtet!«

»Du verwechselst Verzicht mit Einbuße, das tun die meisten. Ohne Bismarcks Lob, das Bild vom alten Quindt und den Namen Poenichen würdet ihr die Wildpastete doch gar nicht los. Poenichen in Dreihundert-Gramm-Dosen und Tausend-Gramm-Dosen: bei einer fünfprozentigen Beteiligung macht das wieviel Gramm – unterm Strich? Ich behalte mir diese fünf Prozent vor. Wer weiß, wozu ich sie noch brauche. Und nun laß mich ein Stück allein weitergehen, Edda.«

Ganz so unerfreulich endete der Spaziergang dann doch nicht. Edda hatte sich bereits umgewandt und war einige Schritte weitergegangen, da kam den beiden Frauen ein Kuckuck zu Hilfe. Dieser Spottvogel! Er rief von weit her. Es war Sommer, da ruft so leicht kein Kuckuck mehr. Der Ruf erreichte Maximilianes Herz, und sie wiederholte ihn, rief den Kinderkosenamen ›Kuckuck‹, und Eddas Fäuste entkrampften sich, sie drehte sich um, und Maximiliane schloß auch diese Tochter in die Arme.

Der zweite Tag war ebenfalls sonnig und windig. Maximiliane kam am späten Vormittag mit einem Taxi auf dem Gutshof an und wurde von Edda mit Vorhaltungen empfangen, sie habe auf den verabredeten Telefonanruf gewartet, sie wäre mit dem Wagen zum Abholen gekommen, nun sei der halbe Tag bereits um.

»Jetzt bin ich da!« sagte Maximiliane, sie war heiter, ausgeschlafen, hatte ausgiebig gefrühstückt und dabei festgestellt, daß zumindest der Kaffee auf dem Eyckel besser war.

Es soll ihr, der Ahne, zuliebe eine Fahrt an die See unternommen werden. Der Kombiwagen, mit Schlauchboot und Badesachen bepackt, steht bereits vor dem Haus, mit sämtlichen Kindern, von Sven-Erik bis zu dem Baby, letzteres in einer Tragetasche. Edda erklärt, daß die Kinder in den Ferien mit im Betrieb arbeiteten, aber heute alle bis zum zweiten Füttern frei hätten. Alles sei nur eine Frage der Organisation. Die Kinder, bereits in Badehosen, sitzen im Laderaum. Marten, auf die Kinder deutend, sagt zu Maximiliane: »Holsteinische Fleischwaren, eigene Herstellung, mit Gütesiegel!« Er lacht sein ansteckendes Lachen. Der alte Charme kommt zum Vorschein. »Katja-Sophie ist neu in der Produktion!«

»Vorerst heißt das Baby noch Baby«, verbessert Edda. »Es bekommt erst am Sonntag seinen Namen.«

Maximiliane muß auf dem Beifahrersitz Platz nehmen. Marten sitzt am Steuer, Edda fragt, ob er denn fahren könne. Ziel der Fahrt ist die Hohwachter Bucht, dort gebe es einen Badeplatz, der auch in der Ferienzeit nicht überfüllt sei. Die Ahne wolle bestimmt lieber an die Ostsee als an die Nordsee, ihretwegen mache man schließlich diesen Ausflug; keine weiteren Debatten, ob nun Nord- oder Ostsee, für die Nordsee sei es jetzt sowieso zu spät. Die größeren Kinder haben sich bereits auf dem Pampers-Karton einen Spieltisch eingerichtet, aber da muß Edda noch einmal aussteigen. Die Puten! Sven-Erik kommentiert: »Alles ist eine Frage der Organisation!« Edda wirft ihrem Sohn einen gereizten Blick zu, den er aber nicht abbekommt, weil er bereits die Karten austeilt. Sie erklärt ihrer Mutter, daß es in der Putenmästerei Probleme gebe, die Puten seien anfällig für Ungeziefer, sie habe keine Ahnung, wie viele Antibiotikums – »Antibiotika!« verbessert Sven-Erik. Edda geht über den Hof in Richtung zu den Ställen, beeilt sich, ohne zu laufen, was ihrem Gang etwas Aufgeregtes gibt.

Bevor es im Laderaum zu einer Revolte kommt, kehrt sie zurück. »Wir halten sie in kleinen Batterien. Ein paar Puten hocken halbtot auf der Stange. Du bist überhaupt noch nicht in der Putenmästerei gewesen! Wir müssen nachher gleich den Tierarzt anrufen, heute abend kommst du mal mit innen Stall.«

»Ich mache mir weder etwas aus Putensteaks noch aus halbtoten Puten in Batterien«, sagt Maximiliane.

»Unterm Strich sind die Putenpasteten –«

Maximiliane unterbricht und fragt über die Schulter: »Kennt ihr das Lied von den Pasteten? Matthias Claudius! Er stammt aus eurer Gegend. ›Pasteten hin, Pasteten her, was kümmern uns Pasteten ...‹«

Ob es schon wieder Pasteten gebe, weil das Gültigkeitsdatum überschritten sei, fragt Sven-Erik. Der Vater verspricht, daß er persönlich Fritten und Cola besorgen werde. Die zwölfjährige Eva-Maria knallt ein Herz-As auf den Pampers-Karton und sagt: »Scheiße!« Die neunjährige Louisa-Nicole knallt ein Kreuz-As dazu und sagt: »Scheiße!« Sven-Erik nimmt den Stich und sagt ebenfalls: »Scheiße!« Und Edda sagt zu ihrer Mutter: »Die Kinder haben sich so auf ihre Ahne gefreut! Auf ihre Weise natürlich.«

»Ich höre es!«

Die Kinder bestreiten für eine Weile die Unterhaltung mit ihrem dreistimmigen ›Scheiße‹, das von Sven-Erik gelegentlich durch ›bullshit‹ verstärkt wird. Die Karten klatschen auf den Karton. Marten ist bei Laune und nimmt die Kurven scharf, die Tasche mit dem Baby kippt um, die Karten fliegen vom Karton, Edda verliert die Balance und sagt nun ebenfalls: »Scheiße!«

»Ich werde jetzt das Pastetenlied singen«, verkündet Maximiliane, immer noch unverdrossen. Sie hat das Fenster heruntergedreht, hält den Arm ins Freie, genießt die Fahrt. Edda verkneift sich zu sagen, daß es hinten im Laderaum ziehe, und deckt das Baby umständlich mit einem Badetuch zu. Maximiliane erreicht die Zeile ›Schön rötlich die Kartoffeln sind / Und weiß wie Alabaster‹ und bricht ab. Bei den Holsteinern macht sich anscheinend keiner etwas aus Gesang. Edda sagt: »Würdest du bitte die Scheibe etwas hochdrehen, mit Rücksicht auf das Baby«, fügt dann aber hinzu: »Genauso muß es gewesen sein, wenn du mit uns an den Blaupfuhl gezogen bist. Viktoria in der Karre, Joachim und Golo an der Deichsel, und ich mußte schieben. An die Sandwege kann ich mich noch erinnern.«

Maximiliane dreht den Kopf nach hinten, betrachtet den mit Holsteinischen Fleischwaren angefüllten Laderaum, lächelt ihrer Tochter zu und sagt: »So ähnlich.«

»Hattet ihr denn kein Auto? Nur einen Handwagen?« fragt Eva-Maria.

»Die Autos waren im Krieg, und der Vater war auch im Krieg.«

Die Unterhaltung bricht ab, man ist am Ziel angekommen. Marten sucht nach einem Parkplatz und folgt dabei den Anweisungen seiner Frau. Schließlich steht das Auto im Schatten und kann entladen werden, die Badesachen und die Babytasche werden an einen halbschattigen Platz getragen.

»Setzt du dich innen Sand?« fragt Edda ihre Mutter. »Brauchst du keine Luftmatratze?«

Maximiliane lehnt ab, aber Edda hat bereits das Ventil angesetzt und pumpt Luft in die Matratze. Ob er das Aufpumpen nicht übernehmen könne, fragt Maximiliane Marten.

»Meine Frau traut mir nicht zu, daß ich eine Luftmatratze aufpumpen kann.«

»Bitte!« sagt Edda. »Bitte, versuch es doch!«

Beim Wechseln der Hände und Füße löst sich der Schlauch von der Düse, die Luft entweicht, und Marten versucht mit unsicheren Händen, die Verbindung wiederherzustellen, was ihm mißlingt. »Laß mich machen«, der wohlbekannte Satz, ein ›Siehst du‹ schwingt mit, wird aber nicht ausgesprochen. Sven-Erik drängt seine Mutter heftig beiseite und sagt: »Laß den Papa in Ruhe!«

Die Luftmatratze wird aufgepumpt, bleibt aber unbenutzt, Maximiliane sitzt im Sand, das Baby schläft in seiner Tasche. Marten spielt in einiger Entfernung mit den Kindern Fußball, noch immer ein gutaussehender Mann. Edda folgt dem Blick der Mutter und sagt: »Die Kinder nehmen ihn immer in Schutz, auch mir gegenüber.« Und weil Maximiliane schweigt, fügt sie hinzu: »Bei der Zeugung war er nüchtern, dafür habe ich gesorgt.« Und weil auch hierauf keine Reaktion erfolgt, fügt sie noch hinzu: »Ich fühle mich meiner Verantwortung bewußt.«

Maximiliane lächelt ihrer Tochter zu und nickt.

Inzwischen hat Edda sich den Badeanzug angezogen. »Ziehst du dich nicht um? Willst du nich ins Wasser?«

Maximiliane schüttelt den Kopf. »Ich passe auf die Sachen auf. Das ist die Aufgabe der Großmütter.«

»Du kannst dich im Badeanzug noch immer sehen lassen«, meint Edda.

»Man muß nicht alles tun, was man tun könnte.«

Edda betrachtet ihre Mutter mißtrauisch, was meint sie? Sie meint doch immer mehr oder etwas anderes, als sie sagt.

Als Edda vom Schwimmen zurückkommt, blickt Maximiliane ihr entgegen, prüfend, wie Edda meint, daher legt sie die Hände auf die Hüften und sagt: »Bei jeder Schwangerschaft setze ich Speck an, der muß wieder runter.«

»Speck und Stolz. Manche Frauen setzen beides an.«

Edda fährt sich mit den Händen durch das kurzgeschnittene Haar; Maximiliane sieht, daß diese Tochter schon grau wird.

»Alleine käm ich besser zurecht. Was das angeht, hast du es als Witwe leichter gehabt.«

»Ich habe deinen Vater geheiratet, um auf Poenichen bleiben zu können, und er hat Poenichen geheiratet und mich in

Kauf genommen. Du meintest den Erikshof und hast ihn gekriegt und mußt Marten in Kauf nehmen. Alles wiederholt sich.«

»Ich bin es, die den Laden schmeißt!«

»Das tust du. Ich hätte ihn vermutlich hingeschmissen. Ich war immer ein Flüchter. Du bist seßhaft. ›Up ewig ungedeelt‹, hieß es bei eurer Hochzeit, und alle haben es dir geglaubt.«

»Bevor ich gehe, muß Marten gehen!«

Automatisch sagt Maximiliane: »Das wird auch wieder.«

»Glaubst du an Wunder?«

»Das habe ich immer getan.« Inzwischen hat Maximiliane sich Schuhe und Strümpfe ausgezogen und beschlossen, ein Stück am Strand entlangzugehen. »Ich bin so lange nicht barfuß durch Sand gegangen.«

Sie blickt ihre Tochter an und hat Erbarmen mit ihr; dann blickt sie zu Marten hinüber, der gerade im Inneren des Kombiwagens verschwindet, um zu trinken, und hat Erbarmen mit ihm.

Das Baby ist aufgewacht; bevor es anfängt zu schreien, hat Edda es bereits an die Brust gelegt. Möwen fliegen schreiend über sie hinweg. Maximilianes Augen und Gedanken folgen ihnen. Kein Kuckuck ist den beiden Frauen bei diesem Gespräch zu Hilfe gekommen.

Obwohl das Kind nicht getauft wurde, sprach man am Sonntag dann doch von ›Täufling‹ und ›Taufessen‹.

Als Edda vor Monaten ihre Mutter von der erneuten Schwangerschaft unterrichtet hatte, war die überraschte Frage der Mutter gewesen: »Noch ein Kind?«, und Edda hatte geantwortet: »Du hattest ja auch fünf!« Ein Wortwechsel, den Maximiliane mit der Bemerkung abschloß: »Meinetwegen wäre es nicht nötig gewesen, Edda.« Dann erst stellte Edda die Frage, um die es ging: »Wenn es ein Mädchen wird, würde ich es gern nach dir nennen: Maximiliane von Quinten!« Doch die Inhaberin des Namens hatte abgelehnt. »Meinen Namen brauche ich noch.«

Statt dessen nun also Katja-Sophie. Der Name fand allgemein Anklang, als man am Sonntag vor dem Essen im Stehen einen Sherry trank, und wurde von Edda erläutert: Sophie im Gedenken an Sophie Charlotte von Quindt, die Frau des Freiherrn von Quindt auf Poenichen, die aus Königsberg stammte, was Maximiliane, danach befragt, auch bestätigte, und Katja, weil ein pommerscher Quindt einmal Woiwode in Polen gewesen sein sollte; auch zu dieser Mitteilung holte Edda die Bestätigung der Mutter ein, die allerdings hinzusetzte, daß dies nicht die Voraussetzung sei, ein Kind Katja zu nennen. Auch in Holstein hatte man inzwischen gelernt, Polen mit anderen Augen zu sehen. Von Woiwodschaft las man jetzt ständig in den Zeitungen. Dieser Lech Walesa! Erstaunlich! Ein Werftarbeiter. Vielleicht gelang es ihm sogar, eine Bresche in den Ostblock zu schlagen? Eine Vermutung, die von der Mehrzahl der Gäste als zu optimistisch angesehen wurde.

Bevor man sich zu Tisch setzte, warf man noch einen Blick in das Körbchen, in dem die kleine Katja-Sophie schlief. Auch Maximiliane beugte sich über das Kind und sagte laut und für alle verständlich: »Gott behütet dich!« Edda fühlte sich wegen der unterlassenen Taufe korrigiert und ballte die Hände zu Fäusten, aber die Mutter sagte bereits: »Du wirst ihn daran nicht hindern können. Es wird dem Kind nicht schaden. Vielleicht nützt es ihm sogar. Dafür ist dein Bruder Golo zweimal getauft worden.«

»Hat es ihm was genützt?« fragte Edda.

»Auf den ersten Blick nicht«, erwiderte Maximiliane, »und weiter können wir nicht blicken.«

Marten saß links von Edda, Sven-Erik rechts von ihr, Maximiliane ihr gegenüber, was alles wohlbedacht war. Am Tischende saßen die übrigen Kinder und auch Vater Quinten, schwerhörig und gehbehindert. Edda teilte die Suppe aus und unterrichtete die Gäste davon, daß das Taufessen nicht aus der eigenen Fabrikation, sondern aus der eigenen Küche stamme, und wandte sich dann an Maximiliane: »Eigentlich hatte ich gedacht, daß du mich aus dem heutigen Anlaß mit der Poenicher Taufterrine überraschen würdest!«

Als Maximiliane sich dazu nicht äußerte, fügte sie erklärend hinzu: »Bei meinen Geschwistern ist kein Nachwuchs mehr zu erwarten.«

Wahrheitsgemäß antwortete Maximiliane, daß sie darüber nicht unterrichtet sei.

Der Tierarzt, Dr. Vordemforst, den man ihr als Tischherrn beigegeben hatte, erkundigte sich höflich, was es mit dieser Taufterrine auf sich habe. Das Gespräch ging ins Jahr 1918 zurück, zur Taufe Maximilianes, der ›Ahne‹ des heutigen ungetauften Täuflings, eine Begebenheit, die hier nicht ein weiteres Mal beschrieben werden soll. Edda sagte laut, damit alle Gäste, mit Ausnahme des alten Herrn von Quinten, sie verstehen konnten: »Auf Poenichen benutzten wir bei festlichen Anlässen das Curländer Service!« Ein Hinweis, der zumindest von einigen der weiblichen Gäste mit ›Ah‹ honoriert wurde. Der Zusatz, daß auf der Flucht nur die Taufterrine gerettet werden konnte, wurde dann mit einem bedauernden ›Oh‹ registriert. Die Aufmerksamkeit der Gäste wandte sich dem Service der Quinten vom Erikshof zu, das aus dem dänischen Zweig der Familie stammte. Kopenhagener! In Holstein keine Seltenheit, keiner mußte den Teller umdrehen.

Als Dr. Vordemforst sie zum zweiten Mal mit ›Baronin‹ anredete, verbesserte ihn Maximiliane und sagte: »Quint, ohne weiteren Zusatz!« Sie wollte die Erklärung anfügen, daß sie ausgeheiratet habe, aber Edda griff bereits ein und sagte: »Meine Mutter lebt auf dem Stammsitz der Familie im Fränkischen.«

Wieder verbesserte Maximiliane: »Dort arbeite ich!«

»Aber du lebst doch da!«

»Ich arbeite, also werde ich wohl auch leben«, sagte Maximiliane heiter. »Mein Arbeitsvertrag ist aber nicht lebenslänglich.«

Es entstand eine Gesprächspause, in der Maximiliane zu

hören meinte, wie Edda mit den Zähnen knirschte, was auch Viktor, ihr Vater, getan hatte und was sie seither nie mehr gehört hatte. In ihre Erinnerungen hinein fragte Dr. Vordemforst, ob das vorhin erwähnte Burg-Hotel im ›Varta‹ aufgeführt sei; eine Frage, die verneint werden mußte. Das kleine Tischgespräch wurde fortgesetzt. Fränkische Schweiz? Ob sie wisse, daß die hiesige Gegend ebenfalls als ›Schweiz‹ bezeichnet würde, ›Holsteinische Schweiz‹.

»Und aufgewachsen bin ich in der Pommerschen Schweiz, von einer Schweiz in die andere.«

Ob die pommerschen Quindts Besitzungen in der Schweiz hätten? Sie verneinte. »Zehntausend Morgen Pommern, das hat den Quindts immer genügt.«

Sie blickte Edda an, hatte ihr mit der Größenangabe des Besitzes einen Gefallen erweisen wollen, aber an diesem Tisch wußte natürlich jeder, was zehntausend Morgen pommersche Sandbüchse, in Polen gelegen, wert waren.

Marten fragte nach einem prüfenden Blick in das Gesicht seiner Schwiegermutter: »Wer hat bei euch eigentlich die Sommersprossen eingebracht?«

Maximiliane sah Edda an, dachte einen Augenblick nach, hatte dann das Gesicht von Hilde Preißing aus Berlin-Pankow vor Augen und sagte, was der Wahrheit nahe kam: »Dein Schwiegervater!«, woran niemand zweifelte, da niemand ihn kannte. Marten schenkte, von den Gästen mit Aufmerksamkeit beobachtet, Wein ein. Man sprach über Familienähnlichkeiten. Wer es noch nicht wahrgenommen hatte, wurde darauf aufmerksam gemacht, daß Edda ›ganz die Mutter‹ sei. »Ich möchte meiner Mutter gern in allem ähnlich werden!« Dieses Bekenntnis rührte Maximiliane, aber erfreute sie nicht. Sie nickte trotzdem, und Edda fühlte sich bestätigt. Keiner am Tisch nahm es Martens Frau übel, daß sie tüchtig war; man erkannte auch an, daß sie es mit ihrem Mann schwer hatte, aber diese Frau wollte zu tüchtig sein, und das nimmt man, nicht nur in Holstein, jeder Frau übel.

Edda griff das zweite Mal zum Tranchiermesser. »Ist denn keiner mehr hungrig?« Sie erwähnte, daß Marten das Stück in der Nähe vom Kulcker See ›erlegt‹ habe und sie es lediglich ›zerlege‹, ein Wortspiel, das sie sich schon vor Tagen ausgedacht hatte. Man lachte auch bereitwillig darüber, für Maximilianes Empfinden lauter als anderswo. Man kam auf die Jagd zu sprechen. Maximiliane wurde gefragt, ob sie ebenfalls zur Jagd gehe oder zur Jagd gegangen sei, früher, im Osten, wo es die vielen Sauen gegeben haben sollte. Dr. Vordemforst warf ein: »Und kapitale Hirsche!« Keinen Schuß habe sie abgegeben, sagte Maximiliane, aber sie habe einmal einem kapitalen Hirsch das Leben gerettet, als ihr Großvater gerade mit dem Gewehr zielte und sie es beiseite gestoßen und dafür eine kapitale Ohrfeige bezogen habe. Der Bericht über ihr einziges Jagdabenteuer erheiterte die Tischrunde.

Nicht nur auf dem Erikshof hatte man sich auf die Haltung von Dam- und Rotwild verlegt, andere Landwirte mit Waldbesitz hatten es ihm nachgemacht. Für kurze Zeit bekam das Gespräch EG-Niveau. Das Wort ›Brüssel‹ fiel mehrfach. Man war sich einig darüber, daß ›die in Brüssel‹ keine Ahnung von den wirklichen Problemen der deutschen Landwirtschaft hätten – und schon gar nicht von den besonders gelagerten der holsteinischen.

Dr. Vordemforst war ein Anhänger der Knicks, dieser Hekken aus Buschwerk.

»Sie sollten das Land vor den Winden, die von einem Meer zum anderen hinwegfegen, schützen und wurden von kurzsichtigen Landwirten aus Gründen der Rentabilität entfernt! Der Schneesturm im vorigen Winter hätte nicht so große Schäden anrichten können, wenn es die Knicks noch gegeben hätte.«

Das Wort ›Knicks‹ hatte Vater Quinten verstanden, er erzählte am Tischende lautstark von einem Eichhörnchen, das früher, als es die Knicks noch gab, von Lauenburg bis Flensburg gelangt sei, ohne die Erde zu berühren.

»Was wollte es denn in Flensburg?« fragte Louisa-Nicole.

Allgemeines Gelächter folgte. Das Kind bekam rote Ohren und ballte die Fäuste. Alles wiederholte sich, vererbte sich, die Fäuste, die Knicks, die roten Ohren. Maximiliane wollte dem kleinen Mädchen zu Hilfe kommen und fragte: »Louisa-Nicole! Weißt du, daß ihr südlich der Nachtigallengrenze wohnt? Nördlich von Schleswig singt keine Nachtigall mehr!« Aber außer Louisa-Nicole interessierte sich keiner der Anwesenden für diese Grenzziehung. Doch über die Gegenfrage des Kindes, wiederum arglos gestellt, ob Frau Nachtigall denn nur im Dritten Programm sänge, lachte man dann wieder ausgiebig.

Maximilianes Aufmerksamkeit ließ nach, ihre Gedanken gingen zurück zur Taufe ihres letzten Kindes, im Winter 1945. Als ihr Tischherr, der inzwischen die Anrede gewechselt hatte, fragte: »Gnädigste reiten auch?«, antwortete sie: »Edda ist das einzige meiner Kinder, das vor Hunger geweint hat.« Woraufhin Dr. Vordemforst mit bedeutungsvollem Blick sagte: »Zu lachen hat sie hier ja auch nichts!« Edda nahm ihrem Mann gerade die Weinflasche aus der Hand und reichte sie an Sven-Erik weiter. Auch das war eingeplant, daß der Sohn den inzwischen betrunkenen Vater beim Eingießen ablöste. Marten hatte sich erhoben, hielt sich an der Stuhllehne fest, schien eine Rede halten zu wollen, blickte seiner Schwiegermutter, so gut es ging, fest in die Augen. Maximiliane, an den Umgang mit betrunkenen Hotelgästen gewöhnt, sagte, bevor er selbst etwas herausbringen konnte: »Marten, wenn ich jünger gewesen wäre, hätte ich dich auch genommen. Aber dann gäbe es die Holsteinischen Fleischwaren nicht und die hundert Hektar Pachtland auch nicht. Und nun komm, Marten! Wir beide gehen jetzt mal zu den Schweinen, wo man nur leise sprechen darf, da haben wir schon einmal miteinander geredet!«

»Aber es gibt doch noch rote Grütze!« rief Edda ihnen nach.

Es war bereits dunkel, die Gäste waren längst gegangen, da klingelte endlich das Telefon. Edda nahm den Hörer ab, Maximiliane meldete sich.

»Wo ist Marten?« fragte Edda.
»Wo er hingehört. Bring ihm seine Sachen!« Maximiliane nannte die Anschrift eines Sanatoriums.
»Was soll ich denn den Leuten hier sagen?«
»Er macht eine Badereise. Zehn Reihen Körner!«
»Hast du getrunken, Mutter?«
»Wir haben zusammen getrunken.«
»Was hast du ihm gesagt?«
»Die Wahrheit.«
»Wie lange soll das denn dauern?«
»Wenn es gutgeht, Monate.«
»Das trägt der Hof nicht!«
»Wir haben die Fünf-Prozent-Klausel, Edda.«
»Warum tust du das?«
Maximiliane sagte etwas, das Edda nicht verstand.
»Was sagst du, Mutter, was hat Viktoria gesagt? Keiner von uns – was?«
»Ich kann es dir nicht erklären. Ich will es dir auch nicht erklären. Ich fahre morgen früh zurück. Ich weiß nicht, was bei mir unterm Strich steht.«

9

›Es ist besser, ein Licht anzuzünden, als über die Dunkelheit zu schimpfen.‹

Aus dem Chinesischen

Wenn man Joachim Quint fragte – wozu bisher nicht oft Anlaß gegeben war –, woher er stamme, hatte er lange Zeit ›Marburg‹ gesagt und immer hinzugefügt: ›Marburg an der Lahn‹, als ob man es mit jenem fernen Maribor an der Drava noch verwechseln könnte. Inzwischen hatte er sich angewöhnt zu sagen: »Ob Sie es nun glauben oder nicht, ich stamme aus Pommern!« Er sah nicht so aus, aber wer wußte schon genau, wie ein Pommer aussah oder auszusehen hatte. Seine Mutter entsprach den allgemeinen Vorstellungen schon eher.

Die Leiter der Volkshochschulen und Fortbildungsstätten schienen nur auf diesen Quint gewartet zu haben, die Themen, die er anzubieten hatte, paßten in die Programme. Die Vortragsreise, die er im Herbst antrat, führte ihn nach Marburg. Er stellte seinen Wagen dort ab, wo sich früher der Schlachthof befunden hatte. Marburg war eine Stadt für Fußgänger, das alte Marburg zumindest, das einzige, das er kannte.

Vom Schloß aus überblickte er die Auswüchse der Stadt, Namen fielen ihm ein, Spiegelslust, Frauenberg, Dammühle. Erinnerungen stiegen auf. Er ging den Roten Berg hinunter, blieb kurze Zeit vor jenem Haus stehen, in dem er als Kind gewohnt hatte, zu sechst in ein Zimmer gepfercht, und erinnerte sich, daß seine Mutter die Äußerung der Hausbesitzerin: ›Sie hausen hier‹ verbessert hatte in: ›Wir zimmern hier.‹ Der Name fiel ihm wieder ein, Heynold, Frau Professor Heynold. ›Wer fürchtet sich vor Frau Professor Heynold?‹, solche Spiele hatte seine Schwester Edda erfunden. Er sah, wie sich die Haustür öffnete. Ein Rollstuhl wurde sichtbar, ein junger Mann beförderte ihn die Treppe hinunter, ein Student vermutlich, ein Friedensdienstleistender. Niemand fürchtete sich mehr vor Frau Heynold. Quint gab sich nicht zu erkennen. Was wäre zu sagen gewesen? Die einfachen Fragen nach dem Ergehen waren vom Rollstuhl aus schwer zu beantworten. Vieles mußte vergessen werden, zu vergeben war nichts.

Er suchte nach dem Fußweg am Ufer der Lahn und fand ihn nicht. Er ging über Brücken, die er nicht kannte, verlief sich am Ortenberg, wo er lange gewohnt hatte, entdeckte dann aber doch das Straßenschild ›Im Gefälle‹. Das Behelfsheim der Quints war längst abgerissen, nur die japanischen Kirschbäume, deren Unfruchtbarkeit in jedem Sommer von seiner Mutter beanstandet wurde, hatten alle Veränderungen überlebt.

Für den Spätnachmittag hatte er sich mit einem Reporter der ›Oberhessischen Presse‹, offensichtlich ein Student höheren Semesters, im Café Spangenberg verabredet. Er stellte sich mit ›Uwe‹ vor und redete ihn mit du an. Veränderungen.

Dieser Uwe fragte ihn nach seinen Besuchergefühlen, und er antwortete, ohne lange zu überlegen: »Die Behelfszeiten sind vorüber.«

»Du scheinst das zu bedauern?«

»Ich finde es gut, wenn man sich behilft. Es ist ein schönes Wort, helfen, behelfen, es ist vorläufig und läßt Veränderungen zu.«

Der Reporter notierte sich den Namen, den Jahrgang. Quint ohne d, 1938 geboren.

Den Plan, sich in dem neuen Lebensabschnitt Quint von Quindt zu nennen, hatte ihm seine Mutter ausgeredet. »Einen Namen muß man sich machen, Joachim, den nimmt man nicht an. Verschaff dir damit keinen Vorsprung. Aber sorg dafür, daß der Name nicht ausstirbt.« Ein Wunsch, der wohl biologisch und nicht politisch gemeint war. »Mit deinem Vater hast du abgerechnet, er ist auf der Strecke geblieben, nimm ihm nicht auch noch seinen Namen.«

Das Gespräch hatte telefonisch zwischen Larsgårda und dem Eyckel stattgefunden.

»Meinst du, was du sagst, Mutter?«

»Sonst würde ich es nicht sagen.«

»Weinst du –?«

»Auch dein Vater hat ein paar Tränen verdient, viel mehr habe ich nicht für ihn getan, als manchmal über ihn zu weinen.«

Jener Reporter war übrigens der erste, der Poenichen im Zusammenhang mit dem Namen Quint verwandte. Durch ein Versehen geriet ihm ein Bindestrich zwischen die beiden Worte. Quint-Poenichen.

»Du hast dein Studium der Geschichte, soviel ich weiß, nicht abgeschlossen?«

»Ich hoffe, daß ich meine Studien im Fach und im Fall Geschichte niemals abschließen werde.«

»Du hast lange in Schweden gelebt?«

»Ja, in den schwedischen Wäldern.«

»Und jetzt gedenkst du, den gleichen Weg einzuschlagen wie Böll und Grass und dich für einen Politiker der Linken stark zu machen?«

Quint stellte richtig: Er habe keineswegs vor, sich für einen anderen stark zu machen, nach Art der Wählerinitiative, einer deutschen Einrichtung übrigens, die er mit Überraschung beobachtet habe, die man in Schweden nicht kenne. »Dort halten sich die Schriftsteller nicht für Hilfspolitiker. Ich komme mit eigenen Ideen.«

»Mit welchen?«

Darüber werde er am Abend sprechen, sagte Quint, er wiederhole sich ungern, werde sich aber wohl an die Notwendigkeit von Wiederholungen gewöhnen müssen. Er sei ein Neuling. Ein Erstsemester, gewissermaßen.

»Bisher habe ich . . .«

Während er noch überlegte, wie er seine Tätigkeit umschreiben sollte, nahm ihm der Reporter, der sich informiert hatte, das Wort ab: »Gedichte geschrieben!«

Es folgte die unvermeidliche Feststellung: »Von Gedichten kann man doch nicht leben!«

Aber sie wurde von Joachim mit dem Hinweis abgetan, daß einer seiner Gedichtbände ›Hilfssätze‹ heiße und er der Ansicht sei, daß jeder Satz ein Hilfssatz sein müsse, anderenfalls er besser ungesagt bliebe.

Joachim fühlte sich durch das Wiedersehen mit der Stadt seiner Jugend belebt, war daher gesprächiger als sonst und fügte hinzu: »In den Feldpostbriefen meines gefallenen Vaters habe ich einen Satz gefunden: ›Es ist jetzt keine Zeit für Gedichte.‹ Er hat ihn an meine damals noch sehr junge Mutter gerichtet, die ihrerseits Gedichte brauchte wie das tägliche Brot. Und solche Zeiten darf es nicht wieder geben! Zeiten, die nicht für Gedichte taugen. Es gibt sowohl in der Poesie wie im Leben etwas wie Metrik, ein Versmaß, das einem Lebensmaß entspricht. Mein vorläufig und vielleicht für immer letzter Gedichtband heißt folgerichtig ›Keine Zeit für Gedichte‹, allerdings mit Fragezeichen. Bei meiner Rückkehr nach Deutschland ist mir der ständige Gebrauch von Hilfszeitwörtern, vor allem bei den Politikern, aufgefallen. Wenn ich von Hilfssätzen spreche, meine ich keine Hilfszeitwörter. Den Ausdruck ›ich würde sagen‹ oder ›damit möchte ich zum Ausdruck bringen‹ wird man, wie ich hoffe, von mir nie hören, auch heute abend nicht. Ein Verb ist ein Tätigkeitswort. Was ich zu sagen habe, werde ich sagen, und von ›würde sagen‹ ist dabei nicht die Rede!«

Dem Reporter war diese Abschweifung ins Grammatikalische interessant, zumindest sagte er das, machte sich auch entsprechende Notizen, fragte dann aber, ob da nicht ein Widerspruch bestehe, wenn er, Quint, der von der Notwendigkeit des Gedichts überzeugt sei, dennoch in das Fach des Politikers wechsele, und darauf liefe es doch wohl hinaus. Er sähe darin einen Gegensatz. Schreiben und Reden. Quint bestätigte diese Vermutung. Spruch und Widerspruch. Satz und Gegensatz. »Ich werde die unmittelbare Wirksamkeit von Worten erproben. Ich werde die Lyrik zum Leben erwecken!«

Quint wirkte ausgeruht, und er war auch ausgeruht, unverbraucht. Er ließ den Kaffee kalt werden, aber nicht die Pfeife; er hatte sich das Pfeiferauchen angewöhnt. Als seine Mutter zum ersten Mal eine Pfeife in seiner Hand gewahrte, hatte sie gesagt: »Du hast ja Allüren«, seither sprach er von seinen drei Pfeifen als von seinen ›Allüren‹, auch diesem Uwe gegenüber. Die Frage, wie und wo er seine rhetorische Gewandtheit, über die er augenscheinlich verfüge, erworben habe, beantwortete er mit dem Hinweis auf den alten Quindt – vor dem Ersten Weltkrieg Mitglied des Deutschen Reichstags –, seinen

Urgroßvater, den er noch gekannt habe. Jener Freiherr von Quindt sei ein großer Redner gewesen und ein großer Schweiger geworden. »Als Kind habe ich mich freigeklettert«, sagte Quint, »übrigens auf einem Lindenbaum, der im Fränkischen steht, auf dem Stammsitz der Quindts.« Freigeschwommen habe er sich dann hier, in der Lahn, an den Weißen Steinen, als die Lahn noch ein brauchbarer Fluß gewesen sei; freigeredet habe er sich erst spät, in langen Disputen mit den Bäumen. »Bäume sind schwer zu überzeugen.«

Wen wundert es, daß die nächste Frage der Parteifarbe galt. Man mußte ihn für einen dieser Grünen halten, die neuerdings von sich reden machten. Wer sonst pflegte Bäume und Mütter in ein Interview einzubringen? Aber Joachim ließ diese Frage vorerst noch offen. Er stehe zwischen oder über den Parteien. Wer sich festlege, lege sich Scheuklappen an.

Der Reporter erkundigte sich, ob es aus seiner Marburger Zeit vielleicht noch ein Foto gebe. Quint dachte nach und erinnerte sich an ein Bild, das anläßlich der Eröffnung der Fischbratküche in der Ketzerbach veröffentlicht worden war. Die Zeitung habe damals noch ›Marburger Presse‹ geheißen.

»Welches Jahr?«

Nach einigem Nachdenken kann Quint nicht nur das Jahr, sondern auch den Monat angeben. Die kleine bebilderte Veröffentlichung über die couragierte Flüchtlingsfrau, die sich in Marburg eine Existenz aufgebaut hatte, wird später noch oft zitiert und kopiert werden, ein Dokument der Tüchtigkeit von Heimatvertriebenen. Man sah auf dem Foto Joachim Quint als Schüler des Philippinums neben dem Fischstand sitzen und ein Buch lesen, in einer sowohl für einen künftigen Historiker wie Politiker, aber auch für einen Poeten typischen Haltung. Maximiliane als Kriegswitwe, von ihrer kleinen Hilfstruppe umgeben; Martin Valentin war nicht zu sehen, dabei war es doch jenes Jahr gewesen, in dem die Quints keine vaterlose Familie gewesen waren; diesem Mann hatten sie die bescheidene Existenz zu danken gehabt. Nie vorher und nie nachher hatte ein

Mann zu Maximiliane gesagt: »Laß mich machen!« Als er sich als Heiratsschwindler entpuppte, hatte sie um ihn getrauert, die Kinder ebenfalls. Seine Strafe mußte er längst abgebüßt haben, aufgetaucht war er nie wieder, allenfalls einmal im Gedächtnis der Beteiligten wie eben jetzt im Café Spangenberg, aber auch dort wurde er nicht namentlich erwähnt. Am Ende des Gesprächs faßte der Reporter seinen Eindruck in einem einzigen Satz zusammen: »Es gibt nichts Gutes, außer man tut es.« Joachim zuckte zusammen, aus sprachlichen Gründen, noch reagierte er empfindlich, das wird er sich abgewöhnen müssen. Er beschränkte sich darauf, eine seiner Allüren zu stopfen.

Dicser Uwe hatte es eilig, er mußte noch zu einer Sportveranstaltung.

Am Abend hatte Quint in einer Veranstaltung der Volkshochschule zum Thema ›Heimat‹ zu sprechen. Er wurde dem Publikum als ›ein Marburger‹ vorgestellt, der für einen Tag in seine Heimatstadt und vor kurzem erst in sein Vaterland zurückgekehrt sei. Beides, wie Dr. Krafft, der Veranstalter, hervorhob, brisante Worte: Heimat, Vaterland, die lange und zu lange unter Tabu gestanden hätten. Einige Besucher waren gekommen, um Gedichte zu hören, sie hatten sich an den Namen Quint erinnert und waren enttäuscht – ›entzaubert‹, sagte eine ältere Dame –, daß es sich um einen politischen Vortrag handeln würde.

Quint dankte zunächst für die ehrenvolle Einladung, dann auch dafür, daß man ihn als Marburger anerkenne, was, wie er vermute, als Auszeichnung gedacht sei. Er habe am Philippinum die Hochschulreife erlangt, aber nicht die Philipps-Universität habe ihn zu diesem Vortrag eingeladen, sondern die Volkshochschule. Es müsse sich in seinem Falle demnach um eine Volkshochschulreife gehandelt haben, und das sei ihm im Blick auf seine Zukunft recht. Was nun aber das Vaterland anbelange, so habe er mit seinen Vätern Schwierigkeiten gehabt, ebenso wie mit seinen Heimaten, darauf werde er im einzelnen noch zu sprechen kommen. Hier in Marburg habe er mit Mutter und Geschwistern als sogenannte Kriegshinterbliebene, aber auch als Flüchtlinge aus dem ehemals deutschen Osten in einem Behelfsheim gewohnt, im ›Gefälle‹ übrigens; seine Mutter habe dieses Heim ihre Behelfsheimat genannt. Das Wort Heimat habe er, seines Wissens, als erstes im Zusammenhang mit ›heimatvertrieben‹ und ›Behelfsheim‹ gehört, also nicht mit etwas Beständigem oder gar Unverlierbarem. Seine Mutter habe in dem kleinen Garten weder Busch noch Strauch gepflanzt und schon gar keinen Baum, sondern Sonnenblumen; von einer Sonnenblumensaison zur anderen sei das Behelfsheim seine Heimat gewesen, im Herbst habe sie eine Handvoll Sonnenblumenkerne für den nächsten Frühling aufbewahrt.

Er machte eine Pause, lehnte sich dabei leicht gegen die Wand, die schwankte, da es sich nur um eine Stellwand handelte, mit der man den Saal, wenn er sich als zu groß erwies, unterteilen konnte. Das Publikum reagierte mit einem Aufschrei. Quint hielt die Wand, die ihn halten sollte, fest und sagte: »Kaum spricht man Worte wie Heimat und Vaterland aus, gerät man ins Schwanken.« Vereinzeltes Lachen war zu hören. Joachim fuhr fort:

»Ich habe dieses Vaterland verlassen, weil es das Land meines Vaters war, und habe mir ein friedlicheres Land ausgesucht, da oben« – er zeigte dorthin, wo auf einer Landkarte der Norden liegen würde –, »in den schwedischen Wäldern, in Dalarna, das man ganz ohne Ironie das grüne Herz Schwedens nennt. Deutschland hat sein grünes Herz verloren, man hat mir berichtet, daß es in Thüringen gelegen habe. Nicht weit entfernt von dem wasserreichen Fluß Västerdalälven steht ein Haus, das ich von der schwedischen Linie meiner Familie geerbt habe. Ich habe darin gelebt, ich habe darin geschrieben, jetzt habe ich es verlassen, für lange Zeit, vielleicht für immer. Ich habe den Schlüssel hingelegt, wo er immer gelegen hat, in die Gabelung eines Baumes, einer Birke. Es gibt nur diesen einen Schlüssel. Er lag dort zunächst für eine Frau, für den Fall, daß sie wiederkommen würde. Jetzt liegt er auch für andere dort. Jeder Mensch müßte ein paar Plätze auf der Welt haben, an denen er weiß, wo der Schlüssel liegt.«

Diesen letzten Satz, ›wissen, wo der Schlüssel liegt‹, wiederholte Quint; er stammte aus einem seiner letzten Gedichte. Inzwischen hatte er sich in Bewegung gesetzt, zwei Meter Auslauf, mehr Platz bot das Podest nicht, aber er brauchte, wie er seinen Zuhörern erklärte, Auslauf; er war gewohnt, beim Gehen zu denken und beim Denken zu gehen.

»Wenn ich lange nachdenken muß, benutze ich das Fahrrad.«

Es wurde gelacht, es gab vereinzelt auch Beifall, er kam gut an, wie später in der Zeitung stand. Seine Zuhörer waren, wie er vermutete, Hermann-Hesse-Leser, auf der Suche nach einer neuen Romantik. Er wiederholte eine Frage, die ihm am Nachmittag der Reporter – er sah diesen Uwe in der letzten Reihe sitzen und winkte ihm zu – gestellt hatte: ›Was ist nach Ihrer Meinung wichtig?‹ Die Frage nach der Wichtigkeit habe er bereits als Siebenjähriger seiner Mutter gestellt. Die aufkommende Heiterkeit wischte er mit einer flüchtigen Handbewegung weg, kein Grund, jetzt zu lachen, es sei eine der wenigen wichtigen Lebensfragen.

»Was ist wichtig? Lange Zeit mußte meine Mutter alle meine Fragen beantworten, einen Vater gab es nicht, einen Großvater auch nicht, und meine Lehrer wußten noch nicht, was in Zukunft wichtig sein würde. Die Frage stammt aus dem Jahr 1945. Meine Mutter hat geantwortet: ›Wichtig ist, daß man auch noch etwas sieht, wenn man die Augen schließt.‹ Eine bessere Antwort habe ich bis heute nicht gefunden, sie bezieht das Erinnerungsvermögen ein und auch das Vorstellungsvermögen, beide Vermögensarten halte ich für unverlierbaren und unveräußerbaren Besitz.«

Im weiteren Verlauf seiner Rede berief er sich noch einmal

auf den alten Quindt, der zu sagen pflegte: ›Eine Gesinnung muß man sich leisten können.‹

»Sie haben jemanden vor sich, der sich eine Gesinnung leisten kann. Ich habe nichts zu verlieren, keine Wählerstimmen, keine Posten, keine feste Anstellung. Ich bin kein Parlamentarier, habe aber auch nicht der Außerparlamentarischen Opposition angehört. Heute ist Martinsabend. Die alte Geschichte von der Mantelteilung fällt mir ein. Ich hatte als Kind hier in Marburg vorübergehend einen Vater, der Martin hieß, oder richtiger, der sich Martin nennen ließ. Er nahm meine schutzlose Mutter unter seinen Mantel und behauptete, das sei die beste Art, seinen Mantel zu teilen, von Zerschneiden hielt er nichts. Der Mantel des heiligen Martin, Bischof von Tours, wenn mich meine an der hiesigen Philipps-Universität erworbenen Geschichtskenntnisse nicht täuschen. Der Heilige wird den Mantel nicht in zwei gleiche Teile zerschnitten haben. Bettler sind in der Regel magerer als Bischöfe. Selbst Schiller – man hat mir am Philippinum, wenn auch zeitbedingt geringe, Schillerkenntnisse vermittelt –, Schiller hätte vermutlich von der ›kleineren Hälfte‹ für den Bettler gesprochen!« Er machte eine Pause. »Soviel zum sogenannten Sozialismus!« Dann setzte er sich wieder in Bewegung, dachte nach, das Publikum vermutlich auch, die meisten allerdings dachten noch über den ›vorübergehenden Vater‹ des Redners nach.

»Es fällt mir eine Fabel ein«, fuhr Quint fort, »eine kleine, lehrreiche Geschichte, die Sie nicht gleich wieder vergessen sollten: Es war einmal ein reicher Mann mit einem mitleidigen Herzen. Er sammelte elf arme Leute um sich und machte ihnen den Vorschlag, sein Vermögen in zwölf gleiche Teile zu teilen, jeder, auch er selber, sollte die gleiche Menge bekommen. Die Armen willigten ein, holten sich an jedem ersten des Monats ihr Geld ab, alle zwölf lebten einige Zeit in angenehmen Verhältnissen. Eines Tages sah der reiche Mann einen noch ärmeren am Wegrand sitzen und schlug den elf anderen vor, jeder solle nun seinerseits ein Zwölftel hergeben, dann würde es für einen weiteren Menschen reichen. Aus Empörung über ein solches Ansinnen wurde der Mann totgeschlagen.«

Wieder folgte eine Pause, dann fuhr Quint fort: »In der Musik gibt es langsame Sätze, die sind mir die liebsten. Einen solchen langsamen Satz sollte es in einem Vortrag ebenfalls geben. Bei diesem langsamen Satz befinden wir uns jetzt. Es ist mir soeben eingefallen, daß meine Mutter noch etwas anderes gesagt hat auf meine Frage, was wichtig sei. Sie hat gesagt: ›Mut ist wichtig, und Geduld ist wichtig.‹ Ähnlich hat es Fontane ausgedrückt. Da er französischer Herkunft und meine Mutter pommerscher Herkunft war, klingt es bei Fontane anders. ›Courage ist gut, Ausdauer ist besser.‹ Er hatte den Satz nicht von ihr, sie hatte ihn nicht von ihm, aber er stammt aus der gleichen Lebensquelle. Ob Sie nun Fontanes Satz mit nach Hause nehmen oder den Satz der Maximiliane Quint, Hauptsache, Sie nehmen von diesem Abend etwas mit nach Hause.«

Einfache Geschichten, die er vorbringt, sagen die älteren Zuschauer. ›Wenn es so einfach wäre!‹ – das bekommt er später noch oft zu hören. Er entgegnet dann: »Es ist so einfach. Fragen und Antworten werden immer einfacher, wenn es um Leben und Tod geht, und darum geht es. Wir wollen nicht überleben, wir wollen leben.« Dieser letzte Satz wird in Abwandlungen – »Lassen wir andere vom Überleben reden, wir wollen nur leben« – in allen seinen Reden wiederkehren.

Und dann erzählte er, wie er als Kind seine Mutter gefragt hatte: ›Versprichst du mir das?‹ Er sei ein ängstliches Kind gewesen, das Zusicherungen gebraucht habe. Das Kriegsende habe er auf der Flucht erlebt, wenige Kilometer vor Berlin, aus Hinterpommern kommend. Er habe seine Mutter, die damals noch nicht wußte, daß sie eine Kriegswitwe war, und die bereits seit ihrer Taufe eine Kriegswaise gewesen sei, gefragt: ›Wird nun nie mehr geschossen?‹ »Sie hat ›nein‹ gesagt. Ich habe mich vergewissert. ›Versprichst du mir das?‹, und sie hat feierlich gesagt: ›Das verspreche ich dir!‹ Und wenn meine Mutter heute mich, ihren ältesten und einzigen Sohn – mein Bruder

Golo liegt auf dem Friedhof an der Ockershäuser Allee –, der sich entschlossen hat, die Geschichte seines Vaterlandes ein wenig mitzubestimmen, wie es die Quindts lange getan haben, wenn sie, meine Mutter, mich nun heute fragen würde: Wird nie mehr geschossen werden?, dann muß ich ihr das versprechen können. Erst versprechen die Mütter etwas, dann die Söhne. So müßte es doch sein.«

Dieser kleine Fragesatz: ›Versprichst du mir das?‹ wird in Marburg seither zitiert, wie damals im Umkreis von Poenichen die Quindt-Essenzen seines Urgroßvaters zitiert worden waren.

An jenem Abend blieb er noch einen Augenblick mit gesenktem Kopf auf dem Podium stehen, warf ihn dann in der ihm eigenen Weise rasch zurück, sprang leichtfüßig vom Podium und eilte mit weiten Schritten zum Ausgang. Als er den Saal verlassen wollte, stellte sich ihm eine Frau in den Weg. Er lächelte, versuchte an ihr vorbeizukommen, erkannte dann aber Lenchen Priebe, jetzt Lenchen Schnabel, erkannte zuerst den Geruch, dann erst die Person. Sie drückte ihn an sich, er spürte viel weiches Frauenfleisch. Sie sei jetzt auch schon über sechzig, und Joachim drückte ihr seine Anerkennung dafür aus, und sie sei nun schon Witwe, sagte sie weiter, und er drückte ihr sein Beileid aus. Sie beklagte, daß er kein Wort über die Bratwurststube gesagt habe, das wäre doch eine echte Aufbauleistung gewesen. Joachim löste sich aus der Umarmung, legte statt dessen den Arm um die Schultern von Lenchen Priebe. Lenchen Priebe! Als ›deutsches Fräulein‹ in der amerikanischen Besatzungszone hatte sie sich Helene von Jadow genannt. »Komm«, sagte er, »komm, Lenchen, wir setzen uns in unsere alte Bratwurststube, und du sagst mir, was ich hätte sagen müssen!«

Dr. Krafft trat hinzu. Man habe die Absicht, sagte er, in einem kleinen Kreis das Thema Heimat und Vaterland, das vielleicht doch ein wenig zu kurz gekommen sei, noch etwas gründlicher abzuklopfen, bei einem Glas Wein, ob er ein bestimmtes Lokal bevorzuge. ›Die Sonne‹ am Markt gäbe es allerdings nicht mehr.

Joachim lehnte zunächst ab. Er müsse nachsitzen, er wolle in die Ketzerbach gehen. »Vor Ihnen steht die Besitzerin des Lokals. Sie führt die Fischbratküche weiter, die meine Mutter gegründet hat. ›Bei Lenchen Priebe in der Ketzerbach‹, hessische Spezialitäten, Speckkuchen und Grüne Soße.« Aber schließlich ließ er sich überreden, in den ›Ritter‹ mitzukommen. Lenchen Priebe und zwei weitere Zuhörerinnen schlossen sich an; die eine stammte aus Stargard, die andere sogar aus Arnswalde. Er versuchte, den erwartungsvollen Blicken mit freudiger Überraschung zu begegnen; er wiederholte den Ortsnamen und erklärte seinerseits die genaue Lage von Poenichen, sagte allerdings Peniczyn, in der Nähe von Kalisz/Pomorski. Bei solchen Begegnungen, die sich von jetzt an oft wiederholen werden, verstärkte sich sein bisher wenig ausgeprägtes Gefühl, aus Pommern zu stammen.

Bevor Quint Marburg verließ, machte er einen kurzen Besuch in der Buchhandlung Elwert, wo er als Schüler stundenweise für ein kleines Taschengeld gearbeitet hatte. Man erinnerte sich und erinnerte ihn, daß er damals vergeblich versucht habe, den Kunden, die nach Wiechert und Bergengruen verlangt hätten, Gedichte von Gottfried Benn, übrigens auch Gedichte der Ingeborg Bachmann, zu verkaufen. Er erfuhr, daß am Vormittag bereits zweimal nach seinen eigenen frühen Gedichten gefragt worden sei, aber beide Titel wären ja leider nicht mehr lieferbar, was ihren Wert auf gewisse Weise erhöhe. Die Frage, was er jetzt unter der Feder habe, beantwortete er mit einer Handbewegung. Nichts. Nein, er hatte nichts unter der Feder, er hatte einiges im Kopf, das er zunächst sagen und dann in die Tat umsetzen mußte. Das alles sagte er aber dem Buchhändler nicht, er sagte überhaupt nichts, kaufen wollte er ebenfalls nichts. Er wollte sich nur umsehen, an den Büchern riechen. Er fuhr mit der Hand über eine Buchreihe, griff nach einem beliebigen Band, öffnete ihn und atmete den Duft ein. Er lächelte, grüßte und verließ den Laden.

Von einer Telefonzelle aus rief er auf dem Eyckel an. Es dauerte geraume Zeit, bis er die Stimme seiner Mutter hörte. Sie wirkte atemlos.

»Ich bin in Marburg«, sagte Joachim.

»Warst du schon bei Golo?«

»Nein.«

Es trat eine Pause ein.

»Ich bin für einen Tag in Marburg, Mutter. Golo ist immer hier.«

»Aber du lebst!«

»Mach mir das nicht zum Vorwurf!«

»Grüß ihn.«

»Grüß sie.«

Dann nichts mehr, er legte den Hörer auf und machte sich auf den Weg zum Ockershäuser Friedhof, suchte das Grab, fand es auch. Was wußte er von Golo? Sein Bruder, der immer schneller war als er, der überall durchkam, dem die Mädchen nachliefen, der sechzehn Jahre zu leben hatte und auf dessen Grab ein Stein aus Dalarna lag.

Zwei Tage später berichtete ›Die Oberhessische Presse‹ unter der Überschrift ›Politiker und Poet dazu‹ über seinen Vortrag. Er wurde als ein liebenswürdiger, aber versponnener Utopist bezeichnet, ein Kaspar Hauser aus den schwedischen Wäldern, dem man eine gewisse suggestive Kraft nicht absprechen könne. ›Dieser Quint besitzt Sprachbegabung, angeblich von einem pommerschen Vorfahren, einem Freiherrn von und zu, vererbt; vor allem aber die Fähigkeit, abgenutzte Worte und Begriffe in neue Zusammenhänge zu bringen. Hieraus zieht er Wirkungen, weckt für alte Tatbestände neue Aufmerksamkeit, ist auf gewisse Weise sprachschöpferisch, spricht, zum Beispiel, von den »nicht gut genug unterrichteten Kreisen«.‹ Der Schlußsatz bezog sich auf seine Vereinfachungen und lautete:

›So einfach liegen die Dinge nicht, Herr Quint‹, ein Satz, den er bei nächster Gelegenheit aufgreifen wird.

Auf der Weiterfahrt nach Gießen bog er in einen Feldweg ein, um sich auszulaufen, und kam an einer Schafherde vorüber. Die Herde weidete ohne Einzäunung frei auf einer Wiese, wurde nur von einem Schäfer und zwei Hunden bewacht. Ein einzelnes Schaf hatte sich unter dem Stacheldrahtzaun auf die angrenzende, eingezäunte Wiese durchgedrängt und war in die Unfreiheit gelangt. Es lief aufgeregt den Zaun entlang, blökte, fand keinen Durchschlupf, scheute den Stacheldraht. Aber weder die Hunde noch der Schäfer kümmerten sich um das verirrte Tier, das ja eingesperrt war und nicht verlorengehen konnte. Joachim wartete das Ende des kleinen Dramas nicht ab. Im Weitergehen hörte er ein lange nicht mehr gehörtes Geräusch: die Schafe rupften das letzte harte Gras ab. Die leise, aber hundertfach verstärkte Erschütterung teilte sich der Erde mit, seine Füße, dann sein ganzer Körper wurden die Unruhe in der Ruhe gewahr, sein Gedächtnis wurde in Bewegung gesetzt, bis er plötzlich wußte, woher er das Geräusch kannte: die große Schafherde, die am Blaupfuhl in Poenichen weidete.

Schon in Gießen kam er in seinem Vortrag auf jene Schafe zurück, flocht sie in seine Gedankengänge über den einzelnen und die Freiheit ein. Seine Marburger Jugenderinnerungen waren in Gießen bereits nicht mehr zu verwenden, aber auch an Gießen hatte er Erinnerungen: das Auffanglager für Flüchtlinge, in dem er im Herbst 1945 mehrere Tage verbracht hatte. Er stellte Betrachtungen an über das Wort Auffanglager: ein Mensch wird aufgefangen.

Aus Düsseldorf meldete er sich telefonisch bei seiner Mutter.

»Ich rede mich den Rhein rauf und runter«, sagte er. »Erinnerst du dich an eine Quindt aus Königsberg? Eine Marie-Louise? ›Wir Ostpreußen!‹ hat sie nach meinem Vortrag im ›Haus des deutschen Ostens‹ gesagt. Heute morgen war ich in ihrem Geschäft an der Königsallee, da sagte sie dann allerdings: ›Wir Düsseldorfer!‹ Im Ausstellungsraum hängt ein Bild vom alten Quindt. Du hättest es einem Altwarenhändler verkauft? Das Bild stammt angeblich von Leo von König, ist aber unsigniert. Warum hast du es verkauft?«

»Der Mann hatte Geld und brauchte Familie«, antwortete Maximiliane, »und ich hatte Familie und brauchte Geld.«

»Warum hast du das Bild nicht in Marburg aufgehängt?«

»Ich konnte ihm das Behelfsheim nicht zumuten. Hängt er hoch?«

»In Augenhöhe, zu niedrig für das Bild eines Reiters, zu dem man doch aufblicken müßte. Diese Marie-Louise läßt dich übrigens grüßen. Sie sagt, sie hätte lieber weniger Geld und dafür ein Kind. Und du? Was sagst du?«

Was wird Maximiliane sagen? »Ach – «, sagte sie.

Und als letztes wieder: »Grüß die Schöne!«

»Sie steht neben mir. Sag es ihr selbst!«

10

›So wie ein Traum scheint's zu beginnen, und wie ein Schicksal geht es aus.‹

Rainer Maria Rilke

Auf dem Schreibtisch des Firmenchefs Henri Villemain steht eine Fotografie seiner Frau und seiner beiden Söhne, Fotografien, die jährlich ausgewechselt werden, um zu zeigen: die künftigen Chefs wachsen heran, die Nachfolge ist gesichert. In Mirkas Zimmer findet man weder eine Fotografie ihres Mannes noch ihrer Söhne, wohl aber eine Reihe sehr dekorativer Fotografien aus ihrer Mannequin-Zeit.

Aus Anlaß des siebzigsten Geburtstags von Henri Villemain fand ein Empfang in dessen Wohnung statt. Persönlichkeiten aus Politik und Wirtschaft waren anwesend, auch Journalisten und Bildreporter, sogar ein kleines Fernsehteam. Nicht alle kannten die Geschichte dieses französisch-deutschen Bündnisses, das von Monsieur Villemain in einer kurzen Ansprache als krisenfest bezeichnet wurde. Ungezählte Male hatte er, wenn man ihn fragte, wo er diese exotische Schönheit entdeckt habe, berichtet, daß er sie im wahrsten Sinne des Wortes aus dem Straßengraben gezogen habe. Er gab jedesmal, um die Geschichte glaubhaft zu machen, die Nummer der Route Nationale an, ›345‹. Man lachte, Mirka lachte ebenfalls, zeigte ihre schönen, kräftigen Zähne und erwähnte ihre Mutter, die aus einem alten deutschen Adelsgeschlecht stamme, sowie den russischen Vater. Sie erwies sich auch bei diesem Empfang als eine für die Firma geeignete Propagandistin; sie setzte ihre friedlichen Waffen ein. Von den leichten Aufklärungspanzern der französischen Armee, den AMX-13, und von OTAN war in den Gesprächsgruppen die Rede.

Maximiliane, zum festlichen Anlaß angereist, erkundigte sich bei ihrem Enkel Philippe, was es mit OTAN auf sich habe, und wurde von diesem belehrt, daß OTAN soviel wie NATO heiße, dieselbe Sache, nur umgekehrt.

»Bei der Verteilung der Aufträge für den Roland ist die Firma nicht bedacht worden.«

»Wer ist Roland?« erkundigte sich Maximiliane.

»Ein Flugabwehr-Raketen-System, Grandmaman! Ein kleiner Krieg würde der Firma Villemain guttun, wir haben Absatzschwierigkeiten.«

»Philippe! Ihr lebt von der Firma« – sie blickte sich um –, »und nicht zu knapp.«

»Nicht mehr lange, Grandmaman. Riechst du nichts?«

Inzwischen hatte Monsieur Villemain den Umstehenden erklärt, daß Frankreich die Waffen niemals gegen das Vaterland seiner Frau richten werde. Eine junge Journalistin fragte halblaut, ob deren Vaterland denn nicht Rußland sei. Keiner beachtete den unpassenden Einwurf, man war sich einig: Waffen mußten sein. Rüstung mußte sein. Aber man hegte keinerlei feindselige Gefühle, schon gar nicht, wenn man ein Champagnerglas in der Hand hielt. Nationalgefühl breitete sich aus, Pathos.

»Leben wir denn unter der Atombombe nicht in Frieden, seit Jahrzehnten?« sagte Monsieur Villemain. »Wir arbeiten für den Frieden, sind tätig in dem großen Krieg gegen den Krieg.«

Maximiliane, mehrere Jahre jünger als der Jubilar, sah diesen fragend an: »Mußte das alles denn sein, Henri? Du hast deinen Teil vom Krieg abbekommen, dein Bruder ist gefallen, soviel ich weiß.«

»Es muß sein, Belle-mère! Arbeitsbeschaffung. Die Firma braucht Aufträge. Wir müssen Arbeitsplätze erhalten.« Den letzten Satz wiederholte er sogar.

»Das sagt man immer«, setzte Maximiliane dagegen. »Das sagt man bei uns auch. Das hat man auch im Hitler-Reich gesagt!«

»Belle-mère, was für Vergleiche!« Monsieur Villemain füllte Maximilianes Glas. »Trotzdem, santé!«

Maximiliane ließ sich nicht vom Thema abbringen. »Vor 1933 lagen die Deutschen auf der Straße, da waren sie arbeitslos. Hitler hat sie von der Straße weggeholt, so denken heute noch viele. Aber sie hatten wenigstens lebend auf der Straße gelegen. Nachher lagen sie tot neben den Straßen.«

»So einfach ist das nicht! Das läßt sich nicht vergleichen, Belle-mère.«

»Warum kann man Pershing 2 und SS 22 nicht vergleichen? Eure Panzer heißen AMX, das habe ich von deinem Sohn Philippe gerade gelernt, unsere heißen Leopard, das kommt mir alles sehr ähnlich vor. Waffen richten sich immer gegen einen Feind.«

»C'est la vie!«

»C'est la guerre, Beau-fils!«

»Santé, Belle-mère, santé!«

»Der alte Quindt sagte: Schluck's runter –«

»Wer ist der alte –?«

Die Verständigung erwies sich als schwierig, obwohl Maximiliane gut Französisch sprach, besser als ihre Tochter. Falls Henri Villemain in den ersten Jahren seiner Ehe mit Mirka gedacht haben mochte, daß er die falsche Frau aus dem Graben gezogen habe, dann dachte er das jetzt nicht mehr. Mirka äußerte nie eine eigene Meinung.

Monsieur Villemain wirkte müde, auch zerstreut. Er erzählte bereits zum dritten Male an diesem Vormittag denselben Gästen dieselbe Geschichte: Route Nationale 345!

In seinem Arbeitszimmer hatte sich eine kleine Gesprächsrunde zusammengefunden. Man betrachtete ein Gemälde: zwei kreisrunde Bilder in einem Rahmen. Monsieur Villemain erklärte, daß es sich um Augen-Blicke handele.

»Betrachten Sie die Augen von Madame Quint, das sind die Vorbilder! Ich lebe hier sozusagen unter den Augen meiner Schwiegermutter, in denen sich eine ganze Welt gespiegelt hat. Eine Welt der Erinnerungen. Habe ich das richtig dargelegt, Belle-mère – wie hieß der Maler?«

Maximiliane nannte den Namen. Ossian Schiff. Keiner hat ihn je gehört. Für kurze Zeit geriet sie ungewollt in den Mittelpunkt. Man versuchte, ihr in die Augen zu blicken, aber sie nahm die Brille nicht ab. Man drängte sich vor dem Bild, sah auf der linken Seite einen verschilften See mit einem Boot am Ufer.

»Wo ist das? Sehr romantisch! Sehr einsam! Ist das im Osten? Rußland?«

»Meine Heimat«, sagte Maximiliane.

»Und das rechte Bild? Diese mittelalterlichen Planwagen mit Pferden davor?«

»Die Vertreibung aus der Heimat.«

Wie interessant! Sie ist eine réfugiée! Wie die Leute aus Algerien! Oder Vietnam! Es gab viele Namen, die man aufzählen konnte. Jemand fragte Maximiliane nach ihren Vorfahren. Sie sagte, daß ihr Vater in Deutschland geboren, aber in Frankreich begraben sei. »Eine meiner Wurzeln steckt in französischer Erde. Außerdem liegt der rechte Arm meines Mannes in der Normandie.« Keine weiteren Fragen. Man wandte sich ab. Diese Deutschen verstanden sich leider nicht auf eine kleine Konversation.

Philippe fragte seinen Vater, ob er das Bild erben könne.

»Nimm es an dich, Philippe, nimm es mit in dein Zimmer und sage, daß es dir gehört. Es sei ein Geschenk deiner deutschen Großmutter.«

»Wem soll ich das sagen, Papa?«

»Dem, der fragt, Philippe.«

Der Vorschlag, die erste Madame Villemain zu diesem Empfang einzuladen, war von Mirka ausgegangen und von ihrem Mann bereitwillig aufgegriffen worden. Die ungleichen Frauen kannten sich kaum, würden sich wohl auch kaum näher kennenlernen.

Philippe hatte sich bei Maximiliane erkundigt, ob er ›grand-mère‹ zu Madame Villemain première sagen solle, und war von ihr dazu ermuntert worden.

»Tu das, sag Großmutter, sie wird sich darüber freuen.«

Simone Villemain freute sich tatsächlich. Eigene Kinder hatte sie nicht gehabt, aber warum sollte sie keine Enkelkinder des Mannes bekommen, den sie geliebt hatte, dem sie noch immer freundschaftlich zugetan war? Simone Villemain stammte ebenso wie ihr Mann aus kleinen Verhältnissen; ihr sah man es noch an, ihm nicht mehr. Im Laufe der Jahrzehnte war sie breithüftig geworden und weißhaarig, sie hatte ein freundliches und aufmerksames Gesicht, das auch freundlich und aufmerksam blieb, wenn sie sich mit ihrer Nachfolgerin unterhielt. Weder Reichtum noch Eleganz, noch Schönheit schienen sie zu beeindrucken, nur Coco, der Papagei, irritierte sie. Sie hatte ein kleines Haus auf dem Land, bei Etampes, südlich von Paris, das sie früher mit ihrem Mann bewohnt hatte. Sie baute Gemüse und Kräuter an, veranstaltete in jedem Herbst ein Erntedankfest für die Nachbarn. Sie lebte bescheiden und hatte es abgelehnt, am wirtschaftlichen Aufstieg der Firma teilzunehmen. Ihre monatlichen Zuwendungen waren seit der Scheidung nicht erhöht worden. Warum hätte sie gegen ihren ersten Mann Haß empfinden sollen? Sie hätte Gott hassen müssen, weil er sie hatte unfruchtbar sein lassen. Auf ihren Mann konnte sie leichter verzichten als auf Gott. Ihrer freundlichen Veranlagung gemäß lebte sie aber mit beiden in Frieden. Allgemein sprach man mit Achtung von ihr, viele auch mit Dankbarkeit. Sie wurde von Frauen und jungen Mädchen aufgesucht, die Rat und Beistand benötigten. Sie wußte nicht Bescheid darüber, was man tun mußte, wenn man ein unwillkommenes Kind erwartete, aber sie wußte, wie es ist, wenn man keine Kinder bekommen konnte und den Platz einer jungen fruchtbaren Frau einräumen mußte. Sie hatte einer Reihe von unerwünschten Kindern das Leben retten können, hatte Patenschaften vermittelt, hatte auch die eine oder andere Patenschaft selbst übernommen. Sie besprach sich mit Ärzten, Priestern, auch mit Behörden.

Für wenige Minuten setzte sich Monsieur Villemain zu ihr in die Bibliothek und erkundigte sich nach ihrem Ergehen. Sie dankte für die Einladung, fügte aber hinzu, daß sie sich wahrscheinlich bei seiner Frau zu bedanken habe. Monsieur Villemain blickte sie fragend an: »Bei wem, Simone?«

»Bei deiner Frau, deiner jetzigen Frau, Henri.«

»Entschuldige, ich war unaufmerksam.«

»Ich merke es, Henri.«

»Merken es alle?«

»Nein, aber ich kenne dich schon länger als die anderen. Deine Söhne gefallen mir gut. Es freut mich für die Firma. Villemain et Fils. Jetzt bedeutet das wieder: Söhne. Als Maurice gefallen war, hieß es nur noch Villemain und Sohn. Philippe sieht deinem Bruder Maurice ähnlich. Trinken wir auf Villemain et Fils!«

»Mein Glas ist leer, Simone.«

Mirka, von Kopf bis Fuß in metallisch glänzendes Leder gekleidet, gesellte sich für kurze Zeit zu ihrer Mutter.

»Nun, Maman, gefällt es dir?«

»Du siehst gut aus, Mirka!«

»Merci, Maman!«

»Du siehst zu gut aus«, setzte Maximiliane dann noch hinzu.

Beide blickten in die Bibliothek, in der Monsieur Villemain mit seiner ersten Frau in schweigendem Einvernehmen zusammensaß. Als er Mirkas Blick wahrnahm, warf er ihr eine Kußhand zu und rief: »Baiser, baiser, ma belle!« Die Kußhand wurde von Mirka wortlos erwidert.

»Ist das alles?« fragte Maximiliane.

»Das ist alles, Maman«, antwortete Mirka.

»Das ist nicht viel.«

»Es genügt.«

»Ihm auch?«

»Frag ihn, Maman!«

»Geht bei dir nichts unter die Haut?«

»Ich trage Leder.« Sie wandte sich dem Buffet zu. »Komm, Maman, iß ein paar Austern, sie sind ganz frisch. Drei verschiedene Sorten. Welche bevorzugst du?« Philippe näherte sich. »Kümmerst du dich um Grandmaman?«

Philippe nickte bereitwillig und stellte sich zu Maximiliane. Diese wandte sich, als Mirka sich entfernt hatte, ihm zu. »Willst du glauben, Philippe, daß ich noch nie eine Auster in der Hand gehalten habe?«

»Wenn du sie erst im Mund haben wirst, Grandmaman! Als ich zwölf wurde, hat Maman mir beigebracht, wie man eine Auster öffnet, ohne sie zu verletzen. Das gehörte zu ihrem Erziehungsprogramm. Vier Vorgänge sind zu beachten: Saugen! Beißen! Kauen! Schlucken! Die Austernsaison ist eben erst eröffnet. Keine Zitrone, Grandmaman! Zitronen dienen nur zur Dekoration. Zu der Galway-Auster trinkt man am besten Guinness-Bier, aber du kannst natürlich auch einen trockenen Chablis trinken, der paßt immer.«

Inzwischen war Monsieur Laroche, der Couturier, zu ihnen getreten.

»Darf ich dir Monsieur Laroche vorstellen, Grandmaman?« sagte Philippe zu Maximiliane, und zu Monsieur Laroche gewandt: »Trifft man sich an den Villemainschen Austernbänken, Monsieur? Sie finden hier Austern japanischer, amerikanischer und nationaler Herkunft. Ich habe mich über das sexuelle Leben der Austern informiert, es findet ausschließlich in den Sommermonaten statt, wenn das Meerwasser sich allmählich erwärmt. Die weiblichen Austern – Grandmaman, frag nicht, woran man eine männliche von einer weiblichen Auster unterscheiden kann, oder sehen Sie das, Monsieur?«

»Hat deine Mutter mit dir darüber gesprochen?«

»Nicht doch! Darüber weiß sie nicht Bescheid. Reif ist eine Auster nach fünf Jahren, aber wenn sie Glück hat, kann sie dreißig Jahre alt werden. Nach der Samen- beziehungsweise Eierabgabe wechseln sie übrigens ihr Geschlecht. Im September laichen manche Austern noch einmal, das Zeug – du weißt, was ich meine? – verdirbt den Geschmack der ersten Austern, sie schmecken direkt nach Sex!«

Monsieur Laroche, der den linken Arm um Philippes Schultern gelegt hatte und das Glas Guinness-Bier in der Rechten hielt, nahm den Arm von Philippes Schultern und legte ihn nie wieder darauf; er griff nach einer Auster. Maximiliane hörte nur noch mit halbem Ohr zu.

»Wußten Sie, Monsieur, daß die südfranzösischen Austern im Gegensatz zu den nördlichen, die ihr Geschlecht nur von einem Jahr zum andern wechseln, mehrere Male in der gleichen Jahreszeit ihr Geschlecht wechseln? Grandmaman, Monsieur Laroche stammt aus Südfrankreich, er ist ein Austernkenner. Er ißt sogar Austern. Maman lobt sie nur. Sie steckt nie einen Bissen in den Mund, ohne ihn vorher und nachher zu loben. ›Ah, das hat mir wohlgetan, sollte ich mir noch eine Portion nehmen? Sie schmecken ja köstlich! Ich könnte mich an Austern gewöhnen!‹« Er ahmte seine Mutter nach und brachte damit Maximiliane und auch Monsieur Laroche zum Lachen.

In diesem Augenblick führte Mirka einen weiteren Gast an die Austernbänke und sagte: »Ob ich mir noch eine Auster leisten sollte?«

»Könnt ihr euch Austern überhaupt leisten?« fragte Maximiliane.

»Das mußt du mich nicht fragen, Maman!«

»Fragst du dich nicht?«

»Die Zeit wird es ausweisen, das hast du doch immer gesagt, Maman.«

»Ich betone es anders, Mirka.« Wenig später, als Maximiliane für einen Augenblick mit Monsieur Villemain allein war, ergab sich die Gelegenheit, die Frage zu wiederholen.

»Stimmt etwas nicht, Beau-fils?«

Man kannte sich wenig, war sich aber sympathisch, hin und wieder redeten die beiden sich mit ›Belle-mère‹ und ›Beau-fils‹ an, was beide immer wieder, auch jetzt, erheiterte.

»Es liegt etwas in der Luft«, sagte Maximiliane, »man riecht es doch.«

»Es wird Mirkas Parfum sein, sie benutzt Moschus, seit sie Leder trägt.«

»Sie ist dünnhäutig, vermutlich trägt sie deshalb Leder. Gibt es Sorgen?«

»Sorgen, Belle-mère? Das ist nicht das richtige Wort.«

Das richtige Wort, Katastrophe, fiel während dieses Empfangs nicht.

Die Paris-Reise wäre überflüssig gewesen, hätte Maximiliane nicht endlich auch Pierre kennengelernt, der kräftiger war als sein Bruder Philippe, auch wilder. Wenige Tage vor dem Fest hatte er sich das rechte Fußgelenk gebrochen; er schwenkte sein Gipsbein geschickt durch die Räume. Er sah aus wie Golo! Gleich nachdem sie eingetroffen war, hatte Maximiliane ihrer Tochter diese Beobachtung mitgeteilt. Mirka hatte bereitwillig und auch aufmerksam Pierre angesehen und dann festgestellt, daß sie sich an Golo nicht erinnern könne.

»Aber du warst beinah zehn Jahre alt, als er ums Leben kam.«

»Ich erinnere mich trotzdem nicht. Ich nehme an, daß Pierre schöner ist.«

»Wahrscheinlich. Er ist schöner gekleidet, er wohnt schöner, Paris ist schöner. Wie bringt er es fertig, sich hier das Bein zu brechen?«

»Entschuldige mich, Maman. Wir haben nur Louisa und das Au-pair-Mädchen zur Hilfe.«

Sie hatte von ›le préparation‹ gesprochen, und Philippe, der daneben stand, hatte sie verbessert: »La préparation, Maman!«

»Merci, Philippe.«

Maximiliane blickte ihrer schönen Tochter nach.

Philippe erfaßte den Blick und bat, worum er schon oft gebeten hatte: »Erzähl, Grandmaman!«

Und Maximiliane erzählte ihm von Golo, der in den Trümmern von Berlin nach Gegenständen gesucht hatte, die er auf dem Schwarzmarkt verkaufen konnte, Gegenstände, die er unter blutigen Verbänden, die er sich selbst anlegte, vor der Polizei versteckt hatte. Später, in Marburg, hatte er nach Waffen aus dem Krieg gesucht, eine Panzerfaust auseinandergenommen und das Behelfsheim in die Luft gesprengt, in dem sie alle gewohnt hatten. Und als er noch kleiner war, da hatte er sich an die Äste der Blutbuche geklammert –.

»In Poenichen?«

»In Poenichen.«

Und dann erzählte Philippe ihr, daß Pierre auf den Brückengeländern der Seine balanciere und daß er mit vier Jahren sein Spielzeug auf dem Rasen im Park des Musée Rodin zum Verkauf angeboten habe.

»Maman mußte den Verkauf rückgängig machen und einen höheren Preis dafür zahlen.«

»Dann eignet Pierre sich also für die Firma?«

»Aber ich nicht, Grandmaman. Von Anfang an war er der kleine Chef.«

»Du paßt anderswo hin, Philippe. Irgendwo passen wir alle hin. Ich passe auch nicht hierher.«

»Was heißt das: passen? Aufpassen? Passé?«

Bei dem Wort ›passen‹ hatten Maximilianes Französisch- und Philippes Deutschkenntnisse ein Ende.

»Ich soll passen?« fragte er.

»Du paßt mir«, sagte Maximiliane und schloß den Jungen, der größer war als sie und der so wenig Zärtlichkeit empfangen hatte, in die Arme.

Bevor sie wieder abreiste, setzte Maximiliane sich mit dem Telefonbuch in die Bibliothek, suchte nach einem Namen, fand ihn auch, las die Anschrift, die sich nicht geändert hatte. Sie hätte anrufen können, aber man mußte nicht alles tun, was man tun könnte.

Sie benutzte das Telefonbuch als Auskunftei, viele Frauen tun das. Wer einen Telefonanschluß besaß, lebte noch. Ossian Schiff.

Es dauerte dann noch ein Vierteljahr, bis der Name Villemain wieder in den Zeitungen auftauchte, diesmal nicht in den Klatschspalten von ›France-Soir‹, sondern im Wirtschaftsteil. Villemain & Fils hatten Konkurs gemacht. Von unwirtschaftlichen Fertigungsmethoden und mangelnder Rentabilität war die Rede. Der monatelange Streik der Metallarbeiter wurde sowohl im ›Figaro‹ als auch im ›Matin de Paris‹, einmal unter linkem, einmal unter rechtem Aspekt, als Ursache genannt, aber auch das hohe Lebensalter des Firmenchefs, der die Leitung des Betriebes nicht rechtzeitig in jüngere Hände gelegt hatte. Der Jahresumsatz habe in guten Jahren immerhin bei dreißig Millionen Francs gelegen. Im ›Matin de Paris‹ hieß es, daß Monsieur Villemain angeblich aus Krankheitsgründen der Hauptversammlung ferngeblieben sei. Von den Fehlern einer kapitalistischen Betriebsführung war die Rede, von zu hohem Eigenverbrauch und vom typischen Beispiel dafür, daß die mittelständischen Betriebe verstaatlicht werden müßten. Über das Schicksal der rund hundertachtzig Arbeitnehmer bestehe weiterhin Ungewißheit. Die Söhne Villemains befänden sich noch im schulpflichtigen Alter. ›Wird es je wieder eine Firma mit dem Namen Villemain & Fils geben?‹ Mit dieser Zeile schloß der Bericht.

Mehrfach hieß es ›une catastrophe‹. Nur Mirka blieb bei ›un catastrophe‹, für sie waren Katastrophen männlichen Geschlechts. Aber sie erwies sich der Katastrophe gewachsen, schien sie sogar vorausgesehen zu haben. Einen Versuch, sie aufzuhalten oder zu verhindern, hatte sie nicht unternommen. Sie war die Tochter ihrer Mutter. Diese Frauen taten das Nötige und nicht mehr und nicht früher als unerläßlich; sie brauchten Schicksalsschläge, sie mußten einen Stoß bekommen, damit sie sich in Bewegung setzten, Frauen für Notfälle. auch für Glücksfälle, aber nicht für alle Fälle.

Die Katastrophe betraf vor allen Dingen die Arbeiter und Angestellten, die beim Konkurs der Firma entlassen wurden. Monsieur Villemain selbst nahm die Katastrophe nicht wahr; im richtigen Augenblick hatte sich sein Geist verwirrt, erste Anzeichen hatte es schon vor Monaten gegeben, seine körperlichen Kräfte hatten ebenfalls nachgelassen. Niemand konnte erwartet haben, daß Mirka sich zur geduldigen Krankenpflegerin eignen würde. Sie telefonierte am Abend desselben Tages mit Simone Villemain. Das Gespräch dauerte nicht länger als fünf Minuten, dann war alles geklärt. Die ländliche Umgebung würde Henri – bereits jetzt war von ›notre mari‹ die Rede – wohltun. Im Grunde war ›notre mari‹ ein bescheidener Mensch geblieben.

Die zweite Madame Villemain lieferte ihren Mann bei der ersten Madame Villemain in Etampes ab. Ein Tausch fand statt, bei dem beide Teile profitierten. Falls es eine gewisse Verwirrung gegeben haben sollte, äußerte sie sich lediglich in einer überraschenden Umarmung der beiden Frauen, unmittelbar bevor Mirka sich wieder in ihr Auto setzte und davonfuhr.

Monsieur Villemain hatte Mirka jenes Landhaus in Südfrankreich, nicht weit von Antibes gelegen, aus Anlaß der Geburt des erwünschten Erben geschenkt; es war ihr Privateigentum, das sie jetzt veräußern konnte. Die Kaufsumme würde ausreichen, die Ausbildung der Söhne zu finanzieren. Als der Notar ihr sein Mitgefühl aussprechen wollte, blickte Mirka ihn überrascht an. Wovon sprach er? In Zukunft würde sie kein Landhaus in Südfrankreich mehr benötigen. Die Zeiten hatten sich geändert.

Die kostspielige Pariser Wohnung in einer der stilleren Nebenstraßen der Champs-Elysées wurde aufgegeben, die Söhne befanden sich ohnedies im Internat, für die Ferien würden sich Lösungen ergeben. Das Au-pair-Mädchen wurde entlassen. Louisa, die schwarze Köchin, fragte: »Müssen wir jetzt hungern, Madame?«, woraufhin Mirka ungerührt sagte: »Ich habe mein Leben lang gehungert, Louisa, und Sie werden eine neue Stelle finden.« Warum sich aufregen? Sie selbst zog wieder zu Jean-Louis Laroche, dem Couturier; nicht Haute Couture, aber auch nicht Konfektion. Er hatte sich im Marais-Viertel, gegenüber dem Centre Pompidou, ein Atelier eingerichtet. Das Telefongespräch mit ihm dauerte kaum länger als jenes mit Simone Villemain. Mirka kehrte in die Welt zurück, aus der ihr Mann sie herausgeholt hatte. Zehn Jahre würde ihre Schönheit noch erhalten bleiben, diese Jahre mußte sie nutzen. Nichts mußte geschieden, kein Gericht mußte bemüht werden. Sie behielt offiziell den Namen Villemain bei, als Mannequin würde sie wie früher nur den Namen Mirka führen. Jean-Louis Laroche war homosexuell, das erleichterte das Zusammenleben.

Monsieur Villemains Geist hatte sich nicht eigentlich umnachtet, es handelte sich eher um eine anhaltende Dämmerung. In der Frühe kleidete er sich sorgfältig an, um in die Firma zu fahren. Simone begleitete ihn zum Bahnhof, sie gingen durch die Unterführung auf jenen Bahnsteig, von dem die Züge nach Paris abfuhren, immer noch auf demselben Gleis wie vor vierzig Jahren. Sie warteten zunächst die Ankunft und dann die Abfahrt des Zuges ab; eine Kehrtwendung genügte, dann gingen sie wieder Arm in Arm die Treppe zur Unterführung hinunter und kehrten nach Hause zurück. Monsieur Villemain legte Hut und Handschuhe ab, setzte sich im Winter in den kleinen Wintergarten, im Sommer auf die kleine Terrasse und trank eine große Tasse Schokolade. Unter Simones Pflege nahm er ein wenig zu, was bisher von Mirka verhindert worden war. Am späteren Nachmittag brachte Simone ihn zur Place de Gaulle, wo man ihn zum Boulespiel erwartete. »Hé, Henri!« – »Salut, Henri!« Man kannte einander von früher, und weil er nicht zu jenen Boulespielern zählte, die auf die Kugeln des Gegenspielers schossen, sondern nur darauf zielten und sich ihnen näherten, war er beliebt. Aus der Art, wie er Boule spielte, hätte man Rückschlüsse auf seine Art, eine Firma und eine Familie zu leiten, ziehen können. Zwei Stunden später lud er dann die Mitspieler auf einen Calvados ins ›Café de Gaulle‹ ein. »Santé, Henri!« – »Merci, Henri!« Der Alkohol erweiterte die alten Arterien. Dr. Montous hatte gegen Calvados nichts einzuwenden. Was Vergnügen machte, war auch gesund. Er selbst bevorzugte allerdings einen Cognac, der ihm hingestellt wurde, wenn er einmal in der Woche zur Visite kam.

Wenn es ihre Zeit erlaubte, was nicht oft der Fall war, rief Mirka an und erkundigte sich, wie es ›notre mari‹ ergehe; hin und wieder machte sie auch einen kurzen Besuch, dann erkundigte sich Monsieur Villemain höflich, wo man einander kennengelernt habe, und sie berichtete ebenso höflich, daß er so freundlich gewesen sei, ihr Auto aus einem Straßengraben zu ziehen, an der Route Nationale 345. Sobald er diese Zahl hörte, erinnerte er sich und wiederholte erfreut: ›Route Nationale 345!‹ Wenn sie dann wieder in ihren Wagen stieg, lichtete sich die Dämmerung ein weiteres Mal, er warf ihr eine Kußhand zu und rief mit Papageienstimme: ›Baiser! Baiser! Ma belle!‹ Mirka erwiderte die Kußhand, rief ihrer Vorgängerin und Nachfolgerin »Merci, Madame!« zu, und Simone rief: »De rien, Madame!« Bei jedem Besuch brachte Mirka eine Orchidee mit und ließ einen Scheck für die kleinen Extras zurück. Das Wort Emanzipation hat sie nie mit sich selbst in Zusammenhang gebracht.

Einmal im Monat besuchten die Söhne ihren Vater, dann erkundigte er sich bei Philippe, wie es an der Front stünde und ob sich der AMX-13 bewährt habe. Er redete ihn mit Maurice an, verwechselte Bruder und Sohn und Krieg und Frieden. Zu Pierre sagte er: »Laß dir von Maurice nichts gefallen!« Dann ballte Pierre die Hand zur Faust, hielt sie drohend gegen seinen Bruder und lachte.

Der einzige, der bei jener ›Katastrophe‹ lauthals protestierte, war Coco. Als man seinen Käfig aus dem Haus trug, krächzte er ›merde, merde!‹, bis sich die Tür des Möbelwagens hinter ihm schloß.

11

›Die einzige Sache die wichtig ist ist das tägliche Leben.‹
Gertrude Stein

Die zweite Frau Brandes wartete den von ihrem Mann testamentarisch festgesetzten Termin nicht ab, an dem sie den Eykkel zu verlassen hatte. Sie wählte einen Tag, an dem Herr Kilian, der Geschäftsführer, zu einem eintägigen Aufenthalt in die DDR gereist war. Mittags fuhr ein Möbelwagen so nah wie nur möglich an den Hoteleingang heran. Das Personal war im Restaurant und in der Küche beschäftigt, die Stubenmädchen brachten die Zimmer in Ordnung. Der Zeitpunkt war also günstig gewählt. Frau Brandes, von zwei kräftigen Möbelpackern begleitet, erschien in der Hotelhalle. Ohne Maximiliane, die an der Rezeption stand, zu begrüßen, zeigte sie auf eine alte Truhe und auf den einzigen kostbaren Sessel. Die Packer taxierten das Gewicht.

Maximiliane trat einen Schritt zurück, lehnte sich gegen die Wand und sah zu, tatenlos, wehrlos, wortlos. Aber: Gott ist in den Schwachen mächtig, der Buchhalter, Herr Bräutigam, erschien im richtigen Augenblick, durchschaute die Lage und faßte sie in dem Satz: »Die sahnt ab!« zusammen. Er überwand seine Menschenscheu, eilte ins Restaurant, um Herrn Röthel zu holen, eilte weiter in die Küche, benutzte auch dort das Wort ›absahnen‹, das keiner kannte, das aber, im Zusammenhang mit Frau Brandes, sofort verstanden wurde.

Antonio erschien als erster auf dem Schauplatz, zusammen mit seiner Frau Margherita. Er krempelte die Ärmel der Kochjacke noch höher. Nebeneinander stehend füllten sie die Eingangstür des Hotels, ein gewichtiges, lautstarkes Hindernis aus Fleisch und Empörung. Der Hausbursche Brod kam gerade mit einer Hacke in der Hand über den Hof, Mercedes zog den Staubsauger hinter sich her, schließlich kam auch der Oberkellner Röthel aus dem Restaurant. Eine Phalanx gegen Frau Brandes, die in noch schärferem Ton als gewöhnlich »Frau Quint!« sagte. Diese entgegnete mit fast ruhiger Stimme: »Frau Brandes!«, hielt sich aber mit beiden Händen an den eigenen Ellbogen fest, nachdem sie die Brille ins Haar geschoben hatte, nicht um besser, sondern um weniger zu sehen. Mit der Nennung der Namen war noch nicht viel gesagt, aber der Zweikampf war eröffnet. In diesem Augenblick tat sich die Tür auf, die ins Restaurant führte, ein Hotelgast, eine alte Dame, erschien und fragte erfreut, ob ein Theaterstück eingeübt würde.

Maximiliane wandte sich der Dame zu und sagte freundlich: »Wir sind beim letzten Akt. Dann wird weiterserviert.«

Sie nahm die alte Dame beim Arm, führte sie zurück ins Restaurant und schloß die Tür.

Antonio ging auf den Packer zu, der noch immer den schweren Renaissancestuhl trug, nahm ihm den Stuhl ab, stemmte ihn hoch, rief: »La sedia!« und setzte ihn dort ab, wo er immer gestanden hatte. Er forderte seine Frau auf, ihn zu besetzen, und nahm seinerseits auf der ebenfalls gefährdeten Truhe Platz.

Mittlerweile hatte Herr Bräutigam die Inventarlisten aus dem Büro geholt, hielt sie Frau Brandes vor die Augen und sagte: »Schauns halt!« Die Rechtslage wurde geklärt. Herr Bräutigam variierte seinen Standardsatz ›Was schöi is, is halt schöi‹ und sagte zur allgemeinen Überraschung: »Was schöi is, muß hierbloibn!«

Nach einer halben Stunde waren die Möbel aus dem Appartement der zweiten Frau Brandes im Möbelwagen verstaut und das Personal an seine Arbeitsplätze zurückgekehrt. Maximiliane hatte sich bei den Gästen für die Störung entschuldigt und eigenhändig ein Gläschen vom unbezahlbaren Schlehdorn eingegossen. Poenichen dry.

Kein guter Abgang. Kein gutes Wort. Ein ›Ach‹ von seiten Maximilianes, mehr war nicht zu sagen. Aber: der Wind hatte sich gelegt. Der Platz war frei für Inga Brandes.

Es war höchste Zeit, daß das Hotel in die Hände einer Fachkraft gelegt wurde. Inga Brandes, die Erbin, hatte eine Hotelfachschule in der Schweiz besucht und mehrere Jahre in vergleichbaren Hotels gearbeitet. Bei einem ihrer kurzen Aufenthalte auf dem Eyckel hatte sie zu Maximiliane gesagt: »Wenn ich dir vier Stunden zugesehen habe, habe ich mehr gelernt als in vier Wochen Hotelfachschule.« Eine Frau, die Botschaften auf die Fensterbank legte! Sie hatte, was so selten ist, eine glückliche Hand. Ein paarmal hatten die beiden Frauen abends gemeinsam gesungen, zum Entzücken der betagten Gäste auch Löns-Lieder, zunächst zweistimmig, den Refrain dann gemeinsam. ›Im Schummern, im Schummern‹. Hieß die Liedersammlung nicht ›Der kleine Rosengarten‹?

Mit dem Einzug von Inga Brandes begann für Maximiliane ein glücklicher Lebensabschnitt. Daß er andauern würde, hatte wohl keine von beiden erwartet. Es hatte sich etwas angebahnt. Es wäre richtiger zu sagen, daß sie selbst, Maximiliane, etwas angebahnt hatte. Liebe kam ins Spiel. Warum sonst hätte sie das Foto nach Dalarna geschickt, wo sie doch nie Fotografien verschickte? Es mußte ihrem Sohn auffallen. Er hatte dann ja auch gefragt: ›Wer ist die Schöne?‹ Zunächst hieß sie ›die Schöne‹, als solche tauchte sie in den Briefen auf, bestellte Grüße, erhielt Grüße, einmal hatte sie sogar mit ihrer runden Schrift, die halb so groß war wie die Maximilianes, einen Gruß an den Rand des Briefbogens geschrieben. Wo lebte die Schöne? Wem gehörte die Schöne? Die Antworten der Mutter waren so knapp wie die Fragen des Sohnes, weckten aber seine Neugier. Mehr als ein erklärendes oder auch ein schmückendes Beiwort schickte sie nicht. Sie setzte ihn auf Diät, oder, mit ihren eigenen Worten gesagt, sie legte hie und da ein Scheit nach, hielt das Feuer am Glimmen, mehr nicht. ›Wir sind ein wenig mit ihr verwandt.‹

Maximilianes Zuneigung zu dieser jungen Frau steckte ihren Sohn an. Er mußte nur noch kommen und sie sehen; ihre Stimme kannte er bereits von den Ferngesprächen. War es Maximilianes Absicht, die zwei Menschen zueinander zu führen, die ihr am nächsten standen? Das Wort Absicht hätte einen stärkeren Willen vorausgesetzt, es war ein Versuch. Noch immer sagte sie: Ich kann es versuchen. Oder: Es kann doch auch gutgehen. Lebenserfahrungen, die sie zu Maximen erhoben hatte.

›Ma belle‹ in Frankreich; ›die Schöne‹ in Deutschland. Nicht zu verwechseln, nicht einmal zu vergleichen, der Name verschwand, nachdem Joachim und Inga sich zum ersten Mal gesehen hatten. Von nun an hießen sie: Inga und Joachim. Ich habe dich bei deinem Namen gerufen!

Inga hatte bereits eine kleine Ehe hinter sich, das lag zurück. Sie hatte den Mann und den Namen gleichzeitig abgelegt, wenige Sätze genügten, um Joachim zu unterrichten, warum sie jenen Mann geheiratet und warum sie sich von ihm wieder getrennt hatte.

»Es sollte für immer sein und hat dann nur zwei Jahre gedauert. Er wollte keine Kinder haben, ich wollte eine Familie. Einen Ernährer brauchte ich nicht, ernähren kann ich mich selbst. Und einen Liebhaber muß man nicht heiraten. Mir war, als trieben wir Unzucht. Verstehst du, was ich meine?«

Es war nicht schwer zu verstehen. Sie wollte Kinder haben, nicht irgendwelche Kinder und auch nicht Kinder ›von‹ einem Mann, sondern Kinder ›mit‹ einem Mann.

Darin unterschied sie sich von Maximiliane, die bereits mit zehn Jahren ihrem Großvater gegenüber erklärt hatte, daß sie viele Kinder haben wollte; der Wunsch war in pommerschem Platt geäußert und von dem Großvater mit ›später‹ beantwortet worden. Nur ein einziges Mal, als es dafür zu spät war, hatte sie gesagt, daß sie gern von einem Mann, den sie liebte, ein Kind gehabt hätte.

Und Inga? Sie sagte nicht am ersten Tag, aber doch sehr bald: »Glück muß sich vermehren!«

Diese jungen Frauen! Sie sagen, was sie wollen. Einer der einfachsten Wege zur Verständigung.

»Ich werde nicht viel Zeit haben«, sagte Joachim.

»Ich werde auch nicht viel Zeit haben«, sagte Inga.

»Ich habe viel anderes im Kopf«, sagte Joachim.

»Ich habe auch viel anderes im Kopf«, sagte Inga.

Bei jeder Wiederholung lachte sie. Eine Frau, mit der man lachen konnte.

»Ich kann dir nicht das übliche Familienleben bieten«, sagte Joachim.

»Für einen Politiker ist ein Hotel das angemessene Zuhause!«

»Ich bin nicht mehr jung!«

»Ich bin auch nicht mehr die Jüngste!«

»Dann wollen wir keine Zeit verlieren!«

»Willst du noch eine Wahlrede halten?«
»Würdest du mich wählen?«
»Ich habe dich bereits gewählt.«

Wenn ein Gast die neue Inhaberin des Hotels fragte, ob sie etwa den Grünen nahestehe, antwortete sie heiter: »Ein Grüner steht mir nahe.« Immer häufiger sagte sie zu Maximiliane: »Setz dich! Schon dich! Ruh dich aus!« Mit liebevoller Besorgnis sagte sie das und nahm die Leitung des Hotels in ihre jungen und geschulten Hände.

Mit Rührung las Inga die Sprüche, die Maximiliane so sorgsam ausgewählt und eigenhändig auf die Speisekarten geschrieben hatte.

›Es liegt in der Natur der Menschen, daß sie nicht über einen Berg stolpern, sondern über einen Ameisenhügel.‹

»Das ist chinesisch!«

»Das ist gut, das ist sogar sehr gut. Aber die Sprüche wollen wir weglassen, die Speisekarte muß besser werden!«

Inga ging von Tisch zu Tisch, goß Kaffee ein und sagte nachher zu Maximiliane: »Das habe ich von dir gelernt, das Eigenhändige.«

Wenn sie ans Telefon gerufen wurde, sagte sie lachend: »Das ist Joachim!«

»Grüß ihn«, sagte Maximiliane.

Jetzt war sie es, die ihren Sohn grüßen ließ. So hatte sie es gewollt, so mußte es hingenommen werden. Sie nickte und sagte zu sich selbst: »Nimm es hin, Maximiliane Quint!«

12

›Das Gedächtnis der Menschheit für erduldete Leiden ist erstaunlich kurz. Ihre Vorstellungsgabe für kommende Leiden ist noch geringer.‹

Bert Brecht

In unregelmäßigen Abständen schickte Quint sehr persönlich gehaltene Berichte nach Stockholm an die Redaktion von ›Dagens Nyheter‹. In seinem ersten Bericht, dem er die Überschrift »Die Bundesrepublik Deutschland – ein Land der Extreme?« gab, hieß es: »Was ist hier anders? habe ich mich gefragt, als ich nach Deutschland zurückgekehrt bin, genauer: in die Bundesrepublik Deutschland. Das Land, aus dem ich stamme, Pommern, liegt heute in Polen, aber an meiner deutschen Staatsangehörigkeit habe ich nie gezweifelt. Lange Jahre habe ich wie ein Schwede in Schweden gelebt, in einem demokratischen Land, das keinem der beiden großen Machtblöcke angehört. Ich sah hier in Deutschland dieselben Schwierigkeiten und Probleme, die ich aus Schweden und auch aus anderen europäischen Ländern kannte, aber hier werden sie als ›Katastrophen‹ bezeichnet. Man spricht von bildungspolitischer Katastrophe, von Einwanderungs-Katastrophe. Es wird gestreikt, es kommt zu Aussperrungen, in einem demokratischen Staat übliche Vorgänge, aber hier wird von ›Terror‹ geredet. Bei Ferienende ergeben sich immer wieder auf den Autobahnen ›katastrophale Zustände‹. ›Chaos!‹ Müßte man in einem Staat, der wirkliche Katastrophen hinter sich hat, der Terror und Mord kennt wie kein anderer, nicht behutsamer mit diesen Worten umgehen?

Deutschland ist reich an Flüssen und Wäldern wie kaum ein anderes Land; die Wälder und Flüsse sind krank. Ich habe auf vielen Reisen die Krankheitssymptome gesehen, aber von ›Tod‹, wie man hier sagt, kann nicht die Rede sein. Was tot ist, ist nicht zu retten. Es wird hier eine Weltuntergangsprophetie betrieben, die zu tiefgreifenden, gefährlichen Depressionen führen muß. Was diesem Land fehlt, das sind nicht Kritiker, die hat es zur Genüge, es fehlt ihm an Liebhabern. Man kann an dem Land seiner Herkunft leiden; ich habe es getan und tue es noch. Heinrich Heine hat den Deutschen das passende Zitat geliefert, es wird bis zum Überdruß benutzt: ›Denk ich an Deutschland in der Nacht, so bin ich um den Schlaf gebracht.‹ Denkt man nun aber an beide Deutschlands – wie steht es da mit dem Schlaf? Dieses ganze Volk, soweit es lesen und schreiben kann, lamentiert. Wer Arbeit hat, klagt, daß er zuviel arbeiten muß; wer keine Arbeit hat, klagt, daß er keine hat. Es handelt sich um eines der wohlhabendsten Länder der Welt, aber wer die ›Tagesschau‹ auf dem Bildschirm sieht, wer die Zeitungen liest, könnte denken, es herrsche Not, Gewalt und Terror.

Der Wohlstand ermöglicht es den meisten, in den Ferien ins Ausland zu reisen, aber man bringt Kochrezepte, keine Lebensrezepte mit nach Hause. Da sagt mir ein Hausbesitzer: Wir ›müssen‹ im nächsten Jahr anbauen. Warum müssen Sie das? frage ich ihn. ›Wegen der Steuer‹, antwortet er. Sie sind lebenstüchtig, diese Deutschen, aber sind sie auch lebensfroh? Es gibt im Deutschen ein Hilfszeitwort, das ›müssen‹ heißt. Der Deutsche ›muß‹ alles. Er muß einkaufen, in Läden, die jeden Bedarf und jeden Wunsch im Übermaß erfüllen. Ich habe gehört, daß jemand zu den Festspielen nach Bayreuth fahren ›mußte‹, ein anderer ›mußte‹ zu einer Abendeinladung gehen. Hat man Angst, sich an etwas zu freuen, etwas zum Vergnügen zu tun?

Bei meinen Reisen habe ich immer darauf geachtet, welche Worte ich besonders häufig hörte. In den Vereinigten Staaten von Amerika war es das Wort ›okay‹, in Ordnung, erledigt, das machen wir schon. In Schweden fiel mir zunächst das Wort ›tack‹ auf, das wiederholte ›tack-tack‹, danke, danke. Es klingt außer dem Dank eine gewisse Ablehnung durch, der Wunsch nach Zurückhaltung, Distanz. In Frankreich ›ça va‹ und ›eh bien‹. Einverständnis. Ähnlich wie das italienische ›fa niente‹, macht nichts, nicht so wichtig, ›va bene‹, es geht schon. Im Polnischen kommt das Wort ›prosze‹ so häufig vor wie in Schweden das Wort ›tack‹. Es heißt ›bitte‹. Und in der Bundesrepublik Deutschland? ›Scheiße‹, ›Scheiß drauf‹. Fragt man: Worauf?, so heißt es: Auf alles! – Auf alles? Auch auf sich selber? Scheiße! sagt der Betreffende. Zu keiner Zeit und in keinem anderen Land habe ich dieses Wort so oft gehört. Gedankenlos ausgesprochen? Vermutlich. Also unbewußt und darum ernst zu nehmen. Man scheißt auf sein Vaterland. Der Begriff Vaterland ist verständlicherweise durch die jüngste nationale Geschichte verkommen.

Aber warum fehlt es an Stolz auf diesen gegenwärtigen Staat? Es ist ein Einwanderungsland, ein Land also, in dem andere Zuflucht suchen, vor wenigen Jahrzehnten noch ein Land, aus dem fliehen mußte, wer einer unerwünschten Rasse oder Religion oder Partei angehörte, falls er überhaupt noch fliehen konnte.

Wenn ich im Ausland jemanden deutsch sprechen höre und ihn frage, woher er stamme, sagt er, aus der ›BRD‹ oder ›DDR‹. Warum sagt er nicht ›aus Thüringen‹ oder ›Brandenburg‹? ›Schwaben‹ oder ›Rheinland‹? Frage ich: ›Sie sind Deutscher?‹ – an einer Hotelbar stellt man solche Fragen –, dann kommt die Zustimmung zögernd, beginnt meist mit ›nun ja‹ und ›wenn Sie so wollen‹. ›Meinetwegen, aber eigentlich –‹ Sie sind nicht gern, was sie sind: Deutsche. Manche sprechen über ›die Deutschen‹, als könnten sie sich, wenn sie nur schlecht genug darüber sprächen, entdeutschen, wie man ein Stück Stoff entfärben kann.

Noch ein anderes Wort hört man hier oft: ›glauben‹. ›Ich glaube sagen zu dürfen‹, beginnt man hier seine Festrede. Erkundigt man sich nach einer Ansicht, einer Vermutung, wird ein Glaubensbekenntnis abgelegt. Die Deutschen glauben, wo sie denken sollten, ob es um die Abfahrtszeit eines Zuges geht – ›ich glaube, um 13 Uhr zehn‹ – oder um den Ausgang einer

Bundestagswahl. ›Ich glaube, die Grünen werden es schaffen.‹ In England benutzt man das Wort ›to think‹, denken. In Frankreich ›penser‹.

Die Friedensbewegung ist hier stärker als in anderen Ländern, aber mir scheint, daß alle Bewegungen in diesem Land heftiger verlaufen. Die Nazis fingen als ›Bewegung‹ an, eine braune Bewegung. Die Studentenbewegung wurde hier zum Terrorismus. Selbst die Einführung einer Geschwindigkeitsbegrenzung wird mit einer Heftigkeit diskutiert, als ginge es um Tod und Leben und nicht um die Einsicht in eine notwendige Maßnahme. Sitzt der Lebensnerv der Deutschen im Gaspedal? Ein Appell an die Vernunft führt hier offensichtlich zu nichts; erst wenn das Gesetz es befiehlt und die Autofahrer Geldstrafen zu fürchten haben, benutzen sie den Gurt zu ihrer eigenen Sicherheit. Und dabei handelt es sich um denselben Volksstamm, der unter Hitlers Diktatur bereit war, Stanniol zu sammeln und sonntags Eintopf zu essen. Sie lassen sich belohnen wie Kinder, sie fürchten Strafen wie Kinder.

Wie mit der Geschwindigkeit, so halten die Deutschen es mit dem Verbrauch, mit dem Konsum, sie leben auch hier wie die Verschwender. In den Büros werden die Heizkörper auf die höchste Stufe eingestellt und die Fenster geöffnet; das eine der Annehmlichkeit, das andere der Gesundheit wegen. ›Gestatten Sie, daß ich mir das Jackett ausziehe?‹ Diesen Satz höre ich täglich mehrmals. Man zieht sich das Jackett aus, weil der Raum überheizt ist. Man wird nicht den Heizkörper auf eine niedrigere Temperatur einstellen und einen Pullover überziehen. Man hält sich hier ›Fünf Weise‹, fünf Professoren, die durch den Nachweis eines erworbenen Lehrstuhls als fachkundig gelten und dazu ausersehen sind, die wirtschaftliche Entwicklung der Zukunft zu prophezeien. Sie sagen, Sparsamkeit sei geboten, der einzige Ausweg aus den Schwierigkeiten sei Sparsamkeit! Gleichzeitig haben sie ihren eigenen Etat um fünfzehn Prozent erhöht. Wie das? Ein Narr fragt mehr, als fünf Weise beantworten können.

Auch außenpolitisch ist Deutschland ein Land der unberechenbaren Widersprüche. Das Ausland, das westliche ebenso wie das östliche, beobachtet mit Sorge die Beziehungen, die die beiden deutschen Staaten unterhalten. Würde man Frankreich teilen, mitten durch Paris eine Mauer ziehen – schon der Gedanke wird nicht zu Ende gedacht: unmöglich! In Berlin ist es seit Jahrzehnten möglich. Wenn sich ein Staatsmann des einen Deutschland mit einem Staatsmann des anderen Deutschland trifft, was selten vorkommt, dann fürchtet man in der westlichen und in der östlichen Welt, daß die beiden Deutschen sich wie Brüder in die Arme fallen und danach trachten könnten, wieder zueinander zu kommen. Die einzigen, die das nicht denken, sind diese deutschen Staatsmänner selber. Sie stehen sich nicht wie zwei Deutsche gegenüber, sondern wie Vertreter der feindlichen Machtblöcke.

Aber es ist nicht nur die Mauer, die Berlin in eine westliche und eine östliche Hälfte teilt. Es ist nicht nur der Todesstreifen, mit dem sich das eine Deutschland vom anderen abgegrenzt hat. Es geht durch jedes Herz eine Mauer und ein Todesstreifen, die unüberwindlich scheinen. Holocaust-Mittel sind nötig, um dieses Volk zu erschüttern. Man spricht hier vom ›anderen Deutschland‹. Die Bezeichnung hat sich vielfach gewandelt. ›Russisch besetzte Zone‹. ›Brüder und Schwestern im Osten‹. Offiziell: ›DDR‹. ›Drüben‹, sagt man noch immer, Hauptsache, wir sind hier, und die anderen sind drüben, das eine und das andere Deutschland. Die Politik der Machtblöcke treibt das eine immer weiter vom anderen weg. Das einzig Gemeinsame scheint zu sein, daß in einem Ernstfall das eine und das andere Deutschland zu einem gemeinsamen Schlachtfeld würden. Nur eine Katastrophe könnte beide vereinen.

Könnten die Deutschlands wieder Ursache und Anlaß für eine Katastrophe werden? Der sicherste Weg dazu ist, die Welt, die man retten will, vorher schon aufzugeben. Krieg und Frieden, wie es im Titel des Tolstoi-Romans noch heißt, gibt es nicht mehr. Es gibt nur noch Phasen, in denen geschossen wird, und solche, in denen nicht geschossen wird. Frieden und Krieg, auch in der Umkehrung, sind veraltete Begriffe. Man kann nur noch von Leben und Nichtleben sprechen.

Wenn nach Beendigung des Zweiten Weltkriegs der Morgenthau-Plan durchgeführt worden und aus Deutschland ein entmilitarisiertes Agrarland geworden wäre, hätten sich die beiden deutschen Staaten nicht zum Zankapfel der Weltmächte entwickeln können, eine Äußerung, die ich an einer Hotelbar gehört habe. Im Vergleich zu der heute möglichen totalen Vernichtung aller Zivilisation möchte einem der Morgenthau-Plan wie eine Idylle erscheinen.«

13

›Wenn der Tod die einzige Lösung ist, befinden wir uns nicht auf dem richtigen Weg. Der richtige Weg führt zum Leben, an die Sonne . . .‹

Albert Camus

Viktoria trug nicht mehr Jeans und Turnschuhe, sondern Sandalen und weite Röcke. Ihr Gang hatte sich verändert, sie ging durch das Dorf wie jemand, der ein Haus besaß und ein Bankkonto. Sie erteilte Aufträge. Das Dach mußte gedeckt werden, nicht mit Kunststoff und auch nicht mit neuen Ziegeln, sondern mit alten Ziegeln von anderen zerfallenen Dächern. Sie lernte, Anordnungen zu geben, und sie lernte, daß man viel Zeit braucht, um ein Haus zu bauen. Keiner wußte, wie alt ihr Haus war. »Sehr alt«, sagte Monsieur Pascal vom ›Café du Déluge‹. Je älter, desto besser, das wußte man inzwischen auch in Notre-Dame-sur-Durance. In anderen Dörfern wußte man es schon lange, dort hatten sich viele Fremde eingenistet und alte, verlassene Häuser ausgebaut, um ein paar Wochen im Jahr darin zu leben.

Hier hatte man ›Madame seule‹, die ein wenig, aber nicht zuviel Geld besaß und die blieb. Sie hatte gelernt, eine Wand zu tünchen, und sie hatte gelernt, Hammer und Meißel zu handhaben, ohne daß die Werkzeuge kaputtgingen; der erste Meißel war noch abgebrochen, der zweite nicht mehr. Sie hatte gelernt zu arbeiten und hatte gelernt, zu ruhen und weiterzuarbeiten und wieder zu ruhen. Ihr Körper hatte seinen Rhythmus gefunden. Sie trank kein Wasser mehr zum Essen, sondern Wein; sie litt nicht mehr unter Magenbeschwerden, jetzt beschwerten sich der Rücken und die Arme, mahnten zu Ruhepausen.

Die Fensterhöhlen dürfen nicht vergrößert werden! Madame seule mißt mit den Augen und mißt mit dem Arm, eine Armlänge, sagt sie, oder: eine halbe Armlänge. Proportionen! Als Monsieur Lalou einen Zollstock aus der Tasche zieht, wirft sie den Zollstock über die Mauer. Mit den Augen muß man Maß nehmen! Die Treppen aus Steinen, die Fensterrahmen aus Holz. Ici! ruft sie. Ici! Ein Balkon im ersten Stockwerk, von dort aus wird sie die Durance sehen, dort wird sie im Sonnenuntergang sitzen, wenn das Haus fertig ist.

Aber es wird niemals fertig werden. Kaum hat es Fenster, verlangt es nach Fensterläden, kaum hat es ein Dach, verlangt es nach Dachrinnen und Regentraufen. Es ist ein habgieriges Haus. Viktoria steigt auf den Hügel, um das Dach ihres Hauses von oben sehen zu können, es flacht sich nach allen vier Seiten hin ab, damit das Regenwasser abfließen kann, jeder Ziegel hat eine andere Tönung, als hätte man einen Teppich über ihr Haus gebreitet.

Sie war der Verführung des Wortes ›mein‹ erlegen. »Meine Asphodelen blühen«, schrieb sie im Frühling, »mein weißer Oleander blüht«, schreibt sie im Sommer. Eines Tages schrieb sie keine Karten, sondern setzte sich hin und schrieb einen Brief, richtete ihn an ihren Bruder in Dalarna, mit dem sie Jahre zuvor endlose Dispute über das Glück geführt hatte.

»Damals habe ich ein Mehr an Lebensqualität, erfolgreiche Kommunikation, gelungenen Konsens für die legitimen Nachfolger von Glück, Harmonie und Liebe gehalten«, schrieb sie. »Das war Vokabular. Jetzt habe ich erkannt, daß ich mich geirrt hatte wie alle anderen. Eingezwängt zwischen Vergangenheitsbewältigung und no future, konnte ich nicht mehr atmen. Ich führe die altmodischen Begriffe auf ihren ursprünglichen Gehalt zurück. Mein Dorf, mein Haus, mein Hund. Daphne hat sich aus einem Lorbeerstrauch zurückverwandelt.«

Der letzte Satz war an den Lyriker gerichtet. Eine Antwort bekam sie nicht, ihr Bruder hatte Dalarna bereits verlassen.

Als der erste Raum fertig war und das Haus eine Tür besaß, die man abschließen konnte, lieh sie sich beim Besitzer des Magazins den Kombiwagen, zahlte eine Kaution, fuhr nach Lourmarin und kaufte Möbel, einen Tisch mit einer Schublade, einen Stuhl und ein Bett, alles aus rohem Kiefernholz. Außerdem brachte sie Farbtöpfe mit und Kunstpostkarten, die sie Monsieur Lalou hinhielt. Hier waren die Möbel, hier waren die Farben, so sollte es werden, wie auf den Bildern.

»Van Gogh!« sagte Lalou. »Van Gogh war verrückt.«

Diese Madame seule mußte ebenfalls verrückt sein. Aber sie hatte Geld, sie hatte einen Hund, der sie bewachte und der die Schritte auf der Gasse und die Absicht der Schritte kannte.

»Nur ein Bett? Nur einen Stuhl? Nur einen Tisch?« Sie war Lalou keine Erklärung schuldig, wohl aber dem Haus, mit dem sie redete.

Du bist ein Einpersonenhaus! Du hast nur mich!

Sobald sie mit dem Haus redete, bellte der Cochon, und sie schickte ihn weg. Der Hund kniff die schöne Rute ein, ließ das schlappe Ohr noch tiefer hängen und zog sich gekränkt zurück. Am Abend rief sie ihn zu sich.

Während Lalou, der ›alles konnte‹, die Möbel blau und gelb und grün strich, arbeitete sie im Garten, aber sie hackte nicht und wässerte nicht, sondern bearbeitete einen Stein, genauer: die Rückseite eines Steines, den sie unterm Gestrüpp auf dem Friedhof entdeckt hatte. Warum nicht ein Grabstein? Der Tote brauchte ihn nicht mehr. Sie hatte mit Monsieur Pascal gesprochen und den Stein von der Gemeinde für wenig Geld erworben. Lalou hatte ihn auf den Karren geladen und in ihren Garten transportiert, wo er im Schatten der Hauswand lehnte. Stunde um Stunde lag sie vor dem Stein auf den Knien, betrachtete und betastete ihn, dann nahm sie den Hammer und das Spitzeisen und machte sich ans Werk, verließ sich auf ihr Augenmaß und das Maß ihrer Hände, benutzte nicht einmal einen Stift zum Vorzeichnen. Die sechzehnstrahlige Sonne von Les Baux! Dazu benötigte sie mehrere Wochen, in denen Lalou die Türen und die Fensterläden strich, Boule spielte und im Café saß. Keine Sonnenuhr, sondern die Sonne selbst für die Schattenwand des Hauses. Sie zählte nicht die Stunden und nicht die Tage, sie ließ die Zeit vergehen.

Kein Arbeitsvertrag mit Lalou, keinerlei Bindungen. Wenn ihm eine bessere Tätigkeit angeboten würde, sollte er sie annehmen. Wenn sie selber einen besseren Arbeiter fand, würde sie den besseren beschäftigen. Die beiderseitige Unsicherheit des Arbeitsverhältnisses bewährte sich. Sozial war es nicht. Es war lange her, daß sie Soziologie studiert hatte. Aber wenn ihr Arbeiter krank war, fuhr sie nach Lourmarin, besuchte ihn, ging zur Apotheke. Und wenn sie, Madame seule, sich nicht wohl fühlte, öffnete sie die Haustür und schickte den Cochon ins ›Café du Déluge‹; eine Viertelstunde später erschien Madame Pascal und kümmerte sich um sie.

In anderen Dörfern hätten die Fremden sich große Fenster in die alten Häuser setzen lassen, der Sonne und der Aussicht wegen, sagte Lalou, aber sie blieb dabei: ein altes Haus durfte keine neuen Fenster haben. Es sollte aussehen wie früher. Immerhin ließ sie das Haus ans Stromnetz anschließen. Elektrizität war leicht zu bekommen, mit dem Wasser war es schwieriger und kostspieliger. Sie ließ die alte Zisterne ausbauen, wozu eine einzige Arbeitskraft nicht ausreichte; aber Lalou hatte einen Neffen, der arbeitslos war. Notre-Dame-sur-Durance besaß keine Kanalisation, nur wenige Häuser hatten Sickergruben. Die Männer stellten sich an die Hauswände. Wer im Umkreis des Dorfes im Gebüsch hockte, tat es nicht immer mit der Absicht, ein Kaninchen zu schießen; Madame seule hatte gelernt, die Absichten zu unterscheiden. Wasser war kostbar, sie ließ sich Prospekte über Trockenklosetts schicken.

Lalou besaß eine Lebensstellung. Gab es am Haus nichts zu tun, dann besserte er die Gasse aus, zunächst nur das Stück vom Haus bis zum ›Déluge‹.

Wenn Viktoria von ihren Ausflügen zurückkehrte, sagte sie zu dem Haus: Ich habe dir etwas mitgebracht, und legte einen Granatapfel in die Tonschale, die auf der breiten Fensterbank stand. Du wirst das schönste Haus in der Provence werden!

Du kannst nicht einmal fegen! Du wirbelst nur Staub auf.

Ich habe nicht gelernt zu fegen.

Dann lern es! Laß dir von den alten Frauen zeigen, wie man einen Besen in die Hand nimmt.

Du hast mir nichts zu befehlen. Sonst gehe ich weg.

Das kannst du nicht mehr.

Ich bin überall weggegangen.

Aber noch nie aus einem Haus, das dir gehört.

Du willst recht behalten!

Wer bleibt, hat recht. – Ich höre niemals ein Lachen.

Aber es weint auch keiner. Mehr kannst du nicht verlangen.

Früher scharrten hier Hühner. Früher nisteten die Fledermäuse im Gebälk.

Früher hast du nicht einmal ein Dach gehabt!

Dann schwiegen beide.

Nach Tagen sagte das Haus: Sprich wieder mit mir!

Ich habe zu tun. Ich fege. Ich putze. Ich streiche an.

Was hast du mit mir vor, wenn ich deinen Ansprüchen genüge? Willst du mich dann verkaufen? An einen Fremden?

Ich kann jederzeit fortgehen. Ich werde die Tür abschließen und den Schlüssel in die Zisterne werfen!

Schrei mich nicht an! sagte das Haus.

Sie stritten sich, sie versöhnten sich, sie benahmen sich wie ein Ehepaar, waren derselben Sonne, demselben Wind ausgesetzt, atmeten im selben Rhythmus.

Woher diese enge Bindung an ein Haus? Woher diese Ausdauer bei jemandem, der bisher wie ein Spürhund jeder fremden Fährte gefolgt war, bei diesem altgewordenen Suchkind? Was kam da zum Vorschein? Die pommersche Genügsamkeit und die sprichwörtliche pommersche Geduld? Oder kam väterliches, schlesisches Erbe zum Vorschein? Eine Neigung zum Mystischen?

Erklären läßt sich alles. Viktoria ist die Tochter eines Einzelkindes, hat alle Eigenarten und Unarten eines Einzelkindes geerbt. Als sie geboren wurde, gab es auf Poenichen bereits zwei Söhne, denen die Mutter eine kleine Schwester versprochen hatte. Statt dessen hatte eines Tages jenes Berliner Findelkind mit Namen Edda vor der Tür gestanden, war dem ungeborenen Kind zuvorgekommen, hatte die Aufmerksamkeit auf sich gezogen und in Berlin-Pankow bereits gelernt, sich zu behaupten. Das mag einer der Gründe sein. Viktoria hat sich immer zurückgesetzt gefühlt. Von klein auf hatte sie in Betten liegen müssen, die von einem anderen Körper bereits erwärmt waren. Fremde Bettwärme verursacht ihr Übelkeit. Während der langen Flucht von Poenichen nach Berlin hatte sie zwar auf dem Handkarren sitzen dürfen und war gezogen worden, aber nachts war sie von der Mutter angeleint worden wie die übrigen Kinder, damit sie im Schlaf nicht abhanden kam. Später dann, auf dem Eyckel, der Fliehburg aller Quindts und Quints aus dem deutschen Osten, hatte das schwächliche kleine Mädchen das Bett mit der robusten Edda teilen müssen, war an die Wand gedrückt worden. Und dann war auch noch Mirka dazugekommen, von klein auf ihrer exotischen Schönheit wegen bewundert. Eingezwängt zwischen eine tüchtige ältere und eine schöne jüngere Schwester! Nie ein eigenes Bett, nie ein eigenes Zimmer, in Marburg nicht, in Kassel nicht, und später dann alle die Kommunen und Wohngemeinschaften, diese Versuche, neue Formen des Zusammenlebens am eigenen ungeeigneten Leib auszuprobieren, das Bedürfnis nach Absonderung unterdrückend. Die totale Kommune in Berlin-Moabit. Jahre im Untergrund. Keine Terroristin, aber eine Sympathisantin. Sie hatte Flugblätter verfaßt, in Kellern abgezogen und auf den Straßen verteilt, war stundenweise inhaftiert gewesen. Eine Demonstrantin im Hauptberuf, von den Mitdemonstranten ihrer Herkunft wegen als Privilegierte verspottet und ausgenutzt. Sie hatte in einem Kinderladen gearbeitet, wo sie Kleinkinder hüten sollte, ohne deren freie Entwicklung zu beeinflussen. Ihre Abneigung gegen Kleinkinder, die sich bis zu Ekel steigerte, hatte in diesem Moabiter Kinderladen ihre Ursache. Notre-Dame-sur-Durance war ein kinderloser Ort. Sie hat sich ein Kloster für eine einzige Nonne gebaut.

Eine Glücksucherin! Ihre Dissertation hatte das Glück zum Thema, Glück, das es nicht gab. Was hätte sie anderes herausfinden können? Welches Ergebnis wäre Anfang der siebziger Jahre denn zu erwarten gewesen? Sie hatte sich in einem bürgerlichen Beruf versucht, damit ›etwas Rechtes‹ aus ihr würde, und hatte gleichzeitig versucht, mit einem einzigen Mann in einer eheähnlichen Beziehung zusammen zu leben, auch er hatte sie ausgenutzt und ausgebeutet. Und immer diese dominierende Mutter, deren Maximen von den ungleichen Kindern mitgelebt werden mußten. Sie, Tora Flüchtling, hätte ein Zuhause nötig gehabt. Andere Mütter, ebenfalls Kriegswitwen und ebenfalls Heimatvertriebene, hatten für geregelte Lebensumstände gesorgt. Aber Maximiliane hatte den Fluchtblick und zog weiter, immer auf der Suche nach einer verlorenen Heimat, die unerreichbar und von anderen längst abgeschrieben war. Eine Frau, die bei allen Anlässen entschieden hatte: ›Das brauchen wir nicht‹, eine Maxime, die sich unterschiedlich auf ihre Kinder ausgewirkt hatte. Edda hatte sich zur Wehr gesetzt und war auf Besitz aus. Mirka hatte die Besitzverweigerung vermutlich erst gar nicht wahrgenommen. Joachim versuchte diese Devise auf die höhere Ebene der Politik zu übertragen. Und Viktoria, die so lange Zeit nicht gewußt hatte, was man brauchte und was sie selbst brauchte, hatte es endlich gefunden: ein Haus, ein eigenes Dach überm Kopf, Erde unter den Füßen, Mauern zum Schutz, meterdick. Sie war einer Zeitströmung gefolgt, das hatte sie immer getan, das wird sie auch weiterhin tun. Alternatives Leben auf provençalische Art. Die große Zeitströmung hatte zum Besitz geführt; eine Gegenströmung führte vom Besitz weg, aus der schützenden und einengenden staatlichen und sozialen Gemeinschaft heraus in die schutzlose Vereinzelung.

»Es ist gut, wenn der Mensch allein ist!« schrieb sie an ihre Schwester Edda, an eine falsche Adresse also. »Ich werde allein fertig«, schrieb sie an ihre Mutter. Alle ihre Sätze fingen mit ›ich‹ an. »Ich komme zurecht.« Auf eine Ansichtskarte schrieb sie: »Ich gehe barfuß wie du.« Ein Stilleben von Cézanne: drei Orangen, die den Anlaß zu dem Vermerk »Ich lebe vegetarisch« gegeben hatten. War es Absicht, oder war es ein Versehen, daß das Wort ›lebe‹ unterstrichen war? Diese Karte war ein Lebenszeichen und wurde von der Mutter so gewertet; mehr an Zuwendung als die Angabe ›barfuß wie du‹ hatte sie nicht zu erwarten. Jeder Psychologe hätte aus dieser Bekundung bereits geschlossen, daß Viktoria noch immer auf ihre Mutter fixiert war und sie unbewußt nachahmte. Erklären läßt sich alles. Maximiliane war nicht auf Erklärungen bedacht, sie hatte nie angenommen, daß das Leben ihr Erklärungen für all die schwer verständlichen Warums schuldig sei. Sie las ›Deine Viktoria‹ mit Dankbarkeit. Diese Tochter hatte nur selten das Wort ›dein‹ gebraucht. Aufbewahrt hat Maximiliane dieses Lebenszeichen nicht, sie hebt nichts auf. Als Joachim sich telefonisch erkundigte, ob man etwas von Viktoria gehört habe, sagte sie: »Sie geht barfuß auf der Provence.«

»Weißt du überhaupt, daß du immer gesagt hast: ›Lauft‹, als wir noch gar nicht laufen konnten?«

»Aber ich habe nicht gesagt, daß ihr barfuß laufen sollt.«

Barfuß auf der Provence – meist trug Viktoria Sandalen. Im Frühling stach sie den wilden Spargel, Ende August schnitt sie mit der Sichel den wilden Lavendel, der kräftiger duftete als der Lavendel aus der Ebene. Lavendel war gut gegen Rheuma, Lavendel beruhigte das Herz, brauchte wenig Erde, wenig Regen, aber er brauchte Sonne. Die warmen Sternennächte verbrachte sie im Garten, legte ein paar Kissen auf eine der Steinbänke. Bei einem Herbstgewitter hatte ein Blitz die Zypresse getroffen und in Brand gesetzt. Sie loderte wie eine Fackel, aber der Regen rettete sie. Und dann der Mistral, dieser Todeswind, der die Brände anfachte. Die niederen Steineichen, die Korkeichen an den Berghängen, die dürren Tamariskensträucher und die ölhaltigen Sträucher des Maquis, alles brannte wie Zunder. Weiße Asche und verkohlte schwarze Baumstümpfe blieben zurück. Aber immer machte das Feuer halt vor Notre-Dame-sur-Durance.

Er war zu jung für sie. Viktoria war vierzig Jahre alt, wie alt er war, wußte keiner. Er war ein französischer Landarbeiter und sie eine deutsche Akademikerin, das ist richtig. Aber: er las Steine von den Feldern, karrte Erde, bewässerte das Land, streute Pestizide für einen Gemüsebauern in der Ebene. Und was tat sie? Nichts anderes als Steine lesen, Erde karren, Wasser schleppen. Sie hatte ihn ein paarmal gesehen, wenn sie Gemüse einkaufte. Eines Tages war er ihr gefolgt, nachtwandlerisch im gleißenden Mittagslicht, nicht viel anders als damals der Cochon. Sie hatte zunächst versucht, ihn abzuschütteln, nicht viel anders als damals den Cochon. Er stammte aus Algerien, Angehörige besaß er nicht, der Bauer beschäftigte ihn aus Mitleid. Man rief ihn Pierre, Pierre le fou. Er war weder taub noch stumm, aber er sagte nichts, machte den Mund nicht auf. Keiner wußte, was er verstand und was nicht. Er lachte nur und pfiff. Pierre le fou. Kein Mädchen hatte sich bisher mit ihm eingelassen, obwohl er gut gewachsen war. Er war unerfahren. Und Viktoria galt als unbegabt, wenn nicht untauglich. Ein Akt der Befreiung also, für beide. Besondere Leistungen wurden nicht erwartet. Pierre kam über die Felder, benutzte nicht die Wege, brachte ihr eine Melone oder eine Weintraube mit, eine blaublütige Winde. Nach einer Stunde rannte er lachend den steinigen Abhang hinunter, pfiff aus der Ferne, trollte sich davon.

War dies nun das Glück? Le bonheur? La bonne heure – eine gute Stunde im Schatten der alten Mandelbäume oben am Berg, nicht mehr, aber auch nicht weniger. Ein Körper ohne Geist. Die Männer, mit denen Viktoria bisher zu tun gehabt hatte, besaßen eher zuviel an Geist. Diskussionen vorher, Diskussionen nachher, alles zerredet, analysiert, bewertet und bepunktet. Pierre le fou erfüllte Wünsche, küßte sie, wann sie wollte, wohin sie wollte. Ici! und Ici! und hier und da, bis beide lachten. Sie hörte ihr eigenes Lachen. Wenn nicht gerade die Zikaden schrien, hörte man das Lachen unten im Dorf. Wer lachte da? Madame seule? Niemand hatte sie bisher auch nur lächeln sehen. In Notre-Dame-sur-Durance wurde nicht gelacht, worüber sollte man lachen?

An einem Mittag machten sich die alten Männer auf den Weg. Madame seule und Pierre le fou! Wenigstens zuschauen wollten sie. Auch sie wollten ihren Spaß haben. Aber sie kamen nicht weit. Die Gasse war steil und dann noch der Berg. Die Sonne stand hoch. Bis zu den Mandelbäumen kamen sie nicht. Sie kehrten in den Platanenschatten zurück. Laissez-faire!

Mit großer Verspätung lernte Viktoria in jenem Sommer ihren Körper kennen und lernte den Geruch eines fremden Körpers kennen, Erde, Anis, Sonne. Der Cochon ließ sich nicht vertreiben, er folgte ihr überall hin, auch unter die Mandelbäume. Er lag in einiger, nicht einmal angemessener Entfernung und griff mit heftigem Gebell ein, um seine Herrin vor dem Ärgsten zu bewahren. Aber Pierre le fou stieß Laute aus, die den Hund beruhigten und veranlaßten, auf seinen Beobachtungsposten zurückzukehren.

Obwohl Viktoria ihren jungen Liebhaber nicht mit in ihr Haus nahm, erwies das Haus sich als eifersüchtig und nachtragend. Mit bloßen Füßen trat Viktoria gegen die Steinstufen.

Du bist nicht alleinstehend, du lehnst dich an das Nachbarhaus an, den ganzen Tag und die ganze Nacht!

Das Haus ließ nicht mit sich reden.

Viktoria kaufte in Saint Joseph, dem Nachbardorf, bei dem dänischen Töpfer einen großen Krug und stellte ihn, mit Disteln gefüllt, neben das Fenster.

Kein Wort des Dankes.

Eine starke Flamme wird vom Sturm angefacht, eine kleine erlischt, das ist bekannt. Le bonheur war den Herbstgewittern nicht gewachsen. Die beiden suchten noch einmal Unterschlupf in einem der steinernen Bories, in dem es nach Schweiß und Dung der Schafe roch. Sie froren, es regnete. Es fehlte an Worten. Viktoria nahm Pierre le fou bei den Schultern und schüttelte ihn.

»Sag etwas!«

Er sagte nichts. Mehr als ein Lachen hatte er nicht zu geben.

Nachdem die Felder abgeerntet waren, hatte sein Patron keine Arbeit mehr für ihn, er schickte ihn fort. ›C'est la vie!‹ sagte Monsieur Dubois zu Viktoria, die wieder eine Madame seule war; Monsieur Pascal sagte dasselbe: ›C'est la vie!‹ Es ließ sich auf eine einfache Formel bringen.

In Yoga-Haltung saß Viktoria auf dem Steinboden ihres Hauses, Meditationsübungen hatte sie gelernt.

Was soll das? fragte das Haus. Setz dich auf einen Stuhl.

Stör mich nicht!

Das Haus war unersättlich. Als es Winter wurde, verlangte es nach Wärme, nach Büchern, nach Bildern, nach Musik.

Viktoria brauchte Einkünfte. Als der Berliner Verlag ihr ein Belegexemplar der Taschenbuchausgabe der Gesammelten Vorträge von Daniel Green schickte, fiel ihr Blick auf die biographischen Angaben; zum ersten Mal las sie seinen

Lebenslauf mit Aufmerksamkeit. In Galizien geboren, jüdischer Abstammung, Schüler und später Mitarbeiter von Sigmund Freud in Wien, Tätigkeit als Psychotherapeut in Berlin, Emigration in die Vereinigten Staaten von Amerika. Viktoria erinnerte sich, daß er seinerzeit ihr Verhalten beobachtet hatte, erinnerte sich an das Unbehagen, das sie dabei empfand. Körpersprachliches Verhalten war damals noch eine neue, nicht anerkannte Wissenschaft. Der Buchhändler Leclerc in Aix, bei dem sie gelegentlich einkaufte, kannte den Namen Daniel Green, ins Französische war bisher keines seiner Bücher übersetzt worden. Er ermunterte sie, dies nachzuholen, stellte die Verbindung zu französischen Verlegern her. Telefonische Besprechungen fanden statt, mit Lyon, mit Paris, einige auch mit dem Verlag Ullstein in Berlin, mit dem bereits Vera Green, damals noch Vera Grün, als Fotoreporterin zusammengearbeitet hatte. Viktoria erwarb ein psychologisches Wörterbuch und den Larousse; sie setzte sich an ihren blauen Van-Gogh-Tisch und nahm sich ›Die Dialekte der Körpersprache‹ vor, das letzterschienene Werk von Daniel Green, in der deutschen und der englischen Fassung. Ihre Sprachkenntnisse reichten aus. Sie vertiefte sich in die Wissenschaft ihres Stiefgroßvaters.

»Sie brauchen ein Telefon!« sagte Monsieur Pascal.

»Ich werde weiterhin Ihr Telefon benutzen und die Gebühren bezahlen«, sagte Madame seule.

Sie sagte fast so oft wie ihre Mutter: ›Das brauche ich nicht‹; ›avoir besoin‹ gleich ›nötig haben‹. Sie brauchte wenig und verbrauchte wenig. Im Gegensatz zu ihrer Mutter, die immer nur wußte, was sie nicht brauchte, wußte sie, was sie brauchte. Sie machte ihr Haus und ihren Garten zu einem Kunstwerk, das allein ihr gehörte. Einen Beruf übte sie nicht aus, aber sie hatte ihr Auskommen, und sie hatte eine Position im Dorf.

Ein Renault-Vertreter, von Monsieur Pascal geschickt, erschien vor ihrer Tür.

»Sie brauchen einen Wagen für Ihre Fahrten nach Lourmarin und Aix und Avignon und ans Meer!«

Sie wolle nicht wegfahren, sie wolle bleiben, sie würde sich einen Wagen leihen, wenn es nötig wäre. Sie wies auf den Bus hin. Monsieur Ruffe, der Vertreter, der die Verhandlungen noch nicht für abgeschlossen hielt, setzte einen Fuß auf die Treppe, die in ihr Haus führte, und legte die Hand auf ihren Arm. So rasch gab ein Renault-Vertreter nicht auf, sonst wäre er ein schlechter Vertreter. Der Cochon verbellte ihn, an die Kehle sprang er keinem mehr. Niemand konnte Madame seule zu etwas überreden, das sie nicht wollte.

Wenn vor dem Café ein großer ausländischer, zumeist deutscher Wagen parkte und der Besitzer bald darauf heftig an ihrer Hausglocke läutete, kam sie nicht zum Vorschein. Wer keine Zeit hatte und annahm, daß er alles kaufen konnte, nur weil dieses Dorf arm war, der gehörte nicht nach Notre-Dame-sur-Durance. Das ›mein‹, das sie zunächst auf ihren Hund und auf ihr Haus beschränkt hatte, weitete sie nun auf das Dorf aus. ›Mein Dorf‹, sagte sie und schrieb sie. Die Versuche, sich den Zeitströmungen und Weltanschauungen anzupassen, lagen hinter ihr, sie hatte eine überschaubare Welt gefunden, in die sie paßte, in der sie etwas bewirken konnte. Bei jeder Rückkehr ins Dorf wurde sie von der Friedhofszypresse begrüßt. Sie lebte auf eigene Gefahr, aber: sie lebte. Sie brachte ein wenig Geld ins Dorf. Einiges hatte sich verändert, anderes nicht. Zwei- oder dreimal im Jahr verwandelte der sintflutartige Regen den Platz vor dem ›Déluge‹ noch immer in einen Dorfteich. Monsieur Pascal hatte, ohne vorher Madame seule gefragt zu haben, Stühle und Tische angeschafft, die er vor sein Café stellte. Sie waren aus Kunststoff, wie anderswo auch. Madame seule machte ihm Vorwürfe, er würde alles verderben, das ganze Dorf. Sie lud die Stühle und Tische auf den Kombiwagen, fuhr sie zurück und kam mit Holzstühlen und dreibeinigen Blechtischen wieder. Lalou würde sie blau anstreichen, blau paßte am besten. Monsieur Pascal machte eine Verbeugung und sagte: »Victoria la Quinte!« und spendierte ihr einen Pernod.

Lalou malte die Verheißung ›à vendre‹ auf Schilder und brachte sie auf dem Steinhaufen an, der von einem Stall übriggeblieben war. In den Nachbardörfern waren längst ausländische Kolonien entstanden, ein Fremder zog den anderen nach, meist Leute, die ihre Ferien in der Provence verbringen wollten, die malen, schreiben, töpfern, anders leben wollten. ›Savoir vivre‹ im Schnellkurs. Madame seule trat, gegen Gebühr, als Vermittlerin auf, dolmetschte, engagierte Handwerker, lenkte den Fremdenstrom vorerst aber an Notre-Dame-sur-Durance vorbei. Sie wies nachdrücklich auf die Mängel dieses gottverlassenen Ortes hin, auf die fehlende Kanalisation, die Gefahr der Überflutung bei Wolkenbrüchen, die Feuersbrünste.

In der Dämmerung stieg sie manchmal auf den Berg, ging über den Friedhof, blickte nach Osten, auf den Höhenzug des Lubéron. Lalou, der jünger war als sie, sollte den Stein mit der sechzehnstrahligen Sonne hierher auf den Friedhof zurückbringen, wenn es soweit war.

Eines Tages wurde sie im Café von einem Deutschen angesprochen, von einem Herrn Leopolter aus Bayreuth. Der Buchhändler Leclerc in Aix hatte ihm ihre Anschrift gegeben. Er suchte ein Haus, er war wählerisch. Dieses Dorf gefiel ihm. Was vorhanden war, sagte ihm zu, vor allem aber das, was fehlte. Er gedachte, seine Kunstgalerie aufzugeben, und er gedachte, Deutschland aufzugeben. Sein Geld würde reichen, viel brauchte er nicht. Er würde ein wenig schreiben, vielleicht auch malen, vielleicht auch keines von beidem. Zum ersten Mal führte sie einen Fremden durch ihr Dorf, hinauf zur Zypresse, hinunter zur Durance. Sie ließ ihn über ihre Gartenmauer blicken, wo er die sechzehnstrahlige Sonne von Les Baux wiedererkannte. Seit Jahren fuhr er in die Provence, jetzt hatte er gefunden, was er suchte: la tristesse.

Nachdem er, mehrere Monate später, in dem Dorf Einzug gehalten hatte, hielt er es für nötig, zu Viktoria zu sagen, daß er nicht hierhergekommen sei, um eine neue Bindung einzugehen.

»Mich kann man nicht binden«, sagte Viktoria selbstsicher, hochmütig. Zwei Einzelwesen, die sich nicht gesucht hatten, die sich aber auch nicht aus dem Wege gingen.

Inzwischen wußten auch andere, wo Viktoria Quint ›gelandet‹ war; von ›landen‹ war die Rede. Studenten, mit denen sie in Göttingen oder in Berlin studiert oder in Kommunen gelebt hatte. Alle besaßen sie inzwischen Titel, Stellungen, Häuser und Zweithäuser; sie kamen mit Ehefrauen oder Freundinnen, manche hatten ihre Kinder dabei. Sie bewunderten Viktorias alternatives Leben, nannten sie nach wie vor ›Tora‹, benutzten für ein paar Stunden das Vokabular, das ihnen einmal gemeinsam gewesen war. Tora wurde fotografiert, das Haus wurde fotografiert, das Türschild aus Keramik: ›Madame seule‹. Von welcher Seite aus ließ sich das Dorf fotografieren? Es gab nichts her, alles grau in grau, einer sagte: silbergrau. Andreas, der Fotoreporter geworden war, hätte gern das Haus und das Dorf durchfotografiert, schwarz-weiß und exklusiv, vor allem den Blick von ihrem Balkon.

»Ich sehe von dort die Durance«, sagte Viktoria, »den Bergrücken des Lubéron kann ich ebenfalls sehen.« – »Ich«, sagte sie, »kein anderer.« Sie zog den Schlüssel ab. »Gehen wir ins Café! Monsieur Pascal wird uns einen Kaffee kochen.« Sie ließ niemanden in ihr Haus.

Was für ein Titel: ›Madame seule in Notre-Dame-sur-Durance‹! Eine Serie sollte man herausbringen: Die Apos von damals, eine Serie über ›mode de vie‹, diese neue Art und Kunst zu leben, die sich aus dem alten ›savoir vivre‹ entwickelt hatte.

»Wie bist du ausgerechnet hierher gekommen?« fragten die Freunde, als sie auf den Van-Gogh-Stühlen unter der Platane saßen. Und Viktoria erzählte jene Geschichte, wie sie von einem Franzosen aus Lyon in einem Auto mitgenommen worden war und der Schalthebel abbrach, nicht weit

von hier, sonst wäre sie vielleicht mit nach Marseille gefahren.
»Es wäre näher am Meer gewesen«, sagten die Freunde. »Von hier aus ist es doch viel zu weit bis zum Meer!«
»Ich war noch nie am Meer«, sagte Viktoria.
»Was tust du im Winter? Und am Abend? Seit wann hältst du es hier aus? Hast du keinen Liebhaber?«
»Die Sonne!« sagte Viktoria.
Zu keinem sagte sie: ›Bleib!‹ Keiner sagte zu ihr: ›Komm mit!‹ Die Zeiten, in denen man gemeinsam alternativ zu leben versuchte, waren vorbei, die Wahl war getroffen. Viktoria hatte sich für die andere, die zweite Möglichkeit entschieden.
»Und was willst du tun, wenn du alt wirst?«
»Alt werden«, sagte sie und erhob sich und kehrte in ihr Haus zurück.

14

›Weiß man denn, wo man wirkt?‹
Maximiliane Quint

In den schweigsamen Jahren von Dalarna mußte in Joachim Quint ein Redestau entstanden sein. Sein schriftstellerischer Drang, der bis dahin nur in Form von Gedichten, in Tropfenform also, zutage gekommen war, sprengte jetzt die Staumauern: er wurde ein begeisterter und begeisternder Redner. Er wechselte vom geschriebenen zum gesprochenen Wort. Schon als Kind hatte er Belastungen nötig, damit ihm Kräfte zuwuchsen. Seine Mutter hatte sich, wenn es erforderlich war, auf diesen kleinen Sohn stützen können, der sich stark machen mußte, weil er es nicht war.
Er gab sich bei seinen Auftritten heiter, locker, ungezwungen; den größeren Teil seines Lebens war er auf leichten Sohlen auf weichem Boden gegangen, auf Sand und Gras. Seine grü-

nen Wurzeln steckten in pommerscher Erde. Man hatte ihn zum Erben von Poenichen erzogen; auf der Flucht hatte ihn eine Frau aus Ostpreußen noch das ›Härrchen‹ genannt, aber das Zeug zu einem ostelbischen Großgrundbesitzer hätte er nicht gehabt, das wußte er, das gab er auch zu. Er hätte Poenichen nicht halten können. Eine Rückeroberung Pommerns war von ihm nicht zu erwarten. Als Eigentümer hatte er sich nirgendwo gefühlt, auch nicht in Larsgårda, als Sachwalter allenfalls. Mußte das Land deutsch sein? Ein Stück Erde, über das man hinweggeht. Vielleicht wird sich ihm die Erinnerung an Poenichen einmal zu einem Vers, zu einer Zeile verdichten.

Es konnte nicht ausbleiben, daß die Partei der Grünen sich für diesen Außenseiter Quint interessierte. War das nicht einer, der, ohne es zu wissen, ihre Ansichten vertrat?

Man suchte in Archiven, der Name Quint mußte doch irgendwo archiviert sein. Es fand sich nichts, Nachfragen bei ›Dagens Nyheter‹ waren ebenfalls nicht ergiebig. Handelte es sich um einen Schweden? Um einen Deutschen? Um einen Politiker oder um einen Umweltschützer? Gedichte werden nicht archiviert, sie haben allenfalls die Aufgabe von Lückenbüßern in Zeitungen zu erfüllen, außerdem hatte er sich als Schriftsteller Mosche Quint genannt.

Er war zunächst ein unbeschriebenes Blatt, aber das wurde bald anders. In den Zeitungsarchiven wurden Berichte über seine Reden gesammelt, Zitate wurden registriert, er tauchte – einmal mit ›d‹, einmal ohne ›d‹, einmal mit, das andere Mal ohne ›von‹ vor dem Namen – in den Überschriften auf.

Man lud ihn zum nächsten Parteitag der Grünen ein, wo er sich lebhaft an den Diskussionen beteiligte. Gleich bei seinen ersten Sätzen war man allerdings irritiert.

»Es ist hier so viel von Umwelt die Rede«, sagte er. »Wo liegt sie? Ich lese von ›politischem Umfeld‹. Wo liegt das? Wo hört ein Feld auf, ein Feld zu sein? Ich sehe kommen, daß man vor das Wort Wald ein ›Um‹ setzen wird, ein Umwald, und vor das Wort See ebenfalls ein ›Um‹. Und eines Tages wird das Meer zum Ummeer. Ich vermisse dagegen das Wort Umsicht, das ist jener Weltausschnitt, den der einzelne sehen kann, wo er Umsicht walten lassen muß, wo er Verantwortung trägt, wo er persönlich mit den Abgasen seines Autos Schaden anrichtet, wo er mit dem Rauch seiner Zigarette – ich spreche als Pfeifenraucher – seinen Mitmenschen Schaden zufügt, wo er mit Putzmitteln die Wohnung reinigt und die Flüsse verunreinigt.«

Man hatte mit einer grundsätzlichen Stellungnahme zu den großen Überlebensfragen der Menschheit gerechnet, Rohstoffraubbau, Bevölkerungsexplosion, atomare Bewaffnung, statt dessen sprach dieser Quint von ›Umwald‹ und Putzmitteln und von den verschwundenen Vorgärten und den ungenutzten Balkonen.

»Wir müssen die kargen, der Luftverschmutzung und dem Straßenlärm ausgesetzten Betonbalkone mit Sonnenblumen, Tomaten und Feuerbohnen zurückerobern! Der Großstadtmensch muß die Freude und die Befriedigung kennenlernen, die ihm aus einer Bohne, die er in Blumenkastenerde gesteckt hat, zuwächst. Zwei Meter hoch! Die Pflanze spendet Schatten und Sichtschutz, blüht und setzt Früchte an, lange Schoten, in jeder einzelnen bis zu zehn Bohnen, weiße Bohnen oder braune Bohnen, die er nur noch aus der serbischen Bohnensuppe kennt, die er in einem jugoslawischen Lokal gelegentlich ißt.«

Und schließlich sprach er, im Zusammenhang mit dem Wasserverbrauch, auch noch von der Klosettspülung, die bei jeder Betätigung bis zu zehn Liter Wasser verbrauche, obwohl in den meisten Fällen, bei den sogenannten ›kleinen Geschäften‹, ein Drittel der Wassermenge ausreiche.

Er verblüffte durch unübliche Formulierungen: ›Die Tatsache, daß es mehrere Parteien gibt, beweist, daß es mehrere Wahrheiten gibt‹; ›jede Generation schafft sich ihre Schwierigkeiten selber‹; ›wer nach dem Staat ruft, muß damit rechnen, daß der Staat zurückruft‹.

Für seine Bemerkung: »Man muß doch auch einmal etwas

falsch machen dürfen« erhielt er Beifall, vornehmlich von den Frauen. Wenn ihn das Geklapper von Stricknadeln allzusehr störte, legte er eine Pause ein. »Kommen Sie mit dem Muster zurecht?«

»Habt ihr denn erwartet, daß ich über SS 20 und Pershing 2 rede? Wir können auch noch über das Übliche reden. Worte wie ›Friedenssicherung‹, ›Wirtschaftswachstum‹, ›Arbeitsplatzbeschaffung‹ rauschen an den Ohren der Zuhörer vorbei. Wenn wir von Wirtschaftssicherung und Friedensbeschaffung redeten, würde es nicht einmal auffallen. Warum sprechen wir nicht von Arbeit, von Arbeitsfreude, die es doch gibt? Sprechen wir doch von Frieden und Frieden halten. Sprechen wir von Besitz und Freude an Besitz und Pflege des Besitzes. Der Mai ist grün! Das Leben ist schön! Der Mensch ist gut! Mit einigen Einschränkungen, was den Menschen angeht, ohne Einschränkungen, was den heutigen Tag angeht.«

In der Schlußdiskussion sagte er dann: »Man sagt den Grünen nach, sie kehrten mit ihrer Forderung nach Nullwachstum zur Steinzeit zurück. Das seien doch alles Hirngespinste! Genau das ist es, genau das will ich! Die Hirngespinste signalisieren die Kehrtwendung. Die Natur wird auf die Dauer den, der sie ausbeutet, abstoßen. Der Triumph der Vernunft muß dem Triumph der Unvernunft weichen. Was ist denn besser: zusammen am Feuer sitzen oder allein in einem zentralbeheizten Raum? Wasser, aus einem Brunnen geholt, ist kostbar; Wasser, das aus einer Dusche strömt, wird verschwendet.«

Die Teilnehmer des Parteitags sprachen unter sich von den Quintschen Stangenbohnen und vom Quintschen WC, auch von seinen ›Allzu-Vereinfachungen‹, hielten ihn für einen Schwärmer, einen Irrationalisten: einen Dichter. Aber man konnte ihn gebrauchen. Er war nicht zu jung und nicht zu alt, war begeisterungsfähig; er hatte Erfahrungen und war bereit, weitere Erfahrungen zu machen; er hatte keinen Posten zu verlieren und schien keinen Posten anzustreben, schien unbestechlich zu sein und wirkte glaubwürdig in dem, was er sagte.

Quints Karriere vollzog sich in raschen und weiten Sprüngen. Das Wort ›überraschend‹ tauchte auf, sobald sein Name auftauchte. Keine Kommunalpolitik, keine Landespolitik. Kein langer Marsch durch die Parteihierarchie. Durch das Nadelöhr einer Wahlkreiskonferenz hatte er nicht schlüpfen müssen.

Er baute keine Luftschlösser vor seinen Zuhörern auf, aber bewohnbare Hütten, in denen man leben konnte. Er prophezeite keine goldenen Zeiten, sprach statt dessen von Verzicht und von der Utopie einer neuen menschlichen Gesellschaft, in der sich ein Gefühl der Zusammengehörigkeit entwickeln könne. ›Toleranz! Selbstverwirklichung! Weniger Arbeit! Mehr Freizeit! Mehr Mitmenschlichkeit! Weniger Neid und weniger Karrieresucht!‹ In seinen Konzepten tauchten viele, auch zu viele Ausrufungszeichen auf. Die Idee einer Neutralisierung der Bundesrepublik gehörte nicht zu seinen Vorstellungen. Außenpolitische Gedanken entwickelte er in der Öffentlichkeit nicht. Innenpolitik begann für ihn beim einzelnen.

»Heinrich Böll hat vor Jahren vom Ende der Bescheidenheit gesprochen. Vermutlich würde er heute diesen Gedanken gern zurücknehmen. Wir müssen eine neue Bescheidenheit aus Vernunft lernen!«

Während einer Veranstaltung in Fulda kam es zu einem Zwischenfall. Er hatte seine Ausführungen über allgemein interessierende Umweltfragen plötzlich unterbrochen, war auf dem Podium, auf dem er wie üblich hin und her ging, stehengeblieben, hatte eine Pause gemacht, in ein paar Frauengesichter geblickt und dann gesagt, daß er am Vorabend im Hotel mit einem Arzt zusammengesessen habe, von dem er erfahren habe, daß Frauen, die die Pille schluckten, eine Scheinschwangerschaft durchmachten. Man sei also ständig von schwangeren Frauen umgeben, ein Gedanke, an den er sich – als Mann – noch gewöhnen müsse.

Es gab einen kleinen Aufruhr, einige Frauen standen auf und verließen den Saal.

Er brachte seine Rede nicht zum vorgesehenen Ende. Der Funke sprang über, die Frauen redeten untereinander, das Gespräch wurde allgemein, wurde auch heftig. Quint nahm die Gelegenheit wahr, unbemerkt zu entschwinden. Er holte sein Gepäck, benutzte die Rhönlinie der Autobahn und bog wenige Stunden später auf den Hotelparkplatz des Eyckels.

Häufig stand am Ausgang des Vortragssaales ein Büchertisch. Die Buchhändler hatten herausbekommen, daß der Politiker Joachim Quint mit Mosche Quint, dem Lyriker, identisch war. Die Restbestände des ersten Bandes mit frühen Gedichten verkauften sich plötzlich gut. Eine neue Generation las die Texte mit anderen Augen. Die Warnung ›Death is so permanent‹, vor Jahrzehnten von amerikanischen Besatzungssoldaten zur Vermeidung von Verkehrsunfällen auf die Mauern geschrieben und von ihm als Gedichtzeile verwendet, hatte eine neue Bedeutung gewonnen. Von der Aktualität zur Allegorie.

Quint gab Autogramme, meist als Joachim Quint, manchmal auch als Mosche Quint, gelegentlich schrieb er eine Quint-Essenz auf das Vorsatzpapier. In den Gedichtband mit dem Titel ›Hilfssätze‹ schrieb er einen weiteren Hilfssatz. ›Wir haben uns an einen halben Frieden gewöhnt, wir müssen einen ganzen Frieden anstreben.‹ Andere hatten das bereits ähnlich gesagt, aber handschriftlich, mit Ortsangabe und Datum und seiner Unterschrift versehen gewann der Satz an Bedeutung.

Kaum ein Politiker wurde in jenem Jahr so oft interviewt wie Quint. Er war fotogen, originell in seinen Äußerungen, machte bereitwillig Angaben über sein privates Leben und zeigte gegenüber Reportern noch keine Ermüdungserscheinungen.

Matinee in der Kieler Universität. Auf dem Parkplatz sprach ihn im Anschluß an die Veranstaltung, als er gerade die Wagentür aufschloß, ein junger Mann an.

»Gibst du mir ein Autogramm? Du siehst nicht aus, als ob ich Onkel zu dir sagen müßte.«

Quint besah sich den jungen Mann. »Bist du einer von den holsteinischen Quinten?«

»Stimmt.«

»Du siehst aus wie ein Tramper.«

»Stimmt.«

Sven-Erik, der Älteste, Kriegsdienstverweigerer, war nach Kiel getrampt, um Joachim Quint reden zu hören. Seine Mutter, deren Wagen er benutzen wollte, hatte gesagt: »Wenn du ein Grüner bist, sieh zu, wie du dich fortbewegst, die Abgase der Autos sind schädlich.«

»Sie hat recht – oder?« fragte Quint.

»Sie hat recht, aber sie hat es nicht aus sachlichen Gründen gesagt, sondern um mich kleinzukriegen.«

»Ich fahr dich nach Hause und sehe mich mal in einem landwirtschaftlichen Betrieb um.«

Als sie mit geöffnetem Fenster vor einer Ampel warteten, sagte Sven-Erik: »Der Erfinder des Verbrennungsmotors hätte doch wissen müssen, daß schädliche Abgase entstehen.«

»Er konnte wohl nicht ahnen, daß eines Tages Millionen Autos fahren würden.«

»Inzwischen haben sie alles zur Erhöhung der Geschwindigkeit und der Bequemlichkeit getan, aber nichts zur Entgiftung der Abgase.«

»Die Vorwürfe müßten sich nicht an die Benutzer, sondern an die Konstrukteure richten.«

Als sie nach einstündiger Fahrt auf den Hof einbogen, sagte Sven-Erik: »Du brauchst nur zu hupen, dann wird sich deine liebe Schwester schon sehen lassen.«

»Eure Beziehung ist wohl nicht die beste?«

»Scheiße! Manchmal steckt sie bei den Puten. Versuch es mal im Stall, letzte Tür rechts, hinter den Schweinen.«

Joachim stieg aus, ging die paar Schritte bis zu der angegebenen Tür, öffnete sie und sah seine Schwester. Sie lehnte untätig an der Wand und beobachtete die Tiere. Er kannte diese Haltung, auch seine Mutter stand gelegentlich so da, abwartend. Edda rührte sich nicht, als sie ihren Bruder in der Tür stehen sah, begrüßte ihn nur mit: »Ach, du bist es!« Joachim stellte sich neben sie, wartete auf eine weitere Reaktion, sah ebenfalls den Puten zu.

»Sie tun nichts anderes als picken, picken, picken. Kopf runter, Kopf rauf, Kopf runter, Kopf rauf, alle dasselbe, immer dasselbe. Ich gehe zu den Puten, um mich zu erholen. Im Haus macht jeder was anderes, jeder, was er will.«

Der Ansatzpunkt für ein Gespräch wäre nicht schlecht gewesen, aber schon redete Edda weiter.

»Was treibt dich denn hierher? Du hast doch nie was von uns wissen wollen.«

»Vielleicht will ich das jetzt? Ich dachte, ich höre mich mal bei den holsteinischen Landwirten um.«

»Dann frag mal lieber die Landwirtinnen. Mit dem Landwirt ist das hier nichts.«

»Reden wird er doch noch können.«

»Das ist aber auch alles.«

»Wenn man was zu sagen hat, ist das viel.«

»Reden! Schreiben! Unser Vater –«

Joachim unterbrach sie: » – der du bist im Himmel! Wollen wir unseren gemeinsamen Vater aus dem Spiel lassen.«

Eine halbe Stunde später setzte sich Joachim wieder in sein Auto. Seinen Schwager Marten hatte er nicht zu Gesicht bekommen. Er sei auf der Jagd. Joachim hatte gefragt, ob denn die Jagd zur Zeit auf sei, und hatte erfahren, daß Marten auf das Wild schoß, das im Gehege gehalten würde, der Poenicher Wildpastete wegen.

»Wo willst du eigentlich hin?« fragte Edda bei der Verabschiedung.

»Nach Bonn.«

»Heute noch?«

»Es wird wohl etwas dauern.«

Und Sven-Erik sagte: »Was hab ich gesagt? Alles Scheiße.«

Es war das letzte Wort, das Joachim von den Holsteinern zu hören bekam.

Am selben Abend setzte sich Joachim in sein Hotelzimmer und schrieb einen Brief an seine Mutter. »Ich war bei den Holsteinern. Edda will zur Hochzeit kommen. Der Älteste, Sven-Erik, ist ein Grüner, folglich ein Kriegsdienstverweigerer. Meine Konflikte beginnen schon bei diesem Punkt. Muß man als Angehöriger einer Partei deren Programm als Ganzes gutheißen? Auch da, wo man nicht überzeugt ist? Verliert man auf diese Weise nicht seine geistige Freiheit? Was für Konflikte! Wenn die Nachrüstung möglicherweise die Auslöschung der Gattung Mensch bedeutet, entscheide ich mit meiner Stimme über Sein und Nichtsein. Eine solche Entscheidung hat noch nie ein Mensch fällen müssen! Für das Leben gibt es keinen Ersatz, keine Alternative. Die Regierung unseres Landes will mit Sicherheit keinen Krieg, und sie ist mit Mehrheit gewählt. Mehrheit bedeutet nicht Wahrheit, das wissen wir seit Hitler. Andererseits: eine Mehrheit kann doch nicht über mein Gewissen entscheiden! Bisweilen muß man den Gehorsam verweigern. Bauern und LKW-Fahrer tun das auch, wenn sie mit Traktoren oder Lastkraftwagen die Straßen blockieren. Ich weiß nicht, welche Entscheidung richtig ist. Nachrüstung ja oder nein. Kann ein Mensch das wissen? Wieviel leichter hatte es da der alte Quindt, der als Parlamentarier über Weizenanbau zu entscheiden hatte. Erinnerst Du Dich? Als der Krieg zu Ende war, habe ich Dich gefragt, ob nun nie wieder geschossen wird. Du hast gesagt: Nie wieder. Und ich habe gefragt: Versprichst du mir das? Du hast es mir versprochen. Begreifst Du, was ich meine? Jetzt müßtest Du mich fragen, und ich müßte zu Dir sagen können: Das verspreche ich Dir, und ich kann es nicht! Als Mosche lebte es sich leichter, aber auch nicht leicht. Danke für Inga!«

15

›Das Glück braucht keinen Mut.‹

Aischylos

Der 17. Juni verlängerte das Wochenende, das Datum bot sich für die Hochzeitsfeier an; die standesamtliche Trauung hatte bereits stattgefunden. Der Ort, an dem die Hochzeit von Inga Brandes und Joachim Quint gefeiert werden sollte, war vorgegeben. Ein Fest, das aber nicht zu einem Familienfest der Quints mit oder ohne ›d‹ auf dem Eyckel ausartete. ›Das hatten wir schon‹, auch von Vera Green haben sich einige Aussprüche vererbt.

Aus Paris war Philippe Villemain angereist, der Grandmaman zuliebe. Und Edda sagte bei der Begrüßung: »Das wollte ich doch mit eigenen Augen sehen, daß du noch heiratest!«

Bevor sie die Mutter begrüßt hatte, erblickte sie das Brillantcollier aus dem Besitz von Sophie Charlotte von Quindt; Maximiliane hatte es zur Feier des Tages angelegt.

»Zu meiner Hochzeit hast du es nicht getragen! Du machst Unterschiede«, sagte Edda.

»Es gibt Unterschiede«, sagte Maximiliane. »Wie geht es Marten?«

»Er trinkt. Hast du gedacht, du hättest ein Wunder vollbracht?«

»Ich habe es versucht. Es ist mir vieles nicht geraten. Unterm Strich. Warum trennt ihr euch nicht? Man kann Ehen schließen, man kann sie auch scheiden.«

»Nicht, bevor er den Hof überschrieben hat!«

Philippe hatte die Unterhaltung verfolgt.

»Was ist das für ein Verb ›überschreiben‹?« fragte er. »Ich kenne: unterschreiben, verschreiben, abschreiben, vorschreiben, mitschreiben, zusammenschreiben, klein schreiben, groß schreiben –«

Er brachte Maximiliane zum Lachen und Edda zum Gehen.

»Wie geht es deiner Mutter?«

»La belle? La belle kümmert sich bereits um den nächsten Sommer. Sie ist uns immer um ein Jahr voraus.«

»Und der arme Papa?«

»Er hält mich für seinen Bruder Maurice, und diesen Bruder wünscht er nicht zu sehen.«

So groß war Philippe noch immer nicht, daß sie ihn nicht hätte in die Arme schließen können.

Das Hochzeitsessen fand im kleinen Kreis statt. Vier Gänge, hatte Inga entschieden, drei wären zu knapp, fünf zu reichlich. Als erstes wurde eine Wildpastete mit Apfelschaum serviert, dann eine Suppe aus frischem Sauerampfer, die Pastete diesmal nach einem Waliser Rezept hergestellt, man konnte geraume Zeit darüber sprechen. Ein Rinderfilet in Blätterteig mit jungem Gemüse.

Als das Geschirr und die Bestecke abgeräumt waren und nur noch kleine Löffel eine Nachspeise ankündigten, von Ingas Berner Großmutter als ›kleine Propheten‹ bezeichnet, erhob Maximiliane sich, stellte sich hinter ihren Stuhl, an dessen Rückenlehne sie sich mit beiden Händen festhielt.

»Ich werde eine Rede halten. Auf Poenichen wurden die Tischreden immer erst nach dem warmen Hauptgericht gehalten, der Küche wegen.«

Edda warf ein, daß man auf eine Hotelküche keine Rücksicht zu nehmen brauche.

»Ich habe mich auch im Restaurant immer an diese Poenicher Regel gehalten«, sagte Maximiliane. »An dieser Tafel fehlen die Väter«, begann sie ihre Rede, »aber ich rede nicht in Stellvertretung eines Vaters, mit Vätern habe ich keine Erfahrung. Mein eigener Vater ist noch vor meiner Taufe den Heldentod, den es damals noch gab, gestorben. Dein Vater, liebe Inga, hat darauf verzichtet, dein Vater zu sein. Und er wollte es auch heute nicht sein. Der Vater meiner Kinder – am besten fange ich mit ihm an. In der Rede, die der alte Quindt bei meinem Hochzeitsessen 1937 auf Poenichen hielt, hat er jenen Viktor Quint – entschuldigt, ich habe mich nie daran gewöhnt, ›mein Mann‹ oder ›mein gefallener Mann‹ zu sagen, er hat mir nicht gehört... und jetzt habe ich gleich zu Beginn schon den Faden verloren.«

»Der alte Quindt –« wurde ihr zugerufen.

»Richtig! Der alte Quindt hat gesagt, Viktor sei ein Narr in Hitler gewesen. Das wollte ich sagen. Und diese Feststellung hat meine Hochzeit beendet, noch vor dem Nachtisch, Himbeereis. Wir haben unsere Hochzeitsreise, die nach Kolberg an die Ostsee führte, heute Kolobrzeg, angetreten, ohne Abschied zu nehmen. Dieser Narr in Hitler hat seinen Irrtum und seine Schuld mit seinem Leben bezahlt, wir anderen, wir Mitschuldigen, haben mit Poenichen bezahlt. Der Preis war hoch. Joachim hat sich lange mit seinem Vater auseinandergesetzt. Wir wollen heute den, der in normalen Zeiten – falls es je normale Zeiten gegeben hat oder gibt oder geben wird – diese Rede gehalten hätte, nicht auch noch totschweigen. Es ist zuviel geschwiegen und verschwiegen worden bei den Quindts. ›Schluck's runter!‹ hieß es immer und: ›Halt du dich da raus.‹ Die Frauen haben sich herausgehalten, auch ich. Wenn man mich fragte, was ich gelernt hätte, habe ich gesagt: durchkommen. Was anderes habe ich nicht gelernt, allenfalls noch, meine Kinder durchzubringen. Damals, in seiner Tischrede, hat der alte Quindt den Wunsch ausgesprochen, daß alles so bleibe. Der Wunsch ist nicht in Erfüllung gegangen. Nichts ist ›so‹ geblieben. Er hatte seine Hoffnung auf Poenichen gesetzt. Ich habe die Hoffnung auf Poenichen begraben, ob ich sie tief genug begraben habe, weiß ich nicht.«

Sie machte eine Pause, dachte einen Augenblick nach.

»Pfarrer Merzin – Joachim und vielleicht auch Edda werden sich noch an Pfarrer Merzin erinnern können –, er hat mir als Trauspruch ›Einer trage des anderen Last‹ mitgegeben, mag sein, daß er damals schon einiges an Lasten vorausgesehen hat. Ich habe mich mit diesem Satz ein Leben lang auseinandergesetzt. ›Einer trage bei zur Freude des anderen‹, das ist mein Trauspruch für euch beide. Ihr habt auf einen kirchlichen Trauspruch verzichtet, darum sage ich jetzt zu euch, was ich zu meinen Kindern an jedem Abend gesagt habe: Gott behütet euch! Der alte Quindt – entschuldigt, wenn heute von ihm so oft die Rede ist und auch von Poenichen –, er war der Ansicht, daß der, der an Gott glaubt, es leichter habe, weil er sich bei jemandem beklagen könne. Aus diesem Satz kann man schließen, daß er selbst diesen Gott nicht hatte. Nach meinen Erfahrungen braucht man jemanden, bei dem man sich bedanken kann. Zum Danken braucht man nötiger eine Stelle als zum Beklagen. Über meinem Leben hat ein Hauch Frömmigkeit gelegen, der nicht aus Pommern stammte, er wehte auf Hermannswerder. Ob ich diesen Hauch habe weitergeben können, weiß ich nicht.

Als wir noch in Marburg am Rotenberg hausten, hat uns Pfarrer Merzin einmal aufgesucht. Er wollte schon wieder gehen, da hat er mich gefragt, ob ich manchmal mit meinen Kindern über IHN, er meinte Gott, spreche. Ich habe ihm geantwortet, daß ich manchmal mit IHM über meine Kinder spräche. Dazu hatte ich oft nicht genügend Zeit, in Zukunft werde ich mehr Zeit und mehr Gelegenheit dafür haben.

Ich will euch noch von einer Prophezeiung erzählen. Sie wurde im Jahr 1936 hier auf dem Eyckel ausgesprochen... nein, nicht ausgesprochen, sie wurde gesungen. Wir sangen einen Choral des Grafen Zinzendorf, mit dem wir ja alle ein wenig verwandt oder verschwägert sein sollen. Statt nun aber zu singen, wie Zinzendorf das wollte: ›Herz und Herz vereint zusammen‹, sang mir ein junger Mann ins Ohr: ›Quindt und Quint vereint zusammen.‹ Daraus ist nichts geworden, wir waren zu jung. Dieser junge Mann hieß Ingo Brandes, seine Mutter war eine geborene Quint. Er ist als Jagdflieger abgestürzt. Um sein Andenken zu bewahren, hat man seiner Nichte den Namen Inga gegeben. Nach einem weiten Generationssprung, man könnte, analog zum Quantensprung, von einem

Quintensprung reden, geht seine Prophezeiung in Erfüllung. Kein Ahnenforscher hat sich mehr gefunden, um die Verwandtschaft zu klären.«

»Sven-Erik interessiert sich sehr für Familienforschung!« warf Edda ein. Maximiliane blickte sie so lange nachdenklich an, bis sie errötete und nicht weitersprach.

»Aufs Blut kommt's an, hieß es auf Poenichen«, fuhr Maximiliane fort. »Bei dieser Hochzeit kommt es nicht aufs Blut an, sondern auf den Namen. Dein Vater, Joachim« – nach einem Blick auf Edda verbesserte sie sich und sagte »euer Vater« –, »hatte sich in Poenichen verliebt und mich in Kauf genommen. Diesmal ist es umgekehrt. Hier war als erstes Liebe im Spiel, und du, Joachim, nimmst das Hotel in Kauf, weil du Inga nicht ohne das Hotel haben kannst. Die Anziehungskraft des Eykkels war in schlechten und guten Jahren groß. Wenn ich mich nicht täusche, so herrschen jetzt gute Jahre ...«

Joachim unterbrach die Rede: »Also, für das Politische bin ich zuständig! Aber wer es noch nicht gemerkt haben sollte: in diesem Hotel hat Inga das Sagen, mir bleibt das Reden.« Alle lachten. Maximiliane richtete ihren Blick auf Inga und veranlaßte die Gäste, es ebenfalls zu tun.

»Seht ihr das? Inga leuchtet!«

»Sie leuchtet nicht nur, sie wärmt auch!« rief Joachim über die Tafel hinweg.

Maximiliane sprach weiter. »Zu meinen drei Töchtern, die ich mir nicht aussuchen konnte –« Ein Blick in Eddas Gesicht belehrte sie, daß diese die allgemein gedachte Anmerkung persönlich nahm, weshalb sie, an Edda gewandt, hinzufügte: »Kinder suchen sich ihre Eltern nicht aus und Eltern nicht die Kinder, das wird bei euch Holsteinern nicht anders sein! Ich war mit meiner Brut ganz zufrieden. Aber in Inga habe ich eine Wahltochter gefunden, die ich jetzt an dich, Joachim, weitergeben muß.«

Joachim wollte etwas sagen, aber Maximiliane ließ sich nicht unterbrechen. »Sag jetzt nichts! Du hast ausreichend Gelegenheit zu reden. Für mich ist dies die erste und einzige Tischrede meines Lebens. Ich mußte mich in dieses Hotel einarbeiten, du heiratest ein. Andere mögen sich abmühen, du, glücklicher Quint, heirate!« Es klang nach Trinkspruch, Joachim wollte bereits das Glas erheben, doch Maximiliane winkte ab.

»Stell das Glas wieder hin, Joachim. Ich bin noch nicht fertig. Der alte Quindt war der Ansicht, daß die Quindts lange genug ›dran‹ waren und daß andere ›drankommen‹ mußten. Seitdem sind zwei Generationen vergangen. In beiden sind die Männer gefallen. Nach dieser gewaltsamen Pause scheint nun wieder ein Quint ›dran‹ zu sein. Als unser Behelfsheim im Gefälle – das ist eine Straße in Marburg«, fügte sie erklärend hinzu, »als dieses Haus in die Luft gegangen war und wir vor den Trümmern standen, wie alt magst du damals gewesen sein, Mosche, ich weiß es nicht mehr, aber Golo lebte noch, er hatte eine Panzerfaust zerlegt und bei dieser Explosion zwei Finger eingebüßt –«

Für einen Augenblick verlor sie die Fassung, dann sprach sie weiter.

»Mosche hat mal gesagt: ›Da können wir ja froh sein, daß wir noch haben, was wir noch haben.‹« Sie blickte Joachim an und blickte Edda an.

»Am Poenicher See, wenn ich mit euch am Poenicher See saß, mußte ich immer die Geschichte vom ›Fischer un syne Fru‹ vorlesen. Und du, Joachim, hast mich damals gefragt, was man sich wünschen muß, wenn man schon ein Schloß hat und nicht aus einem Pißputt kommt.«

An dieser Stelle unterbrach Philippe. »Bitte schön! Was ist das, ein Pißputt?« Gelächter als Antwort, dann die Auskunft: ein pot de chambre!

»Die Poenicher sagten ›Schloß‹ zu dem Herrenhaus«, fuhr Maximiliane fort. »Pommersche Antike, von der drei Säulenstümpfe übriggeblieben sind, weniger als ein Pißputt. In Zukunft wird dein Zuhause der Eyckel sein, Joachim. Kein Schloß für wenige, sondern eine schöne Unterkunft für viele.

Ich glaube, daß wir mit diesem Wechsel alle zufrieden sein können, und vielleicht ist es sogar im Sinne des alten Quindt, der meinte, daß die Unterschiede nicht sein dürften. Wenn auf Poenichen ein Fest gefeiert wurde, wurde immer auch in den Leutehäusern gefeiert, aber die einen feierten für sich und die anderen auch. Es war Ingas Wunsch, und es ist auch mein Wunsch, daß heute alle feiern. Die Hochzeitsgäste und die Hotelgäste und das Personal. Das Wetter ist günstig, wir werden im Hof feiern. Du siehst mich an, Edda, als wolltest du fragen, ob wir uns das leisten können. Wenn wenige feiern, dann geht es üppig zu, wenn viele feiern, bescheiden. Soviel an Ökonomie habe ich im Laufe meines Lebens gelernt.« Maximiliane machte eine Pause und schob sich die Brille ins Haar. »Und jetzt ist der Augenblick gekommen, euch mein Hochzeitsgeschenk zu überreichen. Macht eine Tradition daraus! Man kann Traditionen nicht nur weiterreichen, das war mein Irrtum, man kann auch Traditionen schaffen. Das will ich jetzt tun. Daß dieses Geschenk erhalten geblieben ist, verdanken wir Edda. Sie hat es aufbewahrt. Ich wollte immer Ballast abwerfen, ich wollte die Hände frei haben. Pack du es aus, Edda!«

Sie reichte ein leichtgewichtiges Päckchen, das bisher neben ihrem Gedeck gelegen hatte, über den Tisch. Edda knotete das Band auf, wickelte es sich geschickt um die Finger, entfernte das Seidenpapier, strich es glatt und faltete es, Vorgänge, bei denen die Tischrunde ihr amüsiert zusah und lachte. Zornröte stieg ihr ins Gesicht, aber sie sagte nicht, was sie dachte: Wenn ich das nicht zeitlebens so gemacht hätte, hätte ich es zu so wenig gebracht wie ihr. Sie unterdrückte den Satz, hielt den ausgepackten Gegenstand hoch: eine leere Dose aus Weißblech.

Maximiliane gab die notwendige Erklärung. »Golo hat diese Dose im Herbst 1946 in den Ruinen des Kasseler Hauptbahnhofs im Tausch gegen eine Handvoll Feuerzeugsteine erworben. Und nun lies du vor, Joachim, was auf dem Etikett steht!«

Joachim ließ sich von Edda die Büchse geben, hielt sie hoch, drehte sie zwischen den Händen und las: »Only for army dogs.«

Ausrufe der Überraschung. Maximiliane beugte sich über den Tisch, hob die Taufterrine, die mit lilafarbenen Levkojen gefüllt war, hoch und behielt sie in den Händen.

»Stell die Blechdose dort hin, wo die Terrine gestanden hat, Joachim. Wir sind damals alle davon satt geworden. Vergeßt Poenichen und die Flucht nicht! Das wollte ich damit sagen. So ein Menschenleben ist lang. Und nun laßt uns endlich auf alle die eingeheirateten und ausgeheirateten Quints trinken, auf die lebenden und auf die toten!«

Alle standen von ihren Plätzen auf, erhoben das Glas. Maximiliane reichte Philippe die Taufterrine, bat ihn, sie auf den Kaminsims zu stellen, und setzte sich.

»Strengt dich das Reden auch so an?« fragte sie Joachim.

Bevor noch eine Antwort erfolgen konnte, tat sich die Tür auf, und die Nachspeise wurde hereingetragen, eine Cassata in Form des schiefen Turms von Pisa, ein Geschenk von Antonio und Margherita, nach eigenem Rezept hergestellt.

Galt der Beifall der Rede oder der Cassata, die Antonio mit beiden Händen hochhielt? Margherita trug eine Schüssel mit dampfenden, duftenden Himbeeren hinterher.

Man unterhielt sich, man aß, man lachte. Fotos wurden herumgereicht, Nachrichten wurden ausgetauscht, der Raum füllte sich mit abwesenden Verwandten und Freunden. Martha Riepe! Was ist eigentlich aus Martha Riepe geworden? Sie hat die Strickwaren aufgegeben, sie arbeitet in einer Reinigungsanstalt in Flensburg. Kann sich noch einer von euch an den alten Riepe erinnern?

Joachim legte seine Serviette zusammen, erhob sich, wartete das Ende der Gespräche ab und sagte: »Ich will keine Rede halten, ich hätte es schwer nach der Rede meiner Mutter.« Er griff in seine Jackentasche, nahm einen kleinen Gegenstand heraus und hielt ihn hoch: ein goldenes Nilpferd.

»Das Hochzeitsgeschenk für meine Frau!«

Es ging von Hand zu Hand, wurde bewundert und taxiert.

»Für das Geld hätte man ein ganzes Schlafzimmer bekommen können!«

Der Satz kam ausnahmsweise nicht von Edda, er klang nur so. Ingas Großmutter aus Bern hatte die Feststellung getroffen.

»Ich fühle mich in Ingas Einschläfer vorerst recht wohl«, erklärte Joachim, was sich alle vorstellen konnten.

»Wenn ein zweites Bett gebraucht wird, wird es sich finden lassen, an Betten fehlt es in einem Hotel ja nie.«

»An leeren Betten bestimmt nicht«, sagte Edda, die sich bereits im Hotel umgesehen hatte.

Das goldene Nilpferdchen war inzwischen bei Philippe angelangt, der es sachkundig betrachtete. »Ägyptisch, offensichtlich aus dem Zweiten Reich. Das Original befindet sich in den Berliner Museen.«

Maximiliane unterrichtete die Anwesenden, daß ihr Pariser Enkelsohn Archäologie und Philosophie studieren wolle.

»Er hat Glück gehabt«, sagte sie. »Die Firma Villemain ist in Konkurs gegangen.«

»So was erfährt man in einem Nebensatz beim Essen, warum hat mir das denn keiner mitgeteilt?« fragte Edda.

Und die Berner Großmutter fragte: »Was hat es mit dem Nilpferd auf sich?« und brachte damit das Gespräch wieder auf den Ausgangspunkt zurück.

Auch darüber wußte Philippe Bescheid. »Das Nilpferd ist der Schutzpatron der Schwangeren!«

Eddas Blicke setzten sich in Bewegung.

»Das habe ich mir doch gedacht!«

»Wir haben viel nachzuholen«, sagte Inga, während sie das kleine Nilpferd fest in ihre Hand schloß.

Der alte Brod, von Antonio Pino unterstützt, hatte schon am Nachmittag im Hof eine Bratwurstbude aufgebaut. Die Hochzeitsgesellschaft, das Personal und die Hotelgäste nahmen an langen Tischen Platz. Joachim stach das Faß mit dem Brandes-

Bier an, wobei er mehrfach von den Zeitungsreportern, die inzwischen eingetroffen waren, fotografiert wurde; das Anstechen von Bierfässern gehörte zu der Öffentlichkeitsarbeit eines Politikers. Maximiliane, in Schürze und Kopftuch, legte Nürnberger Bratwürstchen auf den Rost, Antonio hielt das Feuer in Gang. Inga und ihre Freundin Vera gingen mit Weinkrügen von Tisch zu Tisch. Joachim schenkte Bier aus. Der letzte Flieder blühte noch. Die Rosenbögen waren verwildert, standen aber in Blüte. Als es dämmrig wurde, zündete Philippe die Fackeln an.

Einer der Gäste sagte zu Maximiliane: »Es ist erstaunlich, daß heutzutage noch jemand den Mut aufbringt zu heiraten.«

»Es kann doch auch gutgehen«, sagte Maximiliane, was sie so oft schon gesagt hatte.

Später am Abend stellten Maximiliane und Inga sich auf die Treppe zum Hoteleingang, von wo aus sie schon einmal miteinander gesungen hatten, einige der Hotelgäste erinnerten sich daran. Man hatte den Stutzflügel aus dem großen Saal in die Nähe des Eingangs gerückt, so daß der Klang des Instruments ins Freie dringen konnte. Ein Herr Schröder aus Berlin, schon zum dritten Mal Gast auf dem Eyckel, übernahm die Begleitung. Antonio, der schon reichlich getrunken hatte, rief: »Una canzone!« und klatschte bereits Beifall, bevor der Gesang begonnen hatte. Joachim stand in einiger Entfernung. So hatte er Inga zum ersten Mal gesehen, auf einem Foto, Schulter an Schulter mit seiner Mutter; an diesem Abend trug sie das Haar offen. Einer der Gäste sagte halblaut, sie sähe aus wie die junge Joan Baez, was stimmen mochte: die Hautfarbe bräunlich, die Haare dunkel, die Augen dunkel, der Berner Großmutter ähnlich, deren Vater aus Genua stammte. Zu Ingas Vorzügen gehörte, daß sie in nichts an Stina erinnerte, die ihn erst in die schwedischen Wälder gelockt und dann verlassen hatte, der die Liebhaber von Lyrik allerdings ein paar schöne Verszeilen verdanken; man darf das nicht zu gering veranschlagen.

Dann sangen die beiden Frauen.

»Ich liebe dich / so wie du mich / am Abend und am Morgen –.«

Beide Frauen meinten ihn, blickten ihn an und blickten einander an, und die Gäste hörten und fühlten etwas von dem, was Beethoven gemeint hatte: ›Gott schütze dich, erhalt dich mir, schütz und erhalt uns beide!‹

Das Lied mochte in Konzertsälen schon kunstvoller gesungen worden sein als an diesem Sommerabend, inniger gewiß nicht.

Es wurde spät, Antonio hatte die Espressomaschine aufgestellt, seine Tochter und Mercedes eilten von Tisch zu Tisch, der alte Brod entzündete neue Fackeln, der Kellner Otto füllte die Gläser nach. Die Hotelgäste, die Hochzeitsgäste, das Personal saßen wieder für sich an getrennten Tischen und waren in die gewohnten Rollen zurückgekehrt, die einen bedienten, die anderen ließen sich bedienen.

Kurz vor Mitternacht vermißte man dann plötzlich Maximiliane.

»Wo ist Mutter?« – »Wo ist Grandmaman?«

Man rief ihren Namen, suchte sie, in der Halle, im Garten, im Hof, schaltete die Scheinwerfer ein, Mercedes eilte, soweit es ihre Fülle zuließ, die Treppen hinauf, um an ihre Zimmertür zu klopfen. Lichter gingen an, gingen aus. Leises Rufen, lauteres Rufen.

Schließlich fand Inga sie im Holzschuppen auf dem Hauklotz sitzen.

»Hier bist du!«

»Hier bin ich. Takav je život.«

Um Mitternacht stand Inga wieder auf der Treppe, diesmal allein, im Scheinwerferlicht, die Haare hochgesteckt, in Jeans, die Gitarre unterm Arm. Sie wartete ab, bis die Gäste verstummt waren.

»Es ist nicht mehr der 16. Juni«, sagte sie. »Es wird nicht mehr Hochzeit gefeiert. Der 17. Juni ist angebrochen. Ich werde ein Lied von Wolf Biermann singen.«

Einige der Gäste gingen, bevor sie angefangen hatte zu singen, Entschuldigungen murmelnd, es sei plötzlich kühl geworden. Unbehagen mischte sich mit Zustimmung.

»›Und was wird aus unseren Träumen / in diesem zerrissenen Land / die Wunden wollen nicht zugehen / unter dem Dreckverband –‹«

Zwei Stunden später dann ein Choral.

»›Nun sich der Tag geendet –‹«

Maximiliane und Inga sangen nicht alle Strophen, nur die erste und die letzte, sie wußten, was man Gästen zumuten konnte und was nicht; Mercedes, Antonio, Margherita und ihre Tochter verstanden den Text nicht, aber den Geist, der für wenige Minuten durch den Hof wehte.

»›Ein Tag, der sagt's dem andern / Mein Leben sei ein Wandern / Zur großen Ewigkeit.‹«

Gäste und Personal zogen sich zurück, einige getröstet, andere befremdet, an Abendlieder und Nachtgebete unterm Himmel nicht gewöhnt.

Am folgenden Tag reisten die Hochzeitsgäste ab. Philippe wußte nun, wo der Schlüssel zu Larsgårda lag, er würde die Ferien mit seinem Vetter Sven-Erik dort verbringen. Auch diesmal waren Fäden geknüpft worden, andere hatten sich gelockert.

Edda, die schon oft im richtigen Augenblick das falsche Wort gefunden hatte, sagte beim Abschied: »Jetzt bist du die alte Frau Quint, Mutter!«

Noch am selben Tag schrieb Maximiliane in einem Brief an Viktoria, poste restante: »Du kannst Dir nicht vorstellen, wer alles nicht da war.«

In drei Regionalzeitungen wurde über die Hochzeit berichtet, jeweils in anderen Sparten; im Kulturteil, weil es sich um einen Lyriker und Essayisten, im politischen Teil, weil es sich um einen Politiker, der neuerdings von sich reden machte, handelte, und ein ausführlicher bebilderter Bericht unter ›Lokales‹, des ›beliebten Ausflugsziels im Pegnitztal‹ wegen.

16

›Es ist eine Regel der Klugen, die Dinge zu verlassen, ehe sie uns verlassen.‹

Balthasar Gracián

Immer häufiger zog sich Maximiliane in den Holzschuppen zurück, setzte sich auf den Hauklotz und sah dem alten Franc Brod zu, wie er seine Jagdflinte auseinandernahm und reinigte.

»Takav je život!« sagte er. »Das Leben!« sagte sie.

Dieser Franc Brod aus Zadar in Jugoslawien gab den Anlaß zu einem grundsätzlichen Gespräch, das Inga mit Maximiliane zu führen sich genötigt sah.

»Der Eyckel soll nach dem Krieg ein Altersheim gewesen sein, das darf er nicht wieder werden«, sagte sie.

»Ich kann doch niemanden aus Altersgründen wegschicken, der jünger ist als ich«, meinte Maximiliane.

»Dieser Hinderungsgrund fällt bei mir weg.«

»Und was soll aus der Familie Pino werden?«

»Sie werden die Schenke pachten. Konkurrenz innerhalb eines Betriebes belebt. Wenn zwei Köche da sind, werden sie um die Wette kochen. Und die drei Pinos werden laufen, wenn sie wissen, für wen sie es tun.«

»Bisher sind sie für mich gelaufen.«

»Für die eigene Familie werden sie schneller laufen. Für das Restaurant werde ich eine neue Mannschaft einstellen. Keine große Speisekarte mehr. Alles wird frisch gekocht, drei Menüs zur Auswahl, eines vegetarisch. Die Gäste geben ihre Bestellung in der Halle auf, trinken ihren Aperitif, hören ein wenig Musik, und sobald serviert werden kann, sagt der Ober Bescheid. Übrigens, dieser Herr Röthel ...« Inga legte Maximiliane den Arm um die Schulter. »War er nicht immer etwas langsam?«

»Aber er war ...«

»... unaufmerksam und unliebenswürdig.«

»Man gewöhnte sich an seine Art.«

»So lange bleiben die Gäste in der Regel nicht, daß sie sich an die Eigenheiten eines alten Oberkellners gewöhnen könnten. Auch über deine Mercedes ›mit dem starken Motor‹ müssen wir reden!«

»Ab zehn Uhr ist sie unermüdlich mit dem Staubsauger unterwegs.«

»Der Staubsauger läuft, aber sie nicht. Sie schaltet den Staubsauger ein und legt die Beine hoch. Die Zimmer sind staubig.«

»Das habe ich nie gesehen.«

»Weil du die Brille ins Haar schiebst und nicht vor den Augen trägst.«

»Das Bücken fällt ihr schwer, sie ist ein wenig dick geworden, es geht ihr wie mir.«

»Du bist aber kein Stubenmädchen. Weißt du, wie oft sie die Fenster putzt?«

»Ich werde ihr wohl einmal gesagt haben, die Gäste sollten die Fenster aufmachen, wenn sie hinausschauen wollen.«

»Warum fragst du nicht nach deinem alten Faktotum? Er kommt mit der Gartenschürze in die Halle und spricht noch immer kein Wort Deutsch.«

»Die Kinder der Gäste haben ihn gern. Er kümmert sich um die Hunde . . .«

». . . und um die Ratten! Wir haben kein Altersheim für ehemalige Angestellte, sondern ein Hotel.«

»In Poenichen durften alle alt werden, die Quindts und auch die Priebes und Riepes und Klukas'. In seinem Alter bekommt er keinen Arbeitsplatz mehr.«

»Wir haben ein gut ausgebautes Sozialwesen, er bekommt seine Rente wie die anderen.«

»Du kannst ihn doch nicht nach Zadar zurückschicken. Da hat er doch niemanden.«

»Und wen hat er hier?«

»Wir sitzen manchmal im Schuppen zusammen. Bevor du die anderen entläßt, mußt du mich entlassen!«

»Du bleibst!«

Und als Maximiliane auf diese kategorisch vorgebrachte Aufforderung nichts entgegnete, setzte Inga, jetzt mit heiterer Stimme, hinzu: »Versprichst du mir das?«

»Habe ich hier ewiges Ruherecht?«

Das Gespräch fällt beiden Frauen schwer. Eine Pause folgt der anderen, Inga wischt mit der Hand Staub von einer Konsole. Sie ist es, die das Gespräch immer wieder in Gang bringt.

»In einem Hotelbetrieb müssen sich vor allen Dingen die Gäste wohl fühlen, und du hast immer gewollt, daß sich das Personal wohl fühlt.«

»Beide sollen sich wohl fühlen! Zumindest habe ich das gewollt. Die Gäste bleiben nur kurze Zeit, aber Menschen wie Mercedes und der alte Franc Brod, die müssen doch bleiben, die können doch nicht abreisen, wenn es ihnen nicht mehr paßt.«

Das Gespräch wurde durch das Klingeln des Telefons beendet.

»Grüß ihn!« rief die alte Frau Quint der jungen Frau Quint nach.

Aber es war dann nur die Molkerei, die anrief.

Die Maxime ›Das brauche ich nicht‹, nach der sie so lange gelebt hatte, kehrte sich nun gegen Maximiliane. Sie wurde nicht mehr gebraucht. Bevor ein anderer diese Feststellung hätte treffen können, traf sie sie selbst. Gab es einen Grund zu bleiben? Wollte sie ›die alte Frau Quint‹ werden?

Sie stand am Fenster und blickte ins Tal der Pegnitz. Der kleine Fluß und die Bächlein zu beiden Seiten schlängelten sich weiterhin lieblich durchs Tal und durch die Nebentäler. Berge und Kuppen. Alles, was von den Gästen bewundert wurde, verstellte ihr den Blick, wurde ihr zunehmend beschwerlich, machte sie ungeduldig. Immer häufiger griff sie sich an die

Kehle, fühlte sich beengt, knöpfte die Blusenknöpfe auf, man kennt das schon von früher. Eines Tages hatte sie dann körperliche Beschwerden, die sich als Atemnot und Druck auf der Brust äußerten.

»Albdruck!« sagte Herr Bräutigam, der diese Symptome von seiner Mutter kannte.

»Das fränkische Albdrücken«, sagte Maximiliane lakonisch, suchte dann aber doch Dr. Beisser auf. Er erkundigte sich, ob sie das Gefühl habe, als stecke ihr ein Kloß im Hals?

»Genau dieses Gefühl habe ich. Eine Kugel«, sagte sie und griff sich an die Kehle.

Dr. Beisser tastete den Hals ab, prüfte eingehend die Augen. Was ein Leben lang als ›Kulleraugen‹ bezeichnet und gerühmt worden war, wurde von ihm nun als Basedow gedeutet. Er sprach von einem sogenannten ›Globus-Syndrom‹, auch ›Globus hystericus‹ genannt, es könne organisch bedingt sein, in der Regel sei es aber, wie das Wort anzeige, hysterisch – gerade bei Frauen.

»Wir sollten es mit Psychopharmaka versuchen, Frau Quint.«

Mit dem Rezept, das Dr. Beisser ihr ausstellte, fuhr sie noch am selben Tag zur Apotheke nach Bayreuth. Die Apothekerin, eine promovierte ältere Dame, ebenfalls aus Pommern stammend, allerdings aus Vorpommern, warnte wohlmeinend vor dem Gebrauch und dem Mißbrauch von Psychopharmaka und riet zu autogenem Training.

»Hier ist alles zu eng für Leute wie uns, die aus dem Osten stammen. Die Täler sind eng, die Berge steil, das strengt das Herz an, auch psychisch.«

Herr Bräutigam riet zu Johanniskrautöl, äußerlich angewandt, das habe seiner Mutter auch immer geholfen, und Inga brachte ihr abends noch eine Tasse Kamillentee ans Bett.

»Schon dich! Ich mache das schon!« Von fern her klang Eddas ›Laß mich machen!‹ an.

Inga übernahm in liebevoller Fürsorge ihre Aufgaben, eine

nach der anderen, und versicherte ihr, daß sie der gute Geist des Hauses sei, die Seele vom Ganzen, woraufhin Maximiliane erwiderte, daß der Geist und die Seele nicht mehr in einer brauchbaren Hülle steckten.

»Vielleicht solltest du dir die Haare färben lassen, dann fühlst du dich wieder jünger!« Wie sollte Inga denn bei so viel Arbeit noch Botschaften auf die Fensterbank legen? Sie hatte viel mit der Umorganisation des Hotels zu tun, außerdem machte ihr die Schwangerschaft zu schaffen.

Wenn Maximiliane durch die Halle ging, kam sie sich, was unvermeidlich war, im großen Wandspiegel entgegen, sie sah, was sie ein Leben lang gesehen hatte: ihr Körper war zu schwer für die Beine und für das Herz. An einem Nachmittag ging sie über den Dorffriedhof, auf dem, in Einzelgräbern, die Quints aus Schlesien und die Quindts aus Ostpreußen und die weißen Tanten aus Mecklenburg lagen, das Herkunftsland war jeweils angegeben; nur bei der alten Baronesse Maximiliane von Quindt waren Geburtsort und Sterbeort derselbe.

Nach wie vor stand sie am späten Nachmittag an der Rezeption und empfing die Gäste, von denen sie erkannt wurde, die sie aber nur selten wiedererkannte; alle sahen sich ähnlich, alle trugen Freizeitkleidung, die gleichen Gepäckstücke. Auch was sie sagten, war immer das gleiche. Außerdem waren die meisten Gäste weißhaarig, was die Unterscheidung noch erschwerte. Es ergaben sich gelegentlich peinliche Situationen. Maximiliane erkundigte sich bei neu eingetroffenen Gästen, einem Ehepaar aus Oldenburg, ob sie sich im letzten Herbst, oder war es im Frühling?, im ›Tristan-und-Isolde-Zimmer‹ wohl gefühlt hätten? Der männliche Gast blickte sie eindringlich an und erklärte: »Wir sind zum ersten Mal in Ihrem Hotel!« und betonte das ›wir‹. Maximiliane hatte verstanden und entschuldigte sich für ihre Verwechslung. Im März vergaß sie den Ausflug zu der Märzbecher-Wiese, wurde erst aufmerksam, als ein Gast – wie hieß er doch? Sie konnte sich seinen Namen nicht merken – mit einem Strauß zurückkehrte; sie machte den alten

Herrn darauf aufmerksam, daß Märzenbecher unter Naturschutz stünden. Der Seidelbast! Die Küchenschelle! Die Herbstzeitlose! Hier stand alles unter Naturschutz. Die Brille ins Haar geschoben, die Hände auf dem Rücken gefaltet, lehnte sie an der Wand, eine Haltung, in der ihr das Atmen leichter fiel. Der Gast betrachtete sie und sagte: »Demnächst wird man auch Frauen wie Sie unter Naturschutz stellen.«

Sie war und blieb ein Naturkind. Sie brauchte wieder Sand unter den Füßen und den weiten Blick übers Land, den sie gehabt hatte, als sie jung war. Keine starren Felsungetüme, die aus der Erde ragten, sondern runde Findlinge, die unterwegs waren seit Eiszeitaltern.

Sie unterrichtete Inga davon, daß sie eine Reise machen wolle; ob sie allein zurechtkommen würde?

»Natürlich«, sagte Inga zu ihrer Beruhigung, aber doch auch Enttäuschung. »Wen willst du besuchen?« Maximiliane verbesserte das Wort ›besuchen‹ in ›suchen‹, aber Inga war in Eile und sagte nur noch rasch, aber liebevoll: »Du wirst mir fehlen!«

»Das hoffe ich.«

Die Reise, zu der sie schon bald aufbrach, hatte eine Vorgeschichte; sie wurde keineswegs so planlos angetreten, wie es den Anschein hatte.

Ein paar Jahre zuvor hatte Joachim, damals noch Mosche genannt, einmal am Telefon gesagt: »Wenn du vom alten Quindt sprichst, denke ich jedesmal, du redest vom alten Stechlin.«

Sie kannte damals diesen Roman Fontanes noch nicht, aber bei der nächsten Fahrt nach Nürnberg besorgte sie ihn sich. Es dauerte dann noch einige Zeit, bis sie zur Lektüre kam, und sie las immer nur wenige Seiten, da sie ihr Zimmer erst tief in der Nacht erreichte. Aber: Adelheid, die Schwester des alten Stechlin, hatte es ihr angetan, mehr als die jungen Offiziere; sie fühlte sich an ihre Großtante und Namensgeberin Maximiliane erinnert, beide unverheiratet, beide von ihren Brüdern geachtet und gefürchtet; jene Adelheid, Domina in einem Kloster mit Namen Wutz, einem evangelischen Kloster, einem Damenstift. Dieser Domina war die Vorstellung einer Stechlin-losen Welt ein Schrecknis. Maximiliane hatte ihrerseits versucht, sich eine Quindt-lose Welt vorzustellen, ein Gedanke, der ihr bis dahin nicht gekommen war, der sie aber auch nicht schreckte. ›Aufs Blut kommt's an‹, der Satz des alten Quindt war ihr beim Lesen eingefallen. Das Quindtsche Blut hatte sich gemischt und verdünnt. Mirkas Kinder hatten französisches, pommersches und kirgisisches Blut, Eddas Kinder hatten keinen Tropfen Quindtschen Blutes, Viktoria hielt nichts von Vermehrung, und Joachim, der damals gerade den Plan geäußert hatte, in die Politik zu gehen, was war von dem noch zu erwarten? Sie hatte zu dem Buch gegriffen und zu einem Klarapfel, folglich war es August gewesen. Irgendwann war sie dann auf den entscheidenden Satz gestoßen: ›Zu jedem Rittersporn gehört eine Stiftsdame.‹ Der Satz hatte sich ihr eingeprägt; sobald sie blühenden Rittersporn sah, fiel er ihr ein, also nicht häufig. Das Ende des langen Romans hatte sie nicht erreicht, aber er hatte seine, damals noch nicht erkennbare, Aufgabe erfüllt. Ein erster, noch unverstandener Wink des Schicksals.

Wenig später folgte der nächste. In einem der Gästezimmer war ein Blatt der ›Frankfurter Allgemeinen Zeitung‹ liegengeblieben. Mercedes, die Anweisung hatte, alles im Büro abzuliefern, was sie in den Gästezimmern fand, legte das Blatt auf den Schreibtisch der Baronin. Das Schicksal geht willkürlich mit seinen Hilfspersonen und Hilfsmitteln um. Maximilianes Blick fiel erst nach Tagen auf einen ganzseitigen Bericht, in dem einige Sätze angestrichen, andere sogar zweifach unterstrichen waren, es mußte sich demnach um etwas Wichtiges handeln. Am Abend las sie mit wachsendem Interesse den ausführlichen Aufsatz über die Heideklöster, von denen sie bisher nichts gewußt hatte. Ihre Phantasie bepflanzte die Gärten der Stiftsdamen mit Rittersporn. ›Der Kreis der Konventualinnen ist klein‹, las sie. ›Statt unverheirateter Damen jetzt alleinstehende Frauen, die nach Herkunft und Bildung zueinander passen sollen ... Vorbedingung ist der evangelische Glaube.‹ Unterstrichen waren die Sätze: ›Die Wohnungen sind nicht klösterlich karg, aber einfach, stilvoll, oft mit schönen Biedermeiermöbeln ausgestattet.‹ Das Wort ›Biedermeiermöbel‹ war zweifach unterstrichen. ›Gemeinsame Arbeit nach körperlichem und geistigem Vermögen ... Vergnügt und dankbar als Devise.‹

Es ließ sich nicht mehr feststellen, wer das Zeitungsblatt vergessen hatte. Maximiliane legte es in Fontanes ›Stechlin‹. Jener Aufsatz war von einer Kunsthistorikerin geschrieben, aber offensichtlich mit den Augen eines Kunsthändlers gelesen worden, der vielleicht in dem hohen Lebensalter der alleinstehenden Frauen mit den Biedermeiermöbeln eine Chance für sich witterte. Maximiliane entsann sich auch, daß schon zwei- oder dreimal Antiquitätenhändler im Hotel übernachtet hatten, von der Ausstattung der ehemaligen Burg aber vermutlich enttäuscht waren.

Ein dritter Wink war noch nötig gewesen. Er war von den Holsteinern gekommen. Also von Edda. Bei jenem Gang über die Felder, bei dem Maximiliane Edda ›ins Gebet genommen‹ hatte, war das Mutter-Tochter-Gespräch noch weiter gegangen. Nach dem Disput über die Fünf-Prozent-Klausel, aber noch vor dem versöhnenden Kuckucksruf hatte Edda gesagt: »Das läßt sich doch absehen, Mutter! Wenn du nicht mehr im Hotel arbeiten kannst, wo willste denn hin? Es kommt doch sonst keiner in Frage, nich? Viktoria nich, Mirka nich. Dein Mosche etwa? Hier is immer ein Platz für dich. Du hast mich an Kindes Statt aufgenommen, und ich werde dich an Mutters Statt aufnehmen. Auch wenn wir nie darüber gesprochen haben, kenne ich meine Pflichten. Da is Sinn in. Aber das sage ich dir jetzt schon ...«

»Sag es nicht, Edda.« Maximiliane hatte ihre Tochter unterbrochen, und dann erst hatte der Kuckuck gerufen. Was Edda hatte sagen wollen, wissen wir also nicht. Die Vorstellung, im Alter unter Eddas Herrschaft zu geraten, hatte bewirkt, daß Maximiliane anfing, darüber nachzudenken, was werden sollte.

Die Rückfahrt hatte sie über Lüneburg geführt, nicht durch die schönsten Gegenden der Heide, aber dieser erste Eindruck vom Zugfenster aus war nicht ungünstig gewesen: Kiefern, Birken, Sandwege, sogar eine Schafherde.

Inga begleitete Maximiliane zum Auto.

»Du hast etwas vor!« sagte sie, und Maximiliane entgegnete: »Es wird sich ausweisen.« Und auch diesmal fuhr sie davon, drehte sich nicht um und winkte nicht; ihre Art abzureisen mußte Inga noch lernen.

Maximiliane fuhr nach Lüneburg und besorgte sich als erstes Prospekte über die mittelalterlichen Frauenklöster in der Lüneburger Heide, die nach der Reformation zu evangelischen Damenstiften umgewandelt worden waren.

Sie fuhr von Kloster zu Kloster, nahm an den offiziellen Führungen teil und kehrte abends in ihr Hotelzimmer nach Lüneburg zurück. Sie ging durch lichtdurchflutete Kreuzgänge, stand auf einer Nonnenempore, betrachtete gotische Bildteppiche, atmete den warmen Buchsbaumgeruch der Friedhöfe ein, blickte im ›Kapitelsaal‹ in die Gesichter lebenserfahrener Frauen, Domina neben Domina, vom 16. Jahrhundert bis ins 20. Jahrhundert.

›Der ehemalige Speisesaal der Nonnen!‹

›Das Dormitorium!‹

Dann ein Sarggang, von dem die Türen in die ehemaligen Schlafzellen der Nonnen führten, ein einziges Fenster, die Wände der Zellen aus Holz; wäre sie fünf Zentimeter größer gewesen, hätte sie die Höhe des Raumes mit den Händen ausmessen können; immer hatten ihr diese fünf Zentimeter gefehlt. Sie verweilte lange vor der originalgetreuen Kopie einer Weltkarte aus dem 13. Jahrhundert. Ohne den Ausführungen der Klosterfrau zu folgen, vertiefte sie sich in die Bilder, entdeckte die Schauplätze ihres Lebens, aber entdeckte auch die Arche Noah und das Paradies, alles geborgen in den ausgebreiteten Armen des Gottessohns. Sie atmete tief aus, zum ersten Mal war ihr, als löste sich die Kugel im Hals, die ihr das Atmen so schwer machte. Die Besuchergruppe befand sich schon im nächsten Raum, sie wurde aufgefordert, sich anzuschließen, und freundlich befragt, ob ihr dieses mittelalterliche Weltbild gefalle. Sie antwortete, es entspräche weitgehend ihren eigenen Vorstellungen.

Backsteinkirchen, zweigeschossige Klausurgebäude mit hohen Ziegeldächern. Mauern, von Efeu überwuchert. Lindenalleen. Alles stimmte. Maximiliane nickte mehrmals.

Als alle Heideklöster besichtigt waren, fuhr sie noch einmal nach Plummbüttel und bat um eine Unterredung mit der Äbtissin des dortigen Klosters, Frau Hildegart von der Heydt. Sie wurde in das Amtszimmer gebeten, wo sie kurz darauf der Äbtissin, einer großgewachsenen, zurückhaltenden Frau, gegenüberstand. Sie sprach von ihrem Wunsch, in das Kloster einzutreten.

»Ich habe mir sämtliche Heideklöster angesehen. Meine Wahl ist auf Plummbüttel gefallen!«

»Nun«, sagte die Äbtissin kühl, »es handelt sich hier offensichtlich um eine einseitige Wahl! Sie sind es, die gefallen muß, Frau von Quindt. Ist der Name Quindt richtig?«

Maximiliane nickte zustimmend. Die Äbtissin fuhr fort: »Es sind Voraussetzungen zu erfüllen.«

»Wenn ich mich nicht für geeignet hielte, wäre ich nicht hier!«

Der Freimut der Besucherin gefiel der Äbtissin, der Bann war gebrochen. Außerdem schloß sie auf Witz, und an Witz fehlte es im Kloster, wie es überhaupt an manchem fehlte.

Die beiden Frauen standen sich in angemessenem Größenunterschied gegenüber, Maximiliane wie meist die kleinere. Freundliche Zurückhaltung von beiden Seiten.

»Setzen wir uns in mein Wohnzimmer!« sagte die Äbtissin,

hielt die Tür auf, ging aber als erste hindurch, bat, Platz zu nehmen, setzte sich als erste.

Während des Gesprächs, das Maximiliane mit Frau von der Heydt führte, beziehungsweise das jene mit ihr führte, wurde ihr bedeutet, daß eine Klosterstelle ›verliehen‹ werde und einer Auszeichnung gleichkomme.

»Man bekommt Orden, man tritt in Orden ein«, sagte Maximiliane, der der Doppelsinn des Wortes Orden in diesem Augenblick deutlich wurde.

»Gewissermaßen«, sagte die Äbtissin, an Unterbrechungen nicht gewöhnt. Eine Pause trat ein, die von Maximiliane eingehalten wurde.

»Die Aufnahme ins Kloster bedarf nicht nur meiner Zustimmung, sondern auch der Zustimmung aller Klosterfrauen, der Konventualinnen, sowie der Zustimmung des Landeskommissars beim niedersächsischen Kultusministerium, die allerdings mehr formeller Art ist. Alle diese Zustimmungen einmal vorausgesetzt, der Eintritt in unser Kloster bedeutet einen Entschluß auf Lebenszeit, ist Ihnen das klar?«

»Nein«, sagte Maximiliane. »Ich würde gerne länger bleiben, über die Lebenszeit hinaus. Ich brauche einen Platz auf einem Friedhof. Der Friedhof hier entspricht meinen Vorstellungen.«

»Nun«, antwortete die Äbtissin, jetzt lächelnd, »eines nach dem anderen. Unser Kreis ist klein. Fünfzehn Damen, mehr nicht. Es sind zur Zeit in der Tat zwei Plätze frei.«

Maximiliane nickte zu diesen Angaben, auch darüber hatte sie sich bereits unterrichtet.

»Die Klosterordnung besagt, daß sich hier alleinstehende evangelische Frauen zu einer Lebensgemeinschaft auf christlicher Grundlage verbinden, in der sie kulturellen, kirchlichen und sozialen Zwecken dienen können. Auch wenn das Durchschnittsalter der Konventualinnen hoch ist, so handelt es sich doch nicht um ein Altenheim. Sie sind alleinstehend?«

Maximiliane antwortete, ohne zu zögern, mit einem uneingeschränkten ›ja‹.

»Erzählen Sie mir ein wenig aus Ihrem Leben!«

Maximiliane tat, was gefordert wurde. Sie erzählte ›ein wenig‹, traf eine Auswahl, die ihr für ihre Absichten geeignet erschien. Kriegswaise des Ersten Weltkriegs, eine kurze Ehe im Zweiten Weltkrieg.

Die Äbtissin wies darauf hin, daß eine Konventualin bei ihrem Eintritt ins Kloster möglichst nicht älter als sechzig Jahre sein sollte. Sie taxierte die Bewerberin mit einem Blick, der die Pferdekennerin verriet; Maximiliane entblößte denn auch lachend ihre Zähne, die sich noch immer sehen lassen konnten. Ihr Lachen wurde freundlich aufgenommen, auch erwidert und als Bestätigung angesehen, daß die Altersgrenze noch nicht überschritten sei, einer der zahlreichen Irrtümer, die während dieses Gesprächs entstanden. Maximiliane war in guter körperlicher Verfassung, die Hautfarbe frisch, das kräftige graue Haar kurz geschnitten. Das Lodenkostüm machte den Eindruck, als würde es schon längere Zeit bewohnt, auch das wurde von der Äbtissin mit Zustimmung registriert.

»Sie stammen aus dem Osten?«

»Aus Pommern. Hinterpommern!«

»Zwei unserer Konventualinnen stammen ebenfalls aus dem Osten. Die eine aus Mecklenburg, die andere sogar aus dem Baltikum, die Älteste in unserem Konvent, sie geht auf die Neunzig zu.«

Maximiliane bemerkte, daß es offensichtlich Steigerungsmöglichkeiten gab, aus dem Osten zu stammen. Ost, östlich, am östlichsten. Je weiter weg, desto schlimmer.

Damit war das Thema Osten abgeschlossen.

»Wie sind Sie auf unsere Klöster aufmerksam geworden?« fragte Frau von der Heydt weiter.

»Durch Fontane!« antwortete Maximiliane. »Ich habe ein Damenstift gesucht, das dem Kloster Wutz ähnlich ist. So ähnlich wie möglich.«

Sie holte das Buch aus der Tasche und legte es auf den Tisch. Die Äbtissin warf einen Blick darauf.

»Ach, ja! Der alte Stechlin!«

»Ja, der alte Stechlin«, sagte Maximiliane, dachte aber: der alte Quindt. Wieder einmal erleichterte Fontane die Verständigung.

»Wenn Sie mit der Vorstellung hierhergekommen sein sollten, sich in die Stille eines Heideklosters zurückziehen zu wollen, muß ich Sie darauf aufmerksam machen, daß man bei Westwind den Geschützlärm des Truppenübungsplatzes hört.«

Maximiliane wußte Bescheid, auf der Fahrt nach Plummbüttel hatte sie alle die Gebots- und Verbotsschilder gelesen, war an zerschossenem und von Panzerketten aufgewühltem Gelände vorbeigekommen, hatte Munitionskästen am Straßenrand liegen sehen, war Panzerschützen mit umgehängten Gewehren begegnet.

»Man probt den Ernstfall«, sagte sie. »Künftige Ernstfälle.«

»Sind Sie auch in Bergen-Belsen gewesen? Zunächst haben russische Kriegsgefangene dort im Torf gearbeitet.«

»Man hat Immergrün an die Wegemarkierungen gepflanzt!« sagte Maximiliane.

»Haben Sie auch das Mahnmal gesehen?«

»Nein«, sagte Maximiliane wahrheitsgemäß. »Ich bin zum nächsten Heidekrug gefahren und habe Heidschnuckenbraten gegessen und mir den Magen beladen. Mein Herz war schon beladen genug.«

»Neben dem ehemaligen Lagergelände beginnt unmittelbar das NATO-Gelände«, erläuterte die Äbtissin.

»Mahnmale nutzen nichts! Es hat alles nichts genutzt!«

Maximiliane konnte nicht verhindern, daß ihr Tränen in die Augen stiegen.

»Führt Sie etwa Resignation hierher, Frau von Quindt?« Die Äbtissin benutzte zum wiederholten Male das Wort Motivation.

»Es führen viele Wege hierher«, antwortete Maximiliane.

Nach einer kleinen Pause setzte die Äbtissin ihre Befragung fort.

»Wie steht es mit Ihrer christlichen Erziehung?«

Ein Name genügte als Antwort. Hermannswerder! Noch jetzt, nach Jahrzehnten, galt dieser Name als Gewähr für eine gediegene protestantische Erziehung. Auch die Äbtissin war ein Hermannswerder Kind, wie sie sagte. Keine Ausbrüche der Begeisterung mehr wie früher, wenn sich ehemalige Hermannswerder Schülerinnen unvermutet trafen, aber eine gemeinsame Plattform war hergestellt.

»Zu meinen Vorfahren gehört Graf Zinzendorf!« sagte Maximiliane.

Als dieser Hinweis ohne Echo blieb, fügte sie hinzu: »›Jesu, geh voran auf der Lebensbahn‹«, dieser Choral sei bei den Quindts so etwas wie eine Lebenslosung gewesen. »›Und auch in den schwersten Tagen niemals über Lasten klagen.‹«

Die Äbtissin saß abwartend da, schien auf weitere Konfessionen oder auch ›Motivationen‹ zu warten. Maximiliane fand einen Übergang zu ihrer Kusine Roswitha, die unter den Eindrücken des Jahres fünfundvierzig zum katholischen Glauben konvertiert und bereits seit mehr als zehn Jahren Äbtissin einer Benediktinerinnenabtei . . .

Als sie merkte, daß diese Mitteilung der Äbtissin wenig behagte, überlegte sie, wie sie den ungünstigen Eindruck eines Glaubenswechsels wettmachen könne, und sagte: »Ein protestantischer Quindt soll im Mittelalter einen polnischen Bischof erschlagen haben!«, woraufhin die Äbtissin abwehrend beide Hände hob und das Thema wechselte. Sie erkundigte sich, was die Bewerberin gelernt habe, und wieder sagte Maximiliane zusammenfassend: durchkommen. Aus ihren zahlreichen und unterschiedlichen Tätigkeiten wählte sie jene beim ›Volksbund Deutsche Kriegsgräberfürsorge‹ in Kassel aus, die denn auch einen guten Eindruck machte, einen besseren jedenfalls, als es die Erwähnung der Bratwurstbude in Marburg getan haben würde.

»Und wo sind Sie jetzt beheimatet?«

»Sie meinen, wo ich jetzt lebe?«

Immer diese Empfindlichkeiten bei den Ostdeutschen, wenn es um den Begriff Heimat ging!

Der unausgesprochene Tadel wurde von Maximiliane wahrgenommen und hingenommen.

»Ich lebe zur Zeit auf dem Stammsitz der Quindts, Burg Eyckel, im Fränkischen«, sagte sie und erwähnte nicht, daß es sich um ein Hotel handelte.

Die Adresse war gut, offensichtlich zu gut. Die Äbtissin fühlte sich jedenfalls zu einer Erklärung veranlaßt.

»Es handelt sich bei den Konventualinnen der Heideklöster heute nicht mehr um ›vaterlose, unverheiratete Damen adliger Herkunft‹, auch nicht unbedingt um Töchter von Männern, die sich um das Gemeinwohl verdient gemacht haben; die Damen sollen nur nach Herkunft und Bildung zueinander passen.«

In erklärendem, aber doch auch in mißbilligendem Ton setzte sie dann noch hinzu, daß unter den veränderten Zeitumständen heute nicht nur verwitwete, sondern sogar geschiedene Frauen aufgenommen werden könnten.

»Es weht auch in den Heideklöstern ein neuer, frischer Wind.«

So frisch schien der Wind allerdings nicht zu sein, daß Maximiliane von ihrer zweiten Ehe mit Martin Valentin hätte berichten mögen; nach ungültig erklärten Ehen wurde nirgendwo gefragt, kein Gesetzgeber tat das. Den flüchtigen Gedanken an Ossian Schiff, ihren Pariser Maler, schob sie beiseite, er hatte hier nichts zu suchen, hatte nirgendwo mehr etwas zu suchen. Das Kapitel Männer war abgetan.

In das kurze, eindringliche Schweigen hinein sagte die Äbtissin, die Klosterordnung zitierend: »Sollte eine Konventualin den Wunsch nach einer Eheschließung haben –« Die beiden grauhaarigen Frauen blickten sich lächelnd an.

»Wir leben ohne Klausur und ohne ewige Gelübde beieinander, aber auch ohne persönlichen Ehrgeiz. Sollten Sie anstreben, eines Tages selbst Äbtissin in einem unserer Heideklöster zu werden –«

Ein prüfender Blick. Diese Absicht bestand nicht.

»Eine Mitgift, wie sie früher üblich war und von der noch die alten Eichentruhen in den Klostergängen Zeugnis ablegen, wird nicht mehr erwartet, statt dessen aber Mitarbeit. Niemand erwartet persönliche Armut. Wer nicht über ausreichende Einkünfte verfügt, erhält ein kleines Gehalt von der Klosterkammer.«

Maximiliane verfügte, wie sie angab, über eigene Einkünfte, ihre Angestelltenrente sei nicht groß, aber, bei mietfreier Wohnung, ausreichend.

»Hin und wieder mache ich eine kleine Erbschaft«, sagte sie wahrheitsgemäß und erwähnte bei dieser Gelegenheit ihren Stiefvater, jenen Dr. Daniel Green, namentlich; daß sie dieses Erbe an ihre Tochter Viktoria abgegeben hatte, erwähnte sie dann nicht. Bevor sie über weitere Erbschaften berichten konnte, erkundigte sich die Äbtissin mit Interesse, ob es sich bei jenem Psychologen etwa um den Verfasser der wegweisenden Bücher über körpersprachliches Verhalten des Menschen handle?

Maximiliane nickte und hatte einen weiteren Pluspunkt gewonnen.

»Wie steht es mit der Musik, Frau von Quindt? Wir reden uns untereinander übrigens nur mit dem Namen an, ohne Titel und Prädikate, um ein wenig Gleichheit herzustellen. Wir haben eine Prinzessin unter uns! In anderen Klöstern reden sich die Konventualinnen beim Vornamen an, wir in Plummbüttel haben uns für freundschaftliche Distanz entschieden und gebrauchen den Nachnamen. Im Dorf spricht man noch immer von den ›Stiftfräuleins‹. Wir hätten es lieber, wenn man von ›Konventualinnen‹ spräche, aber das Wort ist für die ländliche Bevölkerung zu ungebräuchlich.«

Maximiliane erwähnte, daß ein Junge, den sie nach dem Weg gefragt hatte, von ›Konziliantinnen‹ gesprochen hatte: »Wollen Sie zu den Konziliantinnen?« Er sprach Platt. Es klang fast wie in Pommern.

Die Äbtissin wiederholte ihre Frage: »Wie steht es mit Ihrer Stimme? Unser Chor ist ein wenig dünn geworden.«

Maximiliane blickte aus dem Fenster, es dämmerte. Sie beantwortete die Frage nicht, sondern trat den Beweis an, sie sang.

»›Hinunter ist der Sonnen Schein / Die finstre Nacht bricht stark herein / Leucht uns, Herr Christ, du wahres Licht / Laß uns im Finstern tappen nicht!‹«

Das Abendlied aus Hermannswerder, in politisch dunkler Zeit oft gesungen. Die Äbtissin erinnerte sich, nicht ohne Rührung, aber auch nicht ohne Nüchternheit. Sie nahm das Lied als Wink und schaltete die schöne Biedermeierlampe ein.

»Stilvoll, aber praktisch«, sagte sie, »auf diese Devise könnte man unser Klosterleben bringen. Sie haben eine sichere und kräftige Altstimme. Machen Sie auch Gebrauch davon? Manche Menschen können singen, tun es aber nicht. Den umgekehrten Fall haben wir leider auch.«

»Ich habe mich durchgesungen«, sagte Maximiliane und wurde verstanden; einiges ließ sich besser singen als sagen.

»Das allerdings muß ich im Hinblick auf das Hermannswerder Abendlied doch erwähnen, liebe Frau von Quindt, wir sind hier keine Frauen von Traurigkeit.«

Maximiliane nickte zustimmend und zitierte: ›vergnügt und dankbar‹.

Sie wurde prüfend angesehen. »Sie lesen demnach die ›Frankfurter Allgemeine Zeitung‹?«

»Dort habe ich den Satz gefunden.«

Womit die Frage nach ihrer Zeitungslektüre, die Aufschluß über ihren Bildungsstand und ihre politische Richtung geben sollte, erledigt war.

»Sie werden noch andere Motivationen gehabt haben?«

»Die Lüneburger Heide erinnert an die Poenicher Heide.«

»Wo liegt diese Poenicher Heide?«

»In Hinterpommern. Die Alleen, die Sandwege, das Moor, sogar der Truppenübungsplatz. Eine Lindenallee führte zum

Schloß. Gropius, Martin Gropius, der Berliner Architekt, soll es erbaut haben.« Sie täuschte Kunstkenntnisse vor, die sie nicht besaß, die hier aber erwünscht waren. »Drei Säulenstümpfe sind übriggeblieben.« Diese bemoosten Säulenstümpfe hatte sie jetzt vor Augen, vor Ohren die Abschüsse der Panzerkanonen.

»Es werden doch nicht nur sentimentale Motivationen sein?« fragte die Äbtissin weiter.

»Die Backsteingebäude erinnern mich an Hermannswerder.«

»Mit dem Unterschied, daß es sich hier um Gotik handelt, in Hermannswerder handelt es sich um Neugotik.«

»Mein Großvater nannte es ›preußische Zuspätgotik‹, er war übrigens Mitglied des Preußischen Landtags.«

Dieser Hinweis, von dem Maximiliane sich viel versprochen hatte, wurde mit Nachsicht aufgenommen.

»Dies hier ist altes Welfenland. Es ist noch nicht lange her, da hätte man eine Preußin, gleich welchen Standes, niemals in einem der Heideklöster aufgenommen.« Die Äbtissin blickte Maximiliane abwartend, aber auch erwartungsvoll an. Hatte die Bewerberin keine weiteren Motivationen vorzubringen?

»Die Buchsbaumrabatten! Die Kartoffeln, die schwarzen Heidekartoffeln!«

Die Aufzählung überraschte und erheiterte die Äbtissin. Diese Frau von Quindt schien Originalität zu besitzen.

»Wie sind Sie hierhergekommen? Mit der Bahn?«

»Mit dem Wagen.«

»Dem eigenen Wagen?«

»Ja!« sagte Maximiliane. Eine Antwort, die offensichtlich willkommen war.

Das Gespräch war beendet. Die Äbtissin erhob sich. Die Frauen gingen zur Tür. Man verabschiedete sich in der Überzeugung, daß man sich wiedersehen würde. Der Fall Quindt mußte nur noch dem Konvent vorgetragen werden, eine mehrmonatige Probezeit sei üblich. Noch einmal wurde der Charakter einer Auszeichnung, eines Ordens, hervorgehoben. Von dem geistlichen Leben möge sie sich keine übertriebenen Vorstellungen machen. In einem der anderen Klöster sei eine gemeinsame tägliche Morgenandacht eingeführt worden, hier in Plummbüttel habe sich, bei entsprechendem Lebenswandel, der sonntägliche Gottesdienst als ausreichend und angemessen erwiesen. Gut evangelisch, sechs Tage lang Alltagspflichten, der Sonntag als der Tag des Herrn. Führungen durch die Klostergebäude müßten, den Bedürfnissen der Besucher entsprechend, allerdings auch sonntags, sogar verstärkt, stattfinden. Man sitze während des Gottesdienstes im Nonnenchor, diese Bezeichnung sei der Tradition wegen beibehalten worden; zum Gottesdienst trage man dann auch die Ordenstracht, ähnlich der Tracht der Beginen, eine bebänderte Haube, ein Schultertuch und eine Schürze als Zeichen des Dienens.

»Das Wort ›dienen‹ soll Sie nicht abschrecken, es ist in einem weiteren oder auch höheren . . .«

Maximiliane sah die Äbtissin aufmerksam an, woraufhin diese den Raumbegriff ›tiefer‹ noch hinzufügte.

»Ich diene gern«, sagte Maximiliane.

Während die beiden Frauen durch die Flure gingen, erkundigte sich Maximiliane nach den weiteren Gemeinsamkeiten, den gemeinsamen Mahlzeiten, der Freizeitgestaltung; Fragen, die von der Äbtissin mit Verwunderung aufgenommen wurden.

»Jede Konventualin hat das Bedürfnis und das Recht, für sich zu sein, einen eigenen Haushalt zu führen.«

»Jede rührt in ihrem eigenen Kochtopf?«

»So kann man das ausdrücken.«

»Ich habe lange nicht mehr selber gekocht«, sagte Maximiliane, sagte aber nicht, daß sie noch nie für sich allein gekocht habe, und erwähnte auch nicht, daß sie nicht einmal einen Kochtopf besaß.

»Man trifft sich bei Spaziergängen und in den Gärten, die zu jeder Wohnung gehören. Bei kleineren Erkrankungen pflegen wir einander.« Die Äbtissin hatte im Verlauf des Gesprächs vom Konjunktiv zum Indikativ gewechselt, von der Möglichkeit zur Gewißheit, so wurde es jedenfalls von Maximiliane verstanden. Die beiden Frauen hatten die Klosterpforte erreicht, die Äbtissin kam auf die Hausordnung zu sprechen.

»Zwei Monate Ferien im Jahr, möglichst im Winter. Bei einer Abwesenheit von mehr als vierundzwanzig Stunden muß ich unterrichtet werden . . .«

Die Äbtissin begleitete Maximiliane bis zum Parkplatz, sie pflege in der Dämmerung ihren kleinen täglichen Spaziergang zu machen. Maximiliane ging auf das einzige auf dem Parkplatz stehende Auto zu, die ›Karre‹.

»Ist das Ihr Wagen, Frau von Quindt?«

»Ja!« sagte Maximiliane. Kaum eine ihrer Antworten hatte so vollkommen den Tatsachen entsprochen.

»Ist er nicht ein wenig jugendlich?«

»Ich bin ein wenig zu alt für das Auto«, gab Maximiliane zur Antwort. »Aber das Ein- und Aussteigen ist weniger beschwerlich als bei einem niedrigen Fahrgestell.«

»Das ist richtig«, gab die Äbtissin zu, erkundigte sich aber vorsorglich nach den Beschwerden.

»Das Quindtsche Rheuma!«

Sie wurde vor den kalten Fluren und Treppenhäusern der alten Gebäude gewarnt, woraufhin sie sagte, daß sie an kalte Flure von klein auf gewöhnt sei.

»Wohltemperiert war mein Leben nie.«

Alle Wohnungen würden mit Speicherheizungen versorgt, erläuterte die Äbtissin, die sanitären Anlagen seien modernisiert, der Wechsel aus den geheizten in die ungeheizten Räume wirke abhärtend und ganz offensichtlich lebensverlängernd. Die Wohnungen seien nicht groß, aber angemessen. ›Angemessen‹ war eines der meistbenutzten Wörter der Äbtissin.

»Werden Sie sich an eine Reduzierung Ihres Lebensraumes und Ihres Besitzes gewöhnen können?«

Maximiliane lächelte zuversichtlich. Sie sah keinen Grund

zu erwähnen, daß sie keine eigenen Möbel besaß, schon gar keine ›angemessenen‹.

»Haben Sie Ihrerseits noch Fragen, Frau von Quindt?«

»Wohin fließt die Plümme?«

Die Äbtissin hatte andere abschließende Fragen erwartet, mutmaßte dann, daß die Plümme in die Ilmenau und dann irgendwo in die Elbe fließe.

»Dann wird es die Nordsee sein. Die Ostsee wäre mir lieber gewesen.«

Inzwischen war Maximiliane in ihr Auto eingestiegen. »Es gefällt mir bei Ihnen«, sagte sie und setzte ebenso freimütig hinzu: »Sie gefallen mir auch!«

Die Äbtissin hob abwehrend die Hände, unterdrückte das Lächeln aber nicht, lächelte sogar noch eine Weile, als Maximiliane schon davongefahren war.

Während ihrer einwöchigen Abwesenheit hatte man den alten Franc Brod auf dem Dorffriedhof begraben. Sein Tod sah nach Unfall aus, war vielleicht auch ein Unfall, er war ja nie sehr vorsichtig mit seiner Flinte umgegangen. In der Dämmerung hatte er sich wieder einmal auf die Rattenjagd begeben, vielleicht war er gestolpert, und dabei hatte sich der Schuß gelöst. So war es jedenfalls von der Polizei protokolliert worden. Maximiliane sah es anders. Er hatte auf dem Eyckel bleiben wollen. Niemand hatte gefragt, wie es zu dem Unfall hatte kommen können; man hatte den alten Mann auch erst am nächsten Mittag vermißt.

Maximiliane ging nicht auf den Friedhof, sie ging statt dessen in den Holzschuppen, saß lange auf dem Hauklotz und redete mit dem anderen Hauklotz, auf dem keiner mehr saß.

»Život!« Das Wort für Tod kannte sie nicht, aber das Wort Leben schloß vermutlich den Tod mit ein.

»Es tut mir sehr leid!« sagte Inga. Man sah ihr an, daß es ihr wirklich leid tat. »Es kann nicht meine Schuld sein, er wußte noch nicht, daß ich ihm kündigen wollte. Warum sagst du kein Wort?«

»Weil ich keines weiß.«

Die Kinder mußten von dem Entschluß ihrer Mutter unterrichtet werden. Wenn sie an alle Kinder auf einmal dachte, benutzte sie den pommerschen Ausdruck ›Brut‹; wenn sie zu Dritten von ihnen sprach, was selten vorkam, benutzte sie ›die Nachkommen‹ als Oberbegriff.

Sie hätte ihre Brut aufsuchen, von einem zum andern fahren können, ein Gedanke, der die alte Reiselust noch einmal in ihr aufkommen ließ. Noch einmal Paris? Oder hielt sich Mirka in dem bretonischen Dorf auf? Noch einmal die Provence? Mit Ossian Schiff hatte sie ein paar Wochen lang in Antibes gelebt. Ein Abschiedsbesuch bei Golo in Marburg? Die Holsteinische Schweiz? Aber sie scheute den Flug nach Paris, sie scheute sich. Das war es! Sie scheute, wie ein Pferd scheut.

Seit ihre Brut ausgeflogen war, hatte sie kaum noch Ratschläge erteilt und nur selten Einfluß genommen. Sie wünschte auch jetzt keine Auseinandersetzungen, wollte auch keine Erklärungen abgeben. Sie mußte ihre Absicht lediglich schriftlich mitteilen. An vier aufeinanderfolgenden Abenden schrieb sie je einen Brief, brauchte für jeden mehrere Briefbogen, was nicht bedeutete, daß sie ihren Entschluß ausführlich begründet hätte; sie schrieb noch größer als sonst und verwechselte leserlich mit verständlich. Sechs Zeilen füllten einen Bogen, sechs Worte eine Zeile, für Graphologen sicher aufschlußreich, aber auch für die Empfänger der Briefe. Die Größe der Buchstaben entsprach der Größe ihres Vorhabens.

Vier Variationen zum Thema: Ich ziehe mich jetzt zurück. ›Nimm es hin, Viktoria!‹ ›Nimm es hin, Edda!‹ Dieser Satz kehrte wörtlich wieder.

Als sic, mit den Briefen in der Hand, zum Parkplatz ging, traf sie Inga, hielt die Briefe hoch und sagte: »Ich habe es ihnen mitgeteilt.«

»Wir werden dich vermissen!« Wenn Inga jetzt ›wir‹ sagte, meinte sie Joachim und sich.

»Tut das!« sagte Maximiliane.

»Du möchtest keinem zur Last fallen?«

»Die Lasten! Wie das ist, wenn einer die Last des anderen mitträgt, das habe ich nie erfahren. Manchmal kommt es mir vor, als hätte ich vom Tragen lange Arme gekriegt.«

Inga hielt ihren Arm an Maximilianes Arm und lachte. »Man sieht es nicht.«

»Man spürt es.«

»Hättest du die Geburt des Kindes nicht abwarten können?«

»Nein! Ich kann auch nicht abwarten, bis Joachim in den Bundestag kommt, und ich kann nicht abwarten – ich kann nichts mehr abwarten.«

»Versprich mir –!«

»Das verspreche ich dir!«

Beide lachten die Feierlichkeit des unausgesprochenen Versprechens weg.

Die Nachkommen reagierten unterschiedlich. Mirka mit keiner Silbe. Zustimmung von Viktoria, Bedauern von Joachim, der der Ansicht war, daß auf dem Eyckel Platz für mehrere Generationen von Quints sei. ›Wir würden dich gern behalten!‹

Aber sie wollte nicht teilen, auch nicht mit dem Sohn; sie wollte nicht im Wege stehen, auch nicht am Rande des Weges.

Edda fragte – telefonisch –, warum solche entscheidenden Fragen nicht auch mit ihr besprochen würden. »Wenn du die Rentenanträge stellst, mußt du angeben, daß du fünf Kinder großgezogen hast; nach den neuen Gesetzen soll pro Kind ein weiteres Jahr Rente angerechnet werden!«

War es Absicht, daß das Wort Plummbüttel in keinem der Briefe stand? Maximiliane zog sich zurück, aber sie war nicht aus der Welt. Ihre Lösung des Generationskonflikts ist kein übertragbares Rezept, war auch nicht so gedacht.

17

›Besonders in Kurven habt acht, ihr Gradlinigen!‹
Stanislaw Jerzy Lec

Bevor er seine Rede anfing, hob Quint den Blick, wandte ihn nach links, dann nach rechts, warf noch einen Blick auf die dichtbeschriebenen Seiten seines Manuskriptes, schob sie in die Tasche und setzte ein.

»Meine Damen«, eine kleine Verbeugung, »meine Herren!« Er hob den Kopf. »Jean Jacques Rousseau – ein Name, bei dem Ihnen vermutlich nichts weiter als ›zurück zur Natur‹ einfällt. Als dieser Rousseau unterwegs war von Paris nach Vincennes, wo er Diderot besuchen wollte, hielt er Rast unter einem einsamen Baum und hatte dort eine Erleuchtung, die einer Verzückung gleichkam. Ich selbst konnte auf dem Weg nach Bonn keinen lebenden Philosophen oder Literaten vom Rang eines Diderot aufsuchen, aber vor geraumer Zeit saß auch ich unter einem Baum, er steht in Dalarna, in Schweden, wo ich lange gelebt habe. Keine Erleuchtung, keine Verzückung, aber doch eine Erkenntnis. Ich sah plötzlich, daß die Baumkrone über mir schütter war. Ich saß neben einem See mit hellem Wasser, in dem kein Fisch mehr zu sehen war. Ich habe nicht gedacht: Es muß etwas geschehen. Ich dachte auch nicht: Man muß etwas tun! Ich dachte: Ich muß etwas tun. Ich, Joachim Quint, deutscher Staatsangehöriger, Jahrgang 1938, Joachim Quint, wenn Sie sich den Namen bitte merken wollen. Einer meiner pommerschen Vorfahren, ebenfalls ein Joachim Quindt, aber noch mit dem Freiherrntitel ausgestattet, war Mitglied des Deutschen Reichstags; er hat sein Mandat niedergelegt, als seine persönlichen Ansichten nicht mehr mit denen seiner Partei übereinstimmten. Ich verspreche Ihnen, daß ich mich ebenso verhalten werde. Von jenem Quindt stammt der Satz: ›Ein Politiker muß nicht unbedingt reden können, aber er muß es lassen können, wenn er nichts zu sagen hat.‹ Ich füge hinzu: Ein Politiker muß auch von sich reden machen. Genau das will ich erreichen.

Mein Nachbar in Dalarna, Anders Brolund, einer der Gründer der schwedischen Umweltpartei, von manchen auch ›Unzufriedenheitspartei‹ genannt, mit dem ich manchmal geredet habe ...« Quint blickte nach rechts, machte eine Pause und fuhr dann fort: »Meine Geschichten haben in der Regel eine Pointe, die Sie sich nicht entgehen lassen sollten! Mein Nachbar Anders Brolund hat gesagt: ›An dir ist ein Politiker verlorengegangen.‹ Das wollen wir doch einmal sehen, ob dieser Politiker wirklich verlorengehen muß! Oder ob man später sagen wird: An dem Politiker Quint ist ein Lyriker verlorengegangen. Oder ob es eine Zwischenform gibt. Eine poetische, oder sagen wir ruhig: lyrische Weltsicht, wie Herbert Marcuse es nennt, eine Weltsicht der Sinneswahrnehmung, des Körperlichen, des Schöpferischen, der Lebensfreude. In den nächsten beiden Jahren müssen Sie mich kennenlernen; das Rotationsprinzip meiner Partei kommt meinen Wünschen entgegen: zwei Jahre lang reden, zwei Jahre lang schreiben. In jedem Falle werde ich, was ich rede oder schreibe, auch zu leben versuchen.«

Er machte wieder eine kleine Pause, kam dann übergangslos zur Sache:

»Sie werfen den Grünen vor, daß sie nicht immer einer Meinung seien. Die Natur bietet viele Möglichkeiten in Grün an. Noch handelt es sich um Maiengrün, Lärchen, Eichen, Akazien. Sollte es eines Tages ein dunkles Grün werden, aus dem sich keine Schattierung heraushebt, wo man eine Birke nicht mehr von einer Esche unterscheiden kann, wird die Partei farblos wie andere sein.

Habe ich Ihren Zuruf richtig verstanden? Dieser Quint sei ein kleines Kaliber? Falls dem einen oder anderen die genaue Bedeutung des Wortes Kaliber nicht geläufig sein sollte: Es handelt sich um die lichte Weite eines Geschosses. Mein

Durchmesser, meine lichte Weite läßt sich mit der Ihren nicht vergleichen. Da haben Sie recht. Das Durchschnittsalter der Grünen ist niedriger, das Durchschnittsgewicht ebenfalls, auch das Durchschnittseinkommen.

Sie finden unter den Grünen mehr Frauen als in den etablierten Parteien. Etablieren heißt laut Wörterbuch, ›einen sicheren gesellschaftlichen‹ – das Wort gesellschaftlich steht in Klammern – ›Platz gewinnen‹. Was ich an Frauen von jeher bewundert habe, ist, daß sie das Pulver nicht erfunden haben. Womit das Thema Nachrüstung angesprochen wäre. Seit der Erfindung des Faustkeils ist jede weitergehende Bewaffnung eine Nachrüstung. Keinen dieser sogenannten Fortschritte in der Wehrtechnik verdanken wir einer Frau. Dafür sollten wir den Frauen Beifall spenden.«

Quint klatschte, schaute abwartend nach links, dann nach rechts und hob den Blick.

»Ich hatte mit Beifall oder zumindest mit einem kurzen Gelächter gerechnet. Ich spreche zu erfahrenen – ich vermeide das Adjektiv ›routinierten‹ – Politikern. Eines Tages werde ich ebenfalls ein erfahrener Politiker sein, bis dahin sollten Sie sich meine Unerfahrenheit zunutze machen.

Auf der Flucht von Ost nach West habe ich schreiben gelernt, die Übungssätze standen an den Mauern und Häuserruinen: ›Wir leben alle, sind in der Laube‹. Ich zitiere einen freundlichen Text; von einigen der Grünen heißt es, daß sie auf Taubenfüßen daherkämen. Sollten Sie mich für blauäugig halten: das mag an der pommerschen Herkunft liegen. Halten Sie mich aber für einäugig, dann bedenken Sie, daß unter den Blinden der Einäugige König ist.

Die Alternativen leben unter einem großen Dach zusammen! Alternative sind jene, die nach einer anderen, zweiten Möglichkeit suchen. Leider halten sich auch die Alternativen nicht immer an die Definition, daß nämlich auch die andere Entscheidung möglich und möglicherweise sogar richtig sein könnte. Alle, die sich in den letzten Jahren unter dem Fremdwort alternativ aufgemacht, zusammengefunden und zusammengerauft haben, sind Frager. Sie stellen in Frage, ohne daß sie gültige oder gar allgemeingültige Antworten zu geben hätten. Sie sind der Sand im Getriebe, sie sind vielleicht aber auch das Salz der Erde.

Eine allein gültige, alle anderen ausschließende Wahrheit gibt es nicht. Das ist Utopie. Wenn wir das eingesehen haben, werden wir miteinander reden können.

Kürzlich habe ich in der Zeitung gelesen, daß die Menschenrechte vor über dreißig Jahren verabschiedet worden sind. Niemand weiß, wo sie sich heute aufhalten.

Immerhin einer, der lacht! Ich hoffe, daß ich in Zukunft häufiger Gelegenheit haben werde, die Lacher auf meiner Seite zu haben.

Zu den Vorwürfen, die Sie den Alternativen machen, zählt auch der, daß sie über das Ziel hinausschössen. Gut so! Wenn schon geschossen werden muß, dann lieber ins Blaue als ins Schwarze. Sie haben sich auf einen Feind, das Bild eines Feindes, eingeschossen. Heute noch verbal, eines Tages vielleicht nuklear!

Man hat mich ›einen alternativen Traumtänzer‹ genannt. Ich erkläre hier ausdrücklich, daß ich in einem Land zu leben wünsche, in dem sowohl getanzt als auch geträumt werden darf. Ein Land, in dem gelacht wird. Reden wir doch nicht immer von überleben! Reden wir vom Leben. Wie man das macht: leben, lebendig sein. Es gibt Lebensfreude, und es gibt Lebenskraft und Lebensmut. Das Wort muß wieder von der Vorsilbe ›über‹ befreit werden. Überlebensfreude? Überlebenskraft? Überlebensmut? Jedes ›über‹ ist gefährlich. Halten Sie mich für einen Weltverbesserer? Davon kann es gar nicht genug geben. Setzen Sie aber bitte nicht das Beiwort ›hoffnungslos‹ vor das Hauptwort. Ich bin kein hoffnungsloser Weltverbesserer, sonst wäre ich in den schwedischen Wäldern geblieben und hätte Weltuntergangslyrik geschrieben, von der es genug gibt. Zwischen Umweltproblemen auf der einen und

Weltraumprojekten auf der anderen Seite geht uns das verloren, was man einmal als eine Weltanschauung verstanden hat. Ohne Weltanschauung lassen sich aber weder Weltraumprobleme noch Umweltprobleme lösen.

Ernst Bloch sagt: Es kommt darauf an, das Hoffen zu lernen. Es ist ins Gelingen verliebt, nicht ins Scheitern.

Wir müssen wie Liebhaber der Welt leben. Für das, was man liebt, sorgt man, bewahrt es für die Nachkommen. Wir, ich meine jetzt nicht das große Wir, sondern das kleine, persönliche Wir, meine Frau und ich, wir erwarten unser erstes Kind. Es soll leben. Nicht überleben. Die Staatsmänner und Volksvertreter aller Welt müßten bei der Erörterung von Fragen der Rüstung und der Abrüstung ihre Kinder und Enkelkinder in die Parlamente mitbringen. Zumindest die Frauen scheinen meiner Ansicht zu sein. Ich danke für Ihre Zustimmung!«

Quint blickt auf die Uhr.

»Es bleiben mir noch genau vierzig Sekunden. Meine Mutter, falls sie diese Rede hören könnte, würde sagen: Du hast als Kind zu lange die rote Perücke von Pfarrer Merzin auf dem Kopf getragen, du predigst! Von den Kanzeln hört man viel über Politik, dann wird ein Politiker auch predigen dürfen. Für die Römer hing das Wort Frieden, pax, mit dem Wort pactum, Übereinkunft, zusammen, es ist ein durch Verträge gesicherter, darin aber auch brüchiger Frieden. Frieden ist auch eine Übereinkunft mit dem Weltschöpfer, ein Pakt mit Gott, den wir in allen Ost-West-Verhandlungen als dritte Kraft mit einbeziehen sollten! Soviel noch: mein Menschenverstand sagt mir, auf die Dauer gibt es keinen bewaffneten Frieden. Noch schweigen die Waffen. Aber was ist, wenn sie sich ausgeschwiegen haben? Reden sie dann? Wo Waffen sind, kann geschossen werden.«

Quint beendet seine Rede.

Er sagt: »Amen!« und bleibt vor Inga stehen, die im Liegestuhl liegt, im Schatten des alten Apfelbaums.

»Kein Zeichen der Zustimmung? Hätte ich noch weiter

gehen sollen und auch noch sagen, was ja meine Überzeugung ist: Es ist besser, erschossen zu werden als zu erschießen.«

»Selig sind die Sanftmütigen! Du willst in den Bundestag, Joachim, aber du bist noch nicht drin. Setz dich zu mir! Deine Standhaftigkeit hast du bewiesen. Weißt du, daß deine Rede einen entscheidenden sachlichen Fehler enthielt?«

»Ich habe mich doch eher unsachlich, also grundsätzlich ausgedrückt.«

»Deine von dir freundlicherweise erwähnte Frau erwartet nicht ein Kind, sondern zwei Kinder.«

»Und das erfahre ich jetzt erst?«

»Du warst unterwegs, und ich war erst jetzt bei Dr. Beisser!«

»Du denkst doch immer rentabel – aber jetzt übertreibst du es.«

»Weißt du, was meine Berner Großmutter am Telefon gesagt hat, als ich sie unterrichtet habe? ›Pfui!‹ hat sie gesagt, nachdrücklich: ›Pfui!‹«

Joachim lacht, greift ins Gras, hebt einen Apfel auf, reibt ihn an Ingas Rock blank und beißt hinein.

»Ich habe ins Paradies eingeheiratet, sogar die Äpfel hast du eingebracht.«

Inga lächelt, blickt in den Baum, in dessen Schatten sie jetzt beide liegen, und zitiert: »›Wie ein Apfelbaum unter den / wilden Bäumen, bist / du. Ich sitze im Schatten deines / Laubes und pflücke deine / Früchte, die Früchte des / Gartens. / Die Süße drängt nach / Reife. Der / Baum der Erkenntnis wächst / in den Himmel.‹«

»Die Zeile ›Früchte des Gartens‹ ist zuviel. Das hätte man knapper sagen müssen, je knapper, desto besser.«

»Das Gedicht stammt von einem gewissen Mosche Quint, es steht in deinem zweiten Gedichtband. Der Gegenstand des Gedichtes war deine Schwedin!«

»Alles ist anders geworden, nicht mal die Äpfel sind noch die gleichen. Aber die Erkenntnis stimmt! Du stimmst!«

»Äpfel! Wir müssen Äpfel nach Plummbüttel schicken. Wenn deine Mutter keine Äpfel hat, kann sie nicht lesen.«

»Wieso weiß ich das nicht?«

»Weil du größere Dinge in deinem Kopf hast.«

»Im Arm habe ich dich!«

»Zieh mich hoch, zieh uns hoch!«

»Du wirst nicht auf die Leiter steigen, Inga! Auch nicht in meiner Abwesenheit!«

»Ich tue alles, was du willst, sogar, was du nicht willst – so haben es die Quindtschen Frauen doch immer gehalten.«

»Versprich mir –!«

Joachim zieht Inga die kleine Steigung hinauf, bleibt dann noch einmal stehen. »Einen Gedanken hätte ich noch unterbringen sollen.«

»Im Gedicht oder in der Bundestagsrede?«

»Du nimmst mich nicht ernst! Lenk mich nicht ab, auch nicht mit Äpfeln! Ich erbitte mir Aufmerksamkeit für Ludwig den Vierzehnten. Er hat gesagt: ›L'Etat c'est moi!‹ In einer Demokratie muß es statt dessen heißen: Der Staat, das sind wir! Außerdem hätte ich auf die Ähnlichkeit des Wortes Etat gleich Staat im Französischen mit dem Wort Etat gleich Haushalt im Deutschen hinweisen sollen. Wenn wir hierzulande von Etat reden, meinen wir Geld und nicht den Staat. Die Hälfte des Geldes, das für Forschungszwecke zur Verfügung steht, wird für die Erforschung immer perfekterer Tötungsmittel verwendet und nicht für ökologische Projekte, es dient nicht dem Leben, sondern der erfolgreichen Vernichtung des Lebens.«

»Erschrick deine Kinder nicht. Du mußt noch viele Reden halten, Joachim. Spar dir ein paar Themen auf!«

»Als ich in Hermannswerder war, hat der Pfarrer gesagt: ›Ich rede und tue es auch.‹ Ein sehr wichtiger Satz für mich.«

Inga blickt auf die Uhr. »Meine Mittagspause ist vorbei. Komm mit an die Rezeption, damit die Gäste sehen: Es gibt dich, und ich bin keine ledige Mutter. Wie heißt der Satz? ›Du redest, und ich tue es auch‹?«

18

›Wir sind zum Zusammenwirken geboren wie die Füße, Hände, die Augen, die Lider, die Reihe der oberen und der unteren Zähne.‹

Marc Aurel

Jean-Louis Laroche war kein Christian Dior, kein Jacques Fath, kein Pierre Cardin, aber in der zweiten Reihe der Pariser Couturiers gehörte er zu den ersten.

Wenn er zweimal im Jahr seine Kollektionen vorführte, blieb er im Hintergrund, verfolgte aber die Wirkung seiner Kreationen mit Hilfe von unauffällig angebrachten Spiegeln und kontrollierte den Beifall mit einer Stoppuhr. Er beschäftigte sich hauptberuflich mit weiblichen Körpern, deren Formen und Verformungen seinen künstlerischen Intentionen im Wege waren. Seine Mannequins waren noch magerer als andere. Männliche Körper übten eine stärkere Anziehungskraft auf ihn aus. Nun ist Homosexualität in der Modebranche nichts Unübliches, es muß auf die Zusammenhänge hier nicht näher eingegangen werden. Mit Liebenswürdigkeiten und jenen ›ungenauen Zärtlichkeiten‹ – eine Rilkesche Formulierung, die sich Mirka eingeprägt hatte –, aber auch mit kleinen Geschenken entschädigte er die Frauen seiner Umgebung dafür, daß er sie zu seinem Glück nicht nötig hatte. Keinem seiner Mannequins konnte man nachsagen, daß es seine Karriere im Bett des Jean-Louis Laroche begonnen hätte. Er stand in dem Ruf, aus einer Frau eine Dame machen zu können. Gelegentlich wurde er zitiert, allerdings ohne Namensnennung: Ein Kleid muß so eng anliegen, daß man sieht: Voilà, eine Frau! Aber nicht zu eng, damit man sieht: Voilà, eine Dame!

Mirka kam dem Ideal eines Mannequins nahe. Als sie zwei Jahre alt war, hatte ihre Mutter sie auf einen leeren Jutesack amerikanischer Herkunft gelegt und mit einer Schere die Konturen des Kindes herausgeschnitten. Das kleine Mädchen hatte nicht einmal gezuckt, wenn die kalte Schere seinen Körper berührte. Mit diesem ersten Kleidungsstück, das zwei Seitennähte und zwei Schulternähte besaß, eine Öffnung für den Kopf und zwei Öffnungen für die Arme, hatte Mirkas Karriere begonnen. Genauso ruhig, wie sie damals auf dem Fußboden gelegen hatte, stand sie später viele Stunden, wenn Laroche ein Modell entwarf. Er fertigte nie eine Skizze an, arbeitete immer am lebendigen Leib. Mirka war eine Frau, die nie ausfiel, sie war ebenso kälte- wie hitzeunempfindlich, bekam nie Migräne, hatte nie hysterische Anfälle, war eine angenehme, wenn auch langweilige Mitarbeiterin, aber Unterhaltung wurde von ihr nicht erwartet. Ihre stoische Ruhe und ihre Zähigkeit gingen weit über pommersche Eigenschaften hinaus, mußten asiatischer, also väterlicher Herkunft sein.

Es ist keine Schande, ein Mannequin zu sein, schon gar nicht in Paris. Jedes Mannequin hat seine großen Vorbilder, sie heißen Begum, sie heißen auch Frau Karajan. Viele moderne Märchen fangen so an. ›Maman tut, was sie will‹, das hatte ihr Sohn Philippe schon frühzeitig erkannt und damit recht behalten. Zur großen Karriere war sie bei ihrer Rückkehr in die Welt der Mode zu alt. Es fehlte ihr auch an Ehrgeiz. Sie verließ die Schutzzone, die ihr Laroche bot, nicht. In jeder Kollektion gab es mehrere Modelle, die ›Mirka‹ hießen und ausschließlich von ihr vorgeführt wurden. Noch immer war sie es, die bei den Vorführungen den stärksten Beifall erhielt. Andere Couturiers arbeiteten mit schwarzhäutigen Mannequins, aber das Halbfremde, das Halbexotische schien erregender auf das Publikum zu wirken. Nur selten bekam man ein Stück von Mirkas schöner Haut zu sehen, aber der Kenner erriet, daß sie unter ihrem Kleid nackt war; ihre Erscheinung wirkte erotisierend, nicht sexy. Laroche verhüllte sie und enthüllte sie nicht. Wo ein Rock geschlitzt war, wurde nicht gleich Haut sichtbar, sondern eine weitere Hülle, die ebenfalls geschlitzt war. Man mußte zweimal und öfter hinsehen, wenn man etwas vom Naturzustand dieses Mannequins zu sehen bekommen wollte. Die Eleganz war ihr angeboren, sie war auf einem ›Castel‹ geboren, in Deutschland, wie es hieß. Wie ihre Mutter wohnte sie in ihren Kleidern, benötigte allerdings weniger Raum darin als jene, die nie elegant gewesen war, die eine Frau und keine Dame war. Durch Hungerkuren, Make-up und den Kauf des vorgeführten Kleides hofften die Kundinnen, dieser exotischen Mirka ähnlich zu werden. Aber wer hätte ihren Gang nachahmen können? Ob sie nun durch die Fabrikhallen von Villemain & Fils, durch eine Flugzeughalle oder über den Laufsteg ging, sie vermittelte den Eindruck von Weite, Ungebundenheit, Steppe; ein Modeberichterstatter hatte es so ausgedrückt. Sie kam auf absatzlosen Ballerinenschuhen daher, schien traumwandlerisch über ein Seil zu gehen, setzte nach Art der Panther einen Fuß vor den anderen, schob sich voran, der Körper geriet in Schwingungen.

Laroche hatte, wie andere Couturiers auch, eine Parfum-Serie herausgegeben, die den Namen seines Starmannequins trug: Mirka, kostspielig, des hohen Moschusgehaltes wegen. Für ›Harpers Bazaar‹ oder für ›Vogue‹ reichte es nicht, ohne Neid, aber mit Interesse betrachtete Mirka in den berühmten Journalen ihre berühmten Konkurrentinnen.

Damit kein Modell vorzeitig an die Öffentlichkeit kam, streifte man ihr ein Nesselhemd über, bevor sie den Raum verließ und den Flur überquerte; nicht einmal die Näherinnen bekamen das unfertige Modell zu sehen. Barfuß ging sie durchs Atelier, raffte ihr Büßerhemd. Laroche entdeckte den Nessel als Material für seine nächste Kollektion. Aber es stellte sich heraus, daß andere Mannequins in diesen weißen Gewändern aussahen, als wären sie Möbelstücke, deren Bezüge man vor dem Sonnenlicht schützen wollte. Mirka war die einzige, die aus einem Büßerhemd ein erotisierendes Kleidungsstück machte. Was für ein Eros, den sie mit den Kleidern an- und ablegte! Die Nessel-Kollektion erregte Aufsehen, schockierte, war ein Protest gegen den Luxus, ein Risiko auf Gedeih und Verderb, in diesem Fall eher auf Verderb. Es sah zunächst so aus, als ob Mirka von einem Konkurs in den nächsten geraten wäre. Une nouvelle vague, die im Sande verlief. Wieder hieß es: ›catastrophe‹. Man hätte auf Coco hören sollen, der ›merde, merde!‹ geschrien hatte. Seine Zustimmung pflegte er durch Flügelschlag und Tanz auf der Stange kundzutun.

Pelzmode unter marokkanischer Wüstensonne; Strandkleidung im verschneiten Gestänge des Eiffelturms; Brautkleider in einer gotischen Kapelle. Extravaganzen. Pokerspiel der Couturiers. Mirka arbeitete wie ein Medium, reagierte auf den kleinsten Wink des Fotografen, der ›Allons‹ genannt wurde, weil er die Fotomodelle mit ›allons, enfants!‹ antrieb. Allons war klein und dicklich, lief in verwaschenen T-Shirts und ausgebeulten Hosen herum, seine Arme waren tätowiert. Kein erfreulicher Anblick, den man aber sofort vergaß, wenn man seine Fotos zu sehen bekam. Er holte aus den Modellen heraus, was nur an Möglichkeiten in ihnen steckte; wer bei Allons gearbeitet hatte, konnte in Zukunft höhere Gagen verlangen. Er war top class. Allons, enfants! Was ihn für Laroche anziehend machte, ging Mirka nichts an. Jahrelang arbeiteten sie zu dritt, waren aufeinander eingespielt, lebten zusammen.

Zweimal im Jahr zogen sie sich, die Autos voller Stoffballen, in ein bretonisches Fischerdorf zurück, Allons führte den Haushalt, machte die ersten Probeaufnahmen. Mirka diente als Puppe, über die man Stoffe hängen, um die man Stoffe drapieren konnte. Laroche arbeitete mit Schere und Stecknadeln. Ohne Blutvergießen verliefen diese Proben nicht; er tupfte die Blutstropfen mit einem Seidentuch ab, küßte sie wohl auch weg, je nachdem, wo sie sich befanden. Er hatte Ideen! Oder er hatte keine. Dann schrie er Mirka an. Warum brachte sie nichts? Warum fiel ihr nichts ein? Eine Kreatur weiblichen Geschlechts, ohne Kreativität! Dann warf Mirka ihre Sachen in den Koffer, trug den Koffer zum Auto, an dem Laroche bereits wartete, um sich zu entschuldigen. Sie blieb. Sie hatte keine Wahl. Sie arbeitete ohne Vertrag, wurde stundenweise bezahlt, gut bezahlt. Laroche trug eine dünne Kette um den Hals, an dem eine winzige goldene Schere hing, ein

Geschenk Mirkas. Von allen Reisen schickte sie Karten an ihre Söhne, manchmal auch an Simone Villemain, mit Grüßen an ›notre mari‹. Sie gab sich Mühe, nicht zu viele grammatikalische Fehler zu machen, was zur Folge hatte, daß außer Grüßen und Wünschen nichts auf den Karten stand. Falls das Haus, in dem sie wohnte, auf der Ansichtskarte zu sehen war, stach sie mit einer Stecknadel an der betreffenden Stelle ein Loch durch den Karton; jeder, der eine Karte von ihr bekam, hielt sie als erstes gegen das Licht.

Am späten Nachmittag machten die drei Jogging am Strand, Mirka mit ihren langen Beinen voraus. Den Abend verbrachte man bei Kerzenlicht und Debussy, Abend für Abend Debussy. Man aß Artischocken und aß Langusten, Erdbeeren aus der zweiten Ernte. Mirka versicherte, daß die Langusten köstlich seien, noch besser als im vorigen Jahr. Wenn die beiden Männer den Langusten die Gelenke brachen, die Schwänze ausschlürften, Weinflaschen leerten, sich miteinander beschäftigten, zog sie sich zurück, was nicht wahrgenommen wurde.

Als man bereits die zweite Woche an der neuen Kollektion arbeitete, für die Laroche Stoffe mit alten provençalischen Mustern in Musselin und in Baumwolle eingekauft hatte, erwähnte Mirka, daß ihre Schwester in der Provence wohne, in einem kleinen verlassenen Dorf mit Namen Notre-Dame-sur-Durance. Was für ein Einfall: provençalische Kleider in der Provence vorzuführen, an Ort und Stelle! Eine dörfliche Kulisse, ohne Touristen, ohne Attraktionen. Zurück zur Natur! Man fuhr unverzüglich in die Provence, über Paris, wo man zwei weitere Mannequins, Claire und Albertine, mitnahm.

Das ›Café du Déluge‹ als Schauplatz und Monsieur Pascal als Statist, der sich weder durch Scheinwerfer noch durch Filmkameras aus der Ruhe bringen läßt. Die alten Männer beim Boulespiel. Die Farben der Kleider wiederholen die Farben der Landschaft: Steingrau, Olivgrün, Lavendelblau. Das Ortsschild darf nicht fotografiert werden, das hat Madame seule zur Bedingung gemacht. Tagelang war der Himmel wolkenlos, aber der Himmel interessiert Allons nicht, nur Laien brauchen Himmel und Wolken. Er fotografiert junge, helle Füße auf alten grauen Steintreppen, einen Ellenbogen, der sich auf eine Mauer stützt. Allons! Allons, enfants! Die jungen Frauen stehen atemlos und erhitzt im Schatten der Friedhofszypresse, beugen sich über Grabinschriften. Erhitzt und atemlos will er sie haben, kein Puder! Schweißtröpfchen soll man sehen! In den Nachbardörfern heißt es, in Notre-Dame-sur-Durance werde ein Film gedreht. Neugierige kommen in immer größeren Scharen, die alten immigrés treten in Aktion, halten sie fern, sperren die Straße, werden entlohnt.

Unter den Schaulustigen ist auch Pierre le fou. Er kommt quer über die Felder, geht lachend auf Mirka zu, der Cochon begrüßt ihn bellend. Allons wird auf ihn aufmerksam, schickt Claire und Albertine weg: Allons! Allons! Er wird die ernste, schöne Mirka mit diesem lachenden Strolch zusammenbringen, vor einem der Bories in dem Maquis. Allons! Worauf wartet man noch? Wenn man sich beeilt, hat man die untergehende Sonne im Gegenlicht. Viktoria sieht zunächst tatenlos zu. Pierre le fou hat sie nicht wiedererkannt, ein Gedächtnis besitzt er nicht. Monsieur Pascal muß vermitteln. Schick ihn weg, befiehlt sie, und Monsieur Pascal keucht hinter den anderen her die Gasse hinauf, packt Pierre le fou bei den Schultern, dreht ihn um und versetzt ihm einen Stoß, daß er sich davonmacht. Was ist los? Laroche tobt, Allons tobt. Derweil geht die Sonne unter. Die Männer beruhigen sich. Wozu die Aufregung! Morgen früh wird man ein anderes Motiv suchen. Laissez-faire! Madame Pascal hat bereits den Tisch unter der Platane gedeckt. Knoblauchsuppe und Kaninchenragout. Der Rosé ist hier, an diesem Berg, gewachsen! Monsieur Pascal bedient seine Gäste, die alten Männer bekommen ihren Pernod. So müßte man leben! Spät am Abend fahren alle nach Aix zurück, kommen früh am Morgen wieder, Möglichkeiten zu übernachten gibt es im Dorf noch immer nicht, auch für Mirka bleibt Viktorias Haus verschlossen.

Nach einer Woche war das Küchenprogramm von Madame Pascal beendet, aber da waren auch die Filme und Standfotos fertig. Allons hatte unbemerkt die ungleichen Schwestern fotografiert, Viktoria warf einen Blick auf die Fotos und zerriß sie.

»Was verdienst du eigentlich?« fragte sie Mirka.

»Ich werde stundenweise bezahlt.«

»Wie Lalou, der für mich arbeitet. Aber seine Stunden sind weniger wert als deine.«

»Er hat noch mehr Arbeitsstunden vor sich als ich.«

Mirka hielt ihrer Schwester einen Musselinrock und eine Bluse aus der neuen Kollektion hin: »Das schenke ich dir!«

»Deine abgelegten Kleider?«

»Ich habe als Kind immer die Kleider tragen müssen, aus denen du herausgewachsen warst.«

Die Schwestern hatten sich nicht viel zu sagen, konnten sich aber doch ertragen. Viktoria beantwortete die ungestellte Frage mit: ›Hier bin ich jemand.‹ Und Mirka sagte: ›Ich bin nur auf Bildern jemand.‹

Am Ende umarmte eine Schwester die andere, und beide sagten: »Bleib so.«

Keiner hatte in dieser Woche Schaden genommen, alle hatten ein wenig profitiert, es hatte im Dorf eine Abwechslung gegeben, man sprach noch eine Weile im ›Déluge‹ von ›Madame la sœur‹, einen anderen Namen hatte man sich nicht gemerkt. Madame seule als Bezugsperson. Was für eine schöne Schwester! Auch das konnte Viktoria jetzt ertragen, eine Schwester, nach der man sich umdrehte.

Die Schwester war weg, sie wird bleiben.

Immer neue Looks und neue Trends; die Amerikanismen waren auch in die Pariser Modeateliers eingedrungen. Mirka würde vermutlich noch weitere zehn Jahre eine schöne und begehrenswerte Frau sein, die nicht zu haben war. Philippe hatte bereits sein Urteil über sie abgegeben: ›Ihr ist nichts zu vergeben, sie hat wenig geliebt.‹ Diese Abwandlung eines Verses aus dem Lukas-Evangelium, die große Sünderin betreffend, klang, im Französischen an die Grandmaman gerichtet, besser.

Schon als Kind fingen seine Fragen mit ›Warum hat –?‹ an. ›Warum haben wir zwei Autos, und Louisa hat keines?‹ Einfache Fragen, die von der Grandmaman mit: ›Das mußt du mich nicht fragen‹ beantwortet worden waren.

›Wen muß man fragen?‹

›Am besten, du fragst Gott.‹

›Kann man seine Antworten verstehen?‹

›Manchmal.‹

Philippe war entschlossen, Philosophie zu studieren, Philosophie und Geschichte. Er wird lernen, die Fragen nach dem Sinn des Lebens richtig zu stellen, vor allem die Frage nach dem Sinn des Todes. Ob er Antworten finden wird, ist ungewiß. Lange Zeit hat jener Spruch von Sigmund Freud, der im Wartezimmer von Dr. Green in San Diego an der Wand hing und sich auf ihn vererbt hatte, an der Innenseite seines Schrankes im Internat gehangen: ›Why live, if you can be buried for ten dollars?‹ Die Zahl 10 war mehrfach durchgestrichen und der Währung angepaßt worden. Inzwischen las er Glucksmann, André Glucksmann, den Philosophen. ›Wenn man gegen den Totalitarismus ist, kann man nicht pazifistisch sein‹, stand als erster Satz in seinem Tagebuch. Er hatte seine Gesinnung geändert, der ehemaligen Firma Villemain & Fils nutzte es nichts.

Sein Bruder Pierre machte eine Lehre bei Renault; noch besaß er keinen Führerschein für ein schweres Motorrad. Auf einem Mofa fuhr er ins Marais-Viertel und tauchte bei seiner Mutter auf. Da Mirka nichts von König Artus' Tafelrunde wußte, konnte sie nicht erkennen, daß er aussah wie der junge Lanzelot. Ohne seine Montur abzulegen, ging er durch die

Räume des Ateliers, begrüßte Coco, hielt seiner Mutter den Motorradhelm wie eine Opferschale hin, in die sie den Inhalt ihres Portemonnaies entleerte. Manchmal sagte Pierre dann ›olàlà‹, und manchmal sagte Mirka ›olàlà‹, und dann zog er ab. Wenn er wieder pleite war, würde er wiederkommen.

Laroche ging weiterhin aufmerksam und behutsam mit seinem Starmannequin um. Er behandelte sie wie einen kostbaren Gegenstand, hauchte einen Kuß dorthin, wo das Rückendekolleté endete. Sie zog sich an, sie zog sich aus. Très belle! Er lobte sie und lobte damit zugleich sich selbst, seine eigene Person, die er pflegte und in gutem Zustand hielt, halten mußte; noch waren seine Freunde gleichaltrig, aber bald würde er sich nach jungen und anspruchsloseren Partnern umsehen müssen. Wie findest du mich? fragte er Mirka. Sie betrachtete ihn aus ihren hellen, starren Taubenaugen und stellte fest, daß er attraktiv sei. Und Coco krächzte, wenn Laroches Freund kam: ›Baiser, ma belle! Baiser!‹, was noch immer Anlaß zu Gelächter gab.

»Warum machst du Mode in Paris? In Bochum wäre es nötiger.«

Mirka hatte die Frage ihrer Mutter mit einer Gegenfrage beantwortet.

»Wie kommst du gerade auf Bochum? Ich habe an Kassel gedacht oder Marburg, daher stamme ich doch. Vielleicht mache ich später eine Boutique dort auf, ›Chez Mirka‹. Eigentlich wollte ich doch tanzen. Nun bin ich eine Anziehpuppe geworden.«

Keine Klage, eine Feststellung, und von Maximiliane auch so verstanden.

19

›Auch wer gegen den Strom schwimmt, schwimmt im Strom.‹
Manès Sperber

Fragebogen der ›Frankfurter Allgemeinen Zeitung‹
Joachim Quint
Politiker und Lyriker

Was ist für Sie das größte Unglück? Nichts bewirken zu können.

Wo möchten Sie leben? Wo ich frei reden, schreiben und leben kann.

Was ist für Sie das vollkommene irdische Glück? Die richtige Anwendung des Konjunktivs.

Welche Fehler entschuldigen Sie am ehesten? Die aus Angst begangenen.

Ihre liebsten Romanhelden? N. N., aus dem Roman, den ich eines Tages zu schreiben gedenke.

Ihre Lieblingsgestalt in der Geschichte? Kaiser Augustus, der zum Zeichen seines Friedenswillens langsam wachsende Ölbäume pflanzen ließ. 40 Jahre lang war Frieden in seinem Reich.

Ihre Lieblingsheldinnen in der Wirklichkeit? Meine Frau, die es auf sich genommen hat, einen Politiker zu heiraten und mit ihm Kinder zu haben.

Ihre Lieblingsheldinnen in der Dichtung? Suleika, die dem Dichter antwortet.

Ihre Lieblingsmaler? Die untergehende Sonne.

Ihr Lieblingskomponist? Die Amsel.

Welche Eigenschaften schätzen Sie bei einem Mann am meisten? Wenn er nicht alles tut, was er tun könnte.

Welche Eigenschaften schätzen Sie bei einer Frau am meisten? Daß man mit ihr lachen kann.

Ihre Lieblingstugend? Verzichten können.

Ihre Lieblingsbeschäftigung? Träumen. Denken. Reden. Schreiben.

Wer oder was hätten Sie sein mögen? Ein Baum.

Ihr Hauptcharakterzug? Das müssen Sie andere fragen.

Was schätzen Sie bei Ihren Freunden am meisten? Ihre Freundschaft.

Ihr größter Fehler? Eine Tugend: Leichtgläubigkeit.

Ihr Traum vom Glück? Diesen Traum verwirklichen zu können.

Was wäre für Sie das größte Unglück? Wenn einträfe, was durch Nachrüstung vermieden werden soll.

Was möchten Sie sein? Ein zweiter Baum.

Ihre Lieblingsfarbe? Das Silberweiß der Mondviole, auch Judastaler genannt.

Ihre Lieblingsblume? Der blühende Apfelbaum.

Ihr Lieblingsvogel? Die Feldlerche.

Ihr Lieblingsschriftsteller? Der Prediger Salomo.

Ihr Lieblingslyriker? Der Dichter des Hohenlieds.

Ihre Helden in der Wirklichkeit? Der Politiker, der sagt: Die Gegenpartei hat recht.

Ihre Heldinnen in der Geschichte? Die Freiheitsstatue.

Ihre Lieblingsnamen? Meine Kinder sind noch nicht getauft.

Was verabscheuen Sie am meisten? Ich verabscheue nicht.

Welche geschichtlichen Gestalten verachten Sie am meisten? Die Machthaber und Machtausüber.

Welche militärischen Leistungen bewundern Sie am meisten? Die verhinderten.

Welche Reform bewundern Sie am meisten? Die (fiktive) Aufteilung der Großmächte in viele kleine, selbständige Staaten.

Welche natürliche Gabe möchten Sie besitzen? Beleben und beglücken zu können.

Wie möchten Sie sterben? Nachdem ich gelebt habe.

Ihre gegenwärtige Geistesverfassung? Morgens zuversichtlich, abends besorgt. Manchmal umgekehrt.
Ihr Motto? ›Mich wundert's, daß ich fröhlich bin.‹

20

›Man muß immer das Ganze im Auge behalten.‹
Der alte Quindt

Wieviel Zeit war vergangen, seit Maximiliane Quint damals nach Düsseldorf gefahren war, um die geretteten Ahnenbilder zu verkaufen? Dreißig Jahre? Und jetzt fuhr sie wieder nach Düsseldorf, um eines der beiden Bilder zurückzuholen. Daß es bei ihrer Kusine Marie-Louise im ›Studio für modernes Design‹ in der Königsallee hing, hatte sie von Joachim erfahren.

Sie betrat das Geschäft, schob den jungen Mitinhaber, der sie offenbar nicht als Kundin einstufte und sie daher aufhalten wollte, beiseite und sah sich um. Ein Blick genügte, und sie sagte: »Da seid ihr ja!«

Sie begrüßte die Bilder und begrüßte ihre Vorfahren, die in wertvollen Jugendstilrahmen an der Wand hingen mit der Aufgabe zu beweisen, daß sich spätimpressionistische Bilder mit moderner Wohnform durchaus vertrugen. Sie blickte sich nochmals um, suchte nach einem Hocker, auf den sie steigen könnte, entdeckte eine kleine Trittleiter, stellte sie unter das Bild des alten Quindt und stieg hinauf, so daß Marie-Louise, die inzwischen verständigt worden war, zu ihr aufblicken mußte. Trotzdem wurde sie von ihrer Kusine herablassend begrüßt.

Es fand eine kurze Auseinandersetzung darüber statt, wem ein Gegenstand gehöre – dem ursprünglichen Eigentümer oder dem, der ihn als letzter käuflich erworben habe. Beide Frauen pochten auf ihre Rechte.

»Es handelt sich um pommersche Quindts!« sagte Maximiliane. »Ihr stammt aus Ostpreußen!«

»Du hast die Bilder verkauft«, entgegnete Marie-Louise, »und ich habe sie zurückgekauft!«

»Damals brauchte ich Geld, und heute brauche ich Ahnen. Ich habe die Bilder auf der Flucht gerettet!«

Das entsprach nicht der Wahrheit. Die Bilder hatten sich, aufgerollt, auf einem der Wagen des Poenicher Trecks befunden und waren von Martha Riepe gerettet worden, aber während Maximiliane es sagte, glaubte sie an ihre Behauptung.

»Ich brauche nur den alten Quindt! Meinen Vater habe ich sowieso nicht gekannt. De Jong! Erinnerst du dich, daß der Käufer – wie hieß er doch? Wasser wie Wasser aus Hilden – immer ›de Jong‹ gesagt hat? Erinnerst du dich an den Abend in der Altstadt und an die Mutter Courage im Theater? Am besten war der Karren!«

»Komm runter!« Marie-Louise gedachte nicht, Erinnerungen auszutauschen. Und Maximiliane dachte nicht daran, ohne das Bild von der Leiter herunterzukommen.

»Laß das Bild da hängen!«

»Ich brauche es!« Mit diesem Argument nahm sie den alten Quindt vom Nagel, stieg von der Leiter und trug ihn unverpackt aus dem Laden. Der junge Mitinhaber wollte ihr folgen, wurde aber von Marie-Louise zurückgehalten.

Im Parkhochhaus wickelte Maximiliane das Bild in die mitgebrachte Decke, verstaute es auf dem Rücksitz und fuhr nach Hilden. In einem Telefonbuch fand sie den Namen Wasser, Alt- und Abfallstoffe. Die Branchenbezeichnung hatte sich geändert, vor drei Jahrzehnten war von Buntmetall die Rede gewesen. An einer Tankstelle erkundigte sie sich nach dem Weg, fand schließlich den Lagerplatz und parkte neben einer Baracke, die als Büro diente. Herr Wasser erkannte sie nicht wieder, erinnerte sich aber an den verkauften Großvater.

»Das waren noch Zeiten! Als es den anderen schlecht ging, ging es den Schrotthändlern bon. Mal sind die einen dran, mal die anderen. Hauptsache, man kommt auch mal dran. Sie sind auch älter geworden!«

Gegen diese Feststellung war nichts einzuwenden.

»Was is mit de Jong?« fragte er dann.

»De Jong hängt noch in einem Geschäft an der Königsallee, aber den anderen, meinen Großvater, habe ich wieder. Ich habe ihn mir geholt. Zur Dekoration ist er zu schade.«

Herr Wasser goß Schnaps in zwei kleine Gläser.

»Na denn prost auf den Großvater! Sie haben mich ganz schön reingelegt mit den Bildern, geschah mir aber recht. Meine Frau wollte, daß eine Expertise angefertigt würde. Die war teurer, als die Bilder wert waren. Als mich meine Frau verlassen hat, habe ich die Bilder zum Gerümpel gestellt.«

Maximiliane fragte teilnahmsvoll: »Sie haben Ihre Frau verloren?« und dachte an Tod.

»Ja«, sagte Herr Wasser, »an meinen Prokuristen. Die beiden haben sich selbständig gemacht, das Betriebskapital hatte ich ihr in den guten Jahren um den Hals gehängt.«

Als Maximiliane ihn fragend ansah, fügte er hinzu: »Und an die Arme! Und an die Finger! Und jetzt habe ich wieder einen kleinen Laden für kleine Leute. Jetzt stimmt's wieder. Abends ein Bier in der Eckkneipe und zwischendurch immer mal ein Klarer. Wollen Sie noch einen? Eine passende Freundin gibt's auch.«

Maximiliane war aufgestanden und hatte sich umgeblickt.

»Hier hat der alte Quindt also mal eine Weile gelebt.«

»Hier nicht! Damals hat es anders bei mir ausgesehen. Mein Büro – picobello!«

Sie unterhielten sich noch eine Weile über jenen Abend in der Düsseldorfer Altstadt, dann blickte Maximiliane auf die Uhr und sagte, daß sie jetzt gehen müsse.

»Na denn!« sagte Herr Wasser zum Abschied, und Maximiliane sagte ebenfalls: »Na denn!«

»Wo haben Sie ihn denn?«

»Im Fond! Wie sich das für einen Freiherrn schickt!«

»Sie sind gut! Dat warn Sie damals schon. Hat sich denn keiner gefunden?«

»Ich hab nicht gesucht«, sagte sie, stieg in ihr Auto und fuhr davon.

Vier Wochen später hing das Bild über einem grün-weiß gestreiften Biedermeiersofa. Mit dem Blick der Pferdekennerin hatte die Äbtissin bei ihrem ersten Besuch die falsche Beinstellung des Pferdes erkannt und »Oh!« gesagt, und Maximiliane hatte den Maler in Schutz genommen, er habe aus Düsseldorf gestammt und von Pferden nichts verstanden. »Es soll ein Quindtscher Traber sein!«

Sie hatte sich ihre Aussteuer für das Kloster bei Auktionen zusammengekauft, immer darauf bedacht, nur das anzuschaffen, was sie nötig hatte. ›Stilvoll und schlicht.‹ Im Gedenken an ihre Untermieter-Vergangenheit in Marburg hatte sie sich entschlossen, die Tischplatte und die Kommodenplatte mit einem Polyesterlack präparieren zu lassen, damit man sie feucht abwischen konnte. Über der Kommode hing die Silberstiftzeichnung von Caspar David Friedrich, die nach dem Tod ihrer Mutter in ihren Besitz übergegangen war. Fräulein Kerssenich, eine ihrer Zimmernachbarinnen, betrachtete das Bild mit kritischem Kunstverstand.

»C. D. F.! Aber gar nicht typisch! Man spürt nichts von der Tragödie der Landschaft, es ist zu pommersch!« Pommersch schien nur ein anderes Wort für langweilig zu sein. An der dritten Wand des Wohnzimmers hing jenes Bild, das sie auf der Vernissage in Paris erworben hatte, ein Bild von Ossian Schiff. Sein Ruhm hatte nicht lange gewährt, der große Durchbruch war ihm nicht gelungen, aber aus dem Bilderzyklus ›Les yeux‹ befanden sich einige Bilder in Privatbesitz, einige waren von kleineren Museen angekauft worden.

»Der Treck aus dem Osten!« sagte sie zu Fräulein Kerssenich.

Das Wort von der Tragödie der Landschaft, das jetzt gepaßt hätte, fiel nicht.

»Sechshundert Francs habe ich dafür gezahlt!« sagte Maximiliane und dachte an das Atelier, in dem sie mit Ossian Schiff gelebt hatte.

Ob das nicht ein bißchen viel gewesen sei für einen unbekannten Maler?

Maximiliane antwortete, daß ihr der Maler nicht unbekannt gewesen sei.

Sie bot ihren Gästen einen trockenen Sherry an und stellte ihr Glas auf die Kommode.

»Vorsicht!« sagte Fräulein Kerssenich. »Es wäre schade, wenn diese schöne alte Kommode Ringe bekäme.«

»Die Oberfläche ist präpariert«, antwortete Maximiliane.

Fräulein Kerssenich strich mit der Hand über die Kommode und sagte bedauernd: »So ein schönes altes Stück.« Sie sah, daß ein Buch aufgeschlagen, mit dem Rücken nach oben, neben dem Schaukelstuhl auf dem Boden lag, und sagte: »Ich werde Ihnen ein Lesezeichen sticken!«

»Ich habe immer auf der Seite der Benutzer gestanden und nicht auf der Seite der Gegenstände«, sagte Maximiliane.

Und dann natürlich die Taufterrine, der Rest der Poenicher Herrlichkeit. Sie stand auf der hellen Kirschholzkommode, wurde im Sommer mit Blumen gefüllt und im Winter mit gutgelagerten Boskop-Äpfeln. Die kleine Anekdote, daß ihre schöne Mutter Vera, eine von Jadow aus Berlin, sie, den Täufling, in die geleerte Suppenterrine gelegt hatte, war zur Wiedergabe hochgeeignet.

Auch über Porzellan wußte Fräulein Kerssenich Bescheid: Preußische Manufaktur. Das sogenannte Curländer!

Der Teppich aus Poenichen, der als Plane über einem der Pferdewagen gelegen hatte, erwies sich auch in Plummbüttel als zu groß und mußte umgeschlagen werden, aber die wenigen Möbelstücke kamen darauf vorteilhaft zur Geltung. Ein Schaukelstuhl, in Erinnerung an den Poenicher Schaukelstuhl erworben, stand vor der geöffneten oder vor der geschlossenen Glastür, die in den kleinen Garten führte.

Auch die kleine Küche wurde besichtigt und gelobt. »Das ist ja alles wie neu!« hieß es von den Geschirrtüchern und den kleinen Kochtöpfen. Und: »Mehr braucht man hier ja auch wirklich nicht.«

In der ersten Nacht, die Maximiliane im Kloster verbrachte, träumte sie, in ihrem Garten stand ein Baum, der sich vor ihren Augen entblätterte. Sie hatte die Blätter eingesammelt, sich hingesetzt und sie mit leichter Hand zu Ketten aneinandergenäht und dann mit großen Stichen die Ketten zu einem Blätterkleid verbunden, war dann zu dem kahlen Baum gegangen und hatte ihm das Kleid übergestreift.

Sie war heiter und zuversichtlich erwacht. Es wurde Herbst. Sie sah den Laubvögeln zu, die der Wind durch die Luft trieb.

21

›Die Denker bewegen sich in himmlischen Gefilden, und auf der Erde findet man nur Grenadiere.‹

Madame de Staël

Dieser Quint schien ein Querdenker zu sein, ein Risikogast vermutlich; bei einem alternativen Grünen mußte man damit rechnen. Trotzdem wollte man es wagen, das ›Sonntagsgespräch‹ live zu senden.

Den Vorschlag, ihn am Hauptportal abholen zu lassen, hatte er mit der Begründung abgelehnt, er sei gewöhnt, sich seinen Weg selbst zu suchen. Man hatte ihm die richtungweisenden Orientierungsfarben angeben wollen, damit er sich in dem Gebäudekomplex des Funkhauses zurechtfände. Er orientiere sich nach Himmelsrichtungen und Höhen, gab er zur Antwort, nicht nach Farben.

Die Sekretärin, die dieses Telefongespräch führte, bat, daß

er einen Augenblick warten möge, da sie weder über die Höhe noch über die Himmelsrichtung Bescheid wisse. Quint wartete. Eine andere, eine männliche Stimme meldete sich und fragte: »Mit Höhe meinen Sie das Stockwerk?« Er vermute, sagte die Stimme, daß man sich in dem angegebenen Stockwerk südwestlich halten müsse.

Als Quint beim Pförtner des ›Zweiten Deutschen Fernsehens‹ auf dem Lerchenberg in Mainz eintraf, wurde er, was er nicht wußte, von einem Monitor erfaßt und begleitet. Er machte sich auf den Weg, besichtigte zunächst den Gebäudekomplex von außen, was längere Zeit in Anspruch nahm, begab sich dann zu einer Glasschleuse, von wo aus sein Eintreffen durch Monitor weitergemeldet wurde. Er überwand den Höhenunterschied mit Hilfe der Treppen, nicht mit Hilfe des Fahrstuhls, trat an eines der Gangfenster und blickte über die Vorberge des Taunus, verweilte einige Minuten lang, kam dann aber doch zum richtigen Zeitpunkt im angegebenen Aufnahmestudio an. Er wurde mit Erleichterung begrüßt.

»Hat man dieses Kolosseum zur Einschüchterung gebaut?« fragte er. »Ist beabsichtigt, daß der Besucher sich seiner Kleinheit bewußt wird? Was für ein Lebensgefühl –?«

Als der Gastgeber des ›Sonntagsgesprächs‹, Herr Leroi, ihn unterbrechen wollte, fragte Quint: »Unterhalten wir uns während der Sendung darüber?«

Herr Leroi hob abwehrend die Hände. »Ich werde es sein, der die Fragen stellt.«

»Soll es sich nicht um ein Gespräch handeln? Zwei Männer derselben Generation unterhalten sich am Sonntagmittag miteinander. Es ist doch ein Unterschied, ob man an einem Donnerstagabend oder an einem Sonntagmittag miteinander spricht, zur Essenszeit. Unbekömmliche Kost darf man da nicht anbieten. Verträgliches, gut Verdauliches.«

Zunächst begaben die Herren sich in den Schminkraum. Man sei noch in der Zeit, bedeutete man Quint, aber eine gewisse Eile sei dennoch geboten, ohne daß man ihn nervös machen wolle, aber bei Live-Sendungen handele es sich um Sekunden.

Man ging durch einige Flure, Herr Leroi zögerte an einer Stelle, sein Orientierungssinn war nicht gut entwickelt, außerdem hatte man das Gebäude erst vor wenigen Wochen bezogen.

»Ein Labyrinth! Farben statt Ariadnefäden!«

Er entschied sich für einen falschen Gang, dann für einen anderen und stand schließlich vor der richtigen Tür.

Quint nahm vor einem der großen Spiegel Platz und wurde mit einer Puderquaste behandelt, dann zog er eine Krawatte aus der Tasche, die er für den Fall mitgenommen hatte, daß sonntagmittags eine Krawatte erwünscht sein sollte. Herr Leroi, der aus ähnlichen Erwägungen heraus ebenfalls eine Krawatte mitgebracht hatte, tat dasselbe und erkundigte sich bei Quint, ob er grundsätzlich etwas gegen Krawatten –

»Ich lege mir nicht gern jeden Morgen selbst einen Strick um den Hals«, antwortete Quint, »aber das ist auch alles, was an einer Krawatte an Weltanschauung aufzuhängen ist. Es ist wie mit Pullovern. Einfacher ist es natürlich, Wolle zu Pullovern zu verstricken und sie nicht zu Stoffen zu verweben, die zugeschnitten und genäht werden müssen. Pullover sind wärmer, allerdings nicht immer kleidsamer. Um Pullover tragen zu können, muß man breitschultrig sein und einen guten Kopf haben.«

Quint trug ein Jackett, Herr Leroi ebenfalls. Noch immer hielten beide Herren unschlüssig die mitgebrachten Krawatten in der Hand. Aus dem Aufnahmestudio wurde angerufen. Die Beleuchtung warte, der Toningenieur warte, die Kameraleute ... Man mußte sich schnell einigen und entschied sich, um nicht vorzeitigen Spekulationen Raum zu geben, für Krawatte.

Auf dem Rückweg ins Studio gab es die ersten Verständigungsschwierigkeiten, die aus dem beiderseitigen Wunsch nach Anpassung entstanden.

»Möchten Sie, daß wir den Verlauf des Gesprächs festlegen?«

»Kann man das?«

»Würde es Sie beruhigen, einige der Fragen vorher zu kennen?«

»Ich bin nicht beunruhigt, wenn wir davon absehen, daß Leben immer beunruhigend ist.«

»Wir müssen diese neunundzwanzig Sendeminuten durchhalten! Wir senden live!«

»Von klein auf lebe ich live, jede halbe Stunde meines Lebens.«

Dieser Quint war offensichtlich kamerasicher. Daß er fotogen war, stellten die Kameraleute bei den ersten Probeeinstellungen bereits fest; die rechte Gesichtshälfte war markanter als die linke, das würde zu beachten sein.

Er wurde aufgefordert, Platz zu nehmen, was er aber nicht tat. Zunächst einmal ging er zu den Mitarbeitern des Aufnahmeteams, begrüßte die Kameramänner, die Toningenieure, die Beleuchter, gab ihnen die Hand und ließ sich die Monitore erklären. Die Zeit wurde knapper. Er nahm Platz, wurde aufgefordert, sich ganz ungezwungen, aber wenig zu bewegen, um nicht an das unauffällig installierte hochempfindliche Mikrophon zu stoßen.

Er zog die Pfeife aus der Tasche, legte sie auf den Glastisch, legte den Tabaksbeutel daneben und richtete sich auf eine längere Verweildauer ein. Demnach wünsche er zu rauchen? Also: ein Aschenbecher! Vielleicht würde er rauchen, vielleicht auch nicht. Was wünsche er zu trinken? Um diese Zeit pflege er gar nichts zu trinken. Herr Leroi sagte mehrmals: »Gut, gut, trinken wir gar nichts!« Er erklärte seinem Gast ein weiteres Mal die Abfolge der Sendung: Unmittelbar nach den Kurznachrichten wird ein kleines Motiv von Bach erklingen. Die Kamera fängt die beiden sich drehenden Plastikköpfe, die die Gesprächssituation symbolisieren, ein.

Quint erkundigte sich, ob es sich bei den Köpfen um Arbeiten von Horst Antes handele, er habe außerhalb des Gebäudes weitere derartige Köpfe, wenn auch ungleich größere, gesehen.

»Wenn wir darüber später reden könnten, Herr Quint? Wir sind in wenigen Sekunden auf Sendung!«

Er sortierte noch einmal seine Notizzettel, stieß sie mit ihren Kanten auf den Tisch, strich sie glatt und legte sie vor sich hin. Die Wanduhr im Blick, griff er noch einmal nach der Krawatte und gab das Handzeichen, die Sendung lief. Die erste Frage.

»Herr Quint! Joachim Quint. Sie haben sich in ungewöhnlich kurzer Zeit einen Namen gemacht. Ich habe einige Formulierungen notiert, die ich über Sie gelesen oder gehört habe: ›Politiker und Poet dazu‹, ›Der Mann, der aus den Wäldern kam‹ oder ›So einfach liegen die Dinge nicht, Herr Baron‹. Fangen wir mit der Herkunft an. Gelegentlich liest man vor Ihrem Namen ein kleines v.«

»Hin und wieder werde ich von einem Journalisten geadelt. Ein Zeitungsadel, der im Gegensatz zum Briefadel nicht erblich, aber offensichtlich übertragbar ist. Die Quindts, allerdings mit ›d‹ geschrieben, waren mehr als dreihundert Jahre in Hinterpommern ansässig.«

»Sie sind Jahrgang 1938. Wir sind also etwa gleichaltrig.«

»Wenn ich richtig informiert bin, stammen Sie aus Westdeutschland, Herr Leroi? Im Gegensatz zu Ihnen habe ich meine Heimat verlassen müssen, bereits mit sechs Jahren, zu Fuß, weitgehend zu Fuß.«

»Ihre Lebensgeschichte spiegelt ein Stück Zeitgeschichte.«

»Ein vergleichsweise kleiner Spiegel für ein so großes Gegenüber.«

Es entstand eine Pause.

»Sie tragen einen Ring. Ein Wappenring?«

Quint legte seine Linke auf den Glastisch, damit die Kamera einen Blick darauf werfen konnte, und erklärte: »Fünf Blätter, daher der Name, Quint gleich fünf, darüber drei Vögel mit gereckten Hälsen, Gänse vermutlich. In Pommern spielten Gänse eine große Rolle. Ich ziehe übrigens die Gans den üblichen Wappentieren vor. Lieber ein Hase als ein Löwe im Panier.«

»Man hat Sie als ›grünen Baron‹ bezeichnet.«

»Von Haupt- und Beiwort stimmt jeweils nur die Hälfte. Zur Hälfte ein Baron, aber welche Hälfte? Welches ist die mütterliche Hälfte? Und grün mit allerlei Einsprengseln, ein wenig rot, auch ein wenig schwarz –«

»Wie steht es mit braun?«

»Sie meinen meinen Vater? Er war Hitler gehorsam. Ich habe viele Jahre in nachträglichem stellvertretenden Ungehorsam verbracht. Ich habe versucht, mich zu entdeutschen, was man aber nach meinen Erfahrungen nicht kann. Ich bitte mir einige weiße Einsprengsel im Gefieder aus.«

»Man hat also recht, wenn man Sie einen bunten Vogel nennt?«

»Ich ziehe den Namen Quint vor, der Name Vogel ist bereits besetzt.«

»Sie werden Federn lassen müssen!«

Eine entsprechende Handbewegung Quints deutete an, daß er damit rechne.

»Auf den Fotos, die von Ihnen im Umlauf sind, tragen Sie einen Bart. Der Bart ist ab – kann man das so sagen?«

»Als ich einen Bart trug, lebte ich in den schwedischen Wäldern. Für wen hätte ich mich rasieren sollen? Für die Bäume? Einmal im Leben läßt jeder Mann sich einen Bart stehen. Aber es ist ein Irrtum zu glauben, daß Bartträger in der Zeit, in der andere Männer sich rasieren, Bedeutendes denken oder tun würden. Es gibt Gesichter, denen ein Bart gut steht. Nicht immer treffen Männer die richtige Entscheidung.«

»Sie haben sich entschieden.«

»Meine Frau hat mich entschieden. Sie hat gesagt: ›Du weißt doch, was du willst, also zeig dein Kinn vor.‹«

Herr Leroi, seinerseits ein Bartträger, griff sich ans Kinn und versuchte ein Lächeln.

»Kommen wir doch noch einmal auf Schweden zurück. Aus welchem Grund haben Sie Deutschland verlassen, und aus welchem Grund sind Sie zurückgekehrt?«

»Als junger Deutscher bin ich nach Schweden gegangen, als alter Schwede zurückgekehrt.«

»Sie empfinden es demnach als eine Rückkehr? Welche Richtung haben Sie eingeschlagen? Was ist Ihr Ziel?«

»Der Bundestag. Ich gedenke, mich einzumischen, Einfluß zu nehmen. Noch lieber wäre mir allerdings: kein Staat, keine Macht.«

»Sind das nicht Träume?«

»Das Grundgesetz sollte einen Passus enthalten, der dem Bürger das Recht auf Träume zugesteht. ›If you can't dream, you cannot win‹, ›wenn du nicht träumen kannst, kannst du nicht siegen‹. Ich habe diesen Satz nicht in einem Buch gelesen, sondern auf einer Mauer, auf der Berliner Mauer, in der Nähe des Checkpoint Charlie. Zu Ihrer Frage! Ich strebe keinen Regierungsposten an, ich meine auch nicht, daß die Bundesregierung so bald schon einen grünen Kopf haben sollte. Grün wächst von unten her; wir müssen kräftiges und gesundes Wurzelwerk bilden, keine ungesunden Schößlinge.«

»Sie benutzen das Vokabular eines Umweltschützers. Könnten Sie sich – für einen späteren Zeitpunkt – ein Umweltministerium . . .«

Quint unterbrach seinen Gastgeber mit einer Handbewegung.

»Wir sind in Gefahr, über den Umweltproblemen die Weltprobleme aus den Augen zu verlieren. Wo hört Umwelt auf? Wo fängt Welt an? Wo ist die Grenze zu ziehen? Die Grenze der Eigenverantwortung, meine ich. Wir sind dabei, uns eine Umweltanschauung zuzulegen. Woran es aber fehlt, das ist eine Weltanschauung.« Quint war bei seinem Lieblingsthema angelangt.

»Meine Vorfahren konnten mir ihren Grundbesitz im Osten nicht vererben, statt dessen haben sie mir eine Reihe von Grundsätzen vererbt. Wenn es hier« – er machte eine Handbewegung, die über die Ausmaße des Studios weit hinausging und das Mikrophon in Gefahr brachte –, »wenn es hier an etwas fehlt, dann sind es Grundsätze. Es fehlt auch an Vorsätzen. Das Wort ›Satz‹ kommt in diesem Land vornehmlich im Zusammenhang mit ›Absatz‹ vor, sinkender Absatz, steigender Absatz, sehr selten nur als Vorsatz.«

An dieser Stelle gelang es Herrn Leroi, einen Satz einzuwerfen.

»Für einen Politiker, wenn er erst einmal auf der Abgeordnetenbank in Bonn angelangt ist, geht es selten um Vorsätze und Grundsätze, da geht es tatsächlich sehr oft um Absatz, ganz konkret etwa um Milchabsatz.«

Quint griff zur Pfeife, legte sie aber wieder hin, lehnte sich zurück, blickte ins Weite, durch Kameras und Scheinwerfer hindurch.

»Milch!« sagte er. »Reden wir über Milch, ein Naturprodukt! Ich müßte jetzt mit ›Es war einmal ...‹ anfangen. Ein deutsches Märchen. Als Kind habe ich etwas gesehen, was man heute nicht mehr zu sehen bekommt. Ein Kalb. Ein Kälbchen am Euter seiner Mutter. Eine Kuh produzierte in früheren Zeiten Milch nur zu dem Zweck, ihr Kälbchen so lange zu ernähren, bis es sich selbst mit Gras oder Heu ernähren konnte. Heute nimmt man dem Muttertier das milchverbrauchende Kalb weg, züchtet die Kuh auf Milch. Dem Kalb gibt man statt dessen hormonhaltige Nahrung, damit es rascher wächst und sein Fleisch weiß bleibt. Dieses Fleisch ist nachweislich ungesund. Umsichtige Hausfrauen wissen das und kaufen es nicht. Der Kalbsnierenbraten ...« – Quint warf einen Blick in die nächststehende Kamera – »fehlt sonntags auf dem Mittagstisch. Die einfachste Lösung wäre nun, daß das Kalb wieder die ihm zustehende Milch bekäme, Kuh und Kalb miteinander auf der Weide. Das Kälbchen wächst langsam heran, sein Fleisch wird rosig, gesund und schmackhaft. Allerdings kostspielig! Also ißt man nur selten einen Kalbsnierenbraten, ißt nur ein kleines Stück Fleisch, ißt es dafür aber mit Genuß, bleibt schlank. Solange ich in Schweden lebte, pflegte ich an jedem Tag einen halben Liter Milch zu trinken, das ist dort üblich. Eine ebenfalls einfache Lösung wäre also, man tränke die Milch, bevor man daraus Butter für die Butterberge herstellt und . . .«

Herr Leroi fiel ihm ins Wort.

»Lassen wir jetzt einmal die Milch beiseite, sonst machen uns Weinbauern und Bierbrauer Schwierigkeiten!«

So leicht ließ Quint sich nicht unterbrechen. Er bat um Geduld, er könne eine passende Anekdote anbringen. Er habe einen Brief aus Polen bekommen. Dort sei es so: Wenn zwei Arbeiter in einer Fabrik arbeiten, von denen der eine nur Milch trinke, der andere aber viel Alkohol, dann wird der Milchtrinker durch den Alkoholtrinker erhalten, denn der Staat verdiene eine Menge Geld durch den Alkohol, die Milch müsse er subventionieren.

Herr Leroi hatte nur mit halbem Ohr hingehört und statt dessen einen Blick auf seine Notizzettel geworfen. Das Thema Milch war abgeschlossen.

»Sie haben uns da ein sehr anschauliches Beispiel der ›einfachen Lösungen des Herrn Quint‹ gegeben. Vor kurzem haben Sie sich in einer Zeitschrift zum Thema ›Heimat‹ geäußert, zusammen mit vielen anderen. Sind Sie der Ansicht, daß ein solches Sammelsurium der unterschiedlichsten Ansichten wirklich zur Meinungsbildung der Leser beitragen kann?«

»Ist es Ihnen recht, Herr Leroi, wenn wir nicht von ›Sammelsurium‹, sondern von ›Eintopf‹ sprechen? Wenn die Zutaten gut sind, ist das Ganze gut. Man darf einen guten Eintopf nur nicht umrühren. Meine Frau leitet ein kleines Hotel, das Burg-Hotel Eyckel, ich beziehe ihre Erfahrungen mit ein, und sie bezieht meine politischen Erfahrungen ebenfalls mit ein. Da wir räumlich oft getrennt sein müssen, überwinden wir gedanklich die Entfernungen.«

»Sie haben ein enges Verhältnis zur Frau schlechthin?«

»Schlechthin? – Ich habe eine Mutter, die machen konnte, daß die Sonne dreimal unterging.«

»Könnten Sie das etwas näher erklären?«

Nach kurzem Nachdenken sagte Quint: »Erklären läßt sich das schwer. Es war während der Flucht aus Pommern. Wir gingen zu Fuß und zogen unseren Handkarren hinter uns her. Immer wenn wir wieder eine Steigung geschafft hatten, ging die Sonne ein weiteres Mal unter –«

Herr Leroi schien keinen Sinn für die Symbolik und Poesie dieser Kindheitserinnerung zu haben. Er wechselte das Thema.

»Werden wir doch noch einmal grundsätzlich! Haben Sie so etwas wie ein politisches Konzept?«

Quint nickte mehrmals und änderte den Ton.

»Der Politiker ist ein Fachmann, der seinen Wählern die politische Verantwortung abnimmt. Was ich anstrebe, ist eine Entpolitisierung des Alltags. Der Idealzustand wäre, daß der größere Teil der Bevölkerung nicht weiß, von wem er unauffällig und reibungslos regiert wird. Statt der Politiker sollten Philosophen, Dichter, Theologen gehört und gelesen werden. Wie man leben soll, wie man sterben kann. Das sind Fragen, die nicht die Politiker beantworten können. Sie sind nur ausführende Organe im Dienst der Denker.«

»Verstehe ich Sie recht? Der Politiker Quint will zwar gewählt, aber nicht weiter beachtet werden?«

»Für meine Gedichte, meine Essays erbitte ich mir Aufmerksamkeit. Ganz werde ich meine beiden Tätigkeiten nicht voneinander trennen können. Ich muß damit rechnen, daß meine politischen Anhänger, aber auch meine Gegner, einmal ein Gedicht von mir lesen, und ich rechne damit, daß die Leser meiner Gedichte auch meine politischen Reden lesen, oder, wie in diesem Fall: hören.«

»Sie spielen zwei Rollen!«

»Ich spiele nicht, ich lebe, allerdings auf zwei Ebenen. Auf meine Glaubwürdigkeit, auf meinen Freimut kommt es beim Reden an und kommt es auch beim Schreiben an. Beides hat Konsequenzen und muß sich auf mein Tun auswirken, auch auf das Lassen.«

»Die Partei der Grünen sei der Lumpensammler aller außerparlamentarischen Oppositionen, hieß es einmal, es sammelten sich dort sowohl die Ex-Anarchisten als auch die Neo-Romantiker einer neuen Jugendbewegung. Wie sind Sie einzuordnen? Für eine ›Jugendbewegung‹ sind Sie doch wohl nicht mehr jung genug?«

»Ich lasse mich nicht gern einordnen. Die Grünen haben ein weitgespanntes und hohes Dach, vorerst fühle ich mich dort nicht eingemauert. Wenn sie aber eines Tages ein unumstößliches Programm entwickelt haben, wird es nicht mehr meine Partei sein. Programme müssen lebendig bleiben, weil sie mit lebendigen Menschen zu tun haben.«

»Zurück zu Ihrer Hypothese: Sie erreichen Ihr Ziel, die Abgeordnetenbank. Wie stellen Sie sich Ihre Aufgaben vor?«

»Das Mögliche zu erreichen und nicht zu lamentieren, wenn das Unmögliche noch nicht erreicht werden kann.«

»Was bezeichnen Sie als möglich, was als unmöglich?«

»Die ökologische und radikale demokratische Reform, die nur durch eine tiefgreifende Änderung zu erreichen ist; die etablierten Parteien halten das für unmöglich, die Alternativen für möglich und nötig.«

»Also doch ein Reformator!«

»Ein geduldiger.«

»Das Rotationsprinzip beunruhigt Sie nicht?«

»Ein Pommer ist nicht so leicht zu beunruhigen. Wenn er sich erst einmal in Bewegung gesetzt hat, ist er auch nicht so leicht zum Halten zu bringen. Zum Reden oder zum Schreiben wird immer Gelegenheit sein.«

»Sie würden also gegebenenfalls über Ihre Erfahrungen in Bonn schreiben wollen?«

»Wenn die Erfahrungen danach sind.«

»Leben Sie gern, Herr Quint? Falls diese Frage überraschend ...«

Quint beugte sich vor und fiel Herrn Leroi ins Wort: »Im Gegenteil! Diese Frage müßte viel häufiger gestellt werden. Ich habe sie vor kurzem einem Abgeordneten gestellt, einem, der bereits Verantwortung trägt; vergleichsweise bin ich noch ein verantwortungsloser Mensch. Er sitzt bereits in Bonn, ich befinde mich noch auf dem Wege dorthin, vielleicht sogar auf einem Umweg. Wir saßen zusammen im Auto, er steuerte. Er fuhr seinen schnellen Wagen sehr schnell. Ich fragte ihn, ob er gern lebe. Er sagte, er wisse es nicht. Das genügte mir. Ich bat ihn, mich bei nächster Gelegenheit aussteigen zu lassen, und wies ihn darauf hin, daß ich meine Frau und meine Kinder liebe.«

»Sie sind mit der Bahn gekommen?«

»Ja. Und unterwegs habe ich Chesterton gelesen! Ich hatte gehofft, daß sich im Laufe unseres Gesprächs die Möglichkeit ergäbe, ihn zu zitieren.«

Quint hatte inzwischen das betreffende Buch aus der Jackentasche gezogen und darin geblättert.

»Hier steht es: ›Der Optimist ist ein besserer Reformer als der Pessimist. Wen das Leben herrlich dünkt, der gestaltet es am gründlichsten um. Der Pessimist vermag über das Böse in Wut zu geraten, aber nur der Optimist kann darüber staunen. Zum Weltverbesserer gehört die Gabe schlichten, keuschen Staunenkönnens, es genügt nicht, daß er das Unrecht beklagenswert findet, er muß es auch für absurd halten, für eine Anomalie –‹«

Herr Leroi fiel ihm wieder ins Wort: »Quint ist dran, nicht Chesterton! Ich habe gelesen, daß Sie Ihren Zuhörern gern etwas zu lachen gäben.«

»Und zu kauen! Für den Heimweg.«

»Sollten Sie es auf den ›Orden wider den tierischen Ernst‹ abgesehen haben?«

Nach einer kurzen Denkpause sagte Quint, daß er eines Tages einen ›Orden wider den tierischen Humor‹ zu stiften gedenke.

»Man wird sich fragen, ob Sie mit dem nötigen Ernst an die Politik herangehen.«

»Mit dem nötigen ja, nicht mit dem unnötigen. So ernst wie nötig und so heiter wie möglich.«

»Ist das die Quint-Essenz?«

»Eine davon. Bei all diesen Abrüstungsverhandlungen, das heißt, bei diesen Verhandlungen über den Abbau von Waffen, macht man von einer Möglichkeit nie Gebrauch.«

»Das wäre?«

»Die entwaffnende Heiterkeit!«

»Ist das nun Ihr Ernst?«

»Es ist mir mit der Heiterkeit ernst. Man muß sich der Absurdität jeder Nachrüstung bewußt sein. Ein Bürger hat Anspruch darauf, daß sein Leben verteidigt wird. Das ist die übliche Annahme, an die er sich gewöhnt hat. Aber er läßt sich nicht einreden, daß der Angreifer zehnmal oder gar zwanzigmal getötet werden muß. Die Überlebenschancen für den einzelnen in einem nuklearen Krieg sind gleich Null. Er hat nur ein einziges Leben, das muß man ihm nicht zwanzigmal nehmen. Sie sehen mich an, als hielten Sie mich in Abrüstungsfragen nicht für kompetent. Das ist richtig. Das ist auch gut so. Trotzdem mache ich mir meine Gedanken, trotzdem spreche ich sie aus, wo ich nur kann.«

»Wenn man Sie fragen würde, Herr Quint, diese Generalfrage oder auch Gretchenfrage, die man jedem Politiker, zumal jedem Politiker der grünen Couleur, stellen muß: Lieber rot als tot?«

»Ich bin kein General, ich bin aber auch kein Gretchen. Meine Antwort heißt: weder noch. So darf man keinen Menschen fragen, auch keinen Politiker. Das ist keine Alternative, auch nicht für einen der sogenannten Alternativen.«

Herr Leroi, der den Zeiger der Uhr unauffällig, aber fest im

Auge gehabt hatte, sagte: »Ich danke Ihnen, Herr Quint, diese letzte Äußerung eignet sich gut als Schlußwort. Unsere Zeit ist um!«

Die Zeit reichte gerade noch aus, daß Quint sagen konnte: »Meine hoffentlich noch nicht.«

Als man im Anschluß an das ›Sonntagsgespräch‹ im Kasino noch eine kleine Mahlzeit einnahm, sagte Dr. Bartsch, der zuständige Abteilungsleiter, zu Quint: »Ich habe die Sendung in meinem Büro mitverfolgt. Wenn es mit der Politik nichts werden sollte, fragen Sie einmal bei uns an. Sie haben das Zeug zum Fernsehmoderator. Die Einschaltquote muß allerdings noch ermittelt werden. Aber ich könnte mir denken, daß Sie ankommen.«

Quint, der nun endlich seine Pfeife in Brand gesetzt hatte, erkundigte sich: »Was habe ich eigentlich gesagt? Ich habe mir nicht zugehört.«

22

›»Alter schließt also jede Möglichkeit von Glück aus?«
»Nein, das Glück schließt das Alter aus.«‹

Franz Kafka

Frau von der Heydt, die Äbtissin, hatte mehrere Kunstbände und Nachschlagewerke in die Wohnung der neuen Konventualin legen lassen. Es handelte sich um Bücher über die Backsteingotik in Niedersachsen und über das klösterliche Leben zur Zeit der Reformation, in denen sich Maximiliane unterrichten sollte. Sie gab sich auch redlich Mühe, sie zu lesen, vor allem, den kleinen Klosterführer auswendig zu lernen, zumindest hatte sie das Gefühl, sich redlich Mühe gegeben zu haben. Aber ihr Gedächtnis wurde von Gedichten, Chorälen und Liedern besetzt gehalten, die sie von ihren ›Fräuleins‹ in Poenichen, den Diakonissen in Hermannswerder und auch im ›Bund Deutscher Mädel‹ gelernt hatte; es weigerte sich, Neues aufzunehmen.

Nach einer gewissen Spanne des Einlebens wurde auch sie in den Dienstplan der Konventualinnen eingesetzt: dreimal wöchentlich zwei Führungen, dadurch würde sie nicht überfordert sein.

In Plummbüttel vermißte Maximiliane das ›Grüß Gott‹ als Grußform, das sie im Fränkischen zu hören gewohnt war. In einem ehemaligen Kloster schien es ihr eher am Platz zu sein als in einem Hotel, also begrüßte sie die zwanzig Landfrauen aus dem Kreis Elze, die sie durch das Kloster führen sollte, mit einem freundlichen ›Grüß Gott!‹, was von den Frauen als übertrieben empfunden und mit sachlichem ›Guten Tag‹ beantwortet wurde. Sie öffnete die schweren Türen, schloß sie wieder, hielt den vorgesehenen Rundgang ein, führte die Besucherinnen in den Chorraum der Kirche, zeigte den Altar und sagte: »Das ist ein schöner Altar!«, fügte dann noch hinzu: »Das ist ein sehr schöner Altar«, und als letzte Steigerung: »Das ist ein sehr schöner gotischer Flügelaltar!« Das stimmte zwar, entsprach auch ihren Empfindungen, aber war zuwenig an Belehrung. Im Kreuzgang lehnte sie sich mit dem Rücken an einen der Pfeiler, blickte zum gotischen Netzgewölbe auf und sagte wieder nichts anderes als: »Das ist ein schöner alter Kreuzgang.«

Wenn sie gefragt wurde, gab sie bereitwillig Auskunft. Ungefragt sagte sie nichts, sondern überließ die Besucher den eigenen Eindrücken. Ihr Schweigen wirkte ansteckend, keine der Gruppen ging so gesammelt und aufmerksam durch die Klosteranlagen wie die ihren.

An einer der nächsten Führungen nahm dann die Äbtissin teil. Maximiliane lächelte ihr zu, verhielt sich aber nicht anders als sonst. Im Anschluß an die Führung bat die Äbtissin die neue Konventualin zu einem Gespräch in ihr Arbeitszimmer.

»Fühlen Sie sich bitte nicht kritisiert, liebe Frau von Quindt.«

Maximiliane hörte zu, nickte auch zustimmend zu dem, was die Äbtissin ihr ›um unserer guten Sache willen‹ zu sagen hatte. Sie war nicht uneinsichtig. Ihre Antwort klang in den Ohren der Äbtissin allerdings widersetzlich, zumindest eigenwillig.

»Warum soll ich den Besuchern etwas erzählen, das sie doch wieder vergessen werden? Wenn ich sage: ›Das ist ein sehr schöner Altar‹, dann werden sie behalten, daß wir hier im Kloster Plummbüttel einen sehr schönen Altar haben.«

Zum ersten Mal hatte sie ›wir‹ gesagt, ›wir in Plummbüttel‹. Aber der Äbtissin war es nicht aufgefallen, da sie immer in der Wir-Form dachte und sprach.

»Was Sie da vorgebracht haben, Frau von Quindt, ist nicht ohne Logik, entspricht aber nicht den Aufgaben einer Konventualin. Wir werden Sie in Zukunft wohl nur noch in Ausnahmefällen einsetzen können.«

Die Ausnahmefälle mehrten sich. Ausgerechnet dieses schweigsame Klosterfräulein war bei den Besuchern besonders beliebt. Bei der telefonischen Anmeldung wurde bereits gefragt, wer die Führung der Gruppe übernehmen würde. Anonymität war erwünscht, aber bei dem kleinen Kreis der zur Verfügung stehenden Konventualinnen nicht durchzuführen.

Maximiliane hatte sich die Namen der Heiligen eingeprägt, die in den weitgehend zerstörten Glasfenstern des Kreuzgangs noch kenntlich waren.

»Die heilige Birgitta von Schweden! Die Patronin der Pilger und Touristen!«

Nach jeder Mitteilung machte sie eine kleine Pause.

»Sie ist dargestellt als reisende Nonne mit Pilgerhut. Und mit Herz und Schwert! Sie ist zuständig für die Vorhersage der Todesstunde!« Fünf Schritte weiter, im nächsten Fenster, war der heilige Kilian zu sehen.

»Der vielbeschäftigte Schutzpatron der Gichtkranken und Rheumatiker!« erklärte sie.

Wieder machte sie eine lange Pause, in der man sich zuflüsterte, daß man kalte Füße bekommen habe.

Der nächste Heilige, für den sie um Aufmerksamkeit bat, war der heilige Cyprian von Karthago.

»Der Schutzpatron gegen die Pest! Er ist unterbeschäftigt, es wird wohl kaum mehr jemand zu ihm beten. Die Pestkrankheit ist ausgestorben. Wenn also jemand von Ihnen etwas zu erbitten hat –?«

Die Besucher blickten einander fragend an. Meinte sie das ernst? Die Nonnen des Klosters Plummbüttel waren zwar als letzte zum protestantischen Glauben übergetreten, aber es war seit Jahrhunderten kein Nonnenkloster mehr, sondern ein protestantisches Damenstift. Sie meinte es nicht ernst: die Besucher lachten denn auch. Die kleine Geschichte vom unterbeschäftigten Heiligen wurde weitererzählt, kam vor die Ohren der Äbtissin, die klug genug war, kein Aufhebens davon zu machen. Ein Lachen konnte nicht schaden.

Wand an Wand, an der entgegengesetzten Seite von Fräulein Kerssenich, wohnte ein Fräulein von Pahlen, aus dem Westfälischen stammend. Während des Krieges und in den schwierigen Nachkriegsjahren hatte sie den elterlichen Gutshof geleitet, dann war der Bruder aus russischer Kriegsgefangenschaft zurückgekehrt und hatte die Führung des Hofes in seine erbberechtigten männlichen Hände genommen. Fräulein von Pahlen hatte nicht ins zweite Glied zurücktreten wollen, was andere Frauen in der gleichen Situation bereitwillig getan hatten, sondern hatte sich zum Eintritt ins Kloster Plummbüttel entschlossen. Sie lebte schon seit drei Jahrzehnten hier. An einem der ersten Tage erkundigte sie sich bereits bei ihrer Nachbarin, ob sie Bridge spiele. Maximiliane mußte verneinen, auch mit Canasta konnte sie nicht dienen. Sie spürte, daß das Interesse an ihr sank, und erwähnte, daß sie Skat spielen könne. Zunächst war Fräulein von Pahlen befremdet, dann aber erfreut; es stellte sich heraus, daß eine weitere Konventualin in einem dunkleren Kapitel ihres Lebens auch Skat gespielt hatte.

In Zukunft traf man sich einmal wöchentlich zum Skatspiel, was man aber für sich behielt.

Das Kloster Plummbüttel lag weniger verkehrsgünstig als das Kloster Lüne bei Lüneburg, seine Kunstschätze konnten sich nicht mit jenen der Klöster Ebstorf und Medingen messen, schon gar nicht mit den berühmten Teppichen des Klosters von Wienhausen. Der Besucherstrom, der die Heideklöster verband, kam im Kloster Plummbüttel als Flüßchen an, eher noch als Bach. Neuerdings führte ein Rundweg für Radfahrer in der Nähe der Klostergebäude über die Plümme; sportliche, aber trotzdem kunstbeflissene Damen mittleren Alters baten um Zutritt und hielten sich nur ungern an die vorgesehenen Öffnungszeiten.

Mehr als vier verschiedene Ansichtskarten – dazu der kleine bebilderte Führer aus der Reihe ›Große Baudenkmäler‹ – waren am Verkaufstisch an der Pforte nicht zu erwerben: eine Luftaufnahme der gesamten Klosteranlage in Farbe; der gotische Flügelaltar, ebenfalls farbig; die heilige Brigitta von Schweden und die Schwarzweißfotografie eines der Bankkissen aus dem ehemaligen Nonnenchor, in Wolle und Seide gestickt, zusätzlich mit Flußperlen geschmückt, die man im Mittelalter aus der ehemals wasserreichen Plümme gefischt hatte. Es stellte ein Einhorn dar, was die Besucher immer wieder zu der Frage veranlaßte, wie ein Einhorn in einen Nonnenchor käme.

Maximiliane sah sich die Fragesteller an, meist handelte es sich um Frauen, und entschied sich, je nachdem, entweder für die abendländische oder für die orientalische Version der schönen Legende. Meist begann sie mit ›O dieses Tier, das es nicht gibt!‹, ohne Rilkes ›Sonette an Orpheus‹, aus der die Zeile stammte, zu kennen; ein Beweis für ihre Gültigkeit. Sie berichtete, wenn eine christliche Version am Platz schien, daß das Einhorn die jungfräuliche Gottesmutter begleitet habe.

Aber es gab auch Tage, meist waren es solche, an denen sie

noch mit niemandem gesprochen hatte, dann wählte sie die orientalische, wortreiche Legende.

»Das Einhorn ist kraftvoll und wild und schnellfüßig, kein Speer eines Jägers kann ihm etwas antun. Nur eine unberührte Königstochter vermag es zu zähmen, dann wird es in ihrem Schoß ruhen, an ihren Brüsten saugen, und sie wird sein Horn liebkosen. Aber: sie wird das Einhorn töten! Liebe ist tödlich! Das Einhorn ist nur unverletzlich, solange niemand es zähmt. Sobald sie eine Königin geworden ist, legt die Königstochter ihr Einhorn an eine goldene Kette. Das Sinnbild der Ehe ist die Kette! Das Pulver, das man vom weißen Horn des Tieres reibt, ist ein Liebesmittel, darum heißen so viele Apotheken noch heute Einhorn-Apotheken.«

Nichts davon stand im Klosterführer. An manchen Tagen fragte sie, ob von den Besucherinnen jemand die schönen Teppiche aus dem Cluny-Museum in Paris kenne. Sie habe, berichtete sie, die Dame mit dem Einhorn – ›La dame à la licorne‹ – oft besucht, als sie noch in Paris lebte, ganz in der Nähe des Cluny-Museums. Ihre Pariser Jahre erwiesen sich im Kloster als eine Bereicherung. Sie konnte über Paris sprechen, ohne an ihre Tochter Mirka oder an den Geliebten jener Jahre zu denken. Ihr Gedächtnis hatte das Einhorn für diese Klosterführungen aufgespart.

»Unser Plummbütteler Einhorn ist von einfacherer Herkunft, aber wir haben es alle sehr gern!«

»Wie groß ist ein Einhorn?« wurde sie bisweilen gefragt.

Dann wiederholte sie: »O dieses Tier, das es nicht gibt!«, lachte und sagte: »Wie ein Pferd, denke ich, ein kleines Pferd. Hin und wieder taucht es in den Morgenstunden in der Heide auf, zwischen den Wacholderbäumen, die man hier Machandelbäume nennt.« Waren ihre Geschichten vom weißen Einhorn gut erzählt, verkaufte sie anschließend bis zu zwanzig Ansichtskarten des Einhorns. Die Konventualinnen hatten auch die Geschäfte einer Kassiererin zu besorgen. Maximiliane zählte Geldstücke, wechselte Geldscheine, trug die Zahl der verkauften Eintrittskarten und die erzielte Summe aus dem Ansichtskartenverkauf in das Kontobuch ein und bemühte sich, ihre große Schrift den zierlichen Schriftzügen der anderen Konventualinnen anzupassen, paßte sich an, wo es nur ging.

Keine Steigungen mehr, die Stockwerke der Klostergebäude niedriger als die hohen Geschosse des Eyckels, der Tagesablauf geregelt. Maximilianes Herz wurde weniger beansprucht und beruhigte sich, das Gefühl der Beklemmung wich. Sie unternahm kleine Spaziergänge am Ufer der Plümme, nur das Wasser des Flüßchens als Begleiter, niemand, der ihr dort begegnete. Einmal wöchentlich besuchte sie im Dorf eine polnische Aussiedlerfamilie, deren Betreuung man ihr überantwortet hatte, weil die Leute aus Pommern stammten, aus der Gegend von Arnswalde, heute Choszczno. Sie hießen Demel, wurden im Dorf aber nur ›die Polen‹ genannt. Seit der alte Josef Demel den ersten Ausreiseantrag bei der Woiwodschaft Koszalin gestellt hatte, waren zwei Jahrzehnte vergangen, seine Frau – derentwegen sie nach Deutschland hatten ausreisen wollen – war inzwischen gestorben, sein Sohn, nach dem Vater Josef genannt, aber Józio gerufen, hatte inzwischen eine Polin geheiratet und besaß drei Kinder. Als die Ausreisegenehmigung endlich eintraf, war sie der Familie Demel wie ein Ausreisebefehl erschienen. Laut Grundgesetz galt Josef Demel als Deutscher, er sprach noch pommersches Platt, aber mit vielen polnischen Zutaten; sein Sohn Józio sprach Polnisch mit ein paar deutschen Bruchstükken, seine Frau Krystyna und die Kinder sprachen nur Polnisch. Man hatte der Familie Demel das seit Jahren leerstehende Schulgebäude als Wohnung angewiesen, sie lebten von Sozialhilfe. Wenn im Dorf von ›den Polen‹ die Rede war, hieß es: Die sollen nur nicht denken, uns wäre hier alles in den Schoß gefallen! Diese Feststellung war richtig, aber sie hätte ergänzt werden müssen; wenn in den Heidedörfern ein gewisser Wohlstand herrschte, dann hatte man diesen nicht nur der eigenen Tüchtigkeit, sondern vor allem dem Kunstdünger zu danken.

Maximiliane benutzte bei ihren Besuchen die wenigen polnischen Wörter, die sie noch kannte, sang den Kindern das Liedchen vom Bären, den man nicht wecken darf, auf polnisch vor und sagte beim Abschied: ›Powodzenia‹, viel Glück! Beim nächsten Besuch brachte sie eine Flasche Schnaps mit. Man trank einander zu, sagte ›Na zdrowie‹, kam sich ein wenig näher. Es stellte sich heraus, daß Herr Demel zu Anfang des Krieges seine Kartoffeln in die Schnapsbrennerei des Gutes Poenichen gebracht hatte. ›Im Harwst‹, sagte er, und ›mit de Peer‹. Zwischen seinen Sätzen dehnte sich oft ein pommersches ›jao‹. Zwischendurch sagte er immer wieder: ›Bi us in Polska‹. Er erinnerte sich noch an den Brennmeister von Poenichen, an den Maximiliane keine Erinnerungen mehr hatte, dafür kannte Herr Demel den Namen der Herrschaften auf Poenichen nicht mehr. ›So'n Baron‹, sagte er. Und daß es eine junge Frau mit kleinen Kindern gegeben habe. Der Mann sollte ein Nazi gewesen sein.

»Alle sind draufgegangen. Keiner ist durchgekommen!«

Maximiliane verschaffte dem jungen Demel eine Tätigkeit im Kloster, wo man nach dem Ausfall des Hausmeisters jemanden nötig hatte, der sich auf die Reparatur der alten Strom- und Wasserleitungen verstand und der auch ein Dach ausbessern konnte. Wer aus Polen kam, verstand sich aufs Ausbessern. Seine Frau Krystyna fegte und putzte im Kloster die Treppen und Flure und die Kirche. Wenn sie am Altar vorbeiging, kniete sie, das Putztuch in der Hand, jedes Mal nieder und schlug das Kreuz. Maximiliane blieb, wenn sie Krystyna sah, einen Augenblick lang stehen und beobachtete sie. Sie lehnte sich an eine der Säulen, schloß die Augen und erinnerte sich. So hatte auch sie auf den Knien gelegen und Treppenstufen geputzt, damals in Marburg, im Haus am Rotenberg.

»Powodzenia!« sagte sie zu Krystyna und ging weiter. Diese Frau mit ihren drei kleinen Kindern mußte noch viel Glück haben.

23

>manche meinen / lechts und rinks / kann man nicht / velwechsern. / werch ein illtum!‹

Ernst Jandl

Eines Tages war er dann am Ziel angelangt. Die ökologischen, aber auch die Wellen der Friedensbewegung hatten Joachim Quint dahin getragen, wohin er hatte gelangen wollen, nach Bonn. Quint war ein Nachrücker, kein Parteimitglied, er blieb ›nahestehend‹. Paragraph 12, Absatz 4 des Abgeordnetengesetzes sicherte ihm ein eingerichtetes Büro zu. Er hatte Glück, der Blick aus seinem Dienstzimmer ging über den Rhein hinweg zum Siebengebirge. Quint führte seine Besucher als erstes ans Fenster und erklärte: ›Wie du siehst‹ – oder: ›Wie Sie sehen‹ –, ›habe ich einen aussichtsreichen Posten.‹ Er hatte gelernt, das ›Du‹ der Grünen vom ›Du‹ der Sozialdemokraten zu unterscheiden.

Der Raum, der ihm zum Denken zur Verfügung stand, war klein, Quint war an längere Meditierwege gewöhnt; vier Schritte hin, vier Schritte her. Er verrückte die Möbelstücke, damit er im Oval gehen konnte, was ihm die Vorstellung ermöglichte, voranzukommen. Keine Blattpflanzen am Fenster, keine Fotos auf dem Schreibtisch. Dies war ein Dienstzimmer und kein behaglicher Aufenthaltsraum. Die Zimmerlinde, die ihm die Kolleginnen zum Einzug geschenkt hatten, stellte er über Mittag in die pralle Sonne und beschleunigte damit den Prozeß ihres Vergehens. Ein Plakat von Horst Janssen, ›Das Wiedensahler Totentänzchen‹, als einziger Wandschmuck: Der Tod eilt mit einer Sense durch einen Birkenwald. Wer wollte, konnte darin die künstlerische Umsetzung eines ökologischen Problems sehen. Die Sekretärin, Frau Hild, hätte er sich, wäre sie dagewesen, mit einem anderen Abgeordneten teilen müssen; aber sie war auf Mutterschaftsurlaub, was in dieser unbürgerlichen Partei häufiger vorkam als in den bürgerlichen Parteien. Kein Wort über einen Vaterschaftsurlaub für ihn, obwohl die Zwillinge nicht immer ausreichend versorgt waren. Quint überspannte den ohnehin gespannten Bogen nicht, tippte seine Reden selbst, erledigte seine Korrespondenz eigenhändig, das Schreiben ging ihm leicht von der Hand. Das Diktiergerät blieb ungenutzt, er benutzte seine eigene Schreibmaschine, ein schwedisches Modell.

Sein Schreibtischstuhl lief auf Rollen, eine Vierteldrehung, und er wurde vom Bundestagsabgeordneten zur Schreibkraft. Er war sich nicht darüber im klaren, ob die Einsparung einer halben Schreibkraft vorteilhaft, weil kostendämpfend war oder schädlich im Sinne der Arbeitsplatzerhaltung. Er war sich über vieles nicht im klaren. Gelegentlich arbeitete er bei geöffneter Tür, was den Meinungsaustausch mit den Zimmernachbarn förderte. Er war bei den Fraktionskollegen nicht unbeliebt, besonders bei den weiblichen nicht, für die er Kaffee kochte, womit er ihnen zweimal täglich die Vorstellung vermittelte, auf dem Weg der Emanzipation vorangekommen zu sein.

In Abständen von wenigen Wochen zog er die neuesten Fotos der Zwillinge aus der Tasche.

»Keinen Tag dürfte man sie unbeobachtet lassen«, sagte er dazu. »Sie verändern sich stündlich!«

Bei Frauen kommt er besser an als bei Männern, das weiß er, das nutzt er auch aus. Quint ist ein Frühaufsteher. Wenn die Straßen noch leer sind, oft noch bei Dunkelheit, fährt er mit dem Rad zum Abgeordnetenhaus am Tulpenfeld. Wenn sich gegen neun Uhr dann die Fahrstühle und Flure beleben, hat er die dringlichsten Arbeiten bereits in Ruhe erledigt. Hin und wieder braucht er Auslauf, dann verläßt er sein Büro, geht die hundert Meter zum Rhein, wendet sich nach rechts, geht gegen den Strom, was ihm Genugtuung verschafft; dann macht er kehrt, kommt mit beschleunigten Schritten, die sich der Geschwindigkeit des Stromes anpassen, zurück und setzt sich erfrischt an den Schreibtisch. Mehr als drei Zigarettenlängen benötigt er für diese Ausflüge nicht, aber er läßt Dampf ab, wie er es nennt. Als einer der ersten geht er am späten Nachmittag aus dem Abgeordnetenhaus, schaut in die Nachbarzimmer, verabschiedet sich und läßt sich von den Fraktionskollegen vorführen, was sich noch alles auf ihren Schreibtischen türmt. Er zeigt sich beeindruckt, setzt sich mit dem Fahrrad dem Berufsverkehr aus und fährt von seinem möblierten Dienstzimmer in sein möbliertes Einzimmer-Appartement, das kaum größer ist.

Am Abend fährt er, ebenfalls mit dem Rad, von einer Landesvertretung zur anderen; spätestens im Presse-Club trifft er mit Sicherheit jemanden, der mit sich reden läßt, mit dem er sich im Diskutieren üben kann. Er macht sich bekannt und macht sich auch beliebt. Von seinen Fraktionskollegen trifft er nur selten jemanden. Wenn man ihn mit ›Herr Kollege‹ anredet, nennt er seinen Namen, der einprägsam ist. ›Ein frischer Wind mit Namen Quint.‹ ›Ein Quint gewinnt.‹ Für Reimereien war der Name gut geeignet, was für ihn, der Reime vermied, nicht angenehm war. Als von seinem ersten Gedichtband unter dem geänderten Titel ›Death is so permanent‹ ein Raubdruck im Umlauf ist, benutzt er ihn gelegentlich als Visitenkarte. ›Ich lebe auf Bundesebene‹, pflegt er zu sagen. Wenn man ihn nach dem ›Bonner Klima‹ fragt, gibt er die Wärme- oder Kältegrade in Celsius an.

Früh am Morgen ruft er Inga an, zu immer derselben Uhrzeit. Er weckt sie auf, sie schläft tief, verläßt sich auf das Klingeln des Telefons. Manchmal sagt sie: »Hallo!«, dann sagt er: »Sag guten Morgen! Es ist schon viel, wenn dieser Morgen gut wird.« Welche Überraschung, als eines Morgens ein Stimmchen »Papa!« ruft, und dann das zweite, vom ersten kaum zu unterscheiden: »Papa!«, und einige Wochen später dann: »Papa doll!« Der Wortschatz der Kinder war klein, der Ausdruck Schatz traf den Sachverhalt genau; im Abstand von einer Woche kam eine weitere Kostbarkeit dazu.

Die Versuche, Inga am Abend zu verbilligten Telefongebühren noch einmal anzurufen, hat er aufgegeben, sie war nie zu erreichen. War sie im Jagdzimmer? In der Halle? In den Vorratsräumen? Bei den Kindern? Man bat ihn zu warten, bis sie dann schließlich atemlos ans Telefon kam.

»Entschuldige!« sagte sie.

»Entschuldige!« sagte er.

»Gibt es etwas Wichtiges?«

»Ich liebe dich!«

»Das ist wichtig!«

Solche Gespräche duldeten keine Wiederholung. Wichtig war, daß der Hotel- und Restaurationsbetrieb lief, und nicht, daß die Inhaberin ans Telefon lief.

Arbeitsgruppen, Klausurtagungen, Vollsitzungen, Pressegespräche, Auslandsreisen. Nach Israel reist er nicht; die Unbefangenheit seiner jüngeren Kollegen vermag er nicht zu teilen, Ratschläge zu geben fühlt er sich nicht befugt, weder bei den Israelis noch bei den Palästinensern.

Auf seinem Schreibtisch häufen sich die ›Drucksachen‹, von einigen fortschrittlichen Abgeordneten auch ›papers‹ genannt; am Wochenende spielen dann für ihn ›Pampers‹ eine größere Rolle. Die Drucksachen tragen mehrstellige Nummern. Am Telefon sagt er: »Frau Kollegin, ich lese da gerade mit großem Interesse neun-sechs-siebzig.«

Wird er die Dauertagungen aushalten? Wird er nicht bald ermüden und seine Frische verlieren? Wird er sich durch die ablehnende Haltung und den Spott der Altparlamentarier nicht zermürben lassen? Wird er auf die Dauer die ständige Aufsicht durch Fernsehkameras und Bildreporter ertragen? Gilt auch für ihn, daß dem Tempo des Aufstiegs das Tempo des Abstiegs entspricht?

In den Tageszeitungen war zu lesen, daß die Grünen nur deshalb das Prinzip der Rotation verfolgten, um die Abfindung zu erhalten, und daß sie öffentlich gegen die Erhöhung der Diäten protestierten, aber nur allzu gern davon profitierten. Quint fragte sich, ob dieses Mißtrauen daher rührte, daß man selbst anfällig dem Geld gegenüber war. Er litt unter der öffentlichen Anfeindung. Jemand empfahl ihm, eine andere Zeitung zu lesen, die ›taz‹ zum Beispiel. Woraufhin Quint entgegnete, daß er die Ansichten der eigenen Leute hinreichend kenne, die der Gegner seien wichtiger. Daraus könne man lernen. Die eine Zeitung sei zu links, die andere zu rechts.

Wieder stieß sich ein Quint – wie seinerzeit der alte Quindt – am deutschen ›zu‹.

»Worum ging es denn?« fragte Inga am Telefon.

»Um Diäten«, antwortete er.

Und Inga lachte, lachte ihr Lachen, das er so liebte.

»Bei mir geht es um Diät!«

Einer unter 520 Bundestagsabgeordneten! Quint hat sich Visitenkarten und Briefpapier drucken lassen. Neben seinem Namen steht ›MdB‹, Mitglied des Bundestags. Wie viele hundert wird er davon benötigen? Wie viele übrigbehalten? Man erinnert sich an den alten Quindt, der noch 1934 eine Visitenkarte aus Kaisers Zeiten mit dem Aufdruck ›M.d.R.‹, Mitglied des Reichstags, benutzt und sie bei einem Juden mit Namen Dr. Daniel Grün in einer Villa am Teltowkanal in den Briefkasten geworfen hatte.

Würde Joachim Quint der Umgang mit den jungen und undisziplinierten Gleichgesinnten noch schwerer werden als der Umgang mit den Andersdenkenden? Wie grün war er überhaupt? Würde er sich noch mausern? Einige schienen darauf zu warten. Unter den Etablierten wäre er einer der jüngsten, unter den Grünen war er einer der ältesten. Er führte ein Tagebuch. Was ungesagt bleiben mußte, notierte er. Das Buch schrieb sich von selbst. ›Die grüne Kladde‹.

Er hatte nicht vor, als Zuschauer und Zuhörer in den hinteren Reihen zu sitzen, er gedachte sich einzumischen, mit dieser Absicht war er nach Bonn aufgebrochen. Als in einer Plenarsitzung ein Abgeordneter sagte: ›Man muß den Karren aus dem

Dreck ziehen‹, mit dem ›Karren‹ die gegenwärtige Bundesregierung und mit dem ›Dreck‹ offensichtlich die Versäumnisse der vorigen Regierung meinte, lächelte er wie einer, der weiß, wovon die Rede ist. Er erinnerte sich an den blaugestrichenen Karren, den seine Mutter mit Kindern, Äpfeln und Märchenbüchern gefüllt hatte und den sie auf Sandwegen zum Blaupfuhl zogen, er und sein Bruder Golo an der Deichsel, derselbe Karren, den sie hochbepackt durch Schnee und Eis und Schlamm gezogen hatten. Mit einer kleinen Verspätung meldete er sich zu Wort, um sich zu erkundigen, an wen da gedacht sei. Wer sollte an die Deichsel? Wer sollte schieben? Bei diesem anonymen ›man‹ wüßte er gern, um wen es sich handeln sollte. Ob da die Wähler, die Steuerzahler gemeint seien?

In derselben Bundestagsdebatte sagte der Wirtschaftsexperte der Regierungspartei: »Wir sind über den Berg!«

Quint meldete sich wieder zu Wort und fragte lächelnd, aber in besorgtem Ton: »Habe ich Sie richtig verstanden? Geht es schon wieder bergab?«

Es geriet ihm, daß auf beiden Seiten gelacht wurde, dieses befreiende Lachen, mit dem man sich Luft macht, ohne etwas sagen zu müssen, ein Lachen, das die Abgeordneten, unabhängig von ihrer Parteizugehörigkeit, verband.

Wegen seiner rhetorischen Begabung hatte man ihn zum Fraktionssprecher gewählt. Er sprach gelegentlich von Fundamenten, aber konnte man ihn deshalb zu den Fundamentalisten zählen? Er wehrte sich gegen jede Einordnung. Er sagte weder ›man‹, noch sagte er ›wir‹, er sagte ›ich‹. Ich, der Fraktionssprecher der Grünen. Wenn er doch einmal ›wir‹ sagte, dann meinte er seine Familie.

Als er zum ersten Mal am Rednerpult stand, war er sich des Unterhaltungswertes bewußt, den ein Politiker haben muß.

»Die Begriffe links und rechts in der Politik leiten sich vom menschlichen Körper ab. Rechte Hand, linke Hand, eine Hand wäscht die andere. Linker Fuß, rechter Fuß, wo der eine hingeht, geht der andere hin, es geht nicht der eine zum Bahnhof, der andere zum Parkplatz. Wer nicht mit beiden Augen in die gleiche Richtung blicken will, schielt oder muß ein Auge schließen, wird einäugig. Es müßten sich jetzt die Blicke von links und die Blicke von rechts auf meiner Person treffen. Wie ich sehe, ist das nicht der Fall. Ich weise darauf hin, daß eine Form von angeborener Eintracht zwischen rechts und links herrschen sollte. Es scheint mir keineswegs sträflich zu sein, wenn man hin und wieder in Sachfragen rechts und links verwechselt, ›lechts‹ und ›rinks‹, um mit einem modernen Lyriker zu sprechen. Ich sehe, daß ich Sie wenigstens zum Lachen gebracht habe, und die Heiterkeit, so sagt es Wilhelm von Humboldt, macht die Menschen zu allem Guten aufgelegter! Ein brauchbares Sozialprogramm, das ich Ihnen empfehle . . .«

Quint mußte ermahnt werden, zur Sache zu kommen.

Als in der anschließenden Debatte mehrmals von innerer Sicherheit die Rede war, unterließ Quint es, von ›innerer Unsicherheit‹ zu sprechen, um nicht erneut ermahnt zu werden. Er notierte sich später den Gedanken in seiner ›grünen Kladde‹.

Was kann er bewirken? Vielleicht wird man bei Fraktionssitzungen, vielleicht sogar bei Bundestagssitzungen in seiner Gegenwart etwas sorgfältiger mit der Sprache umgehen. Es kommt vor, daß ein Ausschußmitglied sagt: ›Würden Sie diese Formulierung durchgehen lassen, Herr Quint?‹ Er entspannt die oft gespannte Atmosphäre, tut etwas für die deutsche Sprache, das ist nicht viel, aber doch mehr, als die meisten Abgeordneten erreichen. Genauigkeit beim Sprechen bedeutet Genauigkeit beim Denken, er zitiert Wittgenstein. ›Wovon man nicht sprechen kann, darüber muß man schweigen.‹

Die Reporter lauern ihm auf, sie rechnen mit einem geistreichen Kommentar, wenn er den Plenarsaal verläßt.

»Mit einem frischen Hemd kann ich dienen, mit einer frischen Meinung nicht.«

»Sie können von Glück sagen . . .«

Quint unterbricht und bestätigt die Feststellung – er kann von Glück sagen, und er tut es auch, bei jeder Gelegenheit.

Sprachlos ist er nie, gelegentlich aber ahnungslos. Er gilt als ein Parzival unter den Grünen. Von Quint-Essenzen wird geredet. ›Ich zitiere mich, um mich nicht zu wiederholen.‹ ›Ich kann nicht meine Meinung ändern, nur um originell zu sein.‹ ›Laut Aristoteles ist eine Quintessenz das eigentliche Wesen einer Sache – der Äther als fünftes Element!‹ Das waren Formulierungen, die sich ein Schriftsteller leisten konnte, ein Politiker nicht. Er hielt sich nicht an die ungeschriebenen Bonner Spielregeln, fügte sich nicht ins Bonner Parlamentsensemble. Auf die Dauer wird man ihn wohl nicht ertragen. Aber rechnet er denn mit Dauer? Er rotiert, was heißen soll, er dreht sich um die eigene Achse, es geht alles sehr schnell.

Am ersten Tag der Frankfurter Buchmesse läßt Quint sich am Stand seines Verlages sehen. Es gibt keinen neuen Gedichtband von ihm, aber die früheren sind, mit neuen Schutzumschlägen versehen, wieder auf dem Buchmarkt zu haben. ›Death is so permanent‹, das Foto einer Raketenabschußbasis auf dem Umschlag, auf der Rückseite ein Foto des Autors am Rednerpult des Bundestages.

Quint hält sich im Hintergrund, abwartend, aber bereit zu Gesprächen. Man kommt auf ihn zu, Verleger, Buchhändler, auch Leser. Es werden einige Fotos gemacht. Dann erscheint ein Fernsehteam. Ein Politiker, der Gedichte schreibt, das hat es bisher noch nicht gegeben, zumindest keine ernstzunehmende Lyrik, von Reimereien konnte man absehen. Die Verlagslektorin war bereit, vor der Kamera einen kleinen Dialog mit ihm zu führen.

»Tolstoi hat einmal gesagt, daß das Politische das Künstlerische ausschließe.«

»Wenn Tolstoi das sagt, wird es stimmen!«

»Auch Goethe sagt einmal, sinngemäß, wenn man sich als Künstler einer bestimmten Partei verschreibe, verliere man seine geistige Freiheit.«

»Dann wollen wir diesen Satz als Goethes geistiges Eigentum respektieren und keinen Diebstahl begehen.«

»Haben Sie literarische Pläne, Herr Quint, oder soll es bei den ›Hilfssätzen‹ bleiben?«

»Zur Zeit brauche ich meine Sätze zum Reden, aber ich denke an einen Band mit ›Satz-Zeichen‹. Graphisch sehr reizvoll. Was alles ist mit einem Gedankenstrich zu bewirken. Beim Leser. Mit einem Fragezeichen. Einem Ausrufungszeichen.«

»Nun machen Sie aber mal einen Punkt, Herr Quint!«

Als die Gesprächspartnerin die Rede darauf bringt, daß auf dieser Buchmesse mehrere Bücher deutscher Politiker vorlägen, reagiert er – was bei ihm selten ist – gereizt.

»Hier kümmern sich die Schriftsteller um die Politik und die Politiker schreiben Bücher.«

Man trinkt ein Glas Sekt. Publikum hat sich angesammelt. Wo das Fernsehen ist, muß etwas los sein.

Quint blickt auf die Uhr. Später – später wird er wieder schreiben, wenn er nichts mehr zu sagen hat.

»Ausrufungszeichen!«

Wer war das? Quint? Ist das ein Autor? Ist das nicht ein Grüner? So sieht er doch gar nicht aus! Man notiert sich die Titel seiner Bücher.

Er verläßt das Messegelände, fährt mit der Straßenbahn zum Bahnhof und mit dem Intercity-Zug zurück nach Bonn. Noch zwei Tage, dann wird er nach Hause fahren, nach Hause, ins Hotel.

Da es zu den Sonderrechten eines Bundestagsabgeordneten gehört, die Maschinen der Lufthansa sowie die Züge der Bundesbahn kostenlos benutzen zu dürfen, hat Quint seinen Wagen verkauft. Er steigt in Bonn in einen Intercity-Zug, packt seine Akten aus, packt sie kurz vor Frankfurt wieder ein, wechselt den Zug und arbeitet unter angenehmen Bedingungen weiter bis Nürnberg, wo ihn Inga mit dem Auto abholt; am Montagmorgen bringt sie ihn wieder nach Nürnberg zur Bahn.

Falls sie im Hotel abkömmlich ist. Oft muß er in Nürnberg auf den Eilzug warten, der für seine Ungeduld nicht eilig genug durchs liebliche Pegnitztal fährt. In Hersbruck wartet dann nicht Inga, sondern der neue Oberkellner, Herr Lutz, der ihm während der Fahrt sämtliche Schwierigkeiten auftischt, die es im Laufe der vergangenen Woche im Hotel gegeben hat.

Nach der Ankunft sagt Quint zu ihm: »Wenn Sie meine Frau irgendwo sehen, bestellen Sie ihr, daß ich mich für eine Stunde hinlegen werde.«

Die Kinder schlafen bereits, er betrachtet sie und sagt: »Könnt ihr bald Auto fahren? Dann holt gefälligst euren müden Vater am Bahnhof ab.«

Am Montagmittag, wieder in Bonn, fährt er mit der U-Bahn zu seiner Wohnung, holt sein Fahrrad aus dem Abstellraum, klemmt die Aktentasche auf den Gepäckträger und fährt zum Abgeordnetenhaus am Tulpenfeld.

Die Partei der Grünen sah sich nicht immer gern, aber sie sah sich gut durch diesen Quint vertreten. Man schob ihn vor, wenn es um ›Gesprächsrunden‹ ging oder um ›Streitfragen‹; sein Name und sein Kopf waren beim Fernsehpublikum bekannt. Er würde ein paar Kastanien ins Feuer werfen, herausholen mußten sie dann andere.

Um den Tisch saßen die Vertreter der Parteien, dazu ein Historiker, ein Wirtschaftsexperte, auch ein Vertreter der Vertriebenenverbände. Eine Männer-Runde, diesmal ohne Alibi-Frau. Es ging um Arbeitszeitverkürzung zum Zweck der Arbeitsplatzbeschaffung. Quint schwieg zunächst. Nur daran, daß er unruhig auf seinem Drehsessel saß, merkte der Gesprächsleiter, daß er etwas zum Thema zu sagen hatte. Quint vertrat dann die Ansicht, daß die Arbeiter in den Gewerkschaften eine gute, wenn nicht sogar zu gute Lobby besäßen; anders sehe es in den Chefetagen aus, da ginge es nicht nur um eine Wochenarbeitsstunde wie bei den Arbeitern, sondern um fünf oder sechs zusätzliche am Tag. Diese Spitzenpositionen müßten aufgeteilt werden, sowohl was die Verantwortung als auch was die Stundenzahl anginge, das Gehalt wäre noch am leichtesten zu teilen. Aufstiegsmöglichkeiten aus den unteren Rängen ergäben sich, es käme Bewegung und Leben in die Rangordnung, zur Erklärung fügte er das Fremdwort ›Hierarchie‹ an.

Der Diskussionsleiter versuchte, ihm in die Rede zu fallen. Es ginge hier um die Interessen der Arbeitnehmer, nicht um die der Arbeitgeber. Quint meinte, daß diese Belange nicht getrennt werden dürften, und führte als Beispiel seine Frau an, die ein kleines Hotel – »übrigens im hübschen Pegnitztal« – leite. Die Arbeitszeit für alle Mitarbeiter sei befriedigend, wenn auch oft durch Zahlung von Überstundengeldern, geregelt. Nur die Arbeitszeit der Hotelbesitzerin nicht.

Eine weitere Frage galt dann dem 8. Mai, dem Tag des Kriegsendes. Vierzig Jahre danach! Quint, als Vertreter der kleinsten Partei, wurde als letzter befragt. Ob dieses Datum für ihn persönlich Befreiung vom Nationalsozialismus oder Kapitulation vor den Feinden bedeute.

»Welche Gefühle . . .«

Quint meinte, daß man die Gefühle einmal beiseite lassen solle. Er sei zu dem Zeitpunkt gerade sieben Jahre alt gewesen. Es habe von jenem Tage an nicht mehr geschossen. In diesem Teil der Welt habe es seit nun vier Jahrzehnten nicht mehr geschossen! An diese Tatsache habe man sich zu halten.

Er, als Betroffener, sollte sich dann auch noch zur Frage der Vertreibung aus dem Osten äußern. Warum er sich dazu äußern solle, fragte er zurück. Es gäbe Fragen, die ruhen müßten, auf die es zur Zeit keine Antwort gäbe. Warum sie ständig neu stellen?

»Aber Sie sind ein Heimatvertriebener, ein Pommer!«

Pommern sei richtig, sagte Quint, aber er selbst habe nur über zehntausend Morgen Pommern zu verfügen, deren Erbe er sei. Wenn er damit zur Befriedung der Welt beitragen könne, sei er bereit, auf dieses irreale Anrecht auf Heimat zu verzichten. Er würde lieber auf einen anderen Jahrestag zu sprechen kommen. Dreihundert Jahre lang Hugenotten in Deutschland! Es habe auch damals grausame Verfolgungen gegeben, Entbehrungen, Flucht, Vertreibung. Vergleiche seien statthaft. Die Hugenotten hätten in Deutschland, vornehmlich in Preußen und auch in Hessen, eine Heimat gefunden, seien zur Bereicherung geworden.

»Bei unseren Gesprächen über Flucht und Vertreibung ist immer nur von Verlust die Rede«, sagte er in heftigem Ton. »Warum wird nicht deutlich erkannt und gesagt – wie im Falle der Hugenotten –, daß die Ostdeutschen wesentlich zum Wiederaufbau des westlichen Teiles des zerschlagenen Deutschen Reiches beigetragen haben?«

In ruhigerem Ton fuhr er dann fort. Die Bevölkerung der damals deutschen Ostgebiete habe die Lücken aufgefüllt, die der Krieg in Westdeutschland hinterlassen habe; Polen hätten die Lücken aufgefüllt, die in den ostdeutschen Gebieten durch Flucht und Vertreibung entstanden seien; die Russen hätten die polnischen Gebiete aufgefüllt. Diese Entwicklung sei von Churchill vorausgesehen worden. Ihm selbst fiele die Vorstellung nicht schwer, daß man zu einem späteren Zeitpunkt den Jahrestag des Waffenstillstands unter dem Leitwort ›Fünfzig Jahre Ostdeutsche in Westdeutschland‹ begehen könne . . .

Die vorgesehene Sendezeit war überschritten, der Gesprächsleiter sagte mit gequältem Lächeln: »Ich muß jetzt die Hugenotten ein weiteres Mal vertreiben.«

Beim Hinausgehen erkundigte sich der Vertreter der bayerischen Christlich-Sozialen nach dem Namen und der Anschrift des Hotels, es könne nicht weit von seinem Wahlkreis entfernt sein. Er suche schon längere Zeit nach einem ruhigen Hotel für Wochenendseminare.

Zu Beginn seiner politischen Laufbahn hatte Quint sich neu eingekleidet. Da er viel unterwegs sein würde, auch auf Auslandsreisen, benötigte er leichtes Gepäck. Wenn ihn ein Verkäufer nach seinen Wünschen fragte, sagte er, daß er einen leichten Pullover brauche, ein paar leichte Schuhe, eine leichte Reisetasche. Er fühlte sich in den leichten Sachen wohl, sie paßten zu ihm, er wirkte leicht und auch leichtfüßig. Von den Jeans hatte er sich spät, aber noch rechtzeitig getrennt.

Die Grünen ließen sich nur selten bei festlichen Anlässen in Bonn sehen. Parkettboden war nicht der richtige Boden für sie. Quint tanzte wieder einmal aus der Reihe. Er hatte sich einen leichten Blazer angeschafft und trug ihn anstelle eines Smokings. Er ließ sich bei Gala-Abenden und Empfängen sehen, konnte sich auch sehen lassen, ein guter Kopf und auch ein guter Tänzer. Er hatte auf dem Parkett viel nachzuholen.

Bei seinen abendlichen Spaziergängen durch die Fußgänger- und Hundezone der Bonner Innenstadt hatte er sich mit einer der Puppen, die im Schaufenster eines Modesalons stand, angefreundet, deren Figur Ingas Figur entsprach. Nach mehrmaligen Besuchen hatte das Gesicht der Puppe dann Ingas Züge angenommen; er grüßte sie im Vorübergehen. Am Telefon sagte er zu Inga, daß er ein bezaubernd schönes Wesen kennengelernt habe. »Sie sieht dir ähnlich, aber sie hat nicht dein Temperament. Sie verhält sich ruhig, du hast nichts zu befürchten!« Es war Ende Juni, die Legislaturperiode ging zu Ende: die Zeit der Feste in Bonn. Quint lud Inga zum Sommerfest des Bundeskanzlers ein und ging, noch bevor sie geantwortet hatte, in den Modesalon, um das nachtblaue Abendkleid der Konkurrentin zu erwerben.

»Die Dekoration wird erst in zwei Wochen gewechselt«, hieß es.

Quint erwähnte, daß das Kleid beim Kanzlerfest getragen werden sollte.

Die Verkäuferin wurde entgegenkommender und fragte, ob die Dame nicht zur Anprobe kommen könne.

»Ich kenne die Maße meiner Frau.« Quint unterstrich diese Aussage mit einer anschaulichen Geste.

»Aber ich muß Sie darauf hinweisen: Das Kleid ist sehr teuer.«

»Meine Frau ist mir auch teuer«, antwortete Quint.

Schließlich packte man ihm das Kleid in viele Schichten Seidenpapier, legte es sorgsam in einen Karton, den Quint gleich darauf auf den Gepäckträger seines Fahrrades klemmte.

Inga kam nicht zum Kanzlerfest.

»Was soll ich in Bonn?« fragte sie.

»Tanzen!« gab Quint zur Antwort.

»Das Hotel ist ausgebucht. Endlich einmal eine Hochzeit. Die Tochter eines Professors von der Medizinischen Hochschule in Hannover.«

»Wo ein Wille ist...«

»... ist auch ein Sprichwort.«

»... ist auch ein Ausweg, wollte ich sagen.«

»Was ist mit der ruhigen Frau, die mir ähnlich sieht? Nimm sie mit! Mich kennt in Bonn keiner.«

»Ich habe die Frau aus den Augen verloren.«

»Du tanzt in Bonn, und ich tanze auf dem Eyckel.«

Es war kein gutes Gespräch.

Quint ging allein zum Sommerfest des Bundeskanzlers. Kurz vor Beginn gab es das zu erwartende Gewitter. Man drängte sich in den überdachten Räumen und unter den Zeltdächern. Quint hielt nach einer Tänzerin Ausschau, aber alle Damen befanden sich bereits im Besitz der Herren, von denen sie mitgebracht worden waren. Er stand herum, hatte das Gefühl, keine andere Funktion zu erfüllen, als Publikum zu bilden. Er hörte Ansprachen und Gespräche; die Kapellen spielten gegeneinander an, überspielten den Donner des Gewitters. Dann ließ der Regen nach, die Luft war erfrischt, Quint ging ins Freie. Er wurde auf eine Frau aufmerksam, die allein an einem Weinausschank stand, ging auf sie zu und bat sie nicht um einen Tanz, sondern um einen kleinen Spaziergang. Er wolle ihr den Park zeigen. Sie willigte ein. Sie unterhielten sich über das Baumsterben, das übliche Thema, aber Quint wußte besser

Bescheid über Bäume als andere, er beendete das Gespräch mit einem Scherz: »Ich sah Sie allein stehen, bei Gewitter ist das gefährlich. Die Blitze bevorzugen nicht nur alleinstehende Bäume –«

Die Fremde lachte, nicht wie Inga, sondern heller. Sie ließ sich anstandslos am Ellenbogen fassen und auf dem vom Regen aufgeweichten Boden um die großen Pfützen geleiten. Sie gingen, um den Weg abzukürzen, über den Rasen zum Rhein hinunter. Eine Hecke versperrte den Weg. »Wollen wir es wagen?« fragte Quint. Als Antwort kam wieder das helle Lachen. Quint hob die Fremde über die Hecke; er selbst folgte mit einer Flanke. Diesen Augenblick, in dem Quint die Dame über die Hecke hob, hatte ein zufällig in der Nähe stehender Bildreporter geknipst: Er schoß das Bild des Abends.

Am nächsten Morgen sah man es in mehreren Boulevardzeitungen, am übernächsten dann in den Lokalzeitungen, einige Male sogar auf der Titelseite. ›Ein Parlamentarier faßt zu‹ – ›Ein Grüner bemächtigt sich der Gattin des Kanzlers‹, die Bildunterschriften wechselten. Die holsteinischen Quinten betrachteten das Bild mit Mißfallen. Lenchen Schnabel, geborene Priebe, schnitt es aus der ›Oberhessischen Presse‹ aus und schickte es an Inga Quint. Sie war nicht die einzige, die es für nötig hielt, die Ehefrau zu unterrichten.

Auch dieses Foto trug zu Quints Popularität bei. Die Haarfarbe und die Farbe des Abendkleides mochten zu der Verwechslung geführt haben; außerdem war es unter den Bäumen dämmrig gewesen.

Die Richtigstellung, daß es sich nicht um die Gattin des Bundeskanzlers, sondern um eine unbekannte Besucherin des Sommerfestes gehandelt habe, wurde von den Zeitungen nicht gebracht; so bedeutend war dieser Quint nun auch wieder nicht.

24

›Higgelti Piggelti Pop! Oder Es muß im Leben mehr als alles geben.‹

Maurice Sendak

Der erste Gast, der Maximiliane im Kloster Plummbüttel besuchte, war Inga.

»Die Kinder haben schließlich einen Vater«, sagte sie, »und das Hotel hat einen Geschäftsführer. Es muß auch mal ohne mich gehen. Ich hatte Sehnsucht nach dir! Wie lebst du? Ich will hören, was du hörst, und riechen, was du riechst.«

Sie unternahmen, Arm in Arm, kleine Spaziergänge, machten aber auch Fahrten in die Heide. Als es einen Tag lang regnete, gingen sie im Kreuzgang spazieren. Inga logierte im Gästehaus und wurde als ›Wahltochter‹ vorgestellt, gegen Wahltöchter war nichts einzuwenden, andere hatten ebenfalls ihre Wahlverwandtschaften, wenn auch nicht so innige.

Im Frühling ließ Edda es sich dann nicht nehmen, der ›Ahne‹ ebenfalls einen Besuch abzustatten; sie waren sich jetzt näher gekommen, wenn auch nur geographisch.

»Verkehrsmäßig liegt ihr sehr ungünstig! Ich habe für die hundert Kilometer fast zwei Stunden gebraucht!«

Vorwürfe, die von Maximiliane nicht entkräftet werden konnten. Fräulein von Pahlen, der sie auf dem Flur begegneten, fragte, ob es sich um eine weitere Wahltochter handele.

»Diese habe ich nicht ausgewählt, sie ist mir zugelaufen«, antwortete Maximiliane, wandte sich an Edda und sagte: »Laufen konntest du schon!«

Statt eine Antwort zu geben, richtete Edda die Grüße der Kinder aus, der Reihe nach, mit sämtlichen Vornamen.

»Sven-Erik, Eva-Maria, Hans-Joachim, Louisa-Nicole und Katja-Sophie lassen ihre Ahne schön grüßen!«

An Fräulein von Pahlen gewandt, erläuterte Maximiliane, daß sie von diesen Kindern mit dem zweiten Teil ihres zu langen Vornamens angeredet werde.

Und Edda ergänzte: »Ich habe fünf Kinder!« Nur jemand, der ihre Breslauer Großmutter kannte, hätte den Nebensatz, ›mir ist das Lachen vergangen‹, dazuhören können.

Fräulein von Pahlen fragte, ob trotz des Besuches am Abend Skat gespielt würde. Maximiliane sagte zu, und Edda sagte: »Ich begreife dich nicht, bist du ins Kloster gegangen, um Skat zu spielen?«

Maximiliane zeigte ihr die Klosterkirche, den Kreuzgang und das ehemalige Dormitorium, sie saßen in ihrer kleinen Wohnung, und Edda sagte in Abständen: »Ich begreife dich nicht!« Beim ersten Mal hatte Maximiliane noch gesagt: »Das mußt du auch nicht«; die Wiederholungen beantwortete sie nicht mehr.

Edda war auf dem Gutshof unabkömmlich, sie wurde daher von Maximiliane auch nicht zum Bleiben aufgefordert. Auf dem Weg zum Parkplatz kam Edda auf den Anlaß des Besuchs zu sprechen.

»Sven-Erik will im Sommer nach Poenichen fahren. Hast du etwas dagegen?«

»Poenichen gehört mir nicht«, sagte Maximiliane.

»Sven-Erik hat eine Kehrtwende gemacht«, erläuterte Edda, »er gehört jetzt zur Jungen Union, vielleicht geht er sogar in die Politik, das hat doch bei uns Tradition. Keiner kann ihm verbieten, in die ehemaligen Ostgebiete zu fahren. Schreib ihm auf, wie man hinkommt. Er fährt mit dem Rad, aber er sagt, daß er nach Poenichen ›pilgern‹ will. Stettin und dann weiter? Wie heißt das überhaupt? Hast du von deiner Reise noch Karten? Wie hieß denn der Ort, wo wir das Obst hingeliefert haben?«

»Kallies, heute Kalisz/Pomorski.«

Maximiliane erteilte bereitwillig alle Auskünfte, sprach allenfalls ein wenig leiser als sonst.

»Sag ihm, daß er nichts finden wird.«

»Martha Riepe hat ihm aufgezeichnet, wo ihr damals das Silberzeug und den Schmuck vergraben habt.«

»Ich habe die Sachen vergraben lassen, und Martha hat sie wieder ausgraben lassen. Alles geschah im Dunkeln, wir durften kein Licht machen. Die Jagdgewehre haben wir auch vergraben, hat sie das auch gesagt? Es ist schon einmal jemand aufgebrochen, um nach den ›bleibenden Werten‹ zu graben. Sie haben ihn festgenommen, er ist nie wiedergekehrt.«

»Wer soll denn das gewesen sein?«

»Martin Valentin.«

»Den hatte ich ganz vergessen.«

»Ich auch.«

»Er hat immer gesagt: ›Laß mich machen.‹«

»Das sagst du auch. Das einzige, was von ihm übriggeblieben ist. Sven-Erik braucht nicht bis nach Kalisz zu fahren. Wenn er von Dramburg kommt, Drawsko heißt das heute, kann er auf dem Sandweg durch den Wald fahren. Falls es nicht militärisches Sperrgebiet geworden ist.«

»Kannst du es nicht aufzeichnen?«

Maximiliane zog einen Heideprospekt aus der Tasche, legte ihn aufs Wagendach und versuchte, auf der Rückseite eine Skizze anzufertigen.

»Hier ist eine Wegegabelung. Mit dem Auto konnte man dort nicht fahren. Im Krieg haben wir meist ›den Karierten‹ genommen. Zuerst kommt ein Stück Sandweg, dann geht es über Bohlen, es ist dort sumpfig –«

Der Regen wurde heftiger. Maximiliane knüllte das Papier zusammen.

»Ich weiß es nicht mehr. Sag ihm, er muß es suchen.«

Edda öffnete die Wagentür und stieg ein.

»Jetzt hast du überhaupt nicht gefragt, wie es den anderen Kindern geht.«

»Wie geht es den anderen Kindern?«

»Hans-Joachim hat von seinem Vater einen Computer geschenkt bekommen, seitdem hockt er davor. ›Mein Sklave!‹

sagt er. ›Er tut alles, was ich will, er haut hier noch mal alles kurz und klein.‹ Eva-Maria nimmt an sämtlichen Friedens-Demonstrationen teil, sie schwebt wie ein Friedensengel durchs Haus, und Louisa-Nicole schreit in holsteinischem Platt: ›Ich kannas Wort Frieden nich mehr ab.‹ «

»Und du gehst dann zu den Puten?«

»Du hast mir Marten ausgesucht!«

»Es geht vorüber, Edda!«

»Aber es ist mein Leben!«

»Ja, es ist dein Leben, und es geht vorüber.« Maximiliane zog ihren Regenumhang enger um sich und ging zurück zum Kloster.

Bald darauf rief Sven-Erik an. Er wolle sie besuchen, er käme zum ›Tag der Heimat‹ nach Fallingbostel. Dann sei es doch nicht mehr weit.

»Ich werde nach Fallingbostel kommen«, sagte Maximiliane; ein Enkel ließ sich noch schlechter rechtfertigen als die Kinder.

Sie traf früher als verabredet ein, geriet in eine der ersten Kundgebungen, bekam ein Flugblatt aufgenötigt, auf dem alle drei Strophen des Deutschland-Liedes abgedruckt waren, die dritte sollte am Schluß gesungen werden. Sie hörte halbe Sätze und Wortfetzen, die Mikrophone dröhnten, es brüllte und heulte ihr in die Ohren. ›Recht auf Heimat‹, ›Sehnsucht nach Wiedervereinigung‹, ›die verlorenen Ostgebiete werden ein Teil eines künftigen Europas werden‹. Ein Pfarrer verkündete, daß die wahre Heimat im Himmel sei. Sie geriet in ein Menschengedränge, die Stimmen wurden immer lauter, Gesichter schoben sich übereinander und verschwammen, sie griff sich an die Kehle, schwankte, jemand geleitete sie in ein Zelt des Roten Kreuzes. Eine Tasse Tee belebte sie wieder.

Dort, in dem Zelt, fand Sven-Erik sie. Er war einen Kopf größer als sie, mit kurzgeschnittenen Haaren, Jackett und Krawatte. Er führte sie aus dem Zelt, hielt ihr ein Papier hin.

»Otto von Habsburg hat mir ein Autogramm gegeben! Weißt

du, was er gesagt hat? ›Was jetzt ist, muß morgen keineswegs mehr sein!‹ Hat er wörtlich gesagt.«

»Der Satz stimmt immer«, meinte Maximiliane.

»Hast du deinen Vertriebenenausweis noch? Und die Quartierscheine von der Flucht und die Unterlagen vom Lastenausgleich? Was hattet ihr für Weihnachtsbräuche in Poenichen? Ich plane ein Familienmuseum aller Quints aus dem Osten! Zum Erntedank, was habt ihr –«

Maximiliane beantwortete alle seine Fragen mit: »Frag Martha Riepe!«

Eines Tages befand sich dann Joachim Quint in einer der Besuchergruppen, die durch das Kloster Plummbüttel geführt wurden. Da er häufig auf dem Bildschirm zu sehen war, erkannte man ihn, machte sich untereinander auf den prominenten Gast aufmerksam, flüsterte seinen Namen. Er sei an alten und neuen Formen des Zusammenlebens, die über die Kleinfamilie hinausgingen, interessiert, sagte er zu der Führerin der Gruppe.

Maximiliane schloß die Tür auf, die zum Kreuzgang führte, ließ die Besucher eintreten, schloß wieder ab, Quint fragte, wie die korrekte Anrede sei, er wolle nichts falsch machen. Schwester? Oder Mutter? In diesem Augenblick wurde an die Tür gepocht, Maximiliane schloß sie auf. Krystyna sagte in gebrochenem Deutsch, aber deutlich vernehmbar: »Frau Äbtissin bittet Fräulein von Quindt anschließend zu sich.«

Die Blicke von Mutter und Sohn begegneten einander, Joachim lächelte dem ›Fräulein‹ zu. Im Weitergehen erkundigte er sich bei ihr, ob es möglich sei, die Wohnung einer der Konventualinnen zu besichtigen.

Bevor Maximiliane antworten konnte, wurde er von einer Besucherin darauf hingewiesen, daß es sich hier um ein Frauen-Refugium handele und nicht um ein Museum.

Nach dem Rundgang blieb Quint als einziger der Gruppe im Flur zurück, bis Maximiliane die Türen verschlossen und abgerechnet hatte. Er hörte dieselbe Besucherin sagen: »Diese grünen Politiker sind doch von einer infamen Aufdringlichkeit. Nicht einmal vor einem Kloster schrecken sie zurück!«

In ihrer Wohnung bot Maximiliane ihrem Sohn einen Apfel an und sagte: »›Die Sanftmütigen nähren sich vom Duft eines Apfels.‹« Joachim roch an dem Apfel, legte ihn in die Taufterrine zurück und nahm statt dessen den Satz mit.

Als sie durch den Garten gingen, fragte er: »Was ist das für ein Stein? Ein Findling?«

»In Poenichen mußte man anspannen lassen, wenn man zum Poenicher Berg wollte, wo die Findlinge auf den Gräbern lagen. Golos Findling habe ich von Dalarna nach Marburg gefahren und das letzte Stück getragen. Eiszeitgeröll. Es ist nicht wichtig, ob es nun in Pommern oder in Dalarna oder in der Plummbütteler Heide liegengeblieben ist.«

»Du hast dich weit von uns entfernt, Mutter!«

»Deshalb bin ich hier.«

»Ich habe in der vorigen Nacht von dir geträumt«, sagte Joachim, »dir wuchsen Wurzeln. Ich sah in die Erde hinein und sah, wie diese Wurzeln in die Tiefe drangen und kräftiger wurden, und oben, über der Erde, schrumpftest du. Bevor du völlig verschwunden warst, bin ich aufgewacht. Ein paar Stunden später saß ich im Zug, um nachzusehen, ob du überhaupt noch da bist!«

»Der alte Quindt hat immer gesagt: ›Ein Stück pommersche Erde, das ist auch was.‹ Aber jetzt denke ich, ob es nun pommersche Erde ist oder diese hier, Sandboden ist überall leicht. Vielleicht ist das alles gar nicht so wichtig.«

Und Joachim fragte, was er bereits mit sieben Jahren gefragt hat: »Was ist wichtig?«

Maximiliane stand jetzt dicht vor ihm, blickte zu ihm auf und sagte: »Daß dich ein Traum zu mir führt, das ist wichtig.«

Joachim hatte nicht viel Zeit, war in Eile. Maximiliane bot sich an, ihn mit dem Auto nach Lüneburg zum Bahnhof zu bringen. Auf dem Weg zum Parkplatz gingen sie, um ein Stück abzukürzen, über den Rasen. Dabei wurden sie von der Äbtissin beobachtet, die sich bemühte, keinen Verweis zu erteilen. Sie stand abwartend auf dem Weg und fragte, als die beiden sich näherten, mit liebenswürdiger Zurückhaltung: »Ein Namensvetter? Eine Nebenlinie? Ein Verwandter wohl gar?«

Und Maximiliane sagte zu ihrer eigenen Überraschung und natürlich auch zur Überraschung der Äbtissin: »Es ist mein Sohn.«

Ein leichtes Heben der Augenbrauen als einzige Reaktion, aber eine Unterredung stand bevor, der Maximiliane mit Unbehagen entgegensah.

Als sie bereits im Auto saßen, erkundigte sich Joachim, ob sie die Unterordnung ertragen könne, und wurde belehrt, daß es sich um Ordnung, nicht um Unterordnung handele.

»Ich halte nur die entsprechenden Paragraphen der Klosterordnung ein. ›In Auftreten und Wandel auf den Zweck und das Ansehen des Klosters Bedacht zu nehmen.‹ Es geht demokratisch bei uns zu. Regelmäßig finden Beratungen im Konvent statt. Die Entscheidungen trifft dann allerdings die Äbtissin. Ist es in der Politik so viel anders?«

»Auf der Herfahrt habe ich viele Bienenhäuser gesehen«, sagte Joachim. »Sie standen alle noch leer, obwohl die Akazien doch schon blühen.«

»Aber die Heide blüht noch nicht«, belehrte ihn Maximiliane. »Du kennst nur den Bienenfleiß der Bienen und nicht die Bienentreue. Hier sagt man Immen, sie fliegen nicht von einer Erikablüte zur nächsten Akazienblüte, sie befruchten nur, was nach Naturgesetzen zueinander gehört. Sie tragen keine Birnenblütenpollen zu Apfelblütenstempeln und fliegen nicht vom blühenden Klee zum blühenden Raps. Vierfruchthonig gibt es nicht.«

»Ich hab's verstanden!« Joachim bedankte sich und gedachte, seine neuen Kenntnisse bei einer Ansprache zu verwenden, die er vor jungen Entwicklungshelfern, die nach Afrika aufbrachen, zu halten hatte.

Mehr wurde auf der Fahrt nach Lüneburg nicht gesprochen.

Maximiliane war in Plummbüttel noch wortkarger geworden. Beim Abschied blieb sie im Auto sitzen.

»Ich werde meine drei Frauen von dir grüßen!« sagte Joachim. »Am Wochenende bin ich wieder zu Hause. Als wir klein waren, hast du oft, wenn wir uns etwas wünschten, gesagt: ›Später‹, das sagst du nicht mehr.«

»Es ist spät«, antwortete Maximiliane, wiederholte ihre Antwort sogar: »Es ist spät.«

Meinte sie diesen Tag, der zu Ende ging, meinte sie die Abfahrt des Zuges, meinte sie ihr Leben?

Am Abend desselben Tages machte sie noch einen Besuch bei Fräulein von Pahlen, die ihre Stickarbeit zur Seite legte. Aber Maximiliane wollte nichts weiter als sich ein Zentimetermaß ausleihen. Wieder in ihrem Zimmer, stellte sie sich in die Türöffnung, legte sich ein Buch auf den Kopf, machte, so gut es ging, mit dem Bleistift einen Strich auf den Türrahmen und maß dann die Entfernung zum Fußboden. Es waren fünf Zentimeter weniger. Jene fünf Zentimeter, die sie nach Joachims Geburt noch gewachsen war. Wo waren sie geblieben? Sie streifte die Strümpfe ab, ging barfuß in den Garten. Es fiel schon Tau. Sie krallte die Zehen fest in die Erde.

Am nächsten Morgen konnte sie wegen eines rheumatischen Anfalls nicht aufstehen. Sie wurde von ihren Nachbarinnen freundlich und schwesterlich betreut.

Das Gespräch mit der Äbtissin mußte verschoben werden, wurde dann vergessen.

25

›Glücklich ist nicht, wer anderen so vorkommt, sondern wer sich selbst dafür hält.‹

Seneca

Noch immer wurde auf den Lampen, die den Parkplatz, die Auffahrt und den Hof des Hotels Eyckel erleuchteten, für Brandes-Bier geworben, aber die Brauerei in Bamberg, die Herr Brandes mit Geschick durch gute und schlechte Jahre geleitet hatte, war nach seinem Tod in Schwierigkeiten geraten, von Fusion mit einer größeren Brauerei war die Rede. Man würde die Lampen auswechseln müssen. Der Name Brandes hatte in der langen, abwechslungsreichen Geschichte des Eykkels nur eine kleine Rolle gespielt.

Manchmal fragte noch einer der Stammgäste nach ›der Baronin‹, dann leuchtete Ingas Gesicht auf, und sie sagte: »Ich versuche, es so gut zu machen wie sie!«

Um der Wahrheit die Ehre zu geben: Inga machte es besser. Eine junge, gutaussehende Wirtin war schon immer das beste Betriebskapital und sparte Kosten für die Werbung. Zunächst hieß es, ›die junge Frau Quint‹, auch ›die andere Frau Quint‹. Aber da es nur diese eine gab, blieb es schon bald bei ›Frau Quint‹. Sie setzte, in gemäßigter Form, die ökologischen Theorien ihres Mannes in die Praxis um. Sie schwamm auf der Gesundheitswelle mit. Man konnte zum Frühstück frischgeschrotetes Korn essen. »Dreikorn oder Sechskorn?« fragten gesundheitsbewußte Gäste, und dann sagte Inga lachend: »Tausende!« Das Brot war selbstgebacken, das einzige, was es auszeichnete, war das Prädikat ›selbstgebacken‹; diese Tatsache entkräftete jede Kritik. Zweimal wöchentlich fuhr Inga mit dem Kombiwagen in eine biologisch-dynamische Gärtnerei bei Pegnitz und kaufte Gemüse und Obst ein. Man konnte nach einer ›grünen Karte‹ vegetarisch essen: Gemüsesäfte, Salatplatten, Hirse und Buchweizen. Die Zugabe, ein Glas Milch, wurde nicht berechnet, auch nicht das erste Glas Wein oder das erste Glas Bier. Wenn ein Gast abends zu lange an der Bar sitzen blieb, weil er sich vor der schlaflosen Nacht fürchtete, machte Inga ihm eigenhändig Milch heiß, gab einen Löffel Honig dazu, aber auch einen Schuß Rum; ein Hausgetränk, es konnte nicht schaden und nutzte manchmal. Wer auf Reisen war, mußte verwöhnt werden, auch das hatte Inga von Maximiliane gelernt.

An jenem Morgen, an dem Maximiliane den Eyckel für immer verließ, hatte sich Inga neben sie ins Auto gesetzt, um ein letztes Gespräch mit ihr zu führen.

»Manchmal fürchte ich mich. In was für einer Welt werden unsere Kinder leben?«

»Fürchten darfst du dich nicht!«

»Du hast fünf Kinder gehabt, und es war Krieg. Und jetzt ist Frieden, und ich habe einen Mann, der mich liebt, da werde ich es doch auch schaffen.«

»Ich hatte Poenichen. Und ich habe ein Kind nach dem anderen bekommen.«

»Soviel Zeit habe ich nicht!«

Joachim hatte mit den Worten: »Meine Mutter hat keines ihrer Kinder in einer Klinik zur Welt gebracht!« eine Hausgeburt vorgeschlagen.

»Vergleich mich bitte nicht mit deiner Mutter. Sie ist kein Maßstab. Ein Hotel ist kein Zuhause! Eine grüne Geburt wird es nicht geben.«

Seit Viktoria mit einem Plakat ›Mein Bauch gehört mir‹ durch die Straßen von Berlin gezogen war, hatte sich viel geändert. Inga entschied sich für eine Nürnberger Klinik. Man mußte sie dann mit Blaulicht zur Entbindung fahren, sie hielt sich nicht an die übliche Austragungszeit. Sie brachte innerhalb einer halben Stunde zwei Siebenmonatskinder zur Welt, denen es im Inneren ihrer Mutter offenbar zu eng geworden war. Inga war erleichtert, im wahrsten Sinne des Wortes. Der Arzt war zufrieden. Und Joachim erfuhr erst drei Tage nach der Entbindung, daß er inzwischen Vater von Zwillingen geworden war; er befand sich mit einer Delegation in Dänemark. Es dauerte noch zwei weitere Tage, bis er seine drei Frauen besichtigen konnte.

Bei der Geburt fing es bereits an: Dieser Vater verpaßte alles, das erste Lächeln, den ersten Zahn, die ersten Schritte. Daß es Mädchen waren, entsprach seinen Wünschen, er war an den Umgang mit Frauen gewöhnt, war mit drei Schwestern aufgewachsen. Der Vorschlag, sie auf die Namen Sophie und Charlotte zu taufen, stammte von ihm. Inga erklärte sich einverstanden, erkundigte sich aber, ob es sich bei der Namensgeberin um jene Frau von Quindt handele, ›die sich aus allem heraushielt‹.

»Sie werden sich in alles teilen müssen, warum nicht in diesen schönen Doppelnamen? Die Erstgeborene Sophie, die zweite Charlotte.«

Es erwies sich als unnötig, zwei Kinderbetten anzuschaffen. Die Neugeborenen waren aneinander gewöhnt, suchten die Nähe und Wärme des anderen, krochen zueinander, zwitscherten und plapperten in ihrer Zwillingssprache, die ihnen genügte, die keiner verstand. Sie schienen weder die Mutter noch den Vater zu entbehren; sie waren sich selbst genug und machten sich unabhängig. Wenn Inga die beiden in den Schlaf singen wollte, schliefen sie längst. Sie strich über die Decke und über die kleinen, feuchten Köpfe; wichtig war, daß sie schliefen, nicht, daß sie von der Mutter in den Schlaf gesungen wurden. Die Kinder waren zierlich und leichtgewichtig. Sie hatten, was sie benötigten: Ruhe, frische Luft und frische Windeln. Sie waren still, schliefen viel. Wenn Inga Stille brauchte, zog sie sich zu ihnen zurück. »Die Kinder stillen mich«, sagte sie dann. Wenn sie in ihrer Gegenwart anfingen zu weinen, erst die eine, dann die andere, sagte sie: »Weinen könnt ihr auch allein, dazu braucht ihr mich nicht« und verließ das Zimmer.

Eine Rabenmutter, aber der Erfolg sprach für die Methode. Die Kinder merkten frühzeitig, daß mit Schreien nichts zu erreichen war. Das erste Lächeln galt nicht der Mutter, sondern dem anderen Zwilling. Eines Tages sah es Inga. Die Kinder lächelten einander zu. Sie waren anpassungsfähig, lebten in voller Gütergemeinschaft. Ihr Sinn für mein und dein blieb noch lange Zeit unterentwickelt, sie zeigten keinerlei Anzeichen von Eifersucht. Ein Kind lutschte am Zeh des anderen, eine Beobachtung des Vaters, falls er sich nicht im Durcheinander der Arme und Beine getäuscht hatte. Als dann doch ein weiteres Kinderbett ins Zimmer gestellt wurde, weinten beide so lange, bis man sie wieder in einem Bett zusammenlegte, wo sie zueinander kriechen konnten. Vater und Mutter lagen ebenfalls in einem Bett beieinander. »Kleine Proletarierinnen!« sagte der Vater. »Vielleicht wird die eine der beiden sich später beklagen und sagen: Ich hatte nicht einmal ein eigenes Bett!« Aber welche der beiden? Sophie, die hellere? Nur am Grad der Helligkeit ließen sie sich unterscheiden, die hellere Sophie, die dunklere Charlotte. Kein Kinderwagen, kein Sportwagen. Wer hätte die Kinder spazierenfahren sollen? Und warum? Und wohin? Eine Ausgehmutter hatten sie nicht.

Als die Kinder zum ersten Mal in der Hotelhalle auftauchten, konnten sie bereits auf Ingas Armen sitzen, das eine links, das andere rechts. Halbe Portionen. Sie hatten gerade ein Wort aus der Menschensprache gelernt: ›Papa‹. Aber sie riefen es bei jedem Mann, den sie sahen, und riefen es auch, wenn sie eine Frau in Hosen sahen. Eine Decke wurde auf dem Rasen ausgebreitet, auf der sie herumkriechen konnten, aber es drängte sie ins Grüne, sie verließen die Decke. ›Den Drang ins Grüne haben sie von ihrem Vater‹, sagten die Hotelgäste, verglichen die Kinder mit kleinen Hunden und Katzen. Die weiblichen Gäste sagten: ›Die armen Kinder!‹, die männlichen Gäste sagten, wenn Inga mit den Kindern auf den Armen durch die Halle ging: ›Solch einen Platz hätte man als Kind haben sollen!‹

Im Hotelbetrieb hatte sich manches verändert, aber weiterhin durften Hunde mitgebracht werden, und Kinder waren nicht nur geduldet, sondern sogar erwünscht, übernachteten umsonst. Die Zwillinge wurden von den Gästen erzieherisch eingesetzt. ›Nehmt euch ein Beispiel an denen! Sie sind kleiner als ihr und benehmen sich schon viel besser!‹ Die Kinder durften mit den Zwillingen spielen, mit lebenden Puppen.

Inga liebte ihren Beruf, liebte ihren Mann, liebte ihre Kinder, bemühte sich, allen gerecht zu werden. »Ich rotiere auch‹, sagte sie zu Joachim und drehte sich dabei um ihre eigene Achse, nahm das Wort ›rotieren‹ wörtlich. Wenn Joachim am Freitagabend eintraf, hatte er sein Arbeitspensum in der Bahn erledigt, den Rest würde er am Montagmorgen auf der Rückfahrt noch durchsehen. Für beide Strecken benutzte er den Ausdruck ›Rückfahrt‹. Er fuhr von Bonn zurück zum Eyckel und fuhr vom Eyckel zurück nach Bonn.

»Würdest du bitte?« fragte Inga und drückte ihm ein Tablett in die Hand, die Rosenschere oder den Holzkorb. Er wurde als Aushilfskellner eingesetzt, als Hausbursche und als Babysitter. Wenn von einer neuen Rollenverteilung in der Familie die Rede war, konnte er mitreden, er war ein mitarbeitendes Familienmitglied. Holzhacken befriedigte ihn. Er nahm sich die dicksten Holzkloben vor, hälftete sie, hälftete die Hälften und viertelte die Viertel und achtelte. Bei nächster Gelegenheit benutzte er diese Tätigkeit als Beispiel: Große Probleme in lösbare, kleinere Probleme zu teilen. Im Mai schickte Inga Maiglöckchen, die sie in feuchtes Moos gepackt hatte, nach Plummbüttel und im richtigen Zeitpunkt einen Korb mit den richtigen Äpfeln. Der Schlüsselsatz für sie ist an anderer Stelle bereits gefallen. ›Du redest, und ich tue es auch.‹ Sie benötigte keine Worte, um sich zu verständigen. Mit Botschaften, die sie auf Maximilianes Fensterbank legte, hatte es angefangen. Sie fragte mit den Augen, den lebhaften dunklen Augen, sie sprach mit ebenso lebhaften Händen. Sie setzte ihre Gedanken unmittelbar, ohne Einschaltung der Sprache, in die Tat um. Was für eine Frau für einen redenden und schreibenden Mann, der im Intercity-Zug von Nürnberg nach Frankfurt bereits den ersten Brief an sie schrieb: »Ich entferne mich von Dir mit einer Spitzengeschwindigkeit von 160 Kilometern in der Stunde! Um mit der gleichen Geschwindigkeit zu Dir zurückzukehren!« Er benutzte Buchstaben und Papier, und sie benutzte Walderdbeeren und eine Fensterbank. Nichts, was man von ihr nachlesen könnte. Es ist nicht einmal sicher, ob sie seine Briefe mit der nötigen Aufmerksamkeit las. Dabei waren es schöne, liebevolle Briefe. Inga legte ihre Arme um den, den sie liebte, sagte aber nicht: ›Ich liebe dich.‹ Sie tröstete die Kinder mit den Händen, mit der Wärme ihres Körpers, schaffte Nähe. Vielleicht lag es an ihrer Schweigsamkeit, daß diese Kinder miteinander zwitscherten, aber keine verständlichen Worte zustande brachten.

Nie hört man aus Ingas Mund den üblichen Fragesatz, der an jeder Hotelrezeption ständig zu hören ist: ›Was kann ich für Sie tun?‹ Sie sieht, was zu tun ist, und tut es. Sie benutzt nur selten das Telefon, es genügt ihr, daß sie morgens als erstes die Stimme ihres Mannes hört, daß er am Wochenende wieder in ihren Armen liegt, aus denen er allerdings zunächst Sophie-Charlotte, die Unzertrennlichen, wegräumen muß, die diesen Platz an vier Abenden der Woche für sich beanspruchen. Sie lassen es sich gefallen, ein Kind bleibt beim anderen, vermutlich werden sie keinen Schaden erleiden.

Das dunkle, gelockte Haar und die dunklen Augen verdankte Inga dem Großvater, mit dem die Berner Großmutter kurze Zeit verheiratet gewesen und der eines Tages spurlos verschwunden war. Morgens steckte sie das Haar hoch, abends trug sie es offen. Joachim hatte gelernt, ihre Stimmung an ihrer Frisur abzulesen. Wenn er abends die Kämme aus dem Haar ziehen mußte, fragte er: »Was fehlt dir?«

Die kleidsame altfränkische Tracht, die das Hotelpersonal trug, stand auch ihr gut, ihre Ausschnitte waren weiträumig; engherzig durfte eine Wirtin nicht sein. Sie drehte sich rasch, und der Rock drehte sich mit einer kleinen Verzögerung mit. Einen Ehering trug sie nicht, aber sie trug das goldene Nilpferd an einem Kettchen um den Hals; das Kettchen sah man, das Nilpferdchen nicht. ›Ich weiß, wem ich gehöre‹, sagte sie, ›dazu brauche ich keinen Ring.‹ An den Wochenenden, wenn Joachim im Restaurant saß, setzte sie sich so oft wie möglich zu ihm an den Tisch, woraufhin der eine oder der andere Gast fragte, ob er der ›Chef vom Ganzen‹ sei.

Quint verneinte dann und sagte: »Das Hotel führt meine Frau!«

Und meist ergänzte dann Inga: »Und er führt mich!«

Sie hatte eine glückliche Hand! Aber eine einzige glückliche Hand wäre zuwenig gewesen für das, was sie zu tun hatte. Sie besaß zwei glückliche Hände.

An einem Freitagabend, als gerade viel Betrieb im Hotel herrschte, durchquerte Quint, den Aktenkoffer in der Hand, die Hotelhalle und wurde, als er bereits einen Fuß auf die Treppe gesetzt hatte, von einer Angestellten, die erst seit wenigen Tagen an der Rezeption saß, zurückgerufen. Ob er vorbestellt habe? Und ob er den Anmeldezettel bereits ausgefüllt habe?

»Wie ist Ihr Name? Waren Sie schon einmal unser Gast?«

Gegen keine der Fragen war etwas einzuwenden. Quint setzte seine Tasche ab, griff zur Brille, die er seit kurzem trug, um den Namen der jungen Dame zu lesen, der auf einem Schildchen gutplaziert an ihrem Mieder steckte.

»Ah, Fräulein Funke!«

Er griff zum Stift und füllte das Anmeldeformular aus.

»Muß ich den Personalausweis vorzeigen?«

»Nein, müssen Sie nicht. Haben Sie besondere Wünsche, das Zimmer betreffend?«

»Ich ziehe es vor, im Bett der Inhaberin dieses Hotels zu schlafen. Nur am Wochenende, dann aber so regelmäßig wie möglich.«

Ein Blick auf das Formular, ein Blick in das Gesicht ihres Gegenübers. Quint stellte mit Wohlgefallen fest, daß es noch junge Damen gab, die die Fähigkeit zu erröten besaßen. Dieser Vorfall an der Rezeption gab den Anstoß: Er brauchte ein Zuhause, auf die Dauer konnte und wollte er nicht mehr im Hotel wohnen, auch nicht im Hotel seiner Frau.

Er stellte seine Reisetasche ab, verließ noch einmal das Hotel und besichtigte im letzten Tageslicht die ungenutzten Gebäudeteile des Eyckels. Er stand lange vor dem Torhaus, betrachtete es vom Hof her, dann von der Auffahrt her, prüfte die Lage zur Sonne, beobachtete die Tauben, die ein- und ausflogen und das alte Torhaus belebten.

»Wollen wir diese Hotelehe fortführen?« fragte er nachts, als er neben Inga im Bett lag.

»Du wirst als Gast sehr bevorzugt behandelt!«

»Lenk bitte nicht ab! Ich habe zu reden!«

»Hast du in der vergangenen Woche keine Gelegenheit zum Reden gehabt?«

»Ich brauche hier ein Refugium! Ich habe etwas gesucht und auch gefunden, jetzt muß ich dich nur noch davon überzeugen.«

»Wenn du es nicht nötig hättest, hättest du nicht gesucht. Aber haben wir genügend Geld dazu?«

»Genügend Geld gibt es nicht, also bauen wir mit weniger Geld. Ein Dach überm Kopf, ein Fenster, ein Tisch, ein Stuhl. Wenn schon kein Burgschreiber, dann eben ein Torhausschreiber.«

»Wenn ihr Grünen die Abfindung für die ausscheidenden Abgeordneten nicht abgelehnt hättet . . .«

». . . hätten wir unsere Prinzipien verraten! Ich würde vorschlagen: Den großen Mittelraum bekommen die Kinder, du bekommst das Eckzimmer, des Überblicks wegen.«

»Und wo sollen wir schlafen?«

»Die einfachste Lösung wäre –«, antwortete Joachim, doch Inga nahm ihm das Wort aus dem Mund.

»Die einfachste Lösung wäre, du überläßt den Ausbau mir. Wenn das Kapitel Bonn abgeschlossen ist...«

»... schreibe ich das nächste Kapitel hier.«

Diese Unterhaltung war bezeichnend für ihr Verhältnis. Das eine Mal stammte der Hauptsatz von Inga, das andere Mal der Nebensatz von ihr. Beiden war es recht so. ›Du hast das Sagen, ich habe das Reden.‹ In diesem Sinne endete auch das Gespräch über den Ausbau einer Wohnung.

»Der erste Schritt, der jetzt zu tun wäre...«, sagte Joachim, und Inga fuhr fort: »... ist der, daß wir mit dem Koch reden müssen. Antonio hält sich Tauben im Torhaus, das hat Maximiliane ihm erlaubt.«

Die Verständigung mit dem Koch war weniger schwierig als die mit den Tauben, die sich an ihren Taubenschlag gewöhnt hatten. Die Fluglöcher wurden abgedichtet, aber die Tauben nahmen auf den nahe gelegenen Mauervorsprüngen Platz, gurrten und murrten und kleckerten in die Toreinfahrt, durch die die Hotelgäste kommen und gehen mußten. Taubenlärm und Taubendreck. Antonio streute Futter an einer anderen Stelle aus, aber die Tauben beharrten auf ihrem Wohnrecht. Schließlich griff er zur Flinte, die er von Franc Brod übernommen hatte, und verbrachte den glücklichsten Morgen seines Lebens auf der Vogeljagd. Gebratene Tauben für die Hotelgäste. Eine Spezialität, die von nun an nicht mehr auf der Speisekarte erscheinen würde. Ein Problem war vertilgt worden.

Am Ende der Legislaturperiode, als in Bonn große Pause und auf dem Eyckel Hochbetrieb herrschte, fand Inga, daß den Kindern Seeluft guttäte.

»Ich bin unabkömmlich, du bist abkömmlich«, sagte sie zu Joachim.

»Traust du mir das denn zu?« fragte er.

»Dir nicht, aber den Kindern. Am besten, ihr fahrt nach Juist. Juist ist eine Kinderinsel. Ohne Autoverkehr, der Strand flach. Du brauchst sie nur in Ruhe zu lassen. Je hilfloser du dich anstellst, desto mehr Hilfe bekommst du. Alleinreisende Väter sind immer noch eine Rarität, und Männer, die aussehen wie du, und kleine Mädchen, die aussehen wie Sophie-Charlotte, sind am Strand unwiderstehlich.«

»Versprichst du mir das?«

»Das verspreche ich dir!«

Zwei Kindersitze für das Auto wurden angeschafft, auf denen die Zwillinge festgeschnallt werden konnten. Die beiden erwiesen sich auch für lange Autofahrten als durchaus geeignet. Mit nur wenigen Unterbrechungen erreichten die drei am Abend die Nordseeküste.

Als Quint in Norddeich auf der Mole stand, auf jedem Arm ein Kind, rief Sophie angesichts des Meeres: »Doll!«, und Charlotte rief ebenfalls: »Doll!«, und als er am nächsten Mittag in den Speiseraum der Pension trat, inzwischen auf Juist angelangt, wieder ein Kind rechts, ein Kind links auf dem Arm, kam ihnen eine üppige Strandschöne entgegen, mehr aus- als angezogen, und beide Kinder riefen wieder laut und freudig: »Doll!« Die drei Quints erregten Aufmerksamkeit und Heiterkeit, erhielten Hilfsangebote von allen Seiten, wie Inga es vorausgesehen hatte. Er benötigte einen Karren, um Kinder und Badezeug an den Strand zu befördern, und schon bekam er von Frau Jankowski, der Pensionsbesitzerin, für die Dauer seines Inselaufenthaltes einen Karren ausgeliehen. Quint engte den Kindern kein Vergnügen durch Verbote ein. Sie krochen im Speiseraum zwischen fremden Beinen herum, bekamen Wurstscheiben und Kuchenstücke zugesteckt, sie krochen im Sand, planschten im Wasser, schaufelten Sand von hier nach dort und zwitscherten in ihrer Zwillingssprache. Als Sophie ein Bächlein in den Sand rieseln ließ, sagte eine vorwurfsvolle weibliche Stimme: »Aber! Aber!« Der Wortschatz der Kinder erweiterte sich um das Wort ›aber‹. Quint rieb die beiden mit Sonnenmilch und Sonnenöl ein, die ihm von den umliegenden Müttern zugereicht wurden. ›Der Wind ist die Sonne von Juist!‹ Er salbte Arme, Beine, Bäuche und Hinterbacken, und wenn er damit bei Sophie fertig war, kam Charlotte an die Reihe, während sich Sophie im Sand wälzte und panierte. Quint trug sie zum Wasser und tauchte sie unter, Charlotte kroch im Sand hinterher. Die Kinder bekamen Sonnenbrände, Quint bestäubte sie mit dem Puder der nächstliegenden Mutter und kaufte schließlich sogar die kleinen Strandkittel, die man ihm empfahl. Sobald die Kinder ›Mama‹ riefen, zog er ein Bild Ingas aus der Tasche, und sie beruhigten sich wieder, wurden für ihr Wohlverhalten von anderen Gästen gelobt, der Vater wurde ebenfalls gelobt.

»Wir haben eine mittlere Hotelreife«, sagte er zur Erklärung.

»Können Sie die Kinder überhaupt unterscheiden?«

Die unausbleibliche Frage an die Eltern von Zwillingen.

Quint antwortete wahrheitsgemäß: »Nicht immer, aber die beiden können es.«

Wenn er versehentlich Sophie an die rechte Hand nehmen wollte und Charlotte an die linke, protestierten beide und wechselten die Seiten, ein linkes Kind, ein rechtes Kind. Dann betrachtete er sie aufmerksam und stellte fest: sie hatten recht.

Als er die beiden am Strand gerade in ihre Windeln packte, blieb eine Frau, dem Dialekt nach eine Süddeutsche, stehen und sagte, daß ihre Kinder in dem Alter bereits sauber gewesen seien.

Quint, mit den Windelhosen beschäftigt, blickte hoch.

»Sie meinen, das sei das Wichtigste im Leben eines Kleinkindes?«

»Zwillinge sind ja immer später dran.«

»Auf dem Klo können sie noch lange genug sitzen«, sagte Quint.

»Sprechen können die Kinder wohl auch noch nicht?«

In diesem Augenblick sagte Charlotte, die ihre schmutzige Windel betrachtet hatte: »Aber! Aber!« und bewies, daß sie sich verständlich machen konnte.

Das Wetter war freundlich, wenn auch nicht hochsommerlich.

Die Kinder bekamen Schnupfen, auch Durchfall, alles in doppelter Ausfertigung. Er hätte keine Pommes frites für sie kaufen sollen, die Fütterung der Kinder war ihm einfach und billig erschienen. Das Ergebnis war es nicht.

Frau Jankowski kam ihm zu Hilfe, bezog das Bett, brachte Wärmflaschen, badete die Kinder, hüllte sie in Frotteetücher, fütterte sie mit zerdrückten Kartoffeln und ließ sie warmes, gesalzenes Kartoffelwasser trinken.

»Was tut denn Ihre Frau?« fragte sie.

»Dasselbe wie Sie«, gab Quint zur Antwort. »Sie kümmert sich um die Kleinkinder ihrer Hotelgäste.«

Quint unterbrach die lange Rückfahrt in Kassel und besuchte die Internatsfreundin seiner Mutter, Bella von Fredell, bei der er als Junge oft zu Besuch gewesen war.

»Natürlich könnt ihr bei uns wohnen!« sagte sie. »Das Haus ist ohnedies viel zu groß. Ich meine, ihr könnt bei ›mir‹ wohnen, ich sage immer noch ›uns‹, aus Gewohnheit. Im Hotel müßt ihr ja ohnehin ständig leben!«

Als die Kinder im Bett lagen, zog Frau von Fredell sich einen hellen Morgenmantel über und deckte den Tisch auf der Terrasse.

»Ich werde weiterhin ›Mosche‹ und ›du‹ sagen, aber sag bitte nicht ›Tante‹ zu mir! Was meinst du, wie mein Mann reagiert hätte, wenn einer von den Grünen ins Haus gekommen wäre! Er hielt sie alle für Kommunisten. Er hat dafür gesorgt, daß meine Söhne ›spuren‹.«

Quint reagierte nicht. Er war in den Anblick der Landschaft versunken. Sonnenuntergang hinterm Habichtswald, der Herkules angestrahlt, das hatte er lange nicht erlebt; er berichtete dann von seinem Besuch in Hermannswerder, berichtete von seiner Mutter im Kloster Plummbüttel. Frau von Fredell hatte seit Jahren nichts von ihr gehört.

»Maximiliane!« sagte sie. »Sie hat immer das Gegenteil von dem getan, was man erwartet hat. Und ich habe immer getan, was man erwartet hat. Seit ich allein lebe, denke ich immer: Was haste gemacht mit deinem Leben? Fußmatte haste gemacht! Weißt du, was ich meine?«

»Ich kenne den ›Hauptmann von Köpenick‹! Hast du keine Enkelkinder?«

»Eines. Das wird von der anderen Großmutter beansprucht. Von mir erwartest du, daß ich die Großmutter-Rolle spiele, von deiner Mutter nicht. Immer waren die anderen dran. Alles hat sich um meinen Mann und die Söhne gedreht.«

»Mit ›alles‹ meinst du dich? Du hast dich gedreht? Warum drehst du dich nicht weiter? Um dich selbst? Mach dich auf! Hol nach!«

Ein Juli-Abend, an dem Bella von Fredell aufblühte. Gegen Mitternacht erloschen die Scheinwerfer, die den Herkules angestrahlt hatten. Und am nächsten Morgen legte Frau von Fredell wieder Trauer an, so formulierte Joachim es später in einem Brief an seine Mutter: »Bella ist eine Witwe, die an jedem Morgen aufs neue Trauer anlegt.«

Am späten Vormittag machte er einen Besuch in der Redaktion der ›Hessischen/Niedersächsischen Allgemeinen‹, deren Chefredakteur er von einem Presseempfang in Bonn her kannte.

»Wo kommen Sie her? Sie sehen glänzend aus!«

»Es war doll!« antwortete Quint. »Wir waren an der See!«

Das Adjektiv ›doll‹ schien Verwunderung auszulösen, Quint zog ein Foto aus der Tasche, das der Strandfotograf von den kleinen Mädchen gemacht hatte.

»Als die beiden zum ersten Mal das Meer sahen, riefen sie nicht etwa das berühmte ›Thalatta, Thalatta!‹, sondern: ›Doll!‹ Bei allem, was ihre Bewunderung erregt, rufen sie ›doll‹, und bei allem, was ihr Mißfallen hervorruft, sagen sie ›aber, aber!‹. Nach meinen dreiwöchigen Beobachtungen genügen diese zwei Worte zur Verständigung. Für einen Politiker eine sehr wichtige Erkenntnis!«

Am nächsten Morgen konnten die Leser der einzigen und größten Tageszeitung Nordhessens diese kleine Episode unter der Rubrik ›Zu Gast in Kassel‹ lesen.

26

›Es gibt Menschen, die haben nie ein Poenichen besessen.‹
Maximiliane von Quindt

Zu jedem Rittersporn gehört eine Stiftsdame!

Eine Vegetationsperiode reichte aus, dann blühte Rittersporn in ihrem kleinen Garten, den sie ›mein grünes Zimmer‹ nannte; vielfarbiger Rittersporn von unterschiedlicher Höhe vor dem dunklen Hintergrund einiger Nadelhölzer. ›Eine Sinfonie!‹ sagten die Besucherinnen und Bewundrerinnen. ›Eine Blütenorgel!‹ Jede der Konventualinnen, die sie besuchten, fand einen weiteren Vergleich. Maximiliane hatte sich verkleinert, von den Bäumen zu den Blumen. Es genügte ihr die Nähe der Lindenbäume. Wenn sie blühten, drang der Duft in ihr Zimmer, und dann mischten sich wieder die Düfte mit den Erinnerungen: Die Lindenallee in Poenichen, die blühenden Linden im Quartier Latin in Paris, die alten Linden am Parkplatz des Eyckels, die Linden am Marburger Schloß. Hermannswerder, natürlich auch Hermannswerder. Lindenbäume als Wegbegleiter.

Sie lebte unter Aufsicht, aber das hatte sie von Kindheit an getan, in Poenichen, in Hermannswerder, auf dem Eyckel, Plummbüttel. In den dazwischenliegenden Zeitabschnitten hatte sie unter der Aufsicht ihrer Kinder gestanden. Es fror sie oft in den kühlen Klosterräumen, dann hüllte sie sich in den Chormantel, den die Konventualinnen nur zum Kirchgang am

Sonntag trugen, den sie ständig trug. Ihr Geist verwirrte sich, so erschien es jedenfalls den Außenstehenden, in Wahrheit gewann sie aber an Klarheit und Übersicht. Man ließ sie in Ruhe – auch die anderen Damen hatten ihre Eigenheiten. Die Toleranz, die man für sich beanspruchte, mußte man auch anderen gewähren.

Maximiliane, dieses Einzelkind, entwickelte sich wieder zu einem Einzelwesen. Sie selbst hatte nie eine Mutter besessen und sie auch nie entbehrt. Vielleicht lag es daran, daß sie die Rolle der Mutter nie als eine lebenslange Rolle angesehen hatte; sie löste sich aus ihren Bindungen.

Im Frühling die Sumpfdotterblumen am Ufer der Plümme, im Sommer die gelben Schwertlilien, die Birken im Herbst. Geordnete Tage. Keine Improvisationen mehr. Sie muß sich nichts mehr einfallen lassen. Sie fügt sich in ein seit Jahrhunderten eingeübtes Gefüge.

Neben den siebzig-, achtzig- und neunzigjährigen Konventualinnen wirkte dieses Fräulein von Quindt jung, tatsächlich war sie lange Zeit die Jüngste, wenn man von der Äbtissin absah. Sie erklärte sich zu Ausflugs- und Einkaufsfahrten mit dem Auto bereit. Sie konnte mehrstrophige Choräle auswendig singen. Im Gespräch war sie nicht ergiebig, aber sie war bereit zuzuhören. Sie tat auch nichts anderes, als zuzuhören, griff nicht nach einer unnützen Handarbeit, sondern legte die Hände in den Schoß, noch immer erwartungsvoll zu Schalen geöffnet. Das Untätigsein war von den pommerschen Quindts in Generationen eingeübt, mußte nicht erlernt werden; lange genug hatte sie mit beiden Händen gearbeitet, was oft bewundert worden war.

Innerhalb von kurzer Zeit ließ sie, gesprächsweise, ein Kind nach dem anderen auftauchen, ähnlich, wie sie vor Jahrzehnten in Marburg verfahren war, als sie im Haus des Professors Heynold zur Untermiete wohnte und ein Kind nach dem anderen aus der Kinderklinik holte, wo sie, wegen Erkrankung an Masern, gelegen hatten. Die Empörung, die das Auftauchen ihrer Kinder im Hause Heynold verursacht hatte, war nicht mit der ungläubigen Heiterkeit der Konventualinnen zu vergleichen, mit der die Erwähnung eines weiteren Kindes hingenommen wurde. Schon den Politiker Quint hatte man ihr nicht geglaubt, auch Golo nicht, an dessen frühem Tod ein Apfelbaum schuld sein sollte. ›Der Apfelbaum ist inzwischen gefällt‹, hatte sie berichtet. Man hörte ihr aufmerksam und lächelnd zu: Was dieses Fräulein von Quindt sich alles einfallen ließ! Unglaublich! Als sie dann anfing, von Mirka zu erzählen, deren Vater ein Kirgise gewesen sein sollte, hob die Äbtissin abwehrend beide Hände: »Jetzt muß aber Schluß sein, meine Liebe!«

»Ja, mit Mirka war dann auch Schluß«, sagte Maximiliane.

Ihre Sätze wurden immer kürzer, aber nicht nur die Sätze, auch die Worte.

Sie wurde einsilbig.

Als Maximiliane bereits mehrere Jahre im Kloster Plummbüttel gelebt hatte und die Konventualinnen sich untereinander gut kannten oder doch zu kennen meinten, stellte Fräulein von Pahlen bei einem Zusammensein im Konvent fest: »Ich könnte Sie mir gut als Mutter einer Reihe von Kindern vorstellen.«

Und die Äbtissin sagte: »Das könnten wir wohl alle.«

Eine Feststellung, die keiner Antwort bedurfte, nur eines Lächelns.

Arno Surminskis legendärer Ostpreußenroman

Dieser authentische Roman aus der Sicht eines Jungen beschwört ebenso objektiv wie aufwühlend eine Idylle, die 1945 in Schutt und Asche versank. Es ist die Geschichte einer Landschaft und einer Zeit; vor allem aber ist es die Geschichte von Hermann Steputat, der geboren wurde, als Paul Hindenburg starb, und der elf Jahre später zu den wenigen Dorfbewohnern gehörte, die den Krieg überlebten.

»Dies alles schildert Arno Surminski unterkühlt und unsentimental, dennoch farbig und mitreißend.«
Hamburger Abendblatt

Arno Surminski
Jokehnen
oder Wie lange fährt man von Ostpreußen nach Deutschland?
Roman

Der große Mallorca-Roman!

Niemand kann den Leser kraftvoller und sinnlicher in andere Welten entführen als Brigitte Blobel. In ihrem neuen Roman verbindet sie auf höchst spannende Weise die jüngste Geschichte Spaniens mit dem Schicksal zweier Liebenden. Ein glanzvoller und dramatischer Mallorca-Roman, ein Lesevergnügen von der ersten bis zur letzten Seite.

»Eine spannende Familiensaga vor dem Hintergrund hervorragend recherchierter Zeitgeschichte. Atmosphärisch dicht erzählt: ein Muss für Mallorca-Fans!«
Journal für die Frau

Brigitte Blobel
Die Liebenden von Son Rafal
Roman

»Eine Schurkengeschichte von großem Amüsement.«
Der Spiegel

Eine menschliche Komödie – mal heiter, mal melancholisch – der Beziehung zwischen den Geschlechtern: Was als Spiel mit dem Feuer begann, wird für Robert zum Desaster. Betrug an seinem besten Freund, zu dessen Frau er in leidenschaftlicher Liebe entbrennt, Verrat an seiner Ehefrau, die er keineswegs verlieren will, Lügen und feige Ausflüchte gegenüber der Geliebten bringen sein Koordinatensystem ausweglos durcheinander ...

»Ein unterhaltsamer, aber auch nachdenklicher, bisweilen trauriger Gesellschaftsroman über die Liebe in Zeiten der Orientierungslosigkeit.«
Frankfurter Neue Presse

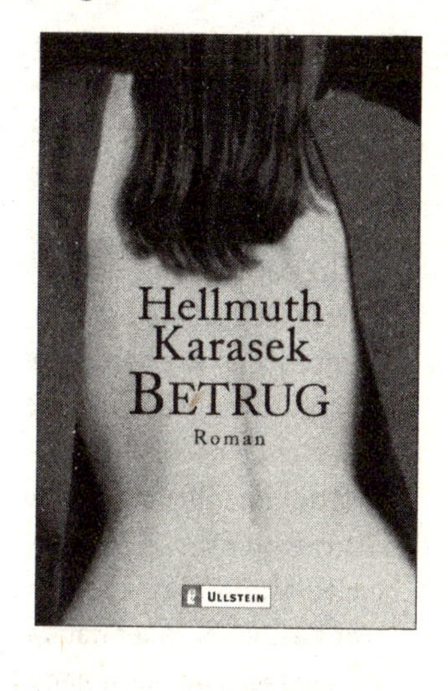

Hellmuth Karasek
Betrug
Roman

ULLSTEIN TASCHENBUCH

Der Bestseller aus England!

Ein ländliches Idyll, könnte man meinen: das romantische Anwesen Honeycote und die dazugehörige Brauerei sind seit drei Generationen in Besitz der Familie Liddiard. Michael Liddiard braut in weitem Umkreis das beste Bier; seine Frau Lucy ist den Kindern eine umwerfende Mutter und ihm die ideale Partnerin. Aber der schöne Schein trügt: Der Betrieb steht vor dem Ruin. Und fatalerweise hat Michael auch noch eine Affäre mit der cleveren Kay, die ihm über den Kopf zu wachsen droht ...

Veronica Henry

Sommer auf Honeycote

Roman
Deutsche Erstausgabe